HOT STUFF

EIN SECOND CHANCE – SAMMELBAND

JESSICA F.

INHALT

Veröffentlicht in Deutschland:

Von: Jessica F.

© Copyright 2022

ISBN: 978-1-63970-135-3

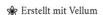 Erstellt mit Vellum

HER BILLIONAIRE HERO

Eine Zweite Chance Romantik

(Unwiderstehliche Brüder 4)

Jessica F.

———

Mein Traum wird Wirklichkeit. Bald werde ich mein eigenes Resort und Spa besitzen.
    Ich muss es nur bauen. Hier kommt sie ins Spiel.
    Sie ist die stärkste Frau, die ich je getroffen habe, aber sie hat tiefe seelische Narben.
    Sie lässt sich nicht in die Karten schauen und verrät nie viel über ihre Vergangenheit.
    Geschieden, kinderlos und mit einer neuen Karriere ist sie auf dem Weg zu einem neuen, besseren Leben. Und ich möchte ein Teil davon sein.

Aus Freundschaft wird viel mehr und unsere Zukunft sieht rosig aus.

Nur scheint ihr Ex überhaupt nichts davon zu halten, dass sie sich ein neues Leben aufbaut. Nicht mit mir. Oder sonst irgendjemandem.

Die Geheimnisse aus ihrer Vergangenheit drohen, sie noch mehr zu verletzen. Sie braucht jemanden, der sie beschützt – jemanden, der sie rettet.

Sie braucht mich. Und ich brauche sie.

Unsere Liebe ist stark. Ich muss sie davon überzeugen, dass wir einander brauchen, aber ich habe nicht mehr viel Zeit. Manche Dinge sind zu wichtig, um lange abzuwarten.

KAPITEL EINS

BALDWYN

Ich nahm den Fuß vom Gaspedal und spürte, wie sich mir vor Nervosität der Magen umdrehte, als ich mit meinen vier jüngeren Brüdern die Stadt Carthago in Texas erreichte.

Patton, der Zweitälteste, saß auf dem Beifahrersitz meines Lincoln Navigator und beugte sich vor, um auf den Tacho zu sehen, der anzeigte, dass ich immer langsamer fuhr. „Was ist los, Baldwyn?"

Ich umklammerte das Lenkrad fester und biss die Zähne zusammen, weil ich nicht wusste, was ich sagen sollte. Schließlich schüttelte ich den Kopf und zuckte mit den Schultern.

Mein jüngster Bruder Stone ergriff das Wort. „Er hat Angst, weil wir gleich unsere Cousins zweiten Grades treffen werden, die wir noch nie zuvor getroffen haben, und weil wir versuchen werden, einen hohen Geschäftskredit von ihnen zu bekommen."

Cohen, der zweitjüngste Bruder, nickte. „Ja, Patton, was ist daran so schwer zu begreifen? Ich bin hier hinten auch schon ganz unruhig." Er saß allein auf dem Sitz in der dritten Reihe und knackte mit den Fingerknöcheln, während er tief Luft holte.

„Im schlimmsten Fall sagen sie Nein", erinnerte Warner, der mittlere Bruder, uns alle. „Wir sind nicht mittellos, wie ihr wisst. Wir haben alle noch unsere Jobs. Wenn sie Ja sagen, ist es cool. Wenn nicht, ist es auch kein Problem."

„Sie sind Milliardäre." Cohen schlug Warner auf den Arm und lehnte sich dann in seinem Sitz zurück. „Es ist verdammt nervenaufreibend."

Warner rieb sich die Schulter und seine schmalen Augen begegneten im Rückspiegel meinem Blick. „Die Gentrys sind erst seit ungefähr einem Jahr reich. Ich bin mir sicher, dass das Geld noch nicht ihren Charakter verdorben hat. Außerdem hat ihre Mutter unserem Onkel erzählt, dass sie in etwas anderes als die Ranch investieren wollen, die ihr Großvater ihnen hinterlassen hat. Und da wir alle über umfangreiche Erfahrung in der Hotelbranche verfügen und *die meisten* von uns eine entsprechende Ausbildung haben, um diese Erfahrung zu untermauern, ist unsere Geschäftsidee so solide, wie sie nur sein kann."

Patton nahm sofort Anstoß an seinen Worten. „Ein Associate Degree *ist* eine gute Ausbildung, Warner. Mein Abschluss in Innenarchitektur hat mir die Türen zu vielen der besten Spas und Resorts in Houston geöffnet. Meine freiberufliche Tätigkeit läuft ziemlich gut. Nicht viele zweiunddreißigjährige Männer können von sich behaupten, in der Innenarchitekturbranche so erfolgreich zu sein."

Stone mischte sich ein. „Ja, Warner. Patton hat recht. Mein Abschluss als Koch wird vielleicht nur als Associate Degree angesehen, aber er hat es mir ermöglicht, mit vielen renommierten Küchenchefs zusammenzuarbeiten. Es ist mir nicht peinlich, was ich mit gerade einmal vierundzwanzig Jahren aus mir gemacht habe. Und ich will verdammt sein, wenn mir einer unserer verloren geglaubten Cousins das Gefühl gibt, nicht gut genug ausgebildet zu sein."

Ich musste sie aufhalten, bevor die Diskussion zu einem ausgewachsenen Streit unter Geschwistern eskalierte. „Hört zu, Leute, wir sind alle gut ausgebildet und haben alle die Erfahrung, die wir brauchen, um dieses Resortprojekt zu verwirklichen. Außerdem bezweifle ich, dass unsere Cousins innerhalb eines Jahres irgendeine Ausbildung gemacht haben. Laut Onkel Rob hat seine Cousine damals einen Mann geheiratet, der das Geld und die Ranch, die er erben sollte, aufgegeben hatte. Unsere Cousins sind ohne viel Geld aufgewachsen – deshalb wollen sie jetzt in Unternehmen investieren und den Familienmitgliedern helfen, die sie nie kennengelernt haben."

Cohen lächelte stolz. „Wir haben das Zeug dazu. Und ich bin sicher, dass Tyrell, Jasper und Cash Gentry einwilligen werden, unser Projekt zu finanzieren. Und wenn sie es nicht tun, dann ist es einfach so. Das Wichtigste dabei ist, dass wir Verwandte treffen, von deren Existenz wir nicht einmal wussten. Wenn auch nichts anderes dabei herauskommt, haben wir zumindest neue Familienmitglieder hinzugewonnen. Man kann nie eine zu große Familie haben."

„Du hast recht", stimmte Stone ihm zu. „Familie ist wichtiger als Geld. Und genau das sollten wir gleich zu Beginn sagen, Baldwyn. Wir sollten sie wissen lassen, dass wir, egal was sie über den Deal sagen, eine Familie sind und es immer sein werden."

„Natürlich fange ich damit an." Ich biss mir auf die Unterlippe und kaute darauf herum, als ich auf die Straße abbog, die zur Whisper Ranch führte. „Ich hasse es, dass wir schon bei unserem ersten Treffen um Geld bitten müssen. Aber haben wir eine andere Wahl? Onkel Rob sagte, dass wir zu ihnen gelangen müssen, bevor die geldgierigen Aasgeier kommen, um ihnen ihr Vermögen abzunehmen."

Wir hatten viele Verwandte, die lügen würden, um etwas von dem Geld unserer neureichen Cousins in die Finger zu bekommen. Cousins, die noch nie einen ihrer Angehörigen getroffen hatten. Cousins, die etwas naiv gegenüber Menschen waren, denen sie eigentlich vertrauen können sollten.

Die väterliche Seite der Familie bestand nicht gerade aus den besten Menschen der Welt. Onkel Rob war eine Ausnahme – er war absolut vertrauenswürdig. Er hatte erwähnt, dass der Grund dafür, dass seine Cousine weggelaufen war, um den Sohn des reichen Ranchers zu heiraten, viel damit zu tun gehabt hatte, woher sie gekommen war – aus bitterer Armut. Genauso wie unser Vater. Nur hatte Dad etwas aus sich gemacht. Er hatte eine nette Frau geheiratet, die er auf dem College kennengelernt hatte, und sich ein neues Leben in Houston aufgebaut.

Ein riesiges Eingangstor ragte vor uns auf und mein Magen grummelte. „Scheiße, das ist ein verdammt eindrucksvolles Anwesen, hm?"

„Das ist es wirklich", stimmte Patton mir zu. „Aber wir müssen uns daran erinnern, dass wir hier sind, um unsere Familie zu treffen. Alles andere ist nebensächlich."

„Ja, so machen wir es. Das Geld ist nicht alles und die Geschäftsidee ist nicht das A und O. Das Wichtigste hier sind die Männer, mit
denen wir verwandt sind. Unsere Familie." Ich streckte die Hand aus,
um auf die Klingel zu drücken, neben der ich angehalten hatte.
„Okay, also los. Mal sehen, ob sie uns überhaupt hereinlassen."

„Willkommen auf der Whisper Ranch", begrüßte uns ein Mann
über die Sprechanlage. „Wie kann ich Ihnen behilflich sein?"

„Wir sind die Nash-Brüder." Ich versuchte, mit stolzer Stimme zu
sprechen, in der Hoffnung, das Vertrauen des Mannes am anderen
Ende der Sprechanlage zu gewinnen. „Wir sind die Cousins zweiten
Grades der Gentry-Brüder und aus Houston hergefahren. Unser
Onkel Robert Nash hat angerufen, um Tyrell wissen zu lassen, dass
wir heute kommen."

„Oh ja. Ich lasse Sie herein." Das Tor summte, als es sich öffnete.

Ich atmete erleichtert auf, aber die Nervosität war noch nicht
weg. „Los geht's, Leute. Dieser Tag könnte der beste unseres Lebens
sein. Oder er könnte nur mittelmäßig sein."

Patton grinste, als er alle im Auto ansah. „Dieser Tag wird großartig, egal was passiert. Wir treffen unsere neue Familie – richtig,
Leute?"

Alle waren sich einig, als wir die lange Auffahrt hinauffuhren.
Rinder grasten auf der Weide, ein paar Pferde blickten neugierig in
unsere Richtung und eines von ihnen galoppierte eine Weile neben
dem Auto her, bevor es in eine andere Richtung abbog.

Stone starrte fasziniert aus dem Fenster. „Eine echte Ranch. Ich
muss zugeben, dass ich sie mir nicht so vorgestellt hatte. Es ist schön
hier. Großartig. Und cool."

„Hoffentlich sind sie nett", sagte Cohen leise.

„Das sind sie bestimmt." Ich hielt hinter einem teuer aussehenden
Truck, zog die Handbremse und stellte dann den Motor ab. „Okay.
Lasst uns gehen."

Noch bevor wir aus dem Auto stiegen, traten drei Männer aus
einer Seitentür des Ranchhauses und kamen auf uns zu. „Hallo,
Cousins", rief der Größte von ihnen. „Willkommen auf der Whisper
Ranch."

„Sie scheinen nett zu sein", sagte Warner, als wir ausstiegen. „Hi.
Ich bin Warner Nash." Er streckte die Hand aus.

Aber der große Mann schob sie zur Seite und umarmte ihn stattdessen. „Tyrell Gentry, Warner. Wir sind eine Familie, also sollten wir uns richtig begrüßen."

„Jasper", sagte der Mann direkt hinter ihm, als er mich umarmte.

Ich lachte darüber, wie nervös ich kurz zuvor gewesen war, und erwiderte die Umarmung. „Es freut mich, dich kennenzulernen, Jasper. Ich bin Baldwyn."

Patton kam um das Auto herum und wurde von dem letzten Bruder umarmt.

„Ich bin Cash."

Mein Bruder lächelte. „Patton."

Stone und Cohen standen da, als würden sie darauf warten, dass sie an die Reihe kamen und ebenfalls umarmt wurden. Cash und Jasper zogen sie an sich, während ich sie vorstellte.

„Kommt ins Haus. Wir haben Eistee für euch." Tyrell führte uns hinein.

Wir betraten einen Eingangsbereich mit einer Garderobe voller Regenmäntel und Cowboyhüte. Sie war das einzige Möbelstück in dem kleinen Raum. Wunderbare Gerüche wehten durch die Luft, als wir uns auf den Weg zur Küche machten.

„Hier riecht es herrlich", sagte ich. „Ihr habt ein großartiges Zuhause."

„Danke", sagte Cash. „Es gefällt uns sehr gut hier."

Tyrell führte uns an der Küche vorbei zu einem Essbereich, in dem uns auf einem Beistelltisch mehr als nur Eistee erwartete. Auf jeder Seite des großen Teespenders befanden sich mehrere Platten mit Fingerfood. Jasper deutete darauf. „Bedient euch, Gentlemen." Er nahm ein Glas mit Eiswürfeln und goss Tee hinein. Dann holte er sich einen kleinen Teller und begann, ihn zu füllen. „Wir haben vor ein paar Stunden zu Mittag gegessen, aber ich habe noch Platz für mehr."

Keiner von uns konnte dem Essen widerstehen, also nahmen wir uns ebenfalls Teller und füllten sie, bevor wir uns an den langen Esstisch setzten. „Danke, Leute." Ich hielt mein Glas hoch. „Darauf, lange verlorene Verwandte wiederzufinden. Mögen all unsere zukünftigen Jahre glücklich sein."

„Prost", sagten alle, als wir miteinander anstießen.

„Wie war die Fahrt von Houston hierher?", fragte Jasper.

Die nächste Stunde verbrachten wir damit, entspannt zu plaudern, wodurch wir uns alle viel wohler fühlten. Erst dann hatte ich das Gefühl, dass der richtige Zeitpunkt gekommen war, um unsere Geschäftsidee zur Sprache zu bringen.

Also versuchte ich es. „Unser Onkel Rob hat gesagt, dass ihr investieren wollt."

„Das stimmt", bestätigte Tyrell. „Aber bevor du weitersprichst, muss ich dir sagen, dass wir nicht einfach so Geld ausgeben werden. Wir müssen uns alle zuerst auf die Investition einigen. Und ich lasse dich besser jetzt gleich wissen, dass wir uns selten einig sind."

Scheiße.

Ich zuckte mit den Schultern und wusste, dass ich eine negative Antwort akzeptieren musste, falls sie uns eine gaben. „Lasst mich erklären, was wir euch vorschlagen möchten." Während ich Warner ansah, begann ich, unsere Qualifikationen darzulegen. „Warner, Cohen und ich haben zwei Master-Abschlüsse und einen Bachelor-Abschluss in BWL. Stone hat eine Ausbildung zum Koch absolviert und Patton ist Innenarchitekt. Wir arbeiten alle seit Jahren in der Hotelbranche und haben insgesamt über ein Jahrzehnt Erfahrung."

Jasper hielt einen Finger hoch, um mich zu unterbrechen. „Eure Geschäftsidee hat also etwas mit der Hotelbranche zu tun?"

„Ja", antwortete Warner. „Wir interessieren uns für die Umgebung von Austin."

Stone übernahm das Reden. „Die Vielfalt dort ist der Grund, warum wir uns für diese Region entschieden haben."

Cash nickte. „Dort sind viele Menschen. Aber auch viele andere Unternehmen, mit denen ihr konkurrieren müsst. Was macht eure Idee so besonders, dass ihr damit anderen Unternehmen die Kunden abspenstig machen könnt?"

Cohen sagte: „Zunächst solltet ihr wissen, dass es sich bei unserer Idee um ein Resort und Spa handelt."

Vorsichtig zog ich die Kurzversion unseres Geschäftsplans aus meiner Aktentasche und reichte sie Tyrell. „Hier sind die Grundlagen. Wir haben auch einen detaillierten Geschäftsplan, aber er ist hundertfünfundsiebzig Seiten lang, also dachte ich, wir fangen damit an."

Tyrell sah sich alles an und reichte den Geschäftsplan Cash, der neben ihm saß.

Cash nahm sich ein paar Minuten länger Zeit, um ihn zu überprüfen, bevor er ihn an Jasper weitergab.

Jasper zog die Augenbrauen hoch, dann sah er mich an. „Glaubt ihr wirklich, dass ihr eure Gäste dazu bringen könnt, mehr als tausend Dollar pro Nacht zu zahlen?"

„Es ist alles inklusive. Das Zimmer, die Mahlzeiten, die Wellnessanwendungen und alles andere, was sie möchten. Ich leite zurzeit ein ähnliches Hotel. Ich *weiß*, dass die Leute diesen Preis zahlen werden."

„Interessant", sagte Tyrell, als er sein Handy herausnahm und anfing zu tippen. „Wenn auch nur die Hälfte der hundert Zimmer, die ihr geplant habt, ausgebucht sind, ist der Profit immer noch beachtlich."

„Ich bin mir nicht sicher, was die All-Inclusive-Idee betrifft", sagte Cash. „In eurem Geschäftsplan ist von zwei Bars die Rede. Die Leute in Texas vertragen verdammt viel, Baldwyn. Ihr könntet pleitegehen, wenn ihr unbegrenzt Alkohol ausschenkt."

„Darum kümmern wir uns im Kleingedruckten. Es gibt Grenzen. Wir bieten keine Buffets oder offenen Bars an. In unserem Restaurant gibt es Gerichte von der Speisekarte und unsere Bars servieren höchstens fünf kostenlose Getränke. Wenn unsere Gäste mehr wollen, wird es ihnen in Rechnung gestellt. Das Gleiche gilt für alle Speisen, die sie über die im Preis enthaltenen Mahlzeiten hinaus wünschen." Ich war nicht neu in diesem Spiel. Ich spielte es schon jahrelang. „Ich bin fünfunddreißig und habe schon in einem Resort in Houston gearbeitet, als ich gerade erst die Highschool abgeschlossen hatte. Während meines College-Studiums hatte ich ständig Nebenjobs und lernte, wie ein so großes Hotel geführt wird. Ich bin von einem Resort zum anderen gegangen und habe jede Menge Erfahrungen gesammelt."

Patton tätschelte mir den Rücken. „Unser ältester Bruder hat uns so viele interessante Dinge über die Branche erzählt, dass wir alle Jobs in den verschiedenen Hotels, Restaurants und Resorts unserer Stadt angenommen haben. Schließlich sind wir aufs College gegangen, um Abschlüsse zu machen, die uns bei unseren Karriereplänen helfen würden. Und es hat sich ausgezahlt. Uns allen geht es sehr gut. Und wie ihr seht, ist der Älteste von uns erst fünfunddreißig. Stone ist mit vierundzwanzig der Jüngste und hat schon mit weltbekannten Köchen zusammengearbeitet. Wir können dafür sorgen, dass unser Plan funktioniert. Das bedeutet, dass ihr noch mehr Geld verdient, wenn ihr euch dazu entscheidet, dieses Projekt zu finanzieren."

Jasper zog die Augenbrauen hoch. Tyrell lehnte sich zurück und verschränkte die Arme vor der Brust. Cash tippte mit den Fingern auf den Tisch. Keiner von ihnen runzelte zweifelnd die Stirn, was ich vielversprechend fand.

Tyrell stand auf und nickte mir zu. „Könnt ihr uns eine Minute Bedenkzeit geben? Wir sind gleich zurück."

„Natürlich." Ich stand auf und lächelte, als sie weggingen. „Hey." Ich wollte sicherstellen, dass sie wussten, wie wir alle empfanden. „Es ist egal, wie eure Entscheidung ausfällt – wir sind sehr froh, euch kennengelernt zu haben, und sie hat keinen Einfluss auf die Beziehungen, die wir zu euch als Cousins aufbauen wollen. Fühlt euch also nicht gezwungen, Ja zu sagen."

Patton stand neben mir auf. „Aber glaubt nicht, dass wir kein Ja von euch hören wollen."

Stone fügte hinzu: „Wir können es schaffen. Daran glaube ich fest. Am wichtigsten ist aber, dass ihr wisst, dass ihr eine Familie habt. Familienmitglieder verstehen das Wort Nein. Zumindest einige von uns."

Nickend verließen sie uns.

Wir saßen schweigend da, bis sie zurückkehrten. Ich hatte ehrlich gesagt keine Ahnung, wie ihr Urteil lauten würde. Aber ich war auf alles vorbereitet. Zumindest dachte ich das.

Die drei setzten sich und sahen uns an, bevor Jasper sagte: „Lasst uns das tun, Gentlemen."

Verblüfft starrten wir die Männer an, die uns am Tisch gegenübersaßen.

Cash sagte: „Wir werden euch so viel Geld geben, wie ihr braucht, um dieses Projekt zu einem Erfolg zu machen."

Ich hatte das Gefühl, dass sich das Zimmer zur Seite neigte und drehte, bis mich ein fester Schlag auf die Schulter zurück auf die Erde brachte.

Cohen stand hinter mir und hatte bereits eine Antwort für unsere Cousins. „Danke. Wir nehmen euer Angebot gern an. Gemeinsam können wir alles schaffen!"

Ich werde ein richtiger Unternehmer sein. Ich werde mein eigenes Resort besitzen!

KAPITEL ZWEI

SLOAN

Eins, zwei, drei, vier, fünf – tief einatmen.

Meine Hände am Lenkrad waren verkrampft, ich hatte einen Knoten im Bauch und mein Gehirn stand in Flammen – und das alles, weil ich gleich meinen ersten Job als Bauingenieurin antreten würde.

Das Whispers Resort und Spa würde mein erstes Projekt sein – und ich konnte nur beten, dass es zu einer prestigeträchtigen Karriere führen würde. Es war eines meiner größten Ziele im Leben, meinem Exmann zu beweisen, dass er sich in Bezug auf Frauen im Ingenieurwesen irrte.

Preston Rivers und mein Vater waren Geschäftspartner gewesen und Dad hatte ihn eines Abends zum Essen nach Hause mitgebracht. Ich war erst achtzehn gewesen und hatte gerade mein Studium an der University of Texas in Austin begonnen, wo ich aufgewachsen war.

Preston war es schwergefallen, sein Interesse an mir zu verbergen, was meinem Vater überhaupt nicht gefallen hatte. Wer hätte ihm deswegen Vorwürfe machen können? Der Mann war immerhin in seinem Alter gewesen – vierundzwanzig Jahre älter als ich.

Preston hatte versucht, mir einzureden, dass meine Ingenieurkurse am College Zeitverschwendung seien. Er hatte keine Probleme damit gehabt, meinen Vater wissen zu lassen, dass meine Ziele unerreichbar seien und er mich zwingen sollte, mein Hauptfach zu wechseln. Zum Glück war es Dad egal gewesen, was ich studierte. Er hatte nur gewollt, dass ich aufs College ging.

Preston und ich hatten bereits einige Monate vor dem Umzug meines Vaters nach Griechenland, wo er seiner Firma bei einem Start-up helfen wollte, damit begonnen, uns zu sehen. Mein Vater war äußerst unglücklich über unsere Beziehung gewesen, aber genau wie bei meinem College-Hauptfach hatte er sich auch aus meinen persönlichen Angelegenheiten herausgehalten. Außerdem hatte Preston so getan, als würde ihm mein Wohlergehen am Herzen liegen, und er hatte meinen Vater und mich mit größtem Respekt behandelt.

Nicht, dass unsere Beziehung schnell genug vorangeschritten wäre, um meinen Vater zu beunruhigen. Preston hatte vier Jahre gebraucht, um mir einen Heiratsantrag zu machen. Ich hatte natürlich Ja gesagt. Da meine Mutter nicht mehr da gewesen war und es in der Nähe keine Menschenseele gegeben hatte, die ich als meine Familie hätte bezeichnen können, war ich bestrebt gewesen, eine eigene zu gründen. Also waren Preston und ich nur einen Monat nach meinem Abschluss Mann und Frau geworden.

Kurz nachdem wir aus Griechenland zurückgekehrt waren, wo wir unsere Flitterwochen verbracht und meinen Vater besucht hatten, war ich bereit gewesen, mir einen Job zu suchen. Aber Preston hatte nichts von der Idee gehalten. Er hatte gedacht, wir würden eine Familie gründen, und darauf bestanden, dass ich zu Hause bei unseren Babys bleiben sollte. Er hatte behauptet, außer Haus zu arbeiten sei keine Option für *seine* Frau und die Mutter *seiner* Kinder.

An unserem ersten Hochzeitstag hatte er voll und ganz erwartet, dass ich ihn mit einer Schwangerschaft überraschen würde. Als die ersehnte Neuigkeit ausgeblieben war, hatte er mich wissen lassen, wie sehr er von mir enttäuscht war. Die Schuldgefühle hatten tonnenschwer auf mir gelastet. Das Einzige, was er von mir gewollt hatte, hatte ich ihm nicht geben können.

Nachdem ein weiteres Jahr ohne Baby vergangen war, hatte er diesen Traum aufgegeben. Sein neuer Traum für mich war ein anderer gewesen. Er hatte gewollt, dass ich wieder zur Universität ging, aber ich sollte ein Fach studieren, das für eine Frau Sinn ergab. ‚Buchhaltung' hatte seine großartige Idee gelautet.

Da Preston nie wirklich darauf geachtet hatte, was ich tat, einschließlich meiner Kurse, hatte ich die Studiengebühren von unserem gemeinsamen Konto überwiesen, ohne ihm zu sagen, dass ich auf dem besten Weg war, das zu werden, was *ich* werden wollte – Bauingenieurin anstelle von Buchhalterin.

Erst als ich mit siebenundzwanzig Jahren meinen Abschluss gemacht hatte, hatte er von meinem Betrug erfahren. Es hatte das Ende unserer fünfjährigen Ehe eingeläutet. Nur ein paar Monate nachdem ich meinen Abschluss gemacht und eine Stelle als Ingenieurin bei einer Baufirma gefunden hatte, hatte mir Preston etwas absolut Erschütterndes erzählt.

Er hatte zwei Jahre lang eine Affäre mit meiner Mutter gehabt. Ich war zehn gewesen, als es angefangen hatte und es hatte erst geendet, als sie ein paar Jahre später vermisst worden war. Mein Vater hatte erst von der Affäre erfahren, als die Behörden ihm von Preston Rivers' Rolle im Leben meiner Mutter berichtet hatten. Trotzdem hatte er mir nie etwas davon erzählt. Nicht einmal, als er Preston an jenem schicksalhaften Abend viele Jahre später nach Hause mitgebracht hatte.

Also hatte ich natürlich Dad angerufen, bevor ich Preston mit seiner Geschichte fortfahren ließ. „Schatz, er hatte keine Ahnung, dass deine Mutter verheiratet war oder ein Kind hatte. Ich sah keinen Grund, an seinen Worten zu zweifeln. Und ich sah keinen Grund, dich damit zu belasten – selbst als du angefangen hast, mit ihm auszugehen. Ich dachte, es wäre seine Aufgabe, dir davon zu erzählen. Es tut mir leid, wenn dich das verletzt hat. Aber die Vergangenheit ist vorbei und wir können jetzt nichts mehr daran ändern. Deine Mutter hat uns alle verlassen – auch Preston."

Die Freisprechanlage war angeschaltet gewesen, damit Preston hören konnte, was mein Vater sagte, und ich hatte nicht gewusst, was ich erwidern sollte. Aber Preston hatte geredet. „Als sie weggegangen ist, war ich am Boden zerstört, Sloan. Und ich hatte niemanden, mit dem ich meine Trauer teilen konnte, so wie du und dein Vater. Audreys plötzliches Verschwinden hat mich äußerst beunruhigt. Und als die Polizei zu mir kam, nachdem dein Vater sie als vermisst gemeldet hatte, geriet ich unter Verdacht und meine Freiheit stand auf dem Spiel. Ich musste allein damit zurechtkommen. Richard verstand, was ich durchgemacht hatte, und als wir uns wieder begegnet sind, war keiner von uns nachtragend. Er und ich hatten alles hinter uns gelassen. Ich wüsste nicht, warum du und ich das nicht auch tun sollten."

Bei der Vorstellung, dass mein Mann und meine vermisste Mutter eine Affäre gehabt hatten, war mir so schlecht geworden wie nie zuvor. Der Knoten, der sich in meinem Magen zusammengezogen hatte, hatte sich angefühlt, als würde er niemals wieder verschwinden. „Ich muss jetzt allein sein." Als ich mich in unser Schlafzimmer zurückgezogen hatte, war Preston hereingekommen, um über alles zu reden, aber ich hatte es nicht ertragen. Also hatte ich meine Sachen in ein anderes Schlafzimmer gebracht und wir hatten aufgehört, ein Bett zu teilen. Es hatte mich angewidert, von ihm berührt zu werden, nachdem seine Hände überall auf meiner Mutter gewesen waren.

Jedes Mal, wenn ich danach in den Spiegel geblickt hatte, hatte ich meine Mutter gesehen. Ihr langes, dunkles Haar, die runden Wangen, die Rosenknospenlippen und die großen braunen Augen. Der Gedanke, dass Preston sie einmal geliebt hatte, nur um später zu behaupten, mich zu lieben, hatte mich krank gemacht. Vielleicht hatte er mich nur geliebt, weil ich ihn an sie erinnert hatte.

Sie war verschwunden. Zuerst hatten mein Vater und ich das Schlimmste angenommen, aber im Laufe der Zeit, nachdem die Polizei eine gründliche Untersuchung durchgeführt hatte, war klar geworden, dass sie uns einfach verlassen hatte. Obwohl Dad mir nicht von ihrer Affäre erzählt hatte, hatte er mir gestanden, dass Mom schon lange nicht mehr glücklich gewesen war und sie sich entschlossen haben musste, ihr Leben ohne uns fortzusetzen. Es hatte keine Anzeichen für Fremdeinwirkung gegeben, sodass wir beide gedacht hatten, sie wäre mit einem anderen Mann weggelaufen.

Die Distanz zwischen Preston und mir war immer weiter gewachsen, bis ich eines Tages nach Hause gekommen war, nur um die Scheidungspapiere und eine kurze Nachricht von Preston zu finden, die besagt hatte, ich solle das Auto, das er für mich gekauft hatte, zurücklassen und die Schlüssel für das Haus und das Auto in den Briefkasten werfen, bevor ich ging. Er hatte meine Sachen im

Garten in Kartons gepackt und Vorkehrungen getroffen, damit ich eine Woche in einem Hotel in der Innenstadt von Austin bleiben konnte. Er hatte geschrieben, dass es mit uns nicht funktionieren würde und dass er es nicht ertragen könnte, mir gegenüberzutreten.

Gerade als ich angefangen hatte, mich der Verzweiflung hinzugeben, hatte mein Handy geklingelt. Meine Hoffnung, dass Preston mir erzählen würde, dass er es sich anders überlegt hatte, war enttäuscht worden. Es war nur ein Uber-Fahrer gewesen, der mich wissen lassen wollte, dass er auf dem Weg zu mir war.

Irgendwie war es mir nach all dem gelungen, ohne die finanzielle Hilfe meines Vaters wieder auf die Beine zu kommen. Er war immer noch in Griechenland gewesen und ich hatte ihm gesagt, dass ich es allein schaffen würde. Ich hatte ein schlecht bezahltes Praktikum absolviert, das gerade genug eingebracht hatte für eine winzige Mietwohnung am Stadtrand von Austin und ein Monatsticket für den Bus, um zur Arbeit und wieder zurück zu gelangen.

Als Preston und ich uns getroffen hatten, um die Scheidungspapiere in der Kanzlei seines Anwalts zu unterschreiben, hatte er mir, von Schuldgefühlen überwältigt, das Auto zurückgegeben. Ich hatte den Lincoln MKZ, den er mir im Vorjahr zum Geburtstag geschenkt hatte, immer geliebt. Als ich ihn zurückbekommen hatte, hatte ich mich viel besser gefühlt.

Nicht lange danach hatte mir mein Chef erzählt, dass ein neues Resort in der Innenstadt von Austin entstehen würde. Er hatte einen Anruf von den Eigentümern erhalten, die jemanden engagieren wollten, der neu in der Baubranche war. Die Brüder aus Houston hatten Berufsanfänger einstellen wollen, die eine Chance brauchten, um ihre ersten Karriereschritte zu machen. Auf Empfehlung meines Chefs hatte ich den Vertrag als Bauingenieurin für das Whispers Resort und Spa unterzeichnet.

Jetzt hoffte ich inständig, dass dieser neue Job mein Leben völlig verändern würde. Ich hatte hart gearbeitet, um meinen Abschluss zu machen, und war bereit, hart zu arbeiten, um meine Eignung für den Job zu beweisen. Ich wollte nicht, dass meine weibliche Figur mir Vergünstigungen einbrachte, also trug ich eine khakifarbene Hose, eine weiße Bluse, einen braunen Gürtel und braune Lederschuhe. Mein dunkles Haar war zu einem kurzen Bob geschnitten und ich war ungeschminkt. Ich wollte genauso wie die männlichen Ingenieure behandelt werden.

Nach einem weiteren tiefen Atemzug stieg ich mit meiner Laptoptasche in der Hand aus dem Auto und machte mich auf den Weg, um den Mann zu treffen, für den ich arbeiten würde. Baldwyn Nash würde mein Chef sein, bis das Projekt abgeschlossen war.

Die Baustelle war nichts weiter als ein leeres Grundstück mit einem Trailer, in dem die Büros der Leute untergebracht waren, die diese großartige Anlage bauen würden.

Als ich durch die Tür trat, roch ich Kaffee, aber ich sah niemanden in dem winzigen, provisorischen Empfangsbereich. „Ist hier jemand?"

„Ja", ertönte die tiefe Stimme eines Mannes und sie kam näher, als er fortfuhr, „die Rezeptionistin ist spät dran."

Meine Augen weiteten sich, als er vor eine Trennwand trat. „Äh, hallo."

Der große, dunkelhaarige und äußerst attraktive Mann hatte eine muskulöse Figur, die von seinem teuren schwarzen Anzug perfekt betont wurde, so als wäre er dafür gemacht worden, diesen exquisiten Körper zu umhüllen. Grüne Augen strahlten mich an, als ein Lächeln seine Lippen krümmte. Das starke, kantige Kinn, das von einem ordentlich gestutzten Bart bedeckt wurde, ließ ihn mächtig erscheinen und die dunklen Locken auf seinem Kopf wirkten widerspenstig. „Baldwyn Nash." Er streckte die Hand aus.

Ich schüttelte sie, während ich schweigend betete, dass meine Handfläche nicht verschwitzt war. Es war nicht leicht, so zu tun, als hätte sein Aussehen keine Wirkung auf mich. Er war der heißeste Mann, den ich jemals getroffen hatte. „Ich bin Sloan Rivers, Ihre Bauingenieurin. Ich bin bereit, Ihnen auf jede gewünschte Art und Weise zu Diensten zu sein." Ich schloss meinen Mund. *Ich bin eine Idiotin!*

Als unsere Hände sich voneinander lösten, ließ mich sein Lächeln zittern, und ich hoffte, dass er es nicht bemerkte. „Jemand hat gestern Abend versehentlich die Klimaanlage angelassen. Hier drin sind es ungefähr fünfzehn Grad. Warten Sie, ich werde sie höher schalten."

Oh, verdammt! Er hat es bemerkt.

„Ja, es ist kalt hier." Ich folgte ihm und meine Augen klebten unwillkürlich an seinem Hintern. Männer mit meinen Blicken zu verschlingen, war nichts, was ich oft tat. Aber wenn ein Mann einen so fantastischen Hintern hatte, konnte ich einfach nicht anders. „Wird hier mein Büro sein?"

„Vorübergehend." Er drehte die Temperatur am Thermostat höher und wandte sich dann zu mir um. „Sie und ich müssen uns vorerst ein Büro teilen. Aber nicht lange. Nächste Woche sollen weitere Trailer geliefert werden. Einer davon wird Ihnen als leitende Ingenieurin zur Verfügung stehen. Dort können Sie den Angestellten, die direkt für Sie arbeiten, Büros zuteilen."

Die Vorstellung, auch nur für kurze Zeit ein Büro mit ihm zu teilen, machte mich glücklicher, als ich jemals zuvor gewesen war. „Das klingt großartig, Mr. Nash."

„Baldwyn", sagte er mit einem Grinsen. „Darf ich Sie Sloan nennen?"

„Oh ja, natürlich dürfen Sie das." Mein Gehirn funktionierte nicht richtig, wenn er mir in dem schmalen Flur so nah war. Er roch wie ein Kiefernwald, vermischt mit dem Duft des Ozeans. Es war berauschend. „Also, wo ist unser Büro?"

„Ich werde es Ihnen zeigen. Es ist am anderen Ende des Trailers."

„Alles klar." Mein Hals wurde trocken und ich bereute, dass ich zur Arbeit gekommen war, ohne mir eine Flasche Wasser mitzubringen.

„Ich habe den Raum ganz am Ende dieses Flurs genommen. Er ist am größten. Ich dachte, da wir ihn teilen müssen, sollte er so groß sein, dass wir uns nicht im Weg sind."

Du wirst mir niemals im Weg sein, schöner Mann.

Ich schüttelte den Kopf, um ihn freizubekommen, und konnte nicht verstehen, warum ich so etwas dachte. Es sah mir nicht ähnlich, so zu reagieren. „Gute Idee. Wir wollen uns nicht auf die Füße treten."

Sein tiefes Lachen ließ mein Herz höherschlagen. „Nein, das wollen wir nicht."

Ich folgte ihm in den großen Raum und sah zwei leere Schreibtische an den gegenüberliegenden Wänden. „Haben Sie sich schon einen Schreibtisch ausgesucht?"

„Nein. Sie können zuerst Ihre Wahl treffen. Es ist mir völlig egal." Er lehnte sich gegen den Türrahmen und blieb zurück, als ich den Raum betrat. Unsere Arme streiften sich, als ich an ihm vorbeiging.

Ein weiterer Schauer durchlief mich bei der einfachen Berührung. „Es ist immer noch ein bisschen kalt hier." Ich stellte meine Laptoptasche auf den Schreibtisch an der rechten Wand. „Okay, ich nehme diesen hier."

„Wir möchten schnell Fortschritte machen. Wäre es für Sie ein Problem, bis spät abends zu arbeiten?" Er ging zu dem Stuhl an dem anderen Schreibtisch, setzte sich und überkreuzte seine langen Beine.

„Nein, das wäre überhaupt kein Problem. Ich lebe allein." Der Laptop rutschte aus der Tasche auf den Schreibtisch und ich musste lächeln. „Meine Scheidung ist letzten Monat rechtskräftig geworden."

„Oh, es tut mir leid, das zu hören."

Ich sah über meine Schulter zu ihm und stellte fest, dass er ein wenig verlegen aussah. „Das muss es nicht. Ich bin froh, dass es vorbei ist."

„Sie scheinen gut allein zurechtzukommen, Sloan." Er nickte und verzog seine Lippen zu einem schiefen Lächeln. „Aber wenn Sie eine Schulter zum Ausweinen brauchen, bin ich für Sie da. Rein freundschaftlich, okay?"

„Danke." Ich war noch nie so glücklich darüber gewesen, einen neuen Freund in meinem Leben zu haben. „Meine Karriere in Gang zu bringen, wird mich beflügeln. Ich hoffe, dass ich mir bald ein eigenes Haus kaufen kann. Meine Wohnung ist viel zu klein."

„Meine Brüder und ich kommen nicht aus Austin. Wir haben unsere Häuser in Houston verlassen, um hier unseren Traum zu verwirklichen. Wir haben ungefähr zehn Minuten von hier Luxus-Apartments gemietet. Wenn Sie möchten, kann ich Ihnen auch eines besorgen. Betrachten Sie es als Bonus. Es wäre schön, Sie in der Nähe zu haben. Sie wissen schon, damit wir noch länger arbeiten können, aber bequem von zu Hause aus. Soweit ich weiß, ist der Verkehr hier ein Albtraum. Es wäre sinnvoll, Sie näher bei mir zu haben."

„Ich weiß nicht." Ich war von dem Angebot begeistert, aber ich war nicht daran gewöhnt, so gut behandelt zu werden, und wusste nicht, was ich sagen sollte.

„Die Apartments sind komplett eingerichtet. Sie müssen nur Ihre Kleidung und Ihre persönlichen Gegenstände mitbringen. Es gibt zwei Schlafzimmer, sodass Sie Freunde und Familie einladen können." Er schien zu versuchen, mich dazu zu überreden, sein überaus großzügiges Angebot anzunehmen – dabei war das gar nicht nötig!

„Ich habe hier keine Familie." Ich wollte nicht auf die ganze Geschichte eingehen, also hielt ich mich kurz. „Meine Mom ist schon lange von der Bildfläche verschwunden und mein Dad lebt in Griechenland."

„Das ist hart." Seine grünen Augen verließen meine nicht und ich sah Mitgefühl darin. „Ich akzeptiere kein Nein als Antwort. Es ist an der Zeit, dass Sie ein neues Kapitel in Ihrem Leben beginnen."

Wow, jemand, der mir dabei helfen will, neu anzufangen. Endlich habe ich auch einmal ein bisschen Glück. Ich frage mich nur, wie lange es anhalten wird ...

KAPITEL DREI

BALDWYN

Es war offensichtlich, dass Sloan an ihrem ersten Arbeitstag nicht versuchte, hübsch auszusehen – hellbraune Hose, weiße Bluse und klobige Lederschuhe, um Gottes willen. „Ich muss kurz weg, Baldwyn. Normalerweise lasse ich das Frühstück nicht ausfallen, also ruft das Mittagessen heute etwas früher meinen Namen." Sloan war so süß. Ich bezweifelte, dass sie es wusste, aber ich hatte es sofort bemerkt.

„Waren Sie heute Morgen nervös?" Ich wusste, dass es so gewesen war. Sie hatte bei ihrer Ankunft furchtbar angespannt ausgesehen. Aber jetzt wirkte sie ruhig, konzentriert und bezaubernd. Und sie lächelte viel – das gefiel mir.

„Ich denke, das ist ganz normal, wenn jemand seinen ersten richtigen Job antritt." Sie sah sich abgelenkt in unserem Büro um. „Meine Tasche ... ich kann mich nicht ..." Ihr Lachen erfüllte den Raum. „Oh ja, jetzt erinnere ich mich." Sie nahm die Schlüssel aus ihrer Hosentasche und ging zur Tür. „Ich habe sie in meinem Kofferraum gelassen."

Ich trat hinter sie und bemerkte einen zarten Duft, als ihr Haar bei jedem Schritt hin und her schwang. „Sie hatten Angst, zu weiblich auszusehen." Es war keine Frage, sondern eine Feststellung.

Die Rezeptionistin erschien, als wir den Eingangsbereich erreich-

21

ten. „Oh, Mr. Nash. Entschuldigen Sie die Verspätung. Mein Baby war letzte Nacht krank und ich habe verschlafen. Ich hätte angerufen, aber ich war damit beschäftigt, mich umzuziehen und eine Babysitterin zu finden."

„Sie haben nichts verpasst, Lisa." Ich wollte nicht, dass sie dachte, ich wäre immer so nachsichtig. „Aber das sollte nicht noch einmal passieren. Hier ist im Moment nicht viel los, aber schon morgen wird sich das ändern und Sie müssen hier sein, um Anrufe entgegenzunehmen und unseren neuen Angestellten zu zeigen, wohin sie gehen sollen. Ich erwarte, dass Sie um neun Uhr hier sind." Es war erst ihr dritter Arbeitstag. Dass sie zwei Stunden zu spät erschienen war, verhieß nichts Gutes.

„Sie haben ein Baby?", fragte Sloan. „Einen Jungen oder ein Mädchen?"

„Ein Mädchen." Lisa senkte den Kopf, als sie sich hinter den Schreibtisch setzte. „Ich schwöre, es wird nicht wieder vorkommen, Mr. Nash."

Sloan sah mich über ihre Schulter an. „Ich kann ans Telefon gehen, wenn sie Probleme mit ihrem Baby hat, Baldwyn. Es macht mir überhaupt nichts aus." Sie sah zurück zu Lisa und fragte: „Ist Ihre Tochter Ihr einziges Kind, Lisa? Oh, und ich heiße übrigens Sloan Rivers."

Lisa schüttelte Sloans ausgestreckte Hand, während die beiden sich anlächelten. „Sie ist mein einziges Kind, ja. Freut mich, Sie kennenzulernen. Aber sind Sie nicht die neue Ingenieurin? Sie können keine Anrufe entgegennehmen. Ich werde tun, was ich kann, damit ich nicht wieder zu spät komme. Vielleicht kann meine Schwester vorbeikommen, wenn ich Probleme mit dem Baby habe."

„Großartige Idee." Ich mochte Menschen, die eine Lösung fanden, bevor ein Problem allzu groß werden konnte. „Wir gehen jetzt zum Mittagessen. Ich bringe Ihnen etwas mit, wenn ich zurückkomme. Wenn Sie Ihre Mittagspause und Ihre beiden dreißigminütigen Pausen ausfallen lassen, muss ich Ihnen für Ihre Verspätung nicht den Lohn kürzen."

„Danke, Chef." Lisa öffnete die Schublade ihres Schreibtisches und machte sich an die Arbeit. „Ich weiß es wirklich zu schätzen, dass Sie das für mich tun. Was auch immer Sie mir mitbringen, wird in Ordnung sein, Sir."

„Haben wir eine Stunde Mittagspause?", fragte Sloan, als wir nach draußen gingen.

Der Lärm des Verkehrs, der auf der Schnellstraße einen Block weiter vorbeifuhr, machte es schwer, einander zu verstehen, sodass ich lauter sprechen musste als zuvor. „Wir haben so lange Mittagspause, wie wir wollen." Ich trat neben sie und führte sie zu meinem Auto. „Mögen Sie Sushi?"

Sie blieb stehen und sah mir direkt in die Augen. „Sie müssen nicht mit mir zum Mittagessen kommen."

„Sie kommen mit *mir*." Ich stieß sie mit meiner Schulter an und schob sie weiter in die Richtung, in die sie gehen sollte. „Kommen Sie schon, ich fahre. Das Mittagessen geht auf mich. Ich kann es von der Steuer absetzen, also keine Widerrede."

„Und das Apartment?", fragte sie, als der Widerspruch, den ich von ihr erwartet hatte, ausblieb.

„Ja, das auch. Ich möchte aber nicht, dass Sie denken, ich tue Ihnen einen Gefallen. Ich habe meine Gründe. Finanzielle Gründe. Wie sieht es mit einem Auto aus? Haben Sie einen zuverlässigen Wagen?"

„Ja, Sie müssen mir keinen besorgen." Sie fuhr mit der Hand durch ihre Haare und lächelte, als sie zu dem strahlend blauen Himmel aufblickte. „Heute ist es schön draußen." Sie sah auf mein Auto, als ich auf den Schlüsselanhänger drückte, um es zu entriegeln. Dann trafen ihre Augen meine. „Was halten Sie von Essen im Freien anstelle von Sushi?"

„Woran denken Sie?" Ich kannte die Umgebung noch nicht allzu gut.

„Joe's macht wahnsinnig gute Tacos. Mögen Sie Tex-Mex?"

„Ich komme aus Houston, Sloan. Tex-Mex ist dort an jeder Ecke zu finden." Ich öffnete die Autotür für sie und sie sah zu mir auf, da ich gut dreißig Zentimeter größer war als sie. „Dann also Joe's."

„Danke, Baldwyn." Sie nahm Platz und schnallte sich an, als ich die Tür schloss.

Der Verkehr stockte immer wieder und ich wusste, dass ich daran gewöhnt sein sollte, da ich ebenfalls aus einer Großstadt stammte, aber das hier war noch schlimmer. „Der Verkehr hier ist fürchterlich."

„Ja", stimmte sie mir zu. „Die Bevölkerung ist in den letzten

Jahren stark gewachsen. Die Stadt kann kaum mithalten. Es wird großartig sein, ein Restaurant im Resort zu haben, sodass die Leute es nicht verlassen müssen, um etwas zu essen zu bekommen."

Laut Navigationssystem war Joe's vorne rechts. Die Schlange wartender Kunden war meterlang und mir lief das Wasser im Mund zusammen. „Sieht so aus, als wäre es ein großartiges Lokal."

„Das ist es auch", schwärmte sie. „Eines der besten. Es schließt jeden Tag um drei, also müssen die Leute ihre Tacos holen, solange sie können."

Es war unglaublich schwierig, einen Parkplatz zu finden, aber sobald ich es geschafft hatte, sprinteten wir beide los, um uns ebenfalls anzustellen. Plötzlich klingelte mein Handy. „Das ist mein Bruder Stone", ließ ich sie wissen, als ich über den Bildschirm strich. „Was ist los, kleiner Bruder?"

„Ich bin an der Ampel hinter dir. Was machst du und mit wem bist du zusammen?", fragte er.

Als ich mich umdrehte, entdeckte ich sein Auto. Drei weitere Köpfe waren darin zu sehen. „Du hast das Rudel mitgebracht, hm?"

„Ja, wir sind alle zusammen gefahren. Rieche ich Tacos?"

„Das tust du. Du solltest parken und zu uns kommen. Sloan Rivers, unsere leitende Ingenieurin, sagt, dass sie großartig sind."

„Sie ist also deine Begleiterin", sagte er lachend. „Besorgt euch einen Tisch, der groß genug für uns alle ist."

Ich beendete den Anruf und grinste Sloan an. „Sie werden gleich meine Brüder kennenlernen."

Ihr Körper spannte sich an. „Oh, gut."

„Sie sind nicht nervös, oder?", fragte ich.

„Warum sollte ich nervös sein?" Ihre Hände ballten sich an ihren Seiten zu Fäusten. „Es ist nur ein Mittagessen mit fünf Männern, die zufällig meine Chefs sind."

Ich wollte nicht, dass sie so über uns dachte. „Sloan, wir sind nicht wirklich Ihre Vorgesetzten. Sie sind eine Auftragnehmerin, keine Angestellte."

„Ja." Ihr leichtes Nicken ließ mich denken, dass sie versuchte, es so zu sehen. „Es ist nur so, dass ich immer für andere gearbeitet habe – niemals für mich selbst. Aber Sie haben recht. Sie und Ihre Brüder sind eher so etwas wie meine Kunden."

„Wir *sind* Ihre Kunden." Ich atmete den köstlichen Duft von Koriander ein und stöhnte leise. „Ich kann es kaum erwarten, die Tacos zu probieren."

„Es wird nicht mehr lange dauern." Sie nickte zu der Schlange, die sich schnell bewegte, und sagte: „Nur noch fünf Kunden, dann sind wir dran."

„Eine Einheimische zur Freundin zu haben, scheint sich bereits für mich auszuzahlen." Ich sah, wie meine Brüder auf uns zukamen. „Hier kommt das Rudel."

Da sie bestrebt waren, sich schnell anzustellen, fiel ihre Begrüßung kurz aus. „Es freut uns, Sie kennenzulernen, Sloan."

Sie winkte, als sie zum Ende der Schlange rannten, und rief: „Ich freue mich auch."

Eine Viertelstunde später saßen Sloan und ich unter einem Sonnenschirm an einem Tisch und in der kühlen Brise tanzte ihr dunkles Haar um ihr ungeschminktes Gesicht. Rehaugen wie ihre brauchten keine Mascara und keinen Eyeliner, damit sie hübsch aussahen. Ihre dichten, dunklen Wimpern betonten sie auch so. Ihre Wangen waren hellrosa und passten zur Farbe ihrer vollen Lippen.

Es war schwer, genau zu sagen, was für eine Figur unter ihrer formlosen Hose und ihrer Bluse verborgen war, aber ich sollte sie ohnehin nicht auf diese Weise ansehen. Also lenkte ich mich ab, indem ich ihr dabei zusah, wie sie gekonnt etwas Rotes auf ihren Taco spritzte. „Ist das sehr scharf?"

„Oh, ja." Sie schob die Flasche zu mir. „Sie müssen es versuchen."

„Muss ich?" Ich öffnete den Deckel und schnupperte. „Es riecht ziemlich scharf."

„Weil es das ist." Sie nahm einen großen Bissen und nickte, während sie kaute und zufrieden stöhnte. „Das ist so gut."

Ich gab einen Tropfen auf meinen Rindfleisch-Fajita-Taco. Ich wollte ihn nicht darin ertränken, so wie sie es getan hatte. „Lassen Sie mich dieses Zeug erst einmal probieren, bevor ich mehr davon nehme."

„Das ist Knoblauch mit Chilischoten, Essig und etwas, das sehr nach Kokosöl schmeckt. Sagen Sie mir, wofür Sie es halten." Ihre Augen hingen an meinen, als ich meinen ersten Bissen nahm.

Schärfe füllte meinen Mund. „Chilischoten!" In der Soße waren offenbar jede Menge davon. Aber dann ließ die Schärfe soweit nach, dass ich den Knoblauch und den Hauch von Kokosnuss schmecken konnte. „Sie haben recht, da ist Kokosöl drin. Das ist gut!" Ich goss mehr von der Soße über meinen Taco und nahm noch einen Bissen.

„Ich kann es kaum erwarten, es auch zu probieren", sagte Stone, als er sich neben Sloan setzte. „Ich bin Stone, Sloan."

„Freut mich, Sie kennenzulernen." Sie hielt ihren Taco hoch, der so groß war, dass man zwei Hände brauchte, um ihn zu halten. „Ich würde Ihnen die Hand geben, aber wie Sie sehen können, habe ich keine frei."

„So wird es mir auch bald gehen." Stone schaute auf die Soße, die neben mir stand. „Ist die gut?"

„Nein", sagte ich mit einem Grinsen. „Sie ist großartig!" Ich schob die Soße zu ihm, als Patton sich neben mich setzte. „Das ist Patton. Patton, das ist Sloan."

„Es ist schön, Sie kennenzulernen, Sloan. Ich kann es kaum erwarten, mit Ihnen zusammenzuarbeiten." Er rückte seinen Stuhl ein wenig zur Seite, als Cohen sich neben ihn setzte. „Sloan, das ist Cohen."

Cohen nickte. „Freut mich, Sie kennenzulernen."

„Mich auch. Probieren Sie die Soße." Sie schob sie in seine Richtung. „Sie ist sehr gut."

Warner kam als Letzter und nahm neben Stone Platz. „Hey, Sloan, ich bin Warner. Wie hat Baldwyn Sie bisher behandelt?"

„Großartig." Sie sah mich an und ihre dunklen Augen leuchteten. „Er hat mich zum Mittagessen eingeladen und mir ein neues Apartment angeboten."

„Cool. Werden Sie zu uns in das Apartmentgebäude ziehen?", fragte Warner, als er die Soße auf seinen Taco goss.

Sie hatte mir noch keine richtige Antwort gegeben. Ich hatte ihr gesagt, dass ich kein Nein akzeptieren würde, aber das bedeutete nicht, dass sie eingewilligt hatte. Also wartete ich und sah zu, wie ihr Lächeln zu einem Stirnrunzeln und wieder zu einem Lächeln wurde, bevor sie sagte: „Ja. Ich werde dort einziehen. Ich denke, es wird eine ziemlich interessante Erfahrung für mich sein."

„Das ist gut, Sloan." Ich konnte nicht aufhören zu lächeln. „Das wird es für uns alle sein. Ich bin froh, Sie an Bord zu haben."

Ihre Augen schweiften über den Tisch und betrachteten jeden von uns, bevor sie sagte: „Ihre Mutter und Ihr Vater müssen stolz darauf sein, so gutaussehende Söhne zu haben."

„Ich bin mir sicher, dass sie es früher waren", sagte ich und nahm eine Serviette, um meinen Mund abzuwischen. „Sie sind bei einem Hausbrand gestorben."

Ihre Kinnlade klappte herunter, als ihre Augen sich weiteten. Stone stupste ihre Schulter mit seiner an. „Es ist okay, Sloan. Es ist schon sechzehn Jahre her. Ich war acht, als sie starben, aber Baldwyn war schon neunzehn. Er hat sich gut um uns gekümmert."

Patton fügte hinzu: „Ich habe auch geholfen, obwohl ich erst sechzehn und noch in der Schule war."

„Ich war dreizehn und Cohen war elf", sagte Warner. „Unsere älteren Brüder hatten es nicht leicht mit uns. Aber sie haben es irgendwie geschafft."

„Und Sie haben alle so viel erreicht", flüsterte sie, als könnte sie es nicht glauben.

„Ja, wir haben hart gearbeitet." Ich hatte uns nie als unglücklich angesehen. Ich hatte immer das Gefühl gehabt, dass der Tod unserer Eltern dazu beigetragen hatte, uns stärker zu machen. „Sie waren an jenem Morgen allein im Haus, weil meine Brüder in der Schule waren und ich meinen Job in einem Resort in der Nähe angetreten hatte. Ich hörte die Sirenen von dort. Mir ist nur nicht in den Sinn gekommen, dass die Einsatzfahrzeuge auf dem Weg zu unserem Haus waren."

„Die Schulkrankenschwester ist damals gekommen und hat mich aus dem Unterricht geholt", sagte Stone, während er in die Ferne starrte. „Sie erzählte mir, dass meine Eltern bei einem Brand ihr Leben verloren hatten, und ich wusste nicht, was das überhaupt bedeutete. Ich fragte immer wieder, wo Mom und Dad waren. Ich wusste, dass sie ihr Leben verloren hatten, aber ich hatte keine Ahnung, dass das auch für ihre Körper galt."

Warner lächelte. „Kleiner Trottel."

„Das war ich wirklich", gab Stone zu.

Sloan legte ihre Hand auf seine Schulter, während sie die Stirn runzelte. „Nein, Sie waren kein Trottel. Sie waren ein Kind, das Dinge wie den Tod noch nicht verstanden hat. Das muss schrecklich für Sie alle gewesen sein."

Ich erinnerte mich kaum an jene Zeit. „Es war chaotisch. Wir hatten kein Zuhause mehr, weil das Feuer es vollständig zerstört hatte. Wir hatten nur noch die Kleider, die wir am Leib trugen. Ich war mit meinem Auto zur Arbeit gefahren, also hatten wir das auch. Einen alten Chevy Nova ohne Klimaanlage. Die Autos von Mom und Dad waren in der Garage und verbrannten ebenfalls."

„Es ist ein Wunder, dass Sie alle es so weit gebracht haben." Sie presste ihre Hand auf ihr Herz und legte den Kopf schief, als sie mich ansah. „Was für ein großartiger Vaterersatz Sie für Ihre Brüder geworden sind, Baldwyn." Ihre dunklen Augen waren voller Respekt. „Was für ein großartiger Mann Sie sind."

„Ich habe nur getan, was getan werden musste. Das ist alles." Ich mochte es nicht, dafür gelobt zu werden, ein verantwortungsvoller Mensch zu sein, der wusste, dass er sich um die einzige Familie kümmern musste, die er noch hatte.

Bei der Anbetung in ihrem Blick fühlte ich mich allerdings übermenschlich. *Ich wette, ich könnte fliegen, wenn ich es jetzt versuchen würde.*

KAPITEL VIER

SLOAN

Auf dem Weg zurück zu unserem Büro hatte ich mehr Respekt denn je vor Baldwyn Nash. „Sie haben mit nur neunzehn Jahren die Vaterrolle übernommen. Wow."

Die Art und Weise, wie er mit seinen breiten Schultern zuckte, sagte mir, dass er es nicht für eine große Sache hielt. „Man weiß nie, wozu man fähig ist, bis man es tun muss. Wenn mich jemand gefragt hätte, ob ich meine vier Brüder großziehen könnte, hätte ich gesagt, dass das unmöglich wäre. Aber wenn man vor der Wahl steht, etwas selbst zu tun oder es jemand anderem zu überlassen, zum Beispiel etwas so Wichtiges wie die Versorgung der eigenen Geschwister, dann ist man zu mehr fähig, als man je gedacht hätte."

„Sie haben auch Ihr Zuhause verloren." Ich konnte mir nicht vorstellen, so viel auf einmal zu verlieren. „Was haben Sie und Ihre Brüder getan?"

„Mein Chef hat uns fast ein Jahr lang in der Penthouse-Suite wohnen lassen. Ich wollte aber nicht in seiner Schuld stehen und den Job wechseln können. Also habe ich mir Geld von unserem Onkel Rob geliehen und bin mit meinen Brüdern in eine Wohnung mit drei Zimmern gezogen." Er sagte es, als wäre es nichts Besonderes.

„Ich denke, Sie sind ein größerer Held, als Sie glauben. Auch wenn es darum geht, Menschen eine Chance zu geben. So wie mir zum Beispiel." Ich hatte großes Glück, dass er mir diese Chance gegeben hatte, die hoffentlich meine Karriere in Gang setzen würde.

Er fuhr auf die Baustelle und lächelte nur. „Sie haben diese Chance verdient, Sloan. Sie haben im College hervorragende Noten erzielt und bei dem Praktikum, das Sie für diesen Job abgebrochen haben, hatten Sie hervorragende Bewertungen."

Wärme breitete sich in meinen Wangen aus, weil ich nicht daran gewöhnt war, Komplimente zu bekommen. „Ich werde alles tun, um Sie stolz darauf zu machen, dass Sie mich damit beauftragt haben, Ihr Resort zu bauen."

„Ich bin sicher, dass Sie das tun werden." Er nahm die Tüte mit den Tacos, die er für Lisa mitgebracht hatte, und stieg aus dem Auto.

Ich folgte ihm und senkte den Kopf, weil ich nicht wollte, dass jemand das Lächeln auf meinem Gesicht sah. In der Gesellschaft des Mannes zu sein, gab mir ein großartiges Gefühl. Aber obwohl ich mich körperlich sehr zu ihm hingezogen fühlte, wollte ich nicht darauf reagieren. Ich wollte, dass wir eine professionelle Beziehung hatten. Ich wusste, dass Menschen, die zusammenarbeiteten, Freunde sein konnten – aber die meisten Affären führten zu nichts Gutem. Außerdem hatte ich unheimlich viel Achtung vor dem Mann.

Auf romantische Weise an Baldwyn zu denken, war nichts, was ich tun sollte. Vor allem nicht an meinem ersten Arbeitstag.

„Ich rieche Tacos von Joe's", sagte Lisa zur Begrüßung, als wir in den winzigen Empfangsbereich kamen. Ihre leuchtenden Augen begegneten meinen. „Das habe ich bestimmt Ihnen zu verdanken, Sloan."

„Ich habe ihm eines der bestgehüteten Geheimnisse von Austin verraten. Seine Brüder kennen Joe's jetzt auch. Alle haben die Tacos und die Soße geliebt."

Sie nahm die braune Tüte von Baldwyn entgegen. „Oh, bitte sagen Sie mir, dass Sie mir auch etwas von der fantastischen Soße mitgebracht haben."

„Viel besser, Lisa." Baldwyn grinste und war offenbar stolz auf seine großartige Leistung. „Sehen Sie in die Tüte."

Mit großen Augen öffnete Lisa die Tüte und holte eine lange Glasflasche heraus, die mit der roten Soße gefüllt war, für die Baldwyn nach einem langen Kampf mit Joe teuer bezahlt hatte. „Das kann nicht wahr sein!"

„Doch, das ist es." Baldwyn polierte seine Nägel an seinem Revers. „Joe verkauft seine Soße normalerweise nicht, also war es nicht einfach, ihn dazu zu bringen, mir die Flasche zu überlassen."

Sie drückte die Flasche an ihre Brust und ihre Augen leuchteten, als sie ihn bewundernd ansah. „Wie haben Sie das geschafft, Boss?"

Er legte einen Finger an die Lippen und sagte: „Shhhh. Wir wollen nicht, dass irgendjemand denkt, wir würden Übernachtungen in unserem Resort gegen scharfe Soße eintauschen."

Ihre Augen wanderten zu mir und sie fragte: „Wie viele Flaschen hat er bekommen?"

„Nur eine." Ich war ein bisschen eifersüchtig auf sie – in mehrfacher Hinsicht. Aber ich hatte noch mehr Achtung für Baldwyn, weil er ihr etwas Besonderes gekauft hatte. „Ihr Chef ist anscheinend sehr einfühlsam. Er hat an Ihre harte Nacht mit Ihrem Baby gedacht und beschlossen, Ihnen eine Freude zu machen."

„Nein", flüsterte sie. „Nur dafür?"

Mit einem Zucken seiner breiten Schultern, das ich jetzt schon ein paarmal gesehen hatte, wiegelte Baldwyn ab. „Hey, es ist nur scharfe Soße. Kein Problem."

„Das ist ein wunderbares Geschenk und ich liebe es, Boss. Das tue ich wirklich." Lisa sah aus, als würde sie gleich weinen.

Aber er hielt sie auf. „Werden Sie nicht sentimental, Lisa. Es ist alles okay." Er drehte sich zu mir um und betrachtete mich einen Moment lang. „Was ist Ihre Lieblingsfarbe, Sloan?"

„Dunkelorange."

„Wie es sich für eine echte Texanerin gehört. Aber welche Farben gefallen Ihnen in einem Haus? Für die Wände, Teppiche und Fußböden? Und für die Vorhänge, Tagesdecken und so weiter?"

„Oh." Ich sah Lisa an, die uns ignorierte, während sie ihre Tacos aus der Tüte nahm. „Kommen Sie, lassen Sie uns in unserem Büro darüber reden, okay?" Ich sah keinen Grund, sie neidisch auf das zu machen, was Baldwyn mir anbot.

In unserem Büro setzte ich mich auf meinen Stuhl und sah zu, wie er seinen Stuhl zu mir rollte.

„Also, welche Farben?"

„Alle Farben sind in Ordnung, Baldwyn. Schon allein die Tatsache, dass Sie mir eine Unterkunft besorgen, ist ein Privileg."

„Es gibt dort neutrale Farben, Abendfarben, Morgenfarben und

Nachmittagsfarben." Er gab mir sein Handy und ich sah, dass er bereits die Webseite des Apartmentgebäudes aufgerufen hatte. „Suchen Sie sich ein Farbschema aus."

Ich musste keine Bilder sehen, um zu wissen, was ich wollte. „Ich bin ein Morgenmensch, also nehme ich die Morgenfarben." Als ich ihm das Handy zurückgab, zuckte ein elektrischer Schlag durch meinen Arm, obwohl sich unsere Finger kaum berührt hatten. Ich hatte so etwas noch nie in meinem Leben gefühlt.

„Ich bin auch ein Morgenmensch." Er schürzte einen Moment lang die Lippen und seufzte. „Das Farbschema wird Ihnen gefallen. Rosa, Blau, Orange, Gelb, natürlich alles in Pastelltönen. Das Hauptschlafzimmer verfügt über ein riesiges Fenster, durch das Sie einen Blick auf den Himmel im Osten haben. Die Sonnenaufgänge sind unbeschreiblich."

Sonnenaufgänge waren schon immer eines meiner liebsten Dinge auf der Welt gewesen. „Oh ja?" Preston hatte meine Vorliebe für den frühen Morgen nicht geteilt. Er hatte späte Nächte bevorzugt. Aber Baldwyn und ich waren uns irgendwie viel ähnlicher.

Er stellte das Telefon laut und rief in dem Apartmentgebäude an.

„Vista Estates", antwortete eine Frau.

„Pam?", fragte er.

„Ja, das bin ich."

„Hier spricht Baldwyn Nash."

„Oh. Was kann ich für Sie tun, Sir?" Ihre eifrige Antwort sagte mir, dass er dort bereits viel Geld ausgegeben hatte.

„Ist zufällig ein Apartment in Morgenfarben frei?", fragte er, während er mich angrinste, als ob er etwas wüsste, das ich nicht wusste.

Ich hörte Tippen, als sie auf ihrem Computer nachsah. „Drei Apartments in Morgenfarben sind frei, Sir. Eines liegt direkt neben Ihrem."

„Ich nehme es", sagte er schnell. Er schaltete das Telefon kurz stumm und sagte zu mir: „Mein Apartment ist am Pool. Das heißt, dass Ihres es auch sein wird. Ein weiterer angenehmer Vorteil."

„Natürlich. Wann brauchen Sie es, Sir?", fragte sie.

„Wann können wir es haben?" Er trommelte mit den Fingern auf sein muskulöses Bein und seine Augen waren auf meine gerichtet.

„Sofort", sagte sie. „Ich kann Ihnen den Mietvertrag per E-Mail zusenden, damit Sie ihn sofort unterschreiben können. Ihre Rechnungsdaten habe ich bereits gespeichert. Es ist ein Whispers Resort Business Lease, oder?"

„Ja. Schicken Sie mir den Mietvertrag und ich werde ihn umgehend an sie zurücksenden." Sein Grinsen ließ mich vor Freude zittern.

„Ich werde den Schlüsselcode und eine Kopie des unterschriebenen Mietvertrags auf der Küchentheke des Apartments hinterlegen. Ich brauche nur den Namen der Personen, die dort wohnen werden, eine Kopie ihrer Führerscheine sowie die Modelle und Kennzeichen der Autos, die bei uns parken werden."

„Sloan Rivers." Er zwinkerte mir zu. „Ein schwarzer Lincoln MKZ, Kennzeichen RIV002. Sie wird Ihnen eine Kopie ihres Führerscheins schicken."

„Großartig. Ich werde Ihnen den Mietvertrag gleich zusenden, Mr. Nash. Auf Wiederhören."

Ich war erstaunt. „Haben Sie das auswendig gelernt?" Ich hatte nicht bemerkt, dass er meinem Auto Aufmerksamkeit geschenkt hatte.

„Ja." Er steckte sein Handy in seine Brusttasche und fragte: „Also, das Kennzeichen – was bedeutet es?"

Ich war mit dem Nummernschild meines Autos nicht zufrieden, aber ich konnte es nicht einfach so ändern. „Mein Ex hat seine Kennzeichen so registriert. RIV steht für Rivers und dann gibt er den Autos Nummern. Meines war 002 und seines war 001. Albern, ich weiß."

„Sind Sie sicher, dass ich Ihnen kein anderes Auto beschaffen soll?" Er rollte seinen Stuhl zu seinem Schreibtisch. „Denn wenn es Sie stört, Dinge zu haben, die er Ihnen gegeben hat, ist es überhaupt kein Problem, Ihnen einen Ersatz zu besorgen. Ich kann das noch vor dem Ende des Tages arrangieren."

Es war schön zu wissen, dass ich auf ihn zählen konnte. „Ich mag mein Auto. Aber wenn es irgendwann ein Problem damit geben sollte, nehme ich Ihr Angebot gern an. Und danke für das Apartment." Ich hatte keine Ahnung, wie schwierig es sein würde, aus meinem aktuellen Mietvertrag herauszukommen, aber ich wollte ihm nichts davon sagen.

„Lassen Sie mich wissen, was Ihr aktueller Vermieter für die vorzeitige Beendigung des Mietverhältnisses verlangt, und wir kümmern uns darum." Er öffnete den Schreibtisch und holte einen Laptop heraus.

Kann er Gedanken lesen? „Sind Sie sicher?" Ich wollte ihm damit nicht zur Last fallen. „Ich sollte meinen Kabelanbieter anrufen und Bescheid sagen, dass ich umziehe ..."

„In dem Apartmentgebäude ist alles inklusive. Sie müssen nichts ändern lassen – Strom, Internet und Kabelfernsehen sind bereits vorhanden. Kündigen Sie einfach die Verträge, die Sie zurzeit haben."

„Also werde ich überhaupt keine Rechnungen mehr haben?" Ich hatte das Gefühl, dass es zu gut war, um wahr zu sein. „Baldwyn, ich will nicht ..." Ich hatte das Gefühl, dass das Wort nicht stark genug war. „Nein, ich *werde* keine Frau sein, die sich aushalten lässt."

Langsam drehte er sich zu mir um. Seine grünen Augen waren auf meine gerichtet. „Das ist ein *Geschäft*, Sloan. Sie werden in keiner Weise ausgehalten. Ich habe keinen Zugang zu Ihrem Apartment. Niemand hat das. Es wird nicht erwartet, dass Sie mehr als Ihre regulären beruflichen Aufgaben für mich oder meine Brüder oder irgendjemanden sonst, der mit diesem Projekt in Verbindung steht, erledigen. Sagen Sie mir, dass Sie das verstehen."

„Das tue ich." Einen Moment lang fühlte ich mich dumm. „Es tut mir leid. Meine Ehe hat mich irgendwie durcheinandergebracht. Danke für diese berufliche Chance und die damit verbundenen Vorteile. Ich weiß Ihre Großzügigkeit zu schätzen und verspreche, mich mehr zu bemühen, an das Gute zu glauben."

„Das sollten Sie wirklich. Ich bin Ihr Kunde und Ihr Freund. Nichts weiter als das, Sloan. Nichts." Er stand auf und verließ das Büro.

Ich legte mein Gesicht in meine Hände. Er kam mit zwei Flaschen Wasser zurück und stupste mich mit einer an. „Oh, Sie sind wieder da."

„Ja. Also, machen wir uns an die Arbeit, okay? Ich kann es kaum erwarten zu sehen, was Sie sich ausgedacht haben. Das Resort ist mein Traum und ich hoffe, wir können es genauso gestalten, wie ich will. Und wenn wir das nicht können, hoffe ich, dass Sie sich etwas anderes einfallen lassen, das mir gefällt."

„Gefallen?" Ich wollte nicht, dass es ihm nur gefiel. Ich wollte, dass er es *liebte*. Alles davon. „Oh, ich werde dafür sorgen, dass dieses Resort so wird, wie Sie es sich wünschen. Ich will eine Fünf-Sterne-Bewertung von Ihnen, Baldwyn Nash. Wenn alles fertig ist, will ich, dass Sie und Ihre Brüder lieben, was wir gebaut haben."

„Ich bin sicher, dass wir es lieben werden, Sloan." Er lehnte sich mit den Händen hinter dem Kopf in seinem Stuhl zurück und schloss die Augen, als könnte er das fertige Resort bereits in Gedanken vor sich sehen.

Ich konnte nicht anders, als ihn schwärmerisch zu betrachten. *Hoffentlich ist er nicht zu gut, um wahr zu sein.*

KAPITEL FÜNF

BALDWYN

Einen Monat nach Projektbeginn lief alles reibungslos. Ich rechnete es Sloan hoch an, dass sie kein Problem damit hatte, die anderen Ingenieure auf Trab zu halten, damit wir schnell Fortschritte machten.

Ich fuhr zum Flughafen, wo der Privatjet der Gentrys gelandet war, und holte Tyrell ab, der nach Austin kam, um der Baustelle einen kurzen Besuch abzustatten.

Er setzte sich auf den Beifahrersitz und grinste mich an. „Du siehst glücklich aus, Baldwyn. Es muss großartig laufen."

„Das tut es." Als ich losfuhr, um ihn in die Innenstadt zu bringen, konnte ich nicht aufhören zu lächeln. „Wir hatten großes Glück mit den Auftragnehmern, die wir angeheuert haben. Ich denke, unsere Idee, Berufsanfänger einzustellen, war verdammt gut."

„Ich hatte Zweifel", gab er zu, „aber ich wollte deine Träume nicht zerstören. Ich bin froh, dass alles funktioniert."

Ich bemerkte, dass er keine Reisetasche mitgebracht hatte. „Verlässt du uns heute schon wieder?"

„Ja. Ich will nur die Fortschritte überprüfen, dann steige ich wieder ins Flugzeug und kehre nach Hause zurück. Ich schlafe nicht gern ohne mein Mädchen. Und der Rückflug dauert nicht einmal eine Stunde. Warum also soll ich über Nacht bleiben?"

„Das verstehe ich." Meine letzte Beziehung war schon eine Weile her. Die Arbeit nahm jetzt meine ganze Zeit in Anspruch, sodass Sex nicht im Vordergrund stand. Aber der Gedanke daran war da, besonders wenn Sloan in der Nähe war. Nicht, dass ich auf die Anziehung, die sie auf mich ausübte, reagiert hätte.

„Wie gefallen dir die Frauen in Austin?" Er schaute aus dem Fenster und reckte den Hals, um die Hochhäuser zu sehen, als wir auf der Schnellstraße in die Innenstadt fuhren.

„Ich war viel zu beschäftigt, um mir über so etwas Gedanken zu machen." Als ich die Schnellstraße verließ, wies ich auf die Lücke in der Skyline hin, die eines Tages mit unserem Resort gefüllt sein würde. „Das ist der perfekte Standort. Vor anderthalb Jahren wurde dort ein verfallenes Parkhaus abgerissen, sonst gäbe es hier gar keinen Platz für ein weiteres Gebäude."

„Das war wirklich Glück." Er stieg aus meinem Truck, nachdem ich geparkt hatte. Als er seinen Blick über die Baustelle schweifen ließ, wirkte er beeindruckt. „Hier ist wirklich viel los, Baldwyn. Liegt ihr im Zeitplan?"

„Das tun wir. Unsere leitende Ingenieurin sorgt jeden Tag dafür." Ich führte ihn zu dem Trailer, in dem sich die Büros der Ingenieure befanden, und fand dort Sloan und Rey, den Wirtschaftsingenieur. Die beiden wollten gerade aus der Tür gehen. „Oh, hey, wohin des Weges?"

„Wir wollten Kaffee trinken gehen", sagte Sloan, als sie sich umdrehte, Rey an der Schulter packte und mit sich zog. „Aber da du jetzt hier bist, machen wir das später." Wir duzten uns inzwischen. Ihre Augen wanderten zu Tyrell, der hinter mir hereinkam. „Sie müssen Tyrell Gentry sein." Sie schob sich an mir vorbei, um ihm die Hand zu geben. „Ihr Cousin hat mir schon viel über Sie erzählt."

Er schüttelte ihre Hand und schenkte ihr ein breites Lächeln. „Nur Gutes, hoffe ich."

„Natürlich." Sie ließ seine Hand los und deutete auf den Mann, der neben ihr stand. „Das ist Rey Delaney. Er ist einer der Ingenieure bei diesem Projekt."

Tyrell schüttelte auch seine Hand. „Es ist mir ein Vergnügen, Rey."

„Mir auch." Rey ging nach hinten, um sich an den langen Tisch zu setzen, an dem wir jeden Morgen ein Meeting hatten.

„Mein Cousin ist hier, um alles zu überprüfen", ließ ich sie wissen. „Sloan, möchtest du ihn über unsere Fortschritte informieren?"

„Sicher." Sie nahm neben mir Platz, während sich Tyrell uns gegenüber an den Tisch setzte. Sie zog einen Stapel Unterlagen zu sich, blätterte darin, zog ein Blatt Papier heraus und schob es ihm zu. „Das ist die Projektübersicht. Wie Sie an der grünen Linie sehen können, liegen wir im Zeitplan."

Ich lehnte mich in meinem Stuhl zurück und war glücklich über ihr Selbstvertrauen. „Sloan ist meine rechte Hand."

„Und manchmal bin ich auch deine linke Hand", sagte sie mit einem Grinsen. „Ich versuche, alles zu erledigen, bevor Baldwyn überhaupt danach fragt."

„Das hört sich gut an", sagte Tyrell mit einem Nicken. „Es sieht so aus, als hättest du hier ein großartiges Team, Baldwyn."

Sloan stand auf. „Wenn du mich für etwas anderes brauchst, schicke mir einfach eine SMS. Ich muss jetzt nach draußen gehen, um sicherzustellen, dass die Bauarbeiter weitermachen. Wenn ich nicht mindestens einmal pro Stunde nach ihnen sehe, lässt ihre Leistung nach. Das darf nicht passieren."

„Ingenieurin *und* Bauleiterin?", fragte Tyrell sie.

„Ich bin, was ich sein muss, damit alles reibungslos läuft." Sie klopfte mir auf den Rücken und beugte sich vor. „Wenn ich mir eine andere Mitfahrgelegenheit nach Hause suchen muss, ist das okay."

„Nein, ich bin rechtzeitig zurück, um dich nach Hause zu fahren." Ich mochte die kurzen Fahrten mit ihr.

„Alles klar." Sie und Rey verließen uns.

Ich hatte nicht bemerkt, dass ich sie beobachtet hatte, bis sich die Tür schloss. Als ich mich umdrehte, sah ich, wie Tyrell mich angrinste. „Oh, verdammt. Du magst sie."

„Natürlich mag ich sie."

„Nein." Er schüttelte den Kopf. „Ich meine, dass du sie auf eine romantische Weise magst."

„Nein." Ich tat es, aber ich würde nicht darauf reagieren.

„Also bittest du sie erst nach Fertigstellung des Projekts um ein Date." Er verschränkte die Arme vor der Brust und schien zu glauben, alles über meine Gefühle zu wissen. „Das ist klug, Baldwyn."

„Ich bin nicht sicher, ob ich Sloan jemals um ein Date bitten werde. Es gibt etwas in ihrer Vergangenheit, das das zu einer schlechten Idee macht." Ich mochte es nicht, hinter ihrem Rücken über sie zu reden. Aber ich hatte keinem meiner Brüder etwas über Sloan sagen können, aus Angst, dass sie es nicht für sich behalten könnten.

Tyrell legte die Hände auf den Tisch und beugte sich vor. „Und das wäre?"

„Sie ist erst achtundzwanzig und bereits geschieden. Ihr ganzes Erwachsenenleben war sie in einer Beziehung mit demselben Mann. Sie hat mir sogar erzählt, dass ihr Exmann der Einzige ist, mit dem sie jemals Sex hatte." Ich schloss den Mund und wusste, dass ich das vor niemandem wiederholen sollte. Nicht, dass Sloan gesagt hätte, ich solle nichts verraten, aber es war ziemlich offensichtlich, dass sie nicht jedem davon erzählte.

„Und warum habt ihr über so etwas geredet?", fragte er mit einem wissenden Grinsen. „Vielleicht denkt sie das Gleiche wie du. Und vielleicht interessiert sie sich mehr für dich, als du glaubst."

„Das tut sie nicht." Dessen war ich mir sicher. „Sie muss immer noch ihre Trennung verarbeiten. Sie hat mir das nicht gesagt, aber ich kann es sehen. Etwas ist ungeklärt. Nicht, dass ich glaube, dass sie den Kerl immer noch liebt. Nur, dass es etwas gibt, das sie zuerst beenden muss."

„Und das macht dich nervös", sagte er. „Weil sie wieder mit ihm zusammenkommen könnte bei dem Versuch, diese unvollendete Sache zu beenden."

Daran hatte ich überhaupt nicht gedacht. „Nun, ich weiß es nicht. Ich meine, ich habe mir eingeredet, dass diese Sache zwischen uns rein geschäftlich ist und wir Freunde sein können, sonst nichts. Ich denke, wir sind gute Freunde. Wir arbeiten auch großartig zusammen. Alles ist großartig. Ich meine …"

„Ja, das habe ich verstanden." Er grinste amüsiert über mein Geplapper.

„Wie auch immer, ich meine nur, dass keiner von uns den ersten Schritt gemacht hat, und das sagt mir, dass sie nicht bereit für Romantik ist."

„Sie hat mit ihrer Hand deinen Rücken gestreichelt, Baldwyn. Sie ist bereit."

„Es war ein Klaps." *Oder war es mehr als das?*

„Nein, es war kein Klaps. Sie hat mit ihrer Hand deinen Rücken gestreichelt. Und weißt du, was das bedeutet?" Der Schimmer in seinen Augen sagte mir, dass er es für sehr bedeutsam hielt.

„Nun, selbst wenn sie das getan hat – was ich nicht glaube, auch wenn du denkst, es gesehen zu haben –, ist es egal." Ich hatte mich entschieden. „Wir arbeiten zusammen, also ist Sex tabu."

„Was ist mit Romantik?", fragte er, als er aufstand. „Romantik und Sex sind nicht dasselbe. Du könntest sie langsam umwerben."

„Sie umwerben?" Ich musste über seine altmodische Ausdrucksweise lachen.

„Was ist, wenn ihr Ex zurück in ihr Leben kommt?"

Ich dachte nicht, dass das passieren würde. Aber wenn doch, würde es mir überhaupt nicht gefallen. „Er hat ihre Berufswahl nie unterstützt. Ich glaube nicht, dass er sie noch will, wenn sie jetzt diesen Job hat."

„Ja, vielleicht hast du recht. Oder du liegst falsch. Zu sehen, dass sie in diesem Job erfolgreich ist, könnte sein Verlangen nach ihr wieder aufflammen lassen. Wer hat die Beziehung überhaupt beendet?"

Ich hatte keine Ahnung. „Ich bin nicht sicher. Und es ist mir egal. Das ist nicht meine Angelegenheit. Es kommt, wie es kommt. Ich weiß aus der Vergangenheit, dass ich auf das Leben anderer Menschen keinen Einfluss habe. Das will ich auch gar nicht."

„Aha, ich verstehe." Tyrell verstand überhaupt nichts. „Du bist damit einverstanden, dass dieser Kerl sie zurückerobert, bevor du ihr deine Gefühle gestehen kannst."

„Das bin ich nicht." Ich würde nicht zulassen, dass ihr Ex sie zurückeroberte. „Ich meine – verdammt, ich weiß nicht, was ich meine. Er war nicht gut für sie. Er hat versucht, sie aufzuhalten. Aber sie bemüht sich trotzdem darum, weiterzukommen. Das respektiere ich, vor allem bei einer Frau, die mit jemandem verheiratet war, der sie daran hindern wollte, ihre Ziele zu erreichen."

„Ich habe herausgefunden, dass Respekt nur ein anderes Wort für Liebe ist", sagte er, als ob es wahr wäre.

„Du bist verrückt. Respekt ist Respekt, mehr nicht. Ich respektiere sie und ich weiß, dass sie mich respektiert." Das reichte mir. „Ihre Freundschaft ist mehr als genug für mich."

Er blickte aus der Tür auf die Bagger, lehnte sich an den Rahmen und holte tief Luft. „Ich hoffe nur, dass ihr Ex nicht auftaucht und all diese großartige Arbeit ruinierte."

„Sie würde nicht zulassen, dass er das tut." Dessen war ich mir fast sicher.

Sie kann nicht zulassen, dass er hier alles ruiniert.

KAPITEL SECHS

SLOAN

Ich schloss die Tür des Kühlschranks, nachdem ich kaum etwas darin gefunden hatte, und wusste, dass es Zeit war, Lebensmittel zu kaufen, obwohl es das Letzte war, was ich an diesem Sonntagmorgen tun wollte. „Wenn ich essen will, muss ich einkaufen."

Auf dem Weg nach draußen griff ich nach meiner Handtasche. Auf der Veranda blieb ich stehen und sah zu Baldwyns Tür. *Vielleicht sollte ich fragen, ob ich ihm etwas mitbringen soll.*

Als ich auf mein Handy blickte, sah ich, dass es erst sieben Uhr morgens war, und das war etwas zu früh, um an die Tür von irgendjemandem zu klopfen – selbst wenn er schon wach war. Der Sonntag war der einzige Tag, an dem wir alle frei hatten. Ich konnte es nicht riskieren, ihn zu wecken.

Als ich auf den fast leeren Parkplatz meines Lieblingssupermarkts fuhr, war ich froh, dass ich mich nicht mit einer Menschenmenge herumschlagen musste. Wenn ich mir Zeit nahm, fand ich bessere Schnäppchen, als wenn ich mich beeilen musste.

Es roch frisch, als ich den Laden betrat. Das war einer der Hauptgründe, warum ich diesen Supermarkt so liebte – das frische Obst und Gemüse. Während ich eine Birne nahm und daran roch, dachte ich darüber nach, etwas Leckeres zum Mittagessen zu kochen. Ich könnte Baldwyn und seine Brüder einladen, das Essen mit mir zu genießen.

Ein gemeinsames Sonntagsessen klang nach etwas, das ich nur zu gern mit meinen neuen Freunden machen würde. Also zog ich mein Handy aus der Tasche, um nach geeigneten Rezepten zu suchen. Ich ging die vielen Vorschläge durch und entschied, was ich bei unserem ersten Sonntagsessen servieren wollte. „Gebratenes Huhn mit Spargel und Portobello-Champignons." Ich leckte mir die Lippen und suchte die nötigen Zutaten, um einen frischen Salat dazu zu machen.

„Du bist früh wach", ertönte eine Männerstimme, bei der mir ein Schauer über den Rücken lief.

Meine Schultern spannten sich an und ich neigte meinen Kopf zur Seite, als mein Exmann auf mich zukam. „Du auch." Er war früher nie vor zehn Uhr aufgestanden. „Das ist seltsam."

„Warum?" Er schob seinen Wagen neben meinen und ließ ihn los, um seine Arme auszubreiten.

Ich sah ihn an und schüttelte meinen Kopf. „Keine Umarmungen, Preston."

„Ich verstehe." Er schob seine Hände in seine Hosentaschen und runzelte die Stirn. „Es ist nicht so, als hätten wir uns im Streit getrennt, weißt du. Ich wüsste nicht, warum wir nicht herzlich miteinander umgehen sollten."

„Schreie ich oder renne ich vor dir weg?" Ich wusste nicht, was er von mir erwartete. „Und wir haben uns auch nicht gerade freundschaftlich getrennt. Es ist Monate her, seit ich dich zuletzt gesehen habe."

„Zwei Monate. Das letzte Mal sind wir uns bei der Scheidungsverhandlung begegnet. Ich muss zugeben, dass ich es vermisst habe, dein Gesicht zu sehen."

Das Blut in meinen Adern begann zu kochen, weil mein Gesicht dem meiner Mutter sehr ähnlich war. „Ist das alles? Ich frage mich, warum das so ist."

„Wir sind zehn Jahre zusammen gewesen, Sloan. Ich habe mich daran gewöhnt, dein Gesicht zu sehen." Er streckte die Hand aus und versuchte, mit seinen Fingern über meine Wange zu streichen, so wie er es Millionen Mal zuvor getan hatte.

Ich wich mit zusammengekniffenen Augen zurück. „Keine Berührungen, Preston."

„Du hast schlechte Laune, hm?" Er schob seine Hände wieder in seine Taschen, so als müsste er sich davon abhalten, mich wieder zu berühren. „Wie ist dein neues Leben?"

„Großartig. Ich habe jetzt einen Job. Einen, der bestimmt meine Karriere als Ingenieurin voranbringen wird." Es war unendlich befriedigend, das Funkeln in seinen hellblauen Augen zu sehen.

„Das freut mich für dich. Damit hast du mir bewiesen, dass ich mich geirrt habe." Sein schiefes Lächeln sagte mir, dass ich ihn überrascht hatte. „Und wo wohnst du jetzt? Ich bin an deiner Wohnung vorbeigefahren und das Auto, das ich dir gegeben habe, ist seit einem Monat nicht mehr dort."

„Ich bin in ein Apartment in der Nähe der Baustelle gezogen. Dort wohnen mehrere Team-Mitglieder während der Bauarbeiten. Das macht es einfacher, den Überblick zu behalten." Ich wollte nicht zu viel darüber sagen, wie ich zu dem Apartment gekommen war, aus Angst, er würde eine große Sache daraus machen.

„Die Bezahlung muss gut sein, wenn du umziehen konntest." Er schlurfte mit den Füßen und sah zur Decke hoch. „Natürlich ist sie das, schließlich bist du als Ingenieurin eingestellt worden."

„Ja, die Bezahlung ist gut." Ich wollte nicht mit meinem Ex plaudern. „Ich muss meine Einkäufe erledigen."

Bevor er etwas erwidern konnte, klingelte mein Handy und ich zog es aus meiner Tasche und stellte fest, dass es Baldwyn war. Ich strich über den Bildschirm und brachte kein Wort heraus, bevor er sagte: „Wo bist du?"

„Im Supermarkt. Brauchst du etwas, wenn ich schon hier bin?" Ich versuchte, Prestons verstörten Gesichtsausdruck zu ignorieren. Er war es nicht gewohnt, dass ich Freunde hatte, da er meine Zeit seit meinem achtzehnten Lebensjahr ganz für sich beansprucht hatte.

„Nein. Aber ich wollte dich heute zum Mittagessen einladen. Willst du irgendwohin gehen?"

„Ich habe darüber nachgedacht, für dich und deine Brüder zu kochen. Aber wenn du lieber ausgehen willst, ist das auch in Ordnung." Es wurde immer schwieriger, Preston zu ignorieren, der jetzt die Stirn runzelte.

„Du musst nicht kochen. Lass uns ausgehen. Ich möchte, dass du mir deine Stadt zeigst. Können wir gegen elf Uhr aufbrechen?"

„Sicher. Ich erledige meinen Einkauf und komme dann nach Hause. Bis gleich." Ich beendete den Anruf und steckte mein Handy wieder in die Tasche. „Nun, ich muss los, Preston. Es war schön, dich wiederzusehen. Pass auf dich auf."

Bevor ich weggehen konnte, packte er mich am Arm. „Wer war das? Ich habe eine Männerstimme gehört. Und du hast gesagt, du würdest etwas für ihn und seine Brüder kochen. Was ist hier los? Lebt ihr beide zusammen?"

„Das war der Mann, für den ich arbeite. Wir leben nicht zusammen. Er ist mein Nachbar und seine Brüder wohnen auch in dem Gebäude." Es ging ihn nichts an und ich hatte keine Ahnung, warum ich seine Fragen überhaupt beantwortete. Aber ich tat es trotzdem.

Sein aufgebrachter Gesichtsausdruck sagte mir, dass ihm das, was ich gesagt hatte, nicht gefiel. „Du gehst also mit diesem Kerl aus?"

„Es ist kein Date. Wir sind nur Freunde." Wollte ich mehr als nur Freundschaft mit Baldwyn? Sicher. Aber die Dinge hatten sich noch nicht in diese Richtung entwickelt.

„Ich denke nicht, dass du mit einem Mann ausgehen solltest", sagte er, als ob er wüsste, was für mich am besten war.

„Ich werde nicht zu Hause herumsitzen und allein alt werden, Preston." Ich schob meinen Wagen von ihm weg und ging schneller.

„Es ist keine gute Idee, dich mit einem Mann zu verabreden, mit dem du zusammenarbeitest." Er hatte kein Problem damit, mit mir Schritt zu halten.

„Es ist kein Date. Wie immer hörst du mir nicht zu." Der Einkauf war mir plötzlich völlig egal. Jetzt wollte ich nur noch meinen Ex loswerden.

„Du lügst mich an, Sloan. Das klang für mich wie ein Date."

„Ich weiß nicht, was ich dir noch sagen soll."

„Sag, dass du nicht hingehst. Ruf zurück und sag ihm, dass du ihn nicht begleiten kannst." Er packte meinen Oberarm, damit ich ihm nicht entkommen konnte. „Bitte."

Als ich sah, wie er mich festhielt, biss ich die Zähne zusammen. „Lass mich sofort los."

Er nahm seine Hand von mir und sah ein wenig verlegen aus. „Sloan, es tut mir leid. Aber du bist noch nicht bereit für ein Date.

Wir waren lange zusammen. Du hast immer gedacht, du wärst viel stärker, als du tatsächlich bist. Ich möchte nicht, dass du verletzt wirst."

Als hätte es mich nicht verletzt, herauszufinden, dass du jahrelang meine Mutter gefickt hast!

„Mach dir keine Sorgen um mich, Preston." Ich ließ meinen Einkaufswagen stehen, wandte mich von ihm ab und lief zum Ausgang.

„Als ob ich etwas dagegen tun kann, mir Sorgen um dich zu machen, Sloan. Du bist meine Frau!", rief er mir nach.

Ich fuhr herum. Mein Gesicht fühlte sich heiß an. „Ich *war* deine Frau. Ich bin es nicht mehr." Dann drehte ich mich um und verließ den Laden.

Was für ein verdammter Idiot. Wie konnte ich ihn jemals lieben?

KAPITEL SIEBEN

BALDWYN

Sloan hatte keine Ahnung, wie süß sie in ihren Shorts und ihrem Tanktop aussah.

„Also wollte keiner deiner Brüder mit uns kommen?"

„Nein." Ich hatte sie nicht gebeten, mitzukommen. „Ich denke, sie hatten andere Pläne." Ich wollte heute mit ihr allein sein. Meine Träume in der Nacht zuvor waren leidenschaftlich gewesen und Sloan hatte in allen die Hauptrolle gespielt. Ihre Aufmerksamkeit teilen zu müssen, würde mir heute einfach nicht reichen.

Sie trug ihre dunklen Haare in einem hohen Pferdeschwanz, der sie noch bezaubernder als sonst wirken ließ. „Nun, das ist schade, denn sie verpassen einen fantastischen Pub."

Mit seiner dunklen Holzfassade und seiner riesigen grünen Tür sah der Pub aus, als wäre er durch ein Wurmloch aus dem alten Irland in die Außenbezirke von Austin gelangt. „Ist das einer der Pubs, in denen die Kellnerinnen historische Kostüme tragen?" Üppige Dekolletés in engen Korsetts klangen vielversprechend.

„Nein." Sie drehte sich zu mir um, während sie rückwärts zur Tür ging, und lächelte wissend. „Bist du enttäuscht?"

„Überhaupt nicht." Sloan hatte selbst genug zu bieten, um meine Augen beschäftigt zu halten.

Sie hielt die schwere Tür für mich auf. „Gentlemen first."

„Danke." Ich trat in den dunklen Korridor, an dessen Ende ein grünes Licht leuchtete. „Ich schätze, es geht hier entlang." Gelächter und das Klirren von Gläsern drang an meine Ohren. „Klingt so, als hätte der Spaß bereits begonnen."

„Es ist dreizehn Uhr an einem Sonntag", sagte sie, als sie neben mich trat. „Die Gäste sind bestimmt schon ziemlich betrunken."

Über der langen Bar, an der zahlreiche Männer und Frauen saßen, hing ein riesiger Flachbildfernseher. „Fußballfans."

„Gaelic Football", sagte sie, als sie sich an einen kleinen Tisch für zwei Personen im hinteren Teil des Raumes setzte. „Die Zuschauer werden sehr laut, wenn das läuft."

Ich fragte mich, ob ihr als Mittagessen literweise Bier vorschwebte. „Ich kann mir nicht vorstellen, warum du mich hierher gebracht hast."

„Du wirst schon sehen. Hier gibt es den leckersten Schmorbraten, den ich je gegessen habe. Dazu winzige Perlzwiebeln, grüne Erbsen und eine dicke, unbeschreiblich gute dunkle Soße. Dieser Pub ist eines der besten Lokale in Austin." Sie hob die Hand und winkte einer Kellnerin.

„Ich habe gesagt, *ich* würde dich einladen. Wie hast du es geschafft, die Führung bei diesem Mittagessen zu übernehmen, Sloan Rivers?" Ich hatte sie in ein schönes, ruhiges Restaurant ausführen wollen, aber sie hatte andere Vorstellungen gehabt. Sie hatte mich sogar dazu gebracht, in ihrem Auto mitzufahren. Wie hatte ich so schnell die Kontrolle verloren?

Die Kellnerin brachte uns zwei eiskalte Bierkrüge. „Womit soll ich sie füllen?"

„Mit Guinness", sagte Sloan. „Können wir die Spezialität des Hauses mit viel Sodabrot bekommen?"

„Sicher." Die Kellnerin stellte die Krüge auf den Tisch und ging dann zum Tresen zurück.

„Es ist wirklich idyllisch hier." Es war laut und dunkel und überhaupt nicht so, wie ich erwartet hatte. Aber als das Essen und die Getränke kamen, wusste ich sofort, dass wir hier richtig waren. „Sloan, wow! Das ist verdammt gut!"

„Ich weiß." Sie tauchte ein Stück Brot in die würzige Soße. „Danach brauchen wir ein Nickerchen."

„Auf deiner Couch?", fragte ich, bevor ich das dunkle Bier probierte.

Sie zuckte mit ihren schmalen Schultern und wirkte einverstanden mit meiner Idee, ein Nickerchen bei ihr zu machen. „Solange du genug Platz für mich lässt."

Ein gemeinsames Nickerchen auf ihrer Couch? Verdammt, ja!

„Wer ist dein Freund, Sloan?", fragte ein Mann aus dem Nichts. Er hielt einen Krug Bier in der einen Hand. Die andere Hand hatte er an seiner Seite zur Faust geballt, als er sich neben Sloan stellte.

„Was zur Hölle soll das?" Sie sah ihn mit großen Augen an. „Was machst du hier?"

Der Mann war älter als sie. Ich dachte, er müsste ein Bekannter ihres Vaters sein, weil er Mitte fünfzig zu sein schien. Er hatte Haare mit grauen Strähnen, einen starken Kiefer und hellblaue Augen, die mich unverhohlen anstarrten. „Ich bin Preston Rivers."

„Oh, verdammt!" Ich hatte nicht beabsichtigt, das laut zu sagen. „Ich meine, hi."

„Das ist Baldwyn." Sloans Verärgerung über ihren Ex war ihr anzuhören.

„Ich dachte, du hättest gesagt, das sei kein Date, Sloan." Seine Augen waren immer noch auf mich gerichtet. „Ich bin ihr Ehemann. Bestimmt hat sie Ihnen von mir erzählt."

„Ein bisschen. Hauptsächlich, dass Sie nicht mehr ihr Ehemann sind." Ich nahm meinen Krug Bier, um etwas zu trinken und mich davon abzuhalten, etwas Dummes zu sagen – wie etwa *Verschwinde von hier, du alter Mistkerl, und hör auf, uns zu belästigen.*

„Preston, geh einfach." Ihre Wangen waren feuerrot und sie zitterte vor Wut.

Mir gefiel nicht, was ich sah. „Sie sollten tun, was sie sagt, Mister."

Anscheinend mochte er es nicht, von anderen gesagt zu bekommen, was er tun sollte. Seine Augen glühten, als hätte ich ihm ins Gesicht geschlagen und ihn zu einem Duell herausgefordert. „Kümmern Sie sich um Ihre eigenen Angelegenheiten, Junge."

Seit Jahren hatte mich niemand mehr ,Junge' genannt. Aber Sloans flehender Blick sagte mir, dass ich nicht auf die Provokation ihres Ex eingehen sollte. Ich hätte dem alten Mistkerl eine ordentliche Abreibung verpassen können, wenn ich gewollt hätte.

„Preston, bitte", wimmerte sie.

Ich hasste es, sie so sprechen zu hören. Sie war in jeder anderen Hinsicht eine starke Frau. Dieser Bastard ließ sie wieder zu dem werden, wozu er sie gemacht hatte – einem Fußabtreter, auf dem er herumtrampeln konnte. Ich würde nicht zulassen, dass er sie so behandelte.

„Sie ist nicht so stark, wie Sie denken, Baldwyn", sagte er und seine Augen wurden weicher. „Wenn Sie mit ihr spielen, wird es tiefe Narben auf ihrer Seele hinterlassen."

„Hey, ich spiele nicht mit ihr. Sie scheinen es aber zu tun. Und ich finde es widerlich", sagte ich. „Sie ist ein verdammt guter Mensch, auch wenn Sie das leider nicht erkannt haben."

Sloan straffte ihre Schultern, holte tief Luft und stand auf, um sich dem Mann entgegenzustellen, mit dem sie verheiratet gewesen war. „Verschwinde."

„Komm mit mir, Baby." Er versuchte, ihre Hände in seine zu nehmen.

Mit einem schnellen Schritt nach hinten entkam sie ihm. „Nenne mich nicht so. Verschwinde. Jetzt sofort."

Seine Schultern sanken. „Also gut." Er trat zurück und sah mich an. „Sie bekommen es mit mir zu tun, wenn Sie ihr wehtun."

Ich wollte so viele Dinge zu dem Mann sagen, der ihr offensichtlich wehgetan hatte, aber ich nickte nur. Ich sah keinen Grund, ihm die Gelegenheit zu geben, noch länger zu bleiben und noch mehr Unsinn zu reden.

Sloan blieb stehen und beobachtete ihn, bis er seinen Krug auf den Tresen stellte und zur Tür hinausging. Erst dann nahm sie Platz und starrte mit glasigen Augen auf ihren Teller. „Es tut mir leid."

„Du schämst dich." Ich konnte es auf ihrem Gesicht sehen. „Tu das nicht. Du hast keine Kontrolle über ihn." Ich trank einen Schluck von dem Bier und stellte meinen Krug auf den Tisch. „Aber ich muss ehrlich zu dir sein."

„Ich weiß. Ich war schwach." Sie seufzte schwer.

Sie hatte keine Ahnung, was ich wirklich dachte. „Überhaupt nicht. Du hast bewiesen, dass du für dich einstehen kannst, Sloan. Ich bin stolz auf dich. Verdammt stolz." Ich griff nach meinem Krug und hielt ihn hoch. „Auf dich, feurige Maid!"

Die anderen Gäste um uns herum, die alles miterlebt hatten, hoben ebenfalls ihre Krüge. „Auf die feurige Maid!", riefen sie.

Ihre rosa Lippen krümmten sich zu einem Lächeln und sie hob ihren Krug und stieß mit mir an. „Danke."

Wie hat sie diesen Idioten jemals lieben können?

KAPITEL ACHT

SLOAN

Baldwyn legte sich auf ein Ende meiner Couch und ich auf das andere. Er zog mir die Schuhe aus und massierte einen meiner Füße. „Du musst dich entspannen."

„Ich weiß." Ich war mehr als entspannt gewesen, bevor mein dummer Ex aufgetaucht war, um mir den Sonntag zu vermiesen. „Der Tag ist nicht so verlaufen, wie ich wollte."

„Ich weiß nicht", sagte Baldwyn und lächelte mich an. „Gleich werden wir auf deiner Couch ein Nickerchen machen, genau wie wir es geplant hatten. Zumindest hat der Kerl das nicht ruiniert."

Aber Preston hatte unser Mittagessen ruiniert, da wir nur wenige Minuten nach der Unterbrechung des Festmahls gegangen waren. „Ich wette, du fragst dich, was ich jemals in diesem Mann gesehen habe."

„Nein." Seine Finger bewegten sich über meine Zehen und übten gerade genug Druck auf sie aus, um mich leise stöhnen zu lassen. „Gefällt dir das?"

„Ja", seufzte ich. „Du machst das großartig."

Er wackelte mit seinen dunklen Augenbrauen und brachte mich zum Lächeln. „Eines Tages werde ich dir den Rücken massieren und dir zeigen, wie großartig ich wirklich bin."

„Das klingt herrlich." Es fühlte sich gut an, mit ihm zusammen zu sein. Preston hatte mich nie so verwöhnt.

Baldwyns Augenlider schlossen sich langsam, als das Bier und das viele Essen ihn ins Land der Träume beförderten, und ich folgte ihm bald.

„Genau dort, Baldwyn", flüsterte ich ihm ins Ohr, als er sich über mich beugte. Seine muskulösen Schenkel drückten meine Beine gegen das Bett, auf dem ich ihm gegenübersaß. Er massierte meine Schultern und entlockte mir ein Stöhnen, das von Leidenschaft durchdrungen war. „Du bist so gut."

„Ich kann es sein, wenn ich will." Seine Hände wanderten über meinen Körper, dann zerrte er mein T-Shirt über meinen Kopf und ließ mich in meinem BH zurück.

Meine Brüste hoben und senkten sich bei meinen schweren Atemzügen und erregten seine Aufmerksamkeit. „Was soll ich als Nächstes massieren?"

Ich lehnte mich zurück und fiel auf das Bett, als er sein Hemd auszog und die perfekten Muskeln an seinem Bauch, seiner Brust und seinen Armen mich förmlich anbettelten, sie zu berühren. Dann brachte er seinen Körper über meinem und stützte sich auf seine Hände. Ich streichelte seine Oberarme, während ich versuchte, nicht vor Lust zu stöhnen.

„Wie wäre es, wenn ich deine Lippen massieren würde?", fragte er.

Ich leckte sie und wollte unbedingt seinen Mund auf meinem spüren. „Das klingt verdammt gut."

Als ob die Zeit stehen geblieben wäre, näherte er sich langsam, bis sich unsere Lippen sanft berührten. Einen Moment lang vermischten sich unsere heißen Atemzüge, bevor er seinen Mund fest auf meinen presste.

Bei der Hitze, die durch meinen Körper strömte, keuchte ich und meine Nägel bohrten sich in seine starken Arme, als sein Kuss mich in eine Welt aus Sünde, Vergnügen und süßer Qual entführte.

Mein Herz schmerzte, als der Kuss inniger wurde und unsere Zungen nicht um die Vorherrschaft kämpften, sondern zusammen tanzten. Ein dumpfes Pochen setzte zwischen meinen Beinen ein, während unsere Körper sich aneinander rieben. Der BH, der meine Brüste bedeckte, störte mich plötzlich. Ich wollte seine Haut auf meiner spüren und krümmte meinen Rücken in der Hoffnung, dass er verstand, was ich brauchte.

Er schob seine Hände unter meinen Körper, öffnete meinen BH und befreite meine Brüste daraus, sodass ich ihm endlich ganz nah war. Er stöhnte bei dem Gefühl und drückte seinen harten Schwanz gegen mich. Wieder war uns unsere Kleidung im Weg.

Ich bewegte meine Hände über seinen Körper, öffnete seine Jeans und zerrte daran, bis sein langer, harter Schwanz herauskam. Ich strich mit meinen Fingern über die gesamte Länge, staunte über den Umfang und sehnte mich danach, ihn endlich in mir zu spüren.

Er wich von mir zurück, stand auf und lächelte, als er seine Jeans auf den Boden fallen ließ. „Und jetzt du." Er packte meine Shorts und riss sie mir vom Leib.

Ich lag nackt auf dem Bett, während er genauso nackt vor mir stand. Mein Herz raste, als ich seinen prächtigen Körper betrachtete. „Sei sanft", murmelte ich. Aber dann überlegte ich es mir anders. „Nein. Sei, was auch immer du sein willst. Sei hart. Sei wild. Bei mir bist du frei, Baldwyn."

Ein Klopfen ertönte. „Hey, ist Baldwyn da drin?"

Meine Augen öffneten sich, als ich Baldwyns Bruder Stone vor meiner Tür hörte. Ich konnte mich nicht bewegen, weil Baldwyns Arme um meine Beine geschlungen waren und sie an seine Brust pressten. „Er ist hier, Stone", rief ich.

Schläfrige grüne Augen öffneten sich und sahen mich an. „Ich habe verdammt gut geschlafen."

Ich auch. Ich wünschte nur, ich wäre nicht aus meinem süßen Traum erwacht.

KAPITEL NEUN

BALDWYN

Seit unserer Begegnung mit Sloans Ex war eine Woche vergangen. Es schien, als wäre sie darüber hinweggekommen. Zumindest, bis ich sie am Telefon belauschte.

„Ich werde zu dir kommen. Ich möchte nicht hier bei der Arbeit darüber reden."

Ich blieb vor der Tür ihres Büros stehen, während ein Schauer mich durchlief. Sie schien mit ihrem Ex zu sprechen und mir gefiel der Gedanke nicht, dass sie ihn traf. Die Art und Weise, wie er ihre gesamte Persönlichkeit verändert hatte, wenn auch nur kurzzeitig, störte mich und wenn ich an den seelischen Missbrauch dachte, den sie erlitten haben musste, schmerzte mein Herz.

„Bis bald", sagte sie und klang, als wäre der Anruf damit beendet. Aber dann fügte sie hinzu: „Ich liebe dich."

Mein Herz setzte einen Schlag aus. *Warum sagt sie diesem Kerl, dass sie ihn liebt?*

Ich wollte sie nicht gleich mit Fragen bombardieren, vor allem, weil ich ein privates Gespräch belauscht hatte. Also dachte ich mir etwas aus, um sie dazu zu bringen, mir zu sagen, was zum Teufel sie vorhatte.

Ich klopfte mit den Fingerknöcheln an die Tür, um sie auf meine

Anwesenheit aufmerksam zu machen. „Hey, Sloan, bist du beschäftigt?"

„Nein." Sie steckte das Handy in die Hosentasche ihrer Jeans. Inzwischen kleidete sie sich nicht mehr unscheinbar. Stattdessen zog sie oft Blue Jeans, Cowboystiefel und ein T-Shirt an und trug ihre Haare in einem Pferdeschwanz. Sie verzichtete immer noch auf Make-up, aber sie brauchte keins. „Was ist los, Baldwyn?"

„Ich dachte, du und ich könnten heute nach der Arbeit am Lake Travis joggen. Ich könnte frische Luft gebrauchen und du bestimmt auch." Ich hoffte, dass es sie dazu bringen würde, mir ihre geheimen Pläne zu erzählen.

Sie verzog ihre Lippen und wandte sich von mir ab. „Nicht heute."

Ich trat vor, damit ich ihr Gesicht sehen konnte, und fragte: „Warum nicht?"

„Ich habe einfach keine Lust." Sie ging zu ihrem Schreibtisch und schob ihren Laptop in ihre Tasche. „Ich breche heute etwas früher auf als sonst."

Ich wollte damit herausplatzen, dass ich wusste, wohin sie gehen wollte. Aber sie hatte mir nicht erzählt, dass sie ihren Ex traf, und ich wollte ihre Privatsphäre nicht verletzen. „Willst du später mit mir zu Abend essen?"

„Ich weiß noch nicht, was ich heute Abend mache. Tut mir leid." Mit einer schnellen Bewegung legte sie den Riemen der Computertasche über ihre Schulter und ging dann zur Tür.

Sie war am Morgen früher als ich zur Arbeit gefahren, also hatte sie ihr Auto dabei. Sie machte das ab und zu, deshalb hatte ich mir nichts dabei gedacht. Aber jetzt musste ich mich fragen, ob sie schon länger geplant hatte, diesen Idioten zu treffen. „Gehst du jetzt nach Hause?"

„Nein." Sie war normalerweise nicht so einsilbig. Plötzlich blieb sie stehen und drehte sich mit einem Lächeln auf ihrem hübschen Gesicht zu mir um. „Ich möchte mir neue Kleider und vielleicht sogar neue Stiefel kaufen. Ich trage diese hier jeden Tag."

Eine plausible Erklärung – obwohl es eine Lüge ist. „Dann viel Spaß."

„Danke. Wenn du noch wach bist, wenn ich nach Hause zurückkehre, komme ich auf ein oder zwei Drinks vorbei." Ihr Angebot diente nur dazu, mich wütend zu machen.

Wenn sie dachte, sie könnte mit ihrem Ex Spaß haben und dann zu mir kommen, war sie verrückt. „Ich denke, ich gehe heute früh ins Bett. Aber danke für das Angebot."

„Okay." Mit einem Schulterzucken wandte sie sich ab und ließ mich zurück.

Aber nicht lange.

Es sah mir nicht ähnlich, so neugierig zu sein, aber ich konnte mich nicht beherrschen. Sloan war mir wichtig und ich wollte nicht, dass ihr der Bastard, mit dem sie verheiratet gewesen war, etwas Schlimmes antat. Also folgte ich ihr, obwohl ich wusste, dass es nicht richtig war.

Der dichte Verkehr in Austin half mir dabei, mich vor ihr zu verstecken, indem ich immer drei oder vier Autos hinter ihr blieb. Etwa drei Kilometer von der Baustelle entfernt fuhr sie in ein Parkhaus und hielt im Erdgeschoss. Ich tat es ihr gleich und beobachtete, wie sie zum Murphy-Gebäude ging. Mit genügend Abstand stieg ich aus meinem Truck und folgte ihr.

Auf dem Weg zu den Glastüren sah ich mein Spiegelbild und erstarrte. *So bin ich normalerweise nicht. Ich muss damit aufhören.*

Ich drehte mich fast wieder um, um zu gehen, aber dann sah ich, wie Sloan die Tür zu einem der Büros öffnete und einen Mann traf. Einen fremden Mann im ungefähr gleichen Alter wie ihr Ex. Er schlang seine Arme um sie, küsste ihren Kopf, zog sie in den Raum und schloss die Tür.

Ich stand fassungslos da und wusste nicht, was zum Teufel ich tun sollte. Sloan hatte kein Wort darüber gesagt, mit jemand anderem zusammen zu sein. Sie hatte mir gesagt, dass sie immer nur mit Preston zusammen gewesen war. Aber was zur Hölle machte sie dann mit diesem Kerl? Und was hatte es damit auf sich, dass sie all diese alten Männer überhaupt mochte?

Vaterkomplex.

Ich zog die Eingangstür auf und ging langsam auf die Tür zu, durch die sie verschwunden war. Ich hatte keine Ahnung, was ich tat oder was ich tun würde, wenn ich dort ankam. Die Lobby war voller Menschen, also achtete niemand auf mich, als ich vor der Tür stehen blieb und mein Ohr dagegen presste, um – wieder einmal – ein privates Gespräch zu belauschen.

Das ist so falsch.

„Wie war es in Griechenland?", hörte ich sie fragen.

„Großartig. Weißt du, du hättest zu mir kommen können, als du Preston verlassen hast. Mein Zuhause ist auch deines, egal wo ich bin", sagte der Mann. „Warum hast du so lange damit gewartet, mir von der Scheidung zu erzählen?"

Vielleicht hat sie eine Affäre mit diesem Kerl.

Sloan schien eine geschickte Lügnerin zu sein. Aber warum sollte sie mich überhaupt anlügen?

Sie hatte mich glauben lassen, sie wäre eine Heilige, die ihren Ehemann niemals betrügen würde. Als würde es mich kümmern, wenn sie dieses Arschloch Preston betrogen hätte.

„Ich wollte es allein schaffen. Und das habe ich auch getan. Ich bin stolz auf mich", sagte sie.

Der Tag, an dem wir uns zum ersten Mal begegnet waren, kam mir wieder in den Sinn. Sie war aufgebracht gewesen wegen des Autos und des Apartments, das ich ihr als Bonus angeboten hatte, und hatte mir gesagt, dass sie sich nicht aushalten lassen würde. Vielleicht deshalb, weil sie ihren Ehemann und zusätzlich diesen Sugardaddy gehabt hatte. Vielleicht hatte sie es sattgehabt, das Spielzeug von zwei Männern zu sein.

Aber warum ist sie jetzt hier bei diesem Mann?

„Ich bin auch stolz auf dich, Baby", sagte er mit liebevoller Stimme.

Baby? Oh, das ist ganz bestimmt ihr Sugardaddy!

„Wie lange wirst du in der Stadt sein?", fragte sie ihn.

Ich ballte meine Hand zur Faust und wollte damit die Tür einschlagen. Mir wurde klar, dass sie von jetzt an jeden Abend beschäftigt sein würde. Zumindest bis der griechische Tycoon Austin verließ, um nach Hause zurückzukehren.

„So lange es dauert. Ich werde nicht weggehen, bis diese Sache geklärt ist", ließ er sie wissen.

Welche Sache?

Er versuchte wahrscheinlich, sie dazu zu bringen, bei ihm zu bleiben und bei ihm einzuziehen – vielleicht sogar ihn zu heiraten. Aber was wäre dann mit mir?

Aus der körperlichen Anziehungskraft, die von Anfang an zwischen uns bestanden hatte, war viel mehr geworden. Ich mochte die Frau wirklich. Ich hatte mich vielleicht sogar in sie verliebt – ein bisschen.

Ich vermisste sie, wenn sie ein paar Stunden nicht bei mir war. Dann ging ich zu ihr, nur um ihr hübsches Gesicht zu sehen und ihre süße Stimme zu hören. Aber ich hatte sie nicht wissen lassen, wie ich für sie empfand. Und jetzt wusste ich, dass ich viel zu lange gewartet hatte.

Meine einzige Hoffnung war, dass sie, nachdem sie schon einmal die Marionette eines Mannes gewesen war, ihre neu entdeckte Freiheit nicht wieder für diesen Kerl aufgeben würde. Sloan war vielleicht nicht immer eine starke, selbstbewusste Frau gewesen, aber sie war es jetzt und ich bewunderte sie dafür. Ich bezweifelte, dass dieser Kerl sie als der Mensch akzeptieren würde, der sie geworden war.

„Dann bin ich froh, dass du noch eine Weile hier sein wirst", lautete ihre Antwort, die für mich keinen Sinn ergab. „Ich habe dich vermisst."

„Ich dich auch, mein Schatz."

Sie würde also definitiv Zeit mit ihm verbringen und das bedeutete weniger Zeit mit mir. Mein Herz schlug wild in meiner Brust und drängte mich, in das Zimmer zu stürmen und ihr zu gestehen, dass ich Gefühle für sie hatte. Aber ich würde sie mit niemandem teilen.

Wir hatten uns kein einziges Mal verabredet oder auch nur geküsst. Wie konnte ich ihr sagen, dass ich eine exklusive Beziehung mit ihr haben wollte?

Jemand berührte mich an der Schulter und ich zuckte zusammen. „Scheiße!", knurrte ich, als ich herumfuhr.

„Suchen Sie das Büro von Richard Manning?", fragte mich eine Frau. Mein offener Mund und meine geweiteten Augen veranlassten sie, weiterzusprechen. „Weil hier sein Büro ist. Ich bin seine Assistentin."

„Ich bin im falschen Gebäude", sagte ich. „Tut mir leid." Ich hielt inne und sah sie an. „Bei ihm ist eine junge Frau. Wissen Sie, ob sie einen Termin hatte?" Ich hatte keine Ahnung, warum ich diese Frage stellte, aber sie kam einfach aus meinem Mund.

„Mr. Mannings Tochter braucht keinen Termin." Bei ihren Worten wurde ich wieder ich selbst.

„Er ist ihr Vater?" Ich wollte in die Luft springen und einen Freu-
denschrei ausstoßen, so glücklich war ich. „Das sind großartige
Neuigkeiten! Danke. Sie haben meinen Tag gerettet."

Ich schwebte fast zu meinem Truck und fühlte mich federleicht.
Sloan war keine Betrügerin. Sie war auch keine Lügnerin. Und vor
allem war sie nicht mit einem anderen alten Mann zusammen. Wir
hatten also immer noch die Chance, mehr als nur Freunde zu
werden.

Aber ich muss aufhören, in ihren Angelegenheiten herumzuschnüffeln.

KAPITEL ZEHN

SLOAN

Mein Vater ergriff die Waterford-Kristallkaraffe, die Preston und ich ihm im Vorjahr zu Weihnachten geschenkt hatten. „Dich sagen zu hören, dass deine Ehe mit diesem Mann vorbei ist, war Musik in meinen Ohren."

Ich holte zwei Gläser und hielt sie ihm hin, damit er sie mit dem bernsteinfarbenen Brandy füllen konnte. „Es war kein Geheimnis, dass du von unserer Beziehung nicht begeistert warst." Mein Magen verkrampfte sich, als ich versuchte, meine Worte sorgfältig zu wählen. „Du hättest uns trennen können, bevor wir überhaupt zusammengekommen waren, wenn du mir von der Affäre erzählt hättest, die er mit Mom gehabt hatte."

„Du kennst meine Gründe dafür, das nicht zu tun." Er nahm eines der Gläser und setzte sich hinter seinen Schreibtisch.

Ich nahm auf dem Stuhl davor Platz. „Ja." Ich atmete das edle Aroma des Brandys ein und wurde an den Lebensstil erinnert, in dem ich aufgewachsen war und weiterhin gelebt hatte, während ich mit Preston verheiratet gewesen war. Menschen in meinem Alter tranken normalerweise keinen Brandy. Ich hatte es auch nie allein getan. Aber wenn mein Vater oder Preston Brandy tranken, tat ich es auch.

Ich muss aufhören, andere Leute nachzuahmen.

Ich musste mich anstrengen, wenn ich endlich ein eigenständiger Mensch werden wollte. Preston war in mein Leben getreten, als ich gerade zur Frau geworden war, und hatte mich stärker beeinflusst, als mir bewusst gewesen war. Ich musste rückgängig machen, was er getan hatte, damit ich meine eigene Persönlichkeit entwickeln konnte.

Dad schloss die Augen, als er den ersten Schluck trank. „Zurück in Austin zu sein, weckt Erinnerungen."

Ich stellte mein volles Glas auf seinen Schreibtisch und entschied, dass es besser war, eher früher als später damit aufzuhören, ihm nachzueifern. Ein Blatt Papier auf dem Schreibtisch fiel mir auf. Darauf stand ein Name, den ich seit Jahren nicht mehr gesehen hatte. Audrey Manning.

Ich streckte die Hand aus und zog das Blatt zu mir. „Dad, was ist das?" Als ich den Brief überflog, fiel mir als Erstes auf, dass er von der Polizei in Austin stammte.

„Das ist der Hauptgrund, warum ich wieder in der Stadt bin, Schatz." Seine dunklen Augen begegneten meinen. „Sie glauben, die Überreste deiner Mutter gefunden zu haben."

Mein Blut gefror in meinen Adern zu Eis. Obwohl Mom die ganze Zeit vermisst worden war, hatte ich nie geglaubt, dass sie tot war. Den Beweis zu bekommen, dass sie nicht länger irgendwo auf der Welt am Leben war, war verstörend und vielleicht sogar verheerend. „Überreste?" Sechzehn Jahre waren vergangen. Ich war mir nicht sicher, was jetzt noch von ihrer Leiche übrig war – wenn es ihre Leiche war, was ich einfach nicht glauben konnte. Ich wollte nicht einmal darüber nachdenken.

Seine Finger legten sich auf den Brief, als er ihn zu sich zurückzog. „Es ist von einem Skelett die Rede."

Das ist natürlich alles, was jetzt noch von ihr übrig wäre. Aber sie kann es nicht sein. Das ist einfach unmöglich.

Ich schauderte, als das Eis in meinen Adern schmolz, und holte tief Luft. „Wie kann die Polizei sicher sein, dass sie es ist?" Ich sah zu meinem Vater auf und stellte ihm all die Fragen, die mir in den Sinn kamen. „Wo ist sie? Warum wurde sie erst jetzt gefunden? Und warum ist sie tot? War es ein Unfall? Wollte sie uns gar nicht verlassen, Dad?"

Wenn meine Mutter bei einem Unfall getötet oder ermordet

worden war, dann war all meine Wut darüber, dass sie mich und meinen Vater verlassen hatte, falsch gewesen – völlig falsch. Ich schloss meine Augen und bemühte mich, nicht zu weinen, aber ich scheiterte und spürte, wie mir Tränen über die Wangen liefen.

Ich bedeckte mein Gesicht mit meinen Händen und schluchzte unkontrolliert, bis ich starke Finger auf meinen Schultern spürte. „Baby, wir werden das zusammen durchstehen. Ich bin wütend auf mich selbst wegen all der schlechten Dinge, die ich im Laufe der Jahre über deine Mutter gedacht habe. Aber bevor wir uns für unsere Gedanken über sie hassen, müssen wir erst herausfinden, ob die Überreste von Audrey stammen oder nicht."

Ich wischte die Tränen weg und wusste, dass Dad recht hatte. „Warum denkt die Polizei, dass es Mom sein könnte?" Das verstand ich überhaupt nicht.

Mein Vater entfernte sich von mir und seine Schultern sanken auf eine Weise, die ich noch nie zuvor gesehen hatte. Es sah so aus, als würde das Gewicht der Welt auf ihnen lasten. „Das liegt daran, wo die Überreste gefunden wurden." Seine dunklen Augen waren plötzlich von Schatten umgeben und sein Gesicht war blass, als er sich setzte und auf das Blatt Papier auf seinem Schreibtisch starrte.

„Dad, du siehst schrecklich aus." Das gefiel mir nicht. „Alles in Ordnung?" Ich hatte ihn in meinem ganzen Leben noch nie in einem so schlechten Zustand gesehen. Nicht einmal, als Mom in jener Nacht nicht nach Hause gekommen war. Oder in der nächsten Nacht oder der übernächsten. „Wo sind die Überreste gefunden worden?"

„Im Süden von Austin." Er sackte zusammen, beugte sich über den Schreibtisch und nahm meine Hände in seine. „Wenn sich herausstellt, dass er irgendetwas mit ihrem Tod zu tun hatte, werde ich auch nicht mehr leben wollen, weil ich ihn nicht von dir ferngehalten habe, Schatz."

Er konnte nur einen Mann meinen. „Preston? Was hat er damit zu tun? Ich meine, außer dass die beiden eine Affäre hatten, bevor Mom verschwand."

Er ließ meine Hände los, nahm das Glas und trank einen langen Schluck. Mein Vater musste sich nicht oft Mut antrinken. Aber was er zu sagen hatte, machte es wohl erforderlich. „Ich hätte ihn aufhalten sollen. Er hat dich mir weggenommen und dich so geformt, wie er es wollte. Er hat dich niemals zu der Frau werden lassen, die du geworden wärst, wenn du mit einem Mann in deinem Alter zusammen gewesen wärst – oder zumindest mit einem Mann aus deiner Generation."

Ich starrte auf den Boden. Ich hatte keine Ahnung gehabt, dass mein Vater so dachte. „Es ist auch meine Schuld. Ich war zu leicht zu manipulieren. Ich habe nie widersprochen und ihm Macht über mich gegeben. Ich war schwach."

„Du warst ein Kind, Sloan. Achtzehn ist nicht alt genug, um zu wissen, was einem jemand seelisch antun kann." Sein harter Atemzug sagte mir, dass er die Schuld an dem, was mir passiert war, bei sich suchte.

Aber ich war nicht mehr schwach. „Ich akzeptiere, dass ich auch schuld daran war, Dad."

„Das solltest du nicht." Sein Kiefer spannte sich an. „Die Schuld liegt allein bei mir. Als dein Vater hätte ich ihm nicht erlauben dürfen, dir das anzutun. Stattdessen habe ich mich hinter der Überzeugung versteckt, dass Menschen ein Recht auf ihre eigenen Entscheidungen haben. Erst nachdem ihr beide geheiratet hattet, habe ich erkannt, dass du gar nicht wissen konntest, was er dir all die Jahre angetan hat. Das Einzige, worüber ich mich freue, ist, dass du allein darauf gekommen bist, dass es an der Zeit war, seiner Herrschaft über dich ein Ende zu setzen. Ich bin so stolz auf dich, Baby. So verdammt stolz auf dich und das, was aus dir geworden ist, obwohl er dir die ganze Zeit eingeredet hat, dass du dir deinen Traum, Ingenieurin zu werden, niemals erfüllen kannst. Aber sieh dich jetzt an."

„Ja, sieh mich jetzt an." Ich hatte immer noch jede Menge Schwächen, die ich vor allen zu verbergen versuchte. „Dad, ich habe noch einen weiten Weg vor mir. Ich war zehn Jahre bei ihm. Ich denke nicht, dass mich das zu einer Heldin macht."

„Du bist eine Heldin, Sloan Manning. Zweifle niemals daran. Du kannst stolz auf dich sein, auch wenn du noch an dir arbeiten musst." Seine Brust schwoll ein wenig an, als sein Stolz auf mich seine Schuldgefühle verdrängte.

„Also, was hat Preston mit der Leiche zu tun, die die Polizei gefunden hat?" Ob es meine Mutter war oder nicht, die Behörden hatten Preston damit in Verbindung gebracht.

„Ein altes Gebäude wurde abgerissen, um Platz für ein neues zu schaffen. Du weißt, wie Preston damals die Vorschriften umgangen hat, wenn er seine Immobilien bauen ließ. Das Gebäude war teilweise eingestürzt, was es zu einer Gefahr machte. Die Leute, die es von Preston gekauft hatten, verkauften das Grundstück an jemand anderen weiter, der alles abreißen ließ. Die Bauarbeiter haben das Skelett direkt unter einer dünnen Betonschicht hinter dem Gebäude gefunden." Seine Finger verweilten über dem Papier. „Der Beamte, der mich kontaktiert hat, sagte auch, dass das Opfer laut dem Gerichtsmediziner definitiv ermordet wurde. Ihm wurde das Genick gebrochen und danach wurde sein Körper zerstückelt. Das Opfer war eine Frau und ungefähr so alt wie deine Mutter bei ihrem Verschwinden."

Gebrochenes Genick und zerstückelt?

„Preston könnte so etwas nicht tun." Ich kannte den Mann. Er war eine Menge Dinge, aber er war niemand, der andere Menschen verstümmelte. „Das ist unvorstellbar."

„Eifersucht kann Menschen dazu bringen, schreckliche Dinge zu tun. Deine Mutter hat vielleicht versucht, mit ihm Schluss zu machen." Es war verständlich, dass er hoffte, dass seine Frau so etwas getan hätte. Aber es war unwahrscheinlich.

Ich wusste allerdings, dass mein Ex-Mann auf keinen Fall eine so grausame Tat begehen könnte. „Ich glaube nicht, dass er dazu in der Lage wäre – auch wenn er eifersüchtig war."

Die müden Augen meines Vaters sagten mir, dass er es leid war, mit mir zu diskutieren. „Wie auch immer, du musst so schnell wie möglich zur Polizei gehen, um eine DNA-Probe abzugeben. Du bist die Einzige, deren DNA der DNA deiner Mutter ähnelt. Wann kannst du das tun?"

„Jetzt." Ich wollte es sofort erledigen. „Ich werde es jetzt gleich tun, wenn das möglich ist. Wie kommt es, dass die Polizei Preston deswegen nicht kontaktiert hat?"

„Ich weiß nicht, ob sie es getan hat." Ein grimmiger Ausdruck trat auf sein Gesicht. „Du musst dich von ihm fernhalten, Baby. Vor allem, wenn er es wirklich getan hat."

„Das hat er nicht", verteidigte ich ihn.

Er hob die Hände, um zu zeigen, dass er nicht streiten wollte, und sagte: „Es ist besser, wenn du dich von diesem Mann fernhältst, bis wir mehr wissen. Auch wenn es sich bei der Leiche nicht um deine

Mutter handelt – Tatsache ist, dass Preston zum Zeitpunkt des Todes der Frau das Gebäude besaß. Er muss gewusst haben, dass eine Terrasse angebaut wurde."

„Es könnte jemand gewesen sein, der dort gearbeitet hat", sagte ich.

„Ja, du hast recht. Und ich bin sicher, dass die Behörden Preston danach fragen werden, wenn sie beschließen, mit ihm zu sprechen." Er fuhr sich mit der Hand über das Kinn. „Falls sie das noch nicht getan haben."

„Ich habe ihn vor Kurzem gesehen und er hat nichts darüber gesagt." Ich war mir sicher, dass er es mir gesagt hätte, wenn er als Mordverdächtiger kontaktiert worden wäre.

Dad hob eine dunkle Augenbraue. „Warum sollte er das tun?"

Wir hatten uns in einem Supermarkt und dann in einem Pub getroffen. Das waren nicht unbedingt Orte, an denen man so etwas diskutieren würde. Aber Preston hätte angerufen, wenn er von der Polizei kontaktiert worden wäre. „Warum nicht? Es ist nicht so, als hätte er mich für jemand anderen verlassen. Er hat niemanden zum Reden."

„Hab kein Mitleid mit ihm, Sloan", warnte er mich. „Ich meine es ernst. Du musst vorsichtig sein, bis alles geklärt ist. Soll ich einen Leibwächter für dich anheuern? Ich will Preston nicht in deiner Nähe haben."

„Mir passiert nichts." In dem Apartmentgebäude war ich in Sicherheit. Und der große, starke Mann, der direkt nebenan wohnte, würde auf mich aufpassen. „Wenn nötig, werde ich meinen Freund bitten, auf mich zu achten. Er wohnt nebenan. Und wir arbeiten zusammen, also wird er ständig in meiner Nähe sein."

Ein strenger Blick sagte mir, dass Dad nicht sicher war, ob ich die Situation wirklich ernst nahm. „Sloan, wenn dir etwas zustößt, werde ich Preston umbringen und dafür ins Gefängnis gehen. Du willst doch nicht, dass das passiert, oder?"

Was für eine Frage!

KAPITEL ELF

BALDWYN

Als ich hörte, wie Sloans Auto vor unseren Apartments neben meinem Wagen hielt, eilte ich zur Tür, um sie zu empfangen. Ich blieb stehen, fuhr mit den Händen durch meine Haare und atmete ein paarmal tief durch bei dem Versuch, entspannt und nicht allzu neugierig auszusehen. Ich öffnete die Tür und sah, dass sie zahlreiche Einkaufstüten trug. „Lass mich dir helfen, Sloan." Ich eilte zu ihr und nahm ihr die Hälfte der Tüten ab. „Wow, das ist eine Menge."

„Es gab einen Sonderverkauf." Sie tippte den Code und die Tür schloss sich. „Und ich habe mir etwas gegönnt. Ich hatte das Gefühl, mir etwas Gutes tun zu müssen. Der Tag heute war viel härter, als ich erwartet hatte."

Ich war froh, dass sie mir erzählte, wie ihr Tag verlaufen war, und erzählte ihr ein wenig über meinen. „Ich habe mir auch etwas gegönnt. Nicht, dass mir etwas Schlimmes passiert wäre." Ich stellte die Tüten auf den Tisch und drehte mich um, um ihr zu helfen. „Ich habe zwei Schüsseln Eis gegessen." Bei Stress ungesund zu essen, war eine meiner Schwächen. Ich war gestresst darüber gewesen, wie ich Sloan sagen sollte, dass ich mehr als nur ihre Freundschaft wollte. „Aber genug von mir. Sag mir, was deinen Tag so hart gemacht hat."

Sie seufzte schwer und ging zum Kühlschrank. „Ich hole mir ein Bier. Möchtest du auch eines?"

„Sicher." Ich folgte ihr und verspürte den Drang, sie in meine Arme zu ziehen, ihren Kopf zu küssen und ihr zu sagen, dass alles wieder in Ordnung kommen würde. Aber ich tat nichts davon. „Ich nehme auch ein Bier."

Feigling!

Sie reichte mir eine Flasche und holte sich auch eine. Nachdem sie einen langen Schluck getrunken hatte, sagte sie: „Ich weiß nicht, ob du mehr über meinen Tag hören willst, Baldwyn. Es ist ziemlich bedrückend."

Ich konnte mich nicht länger beherrschen. Es musste einen Grund dafür geben, dass sie so mitgenommen aussah. Ich schlang meinen Arm um ihre Schultern und zog sie an mich. „Komm schon, setzen wir uns. Dann kann ich dein Leid mit dir teilen."

Sie folgte mir und lächelte, als sie mich ansah. „Du bist ein guter Freund."

Ja, aber ich möchte mehr als nur dein Freund sein.

Ich setzte mich mit ihr auf die Couch.

Nachdem sie einen weiteren langen Schluck getrunken hatte, seufzte sie. „Okay, das Erste, was mich belastet, ist, dass meine Mutter tot sein könnte."

„Meine Güte!" Ich stellte meine Bierflasche auf den Couchtisch und nahm Sloan ihre Flasche ab, bevor ich ihre Hände in meine nahm. „Sloan, das ist furchtbar."

„Ich weiß." Ihre Hände zitterten und ich hielt sie fester, um sie zu beruhigen, während ihre Augen glasig wurden. „Ich habe mir immer eingeredet, dass sie einfach weggelaufen ist, um mit einem anderen Mann zusammen zu sein. Ich hasste sie dafür, dass sie mich und meinen Vater verlassen hatte. Und jetzt, wo sie uns vielleicht gar nicht verlassen hat – zumindest nicht freiwillig –, weiß ich nicht, wie ich mir jemals dafür vergeben soll, dass ich all die Jahre so wütend auf sie war."

Sie hatte mir erzählt, dass ihre Mutter schon lange weg war, aber mehr nicht. „Wie geht es dir mit diesen Neuigkeiten?"

Sie lehnte ihren Kopf an meine Schulter und flüsterte: „Ich weiß nicht, Baldwyn. Ich habe wirklich keine Ahnung, wie ich mich fühle. Ich bin ganz benommen. Und ich habe nicht nur erfahren, dass sie tot sein könnte – sie wurde vielleicht ermordet."

„Ermordet?" Das wurde immer verrückter. „Wie hast du das erfahren?"

„Die Polizei hat meinen Vater kontaktiert. Er ist aus Griechenland gekommen, um sich um diese Angelegenheit zu kümmern. Er wollte nicht, dass ich es tun muss." Sie legte ihre Hand auf meine und klammerte sich daran, als wäre sie ihre einzige Rettung. „Aber ich musste zum Polizeirevier und sie haben mir Blut abgenommen, um zu sehen, ob meine DNA mit den gefundenen Überresten übereinstimmt. Ich hoffe, dass sie das nicht tut."

Ihre Hand fühlte sich wundervoll in meiner an und ich streichelte mit meinem Daumen ihre Knöchel. „Ich bin für dich da, Sloan. Was auch immer du von mir brauchst." Aber sie hatte gesagt, es gäbe noch mehr. „Was belastet dich sonst noch?"

„Die Leiche – oder was davon übrig ist – war unter einer dünnen Betonschicht versteckt, die wohl früher einmal eine Terrasse war. Das zugehörige Gebäude im Süden von Austin hat einst meinem Ex-Mann gehört. Die Polizei glaubt, dass sich der Mord damals ereignet hat." Sie drückte meine Hand, als sie ihren Kopf von meiner Schulter nahm, um mich anzusehen. „Er und meine Mutter hatten eine Affäre, als sie verschwunden ist. Er wurde damals von der Polizei ins Visier genommen. Und jetzt, da die Leiche einer Frau im Alter meiner Mutter auf einem Grundstück gefunden wurde, das früher Preston gehört hat, haben die Behörden keine andere Wahl, als ihn noch einmal unter die Lupe zu nehmen."

„Damit haben sie völlig recht." *Ich habe gleich gewusst, dass der Kerl schrecklich ist!* „Warte." Ich erstarrte. „Er und deine Mutter hatten eine Affäre?"

„Ja." Sie zog ihre Hand aus meiner, griff nach dem Bier und trank, bevor sie es wieder wegstellte. „Ich habe es erst nach unserer Hochzeit erfahren. Mein Vater wusste schon früher davon. Dass er es mir nicht gesagt hat, ist mir ein Rätsel. Ich meine, Dad hatte seine Gründe, auch wenn ich nicht wirklich verstehe, warum er sich unbedingt aus meinem Liebesleben heraushalten wollte."

„Dein Vater wusste von der Affäre?" Ich war fassungslos. „Hat er davon erfahren, bevor deine Mutter verschwunden ist oder danach?"

„Danach." Als sie ihre Hand auf meinem Oberschenkel hin und her bewegte, flackerten Funken über mein Bein und sammelten sich an der Stelle meines Körpers, die ich in diesem Moment unbedingt vor ihr verbergen wollte. „Preston hat Dad gesagt, dass Mom ihm ihren Ehemann und ihr Kind verschwiegen hatte. Preston war angeblich genauso am Boden zerstört gewesen wie mein Vater."

„Wenn das stimmt, kann ich mir vorstellen, dass Preston genauso gelitten hat wie dein Vater. Aber woher weißt du, dass es wirklich so war?" Ich traute dem Mistkerl nicht. „Deine Mutter ist nicht hier, also kennst du nur Prestons Version. Du solltest das, was er über die Affäre sagt, nicht als die reine Wahrheit ansehen. Natürlich wollte er sich vor deinem Vater als unschuldiges Opfer darstellen. Ein Ehemann, der gerade herausgefunden hat, dass seine Frau ihn betrogen hat, möchte normalerweise seinen Widersacher verprügeln."

„Dad ist kein Kämpfer." Sie lachte leise. „Preston auch nicht. Und deshalb glaube ich nicht, dass er meine Mutter oder die Frau, deren Leiche gefunden wurde, hätte töten können. Er ist nicht gewalttätig. Die Überreste der Frau zeigen, dass ihr Genick gebrochen und ihr Körper zerstückelt wurde." Sie erschauerte.

Ich drückte sie fest an meine Brust. „Ich bin hier, Sloan. Du bist nicht allein." Es war schrecklich zu denken, dass ihre Mutter nicht nur Opfer eines grausamen Mordes geworden sein könnte, sondern vielleicht von dem Mann umgebracht worden war, den Sloan geheiratet hatte. Das alles war zu viel für sie, um ohne Unterstützung damit fertig zu werden. Ich küsste ihren Kopf und wollte, dass sie wusste, dass ich für sie da war. „Wenn etwas ist, kannst du jederzeit zu mir kommen. Ich möchte nicht, dass du das allein durchmachen musst."

Sie strich mit ihren Händen über meine Arme und flüsterte: „Du bist wunderbar, Baldwyn. Ich bin so glücklich darüber, dich in meinem Leben zu haben."

Bei dem Wort ,Leben', dachte ich an ihr Leben und daran, dass es in Gefahr sein könnte. Ich wich zurück und hielt sie an den Schultern fest. „Sloan, du musst dich von deinem Ex fernhalten. Das weißt du, oder?"

„Er war es nicht", sagte sie und verdrehte die Augen. „Zu einer so abscheulichen, grausamen Tat ist er gar nicht fähig. Ich kenne ihn."

„Das alles ist geschehen, bevor er dich getroffen hat. Verdammt, du musst damals ein Kind gewesen sein." Die Zeit konnte einen gewalttätigen Menschen sanfter machen.

„Ich war zwölf, als Mom verschwand. Sechs Jahre später lernte ich Preston kennen, als mein Vater ihn eines Abends nach Hause mitbrachte."

„Also hat dein Vater dich dem Mann vorgestellt, der eine Affäre mit seiner Frau gehabt hatte?" Das wurde immer sonderbarer.

„Er hat ihn nicht nach Hause mitgebracht, um ihn mir vorzustellen." Sie runzelte die Stirn, als würde sie sich über mich ärgern. „Wirklich, Baldwyn. Wie auch immer, Preston und Dad haben miteinander Geschäfte gemacht und Dad hat ihn mitgebracht, weil Preston sich etwas auf seinem Computer ansehen sollte."

„Siehst du aus wie deine Mutter?", musste ich fragen. *Wer würde das nicht fragen?*

Sie kaute auf ihrer Unterlippe herum und gab mir eine Antwort, ohne die Worte auszusprechen. „Nun, ich war jünger als meine Mutter, als sich die beiden kennengelernt hatten. Also sah ich nicht genauso aus wie sie – damals nicht. Ich war dünner." Sie deutete auf ihre Brüste. „Die hier waren auch noch nicht so groß."

„Wie alt war Preston, als du ihn kennengelernt hast?"

„Er sah nicht alt aus", verteidigte sie ihn. „Preston war ein gutaussehender Mann – sogar mit zweiundvierzig."

Dass sich ein zweiundvierzigjähriger Mann für ein junges Mädchen begeisterte, war nicht unbedingt ungewöhnlich, aber auf diese Anziehung zu reagieren, war etwas, das die meisten Männer nicht taten. Und auf die Anziehung zu reagieren, die die Tochter einer ehemaligen Geliebten auf einen ausübte, war völlig bizarr. „Es war falsch von ihm, sich an dich heranzumachen." Ich hielt inne, als ich dachte, dass er vielleicht nicht derjenige gewesen war, der den ersten Schritt gemacht hatte. „Oder hast *du* ihm Avancen gemacht?"

Sie schüttelte den Kopf, bevor ich ausreden konnte. „Nein. Das habe ich nicht. Ich wusste nicht einmal, wie man das macht. Ich nehme an, das lag am Verschwinden meiner Mutter. Ich habe bei niemandem darauf vertraut, dass er bei mir bleibt. Warum sollte ich mich also mit jemandem verabreden? Warum sollte ich mich jemandem hingeben? Aber Preston war nicht wie die Jungen in meinem Alter. Er sah mich mit etwas anderem in seinen Augen an – nicht nur mit Lust."

„Ich bin sicher, dass er deine Mutter geliebt hatte, Sloan. Er hat sie in dir gesehen." Ich fühlte mich sofort schlecht, weil ich das Bild, das sie von ihm hatte, zerstörte. „Sloan, es tut mir leid. Wirklich."

„Das muss es nicht", sagte sie schnell. „Daran habe ich damals nicht gedacht, weil ich ein naives Kind war. Später aber, als er mich in einen Salon brachte und dem Friseur sagte, er solle mir die Haare stufig schneiden, so wie meine Mutter sie getragen hatte, kam mir der Gedanke, dass er sie in mir sah. Es tat weh."

Alter Bastard!

„Natürlich hat es wehgetan." Ich zog sie für eine weitere Umarmung an mich.

„Die Art, wie er mich ansah – mit so viel Liebe in seinen Augen –, sagt mir, dass er meine Mutter niemals hätte verletzen können. Du, Dad, die Polizei – ihr liegt falsch, wenn ihr glaubt, dass Preston das Opfer, wer auch immer es gewesen sein mag, getötet hat. Er hat es nicht in sich, so etwas zu tun, und er würde niemals jemanden verletzen, den er liebt."

Wie blind du bist, Süße. Dieser Mann hat dich auf eine Weise verletzt, die du noch nicht einmal ganz begriffen hast.

KAPITEL ZWÖLF

SLOAN

Seine Lippen küssten meinen Kopf. Die Benommenheit, die ich gefühlt hatte, verschwand langsam, als Baldwyn mich zärtlich berührte und tröstete. Ich fühlte mich wohl. Sehr wohl.

Ich war es leid, über meine Sorgen zu sprechen, und hob meinen Kopf von Baldwyns Brust, um ihn anzusehen. „Hast du schon zu Abend gegessen?"

„Nein." Er grinste. „Du hattest einen harten Tag, also musst du nicht kochen. Ich werde etwas für uns besorgen, während du hierbleibst und ein schönes, langes, heißes Bad oder eine Dusche genießt."

„Ein Bad. Mit viel Schaum." Ich schloss die Augen, als ich daran dachte. „Das wäre herrlich." Und die Möglichkeit, dass Baldwyn zurückkam, um mir in der Wanne Gesellschaft zu leisten, erregte mich am meisten. Nicht, dass es wirklich passieren würde, aber ich würde schöne Fantasien haben, während ich in dem heißen Wasser lag.

Er zog mich für eine weitere Umarmung an sich. Diesmal küsste er meine Stirn und ich zitterte. „Wie wäre es mit einer Flasche Rotwein, Lasagne, Salat und Grissini von Giovani's?"

„Lasagne mit extra viel Käse?", fragte ich, als mir bei dem Gedanken daran das Wasser im Mund zusammenlief.

„Gibt es eine bessere?" Seine Arme gaben mich frei und ich vermisste sofort, wie sie meinen Körper in einer warmen Umarmung festgehalten hatten. „Ich komme zurück, sobald ich kann." Er ging in die Küche anstatt zur Haustür. „Aber bevor ich gehe, öffne ich eine Flasche Wein und gieße dir ein Glas für dein heißes Bad ein."

„Du verwöhnst mich." Ich liebte es.

„Du hast es verdient." Er nahm eine Flasche Wein aus dem Kühler unter der Theke und überprüfte den Jahrgang. „Perfekt."

Ja, das bist du, Baldwyn Nash.

Eine halbe Stunde später lag ich in der Wanne. Der Schaum war fast verschwunden, während ich mich entspannt hatte. Plötzlich klingelte es an der Tür, was ich merkwürdig fand, denn Baldwyn kannte den Code, um zurück in das Apartment zu gelangen. Ich stieg aus der Wanne, zog meinen weichen weißen Bademantel an und schlüpfte in die passenden Hausschuhe. „Ich komme", rief ich, als es wieder klingelte.

Wer auch immer es war – er wurde ungeduldig. Ich hatte niemandem meine neue Adresse gegeben, also hatte ich keine Ahnung, wer es sein könnte. Sogar mein Vater hatte sie noch nicht. Als ich zur Tür gelangte, sah ich einen großen Schatten durch das Bleiglas – den Schatten eines Mannes. „Wer ist da?"

„Preston."

Ein Schauer durchlief mich. *Was macht er hier?*

Als ich die Tür öffnete, konnte ich meine Aufregung nicht verbergen und fragte: „Wer hat dir diese Adresse gegeben?"

„Ich habe sie in einem Bericht auf dem Schreibtisch des Polizisten gesehen, der mich acht Stunden verhört hat." Seine Augen wanderten über meinen Körper. „Warst du in der Badewanne?"

„Ja." Ich hatte keine Ahnung, wann Baldwyn zurückkommen würde, und meinen Ex bei mir zu finden, würde ihm sicherlich die Laune verderben. Die Stimmung war so perfekt gewesen, dass ich gehofft hatte, dass in dieser Nacht mehr aus unserer Freundschaft werden könnte. „Und ich erwarte jemanden. Tut mir leid, aber du musst deinen Besuch kurz machen." Ich entfernte mich von ihm und drehte mich dann wieder um, als mir etwas auffiel. „Warum entschuldige ich mich bei dir, wenn du nicht einmal angerufen oder mir eine SMS geschickt hast, um zu fragen, ob du überhaupt vorbeikommen darfst?"

„Weil du ein netter Mensch bist." Er packte mich am Handgelenk, bevor ich mich wieder umdrehen konnte. „Sloan, Schatz, ich brauche dich. Ich war noch nie in meinem Leben so besorgt. Die Ermittler halten mich für einen Mörder der schlimmsten Sorte. Sie denken, dass ich dazu fähig bin, einer Frau das Genick zu brechen und ihren Körper in Stücke zu hacken. Das ist ekelhaft. Du weißt, dass ich niemals etwas so Schreckliches machen würde." Seine Augen wanderten unruhig hin und her, als er in meinen nach Bestätigung suchte. „Richtig? Du weißt, dass ich unschuldig bin, oder?"

„Wen kümmert schon, was ich denke?" Ich war nicht diejenige, die für die Ermittlungen zuständig war. „Es ist nur wichtig, was die Leute denken, die dich ins Gefängnis stecken können."

„Wenn ich dich nicht auf meiner Seite habe und du mich nicht als friedliebenden Mann verteidigst, bin ich verloren." Er zog mich an sich und leckte sich die Lippen. „Sloan, ich brauche dich, Baby. Ich habe dich noch nie so gebraucht wie jetzt."

„Nein." Ich drückte mit meiner freien Hand gegen seine Brust, um ihn aufzuhalten. „So nicht. Lass mich los."

Er tat es und ich trat einen Schritt zurück, als er nickte. „Kein Sex. Verstanden. Du hast es sowieso nie genossen."

Aus gutem Grund!

Ich hatte es satt, darüber zu schweigen, warum ich es nicht ertragen konnte, von ihm berührt zu werden, geschweige denn Sex mit ihm zu haben. „Als ich von deiner Affäre mit meiner Mutter erfuhr, hat sich alles für mich geändert. Es war offensichtlich, dass ich ihr Ersatz war. Eine Doppelgängerin. Du hast mich nie geliebt – du hast sie geliebt."

Er hob eine Augenbraue. „Ich habe *dich* geliebt, Sloan Rivers. Ich habe *dich* geheiratet – *dir* meinen Namen gegeben. Ich wollte Kinder mit *dir*."

Es fühlte sich an, als wäre ich geschlagen worden. „Das war nicht meine Schuld."

„Nun, meine bestimmt auch nicht."

Die Wahrheit war, dass keiner von uns jemals zum Arzt gegangen war, um herauszufinden, wer unfruchtbar war. Aber ich wollte jetzt nicht darüber streiten. „Hör zu, das ist nicht der richtige Zeitpunkt, Preston. Ich habe Pläne. Es tut mir leid, dass du einen schlechten Tag hattest. Meiner war nicht viel besser."

„Oh, wurdest du auch eines abscheulichen Verbrechens beschuldigt?" Er ließ sich mit dem Kopf in den Händen auf meine Couch fallen.

Ich hasste mich dafür, so weichherzig zu sein, aber ich setzte mich neben ihn und legte meine Hand auf seine Schulter. „Ich weiß, dass du es nicht warst. Und wenn du willst, werde ich morgen mit den Behörden sprechen und ihnen sagen, dass ich fest daran glaube, dass du unschuldig bist."

Er hob den Kopf und lächelte. „Das würdest du für mich tun?"

„Sicher. Morgen. Aber du musst jetzt gehen." Ich stand auf, um ihn zur Tür zu begleiten.

Seine Hand packte mein Handgelenk und im nächsten Moment saß ich auf seinem Schoß. Seine Finger bewegten sich über meinen nackten Oberschenkel und sein heißer Atem versengte die Haut an meinem Hals. „Ich habe das Gefühl, dass du ein Date hast, meine Liebe."

„Hör auf." Mir gefiel nicht, wie er mit mir umging. „Lass mich los." Es sah ihm nicht ähnlich, sich so zu verhalten. „Und nenne mich nicht so."

Er hielt mich weiterhin fest. „Sloan, du gehörst mir. Du wirst immer mir gehören. Ein dummes Blatt Papier kann dich mir nicht wegnehmen. Ich bin der einzige Mann, der dich jemals hatte und jemals haben wird. Du kannst aus unserem Haus ausziehen. Du kannst in deinem dummen Beruf arbeiten. Du kannst machen, was du willst. Aber du kannst dich keinem anderen Mann hingeben. Das werde ich nicht zulassen. Du hast mir deine Jungfräulichkeit geschenkt und mich geheiratet."

„Du hast mir meine Jungfräulichkeit gestohlen und wir haben beide die Scheidungsurkunde unterzeichnet, die besagt, dass ich nicht mehr deine Frau bin. Und du bist nicht mehr mein Ehemann, Preston." Ich hatte meinen Mädchennamen noch nie so vermisst. Plötzlich erkannte ich, warum er nicht einwilligen wollte, mir meinen Nachnamen zurückzugeben. „Du denkst, dass ich deinen Nachnamen trage, bedeutet, dass ich immer noch dir gehöre."

„Das tust du." Er ließ mich los und ich sprang von seinem Schoß und wich vor ihm zurück. „Sloan, lass uns nicht streiten. Ich brauche dich. Wir müssen uns versöhnen. Du musst mit mir nach Hause kommen. In unser Schlafzimmer."

Meine Gedanken überschlugen sich panisch. Es war offensichtlich, dass die Polizei denken sollte, die Dinge zwischen uns seien großartig. Preston wollte allen zeigen, dass nicht nur irgendeine Frau hinter ihm stand, sondern dass die Tochter der Frau, deren Mordes er verdächtigt wurde, an seine Unschuld glaubte.

Aber ich war mir nicht sicher, ob ich das tat – nicht hundertprozentig. Nicht mehr. Ich hatte gedacht, ich würde Preston Rivers in- und auswendig kennen. Tatsache war, dass er sich noch nie so verhalten hatte wie jetzt. War es, weil er sich von der Vorstellung bedroht fühlte, dass ich einen anderen Mann an meiner Seite hatte? War es, weil er wieder ins Visier der Polizei geraten war?

Ich war mir nicht sicher. Aber ich war mir sicher, dass er bedrohlich wirkte. Während unserer gesamten Beziehung hatte ich mich kein einziges Mal von ihm bedroht gefühlt.

„Mir gefällt nicht, was du darüber gesagt hast, dass ich dir deine Jungfräulichkeit gestohlen habe. Das habe ich nicht getan und das weißt du auch." Er stand auf und rückte seine Krawatte zurecht. „Ich habe dir in jener Nacht eine Diamantkette geschenkt. Ich habe dir mein feierliches Versprechen gegeben, dich niemals zu verlassen. Und ich habe dir meine Liebe gestanden, Sloan. Du hast die Worte erwidert – irgendwann später. Ich will nie wieder hören, dass du so etwas behauptest. Was wir getan haben, war wunderschön."

Mir wurde schlecht, als ich mich an jene Nacht erinnerte. Er hatte mich mit solcher Anbetung angesehen. Warum auch nicht? Er hatte mir die Haare im Stil meiner Mutter schneiden lassen. Er hatte mir ein blaues Kleid gekauft, genau in der Farbe, die meine Mutter oft getragen hatte. Er hatte mich ins Chateau LaRue ausgeführt, eines der schönsten Restaurants der Stadt. Aber kein Ort, an den jemand, der so jung war wie ich, gehen würde. „Du hast so getan, als wäre ich meine Mutter, Preston. Das war nicht schön, sondern krank."

Er bewegte sich blitzschnell und schlug mir mit der Hand so fest ins Gesicht, dass ich hinfiel. Ich presste meine Hand auf meine schmerzende Wange, während er über mir aufragte. Sein Gesicht war gerötet und Schweißperlen bedeckten seine gerunzelte Stirn. „Wie kannst du es wagen! Du machst dich über eine wundervolle Beziehung lustig."

Ich war mir nicht sicher, ob er über unsere Beziehung sprach oder über diejenige, die er mit meiner Mutter gehabt hatte. „Preston!" Ich wusste nicht, was ich sagen sollte. Er hatte mich völlig schockiert. Ich hätte ihn niemals für gewalttätig gehalten. „Verschwinde. Jetzt sofort", sagte ich viel zu leise.

Er blieb stehen und ragte bedrohlich über mir auf, als wäre er bereit, mich wieder zu schlagen. „Sloan Rivers, ich will, dass du zurücknimmst, was du gesagt hast."

Es war nicht so, als würde das irgendetwas ungeschehen machen. „Raus." Ich rutschte langsam zurück, bis ich einen Stuhl hinter mir spürte, und zog mich daran hoch, während ich Preston im Auge behielt. „Das hört jetzt auf."

Plötzlich sackten seine Schultern herunter und sein Zorn verschwand. Was übrig blieb, war der Schatten eines Mannes. „Es tut mir leid. Oh, Sloan, es tut mir so leid. So bin ich normalerweise nicht." Seine traurigen Augen hielten meine gefangen. „Diese Verdächtigungen machen mich verrückt. Ich brauche dich. Ich kann es nicht ertragen, wenn die Leute mich ansehen, als wäre ich ein Monster."

Aber was ist, wenn du genau das bist?

KAPITEL DREIZEHN

BALDWYN

Als ich die Tüte von Giovani's in Sloans Apartment trug, nahm ich einen Hauch von etwas wahr, das ich nicht gerochen hatte, als ich weggegangen war. „Aftershave?" Ich ließ meinen Blick durch das leere Wohnzimmer schweifen, brachte die Tüte in die Küche und stellte sie auf den Tisch. „Sloan?"

Leises Weinen drang an meine Ohren und ich beeilte mich, dem Geräusch in ihr Schlafzimmer zu folgen. Sie lag auf dem Bett und schluchzte in ein Kissen. Mein Herz brach für sie bei dem Gedanken an all das Leid, das sie erlitten hatte und immer noch durchmachte.

Ich ging langsam auf sie zu und sah, wie ihr Körper zitterte, als die Verzweiflung sie vollständig überwältigte. „Oh, Sloan." Ich legte mich neben sie, zog sie an meine Brust und bemerkte dabei noch etwas anderes als ihre tränenüberströmten dunklen Augen. Ich strich mit meinen Fingern sanft über ihre Wange und fragte mich, warum sie geschwollen war. „Was ist passiert?"

Sie holte tief Luft und sprang auf. Ihr weißer Bademantel klaffte auf und zeigte fast ihre nackten Brüste. Sie drehte sich schnell um und rannte ins Badezimmer. „Oh Gott! Nein!"

Ich folgte ihr und vermutete, dass sie nicht bemerkt hatte, dass sie sich einen so schlimmen blauen Fleck zugezogen hatte. „Was ist los? Bist du hingefallen?"

Ihre Hand zitterte, als sie die Schwellung berührte. „Dieser verdammte Bastard! Preston!"

„Er war hier?" Mein Blut kochte in meinen Adern und machte meinen ganzen Körper zu einem flammenden Inferno.

„Er hat meine Adresse in einem Bericht auf dem Polizeirevier gesehen, als er wegen des Leichenfunds verhört wurde. Er ist unangemeldet hier aufgetaucht und wollte, dass ich wieder mit ihm zusammenkomme. Ich weiß, dass er dadurch bei der Polizei einen guten Eindruck machen will. Nicht, dass ich in Erwägung ziehen würde, wieder mit ihm zusammen zu sein."

Meine Hände schmerzten, so fest hatte ich sie zu Fäusten geballt. „Warum hat er dich geschlagen?"

„Ich habe einige unschöne Wahrheiten über unsere Beziehung ausgesprochen und er hat mir eine Ohrfeige gegeben." Sie schob den Bademantel zur Seite, um mir ihre linke Hüfte zu zeigen. „Dann bin ich hingefallen." Als der Stoff von ihrer Haut rutschte, war ein blauschwarzer Bluterguss zu sehen.

Ich war noch nie in meinem Leben so wütend gewesen. „Er hat dich mit solcher Wucht geschlagen, dass du hingefallen bist?" *Dafür wird der Bastard bezahlen!*

Sie drehte den Wasserhahn auf und spritzte sich Wasser ins Gesicht. Dann nahm sie ein Handtuch und trocknete es ab. „Er hat sich früher nie so verhalten. Er hat niemals die Hand gegen mich erhoben. Ich schätze, der Druck, den die Polizei auf ihn ausübt, hat ihn ausrasten lassen."

„Ich denke, du versuchst eine Entschuldigung für sein unentschuldbares Verhalten zu finden." Aber ich verstand, warum sie glaubte, das tun zu müssen. Ich nahm sie an den Schultern und drehte sie zu mir um. „Ich werde dich nicht mehr allein lassen. Ich werde nicht zulassen, dass dir etwas passiert. Lass uns eine Tasche für dich packen. Du kommst mit mir nach Hause."

Sie schüttelte den Kopf und versuchte immer noch, mutig zu sein. „Er hat den Code zu meinem Apartment nicht."

„Ich traue ihm nicht über den Weg." Ich würde kein Nein akzeptieren. „Ich habe ein Gästezimmer. Du wirst dich wie zu Hause fühlen. Und du wirst friedlich schlafen können in dem Wissen, dass ich da bin und über dich wache. Ich beschütze dich."

Sie lächelte zögerlich und sah mich nachdenklich an. „Ich mag es nicht, wenn jemand das Gefühl hat, auf mich aufpassen zu müssen."

„Ich weiß." Sie wollte sich nicht aushalten lassen – das hatte sie mir von Anfang an gesagt. „Aber jetzt brauchst du Hilfe." Ich nahm ihre Hände und hielt sie fest. Meine Daumen streichelten ihre Knöchel. „Ich sorge mich um dich und ich kann nicht zulassen, dass dir etwas passiert. Du hast also nicht nur einen Freund in mir, sondern jetzt auch einen Leibwächter." Ich wollte noch mehr für sie sein, aber sie war im Moment viel zu verletzlich, um ihr das zu gestehen.

Mit einem langsamen Nicken stimmte sie mir widerwillig zu. „Ich glaube, ich brauche jemanden, der auf mich aufpasst. Es ist schwer, mich damit abzufinden, dass Preston zu etwas so Furchtbarem fähig sein könnte. Bis wir es genau wissen, werde ich deine Hilfe brauche, Baldwyn."

„Gut." Ich küsste ihre Stirn. „Ich würde für dich töten, Sloan."

„Ich hoffe, so weit kommt es nicht", sagte sie lächelnd.

„Ich auch." Ich wollte nicht den Rest meines Lebens im Gefängnis verbringen, weil ich ihren Ex-Mann ermordet hatte. Aber ich wusste, dass ich den Kerl töten würde, wenn er sie jemals wieder anrührte.

Ich gab ihr Privatsphäre, um sich anzuziehen und ihre Sachen zu packen, und wartete im Wohnzimmer. Ich wollte sie nicht einmal für kurze Zeit allein lassen, selbst wenn ich gleich nebenan wohnte. Meine Wut auf ihren Ex hatte immer noch nicht nachgelassen, also ging ich zum Kühlschrank, um mir ein Bier zu holen.

Der kalte Schaum floss durch meinen Hals in meinen Bauch und kühlte die wahnsinnige Hitze, die mich erfüllt hatte, ein wenig ab. Während ich dort stand, das Bier trank und mehr Zorn empfand als jemals zuvor in meinem Leben, wurde mir etwas klar.

Ich liebe Sloan. Ich liebe sie so sehr.

Ein Schauer durchlief mich bei dieser Erkenntnis. Ich liebte sie tatsächlich und ihr Leben war in Gefahr. Oder es könnte in Gefahr sein.

Sloan kam aus ihrem Schlafzimmer. Make-up deckte den blauen Fleck auf ihrem Gesicht ab. „Ich dachte, es wäre vielleicht besser, wenn ich in den Spiegel schauen könnte, ohne an meinen Ex zu denken."

Ich nickte. „Ja, kein Grund, noch länger an ihn zu denken." Ich schnappte mir die Flasche Wein, die ich für sie geöffnet hatte, und unser Abendessen. Dann verließen wir ihr Apartment.

Kurz darauf gab sie den Code meines Apartments ein und wir gingen hinein. „Ich habe keinen Hunger, Baldwyn. Es tut mir leid, dass du dir so viel Mühe mit dem Abendessen gemacht hast."

Ich hatte auch keinen Hunger, aber ich wusste, dass wir beide etwas essen mussten. „Ich werde es so appetitlich anrichten, dass du nicht ablehnen kannst. Schließlich kann ich dich nicht verhungern lassen." Ich brachte die Tüte in die Küche und fing an, das Essen auf Tellern anzurichten.

Sloan folgte mir und nahm ein Weinglas vom Regal. Sie bedeutete mir, ihr die Flasche Wein zu geben. „Ich habe noch nie so dringend etwas zu trinken gebraucht."

„Das kann ich mir vorstellen." Was sie durchmachte, war bestimmt nicht leicht. „Gib mir bitte auch ein Glas."

Nachdem sie die Gläser gefüllt hatte, trug sie sie zum Esstisch und nahm Platz. „Dad wird dich kennenlernen wollen." Sie stützte die Ellbogen auf den Tisch, nahm das Glas und starrte auf den Rotwein. „Ist das okay für dich?"

„Natürlich." Ich würde ihn sowieso irgendwann treffen müssen, da ich mich in sie verliebt hatte und sie auf keinen Fall verlieren wollte. „Ich kann es kaum erwarten, ihn zu treffen."

Sie wirbelte den Wein in ihrem Glas herum und lächelte. „Er ist ein ziemlich guter Kerl. Es ist überhaupt nicht schwer, mit ihm auszukommen."

Soviel war offensichtlich, da er es geschafft hatte, mit dem Kerl auszukommen, der mit seiner Frau geschlafen hatte, bevor sie verschwunden war. „Ja, ich bin sicher, dass er das ist. Wir werden bestimmt gut miteinander auskommen." Immerhin liebten wir sie beide.

Sie stellte ihr Glas ab, als ich den Teller vor sie schob, und atmete tief ein. „Das riecht gut."

„Es sieht auch gut aus." Schon allein das Essen aufzuwärmen, war genug gewesen, um meinen Appetit anzuregen. Ich kam zurück, um die Salatschüssel und den Brotkorb auf den Tisch zu stellen. „Also los."

Als ich mich ihr gegenüber hinsetzte, bemerkte ich ihr Stirnrunzeln und ergriff ihre Hand. Bei der Berührung verwandelte sich das

Stirnrunzeln in ein Lächeln. „Danke, Baldwyn. Du bist wirklich etwas Besonderes. Ich bin so froh, dich zu haben."

„Ich bin auch froh, dich zu haben, Sloan." Ich hob ihre Hand und küsste sie, bevor ich sie losließ. „Du machst eine schwierige Zeit durch, aber ich werde dir helfen."

„Ich weiß." Sie nahm einen Bissen von ihrer Lasagne und stöhnte, während sie kaute. „Das ist köstlich. Danke, dass du mich überredet hast, es zu probieren."

„Gern geschehen. Jemand muss jetzt auf dich aufpassen. Niemand kann ständig stark sein." Ich begann ebenfalls zu essen, während ich sie lächelnd beobachtete.

Sie wies mit ihrer Gabel in meine Richtung und schluckte schwer. „Hör auf, mir beim Essen zuzusehen."

„Ich freue mich einfach darüber, dich lächeln zu sehen." Ich konnte nichts dagegen tun. „Dein Glück bedeutet mir alles. Wenn du nicht glücklich bist, bin ich es auch nicht."

Ihre rosa Lippen verzogen sich zu einem schelmischen Grinsen, während ihre Augen funkelten. „Weißt du, Baldwyn, das hört sich so an, als würde ich dir verdammt viel bedeuten."

„Das tust du auch." Sie bedeutete mir alles und noch mehr. „Also, sei vorsichtig. Bleibe bei mir und gehe nicht allein nach draußen. Zumindest nicht, bis die Sache mit deinem Ex vorbei ist." Ich wollte ihn nicht damit davonkommen lassen, dass er sie geschlagen hatte. „Ich werde mit ihm darüber sprechen, was er dir angetan hat."

„Ach ja?" Ihr Grinsen wurde breiter. „Willst du etwa meine Ehre verteidigen, mein Held?"

„Ja." Ihre kurzen rosa Fingernägel klopften auf den Tisch und verführten mich dazu, wieder ihre Hand zu ergreifen. Als sich unsere Finger berührten, spürte ich eine Verbindung zu ihr, wie noch nie zuvor bei jemand anderem.

Ich hatte schon andere Frauen geliebt, aber keine hatte jemals mein Herz so vollständig erobert. Und ich hatte keine Ahnung, ob Sloan überhaupt wusste, was sie mit mir machte.

Jetzt war nicht der richtige Zeitpunkt, um ihr meine Liebe zu gestehen. Aber bald würde er kommen. Im Moment musste ich mich mit Freundschaft begnügen.

Aber mit ihr in meinem Apartment zu schlafen, wird mir heiße Träume bescheren.

87

KAPITEL VIERZEHN

SLOAN

Obwohl ich nach einem der schlimmsten Tage meines Lebens schrecklich müde war, hatte ich Probleme beim Einschlafen, als ich in dem Gästezimmer gegenüber von Baldwyns Schlafzimmer lag. Meine Beine bewegten sich unruhig unter der Decke und ich biss mir auf die Unterlippe, während ich mir vorstellte, wir wären zusammen im Bett.

Sein Bein über meinem, während seine Finger mich streichelten und versuchten, mich dazu zu verführen, mich umzudrehen und ihm einen Gutenachtkuss zu geben ... „Nur noch ein Kuss, Baby. Ich kann nicht ohne deine herrlichen Küsse leben."

„Aber das ist der letzte. Wir müssen uns ausruhen." Ich würde mich auf meinen Ellbogen stützen und in die unergründlichen Tiefen seiner Augen blicken. Langsam würde ich mich ihm nähern, bis unsere Lippen sich berührten und Adrenalin und Verlangen zwischen meine Beine strömte.

Mein Keuchen riss mich aus der Fantasie heraus. Ich konnte nicht zulassen, dass Baldwyn mich hörte. *Was wird er dann von mir halten?*

All die Dinge, die er an diesem Abend zu mir gesagt hatte, fielen mir wieder ein. Er hatte gesagt, er würde für mich töten. Und das bedeutete zumindest für mich, dass ich ihm sehr viel bedeutete. Ich meine, wer würde etwas tun, das ihm eine lebenslängliche Haftstrafe oder, schlimmer noch, die Todesstrafe einbringen könnte, wenn nicht echte Gefühle beteiligt wären?

Ich wusste, dass wir enge Freunde waren. Ich wusste, dass ich ihm wichtig war. Aber liebte er mich so, wie ich ihn liebte? Und würde er Romantik in unserer Beziehung zulassen?

Meine Brust hob sich, als ich seufzte. Wem machte ich etwas vor?

Meine aktuelle Situation war überhaupt nicht dazu geeignet, mich auf eine neue Beziehung einzulassen. Und wenn Preston meine Mutter wirklich ermordet hatte, war ungewiss, wie sich diese Tatsache auf meinen Geisteszustand auswirken würde.

Das Wissen, dass ich zehn Jahre mit dem Mann zusammen gewesen war, der eine Affäre mit meiner Mutter gehabt hatte, war bereits eine große Belastung. Was würde es mit mir machen, zu erfahren, dass er sie getötet hatte?

Ich war psychisch angeschlagen, ob ich es bemerkt hatte oder nicht. Aber Baldwyn hatte es sofort gesehen und war zu meiner Rettung geeilt. Er unterstützte mich und das war alles, was wirklich zählte – fürs Erste.

Ich brauchte jemanden, der mich beschützte, und er war der richtige Mann für den Job. Groß, schlank und eine echte Kampfmaschine, wenn er es sein musste. Baldwyn war der perfekte Held. Und er wollte auf mich aufpassen, mich verteidigen und für mich töten, wenn es nötig sein sollte.

Ich strich über meine schmerzende Wange und war mir sicher, dass es nicht nötig wäre, selbst wenn Preston weiterhin verrücktspielte. Sicher, der Mann stand unter enormem Stress, aber mich zu schlagen und mich so zu behandeln, als wäre ich sein Eigentum, war weder gerechtfertigt noch erwartet gewesen.

Ein leises Klopfen ertönte an der Tür und ich zog die Decke über mich, als ich überrascht aufschrie. Die Tür öffnete sich langsam und Baldwyn spähte ins Zimmer. „Tut mir leid, ich wollte dich nicht erschrecken. Ich habe nur gehört, wie du dich hin und her gewälzt hast, und dachte, ich sollte nachsehen, ob es dir gutgeht." Er kam zum Bett, setzte sich auf die Kante und strich mir die Haare aus dem Gesicht. „Weißt du, wir können zusammen schlafen, wenn du dich dadurch sicher fühlst." Er lächelte mich mit so viel aufrichtiger Zuneigung an, dass mein Herz schneller schlug. „Ich versuche nicht, dir zu nahe zu treten. Wir können eine Decke zwischen uns legen."

Oder wir könnten einfach zusammen schlafen, Haut an Haut.

Ich war mir nicht sicher, ob ich mich beherrschen könnte, wenn wir nebeneinander im Bett lagen, mit einer Decke zwischen uns oder ohne. Aber jetzt musste ich dringend schlafen, weil ich am nächsten Tag für die Arbeit ausgeruht sein musste. Also zog ich die Decke hoch und rutschte zur Seite. „Ich nehme dein Angebot an."

Er trug ein T-Shirt und eine Pyjamahose und ich trug Pyjama-Shorts und ein kurzes Top, also war ich zumindest nicht ganz entblößt. Ich hatte noch nie in einem kompletten Pyjama schlafen können.

Als ich die Decke hochhielt, bemühte er sich, meine nackten Beine und meinen Bauch nicht anzusehen. Aber meine vollen Brüste, die aus dem tiefen Ausschnitt des Tops herausragten, waren zu viel für ihn. „Ähm, ich denke …"

Obwohl ich nicht versuchte, ihn zu verführen, hatte ich offenbar eine Wirkung auf ihn, wenn mich die Wölbung in seiner Pyjamahose nicht täuschte. „Oh." Meine Wangen wurden vor Verlegenheit heiß. Er versuchte, für mich da zu sein, und ich nutzte seine Großzügigkeit aus. „Ich wollte nicht …"

Kopfschüttelnd stieg er ins Bett und bewegte seinen Finger im Kreis, um mir zu zeigen, dass ich mich auf die Seite drehen sollte. „Kein Grund zur Beunruhigung." Er schob ein Kissen zwischen unsere Körper, dann schlang er seinen Arm um meine Taille und hielt mich fest, aber nicht zu fest. „Ich möchte nur, dass du dich sicher fühlst. Du sollst nicht nervös sein, weil du denkst, dass ich mehr von dir will."

Du kannst alles von mir haben, was du willst.

„Danke." Ich war mir nicht sicher, wie dankbar ich wirklich dafür war, dass er sich als Gentleman erwies. „Dadurch fühle ich mich besser – und sicher. Du bist ein außergewöhnlich guter Mann, Baby." Das letzte Worte kam von meinen Lippen, bevor ich es aufhalten konnte. „Ich meine, Baldwyn."

„Du bringst mich dazu, ein guter Mann sein zu wollen." Er küsste meine Wange. „Baby."

Mit ihm neben mir schlief ich mühelos ein. Als ich allein aufwachte, erfüllte mich Enttäuschung. Ich hatte gehofft, einen Blick auf ihn zu erhaschen, während er schlief. Seine zerzausten, widerspenstigen Locken, seine vollen Lippen, während er leise schnarchte

…. Aber nein. Ich hatte nichts davon gesehen, da er vor mir aufgestanden war.

Es war meine Schuld. Normalerweise wachte ich früher auf. Anscheinend hatte ich mich bei ihm ein wenig zu sicher gefühlt. Ich freute mich schon auf die kommende Nacht und darauf, wieder in seinen Armen zu schlafen.

Ich stand auf, ging duschen und machte mich fertig für die Arbeit. Nachdem ich mir einen Pferdeschwanz gemacht hatte, ging ich in die Küche und bemerkte den Duft von frischem Kaffee. „Hast du Frühstück gemacht?" Der Stapel Pfannkuchen, den er hochhielt, beantwortete meine Frage. „Wow, ich bin beeindruckt."

Er stellte den Teller auf die Theke. „Ich habe auch Rührei mit Speck." Er stellte einen weiteren Teller daneben und zog dann einen Barhocker hervor. „Mylady." Ich nahm Platz und wurde rot, als er meine Wange küsste. „Du siehst heute Morgen bezaubernd aus."

„Ähm, danke." Er hatte mich wieder überrascht. „Du bist so nett."

„Ich versuche es." Er schenkte uns zwei Tassen Kaffee ein, goss genau die richtige Menge Sahne in meine und fügte Zucker hinzu, bevor er sie zur Theke brachte. „Ich dachte, wir brauchen einen guten Start in diesen neuen Tag."

„Nun, du hast dich selbst übertroffen. Ich denke, dieser Tag wird großartig." Ich ergriff die Gabel, die er neben die Teller auf die Theke gelegt hatte, und begann, meine Pfannkuchen zu essen. Aus irgendeinem Grund war ich hungriger als je zuvor. „Ich habe früher nie viel gefrühstückt, aber du könntest das ändern."

„Gut." Er nahm neben mir Platz und füllte seinen Teller. „Die Wahrheit ist, dass es mir auch immer so ging. Aber für dich zu kochen, hat das geändert." Er stupste mich mit seinem Ellbogen an. „Wir ergänzen uns gut. Findest du nicht?"

„Da muss ich dir zustimmen." Er schien immer besser zu werden, seit er beschlossen hatte, mich zu beschützen. „Mein Held zu sein, steht dir gut, Baldwyn Nash."

„Bitte nenne mich nicht so." Er aß sein Rührei. „Ich sorge mich einfach um dich und deine Sicherheit. Ich bin kein Held."

Ich konnte sehen, dass er mich nicht darüber schwärmen lassen würde, wie großartig er war. „Okay. Du machst nur das, was jeder Freund machen würde."

„Nun, vielleicht mache ich ein bisschen mehr als jeder *Freund*." Er legte seine Gabel auf den Teller, wandte sich mir zu und drehte meinen Stuhl zu seinem.

Ich umklammerte immer noch meine Gabel mit Rührei, aber plötzlich hatte ich das Gefühl, dass etwas passieren würde, also legte ich sie schnell auf meinen Teller, während er mich mit einem seltsamen Ausdruck auf seinem attraktiven Gesicht ansah.

Mein Herz begann aus irgendeinem Grund zu rasen und mein Kiefer spannte sich an. „Ich habe ein komisches Gefühl, Baldwyn."

„Ich auch." Er seufzte. „Mein Bauch macht seltsame Dinge, wenn ich in deiner Nähe bin, genauso wie mein Herz – es wird schneller, dann wieder langsamer und manchmal tut es fast weh. Sonderbar, nicht wahr?"

„Das klingt irgendwie schmerzhaft und überhaupt nicht lustig." Ich musste über seine Worte grinsen.

„Sag mir, wie du dich fühlst, wenn du in meiner Nähe bist", verlangte er.

Ich war niemand, der seine Gefühle gern offen preisgab. Preston hatte von Anfang an die Führung in unserer Beziehung übernommen und ich war einfach mitgegangen. Er und ich hatten nie eine richtige Freundschaft gehabt. Er hatte immer eine romantische Beziehung haben wollen.

Da ich überhaupt nicht gewusst hatte, was ich wollte, hatte ich es zugelassen. Aber Baldwyn und ich hatten etwas völlig anderes als Preston und ich damals. Baldwyn würde mich nicht führen. Wohin wir auch gingen, wir würden es zusammen tun, Seite an Seite. Das konnte ich jetzt sehen.

Und was ich sah, gefiel mir. Also war ich ehrlich über meine Gefühle. „Manchmal wird mir schwindelig, wenn du mich berührst. Mein Bauch fühlt sich an, als würde dort ein Schwarm Schmetterlinge leben, und manchmal flattern sie mit ihren Flügeln, besonders wenn du mich anlächelst. Meine Knie werden schwach, wenn du deinen Arm um mich legst. Und meine Beine verwandeln sich in Gelee, wenn du mich umarmst. Mein Herz … es schlägt wahnsinnig schnell, wenn ich dich sehe. Meine Handflächen fangen aus irgendeinem Grund an zu jucken und ich seufze unwillkürlich."

Meine Worte zauberten ein strahlendes Lächeln auf sein Gesicht. „Weißt du, was ich denke?"

„Ich ahne es, aber bitte sag es mir." Ich hielt den Atem an.

„Ich denke, all diese Dinge bedeuten für uns beide dasselbe." Er streichelte meine Arme und umfasste mein Gesicht. „Ich denke, du liebst mich, und ich weiß, dass ich dich liebe, Baby."

„Liebe", flüsterte ich, als mein Herz stehen blieb. „Du liebst mich?" Das seltsamste, wunderbarste Gefühl der Welt breitete sich wie flüssige Wärme in mir aus.

Er nickte langsam. „Liebst du mich auch?"

„Ja." Ich hatte es letzte Nacht mit Sicherheit gewusst, als er die körperliche Anziehung ignoriert hatte, um neben mir zu schlafen, mich zu halten und mir das Gefühl zu geben, in Sicherheit zu sein. „Ich habe noch nie so empfunden. Es hat sich noch nie so richtig angefühlt, mit jemandem zusammen zu sein, wie mit dir."

Jetzt ist es kein Geheimnis mehr – Gott sei Dank!

KAPITEL FÜNFZEHN

BALDWYN

Ich arbeitete im Trailer der Ingenieure und hatte Sloan den ganzen Tag vor Augen. Ständig wechselten wir schwärmerische Blicke und lächelten einander an. Ich hatte so etwas noch nie zuvor in meinem Leben getan. Ich war ein erwachsener Mann, der plötzlich Freude daran hatte, mit der Frau, die er liebte, zu flirten.

„Feierabend", informierte ich Sloan, als ich mich hinter sie schlich.

Sie wirbelte herum. Ihre Augen waren weit aufgerissen, ihre Lippen leicht geöffnet und ihre Wangen rot von etwas, das hoffentlich Erregung war. „Bist du schon fertig?"

Ich hob eine Augenbraue und wusste, dass sie mich neckte. „Wir können noch bleiben, wenn du willst."

Sie schob ihre Hand in meine und zwinkerte mir zu. „Nur, wenn du das auch willst."

Ich konnte es kaum erwarten, sie wieder nach Hause zu bringen. „Ich denke, du weißt, was ich will." Ich streichelte ihre Handfläche mit meinem Mittelfinger, nur um sicherzugehen, dass sie wusste, was ich vorhatte.

„Nun, wenn ich Zweifel hatte, hast du sie gerade beseitigt." Wir gingen Hand in Hand aus der Tür, während die Leute, mit denen wir zusammenarbeiteten, wissend grinsten.

„Das wird auch Zeit", sagte mein Bruder Warren, als wir an ihm vorbeikamen.

„Nicht wahr?", sagte Sloan zu meiner Überraschung. Sie legte ihren Arm um meine Taille und lehnte sich an mich. „Ich war mir nicht sicher, wie viele Hinweise ich ihm noch geben musste, bis er es endlich begriff."

„Was?", fragte ich verblüfft. Ich erkannte erst, dass sie scherzte, als sie wie ein Schulmädchen kicherte. „Du neckst mich gern, hm?" Ich hatte immer eine schwelende Glut für sie in mir getragen. Jetzt, da wir unsere Gefühle offenbart hatten, stand ich in Flammen.

Als wir zu meinem Truck gelangten, öffnete ich die Fahrertür und ließ sie einsteigen. Sie rutschte in die Mitte, sodass sie direkt neben mir saß. „Es ist irgendwie süß, hier zu sitzen."

„Du siehst verdammt süß aus." Ich stieg ein, legte meinen Arm um sie und küsste ihre Wange, bevor ich mich anschnallte und losfuhr.

Wir hatten uns noch nicht leidenschaftlich geküsst, weil wir wussten, dass die Vorfreude unser erstes Mal atemberaubend machen würde. Meine Lippen sehnten sich genauso sehr wie der Rest von mir danach, sie zu berühren. Ihr musste es genauso gehen, weil sie schwer seufzte, als sie mit ihrer Hand über meinen Oberschenkel strich. „Sollen wir etwas essen, bevor wir nach Hause fahren?"

Ich hatte nur auf eine Sache Appetit. Aber ich war kein Mann, der die Bitte einer hungrigen Frau ignorierte. „Sicher, wenn du willst."

„Okay." Sie löste ihren Sicherheitsgurt und bevor ich mich versah, hatte sie meine Jeans geöffnet, meinen Schwanz daraus befreit und sich darüber gebeugt, um ihre Zunge über die Spitze wandern zu lassen, während ihre Hände über meine Erektion strichen. „Ich bin am Verhungern – aber ich will nur dich, Baby."

„Verdammt!" Ich schnappte nach Luft, als sie meinen harten Schwanz in ihren Mund nahm und mich verwöhnte, während ich durch die Innenstadt zu meinem Apartment fuhr. „Gott sei Dank ist dieser Truck höher als die Autos neben uns, sonst würden wir den Leuten eine verdammt heiße Show liefern."

Sloan stöhnte erregt und es war klar, dass es ihr völlig gleichgültig war, ob uns jemand sah oder nicht. Der Verkehr war wie immer verrückt und die Aufmerksamkeit, die sie mir schenkte, ließ mich daran zweifeln, dass ich überhaupt am Steuer sitzen sollte. Also wurde ich langsamer, nur um an einer berüchtigten Ampel in einer langen Schlange zu enden. Ich legte meinen Kopf zurück und genoss den Moment mit ihr.

Sie küsste meine Erektion und flüsterte: „Das habe ich noch nie gemacht."

Davon merkte ich nichts. „Nun, Süße, wenn das dein erstes Mal ist, muss ich dir sagen, dass du ein Naturtalent bist."

„Danke." Sie bewegte ihre Zunge auf und ab. „Ich will dich ganz."

Verblüfft fragte ich: „Heißt das, du willst, dass ich in deinem Mund komme?"

„Ja." Sie drehte den Kopf und sah mich mit einem sinnlichen Blick an. „Ich will dich, Baldwyn."

„Dann sollst du mich haben." Die nächste Ampel schaltete ebenfalls nur langsam um. „Du hast fünfzehn Minuten, bis wir nach Hause kommen. Lass dir Zeit, Baby."

Sie war anscheinend bestrebt, ihre Technik zu perfektionieren, und wurde langsamer, was mir sehr gefiel … bis das Hupen der Autos hinter uns sie ablenkte. „Baldwyn, vielleicht solltest du die Augen aufmachen und weiterfahren."

„Verdammte Spielverderber." Ich fuhr weiter und hielt an der nächsten Ampel. „Lass dich nicht stören, Baby. Du machst das großartig."

„Danke." Sie machte sich sofort wieder an die Arbeit und ließ mich den Lärm der Innenstadt von Austin vergessen.

Ob sie Anfängerin war oder nicht, Sloan war fantastisch und gab mir das Gefühl, dass mein Schwanz das Beste war, das sie jemals in ihrem Mund gehabt hatte. Sie bewegte ihren Kopf auf und ab, bis ich Sterne sah und flüssige Hitze aus mir strömte, die sie nur allzu bereitwillig in sich aufnahm.

Ich strich ihre Haare glatt und stöhnte. „Ich schulde dir etwas, Baby."

Sie wischte sich den Mund ab und lächelte: „Oh ja, du schuldest mir etwas."

Alles in mir gierte danach, sie zu kosten, aber wir mussten zuerst nach Hause kommen. Ich schlängelte mich zwischen den anderen Autos hindurch, bis ich endlich freie Fahrt hatte und ohne weitere Behinderungen das Apartmentgebäude erreichte.

Kurz darauf führte ich sie in mein Apartment und begann, uns beide auszuziehen. Mein Ledergürtel fiel auf den Boden, gefolgt von meinen Cowboystiefeln. Ihre Bluse landete auf der Couch, ihr BH auf der Küchentheke und ihre Jeans auf dem Boden direkt vor meiner Schlafzimmertür.

Als ich sie in meine Arme nahm und hochhob, lächelte sie mich an. „Endlich", flüsterte ich und legte sie auf das Bett. „Es fühlt sich an, als hätte ich ewig auf diesen Moment gewartet."

Sie streichelte meine Wange und sah zu mir auf, als ich meinen Körper über ihren schob. „So geht es mir auch, Baldwyn. Du bedeutest mir so viel. Ich möchte, dass du das weißt."

Mein Herz schlug wild in meiner Brust, als ich in ihre dunklen Augen sah. „Ich liebe dich, Sloan. Das tue ich wirklich."

„Ich liebe dich auch, Baldwyn." Sie schloss die Augen und zog mich zu sich, bis wir gänzlich miteinander verbunden waren.

Ein Stromschlag durchzuckte mich. Dann trafen sich unsere Lippen und ein Feuerwerk explodierte in meinem Kopf. Meine Sinne waren geschärft und ich konnte alles an ihr riechen – das Shampoo, die Seife, sogar das dezente Deodorant, das sie trug. Ich hörte, wie sie schwerer atmete, als unser Kuss inniger wurde, und hatte das Gefühl, meine Hände würden Seide berühren anstatt ihre zarte Haut. Ich schmeckte ihren süßen Mund und hungerte nach mehr.

Schließlich drehte ich mich auf den Rücken und hielt sie fest, um die Verbindung zu ihr nicht zu verlieren. Obwohl ich noch lange nicht bereit war, den Kuss zu beenden, wollte ich ihr Gesicht sehen. Ich brachte sie in eine sitzende Position und hielt ihre Taille umklammert, als sie mich ritt. Genau wie der Rest meiner Sinne hatte sich auch mein Sehvermögen verbessert. „Du siehst wunderschön aus." Sie schien zu leuchten, als sie sich in einem gleichmäßigen Rhythmus bewegte, während ein sexy Lächeln ihre Lippen, die von meinen Küssen geschwollen waren, zierte.

„Du siehst auch verdammt gut aus." Sie beugte sich über mich, legte ihre Hände neben meinen Kopf und brachte ihre Brüste in die Nähe meines Gesichts.

Ich umfasste eine davon und saugte daran, bis Sloan kam und vor Ekstase stöhnte. „Oh Gott, du bist wunderschön, wenn du zum Orgasmus kommst."

Sie legte sich keuchend auf meine Brust und ihre Nägel bohrten sich in meine Oberarme. „Ich werde eitel, wenn du mir ständig schmeichelst."

„Es ist keine Schmeichelei, wenn es wahr ist." Ich meinte jedes Wort, das ich zu ihr sagte, ernst. Ich hatte noch nie jemanden gesehen, der so schön war wie sie. Ich drehte uns um, sodass ich oben war, und machte weiter, während sie zu mir aufblickte und mit ihren Händen meine Arme streichelte.

Ihre Brüste hoben sich, als sie seufzte. „Ist das zu schön, um wahr zu sein?"

„Hoffentlich nicht." Ich hatte mich noch nie in meinem Leben einem anderen Menschen so nahe gefühlt. „Ich hoffe, dass es noch sehr lange andauert."

„Für immer?", fragte sie mit einem Lächeln. „Weil das eine sehr lange Zeit ist."

„Für immer." Das war mein Ernst. „Ich könnte dein hübsches Gesicht für alle Ewigkeit betrachten."

„Wirklich?" Sie schien mir nicht zu glauben.

„Ja, wirklich." Ich küsste sie und brachte uns beide an einen anderen Ort – einen Ort, an dem nur sie und ich in einer perfekten Welt existierten, wo niemand uns verletzen konnte.

Etwas Magisches war in diesem Kuss, der mich so tief in die Abgründe der Leidenschaft zog, dass ich nie wieder daraus auftauchen wollte, um Atem zu holen. Mein Körper begann überall zu kribbeln. Dann erschütterte mich mein Orgasmus bis ins Mark und wir rangen beide um Atem, als wir einander alles gaben, was wir zu geben hatten.

Ich wollte mich nicht von ihr lösen, aber ich musste es tun. Ich ließ mich neben sie fallen, legte meinen Arm um sie und zog sie auf meine Brust. Lange Zeit erfüllte nur unser Keuchen den Raum. Dann wurde es still, als wir, erschöpft von der Liebe, die wir geteilt hatten, schließlich einschliefen.

Besser geht es nicht.

KAPITEL SECHZEHN

SLOAN

Als ich allein aufwachte, schmerzte mein Körper auf die bestmögliche Weise. Gähnend streckte ich mich, während ich die leere Stelle neben mir betrachtete. „Er ist früh auf."

Ich war jedoch nicht weit hinter ihm und hoffte inständig, ihn unter der Dusche zu treffen. Ich stieg aus dem Bett und ging ins Badezimmer, wo ein herrlicher Duft meine Nase erreichte. „Speck."

Ich beeilte mich, zu duschen und mich anzuziehen, und war nur leicht enttäuscht darüber, ihn nicht unter der Dusche überraschen zu können.

Als ich in die Küche kam, reichte er mir eine Tasse Kaffee. „Guten Morgen, meine Schöne."

Ich nahm den Kaffee, beugte mich vor und küsste ihn. Sofort spürte ich ein Brennen in meinem Unterleib und der Kuss wurde unwillkürlich inniger. Vielleicht hatten wir unsere unglaubliche sexuelle Verbindung der großartigen Freundschaft zu verdanken, die unserer Romanze vorangegangen war. Was auch immer es war – es war unbeschreiblich.

Ich lehnte mich zurück und schnappte nach Luft. „Guten Morgen, mein Hengst."

Mit einem sexy Grinsen fragte er: „Hengst?"

Es musste schon eine Weile her sein, dass er so genannt worden war. „Ja, ich denke, du bist ein Hengst."

Lachend wandte er sich von mir ab, um die Teller zu holen, die er bereits vorbereitet hatte. Ich trat hinter ihn, schlang meine Arme um ihn und lehnte meinen Kopf an seinen Rücken. Es fühlte sich so gut an, ihn zu berühren. Ich war nie jemand gewesen, der Berührungen mochte – jedenfalls nicht von Preston. Das war neu für mich. Neu und aufregend, aber auch beruhigend.

„Ich bin so früh wach, weil mein Cousin Tyrell mir geschrieben hat. Er und seine Brüder möchten, dass wir heute nach Carthago kommen, um einige Dokumente zu unterschreiben, die ihr Anwalt aufgesetzt hat." Ich nahm an der Küchentheke Platz und er stellte den Teller vor mich. „Meine Brüder werden alle dabei sein und du kommst auch mit."

„Heute?" Ich schüttelte den Kopf. „Das geht nicht. Wir bekommen heute Nachmittag Material und ich muss es überprüfen, bevor wir die Lieferung annehmen."

„Ich lasse dich nicht allein zurück, Sloan. Jemand anderer soll das übernehmen. Du kommst mit mir."

„Ich kann wirklich nicht." Er hatte keine Ahnung, wie wichtig es für mich war, meinen Job perfekt zu machen. „Baldwyn, wir versuchen, ein knappes Budget einzuhalten. Wenn unbrauchbare Ware angenommen wird, können wir sie nicht einfach zurückgeben. Der Lieferant berechnet uns eine Gebühr, wenn er nachträglich etwas umtauschen muss. Die Bauteile sind schwer und groß und nicht jeder weiß, wonach er suchen muss. Risse, Kerben, Brüche jeglicher Art ... die Überprüfung erfordert ein geschultes Auge – mein Auge."

Er nahm neben mir Platz und stach mit seiner Gabel in den Turm aus Pfannkuchen auf seinem Teller. „Ich muss dorthin gehen, Sloan. Und es muss heute sein."

„Mir passiert nichts, Baldwyn. Auf der Baustelle sind jede Menge Männer." Ich war überhaupt nicht besorgt darüber, dass Preston zu meinem Arbeitsplatz kommen könnte. Er war nicht mutig genug, um so etwas zu tun. Aber allein zu Hause zu sein, war etwas anderes. „Weißt du, wann du zurückkommst?"

„Nicht wirklich." Er schob sein Essen auf dem Teller herum. „Es ist viel zu früh, um dich schutzlos zurückzulassen."

Ich hatte eine Idee. „Hör zu, falls du nicht zurück bist, wenn ich

Feierabend habe, werde ich Zeit mit einer Freundin verbringen, bis du nach Hause kommst. Ich habe Delia nicht mehr gesehen, seit ich aus meiner alten Wohnung ausgezogen bin. Sie wohnt gegenüber meiner früheren Adresse. Wir waren gute Freundinnen und ich wollte sie ohnehin besuchen."

„Ich weiß nicht", sagte er nachdenklich. „Preston könnte dich dort finden."

„Warum sollte er überhaupt nach mir suchen?" Die Vorstellung war lächerlich. „Komm schon, es ist eine gute Idee."

Er seufzte schwer. „Es wäre besser, wenn dein Ex im Gefängnis sitzen würde. Du könntest ihn anzeigen, schließlich ist dein Gesicht immer noch geschwollen. Die Polizei würde ihn bestimmt verhaften und über Nacht in Gewahrsam nehmen."

„Er hat Geld, Baldwyn. Er würde in kürzester Zeit freikommen. Außerdem möchte ich das nicht." Ich hatte das Gefühl, dass Preston unter enormem Druck stand und sich deshalb ganz anders benahm als sonst. „Ich weiß, dass du meine Entscheidung nicht gutheißt."

Er stand auf und ging auf und ab, bevor er seine Hände in die Luft warf. „Ich heiße sie überhaupt nicht gut. Der Mann hat dich geschlagen. Das ist nicht in Ordnung. Das ist ein Verbrechen. Und er muss für das, was er dir angetan hat, zur Rechenschaft gezogen werden."

„Er steht unter Mordverdacht. Ich denke nicht, dass es eine gute Idee wäre, der Anklage auch noch Körperverletzung hinzuzufügen – es wäre nicht richtig." Er hatte keine Ahnung, wie ich für meinen Exmann empfand. „Ich weiß, dass unsere Beziehung auf dich seltsam und unangemessen wirkt, aber er war in jeder Hinsicht mein erster Mann. Was wir hatten, hat zehn Jahre lang gehalten. Sicher, es war nicht die beste Beziehung und jetzt, wo ich bei dir bin, kann ich sehen, dass es keine Funken, kein Feuer und keine tiefe Verbindung gab. Aber wir hatten etwas und es war nicht immer schlecht."

„Alles hat gute und schlechte Seiten, Sloan." Als er zu mir kam, ergriff er meine Hände. „Ich will nicht streiten. Versprich mir nur, dass du heute nicht mit ihm sprichst. Bleibe immer unter Leuten. Wenn er auf die Baustelle kommt ..."

„Das wird er nicht." Ich wusste, dass er das nicht tun würde. „So ist er nicht."

„Wenn er es tut", wiederholte er, „dann möchte ich, dass du

einen der Männer wissen lässt, dass du nicht mit ihm allein gelassen werden darfst. Und wenn er aggressiv wird, rufst du die Polizei. Warte nicht, bis er dich wieder verletzt. Versprich mir das, Sloan."

„Versprochen." Ich wollte nicht noch einmal geschlagen werden. „Du musst dir keine Sorgen um mich machen. Jetzt, da ich erlebt habe, wozu er fähig ist, werde ich mich nicht wieder in Gefahr bringen. Ich bin nicht dumm."

„Das weiß ich." Er zog mich in eine stehende Position und umarmte mich fest. „Du bist der klügste Mensch, den ich kenne. Und ich liebe dich. Wenn dir etwas passiert, weiß ich nicht, was ich tun würde."

„Mir wird nichts passieren, Baldwyn. Ich werde vorsichtig sein. Wir sehen uns, sobald du zurückkommst. Schicke mir einfach eine SMS, wenn du am Flughafen eintriffst, dann werde ich mich von meiner Freundin verabschieden und hierherkommen."

Er küsste meinen Kopf und wiegte mich ein oder zwei Minuten, bevor er mich losließ. „Ich werde dich heute vermissen."

„Ich dich auch." Bei unserem langen Gespräch war der Morgen wie im Flug vergangen. „Jetzt lass uns schnell dieses leckere Frühstück essen, dann müssen wir los, mein Hengst."

Lachend setzte er sich, um endlich zu essen. Danach stieg ich in mein Auto und er in seinen Truck, um in verschiedene Richtungen davonzufahren. Ein Schauer durchlief mich und ich bekam Gänsehaut, als ich ihn im Rückspiegel aus den Augen verlor. Ich fühlte mich ein wenig besorgt. Aber war das nicht normal?

Ich schüttelte das Gefühl ab und fuhr direkt zur Baustelle, wo ich feststellte, dass einige meiner Kollegen bereits eingetroffen waren. Da immer mehr Leute zur Arbeit erschienen, fühlte ich mich in kürzester Zeit sicher. Außerdem gab es viel zu tun, sodass ich mich darauf konzentrierte und meine Sorgen für eine Weile in den Hintergrund traten.

Der Tag verlief ohne Zwischenfälle. Ich hatte Delia eine SMS geschrieben und gefragt, ob sie am Abend Gesellschaft haben wollte. Ich würde Pizza und Bier mitbringen und wir könnten wieder einmal plaudern. Sie war einverstanden gewesen und hatte sich darauf gefreut, Zeit mit mir zu verbringen.

Ich bog auf den Parkplatz meines alten Wohnblocks ein, hielt neben Delias Auto und stieg mit einer großen Hühnchen-Ananas-Pizza von Harley's Pizza Shack und einem Sechserpack Bier aus.

Delia musste mich kommen gesehen haben, weil sie schon an ihrer Tür stand. „Hühnchen und Ananas?"

„Gibt es etwas Besseres?", fragte ich, als ich sie anlächelte. „Es ist schön, dich zu sehen, Delia. Wir haben uns viel zu lange nicht gesehen."

Sie nahm mir die große Pizzaschachtel ab und nickte. „Stimmt. Aber du bist jetzt eine vielbeschäftigte Ingenieurin, also bin ich nicht wütend auf dich."

„Danke für dein Verständnis." Ich folgte ihr in die kleine Wohnung. „Wie geht es dir?"

„Wie immer." Lachend stellte sie die Pizza auf den Tisch. „Ich arbeite im Laden an der Ecke, belege online College-Kurse und hoffe, dass ich eines Tages meinen Abschluss schaffe und mein wirkliches Leben beginnt."

Sie arbeitete während ihres Studiums, damit sie keinen Kredit aufnehmen musste, aber der Abschluss als Physiotherapeutin dauerte länger, als ihr lieb war. „Wenn es dir hilft, denke ich, dass es sehr klug von dir ist, diesen Weg zu gehen und keine Schulden zu machen."

Sie reichte mir ein paar Servietten und wir nahmen uns jeweils ein Stück Pizza und ein Bier, bevor wir uns auf die Couch setzten.

„Also, erzähle mir, wie es ist, einen Haufen Männer herumzukommandieren, Sloan." Sie biss in die Pizza.

„Ich kommandiere sie nicht herum." Ich trank einen Schluck Bier, stellte es weg und grinste sie an. „Aber es ist großartig, dass alle darauf achten, was ich zu sagen habe. Ich fühle mich respektiert, weißt du?"

„Wow." Sie schüttelte den Kopf. „Ich weiß nicht, wie das ist. Aber ich kann mir vorstellen, dass es sich verdammt gut anfühlt. Ich bin stolz auf dich, Sloan. Und neidisch."

„Sei das nicht. Eines Tages wirst du Physiotherapeutin sein und genauso respektiert werden. Ich weiß es einfach", sagte ich. „Hey, ich verdiene jetzt viel Geld. Und da mein Auftraggeber mich in einem Apartment untergebracht hat und ich keine Miete und keine Nebenkosten mehr bezahlen muss, ist mein Sparkonto gut gefüllt. Wie wäre es, wenn ich dir mit den Studiengebühren helfe, damit du möglichst bald deinen Abschluss machen kannst?"

„Ich kann dein Geld nicht annehmen, Sloan. Ich wünschte, ich könnte es, aber das geht einfach nicht." Sie trank von ihrem Bier. „Und ich möchte mir auch kein Geld leihen. Aber es ist schön zu wissen, dass ich dir so wichtig bin. Du bist eine gute Freundin."

„Was ist, wenn du für mich arbeitest und ich dir das Geld als Lohn zahle?" Sie war stolzer, als ich gedacht hatte. „Ich könnte eine persönliche Assistentin bei der Arbeit gebrauchen. Es würde jedoch bedeuten, dass du deinen Job im Laden an der Ecke kündigen musst. Wärst du bereit, ihn aufzugeben?" Ich lachte, weil ich wusste, dass sie ihren schlecht bezahlten Job nur allzu gern aufgeben würde.

Ihre Augen leuchteten. „Meinst du das ernst?"

„Todernst." Ein seltsamer Geruch ließ mich die Nase rümpfen und ich legte die Pizza weg. „Riechst du das auch? Es ist, als würde etwas brennen."

Sie stand auf und ging zum Fenster. „Ja." Sie zog den Vorhang zurück und schnappte nach Luft. „Oh Gott! Die Hecke brennt!"

Als ich in ihre Richtung blickte, sah ich, wie die Flammen die Außenwand ihrer Wohnung erreichten. „Wir müssen weg von hier, Delia!"

Sie griff nach ihrer Handtasche, die an dem Haken neben der Tür hing, als wir aus der Wohnung rannten und auf andere Leute trafen, die nach draußen eilten. Sie versuchten, nicht in Panik zu geraten, während sie sich aufgeregt über das Feuer unterhielten.

In der kurzen Zeit, die wir gebraucht hatten, um an den Straßenrand zu gelangen, waren die Flammen gewachsen und hatten eine Seite des Gebäudes verschlungen. Der Wind fachte sie weiter an, sodass das Dach der anderen Gebäudeseite ebenfalls sofort Feuer fing. „Oh nein!", schrie ich, als wir alle zurück auf den Parkplatz rannten, weg von dem lodernden Feuer.

Schließlich versammelten sich dort alle Mieter, die aus ihren Wohnungen geflohen waren, um auf die Feuerwehr zu warten. Der dichte Rauch stieg wie schmutziger Nebel auf und umhüllte uns. Ich spürte eine Hand auf meiner Schulter, dann bewegte sie sich über meinen Arm, packte mein Handgelenk und zog mich nach hinten.

„Hey, was soll das?", schrie ich. Ich konnte nicht sehen, wer mich festhielt, da die Menge dichtgedrängt stand und der Rauch es schwer machte, etwas zu erkennen. „Hey! Lassen Sie mich los!" Ich konnte nicht einmal meine eigene Stimme über den Lärm der anderen Leute hören.

Als ich zurückblickte, um Delia zu finden, konnte ich sie nicht mehr sehen. Der Rauch drohte, mich zu ersticken, als ich weggeschleppt wurde, und all die Menschen um mich herum machten es mir unmöglich, mich zu wehren.

Plötzlich standen wir neben einem Auto und ich sah, wer mich in seiner Gewalt hatte. Preston öffnete die Beifahrertür. „Steig ein." Er stieß mich ins Auto und schlug die Tür zu.

Ich versuchte, sie wieder zu öffnen, und zerrte am Griff, aber sie rührte sich nicht. Er hatte alles geplant – wahrscheinlich sogar das Feuer.

Ich zitterte am ganzen Körper, als er ebenfalls einstieg. „Preston, tu das nicht."

„Tut mir leid, aber es muss sein. Ich wusste, dass du nicht freiwillig mit mir kommen würdest."

„Du hast das Gebäude in Brand gesetzt, Preston", schrie ich. „Jemand könnte verletzt werden oder Schlimmeres."

„Irgendwie musste ich an dich herankommen, Sloan. Es ist okay. Du wirst schon sehen. Alles wird gut." Er fuhr mit quietschenden Reifen vom Parkplatz. „Ich habe herausgefunden, wer deine Mutter umgebracht hat."

Das war mir in diesem Moment egal. „Na und? Warum das ganze verdammte Drama? Sag der Polizei, was du weißt, und lass mich in Ruhe."

„Nein. Ich gehe nicht zur Polizei. Dort glaubt man mir sowieso nicht."

Damit hast du verdammt recht, weil ich dir auch nicht glaube.

KAPITEL SIEBZEHN

BALDWYN

Ich zog mein Handy aus der Tasche, bevor ich in den Truck stieg. Ich wollte Sloans Stimme hören. Den ganzen Tag über war ich besorgt gewesen, aber der Heimflug hatte aus irgendeinem Grund meine Angst verstärkt. Mit ihr zu sprechen, würde helfen.

Es klingelte einmal, zweimal, dreimal und dann wurde ich zur Mailbox weitergeleitet. „Scheiße."

Als ich ihr eine SMS schrieb, dass ich bald zu Hause sein würde und sie ebenfalls dorthin zurückkehren sollte, schlug mein Herz wild in meiner Brust, während meine Angst wuchs. Carl hatte eng mit ihr zusammengearbeitet, also rief ich ihn an, um zu fragen, ob alles in Ordnung war.

„Hey, Boss."

„Hey, Carl. Ich wollte nur wissen, wie es auf der Baustelle läuft." Ich hoffte, dass ich nicht besorgt klang.

„Alles in Ordnung. Wie war Ihre Reise?"

„Gut." Ich war mir nicht ganz sicher, was ich ihn noch fragen sollte, aber dann fiel mir etwas ein. „War bei Sloan heute alles okay?"

„Ja", sagte er mit einem leisen Lachen. „Sie können sie nicht erreichen, hm?"

„Ich habe sie angerufen, aber nur ihre Mailbox erreicht. Ich mache mir Sorgen um sie. Sie hat einen verrückten Ex, der sie in letzter Zeit belästigt hat." Ich wusste, dass sie nicht wollte, dass ihre persönlichen Angelegenheiten öffentlich wurden, aber ich hatte das Gefühl, keine andere Wahl zu haben, als Carl zu sagen, warum ich mir Sorgen machte. „Niemand ist auf der Baustelle aufgetaucht, oder?"

„Nein. Sie ist gegen sechs gegangen", sagte er. „Ich glaube, sie hat etwas darüber gesagt, eine Pizza zu besorgen und eine alte Freundin zu besuchen."

„Ja, das hatte sie vor." Ich konnte einfach dort vorbeifahren, wo sie früher gewohnt hatte, wenn sie nicht ans Telefon ging. „Danke, Carl. Bis morgen."

„Bye, Boss."

Ich versuchte erneut, sie anzurufen, als ich in den Süden von Austin gelangte, wo sie früher gewohnt hatte. Wieder nur die Mailbox. Mein ganzer Körper prickelte vor Adrenalin und mein Herz raste. Es gab keinen Grund für sie, meine Anrufe zu ignorieren. Sie musste wissen, dass ich mir Sorgen um sie machte, und es sah Sloan nicht ähnlich, mich im Ungewissen zu lassen. Das hatte sie noch nie getan. Warum sollte sie es jetzt tun?

The Heights war der Name des Viertels, wo sie zuvor gelebt hatte. Ich war noch nie dort gewesen, aber sie hatte mir davon erzählt. Ihr schwarzer MKZ würde mich wissen lassen, ob sie dort war oder nicht. Aber als ich mich der Adresse näherte, sah ich in der Dunkelheit des frühen Abends Warnlichter aufblitzen. „Was zur Hölle ist hier los?"

Es sah so aus, als hätte es gebrannt. Mein Herz sprang fast aus meiner Brust. Feuerwehrleute packten ihre Ausrüstung zusammen, Anwohner liefen durcheinander und hinter dem Chaos erhaschte ich einen Blick auf ein schwarzes Auto, von dem ich dachte, es könnte Sloan gehören.

Ich parkte meinen Truck vor dem Eingang, stieg aus und ging auf den überfüllten Parkplatz. „Wohnen Sie hier?", fragte mich einer der Feuerwehrmänner.

„Nein. Meine Freundin soll allerdings hier sein. Sie nimmt meine Anrufe nicht entgegen. Gab es Verletzte?" Ich hielt den Atem an und betete, dass Sloan unverletzt war.

„Nein. Ein paar Leute wurden wegen einer leichten Rauchvergiftung behandelt, aber nichts Schlimmes", sagte er. „Sie wurden ins South Austin Medical Center gebracht. Vielleicht ist sie dort."

„Danke." Ich wollte nachsehen, ob ihr Auto noch da war, also machte ich mich auf den Weg dorthin, wo ich es vermutete, und fand es.

Davor stand eine kleine Frau mit dunklen Haaren und verzweifelten Augen. Ich erregte ihre Aufmerksamkeit, als ich mich dem Auto näherte. „Wer sind Sie?"

„Ich bin Baldwyn Nash. Ich suche Sloan Rivers, die Besitzerin dieses Autos."

Sie eilte zu mir und packte mich am Arm, als sie sagte: „Ich kann sie nicht finden! Sie war neben mir und dann konnte ich in all dem Rauch nichts mehr erkennen. Als er sich gelichtet hatte, war sie nicht mehr hier. Ich weiß nicht, ob sie von den Sanitätern ins Krankenhaus gebracht worden ist oder ob etwas passiert ist. Ich drehe hier noch durch. In der letzten Stunde habe ich ihr Handy tausendmal angerufen."

„So lange wird sie schon vermisst?", fragte ich.

Sie unterdrückte ein Schluchzen, während Tränen über ihre Wangen liefen, und schüttelte den Kopf. „So lange ist es her, dass sich der Rauch so weit verzogen hatte, dass ich bemerkte, dass sie nicht mehr hier ist. Ich weiß nicht, wann wir uns aus den Augen verloren haben. Aber der Brand hat vor fast zwei Stunden begonnen."

„Sie muss im Krankenhaus sein", sagte ich. „Ich werde nachsehen. Sind Sie Delia?"

„Ja. Sie ist gekommen, um mich zu besuchen." Sie lehnte sich gegen das Auto. „Bestimmt ist sie im Krankenhaus. Bitte sagen Sie mir Bescheid, wenn Sie sie dort finden. Mir ist ganz schlecht vor Sorge."

„Geben Sie mir Ihre Nummer und ich rufe Sie an, sobald ich mehr weiß." Ich reichte ihr mein Handy, nachdem ich ihren Namen in meiner Kontaktliste gespeichert hatte. „Ich bin sicher, dass es ihr gutgeht. Einer der Feuerwehrmänner sagte, dass es keine Schwerverletzten gab, nur ein paar Rauchvergiftungen."

Sie gab mir mein Handy zurück und nickte, aber noch immer waren ihre Augen voller Angst. „Hoffentlich hat er recht. Ich habe ein schlechtes Gefühl, das ich einfach nicht loswerde."

Ich auch. Aber ich durfte nicht zulassen, dass meine Fantasie mit mir durchging. „Ich rufe Sie bald an."

„Bitte melden Sie sich auch, wenn Sie sie nicht im Krankenhaus finden."

Als ich zum South Austin Medical Center fuhr, wurde ich immer ungeduldiger. Ich musste zu ihr und konnte es nicht erwarten, sie zu finden. Adrenalin schoss durch meine Adern und brachte mich dazu, noch schneller über den Highway zu rasen.

Die Lichter des Krankenhauses leuchteten in der Dunkelheit. Meine Reifen quietschten, als ich scharf um die Ecke bog, um auf den Parkplatz der Notaufnahme zu gelangen. Ich zog die Handbremse, stieg aus und rannte hinein. „Ich suche Sloan Rivers. Sie wurde möglicherweise mit einer Rauchvergiftung von einem Krankenwagen hierhergebracht."

Die Krankenschwester an der Rezeption sah auf ihren Computerbildschirm und starrte dann mit leeren Augen zu mir zurück. „Niemand mit diesem Namen wurde eingeliefert."

„Sie war vielleicht nicht bei Bewusstsein. Gibt es hier jemanden, der auf diese Weise gekommen ist? Sie wissen schon, eine unbekannte Patientin?" Das musste der Grund sein, warum ihr Namen nicht auf der Liste stand.

„Nein, Sir. Jeder, der hier eingeliefert wurde, ist in das System aufgenommen worden. Sie ist nicht hier. Tut mir leid." Sie zuckte mit den Schultern und fügte hinzu: „Vielleicht wurde sie in ein anderes Krankenhaus gebracht."

„Wie viele Notaufnahmen gibt es in der Stadt?" Ich hoffte, dass ich nicht von einem Krankenhaus zum anderen fahren musste.

„Sie wirken ganz durcheinander. Lassen Sie mich anrufen und sehen, ob ich sie in einer anderen Notaufnahme finden kann."

„Danke. Sie hatte Probleme mit ihrem Ex und ich befürchte, er könnte sie verletzt oder sogar entführt haben. Wenn ich sie in keinem Krankenhaus finden kann, muss ich sie bei der Polizei als vermisst melden, damit der Mann gesucht wird, der sie möglicherweise in seiner Gewalt hat." Ich wusste, dass ich panisch klang.

„Ich verstehe." Sie hielt einen Finger hoch. „Hi, ich rufe vom South Austin Medical Center an. Ich muss wissen, ob Sie eine Frau namens Sloan Rivers in der Notaufnahme haben oder ob sie ins Krankenhaus eingeliefert wurde."

Es fühlte sich an, als würde eine Ewigkeit vergehen, während wir auf die Antwort warteten. Ich hörte deutlich, wie sie aus dem Telefonhörer drang. „Nein. Niemand mit diesem Namen ist hier."

„Fragen Sie nach einer Unbekannten", drängte ich.

„Haben Sie eine Patientin mit ungeklärter Identität?"

Wieder hörte ich die Antwort. „Nein, das haben wir nicht."

Zwanzig Anrufe später wusste ich, dass es in keiner Notaufnahme in der Gegend jemanden namens Sloan Rivers oder eine Unbekannte gab. „Tut mir leid, Sir."

„Danke für Ihre Hilfe. Ich weiß das wirklich zu schätzen." Ich hatte keine andere Wahl, als zur Polizei zu gehen.

Auf dem Weg zum Polizeirevier in der Innenstadt bekam ich nicht genug Luft. Meine Brust schmerzte, als hätte ich einen Herzinfarkt und ich konnte nicht klar denken.

Als ich mich dem Beamten hinter der dicken, kugelsicheren Glasscheibe näherte, wurde ich knapp begrüßt. „Ja?"

„Ich muss mit jemandem über eine vermisste Person sprechen. Am liebsten mit jemandem, der über Preston Rivers Bescheid weiß." Es wäre am besten, wenn derjenige Sloans Ex und seine Vorgeschichte bereits kannte.

„Detective Bastille kann Ihnen helfen. Ich werde ihm sagen, dass Sie hier sind, Mister ...?"

„Nash. Baldwyn Nash." Ich nahm Platz und wartete. Als ich einen weiteren Anruf auf Sloans Handy machte, hatte ich das Gefühl, ohnmächtig zu werden, als er direkt zur Mailbox umgeleitet wurde, ohne dass es überhaupt klingelte. Sie – oder jemand anderer – hatte es ausgeschaltet oder der Akku war leer. Ich schrieb ihrer Freundin Delia eine SMS, dass ich sie noch nicht gefunden hatte und auf dem Polizeirevier war.

Ein Mann in einem weißen Hemd und einer khakifarbenen Hose kam aus einer Seitentür. „Nash?"

Ich stand auf und ging mit ausgestreckter Hand zu ihm. „Ja, das bin ich, Detective Bastille. Kennen Sie Preston Rivers?"

Er schüttelte mir die Hand. „Ja. Was hat er damit zu tun, dass Sie hier sind?"

„Ich bin mir ziemlich sicher, dass er Sloan Rivers entführt hat." Meine Hände ballten sich an meinen Seiten zu Fäusten, als mich glühende Wut erfüllte.

Seine Augenbrauen hoben sich. „Seine Frau?"

„Exfrau", korrigierte ich ihn.

Skepsis zeigte sich auf seinem Gesicht. „Sind Sie ihr neuer Freund?"

„Nicht, dass es wichtig wäre, aber ja, das bin ich", sagte ich. „Hören Sie, er hat sie neulich geschlagen. So fest, dass sie hingefallen ist. Ich habe ihr geraten, ihn anzuzeigen, aber sie wollte seine Situation nicht noch schlimmer machen. Sie war heute in der Wohnung ihrer Freundin. Ihr Auto steht immer noch dort. Ein Feuer brach aus und in dem Chaos und dem Rauch ist Sloan verschwunden. Ich habe bereits alle Krankenhäuser in der Stadt überprüft und sie ist in keinem davon. Jetzt bin ich hier und bitte um Ihre Hilfe bei der Suche nach ihr."

„Sie sollten sich nicht zu viele Sorgen machen, Mr. Nash." Er klopfte mir auf den Rücken, als er mich zum Ausgang führte. „Es ist sehr wahrscheinlich, dass sie mit ihrem Exmann zusammen ist, aber vielleicht nicht auf die Weise, die Sie sich vorstellen. Paare kommen oft wieder zusammen. Es tut mir leid, dass ich Sie darauf hinweisen muss, aber das ist eine Tatsache und wir können keine Zeit mit solchen Angelegenheiten verschwenden. Wenn sie in ein paar Tagen nicht zurück ist, rufen Sie mich an oder kommen noch einmal vorbei. Dann werden wir sehen, was wir tun können."

Verdammte Scheiße!

KAPITEL ACHTZEHN

SLOAN

Eine Ausbuchtung auf der rechten Seite von Prestons Hose zeigte mir, dass er eine Pistole in den Bund gesteckt hatte. „Warum hast du eine Waffe?"

„Das wirst du noch früh genug herausfinden." Wir verließen die Stadt und ich hatte keine Ahnung, warum oder wohin wir fuhren.

Ich war mir nicht sicher, wann er den Verstand verloren hatte, aber er hatte es mit Sicherheit getan. „Du solltest umdrehen, damit wir dich in ein Krankenhaus bringen können, Preston. Ich mache mir Sorgen um deinen Geisteszustand. Vielleicht hattest du einen Schlaganfall und er hat deine Persönlichkeit verändert. Du benimmst dich ganz anders als sonst."

„Ich hatte keinen Schlaganfall. Und ich weiß, dass ich mich anders als sonst benehme. Wenn man des Mordes beschuldigt wird, fordert es einen Tribut. Aber jetzt, da ich den wahren Mörder gefunden habe, wird alles wieder normal."

„Wer hat dir gesagt, dass es sich bei der Leiche, die gefunden wurde, um Mom handelt?"

„Ich weiß es einfach." Er nahm eine Ausfahrt und verließ den Highway.

Innerlich erstarrte ich zu Eis. „Wie kannst du das wissen? Es sei denn, *du* hast sie getötet."

„Jemand wollte mir den Mord anhängen, Sloan. Du wirst bald sehen, wer." Er bog scharf links ab und seine Scheinwerfer beleuchteten ein Schild, das anzeigte, dass wir in Richtung der Kleinstadt Elgin fuhren, die etwa dreißig Minuten außerhalb von Austin lag.

„Also lebt derjenige, von dem du denkst, dass er meine Mutter getötet hat, in Elgin?" Ich verstand nicht, was er vorhatte.

„Nein."

Da das keinen Sinn ergab, fragte ich: „Fahren wir nach Elgin?"

Er starrte geradeaus und sah mich nicht einmal an, als er durch die Nacht fuhr. „Ja."

„Du machst mir wirklich Angst. Willst du mich erschrecken? Ist das Teil des Plans?", fragte ich. „Hast du dir das ausgedacht, nachdem du über die Leiche verhört worden warst?"

„Darüber musst du dir keine Gedanken machen. Ich will nur, dass du weißt, was passiert ist. Ich will, dass du siehst, wer hinter all dem steckt. Und ich will, dass du verstehst, dass ich der Einzige bin, dem du vertrauen kannst. Sobald du das begriffen hast, können wir wieder zusammenkommen."

Ich wollte nicht wieder mit ihm zusammen sein. Aber es wäre bestimmt nicht klug, ihn das jetzt wissen zu lassen. „Preston, was willst du von mir?"

„Ich will dich zurück. Das habe ich dir schon gesagt." Er bog rechts ab, als wir die Stadtgrenze erreichten. Die Straße war schmal und wurde noch schmaler, als wir die Stadt hinter uns ließen.

Er hatte eine Waffe, also hielt ich den Mund, bis wir zu einem alten zweistöckigen Haus gelangten. Es brannte kein Licht und ich fragte: „Gibt es hier Strom?"

„Ja." Er fuhr zur Rückseite des Hauses und parkte in einer verfallenen Garage. „Kann ich darauf vertrauen, dass du nicht versuchst, wegzurennen?" Er zog die Waffe und richtete sie auf mich, um mir zu verdeutlichen, dass er mich erschießen würde, wenn ich weglief.

„Kann ich darauf vertrauen, dass du mich nicht erschießt?" Ich seufzte schwer. „Preston, ich befürchte, dass du eine Psychose hast. In deinem Gehirn stimmt etwas nicht. Lass mich dir helfen. Lass uns in ein Krankenhaus gehen, anstatt in dieses unheimliche, alte Haus mitten im Nirgendwo."

Kopfschüttelnd stieg er aus und umrundete das Auto, um meine Tür zu öffnen. „Komm schon." Er packte mich am Oberarm und stieß die Waffe in meine Rippen. „Mach keine Schwierigkeiten, verstanden?"

„Ja." Ich war eher wütend als ängstlich und dachte darüber nach, wie ich ihm die Waffe abnehmen könnte, ohne dabei umgebracht zu werden. Ich hatte gerade erst meine große Liebe gefunden und wollte nicht sterben. „Weißt du, wenn du wieder mit mir zusammen sein willst, ist das eine wirklich schlechte Methode, um mich zurückzuerobern."

„Du *wirst* zu mir zurückkommen, Sloan." Er führte mich die Hintertreppe hinauf und deutete mit dem Kopf zur Tür. „Öffne sie. Sie ist nicht verschlossen."

Ich drückte den Griff herunter und öffnete die Hintertür, nur um völlige Dunkelheit vorzufinden. Nicht einmal das Mondlicht drang in das Innere des Hauses vor. „Wo ist der Lichtschalter?"

„Wir werden kein Licht anmachen, bis wir auf dem Dachboden sind."

Ich zitterte bei der Vorstellung, den Dachboden dieses gruseligen Hauses zu betreten, und fragte: „Warum gehen wir dort hinauf?"

„Weil ich ihn dorthin gebracht habe", sagte er mit ruhiger Stimme.

Mein Herz setzte einen Schlag aus. Er hatte einen Mann auf den Dachboden gebracht. Einen Mann, den er für einen Mörder hielt. Einen Mann, von dem er dachte, er hätte meine Mutter getötet. „Wie hast du sichergestellt, dass er den Dachboden nicht verlässt?" Ich machte mir Sorgen, dass ein wütender Mörder auf Prestons Rückkehr wartete und ich im Kreuzfeuer getötet werden würde.

„Du wirst schon sehen."

Ich mochte es nicht, im Ungewissen gelassen zu werden. „Preston, bitte sag es mir. Jemand könnte aus der Dunkelheit herausspringen und mir den Schädel einschlagen oder mich erschießen oder erstechen oder etwas anderes Schreckliches tun."

„Er ist gefesselt. Hör auf, dir Sorgen zu machen. Es ist, als ob du mir nicht vertraust."

Wie könnte ich dir vertrauen, du Wahnsinniger? „Ich habe einfach Angst. Hier ist es unheimlich."

Er schob mich vor sich die Treppe hinauf und warnte mich: „Sei vorsichtig. Ein paar Stufen sind beschädigt. Gehe langsam."

Wir schafften es bis zum oberen Treppenabsatz, dann schubste er mich nach vorn, bis mein Fuß gegen eine weitere Stufe stieß. Sie gehörte zu der Treppe, die uns zum Dachboden führen würde. Ich war nicht bereit für das, was vor mir lag. Ich wollte keinen Anteil an dem, was Preston getan hatte. Aber ich machte einen Schritt nach dem anderen, bis wir oben ankamen. Ich hörte, wie sich eine Tür schloss. Dann ließ Preston endlich meinen Arm los und drängte sich an mir vorbei. Über mir ging ein Licht an und ich sah den Mann, von dem Preston dachte, dass er meine Mutter getötet hatte.

„Dad?"

Er war an einen Stuhl gefesselt und mit einem schmutzigen Stück Stoff geknebelt, aber seine Augen weiteten sich. Zumindest so weit wie geschwollene Augen es können. Er war verprügelt worden. So brutal, dass es mich nicht kümmerte, was aus mir wurde, als ich mich auf Preston stürzte. Aber er packte mich an den Handgelenken, bevor ich ihm einen Schlag versetzen konnte. „Hör auf oder ich muss dich auch fesseln."

Ich musste meinen Verstand benutzen. Ich musste meinen Vater retten, also tat ich so, als würde ich mich beruhigen. „Tut mir leid. Das war eine Überraschung. Du hast behauptet, hier wäre Moms Mörder. Dad hat sie aber nicht getötet, Preston. Warum hast du ihn hierhergebracht?"

Er trat hinter meinen Vater und sagte: „Dein Vater hat damals von der Affäre deiner Mutter erfahren. Er wusste nicht, wer ihr Geliebter war, aber er wusste, dass sie einen hatte. Wie du sicher weißt, hatte ich keine Ahnung, dass Audrey verheiratet war. Sie hat ihn und dich vor mir verheimlicht."

„Dad wusste nicht, dass Mom eine Affäre hatte. Und selbst wenn er es getan hätte, hätte er sie nicht getötet." Ich glaubte Preston nicht. „Die Leiche wurde auf einem deiner Grundstücke gefunden. Wenn er keine Ahnung hatte, dass sie mit dir eine Affäre hatte, warum hätte er sie dann dort begraben sollen?" Er musste mich für eine Idiotin halten.

Einen Moment lang wirkte Preston verblüfft. Die Augen meines Vaters leuchteten auf, als wollte er mir sagen, dass ich auf der richtigen Spur war. Preston brauchte einen Augenblick, um sich etwas anderes auszudenken. „Du hast mich nicht ausreden lassen. Immer unterbrichst du mich, Sloan. Das ist eine schlechte Angewohnheit. Irgendwann muss er herausgefunden haben, dass ich ihr Geliebter war. Und deshalb hat er es so eingerichtet, dass ich für den Mord zur Verantwortung gezogen werden würde, falls ihre Leiche jemals gefunden wurde."

„Mein Vater und ich haben geglaubt, Mom sei mit einem anderen Mann weggelaufen. Er und ich haben nie gedacht, dass sie getötet worden ist. Nur du scheinst das zu denken." Ich wurde immer wütender auf den Mann, mit dem ich einmal verheiratet gewesen war.

Er musste die Wut in meinen Augen gesehen haben und sagte: „Du und ich werden deinen Vater, der eindeutig deine Mutter umgebracht hat, töten. Und dann werden wir seine Leiche im Garten vergraben. Du wirst mir auch dabei helfen. Danach verschwinden wir von hier. Wir steigen in ein Flugzeug nach Tahiti und kommen nie wieder zurück."

Meine Gedanken überschlugen sich. „Ich glaube, du wusstest, dass meine Mutter verheiratet war und ein Kind hatte, Preston. Ich glaube, du wolltest, dass sie uns verließ und mit dir kam. Aber das wollte sie nicht. Sie wollte alles so lassen, wie es war – mit dir als netten Zeitvertreib nebenher. Das war alles, was du für sie warst. Und als sie sich weigerte, das zu tun, was du wolltest, hast du sie getötet."

Die Augen meines Vaters flehten mich an, vorsichtig mit meinen Worten zu sein. Ich konnte sehen, dass er sich Sorgen um meine Sicherheit machte. Er wollte nicht, dass ich etwas sagte, das mich umbringen könnte. Aber es war zu spät. Ich hatte gesagt, was ich dachte.

Preston lief los, also tat ich es auch und eilte zur Tür, nur um sie verschlossen vorzufinden. Er versetzte mir von hinten einen harten Schlag und ich stürzte zu Boden. Etwas wurde über meinen Kopf geworfen, dann roch ich Blumen, viele herrlich duftende Blumen. Meine Augen schlossen sich, als die Dunkelheit mich verschlang.

KAPITEL NEUNZEHN

BALDWYN

Ich stolperte in Pattons Wohnung und fühlte mich, als würde ich verrückt werden. „Ich kann Sloan nicht finden."

„Ist sie verschwunden?", fragte er, als er mit besorgtem Gesicht auf mich zukam.

„Ja. Ich glaube, ihr Ex hat sie entführt." Es war schwer zu atmen oder zu denken. „Die Polizei will noch nicht damit anfangen, nach ihr oder Preston zu suchen. Erst in zwei Tagen. Der Polizist, mit dem ich sprechen konnte, vermutet, dass sie zu dem Kerl zurückgekehrt ist. Das kann ich einfach nicht glauben." Ich ließ mich auf die Couch fallen. „Weißt du, was ihr in diesen zwei Tagen passieren könnte? Alle möglichen schrecklichen Dinge."

Er ging in die Küche, kam mit zwei Bierflaschen zurück und stellte eine vor mir auf den Couchtisch. „Hör zu, ich weiß, dass du nicht so denken willst, aber sie ist vielleicht wirklich freiwillig zu ihm zurückgekehrt."

„Das hat sie nicht getan." Ich setzte mich auf, um ihm die Situation zu erklären. „Er hat sie neulich geschlagen – so heftig, dass sie hingefallen ist. In ihrem Apartment."

„Sie muss ihm ihre neue Adresse gegeben haben", sagte Patton.

„Nein, er hat ihr gesagt, dass er sie in einem Bericht auf dem

Schreibtisch eines Polizisten gesehen hat, als er über den mutmaßlichen Tod ihrer Mutter verhört wurde."

„Whoa." Er stand auf und sah mich mit großen Augen an. „Ihr Ex ist deswegen verhört worden? Warum?"

„Er hatte einst eine Affäre mit Sloans Mutter. Damals, als Sloan ungefähr zehn Jahre alt war. Sie dauerte ein paar Jahre, bis Sloan zwölf war, und endete erst, als ihre Mutter verschwand." Ich wusste, dass die Geschichte schwer zu verstehen war und dass ich durcheinander war und sie wahrscheinlich nicht einmal richtig erzählte. „Wie auch immer, angeblich wusste Preston – so heißt ihr Ex – nicht, dass die Frau verheiratet war oder ein Kind hatte. Er fand das anscheinend erst heraus, als Sloans Vater die Polizei anrief, um sie als vermisst zu melden. Die Polizei deckte dann bei den Ermittlungen die Affäre auf. Preston war damals auch schon tatverdächtig, aber die Ermittler konnten keine Leiche finden, also mussten sie aufgeben."

„Gibt es jetzt eine Leiche?", fragte Patton, als er sich wieder setzte.

„Die Leiche einer Frau ist unter einer alten Betonterrasse auf der Rückseite eines Gebäudes gefunden worden, das einst Preston gehörte." Ich spürte, wie sich mein Magen verkrampfte. „Die Leiche war zerstückelt und das Genick war gebrochen. Sloan musste auf dem Polizeirevier eine Blutprobe für einen DNA-Test abgeben, um herauszufinden, ob es sich bei der Leiche um ihre Mutter handelt."

„Oh Gott", flüsterte Patton. „Das ist schrecklich."

„Ja, ich weiß." Ich schnappte mir die Bierflasche und trank einen Schluck, um meine Nerven zu beruhigen. „Die Polizei hat Preston vorgeladen, um ihn über den Leichenfund zu befragen, und Sloan glaubt, dass er sich deswegen so seltsam verhält. Aber ich denke, er benimmt sich so, weil er ein verdammter Mörder ist."

„Und ihr Vater wusste nicht, dass seine Frau hinter seinem Rücken einen Geliebten hatte?", fragte er skeptisch.

„Laut Sloan wusste er nichts über die Affäre." Ich hatte auch meine Zweifel. „Es ist nicht wirklich wichtig, ob ihr Vater davon wusste oder nicht. Er stand nie unter Mordverdacht. Preston aber schon. Noch verrückter ist, dass ihr Vater und Preston Jahre später, als Sloan ungefähr achtzehn war, Geschäfte miteinander gemacht haben. Dadurch hat sie den alten Mistkerl getroffen."

„Wie alt ist er?", fragte Patton.

„Ungefähr so alt wie ihr Vater." Ein Schauer durchlief mich. „Und was wirklich krank ist, ist die Tatsache, dass Sloan wie ihre Mutter aussieht. Anscheinend ist Preston damals mit ihrem Vater nach Hause gekommen und hat sich an das Mädchen herangemacht."

„Vor ihrem Vater?" Er schüttelte ungläubig den Kopf. „Wer macht so etwas? Ich meine, der Mann muss völlig rücksichtslos sein, um so etwas zu tun."

„Ich weiß." Ich hätte nie zugelassen, dass meiner jugendlichen Tochter so etwas passierte. „Ich habe ihren Vater noch nie getroffen. Ich habe ihn nur einmal gesehen, aber Sloan weiß das nicht. Ich war neugierig und bin ihr eines Tages gefolgt. Sie ist zu einem Bürogebäude gefahren und hat dort einen älteren Mann getroffen. Es stellte sich heraus, dass er ihr Vater war."

„Wie kannst du das wissen?"

„Seine Sekretärin hat es mir gesagt." Ich war nicht stolz auf diesen Moment in meinem Leben. „Verrate es Sloan nicht, okay?"

„Wenn wir sie jemals wiedersehen, werde ich es nicht tun."

„Patton, warum sagst du so etwas?"

„Sie ist mit ihrem Exmann zusammen. Vielleicht verlassen sie die Stadt. Du weißt schon, damit Sloan von dir loskommt." Er verdrehte die Augen. „Du tust so, als hättest du noch nie von so etwas gehört."

„Es gab einen Brand", sagte ich. „Sloan war bei einer Freundin in dem Viertel, wo sie wohnte, bevor sie hierhergezogen ist. Ein Feuer ist ausgebrochen und alle sind nach draußen geflohen. Es gab jede Menge Rauch und Sloans Freundin hat sie aus den Augen verloren. Das war das letzte Mal, dass jemand sie gesehen hat. Hör zu, ich bin völlig fertig und lasse wahrscheinlich wichtige Details aus. Du könntest mir noch ein Bier holen, um mich zu beruhigen."

„Sicher." Er sprang auf und holte mir eine weitere gekühlte Flasche. „Also, rede weiter."

„Sloans Auto ist immer noch bei ihrer Freundin. Also ist sie damit nicht weggefahren. Es muss völlig chaotisch gewesen sein, als das Feuer ausbrach und alle durcheinander rannten. Sloan wäre nicht weggelaufen, ohne ihrer Freundin Bescheid zu sagen."

„Was, wenn das Ganze ein cleverer Trick ist, damit sie und ihr Ex zusammen verschwinden können, ohne sich dir zu stellen?" Er reichte mir noch ein Bier. „Hast du daran schon gedacht?"

„Du bist verrückt. Sloan und ich lieben uns. Wahre Liebe, Bruder. Alles, was wir haben, ist echt."

„Warte", sagte er und setzte sich. „Du hast gesagt, dass ihr Ex sie geschlagen hat, oder?"

„Ja."

„Wenn sie darüber wütend war, warum hat sie nicht Anzeige erstattet?"

Ich wusste nicht, was ich antworten sollte. Das hatte ich mich auch schon gefragt. „Sie sagte mir, dass ich nicht verstehe, was zwischen ihm und ihr ist. Er war ihr erster Mann. Sie haben immer noch eine Bindung. Und sie wollte ihn nicht noch mehr belasten, während er bereits des Mordes beschuldigt wurde."

Patton nickte, trank einen Schluck Bier und sagte dann: „Sie hat wahrscheinlich Mitleid mit ihm gehabt. Zur Hölle, er hat sie vielleicht gebeten, das Land mit ihm zu verlassen."

„Sie hat gesagt, dass er sie zurückhaben will." Ich stieß den Atem aus. „Deshalb war er in ihrem Apartment." Ich wollte nicht glauben, dass Sloan so weit gehen würde, nur um mich zu verlassen. „Sie hätte mir sagen können, wie sie empfindet. Es hätte wehgetan, aber zumindest wüsste ich, dass sie lebt."

„Vielleicht will sie nicht, dass du das weißt." Patton holte tief Luft. „Manche Menschen hassen Konfrontationen so sehr, dass sie alles tun, um sie zu vermeiden. Vielleicht ist Sloan auch so. Habt ihr beide euch jemals gestritten?"

„Nein."

Hat sie mich wirklich absichtlich so brutal verlassen?

„Und du hast gesagt, dass ihre Mutter verschwunden ist, oder?", fragte er.

„Ja."

„Vielleicht liegt es ihr im Blut, wegzulaufen, anstatt sich den Konsequenzen zu stellen."

Das wollte ich nicht glauben. „Wir lieben uns. Das hätte sie nicht vortäuschen können. Sie hat von innen heraus gestrahlt. Ihre Augen hätten mich nicht über ihre Gefühle belügen können."

„Ich weiß nicht. Man kann sich in anderen Menschen täuschen." Er lehnte sich zurück und legte seinen Arm auf die Rückenlehne der Couch. „Ich sage nicht, dass du sie nicht vermisst melden sollst. Ich meine, ich mag Sloan. Wirklich. Aber du musst dich damit abfinden, dass sie vielleicht verschwinden *wollte*."

„Wer zum Teufel tut so etwas während eines Brandes?" Es war

unvorstellbar. „Er hat sie in seiner Gewalt. Ich weiß, dass es so ist. Und ich kann es kaum erwarten, dass die Polizei in zwei Tagen nach ihr sucht. Vielleicht kann ich jemanden anheuern, der sie dabei unterstützt."

„Das kannst du bestimmt." Er kaute auf seiner Unterlippe herum, während er über alles nachdachte. „Du hast ihren Vater erwähnt. Kannst du ihn finden und fragen, ob er etwas darüber weiß, wo sie ist? Vielleicht musst du gar niemanden anheuern. Vielleicht kannst du selbst Nachforschungen anstellen."

„Ich kann nachsehen, ob er morgen früh in seinem Büro ist." Ich wusste nicht, was ich in dieser Nacht tun würde, da ich mit Sicherheit kein Auge zumachen konnte, bis ich wusste, wo Sloan war. „Ich habe keine Ahnung, ob er von mir weiß und ob er mir etwas sagen würde, wenn seine Tochter ihn gebeten hat, es nicht zu tun."

„Ja, das stimmt."

„Sie hat mir erzählt, dass es ihrem Vater nicht gefallen hat, als sie mit Preston zusammen war. Vielleicht verrät er mir doch, wo sie sein könnte."

„Glaubst du, Sloan würde ihm das sagen, wenn er nicht will, dass sie und ihr Ex wieder zusammen sind?"

„Ich weiß es nicht. Aber ich muss ihn fragen, oder?" Ich trank einen langen Schluck von dem Bier und hoffte, dass es mich so weit beruhigen würde, dass mein Gehirn wieder funktionierte.

Egal was Patton sagte, ich wusste, dass Sloan mich liebte. Sie würde mich nicht verlassen. Und sie würde nicht etwas so Dramatisches inszenieren. Schließlich stand sie nicht nur am Anfang ihrer Beziehung mit mir, sondern auch am Anfang ihrer Karriere. Sie würde nicht alles für diesen Mann ruinieren. Sie wollte etwas aus sich machen und nicht mehr ausgehalten werden. Zumindest hatte sie das zu mir gesagt.

Ich muss alles in meiner Macht Stehende tun, um sie zu finden.

KAPITEL ZWANZIG

SLOAN

„Mom?"

Meine Mutter, die in einer golden leuchtenden Lichtkugel schwebte, sah mich an. Sie kam näher, beugte sich vor und strich über meine Haare.

„Bin ich tot?"

Sie schüttelte den Kopf und lächelte mich an, als sie ihre Hand auf meine Wange legte. Sie fühlte sich warm an, so als wäre sie noch am Leben. Obwohl sich ihr Mund nicht bewegte, hörte ich sie sagen: „Du bist nicht tot, Schatz. Aber du steckst in Schwierigkeiten. Du musst vorsichtig sein. Pass auf, was du sagst."

„Mom, was ist mit dir passiert?" Ich musste die Wahrheit erfahren. Ich konnte es nicht länger ertragen, sie nicht zu wissen.

„Ich habe schlechte Entscheidungen getroffen, weil ich gelangweilt war. Lass keine Langeweile in dein Leben kommen, Sloan. Ich habe es zugelassen und es hat mich ruiniert. Es tut mir leid, dass ich dich so plötzlich verlassen habe. Es war nicht deine Schuld. Es war auch nicht die Schuld deines Vaters. Es war allein meine Schuld. Im Leben haben wir alle die Wahl. Ich musste nicht untätig zu Hause sitzen und deinem Vater Vorwürfe machen, weil ich vor Langeweile fast verrückt geworden bin. Trotzdem habe ich genau das getan. Und ich habe Abenteuer bei Menschen gesucht, von denen ich mich hätte fernhalten sollen."

„Hat er dich umgebracht?" Ich musste es wissen. „Hat Preston dich umgebracht?"

„Es ist schwer, jemandem außer mir selbst die Schuld zu geben." Sie schien mir auszuweichen.

„Aber er hat dich getötet, oder?"

„Letztendlich ist nichts davon wichtig. Ich möchte, dass du dich daran erinnerst, dass ich dich geliebt habe. Ich war stolz auf dich. Aber ich habe so viel Zeit mit dir verpasst und das tut mir schrecklich leid. Lerne aus meinen Fehlern. Wiederhole sie nicht. Ich habe nach einem Helden gesucht, der sich um mich kümmerte und mein Leben so machte, wie ich es mir erträumte. Aber das hat überhaupt nicht funktioniert. Meine Entscheidungen haben alles ruiniert. Bitte vergib mir, Sloan."

„Ich vergebe dir, Mom. Das tue ich wirklich. Ich werde aus deinen Fehlern lernen. Aber ich bin hier in Gefahr und Dad auch. Kannst du uns irgendwie helfen?" Ich wusste, dass es hoffnungslos war. Selbst in meinem Zustand war mir klar, dass meine Mutter nicht wirklich hier war.

Sie schwebte zurück in die Dunkelheit. „Das ist dein Leben, Sloan. Das sind deine Entscheidungen, nicht meine. Alles gehorcht der Macht des Schicksals. Aber du kannst es beeinflussen, indem du Entscheidungen triffst, die dich am Leben halten oder sterben lassen. Ich liebe dich. Das habe ich immer getan und ich werde es immer tun."

Ich schlug die Augen auf, als sie verschwand, und spürte den harten Holzboden unter mir. Ich lag auf dem Rücken und als ich einatmete, gelangte Stoff in meinen Mund, der mich zum Husten und Würgen brachte.

Dann fiel mir alles wieder ein. Preston hatte mir einen Sack über den Kopf gezogen und irgendetwas auf dem Stoff hatte mich ohnmächtig gemacht. Jetzt war es vollkommen still.

Hat er mich allein auf dem Dachboden zurückgelassen?

Als ich versuchte, meine Arme zu bewegen, stellte ich fest, dass er sie gefesselt hatte, genauso wie meine Füße. Ich war gefangen. Verzweifelt versuchte ich, mich zu befreien, aber es wurde immer schwieriger, weil jeder Atemzug, dazu führte, dass der Stoff in meinen Mund gesogen wurde. Also schloss ich meinen Mund und atmete durch meine Nase. Ich erinnerte mich daran, was meine Mutter in dem Traum darüber gesagt hatte, die richtigen Entscheidungen zu treffen und am Leben zu bleiben.

Als ich schließlich den Sack von meinem Kopf abschütteln konnte, sah ich, dass sich ganz oben an einer Wand ein kleines, rundes Fenster befand. Staub glitzerte in der Luft, als ein paar Lichtstrahlen hindurch drangen.

Als ich mich auf dem Dachboden umsah, bemerkte ich, dass der Stuhl, auf dem mein Vater gesessen hatte, leer war. Irgendetwas lag daneben auf dem Boden, also rutschte ich hinüber, um herauszufinden, was es war.

Das Erste, was mir auffiel, war eine leere Spritze. *Er hat Dad etwas injiziert!*

Ein lautes Schluchzen drang aus meinem Mund, als ich anfing zu weinen. „Er hat ihn getötet. Er hat meinen Vater getötet."

Meine Trauer lähmte mich, sodass ich mich nicht bewegen konnte, während ich schluchzte. Ich fühlte mich hoffnungslos und verzweifelt und hatte keine Ahnung, wie ich überleben sollte. Ich war mir nicht sicher, ob ich überhaupt am Leben bleiben wollte. Meine Eltern waren beide tot und ich war überzeugt davon, dass Preston mich foltern wollte, bevor er mich irgendwann ebenfalls tötete. Er war völlig verrückt geworden.

Ich schloss die Augen und hatte das Gefühl, ich könnte einfach aufhören zu atmen. Meine Brust und mein Kopf taten entsetzlich weh. Was auch immer er benutzt hatte, um mich zu betäuben, musste die Ursache für die Schmerzen in meiner Brust sein und ich erinnerte mich an einen Schlag auf den Hinterkopf, bevor er den Sack über meinen Kopf gezerrt hatte. Ich hatte noch nie so starke Schmerzen gehabt und so viel Angst empfunden. Es war unerträglich.

Aber als ich dort lag und mir fast den Tod herbeiwünschte, tauchte ein Gesicht vor mir auf. *Baldwyn.*

Er liebte mich und ich liebte ihn. Ich konnte nicht aufgeben, wenn so viel vor mir lag. Unsere Liebe war noch frisch, aber sie war innig und wurde immer inniger. Ich konnte mir eine Zukunft mit ihm vorstellen. Und ich glaubte, dass er genauso für mich empfand.

Seine Augen leuchteten, wenn er mich sah. Das musste etwas

bedeuten. Wie konnte ich einfach aufgeben, wenn etwas so Wunder-volles auf mich wartete?

Mein Herz schmerzte bei dem Gedanken daran, wie Baldwyn sich gefühlt haben musste, als er mich nicht finden konnte. Ich wusste, wie es sich anfühlte, sich um einen geliebten Menschen Sorgen zu machen, der plötzlich verschwunden war. Nach Moms Verschwinden hatte ich wochenlang gezittert und geweint. Ich hatte gebetet, dass sie eines Tages durch die Tür kommen und uns sagen würde, dass sie jetzt zu Hause war und nicht wieder weggehen würde.

Das war aber niemals passiert. Und mein Traum ließ mich glau-ben, dass sie wirklich tot war. Der Traum ließ mich denken, dass Preston meine Mutter getötet hatte, obwohl sie sich selbst die Schuld daran gab, schlechte Entscheidungen getroffen zu haben.

Sie hatte unglaublich schlechte Entscheidungen getroffen. Das bedeutete aber nicht, dass sie verdient hatte zu sterben – ermordet und dann in Stücke geschnitten zu werden, um zu verbergen, was von ihr übrig war. Preston war für all das verantwortlich. Und jetzt auch für den Tod meines Vaters.

Es ergab für mich keinen Sinn, dass Preston zu denken schien, er könnte beweisen, dass er meine Mutter nicht ermordet hatte, indem er meinen Vater umbrachte. Es war, als würde sein Gehirn nicht mehr richtig funktionieren. Ich glaubte immer mehr, dass er einen Schlaganfall gehabt haben musste, der sein Gehirn verändert und ihn psychotisch gemacht hatte.

Aber andererseits hatte er damals Mom getötet, also hatte er die ganze Zeit über eine Psychose gehabt, die mir entweder entgangen war oder die ich einfach ignoriert hatte. Preston hatte nie viel geschlafen – vielleicht drei Stunden pro Nacht. Ich hatte das seltsam gefunden, aber als ich ihn danach gefragt hatte, hatte er behauptet, nicht viel Schlaf zu brauchen. Sein Gehirn hatte nie stillgestanden und sich ständig neue Möglichkeiten ausgedacht, um noch mehr Geld zu verdienen.

Ich hatte mir nichts dabei gedacht, dass er mit wenig Schlaf auskam.

Er hatte auch einige sonderbare Eigenarten gehabt. Die Art, wie er sein Sandwich haben musste, war seltsam gewesen. Weißbrot, leicht geröstet bis mittelbraun, Senf auf der oberen Scheibe, Mayonnaise auf der unteren – eine Schinkenscheibe unten, gefolgt von etwas Cheddar, einem Salatblatt, einer Tomatenscheibe und einer Dillgurke genau in der Mitte. Wenn er ein Sandwich bestellt hatte und es anders zubereitet worden war, ließ er es zurückgehen.

So viele Dinge kamen mir in den Sinn, die darauf hindeuteten, dass der Mann nicht ganz richtig im Kopf war. Und ich hätte mir einen Tritt verpassen können, weil ich nicht bemerkt hatte, dass diese Dinge Anzeichen für ein echtes Problem waren. Aber ich hatte nie viel darüber nachgedacht.

Wenn ich ihn gefragt hatte, warum alles auf eine bestimmte Weise erledigt werden musste, hatte er behauptet, dass sonst Chaos ausbrechen würde. Ich hatte keine Ahnung gehabt, was das bedeutete, und hatte sogar vermutet, dass es eine Art Witz sein sollte.

Preston hatte wenig bis gar keinen Sinn für Humor, daher waren seine Witze nicht leicht zu erkennen gewesen. Ich war wütend auf mich selbst, weil ich mich einst in ihn verliebt hatte.

Ich war mir nicht sicher, wie das passiert war. Als Dad ihn zum ersten Mal nach Hause mitgebracht hatte, hatte ich mir bei dem Mann gar nichts gedacht. Ich hatte aber bemerkt, wie er mich ansah. Ich hätte es unheimlich finden sollen.

Vielleicht stimmte etwas mit *meinem* Gehirn nicht. Der Verlust meiner Mutter hatte tiefe Narben hinterlassen. Am Anfang hatte ich unheimlich viel Schmerz empfunden und als er nachgelassen hatte, war Benommenheit an seine Stelle getreten. Vielleicht lag es an der Leere in mir, dass ich Preston so leicht an mich herangelassen hatte. Was auch immer es war, ich hatte es nicht bewusst getan.

Ich hatte mich jedoch bewusst für Baldwyn entschieden. Er hatte mich nicht manipuliert. Wir hatten gemeinsam die Entscheidung getroffen, ein Paar zu werden. Niemand herrschte in unserer Beziehung über den anderen. Ich musste mein Bestes geben, um am Leben zu bleiben, damit wir wieder zusammen sein konnten.

Als mehr Licht durch das Fenster drang, wurden die auf dem Boden verstreuten Gegenstände besser sichtbar. Das Handy meines Vaters lag mit dem Bildschirm nach oben vor mir. Mein Herz machte einen Sprung, als ich es sah.

Ich kroch hinüber und berührte es mit meiner Nase. Als ich damit über den Bildschirm strich, wurde das Passwort abgefragt. Ich gab mein Geburtsdatum ein, aber es war ungültig. Also versuchte ich das Geburtsdatum meines Vaters. Wieder ungültig. „Was hast du nur als Passwort benutzt, Dad?"

Moms Geburtstag kam mir in den Sinn und ich gab das Datum ein. *Treffer!*

Schließlich schaffte ich es, den Notruf zu wählen. „Guten Tag, wie kann ich Ihnen helfen?"

Die Dachbodentür wurde aufgerissen und Preston stand mit schmutzigen Kleidern und verschmiertem Gesicht vor mir. „Was zum Teufel machst du da?"

„Hilfe! Ich weiß nicht, wo ich bin, aber ich bin in großer Gefahr! Folgen Sie den Koordinaten dieses Handys!"

Preston holte aus und kickte das Handy von mir weg. Es prallte mit einem lauten Knall gegen die Wand und einen Moment lang dachte ich, es sei kaputt. „Hallo?", rief der Mann in der Notrufzentrale.

Preston sah mich an. „Also, wofür entscheidest du dich, Schatz? Für ein Leben mit mir? Oder den Tod?"

„Hilfe!", schrie ich.

„Ah, also den Tod." Er ging zu der Stelle, an der das Handy auf dem Boden lag, und trampelte darauf herum, bis es völlig zerstört war.

KAPITEL EINUNDZWANZIG

BALDWYN

Während ich vor dem Gebäude stand, zu dem ich Sloan einige Tage zuvor gefolgt war, behielt ich die Eingangstür im Auge und wartete darauf, dass jemand sie aufmachte. Es war erst sechs Uhr morgens, aber ich hatte sowieso keinen Schlaf gefunden. Und ich würde mir die Gelegenheit nicht entgehen lassen, mit ihrem Vater zu sprechen.

Die Tür öffnete sich um sieben und ich ging hinein, um mich vor seine Bürotür zu setzen, bis jemand kam, mit dem ich sprechen konnte. Innerlich war ich ruhiger geworden – das Adrenalin hatte nachgelassen und meine Kopfschmerzen waren nicht mehr so schlimm. Aber mir ging es trotzdem nicht gut. *Ich muss sie finden.*

Zwei Stunden später kam eine Frau durch die Eingangstür auf mich zu. „Wie kann ich Ihnen helfen?"

„Ich suche Richard Manning." Ich stand auf und schob meine Hände in meine Taschen, als meine Handflächen zu schwitzen begannen. Die Angst in mir regte sich und hatte meinen Körper fest im Griff.

„Er war in den letzten Tagen nicht hier. Ich bin mir nicht sicher, ob er heute erscheinen wird." Sie schloss die Bürotür auf und ging hinein. Ich folgte ihr.

„Ist es ungewöhnlich, dass er nicht ins Büro kommt?", fragte ich. „Hat er Ihnen gesagt, wo er ist? Ich bin der Freund seiner Tochter.

Sie ist gestern verschwunden und ich mache mir große Sorgen um sie. Ich dachte, er sollte wissen, dass sie vermisst wird. Oder vielleicht weiß er, wo sie ist, und kann mich beruhigen."

Sie setzte sich hinter den Schreibtisch und schaltete den Computer ein. „Mr. Manning spricht nicht mit mir über seine täglichen Aktivitäten. Ich weiß nie, ob oder wann er ins Büro kommt. Es könnte sogar sein, dass er nach Griechenland zurückgekehrt ist. Das bezweifle ich aber, da die Polizei ihre Ermittlungen noch nicht abgeschlossen hat."

„Haben Sie eine Nummer, unter der ich ihn anrufen kann?", fragte ich. „Ich mache mir wirklich große Sorgen um seine Tochter."

„Seine Nummer darf ich Ihnen nicht verraten." Sie tippte mit den Fingern auf den Schreibtisch und griff dann nach dem Bürotelefon. „Aber ich kann ihn selbst anrufen."

Erleichterung breitete sich in mir aus, als sie wählte. „Ich danke Ihnen."

„Hmm." Sie legte auf. „Der Anruf wurde direkt an die Mailbox weitergeleitet."

„Ist das ungewöhnlich?"

„Ja." Sie versuchte es erneut und legte dann auf. „Am besten geben Sie mir Ihre Nummer und ich rufe Sie an, sobald ich ihn erreiche." Sie schob einen gelben Notizblock zu mir. „Schreiben Sie Ihren Namen daneben."

Ich beeilte mich, alles aufzuschreiben, und war mir nicht sicher, wie ich mich fühlen sollte. Ich hatte etwas erreicht, aber bei Weitem nicht so viel, wie ich gehofft hatte. „Bitte zögern Sie nicht, mich sofort anzurufen, wenn Sie etwas herausfinden."

„Ich kann sehen, dass Sie sehr besorgt sind, Mr. Nash." Sie las die Notiz, die ich hinterlassen hatte. „Ich werde Sie anrufen, sobald ich mit Mr. Manning gesprochen habe."

„Und wenn Sie mit Sloan sprechen, lassen Sie es mich bitte auch wissen. Selbst wenn sie Ihnen sagt, dass Sie es nicht tun sollen. Wenn sie nichts mehr mit mir zu tun haben will, werde ich sie nicht belästigen. Das schwöre ich. Ich muss nur wissen, dass es ihr gutgeht." Verzweiflung erfüllte meine Stimme und ich hasste den Klang.

„Ich werde Ihnen Bescheid sagen." Sie hatte alles getan, was sie für mich tun konnte. „Versuchen Sie, trotzdem einen schönen Tag zu haben, Mr. Nash."

Das konnte ich auf keinen Fall, bis ich wusste, ob es Sloan gut ging. „Danke. Das wünsche ich Ihnen auch."

Ich verließ das Gebäude und stieg in meinen Truck. Als ich die Tür schloss, dachte ich, ich würde zusammenbrechen und weinen. Das letzte Mal, als ich geweint hatte, hatte ich herausgefunden, dass meine Eltern bei dem Hausbrand getötet worden waren.

Ich durfte jetzt nicht zusammenbrechen. Ich musste hoffen, dass ich Sloan lebendig und unversehrt finden würde. Selbst wenn sie mich verlassen hatte, um wieder mit ihrem Ex zusammen zu sein, würde ich mich besser fühlen als jetzt.

Während ich an unsere gemeinsame Nacht dachte, legte ich meinen Kopf zurück und schloss die Augen. Ihre Haut hatte im Mondlicht geschimmert, das durch das Fenster geströmt war, und ihr Körper war schweißbedeckt gewesen, nachdem wir uns stundenlang geliebt hatten. Ihre Brüste hatten sich bei jedem Atemzug gehoben und gesenkt und ihre Hände hatten meinen Oberkörper gestreichelt, während sie auf mir saß. „Ich reite dich so gern, Baby. Ich kann dich tief in mir spüren."

„Ich glaube, dir gefällt es, in einer Machtposition zu sein", hatte ich sie geneckt.

Ihr Gesichtsausdruck war sanft geworden, als sie den Kopf geschüttelt hatte. „Mir gefällt, was wir haben, Baldwyn. Keiner von uns hat Macht über den anderen. Es herrscht eine perfekte Balance. So sollte Liebe sein – man sollte alles miteinander teilen, anstatt einander zu beherrschen."

Damals hatte ich begriffen, was Preston ihr angetan hatte. Er hatte sie beherrscht und es Liebe genannt, aber es war nichts weiter als Machtgier gewesen. Er hatte sie nicht lieben, sondern nur besitzen und ganz für sich haben wollen.

Ihren Worten nach zu urteilen, hatte Preston sie in Ruhe gelassen, bis er uns beide zusammen gesehen hatte. Danach hatte es nicht lange gedauert, bis er sie aufgespürt und ihr gesagt hatte, dass er sie zurückhaben wollte.

Er hatte behauptet, dass es bei der Polizei einen guten Eindruck machen würde. Aber ich vermutete, dass er sie mit niemand anderem teilen wollte. Und das sagte mir, dass er ihr etwas Schreckliches antun würde, wenn sie sich weigerte, wieder mit ihm zusammenzukommen. Wenn sie ihm sagte, dass sie und ich ineinander verliebt waren, könnte er das Allerschlimmste tun und sie umbringen.

Ich öffnete meine Augen und wünschte mir wie verrückt, sie noch an diesem Tag zu finden. Ich konnte nicht noch einmal vierundzwanzig Stunden damit verbringen, nicht zu wissen, wo sie sich befand oder ob sie in Sicherheit war.

Mein Handy klingelte und ich sah eine unbekannte Nummer. „Baldwyn Nash."

„Mr. Nash, hier spricht Lucy, Mr. Mannings Assistentin. Ich habe nicht mit ihm gesprochen, aber ich habe gerade einen Anruf von der Polizei in Elgin erhalten. Das ist eine kleine Stadt, ungefähr dreißig Minuten von Austin entfernt."

„Die Polizei hat Sie angerufen?" Meine Gedanken überschlugen sich.

„Gegen fünf Uhr morgens ging dort ein Notruf von Mr. Mannings Handy ein. Eine Frau rief um Hilfe und bat darum, die Koordinaten des Handys nachzuverfolgen, da sie nicht wusste, wo sie war. Es war der Polizei allerdings nicht möglich, das zu tun, da das Signal kurz darauf erloschen ist. Aber sie haben herausgefunden, wem die Telefonnummer gehörte", sagte sie. „Gott sei Dank ist das Handy auf Mr. Mannings Unternehmen registriert. Dadurch konnten sie mich im Büro anrufen."

„Sloans Vater ist also in Elgin?", fragte ich, als ich versuchte herauszufinden, was das alles bedeutete. „Was wissen Sie über Mr. Mannings Privatleben?"

„Nicht viel."

„Wissen Sie, ob er jemanden in dieser Stadt kennt?" Es fiel mir schwer zu glauben, dass seine Assistentin so wenig über ihren Chef wusste. Aber der Mann hatte jahrelang im Ausland gelebt.

„Ich habe keine Ahnung. Es tut mir leid, dass ich Ihnen nicht weiterhelfen kann, Mr. Nash."

„Sie haben alles getan, was Sie konnten. Lassen Sie es mich wissen, wenn Sie mehr erfahren. Ich werde jetzt meinen Bruder auf diese Sache ansetzen. Er versteht mehr von Technik als ich. Können Sie mir die Handynummer von Mr. Manning geben?"

„Ja. Ich werde Ihnen eine SMS senden." Sie beendete den Anruf.

Ich rief umgehend Stone an. Er war von uns allen der Beste, wenn es um Recherche ging.

„Guten Morgen, Baldwyn. Was ist los?"

„Du musst herausfinden, ob Preston Rivers Immobilien in der Stadt Elgin in Texas besitzt." Ich hatte die Vermutung, dass er auch hinter dem Verschwinden von Sloans Vater steckte. „Ich brauche die Adressen. Und ich brauche die Kennzeichen all seiner Autos." Ich war bereits auf dem Weg nach Elgin, während wir uns unterhielten.

„Patton hat mir erzählt, was du gestern Abend zu ihm gesagt hast. Ich neige dazu, deine Einschätzung zu teilen, Baldwyn. Ich glaube nicht, dass Sloan einfach so weggehen würde", sagte Stone.

Wenn ich durch jede Straße fahren und an alle Türen klopfen musste, bis ich Sloan, Preston oder Mr. Manning fand, würde ich es tun. Die Polizei von Austin wollte mir nicht helfen, aber die Polizei von Elgin würde es vielleicht tun, da sie den Notruf erhalten hatte.

Es dauerte nicht lange, bis Lucy mir die Handynummer zusandte. „Okay, die Assistentin von Sloans Vater hat mir gerade seine Nummer gegeben. Die Polizei von Elgin hat sie heute Morgen kontaktiert, um sie über einen Notruf zu informieren, der heute Morgen gegen fünf Uhr vom Handy von Sloans Vater eingegangen ist. Eine Frauenstimme hat um Hilfe gerufen und darum gebeten, die Koordinaten nachzuverfolgen."

„Haben sie das getan?", fragte er.

„Nein, leider nicht. Ich rufe gleich die Polizei an, um zu fragen, ob sie jetzt mit der Suche beginnen. Ich weiß, dass du wahrscheinlich schneller Informationen über Preston Rivers finden wirst als die Beamten. Wenn sie es überhaupt versuchen. Wir müssen zwei Tage warten, bis die Polizei in Austin aktiv wird. Der Polizist, mit dem ich gesprochen habe, schien nicht zu glauben, dass es Anlass zur Sorge gibt. Aber vielleicht sieht die Polizei in Elgin das anders."

„Ich schicke dir alles, was ich finden kann. Gib mir die Telefonnummer ihres Vaters. Vielleicht kann ich in Erfahrung bringen, wo sie zuletzt genutzt wurde. Das sollte dir helfen, oder?"

„Ja." Ich wusste, dass es richtig gewesen war, Stone anzurufen. „Ich zähle auf dich."

„Ich tue, was ich kann. Ich will sie auch finden, weißt du?"

Nachdem ich den Anruf beendet hatte, rief ich die Polizei in Elgin an. „Polizeirevier Elgin, mit wem kann ich Sie verbinden?"

„Ich muss so schnell wie möglich mit einem Beamten sprechen."

Ich war mir nicht sicher, ob sie mir helfen würden oder nicht, aber ich brauchte jede Unterstützung, die ich bekommen konnte.

„Bitte warten Sie." Ich wartete, während der Anruf weitergeleitet wurde und leise Musik erklang.

„Hier spricht Officer Stark. Wie kann ich Ihnen helfen?"

„Mein Name ist Baldwyn Nash. Ihr Revier hat heute Morgen gegen fünf Uhr einen Anruf vom Handy des Vaters meiner Freundin erhalten. Eine Frau rief um Hilfe und wusste nicht, wo sie war. Ich brauche Ihre Unterstützung, um Richard Manning und seine Tochter Sloan Rivers zu finden. Ihr Exmann hat möglicherweise beide entführt und hält sie irgendwo in Ihrer Stadt fest. Er heißt Preston Rivers. Gibt es irgendetwas, das Sie jetzt schon unternehmen können?"

„Jetzt schon?", fragte er ungläubig. „Sir, wir haben bereits damit begonnen, an diesem Fall zu arbeiten, als der Anruf heute Morgen eingegangen ist."

Gott sei Dank!

KAPITEL ZWEIUNDZWANZIG

SLOAN

Ohne die geringste Ahnung, was passiert war, nachdem Preston das Handy meines Vaters zerstört hatte, wachte ich auf dem Rasen hinter dem Haus auf, als die Sonne gerade den Himmel verließ. Meine Kopfschmerzen ließen mich vermuten, dass er mir mit etwas auf den Kopf geschlagen hatte und ich den ganzen Tag bewusstlos gewesen war.

Ich reckte den Hals, um mich umzusehen, und sah zwei Hügel frischer Erde, von denen einer kleiner war als der andere. „Preston?"

„Halt die Klappe, Sloan", kam seine Stimme von der anderen Seite des kleineren Hügels. Etwas Erde flog darüber und ich sah, dass er ein Loch grub. „Ich bin zu beschäftigt, um mit dir zu reden."

Ich bewegte vorsichtig meinen Kopf und stellte fest, dass ich immer noch gefesselt war und nicht mehr tun konnte, als herumzurollen. Der größere Erdhügel musste die Leiche meines Vaters bedecken, da Preston ihn bestimmt getötet hatte.

Ich versuchte, ihn nicht anzusehen oder an meinen Vater zu denken. Ich musste etwas unternehmen, um Preston aufzuhalten. „Dann rede ich, Baby. Ich habe nachgedacht und möchte, dass wir unserer Beziehung noch eine Chance geben. Ich war in letzter Zeit fürchterlich stur und das war allein meine Schuld. Du hast die ganze Zeit recht gehabt. Es war dumm von mir, einen Abschluss in einem

Männerberuf zu machen. Ich weiß nicht, was ich mir dabei gedacht habe."

„Ich bin froh, dass du zur Vernunft gekommen bist, Sloan." Er grub weiter.

„Ja, ich auch. Jetzt können wir einen Neuanfang machen. Ich habe darüber nachgedacht, dass du Babys mit mir haben wolltest. Wir können einen Spezialisten aufsuchen, der mir dabei hilft, schwanger zu werden. Würde dich das glücklich machen?" Ich betete, dass er Ja sagen würde.

„Diesen Traum habe ich schon lange aufgegeben, Sloan."

Verdammt.

„Nun, ich nicht." Ich musste ihn dazu bringen, über die Zukunft nachzudenken – eine Zukunft mit mir. „Viele Menschen haben Probleme damit, Eltern zu werden. Und viele Ärzte verdienen eine Menge Geld damit, ihnen zu helfen. Du bist reich. Wir können es schaffen, Preston. Wir können eine Familie gründen. Du und ich und ein paar Babys. Wäre das nicht großartig?"

„Das wäre es gewesen." Er grub weiter und wurde nicht einmal langsamer.

Ich musste mich mehr anstrengen. „Ich liebe dich, weißt du. Das habe ich immer getan und ich werde es immer tun. Liebst du mich auch noch?"

„Ja." Trotzdem rammte er die Schaufel wieder in den Boden und machte das Loch tiefer.

„Dann sollten wir uns noch eine Chance geben, Baby." Ich tat mein Bestes, um voller Vorfreude zu klingen, obwohl ich log. „Ich möchte mit dir nach Hause gehen – in unser Haus. Ich möchte in unser Schlafzimmer zurückkehren. Wir werden nicht mehr getrennt schlafen. So wolltest du es doch. Ich möchte dir gefallen, Preston, wirklich."

„Gut. Es würde mir gefallen, wenn du die Klappe hältst." Er hörte auf zu graben und trat aus dem Loch. Dann wischte er sich den Schweiß von der Stirn, ging ein paar Meter weiter und stieß die Schaufel wieder in den Boden.

Ein drittes Grab?

Natürlich, die meisten Menschen, die ihren Ehepartner ermordeten, brachten sich anschließend um. Das musste sein Plan sein. Nicht, dass ich danach fragen oder es erwähnen würde.

Ich tat so, als würde er einen Garten anlegen, und fuhr fort: „Wenn du nicht mit mir in unser Haus zurückkehren willst, weil du befürchtest, dass es dort schlechte Erinnerungen gibt, können wir auch woanders hin. Zur Hölle, wir müssen nicht einmal in Austin bleiben. Wir können ins Ausland ziehen."

Er hatte etwas darüber gesagt, das Land zu verlassen und nach Tahiti ziehen zu wollen. Er hatte mindestens einen Mord auf dem Gewissen und wollte sich bestimmt vor den Behörden verstecken, also konnte er unmöglich in Austin oder Texas bleiben.

Er ließ die Schaufel fallen und ich hielt den Atem an, als er sich umdrehte, um mich anzustarren. „Kannst du nicht sehen, was hier los ist, Sloan?"

Ich zog es vor, nicht so genau hinzusehen. „Preston, wir können nach Tahiti ziehen. Wir können dort am Strand wohnen. Unsere Kinder würden das lieben."

Mit einem schweren Seufzer wandte er sich von mir ab. „Du lebst in einer Fantasiewelt."

Zumindest lebe ich.

„Wer sagt, dass wir kein fantastisches Leben führen können? Wir können sogar unsere Namen ändern. Wir können in dem neuen Land, in das wir ziehen, ein Bankkonto eröffnen. Und du kannst dein Geld irgendwie auf dieses Konto überweisen. Du bist so geschickt in solchen Sachen, Baby." Ihm zu schmeicheln, klang nach einer guten Idee. „Du warst schon immer so schlau. Ich wette, du könntest herausfinden, wie du alles mitnehmen kannst."

„Das Bankkonto ist bereits leer, Sloan. Ich habe das Geld zu Hause in einer schwarzen Tasche unter meinem Bett versteckt. Ich habe immer wieder kleinere Beträge abgehoben, damit niemand merkte, was ich tat. Gestern habe ich das Konto geschlossen." Es ergab keinen Sinn, ein drittes Grab auszuheben, wenn er vorhatte, das Land mit seinem ganzen Geld allein zu verlassen.

Aber ich dachte nicht, dass es mir helfen würde, ihn danach zu fragen. „Du denkst schon wieder voraus. Das sieht dir ähnlich, Schatz. Wenn das hier erledigt ist, müssen wir uns nur noch darauf einigen, wohin wir gehen. Ich habe gehört, wie du Tahiti erwähnt hast. Das klingt großartig. Ich bin dabei, wenn du es auch bist. Ich kann es kaum erwarten, dort ein neues Leben mit dir zu beginnen. Hast du schon neue Namen für uns ausgesucht?"

„Ich werde Dax Sheplar sein", sagte er, während er weiter grub.

„Das kommt mir bekannt vor. Aber es gefällt mir. Dann werde ich Brooke Sheplar sein. Ich mag diesen Namen. Gefällt er dir auch?"

„Das ist egal."

„Ich möchte, dass du meinen neuen Namen magst, Baby. Suche einen für mich aus. Ich nehme jeden Namen, den du mir gibst."

„Brenda", lautete seine Antwort.

Ich war kein Fan davon, aber es war nicht so, als würde ich wirklich irgendwann so heißen. Sobald er meine Fesseln gelöst hatte, würde ich wie der Wind davonrennen. „Okay, dann Brenda. Also, wie werden wir unser erstes Kind nennen, Dax?"

„Du musst aufhören."

„Du solltest aufhören zu graben und hierherkommen, damit wir reden können. Ich möchte mich versöhnen. Du nicht?" Ich machte bei dem Mann keine Fortschritte. Es war aber auch nicht so, als hätte ich viel Energie. Ich konnte mich nicht erinnern, wann ich das letzte Mal etwas gegessen oder getrunken hatte. Außerdem war ich zweimal ohnmächtig gewesen und es hatte Spuren hinterlassen.

„Ich will nur, dass du die Klappe hältst." Er hörte lange genug auf zu graben, um mich über die Schulter anzusehen. „Muss ich zu dir kommen und dir mit der Schaufel einen Schlag auf den Kopf verpassen, damit du endlich still bist?"

„Nein."

Also schwieg ich. Der Versuch, ihn auszutricksen, hatte nicht funktioniert. Ich musste mir einen anderen Plan ausdenken.

Als ich darüber nachdachte, dass er all sein Geld von der Bank abgehoben hatte, fragte ich mich, ob er immer vorgehabt hatte, so etwas zu tun. Hatte die Entdeckung der Leiche, bei der es sich vielleicht um meine Mutter handelte, ihn dazu gebracht, sich zu beeilen?

Wollte Preston mich immer schon töten und dann das Land verlassen?

Ich dachte, ich könnte genauso gut die Antwort auf diese Frage herausfinden. „Preston, wolltest du mich töten, seit ich dich verlassen hatte?"

Er sagte kein Wort, aber sein Schweigen verriet mir, dass ich den Nagel auf den Kopf getroffen hatte. Mein Herz schmerzte, weil mein Vater nach Hause zurückgekehrt war, nur um ebenfalls von Preston ermordet zu werden.

Wenn Dad in Griechenland geblieben wäre, wäre er noch am Leben.

Wenn keine Leiche gefunden worden wäre und ihn hierher geführt hätte, wäre er noch am Leben. Wenn ich mich nicht von Preston scheiden lassen hätte, wäre er noch am Leben ...

Die Schuldgefühle lasteten schwer auf meinen Schultern. Wie meine Mutter hatte ich in meinem Leben viele schlechte Entscheidungen getroffen. Sie und ich hatten die schlimmste Entscheidung unseres Lebens gemeinsam – Preston.

Als ich ihn schweigend beobachtete, kam mir ein schrecklicher Gedanke. *Das Grab ist nicht für ihn, sondern für Baldwyn.*

Es gab keinen anderen Grund für ein drittes Grab. Preston hatte sein Geld und war bereit zu gehen. Er wollte sich nicht umbringen – nur mich und dann Baldwyn. Das musste der Grund dafür sein, dass er ein weiteres Loch grub, um noch eine Leiche zu verstecken.

Ich hatte keine Ahnung, wie ich auch nur einen Moment hatte denken können, dass er sein eigenes Grab aushob. *Wie sollte er auch seine eigene Leiche mit Erde bedecken?* „Scheiße, ich bin manchmal so dumm."

Er legte die Schaufel weg, stellte sich vor mich und sah auf mich hinunter. Sein schmutziger Schweiß tropfte auf mein Gesicht. „Manchmal bist du wirklich dumm, Sloan. Zum Beispiel, als du beschlossen hast, für einen Männerjob aufs College zu gehen. Oder als du beschlossen hast, mich zu verlassen. Und jetzt gerade bist du auch sehr dumm. Ich habe dich gebeten, den Mund zu halten, aber du redest immer noch."

„Tut mir leid." Das Letzte, was ich wollte, war, dass er mir noch mehr Schmerzen zufügte.

„Ich weiß", sagte er. „Es tut dir leid, dass dein Vater in diese Sache hineingezogen worden ist. Es tut dir leid, dass du sterben wirst. Es tut dir leid, dass ich sterben werde."

„Du willst dich also umbringen?" Es mochte verrückt klingen, aber zu wissen, dass er sich töten und Baldwyn in Ruhe lassen würde, machte mich glücklich.

Er kniete sich neben mich und strich mit seiner schmutzigen Hand über meine Wange. „Zeit für ein Geständnis, Sloan. Ich habe Audrey getötet. Ich habe sie getötet, weil ich wollte, dass sie deinen Vater verlässt und mit dir zu mir kommt. Ich wollte ihm seine Familie wegnehmen und sie für mich beanspruchen. Aber sie weigerte sich, das zu tun. Sie hat mir gesagt, dass sie euch beide zurücklassen würde und wir zusammen weglaufen könnten, aber sie wollte dich nicht mitnehmen."

Mir war schlecht und Galle stieg in meinem Hals auf. „Warum hast du das überhaupt von ihr verlangt?"

Seine Augen bohrten sich in meine. „Darauf kommst du bestimmt von selbst, Sloan."

„Ich war zwölf, Preston. Ich war ein kleines Mädchen, als du sie getötet hast." Das konnte nicht wahr sein.

„Alt genug, Süße." Er küsste meine Stirn. „Aber sie hat sich geweigert, dich mir zu überlassen. Also habe ich sie getötet und ein paar Jahre später, als du volljährig warst, habe ich deinen Vater aufgesucht und wir sind ins Geschäft gekommen. Ich wusste, dass ich dadurch Zugang zu dir erhalten würde. Und ich habe dich bekommen, nicht wahr? Ich habe dich entjungfert, so wie ich es immer wollte. Ich war mir ziemlich sicher, dass das Verschwinden deiner Mutter deine soziale Entwicklung hemmen würde. Dass es dich fügsam und keusch halten würde, bis ich dich in die Hände bekam, um dich zu meinem Eigentum zu machen."

„Hast du meine Mutter meinetwegen ausgewählt?"

„Ich habe deine Mutter ausgewählt, weil sie eine kleine Tochter hatte, ja. Und als ich ein Foto von dir sah und feststellte, dass du die gleiche Haarfarbe und Augenfarbe wie sie hattest, wusste ich es. Sie war die Richtige für mich. Und du auch."

Tränen füllten meine Augen, bis ich nichts mehr sehen konnte. „Wie kannst du es wagen? Du bist ein krankes Monster!"

„Das bin ich, meine Liebe. Keine Sorge. Ich werde niemandem mehr wehtun. Du warst alles für mich. Ich kann den Gedanken nicht ertragen, dass ich es bin, der dich tötet, also vergrabe ich dich einfach hier im Dreck, sodass dir die Erde das Leben nimmt, indem sie dich erstickt. Danach werde ich mir das gleiche Gift spritzen, mit dem ich deinen Vater umgebracht habe. Das gibt mir Zeit, mich zu begraben, so gut ich kann. Wir werden uns alle wie eine große, glückliche Familie im Jenseits wiedertreffen."

Das darf nicht passieren!

KAPITEL DREIUNDZWANZIG

BALDWYN

Ich war schon stundenlang auf den Straßen von Elgin unterwegs und hatte trotz all meiner Bemühungen immer noch nichts vorzuweisen. Das Tageslicht war verblasst und die Nacht machte es mir noch schwerer, Sloan zu finden. Ich schlug mit der Faust gegen das Lenkrad und wollte die ganze Welt anschreien.

Mein Handy summte und ich griff danach, als ich Stones Namen auf dem Bildschirm sah. „Ich hoffe, du hast gute Nachrichten."

„Ich habe in Elgin ein Haus im Besitz von Preston Rivers gefunden. Ich werde dir die Adresse schicken. Aber zuerst möchte ich wissen, ob du deine Pistole bei dir hast. Denn wenn nicht, solltest du darauf warten, dass ich sie dir bringe. Ich will nicht, dass du dorthin gehst, ohne dich verteidigen zu können."

Ich öffnete das Handschuhfach und zog meine Waffe heraus. „Sie ist hier bei mir, Bruder. Wie immer." Wir waren hier in Texas und die meisten von uns hatten Waffen in ihren Fahrzeugen und Häusern. „Schicke mir die Adresse, rufe das Polizeirevier in Elgin an und gib sie an die Beamten weiter. Du musst ihnen sagen, dass ich dorthin fahre und eine Schusswaffe habe." Das Letzte, was ich wollte, war, versehentlich von der Polizei erschossen zu werden.

„Ich kümmere mich darum", versicherte mir Stone. „Sei vorsichtig und finde dein Mädchen. Patton und Warner sind auf dem

Weg zu dir. Cohen ist hier bei mir. Wir werden so lange bleiben, bis wir wissen, was los ist. Du weißt schon, nur für den Fall, dass jemand schwer verletzt wird und in Austin ins Krankenhaus gebracht werden muss. Dann können wir einen Krankenwagen rufen."

„Es hört sich so an, als würdest du dich auf eine Katastrophe vorbereiten, Stone." Ich war mir nicht sicher, ob ich stolz auf ihn sein sollte, weil er so weit voraus dachte, oder enttäuscht darüber, dass er glaubte, es würde so verdammt schlimm werden.

„Ich bereite mich immer auf das Schlimmste vor und hoffe auf das Beste", sagte er. „Wir lieben dich, großer Bruder. Pass auf dich auf. Versprich es mir."

„Versprochen." Ich beendete den Anruf, als seine SMS kam. Ich tippte mit meinem Finger auf die Adresse, die er gesendet hatte, und ließ mich von meinem Navigationssystem zu dem Grundstück bringen, das Preston gehörte. Hoffentlich würde ich Sloan und ihren Vater lebend finden.

Die Adresse führte mich auf einer schmalen Straße immer weiter aus der Stadt heraus. Es war dunkel, also hatte ich keine Ahnung, was um mich herum war, aber ich hatte den Eindruck, mitten auf einer Ranch oder dergleichen zu sein.

„Sie sind an Ihrem Ziel angekommen", verkündete die weibliche Stimme des Navigationssystems.

Als ich langsamer wurde und meine Scheinwerfer ausschaltete, um mich unbemerkt zu nähern, sah ich fast nichts mehr. Ich hielt an und stellte den Motor des Trucks ab, damit er meine Anwesenheit nicht verriet.

So leise ich konnte, machte ich mich auf den Weg zu einem großen, alten Haus. Ich presste meinen Rücken an die Wand, ging um das Gebäude herum und lauschte auf Geräusche, die mich zu Preston führen könnten.

Als ich nach hinten gelangte, hörte ich ein Schnauben, das sich sehr nach jemandem anhörte, der schwer arbeitete. Ich spähte in die Richtung, aus der es kam, und hielt meinen Körper flach gegen das Haus gedrückt. Es sah so aus, als wären drei Hügel nebeneinander aufgereiht. Ein Mann stand mit dem Rücken zu mir und schaufelte Erde. Er schien ein großes Loch zu füllen.

Ein Grab!

Ich konnte nicht länger warten. Langsam schlich ich mich hinter den Mann. Wer auch immer er war – er war mitten in der Dunkelheit der Nacht dabei, etwas Seltsames zu tun.

Ich erreichte den ersten Erdhaufen. Er befand sich zwischen mir und dem Mann, der keine Ahnung hatte, dass ich ihm so nah war. Er musste vom Graben der Löcher erschöpft sein. Da im Haus kein Licht brannte, war er wahrscheinlich den größten Teil des Tages draußen gewesen.

Ich stieg auf den Erdhaufen, aber dann bewegte sich der Boden unter meinen Füßen so schnell, dass ich hinfiel. Zum Glück war ich durch den Hügel vor mir vor dem Blick des Mannes geschützt.

Aber nicht lange, weil sich plötzlich ein weiterer Mann aus der Erde aufrichtete. Irgendetwas bedeckte seinen Mund, also machte er nicht viel Lärm, aber ich tat es.

„Was zur Hölle …"

Ich rappelte mich auf und hörte Sloans Stimme „Baldwyn?"

Der Mann mit der Schaufel hob sie über den Kopf und wollte damit den armen Kerl schlagen, der gerade aus seinem Grab wiederauferstanden war.

„Bastard!", schrie er, als er mit der Schaufel ausholte.

Ich packte sie, bevor sie den anderen Mann treffen konnte, von dem der Kerl offensichtlich gedacht hatte, er hätte ihn bereits getötet. Ich hatte kein Problem damit zu erkennen, dass der Verrückte mit der Schaufel Preston Rivers war. „Preston, Sie kranker Mistkerl, es ist vorbei." Ich riss an der Schaufel, bis er sie losließ.

„Baldwyn!", hörte ich Sloan rufen, aber ich sah sie nicht. „Ich bin hier drüben."

Preston stürzte sich auf den Mann, von dem ich annahm, dass er Richard Manning war. Preston schien wild entschlossen zu sein, Richard zu töten, aber ich trat den Kerl, bevor er Sloans Vater anrühren konnte, und er stürzte zur Seite.

Dann zog ich mein Taschenmesser hervor und schnitt Richards Knebel durch. „Sind Sie Manning?"

Er nickte und konnte kein Wort sagen. Ich hatte keine Ahnung, was ihm passiert war, aber ich sah, dass seine Hände gefesselt waren, und löste das Seil. Als ich die Erde von seinen Beinen wischte, stellte ich fest, dass er auch an den Knöcheln gefesselt war, und befreite ihn.

Gerade als ich Sloans Vater beim Aufstehen helfen wollte, wurde ich von hinten angegriffen.

„Lassen Sie sie in Ruhe!", knurrte Preston. „Sie gehört Ihnen nicht. Sie gehört mir. Immer schon."

„Hör auf, Preston!", schrie Sloan.

Während ich mit Preston kämpfte, sah ich, wie Sloans Vater dem Klang ihrer Stimme folgte. Wenn sie in einem der Löcher war, würde er ihr nicht heraushelfen können. Ich musste Preston zu Fall bringen.

Ich packte ihn, bevor er irgendetwas anderes tun konnte, und riss ihn zu Boden. Dann machte ich mich auf den Weg zu Sloan. „Baby, ich komme."

Als ich zu ihrem Vater gelangte, der sich über das Loch beugte, in das Preston sie gelegt hatte, überkam mich der Drang zu weinen. Sie kauerte an Händen und Füßen gefesselt in dem flachen Grab. Erde bedeckte sie, ihre Lippe war aufgeplatzt, ihre Augen waren eingesunken und ihre Haare waren blutverschmiert. Sie war kaum als die Frau wiederzuerkennen, die ich am Morgen gesehen hatte, bevor wir uns getrennt hatten. Offenbar hatte Sloan etwas Schreckliches durchgemacht.

Sie sah zu mir auf und versuchte zu lächeln. „Du bist gekommen."

Unmenschliches Gebrüll durchdrang die Dunkelheit und ich drehte mich um und sah, wie Preston mit einem im Mondlicht glitzernden Messer auf mich zurannte. Ich warf Sloans Vater mein Messer zu. „Schneiden Sie ihre Fesseln durch." Dann machte ich mich auf den Weg, um Preston aufzuhalten, bevor er sich einem der beiden nähern konnte.

Sirenengeheul erfüllte die kühle Nachtluft und ließ mich wissen, dass die Polizei auf dem Weg war. Bald würde es vorbei sein. Bald würde ich Sloan in meinen Armen halten.

Plötzlich blieb Preston stehen und warf sein Messer auf den Boden. Er riss sein Hemd hoch, zog eine Waffe heraus und zielte auf mich. „Sie werden sie mir nicht wegnehmen."

Bevor er den Abzug drücken konnte, zog ich meine Waffe aus dem Holster an meinem Rücken. Ein Schuss löste sich. „Sie werden sie nie wieder verletzen, Sie kranker Mistkerl."

Die Kugel traf seine Schulter und er fiel zu Boden. Ich drehte mich um und sah, wie Sloan aus dem Loch kletterte. Sie rannte zu mir und ich umarmte sie so fest ich konnte, ohne ihr wehzutun.

„Du bist gekommen, Baldwyn! Du hast uns gefunden!"

„Ich habe euch ununterbrochen gesucht, seit das Flugzeug

gelandet war. Natürlich habe ich euch gefunden. Ich wollte nicht aufhören, bis ich es tat." Ich küsste sanft ihre Stirn und sagte: „Bald geht es dir wieder gut. Wir bringen dich ins Krankenhaus." Ich sah ihren Vater an. „Dich und deinen Vater. Ihr werdet beide wieder gesund."

Sie sah zu Preston, der auf dem Boden lag. „Hast du ihn getötet?"

„Nein." Ich wiegte mich mit ihr hin und her. „Er muss sich dem stellen, was er getan hat, und er muss mit den Konsequenzen leben."

„Er hat zugegeben, dass er meine Mutter umgebracht hat. Und noch mehr." Tränen strömten aus ihren Augen. „Er hat sie umgebracht, weil er mich wollte und sie sich weigerte, mich ihm zu überlassen."

„Als du ein Kind warst?"

„Ja."

Plötzlich war ich mir nicht mehr sicher, ob ich wollte, dass er weiterlebte. Ich ließ sie los und rannte mit gezogener Waffe auf ihn zu, um sicherzugehen, dass er nie wieder die Chance hatte, jemanden zu verletzen. „Ich wusste immer, dass Sie wahnsinnig sind, Sie verdammter Bastard."

Sloans Hand auf meiner Schulter stoppte mich. „Die Gerichte werden sich um ihn kümmern, Baldwyn. Soweit wir wissen, wird er die Todesstrafe für das bekommen, was er getan hat. Ich werde der Polizei alles sagen, was er mir erzählt hat. Ich will nicht, dass du seinen Tod auf dem Gewissen hast." Sie drehte sich zu ihrem Vater um. „Ich bin so verdammt froh, Dad lebend zu sehen, dass ich nicht will, dass noch mehr Menschen sterben. Nicht heute Nacht."

Die Einsatzfahrzeuge erreichten uns, also steckte ich meine Waffe wieder in das Holster und sah zu, wie die Polizisten Preston verhafteten. „Wie du willst. Ich liebe dich."

„Ich liebe dich auch. Bringst du mich jetzt nach Hause?" Sie sank erschöpft in meine Arme und ich hob sie hoch und trug sie zum nächsten Krankenwagen.

KAPITEL VIERUNDZWANZIG

SLOAN

„Also los", sagte die Krankenschwester, als sie den Morphiumtropf an mein Bett zog. „Das ist nicht genug, um Sie bewusstlos zu machen, aber es reicht, um den Schmerz zu lindern, Mrs. Rivers."

„Sloan", sagte ich schnell. „Ich möchte nie wieder Mrs. Rivers genannt werden."

„Tut mir leid." Ihre Lippen bildeten eine dünne Linie. „Sloan, Ihnen wird jede halbe Stunde eine winzige Dosis durch die Infusionsnadel verabreicht. Wenn Sie vorher Schmerzen bekommen, rufen Sie mich einfach und ich werde die Intervalle verkürzen."

Baldwyn kam mit einer Kristallvase voller rosa und gelber Blumen in mein Zimmer. „Wie ich sehe, hast du es dir bequem gemacht."

Ein warmes Gefühl überkam mich und meine frisch genähten Lippen verzogen sich zu einem Lächeln. „Oh, das fühlt sich gut an." Ich sah auf den dünnen Schlauch, durch den das Morphium floss und all meine Schmerzen, Ängste und Sorgen verschwinden ließ. „Ich glaube, ich habe meinen neuen besten Freund gefunden."

„Sie sind nicht die Erste, die das sagt", murmelte die Krankenschwester, als sie zur Tür ging. Sie blieb stehen, um mit Baldwyn zu sprechen. „Wenn Sie sehen, dass sie Schmerzen hat, drücken Sie bitte den Knopf auf der rechten Seite ihres Bettes. Dann sehe ich nach ihr."

„Verstanden. Jetzt, da ich den Papierkram erledigt habe, weiche ich nicht mehr von ihrer Seite. Danke für Ihre Hilfe. Ich habe veranlasst, dass Anne's Pastries Catering heute das Frühstück für die Schwesternstation liefert als Dankeschön dafür, dass Sie sich alle so gut um Sloan und ihren Vater kümmern."

Die Krankenschwester drehte sich zu mir um und sah mich mit einem breiten Grinsen an. „Er ist ein guter Mann, Sloan. Lassen Sie ihn nicht entwischen." Sie sah zurück zu Baldwyn. „Danke, Mr. Nash. Wir wissen es zu schätzen, dass Sie an uns denken."

Sie ließ uns allein und Baldwyn betrachtete mich mit einem Lächeln. „Vier Stiche auf deinen Lippen. Zehn Klammern für die Schnittwunden am Hinterkopf. Und bemerkenswerterweise keine inneren Verletzungen. Du bist hart im Nehmen." Er setzte sich zu mir auf das Bett und legte seine Hand auf meine Schulter. „Du siehst müde aus. Ruhe dich aus. Ich bin hier, wenn du aufwachst."

„Nein. Ich will meine Augen nicht schließen. Mir gefällt nicht, was dann in meinen Gedanken auftaucht." Ich war durch das Morphium entspannt, aber ich fühlte mich nicht ganz wohl. „Meine Mutter erscheint in letzter Zeit häufig in meinen Träumen. Ich möchte sie aber nicht als tot betrachten, bis ich es sicher weiß."

„Das verstehe ich. Aber du musst dich ausruhen, damit du schnell wieder gesund wirst." Er streichelte meine Wange und sah mir in die Augen. „Nach der Infusion sehen deine Augen schon viel besser aus."

„Ich fühle mich auch besser." Als Baldwyn mich in den Krankenwagen gelegt hatte, hatte ich mich so schlecht wie nie zuvor in meinem Leben gefühlt. „Ich kann immer noch nicht glauben, dass du uns mitten im Nirgendwo gefunden hast."

„Ich hatte ein gutes Team. Stone hat wichtige Informationen für mich recherchiert. Darin ist er großartig." Er küsste meine Stirn und seufzte leise. „Ich bin einfach nur dankbar dafür, dass ich dich rechtzeitig gefunden habe."

Ich nahm sein Gesicht zwischen meine Hände. „Ich bin dankbar dafür, dass mein Vater noch lebt. Ich hatte seinen Tod bereits akzeptiert. Dann bist du gekommen und Wunder sind passiert, Baldwyn Nash – mein Held."

„Ich würde alles für dich tun – alles. Und ich bin froh, dass dein

Vater es geschafft hat. Ich bin mir aber nicht sicher, wie glücklich ich darüber bin, dass Preston noch lebt. Wenn er sich irgendwie aus dieser Sache herauswindet, weiß ich nicht, was ich tun werde."

Trotz der Medikamente, die mich ruhigstellen sollten, quälte mich der Gedanke daran, was Preston mir und meiner Familie angetan hatte. „Er ist ein völlig gestörter Mann. Ich bin sicher, dass er seine gerechte Strafe bekommen wird. Er hat meiner Mutter das Leben geraubt und mir auch. Er hat uns beide meinem Vater weggenommen. Das Schlimmste für mich ist, dass er all das absichtlich getan hat. Nichts, was er tat, beruhte auf Liebe. Er hatte einen kranken, verrückten Plan und alles, was er tat, war dafür – nicht für mich, nicht für meine Mutter, nur für seinen schrecklichen Plan, uns beide zu besitzen."

„Ich habe einen Polizisten vor einer Tür im Flur sitzen sehen", sagte Baldwyn mit gerunzelter Stirn. „Ich denke, das bedeutet, dass Preston die Operation für die Schusswunde in seiner Schulter überstanden hat. Ich muss zugeben, dass ich gehofft hatte, er würde es nicht schaffen."

Ich wusste nicht, was ich mir erhofft hatte. „Ich bin nur froh, dass alles vorbei ist. Auch wenn ich immer noch nicht weiß, ob es sich bei der Leiche um Mom handelt oder nicht. Aber Prestons Geständnis wird mir dabei helfen, damit abzuschließen." Als ich daran dachte, dass das Genick meiner Mutter gebrochen und ihr Körper in Stücke gehackt worden war, wurde mir schlecht. Genauso wie angesichts der Tatsache, dass ich mich in Preston und seine Lügen verliebt hatte. „Ich werde Unterstützung brauchen, um über das hinwegzukommen, was passiert ist."

Er nahm meine Hand und hielt sie an sein Herz. „Du wirst alle Unterstützung bekommen, die du brauchst. Es ist mir ein Vergnügen." Er küsste meine Hand. „Ich werde immer für dich da sein, meine Liebe – für immer und ewig."

„Wenn du mir helfen willst, solltest du mir nicht anbieten, auf mich aufzupassen." Ich war mir nicht sicher, ob ich jemals wieder jemandem vertrauen konnte. „Ich muss das allein schaffen. Ich habe Geld. Ich habe immer noch meine Karriere. Er hat mir nicht die Fähigkeit genommen, allein zurechtzukommen. Aber er hat mir die Fähigkeit genommen, anderen Menschen voll und ganz zu vertrauen."

Ich sah, wie Baldwyn bei meinen Worten getroffen auf den Boden starrte. „Ich kann verstehen, warum du so denkst, und ich mache es dir nicht zum Vorwurf. Ich will nicht versuchen, dir deine Unabhängigkeit zu nehmen. Aber ich bin für dich da, wann immer du mich brauchst. Wenn du das Gefühl hast, dass du eine Auszeit benötigst, um dich an die neue Situation zu gewöhnen, kannst du sie haben."

„Ich werde meinen ersten richtigen Job nicht aufgeben, Baldwyn. Ich schaffe das. Ich habe mein Leben im Griff. Aber es wird einige Änderungen geben." Wie könnte es das nicht? „Meine Mutter war gar nicht so rücksichtslos, wie ich all die Jahre gedacht hatte. Sie hat mich beschützt und er hat sie deshalb getötet. Sie kam in einem Traum zu mir und sagte mir, dass sie schlechte Entscheidungen getroffen hat, die zu ihrem Tod führten. Aber hat sie sie wirklich aus eigenem Antrieb getroffen oder hat Preston sie manipuliert?" Ich war mir nicht sicher. „Er hat mich auf jeden Fall dazu manipuliert, eine Beziehung mit ihm einzugehen und ihn zu heiraten. Nur habe ich es nie so gesehen. Ich habe nie gedacht, dass ich nicht allein für die Entscheidungen verantwortlich war, die ich getroffen habe. Aber ich habe mich geirrt. Soweit ich weiß, habe ich mich bei allem in meinem Leben geirrt."

Baldwyn stand auf und ging durch den Raum, um aus dem Fenster zu sehen, während die Sonne aufging. „Nun, der gestrige Tag ist vorbei – Gott sei Dank. Heute ist ein neuer Tag und du kannst von vorn beginnen. Ich bin auf deiner Seite, Sloan." Er drehte sich zu mir um und zog den Vorhang zurück, um das Licht in den Raum zu lassen. „Ich weiß, dass du glaubst, eine Lüge gelebt zu haben – zumindest den Teil deines Lebens, den du mit ihm verbracht hast. Aber das, was du und ich haben, ist keine Lüge."

Ich wünschte, ich könnte das glauben.

„Zeit, Baldwyn", flüsterte ich. Ich wusste, dass meine Worte ihm wehtaten. „Ich brauche Zeit, Geduld und dein Wort, dass du tun wirst, was ich sage, wenn ich Freiraum brauche." Ich hatte keine Ahnung, was ich brauchen würde, aber ich wollte sicher sein, dass ich nicht mit ihm streiten musste, wenn ich das Gefühl hatte, eine Weile allein sein zu müssen.

„Freiraum", murmelte er. Nickend sagte er: „Ich habe dir gesagt, dass ich dir alles geben werde, was du willst, und das habe ich auch so gemeint. Wenn du Freiraum brauchst, werde ich ihn dir geben.

Versprich mir nur, mich nicht ganz auszuschließen. Ich liebe dich und ich sorge mich um dich. Vielleicht findest du die Liebe, die du für mich empfunden hast, unter den Trümmern wieder, die der Kerl aus deinem Herzen gemacht hat."

Mein Herz fühlte sich tatsächlich wie ein Trümmerhaufen an. „Danke. Es bedeutet mir sehr viel, dass du verstehst, was ich durchgemacht habe und was ich wohl noch lange durchmachen werde."

Baldwyn war fünfunddreißig, nicht alt, aber auch nicht mehr jung. Er war körperlich und geistig in seiner Blüte. Jede Frau hätte sich glücklich geschätzt, ihn zu haben. Und ich hatte kein Recht, ihn zu bitten, an dem festzuhalten, was wir gehabt hatten, wenn ich keine Ahnung hatte, ob ich jemals wieder der Mensch sein könnte, der ich gewesen war, bevor ich herausgefunden hatte, wie sehr ich manipuliert worden war.

„Kommst du mit mir nach Hause?", fragte er, als er am Fenster den Sonnenaufgang betrachtete.

„Ich denke, ich sollte zu mir gehen. Mein Apartment liegt direkt neben deinem, aber es gibt uns etwas Luft zum Atmen."

„Ich brauche keine Luft zum Atmen", sagte er. „Aber ich weiß, dass du es tust. Meine Tür wird dir immer offenstehen. Nur für den Fall, dass du mich mitten in der Nacht bei dir haben willst."

Ich kicherte leise. „Willst du mein heimlicher Liebhaber sein, Baldwyn?"

„Ich bin alles, was du brauchst." Er drehte sich um und setzte sich auf den Stuhl neben meinem Bett.

Ich wusste nicht, was ich sagen sollte. Das alles tat mir so leid. Es war nicht seine Schuld, dass Preston mich kaputtgemacht hatte. Es war nicht seine Schuld, dass wir uns ineinander verliebt hatten und meine Vergangenheit fast alles ruinierte. „Freunde, egal was passiert, richtig?"

„Freunde bis zum Ende", versicherte er mir.

„Danke." Er hatte keine Ahnung, wie viel es mir bedeutete, ihn das sagen zu hören. „Ich brauche deine Freundschaft im Moment mehr als alles andere."

„Kein Problem. Du hast sie und wirst sie immer haben, Sloan."

Und das ist alles, was ich wirklich brauche – fürs Erste.

KAPITEL FÜNFUNDZWANZIG

BALDWYN

Sloan sank erst in einen friedlichen Schlaf, als die Nacht hereinbrach. Ich wusste, dass ihr viel im Kopf herumging, und betete, dass der Vertrauensverlust, den sie erlitten hatte, allmählich nachlassen würde, sobald sie wieder gesund war. Sie würde eine Therapie brauchen, um über das hinwegzukommen, was Preston ihr angetan hatte, aber zumindest gab es Hilfe für sie.

Ich spielte auf dem Stuhl neben ihrem Bett ein Spiel auf meinem Handy, weil ich noch nicht bereit war, einzuschlafen. Ich war zwei Tage lang wach gewesen und hatte Angst, dass ich wie ein Toter schlafen würde. Etwas sagte mir, dass ich weiterhin für Sloans Sicherheit sorgen musste. Außerdem nahm ich an, dass sie am nächsten Morgen nach Hause gehen könnte, weil ihre Verletzungen behandelt worden waren. Dann konnte auch ich schlafen – meine Brüder würden da sein und auf Sloan aufpassen.

Es hatte wehgetan, das Misstrauen in Sloans Augen zu sehen – sogar Misstrauen mir gegenüber. Ich konnte ihr aber nicht vorwerfen, dass sie so empfand. Prestons Manipulationen waren fürchterlich gewesen. Jeder hätte sich so gefühlt wie Sloan, nachdem sie herausgefunden hatte, wie eiskalt sie von dem Kerl betrogen worden war.

Ich war noch nie länger als für einen kurzen Besuch in einem

Krankenhaus gewesen. Tagsüber war dort viel los und es war laut. Aber nachdem das Abendessen serviert und die Teller vom Personal der Cafeteria wieder abgeholt worden waren, herrschte Stille – eine unheimliche Stille.

Es waren nur noch halb so viele Krankenschwestern im Dienst, da alle Patienten bis zum Morgen schlafen würden. Ich stand auf, um nachzusehen, wie viele Leute noch draußen im Flur waren.

Der Computerbildschirm der Schwesternstation leuchtete blau, aber niemand war da. Die Nachtschwestern hatten wohl gerade etwas anderes zu erledigen. Im Flur war das Licht ausgeschaltet worden, sodass nur noch die winzigen, schwachen Lichter an beiden Seiten der Wände ein wenig Helligkeit spendeten.

Ich kniff die Augen zusammen und war mir nicht sicher, ob ich jemanden vor der Tür des Zimmers sitzen sah, in dem sich Preston befand. Der Polizist, der ihn bewachte, war vielleicht eingeschlafen. Oder Preston war bereits vom Krankenhaus auf die Krankenstation eines Gefängnisses verlegt worden.

Ein unbehagliches Gefühl überkam mich und ich sah zurück zu Sloan, deren Brust sich langsam hob und senkte. Ich hatte das Gefühl, ich sollte in Prestons Zimmer nach dem Rechten sehen. Vielleicht sollte ich sogar den Polizisten wecken, falls er eingeschlafen war.

Aber sie allein zu lassen, fühlte sich falsch an, also kümmerte ich mich um meine eigenen Angelegenheiten. Ich ging zurück in ihr Zimmer, nahm meinen Platz ein und widmete mich wieder dem Spiel auf meinem Handy. Ich musste darauf vertrauen, dass die Polizei Preston nicht aus den Augen ließ. Ich bekam eine Vorstellung davon, wie Sloan sich fühlte. Es war schwer, in Bezug auf diesen Mann irgendjemandem zu vertrauen.

Ich legte mein Handy beiseite und nahm mir einen Moment Zeit, um mich auf meine Gefühle zu konzentrieren. Sloan war jahrelang manipuliert worden. Vielleicht waren sie und ich überhaupt nicht auf eine normale Weise zusammengekommen. Vielleicht sah sie etwas in mir, das sie an ihren Ex erinnerte. Oder vielleicht war ich das genaue Gegenteil – ich hoffte es inständig.

Was ist, wenn Sloan mich nie wirklich geliebt hat?

Was war, wenn Sloan nicht wusste, wie man jemanden liebte? Was war, wenn sie gar nicht in der Lage war, jemanden zu lieben, weil ihr Gehirn so durcheinandergebracht worden war? Was würde das für uns bedeuten?

Ich wusste, dass ich die Frau liebte, die sie gewesen war. Aber würde ich auch die Frau lieben, die sie werden würde?

Es war so gut wie sicher, dass sie sich völlig verändern würde. Etwas so Traumatisches musste einen Menschen verändern. Auf jeden Fall.

Sie würde immer emotionale Narben haben. Vielleicht konnten sogar die besten Psychologen der Welt ihre arme Seele nicht heilen. Was würde ich dann tun?

Als ich sie ansah, bildeten ihre genähten Lippen im Schlaf einen Schmollmund und mein Herz schmolz dahin. *Ich liebe sie. Ich liebe sie so sehr.*

Egal wie sie sich veränderte, ich wusste instinktiv, dass ich niemals aufhören würde, sie zu lieben. Die Bindung, die ich zu ihr hatte, war stark und unzerstörbar. Zumindest hoffte ich das.

Wenn ich eine Therapie machen musste, um Sloan besser zu verstehen, würde ich es tun. Ich würde sie in ihrem Kampf um ihre psychische Gesundheit nicht allein lassen. Selbst wenn sie mich bitten würde, sie in Ruhe zu lassen, würde ich nur einen Anruf entfernt sein, wenn sie mich brauchte.

Ich spitzte die Ohren, als ich Schritte im Flur hörte. Sie waren sehr leise, als ob die Person keine Schuhe trug. Keine Krankenschwester würde hier in Socken herumlaufen, zumindest nahm ich das an.

Aber was weiß ich schon?

Ich spielte wieder mein Spiel, damit ich nicht mehr so viel über all die Dinge nachdachte, über die ich ohnehin keine Kontrolle hatte.

Meine Augen verließen meinen Handybildschirm erst, als sich die Tür langsam öffnete. Ich dachte, es wäre eine Krankenschwester, die nach Sloan sehen wollte, aber als sich die Tür etwas weiter öffnete, bemerkte ich, dass es überhaupt nicht so war. Die Patientenrobe bewegte sich um die Knie der Person, die den Raum betrat. Behaarte Beine, gelbe Sandalen an den Füßen und eine Waffe in der Hand. Preston.

„Sie", knurrte er. „Warum sind Sie hier bei ihr? Sie gehört Ihnen nicht, Sie verdammter Mistkerl."

Ich hatte nichts bei mir, womit ich sie beschützen konnte. Im

Krankenhaus waren Waffen streng verboten. Preston musste sich die Waffe, die er umklammerte, von dem Polizisten geholt haben, der ihn bewacht hatte. „Also haben Sie jetzt auch noch einen Polizisten getötet, Preston? Denken Sie, dass das klug war? Ich meine, Sie werden schon wegen Mordes angeklagt, weil Sie Sloans Mutter getötet haben. Sie haben außerdem zwei Entführungen und zwei Mordversuche an Sloan und ihrem Vater begangen. Wahrscheinlich kommen noch weitere Anklagepunkte hinzu, sobald der Staatsanwalt Ihre Akte erhält. Wenn Sie zusätzlich auch noch einen Polizisten angegriffen haben, bekommen Sie mit Sicherheit die Todesstrafe."

„Sie scheinen nicht zu begreifen, dass ich nicht vorhabe, ins Gefängnis zu gehen oder mich einer Jury zu stellen." Seine Hand zitterte, als er die Waffe unverwandt auf mich richtete.

Ich hatte ihm aus gutem Grund in die rechte Schulter geschossen. Mir war aufgefallen, dass er das Messer in der rechten Hand gehabt hatte, also war er Rechtshänder. Es fiel ihm mit seiner Verletzung offenbar nicht leicht, die Waffe zu halten. „Wie viele Stiche hat es gebraucht, um die Wunde zu schließen, die ich Ihrer Schulter zugefügt habe, Preston? Zehn, fünfzehn, zwanzig?"

„Halten Sie den Mund." Er betrat den Raum und die Tür schloss sich leise hinter ihm. „Sie sollten nicht einmal hier sein, aber da Sie sich entschlossen haben hierzubleiben, werden Sie uns alle ins Jenseits begleiten. Nur werden Sie keinen Anteil an dem haben, was wir dort miteinander teilen. Audrey, Sloan und ich werden bald für alle Ewigkeit zusammen sein."

„Sie kommen definitiv in die Hölle", entgegnete ich fest. „Ich weiß nicht, ob Sie darüber nachgedacht haben, aber Sie werden weder mit Sloan noch mit ihrer Mutter im Himmel sein. Mordopfer kommen in den Himmel, Preston. Mörder fahren zur Hölle. So ist es immer." Während ich ihn mit meinen Theorien über das Leben nach dem Tod ablenkte, wusste ich, dass ich mir etwas einfallen lassen musste, um ihn davon abzuhalten, jemanden zu erschießen, bis ich eine eigene Waffe fand. Bisher hatte ich keinen einzigen Gegenstand im Raum gesehen, den ich zu diesem Zweck nutzen konnte.

Er lehnte sich an die Wand und zeigte Anzeichen dafür, dass es ihn erschöpft hatte, zu Sloans Zimmer zu gelangen. Ich war mir sicher, dass die Krankenschwestern ihm ebenfalls ein Schlafmittel und etwas gegen die Schmerzen gegeben hatten. Wahrscheinlich war ihm schwindelig. „Sie wissen überhaupt nichts. Ich habe keine Ahnung, was sie in Ihnen sieht. Aber das spielt keine Rolle. Vielleicht werde ich Sie gar nicht töten. Vielleicht möchte ich nicht das Risiko eingehen, mich im Jenseits immer noch mit Ihnen herumschlagen zu müssen."

„Sie sind wirklich verrückt, wissen Sie das? Sloan hat mir von Ihrem kranken Plan erzählt. Sie haben ihre Mutter dazu gebracht, eine Affäre mit Ihnen zu haben, richtig?"

„Ich habe Audrey im Supermarkt gesehen. Sie hat jede Menge Wein gekauft. Als ich den Ehering an ihrem Finger sah, wusste ich sofort, dass ihre Ehe am Abgrund stand. Keine glücklich verheiratete Frau trinkt so viel Alkohol. Aber das reichte mir nicht. Ich wollte eine Frau mit einer Tochter, die ihr ähnelte, damit ich das Beste aus beiden Welten haben konnte. Die ältere, reife, erfahrene Version und die junge, frische, jungfräuliche Version."

„Wie haben Sie das geschafft, Preston?" Ich musste dafür sorgen, dass er weitersprach und abgelenkt war. „Wie haben Sie Audrey dazu gebracht, das zu tun, was Sie von ihr wollten?"

„Ich bin ihr durch den Laden gefolgt, ohne dass sie es bemerkte. Wir sind uns scheinbar zufällig begegnet, als wir beide nach einem Karton Eier gegriffen haben." Er grinste stolz. „Ich habe sie gefragt, wie es ihr ging, und sie hat geseufzt und behauptet, es ginge ihr gut. Ich wollte wissen, ob sie eine Tochter hatte, also habe ich gefragt, ob ihre Kinder ihr Sorgen machten. Sie sagte, sie habe nur ein Kind, ein Mädchen in der fünften Klasse, das überhaupt keine Probleme mache. Das hat mich unglaublich glücklich gemacht, also bin ich noch einen Schritt weiter gegangen und habe gefragt, ob sie andere Sorgen im Leben habe. Sie antwortete schnell, dass die Ehe nicht das Wichtigste im Leben sei. Danach haben wir zu Mittag gegessen, ein paar Drinks in einer nahegelegenen Bar getrunken und Sex in einem Motel gehabt. Sie hat danach geweint und gesagt, sie wisse nicht, warum sie das getan habe."

„Lassen Sie mich raten. Sie haben etwas in ihr Getränk gegeben."

„Beim Mittagessen, ja. Ein wenig Ecstasy war alles, was sie brauchte, um locker zu werden und mir nachzugeben. Aber Audrey war schwerer zu manipulieren, als ich dachte. Trotz der Drogen, die ich ihr verabreichte, wollte sie ihre Tochter nicht zu mir bringen.

Nicht, dass ich ihr gesagt hätte, was ich mit dem Mädchen vorhatte. Darüber war ich natürlich nicht ehrlich." Er grinste, als ob er sich für den cleversten Mann der Welt hielt.

„Audrey sollte denken, dass Sie auf sie und ihr kleines Mädchen aufpassen würden." Ich durchschaute ihn. Und mir kam der Gedanke, dass Audrey vielleicht ebenfalls angefangen hatte, ihn zu durchschauen, und deshalb ihre Tochter nicht in seiner Nähe haben wollte. „Sie war zu schlau für Sie."

„Das war sie", stimmte er mir zu. „Aber am Ende habe ich sie trotzdem aus dem Weg geräumt. Und ich habe ihre Tochter bekommen. Sicher, ich musste ein paar Jahre warten, aber ich war der Mann, der sie als Erster in seinem Bett hatte. Es war ein schöner Trostpreis. Und jetzt werde ich ihr das Leben nehmen und dann mir selbst, während Sie dasitzen und die Rolle des Zeugen spielen. Sie können jedem erzählen, was ich gesagt habe, und dadurch eine Art Held werden."

„Damit kommen Sie nicht durch, Preston." Sloan begann, sich zu rühren, weil ich lauter gesprochen hatte als zuvor. Ich legte meine Hand auf ihre Hand und streichelte sie, damit sie wieder einschlief. Ich wollte nicht, dass ihre arme, gequälte Seele von noch mehr schrecklichen Erinnerungen heimgesucht wurde.

Mir wurde klar, dass ich das Einzige nutzen musste, was ich hatte, um den verrückten Kerl zu entwaffnen – meine Körperkraft. Aber gerade als ich aufspringen und losrennen wollte, flog die Tür auf und traf Preston, der an der Wand lehnte, mitten im Gesicht.

Vor Schreck erstarrt sah ich, wie ein weiterer Mann in einer Patientenrobe ins Zimmer kam und etwas Glänzendes über seinen Kopf hielt. Preston stolperte nach vorn, als die Tür von ihm abprallte und sich wieder schloss. „Was zum Teufel soll das?"

Sloans Vater musste Prestons Stimme aus dem Nachbarzimmer gehört haben. Er knallte etwas, das wie eine Bettpfanne aus Edelstahl aussah, auf Prestons Kopf. „Fahr zur Hölle, Preston Rivers!"

Sloan setzte sich mit ängstlichen Augen im Bett auf. „Dad?"

Die Pistole rutschte über den Boden und ich eilte ihr nach, als Preston bewusstlos hinfiel. Ich griff nach der Waffe und richtete sie auf ihn. „Geht es Ihnen gut, Richard?"

Er ließ sich blass und zitternd auf den Stuhl fallen, den ich verlassen hatte. Die Bettpfanne machte einen Höllenlärm, als sie aus seiner Hand fiel und auf dem Boden landete. „Ich denke schon. Sloan, Schatz, drückst du bitte den Knopf, um die Krankenschwester zu rufen?"

„Was in aller Welt ist passiert?", fragte sie, als sie den Knopf drückte.

„Er ist zurückgekommen, um seinen Plan zu vollenden", sagte ich ihr. „Ich sollte ihn jetzt wahrscheinlich einfach erschießen."

Die Tür öffnete sich und zwei Krankenpfleger kamen herein. „Nein, das sollten Sie nicht", sagte einer von ihnen, während der andere seine Hand nach der Waffe ausstreckte.

Ich gab sie ihm und stellte mich neben Sloan. „Ich denke, das ist ein Nein."

Während sich einer der Krankenpfleger um Preston kümmerte, kam der andere zu Sloan. „Mrs. Rivers, geht es Ihnen gut?"

Sie griff nach mir und ich nahm ihre Hand, als sie mit Tränen auf ihren Wangen zu mir aufblickte. „Kannst du mir einen Gefallen tun und meinen Nachnamen ändern?"

Ist das ein Heiratsantrag?

KAPITEL SECHSUNDZWANZIG

SLOAN

Dad musste noch ein paar Tage im Krankenhaus bleiben, da ihm das Gift, das Preston ihm gespritzt hatte, innere Verletzungen zugefügt hatte, die behandelt werden mussten, aber die Ärzte rechneten mit seiner vollständigen Genesung. Ich durfte nach einer Nacht im Krankenhaus nach Hause. Sogar die Ärzte dachten, ich würde mich dort besser erholen.

Es wurde entschieden, dass Preston – der offenbar genug Kraft hatte, um einem Polizisten seine Waffe abzunehmen, ihn damit zu erschießen und dann einen langen Flur hinunterzugehen, um mich ebenfalls umzubringen – stark genug war, um im Bezirksgefängnis auf seinen Prozess zu warten. Der Richter hatte keine Kaution festgesetzt, aber es wurde erwartet, dass sie so hoch sein würde, dass er sie nicht bezahlen könnte.

Ich berichtete der Polizei, dass Preston mir erzählt hatte, dass er sein Bankkonto geschlossen hatte und das Geld sich in einer schwarzen Tasche unter seinem Bett befand. Dadurch hatte er keinen Zugang zu seinem Vermögen, das sofort beschlagnahmt wurde. Sein Haus wurde gründlich durchsucht und die Polizei hoffte, dort weitere Beweise zu finden, die dabei helfen würden, ihn für lange Zeit hinter Gitter zu bringen.

Baldwyns Brüder standen auf dem Bürgersteig, als wir vorfuhren.

Alle lächelten und ich fühlte mich fast wie ein Teil ihrer Familie. Patton kam, um die Beifahrertür für mich zu öffnen. „Willkommen zurück." Er half mir aus dem Truck, schlang seine Arme um mich und hielt mich fest. „Wir freuen uns so sehr, dich wiederzusehen."

Sobald er mich losließ, hob mich ein anderer Bruder hoch. Sie reichten mich immer weiter, bis ich vor Baldwyns Tür stand. Er hielt sie für mich auf. „Ich hoffe, du bleibst eine Weile bei mir. Es mag verrückt klingen, aber bis Preston verurteilt ist, möchte ich dich nicht aus meiner Obhut lassen."

„Glaubst du etwa, er könnte ausbrechen?" Ich lachte, aber zugleich war ich beunruhigt darüber, dass er es tatsächlich versuchen könnte.

„Ja", sagte Baldwyn, als er meine Hand nahm und mich in sein Apartment führte.

„Ich auch." Ich hätte nie gedacht, dass Preston zu irgendetwas von dem, was er getan hatte, fähig wäre. Ein Ausbruch aus dem Gefängnis war also nicht undenkbar.

Gerade als ich mich auf der Couch niederließ, klingelte es. Cohen lächelte, als er zur Tür ging. „Ich frage mich, wer das sein könnte."

„Ich auch." Ich dachte, alle wären schon da. Es sei denn, jemand von der Arbeit kam vorbei, um mich zu besuchen, was hoffentlich nicht der Fall war.

Sobald er die Tür öffnete, kam Delia mit Tränen in den Augen herein. „Oh, Sloan! Es ist so schön, dich zu sehen."

Ich stand auf, als sie ihre Arme nach mir ausstreckte, und unsere Umarmung dauerte lange, da Worte nicht ausdrücken konnten, wie besorgt sie um mich gewesen war. „Es tut mir leid, dass ich dir Angst gemacht habe", sagte ich schließlich.

„Mir tut es leid, dass ich nicht bemerkt habe, dass du entführt worden bist." Sie hielt meine Hand, als wir uns nebeneinander auf die Couch setzten. „Wer merkt erst nach einer Stunde, dass seine beste Freundin vermisst wird?"

„Jemand, der sich mitten in einem flammenden Inferno befindet und durch den Rauch kaum etwas sehen kann." Preston war in seinem Wahn bis zum Äußersten gegangen. „Es tut mir leid, dass meine Anwesenheit dort so viel Zerstörung verursacht hat. Baldwyn hat gesagt, dass niemand verletzt wurde, wofür ich sehr dankbar bin. Nur ein paar Rauchvergiftungen."

„Ja, dem Himmel sei Dank." Sie tätschelte meine Hand und sah aus, als hätte sie mir etwas zu sagen.

„Was ist los, Delia?"

„Dein Auto, Sloan. Der Lack blättert ab, weil es so nah am Feuer geparkt war. Und die Vorderreifen sind auch irgendwie geschmolzen. Ich weiß, dass du dieses Auto geliebt hast …"

Ich unterbrach sie, bevor sie weitersprechen konnte. „Ich möchte dieses Auto nicht einmal mehr ansehen. Er hat es mir geschenkt und ich will keine Erinnerungen an ihn." Ich sah über meine Schulter zu Baldwyn. „Kannst du das Auto für mich loswerden? Ich möchte es einer Wohltätigkeitsorganisation spenden. Hauptsache, ich muss es niemals wiedersehen."

„Ich kümmere mich darum", versicherte er mir. „Soll ich dir einen anderen Wagen besorgen? Es macht mir nichts aus."

Als ich Delia ansah, hatte ich eine Idee. „Willst du immer noch meine persönliche Assistentin sein?"

Das Leuchten in ihren Augen sagte mir, dass sie nach wie vor an der Position interessiert war. „Ist das immer noch eine Option?"

„Natürlich ist es das." Ich wollte, dass sie so schnell wie möglich ihren neuen Job antrat. „Deine erste Aufgabe ist, deinem Chef in dem Laden an der Ecke zu sagen, dass du kündigst. Danach beauftrage ich dich damit, mir ein neues Auto zu suchen. Und wenn du schon dabei bist, möchte ich, dass du auch eines für dich findest. Ich kann dich nicht in dem alten Auto herumfahren lassen, das du jetzt hast." Ich hatte noch eine Überraschung für sie. „Du kannst zu mir in mein Apartment ziehen. Es ist gleich nebenan. Dort gibt es zwei Schlafzimmer."

„Soll das ein Scherz sein?", fragte sie ungläubig.

„So habe ich mich gefühlt, als die Nash-Brüder mir so viel gegeben haben. Aber es ist kein Traum. Es ist ein Bonus und solange du für mich arbeitest, sollst du davon profitieren." Es fühlte sich gut an, das Glück zu teilen, das mir gewährt worden war.

Stone kam mit einem Teller voller Fleisch und Käse aus der Küche. „Ich möchte, dass du dich proteinreich ernährst, Sloan. Ich werde dafür sorgen, dass du das Gewicht, das du verloren hast, wieder zunimmst. Im Ofen sind Spinat-Wraps, denn du brauchst viel Eisen. Stress ist sehr belastend für den Körper und ich will sicherstellen, dass du ordentlich isst."

„Das musst du nicht tun." Ich nahm eine Scheibe dünn geschnittenen Truthahn und biss hinein. „Aber ich weiß es zu schätzen, Stone. Das schmeckt großartig."

„Ich räuchere mein Fleisch selbst", sagte er stolz. „Und ich weiß, dass ich das nicht für dich tun muss, aber ich möchte es tun. Du bist mir wichtig, Sloan. Uns allen."

Baldwyn saß mir gegenüber und das Lächeln in seinen Augen sagte mir, wie glücklich er darüber war, mich zu Hause zu haben. Er ließ mich kaum aus den Augen, während wir Besuch hatten. Als alle gegangen waren und wir wieder allein waren, setzte er sich neben mich.

Ich hatte von uns geträumt, kurz bevor ich am Vorabend in meinem Krankenzimmer von Preston geweckt worden war. Im Traum hatte mir meine Mutter gesagt, dass Baldwyn ein guter Mann sei und ich bei allen Entscheidungen, die ihn betrafen, umsichtig sein solle.

Er bewies immer wieder, wie viel ich ihm bedeutete. Dass er mich gerettet hatte, mich beschützte und sich um mich kümmerte, bis ich wieder allein zurechtkam, zeigte mir, dass er vertrauenswürdig war.

Er legte seinen Arm um meine Schultern und beugte sich vor, um meine Wange zu küssen. „Ich kann dir ein heißes Bad einlassen."

„Können wir zuerst etwas besprechen?" Ich musste wissen, wie er empfand.

Ich hatte im Krankenhaus unüberlegte Dinge gesagt und er sollte wissen, dass ich nicht alles ernst gemeint hatte. Ich hatte Angst gehabt. Ich machte mir immer noch Sorgen um mein Urteilsvermögen, aber nicht in Bezug auf ihn.

„Sicher." Er schenkte mir seine ungeteilte Aufmerksamkeit.

„Als ich dich gebeten habe, meinen Nachnamen zu ändern …"

Er hob seine Hand und unterbrach mich. „Ich habe mich bereits darum gekümmert. Während die Krankenschwestern dich heute Morgen fertig gemacht haben, habe ich den Anwalt angerufen, mit dem wir in Carthago zusammengearbeitet haben. Er kann dafür sorgen, dass du innerhalb einer Woche wieder deinen Mädchennamen hast."

Ich hatte gescherzt, aber jetzt, da es wirklich passieren würde, war ich begeistert darüber. „Oh, danke. Das bedeutet mir so viel,

Baldwyn." Ich hatte es nur erwähnt, weil ich mich an meine Worte erinnerte und hoffte, er würde nicht glauben, dass ich ihn auf diese seltsame Weise gebeten hatte, mich zu heiraten.

„Kein Problem." Er stand auf und ließ mich auf der Couch zurück. „Ich lasse jetzt das Bad ein." Er blieb stehen und drehte sich zu mir um. „Es gibt etwas, das ich dich fragen möchte."

„Nur zu."

„Hast du Delia gebeten, bei dir einzuziehen, damit du jemanden bei dir hast?" Sein Gesicht war ausdruckslos und ich war mir nicht sicher, warum er das wissen wollte. „Weil ich denke, dass es sehr gut wäre, wenn du mit jemanden zusammenwohnst."

Ich hatte nicht vorgehabt, Delia zu bitten, bei mir einzuziehen. Es war eine spontane Idee gewesen. Tatsächlich hatte ich darüber nachgedacht, bei Baldwyn zu bleiben. Aber seine Worte ließen mich zögern.

Vielleicht hat das, was ich im Krankenhaus gesagt habe, alles ruiniert. Vielleicht möchte er sein Leben nicht mit einer traumatisierten Frau verbringen.

169

KAPITEL SIEBENUNDZWANZIG

BALDWYN

Jasper Gentry traf mich sechs Monate später in dem fertigen Resort-Gebäude. „Bald können die ersten Gäste kommen." Das bedeutete, dass Sloans Arbeit beendet war. Es war eine Woche her, seit wir den Vertrag mit ihr und den anderen Ingenieuren gekündigt hatten.

Wir gingen Seite an Seite durch die leeren Räume. „Das sieht großartig aus. Dein Team hat fantastische Arbeit geleistet." Jasper schob die Hände in die Taschen. „Wie läuft es zwischen dir und Sloan, seit ihr Auftrag abgeschlossen ist?"

„Um ehrlich zu sein, habe ich keine Ahnung, wie es mit uns weitergeht. Sie und ihre persönliche Assistentin haben letzte Woche das Apartment verlassen. Sie reisen herum, um etwas Passendes für Sloan zu finden. Sie will ein eigenes Haus." Obwohl ich stolz auf sie und ihre Leistung war, vermisste ich sie. Schon die ganze Zeit.

Wir waren nie wieder ein richtiges Paar geworden. Sie hatte eine Therapie machen müssen und ihre Arbeit gehabt. Die Ermittlungen zu der Leiche, die die Polizei gefunden hatte, waren erst eine Woche nach der Entführung von Sloan und ihrem Vater zu einem Ergebnis gekommen. Es hatte sich dabei tatsächlich um ihre Mutter gehandelt, sodass sie und ihr Vater sich auch noch mit ihrer Trauer auseinandersetzen mussten. Ich hatte das Gefühl gehabt, in der Warteschleife zu hängen, während Sloan sich um alles gekümmert hatte.

„Ist dieser Preston immer noch im Gefängnis?", fragte Jasper.

„Er wartet auf seinen Prozess, ja." Es gefiel mir nicht, wie lange es dauerte, bis er endlich begann. „Er sitzt im Bezirksgefängnis, weil der Richter ihm keine Kaution gewähren wollte. Ich sollte damit zufrieden sein, aber ich brauche mehr. Er hat Sloan, ihrer Mutter und ihrem Vater fürchterliche Dinge angetan. Manchmal bereue ich, dass ich ihm nicht ins Herz geschossen habe, anstatt in die Schulter."

Jasper blieb stehen und drehte sich zu mir um. „Und was hätte das gebracht, Cousin?"

„Er wäre tot." Soviel war sicher. „Und ich würde mich in Bezug auf Sloans Sicherheit besser fühlen. Ich hasse es, ihm Anerkennung für irgendetwas zu geben, aber er hat es geschafft, einen bewaffneten Polizisten außer Gefecht zu setzen, obwohl er eine schmerzhafte Schusswunde hatte und Beruhigungsmittel bekommen hatte."

„Verrückte spüren keinen Schmerz", sagte Jasper. „Aber die Gitterstäbe werden ihn im Gefängnis festhalten, wo er hingehört."

„Es gibt ständig Ausbrüche." Ich hatte recherchiert, wie viele gelungene Fluchtversuche es schon aus der Einrichtung gegeben hatte, in der Preston war. „Erst vor ein paar Jahren ist ein Insasse von dort geflohen, wo Preston jetzt ist."

„Wurde er wieder gefasst?", fragte Jasper.

„Ja. Aber es dauerte eine Woche, bis jemand meldete, ihn in Houston gesehen zu haben. Er hatte es von Austin nach Houston geschafft, Jasper. Preston würde nicht einmal versuchen, sich zu verstecken. Er würde einfach direkt zu Sloan gehen." Ich hasste, dass meine Gedanken ständig darum kreisten. „Lass uns nicht über ihn reden. Mir wird schlecht dabei."

„Mir auch." Wir gingen weiter. „Hast du das Interesse an Sloan verloren? Ist das euer Problem?"

„Sie hat das Interesse an mir verloren." Ich hatte nie aufgehört, sie zu lieben. „Sie war von Anfang an furchtbar beschäftigt. Sie hatte Termine bei Therapeuten und der Staatsanwalt hat sie immer wieder angerufen und befragt. Sie und ihr Vater mussten die Beerdigung ihrer Mutter organisieren. Währenddessen ist sie einige Tage bei ihm geblieben. Es war schwer für beide. Sie hatten angenommen, Audrey wäre mit einem anderen Mann davongelaufen, und deshalb schlecht über sie gedacht. Zu erfahren, dass sie getötet worden war, weil sie

ihre Tochter beschützen wollte, hat bei beiden schwere Schuldgefühle hervorgerufen."

„Das ist hart", stimmte Jasper mir zu. „Auch wenn sie beschäftigt
war – hast du versucht, Zeit zu zweit mit ihr zu verbringen?"

„Zuerst schon." Ich fuhr mit der Hand durch meine Haare und
spürte das alte, quälende Gefühl der Frustration, das ich hatte, seit
alles durcheinandergeraten war. „Sie hat ihre Freundin bei sich
einziehen lassen. Das machte es schwierig. Meiner Meinung nach
hat sie immer wieder die Ausrede benutzt, ihre Freundin nicht allein
lassen zu wollen, damit sie keine Zeit mit mir verbringen musste. Sie
hat mich gewarnt, dass sie möglicherweise nicht in der Lage sein
würde, anderen Menschen zu vertrauen."

„Mit der Zeit lernt sie vielleicht, dass sie dir vertrauen kann.
Wenn du sie nicht aufgibst." Er legte seine Hand auf meine Schulter,
als wir den langen Flur hinuntergingen, an dem die Hotelzimmer
unserer zukünftigen Gäste lagen. „Liebe ist etwas ganz Besonderes,
Cousin. Sie ist nicht immer einfach, aber wahre Liebe kann auch
stürmische Zeiten überstehen. Sie kann dadurch sogar stärker
werden."

„Ich denke, ich kann das schaffen. Es ist Sloan, die mir Sorgen
macht." Ich hatte unseren Cousins alles darüber erzählt, was Preston
getan hatte. „Sie muss gegen ihre inneren Dämonen kämpfen. Ich
habe Angst, dass sie denkt, sie muss alle davon besiegen, bevor sie
eine Beziehung mit mir haben kann."

„Glaubst du, sie fühlt sich wertlos nach allem, was passiert ist?",
fragte er. „Sie könnte das Gefühl haben, dass sie nicht gut genug für
dich ist. Vielleicht denkt sie, dass du jemanden verdienst, der nicht
so traumatisiert ist wie sie."

„Ich bin sicher, dass sie sich schlecht fühlt. Und sie glaubt höchstwahrscheinlich wirklich, ich hätte etwas Besseres verdient. Aber sie
versteht nicht, dass ich nur sie will. Mit all ihren Narben." Niemand
sonst weckte so starke Gefühle in mir. Und ich war mir sicher, dass
niemand ihren Platz einnehmen könnte. „Preston hat auch etwas in
mir zerstört. Er ist abgrundtief böse. Manchmal bete ich, dass er in
der Hölle verrottet. Ich war nie ein Mensch, der jemandem etwas
Böses wünscht, aber dieser Mann hat selbst mich zu einem Monster
gemacht. Ich träume manchmal davon, ihn umzubringen."

„Er hat die Frau verletzt, die du liebst. Ich würde an deiner Stelle auch davon träumen, ihn umzubringen. Hast du darüber nachgedacht, einen Therapeuten aufzusuchen, Baldwyn? Es kann nicht schaden."

„Ich habe ganz am Anfang darüber nachgedacht. Ich weiß nicht, warum diese Idee auf der Strecke geblieben ist. Ich weiß nur, dass Sloan sich von mir zurückgezogen hat." Er hatte recht. Ich brauchte Hilfe. „Ich werde niemals der Mann sein, den sie braucht, wenn ich mir keine Unterstützung suche."

„Wir alle brauchen von Zeit zu Zeit Hilfe. Es ist nichts falsch daran, sich Unterstützung zu suchen. Es macht einen nicht schwach."

„Ich habe ganz vergessen, mich auch um mich selbst zu kümmern. Ist das nicht seltsam?" Ich hatte wohl zu viele andere Dinge im Kopf gehabt.

„Du hast an Sloan gedacht, anstatt an dich." Er lächelte. „Das ist ein sicheres Zeichen dafür, dass du sie liebst."

Ich wusste, dass ich Sloan liebte. Ich wusste nur nicht, ob sie mich auch liebte. „Und wenn sie wieder auf Distanz geht? Was soll ich dann tun?"

„Manchmal kommen unsere Kinder zwischen mich und meine Frau. Und manchmal ist die emotionale Distanz zwischen uns riesig und dauert Monate. Aber ich habe etwas herausgefunden, das ich dir verraten werde. Irgendwann schlafen die Kinder ein. Manchmal sogar in unserem Bett, sodass sie uns voneinander trennen. Aber ich habe gelernt, dass ich aufstehen, meine Frau nehmen und sie den Flur hinunter in einen anderen Raum tragen kann, in dem wir wieder zusammenkommen können, ohne dass sich jemand zwischen uns drängt."

„Ja, aber das will sie nicht." Ich war mir nicht einmal sicher, ob Sloan mit mir allein sein wollte. Wir waren seit Monaten nicht mehr intim gewesen. „Der Sex fühlte sich irgendwie mechanisch an und etwas hat dabei gefehlt. Sie sagte, dass sie sich von ihrem eigenen Körper abgeschnitten fühlt. Was soll ich dagegen tun?"

„Ich nehme an, ein Therapeut wird dir das sagen können. Ich behaupte nicht, dass ich weiß, wie es zwischen euch wieder gut werden kann. Ich glaube aber, dass es sich lohnt, für die Liebe zu kämpfen und es einfach zu versuchen. Gib nicht auf. Noch nicht. Es sind erst ein paar Monate vergangen."

„Ein halbes Jahr", korrigierte ich ihn.

„Sechs Monate klingt besser als ein halbes Jahr", sagte er, als er mir einen Klaps auf den Arm gab. „Ich würde es lieben, euch beide wieder zusammen zu sehen. Unsere Familie braucht mehr Kinder."

„Oh, jetzt willst du auch noch, dass ich Vater werde." Ich lachte, weil ich noch nie daran gedacht hatte, Kinder zu haben. „Ich weiß nicht einmal, ob Sloan Kinder will."

Es war mir egal, ob wir Babys hatten oder nicht. Im Moment interessierte mich nur, was ich tun konnte, damit sie mich wieder bei sich haben wollte. Ich wollte, dass wir wieder ein Paar waren. Aber ich war mir nicht sicher, ob sie jemals wieder die Frau sein würde, die sie gewesen war, bevor sie herausgefunden hatte, wie gnadenlos Preston sie manipuliert hatte.

„Glaubst du, sie kann jemals wieder so sein, wie sie war, bevor das alles passiert ist?" Ich war nicht überzeugt davon.

Er schüttelte den Kopf und ich fühlte mich hoffnungslos. „Du solltest wissen, dass sich Menschen ständig verändern. Meine Frau und ich sind nicht mehr dieselben Menschen wie bei unserem ersten Treffen. Ich liebe sie aber immer noch. Mit den Babys hat sich alles geändert. Sie wurde Mutter und ich Vater. Es gab nicht mehr nur uns beide. Wir sind gewachsen und haben uns weiterentwickelt. Aber eines ist geblieben – unsere Liebe."

„Du sagst also, dass Liebe die einzige Konstante in einem sich ständig ändernden Leben ist. Und Sloan und ich haben uns geliebt. Somit haben wir bereits das Wichtigste für eine Beziehung. Aber wir müssen beide wollen, dass es funktioniert, und daran arbeiten." Ich wusste, dass ich es nicht allein schaffen konnte.

„Erinnere sie an eure Bindung. Erinnere sie daran, warum ihr euch damals ineinander verliebt habt."

„Ich weiß nicht, wie es passiert ist. Wir waren einfach gute Freunde." Wie daraus mehr geworden war, war mir ein Rätsel.

„Seid ihr immer noch Freunde?", fragte er mit einem Grinsen.

„Ja. Wir reden mindestens dreimal pro Woche eine Stunde oder länger miteinander." Das war immerhin etwas.

„Lacht ihr zusammen?"

„Oh ja. Sie ist ziemlich lustig – auch wenn sie denkt, dass sie innerlich völlig kaputt ist. Und wir wissen beide, dass ich auch gern Spaß mache." Ich könnte mich mehr anstrengen. Ich könnte Wege finden, allein mit ihr zu sein, ohne sie nervös zu machen. Das was alles, was wir wirklich brauchten. Wir mussten unsere Freundschaft wieder dahin bringen, wo sie einmal gewesen war. Dann war der Weg zurück in eine Beziehung nicht mehr weit.

Ich hoffe nur, dass es nicht ewig dauert.

KAPITEL ACHTUNDZWANZIG

SLOAN

Ich saß im Wohnzimmer meines neuen Hauses am Lake Travis, unweit von Austin, und trank einen Schluck Kaffee, während ich aus der Fensterfront direkt auf den See blickte. Ich wohnte erst eine Woche hier, aber ich fühlte mich schon heimisch.

Obwohl es ein bisschen einsam war, liebte ich alles an meinem neuen Zuhause. Delia hatte sich dafür entschieden, in dem Apartment zu bleiben, und gesagt, ich müsse diesen Ort zu etwas machen, das ganz mir gehörte. Es war ohnehin höchste Zeit, dass ich sie nicht mehr als Krücke benutzte.

Ich hatte mich viel zu lange auf sie gestützt. Es war Zeit, wieder auf eigenen Beinen zu stehen. Nach neun Monaten Therapie verstand ich mich besser als kurz nach der Entführung, als all die schrecklichen Neuigkeiten auf mich niedergeprasselt waren.

Tatsache war, dass guten Menschen manchmal schlimme Dinge passierten. Meine Mutter und ich waren nicht dumm, weil wir manipuliert worden waren. Unser Vertrauen war einfach von einem schrecklichen Menschen ausgenutzt wurden.

Lange Zeit hatte ich mir Vorwürfe gemacht, weil ich so verdammt naiv gewesen war, Preston nicht zu durchschauen. Das würde mir nie wieder passieren. Zumindest wusste ich jetzt, worauf ich achten musste, wenn wieder jemand versuchte, mich zu manipulieren.

Ich musste keine Angst vor anderen Menschen haben. Ich musste auch nicht jeden auf Distanz halten.

„Heute hat ein Mann, der wegen Mordes, zweifacher Entführung und versuchten Mordes auf seinen Prozess wartete, im Travis County Correctional Center, in dem er seit neun Monaten inhaftiert war, Selbstmord begangen", sagte eine Reporterin und erinnerte mich daran, dass ich den Fernseher eingeschaltet hatte.

„Preston", flüsterte ich, während ich auf den Bildschirm starrte.

Sein Fahndungsfoto wurde eingeblendet, als die Reporterin fortfuhr. „Preston Rivers hat sich heute Morgen in seiner Zelle erhängt. Sein Prozess war für Ende des Monats geplant."

Ich fühlte überhaupt nichts. Keinen Frieden, keine Angst, nichts. Es klingelte und ich drehte mich um, um zur Haustür zu blicken. Es war acht Uhr morgens und ich hatte nicht erwartet, dass jemand vorbeikam. Ich trug immer noch mein Nachthemd, aber ich ging barfuß zur Tür, um durch das Guckloch zu schauen. „Baldwyn."

Als ich die Tür öffnete, traten mir aus irgendeinem Grund Tränen in die Augen. „Sloan, ich muss dir etwas sagen." Er zog mich an sich und umarmte mich. „Preston hat sich umgebracht." Seine Lippen küssten meinen Kopf.

„Ich weiß", sagte ich. Dann kam ein Schluchzen aus meinem Mund, das ich selbst nicht erwartet hatte. „Ich habe es gerade in den Nachrichten gehört."

Er nahm mich in seine starken Arme, trug mich ins Haus und schloss die Tür hinter uns. „Ich wusste, dass es hart für dich sein würde. Es ist ein Schock. Und eine Enttäuschung. Ich weiß, dass du wolltest, dass er für das, was er dir und deiner Familie angetan hat, vor Gericht kommt."

Ich hatte ehrlich gesagt keine Ahnung, warum ich weinte. Ich konnte nicht einmal sprechen. So viele Gedanken wirbelten in meinem Kopf herum.

Ein Teil von mir war wütend darüber, dass Preston nicht von einer Jury verurteilt werden würde. Ein Teil von mir war froh, dass er nicht mehr lebte. Ein Teil von mir war traurig, denn egal wie es ausgegangen war, ich hatte den Mann einst tatsächlich geliebt. Aber der größte Teil von mir war begeistert – ich war endlich frei. Ich würde ihm nie wieder begegnen müssen, solange ich lebte.

Baldwyn setzte sich auf einen Stuhl und wiegte mich auf seinem Schoß, während er mich festhielt und flüsterte: „Es wird alles wieder gut, Baby. Ich bin bei dir. Du bist nicht allein."

Er hatte recht. Bevor er gekommen war, hatte ich nicht einmal gewusst, wie ich auf das reagieren sollte, was ich gerade im Fernsehen gehört hatte. Aber sobald ich ihn gesehen hatte, waren meine Gefühle an die Oberfläche gekommen und hatten darauf bestanden, herausgelassen zu werden.

Baldwyn war gut für mich. Er war in gewisser Weise ein Teil von mir. Der Teil, der es mir ermöglichte, meine Gefühle auszudrücken, ohne Angst zu haben, darin zu ertrinken.

Mir wurde klar, dass ich alles tief in mir vergraben und gedacht hatte, der Schmerz würde irgendwann von allein verschwinden. Die Therapie hatte mich eines Besseren belehrt, aber es hatte eine Weile gedauert, bis mein Verstand es akzeptierte. Schmerz, Trauer, Angst und sogar Liebe verschwanden nicht einfach mit der Zeit. Sie mussten ausgedrückt und losgelassen werden.

Ich hatte Baldwyn schon lange nicht mehr gesagt, dass ich ihn liebte. Es war Zeit, dass er es wieder hörte. „Ich liebe dich so sehr, Baldwyn Nash. Ich weiß, dass ich mich zurückgezogen und dich lange nicht an mich herangelassen habe. Das tut mir leid."

„Das muss es nicht", sagte er, als er meinen Kopf küsste, während ich mich an ihn klammerte. „Du hast Zeit gebraucht, um zu heilen, Sloan. Ich war deswegen nie wütend auf dich. Ich liebe dich auch. Das werde ich immer tun."

Ich schluckte das Schluchzen herunter, das in meinem Hals aufstieg, und wollte, dass er etwas wusste. Ich hob meinen Kopf von seiner Brust, um ihn mit tränennassen Augen anzusehen. „Damals im Krankenhaus, als ich dich fragte, ob du meinen Nachnamen ändern könntest – erinnerst du dich daran?"

„Ja." Er lächelte. „Und genau das habe ich für dich getan, Sloan Manning."

Er hatte damals nicht verstanden, was ich wollte. „Ich habe dich auf eine zugegebenermaßen sonderbare Weise gebeten, mich zu heiraten."

Sein Gesicht erstarrte, als er mich ansah. „Wirklich?"

Ich nickte und fühlte mich irgendwie dumm, weil ich es jetzt erst ansprach. „Ich glaube, ich war damals ein bisschen verrückt. Und ich bin froh, dass du nicht darauf eingegangen bist."

„Nun, du hast auch nicht weiter ausgeführt, was du gemeint hast. Ich denke, das lag daran, dass die Polizei ins Zimmer kam und dein Vater dort war. Und dein Ex lag auf dem Boden. Es war ein bisschen voll." Er schob meine Haare sanft aus meinem Gesicht. „Es war nicht der richtige Zeitpunkt für so etwas. Du warst damals viel zu verletzlich. Ich hätte sowieso nicht Ja sagen können."

„Und damit hättest du recht gehabt. Ich hatte so viele andere Probleme." Aber jetzt war alles besser. „Ich bin es leid, allein zu sein, Baldwyn."

„Ich auch." Er küsste meine Wange. „Aber ich möchte sicher sein, dass es dir gutgeht. Also, geht es dir gut, Sloan?"

„Ich bin nicht perfekt und ich glaube nicht, dass ich es jemals sein werde. Hauptsächlich, weil Perfektion nicht echt ist. Wir haben alle Narben. Ich bin nicht der einzige Mensch auf dieser Welt, der es schwer hatte." Ich wusste nicht, ob ich jemals wieder so sein würde wie früher, aber ich wusste, dass ich mit Baldwyn zusammen sein wollte. „Wir haben in den letzten neun Monaten nicht viel Zeit miteinander verbracht und ich bin wahrscheinlich ein bisschen anders als vorher. Aber es wäre schön, wenn du mein neues Ich kennenlernen würdest. Vielleicht magst du es, vielleicht auch nicht."

„Ich werde es mögen", sagte er mit einem Grinsen, als er mein Kinn umfasste. „Willst du wissen, warum?"

„Warum?" Mein Herz fühlte sich an, als würde es in meiner Brust aufblühen, als er mir in die Augen sah.

„Ich liebe dich, Sloan Manning. Ich liebe jeden Teil von dir und will nur das Beste für dich. Dein Schmerz ist mein Schmerz. Dein Glück ist mein Glück. Wir teilen mehr, als du ahnst." Seine Lippen berührten zärtlich meine.

Ich spürte die Spannung, die sich zwischen uns aufbaute. Er musste mich wirklich lieben, sonst hätte er nicht so lange auf mich gewartet. Zum ersten Mal seit langer Zeit hatte ich keine Angst mehr. Überhaupt keine.

Ich legte meine Arme um ihn, küsste ihn leidenschaftlich und musste ihn auf eine Weise spüren, die ich viel zu lange vermisst hatte. Er erwiderte den Kuss. Seine Hände streichelten meinen

Rücken und ich fuhr mit meinen Händen über seine muskulösen Oberarme.

Er stand auf, trug mich zum Sofa, legte mich darauf und bedeckte meinen Körper mit seinem. Ich stöhnte und war hingerissen davon, wie sich sein Gewicht auf mir anfühlte. Ich wollte mehr, also riss ich meinen Mund von seinem los und fragte mit heiserer Stimme: „Willst du mich ins Bett bringen?"

Er sah mich lange an. „Nein." Er löste sich von mir und ich fühlte mich seltsam, weil ich diese Antwort nicht erwartet hatte.

Ich legte meinen Arm über mein Gesicht und versuchte, mein Erröten zu verbergen, weil es mir peinlich war, die Dinge übereilt zu haben. Natürlich wollte er nicht sofort Sex haben, nachdem wir neun Monate Pause gemacht hatten. *Oh Gott, ich bin eine Idiotin!*

„Es tut mir leid, Baldwyn. Ich weiß nicht, was in mich gefahren ist."

Ich spürte, wie seine Finger über meine Beine und meinen Bauch wanderten, bevor er meine Hände ergriff und mich in eine sitzende Position hochzog. „Es muss dir nicht leidtun. Ich möchte dich nur etwas fragen, bevor wir weitermachen."

Ich war sicher, dass er Fragen hatte, bevor er mich wieder an sich heranließ. „Willst du wissen, ob meine Therapie mir geholfen hat?"

Kopfschüttelnd grinste er. „Nein. Ich kann sehen, dass sie dir gutgetan hat. Du siehst besser aus und scheinst keine Probleme damit zu haben, deine Gefühle zu zeigen."

„Was könnte es sonst sein?"

„Es gibt eine Frage, die ich dir stellen muss." Er ließ mich los und schob seine Hände in seine Taschen. Dann ging er vor mir auf ein Knie.

„Nur eine, hm?" Ich dachte, ich wüsste, was er meinte. Da wir gewissermaßen getrennt gewesen waren, bezweifelte ich, dass er Kondome mitgebracht hatte. Ich hatte ihm nie erzählt, dass ich nicht schwanger werden konnte. Jetzt könnte der richtige Zeitpunkt dafür sein.

Schließlich zog er seine Hände aus den Taschen und in seiner rechten Handfläche befand sich eine kleine schwarze Schatulle. Mein Herz blieb stehen, mein Mund wurde staubtrocken und ich hatte das Gefühl, ohnmächtig zu werden.

Er öffnete den Deckel und zeigte mir, was darin war. Ein

wunderschöner Solitärdiamantring. „Sloan Manning, ich habe nicht gewusst, was wahre Liebe ist, bis ich dich getroffen habe. Du bist die einzige Frau für mich. Und ich glaube, dass ich der einzige Mann für dich bin. Ich verspreche, dich zu achten, dich zu ehren und dich für den Rest meines Lebens zu lieben. Willst du mich heiraten?"

Das habe ich nicht erwartet.

Ich legte meine Hände über meinen Mund. Meine Augen wanderten von seinen Augen zu dem Ring und blieben dort. Er wollte mich heiraten. Er wollte, dass wir den Rest unseres Lebens zusammen verbrachten. Obwohl ich höchstwahrscheinlich hoffnungslos traumatisiert war, liebte er mich.

Aber bin ich gut genug für diesen Mann?

KAPITEL NEUNUNDZWANZIG

BALDWYN

Wenn man vier Brüder hat, kann man nicht nur einen als Trauzeuge auswählen. Also standen alle meine Brüder mit mir am Altar und waren meine Trauzeugen. Ich konnte meine große Liebe nicht heiraten, ohne dass sie Teil unserer Hochzeit waren.

„Mann, hier oben ist es irgendwie unheimlich", murmelte Stone. „Ich kann nicht glauben, dass du nicht wegläufst, Baldwyn. Sogar ich muss dagegen ankämpfen, einfach loszurennen. Hast du keine Angst? Ich meine – das ist das Ende, Bruder. Keine anderen Frauen mehr für dich. Nur noch eine. Sicher, Sloan ist großartig – die Beste. Aber du darfst nicht mehr flirten und keine andere Frau mehr anrühren. Du musst Angst haben."

„Eigentlich hatte ich noch nie weniger Angst vor irgendetwas. Wir haben schwierige Situationen durchgestanden und meine Liebe zu ihr ist dabei nur gewachsen. Es ist die richtige Entscheidung. Ich weiß es einfach." Ich verlagerte mein Gewicht auf meinen anderen Fuß, da wir seit gut zehn Minuten dort standen.

Patton reckte den Hals und versuchte, den Gang hinunter zu sehen. „Der Priester hat gesagt, sie sei bereit. Warum dauert das so lange?"

Warner warf Patton einen strengen Blick zu. „Hey, Mann. Mach Baldwyn nicht nervös. Sie ist nur ein bisschen spät dran. Sie wird jeden Moment den Gang herunterkommen. Sloan wird ihn bestimmt nicht am Altar stehen lassen."

Mich stehen lassen?

Ich hatte keine Zweifel gehabt. Aber jetzt kamen bei der Vorstellung, dass Sloan einen Rückzieher gemacht haben könnte, jede Menge Zweifel in mir auf. „Sie war verdammt nervös. Sie hat hundertmal ihre Meinung darüber geändert, wo die Hochzeit stattfinden sollte, wie viele Leute kommen sollten und ob sie überhaupt eine formelle Hochzeit wollte. Ich dachte, sie hätte sich für diese kleine Hochzeit mit nur wenigen guten Freunden entschieden. Aber jetzt bin ich mir nicht mehr so sicher."

Cohen räusperte sich. „Lass dich nicht verrückt machen, Bruder. Sloan wird es definitiv durchziehen. Sie liebt dich."

„Ja", versuchte ich mich zu beruhigen. „Ja, das tut sie." Aber sie hasste es, im Mittelpunkt zu stehen. „Ich hätte sie einfach nach Vegas bringen sollen, um dort zu heiraten. Ich hätte ihr nicht sagen sollen, dass ich euch alle dabeihaben wollte. Vielleicht ist es zu viel für sie. Verdammt, ich habe alles ruiniert."

Stone wandte sich an den Priester. „Hat die Braut aufgeregt gewirkt, als Sie sie gesehen haben?"

„Oh ja." Er nickte, als er mich ansah. „Aber Bräute sind immer aufgeregt. Es ist nervenaufreibend, zu heiraten. Auch wenn man es in Vegas macht."

„Ja", stimmte Patton ihm zu. „Aber wenn man es in Vegas macht, kann man sich betrinken, bevor man sich das Ja-Wort gibt, und das macht es einfacher. Das hier ist brutal. Wir stehen hier oben und warten, während uns alle anstarren. Ich werde das niemals tun. Das kann ich dir jetzt schon sagen. Falls ich jemals heirate, und das ist sehr unwahrscheinlich, weil ich die Frauen – alle Frauen – mag, dann im Vegas-Stil."

„Willst du dich nicht daran erinnern können, wie du dein Ehegelübde abgelegt hast, Patton?", fragte ich ihn. „Das ist eine wichtige Erinnerung. Und es klingt, als würdest du dabei stinkbesoffen sein …" Ich sah zu dem Priester, der mich bei meiner Wortwahl stirnrunzelnd anstarrte. „Tut mir leid." Ich blickte zurück zu Patton, als ich fortfuhr: „Du wirst dich überhaupt nicht an den besten Tag deines Lebens erinnern können."

„Whoa, du denkst also, dass heute der beste Tag deines Lebens ist?", fragte Stone mit hochgezogenen Augenbrauen. „Ich dachte, der Tag, an dem wir Klippenspringen waren, war der beste deines Lebens. Das hast du damals selbst gesagt ..."

„Komm schon", unterbrach ich ihn ungläubig. „Der beste Tag im Leben eines Mannes ist der Tag, an dem er heiratet. Das weiß doch jeder."

„Nun, es gibt noch bessere Tage", warf der Priester ein. „Etwa die Tage, an denen Ihre Kinder geboren werden. Dann sind Sie genauso nervös wie jetzt auch – vielleicht sogar noch nervöser."

Warner, der neben mir stand, stieß mit seinem Ellbogen in meine Rippen. „Babys, Baldwyn." Er hob eine Augenbraue. „Meine Güte!"

Bei der Erwähnung von Babys schoss ein Blitz durch meinen Kopf. „Scheiße!"

„Es ist gar nicht so schlimm", sagte der Priester. „Kinder machen viel Freude, Baldwyn."

„Nein, das ist es nicht." Ich hatte nicht gemeint, dass ich etwas gegen Kinder hatte. „Sloan hat mir letzte Woche etwas erzählt." Ich wusste, dass sie nicht wollte, dass ich öffentlich darüber sprach, was sie mir anvertraut hatte, also hielt ich den Mund.

Meine Brüder starrten mich an und warteten darauf, dass ich mehr sagte. Cohen fragte schließlich: „Nun, was hat sie dir erzählt?"

„Das kann ich nicht verraten." Aber ich wusste, dass es der Grund für ihr Zögern war. „Sie macht sich wahrscheinlich Sorgen darüber, dass sie mich nicht glücklich machen kann und ich irgendwann enttäuscht sein werde."

„Und warum sollte das passieren?", fragte Stone.

Weil sie glaubt, keine Babys bekommen zu können. Nicht, dass ich irgendjemandem ein Wort darüber sagen würde. „Wisst ihr, Menschen machen sich ständig Sorgen darüber, andere zu enttäuschen. Sloan ist keine Ausnahme. Aber sie wird mich nicht enttäuschen – niemals."

„Nun, stellen Sie sie besser nicht auf ein so hohes Podest", sagte der Priester. „Sie werden sie enttäuschen und sie wird Sie enttäuschen. Wir sind alle nur Menschen. Wir alle enttäuschen einander von Zeit zu Zeit."

„So habe ich das nicht gemeint. Ich meinte nur, wenn sie sich wegen dieser Sache, über die wir gesprochen haben, Sorgen macht, muss sie das nicht, weil ich deswegen nie enttäuscht sein werde." Ich wusste, dass ich verrückt klang, aber ich konnte kein Wort darüber preisgeben, was wirklich los war.

Eine Bewegung in der Ferne erregte meine Aufmerksamkeit und ich sah, dass Delia am anderen Ende des Ganges wartete und einen Strauß rosa und gelber Blumen in der Hand hielt.

Die Musik begann und meine Brüder und ich stellten uns aufrecht hin. Mein Herz pochte so laut, dass ich die Musik nicht einmal hören konnte. *Oh mein Gott!*

Delia bewegte sich so langsam, dass ich manchmal dachte, sie würde rückwärtsgehen. Ihr gelbes Chiffonkleid reichte bis zu ihren Knöcheln und wirbelte bei jedem Schritt um die silbernen Sandalen an ihren Füßen. Meine Augen waren darauf gerichtet, während mein Herz sich anfühlte, als würde es gleich aus meiner Brust springen.

Schließlich nahm sie ihren Platz auf der rechten Seite ein und ich hörte, wie die Klaviermusik, bei der die Trauzeugin den Gang hinuntergekommen war, endete. Sloan hatte sich ein Lied anstelle des üblichen Hochzeitsmarsches ausgesucht.

Eine Gitarre spielte leise, als die Sängerin das Lied anstimmte. *„It's amazing how you can speak right to my heart."*

Sloan hatte mir nicht gesagt, welches Lied es war. Ich hatte es seit Jahren nicht mehr gehört. Aber es beschrieb, wie perfekt wir füreinander waren. *Du sprichst auch direkt zu meinem Herzen, Baby.*

Sloan war immer noch nicht zu sehen und ich reckte meinen Hals, als die Sängerin weitersang. *„Without saying a word, you can light up the dark."*

Ich wünschte mir verzweifelt, dass Sloan in den Gang trat und meine Welt erhellte.

„Try as I may, I could never explain what I hear when you don't say a thing."

Sloan ließ mich warten und die Vorfreude darauf, sie in ihrem Hochzeitskleid zu sehen, über das sie mir nichts verraten hatte, machte mich immer nervöser.

Und dann war sie da, als die Sängerin sang: *„The smile on your face lets me know that you need me."*

Ich strahlte sie an und konnte nicht aufhören zu lächeln. Sie sah in dem langen schneeweißen Brautkleid aus Satin absolut fantastisch aus. Bei jedem winzigen Schritt schimmerte es und ein silberner Schuh spähte unter dem Saum hervor.

„The truth in your eyes says you'll never leave me."
Ich werde dich niemals verlassen, meine Liebe.
„The touch of your hand says you'll catch me if I ever fall."
Ich werde dich immer auffangen – du kannst auf mich zählen, meine geliebte Frau.

„Now you say it best, when you say nothing at all", beendete die Sängerin das Lied.

Meine Braut machte einen letzten Schritt. Dann reichte sie Delia ihren Blumenstrauß, bevor sie meine Hände ergriff. „Hallo, schöner Mann. Willst du jetzt meinen Nachnamen ändern?"

„Wetten, dass ich es tue?" Ich wollte sie unbedingt küssen, aber so weit waren wir noch nicht. Ich musste warten und geduldig sein. „Du siehst wunderschön aus."

Errötend senkte sie den Kopf. „Danke. Ich fühle mich großartig."

„Wir haben uns heute hier versammelt ...", begann der Priester und zog unsere Aufmerksamkeit auf sich. Vielleicht sah er in meinen Augen den dringenden Wunsch, schnell zu dem guten Teil zu gelangen, bei dem ich meine Braut küssen durfte. „... um diesen Mann und diese Frau im heiligen Bund der Ehe zu vereinen."

Ihre Hände zitterten und ich drückte sie sanft, um sie wissen zu lassen, dass ich bei ihr war. Wir machten das zusammen und sie würde nie wieder allein sein. Nicht, solange ich atmete und mein Herz schlug.

Ich hörte nicht einmal, was der Priester an diesem Tag noch sagte. Alles, was ich sah, war Sloan und alles, was ich fühlte, war die Liebe zu ihr. Ich wusste, dass wir für immer zusammen sein würden und dass wir jeden Sturm in unserem Leben überstehen würden. Keiner von uns würde es allein schaffen müssen. Wir waren in jeder Hinsicht ein Team. Sloan und ich gegen den Rest der Welt.

Sie lächelte mich an und flüsterte: „Du darfst mich jetzt küssen, geliebter Ehemann."

Ich hatte Ja gesagt, als ich es sollte, und sie auch. Das war es, wir waren eins. Blieb nur noch, unsere Ehegelübde mit einem Kuss zu besiegeln. „Darf ich?"

Sie nickte und ihre Wangen röteten sich, als sie ihre Lippen spitzte. „Du darfst."

Ich hatte es eilig gehabt, ihre Lippen zu küssen, aber jetzt wollte ich sie nur noch ansehen. *Mrs. Nash.*

Ich blickte zurück zu meinen Brüdern und stellte fest, dass ihre Augen leuchteten. Patton lief sogar eine Träne über die Wange, die er schnell wegwischte, bevor es sonst jemand bemerken konnte. „Danke, Brüder."

Ich drehte mich um und sah meine Frau an, die geduldig mit geschlossenen Augen und gespitzten rosa Lippen auf meinen Kuss wartete. Ich nahm ihr schönes Gesicht in meine Hände und brachte meine Lippen zu ihren. Es war kein dominierender Kuss. Wir waren uns dabei völlig ebenbürtig. Ihre Lippen öffneten sich und unsere Zungen tanzten miteinander, als wir es offiziell machten.

Alle klatschten, als unser Kuss immer weiterging, während ich sie in meine Arme nahm und den Gang hinunter trug. „Applaus für Mr. und Mrs. Nash", rief der Priester und alle jubelten laut.

Der Fahrer der gemieteten Limousine hielt die Hintertür auf und ich setzte meine bezaubernde Frau auf den Rücksitz. „Bist du bereit, Mrs. Nash?" Ich nahm neben ihr Platz und hielt ihre Hand, als der Fahrer die Tür hinter uns schloss.

„Ich bin bereit, wenn du es bist, Mr. Nash." Sie beugte sich vor und küsste mich leidenschaftlich, bevor sie sich rittlings auf mich setzte.

Das wird eine verdammt aufregende Fahrt!

KAPITEL DREISSIG

SLOAN

Nach dem traditionellen Hochzeitsempfang mit Champagner, all unseren Lieblingsliedern und mehr Essen, als ich jemals zuvor gesehen hatte, stolperten wir in unser Hotelzimmer. „Nun, das war nicht schlecht, hm?"

„Das war großartig", stimmte er mir zu. „Ich habe es genossen. Aber ich bin froh, dass ich es nie wieder tun muss."

„Ich auch." Baldwyn war der Richtige für mich. Das wusste ich ohne den geringsten Zweifel. „Ich liebe dieses Kleid, aber ich kann es kaum erwarten, es auszuziehen und es nie wieder zu tragen."

„Lass mich dir helfen." Baldwyn machte mit seinem Finger eine kreisende Bewegung, damit ich mich umdrehte.

„Danke." Bereitwillig drehte ich ihm den Rücken zu. Baldwyn zog den Reißverschluss herunter und schob das Kleid von meinen Schultern, sodass es auf dem Boden landete.

Seine Hände waren warm auf meinem Rücken, als er meinen BH öffnete und ihn zu dem Kleid fallen ließ. Seine Finger strichen über meine Seiten, bevor er mein weißes Seidenhöschen nach unten zerrte. Ich trat aus meinen High Heels und drehte mich nackt zu ihm um.

Dann ergriff ich seine Hand, führte ihn zum Bett und drückte sanft gegen seinen Oberkörper, damit er sich setzte. Erst zog ich ihm einen glänzenden schwarzen Schuh aus, dann den anderen. Danach waren seine schwarzen Socken an der Reihe. Ich strich mit meinen Fingern über seine nackten Füße, bevor ich wieder seine Hände ergriff.

Als ich ihn hochzog, beugte er sich zu einem Kuss vor, den ich ihm verweigern musste. „Noch nicht, Schatz."

Er hatte seine Smokingjacke schon ausgezogen, bevor wir das Zimmer betreten hatten. Blieb nur noch das weiße Hemd. Ich knöpfte es auf, streifte es ihm ab und enthüllte seinen muskulösen Oberkörper.

Einen Moment lang nahm ich mir Zeit, um all die harte Arbeit zu bewundern, die er beim Training seines großartigen Körpers geleistet hatte. Dann strich ich mit meinen Händen über seine herrlichen Brustmuskeln und seine perfekten Bauchmuskeln. Meine Finger spielten mit dem Knopf an seiner Hose, bevor ich sie öffnete und meine Hände über seine kräftigen Beine gleiten ließ.

Ich beugte mich zu der gewaltigen Erektion hinunter, die sich in seinen schwarzen Boxershorts versteckte. Ich konnte nicht zulassen, dass er sich so unwohl fühlte, also riss ich ihm die Unterwäsche vom Leib, sodass er genauso nackt war wie ich. „Jetzt sind wir gleich."

Er nickte. „Das sind wir." Er zog die Haarnadeln aus meiner eleganten Hochsteckfrisur, bis meine Haare in seidigen Wellen herabfielen. Ich hatte sie wachsen lassen und sie reichten inzwischen fast bis zu meiner Taille. „Du warst wunderschön mit deinem Kleid und deiner Hochsteckfrisur. Und du bist immer noch wunderschön, wenn du nackt bist und deine Haare offen sind. Du bist ein kleines Wunder, nicht wahr?", fragte er mit einem Grinsen.

„Nein." Ich war nur eine Frau, die ihren Mann liebte.

Er nahm meine Hand und zog mich mit sich auf das Bett. Dort angekommen, stützte er sich auf einen Ellbogen, spielte mit einer Strähne meiner Haare und drehte sie um seinen Finger. „Ich bin ziemlich erschöpft. Ich wette, du bist es auch."

„Ich bin todmüde", bestätigte ich. „Aber nicht zu müde, um unsere Ehe zu vollziehen."

„Dann sollten wir genau das tun, meine Liebe." Er strich mit seiner Hand über meine Wange, bevor er für einen Kuss näherkam.

Wir hatten uns den ganzen Abend immer wieder geküsst. Aber dieser Kuss war anders. Er war nicht einmal wie unser Kuss am

Altar. Bei diesem Kuss wurde mir schwindelig und mein Herz raste. Es war der Kuss, bevor wir zum ersten Mal Sex als Ehepaar hatten – und er war verdammt heiß!

Ich packte sein Handgelenk, wölbte ihm meinen Körper entgegen und sehnte mich mehr denn je danach, ihn in mir zu spüren. Er nahm seine Hand von meinem Gesicht und fuhr mit seinen Fingern über meinen Hals und meine Brüste, bevor er sie über meinen Bauch weiter nach unten bewegte. Dann streichelte er meine Klitoris und stellte sicher, dass sie prall und geschwollen war, bevor er meine Beine spreizte und seinen Körper zwischen ihnen positionierte.

Ich keuchte und wimmerte vor Ekstase, als er in meine feuchte Hitze eindrang. „Ja ..."

Er bewegte sich langsam in mir, während er mich beobachtete. „Himmel, du bist wunderschön."

Ich strich mit meinen Händen über seine muskulöse Brust, während er sich immer weiter bewegte und lange, tiefe Stöße machte. „Ich finde dich auch wunderschön." Ich fuhr mit den Fingern durch seine weichen Locken und liebte den männlichen Geruch, der von ihnen ausging.

„Ohhh, du bist süß." Er küsste meine Nasenspitze und brachte mich zum Lächeln.

„Du auch." Ich zog ihn zu mir herunter, damit ich ihn küssen konnte, schlang meine Beine um ihn und ließ ihn noch tiefer in mich eindringen.

Ich war mir nicht sicher, ob ich ihm jemals sagen würde, wie viel Angst ich davor gehabt hatte, den Gang zum Altar hinunterzugehen und Gelübde abzulegen, die uns für immer aneinander binden würden. Nicht weil ich Zweifel daran hatte, dass er ein wunderbarer Ehemann sein würde, sondern weil ich Zweifel an mir selbst hatte.

Ich hatte ihm ungefähr eine Woche vor der Hochzeit endlich gestanden, dass ich keine Kinder bekommen konnte. Er hatte nicht einmal mit der Wimper gezuckt und gesagt: „Ich liebe dich, was auch geschieht. Wenn wir Kinder haben, ist das großartig. Wenn nicht, ist es auch großartig. Für mich zählt nur, dass ich mein Leben mit dir verbringen kann."

Ich war mir nicht sicher, ob er ehrlich zu sich selbst gewesen war, als er das gesagt hatte.

Als ich in dem Ankleidezimmer gewartet und mich in dem

JESSICA F.

großen Spiegel in meinem Hochzeitskleid betrachtet hatte, hatte ich mir Sorgen gemacht, dass Baldwyn eines Tages enttäuscht darüber wäre, dass er niemals Vater werden würde. Er würde niemals seinen Erstgeborenen in den Armen halten, in seine Augen schauen und dort einen Teil von sich selbst sehen. Fast wäre ich weggelaufen. Ich hatte dem Mann, den ich liebte, dieses Glück nicht vorenthalten wollen.

Aber als ich den Saum meines Kleides angehoben hatte, um wegzurennen, war aus dem Nichts die Stimme meiner Mutter zu mir durchgedrungen: „Du hast nichts zu befürchten, Liebes."

Ich war mir nicht sicher gewesen, ob ich sie wirklich gehört hatte. „Mom?"

Anscheinend wiederholten sich geisterhafte Stimmen nicht. Ich hatte kein weiteres Wort gehört. Aber was ich gehört hatte, war mir im Gedächtnis geblieben. Und aus irgendeinem Grund hatte ich mich plötzlich viel besser gefühlt. Dann hatte ich meinen Blumenstrauß genommen und war meinem Verlobten entgegengegangen.

Baldwyns Mund verließ meinen und zog eine Spur von Küssen über meinen Hals, bevor er an meinem Ohrläppchen knabberte.

Ich strich mit dem Fuß über seinen Oberschenkel, als ich wimmerte: „Härter, Baby."

Er bewegte sich schneller, stützte sich neben mir ab und hob seinen Oberkörper an. „Härter, nicht wahr?" Er stieß wieder zu und gab mir, was ich wollte.

Meine Nägel bohrten sich in seine Oberarme, als ich mich daran festklammerte, um bei seinen kräftigen Stößen nicht vom Bett zu rutschen. „Ja! Oh Gott, ja!" Die Lust stieg wie eine Welle tief in meinem Inneren auf.

„Komm für mich!", stöhnte er. „Ich will alles von dir."

„Ahhhh", schrie ich, als ich schließlich zum Höhepunkt kam.

Mein Körper erbebte um seinen Schwanz und drängte ihn, ebenfalls Erlösung zu finden. Er tat es mit einem lauten Knurren, das uns beide erschütterte, und brach auf mir zusammen, während sein Schwanz in mir pulsierte und mir alles gab, was er hatte.

Vollkommen befriedigt strich ich mit meinen Händen über seinen Rücken, bevor wir beide einschliefen. Wir waren immer noch miteinander verbunden und ich fühlte mich ganz anders als früher.

Das ist es also, was die Menschen meinen, wenn sie ihren Ehepartner ihre bessere Hälfte nennen.

Ich hätte mir keinen besseren Mann wünschen können, um mein Leben mit ihm zu teilen. Ich musste mich allerdings fragen, ob vielleicht noch mehr von meinen Träumen wahr werden könnten, nachdem dieser wahr geworden war.

Mein Wunsch an meinem sechsten Geburtstag war der einzige, an den ich mich wirklich erinnerte. Ein Pony war alles gewesen, was ich damals gewollt hatte. *Kann man zu erwachsen sein, um ein Pony zu haben?*

BALDWYN

3 Monate später ...

Der Tag der Eröffnung des Whispers Resort und Spa war gekommen. Alle hatten sich elegant gekleidet und waren aufgeregt. Ich hielt mein Glas Champagner hoch. „Auf alle, die meinen Brüdern und mir bei der Verwirklichung unseres Traums geholfen haben."

„Prost!", riefen die anderen Anwesenden, als wir miteinander anstießen.

Das Resort war wunderschön geworden und ich war mir sicher, dass es ein großer Erfolg werden würde.

Sloan glaubte auch daran. „Es wird großartig laufen, Baldwyn. Ich bin so stolz auf dich."

Sie wollte meine Wange küssen, aber ich drehte mein Gesicht, sodass daraus ein Kuss direkt auf die Lippen wurde. „Du kannst auch stolz auf dich sein. Du bist jetzt nicht nur eine erfolgreiche Bauingenieurin, sondern auch Teilhaberin dieses Resorts."

„Sieh mich an." Sie lachte, als sie ihr Champagnerglas auf einen Tisch stellte, ohne einen Schluck davon getrunken zu haben. „Von der armen Studentin zur Teilhaberin eines luxuriösen Resorts. Wer hätte gedacht, dass einem Mädchen wie mir so etwas passieren würde?"

Aber ich hatte immer gewusst, dass sie dafür bestimmt war, großartige Dinge zu tun. „Schmeckt dir der Armand de Brignac nicht?" Bei fast zehntausend Dollar pro Flasche hatte ich erwartet, dass jeder den Champagner genießen würde. „Er ist pink, deine Lieblingsfarbe."

„Er ist bestimmt köstlich", sagte sie mit einem Lächeln. „Aber ich habe gerade keinen Durst."

„Okay, Süße." Ich schlang meinen Arm um ihre Taille und küsste die Seite ihres Kopfes. „Du siehst müde aus. Wir müssen nicht lange bleiben."

„Nein, mir geht es gut. Wir können so lange bleiben, wie du möchtest. Heute ist ein wichtiger Tag für dich und deine Familie. Ich möchte ihn euch nicht verderben." Sie entdeckte ihre Assistentin und Freundin Delia, die gerade hereinkam. „Ich werde Delia Hallo sagen."

Etwas stimmte nicht mit Sloan. Sie benahm sich sehr seltsam. Ich hatte sie am Telefon gehört, bevor wir das Haus verlassen hatten, und als sie mich gesehen hatte, hatte sie den Anruf beendet, ohne sich zu verabschieden. Als ich sie gefragt hatte, wer es gewesen sei, hatte sie behauptet, es sei niemand gewesen.

Richard, ihr Vater, kam ebenfalls herein. Ich ging ihm entgegen und gab ihm ihr Glas Champagner, das sie nicht angerührt hatte. „Danke, dass du gekommen bist, Richard."

Er trank einen Schluck und hob die Augenbrauen. „Das schmeckt fantastisch."

„Das sollte es auch." Ich hatte mich noch nicht bei ihm bedankt. „Übrigens, danke, dass du mir den guten Rat gegeben hast, Sloan ein Pony zur Hochzeit zu schenken. Sie liebt es. Ich schwöre, sie würde es in unserem Schlafzimmer einquartieren, wenn ich nicht eine hübsche Scheune gebaut hätte."

„Sie hat mir davon erzählt." Er lachte. „Sie glaubt jetzt fest daran, dass Träume wahr werden können, weil sie sich an ihrem sechsten Geburtstag heimlich ein Pony gewünscht hat. Ich schätze, sie hat vergessen, dass sie damals mir und ihrer Mutter davon erzählt hat."

„Ha!" Ich hatte keine Ahnung gehabt, dass sie so über das Geschenk dachte. „Ich habe ihr nicht verraten, dass es eigentlich deine Idee war. Aber es ist schön, dass sie daran glaubt, dass Träume wahr werden können. Sie ist einfach bezaubernd."

„Nun, ich hoffe, sie liegt nicht ganz falsch. Ich wünsche mir seit eurer Hochzeit etwas für euch beide. Ich werde nicht sagen, was es ist, sonst wird es möglicherweise nicht wahr." Er hielt sein Glas hoch. „Auf Träume, die wahr werden."

Ich stieß mit ihm an, ohne zu wissen, wovon er sprach, aber es klang gut. „Auf Träume, die wahr werden. Prost."

„Prost", erwiderte er.

Ich sah zu, wie Sloan und Delia miteinander sprachen und dann den Raum verließen. Die Party fand in der großen Lobby statt und ich hoffte, dass sie am nächsten Tag voller Gäste sein würde. Wir hatten bereits viele Reservierungen.

Ich ging durch den Raum und unterhielt mich mit unseren Cousins und ihren Frauen, die alle zu der Party gekommen waren. Und dann sah ich Sloan, die mit einem riesigen Lächeln auf ihrem Gesicht aus dem Flur zu mir eilte.

Sie schwenkte einen Stift in der Luft und hüpfte auf und ab, als sie angerannt kam. „Baldwyn, wir haben es geschafft!"

„Was?" Ich griff nach ihrer Hand, um herauszufinden, was an diesem Stift so aufregend war. „Und was hat es mit diesem Stift zu tun?"

„Das ist kein Stift." Sie reichte mir ein rosa Stäbchen und ich war mir nicht sicher, was ich sah. „Das ist ein Schwangerschaftstest. Und er ist positiv." Sie warf ihre Arme um meinen Hals und jubelte vor Freude. „Wir bekommen ein Baby!"

„Ein Baby?" *Ich dachte, sie kann keine Kinder bekommen.* „Bist du sicher, Sloan?" Ich wollte mir nicht grundlos Hoffnungen machen.

„Ja! Ich bin ganz sicher, seit ich den Test gemacht habe. Ich glaube, ich bin im dritten Monat schwanger. Du wirst Vater und ich werde Mutter! Eine richtige Mom! Oh mein Gott!"

Ich sah zu ihrem Vater, der uns anstrahlte. Meine Brüder und Cousins kamen, klopften mir auf den Rücken und gratulierten. Aber ich war mir nicht sicher, ob das alles echt war.

Sie hatte gesagt, sie könne keine Kinder bekommen. *Das kann nicht wahr sein.*

Plötzlich war ihr Vater neben uns und umarmte Sloan. „Träume können wirklich wahr werden. Ich habe euch das seit eurer Hochzeit gewünscht."

Träume können wahr werden?

———

SLOAN

6 Monate später ...

Ich hielt unsere schreiende Tochter in meinen Armen, die erst vor wenigen Augenblicken auf die Welt gekommen war. „Hallo, hübsches Mädchen. Deine Mama liebt dich so sehr."

Baldwyn beugte sich vor und streichelte ihren Kopf. „Dein Daddy auch." Er küsste mich. „Sie ist so hübsch wie ihre Mama."

„Hübscher", flüsterte ich.

Ich war so besorgt gewesen, keine Kinder bekommen zu können. Aber ich war nie untersucht worden, um herauszufinden, warum es mit Preston nicht funktioniert hatte. Vermutlich hatte Gott nicht gewollt, dass ich Kinder mit diesem Monster hatte.

Was auch immer Gottes Grund für all die kinderlosen Jahre gewesen war, war jetzt egal. Baldwyn und ich hatten ein Baby. Wir hatten ein perfektes kleines Mädchen. Und der Arzt hatte bei meiner Untersuchung nichts gefunden, was uns davon abhalten würde, so viele Babys zu bekommen, wie wir wollten.

Natürlich war ich noch nicht bereit, auch nur daran zu denken, ein weiteres Baby zu haben. Aber irgendwann würde ich darüber nachdenken. Es bedeutete mir viel und ich wusste, dass es auch Baldwyn viel bedeutete.

„Wir müssen uns für einen Namen entscheiden", sagte er, als die Krankenschwester kam, um unsere Tochter mitzunehmen, damit die Kinderärztin sie untersuchen konnte.

Ich wollte sie nicht loslassen, tat es aber schließlich. „Beeile dich, kleiner Engel."

Baldwyn und ich hatten Probleme gehabt, uns auf einen Namen zu einigen. Wir waren von niedlichen Namen wie Brie und Tulip zu romantischen Namen wie Anastasia und Millicent übergegangen. Wir hatten sogar biblische Namen wie Sarah und Mary in Erwägung gezogen. Aber irgendetwas hatte ihnen gefehlt.

Baldwyn nahm meine Hand und küsste sie, als er mich ansah. „Wir sind jeden Namen der Welt durchgegangen und keiner schien zu passen. Aber jetzt, nachdem ich sie gesehen habe, denke ich, dass ich den perfekten Namen für sie habe."

„Ich auch." Der Name war mir in dem Moment in den Sinn

gekommen, als ich sie zum ersten Mal gesehen hatte. „Wir denken oft das Gleiche. Sollen wir es einfach gleichzeitig sagen?"

Er runzelte die Stirn. „Wie wäre es, wenn wir es aufschreiben und die Zettel austauschen?" Er sah sich um und fand einen kleinen Notizblock und einen Stift.

Die Idee gefiel mir. „Wenn wir unterschiedliche Namen haben, machen wir einfach einen Kompromiss und nehmen einen als Vornamen und den anderen als Zweitnamen."

„Das klingt fair." Er gab mir Stift und Papier. „Ich weiß, dass ich dir schon oft gesagt habe, wie stolz ich auf dich bin. Aber heute bin ich stolzer auf dich denn je. Du bist eine Superheldin. Ich kann mir nicht vorstellen, das zu tun, was du gerade getan hast. Du hast das Baby neun Monate lang unter dem Herzen getragen – es ist in deinem Körper herangewachsen! Wow! Einfach wow!"

„Ach, das war gar nichts – das kann jeder. Nun, jeder mit einer Gebärmutter." Ich notierte den Namen, riss das Blatt Papier ab und faltete es, damit er nicht sehen konnte, was ich geschrieben hatte. Dann gab ich ihm den Stift und den Block zurück und fügte hinzu: „Aber danke, dass du all meine harte Arbeit für unsere Tochter zu schätzen weißt."

„Ich werde alles tun, um ihr ein guter Vater zu sein." Er schrieb seinen Namensvorschlag auf, riss das Blatt ab und faltete es ebenfalls.

Unsere Tochter weinte, als die Kinderärztin mit einer Nadel in ihre kleine Ferse stach. „Warum haben Sie das getan?", fragte ich aufgebracht.

„Wir brauchen ein bisschen Blut, um einen PKU-Test durchzuführen. Das ist eine seltene Erkrankung, die zu Hirnschäden führen kann, wenn sie nicht im Säuglingsalter behandelt wird." Die Kinderärztin hob unser Baby hoch und brachte es zu mir. „Tut mir leid, dass ich Ihren kleinen Engel zum Weinen gebracht habe. Es war aber notwendig. Als Eltern sollten Sie wissen, dass Ihr Baby noch oft weinen wird, zum Beispiel bei Impfungen. Aber sie sind nötig, damit es gesund bleibt. Eltern zu sein ist manchmal schwer." Sie zuckte mit den Schultern. „Sogar ziemlich oft. Aber es gibt weitaus mehr schöne als schwierige Momente. Also, wie heißt die Kleine?"

Baldwyn reichte mir seinen Zettel und ich gab ihm meinen. „Das werden wir gleich herausfinden", sagte ich zu der Kinderärztin.

Ich faltete das Papier auseinander, schloss die Augen und hoffte, nicht enttäuscht zu werden, wenn sein Namensvorschlag nicht nach meinem Geschmack war. „Also los." Ich öffnete die Augen und musste blinzeln. „Wow."

Baldwyn faltete das Blatt auseinander, auf das ich geschrieben hatte, und sah mich an. „Wow, Süße."

„Können Sie das glauben?" Ich hielt der Kinderärztin einen Zettel hin und Baldwyn zeigte ihr den anderen.

Sie las die Namen, die wir ausgewählt hatten. „Audrey Rose. Das gefällt mir."

„Audrey war der Name meiner Mutter." Ich konnte nicht aufhören, meinen Mann anzulächeln.

„Und Rose war der Name meiner Mutter", sagte Baldwyn. „Er passt gut zu unserem kleinen Mädchen, nicht wahr?"

„Ja, das tut er", stimmte ich ihm zu, als ich unser Baby wieder in meine Arme nahm.

Es hatte eine Weile gedauert und wir hatten schwere Zeiten durchgemacht, aber wir hatten es geschafft. Baldwyn und ich hatten unser Happy End gefunden.

Ende

HER BILLIONAIRE HERO
ERWEITERTER EPILOG

Die Date-Nacht wird zur Katastrophennacht, als alles schiefgeht – nur ihre Leidenschaft füreinander ist so stark wie immer. Ein Picknick im Park, gefolgt von einem Spaziergang am See und einem Bad im kühlen Wasser später am Abend, klingt entspannend und romantisch. Wie so oft läuft es aber nicht wie geplant für das Paar. Wird ihre Geschichte in einer Katastrophe enden oder wird sie den nächsten Morgen erleben?

———

BALDWYN

Ich packte den Rest unserer Sachen in den Kofferraum von Sloans neuem SUV und musste mich selbst loben. Ich hatte das perfekte Date für uns organisiert. Wir hatten einen Pakt geschlossen, mindestens einmal im Monat miteinander auszugehen, und wir machten abwechselnd Pläne dafür.

Letztes Mal hatte sie mich zu einem privaten Abendessen im Zoo ausgeführt. Es hatte aufregend geklungen und das war es auch gewesen – am Anfang. Das Café des Zoos hatte sich um das Essen gekümmert: Hühnchen und Kartoffelpüree mit grünen Bohnen und Eistee.

Als der Kellner uns gesagt hatte, wohin wir gehen sollten und dass er uns sofort unser Abendessen bringen würde, war ich nicht im Geringsten amüsiert gewesen. „Das Löwengehege?"

„Ja, so bekommen Sie einen Blick hinter die Kulissen. Wir haben einen Tisch für zwei Personen dort aufgestellt, wo die Tierpfleger Zugang zu den Gehegen haben. Es ist ziemlich cool. Nur Eisenstangen trennen Sie von den Tieren."

Sloan hatte es großartig gefunden. Also hatte ich ihr nicht sagen wollen, was ich darüber dachte. „Oh, cool."

Zehn Minuten später hatten wir am Tisch gesessen und unser Essen war serviert worden. Von der anderen Seite des Löwengeheges hatte jemand riesige Fleischstücke hineingeworfen, um die Tiere zu füttern. Es wäre vielleicht in Ordnung gewesen, wenn das Fleisch nicht frisch und blutig gewesen wäre. Die Löwen hatten Blut im Gesicht gehabt, als sie um die besten Stücke gekämpft hatten.

Nachdem sie gefressen hatten, waren sie knurrend zu uns gekommen, hatten die Zähne gefletscht und uns mit ihrem bedrohlichen Auftreten beunruhigt. Sogar Sloan war es zu viel geworden. „Wir sollten gehen."

„Nur wenn du das wirklich willst", hatte ich gesagt, da sie nicht glauben sollte, dass ihre Idee für unser Date eine Pleite gewesen war.

Aber genau das war sie gewesen.

Mein Plan für diesen Abend war ganz anders. Ich hatte dafür den perfekten Ort unter einer riesigen Eiche am Ufer des Lake Travis gefunden. Im Grunde handelte es sich dabei nur um eine breite Stelle des Colorado River, aber die Leute sprachen trotzdem von einem See. Für unser Picknick hatte ich geräucherten Schinken, Bohnensalat, Spargelstangen und Mini-Apfelkuchen zum Nachtisch eingepackt. Außerdem hatte ich ein paar Flaschen Wein dabei. Ich würde dieses Date zu einem vollen Erfolg machen.

„Sloan", rief ich ihr zu, als ich durch die Haustür trat. „Ich bin bereit."

Als sie ins Wohnzimmer kam, sah sie süß aus in blauen Jeansshorts, Riemchensandalen und einem kurzen T-Shirt, das im Gehen ein wenig von ihrem Bauch zeigte. „Du hast gesagt, dass wir ein Picknick am See machen. Bin ich dafür richtig angezogen?"

„Oh ja. Du siehst heiß aus." Ich hatte noch mehr geplant, aber was ich später vorhatte, würde keine Kleidung erfordern. „Der Wagen wartet, Madam. Du wirst heute Abend einen echten Leckerbissen bekommen."

„Ich kann es kaum erwarten." Ich öffnete die Autotür für sie und sie küsste meine Wange. „Das wird Spaß machen. Ich kann es jetzt schon spüren."

Wir hatten unsere Tochter bei ihrem Onkel Patton abgesetzt, damit wir die ganze Nacht für uns allein hatten. „Ich hoffe, du hast das Nickerchen gemacht, das ich dir vorgeschlagen habe, als ich Audrey Rose vorhin zu Patton gebracht habe."

„Das habe ich." Sie fuhr sich mit den Händen über das Gesicht. „Fällt dir auf, wie frisch ich an diesem Samstagabend um sechs aussehe?"

„Du siehst frisch und ausgeruht aus." Ich nahm ihre Hand und hielt sie auf der Konsole zwischen uns fest, während ich in den Park fuhr. „Okay. Ich habe ein paar Regeln für heute Abend."

„Regeln?", fragte sie seufzend. „Hoffentlich nichts Verrücktes."

„Sie sind überhaupt nicht verrückt. Sie sind ideal, damit wir eine Nacht für uns allein haben." Ich wusste, dass ich Regeln für uns aufstellen musste. Als frischgebackene Eltern neigten wir dazu, viel über unser Baby zu reden. Das war großartig, aber es hinderte uns manchmal daran, wir selbst zu sein. „Regel Nummer eins: Keine Handys. Wir lassen sie die ganze Nacht im Auto. Wir werden sie überhaupt nicht überprüfen."

Sofort erfüllte Besorgnis ihre Augen. „Was ist, wenn Patton mit uns über unsere Tochter sprechen muss?"

„Das wird er nicht. Ich habe ihm bereits gesagt, dass wir unsere Handys nicht bei uns haben. Aber er weiß, wo wir sind. Wenn es also einen Notfall gibt, wird er zu uns kommen und uns Bescheid geben. Aber es wird keinen Notfall geben. Ich habe ihn dazu gebracht, mir das zu versprechen."

„Notfälle haben es an sich, dass sie ungeplant sind." Sie sah auf ihr Handy, als wäre es lebenswichtig. „Was ist, wenn ich verspreche, nicht hinzusehen, es sei denn, er ist es – kann ich mein Handy dann behalten?"

„Du weißt, dass du Anrufe und SMS erhalten wirst. Also nein. Du darfst meine Regel Nummer eins nicht brechen." Ich musste streng sein. „Okay, Regel Nummer zwei: Keine Gespräche über unsere

Tochter. Überhaupt nicht. Heute Abend geht es um dich und mich. Sonst nichts."

Noch ein Seufzer, aber sie stimmte widerwillig zu. „Also gut. Sonst noch etwas?"

„Nur noch eine Regel." Ich zog ihre Hand hoch, um sie zu küssen, bevor ich fortfuhr. „Du musst tun, was ich dir sage."

„Nein." Sie lächelte mich an. „Auf keinen Fall. Vergiss es."

„Ich werde dir nicht sagen, dass du etwas tun sollst, das dir schaden könnte. Komm schon, spiel mit, Sloan. Ich habe bei deinem Löwending mitgespielt, oder?"

„Ich weiß, dass du dieses Date gehasst hast." Sie schmollte und stemmte die Hände in die Hüften, während sich eine Linie auf ihrer Stirn bildete.

„Hör auf, die Stirn zu runzeln, oder du bekommst Falten", scherzte ich. „Und ich habe das Date geliebt. Willst du wissen, warum?"

„Das glaube ich dir nicht, aber sag es mir trotzdem." Sie entspannte ihre Gesichtsmuskeln, um die Linie auf ihrer Stirn loszuwerden.

„Ich habe es geliebt, weil du bei mir warst. Wäre es jemand anderer gewesen, wäre ich gegangen, bevor es überhaupt die Chance gehabt hätte, so grausam zu werden."

„Es war widerlich", stimmte sie mir zu. „So viel Blut."

„Und das unaufhörliche Knurren", fügte ich hinzu und wir schauderten beide. „Das, was wir heute machen, wird eine ganz andere Erfahrung sein. Eine ruhige Nacht unter dem Sternenhimmel."

„Hast du eine Decke mitgebracht, auf der wir sitzen können?" Sie sah zum Heck des Autos. „Du weißt, dass es in diesem dichten grünen Gras Herbstmilben gibt. Und sobald diese Dinge unter die Haut gelangen, juckt es schrecklich."

„Ich habe eine Decke mitgebracht. Du wirst allerdings mehr auf dem Rücken liegen als sitzen. Mach dir keine Sorgen. Ich habe die Decke bereits mit Insektenschutzmittel besprüht, um zu verhindern, dass uns irgendetwas stört."

„Nun, anscheinend hast du an alles gedacht, Mr. Nash. Ich kann mich glücklich schätzen, mit jemandem wie dir verabredet zu sein." Bei ihrem Lächeln schmolz etwas in mir, so wie immer, wenn sich ihre rosa Lippen auf diese Weise krümmten.

Ich bin derjenige, der sich glücklich schätzen kann.

————

SLOAN

Ich saß mit gekreuzten Beinen auf einer rotweiß karierten Decke und knabberte an einer Scheibe Schinken, während ich die Sonne betrachtete, die vor uns im Wasser zu versinken schien. „Oh Gott, ich liebe Sonnenuntergänge." Ich nahm mein Glas Wein und nippte daran, während ich die Sonne bewunderte, bis sie verschwand.

„Du lässt dir Zeit mit dem Abendessen, Mrs. Nash", sagte Baldwyn mit einem Lachen in seiner Stimme, als er den ganzen Behälter mit dem Bohnensalat leer aß. „Ich habe mehr als nur Essen für diese Nacht geplant."

„Ich denke, ich sollte mich beeilen, weil es schon dunkel wird." Ich wandte meine Aufmerksamkeit meinem Teller zu. „Es ist sehr gut. Danke, dass du alles vorbereitet hast."

„Es war mir ein Vergnügen. Ich liebe es, für dich zu kochen." Er rutschte hinter mich und seine langen Beine umgaben meinen Körper, als seine Arme sich um meine Taille legten und seine Lippen ihren Weg zu meinem Hals fanden. „Danke, dass du es genossen hast."

Ich verzehrte den Rest des Essens und beeilte mich, zu den wirklich guten Sachen zu kommen. Er wusste, dass es mich verrückt machte, wenn er meinen Hals küsste. Ich steckte den leeren Pappteller in den Müllsack, den er mitgebracht hatte, und sank zurück in seine Arme. „Ich bin fertig." Ich leckte mir die Lippen. „Und ich bin bereit."

Sein Mund eroberte meinen in einem sanften Kuss, der immer sinnlicher wurde. Ich verlor mich immer in seinen Küssen und auch diesmal war keine Ausnahme. Bevor ich wusste, wie mir geschah, lag ich flach auf dem Rücken und sein Körper bedeckte meinen.

Die Dunkelheit verbarg uns vor neugierigen Blicken, nicht dass es mich kümmerte. In diesem Moment interessierte mich nur mein Mann. Er wusste genau, was mir gefiel. „Oh, Baby, du machst mich verrückt nach dir."

„Ja?" Sehr zu meiner Enttäuschung zog er sich von mir zurück. „Komm schon." Er nahm meine Hand und zog mich hoch.

„Wir gehen nach Hause?" Damit war ich einverstanden. In unser großes Bett zu klettern, klang gut für mich.

„Nein." Er führte mich zum Wasser.

Das soll wohl ein Scherz sein. „Baldwyn, du denkst nicht daran, dass wir ins Wasser gehen, oder?"

„Doch. Und du musst tun, was ich sage." Er bewegte sich weiter das Ufer hinunter, bis gar kein Licht aus dem Park mehr auf uns schien. Dann blieb er stehen. „Ziehe dich aus."

Ich schüttelte den Kopf. Ich wollte nicht verhaftet werden, weil ich mich unsittlich entblößte. „Baby, das verstößt gegen das Gesetz."

„Warum habe ich wohl mein Portemonnaie im Auto gelassen und dich gebeten, deine Handtasche dort zu lassen? Man würde also keine Ausweise bei unserer Kleidung auf dem Boden finden. Alles, was wir tun müssen, wenn die Polizei kommt, um unsere Party zu beenden – was ich sehr bezweifele –, ist, die Küste hinauf zu schwimmen, bevor wir ans Ufer gehen und zum Auto rennen."

„Du hast an alles gedacht." Ich zögerte immer noch, mich auszuziehen und meine Kleidung irgendwo liegen zu lassen. „Was ist mit Schlangen?" Ich hasste Schlangen, ob sie giftig waren oder nicht. „Kommen sie nachts nicht raus?"

„Vertraust du mir nicht?" Er zog seine Hose aus, dann folgte sein Hemd, sodass nur noch seine Boxershorts übrig waren. „Komm schon, wage ein kleines Abenteuer, Baby."

„Ich erkenne dich nicht wieder, Baldwyn Nash." Aber ich wusste, dass es irgendwie romantisch war – wenn auch beängstigend. Ich sah mich um, um sicherzugehen, dass niemand in der Nähe war, und zog mich aus. „Nur damit du es weißt, du musst mich ins Wasser tragen, weil ich nicht in den matschigen Schlamm treten werde. Wer weiß, was dort lauert."

„Das hätte ich nie von dir verlangt." Er war immer ein Gentleman. „Komm schon, beeile dich. Ich glaube, ich höre jemanden kommen."

„Was?", flüsterte ich, als ich das letzte Kleidungsstück ausgezogen hatte. „Verdammt, Baldwyn!"

Er nahm mich in seine starken Arme und rannte ins Wasser. „Es ist schön kühl hier."

Das Wasser war bei ihm etwa taillenhoch, also schlang ich meine Beine um ihn, während ich meine Arme um seinen Hals legte. „Es ist kalt."

„Erlaube mir, dich zu wärmen." Seine Hände bewegten sich über meinen Rücken, während sein Mund meinen eroberte. Er hatte recht – mir wurde tatsächlich warm.

Und wie durch Zauberei nahm er mir all meine Sorgen. Ich konnte Stimmen in der Abendbrise hören, aber es war mir egal. Er ging tiefer ins Wasser, damit wir vor neugierigen Blicken verborgen blieben.

Er hob mich hoch und ließ meinen Körper über seine Erektion gleiten. „Oh ja", stöhnte ich, bevor er meinen Mund wieder in Besitz nahm. Als er mich leidenschaftlich küsste, tanzten unsere Zungen miteinander.

Die Stimmen kamen näher und er ging noch tiefer ins Wasser. Seine Hände umfassten meinen Hintern und bewegten mich in dem Rhythmus, den er wollte. Er ging noch einen Schritt weiter und ich spürte, wie das Wasser um uns herum rauschte.

„Scheiße!", schrie er, bevor die Strömung ihn herunterzog, und da wir miteinander verbunden waren, ging ich ebenfalls unter.

Ich trat mit den Beinen und drückte gegen seine Brust bei dem Versuch, mich zu befreien und wieder an die Oberfläche zu gelangen. Plötzlich fühlte ich seine Hand an meinem Fuß, die mich wieder nach unten zog.

Ich konnte in dem pechschwarzen Wasser nichts sehen, aber ich vermutete, dass Baldwyn an etwas hängen geblieben war. Obwohl kaum noch Luft in meiner Lunge war, drehte ich mich um und versuchte, zu ihm hinunterzugelangen.

Ich griff nach seiner Hand, die meinen Fuß umklammerte, und zog so fest ich konnte daran, aber er bewegte sich nicht. Ich hielt mich an ihm fest, damit ich ihn nicht verlor und von der Strömung mitgerissen wurde. Dann tastete ich mich seinen Körper hinunter, bis ich zu seinem Fuß gelangte und etwas darauf spürte.

Ich wusste nur, dass mein Mann ertrinken würde, wenn er sich nicht befreien konnte und ich ihn verließ, um Luft zu holen.

Meine Lunge brannte in meiner Brust, aber ich ignorierte den Schmerz, als ich an Baldwyns Fuß zerrte, bis er sich bewegte. Plötzlich trat er um sich und sein Knie traf meine Brust.

Was ich noch an Luft hatte, verließ meinen Mund. Aber mein Mann ergriff meine Hand und wir schwammen immer weiter nach oben, bis unsere Köpfe die Oberfläche erreichten.

Ich hustete und würgte und hatte keine Ahnung, was los war. Wir bewegten uns immer noch im Wasser, und zwar erstaunlich schnell. „Baldwyn?"

„Halte dich einfach an mir fest, Baby. Ich werde uns aus der Strömung herausbringen. Lass nicht los." Er nahm meine Arme und schlang sie um seinen Hals, sodass ich auf seinem Rücken lag.

Ich klammerte mich mit aller Kraft an ihm fest. „Ich werde nicht loslassen."

So sehr er auch versuchte, zur Seite zu schwimmen, weg von der Strömung – es funktionierte nicht. Wir trieben weiter den Fluss hinunter und dann hörte ich ein Geräusch, bei dem mir das Herz stehen blieb.

Bevor ich etwas sagen konnte, sagte er es für mich: „Vor uns ist ein Wasserfall. Du wirst versuchen müssen, alleine zu schwimmen, Sloan. Ohne deine Hilfe kann ich das nicht schaffen."

Ich wollte ihn nicht loslassen. Ich war mir sicher, dass wir auseinandergerissen werden würden. „Baldwyn, wir werden getrennt, wenn ich dich loslasse."

„Ja, ich weiß. Aber wir werden zusammen sterben, wenn du mich nicht loslässt."

Verdammt!

———

BALDWYN

Alles, was ich wollte, waren eine friedliche Nacht und Zeit für meine Frau und mich, um Spaß zu haben und etwas Neues auszuprobieren.

Ist das zu viel verlangt?

Ich musste davon ausgehen, dass dies der Fall war, denn was als Spaß und angenehme Momente begonnen hatte, war zu einer der tödlichsten Situationen geworden, in denen ich mich jemals befunden hatte. „Ich weiß nicht, ob ich stark genug bin, das zu tun", wimmerte sie.

Sloan war die stärkste Frau, die ich kannte. „Komm schon, du bist eine Kämpferin, Sloan. Du kannst das. Schwimme einfach zur Seite. Bewege deine Arme und tritt mit den Beinen, so gut du kannst. Wir schwimmen beide in diese Richtung, weil dort der geringste Widerstand herrscht. Wir werden wahrscheinlich an verschiedenen Stellen ans Ufer gelangen, aber wir werden es schaffen, Baby. Wir werden nicht den Wasserfall hinunter stürzen. Das darf nicht passieren. Verstanden?"

„Scheiße! Ich hasse das." Plötzlich lösten sich ihre Arme von mir und sie trat so wild um sich, dass das Wasser spritzte.

Als ich versuchte, in die gleiche Richtung zu schwimmen wie sie, hörte ich ein zischendes Geräusch. Dann ging ein Baum am Ufer vor uns in Flammen auf. Er musste von einem Blitz getroffen worden sein. „Oh nein!" Im nächsten Moment prasselte Regen auf uns. „Großartig."

Gott muss es heute wirklich auf uns abgesehen haben.

Als ich mein Bestes gab, um aus der Strömung herauszukommen, spürte ich, dass sie immer stärker wurde, je näher ich dem Wasserfall kam. Es war so stürmisch, dass die Regentropfen von der Seite kamen. Trotzdem versuchte ich, an Land zu kommen.

Da ich überhaupt nichts sehen konnte, hatte ich keine Ahnung, wo Sloan war. Der Gedanke versetzte mich in Panik, aber ich wusste, dass ich jetzt nicht durchdrehen konnte. Ich musste ans Ufer. Von dort aus würde ich mehr sehen und könnte mehr tun, um ihr zu helfen. Aber zuerst musste ich dorthin gelangen.

„Baldwyn!", hörte ich sie schreien. „Bist du da draußen?"

Erleichterung breitete sich in mir aus, als ich wusste, dass sie es an Land geschafft hatte. „Ja."

Ich strengte mich an und schwamm wie noch nie in meinem Leben. Als mein Fuß den schlammigen Boden berührte, hätte ich weinen können. Und ich war kein Mann, der weinte.

„Baldwyn?", rief sie erneut. „Achtung. Ich sehe etwas Großes im Wasser. Ich denke, es ist ein Teil des Baumes, der vom Blitz getroffen wurde."

Gerade als ich mich umdrehte, um zu sehen, wovon sie sprach, prallte es gegen mich. „Scheiße!"

„Nein!"

Das verdammte Ding stieß mich zurück ins tiefere Wasser und drückte mich zu dem Wasserfall. Der dichte Regen machte es mir unmöglich, etwas zu sehen. „Sloan! Geh und hole Hilfe. Ich werde den Wasserfall hinunter stürzen. Hole Hilfe!"

„Nein!", schrie sie. „Nein, Baldwyn. Hör mir zu. Schwimme unter Wasser in Richtung Ufer, bis du die Strömung nicht mehr spürst."

Ohne zu zögern, ließ ich mich sinken. Das Wasser bewegte sich immer noch schnell, aber es war viel leichter, so zu schwimmen. Außerdem konnte ich dem Baum ausweichen, als er davontrieb.

Schließlich fanden meine Beine Halt und ich gelangte an das schlammige Ufer, wo ich zusammenbrach. Ich war so erschöpft, dass ich nicht einmal die Energie aufbringen konnte, Sloan zu sagen, dass ich es geschafft hatte.

Als ich dort lag und versuchte, zu Atem zu kommen, spürte ich, wie der Boden unter mir bebte. Dann trat mir plötzlich jemand in die Rippen, bevor er auf mich fiel. „Oh!"

Sloan?

Ich griff nach ihr, nach allem, was ich erreichen konnte, und es stellte sich heraus, dass es ihr Oberschenkel war. „Ich habe dich."

„Baldwyn!" Ihre Lippen drückten sich auf meine Wange, während ich auf dem Bauch lag. „Du hast es geschafft!"

„Ja." Ich war mir nicht sicher, ob ich in guter Verfassung war oder nicht. Das Wasser war kalt gewesen und mein Körper war ganz taub. Aber ich war mir sicher, dass der Baum Spuren an mir hinterlassen hatte. „Ich glaube, ich brauche einen Krankenwagen. Glaubst du, du kannst zu unseren Kleidern zurückgehen, dich anziehen und ins Auto steigen, um den Notruf zu wählen?"

Ihr Körper zitterte, als sie anfing zu weinen. „Nein. Das darf nicht passieren. So sollte es nicht sein."

„Baby, ich weiß, dass es ärgerlich ist, aber du musst dich jetzt zusammenreißen und Hilfe holen. Ich habe nicht das Gefühl, dass ich im Moment laufen kann, und ich denke, das ist irgendwie schlecht." Ich wollte sie nicht in Panik versetzen, aber sie musste sich beherrschen, und zwar schnell. „Bei all dem Regen befürchte ich, dass das Wasser ziemlich schnell steigen wird."

„Ich werde dich weiter nach oben ziehen, damit das Wasser nicht zu dir gelangen kann." Sie stieg von mir herunter, nahm meine Hände und zog mich die Böschung hinauf.

Ich biss die Zähne zusammen. Der Schmerz war fast unerträglich, aber das konnte ich sie nicht wissen lassen. Es war keine Zeit, um mich vorsichtiger zu bewegen – wenn das überhaupt möglich war.

Ich war direkt in meiner Körpermitte getroffen worden. Innere Blutungen kamen mir in den Sinn. Und vielleicht auch ein paar gebrochene Rippen. Ich wusste nur, dass es unmöglich klang, jetzt aufzustehen.

„Okay", sagte sie. „Das sollte weit genug vom Wasser entfernt sein. Der Regen ist so schlimm, dass ich nicht sagen kann, in welche Richtung ich gehen muss."

Daran hatte ich noch nicht einmal gedacht. Ich holte tief Luft und versuchte, den Schmerz auszublenden, damit ich nachdenken konnte. Meine Frau war völlig nackt, also war es nicht so, als könnte sie ziellos herumrennen. „Wir wissen, dass wir flussaufwärts gelangt sind, also gehst du in diese Richtung."

„Natürlich, wie dumm von mir." Sie küsste meine Wange. „Ich habe solche Angst, Baby. Aber ich schaffe das. Ich hole dich hier raus. Mach dir keine Sorgen. Bleibe einfach hier liegen und entspanne dich."

„Versuche, dich zu beeilen. Bitte. Ich liebe dich, Sloan." Ich ergriff ihre Hand und wollte sie nie wieder loslassen. Aber ich musste es tun. „Jetzt laufe zurück. Aber sei vorsichtig."

„Ich liebe dich auch. Und ich werde so schnell wie möglich zu dir zurückkehren." Ihre Lippen drückten sich auf meine und mir war wieder nach Weinen zumute. „Halte durch, Baldwyn Nash."

„Das werde ich." Ich war mir nicht sicher, wie ich das tun würde, aber irgendwie würde ich es schaffen. Ich musste durchhalten. Ich hatte jetzt eine kleine Tochter und eine Frau und so viele Gründe, in dieser Nacht nicht zu sterben.

Der Regen ließ nicht nach, der Wind heulte wie verrückt und jedes Mal, wenn ich versuchte, mich zu bewegen, schmerzte mein Körper wie noch nie zuvor.

Gerade als der Schmerz etwas nachließ, hörte ich das Heulen einer Sirene. „Sie hat Hilfe für mich geholt."

Ich schloss die Augen und wartete, aber dann bemerkte ich etwas. Das Geräusch war lang und stetig, überhaupt nicht wie die Sirene eines Krankenwagens.

Das ist eine Sturzflutwarnung!

———

SLOAN

Gerade als ich das Auto erreichte und meine Kleidung möglichst schnell anzog, hörte ich eine Sirene in der stürmischen Nacht. „Das kann nichts Gutes bedeuten."

Meine Hände zitterten, als ich die Tür öffnete und mein Handy vom Beifahrersitz nahm. Ich wählte 9-1-1 und beugte mich in den Wagen, um aus dem Sturm herauszukommen. „9-1-1, was ist Ihr Notfall?"

„Mein Mann ist verletzt. Wir wurden im Park am Lake Travis in den Fluss gezogen. Ich musste ihn am Ufer zurücklassen. Er kann nicht laufen und er kann sich nicht wirklich bewegen. Sie müssen einen Krankenwagen schicken. Auf dem Parkplatz steht unser schwarzer SUV. Ich denke, es ist der einzige hier. Es ist schwer zu sagen, weil der Regen so stark ist." Ich nahm eine Taschenlampe aus dem Handschuhfach. „Ich denke, der Krankenwagen kann die Hauptstraße des Parks entlang fahren, um dorthin zu gelangen, wo mein Mann ist. Ich gehe jetzt zurück zu ihm und signalisiere den Sanitätern mit einer Taschenlampe unseren Standort."

„In diesem Bereich gab es gerade eine Sturzflutwarnung. Sie müssen Ihren Mann so weit wie möglich vom Wasser wegbringen. Ich schicke Ihnen jetzt einen Krankenwagen. Lassen Sie einfach die Taschenlampe an, damit wir Sie finden."

Ich hatte eine Idee. „Können Sie den Sanitätern meine Handynummer geben? Ich habe ein iPhone und wenn einer von ihnen auch eines hat und mich damit anruft, kann ich ihnen meinen genauen Standort mitteilen, sodass sie uns schneller finden können."

„Das mache ich. Gehen Sie jetzt zu Ihrem Mann."

Ich rannte zurück in die Richtung, aus der ich gekommen war. Ich musste ihn erreichen, bevor die Sturzflut ihn packte. Mein Herzschlag war so schnell wie meine Füße.

Zumindest hatte ich jetzt eine Taschenlampe und mein Handy, um den Weg zu erhellen, aber der unaufhörliche Regen machte es immer noch extrem schwer zu sehen, wohin ich ging. Der Fluss tobte nicht weit von mir entfernt, während das Wasser das Ufer hinauf strömte. „Baldwyn!", schrie ich. „Geh die Böschung hoch! Es ist eine Sturzflut!" Ich hatte keine Ahnung, ob er mich hören konnte oder nicht, aber ich musste versuchen, ihn darauf aufmerksam zu machen.

Bevor ich wusste, wie mir geschah, watete ich durch das Wasser, da der Fluss bereits angestiegen war. Ich bewegte mich weiter nach oben und schaffte es irgendwie, noch schneller zu rennen.

Ich lief an dem Baum vorbei, den der Blitz zuvor getroffen hatte, und konnte immer noch den Rauch riechen, der tief in dem dicken Stamm schwelte. Ich bin fast da!

Ich richtete die Taschenlampe auf die Stelle, wo mein Mann gewesen war, und fand nichts. „Baldwyn!"

„Hey!", ertönte seine Stimme. „Hier oben."

Ich folgte dem Klang seiner Stimme und ging mit meiner Taschenlampe darauf zu. Schließlich fand ich ihn, wie er auf dem Bauch den Hang hinauf kroch, um dem Hochwasser zu entkommen. „Gott sei Dank." Ich eilte zu ihm, packte seine Hände und zog ihn ganz hinauf.

Er keuchte und drückte sich an mich, als ich mich setzte und seinen Kopf auf meinen Schoß legte, um ihn aus dem Wasser herauszuhalten. „Danke, Baby. Du warst viel schneller, als ich dachte."

In der Ferne hörte ich die Sirene des Krankenwagens. Dann klingelte mein Handy. „Hier sind sie." Als ich den Anruf entgegennahm, wusste ich, dass wir gerettet waren. „Hier spricht Sloan Nash. Mein Mann und ich sind in Sicherheit. Wir sind direkt neben der Hauptstraße. Sie können uns nicht verfehlen."

„Wir sind auf dem Weg", informierte mich eine starke Männerstimme.

„Gut." Ich stopfte das Handy wieder in meinen BH. „Keine Dates mehr im Freien. Einverstanden?"

„Einverstanden." Er sah zu mir auf und seine blauen Augen leuchteten. „Ich liebe dich so sehr, du starke Frau."

„Und ich liebe dich, du starker Mann." Ich küsste ihn zärtlich und hörte, wie der Krankenwagen zu uns fuhr. „Jetzt wird alles gut."

Die Sanitäter stiegen aus und holten eine Trage. Als sie zu uns kamen, fragte einer von ihnen: „Hat er in der Flut seine Kleider verloren?"

Ich biss mir auf die Unterlippe, sah Baldwyn an und nickte. „Ja, genau das ist passiert."

Bei seinem Lächeln schmolz mein Herz. „Ich bin froh, dass du noch deine Kleider hast."

„Ich auch." Ich musste dankbar sein, dass ich wieder angezogen war.

Während sie ihn auf die Trage legten, stöhnte er schrecklich, aber ich sah nichts an seinem Oberkörper, als sie ihn umdrehten. Trotzdem machte ich mir Sorgen, als ich zu ihm in den hinteren Teil des Krankenwagens stieg.

Einer der Sanitäter stieg ein und setzte sich auf die gegenüberliegende Seite. „Also, mal sehen, was wir hier haben, Mr. ...?"

Ich antwortete für ihn: „Nash. Baldwyn Nash."

„Okay, Mr. Nash. Erzählen Sie mir, was passiert ist."

„Ein Baum hat mich gerammt." Er bewegte seine Hände zu seinem Oberkörper. „In diesem Bereich."

„Nun, zum Glück gibt es keine Schürfwunden, das ist gut. Aber lassen Sie uns hören, was in Ihnen vorgeht." Er legte sein Stethoskop auf Baldwyns Bauch, bewegte es und nickte dann. „Da drin sind Geräusche. Natürlich machen wir ein MRT, um zu sehen, was innerlich los ist. Der Arzt wird sich gut um Sie kümmern." Er deckte ihn mit einem weißen Laken zu. „Es ist verrückt, dass dieses Hochwasser einem die Kleider vom Leib reißen kann."

„Es ist wirklich verrückt", stimmte Baldwyn ihm zu.

„Ich bin nur froh, dass du nicht den Wasserfall hinunter gestürzt bist." Ich sah den Sanitäter an. „Das war meine größte Angst – dass wir ertrinken würden."

„Was meinen Sie?" Er sah zwischen uns hin und her. „In diesem Fluss gibt es keinen Wasserfall. Ich meine, zumindest nicht hier. Ich habe keine Ahnung, wie es weiter unten oder oben am Fluss ist, aber entlang dieses Abschnitts, der Lake Travis genannt wird, gibt es keinen Wasserfall."

„Wir waren also nie in Gefahr?" Ich fand das schockierend. „Was war dann dieses Rauschen?"

„Stromschnellen", sagte er. „Sie wissen schon, eine flache Stelle im Fluss, wo es Felsen gibt und das Wasser laut um sie herum rauscht."

„Eine flache Stelle?", fragte Baldwyn und sah mich an, als hätte ich etwas damit zu tun. „Sloan, du bist aus Austin. Warum wusstest du nicht, dass es hier keinen verdammten Wasserfall gibt? Wir hätten einfach weiter dem Fluss folgen können."

„Ich bin noch nicht oft in diesem Park gewesen, also wusste ich es nicht. Und du hast gesagt, es sei ein Wasserfall – nicht ich." Ich würde nicht die ganze Schuld auf mich nehmen. „Aber verdammt, es ist irgendwie dumm, dass wir ohne guten Grund so gekämpft haben."

Baldwyn und ich wurden beide still, bis wir im Krankenhaus ankamen. Das Wichtigste war jetzt seine Gesundheit. Wir mussten herausfinden, warum er solche Schmerzen hatte.

Als der Arzt ihn untersuchte und dann die MRT-Ergebnisse betrachtete, sagte er: „Sie haben Gas im Darm, aber ansonsten kann ich keine Probleme erkennen."

„Gas?", fragte Baldwyn. „Wie kann Gas so wehtun?"

Als eine Krankenschwester vorbeiging, rief der Arzt: „Bringen Sie Mr. Nash ein paar Tabletten gegen Blähungen und lassen Sie uns sehen, ob seine Schmerzen sich nicht in Luft auflösen." Er sah uns an. „Sie sind in ausgezeichneter körperlicher Verfassung. Ihre Muskeln haben den Baum abgelenkt, der Sie getroffen hat. Ich bezweifle, dass Sie überhaupt blaue Flecken haben werden. Vielleicht später. Ich denke, all die Anstrengungen, die Sie unternommen haben, um aus dem Wasser zu kommen, haben dazu geführt, dass sich Milchsäure in Ihren Muskeln angesammelt hat, sodass Sie jetzt dort Schmerzen haben. Und dann ist da noch das Gas. Vielleicht haben Sie etwas Falsches gegessen."

Baldwyn und ich sahen uns an, als wir gleichzeitig sagten: „Dieser verdammte Bohnensalat!"

Noch eine Date-Nacht-Katastrophe – aber das war garantiert die letzte!

Ende

FÜR LIEBE UND TACOS – JOES GESCHICHTE

Her Billionaire Hero Bonusgeschichte

Joe, der Taco-Koch, der von Baldwyn einen kostenlosen Aufenthalt im Whispers Resort und Spa für eine Flasche seiner herrlich leckeren scharfen Sauce erhalten hat, bringt seine Freundin Lola für eine heiße Nacht dorthin. Wird er bekommen, wonach er seit Jahren sucht? Oder wird sie ihn wieder zurückweisen?

JOE

Lola und ich waren in der Highschool ein Paar gewesen, aber das Leben hatte uns nach unserem Abschluss getrennt. Während ich meinen Job als Koch im Restaurant meiner Familie behalten hatte, war Lola zu ihrer Tante nach New York gegangen, um Modedesign zu studieren. Als sie vor einigen Jahren nach Austin zurückgekehrt war, war das Mädchen, das ich so gut gekannt hatte, fast nicht wiederzuerkennen gewesen.

Lola hatte sich während ihrer Abwesenheit zu einer erfolgreichen, anmutigen Frau weiterentwickelt. Mit ihrem neuen Status war sie völlig außerhalb meiner Liga.

Während der zehn Jahre in New York hatte sie sich mit Schauspielern, Anwälten, Models und sogar einem Kongressabgeordneten verabredet. Im gleichen Zeitraum war ich mit Kellnerinnen, Supermarktangestellten und einer Stripperin ausgegangen.

Mit neunundzwanzig war Lola zu ihren Eltern, Schwestern und Brüdern nach Austin zurückgekehrt und hatte gesagt, dass sie es vermisst hatte, Texanerin zu sein. Der New Yorker Lebensstil war nicht mehr das gewesen, was sie wollte oder womit sie sich wohlfühlte.

Ich hatte immer noch im Restaurant meiner Eltern gearbeitet und die uralten Rezepte gekocht, für die unsere Gäste immer wieder kamen. Es hatte keine Möglichkeit für mich gegeben, mich als Koch weiterzuentwickeln – das war alles, was ich bei meiner Arbeit dort gewesen war: Koch.

Lola war nach Hause gekommen und hatte sofort angefangen zu arbeiten. Sie hatte ihre eigene Boutique eröffnet und Kleidung verkauft, die sie entworfen hatte. In kürzester Zeit war es ihr gelungen, ihre Boutique in die Innenstadt von Austin zu verlegen. Dort hatte sie ihr richtiges Zuhause gefunden. Schon immer waren Besucher aus aller Welt in die Hauptstadt von Texas gekommen, ebenso wie Würdenträger aus anderen Ländern. Viele von ihnen hatten Lolas Boutique gefunden und sie war eine weltberühmte Designerin geworden.

Ich hingegen bereitete immer noch das gleiche verdammte Enchilada-Rezept zu, das mein Großvater Jahrzehnte zuvor geschrieben hatte. Ich hatte mich vor Lola versteckt und war jedes Mal in der Küche des Restaurants geblieben, wenn sie vorbeigekommen war, um mich zu besuchen. Ich hatte mich für das geschämt, was ich nicht geworden war, während sie etwas aus sich gemacht hatte, und war ihr ausgewichen.

Bis ich eine Idee gehabt hatte. Ich hatte mein eigenes Projekt begonnen. Mithilfe meines Cousins Phillipe hatte ich einen kleinen Imbisswagen gekauft, den wir J & Ps Tacos genannt und auf den Parkplatz eines örtlichen Lebensmittelgeschäfts gestellt hatten.

Dort hatte ich Rezepte ausprobiert und mir von den Kunden sagen lassen, was sie mochten und was nicht. Innerhalb eines Jahres hatte ich eine bewährte Speisekarte zusammengestellt und wir hatten genug Geld verdient, um einen weiteren Imbisswagen zu kaufen. Außerdem war unser Ruf so gut geworden, dass wir einen Platz in der Sixth Street in der Innenstadt bekommen hatten, nur drei Blocks von Lolas Boutique entfernt.

Inzwischen hatten die Leute unser Geschäft in Joe's Tacos umbenannt, weil ich das Reden und den Großteil des Kochens erledigt hatte. Phillipe hatte mir beim Vorbereiten und Geschirrspülen geholfen und war mein Ansprechpartner für alles andere gewesen. Als wichtiger Teil von Joes Tacos hatte er gespürt, was ich brauchte, bevor ich überhaupt danach fragen konnte. Wir hatten als Team zusammengearbeitet und gewusst, dass wir beide dazu beitrugen, das Geschäft erfolgreich zu machen.

Schließlich war ich Lolas Niveau nähergekommen und ein erfolgreicher Geschäftsinhaber geworden. Ich hatte außerdem begonnen, mich als Chefkoch anstatt als einfacher Koch zu betrachten.

In den letzten drei Jahren hatten wir ernsthaft und exklusiv gedatet. Ich hatte sie gebeten, bei mir einzuziehen, was sie höflich abgelehnt hatte, um ihre Unabhängigkeit zu behalten.

Ich wollte jeden Morgen mit ihr aufwachen und jeden Abend mit ihr ins Bett gehen. Ich wollte den Rest meines Lebens mit ihr verbringen. Ich wollte sie zur Mutter meiner Kinder machen. Aber anscheinend konnte sie das nicht erkennen.

Kürzlich hatten einer meiner Kunden und ich einen Deal gemacht. Ich hatte ihm eine Flasche meiner Taco-Sauce gegeben und er hatte mir eine kostenlose Nacht in seinem Luxusresort geschenkt. Mein Plan war einfach: Ich wollte mit meiner großen Liebe die Nacht dort verbringen und sie bitten, mich zu heiraten. Wenn sie mich zurückwies, würde ich unsere Beziehung beenden.

Wir waren beide kurz davor, fünfunddreißig zu werden, also gab es keine Zeit mehr zu verschwenden. Ich wollte in fünf Jahren nicht alleine aufwachen und immer noch keine Familie mit der Frau gegründet haben, die ich liebte.

Leider hatte ich mich nie getraut, Lola zu sagen, was ich wirklich wollte. Sie war außergewöhnlich und überhaupt nicht mehr wie das Mädchen, das ich in der Highschool gekannt hatte. Außerdem war sie wunderschön. Die Wahrheit war, dass ich ein wenig von ihr eingeschüchtert war. Und ich musste aufhören, mich so zu verhalten.

Sie hatte mir mehr als ein paarmal gesagt, dass ich mich nicht wie mein altes Ich benehmen sollte. Sie hatte gesagt, dass ich sie manchmal wie einen Star anschwärmte und ihr das überhaupt nicht gefiel. Sie wollte, dass ich wieder ich selbst war. Sie liebte mich für den Mann, der ich gewesen war und in den ich mich weiterentwickelt hatte.

Tatsache war, dass ein Teil von mir wusste, dass ich sie nicht verdient hatte. Sie war in jeder Hinsicht perfekt und ich ... nun ich war okay.

Ich zog die kleine graue Samtschatulle aus der Tüte des Juweliergeschäfts, nahm den goldenen Ring heraus und betrachtete den einzelnen Diamanten, der ihn zierte. Es war nicht viel, aber es erinnerte mich an die Zeit, als wir jung gewesen waren und alles einfacher gewesen war.

Ich wusste, dass ich aufhören musste, sie auf ein Podest zu stellen. Ich musste sie einfach als eine Frau betrachten – eine Frau, die ich mehr liebte als jede andere. Wenn ich das nicht konnte, würden wir nie eine Chance haben. Ich musste mich nicht nur ihrer würdig fühlen, sondern auch fest daran glauben.

Ich tippte eine SMS an sie und wusste, dass dies entweder der Anfang von etwas Schönem oder der Anfang vom Ende von uns war.

„Lola, ich hole dich heute Nachmittag um vier ab. Wir übernachten im Whispers Resort und Spa. Bereite dich auf einen romantischen Abend mit dem Mann vor, den du liebst."

Als ich mir die Worte auf dem Bildschirm meines Handys ansah, löschte ich sie fast wieder. So sprach ich normalerweise nicht mit ihr. Früher war ich ein Mann gewesen, der die Führung übernahm, jetzt war ich jemand, der bei allem immer erst fragte, ob es in Ordnung war.

Lass es so, wie du es geschrieben hast. Lass es so, wie du es gemeint hast.

Ich drückte auf ‚Senden' und musste auf das Schicksal vertrauen. Was könnte ich sonst tun? Nichts, was ich bisher getan hatte, hatte funktioniert, also musste ich neue Wege gehen.

Ich musste den Mann wiederfinden, der ich gewesen war, bevor

Lolas Erfolg und Schönheit mich in einen Schoßhund verwandelt hatten.

———

LOLA

„Lola, ich hole dich heute Nachmittag um vier ab. Wir übernachten im Whispers Resort und Spa. Bereite dich auf einen romantischen Abend mit dem Mann vor, den du liebst."

„Wow", war alles, was ich sagen konnte. Joe sprach normalerweise nicht so. Ich wollte fast zurückschreiben und fragen, wer er war. Aber die Art und Weise, wie mein Inneres bei dieser entschiedenen Art kribbelte, sagte mir, dass ich besser nichts tat, um es zu ruinieren.

„Ich bin bereit und warte. Das klingt aufregend."

Grace, eine meiner Angestellten, trat hinter mich. „Bereit wofür?"

Ich steckte mein Handy in meine Tasche. „Bereit für eine Nacht voller Romantik mit meinem Mann. Ich werde heute früher gehen. Anscheinend besuchen wir das neue Resort, das kürzlich eröffnet wurde." Ich plante bereits in Gedanken, was ich für diese romantische Nacht in meine Tasche packen müsste.

„Joe ist so ein süßer Kerl."

Ich nickte und wusste, dass er süß war. Aber er war nicht immer so gewesen. Er war immer ein guter Mensch gewesen, aber damals, als wir in der Highschool zusammen gewesen waren, war er auch ein Macho gewesen – auf eine gute Art und Weise.

Er hatte die Führung übernommen, als wir jünger gewesen waren. Jetzt, da wir viele Jahre später wieder zusammen waren, war er nicht mehr derselbe Mensch. Er war süß, nett und manchmal sogar schüchtern.

Ich hatte drei Jahre mit ihm verbracht und gehofft, dass der wahre Joe endlich wieder auftauchen würde. Ich wusste, dass mein Erfolg ihn einschüchterte. Ich wollte nur wissen, ob er das überwinden konnte oder nicht.

Ich hatte nicht vor, mein Geschäft für irgendjemanden aufzugeben. Ich konnte nicht zulassen, dass das, wofür ich so hart gearbeitet hatte, zugrunde ging, nur damit ich keinen Mann einschüchterte.

Joe würde lernen, darüber hinwegzukommen, oder wir würden unsere Beziehung beenden müssen. Und ich betete, dass er darüber hinwegkommen würde, weil ich den Mann liebte und schon immer geliebt hatte. Aber ich konnte mein Leben nicht mit jemandem teilen, der immer auf Eierschalen um mich herumlief, so als ob er mich jederzeit verlieren könnte.

Grace ergriff ein Abendkleid, das ich kürzlich entworfen hatte. Mit einem dünnen Schulterriemen auf einer Seite, einem Schlitz am rechten Bein und einem tiefen V-Ausschnitt, der bis zum Bauchnabel reichte, war das blassrosa Satinkleid eines meiner besten Designs. „Das solltest du heute Abend tragen."

Ich dachte, ich sollte mich etwas zurückhalten. Ich hatte Joe schon viele Male dabei erwischt, wie er mich mit Sternen in den Augen ansah, seit ich nach Hause zurückgekehrt war. New Yorker Stylisten hatten mich zu etwas gemacht, was ich vorher nicht gewesen war. Ich liebte meinen Look und wusste, was er mit den meisten Männern machte. Ich wollte nicht, dass er Joe zu etwas machte, das er nicht war, aber genau das war passiert. „Vielleicht sollte ich mich unauffälliger stylen."

Grace war eine erfahrene Frau Mitte fünfzig. Sie hatte in ihrer Zeit in der Modebranche viel vom Leben gesehen. Vor Jahren war sie Model gewesen, aber sie hatte alles aufgegeben, um Ehefrau und Mutter zu werden. Dann war ihr Mann gestorben, die Kinder waren weggezogen und sie war zu mir gekommen und hatte um eine Chance gebeten, in der Branche zu arbeiten, die sie geliebt und verlassen hatte. „Und warum nicht?"

Ich zuckte mit den Schultern und wollte nicht zu viel sagen. „Keine Ahnung. Du weißt, wie Joe ist. Ich bin sicher, er wird etwas Lässiges tragen. Ich muss nicht so aussehen, als würde ich zum Ball des Gouverneurs gehen."

Sie zog eine dunkle Augenbraue hoch und nickte, als sie das Kleid weghängte. „Du willst das Kleid nicht tragen, damit du ihn nicht überschattest, oder?"

„Ich denke nur, wir sollten zusammenpassen, das ist alles." Ich spürte, dass sie mir einen Vortrag halten wollte, und versuchte, dem aus dem Weg zu gehen.

„Dann solltest du ihn fragen, was er anziehen wird. Denkst du nicht?" Sie sah sich im Laden um und kniff die Augen zusammen.

Ich kannte Joes Stil. Ich musste ihn nicht fragen, was er anziehen würde. „Er wird eine braune oder schwarze Chino-Hose, die er bei Kohl's gekauft hat, tragen. Dazu ein Hemd, bei dem die beiden oberen Knöpfe offen sind, und seine cognacfarbenen Oxford-Lederschuhe. Und er wird das gleiche Aftershave tragen wie seit Jahren. Polo."

„Sag nichts gegen Polo, Lola." Sie zog ein rotes Kleid von der Stange und hielt es hoch. „Ich denke, darin würdest du großartig aussehen."

„Zu elegant. Sieh im Casual-Bereich nach." Ich wandte mich dem Spiegel zu und steckte meine langen Haare zu einem lockeren Knoten hoch. „Ich glaube, ich werde meine Haare heute Abend so tragen."

Sie schüttelte den Kopf und ließ mich wissen, was sie von der Idee hielt. „Ich kann sehen, was du tust, und ich werde das nicht zulassen, meine Liebe. Ich habe eine Idee. Wie wäre es, wenn du bei Jean Claud's nebenan einen Anzug, Schuhe und sogar ein neues Aftershave auswählst und Joe alles mit der Nachricht schickst, dass er es tragen soll, weil du passend gekleidet sein wirst?"

„Das will ich ihm nicht antun, Grace." Er war bereits von meinem Modestil eingeschüchtert. Ich wollte es nicht noch schlimmer machen.

„Warum hast du ihm noch keinen neuen Stil verpasst?"

Das hatte ich schon bei vielen Leuten getan. „Nun, er hat mich nicht darum gebeten."

„Vielleicht sollte er dich nicht bitten müssen." Sie legte das rote Kleid auf die Theke und setzte sich neben mich an die Make-up-Auslage. „Weißt du, Frauen und Freundinnen kaufen ihren Männern oft Kleidung, in der sie sie gerne sehen würden. Wir geben unseren Männern ein Aftershave, das uns gefällt. Einige von uns gehen sogar mit ihren Männern zum Friseur, damit der Schnitt genauso wird, wie wir es wollen."

„Ich möchte nicht so eine Freundin sein. Joe kann Joe sein. Ich möchte ihn nicht ändern. Ich liebe ihn so, wie er ist."

„Dann muss er das Gleiche für dich tun, Lola. Du bist eine erfolgreiche, schöne Frau, die weiß, wie man sich kleidet. Verstecke das nicht. Für niemanden."

Ich biss mir auf die Unterlippe und wusste, dass sie recht hatte.

„Hänge das rote Kleid zurück. Ich nehme das rosafarbene. Du hast recht, okay?" Ich hasste es, das zuzugeben, aber es stimmte. Nur nicht, was Joes Stil betraf. „Du hast jedoch nicht in allem recht."

„Das hat niemand", sagte sie mit einem Grinsen.

Ich sah mir das Resort online an. „Es gibt auch ein Spa. Ich hoffe, er hat eine Paarmassage für uns gebucht."

„Du könntest selbst eine buchen", sagte sie.

„Nein. Das überlasse ich ihm. Er hat das Date heute Abend geplant." Ich öffnete die Webseite des Restaurants im Resort und sah Fotos von Männern in schönen Anzügen und Frauen in Abendkleidern. „Dieser Ort ist wirklich gehoben." Jetzt begann ich, mir Sorgen zu machen, dass Joe nicht die richtige Kleidung haben würde. Aber andererseits hatte er vielleicht gar nicht geplant, dass wir dort aßen. „Ich nehme das Kleid und etwas Lässiges mit. Nur für den Fall, dass seine Pläne das Restaurant nicht beinhalten."

Es würde mich nicht stören, wenn er nichts anderes geplant hätte, als mich die ganze Nacht nackt und atemlos in seinen Armen zu halten.

Es war eine Weile her, dass er mir diese Seite von sich gezeigt hatte.

Vielleicht liegt das daran, dass diese Seite von ihm nicht mehr existiert.

JOE

„Ich erkenne mich kaum wieder." Ich drehte mich vor dem großen Spiegel in dem Herrenmodegeschäft um.

Der Verkäufer nickte zustimmend. „Sie sind nicht länger Joe, der Taco-Koch, soviel ist sicher."

Er hatte den perfekten schwarzen Anzug für das wichtigste Date gefunden, das ich jemals gehabt hatte. „Ich muss mir die Haare schneiden lassen, wenn ich den Look vervollständigen will."

Er griff in seine Jackentasche und zog eine Karte heraus. „Mein Stylist ist Henry im Vibe. Er wird Sie gut beraten."

Gehe ich, Joe Rivera, wirklich zu einem Stylisten?

Wenn ich mein Niveau verbessern wollte, um zu Lola zu passen, hatte ich vermutlich keine andere Wahl, als genau das zu tun. Ich nahm die Karte und dankte ihm: „Das wäre großartig, danke."

Drei Stunden später war es Zeit für mich, mein Mädchen abzuholen. Ich fühlte mich wie ein neuer Mensch. Nun, kein neuer – ich war wieder der Mensch, der ich gewesen war, bevor ich mein Selbstwertgefühl verloren hatte.

Als ich vor Lolas Haus anhielt, wollte ich gerade aus dem Auto steigen, um zu klingeln, als sie aus der Haustür trat und einen großen Koffer hinter sich her zog. Ich lief los, um ihn ihr abzunehmen. „Lola, lass mich das für dich machen, Baby."

Ich brauchte einen Moment, um zu bemerken, dass sie stehengeblieben war und ihr Mund offenstand. „Joe?"

Ich wusste, dass die neue Frisur und die neuen Kleider, die der Stylist ausgewählt hatte, einen Unterschied machten, aber erkannte sie mich wirklich nicht? „Ja, ich bin es. Joe." Ich musste lachen, als ich den Griff aus ihrer Hand nahm, meinen Arm um ihre Taille legte und sie zu mir zog. Nach einem sanften Kuss auf ihre geschminkte Wange gingen wir zum Auto. „Wir müssen uns beeilen. Ich habe einiges für uns geplant, angefangen mit einer Paarmassage."

„Wirklich?" Ihre Stimme klang ein wenig zittrig, als sie hinzufügte: „Joe, du … nun, du siehst wirklich gut aus. Deine Kleider auch."

Ich stellte ihr Gepäck in den Kofferraum und nickte. „Ja, ich habe einen Stylisten engagiert. Er hat eine neue Frisur und neue Kleider für mich ausgesucht. Er hat mich sogar dazu gebracht, eine Flasche Gucci Guilty zu kaufen, um das Polo zu ersetzen, das ich früher immer verwendet habe. Er sagte, dass ich ab und zu etwas verändern muss, damit es nicht eintönig wird."

„Es gefällt mir." Bei ihrem Lächeln und der wohlwollenden Art, wie ihre dunklen Augen über meinen Körper wanderten, wurde mir heiß. „Nein … ich liebe es." Sie packte mich an den Armen, zog mich zu sich und küsste mich mit einer Leidenschaft, die wir seit Langem nicht mehr geteilt hatten. „Ich kann es kaum erwarten, dich im Hotelzimmer allein für mich zu haben, Mr. Rivera."

Ich hätte das schon vor langer Zeit tun sollen!

Sobald wir das luxuriöse Hotelzimmer betraten, sah sie aus dem Fenster auf die Innenstadt. „Nachts, wenn alle Lichter angehen, wird die Aussicht spektakulär sein."

Ich blieb an der Tür stehen und konnte meine Augen nicht von ihr abwenden. „Ich denke, die Aussicht, die ich gerade habe, ist ziemlich spektakulär."

Ich ging zu ihr und ergriff einen der weißen, flauschigen Bademäntel, die auf dem riesigen Bett lagen. „Ziehe dich aus."

Sie hob die Augenbrauen und sagte kein Wort, als sie anfing, sich auszuziehen, bis das letzte Kleidungsstück auf den Boden fiel. Sie drehte mir den Rücken zu und wartete darauf, dass ich ihr den Bademantel anzog.

Ich wollte ihren schönen Körper nicht bedecken, aber die Massagetherapeuten würden bald hier sein. Ich küsste ihren Hals und flüsterte: „Ich liebe dich."

Sie streichelte meine Wange mit ihrer weichen Hand. „Ich liebe dich auch."

Lola und ich legten uns auf die Tische, die die Therapeuten nebeneinander aufstellten, hielten uns an den Händen und sahen einander in die Augen, als sie uns den Rücken massierten. Ich hatte so etwas noch nie gemacht, aber ich machte es gerne mit ihr. Ich war mir sicher, dass ich fast alles tun würde, solange sie dabei war.

Kurze Zeit später tranken wir Champagner, während wir ein Bad in der riesigen Wanne genossen. Als sie direkt neben mir lag und ihren Kopf an meine Schulter lehnte, fühlte ich mich wie der König der Welt. „Hast du jemals gedacht, dass ich so etwas für dich tun würde, Lola? Ich meine, damals, als wir Teenager waren."

„Nein, nie." Sie bewegte ihren Kopf und küsste meine Brust. „Aber ich liebe, dass du das für mich getan hast. Für uns."

Ich nahm das Glas aus ihrer Hand, stellte es mit meinem auf den Rand der Wanne und bewegte meinen Körper über ihren. Endlich waren wir so miteinander verbunden, wie ich es gewollt hatte, seit sie aus ihrer Haustür gekommen war. „Ich mag es, mit dir zusammen zu sein."

Sie strich mit ihren Händen über meine Schultern und meinen Rücken und stöhnte, als ich mich in ihr bewegte. „Ich bin auch gerne mit dir zusammen."

Es war viel zu lange her, dass ich die Führung in unserem Sexleben übernommen hatte. Ich hatte genug davon, wie ich gewesen war. „Lola, ich möchte nicht, dass es so weitergeht wie in den letzten Jahren. Ich denke nicht, dass das gut für uns wäre."

„Ich auch nicht." Ihre Nägel kratzten über meinen Rücken und ließen mich schaudern. „Es wäre schön, wenn du so weitermachen würdest wie jetzt. Du erinnerst mich daran, wie du früher warst."

„Ja, ich bin ein bisschen vom Kurs abgekommen. Ich fühlte mich deiner nicht würdig. Aber das liegt jetzt hinter mir." Das Wasser spritzte, als wir uns bewegten, und etwas davon schwappte aus der Wanne. „Ich wollte nichts überstürzen. Aber es ist Zeit, dass sich alles ändert."

„Gut." Sie wölbte ihren Rücken, um meinen Stößen zu begegnen. „Lass uns zusammen etwas Neues wagen, amante. Ich bin es leid, jemand zu sein, den du für perfekt und unerreichbar hältst."

„Du bist perfekt." Ich küsste sie leidenschaftlich und musste ihr zeigen, dass ich auch in gewisser Hinsicht perfekt sein konnte. „Und ich habe die Fähigkeit, dich perfekt zu lieben, corazón."

Ich drehte uns um, damit sie oben war und ich sie betrachten konnte. Sie legte ihre Hände auf meine Brust, als sich ihr Körper wie eine Schlange bewegte und mich eroberte.

Wir waren zurück. Wir passten so gut zusammen wie vor all den Jahren. Ich hatte nicht gedacht, dass ich sie jemals wieder so sehen könnte, aber jetzt sah ich sie so, wie sie wirklich war. Das Make-up war weg und die Haare waren feucht und klebten an ihrem Kopf. Lola war immer noch wunderschön, aber ihre Perfektion wies nun kleine Mängel auf, die das Make-up versteckt hatte.

Die Sommersprossen auf ihrem Nasenrücken und die Narbe an ihrer rechten Augenbraue, wo eine Platzwunde mit zwei Stichen genäht worden war, nachdem ihr Bruder sie versehentlich mit einem Baseball getroffen hatte. Diese Dinge machten sie für mich echt.

Ich verehrte die Frau, die sie geworden war, aber ich verehrte auch die Frau, die sie war, wenn der ganze Glamour weggespült wurde. „Ich glaube nicht, dass ich dir jemals gesagt habe, wie stolz ich auf das bin, was du aus dir gemacht hast."

Sie beugte sich vor und küsste mich sanft. „Danke. Ich habe dir auch nie gesagt, wie stolz ich auf dich und deinen Erfolg bin."

Es schien, als wären wir beide auf Eierschalen gegangen. Aber das würde jetzt enden.

Es muss jetzt und für immer enden.

———

LOLA

Er hielt mich fest im Arm und tanzte nach dem Abendessen mit mir. Er hatte wie früher die Führung übernommen, das Abendessen bestellt und dabei im Hinterkopf behalten, was mir gefiel. Joe kannte mich besser als jeder andere Mensch auf der Welt.

Das hatte mich davon abgehalten, mich jemals in einen der Männer zu verlieben, mit denen ich mich in New York verabredet hatte. Sie hatten nur die Person gekannt, die ich geworden war. Ich brauchte mehr als das. Ich brauchte jemanden, der wusste, dass ich manchmal schlechte Tage hatte, an denen ich nicht aufstehen wollte.

Joe wusste von diesen Tagen. Er kam dann zu mir und half mir, das Bett zu verlassen. Er ließ mich nicht in die Depression fallen, in die ich oft geraten war, bevor er und ich zusammengekommen waren.

Ich war ein dickes Mädchen gewesen. Und ich war nicht von allein dünn geworden, sondern als meine Großmutter, die geholfen hatte, uns großzuziehen, plötzlich an einem Herzinfarkt gestorben war. Ich hatte danach einfach nicht mehr essen können. Monatelang hatte ich nur ein wenig Brühe gegessen, die meine Mutter mir gebracht hatte.

Joe und ich waren seit der ersten Klasse in derselben Jahrgangsstufe gewesen. Wir hatten nicht immer die gleichen Kurse besucht, aber wir hatten uns gekannt. Als ich nach diesem langen, harten Sommer, als wir Grandma verloren hatten, wieder zur Schule zurückgekehrt war, hatte er nicht darauf geachtet, dass ich dünn geworden war. Stattdessen war er zu mir gekommen, um zu fragen, ob es mir gut ging.

Niemand sonst hatte mir diese Frage gestellt und ich hatte mitten im Korridor unserer Highschool begonnen zu weinen. Er hatte mich zu seinem Auto gebracht, wo wir uns während der gesamten ersten Unterrichtsstunde unterhalten hatten. Und als ich mich gefasst hatte, waren wir wieder zusammen hineingegangen.

Plötzlich hatte er jedes Mal an der Tür des Klassenzimmers gestanden, wenn einer meiner Kurse geendet hatte. Er war mit mir zum nächsten Kurs gegangen, hatte sich beim Mittagessen zu mir gesetzt und sein Bestes getan, um mich zum Lachen zu bringen.

Er hatte das Tag für Tag während des gesamten Schuljahres

getan. Und im nächsten Jahr. Am letzten Tag der Sommerferien, bevor wir unser Abschlussjahr begonnen hatten, hatten er und ich uns zum ersten Mal geliebt. Es war wunderschön und unglaublich gewesen.

Joe hatte mich um meiner selbst willen geliebt und ich ihn. Damals war nichts zwischen uns falsch gewesen. Keiner war besser als der andere gewesen. Niemand hatte sich überlegen oder unterlegen gefühlt. Wir waren einfach glücklich, jung und verliebt gewesen.

Und dann war ich gegangen. Als meine Tante mich eingeladen hatte, nach New York zu kommen, um etwas über die Modebranche zu lernen, hatte ich die Gelegenheit genutzt. Joe und ich hatten in der Nacht vor meiner Abreise beide geweint.

Wir hatten einander keine falschen Versprechungen gemacht. Wir hatten nicht versprochen, aufeinander zu warten. Wir hatten beide gewusst, dass meine Abreise bedeutete, dass das, was wir gehabt hatten, vorbei war. Und als ich in unsere Heimatstadt Austin zurückgekehrt war, hatte ich geglaubt, dass wir direkt dort weitermachen könnten, wo wie aufgehört hatten.

Das war nicht passiert. Eine Weile hatte er mich gemieden. Aber schließlich hatte er damit aufgehört und wir hatten begonnen, uns zu verabreden. Aber etwas hatte gefehlt. Er war nicht er selbst gewesen. Es war so gewesen, als hätte er Ehrfurcht vor mir, anstatt einfach nur in mich verliebt zu sein.

Man kann kein Leben mit jemandem aufbauen, der Ehrfurcht vor einem hat. Man kann nie der perfekte Mensch sein, für den man gehalten wird. Niemand ist perfekt. Niemand ist körperlich und geistig makellos.

Ich hatte Angst gehabt, dass Joe herausfinden würde, dass ich nicht perfekt zurückgekommen war, wenn ich nicht immer großartig aussah oder wenn ich einen schlechten Tag hatte und nicht aufstehen wollte.

Es war unmöglich, so zu leben – egal mit wem. Obwohl die Zeit im Resort unglaublich gewesen war und es so aussah, als wäre Joe wieder wie früher und würde mich einfach nur als Lola sehen, wusste ich, dass dies die letzte Nacht sein könnte, die wir jemals zusammen verbringen würden.

Ich konnte diese Lüge nicht mehr leben. Ich konnte den Druck, unter dem ich stand, nicht mehr ertragen.

Nach dem Ende der Musik führte er mich zurück zum Tisch und half mir, Platz zu nehmen. „Ich würde gerne mit dir über etwas Wichtiges reden, Lola."

Ich war froh, das zu hören, da ich auch mit ihm reden wollte. „Gut. Es gibt viel zu besprechen."

Er nahm seinen Platz ein und legte seine Hand um das Weinglas, aber er hob es nicht an. „Glaubst du, wir können wieder so sein, wie wir einmal waren?"

Ich war mir nicht sicher. Aber ich wollte ihn wissen lassen, warum das so war. „Joe, du kannst nicht erwarten, dass ich perfekt bin."

„Ich weiß."

Ich war froh, das zu hören. „Gut."

„Und du verdienst etwas Besseres als mich, soviel ist sicher." Er hob das Glas an, brachte es aber nicht an seine Lippen.

Mir gefiel nicht, was er sagte. „Das ist das Problem, genau das."

„Lass mich ausreden." Er trank einen Schluck und stellte das Glas ab, während er mich ansah. „Ich bin deiner nicht würdig, ob du das glaubst oder nicht. Aber niemand wird dich jemals mehr lieben als ich, Lola. Wenn du dick wirst, werde ich dich immer noch lieben. Auch wenn du es satt hast zu arbeiten und einfach nur zu Hause herumliegen und essen willst."

Ich unterbrach ihn. „Du wirst nicht zulassen, dass das passiert."

Nickend lächelte er. „Du kennst mich so gut. Du kennst mich besser als jeder andere. Und ich kenne dich."

„Wir können gut füreinander sein." Wenn er endlich aufhören würde, mich auf ein Podest zu stellen. „Ich möchte mein Geschäft weiter ausbauen. Ich möchte noch erfolgreicher sein als jetzt. Sag mir, was du darüber denkst."

„Ich denke, du kannst alles tun, was du willst." Er steckte seine Hand in seine Tasche, zog eine kleine Schatulle heraus und klappte sie auf, um mir den schlichten, aber eleganten Ring darin zu zeigen. „Unsere Liebe hat schlicht und einfach begonnen und ich möchte ihr mit diesem Ring gedenken."

„Du weißt, dass das ein Verlobungsring ist, oder?" Ich wollte sichergehen, dass er das wusste, denn wenn dies ein Heiratsantrag war, war es nicht wirklich offensichtlich.

„Nun, wenn ein Mann eine Frau bittet, seine Ehefrau zu werden, kauft er ihr einen Verlobungsring, nicht wahr?" Sein Grinsen war ansteckend, als er vor mir auf ein Knie sank. „Lola Vasquez, erweist du mir die große Ehre, meine Frau zu werden?"

Das habe ich nicht kommen sehen.

Ich konnte nicht glauben, dass er das tatsächlich tat, genau hier und jetzt. Es war erst ein paar Stunden her, dass er sein neues Aussehen und seine neue Einstellung zu mir erlangt hatte. Woher sollte ich wissen, ob er so weitermachen konnte?

Als ich in seine Augen sah, in die ich mich vor so vielen Jahren verliebt hatte, wusste ich in meinem Herzen, dass es immer nur einen Mann für mich gegeben hatte. Joe. „Ja, ich will dich heiraten, Joe Rivera." Ich streckte meine Hand aus und versuchte mein Bestes, um nicht zu weinen, als er den Ring auf meinen Finger schob, aber ich scheiterte und Tränen liefen über meine Wangen.

„Sieht so aus, als hätten wir unser Happy End gefunden, corazón."

Ja, ich denke, das haben wir.

Ende

FAKE IT FOR ME

Ein Milliardär Liebesroman

(Unwiderstehliche Brüder 5)

Jessica F.

———

Ich habe noch nie einen Freund in Not im Stich gelassen. Und er ist mein bester Freund.

Seine Familie war immer gut zu mir.

Wie könnte ich ihn jetzt abweisen, wenn er und seine Familie mich mehr brauchen denn je?

Ich kenne sie schon ihr ganzes Leben lang. Sie ist die jüngere Schwester meines besten Freundes. Der kleine Engel ihrer Familie.

Ich weiß, dass sie genauso wertvoll ist, wie ihre Familie glaubt.

Aber Perfektion ist nichts für die Ewigkeit und sie hat eine Entscheidung getroffen, die ihr Leben verändern wird – und meins.

Uns hat immer platonische Liebe verbunden.

Wird die Ehe – auch wenn sie nur zum Schein ist – diese Liebe in mehr verwandeln?

Wird ihr Bruder uns jemals seinen Segen geben, wenn tiefere Gefühle zwischen uns erblühen?

Ich habe meine Zweifel. Und ich mache mir Sorgen.

Aber ich kann nicht zulassen, dass meine Ängste mich daran hindern, sie zu meiner Frau zu machen – in jeder Hinsicht.

Ich kann nicht zulassen, dass jemand sich zwischen uns drängt, wenn es wahre Liebe sein könnte.

Wir werden eine richtige Familie sein – was es auch kostet.

KAPITEL EINS

PATTON

„Alejandra De La Cruz ist hier, um Sie zu sehen, Mr. Nash."

Alexa. Es war ein paar Jahre her, dass ich die jüngere Schwester meines besten Freundes gesehen hatte. „Schicken Sie sie zu mir, Callie."

In Houston waren Luciano De La Cruz und ich im Kindergarten Freunde fürs Leben geworden. Seine Familie war immer außergewöhnlich gut zu mir gewesen, nachdem meine Eltern bei einem Hausbrand ums Leben gekommen waren, als ich sechzehn war.

Als ich ihm erzählt hatte, dass das Resort und Spa, das meine Brüder und ich gerade in Austin eröffnet hatten, Personal suchte, hatte er mich gefragt, ob ich seine Schwester zu einem Bewerbungsgespräch für eine Stelle als Massagetherapeutin einladen könnte. Sie hatte gerade ihren Abschluss gemacht und versuchte, den Berufseinstieg zu schaffen. Es war mir eine Ehre, seine Schwester einzustellen, nach allem, was seine Eltern in der Vergangenheit für mich getan hatten.

Aber er wollte, dass ich trotzdem erst ein Bewerbungsgespräch mit ihr führte. Luciano wusste, dass sie die Gewissheit brauchte, dass sie den Job bekam, weil sie dafür qualifiziert war, und nicht nur, weil sie seine kleine Schwester war. Also spielte ich mit.

Ich traf sie mit offenen Armen an meiner Bürotür. „Alexa, ich bin so froh, dich zu sehen."

Schüchtern senkte sie den Kopf, als sie meine Umarmung erwiderte. „Patton, danke, dass du mir die Gelegenheit gibst, mich für eine Stelle in deinem wunderschönen Resort zu bewerben."

Ich ließ sie los und drehte mich um, um sie in mein Büro zu führen. „Nehmen Sie Platz, Miss De La Cruz." Ich wollte, dass sie das Gefühl hatte, ein richtiges Bewerbungsgespräch zu absolvieren. „Ich habe Ihren Lebenslauf gelesen und muss darauf hinweisen, dass Sie keine Berufserfahrung haben. Können Sie mir sagen, wie viel praktische Erfahrung Sie mit Massagen haben?" Ich nahm meinen Platz hinter dem Schreibtisch ein und verschränkte meine Finger ineinander, während ich auf ihre Antwort wartete.

Sie saß ganz gerade, ihre Haltung war perfekt und ihre Hände ruhten elegant auf ihren Oberschenkeln. Sie sah genauso aus wie der Profi, den wir suchten. „Mr. Nash", spielte sie mit, ohne von mir dazu aufgefordert worden zu sein. „Meine Ausbildung an der Academy of Therapeutic Massage war sehr umfangreich. Während ich alles über die verschiedenen Muskeln und die entsprechenden Behandlungsmethoden gelernt habe, habe ich täglich geübt. Das Programm dauerte achtzehn Monate und ich habe in diesem Zeitraum weit über zweihundert Massagen durchgeführt."

„Über zweihundert?" Das fand ich beeindruckend.

Ihr Styling war genau richtig für die Position, die sie anstrebte. Ihr langes, dunkles Haar war zu einem schönen, ordentlichen Pferdeschwanz zurückgebunden. Sie trug eine weiße Bluse mit einer schwarzen Hose und flachen schwarzen Schuhen. „Ja, Mr. Nash, über zweihundert. Ich habe meine Technik für die viszerale Massage mit Fokus auf die Bauchregion perfektioniert. Sie ist sehr hilfreich für Menschen, die an Rückenschmerzen leiden oder innere Verletzungen hatten, und sogar bei Verstopfung."

„Das klingt nach einer großartigen Therapie." Ich konnte bereits sehen, dass sie hervorragend in das Team passen würde, das wir im Whispers Resort und Spa aufbauten. Aber es gab ein großes Problem. „Alexa, ich habe Ihren Lebenslauf gelesen, also weiß ich, dass Sie das Zeug dazu haben, hier zu arbeiten. Die Therapien und Techniken, in denen Sie ausgebildet sind, scheinen genau das zu sein, wonach wir suchen. Ich habe allerdings Bedenken, wie Ihre Eltern reagieren, wenn Sie aus Ihrem Elternhaus in Houston nach Austin ziehen. Ich weiß, dass sie Sie beschützen wollen. Darf ich fragen, wo Sie im Falle eines Umzugs wohnen werden?"

Ich konnte sehen, wie sie sich wand und ihre Lippen zu einer dünnen Linie zusammenpresste, aber nur einen Moment lang, dann sah sie mir wieder in die Augen. „Meine Eltern haben Vorkehrungen getroffen, dass ich bei einem Diakon der örtlichen Kirche wohnen kann, wenn Sie mich einstellen, Mr. Nash. Diakon Soliz und seine Frau haben eingewilligt, mich bei sich aufzunehmen, da ihr Sohn schon seit einigen Jahren weg ist. Er studiert an der UCLA und ist nach Kalifornien gezogen. Sie sagten, dass sie froh wären, wieder jemanden im Haus zu haben."

Alexa war als Mädchen auf eine katholische Privatschule geschickt worden, während Luciano eine öffentliche Schule besucht hatte. Ihre Eltern hatten immer alles versucht, um sie vor Gefahren zu schützen. Es fiel mir schwer zu glauben, dass sie tatsächlich einverstanden sein würden, wenn sie so weit von zu Hause wegzog.

„Alexa, lass uns einen Moment lang als alte Freunde miteinander reden. Ich kenne das behütete Leben, das du zweiundzwanzig Jahre lang geführt hast." Luci und ich waren bei ihrer Geburt zehn Jahre alt gewesen. Sie war das, was Mrs. De La Cruz ihr kleines Wunder nannte – und Alexa war immer als solches behandelt worden. „Stehen deine Eltern hinter deinem Plan, zweieinhalb Stunden von ihnen entfernt zu arbeiten und zu leben?"

„Patton", sagte sie. Ihre dunklen Augen leuchteten und ihre vollen Lippen verzogen sich zu einem Lächeln. „Ich wäre nicht hier, wenn sie diesbezüglich nicht hinter mir stehen würden. Sie vertrauen dir – das weißt du. Und sie vertrauen Familie Soliz. Sie glauben fest daran, dass ich in guten Händen bin."

Das würde sie sein – zumindest bei mir. Ihre Naivität bereitete mir allerdings Sorgen. Sie hatte nach ihrem Highschool-Abschluss ein paar Jahre am Community College studiert, bevor sie die Massageschule besucht hatte. Die ganze Zeit über hatte sie zu Hause bei ihren Eltern gewohnt.

Nach Austin zu ziehen und allein zu leben, wäre eine große Veränderung für sie. Ich war mir nicht sicher, ob sie für die reale Welt bereit war. „Wenn du irgendwelche Bedenken bezüglich der Leute hast, bei denen du wohnen wirst, kommst du zu mir, okay?"

Ich wollte, dass sie wusste, dass ich immer für sie da sein würde, egal was geschah. „Dein Bruder ist mein bester Freund. Ich werde nicht zulassen, dass dir etwas passiert. Aber ich möchte sichergehen, dass du für alle Änderungen bereit bist, die sich ergeben werden, wenn du diesen Job bekommst."

„Ich möchte meine Freiheit genießen und Abstand von meinen Eltern bekommen, Patton. Ich liebe sie sehr, aber sie haben mich von so vielen Dingen abgehalten. Ich meine, ich musste meinen Cousin Baldo als Begleiter zum Abschlussball mitnehmen, weil sie niemandem sonst vertrauten." Ich konnte die Verzweiflung in ihrer Stimme hören, aber sie sah schüchtern zu Boden, während sie sprach, und rang ihre Hände auf ihrem Schoß.

„Ich wurde in vielerlei Hinsicht von der Welt abgeschirmt. Sie haben mir nicht einmal erlaubt, mich zu verabreden." Sie sah mich mit flehenden Augen an. „Ich bin zweiundzwanzig und durfte noch nie auf ein Date gehen. Nicht, dass mich jemand gefragt hätte, ob ich mit ihm ausgehen will." Sie wurde ein wenig rot. Dass sie nie gefragt worden war, war ein Schock für mich. Ihre Schüchternheit musste die Männer abschrecken – an ihrem Aussehen war sicherlich nichts auszusetzen. Oder an sonst irgendetwas an ihr.

Ich schüttelte diese Gedanken ab, als sie fortfuhr. „Aber ich möchte das hinter mir lassen und mich weiterentwickeln. Und das kann ich nicht, wenn meine Eltern die ganze Zeit neben mir stehen."

Sie hatte recht. Aber wie würde sie mit dieser plötzlichen Freiheit zurechtkommen? Ich musste sicherstellen, dass sie wusste, dass ich für sie da sein würde. „Alexa, solange du verstehst, dass du mit jedem Problem, jeder Sorge und auch sonst allem zu mir kommen kannst, denke ich, dass dies eine großartige Gelegenheit für dich sein könnte. Aber Unabhängigkeit hat auch ihre Schattenseiten. Du wirst all deine Rechnungen selbst bezahlen müssen und ganz allein für dich verantwortlich sein."

Sie nickte und schien darüber nachzudenken. „Ich habe ein eigenes Auto, das ich selbst finanzieren will, damit mein Vater es nicht mehr tun muss. Er hat mir in meinem Leben so viel gegeben und ich möchte diese finanzielle Belastung von seinen Schultern nehmen. Ich möchte auch dafür sorgen, dass meine Mutter weniger Stress hat. Ich weiß, dass sie sich voll und ganz für mein Wohler-

gehen verantwortlich fühlt. Hat Luciano dir von ihrer Herzerkrankung erzählt?"

Das hatte er nicht getan. „Nein." Ich runzelte die Stirn. Seltsam,
dass er mir etwas so Ernstes verschwiegen hatte.

„Vielleicht wollte er dich nicht beunruhigen, da du so beschäftigt
damit warst, das Resort zu bauen und in Betrieb zu nehmen. Er
sagte, du hättest die Innenausstattung überwacht." Sie sah sich wohlwollend in meinem Büro um. „Und ich muss sagen, dass du einen
fantastischen Job gemacht hast. Es ist schön hier."

So beschäftigt ich auch gewesen war – ich hätte mir gewünscht,
dass mein bester Freund wusste, dass ich Zeit für ihn hatte, wenn es
schlecht um die Gesundheit seiner Mutter stand. „Wie geht es ihr,
Alexa?"

„Sie hat gute und schlechte Tage." Ihre Augen glänzten, als sie
aufblickte und versuchte, nicht von ihren Gefühlen überwältigt zu
werden. „In letzter Zeit fühlte sie sich benommen und manchmal
hatte sie Schmerzen in der Brust. Dad brachte sie zum Arzt und es
wurde festgestellt, dass sie an Herzflimmern leidet. Sie hat eine
Arrhythmie und muss vorsichtig sein, weil so etwas Blutgerinnsel
verursachen kann. Stress ist besonders hart für sie."

„Und du machst dir keine Sorgen, dass dein Umzug sie belasten
wird?" Ich dachte, dass dem bestimmt so wäre.

„Ich denke, sie wird sich besser fühlen, wenn sie weiß, dass ich
auf mich selbst aufpassen kann. Ich glaube, das wird ihr etwas Trost
spenden, Patton."

„Vielleicht hast du recht. Aber wenn es ihr wieder schlechter geht,
musst du zu ihr, oder?" Ich war mir sicher, dass Alexa ihren Job im
Resort aufgeben würde, wenn ihre Mutter sie brauchte. „Nicht, dass
ich dagegen wäre, dich einzustellen, wenn dies der Fall ist. Ich frage
nur als Freund."

Sie nickte und schien zu verstehen, was ich meinte. „Ich würde zu
ihr gehen. Aber ich bin mir nicht sicher, ob ich dort bleiben würde –
es sei denn, meine Anwesenheit würde ihren Zustand verbessen. Ich
habe alles getan, was meine Eltern von mir verlangt haben. Ich habe
mein Leben zu ihren Bedingungen geführt. Es ist Zeit, dass ich mein
Leben zu *meinen* Bedingungen führe."

Es schien, als hätte sie viel darüber nachgedacht, wie sie der über-
triebenen Fürsorge ihrer Eltern entkommen könnte. Ich fragte mich,

wann genau sie begonnen hatte, eine aktivere Rolle bei ihren Entscheidungen zu spielen. „Alexa, wolltest du die Massageschule besuchen oder war das etwas, das deine Eltern wollten?"

„Ich verstehe, warum du mir diese Frage stellst. Du hast Angst, dass es nicht meine Leidenschaft ist, sondern ihre." Sie holte tief Luft und fuhr fort. „Es war meine Idee. Natürlich ging ich damit zuerst zu meinen Eltern, um herauszufinden, was sie darüber dachten, bevor ich mich entschied. Um ehrlich zu sein, hat mein Vater es zunächst nicht gutgeheißen. Er dachte, ich würde an einem zwielichtigen Ort arbeiten, an dem Männer bestimmte Dinge von mir erwarten."

„So etwas erlauben wir hier nicht", ließ ich sie wissen. „Wir haben einen strengen Verhaltenskodex für unsere Mitarbeiter. In deinem Vertrag findest du eine Klausel, die sexuelle Beziehungen zwischen Mitarbeitern und Gästen verbietet. Es wäre ein Grund für eine sofortige Entlassung, wenn wir einen Mitarbeiter in einer kompromittierenden Situation mit einem Gast erwischen – das gilt innerhalb und außerhalb dieses Resorts."

Da ich wusste, dass ich ihr die Stelle anbieten würde, konnte ich sie genauso gut über unsere Erwartungen informieren. „Wir erlauben hier auch kein Trinkgeld. Du wirst gut bezahlt werden. Es besteht keine Notwendigkeit, etwas von unseren Gästen anzunehmen. Keine Tickets für Sportveranstaltungen oder Eintrittskarten für Nachtclubs, nichts. Wir erwarten von dir, dass du ihre Angebote höflich ablehnst, ohne sie in irgendeiner Weise zu beleidigen. Unsere Gäste werden auf unsere Regeln aufmerksam gemacht, deshalb sollten sie dir ohnehin nichts anbieten."

„Ich verstehe." Ihre Lippen verzogen sich zu einem Lächeln. „Es hört sich so an, als würdest du mir sagen, dass ich tatsächlich hier arbeiten werde."

Sie hatte den Job schon gehabt, bevor ich auch nur ein Wort mit ihr gesprochen hatte. Aber ich wollte nicht, dass sie das wusste. „Ich finde, dieses Bewerbungsgespräch ist sehr gut gelaufen. Was denkst du?"

„Ich denke auch, dass es gut gelaufen ist. Ich weiß, dass ich eine Bereicherung für das Whispers Resort und Spa sein kann. Du kannst dich darauf verlassen, dass ich sowohl im Umgang mit unseren Gästen als auch mit den anderen Mitarbeitern professionell bin. Ich werde mir alle Regeln einprägen und sie ausnahmslos befolgen."

Ich wusste, dass sie gehorchen konnte, ohne irgendetwas infrage zu stellen. Sie hatte ihren Eltern nie widersprochen und war das gehorsamste Kind gewesen, das ich jemals gekannt hatte. Und auch das süßeste. Alexa war ein kleiner Engel gewesen und von ihren Eltern oft so genannt worden. Ihr Bruder nannte sie immer noch *princesa*.

Ich stand auf, ging um meinen Schreibtisch herum und streckte ihr meine Hand entgegen. Sie ergriff sie und wir besiegelten ihre Einstellung mit einem Handschlag. „Willkommen an Bord, Miss Alejandra Consuela Christina De La Cruz. Es ist mir eine Freude, Sie in unserem Team zu haben."

Ihr Grinsen reichte von einem Ohr zum anderen und ihr Gesicht strahlte vor Glück. „Ich werde Sie nicht enttäuschen, Mr. Nash."

KAPITEL ZWEI

ALEXA

„Mom, ich habe den Job bekommen!", verkündete ich aufgeregt, als ich zu meinem neuen Zuhause fuhr.

„Herzlichen Glückwunsch! Ich wusste, dass du es schaffen kannst", sagte sie. „Wie geht es unserem Freund Patton?"

„Ihm scheint es gut zu gehen. Er lässt euch grüßen. Ich soll dich und Daddy wissen lassen, dass er für euch auf mich aufpassen wird." Ich zitterte, als Adrenalin durch mich strömte. „Ahh! Ich kann es nicht glauben! Ich habe einen Job – den Job meiner Träume!"

„Ich bin so stolz auf dich. Dein Vater wird es auch sein. Ich werde ihn über die guten Neuigkeiten informieren, sobald er von der Arbeit nach Hause kommt. Fährst du jetzt zum Haus des Diakons, Alejandra?"

„Ja. Möchtest du ihn zuerst anrufen?" Ich war mir nicht sicher, was ich tun sollte, da mein Vater alle Vorkehrungen mit Diakon Soliz getroffen hatte.

Ich hörte das Rascheln von Papier. Dann sagte sie: „Ich habe die Nachricht gefunden, die dein Vater mir hinterlassen hat. Dort steht, dass man neun-sechs-neun-sieben auf der Tastatur eingeben muss, um ins Haus zu gelangen. Du hast die Adresse, oder?"

„Ja." Ich war überrascht, wie gut alles lief. Ich hatte solche Angst gehabt, dass ich mich bei so vielen Veränderungen auf einmal unwohl fühlen würde, aber alles, was ich fühlte, waren Glück und Aufregung.

„Hier steht auch, dass sowohl der Diakon als auch seine Frau arbeiten und erst um sechs Uhr abends nach Hause kommen. Du wirst also eine Weile allein im Haus sein. Ist das in Ordnung für dich? Wenn nicht, bin ich sicher, dass Patton dich bis dahin im Resort bleiben lässt."

„Ich würde eigentlich sowieso gerne ein bisschen Zeit allein im Haus verbringen. Das gibt mir die Möglichkeit, meine Sachen auszupacken, sodass ich, wenn meine Gastgeber nach Hause kommen, Zeit mit ihnen verbringen und sie ein bisschen kennenlernen kann." Ich war unglaublich optimistisch in Bezug auf das Bewerbungsgespräch gewesen und hatte alles mitgebracht, was ich für mein neues Leben brauchte.

Ich wusste, dass es seltsam sein würde, bei Menschen zu wohnen, die ich noch nie zuvor getroffen hatte, aber es lohnte sich, weil es mir endlich die Chance gab, selbstständig zu werden. Außerdem konnte ich immer noch zu Patton, wenn ich mich unwohl fühlte.

Patton und mein Bruder waren schon immer befreundet. Er war in meiner Kindheit fast jeden Tag bei uns zu Hause gewesen. Ich fühlte mich bei ihm wohl und hatte es immer getan. Er war ein bekanntes Gesicht in einem Meer von Unbekannten.

„Ich wusste, dass Patton dich einstellen würde. Er war schon immer ein guter Junge und jetzt ist er ein guter Mann. Ich bin froh, dass er und Luciano all die Jahre ihre Freundschaft aufrechterhalten haben." Sie seufzte schwer vor Nostalgie. „Wie gut, dass meine Kinder einen Mann wie ihn in ihrem Leben haben. Ich habe ihn immer gemocht."

„Ja, Mom, ich auch." Als Teenager war ich in ihn verknallt gewesen – nicht, dass er oder meine Familie jemals davon erfahren hatten. Er war zehn Jahre älter als ich und ich hatte irgendwann erkannt, dass aus meiner Schwärmerei niemals mehr werden würde. Er würde mich nie als etwas anderes als ein Kind betrachten. Also hörte ich auf damit, auf eine romantische Weise an ihn zu denken. *Aber der Mann ist im Laufe der Jahre noch heißer geworden.*

Als Junge hatte er das dichte, dunkle Haar eines jugendlichen Herzensbrechers gehabt. Als Mann trug Patton es ordentlich kurz, obwohl sich die widerspenstigen Locken unmöglich vollständig zähmen ließen. Das Blau seiner Augen wurde von seinen dunklen Wimpern betont. Er war immer muskulös gewesen und es war schön zu sehen, dass er offenbar immer noch regelmäßig trainierte. Ich fragte mich, ob seine Brüder auch so gut in Form waren.

Es bestand kein Zweifel, dass die Nash-Brüder mit guten Genen gesegnet waren. Aber es war Pattons starkes Kinn, das ihn wirklich von seinen Brüdern unterschied. Sie hatten weichere Gesichtszüge, während Pattons fester, kantiger Kiefer ihn hart erscheinen ließ. Es waren seine Augen, die ihn zugänglich machten. Sie zeugten von seinem tiefen Mitgefühl und seiner künstlerischen Natur. Er war ein einzigartiger Mann mit vielen faszinierenden Seiten.

„Mir wird gerade erst bewusst, dass du durch den schrecklichen Verkehr von Austin fährst. Dabei solltest du nicht telefonieren. Rufe mich an, sobald du dich eingelebt hast. Ich liebe dich und ich bin stolz auf dich. Ich weiß, dass dies die richtige Entscheidung für dich ist. Bis bald." Das war es – sie beendete den Anruf, ohne mich zu Wort kommen zu lassen.

Aber so war meine Mutter. Sie hasste es, bei dichtem Verkehr zu fahren. Nicht, dass sie es jemals tun musste – wir lebten am Stadtrand von Houston, wo wenig Verkehr herrschte. Sie fuhr zum örtlichen Supermarkt, zur Bibliothek und zur Kirche, aber das war alles.

Mein Vater war nicht viel besser. Er schaffte es zu seiner Arbeit als Leiter des Reinigungspersonals im Conoco-Gebäude in der Innenstadt von Houston. Er konnte an Wochentagen problemlos dorthin fahren. Aber wenn er meine Mutter im Auto hatte, wurde er nervös. Sie schnappte nach Luft, hielt ihre Brust umklammert und zitterte, sobald sie sah, dass ein anderes Auto auf dem Highway fuhr – das machte sie nicht zu einer allzu guten Beifahrerin. Es war zu viel für ihn.

Wenn sie in die Innenstadt wollten, fuhr Luciano sie, da er das Benehmen meiner Mutter ausblenden konnte. Aufgrund des Altersunterschieds zwischen uns war mein Bruder normalerweise derjenige, der sich darum kümmerte, was unsere Eltern brauchten, als sie älter wurden.

Mom war bei meiner Geburt vierzig gewesen. Als fromme Katholikin hatte sie nie irgendeine Form von Verhütungsmitteln benutzt. Sie hatte mit einundzwanzig unseren Vater geheiratet und es hatte acht Jahre gedauert, bis sie mit Luciano schwanger geworden war. Weitere neun Jahre waren vergangen, bis ich gefolgt war. Ich war das letzte Baby gewesen, das sie bekommen hatte.

Sie hätte Luciano auch ein Wunder nennen können, aber aus irgendeinem Grund hatte sie nur mich so genannt. Und als kleines Wunder musste ich jederzeit beschützt werden. Ich war auf eine katholische Mädchenschule geschickt worden, was nicht nur meine Sicherheit, sondern auch meine Keuschheit garantiert hatte.

Es schien ihre Mission zu sein, sicherzustellen, dass kein Mann mich jemals berührte – ich war ihr kleines Wunder und sie wollten nicht, dass irgendetwas es beschmutzte. Es hatte mich in Liebesdingen naiv gemacht. Und was Sex anging, wusste ich so gut wie nichts. Sexualerziehung war an der Schule, die ich besucht hatte, nicht Teil des Lehrplans gewesen.

„Ihr Zielort ist auf der rechten Seite", informierte mich das Navigationssystem.

Als ich in die Einfahrt einbog, sah ich zu einem schönen Haus auf, das viel größer war als erwartet. Da Familie Soliz nur einen Sohn hatte, hatte ich angenommen, dass es eher klein sein würde. Aber das Haus des Diakons sah so aus, als könnte eine ganze Armee von Kindern hineinpassen.

In der Einfahrt standen keine Autos, aber es gab eine Garage mit Platz für zwei Wagen. Ich versuchte, sie nicht zu blockieren, da ich mir sicher war, dass der Diakon und seine Frau dort parken würden, wenn sie nach Hause kamen.

Nachdem ich mein Gepäck aus dem Kofferraum meines Autos geholt hatte, ging ich den Weg zum Haus hinauf und gab den Code in die Tastatur an der Tür ein. Ich hörte ein Klicken und trat ein.

Der Eingangsbereich wurde durch ein Fenster ganz oben an der mindestens fünf Meter hohen Wand gut beleuchtet. Auf einem Schreibtisch an der gegenüberliegenden Wand fand ich eine Vase mit frischen Blumen und eine Nachricht mit meinem Namen.

Alejandra,

wir freuen uns, dass du den Job bekommen hast und bei uns wohnen möchtest. Bitte fühle dich wie zu Hause. Im Kühlschrank sind Getränke und du kannst alles essen, was du willst. Es ist nicht schwer, mit uns auszukommen. Halte einfach Ordnung und alles wird gut.

Wir sehen uns gegen sechs.

Diakon Soliz und Mrs. Soliz

„Also hast du den Job bekommen?", hallte plötzlich eine Männerstimme durch den Raum.

Ich zuckte zusammen und schnappte nach Luft. „Was?"

Ein großer, muskulöser Mann in meinem Alter, der die Hände in die Taschen seiner Blue Jeans gesteckt hatte, kam um die Ecke. Seine goldenen Augen leuchteten, als er mich von oben bis unten ansah.

Mir wurde heiß, als mich Verlegenheit erfüllte, aber er schien sich meines Unbehagens nicht bewusst zu sein. „Alejandra, richtig?" Mein Name rollte als tiefes, leicht akzentuiertes Knurren von seiner Zunge.

Ich erinnerte mich an meine Manieren und streckte meine Hand aus. „Ich bin Alejandra De Le Cruz. Und ja, ich habe den Job bekommen."

Er ergriff meine Hand, schüttelte sie aber nicht. Stattdessen drehte er sie um und küsste sie, bevor er mich näher an sich zog. „Ich bin Alejandro Soliz. Es ist mir eine Freude, dich kennenzulernen, Alejandra."

„Die Leute nennen mich Alex." Ich zog meine Hand aus seiner, als ich spürte, dass meine Handfläche anfing zu schwitzen.

„Darf ich dich Alejandra nennen? Das ist so ein schöner Name." Er lächelte charmant, als er einen Schritt zurücktrat. „Gestatte mir, dir dein neues Zuhause zu zeigen."

Ich war mir nicht sicher, was ich von dem jungen Mann hielt, der eigentlich gar nicht zu Hause sein sollte. Zumindest hatte mein Vater das gesagt. „Studierst du nicht an der UCLA?"

„Doch." Er drehte sich um und blieb stehen, um darauf zu warten, dass ich ihm folgte. „Ich bin für einen kurzen Besuch hier. Vorgestern war der Geburtstag meines Vaters und ich bin für eine Woche nach Hause gekommen, um bei ihm zu sein."

„Wie rücksichtsvoll von dir." Er schien nett zu sein. „Du musst deiner Familie sehr nahestehen." Das tat ich auch.

„Das tue ich wirklich. Ich bin ihr einziges Kind, weißt du?" Seine Hand bewegte sich über meinen Rücken und ich bekam Gänsehaut. „Ich zeige dir dein Zimmer, damit du dein Gepäck abstellen kannst."

„Dieses Haus ist viel größer, als ich dachte." Ich hatte Glück, dass er da war, um mich herumzuführen. „Ich glaube nicht, dass ich herausfinden könnte, welches Zimmer mir gehört, wenn niemand hier wäre, um es mir zu sagen."

„Ich freue mich, dir zu Diensten zu sein, Alejandra." Er führte mich einen langen Flur hinunter und blieb an der letzten Tür auf der linken Seite stehen. „Das ist mein Zimmer." Dann drehte er sich nach rechts. „Dein Zimmer ist hier, direkt gegenüber."

Etwas daran sorgte dafür, dass mein Magen sich zusammenzog und ich wieder ins Schwitzen geriet. Es gab vier weitere Türen auf dem Flur, aber unsere Zimmer waren ganz am Ende. Es fühlte sich für mich etwas weit weg von den Hauptbereichen des Hauses an.

Er griff an meinem Körper vorbei nach der Tür, öffnete sie und schob mich in das große Zimmer. Es war elegant eingerichtet und verfügte über zwei Türen, eine auf der rechten und eine auf der linken Seite. „Wohin führen diese Türen?"

Er zeigte auf die rechte Tür und sagte: „Dort ist dein Badezimmer und hinter der anderen ist dein begehbarer Kleiderschrank." Er deutete auf das große Bett. „Und das ist dein Bett. Möchtest du es ausprobieren?"

Ich verstand nicht, was er damit meinte, aber ich wollte mich nicht vor ihm hinlegen. „Schon okay, ich vertraue darauf, dass es bequem ist. Das ist ein schönes Haus."

Er nickte, als er mein Gepäck aus meiner Hand nahm und dabei meine Finger streifte. „Und groß." Er rollte meinen Koffer zum Schrank, öffnete die Tür und stellte ihn hinein. „Komm, ich zeige dir den Rest des Hauses. Das Schlafzimmer meiner Eltern ist auf der anderen Seite." Er kam zu mir zurück, während ich wie erstarrt dastand.

Ich hatte keine Ahnung, warum seine Worte eine solche Reaktion bei mir auslösten, aber ich fühlte mich seltsam. In mir wirbelte ein bedrohliches Gefühl, vermischt mit Neugierde, Vorfreude und einem Hauch von Angst, herum. „Also sind nur du und ich hier am Ende des Flurs?"

„Nur wir beide." Seine Hand glitt über meine Seite und legte sich wieder auf meinen Rücken. „Komm."

Meine Füße bewegten sich, aber mein Kopf sagte mir, ich solle bleiben, wo ich war, ihn aus meinem Zimmer werfen und darauf warten, dass seine Eltern nach Hause kamen, bevor ich mich wieder nach draußen wagte. Trotzdem folgte ich ihm.

Ich wollte nicht wie eine schüchterne Jungfrau wirken. Genau das war ich, aber ich wollte nicht, dass er das wusste.

Ich war noch nie in meinem Leben ganz allein mit einem Mann gewesen – schon gar nicht mit einem Mann in meinem Alter. Ich wusste nicht, wie ich mich verhalten sollte. Und aus irgendeinem Grund hatte ich das Gefühl, dass dieser Mann Sex mit mir haben wollte.

Ich wusste, dass das absurd war, da wir einander völlig fremd waren, aber das Gefühl wurde stärker, als er mich durch das Haus führte und mit seinem romantischen spanischen Akzent sprach. „Die Küche." Er blieb stehen, um den Edelstahlkühlschrank zu öffnen. „Hast du Lust auf einen Drink? Ein Glas Wein?"

„Das sollte ich wirklich nicht tun." Ich hatte immer nur zu besonderen Anlässen ein Glas Wein trinken dürfen. Mit einem Mann Alkohol zu trinken – einem Mann, der sich sehr für mich zu interessieren schien – war vermutlich eine schlechte Idee.

Noch nie hatte ich männliche Aufmerksamkeit auf mich gezogen. Diese Erfahrung war mir fremd. Es war ein bisschen beängstigend, aber zugleich irgendwie aufregend.

KAPITEL DREI

PATTON

Alexa arbeitete seit drei Wochen im Resort, als ihr Bruder nicht länger warten konnte und nach ihr sehen musste. Wir trafen uns spät am Abend auf einen Drink, nachdem Luciano zum Abendessen im Haus des Diakons gewesen war. „Ah, da bist du ja." Ich stand auf, um ihn zu begrüßen.

„Es ist schön, dich zu sehen, Patton." Er umarmte mich. Dann setzten wir uns an den kleinen Tisch.

Ich winkte der Kellnerin zu und bestellte ihm einen Drink. „Scotch. Und ich nehme noch ein Guinness." Ich wandte meine Aufmerksamkeit meinem ältesten und besten Freund zu und fragte: „Also, wie war das Abendessen mit der Familie des Diakons?"

Die Art und Weise, wie er die Stirn runzelte, sagte mir, dass es nicht so gut gewesen war, wie er gehofft hatte. „Ihr Sohn ist vom College nach Hause gekommen. Hat Alexa dir davon erzählt?"

„Ja." Ich hätte nicht gedacht, dass der Kerl etwas war, worüber man sich Sorgen machen musste. „Sie sagte, dass alle sehr nett zu ihr sind."

„Es gefällt mir nicht, wie er sie anstarrt." Luciano schüttelte den Kopf. „Ich nehme an, seine Eltern sehen nicht, was ich in den Augen ihres Goldjungen sehe. Er ist scharf auf sie, Patton. Er sieht meine kleine Prinzessin mit allzu viel Interesse in seinen verdammten

Augen an. Und sie scheint es nicht zu bemerken, genauso wie seine Eltern."

„Vielleicht bildest du dir das als großer Bruder nur ein, Luci." Das fand ich wahrscheinlicher. „Sie hat nichts darüber gesagt, dass er sie in irgendeiner Weise belästigt."

„Denkst du nicht, dass sie hübsch ist?", fragte er mich mit großen Augen. „Glaubst du nicht, dass ein junger Mann in seinem Alter sich zu ihr hingezogen fühlt?" Die Kellnerin brachte unsere Getränke und Luci nahm sein Glas und trank einen großen Schluck Scotch. Er musste extrem angespannt sein, um so etwas zu tun.

„Alexa ist wunderschön und das weißt du auch." Mit ihren glänzenden, langen, dunklen Haaren und ihren großen Augen war sie eine wahre Schönheit. „Und ich kann nachvollziehen, dass sich ein Mann zu ihr hingezogen fühlt. Ich denke nur, dass sie etwas zu mir gesagt hätte, wenn es dieser Kerl auf sie abgesehen hätte."

„Ich glaube nicht, dass sie überhaupt merkt, was er tut." Er trank noch mehr Scotch, bevor er hinzufügte: „Er ist geschickt, Patton. Verdammt geschickt."

Das ergab Sinn. Alexa hatte nicht viel Erfahrung mit Männern – möglicherweise nahm sie keine unheimlichen Schwingungen wahr, wenn der Kerl sich wirklich so geschickt anstellte. „Vielleicht hast du recht, Luci. Sie hat bisher ein sehr behütetes Leben geführt. Warum redest du nicht einfach mit dem Kerl und machst ihm klar, dass deine Schwester tabu ist? Es wäre nicht das erste Mal, dass du das tust." Ich hatte schon oft gesehen, wie er irgendwelche Jungen in die Flucht geschlagen hatte, die den Mut gehabt hatten, an die Tür zu klopfen und nach Alexa zu fragen.

„Ich fürchte, wenn er seinen Eltern sagt, dass ich ihn in irgendeiner Weise bedroht habe, werden sie nicht mehr wollen, dass Alexa bei ihnen wohnt. Das würde meine Mutter aufregen und das will ich nicht." Die Erwähnung seiner Mutter erinnerte mich daran, dass er mir nichts über ihre Krankheit erzählt hatte. „Luci, Alexa hat mir von den Herzproblemen deiner Mutter erzählt. Warum hast du mir nichts davon gesagt, als sie erkrankt ist?"

„Du warst so beschäftigt, Patton. Ich wollte dich nicht mit meinen Sorgen belasten. Und es ging ihr gar nicht so schlecht. Wenn es schlimmer gewesen wäre, hätte ich dir davon erzählt." Sein Lächeln sagte mir, dass er meinte, was er sagte. „Verstehst du, warum ich sie nicht aufregen will?"

„Ja." Wer würde nicht zögern, seine Mutter in Aufregung zu versetzen, wenn schlechte Nachrichten sie umbringen konnten?

Schnaubend schüttelte er den Kopf. „Ich weiß nicht, was ich tun soll. Ich vertraue diesem Kerl nicht. Weißt du, dass er anfangs nur eine Woche bleiben wollte? Aber er hat seine Pläne geändert und bleibt jetzt den ganzen Monat. Ich denke, das liegt nur daran, dass Alexa da ist."

Da war ich mir nicht so sicher. „Sie arbeitet viel, Luci. Sie geht abends nach Hause, legt sich ins Bett, steht morgens wieder auf und kommt zur Arbeit. Ich glaube nicht, dass sie überhaupt Zeit mit ihm verbringt."

„Ich weiß nicht." Er sah weg und war eindeutig in Gedanken versunken. „Ich habe einfach ein schlechtes Gefühl."

„Das ist albern." Er und seine Eltern übertrieben in Bezug auf Alexa immer so sehr. „Du musst deiner Schwester vertrauen. Sie ist ein guter Mensch. Sie würde sich nicht mit einem Versager einlassen."

„Ich weiß, aber du hast es selbst gesagt – sie ist naiv." Er tippte mit dem Finger auf die Tischplatte. „Der Kerl ist schlau. Und er sieht gut aus. Ich kann sehen, dass er es gewohnt ist, Frauen zu verführen. Aber wenn er meine kleine Schwester anrührt, muss ich ihn umbringen."

„Sei nicht so dramatisch", sagte ich und versuchte, ihn daran zu erinnern, dass er dazu neigte, bei Alexa so zu sein. „Lass das Mädchen ein bisschen leben. Außerdem kannst du ihn nicht einfach umbringen, Luci."

Nachdem er ausgetrunken hatte, stellte er das Glas mit einem lauten Knall auf den Tisch. „Das ist nicht ganz richtig, Patton. Ich kann ihn umbringen. Ich darf mich nur nicht erwischen lassen."

Ich lachte, weil ich diese Seite von ihm schon mehr als einmal gesehen hatte, wenn es um seine Schwester ging. Aber damals war sie ein Teenager gewesen. „Du weißt, dass deine Schwester jetzt zweiundzwanzig ist, oder? Und dass sie noch nie ein Date hatte. Das ist ziemlich traurig."

Er winkte der Kellnerin zu und bestellte noch einen Drink. „Ich finde es überhaupt nicht traurig. Meine Eltern und ich haben bisher hervorragende Arbeit geleistet, um sicherzustellen, dass sie nicht ausgenutzt oder in irgendeiner Weise verletzt wird." Er reichte der Kellnerin sein leeres Glas und nahm ein volles entgegen. „Danke, *mi amor*."

Die hübsche Kellnerin wurde rot, als sie nickte. „Bitte."

Er beobachtete sie, als sie wegging, und ich konnte angesichts seiner Heuchelei nicht schweigen. „Du darfst also ein Sexleben haben, deine Schwester aber nicht."

„Erwähne Sex und meine Schwester nicht im selben Satz, Patton." Er zwinkerte mir zu. „Und ja, ich darf das und sie darf es nicht. Sie ist ein unschuldiges Baby. Das weißt du doch."

Ich wusste nicht, ob er jemals aufhören würde, sie als etwas anderes als seine kleine Prinzessin zu betrachten. „Sie ist kein Baby. Ich stimme dir zu, dass sie unschuldig ist, aber sie ist kein Baby. Sie ist eine junge Frau, Luci. Sie hat es verdient, einen Vorgeschmack auf die Liebe zu bekommen – oder auch nur auf Sex –, wenn sie das will."

„Liebe kann ich gutheißen. Sex mit irgendeinem schmierigen Frauenhelden nicht." Er zeigte zur Decke und fuhr fort: „Sie ist ein Geschenk des Himmels. Mit solchen Geschenken muss man vorsichtig sein. Also werde ich weiterhin *dramatisch* sein, wie du es nennst, bis sie den richtigen Mann für sich gefunden hat." Er verschränkte die Arme und nickte. Offenbar war er überzeugt davon, im Recht zu sein.

„Und dieser Mann wird sie so lieben und wertschätzen, wie sie es verdient", fuhr er fort. „Er wird vor der Hochzeit nicht einmal an Sex denken. Er wird alles richtig machen. Wir haben sie dazu erzogen, daran zu glauben." Er nickte erneut und sah aus, als hätte er sich selbst überzeugt. „Vielleicht wird sie diesen Idioten allein loswerden. Das haben wir ihr beigebracht und sie hat immer getan, was wir ihr gesagt haben. Vielleicht muss ich diesen kleinen Mistkerl doch nicht umbringen."

„Ich denke, du solltest nicht mehr davon sprechen, jemanden umzubringen." Ich sah zu einem Tisch nicht weit von unserem, an dem ein uniformierter Polizist mit seiner Freundin saß. „Wir wollen nicht, dass jemand einen falschen Eindruck bekommt."

Er folgte der Richtung meines Blicks und sah, was ich meinte.

„Oh, ich habe ihn gar nicht gesehen. Vielleicht sollte ich mich beruhigen."

„Das denke ich auch. Und ich denke, dass Alexa eine kluge junge Frau ist. Sie will bestimmt keine Kerbe auf dem Bettpfosten eines Mannes werden – und ich glaube nicht, dass sie deine Einmischung schätzen würde." Ich sah seine Schwester nicht so wie er und seine Eltern. Ich sah sie so, wie sie wirklich war. „Seit Alexa im Resort für uns arbeitet, habe ich beobachtet, wie sie mit den Mitarbeitern und unseren Gästen umgeht. Sie ist in jeder Hinsicht professionell, aber sympathisch. Jeder mag sie und sie wird von allen respektiert. Sie hat ihre Berufung gefunden."

„Das ist gut zu wissen." Sein breites Lächeln und sein stolzer Blick sagten mir, dass er es ernst meinte. „Jeder liebt sie. Sie ist ein Engel. Aber dieser Dummkopf Alejandro Soliz scheint sie nicht im richtigen Licht zu sehen." Das Grinsen wurde zu einem Stirnrunzeln, als er sein Glas an die Lippen führte. „Wenn seine Eltern nicht dabei gewesen wären, wäre ich über den Tisch gesprungen und hätte ihm den Hals umgedreht. Es würde mir nichts ausmachen, ihm in den Hintern zu treten, bis er mir verspricht, dass er meine Prinzessin für den Rest seines Lebens nie wieder so ansieht."

Er wird schon wieder dramatisch.

„Ich sage dir etwas – ich werde mit Alexa sprechen und fragen, ob es ihr unangenehm ist, dort zu wohnen, solange er zu Hause ist. Ich kann sie an einem anderen Ort unterbringen, bis er weg ist, wenn das der Fall ist. Zur Hölle, sie kann bei mir unterkommen, wenn sie will. Ich lebe immer noch in einer Wohnung mit zwei Schlafzimmern, aber das Haus, das ich baue, ist fast fertig." Ich wollte, dass er wusste, dass ich ein Auge auf sie hatte.

Er legte seine Hand auf meine Schulter und tätschelte sie. „Du bist ein unglaublich guter Freund. Ich bin froh, dass du auf sie aufpasst. Meine Eltern und ich sind dir unheimlich dankbar für alles, was du tust."

„Sie ist großartig in ihrem Job, Luci. Es ist eine Freude, sie bei uns zu haben. Du musst dir keine Sorgen um sie machen." Und ich dachte auch nicht, dass etwas zwischen ihr und dem Sohn des Diakons war.

„Ich werde nie aufhören, mir Sorgen um sie zu machen. Ich mache mir seit dem Tag ihrer Geburt Sorgen." Seine Augen trübten sich, als er seufzte. „Weißt du, es gibt einen Grund, warum wir sie ein Wunder nennen. Mom hat mir nicht viel darüber erzählt, aber sie hatte anscheinend keine Ahnung, dass sie schwanger war, bis sie stark zunahm. Die Schwangerschaft war schon weit fortgeschritten, als sie zum Arzt ging. Aber ihre Periode hatte nicht aufgehört, also war sie verwirrt. Als die Wehen einsetzten, hörte Alexas Herz auf zu schlagen und die Ärzte mussten einen Kaiserschnitt machen. Ich weiß, dass es da draußen weitaus schlimmere Geschichten gibt, aber das war das Schlimmste, womit meine Mutter jemals umgehen musste."

Ich hatte immer gedacht, dass es eine Vorgeschichte gab, aber das bedeutete nicht, dass sie Alexa für immer beschützen mussten. „Nun, sie hatte vielleicht einen schwierigen Start ins Leben, aber jetzt ist sie stark – und klug und vernünftig. Ich glaube, es ist Zeit, sie selbst entscheiden zu lassen und damit aufzuhören, sie vor der Welt und jedem lüsternen Kerl da draußen beschützen zu wollen."

„Ich weiß nicht, wie ich damit aufhören soll", gab er zu.

KAPITEL VIER

ALEXA

Ich muss mir einen Infekt zugezogen haben.

Ich trat aus der Damentoilette und versuchte, die Übelkeit zu ignorieren, die mich seit dem Morgen heimsuchte. Es war fast Mittag und ich kämpfte immer noch dagegen an.

„Hey, Alexa", rief Patton, als er auf mich zukam.

Ich hatte nach unten gestarrt und hob nun den Kopf. „Hi, Patton."

Er kam näher und zeigte auf meinen Bauch, den ich mit meinen Händen bedeckt hatte. „Alles okay?"

Ich hatte nicht einmal bemerkt, dass ich das getan hatte, und zog schnell meine Hände zurück. „Ja, mir geht es gut." Ein Rülpsen drang direkt aus meinem Mund und ich wurde feuerrot vor Verlegenheit. Entsetzt presste ich meine Hand auf meinen Mund. „Entschuldigung!"

„Bist du sicher, dass es dir gut geht?", fragte er erneut als er seine Hand auf meine Schulter legte. „Du kannst ehrlich zu mir sein, Alexa. Du redest hier nicht mit deinem Chef, sondern mit einem Freund."

„Als ich heute Morgen aufgewacht bin, war mir schlecht", gab ich zu. „Aber ich bin sicher, dass die Übelkeit bald verschwindet. Ich möchte niemanden hier bei der Arbeit hängen lassen." Nach sechs Monaten im Resort stand ich meinen Kollegen sehr nahe. Ich wusste, dass sie nicht böse wären, wenn ich mich krankmeldete, aber ich wollte keinem von ihnen Umstände machen.

Er legte seinen Arm um meine Schultern und schob mich zum Ausgang, wo sich der Personalparkplatz befand. „Ich werde deiner Vorgesetzten alles erklären, aber zuerst bringe ich dich nach Hause. Du musst nicht arbeiten, wenn du dich nicht gut fühlst."

Ich wollte ihm keine Last sein. „Du musst mich nicht nach Hause fahren, Patton. Das kann ich selbst. Danke für dein Verständnis. Ich denke, es wäre am besten, wenn ich mich eine Weile hinlegen würde."

„Mach das. Ich werde Hailey sagen, dass du den Rest des Tages nicht hier bist. Und wenn dir morgen immer noch schlecht ist, rufe sie einfach an, um Bescheid zu sagen, dass du nicht kommst." Er drückte sanft meine Schulter. „Wenn du irgendetwas brauchst, lass es mich wissen und ich bringe es dir gerne."

„Ich denke, ich muss mich nur ausruhen." Es war schön, jemanden zu haben, der so hilfsbereit war, wenn ich keine Familie in der Nähe hatte. „Du bist ein echter Schatz, Patton."

„Du auch. Gute Besserung. Rufe mich an, wenn du mich brauchst." Er winkte, als ich von ihm wegging.

„Das werde ich", rief ich zurück, während ich aus der Tür zu meinem Auto ging. Jetzt, da ich nach Hause zurückkehrte, wollte ich so schnell wie möglich dort sein. Ich wollte mich einfach nur mit einem Buch, einer warmen Decke und einer Tasse heißen Tee auf der Couch zusammenrollen. Das hatte meine Mutter mir immer verordnet, wenn ich krank zu Hause war und nicht zur Schule konnte.

Als ich an die Hausmittel meiner Mutter dachte, wurde mir klar, dass es einige Tage her war, seit ich sie angerufen hatte. Also holte ich das jetzt nach.

„Alejandra?", antwortete sie beim zweiten Klingeln. „Wieso bist du nicht bei der Arbeit?"

„Mir geht es nicht gut und Patton hat gesagt, dass ich für den Rest des Tages nach Hause gehen soll."

Ich konnte nicht mehr sagen, bevor sie mich mit Fragen bombardierte: „Fühlst du dich nicht gut? Was ist los? Hast du Fieber? Oder eine Halsentzündung? Verdauungsprobleme? Was ist mit dir, mein Engel?"

„Mein Bauch tut weh", sagte ich. „Ich habe ständig das Gefühl, dass ich mich übergeben muss, aber dann passiert nichts."

„Was hast du gegessen?", fragte sie sofort. Ich wusste, dass sie nicht aufgeben würde, bis sie die Ursache meiner Bauchschmerzen herausfand. „Ich hoffe, du hast keinen Joghurt gegessen. Von Joghurt ist dir immer schlecht geworden. Und von Wassermelonen."

Ich hatte mich das erste und einzige Mal, als ich eine Wassermelone gegessen hatte, bis zum Erbrechen damit vollgestopft. Es war der vierte Juli gewesen und wir hatten ein Familienpicknick veranstaltet. Ich war erst zehn Jahre alt gewesen und das saftige, zarte rote Fruchtfleisch der eiskalten Wassermelone war das Beste gewesen, was ich je gekostet hatte. Also hatte ich immer weiter gegessen und mich spät in der Nacht heftig übergeben. Meine Mutter war zu dem Schluss gekommen, dass ich gegen Wassermelonen allergisch war, und hatte mir nie wieder eine gegeben.

Joghurt war eine andere Geschichte. Ich hasste ihn einfach und hatte ihr gesagt, dass mir davon schlecht wurde, damit ich ihn nicht mehr essen musste. „Letzte Nacht habe ich übrig gebliebene Pizza gegessen, bevor ich ins Bett ging. Ich bin mit Bauchschmerzen aufgewacht."

„Dann war es das – die Pizza. Du darfst keine Reste essen, wenn du nicht weißt, ob sie ordnungsgemäß gekühlt wurden", wies sie mich zurecht. „Und jetzt fehlst du bei der Arbeit. Das sieht dir nicht ähnlich, Alejandra. Du musst vorsichtig sein, was du isst."

„Ein Fehltag in sechs Monaten ist nicht so schlimm, Mom." Ich verdrehte die Augen, als ich von dem Parkplatz fuhr und in die Straße zum Haus von Familie Soliz einbog. „Im Haus wird es schön ruhig sein, also werde ich mich etwas ausruhen. Wenn ich aufwache, fühle ich mich hoffentlich besser."

„Ihr Sohn ist nicht zu Hause, oder?", fragte sie. „Du hast doch gesagt, dass er nach Kalifornien aufs College zurückgekehrt ist, richtig?"

„Er ist vor einem Monat zurückgegangen." Mein Kiefer spannte sich an, als ich an Alejandro dachte. „Warum erwähnst du ihn?" Ich hasste es, an diesen schmierigen Frauenhelden erinnert zu werden.

„Ich wollte nur sicherstellen, dass er nicht zu Hause ist und du nicht allein mit ihm bist. Dein Bruder traut ihm nicht über den Weg."

Und Luciano hatte recht damit, ihm nicht zu trauen. Alejandro war ein mieses Arschloch. Das hatte ich auf die harte Tour gelernt, aber das würde niemand erfahren. Ich hatte ein Geheimnis und würde es keiner Seele erzählen. „Mach dir keine Sorgen, Mom, ich bezweifle, dass er bald zurückkommt." Mein Plan war, meine Eltern dazu zu bringen, mir zu erlauben, alleine zu wohnen, damit ich schon lange weg war, wenn er seine Eltern wieder besuchte.

„Gut", sagte sie schnell. „Heute ist der fünfundzwanzigste. Denke also daran, deine Tante Veronica anzurufen. Sie hat Geburtstag."

„Okay, Mom, ich rufe sie an, nachdem ich mich ausgeruht habe. Versprochen." Ich bog um die Ecke und fuhr die Straße hinunter, als die Worte meiner Mutter zu mir durchdrangen.

Heute ist der fünfundzwanzigste?

„Ich gehe zum Abendessen zu ihr nach Hause. Wir kommen alle zusammen, um zu feiern. Ich wünschte, du könntest auch kommen, aber ich weiß, dass das nicht geht. Wir sind so stolz auf dich und ich werde jedem sagen, wie gut es bei dir läuft."

Ich wurde langsamer und hielt am Straßenrand, als mir schwindelig wurde. „Ja, okay, Mom. Viel Spaß und richte ihr alles Gute zum Geburtstag von mir aus."

Jemand hupte, als er an mir vorbeifuhr. Meine Mutter hörte es. „Alejandra! Telefonierst du etwa, während du Auto fährst? *Chica loca.*" Dann legte sie auf.

Ich nahm mein Handy vom Sitz, um das Datum zu überprüfen. Mein Gehirn wollte nicht akzeptieren, dass es der fünfundzwanzigste war. Aber der Kalender log nicht. „Fünf Tage zu spät."

Wie mir die Tatsache entgangen war, dass meine Periode sich verspätete, war mir ein Rätsel. Ich war nie zu spät dran – nie. Ich schlug meinen Kopf gegen das Lenkrad und machte mir bittere Vorwürfe. „Warum? Warum nur? Warum habe ich das getan?"

Alejandro war den ganzen ersten Monat meines Aufenthalts im Haus von Familie Soliz geblieben, anstatt nur eine Woche. Er hatte alles versucht, um mich zu verführen, wenn auch nie vor seinen Eltern. Ich hatte nicht nachgegeben, da ich mir sicher gewesen war, dass er es nur auf eine Sache abgesehen hatte.

Aber er war auch dann nicht gegangen, als der Monat vorüber war. Er hatte mir gesagt, dass er bleiben würde, um mir zu beweisen, dass es für ihn nicht nur ein Spiel war – er hatte mir beweisen wollen, dass er mich wirklich mochte.

Ich hatte immer noch nicht nachgegeben – nicht einmal ein bisschen. Er hatte versucht, mich zu küssen, meine Hand zu halten und mich zu berühren, aber ich hatte es nicht zugelassen. Er war noch einen Monat geblieben und dann noch einen. Insgesamt war er fünf Monate geblieben und hatte behauptet, er hätte es nur für mich getan.

Niemand hatte mich jemals so sehr gewollt. Es war schmeichelhaft gewesen und verdammt heiß. Ich war nur ein Mensch. Und so hatte ich nachgegeben und eine Woche lang waren wir jeden Abend im Bett gelandet, nachdem seine Eltern schlafen gegangen waren.

Der Verlust meiner Jungfräulichkeit war nicht so gewesen, wie ich es mir vorgestellt hatte. Es war schnell, ein wenig schmerzhaft und mehr als ein bisschen enttäuschend gewesen. Ich war mir nicht sicher, wie Sex wirklich war, aber ich dachte, ich sollte auch Spaß daran haben.

Beim ersten Mal hatte es ungefähr zwei Minuten gedauert, bis er fertig gewesen war. Ich hatte nicht gewusst, was passiert war, bis er es stöhnend verkündet hatte: „Ich bin gekommen!"

Ich war mit etwas Feuchtem zwischen meinen Beinen und dem Gefühl des Bedauerns zurückgeblieben. In der nächsten Nacht, als er wieder in mein Bett gestiegen war, hatte er behauptet, dafür zu sorgen, dass es diesmal besser für mich wäre.

Ich war skeptisch gewesen, hatte aber beschlossen, es noch einmal zu versuchen – und er hatte alles genauso gemacht wie in der Nacht zuvor. Nur hatte er dieses Mal stolz gerufen: „Ich habe abgespritzt!"

Ich hatte keine Ahnung gehabt, was das überhaupt bedeutete, und ich hatte nicht fragen wollen, also hatte ich mich aus dem Bett gerollt und geduscht. Mir war klar geworden, dass Sex nicht so fantastisch war, wie die Leute zu glauben schienen.

Irgendwie hatte ich mich von ihm überreden lassen, drei weitere Nächte hintereinander Sex zu haben. Irgendwo in meinem Kopf hatte ich gedacht, dass es besser werden müsste. Die Leute würden es schließlich nicht tun, wenn es so einseitig wäre. Alejandro musste nur mehr an mein Vergnügen denken, da ich keine Ahnung hatte, wie ich das selbst tun sollte. Das hatte ich ihm auch gesagt.

Kurz danach war ich zur Arbeit gegangen und er hatte mir versichert, dass es in dieser Nacht nur um mich gehen würde. Den ganzen

Tag hatte ich darüber nachgedacht, was er tun würde, um es für mich besser zu machen. Als ich nach Hause gekommen war, war ich ganz aufgeregt gewesen.

„Alejandro?", hatte ich gerufen. Ich war in sein Zimmer gegangen und gespannt gewesen, was er sich ausgedacht hatte. Aber er war nicht da gewesen und seine Sachen auch nicht.

Später, als der Diakon und seine Frau nach Hause gekommen waren, hieß es, er hätte sie an diesem Morgen angerufen und gebeten, ihn zum Flughafen zu fahren. Er war nach Kalifornien und zu seinem Studium zurückgekehrt.

Dummerweise hatten wir nie unsere Telefonnummern ausgetauscht. Er hatte mir gesagt, dass wir das, was wir getan hatten, vor seinen Eltern geheim halten mussten, sonst würden sie mich hinauswerfen. Ich war damit einverstanden gewesen, da ich wusste, dass ich es meiner Familie auch nicht sagen konnte.

„Warum habe ich nicht an Verhütung gedacht?" Ich schlug immer wieder mit dem Kopf gegen das Lenkrad.

Da ich nicht sicher war, ob fünf Tage Verspätung bedeuteten, dass ich schwanger war oder nicht, riss ich mich zusammen, damit ich in einen Laden gehen und einen Schwangerschaftstest kaufen konnte. Ich musste es wissen. Ich wusste nicht, was ich tun würde, wenn er positiv ausfiel, aber wenn der Test anzeigte, dass ich nicht schwanger war, wäre wohl ein langes Gebet an die Jungfrau Maria angebracht.

Während ich weiterfuhr, sagte mir etwas, dass ich mich auf einen positiven Test vorbereiten musste. Ich musste mich entscheiden, was ich tun würde, wenn ich schwanger wäre. Und ich wusste, dass ich Alejandro ausfindig machen müsste, um ihm zu sagen, dass wir ein Baby bekommen würden.

Als ich bei dem Gedanken spürte, wie sich mein Magen umdrehte, hielt ich an und riss die Tür gerade noch rechtzeitig auf. Während ich mich heftig übergab, versuchte ich, nicht zu weinen, und scheiterte kläglich.

Meine Eltern werden mich umbringen.

KAPITEL FÜNF

PATTON

Hailey kam in mein Büro, genau wie ich sie gebeten hatte, falls Alexa sich wieder krankmeldete. Es wäre der dritte Tag in Folge und ich hatte beschlossen, sie zu besuchen, falls sie sich immer noch nicht wohlfühlte. „Hat sie angerufen?"

Sie nickte und lehnte sich mit verschränkten Armen gegen den Türrahmen. „Sie sagte, dass ihr immer noch schlecht ist und dass sie heute nicht kommt. Ich habe ihr gesagt, dass Sie mit ihr sprechen wollen und dass Sie sie ein paarmal angerufen haben. Ich soll ausrichten, dass sie viel geschlafen hat und deshalb Ihre Anrufe verpasst hat."

Ich nahm mein Handy und rief sie erneut an. „Sie haben gerade mit ihr gesprochen, oder?"

„Ja. Ich habe gleich einen Termin mit einem Gast. Schreiben Sie mir einfach eine SMS, wenn Sie etwas brauchen." Sie ging, während ich dasaß und wartete, ob Alexa diesmal meinen Anruf entgegennehmen würde.

Nachdem es dreimal geklingelt hatte, wurde ich zur Mailbox weitergeleitet. Ich wollte ihren Bruder nicht in diese Sache hineinziehen, aber sie ließ mir keine Wahl. Wenn sie so lange krank war, musste sie einen Arzt aufsuchen. Ich würde kein Nein als Antwort akzeptieren.

Also rief ich widerwillig Luciano an. „Morgen, Patton. Wem verdanke ich das Vergnügen?"

Seine Stimme klang fröhlich und ich hasste, dass ich wahrscheinlich sein Glück zerstören würde. „Wann hast du das letzte Mal mit deiner Schwester gesprochen?"

„Diese Frage gefällt mir überhaupt nicht."

Ich wusste, dass es so war. „Ich stelle sie nicht gerne, falls du dich dadurch besser fühlst. Alexa ist vor drei Tagen mit Bauchschmerzen vorzeitig von der Arbeit nach Hause gegangen. In den letzten zwei Tagen hat sie angerufen und gesagt, dass sie sich immer noch nicht gut fühlt. Ich habe sie ein paarmal angerufen und eine SMS geschickt, aber sie hat nicht darauf reagiert. Ich würde gerne wissen, ob sie dir oder deinen Eltern irgendetwas gesagt hat. Ist sie unzufrieden mit ihrem Job? Ist es das? Weil ich nicht böse auf sie bin, wenn ihr der Job nicht gefällt und sie kündigen möchte. Oder vielleicht ist sie wirklich krank und muss einen Arzt aufsuchen. Falls ja, kann ich einen Termin für sie vereinbaren."

„Lass mich meine Mutter anrufen. Danach rufe ich dich zurück. Ich wusste nicht, dass sie auf Arbeit fehlt, und ich habe nicht mit ihr gesprochen. Aber ich werde dieser Sache auf den Grund gehen, das verspreche ich dir."

Er beendete den Anruf, bevor ich mich verabschieden konnte. Ich hatte ihn eindeutig beunruhigt, obwohl ich versucht hatte, das zu vermeiden. Aber ich konnte Alexa nicht krank allein lassen und mich nicht um sie sorgen.

Wenn sie gar nicht krank war, sondern nur ihren Job satthatte, wollte ich mit ihr darüber sprechen. Vielleicht hatte sie Heimweh und hatte nicht daran gedacht, nach einer Auszeit zu fragen, um nach Houston zu fahren und ihre Familie zu besuchen. Was auch immer los war, ich wollte, dass sie wusste, dass ich auf ihrer Seite war.

Mein Handy klingelte und ich sah, dass es Luciano war. „Nun, hat sie mit deiner Mutter gesprochen?"

„Vor drei Tagen", sagte er. „Ihr war schlecht. Mom denkt, dass es daran lag, dass sie übrig gebliebene Pizza gegessen hatte. Alexa hat ihr jeden Tag eine SMS geschrieben und behauptet, dass sie zu viel arbeiten muss, um anrufen zu können, und dass sie es später in der Woche nachholt. Sie hat gesagt, dass kein Grund zur Sorge besteht."

Nun, das machte mir noch mehr Sorgen. „Sie hat also gesagt, dass sie arbeiten muss?" Ich hätte nicht gedacht, dass Alexa jemand war, der log – besonders nicht bei so etwas. „Glaubst du, sie hat ihr das gesagt, um sie nicht zu belasten?"

„Wahrscheinlich", stimmte er mir zu. „Ich war auch diskret bei meiner Mutter, also ahnt sie nicht, dass etwas nicht stimmt. Das Letzte, was wir wollen, ist, dass sie sich aufregt. Anscheinend wirkt sich sogar Glück negativ auf ihr Herz aus. Sie war neulich auf der Geburtstagsfeier ihrer Schwester und wurde ohnmächtig, weil ihr Herz zu schnell schlug. Dad brachte sie ins Krankenhaus und die Ärzte sagten, dass sie zu ihrem Kardiologen muss. Sie hat nächste Woche einen Termin bei ihm."

„Es tut mir leid, das zu hören, Luci, wirklich." Ich hatte keine Ahnung gehabt, dass es um seine Mutter so schlimm stand. „Hör zu, ich fahre zu Alexa und sehe nach ihr. Ich habe die Adresse allerdings nicht."

„Ich werde sie dir per SMS schicken", sagte er. „Ich habe versucht, sie anzurufen, aber ich erreiche nur die Mailbox. Sag ihr, sie soll mich anrufen, wenn du sie siehst."

„Okay. Bis später." Ich beendete den Anruf und ging zum Parkplatz. Ich wollte nicht abwarten, ob Alexa mich zuerst kontaktieren würde.

Luciano schickte mir die Adresse, noch bevor ich meinen Truck erreicht hatte, also gab ich sie in das Navigationssystem ein und fuhr los. Es war erst acht Uhr morgens und ich wusste, dass ich sie vielleicht wecken würde, aber ich musste sie sehen. Ich konnte nicht anders, als mir Sorgen zu machen, dass etwas nicht stimmte.

Ich hatte immer gedacht, Luci und seine Eltern würden übertreiben, wenn es um Alexa ging, aber das tat ich vielleicht auch. Irgendetwas an ihr gab mir das Gefühl, auf sie aufpassen zu müssen.

Als ich das Haus fand, bemerkte ich, dass ihr Wagen nicht da war, aber zwei andere Autos in der Einfahrt standen. Es gab eine Doppelgarage. Vielleicht hatte sie dort geparkt.

Ich hielt am Bordstein, stieg aus, ging zur Tür und klingelte. Ein Mann öffnete und fragte: „Wie kann ich Ihnen helfen, Sir?"

„Sie müssen Diakon Soliz sein." Ich streckte meine Hand aus und er schüttelte sie. „Ich bin Patton Nash, Alexas Chef und Freund."

Ich mochte die Verwirrung in seinen Augen nicht, als er mich anstarrte. „Wenn Sie ihr Chef und Freund sind, müssen Sie wissen, dass sie nicht mehr hier ist."

Verdammt!

„Es tut mir leid – haben Sie gesagt, dass sie nicht hier ist?" Ich musste mich verhört haben.

„Sie ist vor drei Tagen gegangen." Er drehte sich um und ging zu einem Schreibtisch auf der anderen Seite des Eingangsbereichs. „Bitte, kommen Sie herein. Ich zeige Ihnen die Nachricht, die sie uns hinterlassen hat."

Als ich eintrat, spürte ich, wie mein Herz wild in meiner Brust schlug. *Hier stimmt etwas nicht.* „Sie ist vor drei Tagen gegangen", murmelte ich vor mich hin. Das bedeutete, dass sie an dem Tag, an dem sie früher Feierabend gemacht hatte, verschwunden war.

Er gab mir die Nachricht. „Sie hat geschrieben, dass es hier nicht funktioniert und sie zu ihrer Familie nach Hause zurückkehren will."

„Aber dort ist sie nicht." Ich faltete den Zettel. „Kann ich das behalten?" Ich war mir nicht sicher, warum ich die Nachricht haben wollte, aber irgendetwas sagte mir, dass ich sie brauchen würde, wenn wir sie nicht finden könnten. Vielleicht als Beweis. „Danke für Ihre Hilfe, Diakon. Können Sie mir bitte Bescheid sagen, wenn sie sich bei Ihnen meldet?" Ich gab ihm eine meiner Visitenkarten. „Ich bin nicht sicher, was los ist, aber ich werde es herausfinden."

„Erkundigen Sie sich bei ihren Freunden. Vielleicht ist sie dorthin gegangen, anstatt zu ihren Eltern", riet er mir. „Wenn ich von ihr höre, melde ich mich, Mr. Nash."

„Danke." Ich verließ das Haus, in dem sie zu meiner Verblüffung nicht mehr war, und fürchtete mich davor, ihren Bruder anzurufen, aber ich musste es tun.

Als ich in meinen Truck stieg, versuchte ich, mich zu erinnern, ob sie Freunde erwähnt hatte, entweder in Austin oder in Houston. Aber mir fiel nichts ein.

Alexa war freundlich und es war nicht schwer, mit ihr auszukommen, aber sie hatte sich so daran gewöhnt, für sich zu bleiben, dass sie keine engen Beziehungen mehr aufbaute.

Oder doch?

Ich erinnerte mich, dass Luci sich darüber beschwert hatte, wie der Sohn des Diakons seine Schwester angesehen hatte. *War sie vielleicht heimlich mit ihm zusammen?*

Ich wusste, dass er viel länger zu Hause geblieben war, als er ursprünglich geplant hatte. Fünf Monate länger. Er war erst vor einem Monat nach Kalifornien zurückgekehrt und ich erinnerte mich, dass Alexa aufgebracht ausgesehen hatte, als sie am nächsten Tag zur Arbeit gekommen war. Als ich sie gefragt hatte, ob etwas nicht stimmte, hatte sie nur gesagt, dass Alejandro ohne ein Wort weggegangen war. Es hatte sie geärgert, dass er nicht daran gedacht hatte, sich zu verabschieden.

Ist sie ihm gefolgt?

Ich stieg aus dem Truck, ging zurück zur Tür und klingelte erneut. Der Diakon öffnete die Tür. „Ja, Mr. Nash?"

„Ihr Sohn." Ich war mir nicht sicher, wie ich es ausdrücken sollte. „War Alexa mit ihrem Sohn zusammen? In romantischer Hinsicht."

Lachend schüttelte er den Kopf. „Nein, bestimmt nicht."

„Waren sie Freunde?"

„Sie sind miteinander ausgekommen, aber ich würde sie nicht als Freunde bezeichnen." Er strich mit der Hand über seinen dunklen Bart, während er nachzudenken schien. „Möchten Sie, dass ich ihn anrufe und frage, ob sie bei ihm ist?"

„Das würde ich sehr zu schätzen wissen." Obwohl es Luci wütend machen würde, wenn sie in Kalifornien mit einem Kerl zusammen war, den er nicht leiden konnte, würden wir zumindest wissen, wo sie sich aufhielt.

Der Diakon holte sein Handy aus der Tasche und rief an. „Guten Morgen, Alejandro. Ich weiß, dass es sehr früh ist, aber ich habe hier einen Herrn, der Alexa sucht. Er wollte wissen, ob sie bei dir ist oder ob du von ihr gehört hast. Wir glauben, dass sie von hier weggegangen ist, um irgendwo mit ihren Freunden zusammen zu sein." Er verstummte, als sein Sohn ihm Antworten gab, die mir hoffentlich weiterhelfen würden. Dann schüttelte er den Kopf. „Aha. Danke, Junge. Geh wieder schlafen."

„Er hat also nichts von ihr gehört?"

„Überhaupt nichts. Er sagte, dass sie weder seine Telefonnummer noch seine Adresse hat, also kann sie gar nicht bei ihm sein. Und er sagte, dass sie einander nicht nahe genug standen, um als Freunde zu gelten."

„Danke, Sir. Ich muss jetzt gehen." Ich drehte mich um und marschierte zurück zu meinem Truck, ohne zu wissen, wie Luciano die Nachricht aufnehmen würde, dass ich nichts herausgefunden hatte, außer dass sie das Haus von Familie Soliz verlassen hatte.

Als ich wegfuhr, rief ich ihn an und biss die Zähne zusammen. Ich wusste, dass seine Reaktion schlecht ausfallen würde. „Was hat sie gesagt?", fragte er, als er meinen Anruf entgegennahm.

„Nichts." Das war keine Lüge.

„Was meinst du mit *nichts?*"

„Sie war nicht da, Luci. Der Diakon gab mir eine Nachricht, die sie vor drei Tagen hinterlassen hatte. Darin steht, dass es hier nicht funktioniert und sie nach Hause zurückkehren will."

„Verdammt!"

„Ja." Das dachte ich auch. „Ich habe den Diakon gebeten, seinen Sohn anzurufen. Er ist wieder in Kalifornien. Ich dachte, vielleicht hatten sie und er heimlich eine kleine Romanze und sie ist zu ihm gefahren, aber dort ist sie nicht."

„Gott sei Dank", sagte er erleichtert.

„Er sagte, dass sie sich nicht nahe genug stehen, um als Freunde zu gelten. Ich denke, das bedeutet, dass sie den Kerl nie an sich herangelassen hat. Ich habe dir gleich gesagt, dass du ihr und ihrem Urteilsvermögen vertrauen kannst."

„Patton, du magst recht gehabt haben, was diese Ratte betrifft, aber was ist jetzt mit ihr?"

„Ja, das sieht ihr gar nicht ähnlich." Es gefiel mir nicht. Ich wollte nicht laut sagen, dass etwas Schlimmes passiert sein könnte, aber hier ging es nicht mit rechten Dingen zu.

„Ich werde ihr eine SMS schreiben, dass ich weiß, dass sie das Haus des Diakons verlassen hat. Und dass ich die Nachricht gesehen habe, die sie dort hinterlassen hat. Ich werde ihr ein paar Stunden Zeit geben, um mich zu kontaktieren, andernfalls bin ich gezwungen, zur Polizei zu gehen. Das sollte sie aus ihrem Versteck locken."

„Schreibe ihr auch, dass eure Mutter ohnmächtig geworden ist und ins Krankenhaus musste. Appelliere an ihre Schuldgefühle." Normalerweise dachte ich nicht so, aber ich machte mir Sorgen um das Mädchen.

„Was auch immer nötig ist, damit sie mir sagt, wo sie ist – ich werde es tun. Du hast gesagt, dass sie im Resort angerufen hat, oder?", fragte er.

„Ja, das hat sie getan." Das bedeutete zumindest, dass sie am

Leben war. „Ich weiß nur nicht, wohin sie gegangen sein könnte. Und ich weiß auch nicht, was all die Lügen bezwecken sollen."

„Ich auch nicht. Aber ich werde es herausfinden. Irgendetwas muss passiert sein, Patton. Meine *princesa* macht so etwas nicht."

Da musste ich Luci zustimmen. Es machte mich noch neugieriger, warum sie das jetzt tat.

KAPITEL SECHS

ALEXA

Als ich nach Los Angeles, Kalifornien, fuhr, war mein einziger
Begleiter der kleine Stab, der in einer durchsichtigen Tüte neben mir
auf dem Sitz lag. Er war dort, um mich daran zu erinnern, wie
wichtig es war, zu Alejandro zu gelangen.

Nach dem Kauf des Schwangerschaftstests war ich nach Hause
gefahren und hatte ihn sofort gemacht. Herauszufinden, dass ich
schwanger war, hatte mich fast umgebracht, also wusste ich, dass es
meiner Mutter genauso ergehen würde. Wenn ich meiner Familie
sagen könnte, dass ich mit Alejandro verheiratet war, und dann
einen Monat später, dass wir ein Baby erwarteten, wäre das
Entsetzen nicht so groß. Aber zuerst musste ich wissen, ob der Vater
meines Babys das Richtige tun würde.

Ich hatte seine Telefonnummer und Adresse auf dem Schreibtisch
im Eingangsbereich von Familie Soliz gefunden. Ich hatte ihn nicht
angerufen, um meine Ankunft anzukündigen. Ich war mir nicht
sicher, wie er darauf reagieren würde. Aber ich betete, dass er akzeptieren würde, dass er das Baby gezeugt hatte und jetzt seinen Teil der
Verantwortung übernehmen musste.

Ich hatte drei Tage gebraucht, um nach LA zu gelangen. Ich hatte
angehalten und die Nächte in Motels verbracht, anstatt zu versuchen, die ganze Strecke auf einmal zu fahren. Ich wollte nicht über-

müdet Auto fahren und das Baby gefährden, das in mir heranwuchs. Schon jetzt empfand ich Liebe dafür. Ich hoffte, dass Alejandro auch lernen würde, so zu empfinden.

„Hier links abbiegen", sagte das Navigationssystem. „Ihr Zielort ist auf der linken Seite."

Apartment 1-15. Ich holte tief Luft, schnappte mir die kleine Tüte mit dem positiven Schwangerschaftstest und stieg aus dem Auto. Es war vielleicht etwas zu früh am Morgen, um einem Mann solche Neuigkeiten zu überbringen, aber es bedeutete zumindest, dass er mit ziemlicher Sicherheit zu Hause sein würde. Um halb sieben klingelte ich an seiner Tür.

Mein Herz raste, mein Magen drehte sich um und mir war schwindelig, als ich darauf wartete, dass er mich hereinließ. Das Klirren einer Metallkette erfüllte mich mit Erleichterung. *Er macht auf – so weit, so gut.*

Die Tür öffnete sich und eine Frau stand vor mir. Sie trug nichts weiter als ein T-Shirt, das bis zur Taille reichte, und ein winziges schwarzes Höschen. Ihre blonden Haare waren zerzaust und sie rieb sich die Augen. „Was zum Teufel willst du so früh am Morgen?"

„Ist Alejandro hier?" Ich hoffte, dass ich die falsche Wohnung erwischt hatte.

„Was?" Sie wandte sich von mir ab und ließ mich an der Tür zurück. „Alex, steh verdammt noch mal auf. Da ist irgendeine Frau, die nach dir fragt."

Er hatte mir einmal gesagt, dass er nie anders als Alejandro genannt wurde. Anscheinend hatte er mich angelogen. Und anscheinend lebte er mit der schlecht gelaunten Frau, die die Tür geöffnet hatte, zusammen. Er schrie zurück: „Baby, ich will keine andere Frau als dich sehen. Komm zurück ins Bett und sag der Schlampe, dass sie verschwinden soll." Sein breiter spanischer Akzent war verschwunden.

War das auch nur gespielt?

„Sie hat eine Tüte mit einem rosa Schwangerschaftstest in der Hand, Romeo. Steh auf und kümmere dich darum", schrie sie, als sie in den Flur ging und in der Dunkelheit verschwand.

„Sie hat was in der Hand?", hörte ich ihn sagen.

„Alejandro", rief ich von der Tür aus. „Ich bin es. Alejandra. Bitte komm und sprich mit mir."

„Alejandra?", fragte er und klang verwirrt. „Aus Austin?"

„Ja. Bitte komm und sprich mit mir." In diesem Moment fand ich alles an ihm beunruhigend. Er müsste sich drastisch ändern, um ein guter Vater zu werden. Ich hatte keine Ahnung gehabt, dass er so ein Mann war.

Als er ins Wohnzimmer kam, zog er sich ein Shirt über. Er hatte es geschafft, eine Blue Jeans anzuziehen, aber der Reißverschluss war noch offen. „Was zur Hölle machst du hier? Woher hast du meine Adresse?" Er zog den Reißverschluss seiner Jeans nach oben und knöpfte sie zu. „Mein Vater hat vorhin angerufen und gefragt, ob du hier bist. Was soll das?"

„Dein Vater hat angerufen?" Ich hatte Familie Soliz eine Nachricht hinterlassen, dass ich zu meiner Familie nach Houston fahren würde. „Warum hat er gefragt, ob ich hier bin?"

„Anscheinend ist jemand zu ihm nach Hause gekommen, um dich zu suchen." Er kam nach draußen und schloss die Tür hinter sich, anstatt mich in seine Wohnung zu lassen. Seine Augen wanderten zu der Tüte, die ich umklammert hielt, und er schüttelte den Kopf. „Ich weiß nicht, warum du damit hergekommen bist. Ich werde nichts tun, außer dir zu sagen, dass du es loswerden sollst."

Mein Herz blieb stehen und ich umklammerte meinen Bauch. „Was?"

„Werde es los", wiederholte er. „Ich weiß nicht, warum du denkst, dass ich überhaupt etwas davon wissen will. Ich bin weggegangen, weil ich kein Interesse mehr an dir hatte. Warum denkst du, dass ich anders empfinde, nur weil du plötzlich schwanger hier auftauchst?"

„*Du* hast dieses Baby gezeugt." Ich war mir nicht einmal sicher, ob ich ihn jetzt noch im Leben des Kindes haben wollte. „Ich kann nicht glauben, dass der Sohn eines Diakons überhaupt daran denken würde, ein Kind abzutreiben."

„Ich dachte, dass du verhütest", sagte er schnaubend. „Es ist die Aufgabe des Mädchens, sich darum zu kümmern, damit sie sich nicht alleine um ein Baby kümmern muss."

„Du hast mich angelogen. Du hast mir gesagt, dass ich dir wichtig bin. Das hast du nur behauptet, um mich ins Bett zu bekommen. Du hast mir meine Jungfräulichkeit gestohlen. Interessiert dich das überhaupt nicht?" Ich konnte ihn nicht einmal ansehen. Bei seinem Anblick wurde mir schlecht.

„Das machen Männer ständig, Süße." Er schob die Hände in die Taschen und zitterte barfuß in der kühlen Morgenluft.

„Fünf Monate lang?" Ich dachte nicht, dass alle Männer so lange warteten.

Grinsend kicherte er. „Ich hatte noch nie eine Jungfrau gehabt. Ich dachte, das Warten würde sich lohnen. Du warst eng, aber auch verdammt frigide."

„Du hast nicht einmal versucht, mich zu erregen. Du hast einfach gemacht, was du wolltest. Und jetzt willst du mir die Schuld geben?" Ich hielt die Tüte hoch und schüttelte sie vor seinem Gesicht. „Ich habe den Sex auch nicht genossen, wenn du es genau wissen willst. Das spielt im Moment aber überhaupt keine Rolle. Alles, was zählt, ist, dass wir Eltern werden. Ich werde das Baby nicht abtreiben – auch wenn es einen Idioten zum Vater hat. Es ist nicht die Schuld dieses armen Kindes, dass ich dir vertraut habe, Alejandro."

„Nein, das ist allein *deine* Schuld." Er sah zum Himmel auf, wo langsam die Sonne aufging. „Steige wieder in dein Auto und fahre zurück zu deiner Familie. Ich werde nicht zugeben, dass es von mir ist. Soweit ich weiß, kannst du auch mit anderen Kerlen im Bett gewesen sein, nachdem ich weggegangen war."

„Das war ich nicht!" Der Kerl war unglaublich. „So ein Mädchen bin ich nicht."

„Vielleicht sagst du die Wahrheit. Du warst definitiv nicht gut beim Sex. Das ändert aber nichts." Er zeigte auf mein Auto. „Geh nach Hause, Alexa. Ich will dich nicht mehr und ich werde das Ding in dir *niemals* wollen."

„Alexa?" Er hatte mich noch nie so genannt. „Hilft dir das dabei, mich nicht als die Frau zu sehen, der du fast ein halbes Jahr lang nachgejagt hast?"

„Leb wohl. Komm nicht wieder und geh auch nicht zu meinen Eltern. Ich werde ihnen sagen, dass du lügst, und sie werden mir glauben." Seine Lippen verzogen sich langsam zu einem finsteren Lächeln. „Besser noch, wenn du es meinen Eltern erzählst, dann erzähle ich es deinen. Mein Vater hat die Telefonnummer deines Vaters. Ich werde nicht zögern, dein Leben zu zerstören."

Ich hatte noch nie jemanden schlagen wollen, aber meine Hände ballten sich zu Fäusten. „Du bist ein schrecklicher Mensch, Alejandro Soliz!" Mir wurde klar, wie dumm es gewesen war, so weit zu fahren.

Er wäre ein schrecklicher Vater. „Ich werde es ihnen nicht sagen, weil ich meine Meinung über dich geändert habe. Ich will dich nicht mehr im Leben des Babys haben. Dieses Kind gehört mir allein. Vergiss, dass ich jemals hergekommen bin. Vergiss meinen Namen und vergiss, dass du ein Kind hast."

„Das habe ich schon." Er drehte sich um und ging in seine Wohnung. Ich hörte, wie die Metallkette einrastete, als er mich aussperrte.

Tränen brannten in meinen Augen, als ich zu meinem Auto lief. Ich hatte keine Ahnung, was ich tun sollte, aber Alejandro würde kein Teil davon sein. „Wie soll ich meiner Mutter davon erzählen, ohne dass es sie umbringt?"

Ich stieg ins Auto und warf die Tüte wieder auf den Beifahrersitz. Ich hatte mein Handy auf dem Sitz liegen lassen. Es leuchtete auf, als die Tüte es traf, und ich sah, dass mein Bruder mich angerufen und eine SMS geschickt hatte.

Ich wischte mir die Tränen aus den Augen und las die SMS:

„Ich weiß nicht, was du machst, aber wenn du mich nicht bis heute Mittag anrufst, werde ich dich bei der Polizei vermisst melden. Du weißt, dass Mom keine Aufregung gebrauchen kann, also rufe mich so schnell wie möglich an!!!"

Meine Hände zitterten, als ich über den Bildschirm strich, um ihn anzurufen, bevor er die Polizei alarmierte.

„Endlich!", sagte er, als er den Anruf entgegennahm. „Hast du eine Ahnung, wie besorgt ich war? Patton ist auch krank vor Sorge. Ich konnte unseren Eltern noch nicht einmal sagen, was du machst ..." Er verstummte, bevor er fragte: „Was machst du überhaupt, Alexa? Und wo zum Teufel bist du?"

„Ich bin in Kalifornien." Ich schluckte ein Schluchzen herunter.

„Kalifornien?" Er klang verwirrt. „Patton hat den Diakon vor ungefähr einer halben Stunde gebeten, seinen Sohn anzurufen. Er sagte, dass du nicht bei ihm bist. Wen kennst du sonst noch in Kalifornien?"

„Nur ihn. Nur Alejandro."

„Und warum würdest du so weit fahren, um ihn zu sehen? Warum würdest du den Diakon anlügen und ihm sagen, dass du zu unseren Eltern nach Hause gegangen bist? Ich verstehe nicht, was los ist, Alexa. Das sieht dir nicht ähnlich."

Ich öffnete meinen Mund, um ihm zu sagen, warum ich mich so verrückt benahm, aber nur ein Schluchzen kam heraus. Ich konnte nicht aufhören zu weinen. Ich wusste nicht, was ich tun sollte. Ich durfte meine Mutter nicht aufregen. Ich konnte es nicht ertragen, daran zu denken, wie mein Vater mich ansehen würde, wenn ich ihm sagen müsste, dass ich einen schrecklichen Fehler gemacht und jemandem, den ich nicht einmal liebte, erlaubt hatte, mir die Jungfräulichkeit zu nehmen.

Ich konnte kaum hören, wie Luciano mir sagte, ich solle mich beruhigen, als ich laut weinte. Ich brauchte Hilfe. Ich hatte keine Ahnung, was ich tun sollte. Schließlich brachte ich mit Mühe die Worte heraus. „Ich bin schwanger, Luciano."

Stille. Ich wusste, dass er von mir enttäuscht war. Ich wusste, dass er wütend auf mich war. Er musste genauso ratlos sein wie ich.

„Komm nach Hause, Alejandra. Nicht nach Houston. Fahre zu Patton. Wir dürfen Mom jetzt nicht aufregen. Sie hat nächste Woche einen Termin bei ihrem Kardiologen. Sie wurde neulich auf der Geburtstagsfeier von Tante Veronica ohnmächtig und musste ins Krankenhaus gebracht werden."

„Oh nein!" Ich richtete mich auf, wischte mir über die Augen und fuhr los. „Ich komme zurück. Ich werde wahrscheinlich drei Tage brauchen, Luciano."

„Teile mir regelmäßig deinen Standort mit, Alexa. Und beantworte meine SMS und Anrufe. Ich werde Patton wissen lassen, dass du nach Hause kommst."

Ich wollte nicht, dass er Patton von meiner Schwangerschaft erzählte. Ich schämte mich zutiefst dafür. Aber bevor ich ihm sagen konnte, dass er mein Geheimnis bewahren sollte, beendete er den Anruf.

Als ich die Straße entlangfuhr, fühlte ich mich seltsam. Ich hatte noch nie etwas getan, wofür ich mich schämte. Es fühlte sich schrecklich an. Und bald würde jeder wissen, was ich getan hatte. Als ich über meine Schulter auf die Wohnung zurückblickte, in der Alejandro war, wusste ich, dass Gott das Herz einer Schlange nicht ändern konnte, egal wie sehr ich betete.

KAPITEL SIEBEN

PATTON

Meine schwitzenden Handflächen rutschten vom Lenkrad. Ich war noch nie in meinem Leben so besorgt um jemanden gewesen. Wenn Alexa nicht so unschuldig und naiv gewesen wäre, wäre ich ruhiger gewesen. Aber meine Gedanken überschlugen sich.

Was ist, wenn jemand sie entführt hat? Was ist, wenn sie sich in einen zwielichtigen Mann verliebt hat, der sie überredet hat, mit ihm davonzulaufen? Was ist, wenn ich sie niemals wiedersehe?

Mein Handy klingelte und ich sah auf den Bildschirm, nur um festzustellen, dass Luci mir eine SMS geschickt hatte. Ich griff nach dem Handy und las sie schnell, während ich an einer roten Ampel wartete:

„Ich habe sie in Kalifornien gefunden. Sie kommt nach Hause. Sie sagte, dass sie in drei Tagen wieder in Austin sein wird. Ich habe sie zu dir geschickt. Kannst du mir die Adresse deines neuen Hauses geben? Ich komme morgen vorbei und erzähle dir mehr."

„Kalifornien?" Ich fuhr weiter und atmete jetzt viel ruhiger, da ich wusste, dass es ihr gut ging und sie zurückkam. „Zu mir?"

Ich war vor ein paar Wochen in mein neues Haus gezogen. Alexa hatte bei mir genügend Platz, aber ich musste mich fragen, warum Luci das wollte. Im Haus von Familie Soliz musste etwas vorgefallen sein.

Ich hatte gesehen, wie der Diakon noch am selben Morgen seinen Sohn angerufen hatte, der Alexa angeblich nicht gesehen hatte. Ich hatte keine Ahnung, wen sie sonst noch in Kalifornien kannte. Wenn nicht Alejandro, wer dann? Und warum war sie weggelaufen, ohne einer Menschenseele zu sagen, was sie vorhatte?

Ich vermutete, dass Alejandro seinen Vater angelogen hatte. Gott sei Dank hatte Luci Alexa dazu gebracht, ihm zu sagen, wo sie war. Sie musste weggelaufen sein, um mit Alejandro zusammen zu sein.

Aber wenn das der Fall war, warum hatte sie eingewilligt, zurückzukommen? Und warum wohnte sie nicht bei Alejandros Familie, wenn sie ein Paar waren? Und warum war ich so daran interessiert, was sie tat?

Ich schnüffelte normalerweise nicht in den Angelegenheiten anderer Leute herum und erteilte ungefragt keine Ratschläge. Ich steckte meine Nase nicht dorthin, wo sie nicht erwünscht war. Und ich wusste, dass Alexa meine Nase nicht in ihrem Privatleben haben wollte, sonst hätte sie mir gesagt, wohin sie ging.

Als ich den Parkplatz des Resorts erreichte, dachte ich darüber nach, wie sie am Tag ihres Verschwindens Bauchschmerzen gehabt hatte. *War das nur eine Lüge, um vorzeitig mit der Arbeit aufhören zu können und nach Kalifornien zu fahren?*

Sie hätte mir sagen können, was sie vorhatte. Es war nicht so, als hätte ich versucht, sie aufzuhalten. Wahrscheinlich hatte sie nicht gewollt, dass ihr Bruder von ihren Plänen erfuhr.

Ich würde ein ernstes Gespräch mit meinem Freund darüber führen müssen, dass Alexa aufgrund seiner dominanten Art das Gefühl hatte, lügen zu müssen, nur um einen Freund haben zu können. Sie und Alejandro hatten offensichtlich auch den Diakon und seine Frau angelogen. Ich wusste nicht, ob das daran lag, dass Alexa es so gewollt hatte, oder ob es Alejandros Idee gewesen war, aber sie hatten ihre Beziehung gut vor seinen Eltern versteckt.

Als ich aus dem Truck stieg, schüttelte ich den Kopf und versuchte, diese Gedanken loszuwerden. Ich hatte überhaupt keine Beweise für meine Spekulationen über die Beziehung von Alexa und Alejandro. Ich zog voreilige Schlüsse – noch etwas, das ich sonst nie tat.

Als ich das Resort betrat, sah ich Hailey und winkte ihr zu. „Ich habe Neuigkeiten zu Alexa."

Sie kam zu mir. „Ach ja?"

„Ja. Sie ist nicht zu Hause. Sie ist nicht krank." Luci hatte mir diesen Teil nicht erzählt, also korrigierte ich mich. „Nun, ich weiß nicht, ob sie krank ist oder nicht. Aber ich bezweifle es sehr, da ihr Bruder herausgefunden hat, dass sie in Kalifornien ist."

„Was macht sie dort?", fragte Hailey mit gerunzelter Stirn. „Und warum dachte sie, sie müsste mich anlügen? Wenn sie Urlaub nehmen wollte, hätte sie nur danach fragen müssen. Glauben Sie, sie war sich dessen nicht bewusst, Patton?"

„Ich weiß es wirklich nicht. Aber ich weiß, dass sie in drei Tagen wieder in Austin sein wird, und ich werde es herausfinden. Sind Sie damit einverstanden, dass ich sie wieder zur Arbeit kommen lasse, wenn sie das möchte? Als ihre Vorgesetzte ist das Ihre Entscheidung."

„Sie war bis jetzt großartig. Ich würde es hassen, sie zu feuern." Ihre gerunzelte Stirn sagte mir, dass sie Bedenkzeit brauchte.

„Nun, denken Sie darüber nach und sagen Sie mir Bescheid. Sie haben drei Tage Zeit, um eine Entscheidung zu treffen." Ich wollte Alexa nicht bevorzugen, besonders wenn sie irgendwann wieder lügen und verschwinden würde. „Ich muss zurück an die Arbeit."

„Ich auch." Sie drehte sich um, um zu gehen. „Ich werde Sie wissen lassen, wie ich mich entschieden habe, bevor sie zurückkommt. Ich denke nicht, dass es richtig wäre, sie zu feuern, das kann ich Ihnen jetzt schon sagen. Sie sollte aber eine Abmahnung bekommen."

„Das denke ich auch." Ich wollte Alexa nicht mit ihrem betrügerischen Verhalten davonkommen lassen. Hauptsächlich, weil es für sie keinen Grund gab, mich oder ihre Vorgesetzte zu täuschen. Aber sie hatte noch nie einen Job gehabt, also wusste ich nicht, ob sie geglaubt hatte, zu solchen Mitteln greifen zu müssen, um kurzfristig Urlaub zu bekommen.

Am nächsten Abend saß ich zu Hause und sah mir im Fernsehen ein Footballspiel an, als es an meiner Tür klingelte. Ich hatte erwartet, dass Luci irgendwann auftauchen würde, also machte ich sofort auf. „Hey, alter Freund."

„Hey, Patton." Er kam mit schlaffen Schultern herein. Ich hatte noch nie einen so niedergeschlagenen Ausdruck auf seinem Gesicht gesehen. „Bitte sag mir, dass du Scotch hast. Ich brauche einen Drink, mehr als je zuvor in meinem Leben."

„Ich habe zufällig eine Flasche hier." Ich ging zu der Bar im Wohnzimmer und machte ihm einen Drink, als er auf einen Sessel sank. „Du siehst schrecklich aus." Ich gab ihm das Glas und setzte mich auf die Couch. „Geht es deiner Mutter gut?" Sein hoffnungsloser Gesichtsausdruck konnte unmöglich an seiner Schwester liegen. Immerhin kam sie zurück.

Er trank einen langen Schluck, bevor er antwortete. „Mom geht es im Moment gut. Sie hatte gestern den Termin beim Kardiologen. Es müssen noch einige Tests durchgeführt werden, aber die Diagnose lautet Herzversagen."

„Das klingt nicht gut, Luciano." Ich war mir nicht sicher, was genau diese Diagnose bedeutete, aber die Vorstellung, dass einem das Herz versagte, klang verdammt ungesund.

„Es ist gar nicht gut, mein Freund. Der Arzt sagte, dass sie eine schwere Herzinsuffizienz hat. Niemand möchte, dass es noch schlimmer wird, da dies bedeuten würde, dass sie selbst im Sitzen oder Liegen Schwierigkeiten beim Atmen hätte. Im Moment hat sie nur Probleme, wenn sie zu lange steht."

„Was macht der Arzt?"

„Er gibt ihr Medikamente, um zu testen, welche für sie am besten geeignet sind. Die Hauptsache ist, Stress abzubauen. Und genau das ist am schwierigsten. Das Leben bringt stressige Situationen mit sich, die nicht vermieden werden können." Er trank einen weiteren Schluck und seine Hand zitterte, als er das Glas an seinen Mund führte.

„Nun, zumindest wird Alexa deiner Mutter keinen Stress machen, da sie auf dem Rückweg hierher ist. Ich will unbedingt wissen, warum zum Teufel sie den ganzen Weg nach Kalifornien gefahren ist und warum sie dachte, sie müsste mich anlügen." Ich beugte mich vor und nahm mein Bier vom Couchtisch, während ich darauf wartete, dass er es mir erklärte.

Seine Brust hob und senkte sich, als sich die Sorgenfalten in seiner Stirn vertieften. „Nun, anscheinend hatten sie und dieser miese Kerl eine Beziehung."

„Ich wusste es." Meine ersten Instinkte waren genau richtig gewesen. „Also wollte sie zu ihm. Aber warum glaubte sie nicht, dass sie mir davon erzählen könnte? Ich hätte ihr dafür freigegeben. Sie kann jederzeit Urlaub nehmen. Glaubst du, sie hat das einfach nicht verstanden?"

Er schüttelte langsam den Kopf und fuhr fort: „Ich denke, sie war völlig durcheinander, als sie wegging."

„Warum?", fragte ich ratlos. „Hat er mit ihr Schluss gemacht?"

„Nein." Er trank noch einen Schluck. „Sie sagte mir, dass sie seit seiner Abreise überhaupt nicht mehr kommuniziert hatten. Er ist damals verschwunden, ohne sich von ihr zu verabschieden oder ihr seine Nummer zu geben."

„Also hat sie im Haus des Diakons herumgeschnüffelt und dort seine Adresse gefunden?" Ich hätte nicht gedacht, dass sie so etwas tun würde.

„Sie sagte mir, dass sie seine Adresse und Telefonnummer auf dem Schreibtisch im Eingangsbereich gefunden hat." Er trank weiter und seine Lippen bildeten eine dünne Linie, als Wut seine Augen füllte. „Sie musste ihn einfach finden. Sie hatte das Gefühl, ihm die Gelegenheit geben zu müssen, das Richtige zu tun."

„Das Richtige? Was soll das heißen?" Bei diesem Begriff fiel mir nur ein Szenario ein. „Haben sie und er …? Haben die beiden …? Oh, verdammt!"

Nickend stimmte er mir zu: „Ja, verdammt. Alexa erzählte mir, dass Alejandro sie fünf Monate lang umworben hat. Er hat behauptet, nicht zurück nach Kalifornien zu wollen, weil sie ihm so viel bedeutete und er sie brauchte. Schließlich gab sie seinem ständigen Drängen nach. Sie haben ungefähr eine Woche lang miteinander geschlafen, dann ist sie eines Morgens zur Arbeit gegangen und als sie zurückkam, war er weg. Seine Eltern sagten ihr, dass er sie bei der Arbeit angerufen und gefragt hatte, ob sie ihn zum Flughafen fahren könnten, weil er bereit war, sein Studium fortzusetzen."

Angesichts ihrer Erziehung war es nicht schwer zu erraten, dass sie nicht verhütet hatte. „Sie ist schwanger."

„Ja, das ist sie. Sie hat sofort einen Schwangerschaftstest gemacht, nachdem du sie von der Arbeit nach Hause geschickt hattest. Als der Test positiv war, wollte sie unbedingt zum Vater des Babys und ihn um Hilfe bitten." Er trank mehr von dem Scotch und holte tief Luft. Dann sagte er: „Dieser Bastard will nichts mit ihr oder dem Baby zu tun haben. Sie sagte, dass er sowieso nicht der Mann ist, für den sie ihn gehalten hatte. Er lebt in Los Angeles mit einem Mädchen zusammen. Alexa würde ohnehin nicht wollen, dass er am Leben des Kindes Anteil hat. Er ist ein schrecklicher Mensch."

Ich war froh zu hören, dass sie nicht nur wegen der Schwangerschaft versuchen würde, den Kerl zu halten. „Ich möchte nicht, dass du dir Sorgen machst, Luci. Sie hat einen guten Job und kann hier bleiben, während ich eine eigene Wohnung für sie finde. Ich werde dafür sorgen, dass sie sich die Miete von ihrem Gehalt leisten kann. Und sie ist krankenversichert. Außerdem haben wir im Resort eine Kindertagesstätte, die sowohl für die Gäste als auch für das Personal kostenlos ist. Alexa wird zurechtkommen."

Seine dunklen Augen hoben sich langsam, um meine zu treffen. „Ja, ich weiß, dass sie zurechtkommen wird, mein Freund. Es ist meine Mutter, um die ich mir Sorgen mache. Wenn sie herausfindet, dass ihr kleiner Engel – ihr Wunder – nicht nur unehelichen Sex hatte, sondern auch im Begriff ist, unverheiratet ein Baby zu bekommen, wird es sie umbringen. Sie wird nicht einmal mehr lange genug leben, um das Gesicht ihres Enkels zu sehen."

Daran hatte ich nicht gedacht. „Verdammt, Luci. Das ist ein schrecklicher Gedanke."

„Ja. Und deshalb muss ich dich bitten, etwas zu tun, mit dem ich nie gerechnet hätte. Nicht in einer Million Jahren hätte ich das kommen sehen."

Ich hatte keine Ahnung, was ich noch für ihn oder Alexa tun könnte. Aber er war einer meiner ältesten und besten Freunde. „Frage einfach, Luciano."

„Willst du meine Schwester heiraten, Patton?"

KAPITEL ACHT

ALEXA

Ich war insgesamt sechs Tage weg gewesen, als ich nach Austin zurückkehrte. Luciano hatte mir versichert, dass alles gut werden würde. Ich sollte zu Pattons neuem Haus am Stadtrand fahren und er würde mich über alles informieren.

Ich hatte meinen Job nicht verloren, das war schon einmal eine Erleichterung. Ich würde ihn auf jeden Fall brauchen, um meine Ausgaben für die Schwangerschaft und das Baby zu decken.

Ich werde Mutter!

Ich streichelte meinen Bauch und konnte nicht anders, als Freude darüber zu empfinden, dass ein kleiner Mensch in mir heranwuchs. Es war mir egal, dass sein Vater der schlimmste Mann der Welt war. Ich liebte mein Baby bedingungslos. Und ich hoffte, meine Mutter würde es irgendwie auch schaffen, ihr unerwartetes Enkelkind zu lieben.

Luciano hatte mir gesagt, dass er sich einen idiotensicheren Plan einfallen lassen würde, um unseren Eltern von meinem Zustand zu erzählen. Er sagte, sie würden sich sogar darüber freuen. Im Moment sollte ich jedoch meine Neuigkeiten verschweigen, wenn ich mit Mom sprach. Das erwies sich als schwierig, da wir auf meiner Rückfahrt lange telefonierten.

Ich musste die Tatsache vor ihr verbergen, dass ich so viel fuhr.

Sie durfte nicht wissen, dass ich in Kalifornien gewesen war, oder sie würde sich aufregen. Mein Bruder hatte mir erzählt, dass sich ihr Zustand verschlechtert hatte, also wusste ich, dass ich aufpassen musste, was ich zu ihr sagte.

Die letzten sechs Tage allein zu sein, war nicht einfach gewesen, wenn mir so viel im Kopf herumging. Ich freute mich auf den Tag, an dem ich endlich mit anderen über mein Baby sprechen konnte. Es war eine sehr seltsame Zeit in meinem Leben. Ich war begeistert von dem Baby, aber traurig darüber, dass sein Vater so ein Idiot war. Und ich war traurig darüber, wie sich meine Neuigkeiten auf meine Mutter auswirken könnten. Ich wollte, dass sie genauso glücklich war wie ich. Aber ich wusste, dass das nicht passieren würde. Zumindest vorerst nicht.

Ich betete, dass sie sich mit dem Gedanken, dass ich eine alleinerziehende Mutter sein würde, anfreunden könnte. Ich hatte einen tollen Job, der es mir ermöglichte, das Baby zur Arbeit mitzunehmen. Es gab eine Kindertagesstätte im Resort, sodass ich nie weit von meinem Kind entfernt sein würde. Ich würde gut zurechtkommen.

Alles hätte viel schlimmer sein können und ich hoffte, dass meine Mutter das einsehen würde. Ich war kein hilfloser Teenager. Ich war zweiundzwanzig und würde dreiundzwanzig sein, wenn das Baby kam. Das Einzige, was ich bis dahin tun musste, war, mir ein schönes Zuhause einzurichten. Mein Baby hatte einen schönen Ort zum Leben verdient. Ich würde sicherstellen, dass es meinem Kind nie an etwas mangelte.

Als ich die Stadtgrenze von Austin überquerte, gab ich Pattons Adresse in das Navigationssystem ein. Er war vor ein paar Wochen in sein neues Haus gezogen und ich war noch nie dort gewesen. Dass ich bei ihm unterkam, während ich mir eine eigene Wohnung suchte, bedeutete mir viel. Er war meinem Bruder ein guter Freund, aber mir auch.

Er hatte mir meinen Traumjob verschafft und jetzt würde er mir wieder helfen, während ich mein Leben in Ordnung brachte. Patton Nash war ein Geschenk des Himmels. Ich war mir nicht sicher, wie ich ihm alles zurückzahlen würde, was er für mich getan hatte, aber ich würde einen Weg finden, ihm zu zeigen, wie dankbar ich für seine Unterstützung war.

Luciano hatte mir nicht verraten, was er Patton über den Grund für meine Abwesenheit oder meine Situation erzählt hatte. Ich nahm an, mein Bruder wollte, dass ich Patton meine Lage selbst erklärte. Das war in Ordnung. Es würde ein schwieriges Gespräch für mich werden, da ich nie gedacht hätte, dass ich ihm so intime Details über mich erzählen müsste, aber es gab schlimmere Dinge im Leben, also konnte ich nicht klagen.

Das Navigationssystem führte mich zu einer Vorstadtsiedlung und durch ein Labyrinth wunderschöner Häuser. Schließlich wies es mich an, vor einem Eisentor mit dem riesigen Buchstaben N in der Mitte anzuhalten. „Wow." Das Haus hinter dem Tor war unglaublich – das schönste in der gesamten Nachbarschaft.

Ich hatte gar nicht bemerkt, wie reich Patton geworden war, seit er das Resort mit seinen Brüdern eröffnet hatte. Er hatte nie zur Schau gestellt, dass er jede Menge Geld hatte. Er war immer noch der Mann, der er früher gewesen war – ein echter Schatz mit einem Herzen aus Gold.

Als ich die Nachrichten durchsah, die mein Bruder mir geschickt hatte, fand ich diejenige mit dem Torcode und tippte ihn ein. Die Auffahrt glänzte wie Glas, als ich zum Haus fuhr. Der Rasen war grün und perfekt gepflegt. Hohe Eichen, die Hunderte von Jahren alt sein mussten, flankierten die Auffahrt an beiden Seiten.

Das zweistöckige Haus aus cremefarbenem Naturstein sah einladend aus. Ich parkte in der Nähe der Haustür und stieg aus. Meine Beine fühlten sich wie Gelee an, da ich wusste, dass es an der Zeit war, Patton über die Angelegenheiten zu informieren, von denen ich nie gedacht hätte, dass ich sie ihm sagen würde.

Bevor ich an der Tür klingeln konnte, öffnete sie sich und er stand mit einem einladenden Lächeln vor mir. „Du bist zu Hause."

„Zumindest vorerst ist es tatsächlich mein Zuhause. Vielen Dank." Ich war mir nicht sicher, warum er so strahlend lächelte. Aber dann kam mir der Gedanke, dass mein Bruder ihm alles erzählt haben musste. Ich errötete vor Verlegenheit, senkte den Kopf, starrte auf den Boden und wusste nicht, was ich sagen sollte.

Seine Finger umfassten mein Kinn und zogen mein Gesicht hoch, sodass ich ihn ansah. „Du bist nicht die erste oder letzte junge Frau, die auf einen charismatischen Idioten hereingefallen ist. Es gibt keinen Grund, sich dafür zu schämen, was passiert ist."

Ich starrte in seine blauen Augen und mochte, wie sanft und verständnisvoll sie waren. „Ich fühle mich so dumm."

Er griff nach mir, zog mich in seine Arme und wiegte mich hin und her. „Hör auf, Alexa. Du bist nicht dumm. Ich kann mir nicht vorstellen, mir jemanden fünf Monate lang vom Leib zu halten – zumal du mit dem Kerl zusammengelebt hast."

„Es war nicht einfach." Pattons Worte – und seine Umarmung – spendeten mir Trost und gaben mir das Gefühl, umsorgt zu werden. Ich brauchte beides nach all den gemeinen Dingen, die Alejandro zu mir gesagt hatte. „Am meisten tut mir weh, dass alles, was er jemals zu mir gesagt hat, eine Lüge war. Ihn in Kalifornien zu sehen … es war, als wäre er ein ganz anderer Mensch. Er hat mich getäuscht. Genauso wie seine Eltern."

Patton ließ mich los, nahm meine Hand und zog mich mit sich ins Wohnzimmer. „Manche Menschen sind Meister darin, anderen etwas vorzuspielen. Ähnlich wie ein Chamäleon, das seine Farben ändert, um sich in seine Umgebung einzufügen, haben manche Menschen die Fähigkeit, sich vor ihrer Beute zu tarnen. Du bist nicht dumm, weil du so jemandem zum Opfer gefallen bist."

Er ließ mich auf einem bequemen Sessel Platz nehmen und gab mir die Gelegenheit, mir die atemberaubende Umgebung anzusehen. „Das ist ein wunderschönes Haus, Patton."

„Danke." Er ging hinter eine Bar aus dunkelrotem Holz. „Ich wollte, dass alles im Haus aus der Region kommt. Diese Bar wurde von einem texanischen Kunsthandwerker aus massivem Mahagoniholz geschnitzt. Die Steine, aus denen sich die äußere Umrandung zusammensetzt, stammen aus einem trockenen Flussbett, etwa zehn Meilen von hier entfernt."

Ich musste aufstehen, um es mir genauer anzusehen. Ich fuhr mit meiner Hand über die glänzende Oberfläche und dachte, dass ich noch nie so etwas gesehen hatte. „Es ist ein Kunstwerk, Patton. Nicht nur eine Bar."

Er musste einen kleinen Kühlschrank im hinteren Teil der Bar eingebaut haben, weil er sich vorbeugte und dann mit einem Glas kalter Milch und einem Muffin zurückkam. „Du brauchst nach der langen Heimfahrt einen kleinen Snack. Im Ofen in der Küche ist ein Lammbraten zum Abendessen, aber er wird erst in einer Stunde fertig sein."

Ich war hungrig und sehr dankbar für seine Fürsorge. „Danke, Patton. Das klingt großartig. Ich habe noch nie Lamm gegessen, aber ich denke, ich werde es mögen." Ich probierte einen Bissen von dem Muffin und trank einen Schluck Milch, während Patton um die Bar kam und sich auf einen der weich gepolsterten Barhocker setzte. Ich stieg auf den Hocker neben ihm und aß weiter.

„Luci und ich haben ausführlich darüber gesprochen, wie man deiner Mutter deine Neuigkeiten so überbringen könnte, dass sie nicht gestresst wird. Wir wollen ihr nicht noch mehr Herzprobleme bereiten, als sie schon hat." Er trommelte mit den Fingern auf die Bar.

„Hast du dir etwas ausgedacht?" Ich aß den Muffin auf und trank den Rest der Milch. „Meine Güte, ich glaube, ich war viel hungriger, als mir klar war."

„Du solltest dich daran gewöhnen – du musst deine Kalorienzufuhr erhöhen. Ich habe etwas darüber gelesen. Du sollst eine gesunde Schwangerschaft haben – für dich und das Baby." Er hörte auf, mit den Fingern zu trommeln, nahm meine Hände in seine und zog mich zu sich, sodass ich ihn ansah. „Alexa, dein Bruder und ich haben eine Idee, die wir für das Beste für alle halten."

Ich wartete gespannt. „Rede schon. Ich will unbedingt wissen, was der Plan ist. Es bringt mich um, Mom nichts zu sagen. Obwohl die Umstände nicht perfekt sind, halte ich die Neuigkeiten für großartig. Ich weiß, dass das Baby keinen Vater hat, aber es wird geliebt werden."

„Das wird es." Er leckte sich die Lippen. „Und es wird einen Vater haben, Alexa."

Ich wollte nichts mit Alejandro zu tun haben. „Hör zu, ich will nicht, dass mein Bruder oder du Alejandro dazu bringt, mich zu heiraten, oder dass ihr ihn dazu zwingt, dem Baby ein Vater zu sein. Er ist kein guter Mensch, Patton, und ich möchte dieses Baby nicht mit ihm teilen. Biologischer Vater oder nicht, er ist niemand, den ich im Leben meines Kindes haben möchte."

„Das sehe ich genauso", sagte er zu meiner Verwirrung. „Er wird nicht derjenige sein, der diesem Baby ein Vater ist. Das werde *ich* sein, Alexa."

Ich konnte ihm nicht folgen. „Das verstehe ich nicht. Willst du damit sagen, dass du und mein Bruder glaubt, dass meine Mutter nicht gestresst wird, solange sie denkt, dass du mich geschwängert hast? Ich kann dir versichern, dass sie genauso verärgert darüber sein wird, dass ich unehelichen Sex mit dir hatte wie bei jedem anderen Mann. Das ist also kein guter Plan." Ich hatte mir so große Hoffnungen gemacht.

„Das ist nicht der ganze Plan." Er drückte meine Hände sanft. „Du und ich werden sofort heiraten."

„Nein!" Zu sagen, ich sei fassungslos, wäre eine Untertreibung gewesen. In diesem Moment wusste ich nur, dass ich nicht zulassen konnte, dass er so viel für mich tat. „Patton, nein!"

„Hör mir zu, Alexa." Er schien sich auf meine Reaktion vorbereitet zu haben. „Es wird eine rechtsgültige Ehe sein, aber keine echte, sondern eine Vernunftehe, wie es sie immer schon gibt. Nachdem das Baby geboren worden ist und sich die Dinge beruhigt haben, werden wir uns scheiden lassen. Aber ich werde mich immer um dich und das Baby kümmern, zumindest finanziell. Und ich werde dem Baby immer ein Vater sein. Auf diese Weise wirst du deine Mutter nicht verärgern und auch nicht in einer Ehe mit einem Mann gefangen sein, den du nicht liebst. Eines Tages wirst du einen Mann heiraten können, in den du dich verliebt hast."

„Ich bin schon seit einem Monat schwanger. Sie wird wissen, dass wir gelogen haben, wenn das Baby in acht statt neun Monaten kommt." Ich war überhaupt nicht von diesem Plan überzeugt. Er klang verrückt. „Und was ist mit dir, Patton? Diese Scheinehe könnte dich davon abhalten, eine Frau zu finden, die du liebst. Was ist, wenn du die Richtige verpasst, weil du an mich gebunden bist – wenn auch nicht allzu lange?"

„Darüber mache ich mir keine Sorgen. Ich mache mir allerdings Sorgen um deine Mutter. Wir müssen nur etwa ein Jahr verheiratet bleiben. Das ist nicht zu viel Zeit in meinem Leben – oder in meinem Liebesleben –, um sie nicht für eine Frau wie deine Mutter zu opfern, Alexa. Deine Familie war immer für mich da, nachdem meine Eltern gestorben waren. Ich kann deiner Mutter ein Jahr schenken."

Obwohl ich von Pattons und Lucis Plan überwältigt war und viele Fragen hatte, setzte sich ein Gedanke in meinem Kopf durch: *Ich wäre dumm, diesen Mann nicht zu heiraten.*

KAPITEL NEUN

PATTON

„Okay, Alexa", sagte ich, als wir ein Uber von dem kleinen Flughafen nahmen, der dem Haus ihrer Eltern in der Umgebung von Houston am nächsten lag. „Wir sind verliebt. Wir sind seit drei Monaten richtig zusammen, aber wir haben uns schon kurz nach deiner Ankunft in Austin verabredet. Es ist wichtig, dass wir uns beide an diesen Zeitrahmen halten, sonst wissen deine Eltern, dass etwas nicht stimmt."

„Verstanden." Sie rang die Hände auf ihrem Schoß und war offensichtlich nervös. „Das wird so peinlich, Patton."

Das war das Einzige, was es definitiv nicht sein durfte. „Du musst so tun, als wäre alles wahr, sonst wird deine Mutter uns durchschauen, und das dürfen wir nicht zulassen." Luciano würde auch im Haus seiner Eltern sein, um sicherzustellen, dass sie wussten, dass er für unsere Ehe war. „Weißt du, dein Bruder muss auch lügen. Das müssen wir alle. Aber du musst dich daran erinnern, warum wir deine Eltern täuschen."

„Mom", flüsterte sie, als sich ihre Augen trübten. „Ich darf nicht zulassen, dass sie das umbringt." Sie wischte die unvergossenen Tränen weg, nickte und schluckte. „Ich kann das für sie tun." Lächelnd sah sie mich mit Ehrfurcht in ihren dunklen Augen an. „Patton, ich weiß nicht, wie ich dir jemals für das Opfer danken soll, das du für mich bringst – für meine Familie und für dieses Baby." Sie strich mit der Hand über ihren Bauch. „Das werde ich dir nie zurückzahlen können."

Ich wollte nicht, dass sie glaubte, mir zu Dank verpflichtet zu sein. „Alexa, ich mache das, weil mein Herz es so will. Weil es richtig ist, dir zu helfen. Ich erwarte keine Gegenleistung." Achselzuckend dachte ich, dass sie ruhig wissen sollte, wie ich wirklich empfand. „Ich bin zweiunddreißig. Auf keinen Fall uralt, aber auch kein unreifer Teenager mehr. Ich weiß, dass ich deinem Kind ein guter Vater sein kann. Und ich bin bereit dafür."

„Denkst du wirklich so?", fragte sie und runzelte besorgt die Stirn. „Weil ich nicht glaube, dass du genug Zeit hattest, um diese ganze Sache vollständig zu verdauen. Wie kannst du dir sicher sein, dass du bereit bist, Vater zu werden?"

„Ich habe mich schon längst ausgetobt. Jetzt liebe ich meine Arbeit und mein Leben. Und ich glaube, dass es eine fantastische Erfahrung sein wird, ein Kind daran teilhaben zu lassen." Mir fiel auf, dass sie in dieser Erklärung nicht vorkam. Ich griff nach ihrer Hand und drückte sie sanft. „Außerdem denke ich, dass es eine fantastische Erfahrung sein wird, ein Kind mit dir zu haben."

Ihre großen Augen sagten mir, dass sie von diesem Plan viel weniger überzeugt war als ich. „Wie kannst du dir so sicher sein?"

„Ich kenne dich seit deiner Geburt und habe mehr Zeit mit dir verbracht als mit irgendeiner anderen Frau auf diesem Planeten. Wenn die Dinge anders gekommen wären, wäre ich für dieses Kind wahrscheinlich sowieso wie ein Onkel gewesen." Ich lächelte sie an und versuchte, die Stimmung aufzulockern, bevor ich wieder ernst wurde. „Wir haben uns immer gut verstanden und kennen uns auf einer tiefen, persönlichen Ebene." Ich musste sie wissen lassen, wie ich für sie empfand, damit sie darauf vertrauen konnte, dass wir gemeinsam ein Kind großziehen konnten. „Ich respektiere dich, Alexa."

„Und ich respektiere dich, Patton." Ihr Lächeln ließ mein Herz höherschlagen. „Du und ich werden großartige Eltern sein."

„Ich weiß, dass wir das sein werden." Als wir die Einfahrt ihrer Eltern erreichten, war es Zeit, eine großartige Show für sie zu veranstalten. „Bist du bereit, Alexa? Ich werde deine Hand halten, dich umarmen und sogar küssen. Nicht auf den Mund, weil ich das nie vor deiner Familie tun würde, aber auf die Wange. Du kannst mich auch auf die Wange küssen. Wir müssen es echt aussehen lassen."

Der Uber-Fahrer parkte das Auto und sah zu uns auf den Rücksitz. „Wow. Das war mit Abstand das seltsamste Gespräch, das ich jemals bei der Arbeit gehört habe. Viel Glück. Sie werden es brauchen."

Als ich aus dem Auto stieg, war es mir ein wenig peinlich, dass jemand alles gehört hatte, was wir gesagt hatten. „Danke für Ihre Diskretion."

„Sicher."

Ich half Alexa aus dem Auto und hörte, wie ihre Mutter die Haustür öffnete. „Sie sind hier!"

Alexa hatte sie am Vorabend angerufen, um sie wissen zu lassen, dass wir zu Besuch kommen würden. Ihre Eltern hatten nicht einmal gefragt, warum ich mitkam. Ich war schon so lange ein Teil ihrer Familie, dass sie es normal fanden, dass ich Alexa bei ihrem Besuch zu Hause begleitete.

Alexa rannte zu ihrer Mutter und schlang die Arme um sie. „Ich habe viel zu lange damit gewartet, euch zu besuchen, Mom."

„Das hast du, Kleine." Ihre Mutter erwiderte die Umarmung. „Aber wir sind stolz auf dich, weil du so hart gearbeitet hast, also sind dein Vater und ich nicht wütend, dass du nicht früher zu uns gekommen bist." Sie ließ ihre Tochter los und sah mich an. „Und Patton, wie schön, dass du ebenfalls gekommen bist."

Ich umarmte sie und verspürte einen Anflug von Schuldgefühlen, weil ich wusste, dass gleich die Lügen beginnen würden. „Es ist so nett von Ihnen, mich zu empfangen."

Wir gingen alle ins Haus, wo Luciano und Mr. De La Cruz standen, um uns zu begrüßen. Luci lächelte breit, als er seine Schwester umarmte und so tat, als hätten sie sich am Vortag nicht gesehen. „Meine Güte, du wirst erwachsen, Alexa."

Ich war mir sicher, dass er das sagte, um seine Eltern daran zu erinnern, dass Alexa kein Kind mehr war. „Sie ist eine junge Frau geworden", fügte ich hinzu. Ich schüttelte die Hand ihres Vaters und fuhr fort: „Ihre Tochter hat sich im Resort bereits einen Namen gemacht. Viele unserer Stammgäste fragen direkt nach ihr."

„Das sind wundervolle Neuigkeiten", sagte ihr Vater und platzte fast vor Stolz. „Was man auch tut, man muss es gut machen oder es ist keinen Cent wert."

„Genau." Ich sah Alexa an, holte tief Luft und stählte mich für das, was kommen würde. „Bist du bereit?"

Sie nickte, trat neben mich und hakte sich bei mir unter. „Mom, Dad, wir möchten euch etwas sagen."

Ich hatte Angst, dass sie sofort auf den Punkt kommen würde, also mischte ich mich ein: „Wissen Sie, seit Alexa nach Austin gezogen ist und wir jeden Tag zusammenarbeiten, betrachten wir einander in einem anderen Licht. Wie Sie sehen können, hat sich Ihre Tochter zu einer wahren Schönheit entwickelt – sowohl innerlich als auch äußerlich. Sie ist eine bemerkenswerte Frau mit hohen moralischen Werten."

Alexa mischte sich ein: „Und Patton ist ein wunderbarer Mann, den ich sehr respektiere. Wir haben viel Zeit miteinander verbracht."

Ich sah, wie die Augen ihrer Mutter zwischen uns hin und her huschten. „Seid ihr beide zusammen?", fragte sie fast flüsternd.

Luci trat neben seine Mutter. „Nur damit ihr Bescheid wisst – Patton hat mit mir darüber gesprochen, mit Alexa auszugehen, bevor er sie gefragt hat. Sie haben seit Monaten meine Zustimmung."

„Ich verstehe." Mrs. De La Cruz nickte, als ein Lächeln ihre Lippen krümmte. „Was denkst du, Schatz?", fragte sie ihren Mann, der auf ihrer anderen Seite stand.

Mr. De La Cruz sah mich lange an, lachte dann und klatschte in die Hände. „Ich denke, das sind großartige Neuigkeiten. Es gibt keinen besseren Mann für unsere Tochter als diesen hier!"

Freude breitete sich in mir aus, weil es noch besser gelaufen war, als ich gehofft hatte. Ich umarmte Alexa und flüsterte ihr ins Ohr: „Zumindest freuen sie sich über uns. Nur noch eine Hürde."

Sie küsste meine Wange und es überraschte mich, als ein kleiner Stromstoß durch mich schoss. „Endlich ist das Geheimnis gelüftet, *mi amor*." Sie umarmte ihre Mutter und ihren Vater. „Ich bin so froh, dass ihr es gutheißt."

„Wie könnten wir es nicht gutheißen?", fragte ihre Mutter. „Patton ist ein wundervoller Mann."

Schuldgefühle erfüllten mich, als ihre Mutter von mir schwärmte und mich anstrahlte. Ich versuchte, es zu ignorieren – ich tat das alles nur um ihrer Gesundheit willen. „Und Ihre Tochter ist eine wundervolle Frau."

Mrs. De La Cruz schlang ihre Arme wieder um mich und umarmte mich fest. „Du hast mich so glücklich gemacht, Patton."

Nach einem köstlichen Abendessen zogen sich Luci, sein Vater und ich auf einen Drink ins Arbeitszimmer zurück. Luci stieß mich an, als wir seinem Vater folgten. „Ich denke, das wäre der perfekte Zeitpunkt, um ihn zu fragen."

„Glaubst du nicht, dass ihm das übereilt erscheinen wird?" Ich war besorgt, dass wir die Dinge überstürzten.

Luci zog eine Augenbraue hoch, als er mich seltsam ansah. „Zeit ist hier von entscheidender Bedeutung."

Damit hatte er recht. Mit jedem Tag, den wir mit der Hochzeit warteten, würde deutlicher werden, dass Alexa schwanger war. „Gutes Argument."

Sein Vater schenkte uns allen Scotch ein und als er und Luci sich setzten, blieb ich stehen. Sein Vater betrachtete mich. „Dir scheint etwas im Kopf herumzugehen, Patton."

„Ja, Sir." Ich stellte das Glas auf den Beistelltisch und versuchte, mich darauf vorzubereiten, eine Frage zu stellen, die ich noch nie zuvor gestellt hatte. „Mr. De La Cruz, Sie wissen, dass ich Ihnen größten Respekt entgegenbringe."

„Das tue ich." Er trank einen Schluck und beobachtete mich über den Rand seines Glases.

„Seit Ihre Tochter und ich zusammen sind, habe ich sie mit dem Respekt behandelt, den Sie verlangen. Ich habe nie ihre Grenzen überschritten, Sir." Ich hatte meine kleine Rede am Morgen in der Dusche geprobt, aber die Worte blieben mir im Hals stecken.

Mache ich hier das Richtige?

Alexas Vater anzulügen, fühlte sich falsch an. So falsch, dass mein Körper verzweifelt versuchte, mich davon abzuhalten. Aber ich sah meinen besten Freund an und fand in seinen Augen die Bitte, weiterzumachen.

Mr. De La Cruz stellte sein Glas ab. „Das sind willkommene Neuigkeiten, Patton. Ich danke dir."

Ich schluckte schwer und machte weiter. „Ich habe mich in Ihre Tochter verliebt, Sir."

„Das kann ich sehen." Er lächelte. „Die Art, wie du mit ihr umgehst, zeigt mir das. Du bist sehr fürsorglich."

Ich hatte es versucht und anscheinend hatten die wenigen Berührungen, die wir während des Besuchs gewagt hatten, dazu beigetragen, dass ihre Eltern glaubten, wir wären verliebt. „Ich verehre Alexa. Und ich weiß, dass es keine andere Frau für mich gibt, Sir."

Nickend lächelte er. „Sie ist ein seltenes Juwel, nicht wahr?"

„Das seltenste, Sir." Ich zog die kleine Schatulle aus meiner Tasche und öffnete sie, um ihm zu zeigen, was darin war. „Ich habe das hier kürzlich für sie gekauft. Bevor ich es ihr gebe und ich ihr eine sehr wichtige Frage stelle, möchte ich Sie fragen, ob Sie damit einverstanden sind, dass ich Ihre Tochter heirate."

Einen langen Moment saß er da und starrte an die Decke, dann sah er mich mit leuchtenden Augen an. „Ich stimme der Heirat von dir und meiner Tochter mit ganzem Herzen zu, Patton Nash. Nichts würde mich glücklicher machen." Er hielt einen Finger hoch. „Das ist nicht ganz richtig. Ich möchte den Antrag miterleben, damit ich die Augen meiner Tochter sehen kann, wenn du ihr diese wichtige Frage stellst."

Das hatte ich nicht erwartet, aber als ich Luci aus dem Augenwinkel nicken sah, beschloss ich, mitzuspielen. „Wie wäre es, wenn ich sie jetzt frage?"

Mr. De La Cruz stand auf. „Lasst uns nachsehen, was die Frauen im Wohnzimmer machen."

Als wir zu dritt ins Wohnzimmer gingen, hörten Alexa und ihre Mutter auf zu reden. Ihre Augen waren auf mich gerichtet. „Sind die Herren schon mit Ihren Drinks fertig?"

„Das sind wir", sagte ihr Vater, als er seinen gewohnten Platz auf dem Sessel einnahm.

Luciano setzte sich auf das Sofa, während ich zu Alexa ging, die auf einem anderen Sessel saß. „Meine Liebe, ich muss dich etwas Wichtiges fragen." Ich sank auf ein Knie und hielt die Schatulle in meiner Hand, während die Schuldgefühle in mir tobten wie ein wilder Fluss.

Ich war kein geborener Schauspieler, aber ein Blick auf Mrs. De La Cruz, die ihre Hände auf ihren Mund presste, während Tränen über ihre Wangen liefen, machte mich zu einem Oscar-Kandidaten. „Alejandra Consuela Christina De La Cruz, erweist du mir die große

Ehre, meine Frau zu werden?" Ich öffnete den Deckel der Schatulle und zeigte ihr den Ring, den sie bereits gesehen und sogar anprobiert hatte, als wir ihn vor dem Besuch bei ihrer Familie gekauft hatten.

Sie streckte ihre zitternde Hand aus und flüsterte mit einem Beben in ihrer Stimme: „Ich würde dich liebend gern heiraten, Patton James Nash."

Als ich den Ring auf ihren Finger schob, blitzte etwas in mir auf und mein Körper wurde glühend heiß. Ich war mir nicht sicher, was es war, aber ich dachte, es müssten Schuldgefühle vermischt mit Aufregung sein.

Ich stand auf und zog sie mit mir hoch, um sie in meine Arme zu nehmen. Ich sah auf sie hinunter, als Tränen über ihre Wangen strömten. „Ich liebe dich, Alexa. Du hast mich zu einem unglaublich glücklichen Mann gemacht."

Schluchzend vergrub sie ihr Gesicht in meiner Brust, als sie sich an mich schmiegte. „Ich liebe dich auch, Patton."

Luciano kam näher und schlang seine Arme um uns. „Ich freue mich so für euch beide. Ihr habt keine Ahnung, wie glücklich ihr diese Familie gemacht habt."

Weitere Arme legten sich um uns, als ihre Eltern zu uns traten. Ich fühlte mich in ihrer Familie so willkommen wie noch nie zuvor. Und alles wegen einer Lüge.

Ich durfte nicht daran denken, also schüttelte ich meinen Kopf, um ihn freizubekommen. „Es gibt noch eine Überraschung. Alexa und ich werden innerhalb der nächsten Stunde aufbrechen, um nach Las Vegas zu fliegen und so schnell wie möglich zu heiraten."

„Im Ernst?", fragte Alexa fassungslos – obwohl es für sie überhaupt keine Überraschung war. Wir hatten die Hochzeitsreise zusammen mit all den anderen Lügen besprochen, die wir erzählen mussten.

„Ich meine es völlig ernst. Ich will dich zu meiner Frau machen, bevor die Sonne morgen Abend den Himmel verlässt."

Je früher wir diese Hochzeit hinter uns bringen, desto besser.

KAPITEL ZEHN

ALEXA

Ich setzte mich in unserer Flitterwochen-Suite in einem schicken Hotel in Las Vegas auf das Sofa und wusste nicht, wie ich mich fühlen sollte. Ich wusste nicht, was ich tun sollte. Ich wusste nicht, wie ich mich verhalten sollte.

Als ich den Ehering an meinem Finger betrachtete, der wie Pattons Ring aussah, hatte ich das Gefühl, zu ersticken. Die Ehe war jetzt real, rechtsgültig und in jeder Hinsicht legitim. Die Liebe war jedoch nicht da, genauso wenig wie die Leidenschaft, und das Wissen, dass er und ich nur geheiratet hatten, um meiner Mutter jeglichen Stress zu ersparen, belastete mich.

Die Hochzeitszeremonie hatte vor weniger als einer Stunde statt-gefunden, aber meine Erinnerungen daran waren bereits verschwommen. Der Elvis-Imitator, der uns getraut hatte, musste die richtigen Antworten von mir bekommen haben, denn das Einzige, woran ich mich erinnern konnte, war, ihn sagen zu hören: „Sie dürfen die Braut jetzt küssen."

Patton hatte meine Hände ergriffen, mich an sich gezogen und seine Lippen auf meine gedrückt. Die Taubheit, die ich den ganzen Tag gefühlt hatte, war augenblicklich verschwunden. Stattdessen war ein Feuerwerk in meinem Kopf explodiert und mein Herz war fast aus meiner Brust gesprungen. So etwas hatte ich noch nie erlebt. Der

Kuss hatte mir das Gefühl gegeben zu schweben, als Patton mich aus der kleinen weißen Kapelle zu unserer Suite geführt hatte.

Patton hatte mir alles geben wollen, was ich bei einer echten Hochzeit gehabt hätte. Er hatte mir ein wunderschönes, teures Hochzeitskleid von Vera Wang gekauft. In Las Vegas gab es alles und wer genug Geld hatte, konnte innerhalb weniger Stunden die edelste Designer-Kleidung der Welt tragen.

Patton hatte mir für unsere Flitterwochen eine neue Garderobe gekauft. Er hatte gesagt, wir müssten viele Fotos machen, damit auf meine Eltern alles echt wirkte.

„Du siehst fantastisch aus." Er machte ein Foto von mir auf dem Sofa und stellte die Kamera auf ein Stativ. „Das habe ich dir schon gesagt, oder? Du siehst wirklich schöner denn je aus." Er grinste. „Die Ehe bekommt dir gut, Mrs. Nash."

Ich legte den Kopf schief und hatte Schwierigkeiten zu verstehen, wie er so cool und selbstbewusst sein konnte. „Patton, du weißt, was wir gerade getan haben, richtig? Wir haben geheiratet. Du bist kein Single-Mann mehr und ich keine Single-Frau. Im Moment sind wir auf eine Weise aneinander gebunden, die keiner von uns jemals ahnen konnte. Es ist ein bisschen überwältigend, oder?"

„So darfst du nicht denken. Wir haben getan, was wir tun mussten." Er rückte seine Krawatte zurecht und fuhr mit den Händen über sein Jackett. Er trug einen schwarzen Anzug von Tom Ford und sah darin so gut wie ein Model aus. „Zeit für ein paar Bilder."

Er kam zu mir und hielt mir seine Hände hin. „Ich werde dich auf meinen Schoß setzen. Das wirkt romantisch."

Auf seinem Schoß zu sitzen, war neu für mich. Ich konnte mich nicht erinnern, es jemals getan zu haben – nicht einmal als Kind. Aber wir mussten Fotos machen, also stand ich auf und tat, was er wollte. „Soll ich meine Hände auf deine Wangen legen, sodass wir uns in die Augen sehen können – oder so ähnlich?"

„Klingt gut." Er wartete darauf, dass ich in Position ging. Unsere Blicke trafen sich und er drückte auf den Auslöser in seiner Hand. „Das wird gut. Wie wäre es jetzt mit einem Foto, auf dem wir uns küssen?"

Mein Magen zog sich zusammen und meine Lippen prickelten. Mein Körper erinnerte sich daran, wie es sich anfühlte, den Mann zu küssen, der jetzt mein Ehemann war. „Okay."

„Ich lasse dich den ersten Schritt machen, Alexa. Komm näher, wenn du bereit bist." Seine blauen Augen suchten meine. „Bist du damit einverstanden?"

Mein Herz schmolz dahin. Er war so süß. „Ich kann ehrlich sagen, dass es viel angenehmer ist, dich zu küssen, als diesen Idioten."

Sein Lachen klang wundervoll in meinen Ohren. „Ich bin froh, das zu hören."

Ich kam näher und schloss die Augen, weil es schwierig war, mich zu konzentrieren, wenn ich in seine azurblauen Augen blickte. Langsam gelangte ich zu ihm, bis sich unsere Lippen berührten. Ich hörte, wie er das Foto machte. Danach hörte ich nichts mehr außer dem Knallen des Feuerwerks, das wieder in meinem Kopf losging.

Ich hatte gedacht, die Schwärmerei, die ich vor langer Zeit für ihn entwickelt hatte, wäre vorbei. Aber das Gefühl, als wir uns küssten, ließ mich daran zweifeln. Es war überwältigend. Als sich unsere Lippen voneinander lösten, atmete ich stoßweise.

Ich hatte meine Arme um seinen Hals gelegt, während wir uns küssten, ohne zu merken, was ich tat. Seine Hände ergriffen meine und zogen sie weg. „Ich denke, die Fotos werden echt aussehen."

Wahrscheinlich, weil es sich echt angefühlt hat.

Mir wurde bewusst, worum es bei Schwärmereien ging. Am Ende war man am Boden zerstört bei der Erkenntnis, dass alles nur eine einseitige Illusion gewesen war. Also wich ich zurück. „Ich habe Hunger, du auch?" Ich stieg von seinem Schoß und ging auf Abstand.

„Ich habe bei *Picasso* für uns reserviert." Er stand auf, ging zur Bar, füllte ein Glas mit Weißwein und schenkte mir Wasser ein. „Du solltest das hellblaue Kleid von Elie Saab und die Viola-Sandalen von Jimmy Choo anziehen. Die mit den Kristallverzierungen." Ein plötzliches Grinsen verzog seine Lippen, als er hinzufügte: „Ich habe ein Geschenk für dich in der Tüte mit den Schuhen versteckt. Trage es dazu."

„Patton, du hast mir schon viel zu viel gekauft. Du musst mir keine Geschenke mehr machen." Es fühlte sich falsch an, dass er mich so großzügig beschenkte. Immerhin war es nur eine Scheinehe.

„Wir müssen dafür sorgen, dass es echt aussieht." Er nippte an seinem Wein, bevor er fortfuhr: „Ein Mann, der seine Frau liebt, möchte ihr Geschenke machen. Jetzt ziehe dich um, damit wir ins Restaurant gehen können."

Ich fand das Kleid im Schrank und die Tüte mit den Schuhen darunter. Als ich den Schuhkarton herauszog, sah ich, dass eine Schatulle in die Tüte gesteckt worden war.

Die große, quadratische Form ließ mich vermuten, dass sich darin Schmuck befand. Nichts hätte mich allerdings auf das vorbereiten können, was ich fand, als ich den Deckel öffnete. Funkelnde, tropfenförmige Diamanten an einer Silberkette und passende Ohrringe. Ich konnte kaum atmen, da ich wusste, dass ich etwas in meinen Händen hielt, das mehr wert war als mein Auto.

Nachdem ich mich umgezogen hatte, legte ich den Schmuck an und betrachtete mich in dem großen Spiegel. „Wer bin ich?" Ich strich mit den Händen über das bodenlange Kleid und bewegte einen Fuß, sodass die funkelnde Sandale sichtbar wurde. „Ich bin Mrs. Patton Nash, das bin ich." Kichernd dachte ich daran, wie ich mir vorgestellt hatte, mit Patton verheiratet zu sein, als ich jünger gewesen war. Ich konnte nicht glauben, dass es tatsächlich dazu gekommen war. „Das ist nicht echt, Alexa. Daran musst du dich immer erinnern. Es ist *nicht* echt."

Patton klopfte an die Schlafzimmertür. „Bist du fertig? Wir sollten uns nicht verspäten."

„Ich komme." Ich ging zur Tür und öffnete sie.

Seine Augen weiteten sich und ihm klappte die Kinnlade herunter. „Du ... ähm, verdammt, Mädchen ... du siehst gut aus", stammelte er. „Okay, ich sage es einfach. Alexa, du siehst verdammt sexy aus. "

Ich errötete und mir wurde heiß. „Du hast alles ausgesucht. Ich habe es nur angezogen. " Als ich ihm in die Augen sah, musste ich ihn eines wissen lassen. „Du hast übrigens einen großartigen Geschmack." Ich berührte meine Halskette. „Danke für den Schmuck. Das ist das Schönste und Teuerste, was mir jemals jemand geschenkt hat."

Er strich mit der Hand über meine Schulter und flüsterte heiser: „Im Vergleich zu deiner Schönheit verblasst alles, Mrs. Nash. Das meine ich ernst. Ich möchte nicht, dass du glaubst, dass ich das nur dahinsage. Ich meine es auch so. Schließlich gibt es gerade niemanden in der Nähe, den wir täuschen müssen."

Patton hatte mich noch nie so angesehen wie in diesem Moment.

Ich war mir nicht sicher, was das bedeutete. Er hatte immer gesagt, dass die Ehe nicht echt sein würde. Aber was bedeutete das genau?

Mir kam in den Sinn, dass er erwartete, dass einige Dinge genauso sein würden wie in einer richtigen Ehe – und in diesem Augenblick war ich damit vollkommen einverstanden. „Patton, ich werde dir eine gute Ehefrau sein, das verspreche ich. Ich werde alles tun, was eine Ehefrau tut."

Er blinzelte und schien eine Sekunde lang fassungslos zu sein. „Wir werden keinen Sex haben. Ich würde das niemals von dir erwarten … das würde ich dir nicht antun, Alexa. "

Nicht einmal wenn ich dich darum bitte?

KAPITEL ELF

PATTON

Wir verbrachten den Abend mit Essen, Tanzen und Fotografieren, um die Bilder auf unseren Social-Media-Konten zu veröffentlichen. Wir hatten uns wirklich selbst übertroffen. Aber all unsere Küsse, Umarmungen und Berührungen hatten mich nicht kalt gelassen. „Ich werde auf dem Sofa schlafen." Ich deutete mit dem Kopf auf die Tür zum Schlafzimmer. „Du nimmst das Bett."

„Bist du sicher?", fragte sie besorgt. Die Mundwinkel ihrer hübschen roten Lippen wiesen nach unten. „Ich bin kleiner als du. Ich passe besser auf das Sofa."

Ich packte den Griff unter dem Sofa und zog daran, um ihr zu zeigen, wie man es in ein Bett verwandelte. „Ich komme zurecht."

Sie schüttelte den Kopf und schien nicht nachgeben zu wollen. „Ich kann hier schlafen. Du bezahlst dieses teure Zimmer. Dabei hast du schon so viel für mich und das Baby getan."

Ich ging zu ihr und nahm ihre Hände in meine. „Alexa, wir sollten wahrscheinlich anfangen zu sagen, dass es unser Baby ist, nicht nur deins. Nicht nur für deine Eltern, sondern auch für das Kind."

Ihre Augen funkelten, als sie lächelte. „Unser Baby? Bist du sicher, dass ich das sagen soll?"

Ich fand es amüsant, dass sie noch nicht ganz verstanden hatte, was los war. „Wird es nicht meins sein? Ich meine, ich werde die

Geburtsurkunde als Vater unterschreiben und das Kind wird meinen Nachnamen tragen. Es ist nicht anders, als wenn ich ein Kind adoptieren würde – es wird in jeder Hinsicht zu mir gehören."

Sie befreite eine ihrer Hände aus meinen, streichelte meine Wange und sah mich verwundert an. „Du bist nicht von dieser Welt, Patton Nash. Mom nennt mich ihren Engel – ich frage mich, ob du mein Engel bist."

Ich wollte nicht, dass sie so über mich dachte. Ich nahm ihre Hand von meinem Gesicht und hielt sie wieder fest. „Ich bin kein Engel, Alexa. Ich bin nur ein Mann, der tiefen Respekt und Liebe für deine Familie empfindet. Und ich möchte nicht, dass es deiner Mutter schlecht geht."

Sie nickte, ging zum Schrank und zog einige Kissen und eine Decke aus dem obersten Regal. „Du bist ein Engel, Patton." Sie kam zurück und warf die Kissen auf das Schlafsofa. „Und ein Held."

Ich nahm ihr die Decke ab und breitete sie für die Nacht auf dem Sofa aus. „Das bin ich nicht. Aber ich werde hier schlafen. Das Sofa ist bei Weitem nicht so bequem wie das Bett im Schlafzimmer. Ich will, dass du dort schläfst und ich akzeptiere kein Nein als Antwort."

Sie zuckte mit den Schultern und gab sich geschlagen. „Ich hatte heute Abend viel Spaß. Auch wenn alles nur zum Schein war. Danke." Sie küsste ihre Handfläche und blies den Kuss zu mir. „Süße Träume, *mi amor*. Ich weiß, dass ich gut schlafen werde. Bis morgen."

„Ich schätze, das wird künftig dein Kosename für mich sein." Er gefiel mir. „Ich bleibe beim Altbewährten und nenne dich Süße." Als ich sie beim Verlassen des Wohnbereichs nicken sah, schrien mein Herz, mein Kopf und mein Schwanz, dass ich zu ihr gehen, sie in das Schlafzimmer tragen und sie wirklich zu meiner Frau machen sollte. Aber dann kam mir das Gesicht ihres Bruders in den Sinn. *Ich werde meinen besten Freund nicht hintergehen.*

Ich ging ins Badezimmer, zog meinen Anzug aus und duschte. Der Abend war wunderbar gewesen und hatte sich für mich überhaupt nicht falsch angefühlt. Ich fand Alexa wunderschön, charmant und lustig. Ich wollte mich nicht zu ihr hingezogen fühlen, aber es war unmöglich, es zu verhindern.

Den ganzen Abend hatte ihr seidiges, dunkles Haar in sanften Wellen ihr wunderschönes Gesicht umrahmt. Ihre großen Augen hatten gefunkelt und ihr Körper hatte sich beim Tanzen gut in meinen Armen angefühlt. Ich hatte sie immer wieder aufgefordert, sodass wir viel Zeit auf der Tanzfläche verbracht hatten.

Das heiße Wasser fühlte sich gut an, als es über meine Haut lief. Ich schloss meine Augen und stellte mir vor, dass die winzigen Wassertropfen, die meinen Körper streichelten, ihre Fingerspitzen waren. *Was würde sie tun, wenn ich nackt und voller Verlangen zu ihr gehen würde?*

Ich fragte mich, ob sie sich genauso zu mir hingezogen fühlte wie ich mich zu ihr. Aber das Einzige, was ich mit Sicherheit wusste, war, dass sie und ich nicht verliebt waren. Luciano würde mir niemals verzeihen, mit seiner Schwester ins Bett gegangen zu sein, wenn wir nicht verliebt waren – und vielleicht auch dann nicht, wenn wir es wären.

Er war zu mir gekommen, weil er wusste, dass ich seiner Schwester nicht wehtun würde. Er vertraute darauf, dass ich mit ihr nichts Inakzeptables machte. Und ich wusste genau, was er für inakzeptabel hielt.

Sex stand natürlich ganz oben auf seiner Liste. Außerdem durfte niemand sie anschreien. Das wusste ich. Er würde niemals dulden, dass jemand Alexa verletzte. Und sie musste jederzeit respektiert werden. Für ihn und seine Familie war sie ein Geschenk des Himmels und jeder sollte sie so behandeln.

Ich betrachtete sie aber nicht genauso wie ihre Familie – wie eine Porzellanpuppe, die jeden Moment zerbrechen könnte. Ich betrachtete sie als eine bewundernswerte Frau – eine eigenständige Frau. Ich betrachtete sie als eine schöne Frau. Und jetzt hatte ich begonnen, sie als eine begehrenswerte Frau zu betrachten.

Aber das ist das Einzige, als was ich sie nicht betrachten darf.

So oft ich mir auch sagte, dass Alexa tabu war, die Kombination meiner Gedanken und des Wassers auf meiner Haut fühlte sich herrlich an. Die Hitze schärfte meine Sinne und meine Haut kribbelte, als das Wasser meinen Rücken traf.

Ich seifte meine Hände ein. Der Plan war, mich zu waschen und schnell aus der Dusche zu verschwinden, die mich dazu brachte, so über Alexa nachzudenken, wie ich es nicht sollte. Trotzdem wanderten meine Hände unwillkürlich zu meiner Erektion.

Ich musste sie loswerden. Aber nicht, während ich an Alexa

dachte. Ich versuchte, mir die letzte Frau vorzustellen, mit der ich vor ein paar Monaten Sex gehabt hatte, und legte los.

Sie war in Ordnung gewesen, aber wir hatten nicht genug füreinander empfunden, um uns weiterhin zu sehen. Bald verblasste sie und wurde von Alexa ersetzt.

Die Alexa in meiner Fantasie kam bereitwillig in meine Arme und klammerte sich an mich, als ich sie mühelos hochhob. Ihre Beine schlangen sich um mich und sie ließ ihren Kopf zurückfallen, als sie vor Vergnügen stöhnte. „Ja, *mi amor*. Zeig mir, was es heißt, deine Frau zu sein."

Ich zog eine Spur von Küssen über ihren Hals, drückte sie gegen die Wand und rammte meinen harten Schwanz in ihre feuchte Hitze. „Meine Frau zu sein bedeutet, dass du jeden Abend diesen harten Schwanz bekommen wirst. Meine Frau zu sein bedeutet, dass ich dich wie eine Königin behandeln werde. Meine Frau zu sein bedeutet, dass du nie wieder allein sein wirst."

Ihre Nägel gruben sich in meinen Rücken, als ich mich schneller bewegte. Ich hatte eine Mission – ihr Vergnügen zu bereiten. Und genau das tat ich. „Du bist der beste Mann der Welt", stöhnte sie voller Leidenschaft und Begierde. „Du bist stark, heiß und der beste Liebhaber, den ich je hatte."

„Du bist auch perfekt." Ich eroberte ihren Mund und schob meine Zunge durch ihre leicht geöffneten Lippen. Ich umfasste ihren Hintern mit meinen Händen und hob sie weiter hoch. Sie war weich, willig und bereit für alles, was ich ihr zu geben hatte. „Ich will dir alles geben, was ich habe, Frau."

„Tu es, *mi amor*. Fülle mich mit deinem heißen Samen. Ich will alles von dir." Sie wölbte sich mir entgegen und ließ mich noch tiefer in sich eindringen.

Ich knabberte an ihrem Ohrläppchen und flüsterte: „Ich will, dass du mein Baby bekommst." Sperma schoss aus mir heraus, als meine Augen aufflogen und mich zurück in die Realität holten. Ich stand allein in der Dusche, aber die Worte waren tatsächlich aus meinem Mund gekommen.

Ich hatte mich noch nie so schuldig bei einem Orgasmus gefühlt. Zumindest nicht, wenn ich mich selbst befriedigt hatte. In jungen Jahren war ich manchmal zu schnell gekommen, wenn ich mit einem

Mädchen zusammen gewesen war, und hatte mich dann schlecht gefühlt. Aber allein? Noch nie.

Als ich das Wasser abstellte, wusste ich nicht, warum meine Fantasie diese Richtung eingeschlagen hatte. Erstens war Alexa bereits schwanger mit dem Baby eines anderen Mannes, und daran würde sich nichts ändern. Zweitens würde ich nie mit ihr intim sein – niemals. Drittens mussten die Flitterwochen enden – und zwar schnell.

Ich konnte nicht so weitermachen wie an diesem Tag oder ich würde irgendwann etwas tun, das ich zutiefst bereuen würde. Etwas, das mich eine der längsten Beziehungen kosten könnte, die ich jemals gehabt hatte.

Ich kann nicht zulassen, dass es meine Freundschaft mit Luciano beeinträchtigt.

Er hatte mich gebeten, seine schwangere Schwester zu heiraten, und mir einen der wichtigsten Menschen in seinem Leben anvertraut. Und ich musste einen Weg finden, um die wachsende Anziehungskraft einzudämmen. Ich musste sie im Keim ersticken.

Das alles konnte ich Alexa auf keinen Fall sagen. Sie würde mich für einen Idioten halten. Außerdem würde sie sich schlecht fühlen. Sich diesem Kerl hinzugeben, war das Dümmste gewesen, was sie jemals getan hatte. Wahrscheinlich das einzig Dumme, was sie jemals getan hatte. Sie in irgendeiner Weise daran zu erinnern, wäre grausam.

Ich wickelte ein Handtuch um mich, wischte den Wasserdampf vom Spiegel, um mich zu betrachten, und starrte auf den Ehering an meiner linken Hand. Ich hatte Eheringe gekauft, die zu dem Verlobungsring passten, den ich ihr gegeben hatte.

Wir sahen aus wie ein echtes frischverheiratetes Paar. Aber wir waren eine Lüge, eine Farce. Wir waren nichts weiter als zwei Menschen, die sich schon immer gekannt hatten und versuchten, so zu tun, als hätten sie aus Liebe geheiratet. Und wir erwarteten ein Baby.

Lächelnd dachte ich daran, wie glücklich ihre Mutter sein würde, wenn Alexa ihr von dem Baby erzählte. Mein Herz schwoll vor Freude an, weil ich wusste, dass ich eine Schlüsselrolle dabei spielte, dass ihre Mutter so glücklich sein würde, anstatt mit gebrochenem Herzen krank zu sein.

Sie so zu sehen, war alles wert. Alle Lügen. All die Nächte, in denen ich die Gefühle zurückhalten musste, die ich für Alexa hatte. In naher Zukunft würde sich alles lohnen.

Aber dann würde es eine Scheidung geben und das würde Mrs. De La Cruz sehr belasten. Als gläubige Katholiken hielten die De La Cruzes nichts von Scheidungen. Aber sie wussten, dass ich nicht annähernd so fromm war wie sie. *Oder?*

Ich ging ins Wohnzimmer, warf das Handtuch beiseite und legte mich nackt auf das Sofa. Als ich über Religion nachdachte, fragte ich mich, wie Alexa Scheidungen sah. *Wird sie davor zurückschrecken, wenn es Zeit ist, diese Ehe zu beenden? Wird sie ihre religiösen Überzeugungen nutzen, um diese Ehe aufrechtzuerhalten? Und was mache ich, wenn sie das tut?*

KAPITEL ZWÖLF

ALEXA

Kurz nach unserer Rückkehr nach Austin hatte ich gerade die Kleidung weggeräumt, die Patton mir in Las Vegas gekauft hatte, als ich die Türklingel hörte. Ich ging durch das große Schlafzimmer, um nachzusehen, wer es war.

Ich blieb stehen, als ich die Stimme von Pattons ältestem Bruder Baldwyn hörte. „Was hast du getan?"

„Woher weißt du davon?", fragte Patton.

Ich öffnete die Tür nur einen Spalt breit, damit ich sie besser hören konnte. Baldwyn klang aus irgendeinem Grund verärgert und ich wollte die beiden nicht stören. Aber ich wollte wissen, was ihn verärgert hatte.

„Ich habe Mrs. De La Cruz angerufen, um sie zu fragen, wie es ihr geht. Ich schätze, du wusstest nicht, dass ich das manchmal mache. Sie hat mir etwas erzählt, das ich nicht glauben konnte. Ich dachte, sie müsste über einen anderen Mann namens Patton sprechen. Aber nein – sie hat über dich gesprochen."

„Du hast nichts gesagt, oder?" Patton klang besorgt.

„Worüber?", knurrte Baldwyn. „Darüber, dass du und Alexa gar nicht zusammen seid? Darüber, dass du und Alexa nicht verliebt seid? Darüber, dass du und Alexa *nicht* heiraten werdet?"

„Wir haben bereits geheiratet", sagte Patton. „Gestern."

„Was zum Teufel soll das?" Ein schweres Seufzen ließ mich vermuten, dass Baldwyn sich auf das Sofa gesetzt hatte.

Hat Patton seinen Brüdern nichts von unserer Scheinehe erzählt?

Ich wusste nicht, warum mich das überraschte, aber es war so. Zu wissen, dass Patton dies alles hinter dem Rücken seiner Brüder getan hatte, ließ mich denken, dass er die Entscheidung, mich zu heiraten, überstürzt hatte. Er hatte nicht einmal seinen ältesten Bruder um Rat gefragt.

„Hey, sprich leiser. Ich will nicht, dass Alexa dich hört."

„Sie ist hier?", fragte Baldwyn. „In deinem Haus?"

„Sie ist meine Frau", sagte Patton lachend. „Also ja, sie wohnt jetzt hier."

„Ich bin gerade so verwirrt, dass ich nicht weiß, was ich denken soll. Bitte sag mir, dass du so klug warst, sie einen Ehevertrag unterschreiben zu lassen."

„Nein, das habe ich nicht von ihr verlangt. Ich werde immer für sie sorgen, Baldwyn."

„Warum?" Baldwyn klang ratlos. „Sie ist die jüngere Schwester deines besten Freundes! Ich bin mir sicher, dass Luciano das alles überhaupt nicht gefällt."

„Er hat mich gebeten, sie zu heiraten", konterte Patton.

„Soll das ein Scherz sein? Denn wenn es so ist, ist er überhaupt nicht lustig. Du hast keine Ahnung, wie verwirrt ich bin. Ich meine – verdammt, ich habe das Gefühl, nicht einmal zu wissen, wer zum Teufel du gerade bist. Eine Heirat ist eine wichtige Entscheidung. Und du bist einfach nach Las Vegas geflogen und hast *rechtsgültig* geheiratet, ohne jemandem außer ihrer Familie davon zu erzählen? Warum? Ich muss wissen, warum du etwas so Dummes getan hast."

Ich lehnte mich gegen die Wand und spürte, wie Übelkeit in meinem Magen aufstieg. Ich hatte nie daran gedacht, dass Pattons Familie ein Problem mit unserer Ehe haben könnte. In mir machten sich Schuldgefühle breit. Um ehrlich zu sein, hatte ich überhaupt nicht an seine Familie gedacht.

Ich hatte mich selbst in diese Lage gebracht und jetzt zahlte Patton den Preis dafür.

„Es gibt einen unglaublich guten Grund, warum ich Alexa geheiratet habe, Baldwyn. Ich bin kein Idiot. Ich habe großen Respekt vor ihren Eltern. Das weißt du."

Baldwyn schnaubte. „Was soll das bedeuten, Patton? Wenn du sie so sehr respektierst, warum hast du dann ihre Tochter geheiratet – eine Frau, mit der du dich nie verabredet hast? Eine Frau, die du *nicht* liebst?"

„Sie ist schwanger, Baldwyn", gestand er endlich.

Lange herrschte Stille, bevor Baldwyn fragte: „Mit *deinem* Baby?"

„Nein." Ich hörte, wie Patton im Wohnzimmer auf und ab ging. „Der Vater ist nach Kalifornien geflüchtet und will nichts mit ihr oder dem Baby zu tun haben."

„Was hat das mit dir zu tun? Unzählige Frauen ziehen Kinder ohne Väter groß, Patton. Du musstest sie nicht heiraten. Die Zeiten, als eine Frau verachtet wurde, weil sie ein uneheliches Kind hatte, sind vorbei", argumentierte Baldwyn.

„Ihre Mutter hat eine ziemlich schlimme Herzerkrankung. Aber das ist dir bewusst, oder? Ich meine ... du hast mit Mrs. De La Cruz gesprochen, richtig? Du müsstest also über ihre gesundheitlichen Probleme Bescheid wissen."

„Ich weiß davon", sagte Baldwyn. „Sie hat aber keine Schwangerschaft erwähnt."

„Sie weiß noch nichts davon", erklärte Patton. „Wir haben uns beeilt zu heiraten, weil Alexa letzten Monat schwanger geworden ist. Auf diese Weise können wir ihren Eltern in etwa einem Monat von der Schwangerschaft erzählen und sie werden sich darüber freuen, anstatt sich zu ärgern."

„Und wenn das Baby einen Monat früher kommt, was dann?", fragte Baldwyn.

„Babys machen das ständig. Es wird keine große Sache sein. Du wirst sehen." Patton klang zuversichtlich und ich hoffte, dass er seinen Bruder überzeugen konnte.

„Dir ist klar, dass sie dich jetzt am Haken hat, oder?", fragte Baldwyn. „Mindestens die nächsten achtzehn Jahre. Und dann wird von dir erwartet werden, dass du das Studium des Kindes bezahlst."

„Hör zu, ich will das machen", sagte Patton wütend. „Und ich werde nicht mit jedem meiner Brüder darüber streiten. Das Baby wird in jeder Hinsicht zu mir gehören. Nicht, dass unser Kind jemals erfahren wird, was wirklich geschehen ist."

„Also ist die Ehe echt und wird Bestand haben?", fragte Baldwyn. „Ich meine, du musst wissen, dass Familie De La Cruz nicht dulden wird, dass ihr beide euch scheiden lasst. Das verstehst du, oder? Du bist mit jemandem verheiratet, den du nicht liebst. Und jetzt sitzt du in der Falle."

„Ich sitze überhaupt nicht in der Falle", schrie Patton. „Ich weiß, was ich tue."

„Hey, du hast gesagt, ich soll leise sprechen, und jetzt schreist du selbst", warnte Baldwyn ihn. „Und was ist mit Alexa? Wie geht es ihr damit, mit dir verheiratet sein zu müssen? Das muss schrecklich für sie sein. Sie ist wie eine kleine Schwester für dich. Das ist nicht richtig, Patton, und das weißt du auch."

„Gerade noch hatte sie mich am Haken und jetzt belästige ich sie plötzlich?" Patton klang gereizt. „Ich habe sie nicht angerührt. Und das werde ich auch nicht tun."

Enttäuschung erfüllte mich bei seinen Worten. Ich hatte oft von ihm geträumt, als ich in unserem Flitterwochenbett geschlafen hatte – allein und unberührt. Die Anziehung, die Patton auf mich ausübte, wurde immer stärker. Aber es klang, als wäre sie immer noch einseitig.

„Glaubst du, ich folge dir nicht in den sozialen Medien?"

„Die Fotos sollten ihre Eltern dazu bringen, an unsere Ehe und unsere Liebe zu glauben. Also ja, wir haben uns geküsst, umarmt und für die Kamera berührt. Es war nicht echt."

Ich sank gegen die Wand, als meine Knie unter mir nachgaben. Es hatte sich für mich so echt angefühlt – so echt und so richtig. Aber nicht für Patton.

Ist diese Ehe ein großer Fehler?

„Es sah echt aus, Patton", informierte ihn Baldwyn. „Das Funkeln in deinen Augen war unübersehbar."

„Das war das Licht. Und wir mussten dafür sorgen, dass es gut aussieht."

„Und was ist damit, wie Alexa auf diesen Fotos strahlt?", fragte er. „Wie habt ihr das vorgetäuscht?"

„Sie ist schwanger", antwortete Patton. „Deshalb wirkt sie so glücklich."

„Wenn sie sich in dich verliebt, was wirst du dann tun?", wollte sein Bruder wissen.

„Baldwyn, wir haben keine Ahnung, wie die Zukunft aussehen wird. Ich weiß nur, dass mir meine Freundschaft mit ihrem Bruder wichtiger als alles andere ist. Er und ich sind seit unserer Kindheit befreundet. Ich werde das Vertrauen, das er mir entgegenbringt, nicht zerstören."

Eine weitere Welle der Enttäuschung traf mich. Patton war ein anständiger Mann und seine Freundschaft mit meinem Bruder würde ihn davon abhalten, mich jemals in einem romantischen Licht zu sehen. Ich musste aufhören, auf diese Weise von dem Mann zu träumen. Ich musste aufhören, mir einzureden, dass wir eines Tages eine echte Ehe haben und eine richtige Familie sein würden.

„Du und Luciano hättet damit zu mir kommen sollen. Ihr hättet diese Entscheidung nicht allein treffen dürfen. Jetzt ist dieses arme Mädchen mit dir verheiratet. Was glaubst du, wie sie wirklich empfindet?", fragte Baldwyn.

„Ich denke, sie ist glücklich, dass ihre Mutter sich über das Baby freuen wird, anstatt dass die Neuigkeit sie vielleicht umbringt", knurrte Patton. „Hier geht es nicht um mich. Es geht auch nicht um Alexa. Es geht nicht einmal um das Baby. Hier geht es um das Leben einer Frau, die viel für mich getan hat. Du weißt, wie sehr Mrs. De La Cruz mich unterstützt hat, nachdem Mom und Dad gestorben waren. Sie war diejenige, die mich tröstete und mir das Gefühl gab, wieder eine Mutter zu haben. Ich fühlte mich nicht mehr so allein. Dank dieser Frau und ihres Mannes fühlte ich mich nicht wie eine gottverdammte Waise."

Tränen füllten meine Augen. Das hatte ich nie über ihn gewusst. Ich hatte gewusst, dass er sich bei meiner Familie wohlfühlte, aber nicht, dass er meine Eltern so sah. Sofort fühlte ich mich noch schlechter in Bezug auf das Dilemma, das ich geschaffen hatte.

Ich hatte einen großen Fehler gemacht und Pattons Hingabe an meine Mutter ließ ihn auch einen machen. Er liebte mich nicht und würde es nie tun. Er würde sich nicht erlauben, sich in mich zu verlieben – um meines Bruders willen.

Aber ich konnte nichts mehr ändern. Ich konnte ihm nicht sagen, dass er die Ehe annullieren sollte, sonst würde es meine Mutter umbringen. Ich hatte keine Kontrolle mehr darüber.

„Patton, es tut mir leid, dass ich so hart zu dir war. Ich weiß, dass du diese Familie liebst. Aber ich mache mir ernsthafte Sorgen um Alexa. Glaubst du nicht, dass sie es verdient, einen Mann zu finden, den sie liebt und der sie liebt?"

„Natürlich verdient sie das. Und wenn die Zeit reif ist, beenden wir diese Ehe, damit sie frei von mir ist und wahre Liebe finden kann. Bis dahin werden wir diese Ehe für alle echt erscheinen lassen. Wir werden das Kind zusammen großziehen, Baldwyn. Es wird ein Nash sein. Und das wird sich niemals ändern."

„Hast du nicht das Gefühl, dass du damit deiner späteren Blutlinie Unrecht tust?", fragte Baldwyn. „Du wirst irgendwann eigene Kinder haben und eine Frau, die du wirklich liebst. Wie werden sie sich bei diesem Fiasko fühlen?"

„Wer weiß schon, was die Zukunft bringt?", fragte Patton. „Im Moment weiß ich nur, dass es eine Frau gibt, die mich als Vater ihres Babys braucht, und ich beabsichtige, in jeder Hinsicht dieser Vater zu sein. Das Baby wird mein erstgeborenes Kind sein, Baldwyn. Gewöhne dich daran."

Seine Worte ließen mein Herz höherschlagen. Ich strich mit meiner Hand über meinen flachen Bauch und flüsterte: „Er wird ein großartiger Vater sein. Du hast nichts zu befürchten, Kleines."

„Und was ist damit, seiner Mutter ein Ehemann zu sein, Patton? Wie willst du das für sie sein, wenn du nicht die Dinge tust, die eine Frau von ihrem Ehemann braucht? Ich weiß, dass dein Herz am rechten Fleck ist, aber das wird schlecht enden. Einer von euch wird irgendwann Sex mit jemand anderem haben wollen und dann bricht alles zusammen."

„Sex ist nicht alles, Baldwyn. Ich kann darauf verzichten." Patton wurde still, bevor er hinzufügte: „Ein Jahr lang kann ich darauf verzichten. Wir werden sehen, was passiert, wenn mein Verlangen wieder aufflammt. Aber du musst dir keine Sorgen machen. Ich werde immer ehrlich zu Alexa sein."

„Also denkst du, dass es sie nicht stören wird, wenn du ihr sagst, dass du mit einer anderen Frau schlafen willst?" Baldwyn lachte. „Du lebst in einer Fantasiewelt."

„Glaubst du, ich bin mir dessen nicht bewusst?", fragte Patton. „Das ist nicht normal und so fühlt es sich auch an. Aber ich habe versprochen, mich um Alexa und unser Baby zu kümmern."

„*Ihr* Baby", korrigierte Baldwyn ihn.

„*Unser* Baby", sagte Patton mit Nachdruck. „Das ist unser Baby. Nicht nur ihres. Und ich möchte nicht, dass dem Kind jemals etwas davon gesagt wird, dass es anders ist. Wenn du das nicht akzeptieren kannst, werden wir Probleme miteinander bekommen."

Mit einem schweren Seufzer ging Baldwyn zur Haustür. „Ich sehe, dass ich bei dir nicht weiterkomme, Patton. Diese Sache wird niemals so ablaufen, wie du es dir vorstellst."

„Ach ja?", fragte Patton. „Wie dann? Weil ich noch gar nicht darüber nachgedacht habe, wie sie überhaupt ablaufen wird. Das Einzige, woran ich gedacht habe, ist, dass ich der rechtmäßige Vater des Kindes sein werde. Und ich werde Alexa oder unserem Kind niemals den Rücken kehren."

Die Tür schloss sich und ich wusste, dass sein Bruder gegangen war. Ich konnte mich nicht davon abhalten, zu Patton zu rennen und ihn unter Tränen zu umarmen. „Danke! Ich danke dir sehr!"

„Es tut mir leid, dass du das gehört hast." Er umarmte mich fest und küsste meinen Kopf. „Wir werden das durchstehen. Die Leute werden sich daran gewöhnen. Das tun sie immer." Er ließ mich los und wandte sich dann mit hängenden Schultern ab.

Ich wurde noch besorgter um ihn. Ich konnte bereits das Gewicht sehen, das auf seinen perfekten, breiten Schultern lastete – alles meinetwegen und wegen meiner dummen Entscheidung, einem rücksichtslosen Mann zu vertrauen.

KAPITEL DREIZEHN

PATTON

„Ich weiß, dass du nervös bist, Alexa." Ich griff nach der Hand, die sie auf ihrem Schoß zur Faust geballt hatte, während wir im Untersuchungsraum saßen und darauf warteten, dass die Gynäkologin hereinkam. „Das ist schließlich deine erste richtige Untersuchung."

„Bist du sicher, dass du dabei sein willst?" Sie schluckte, als sie mich mit großen Augen ansah.

„Ich bleibe hier an deiner Seite. Mach dir keine Sorgen, die Ärztin wird deinen Unterleib bedecken, bevor sie deine ..." Ich versuchte, ein anderes Wort als *Vagina* zu finden.

„Ja, ich weiß." Ihre Wangen waren rot geworden. „Ich meine nur, dass du nichts tun musst, was du nicht willst, Patton. Ich verlange schon so viel von dir. Mich zu all den langweiligen Arztterminen zu begleiten, ist wirklich zu viel verlangt."

„Ich will hier bei dir sein." Ich meinte jedes Wort ernst.

Eine Scheinehe zu führen, erwies sich als schwieriger als erwartet. Es war äußerst schwierig für mich, ihr meine Gefühle zu vermitteln. Ich konnte meine Anziehung zu ihr tagsüber verbergen, weil uns die Arbeit die meiste Zeit trennte. Wenn wir zu Hause waren, musste das Abendessen gekocht und aufgeräumt werden und dann gingen wir getrennte Wege zu unseren jeweiligen Schlafzimmern. Trotzdem war die Anziehung immer da.

„Du bist ein guter Mann." Ihre Brüste hoben und senkten sich, als sie seufzte.

„Und du bist eine gute Frau."

„Nicht wirklich." Ihr Kopf senkte sich. „Was ich getan habe, war unverantwortlich."

„Die einzige unverantwortliche Sache, die du jemals getan hast", erinnerte ich sie.

Sie lachte, aber es klang nicht fröhlich. „Und sieh nur, welche Konsequenzen sie hatte!" Es war klar zu erkennen, dass sie sich schwere Vorwürfe machte, weil sie schwanger geworden war.

Also wollte ich versuchen, sie ein bisschen aufzumuntern. „Nun, ich freue mich darauf, Vater zu werden. Sobald wir die Bestätigung von der Ärztin erhalten haben, können wir es deinen Eltern sagen und dann mit der Arbeit am Kinderzimmer beginnen. Ich habe jede Menge Ideen, die ich mit dir besprechen möchte."

Ihre Augen leuchteten auf. „Du meinst, dass wir zusammen das Kinderzimmer einrichten?"

Wie kann sie denken, dass ich ihr das vorenthalten würde? „Natürlich. Wir werden alles gemeinsam machen, was mit unserem Kind zu tun hat."

Sie nickte und sah wieder nach unten, wo ihre Füße über der Stufe baumelten, mithilfe derer sie auf den Untersuchungstisch gestiegen war. „Denkst du daran, das Zimmer mit Tiermotiven zu dekorieren? Oder mit Bäumen und Blumen?"

„Eigentlich nichts davon." Aber ich war froh, dass sie eigene Ideen hatte. „Du kennst mich und meinen Geschmack – klassisch, mutig und mit einem Schuss Texas."

„Ich mag Teddybären." Sie lächelte. „Du auch?"

Ich grinste. „Wir können sie in das Design integrieren." Mir fiel auf, dass wir seit unserer Rückkehr aus Las Vegas nicht mehr viel geredet hatten. Wir waren bereits einen Monat verheiratet und die Zeit war vergangen, ohne dass wir wirklich kommuniziert hatten.

Ich wusste, dass ich das ändern musste. „Weißt du, wir müssen anfangen, uns wie eine Familie zu benehmen, wenn wir wollen, dass unser Kind ein gutes Zuhause hat. Ich denke, wir müssen mehr tun, als abends zusammen zu essen und dann getrennte Wege zu gehen."

Ein Lächeln krümmte ihre vollen Lippen, als sie mich ansah. „Das wäre schön, Patton. Ich verbringe gerne Zeit mit dir, wirklich."

Ich genoss es auch, bei ihr zu sein. Es war die körperliche Anziehung, die mich beunruhigte. „Ich verbringe auch gerne Zeit mit dir, Alexa."

Jemand klopfte schnell an die Tür, dann öffnete die Ärztin sie und kam mit einem kleinen Laptop in der Hand herein. „Ich habe gerade die Ergebnisse des Schwangerschaftstests bekommen. Es sieht so aus, als ob Sie beide Eltern werden." Sie stellte den Laptop auf die Ablage, sah uns an und wartete offensichtlich auf unsere Reaktionen.

„Das ist großartig", sagte ich, als ich Alexas Hand hochzog und küsste. „Hörst du das, Süße? Wir werden Eltern."

Tränen liefen über ihre Wangen. „Ich habe es gehört." Ich ließ ihre Hand los, damit sie die Tränen wegwischen konnte.

„Nun, Glückwunsch." Die Ärztin kam auf sie zu, um die Untersuchung zu beginnen. Sie hörte ihr Herz ab und überprüfte ihre Ohren und ihren Mund. Dann wandte sie sich ab und holte etwas aus einer der Schubladen. „Legen Sie sich zurück, Mrs. Nash. Es ist Zeit für die Beckenuntersuchung."

Alexas Augen schlossen sich, als sie sich zurücklehnte. Ich strich mit meiner Hand über ihren Kopf und wusste, dass sie wegen dieses Teils des Besuchs nervös war. „Es ist okay. Ich bin hier bei dir, Süße. Willst du meine Hand halten?"

Sie hielt ihre Hand hoch und ich ergriff sie. „Danke, *mi amor*."

Die Ärztin sah mich an, als sie sich mit einem großen silbernen Ding in der Hand umdrehte, das aussah, als könnte es Schmerzen verursachen. „Oh, das ist so süß. Das gefällt mir." Sie schob Alexas Füße in die Steigbügel auf beiden Seiten des Tisches und warf dann ein blaues Laken über ihre gebeugten Knie, um sie vor meinen Blicken zu schützen.

Ich hatte viel über Schwangerschaft und Elternschaft nachgeforscht, aber ich hatte nichts darüber gelesen, was während der Beckenuntersuchung einer Frau passierte, also hatte ich keine Ahnung, was die Ärztin mit dem Ding in ihrer Hand vorhatte. Ich sah zu, wie sie ein Gel holte und es auf das silberne Ding auftrug.

Ich konnte meine Augen nicht davon abwenden. Mein Magen verkrampfte sich und mir wurde schwindelig. „Was ist das?"

Die Ärztin hielt es hoch. „Das ist ein Spekulum. Wir führen es in die Vagina ein, damit wir uns dort umschauen können."

Alexas Augen öffneten sich und landeten auf dem Ding, das in sie eingeführt werden sollte. „Was gibt es da drin zu sehen?"

Ich dachte, ich wäre durch das Ding beunruhigt worden, aber Alexa sah fast panisch aus. „Es ist okay, Baby. Ich bin sicher, dass die Ärztin weiß, wie man sanft damit umgeht."

Ein Grinsen verzog die Lippen der Frau, als sie murmelte: „Ich bin verdammt viel sanfter als die meisten Männer, die dort herumstöbern."

Alexa sah mich mit geröteten Wangen und großen Augen an. Ich streichelte ihren Kopf, während ich ihre zitternde Hand hielt. „Schließe einfach deine Augen und es wird bald vorbei sein."

Die Ärztin setzte sich auf einen kleinen Rollhocker, griff nach einer riesigen Lampe und zog sie näher, um sie auf Alexas Unterleib zu richten. Als sie das Licht anmachte, war ich einen Moment lang davon geblendet. „Mal sehen, was wir hier haben." Ich konnte nicht genau erkennen, was sie tat, aber da Alexas Hand sich fester um meine legte, vermutete ich, dass das silberne Ding gerade in sie eingeführt wurde.

Ich hörte ein seltsames Geräusch und musste fragen: „Was war das?"

„Ich öffne das Spekulum", sagte sie, als wäre es überhaupt nichts. Aber dann sah sie zu mir auf, direkt zu meinem Schwanz. Achselzuckend machte sie sich wieder an die Arbeit.

Während ich dastand und mich ein wenig wie ein Stück Fleisch fühlte, dachte ich darüber nach, was sie sehen musste. Eine enge, unerfahrene Vagina – eine, die seit zwei Monaten nicht mehr angerührt worden war.

Alexas Stimme zitterte, als sie fragte: „Sieht alles in Ordnung aus?"

„Ja." Der Kopf der Ärztin tauchte über dem Laken auf, als sie Alexa ansah. „Darf ich fragen, wie lange Sie beide schon zusammen sind?"

Jetzt war ich mir sicher, dass sie sich fragte, wie zum Teufel diese junge Frau eine so enge, kleine Vagina hatte, wenn sie Sex mit einem Mann wie mir hatte. Also beantwortete ich diese Frage: „Wir sind seit sechs Monaten zusammen, aber wir haben erst in den letzten Monaten Sex gehabt."

Sie lächelte mich höflich an, sah aber durch meine Antwort etwas verwirrt aus. „Oh, es ist gut zu wissen, dass Sie in diesem Bereich keine Probleme haben." Ich konnte fühlen, wie meine Wangen rot wurden, als ich erkannte, dass ich voreilige Schlüsse gezogen hatte.

„Also sind Sie erst sechs Monate zusammen?" Sie sah Alexa und dann mich an. „Ich will nicht neugierig sein, aber dieses Baby wird Ihre Ehe schwieriger machen. Viele junge Eltern stellen fest, dass eine Paartherapie ihre Beziehung stärken und beim Übergang in die Elternschaft helfen kann."

Nachdem die Ärztin uns diesen Rat erteilt hatte, griff sie nach einem außergewöhnlich langen Wattestäbchen aus einem Glas, das voll davon war. Sie gestikulierte damit und sagte: „Nach einer Therapie werden Sie eine ganz neue Ehe haben. Sie wird Ihre Bindung stärken." Sie bewegte ihre Hand auf eine Weise, die mir sagte, dass sie jetzt das Wattestäbchen einführte.

Alexa stöhnte: „Au!"

„Tut mir leid, dieser Teil ist manchmal etwas unangenehm", sagte die Ärztin. „Aber ich brauche eine Probe, die ich ins Labor schicken kann. Wir möchten sicherstellen, dass mit Ihren Fortpflanzungs-zellen alles in Ordnung ist." Sie steckte das Wattestäbchen in eine Phiole und versiegelte sie. „Das war es." Sie zog das silberne Ding aus Alexa heraus und warf es in ein Waschbecken. „Sie können sich jetzt anziehen. Wir werden Sie anrufen, wenn die Ergebnisse des Abstrichs vorliegen."

Alexa stützte sich auf ihre Ellbogen. „Ich dachte, wir könnten heute den Herzschlag des Babys hören."

„Mit zwei Monaten?" Sie schüttelte den Kopf. „Dafür ist es etwas zu früh." Sie sah zwischen uns hin und her. „Aber wissen Sie was? Lassen Sie es uns versuchen."

Mein Puls beschleunigte sich bei dem Gedanken, dass wir zum ersten Mal den Herzschlag des Babys hören würden. „Danke, Doktor."

„Kein Problem." Sie zog Alexas Shirt hoch, bevor sie Gel auf ein flaches Ding schmierte, das um ihren Hals hing. Sie legte es auf Alexas Bauch und bemerkte die Gänsehaut auf ihren Armen. „Ich weiß, es ist kalt." Sie steckte die Endstücke des Geräts in ihre Ohren und lauschte.

„Das ist es wirklich." Alexa schauderte, als sie mich verwirrt ansah.

„Oh ja, hier ist etwas." Die Ärztin schaltete eine Maschine neben dem Untersuchungstisch ein und griff dann nach etwas anderem, das sie ebenfalls mit Gel bestrich, bevor sie es auf Alexas Bauch legte. „Hören Sie."

Leises Rauschen erfüllte den kleinen Raum und ich wusste sofort, was ich hörte. „Das ist er."

Tränen liefen über Alexas Gesicht. „Der Herzschlag. Er ist so schnell."

„Und stark." Ich beugte mich vor und küsste sie auf die Stirn. „Genau wie du."

Alexas Lippen zitterten und ich wusste, dass sie gleich anfangen würde zu weinen. Also küsste ich sie und versuchte, sie zu beruhigen.

„Ahhh, wie nett", sagte die Ärztin und brach den Zauber. „Sie werden zurechtkommen. Aber im Ernst, lassen Sie sich beraten, bevor das Baby kommt. Ein Neugeborenes kann sogar die stärkste Beziehung auf die Probe stellen."

Ich denke, wir schaffen das.

KAPITEL VIERZEHN

ALEXA

Kurz bevor ich zwei Tage nach der offiziellen Bestätigung der Schwangerschaft das Haus meiner Eltern betrat, hatte ich das Gefühl, mich übergeben zu müssen. „Warte kurz. Mir ist schlecht."

Patton legte seinen Arm um mich und zog mich an seine Seite. „Lehne dich an mich, Alexa. Ich will nicht, dass du hinfällst."

Die Tür öffnete sich und mein Vater stand vor uns. „Habt ihr nicht geklingelt?"

Ich schluckte schwer und wusste, dass die Nervosität der Grund für die Übelkeit war. „Hier sind wir."

Patton lächelte. „Es ist schön, Sie wiederzusehen, Mr. De La Cruz."

„Mr. De La Cruz?" Er schlug Patton auf die Schulter, als wir eintraten. „Nenne mich Dad."

Ich sah meinen Vater mit offenem Mund an. „Bist du sicher?"

„Natürlich bin ich sicher." Er streckte den Arm aus und bedeutete uns, uns zu setzen. „Und nenne meine Frau Mom. Das wird ihr gefallen."

Patton nickte, sah mich aber aus dem Augenwinkel an. Ich wusste, dass es ihm unangenehm war. Er musste bereits Leute anlügen, die er respektierte, und jetzt das? Es war zu viel und das wusste

JESSICA F.

ich auch. Aber meinen Eltern zu sagen, dass Patton sie nicht so nennen wollte, würde verdächtig wirken.

Mom kam mit einem Fotoalbum in den Händen ins Zimmer. „Ihr seid hier. Gut. Ich bin gerade fertig geworden."

Patton und ich setzten uns nebeneinander auf das Sofa und meine Mutter legte das Album auf meinen Schoß. Ich hielt den Atem an, als ich die Worte sah, die sie mit goldener Tinte darauf geschrieben hatte. „Mr. und Mrs. Patton Nash." Ich wollte weinen. Es war so süß von ihr. „Mom, das hättest du nicht tun müssen."

Sie nahm auf ihrem Lieblingssessel Platz und mein Vater setzte sich auf den Sessel daneben. „Ich soll mich nicht an die Hochzeit meines Engels erinnern? Bist du verrückt? Los, schau hinein."

Ich wollte nicht alle Bilder durchsehen, die Patton von unserer Scheinhochzeit und den Flitterwochen gemacht hatte. Aber ich wusste, dass meine Mutter keine Ruhe geben würde. Also schlug ich das Album auf und betrachtete das allererste Bild von uns als verheiratetes Paar, auf dem wir uns vor dem Elvis-Imitator küssten, der gerade die Trauung vollzogen hatte.

Patton strich mit der Hand über das Bild. „Ah, da ist ja meine Frau." Er sah mich mit Liebe in seinen blauen Augen an. „An dem Tag, als du mich zum glücklichsten Mann der Welt gemacht hast." Seine Lippen drückten sich gegen meine Wange und ich konnte kaum atmen.

Er zieht diese Show nur für meine Eltern ab.

Ich holte tief Luft, um wieder Sauerstoff in mein Gehirn zu bringen, und spielte die Rolle der liebenden Ehefrau. „Und du hast jeden Tag danach zu den glücklichsten Tagen meines Lebens gemacht, *mi amor*." Ich küsste seine Wange und fühlte die Wärme seiner Haut unter meinen Lippen. Das Blut brodelte in meinen Adern.

„Ihr beide seht so verliebt aus", schwärmte meine Mutter.

Anstatt noch mehr falsche Erinnerungen wiederaufleben zu lassen, klappte Patton das Album zu und legte es auf den Couchtisch. „Vielen Dank", er machte eine Pause, „Mom."

Meine Mutter legte ihre Hand auf ihr Herz, während Tränen in ihren Augen schimmerten. „Oh, mein Sohn ... gern geschehen."

„Eure Tochter und ich haben fantastische Neuigkeiten für euch", ließ Patton sie wissen.

Mein Vater setzte sich auf. „Neuigkeiten?" Er griff nach der Hand meiner Mutter. „Rede schon."

Ich sah Patton an, der mir zunickte. „Okay. Ich erzähle sie euch." Ich konnte nicht glauben, wie glücklich die beiden aussahen, als sie darauf warteten, was ich zu sagen hatte. Ihre Reaktion war ganz anders, als ich gedacht hatte, als ich damals den Schwangerschaftstest gemacht hatte. Mein Herz schlug schneller, als ich verkündete: „Wir bekommen ein Baby!"

Meine Eltern sprangen auf, umarmten sich und drehten sich zu uns um, als Patton und ich aufstanden. Bevor ich wusste, wie mir geschah, hatten sie uns ebenfalls in die Arme geschlossen.

Überglücklich darüber, wie sie die Neuigkeiten aufgenommen hatten, konnte ich nur meinen Mann ansehen – den Mann, der all dies möglich gemacht hatte. „Danke." Ich nahm sein Gesicht zwischen meine Hände. „Danke, dass du mich zu deiner Frau gemacht und mir die Chance gegeben hast, Mutter zu werden."

Seine Augen suchten meine und ich konnte nicht glauben, wie viele Emotionen ich in ihnen sah. „Danke, dass du meine Frau geworden bist und mich zum Vater gemacht hast. Ich liebe dich." Er küsste sanft meine Lippen. „Ich liebe dich so sehr, meine süße Frau."

Mein Herz hörte auf zu schlagen. Das hatte er noch nie gesagt. Meinte er es wirklich so?

Bevor ich etwas sagen konnte, zog mich meine Mutter von Patton weg. „Ihr werdet hier übernachten. Wir werden ein wunderbares Abendessen genießen und die ganze Familie einladen, um eure guten Neuigkeiten zu hören. Dein Bruder wird vor Freude ganz überwältigt sein, das kann ich dir jetzt schon sagen."

Als ich über die Schulter zu Patton blickte, wusste ich, dass er der einzige Grund war, warum meine Neuigkeiten so erfreut aufgenommen wurden. „Ich liebe dich", rief ich ihm zu. „Mehr als du jemals wissen wirst."

Bei seinem Lächeln fühlte sich mein Herz an, als würde es in meiner Brust bluten. Ich wollte so sehr, dass es real war, dass ich nicht wusste, was ich tun sollte. Ich musste ihn dazu bringen, sich in mich zu verlieben, so wie ich mich in ihn verliebt hatte.

Es war so leicht gewesen, sich in den Mann zu verlieben. Er war perfekt und wunderbar. Nachdenklich, freundlich, rücksichtsvoll und vor allem unheimlich selbstlos.

Aber nichts davon ist echt.

„Komm, ich werde dir beibringen, wie man Empanadas macht, mein Engel. Dann kannst du sie für meine Enkelkinder machen. Ich weiß, dass ihr beide uns wunderschöne Enkelkinder schenken werdet. Und wir werden jedes von ihnen lieben." Sie holte eine Schüssel aus dem Schrank. „Ich frage mich, ob Gott dir mehr Kinder geben wird, als er mir gegeben hat." Sie kicherte wie ein kleines Mädchen. „Hoffentlich. Ich will jede Menge Enkel und ich werde sie gnadenlos verwöhnen."

„Du weißt nicht, wie glücklich es mich macht, deine Freude über das Baby zu sehen, Mom." Das war nicht gelogen. Ich ergriff ihre Hände und sah ihr in die Augen, in die ich hoffentlich noch viele Jahre blicken könnte. „Ich liebe dich."

„Ich liebe dich auch." Sie küsste meine Wange. „Komm jetzt. Lass uns ein Festessen für unsere Familie zubereiten, damit ihr allen die guten Neuigkeiten erzählen könnt."

Mein Vater und Patton kamen zu uns in die Küche. Patton trat hinter mich, schlang seine Arme um mich und legte seine Hände auf meinen Bauch. „Soll ich den Grill anzünden? Ich habe gehört, wie ihr darüber gesprochen habt, mit einem Festessen zu feiern."

Ich strich mit meiner Hand über seinen starken Kiefer und liebte, wie es sich anfühlte, von ihm gehalten zu werden. „Das wäre schön, *mi amor*. Ein paar saftige Rippchen wären großartig."

„Ich gehe in den Supermarkt und kaufe Fleisch", sagte mein Vater. „Hinten im Schuppen ist Holzkohle, Junge. Mach Feuer und wenn ich zurück bin, können wir alles würzen und grillen."

„Es fühlt sich gut an, wieder zu Hause zu sein", sagte Patton und küsste mich auf den Kopf, bevor er mich losließ. „Ich bin hinten im Garten, wenn du mich brauchst, Süße."

Ich entdeckte frische Zitronen. „Ich mache Limonade und bringe sie dir."

Seine dunklen Augenbrauen hoben sich, als er sich die Lippen leckte, bevor er aus der Hintertür verschwand. Die Hand meiner Mutter auf meiner Schulter riss mich aus der Benommenheit, in der ich gewesen war, seit er seine Arme zum ersten Mal um mich geschlungen hatte. „Ihr könnt euch glücklich schätzen, die große Liebe gefunden zu haben."

„Das denke ich auch." Es war nicht wirklich eine Lüge. Ich dachte, dass es zwischen uns etwas gab. Ich fühlte eine Bindung zu Patton. Ich war mir nicht sicher, ob es daran lag, dass ich ihn schon mein ganzes Leben lang kannte, oder daran, was er für mich tat, aber ich fühlte eine Bindung, die uns zusammenhielt.

Bevor ich mich versah, füllte meine Großfamilie das Haus und den Garten. Alle gratulierten uns zur Hochzeit und zu dem Baby. Ich musste meinen Cousinen das Fotoalbum zeigen, das meine Mutter für uns gemacht hatte. Und als ich mir die Bilder ansah, wurde mir etwas klar.

Das kann nicht gespielt sein.

Patton musste Gefühle für mich haben. Und ich wusste, dass ich Gefühle für ihn hatte.

Der Abend war lang, aber schließlich gingen alle und es war Zeit, ins Bett zu gehen. Mom führte uns durch den Flur. „Ich habe dein altes Zimmer umdekoriert, Alexa. Da du jetzt dein eigenes Zuhause hast, weiß ich, dass du nie mehr hierher zurückkehren wirst. Also ist das Rosa verschwunden und es ist jetzt ein Gästezimmer."

Sie öffnete die Tür und ich sah, dass mein Einzelbett weg war. An seiner Stelle stand ein großes Bett und im Wind wehten Vorhänge. Kühle Luft wirbelte um mich herum und zog mich in den Raum. „Gute Nacht. Wir sehen uns morgen früh. Wir gehen zu *Georgies* für Frühstückstacos und Kaffee."

Patton nahm meine Hand und führte mich ins Zimmer. „Das klingt gut, Mom."

Sie schloss die Tür und ließ uns allein, als ich auf das Bett blickte. Es gab keine anderen Möbel. „Sieht so aus, als müssten wir heute Nacht zusammen schlafen." Das tat mir nicht im Geringsten leid. Wir hatten jeweils eine Reisetasche mit Kleidung zum Wechseln mitgebracht, aber wir hatten geplant, in einem Hotel in zwei verschiedenen Zimmern zu übernachten. Ich hatte mich daran gewöhnt, nackt zu schlafen, da ich mich im Schlaf von Kleidung eingeengt fühlte. Ich wusste nicht, wie Patton schlief.

„Ich lege mich auf die Decke und du kannst darunter schlafen." Er drehte mir den Rücken zu und begann, sein Hemd auszuziehen.

Ich konnte nicht aufhören, ihn anzustarren, als er sich auszog. Seine Muskeln warfen herrliche Schatten auf seinem Körper, als das Licht der Lampe ihn im richtigen Winkel traf. „Ich hoffe, meine Familie war heute nicht zu anstrengend für dich." Viele von ihnen hatten sich uns angeschlossen und wir waren nicht gerade leise gewesen. Es musste überwältigend für ihn gewesen sein – auch wenn er es nicht gezeigt hatte.

Er drehte sich zu mir um und seine Bauchmuskeln machten es mir schwer, ihm in die Augen zu sehen, aber ich wollte nicht dabei erwischt werden, wie ich ihn anschmachtete. „Alexa, ich kenne sie alle. Ich bin seit vielen Jahren Teil deiner Familie. Du solltest inzwischen wissen, dass mir nichts an dir oder deiner Familie zu viel ist."

Ich zerrte am obersten Knopf meiner Bluse und nickte. Das Wasser lief mir im Mund zusammen und ich wollte ihn auf eine Weise kosten, von der ich immer nur geträumt hatte. „Weißt du, wenn es dir schwerfällt, neben mir zu schlafen, kann ich mich mit einer Decke auf den Boden legen."

„Als würde ich das zulassen." Sein Lachen war tief und wahrscheinlich viel verführerischer, als er beabsichtigt hatte. „Und ich möchte auch nicht auf dem kalten, harten Boden schlafen. Das geht schon."

Ich knöpfte meine Bluse auf und dachte, er sollte wissen, womit er es zu tun hatte. „Ich dachte, wir würden in einem Hotel übernachten. Ich habe in den letzten Monaten nackt geschlafen. Und ich habe keinen Pyjama mitgebracht, also werde ich meinen BH und mein Höschen anlassen."

Er ließ seine Jeans auf den Boden fallen und legte sich auf die Decke. Jetzt trug er nur noch enge Boxershorts, die nichts der Fantasie überließen. „Ich werde nicht hinsehen, wenn du Angst davor hast. Ich bin ein Gentleman."

Mein Herz brach ein wenig. Wenn er es so leicht fand, mich zu ignorieren, während ich buchstäblich halbnackt vor ihm stand, dann fühlte er sich überhaupt nicht zu mir hingezogen.

Mit einem leisen Seufzer machte ich mich bereit fürs Bett.

KAPITEL FÜNFZEHN

PATTON

Ich hätte niemals den ersten Schritt gemacht – niemals. Es wäre nicht richtig gewesen, jemandem in Alexas Situation so etwas anzutun.

Sie hatte mich ihren Engel genannt. Sie hatte mich ihren Helden genannt. Helden und Engel berührten nicht die Menschen, die sie verehrten. Wenn man alles bedachte, was ich in letzter Zeit für sie getan hatte und wie dankbar sie mir war, wäre es einfach nicht richtig gewesen, ihr zu gestehen, dass ich sie begehrte. Und ich begehrte sie mehr als alles andere.

Ich lag auf der Decke, als sie sich bis auf BH und Höschen auszog, und wusste, dass ich aufhören sollte, sie anzusehen. Sie trug ein Unterwäsche-Set aus rosa Satin mit einer winzigen Schleife an ihrem Dekolleté und einer weiteren Schleife am Bund ihres Höschens.

Ihr Körper war verdammt heiß. Runde Hüften, zarte Schenkel, eine schlanke Taille und große Brüste, die im Verlauf der Schwangerschaft noch größer werden würden.

Ich drehte mich auf die Seite, damit sie nicht sah, dass ich sie anstarrte. „Weißt du, ob es hier noch eine Decke gibt? Es ist ein bisschen kalt." Ich musste irgendwie meine Erektion verstecken.

„Wie ich meine Mutter kenne, ist oben im Schrank eine." Sie ging zum Schrank und ich bewunderte ihren Hintern. Fest, rund und prall. Sie hatte keine Ahnung, wie verführerisch sie war.

Ich sah zu, wie sie auf die Zehenspitzen ging und ihren Körper streckte, als sie nach der Decke griff. Ich hätte aufstehen sollen, um ihr zu helfen, aber dann hätte sie gesehen, was sie mit mir gemacht hatte. Das konnte ich ihr nicht antun. „Ich kann darauf verzichten, wenn du sie nicht erreichen kannst."

Sie streckte die Finger, bekam die Decke endlich zu fassen und zog sie herunter. Die Decke fiel direkt in ihre Arme und Alexa brachte sie mir. „Nein, ich werde dich nicht frieren lassen."

Es gibt andere Möglichkeiten, um sicherzustellen, dass mir schön warm ist, Süße.

Sie breitete die Decke über mir aus, während ich auf der Seite lag und die Wirkung verbarg, die sie auf mich hatte. Ich wusste, dass ich an etwas anderes denken sollte, aber ich konnte mich nicht aufhalten.

Was ist, wenn sie den ersten Schritt macht? Was ist, wenn sie mir sagt, dass sie mich liebt? Was ist, wenn sie mich bittet, sie in jeder Hinsicht zu meiner Frau zu machen?

Ich schloss die Augen und wusste, dass ich ein oder zwei Biere zu viel getrunken hatte. Ihr Bruder und ihre Cousins hatten den ganzen Abend dafür gesorgt, dass ich eine Flasche in der Hand hatte. Ich konnte es ihnen nicht zum Vorwurf machen. Sie hatten keine Ahnung, was hinter der Ehe und dem Baby steckte. Aber Luci? Warum hatte er nicht daran gedacht, wie schwer es für mich sein würde, meine Hände von seiner Schwester zu lassen, wenn wir zusammen ins Bett gingen?

Natürlich denkt er nicht daran, du Idiot. Er vertraut darauf, dass du Abstand hältst.

Jedes Mal, wenn ich mich umgedreht hatte, war sie da gewesen und hatte süß und wunderschön ausgesehen. Also hatte ich natürlich versucht, eine gute Show zu liefern. Ich hatte sie umarmt, geküsst und ihr gesagt, wie glücklich sie mich machte und wie sehr ich sie liebte.

Sie denkt, dass alles nur zum Schein war. Was, wenn sie wüsste, dass nichts davon gespielt war?

Das Bett bewegte sich, als sie unter die Decke kroch. „Schlaf gut, Patton."

Ich hasste das – ich hasste es einfach. „Ja, du auch."

Den ganzen Tag und die ganze Nacht hatten wir uns wie hormongesteuerte Teenager berührt. Und hier waren wir zusammen im Bett und benahmen uns so, als wäre nichts davon passiert.

Aber so musste es sein. Und ich dachte, dass sie es so wollte. Es gab so viele Dinge, die ich wissen wollte. Zum Beispiel, ob sie romantische Gefühle für mich hatte. Ich wollte wissen, ob sie jemals daran gedacht hatte, dass wir diese Scheinehe zu einer echten Ehe machen und ein Leben lang für unser Baby und füreinander da sein könnten.

Unser Baby.

Einer nach dem anderen waren meine Brüder zu mir gekommen und hatten mir ihren Rat geben wollen. Und ich hatte ihnen allen zugehört. Aber ich hatte keinem von ihnen zugestimmt.

Alle waren sich einig gewesen, dass es eine schlechte Idee war. Sie alle waren sich einig gewesen, dass es schlecht enden würde. Sie waren sich sogar alle einig gewesen, dass es Alexa sein würde, die dabei am schlimmsten verletzt würde.

Keiner von ihnen wusste, wie ich mich fühlte. Ich hatte es niemandem gestanden. Ich wagte selbst kaum, darüber nachzudenken.

Ich liebte sie. Ich betete sie an. Und ich liebte bereits das Baby, das wir zusammen großziehen würden.

Macht das nicht alles real?

Sobald sie die Lampe ausschaltete, drehte ich mich um und sah sie im Mondlicht an. Ich wusste, dass es ihre Schönheit noch mehr zur Geltung bringen würde. Die silbernen Strahlen streiften ihr dunkles Haar und ließen mich an die Zukunft denken, in der sie älter sein und graue Strähnen haben würde. Wo würde ich dann sein? „Denkst du manchmal an die Zukunft, Alexa?"

„Die ganze Zeit." Sie verschränkte ihre Finger und legte ihre Hände auf ihre Brust. „Aber wer nicht?"

Ich wusste, dass es nicht richtig war, aber ich tat es trotzdem und legte meine Hand auf ihren Bauch. „Willst du einen Jungen oder ein Mädchen?"

„Ich will ein gesundes Baby. Ich werde einen Jungen genauso lieben wie ein Mädchen." Sie drehte den Kopf, um mich anzusehen.

Der Vollmond spiegelte sich in ihren dunklen Augen. „Und was willst du?"

„Das Gleiche wie du." Das Geschlecht war mir egal, solange das Baby gesund war. „Glaubst du, du willst danach noch mehr Kinder?"

„Wahrscheinlich." Sie lächelte mich an. „Ich hoffe, dass du eines Tages auch eigene hast."

Ich hasste es, dass alle außer mir dieses Baby als das Kind eines anderen Mannes betrachteten. Da ich nicht wusste, was ich dazu sagen sollte, nahm ich meine Hand von ihr und drehte mich um. „Gute Nacht."

Ihre Hand auf meiner Schulter ließ mein Herz schmerzen und meinen Schwanz pulsieren. „Patton, ich habe dich verärgert. Es tut mir leid, dass ich manchmal das Falsche sage. Es ist nur so, dass ich mich schlecht fühle, weil du so viel für mich und das Baby tust. Das ist alles meine Schuld, aber du bist derjenige, der die Konsequenzen trägt. Ich fühle mich damit überhaupt nicht gut. Und ich weiß nicht, wie es für uns ausgehen wird. Es ist schön zu denken, dass wir dieses Kind gemeinsam großziehen können, auch wenn wir getrennte Wege gehen. Aber die Wahrheit ist, dass es vielen Menschen, die sich scheiden lassen, schwerfällt, Kinder richtig zu erziehen."

Dann lassen wir uns nicht scheiden.

Ich hielt den Atem an, als sich jede Menge Emotionen in mir sammelten. Ich wollte mit Luciano sprechen und ihn fragen, wie er es fände, wenn ich ehrlich zu Alexa über meine Gefühle wäre. Und wenn sie nicht so in mich verliebt wäre wie ich in sie, dann würde ich das natürlich respektieren. Ich würde es nie wieder erwähnen. Aber ich wollte unbedingt wissen, ob sie so empfand wie ich.

„Ja, du hast recht." Ich wollte nicht darüber sprechen, dass diese Sache zwischen uns irgendwann enden würde. Ich liebte es, sie bei mir zu haben. Ich genoss ihre Gesellschaft – mehr als jemals zuvor. „Ich denke, wir sollten jetzt schlafen. Wir frühstücken morgen mit deinen Eltern – vielleicht kommt Luci auch mit. Danach sollten wir zurück nach Austin fahren. Ich habe am Montag ein Meeting mit meinen Cousins auf ihrer Ranch in Carthago. Sie wollen wissen, wie sich ihre Investition – das Resort – entwickelt. Das Meeting ist früh angesetzt, sodass ich am Montagmorgen gegen fünf aufbrechen muss. Ich möchte morgen Abend nicht zu spät nach Hause kommen."

„Ich verstehe." Ihre Hand glitt von meiner Schulter. „Gute Nacht."

Ich wollte die Kommunikation zwischen uns verbessern. Aber es schien unmöglich. Ich konnte nicht sagen, was ich wollte. Ich durfte sie nicht in eine Lage bringen, in der sie mich vielleicht abweisen müsste.

Es wäre nicht fair und nicht richtig. Außerdem würde ich nie erfahren, ob sie mich um meiner selbst willen liebte oder ob sie einfach nur Dankbarkeit oder sogar Schuldgefühle empfand. Ich war mir ziemlich sicher, dass sie mich nicht abweisen würde. Sie war zu freundlich, um so etwas jemandem anzutun, der so viel für sie getan hatte.

Erst dann wurde mir klar, dass es nicht immer einfach war, ein guter Mensch zu sein. Und wenn Alkohol involviert war, wurde es noch viel schwieriger.

Ich hatte mich dafür entschieden. Ich hatte gewusst, worauf ich mich einließ. Zumindest hatte ich das gedacht.

Ich hatte nie geplant, mich in sie zu verlieben. Ich hatte keine Ahnung gehabt, dass ich mich in den winzigen Herzschlag des Babys verlieben würde, aber ich hatte es getan. Ich hatte mich in die Vorstellung von uns als Familie verliebt.

Das war mein Fehler – nicht der Fehler von irgendjemand anderem. Ich hatte mich von meinen Gefühlen überwältigen lassen. Aber ich konnte sie wieder in den Griff bekommen.

Wenn wir wieder zu Hause waren, mussten wir uns nicht mehr so berühren, umarmen und küssen wie vor ihren Eltern. Ich empfand plötzlich Bewunderung für Schauspieler. Wie konnten sie anderen so einfach etwas vorspielen? Es war mir ein Rätsel.

Moment. Schauspieler haben ständig Affären. Vielleicht hätte ich darüber recherchieren sollen, bevor ich mich auf diese Sache eingelassen habe.

Vielleicht war der bloße Akt, jemanden lange genug im Arm zu halten, alles, was nötig war, um sich auf besondere Weise mit ihm verbunden zu fühlen. Vielleicht führten Küsse, selbst wenn überhaupt keine Gefühle involviert waren, schließlich zu Gefühlen. Vielleicht führte das tägliche Zusammensein mit jemandem zu einer Bindung.

Ich drehte mich zu Alexa um. Ihre Augen waren geschlossen, aber sie atmete nicht tief genug, um zu schlafen.

„Alexa?", flüsterte ich.

Sie hielt die Augen geschlossen. „Ja?"

„Glaubst du, dass so zu tun, als wären wir verliebt, uns irgendwann glauben lässt, dass wir es wirklich sind?" Ich hielt den Atem an und hoffte, dass sie ihre Augen öffnen, mich ansehen und mir sagen würde, dass sie mich liebte.

„Du hast zu viel getrunken."

„Ja, ich weiß. Aber was ist mit der Frage? Glaubst du, diese Show könnte eine Wirkung auf uns haben?" Ich wollte nicht, dass sie dachte, der Alkohol würde mich dazu bringen, diese Frage zu stellen. Sicher, vielleicht war es so, aber das war mir egal.

„Ich schätze, wir haben uns immer auf die eine oder andere Art geliebt. Du stehst meiner Familie sehr nahe und das bedeutet, dass du mir sehr nahe stehst. Ich fühle mich dir auch nahe. Aber die Liebe zwischen einem Ehemann und einer Ehefrau kann nicht vorgetäuscht werden."

Sie drehte den Kopf und öffnete die Augen. „Wir wären keine Menschen, wenn uns die Berührungen heute Abend nicht erregt hätten. Aber keiner von uns will den anderen verletzen. Wir lieben uns nicht. Nicht auf diese Art. Und ich möchte nicht, dass du dir Sorgen um mich machst. Ich weiß, dass du das tust. Du machst dir Sorgen, dass ich jung und naiv bin und dass all die Aufmerksamkeit, die du mir heute geschenkt hast, mich glauben lässt, dass wir verliebt sind. Aber das musst du nicht."

Sie hätte nicht falscher liegen können. „Ich bin froh, dass wir uns einig sind. Dann gute Nacht."

„Gute Nacht." Sie drehte sich um und wandte mir ihren Rücken zu.

Ich schloss meine Augen und fühlte, wie Tränen darin brannten, die ich schnell zurückdrängte. *Ich hätte nicht so viel trinken sollen.*

KAPITEL SECHZEHN

ALEXA

Ich ging auf dem Flur im Spa von einem Gast zum nächsten, als ich sah, wie Patton auf mich zukam.

„Hey", rief er. „Ich habe gerade einen Anruf aus der Praxis der Frauenärztin erhalten. Sie konnten dich nicht erreichen, aber sie müssen den Termin für deine Vorsorgeuntersuchung verschieben. Er wird erst nächste Woche am Montag sein anstatt morgen."

Mittlerweile war ich im dritten Monat. Mein Rücken schmerzte und ich streckte mich vorsichtig. „Das ist eine Erleichterung. Ich habe mich sowieso nicht auf eine weitere Untersuchung gefreut." Ich schauderte, als ich mich an die letzte erinnerte und daran, wie unangenehm sie gewesen war.

Er nahm meine Hand und zog mich mit sich. „Du brauchst eine Pause. Ich wette, du hast seit dem Frühstück nichts mehr gegessen."

„Gegen Mittag hatte ich einen Schokoriegel. Eine der anderen Massagetherapeutinnen ist heute nicht gekommen, deshalb hat sich meine Arbeitsbelastung verdoppelt – ich habe den ganzen Tag einen Gast nach dem anderen betreut. Und jetzt habe ich Rückenschmerzen."

„Ich wünschte, du hättest mir das früher gesagt." Er schüttelte den Kopf. „Nein, das stimmt nicht. Es ist nicht deine Aufgabe, mir solche

Dinge zu sagen. Es ist Haileys Aufgabe. Ich kann jemand anderen bitten, die fehlende Therapeutin zu vertreten."

Mein Rücken machte mich fast verrückt. Ich war niemand, der jammerte, wenn er sich unwohl fühlte, aber ich musste auch an das Baby denken. „Kannst du versuchen, zwei Leute zu finden? Mein Rücken bringt mich um. Ich denke, ich muss mich eine Weile hinsetzen."

Er führte mich in sein Büro und ließ mich auf dem Sofa Platz nehmen. „Lege die Füße hoch. Ich werde das jetzt gleich erledigen."

„Ein Gast wartet", wimmerte ich, als ich mich zurücklehnte. „Ich kann die arme Frau nicht im Stich lassen, bis jemand auftaucht, um mich zu ersetzen. Ich werde mich nur eine Minute ausruhen und mich dann um sie kümmern. Meine Vertretung kann dann den nächsten Gast übernehmen."

„Du bleibst genau dort, wo du bist, und machst dir darüber keine Sorgen. Ich werde sicherstellen, dass Hailey weiß, was ich tue." Er küsste meine Stirn. „Du hast Glück, dass dein Mann einer der Chefs hier ist."

„Das habe ich wirklich." Ich hatte aus so vielen Gründen Glück, dass Patton mein Ehemann war – die Arbeit war nur die Spitze des Eisbergs.

Ich versuchte, mich zu entspannen, und schloss die Augen, aber der Schmerz in meinem Rücken ließ nicht nach. Mein Magen begann ebenfalls zu schmerzen, also stand ich auf – sehr zu Pattons Missbilligung. „Was? Was ist los? Du musst dich hinlegen. Ich kann dir alles besorgen, was du brauchst."

„Ich muss auf die Toilette. Ich bin gleich wieder da. Mein Magen ist ganz durcheinander."

„Rückenschmerzen und jetzt Bauchschmerzen?" Sein Gesichtsausdruck sagte mir, dass ihm nicht gefiel, was er hörte. „Ich werde in der Arztpraxis anrufen und fragen, was das bedeutet."

„Ich bin sicher, dass es daran liegt, dass ich heute so beschäftigt war. Sobald ich mich ausruhen kann, geht es mir besser." Ich machte mich auf den Weg zur nächsten Damentoilette, als sich mein Magen verkrampfte.

Die Toilette zu erreichen wurde plötzlich dringend, da die Krämpfe immer schlimmer wurden. *Ich hätte diesen Schokoriegel nicht essen sollen!*

Ich dachte, es wären einfach nur Bauchschmerzen, aber als ich meine Hose herunterzog, fand ich etwas, das ich eigentlich nicht finden sollte. *Blut!*

Ich zog meine Hose wieder hoch und rannte zur Tür hinaus. Patton wartete schon auf mich. „Die Arzthelferin hat gesagt, dass ich dich in die Praxis bringen soll."

„Ich will nicht in die Praxis." Ich hatte das Gefühl, in Ohnmacht zu fallen, und sank gegen die Wand. „Ich muss in die Notaufnahme. Ich blute."

Bevor ich mich versah, war ich in Pattons Armen. Er trug mich zu seinem Truck und fuhr zum nächsten Krankenhaus. „Bleib ganz ruhig, Süße. Kein Grund zur Panik."

„Was ist, wenn das Baby in Gefahr ist, Patton? Ich fühle mich völlig panisch." Ich holte tief Luft und versuchte, mich zu beruhigen. Ich wusste, dass Stress nicht gut für das Baby war. „Ich bin erst im dritten Monat – so früh können viele schlimme Dinge passieren." Ich schloss meine Augen und betete, dass mir dieses Baby nicht weggenommen wurde.

Sicher, sein leiblicher Vater war ein Versager. Aber der Vater, den es haben würde, würde fantastisch sein. Und ich würde eine gute Mutter sein. Wir würden für dieses Kind da sein, wenn es durchhielt.

Patton trug mich in die Notaufnahme des South Austin Medical Center. Sobald sich die Glastüren öffneten, rief er: „Wir haben hier eine mögliche Fehlgeburt und brauchen Hilfe! Jetzt sofort!"

Die Edelstahltüren öffneten sich bei seinen Worten. Ein Mann in blauer Pflegerkleidung winkte uns herein. „Kommen Sie nach hinten."

Patton brachte mich schnell zu dem Bett, auf das der Mann zeigte. „Alles wird gut, Süße. Du bist jetzt hier, wo man sich um dich kümmert."

Der Mann nickte mir mit einem Lächeln zu. „Ich bin Davin. Jetzt sagen Sie mir, was los ist." Er griff nach einem Klemmbrett, das am Fußende des Bettes hing, und reichte es Patton. „Ich gehe davon aus, dass Sie der Vater sind."

„Ja." Patton nahm das Klemmbrett. „Soll ich das ausfüllen?"

„Ich würde es zu schätzen wissen." Davin wandte seine Aufmerksamkeit wieder mir zu. „Also, wie weit sind Sie, Mrs. ...?"

„Mrs. Nash. Alexa. Ich bin im dritten Monat schwanger."

„Okay", sagte er mit ruhiger Stimme. „Also, warum sind Sie heute hierhergekommen, anstatt zu Ihrer Ärztin zu gehen? Ich vermute, dass Sie wegen der Schwangerschaft bei einer Ärztin waren."

Ich nickte. „Ich war bei Doktor Barclay", sagte ich und versuchte, nicht zu weinen. „Mein Rücken tut seit ungefähr zweieinhalb Stunden weh. Vor ungefähr einer halben Stunde bekam ich Magenkrämpfe. Und als ich auf die Toilette ging, war da Blut. Ich wollte die längere Fahrt zu ihrer Praxis nicht riskieren."

„Wie viel Blut?", fragte er.

Patton hörte auf, die Formulare auszufüllen, sah mich an und wartete auf meine Antwort. Ich konnte die Angst in seinen Augen sehen und wusste, dass ihm dieses Baby wirklich viel bedeutete – ein Baby, das nicht einmal von ihm war. Trotzdem war es ihm unheimlich wichtig.

„Nicht viel. Aber angesichts meiner Verfassung hat es mich beunruhigt."

Der Krankenpfleger zog den Vorhang zu, um uns etwas Privatsphäre zu geben. Dann ging er zu einer Schublade, nahm eine Patientenrobe heraus und legte sie auf das Fußende des Bettes. „Okay, ziehen Sie das an. Ein Arzt wird sie in Kürze untersuchen und nachsehen, was los ist. Ziehen Sie alles aus", sagte er und sah über die Schulter zu mir. „Alles."

„In Ordnung." Ich fühlte das Stirnrunzeln auf meinem Gesicht.

Patton legte das Klemmbrett weg, als ich schwerfällig aufstand, um mich auszuziehen. „Lass mich dir helfen."

„Ich muss mich komplett ausziehen, Patton." Ich wollte nicht, dass er mich nackt sah.

Er legte den Kopf schief und sah mich ernst an. „Denkst du, dass du mehr als jetzt tragen wirst, wenn du das Baby in ein paar Monaten bekommst, Alexa?"

„Darüber habe ich noch nicht wirklich nachgedacht." Hauptsächlich deshalb, weil es mir schreckliche Angst machte.

„Lass mich dir helfen." Er nahm die Patientenrobe. „Zieh deine Sachen aus. Die Robe wird dich bedecken und ich schwöre, dass ich nicht hinsehen werde. Das Ding wird am Rücken zugebunden. Ich glaube nicht, dass du das allein schaffen kannst."

Zu den körperlichen Schmerzen kam die Verlegenheit, als ich mich vollständig auszog und mein blutiges Höschen unter meine

Hose schob, um es zu verstecken. „Damit hatte ich heute nicht gerechnet."

„Ich auch nicht, aber hier sind wir." Er hielt mir die Robe hin und ich steckte meine Arme durch die Ärmel. „Drehe dich um, damit ich sie zubinden kann."

Ich spürte die kalte Luft auf meinem nackten Hintern und wusste, dass er ihn sehen würde, sobald ich mich umdrehte. „Oh Gott, das ist schrecklich."

„Ich sehe nicht hin." Seine Finger streiften meine Haut, als er die Robe zumachte. „Okay. Jetzt lege dich wieder hin."

Als ich es tat, beugte er sich vor und hob meine Kleider auf. „Äh, das sollte ich machen."

„Du kommst erst wieder aus dem Bett, wenn die Ärzte es erlauben." Er rollte meine Sachen zu einem ordentlichen Bündel zusammen und schob sie in eine Plastiktüte, die er auf einem Tisch fand. „Ich werde meiner Assistentin sagen, dass sie zu uns nach Hause gehen und frische Kleidung holen soll, damit du dir saubere Sachen anziehen kannst, bevor wir von hier weggehen." Er holte sein Handy aus der Tasche und schrieb eine SMS.

„Du denkst wirklich an alles." Ich beobachtete ihn, bis er fertig war und das Handy wegsteckte. „Danke."

„Es ist mir ein Vergnügen." Als er zu mir kam, legte er seine Hand auf meinen Bauch. „Hey, du da drin. Du hast hier draußen eine Mommy und einen Daddy, die dich sehr lieben, also halte bitte durch. Bitte."

Ich legte meine Hand auf seine und spürte, wie Tränen über meine Wangen liefen. „Du bist wirklich ein Daddy."

Er beugte sich vor, küsste meinen Bauch und flüsterte dann: „Ich bin dein Daddy."

Der Vorhang öffnete sich und ein Mann in einem weißen Kittel kam zu uns. „Ich bin Doktor Flanigan. Ich habe gehört, was los ist, und bin mir ziemlich sicher, wie die Diagnose lauten wird, aber ich muss Sie trotzdem erst untersuchen."

Patton stellte sich neben mich und nahm meine Hand in seine. „Ich hoffe, es ist nichts Schlimmes."

„Wir werden sehen." Da er kein Laken hatte, um mich zu bedecken, zog er kurzerhand die Robe hoch, ging zum Fußende des

Bettes und griff nach einer großen Lampe hinter sich, bevor er einen Handschuh anzog. „Derzeit tritt nicht viel Blut aus."

Ich schnappte nach Luft, als er unsanft eine Ultraschallsonde in mich einführte, und hörte Pattons leises Knurren. „Hey, seien Sie vorsichtig."

„Also sind Sie einer dieser Ehemänner, hm?" Er nickte. „In Ordnung. Nun, ich muss jetzt sowieso einen Bauchultraschall machen." Er tat es und ich versuchte, nicht in Panik zu geraten. „Als Nebenwirkung der Untersuchung sind weitere Blutungen zu erwarten. Aber sie sollten morgen aufhören", erklärte er, als er eine weitere Sonde gegen meine Haut drückte.

„Also hat die Untersuchung das Baby noch mehr in Gefahr gebracht?" Ich konnte sehen, dass Patton zornig war, als er die Frage stellte.

„Nein. Überhaupt nicht", versuchte der Arzt zu erklären, als er Pattons gerötetes Gesicht sah. „Die Blutung wird diesmal von den Vaginalwänden kommen." Er sah von Patton zurück zu mir. „Sie scheinen unter einem sogenannten subchorionischen Hämatom zu leiden. Das bedeutet, dass sich unter der Plazenta Blut angesammelt hat. So etwas passiert ziemlich häufig und wird wahrscheinlich keine Komplikationen bei Ihrer Schwangerschaft verursachen." Patton seufzte erleichtert.

„Es verschwindet normalerweise von selbst und der Herzschlag des Babys ist immer noch stark. Sie müssen innerhalb einer Woche Ihre Ärztin aufsuchen, aber bis dahin sollten Sie die Füße hochlegen und sich entspannen."

„Ist das alles?", fragte Patton und sah so erleichtert aus, wie ich mich fühlte.

„Das ist alles." Er zog den Vorhang zurück. „Sie können sich anziehen und sobald der Pfleger Ihnen die Entlassungspapiere bringt, können Sie gehen."

Ich sah Patton benommen an und fühlte mich überwältigt davon, wie schnell alles passiert war. „Also geht es dem Baby gut?"

„Es hört sich so an. Aber du wirst erst wieder arbeiten, wenn deine Ärztin es erlaubt. Bis zu unserem Termin nächste Woche bist du zu Hause meine Patientin." Er sah auf sein Handy und begann, eine SMS zu schreiben – ich nahm an, dass er seine Assistentin fragte, ob sie mit den sauberen Kleidern auf dem Weg war.

„Du musst nicht zu Hause bei mir bleiben, Patton. Ich bin mir sicher, dass ich allein zurechtkomme, während du arbeitest." Ich setzte mich auf und schob meine Beine über die Bettkante.

„Ich werde auf jeden Fall zu Hause bei dir bleiben. Ich lasse dich nicht allein."

KAPITEL SIEBZEHN

PATTON

Es klingelte an der Tür. „Das muss Doktor Barclay sein."

Nach dem Termin bei unserer Ärztin war Alexa angewiesen worden, zu Hause zu bleiben und möglichst viel zu liegen. Das bedeutete, dass die Ärztin Hausbesuche machen musste, was sie seit einigen Monaten tat. Ich öffnete die Tür und begrüßte sie. „Hi, Doktor. Die Dame des Hauses liegt auf dem Sofa."

„Hi, Patton." Sie kam herein und ging direkt ins Wohnzimmer. „Alexa ist jetzt im sechsten Monat. Sie müssen sie später in dieser Woche für eine Ultraschalluntersuchung in die Praxis bringen, solange keine Blutungen auftreten." Das Hämatom war noch nicht wieder in die Plazenta aufgenommen worden, wie die Ärzte gehofft hatten, deshalb waren wir sehr vorsichtig.

„Sie hatte diesen Monat keine Beschwerden. Ich glaube nicht, dass wir Probleme haben werden, sie in die Praxis zu bringen." Ich stellte mich neben Alexa. „Bereit?"

Sie nickte und lächelte die Ärztin an. „Mir geht es diesen Monat gut. Ich hatte überhaupt keine Blutungen und nur selten Krämpfe."

„Haben Sie sich ausgeruht?" Sie zog ein Stethoskop aus ihrer Tasche.

„Ja. Ich bin nur ab und zu in die Küche gegangen, wenn ich nicht genau wusste, was ich essen wollte, und in den Kühlschrank sehen musste, um mich zu entscheiden." Sie lachte, als sie mich ansah. „Abgesehen davon hat Patton dafür gesorgt, dass ich nicht oft aufstehen musste."

„Ich bin froh, das zu hören." Die Ärztin hörte Alexas Herz und ihre Lunge ab und überprüfte dann alle anderen Vitalwerte, bevor sie auch ihren Bauch abhörte. „Das klingt gut. Ein stetiger Herzschlag. Also, was ist mit der Ultraschalluntersuchung? Möchten Sie das Geschlecht des Babys erfahren oder soll es eine Überraschung sein?"

Alexa und ich hatten damit gewartet, das Kinderzimmer streichen zu lassen, bis wir wussten, ob wir einen Jungen oder ein Mädchen bekamen. „Wir wollen es erfahren."

„Okay. Ich werde es mir notieren." Sie räumte ihre Sachen weg und sagte: „Haben Sie irgendwelche Fragen an mich, Alexa?"

„Ich würde gern wissen, ob Sie denken, dass das Baby zu dem errechneten Geburtstermin kommt." Sie hatte Albträume darüber gehabt, dass das Baby zu früh kommen würde. In ihren Träumen war es immer winzig und voller Blut gewesen und es hatte aus Leibeskräften geschrien.

„Ich verstehe, warum Sie sich darüber Sorgen machen. Jetzt, wo Sie in der vierundzwanzigsten Woche sind, hat das Baby seine Lunge und alle lebenswichtigen Organe entwickelt. Das bedeutet natürlich nicht, dass diese Organe voll ausgereift sind. Das Baby müsste also auf die Intensivstation, wenn Sie es bald zur Welt bringen. Jede Woche länger im Mutterleib ist gut für das Kind. Also beeilen Sie sich nicht damit, es zu bekommen."

„Wenn ich das Baby jetzt schon hätte, würde es also trotzdem überleben?", fragte Alexa erleichtert.

„Das habe ich nicht gesagt", erwiderte die Ärztin. „Es gibt keine Garantien. Nicht einmal bei einem Baby, das voll ausgetragen wird. Es tut mir leid, dass ich Ihnen das sagen muss, und ich weiß, dass es für eine Mutter nie leicht ist, das zu hören. Aber es muss gesagt werden. Sie müssen so gut wie möglich auf das Baby in Ihrem Bauch aufpassen. Aber manchmal ändert das nichts daran, was im Kreißsaal passiert. Ich möchte nicht, dass Sie daran denken. Konzentrieren Sie sich stattdessen auf ein gesundes Baby. Wenn das Kind aus irgendeinem Grund zu früh kommt, kann jede weitere Woche im Mutterleib seine Überlebenschancen erheblich verbessern."

Obwohl ich wusste, dass sie nur versuchte, uns zu informieren, gefiel mir das, was ich hörte, überhaupt nicht. Ich dachte nicht, dass es Alexa anders ging, denn sie sagte nur leise: „Oh.“

Ich strich mit meiner Hand über ihren Kopf. „Denke nicht darüber nach, Süße. Alles wird gut. Du wirst sehen.“

Alexa nahm meine Hand und hielt sie an ihr Herz. „Fühlst du es?“ Es schlug wie verrückt. „Beruhige dich. Wir schaffen das.“

Die Ärztin ging zur Tür. „Ich bin optimistisch, dass sich das Hämatom endlich von selbst zurückgebildet hat. Lassen Sie also unbedingt noch diese Woche die Ultraschalluntersuchung machen, damit ich mir später die Aufnahmen ansehen kann. Ich werde das Ergebnis noch am selben Tag bei einem Videoanruf mit Ihnen besprechen.“

Ich führte sie hinaus. Als ich die Tür öffnete, stand Luciano davor und wollte gerade auf die Klingel drücken. „Oh, hi“, sagte er zu der Ärztin, ergriff ihre Hand und küsste sie, anstatt sie zu schütteln.

„Ähm“, murmelte die Ärztin, als sie mich ansah. „Ist das ein Freund von Ihnen, Patton?“

„Das ist der Onkel unseres Babys“, sagte ich. „Alexas Bruder.“

Luciano ließ ihre Hand los. „Luciano De La Cruz, Doktor Barclay. Es ist mir eine Freude, die Frau zu treffen, die meine Schwester so gut betreut.“

„Danke.“ Sie trat zurück, um ihn hereinzulassen. „Ich war gerade auf dem Weg nach draußen.“

Luciano kam herein und betrachtete sie. „Sie sind ziemlich jung, um Ärztin zu sein, oder?“

„Ich denke nicht, dass dreißig besonders jung ist.“ Sie lächelte ihn an. „Aber danke für das Kompliment.“ Sie ging zur Tür hinaus und schüttelte den Kopf.

Nachdem ich die Tür geschlossen hatte, musste ich lachen. „Hast du jemals eine Frau getroffen, die du nicht umworben hast?“

„Ab und zu. Aber nicht oft, nein.“ Er ging zu seiner Schwester ins Wohnzimmer. „Und wie geht es dir heute, meine kleine Prinzessin?“

„Mir geht es gut, denke ich. Aber die Ärztin hat darüber gesprochen, was passieren würde, wenn das Baby zu früh kommt. Das hat mich irgendwie erschreckt.“ Sie seufzte traurig.

Ich nahm neben ihr Platz und ergriff ihre Hand. „Lass dich davon nicht beunruhigen. Wir wissen beide, dass wir alles in unserer Macht

Stehende tun, um sicherzustellen, dass das Baby gesund und glücklich wird."

Sie lehnte ihren Kopf an meine Schulter. „Ja, das ist alles, was wir tun können."

Luci sah mich mit einem seltsamen Gesichtsausdruck an. „Ich hole mir ein Bier. Willst du auch eins, Patton?"

„Nein." Ich deutete mit dem Kopf auf die Tassen auf dem Couchtisch. „Wir trinken Kräutertee."

Alexa tätschelte meine Hand. „Patton ernährt sich so gesund wie ich. Er unterstützt mich großartig."

„Ja, das kann ich sehen." Er trat hinter die Bar, um ein kaltes Bier aus dem eingebauten Minikühlschrank zu holen.

Er war in den letzten Monaten nicht vorbeigekommen und schien ein bisschen verwirrt darüber zu sein, wie Alexa und ich miteinander umgingen. Wir waren jeden Tag rund um die Uhr zusammen. Und wir machten uns beide ziemlich viele Sorgen um das Baby. Das verband uns und ich nahm an, dass sich diese Bindung zeigte.

Weil ich nicht wollte, dass Luci sich unwohl fühlte, stand ich auf. „Ich werde nachsehen, was wir heute Abend kochen können, wenn wir einen Gast haben."

„Ich will euch keine Umstände machen, Patton", sagte Luci, als er sich mit dem Bier in der Hand setzte. „Was auch immer du kochst, ist in Ordnung."

Ich wollte den beiden etwas Zeit geben, um unter vier Augen miteinander zu sprechen. „Okay, dann lass dich überraschen."

Ich ging zum Kühlschrank und öffnete das Gefrierfach, in dem ich Steaks, ein Huhn und Würstchen fand. Ich nahm das Huhn heraus, legte es in die Spüle und sah nach, was ich sonst noch finden konnte.

Ich bereitete täglich gesunde Mahlzeiten für Alexa und das Baby zu. Ich hatte immer für mich selbst gekocht, aber nie für andere. Es hatte sich herausgestellt, dass ich es liebte.

Vielleicht lag es daran, dass Alexa sich über alles freute, was ich für sie kochte. Sie schwärmte davon, egal was es war. Und sie dankte mir immer dafür.

Alexa war der dankbarste Mensch, den ich jemals gekannt hatte.

Sie dankte mir für die kleinsten Dinge. Es war nur eine weitere Sache, die ich an ihr schätzte.

Die ich an ihr liebte.

Ich liebte sie – das wusste ich so sicher wie nie zuvor. Aber ich war mir nicht sicher, ob sie die gleichen Gefühle für mich hatte. Nicht, dass es jetzt wichtig gewesen wäre. Sex war sowieso tabu wegen der Probleme mit ihrer Schwangerschaft. Aber es würde später wichtig sein, wenn das Baby auf der Welt war und wir entscheiden mussten, ob wir zusammen bleiben wollten oder uns an den Plan hielten, uns zu trennen.

Ich konnte mir mein Leben nicht ohne sie vorstellen. Sobald das Baby kam, würden beide mein Leben sein. Ich wollte es nicht anders.

Ich beugte mich vor, öffnete das Gemüsefach des Kühlschranks und holte ein paar Karotten und Brokkoli heraus. Als ich mich aufrichtete, um alles auf die Arbeitsfläche zu legen, kam Luciano mit einem grimmigen Gesichtsausdruck in die Küche.

Ich war mir nicht sicher, was ich zu ihm sagen sollte. Ich dachte, er wäre nicht glücklich darüber, dass ich seiner Schwester so nahe gekommen war. Also versuchte ich, das Gespräch neutral zu halten. „Wie wäre es mit Brathähnchen? Ich habe frische Karotten und Brokkoli. Ich glaube, ich habe auch noch Fettuccine. Das klingt gesund, oder?"

„Sicher." Er lehnte sich gegen die Kücheninsel.

Die Stimmung, die in Wellen von ihm ausging, war zu intensiv, um sie zu ignorieren. Es war keine Wut. Es war etwas anderes, das ich nicht genau benennen konnte. Und ich wollte auch nicht darüber reden. „Du kannst mir beim Kochen helfen, wenn du willst." Ich reichte ihm ein Schneidebrett, ein Messer und das Gemüse. „Möchtest du das Gemüse schneiden, während ich das Huhn auftaue?"

„Sicher." Er nahm das Messer in die Hand und starrte mich mit großen Augen an. Er sah ein wenig verrückt aus.

Ich wusste sofort, dass es eine schlechte Idee gewesen war, ihm ein Messer zu geben. „Oder du kannst das Huhn auftauen und ich schneide das Gemüse." Ich würde nicht näher an ihn heranrücken, als ich musste. „Bitte schön." Ich hielt ihm die Packung mit dem gefrorenen Huhn hin. „Überlasse mir das Messer und lege das Huhn in die Mikrowelle. Das ergibt sowieso mehr Sinn, oder?"

Er hielt das Messer fest umklammert und seine Augen wurden

glasig, als er mit leicht geöffnetem Mund dastand. Schließlich kamen Worte heraus: „Sie ist in dich verliebt."

„Tut mir leid." Ich musste mich verhört haben. „Sie ist was?"

„Meine Schwester ist in dich verliebt, Patton. Ich kann es in ihren Augen sehen. Sie verehrt dich nicht nur. Sie ist nicht nur begeistert von dir. Sie ist in dich verliebt – mit Herz und Seele."

Ich erstarrte. Ich hatte keine Ahnung, was ich erwidern sollte. Nicht, weil ich mir Sorgen darüber machte, was er denken oder zu mir sagen würde. Ich war erstarrt, weil ich das, was er in ihren Augen entdeckt hatte, nicht gesehen hatte. Ich hatte die Liebe, von der er sprach, nicht bemerkt.

War ich die ganze Zeit blind? Ist Alexa wirklich in mich verliebt?

KAPITEL ACHTZEHN

ALEXA

Die Vorhänge wehten in der kühlen Brise, als ich in meinem Bett lag und mich voller Verlangen umdrehte. Ich warf die Decke auf den Boden. Ich hatte genug davon, dass sie meinen Körper einengte und mich gefangen hielt. Ich sehnte mich danach, frei zu sein.

Die Tür bewegte sich und meine Augen wanderten zu ihr. Ich sah zu, wie eine Schattengestalt in mein Zimmer kam. Ich blieb still und war mir nicht sicher, ob ich mich schlafend stellen sollte oder nicht.

Als sich die Gestalt meinem Bett näherte, erkannte ich an den breiten Schultern genau, wer zu einem nächtlichen Besuch gekommen war. Aber wofür er gekommen war, musste ich noch herausfinden.

Vielleicht war er nur an mein Bett gekommen, um nach mir zu sehen und sicherzustellen, dass alles in Ordnung war. Oder vielleicht hatte er es satt, auf das zu warten, worauf er rechtmäßig Anspruch hatte.

Mich.

Lange Zeit ragte die Gestalt am Fußende meines Bettes auf. In meiner Erstarrung wartete ich aufgeregt und hoffnungsvoll darauf, dass er zu mir kam wie ein Ehemann zu seiner Frau.

Langsam bewegten sich warme Finger über meine Fußsohle.

Schmetterlingen tanzten in meinem Bauch und Flammen breiteten sich in meinem ganzen Körper aus. *Endlich.*

Er kniete sich auf das Bett und drückte meine Beine sanft auseinander, damit er zwischen sie gelangen konnte. Seine Lippen strichen über meinen inneren Oberschenkel, während seine Hände über meine Beine nach oben glitten.

Ich konnte mich immer noch nicht bewegen. Ich wollte nicht, dass er aufhörte oder mich fragte, ob es in Ordnung war. Es war mehr als in Ordnung – es war genau das, was ich wollte. Und ich wollte nicht darüber diskutieren. Ich wollte nur, dass es endlich passierte.

Ich konnte nicht atmen, als sein Mund meine Schamlippen küsste. Zärtlich liebkoste er mich, dann blies er seinen warmen Atem über mich und sandte Schauer über meinen Rücken. Seine Zunge berührte federleicht meine Perle, die bereits für ihn angeschwollen war.

Er küsste sie und schnippte mit der Zunge darüber, während seine Hände sich zu meinem Hintern bewegten und mich hochhoben, sodass er besseren Zugang zu meiner empfindlichsten Stelle hatte. Als sein intimer Kuss inniger wurde, stieß ich ein leises Stöhnen aus, das er erwiderte. Die Vibration führte mich in Tiefen der Ekstase, von denen ich nicht einmal gewusst hatte, dass sie existierten.

Meine Finger umklammerten die Laken unter mir und ich zog so fest daran, dass sie sich von der Matratze lösten. Meine Füße bewegten sich hin und her, als mein Körper verrückt wurde bei dem, was er mit mir machte.

Er hatte meinen Mund noch nie so geküsst. Er hatte seine Zunge noch nie so benutzt wie jetzt. Unsere Küsse waren keusch gewesen. Ich mochte diese Seite von ihm lieber – viel lieber.

Ein sanftes Saugen an meiner pulsierenden Perle schickte mich über den Rand der Ekstase. Etwas schoss durch meinen Körper und machte mich noch feuchter für ihn. Er bewegte seinen Mund, drang mit seiner Zunge in mich ein und trank gierig, was mein Körper ihm gegeben hatte.

Mein Körper pulsierte um seine Zunge herum und wollte mehr. Ich zog meine Beine an und drängte ihn, mir mehr zu geben, während ich mit meinen Händen durch seine Haare strich. Er verstand den Hinweis und zog eine Spur von Küssen über meinen Körper, bis sein Mund meinen traf.

Seine Zunge glitt in meinen Mund, während er mit seinem harten, langen Schwanz in mich eindrang. Ich schrie vor Schmerz, als er mich dehnte, aber sein Kuss dämpfte das Geräusch und in kürzester Zeit verwandelten sich die Schreie in ein Stöhnen puren Vergnügens.

Ich schlang meine Beine um ihn und wollte ihn nie wieder loslassen. Ich wollte ihn für den Rest meines Lebens in mir spüren. Ich wollte, dass er mich nie wieder losließ und niemals aufhörte, mit mir zu schlafen.

Wir bewegten uns zusammen wie Wellen auf dem Ozean und erkundeten mit unseren Händen jeden Zentimeter voneinander. Wir streichelten jede Stelle, die wir erreichen konnten, ohne dass sich unsere Münder trennen mussten.

Er schob seine Hände in meine Haare und zog daran, als er schneller in mich eintauchte. Ich schrie bei der intensiven Hitze auf, als er mich immer weiter dehnte. Ich liebte es. Ich liebte den Schmerz, den Duft und die absolute Dekadenz dessen, was wir taten.

Es war nicht zärtlich. Es war nicht süß. Es war wild und ich wusste, dass es so sein sollte. Ein Grundbedürfnis, das wir beide teilten. So sollte Sex sein.

Animalisch und leidenschaftlich. Ich wollte ihn in mir spüren. Er musste mit mir verbunden sein, so als wäre er ein Teil meines Körpers. Er musste fühlen, wie mein Körper seinen Schwanz eng umschloss. Er hielt ihn fest und wollte ihn nie wieder freigeben.

„Mehr", stöhnte ich. „Ich will mehr. Gib mir mehr."

Er bewegte sich schneller und stieß mit solcher Wucht in mich, dass das Bett bebte und das Kopfteil bei jeder Bewegung gegen die Wand prallte. „Ich gebe dir mehr. Ich gebe dir alles, was du nehmen kannst, und noch mehr."

Ich keuchte und bohrte meine Nägel in seinen Rücken, als ich in seine Schulter biss. „Ja! Mehr! Ja!"

Mein Körper explodierte erneut für ihn. Er hörte jedoch nicht auf. Er machte knurrend weiter und sagte: „Hör nicht auf, zu kommen. Oh Gott, das ist unglaublich!"

Mein Körper pulsierte und bebte und wollte immer mehr. Ich konnte nicht aufhören. Ich machte weiter für ihn, so wie er es wollte.

Ich würde dem Mann alles geben, was er jemals von mir verlangte. Wenn er mich weiter so liebte, würde ich ihm die ganze Welt geben.

Mein Herz hämmerte, mein Körper war schweißgebadet und mein Mund war ausgetrocknet von meinem Keuchen. Trotzdem wollte ich nicht einmal einen Moment innehalten, um Wasser zu trinken oder zu Atem zu kommen. „Hör nicht auf! Ich will mehr! Himmel, ich will mehr!"

Es klopfte an der Tür. „Alexa? Ist alles in Ordnung bei dir?"

Meine Augenlider flogen auf. Die Laken waren fest um mich gewickelt, sodass es unmöglich war, mich zu bewegen. Mein Atem war unregelmäßig und mein Körper war schweißnass. Erst dann wurde mir klar, dass alles ein Traum gewesen war. „Verdammt", flüsterte ich. „Mir geht es gut!"

„Bist du sicher?", fragte er durch die Tür. „Du hast geschrien und gestöhnt, als hättest du Schmerzen. Kann ich reinkommen?"

Ich riss die Laken von meinem Körper und konnte Sex in der Luft riechen, nachdem ich offensichtlich im Schlaf einen Orgasmus gehabt hatte. So etwas hatte ich noch nie gemacht. Ich hatte in meinem ganzen Leben noch nie einen Orgasmus gehabt. Einerseits war ich sehr glücklich darüber, dass ich so etwas Großartiges erlebt hatte. Andererseits schämte ich mich irgendwie, dass ich dabei allein gewesen war.

„Besser nicht. Mir geht es gut. Ich hatte einen Albtraum." Es war alles andere als ein Albtraum gewesen, aber ich hatte keine Ahnung, wie ich erklären sollte, warum ich im Schlaf geschrien und gestöhnt hatte.

„Bist du sicher?", fragte er und schien mir nicht zu glauben.

„Ja, ich bin sicher." Ich stand auf, um zu duschen. „Ich bin jetzt im Badezimmer. Du kannst wieder ins Bett gehen, Patton."

„Ich bin noch eine Weile wach, wenn du warme Milch oder etwas anderes brauchst, das dir hilft, besser zu schlafen", bot er an. „Ich kann es dir bringen."

„Schon gut." Ich lächelte bei seiner Fürsorge. Er war in jeder Hinsicht für mich da. „Gute Nacht, *mi amor*."

„Okay, gute Nacht, Süße. Ich hoffe, du hast angenehme Träume und keine Albträume mehr." Seine Schritte entfernten sich von der Tür.

Als ich ins Badezimmer ging, betrachtete ich mich im Spiegel.

Meine Wangen waren rot, meine Haare klebten an meinem Gesicht und mein ganzer Körper schimmerte vor Schweiß. Aber es gefiel mir. Ich mochte, wie ich nach einem Orgasmus aussah. *Wenn es sogar allein und im Traum so gut ist, wie wird es dann erst mit meinem gutaussehenden Ehemann sein? Werde ich das jemals herausfinden?*

Als ich begann zu duschen, musste ich mich fragen, ob das jemals passieren würde. Ich wusste, dass wir auf keinen Fall Sex haben würden, bevor das Baby kam, da die Ärztin uns gesagt hatte, dass Sex bis sechs Wochen nach der Geburt tabu war. Aber was kam danach? Würde Patton jemals wollen, was ich wollte – eine Ehe, die so echt war, wie es nur ging?

Bevor mein Bruder früher am Abend gegangen war, hatte er unter vier Augen mit mir gesprochen. Mir gefiel nicht, was er zu mir gesagt hatte. Er hatte behauptet, dass er sehen könne, dass ich in Patton verliebt war, und dass ich es besser wissen würde, als mir das anzutun. Patton würde ihre Freundschaft niemals verraten, indem er etwas Unangemessenes mit mir machte.

Ich hatte meinen Mund fest geschlossen gehalten. Ich hatte nicht bemerkt, dass meine Gefühle so offensichtlich waren. Das war nie meine Absicht gewesen.

Schließlich hatte ich ihm versprochen, dass ich versuchen würde, meine Gefühle für meinen Mann in den Griff zu bekommen. Er hatte mich getadelt, weil ich Patton meinen Mann genannt hatte, und mich daran erinnert, dass er das Ganze geplant hatte und Patton ihm und mir nur einen Gefallen getan hatte. Einen Gefallen, den wir niemals für selbstverständlich halten sollten.

Bevor ich eingeschlafen war, hatte ich viel über die Worte meines Bruders nachgedacht. Und darüber, was Patton selbst mir erzählt hatte. Er tat uns einen Gefallen, aber er wollte dieses Baby – obwohl es nicht von ihm war. Er wollte sich darum kümmern. Und um mich. Das schien mir kein Gefallen zu sein. Es schien, als wollte er uns und als würde er uns überhaupt nicht als Last betrachten.

Ich seifte meinen Körper ein und strich mit den Händen über meinen gerundeten Bauch. „Du hast einen anständigen Vater. Keinen Versager. Ich werde das nicht für dich ruinieren, indem ich mehr verlange. Ich will nicht, dass du dir Sorgen machst. Deine Mom wird ihre dummen Gefühle verdrängen, damit du ein großartiges Zuhause und einen großartigen Vater haben kannst."

Ich wusste nicht, wie schwierig das sein würde, aber ich musste es versuchen – für das Baby. Ich musste versuchen, die starke sexuelle Anziehungskraft zu überwinden, die ich für Patton empfand. Selbst wenn er Sex mit mir haben wollte, würde er es mir nie sagen. Er war der perfekte Gentleman und seine Loyalität zu meinem Bruder war unbestreitbar.

Ich drehte den Wasserhahn zu, trocknete mich ab und ging zum Bett. Die Laken waren feucht. Ich zerrte sie von der Matratze, holte ein frisches Set aus dem Wäscheschrank im Badezimmer und machte das Bett.

Meine Träume mit Patton mussten aufhören. Wenn es im wirklichen Leben nicht passieren würde, würde ich es lieber nicht in meinen Träumen erleben. Es tat mir im Herzen weh zu wissen, dass ich ihn niemals in mir spüren würde, während er mich berührte, streichelte und liebkoste.

Davon zu träumen, machte es mir nur schwerer. Welche Frau wollte all diese Dinge nicht im wirklichen Leben mit einem Mann genießen, den sie liebte?

Ich liebte Patton. Das wusste ich ohne Zweifel. Und ich wusste, dass er mich liebte. Aber was für eine Liebe war es? Ich war mir nicht sicher.

Eines wusste ich jedoch. Er würde meinen Bruder niemals verraten. Und es sah nicht so aus, als würde mein Bruder mich jemals als erwachsene Frau sehen oder als würde er denken, dass Patton der richtige Mann für mich war.

KAPITEL NEUNZEHN

PATTON

Alexa lag auf dem Untersuchungstisch und versuchte ihr Bestes, um nicht nervös auszusehen, als der Ultraschalltechniker das Instrument ergriff, mit dem er herausfinden wollte, wie es dem Baby ging und welches Geschlecht es hatte.

„Machen Sie sich keine allzu großen Hoffnungen, dass wir heute das Geschlecht erfahren. Manchmal können diese kleinen Kerle launisch sein und sich weigern, sich auf die richtige Seite zu drehen. Hauptsächlich machen wir den Ultraschall, um sicherzustellen, dass das Baby sich gut entwickelt, und um nach der Plazenta zu sehen. Doktor Barclay wird das anhand der Aufnahmen beurteilen können."

„Ich möchte nur endlich in der Lage sein, unser Baby nicht mehr ,es' zu nennen", sagte ich grinsend.

Alexa nickte und griff nach meiner Hand. „Ich weiß nicht, warum ich so nervös bin, aber ich bin es."

Ich nahm ihre Hand, hielt sie und lächelte sie an. „Das wird überhaupt nicht schlimm."

„Nicht die Untersuchung. Ich weiß, dass sie nicht schlimm sein wird", sagte sie. „Ich mache mir nur Sorgen, dass vielleicht etwas mit dem Baby nicht stimmt."

Der Techniker fuhr mit dem Instrument über ihren Bauch und

sah auf den Bildschirm seines Computers. „Das werden wir bald für Sie herausfinden, Mrs. Nash."

Sie holte tief Luft und sah mich mit besorgten Augen an. „Ich bin so gespannt, was wir bekommen. Hoffentlich kooperiert das Baby. Ich würde das Kinderzimmer gern fertigstellen, bevor wir es nach Hause bringen."

„Ich auch." Ich beugte mich vor und küsste ihre Stirn. „Ich bin sicher, dass es dem Baby gut geht."

„Das Baby sieht gut aus", sagte der Techniker. „Das Herz tut, was es soll. Die Lunge auch." Er bewegte die Sonde in der Mitte ihres Bauches auf und ab. „Sehen Sie die Wirbelsäule?"

Ich konnte sie ganz klar erkennen. „Ich sehe sie. Das ist noch besser, als ich dachte."

„Es ist großartig", stimmte Alexa mir zu. „Der Rücken scheint auch in Ordnung zu sein." Ihr Lächeln sah für mich strahlend aus.

„Ja", sagte der Techniker. „Mit dem Skelettsystem und den Organen ist anscheinend alles okay. In dieser Hinsicht müssen Sie sich also keine Sorgen machen. Mal sehen, ob wir das Baby ein bisschen bewegen können, damit wir einen Blick darauf werfen können, was sich zwischen seinen Beinen befindet." Er drückte das Instrument fest nach unten und das Baby bewegte sich. „Aha! Sehen Sie das, Daddy?"

„Ich sehe etwas", sagte ich und blinzelte ein paarmal. „Ist das ein …"

Alexa beendete den Satz für mich: „Ein winziger Penis?"

„Ja", sagte der Techniker. „Sie bekommen einen Jungen."

Alexas Augen waren riesig, als sie mich ansah. „Ich weiß, wie er heißen wird."

„Wirklich?" Ich war überrascht, weil sie zu mir kein Wort von Namen gesagt hatte. „Und wie wird sein Name lauten?"

„Er wird den Namen seines Vaters tragen." Sie sah wieder auf den Bildschirm anstatt zu mir.

Bei ihren Worten stockte mir der Atem. Ich hatte in einer Million Jahren nicht gedacht, dass sie das Kind, das ich großziehen würde, nach dem Mistkerl benennen wollte, der es gezeugt hatte. „Oh."

Sie sah mich mit gerunzelter Stirn an und fragte: „Willst du das nicht, Patton?"

„Du kannst machen, was du willst." Ich versuchte, nicht allzu enttäuscht auszusehen, aber ich war am Boden zerstört.

Alles, was ich für sie und das Baby getan hatte, war auf die eine oder andere Art aus Liebe geschehen. Ich war mir nicht sicher, wie ich mich fühlen würde, wenn ich unseren Sohn Alejandro oder Alex nennen müsste. Aber es war ihre Entscheidung.

„Nun, der Name meines Bruders darf auch nicht fehlen. Und ich möchte, dass mein Vater vertreten ist", fügte sie hinzu. „Patton James Luciano De La Cruz-Nash. Klingt das nicht nach einem starken Namen?"

Sie benennt ihn nach mir!

Ich konnte nicht anders – ich beugte mich vor und küsste sie auf die Lippen. „Das denke ich auch."

„Gut." In ihren Augen schimmerten unvergossene Tränen. „Ich möchte, dass er in jeder Hinsicht wie du ist. Du bist ein guter Mann und ich weiß, dass du dein Bestes geben wirst, um auch unseren Sohn zu einem guten Mann zu erziehen."

„Das werde ich." So wie sie sprach, klang es, als würden wir für immer zusammen sein. Der Teil des Plans, uns nach der Geburt des Babys scheiden zu lassen, war seit vielen Monaten von keinem von uns angesprochen worden.

Luciano hatte es allerdings angesprochen, als er mir gesagt hatte, dass er dachte, Alexa sei in mich verliebt. Und ich hatte ihm nicht widersprochen. Ich hatte überhaupt nichts gesagt und ihm das Reden überlassen.

Ich war mir nicht sicher, ob er Alexa etwas über seinen Verdacht gesagt hatte. Wenn er es getan hatte, hatte sie mir nichts darüber gesagt. Aber ich war mir sicher, dass es ihr ohnehin zu peinlich wäre, um mir davon zu erzählen.

Später, als wir von dem Termin nach Hause fuhren, klingelte Alexas Handy. „Das ist die Ärztin. Sie muss sich die Aufnahmen bereits angesehen haben", sagte sie, als sie den Anruf annahm. „Hallo, Doktor Barclay."

Alexa machte den Lautsprecher an, damit ich mithören konnte. „Ich habe die Ergebnisse der Ultraschalluntersuchung erhalten und das Baby sieht großartig aus. Es gibt immer noch ein kleines Hämatom, das zu diesem Zeitpunkt der Schwangerschaft besorgniserregend ist. Also ändern sich meine Anordnungen ein wenig.

Ich möchte, dass sie nicht mehr stehen oder herumlaufen. Sie können auf die Toilette gehen, aber mehr nicht", ließ sie mich wissen.

„Patton, ich möchte, dass Sie einen Stuhl für die Dusche besorgen, damit sie sich im Sitzen waschen kann. Keine Bäder in der Wanne. Wenn es Blutungen, Krämpfe, Kontraktionen oder sonst irgendetwas gibt, das Sie beunruhigt, möchte ich, dass Sie nicht die Praxis, sondern mich direkt anrufen. Wenn Sie mich aus irgendeinem Grund nicht erreichen und ich Ihren Anruf nicht innerhalb einer halben Stunde beantworte, möchte ich, dass Sie zur Entbindungsstation von Saint David gehen und die Ärzte dort wissen lassen, was los ist. Ich werde sie heute noch über Ihre Situation informieren, damit sie vorbereitet sind und über Ihren Fall Bescheid wissen. Ich komme nächsten Mittwoch um zwölf Uhr zu Ihnen. Ich werde künftig einmal wöchentlich bei Ihnen vorbeikommen und eine Beckenuntersuchung durchführen, seien Sie also bereit. Können Sie das für mich tun?"

„Das können wir", sagte ich und lächelte Alexa an. „Überhaupt kein Problem. Wir schaffen das."

„Danke, Doktor Barclay", sagte Alexa, aber sie sah grimmig aus. „Bis nächste Woche. Bye."

Ich griff nach ihrer Hand. Ich wusste, dass sie nicht zufrieden war. „Du denkst, dass dieser Teil hart wird."

Tränen liefen in Strömen über ihre Wangen, die rot geworden waren. „Das ist einfach so beängstigend, Patton."

„Ich weiß, Süße. Ich weiß." Mein Herz schmerzte für sie. Ich hatte keine Ahnung, was es bedeutete, in ihrer Lage zu sein.

„Wieso sagt einem niemand, dass so etwas passieren kann?", schluchzte sie. „Ich weiß nicht, warum ich dachte, ich würde es leicht haben, wenn meine eigene Mutter es so schwer hatte. Ich weiß nicht, warum ich mir von diesem Kerl meine Jungfräulichkeit nehmen ließ. Ich weiß nicht, warum ich noch viermal Sex mit ihm hatte, wenn jedes Mal eine Enttäuschung war. Ich dachte immer, dass es besser werden müsste, sonst würde sich niemand die Mühe machen, es zu tun – außer zur Fortpflanzung."

Mein Blut kochte bei dem Gedanken an diesen Idioten, der Alexa nur zum Sex benutzt hatte. „Er ist es nicht wert, über ihn zu reden, Süße. Er ist ein wertloses Stück Scheiße. Ich wünschte, ich könnte all das aus deinem Kopf löschen. Ich wünschte, ich könnte das Baby zu meinem eigenen machen."

Sie zog unsere ineinander verschränkten Hände an ihr Herz, während sie weinte. „Dieses Baby gehört zu dir. Es wird immer zu dir gehören. Zweifle niemals daran. Ich werde diesen schrecklichen Mann vergessen. Das schwöre ich dir. Ich werde seinen Namen nie wieder aussprechen. Ich werde nie wieder über meine Dummheit jammern. Von nun an werde ich nur noch an das Kind denken. Er gehört zu dir. Du bist sein Vater. So ist es und so wird es immer sein." Ich hörte die Überzeugung in ihrer Stimme.

Ich nickte und fragte mich, wie sehr der Junge am Ende wie sein leiblicher Vater aussehen würde. Immerhin waren sie beide Vollblut-Hispano und ich war … nun, ich war ein Weißer mit irischen und deutschen Vorfahren.

Was ist, wenn die Leute nicht glauben, dass er mein Sohn ist? Was ist, wenn Alexas Eltern nicht glauben, dass ich der Vater bin?

Ich verlor kein Wort über meine Bedenken. Alexa hatte auch ohne meine Ängste schon genug Probleme. Und jetzt musste ich stark für sie sein – ich musste ihr Fels in der Brandung sein.

„Wir sollten uns beruhigen. Du weißt, dass ich immer an deiner Seite bin." Das meinte ich ernst. Ich wollte nicht, dass es endete. Ich wollte so viel mehr mit ihr. Ich konnte fühlen, wie ihr Herz in ihrer Brust schlug und wusste, dass ich sie beruhigen musste – und zwar schnell. „Wie wäre es, wenn wir bei Starbucks vorbeifahren und das rosa Getränk bestellen, das du so liebst?"

„Das klingt fantastisch." Sie ließ meine Hand los, damit sie ein paar Taschentücher holen konnte, um ihre Tränen zu trocknen und sich die Nase zu putzen. „Ich weiß nicht, wie du meine emotionalen Zusammenbrüche ertragen kannst."

„Du bist gar nicht so übel." Ich musste lachen „Einige Männer, die ich kenne, haben Horrorgeschichten davon erzählt, wie ihre Frauen oder Freundinnen in der Schwangerschaft waren. Im Vergleich dazu bist du eine wahre Freude. Ich bin dankbar, dich zu haben."

Sie sah mich aus den Augenwinkeln an und ein Lächeln verdrängte langsam ihr Stirnrunzeln. „Ich bin auch sehr dankbar, dich zu haben."

„Ja, ich bin ein großartiger Kerl", scherzte ich.

„Das bist du wirklich. Lass dir von niemandem etwas anderes

einreden." Mit einem schweren Seufzer schien sie sich zu beruhigen und alles andere loszulassen. „Also, das rosa Getränk. Und wie wäre es mit einem dieser kleinen Cake Pops?"

„Ich denke, du hast das und noch viel mehr verdient. Ich werde heute Abend etwas zu essen bestellen. Du kannst alles haben, was du willst. Alles. Hummer … Ente … Ich möchte nicht, dass du auf den Preis schaust. Wenn du es willst, bekommst du es." Ich wollte sie glücklich machen. Ich liebte es, sie mit diesem besonderen Licht in den Augen lächeln zu sehen.

Sie strich mit den Händen über ihren Bauch. „Baby Patton, was möchtest du zum Abendessen?"

Baby Patton? Ähm, nein. „Nennen wir ihn Patty. Ich wollte immer so genannt werden, aber niemand hat es jemals getan. Meine Mutter hat keine Spitznamen erlaubt. Ich möchte, dass unser Sohn einen niedlichen Spitznamen hat."

„Also dann Patty." Sie sah auf ihren Bauch hinunter. „Gefällt dir das?" Ihre Augen weiteten sich, als sie nach meiner Hand griff. „Er hat mich getreten!"

Ich legte meine Hand auf ihren Bauch und spürte einen weiteren Tritt. „Meine Güte! Das ist verrückt!" Ich wusste sofort, dass ich ihren Bauch so oft wie möglich berühren wollte.

Nach dem, was die Ärztin gesagt hatte, war das kein allzu seltsamer Wunsch. Anscheinend würde ich von nun an ohnehin so ziemlich alles für sie tun. Schnell gelangte ich zu einer Entscheidung. „Zu Hause werden sich einige Dinge ändern."

„Was meinst du?" Sie hielt ihr Handy in der Hand und sah sich das Angebot einiger Restaurants an. „Findest du französisches Essen gut?"

„Es ist nicht wirklich mein Geschmack. Aber wenn du es versuchen möchtest, können wir das tun." Ich würde sie niemals davon abhalten, etwas zu tun, was sie wollte.

„Ich weiß nicht. Es sieht sonderbar aus. Also, welche Dinge werden sich zu Hause ändern?" Sie strich über den Bildschirm und suchte weiter.

„Ich werde von jetzt an bei dir schlafen. Im selben Bett."

Die Tatsache, dass ihr die Kinnlade herunterklappte, sagte mir, dass ich sie schockiert hatte. „Du wirst was?"

Sieht so aus, als würde ihr diese Idee überhaupt nicht gefallen.

KAPITEL ZWANZIG

ALEXA

Nach dem heißen Sextraum, den ich neulich gehabt hatte, machte mich die Vorstellung, dass Patton neben mir schlief, sehr nervös. Aber bei dem gequälten Ausdruck auf seinem schönen Gesicht fühlte ich mich noch unwohler. „Ich werde auf der Decke schlafen, Alexa. Ich will nicht, dass du denkst …"

„Es ist nur so, dass ich mich im Schlaf viel bewege", platzte ich heraus. Ich nickte und fuhr fort: „Ich könnte dich treten … weißt du, in die", ich machte mit meiner Hand eine kreisende Bewegung und wies auf meinen Intimbereich, „Kronjuwelen."

Er grinste. „Oh. Nun, dieses Risiko muss ich wohl eingehen. Ich habe mir Sorgen gemacht, als ich aufwachte und hörte, wie du geschrien hast, als hättest du Schmerzen. Ich will direkt neben dir sein für den Fall, dass du wieder einen Albtraum hast. Auf diese Weise kann ich dich wecken, bevor dein Körper allzu sehr gestresst wird."

Meine Güte! „Wie nett von dir." Ich wusste nicht, was ich sonst sagen sollte. Ich hatte in diesem Traum keine Schmerzen gehabt, aber vielleicht hatte er recht. Er konnte mich wecken, sobald ich anfing, zu stöhnen und um mich zu schlagen. Aber wenn er mich aus einem solchen Traum weckte, könnte ich ihn packen und küssen und der Himmel allein wusste, was noch alles.

Er hielt am Tor zu dem Haus, das ich jetzt als unser Zuhause betrachtete, und drückte den Knopf an seiner Sonnenblende, um es zu öffnen. „Wir sind so weit gekommen. Ich möchte nicht, dass dem Baby etwas passiert." Er grinste. „Patty. Ich möchte nicht, dass *Patty* etwas passiert."

„Du hast keine Ahnung, wie wunderbar du bist, oder?" Ich verehrte den Mann. Mein einziger Wunsch war, ihn wissen zu lassen, wie sehr.

Er parkte den Truck und sah mich mit etwas an, das ich nur als Freude beschreiben konnte. „Weißt du, wie wunderbar *du* bist?"

Meine Wangen wurden heiß, als Verlegenheit mich erfasste. „Warum? Weil ich unser Baby nach dir benennen will?"

„Deshalb und aus vielen anderen Gründen." Seine Augen wanderten zu meiner Hand, die sich zum Türgriff bewegt hatte. „Bleib, wo du bist. Du sollst nicht weiter als bis zum Badezimmer und zurück gehen, erinnerst du dich?"

Als er aus dem Truck stieg, musste ich mich fragen, ob er während unserer Abwesenheit einen Rollstuhl bestellt hatte – er schien immer so gut vorbereitet zu sein und erkannte jedes meiner Bedürfnisse im Voraus. Aber das konnte nicht sein, da die Ärztin uns die Anweisungen gerade erst auf dem Heimweg erteilt hatte.

Er öffnete die Tür und löste meinen Sicherheitsgurt. „Ich werde dich ins Haus tragen."

„Patton, nein." Das war wirklich zu viel. „Ich bin gerade in die Arztpraxis gegangen und habe sie eigenständig wieder verlassen. Ich kann selbst ins Haus gehen."

„Nein." Er hob mich hoch. „Wir werden die Anweisungen der Ärztin genau befolgen."

Es fiel mir schwer zu glauben, dass jemand so perfekt sein konnte wie Patton. „Ich nehme an, es wird nichts nützen, mit dir darüber zu streiten, also sage ich einfach Danke."

„Gern geschehen." Er brachte mich ins Haus und trug mich bis zu meinem Zimmer. „Ich lasse dich auf deinem Bett entspannen, während ich mein Zimmer für dich bereitmache. Und ich werde einen Stuhl für die Dusche finden und ihn liefern lassen."

Besorgnis erfüllte mich. „Dein Zimmer?"

„Ja, ich werde dich in mein Zimmer bringen. Die Dusche dort ist größer und hat Düsen. Außerdem ist mein Bett größer, sodass du viel mehr Platz hast. Ich möchte nicht, dass du dich auch nur einen Moment lang unwohl fühlst." Er legte mich auf mein Bett und drehte sich um, um zu gehen. „Ich werde dir auch bequeme Kleidung und Pyjamas bestellen. Die Tage, in denen du nackt geschlafen hast, sind vorerst vorbei." Er grinste mich an. Es war viel verführerischer, als ihm wahrscheinlich bewusst war. „Und meine auch."

„Oh." Ich holte tief Luft und versuchte, nicht an die Nacht zu denken, die vor uns lag. Ich versuchte, nicht daran zu denken, wie sehr ich Patton wertschätzte und liebte. Ich versuchte, nicht daran zu denken, wie ich meine sexuelle Anziehung zu ihm verbergen könnte, während wir im selben Bett schliefen. Aber es war unmöglich, nicht an diese Dinge zu denken.

„Du solltest ein Nickerchen machen, während ich alles für dich fertig mache." Er schloss die Tür und ließ mich allein mit meinen Gedanken.

Ich musste eingeschlafen sein, denn ich kam erst wieder zu mir, als ich hörte, wie sich die Tür öffnete. Er spähte ins Zimmer. „Bist du wach?"

Gähnend streckte ich mich. „Ja. Ich war wohl müder, als mir bewusst war. Ich bin fast sofort eingenickt."

„Ich wollte nichts sagen, aber ich konnte sehen, dass du müde warst. Du hast nicht viel geschlafen, wegen der Albträume und allem anderen." Er kam herein und marschierte ins Badezimmer. „Ich werde deine Toilettenartikel in das andere Badezimmer bringen. Dann komme ich zurück, um dich abzuholen. Willst du dich eine Weile im Wohnzimmer aufhalten?"

Die nächsten drei Monate im Schlafzimmer festzusitzen, klang für mich überhaupt nicht ansprechend. „Ja, ich möchte nicht zu lange in einem Raum bleiben. Es würde mich deprimieren."

„Ich denke, du hast recht. Wir können auch draußen sitzen. Es gibt Stühle auf der Veranda." Er blieb stehen und hielt einen Finger hoch. „Oh. Und suche dir ein Restaurant aus, bei dem ich das Abendessen bestellen soll."

Ich hatte davon geträumt, Pizza zu essen. „Ich weiß, dass du gesagt hast, dass ich bestellen kann, was ich will, und dass ich mir keine Sorgen um den Preis machen muss."

„Das meinte ich auch so." Er ging ins Badezimmer und kam mit jeder Menge Toilettenartikel zurück. „Ich bin gleich wieder da."

„Ich will Pizza", rief ich ihm nach.

Als er zurückkam, stemmte er die Hände in die Hüften und verzog die Lippen. „Pizza? Wirklich?"

„Nicht irgendeine Pizza, Patton. Ich will eine mit gegrillter Hühnerbrust mit Honigglasur, frischer Ananas und Grünkohl." Das Wasser lief mir im Mund zusammen, wenn ich daran dachte. „Chef Zorga macht das für mich im Resort. Glaubst du, du könntest ihm sagen, dass er das Alexa-Spezial für mich machen soll? Er wird wissen, was ich will."

„Ich hatte keine Ahnung, dass du so gut mit Zorga bekannt bist." Er kam und nahm mich in seine starken Arme. „Gibt es noch andere Arbeitsaffären, von denen ich wissen sollte, Frau?"

„Nein." Ich mochte den Anflug von Eifersucht, den ich in seinen blauen Augen sah. „Gibt es irgendwelche Arbeitsaffären, über die *ich* Bescheid wissen sollte?"

„Ich bin viel zu beschäftigt, um zwei Frauen zu jonglieren." Er küsste meine Wange. „Und warum sollte ich mich mit einer anderen Frau abgeben, wenn ich die schönste und süßeste Frau zu Hause habe?"

„Ja, warum solltest du?", fragte ich mit einem Lächeln.

Abgesehen von dem Mangel an Sex fühlte sich unsere Ehe sehr echt an. Und jetzt, da wir ein Bett teilen würden, hatte ich das Gefühl, dass sie noch echter werden würde. Ich freute mich darauf.

Nach dem Abendessen und einem Film im Fernsehen war es Zeit, ins Bett zu gehen. Ich hatte Schmetterlinge im Bauch, als Patton auf die Matratze kletterte und sich auf die Decke legte. Er griff nach dem Überwurf am Fußende des Bettes, um sich damit zuzudecken. „Gute Nacht, Alexa. Wecke mich, wenn du etwas brauchst."

Ich drehte mich auf die Seite und sah ihn an. „Ich möchte, dass du mit mir unter der Decke schläfst. Du sollst dich auch wohlfühlen."

Einen Moment lang sah er mir nur in die Augen. „Alexa, mir geht es gut. Ich möchte nicht, dass du denkst, irgendetwas tun zu müssen, um mir entgegenzukommen."

„Du tust alles, um *mir* entgegenzukommen." Ich mochte die Einseitigkeit nicht. „Ich will, dass du dich genauso wohlfühlst wie ich. Und ich will, dass du das Baby spüren kannst, wann immer du möchtest." Ich nahm seine Hand und legte sie auf die Stelle, an der mich gerade das Baby getreten hatte. „Hier, warte, ob er dich auch tritt. Rede mit ihm." Ich liebte es, wenn er durch meinen Bauch mit dem Baby sprach.

Er beugte sich vor und presste seine Lippen auf meinen gerundeten Bauch. Nur ein Baumwollnachthemd trennte seine Lippen von meiner Haut, die vor Verlangen nach ihm brannte. „Daddy liebt dich. Kannst du mich da drin hören, Patty?"

Das Baby trat mich und brachte uns beide zum Lächeln. „Siehst du, ich habe es dir gesagt. Er mag es, wenn du mit ihm sprichst. Und er mag es, wenn du deine Hand auf meinen Bauch legst." Ich mochte es auch. „Komm zu mir unter die Decke." Ich drehte mich auf die andere Seite, als er es tat. „Hier, komm hinter mich und lege deine Hand auf meinen Bauch."

Sein warmer Atem bewegte sich hinter mir und berührte meine Haare, als er seine Hände auf mich legte. „Ist dir das nicht zu intim?", fragte er besorgt. „Ich möchte nicht, dass du dich in irgendeiner Weise unwohl fühlst."

Die Wahrheit war, dass ich es liebte, wenn er seinen Körper an meinen schmiegte. „Bei dir fühle ich mich sicher." *Und geliebt.*

„Du *bist* bei mir in Sicherheit." Ein langer Seufzer kam aus seinem Mund. „Das gefällt mir."

„Mir auch." Meine Augen schlossen sich, als sich ein Gefühl der Ruhe in mir ausbreitete. *Das könnte ich jede Nacht tun – für immer.* „Ich habe mich in meinem Leben noch nie so wohlgefühlt."

Er kuschelte sich noch näher an mich. Ich konnte jeden Teil seines Körpers an meinem spüren. Es fühlte sich richtig an. Ich fühlte mich so vollständig wie nie zuvor.

Er ist der richtige Mann für mich. Ich wünschte nur, er und mein Bruder könnten das verstehen.

„Patton, du sollst wissen, dass ich denke, dass du der beste Mann auf der ganzen Welt bist. Du hast so viel für das Baby und mich getan. Niemand sonst würde das tun. Nicht in diesem Ausmaß. Du sollst wissen, dass ich es zu schätzen weiß. Das werde ich immer tun. Du bist nicht nur mein Engel und mein Held, sondern auch mein Fels in der Brandung." Ich legte meine Hand auf seine, als das Baby die Stelle direkt unter seiner Handfläche trat. „Das ist Pattys Art zu sagen, dass es ihm genauso geht."

Warme Lippen drückten sich gegen meinen Hals und ich schmolz dahin. „Es ist mir eine Freude, das zu tun. Außerdem habe ich das

Gefühl, dass du mir ein Geschenk gemacht hast, das mir sonst niemand machen könnte. Nicht nur das Geschenk dieses Kindes, sondern auch das Geschenk, dich so gut zu kennen und zu verstehen, wie ich es noch nie bei jemand anderem getan habe. Das Geschenk deines Vertrauens. Ich würde nichts davon, was wir zusammen gemacht haben, ändern."

In meinem Hals bildete sich ein Knoten. Ich fand so viel Schönheit in dem einfachen Akt, Worte der Zuneigung und Fürsorge miteinander zu teilen, während wir uns körperlich nahe waren. Wenn Patton keinen Cent gehabt hätte und wir in einer Hütte auf einer Matratze auf dem Boden gelegen hätten, hätte ich trotzdem mit ihm zusammen sein und das Gleiche tun wollen.

Ich hatte nie viel über Liebe gewusst, aber ich wusste, dass es Liebe war. Ich hatte keinen Zweifel daran. Die einzigen Zweifel, die ich hatte, betrafen meinen Bruder und die Frage, ob er akzeptieren würde, was ich wollte.

Die Art, wie Patton mich im Arm hielt und mit mir sprach, sagte mir, dass er mich genauso liebte wie ich ihn. Anscheinend war unser Respekt vor meinem Bruder alles, was uns davon abhielt, diesen letzten Schritt zu machen und unsere Gefühle zu bekennen. Aber eines Tages würde einer von uns einen Weg finden müssen, meinen Bruder wissen zu lassen, dass wir zusammenbleiben und ein echtes Ehepaar sein wollten.

Zumindest betete ich, dass es irgendwann so sein würde. Danach konnten Patton und ich endlich unser gemeinsames Leben beginnen. Aber jetzt musste ich akzeptieren, dass es genug war.

Und es ist pure Glückseligkeit.

KAPITEL EINUNDZWANZIG

PATTON

„Die Ärztin kommt morgen vorbei", sagte ich zu meinem jüngeren Bruder Warner am Telefon. „Alexa ist jetzt in der sechsunddreißigsten Woche. Nur noch vier Wochen bis zum Geburtstermin."

„Das Ende scheint nah zu sein. Wie lange habt ihr vor, diese Ehescharade fortzusetzen, nachdem das Baby geboren ist?", fragte er mich. In meinem Bauch bildete sich ein Knoten bei dem Gedanken, es mit Alexa zu beenden.

„Wir reden momentan nicht über so etwas. Sie darf keinen Stress haben. Und darüber mache ich mir sowieso keine Sorgen." Ich wollte nicht mit ihm darüber diskutieren. Ich hatte niemandem von meinen wahren Gefühlen für Alexa erzählt – nicht einmal ihr selbst. Aber ich hatte allen erzählt, wie ich für das Baby empfand. „Es ist nicht so, als würde ich es eilig haben, meinen Sohn aus dem Haus zu bekommen."

„Aber er ist nicht wirklich *dein* Sohn", erinnerte mich Warner.

Ich biss die Zähne zusammen und hasste, dass alle dachten, sie müssten mich die ganze verdammte Zeit darauf hinweisen. „Ich werde der einzige Vater sein, den er jemals kennen wird, also ist er mein Sohn." Ich hatte das Gefühl, dass meine Brüder eine klare Ansage zu diesem Thema brauchten.

„Wie du meinst, Bruder." Er lachte, als wäre es ein Witz. „Wie auch immer, ich habe einen Kurier zu dir geschickt. Er bringt dir ein paar Dokumente, die du sofort unterschreiben musst. Wenn du sie ihm gleich wieder mitgibst, wäre ich dir sehr dankbar. Sowohl das Resort als auch das Spa zu leiten ist verdammt viel Arbeit."

Ich hatte angefangen, viel von zu Hause aus zu arbeiten. Aber Warner, der mittlere Bruder von uns fünf, tat gern so, als würde er alles allein machen. „Danke für deine Hilfe. Ich werde mich bei dir revanchieren, wenn du dir einmal freinehmen musst. Versprochen."

„Pass auf dich auf, Patton. Du tust alles für sie und das Baby. Aber manchmal musst du zuerst an dich denken."

„Im Moment nicht." Er konnte es nicht verstehen. Er war noch nie verliebt gewesen. Nicht richtig. Nicht so, dass ein anderer Mensch wichtiger wird als alles andere im Leben. „Und ich habe nicht das Gefühl, dass ich mich überanstrenge. Ich tue einfach nur genau das, was ich tun möchte."

„Also *willst* du sie rund um die Uhr bedienen?" Er lachte, als ob ich das unmöglich wollen könnte.

„Ich bediene sie nicht. Ich möchte ihr helfen. Ich liebe es, das zu tun." Ich hätte nie gedacht, dass ich mich jemals um jemanden kümmern wollen würde, aber ich tat es. „Wahrscheinlich, weil sie nie erwartet, dass ich etwas für sie tue, und sie immer glücklich und dankbar für alles ist. Es hilft, wenn sich jemand bedankt."

„Ja, ja", sagte er und klang, als würde er mir kein Wort glauben. „Joe hat mir gerade eine SMS geschrieben, dass er an deinem Tor ist. Kümmere dich darum und wir reden später weiter."

„In Ordnung." Ich war froh, auflegen zu können.

Es störte mich ohne Ende, dass meine Brüder nicht verstanden, was ich tat, wenn es um Alexa und das Baby ging. Wenn ich ehrlich zugegeben hätte, in sie verliebt zu sein, hätte es für sie vielleicht Sinn ergeben. Aber wenn man vier Brüder hat, von denen man nicht immer weiß, ob sie den Mund halten, und einen Freund, der die Wahrheit nicht herausfinden darf, erzählt man nicht das größte Geheimnis herum, das man jemals hatte.

Es klingelte an der Tür, als ich auf dem Weg dorthin war. Alexa lag auf dem Sofa und ihr Kindle ruhte auf ihrem Bauch, während sie ein E-Book las. Sie sah zu mir auf, als ich an ihr vorbeiging. „Erwartest du jemanden?"

„Ja. Warner hat mir ein paar Dokumente geschickt. Ich werde Joe nicht hereinbitten, du kannst also ruhig sitzen bleiben." Ich wusste, dass sie versuchen würde, sich zurechtzumachen, wenn sie wüsste, dass jemand sie so sehen würde. Sie bezeichnete sich oft als einen gestrandeten Wal. Wenn sie ein gestrandeter Wal war, war sie der süßeste, den ich je gesehen hatte.

Aus dem Augenwinkel sah ich, dass sie lächelte. „Du bist der Beste, Patton."

„Ich versuche es." Ich öffnete die Tür und trat nach draußen, um mich um das zu kümmern, was Warner geschickt hatte.

Ich brauchte nur ein paar Minuten, um die Dokumente durchzulesen und zu unterschreiben. Dann ging ich zurück ins Haus, aber Alexa war nicht mehr auf dem Sofa. Ich dachte mir nichts dabei und ging in die Küche, um nach dem Abendessen zu sehen.

Auf Anweisung der Ärztin stand Alexa nur auf, um auf die Toilette zu gehen, also wusste ich, dass sie dort war. Ich musste jetzt das Abendessen fertigmachen. Ich hatte Brathähnchen mit Birnen und Perlzwiebeln gekocht. Das Internet war meine beste Quelle für Rezepte geworden und Alexa mit neuen Gerichten zu überraschen war eine meiner Lieblingsbeschäftigungen.

Ich wusste, dass mein Leben für den Durchschnittsmann langweilig klingen musste, aber für mich war es alles andere als das. Und Alexa schien auch glücklich zu sein. Sie beschwerte sich nie und sah nie wütend darüber aus, dass sie die ganze Zeit liegen musste. Aber ich wusste, dass es einen Tribut forderte.

„Patton?", hörte ich sie rufen.

Ich schaltete den Ofen aus und sah nach, was sie wollte. „Ja?"

„Ich wollte dich nur wissen lassen, dass ich jetzt dusche." Sie stand vor der Küchentür. „Mein Rücken bringt mich um, weil ich so viel liegen muss. Ich hoffe, das heiße Wasser wird meine schmerzenden Muskeln entspannen. Wie lange dauert es, bis das Abendessen fertig ist?"

„Es ist fertig, wenn du aus der Dusche kommst. Keine Eile. Ich werde dir etwas Bequemes zum Schlafen heraussuchen und dir das Abendessen ans Bett bringen." Ich ging mit ihr ins Schlafzimmer. „Ist abgesehen von den Rückenschmerzen alles in Ordnung?"

„Ich denke schon." Sie rieb sich den Rücken und zuckte vor Schmerz zusammen. „Ich fühle mich nur erschöpft. Wer hätte gedacht, dass mich ein paar Monate im Liegen so erschöpfen könnten?"

Ich wusste, dass es schwer für sie war. Sie versuchte, es so aussehen zu lassen, als würde es sie überhaupt nicht stören. Aber ich wusste es. „Es ist nicht einfach, sich nicht zu bewegen." Ich hasste es, Schmerz in ihrem Gesicht zu sehen. „Geh einfach unter die Dusche und lass die Düsen ihre Arbeit tun." Ich küsste sie auf den Kopf. „Ich bin froh, dass ich den Duschstuhl mit der Rückenlehne gefunden habe, damit du dich dort wohler fühlst."

„Ich auch." Selbst unter Schmerzen brachte sie ein Lächeln zustande. „Ich werde mich bestimmt bald besser fühlen. Danke, *mi amor.*"

Ich blieb an der Tür stehen, lehnte mich gegen den Rahmen und sah zu, wie sie langsam von mir wegging. Mein Herz fühlte sich an, als würde es in meiner Brust schmelzen, als verschiedene Emotionen in mir herumwirbelten. Liebe. Empathie. Trauer.

Es machte mich traurig, darüber nachzudenken, dass Alexa ihre Jungfräulichkeit an einen Mann verloren hatte, der sie nicht liebte. Es war traurig, dass sie von einem Mann schwanger geworden war, der sie nicht liebte. Und es war traurig, dass sie keine gute Schwangerschaft hatte.

Das einzig Gute war, dass wir das Kinderzimmer fertiggestellt und alles online bestellt hatten, was wir für die Ankunft des Babys brauchten. Alles war bereits angekommen und ich würde es dorthin stellen, wo es sein musste. Wir waren bereit für Pattys Ankunft, obwohl niemand wollte, dass er zu früh kam.

Geduldig warteten wir. Aber es war traurig zu sehen, wie viel Schmerzen Alexa hatte. Sie hatte einen so schweren Start. Trotzdem beschwerte sie sich nicht und freute sich darauf, Mutter zu werden.

Als ich zurück in die Küche gegangen war, machte ich den Rest des Abendessens fertig und richtete alles auf Tellern an. Ich stellte sie auf ein Tablett und bedeckte sie mit silbernen Hauben, um das Essen warmzuhalten. Ich hatte ein Tablett für Alexa gekauft, wie es in Krankenhäusern benutzt wurde. Damit konnte sie leichter essen, während sie ihre Füße hochlegte. Ich hatte alles getan, um ihren Alltag möglichst angenehm für sie zu gestalten.

Ich zog meinen Pyjama an, ging ins Bett und wartete darauf, mit ihr zu Abend zu essen. Als sie aus dem Badezimmer kam, sah sie nicht viel besser aus als zuvor. „Ich habe das Abendessen für dich angerichtet. Komm ins Bett. Ich kümmere mich um alles andere."

„Das riecht unglaublich gut." Sie zuckte zusammen, als sie ins Bett stieg. „Die Dusche hat geholfen, aber nicht viel. Ich möchte nur essen und mich dann mit dir in dieses Bett kuscheln. Durch den Druck, den dein Körper auf meinen Rücken ausübt, fühle ich mich besser."

„Ich bin jederzeit bereit, dir zu Diensten zu sein, Süße." Ich liebte es, bei ihr zu schlafen. Allerdings überraschte mich, dass es nicht schwer gewesen war, sie die ganze Nacht im Arm zu halten, ohne erregt zu werden. Ich nahm an, dass es daran lag, dass ich wusste, dass sie sowieso keinen Sex haben konnte.

Sie verschwendete keine Zeit, verzehrte das Essen, kuschelte sich ins Bett und drehte sich auf die Seite. „Danke für das Abendessen. Wie immer war es köstlich. Sobald das Baby da ist, werde ich all die Freundlichkeit erwidern, die du mir erwiesen hast. Ich werde das Kochen übernehmen und zur Abwechslung dich verwöhnen."

„Das wäre großartig. Aber weißt du, was meiner Meinung nach für uns noch besser funktionieren würde?" Ich wollte ihr nicht alle Aufgaben aufbürden. „Ich denke, wir sollten uns abwechseln. Ich koche zwei Tage in der Woche und du auch und an den anderen Tagen bestellen wir etwas. Auf diese Weise haben wir beide abends frei."

„Klingt gut." Sie griff nach meiner Hand. „Jetzt komm zu mir und lass diese Rückenschmerzen verschwinden."

„Gern." Ich schmiegte mich an sie und legte meine Hand auf ihren Bauch. In kürzester Zeit schliefen wir beide ein.

Einige Zeit später erwachte ich von einem leisen Stöhnen. Als ich zur Besinnung kam, fühlte ich etwas sehr Seltsames unter meiner Hand. Ihr Bauch war steinhart. Alexas gesamter Körper wurde ungefähr zwanzig Sekunden lang stocksteif, dann wurde er wieder weich, genauso wie ihr Bauch. Ihr Stöhnen hörte auf und wurde durch leises Schnarchen ersetzt.

Ich hatte über Wehen gelesen und war mir sicher, dass es eine Kontraktion gewesen war. Aber ich wollte sie nicht wecken, es sei denn, es kam noch eine. Ich lag still und wartete, bis es wieder passierte.

Auch diesmal dauerte es zwanzig Sekunden. Also drehte ich mich um und nahm mein Handy vom Nachttisch, damit ich sehen konnte, wie weit die Kontraktionen auseinanderlagen – falls sie noch eine hatte.

Zwanzig Minuten später kam eine weitere und diesmal wusste ich, dass ich die Ärztin anrufen musste. Ich stieg so leise wie möglich aus dem Bett und verließ das Schlafzimmer.

„Patton?", sagte die Ärztin schläfrig.

„Ich weiß, es ist mitten in der Nacht, Doktor, aber ich bin mir ziemlich sicher, dass Alexa im Schlaf Kontraktionen hat. Ihr Bauch wird hart, ihr ganzer Körper spannt sich an und sie stöhnt." Ich schloss meine Augen und versuchte, mich zu beruhigen, als Panik in mir aufstieg. „Ich weiß, dass es noch zu früh für das Baby ist."

„Wissen Sie, wie lange die Kontraktionen dauern und wie viel Zeit zwischen ihnen liegt?"

„Sie liegen zwanzig Minuten auseinander und dauern zwanzig Sekunden. Sie hatte nur drei, die mir bekannt sind. Es könnte mehr gegeben haben, bevor ich aufgewacht bin." Ich wusste, dass das nicht gut war. „Das Baby wird ungefähr vier Wochen zu früh kommen, wenn es jetzt geboren wird."

„Hören Sie, ich möchte nicht, dass Sie sich Sorgen machen. Beruhigen Sie Alexa. Das ist Ihr Job als Daddy. Wecken Sie sie sanft auf, holen Sie Ihre Krankenhaustasche und fahren Sie sie zu Saint David. Ich werde die Ärzte wissen lassen, dass Sie kommen. Sie müssen durch den Eingang der Notaufnahme gehen. Ich werde bald da sein." Sie machte eine Pause. „Sie schaffen das, Patton. Keine Sorge."

Oh Gott, es ist so weit. Vater zu sein, scheint viel schwieriger zu sein, als ich gedacht hatte!

KAPITEL ZWEIUNDZWANZIG

ALEXA

Ich umklammerte meinen Bauch mit beiden Händen, als eine weitere Kontraktion meinen Körper erschütterte, und wünschte, wir wären bereits im Krankenhaus, anstatt auf dem Weg dorthin. „Wie habe ich etwas so Schmerzhaftes verschlafen?"

„Ich weiß es nicht, aber du hast es getan." Patton blinkte und überholte einen anderen Wagen. „Ich werde schneller fahren. Ich mag es überhaupt nicht, dich leiden zu sehen."

Als die Kontraktion nachließ und ich wieder atmen konnte, holte ich mein Handy und rief meinen Bruder an. „Alexa?"

„Luciano, wir sind auf dem Weg ins Krankenhaus. Ich denke, das Baby kommt." Ich schloss die Augen, als ich darüber nachdachte, dass meine Mutter bei der Geburt ihres ersten Enkels nicht dabei sein konnte. „Es ist am besten, wenn Mom nichts erfährt, bis ich das Baby bekommen habe. Ich möchte nicht, dass sie sich aufregt."

„Das ist wahrscheinlich besser so", sagte er. „Ich werde mich anziehen und dich im Krankenhaus treffen. Ich werde Patton eine SMS schicken, wenn ich dort bin, damit er mich zu dir führt. Bis bald, *mi princesa*."

„Ich liebe dich, *hermano*." Als ich mein Handy in meine Handtasche steckte, schniefte ich, während Tränen aus meinen Augen flossen. „Es ist so schade, dass meine Mutter nicht bei mir sein kann."

„Ich weiß." Er strich mit seiner Hand über meine Schulter. „Aber wir wissen beide, wie gestresst sie sein würde. Und dann ist da noch die Tatsache, dass sie möglicherweise versehentlich hört, dass das Baby tatsächlich nur einen Monat zu früh kommt, anstatt zwei Monate, wie sie vermutet."

„Ja, ich weiß. Ich kann unser Geheimnis jetzt nicht preisgeben. Und ich würde nicht wollen, dass sie sich Sorgen macht. Nach der Geburt werde ich sie mit den Neuigkeiten anrufen. Ich hoffe, es werden gute Neuigkeiten." Ich war besorgt darüber, dass das Baby vier Wochen zu früh kam.

Patton rieb meine Schulter und versuchte, mich zu trösten. „Die Ärztin hat gesagt, dass es für unseren Jungen gut aussieht. Ich bin sicher, dass er gesund ist, wenn auch vielleicht ein bisschen klein."

Ich nickte und hoffte, dass er recht hatte. „Ich will nur, dass alles gut läuft."

„Ich auch." Patton bog am Eingang der Notaufnahme auf den Parkplatz ein. Dort standen nur ein paar Autos. „Ich hole einen Rollstuhl. Du wartest hier."

Ich blieb im Truck sitzen, als er hineinging, faltete meine Hände und bat die Jungfrau Maria um Hilfe bei der Geburt meines Kindes.

Nach dem Gebet dachte ich darüber nach, dass sie in einer ähnlichen Situation wie ich gewesen war. Ihr Baby war nicht Josefs Sohn gewesen. Und sie war nicht mit Josef verheiratet gewesen, als sie es empfangen hatte. Josef hatte sie geheiratet, um sicherzustellen, dass sie versorgt war und ihr Baby es auch sein würde. Außerdem hatte die Heirat ihren Ruf schützen sollen.

Josef hatte gewusst, dass Jesus nicht sein Kind war, aber er hatte ihn trotzdem geliebt und ihn wie seinen eigenen Sohn großgezogen. Natürlich hatte der wahre Vater von Jesus nicht auf der Erde sein und ihn selbst großziehen können. Aber die Situation war sehr ähnlich gewesen.

Patton war genauso selbstlos wie Josef. Ich lächelte, als er zu mir zurückkam und den Rollstuhl schob. Beide waren liebevolle Männer, die gut zu ihren Familien waren. Ich wusste, dass Patton gut zu meinem Sohn sein würde. Ich wusste es ohne Zweifel. Er war genauso ein Vater, wie Josef es gewesen war.

Als er die Tür öffnete, musste ich ihn wissen lassen, wie viel ich von ihm hielt. „Patton, bevor wir hineingehen, sollst du etwas wissen. Ich denke, dass du der beste Mann der Welt bist, und das Baby und ich uns sehr glücklich schätzen können, dich zu haben."

Er strich mit den Fingerspitzen über meine Wange und Tränen schimmerten in seinen Augen. „Seltsam, ich wollte dir gerade sagen, dass du die beste Frau der Welt bist und dass das Baby und ich froh sein können, dich zu haben. Wir scheinen ähnlich zu denken." Er lächelte mich an. „Komm jetzt."

Ich wischte über meine Augen und versuchte, meine Gefühle beiseitezuschieben, als er mir half, in den Rollstuhl zu steigen. „Dann geht es also los. Die Ärztin hat nicht gesagt, dass sie mir etwas geben will, um die Kontraktionen zu stoppen, oder?"

„Nicht zu mir", sagte er, als er mich zu den Glasschiebetüren der Notaufnahme schob. „Aber das heißt nicht, dass sie es nicht tun wird. Wir müssen abwarten, was ihrer Meinung nach getan werden muss. Ich denke, wir werden eine ganze Weile hier sein. Ich glaube nicht, dass wir nach Hause gehen werden, bis wir das Baby mitnehmen können."

Die Türen öffneten sich. Es war ein Samstag im Mai und erst drei Uhr morgens. Ein leerer Empfangsbereich begrüßte uns, als Patton mich durch einen langen Flur zum Hauptteil des Krankenhauses schob.

Wir waren schon vor einem Monat hier gewesen, um uns das Krankenhaus anzusehen, sodass Patton genau wusste, wohin er wollte. Mit dem Aufzug fuhren wir in den dritten Stock. Als wir ausstiegen, waren wir nur ein paar Meter von der Entbindungsstation entfernt.

Eine Krankenschwester trat aus einem Behandlungszimmer auf den Flur. „Sind Sie die Nashs?"

„Das sind wir", sagte Patton.

Sie winkte uns zu sich. „Kommen Sie. Hier wird Ihr Geburtsraum sein. Ich habe ihn gerade für Sie fertig gemacht." Sie ging zum Bett, um eine hellblaue Patientenrobe aufzuheben. „Okay, Daddy, ziehen Sie das Mommy an und helfen Sie ihr, sich auf das Bett zu legen. Dann drücken Sie den Knopf an der Seite und ich komme zurück, um sie an alle Geräte anzuschließen."

„Wissen Sie, ob die Ärztin versuchen wird, die Wehen zu stoppen?" Ich wollte wissen, ob ich bald ein Baby bekommen würde oder nicht.

„Sie hat kein Terbutalin bestellt, also glaube ich nicht, dass sie die Wehen stoppen will. Sie sind in der sechsunddreißigsten Woche, das ist kein Problem." Die Krankenschwester betrachtete meinen Bauch. „Ich wette, dass Ihr kleiner Junge fast sechs Pfund wiegt, vielleicht sogar ein bisschen mehr."

„Wirklich?" Dadurch fühlte ich mich viel besser. Ich hatte gelesen, dass Babys über vier Pfund wiegen mussten, um das Krankenhaus verlassen zu können. Und es klang, als wäre meines deutlich schwerer.

„Ja", sagte die Krankenschwester. „Im Allgemeinen wiegen die meisten Babys in der sechsunddreißigsten Woche etwa fünf Pfund."

Ich hatte zwei Kontraktionen auf der Fahrt gehabt und jetzt kam eine weitere. Ich legte meine Hände auf beide Seiten meines Bauches. „Hier ist noch eine."

Patton zog sein Handy heraus, um auf die Uhr zu sehen. „Immer noch zwanzig Minuten Abstand. Mal sehen, wie lange sie dauert."

Ich zählte leise, während ich langsame, tiefe Atemzüge machte. „Zwanzig Sekunden."

Die Krankenschwester nickte. „Okay. Sie sind ein ziemlich gutes Team."

„Ja, das sind wir", musste ich ihr zustimmen.

Sie ließ uns allein und Patton holte die Patientenrobe vom Bett und kam damit zu mir. „Also los."

„Weißt du, ich glaube, alles wird gut." Ich begann, mich zuversichtlicher zu fühlen. „Wir schaffen das." Ich meinte uns alle – als Familie. „Ich habe gerade ein sehr positives Gefühl."

„Ja, ich auch." Er sah auf die Knöpfe meines Pyjamaoberteils. „Ziehe das zuerst aus. Ich helfe dir in die Patientenrobe, dann kannst du die Pyjama-Hose und dein Höschen ausziehen. Danach helfe ich dir, dich ins Bett zu legen."

Aus irgendeinem seltsamen Grund fühlte ich mich nicht im Geringsten unwohl oder schüchtern, als er mir half. Vielleicht hatte das gemeinsame Schlafen dazu beigetragen, meine Unsicherheiten loszuwerden. Was auch immer es war, ich war äußerst dankbar dafür, dass ich mich ruhig und entspannt bei ihm fühlte.

In kürzester Zeit lag ich mit einer Infusion im Arm, einem Monitor am Bauch und einer Reihe von Kabeln an der Brust im Bett. Ich sah auf mein Patientenarmband. *Mrs. Alejandra Nash.*

Die Krankenschwester hatte auch Patton eines angelegt. Es zeigte an, dass er der Vater des Babys war. Er betrachtete es mit einem seltsamen Blick. Ich erkannte Angst, Staunen und vor allem Stolz darin.

Er hatte das Recht, stolz auf sich zu sein für das, was er bisher getan hatte. „Du wirst der beste Vater aller Zeiten sein."

Er sah mich an und lächelte. „Ich muss es sein, wenn ich so gut wie du als Mutter sein will."

Die Tür öffnete sich und mein Bruder kam herein. „Ich habe es geschafft."

„In Rekordzeit", sagte Patton, als er ihn umarmte. „Ich bin froh, dass du hier bist."

„Und ich bin froh, dass *du* hier bist", sagte Luciano und zwinkerte mir über Pattons Schulter zu. Sie beendeten die Umarmung und die Augen meines Bruders richteten sich auf mich. „Patton, denkst du, du könntest mir einen Kaffee besorgen? Ich kenne mich hier nicht aus. Ich glaube nicht, dass ich den Automaten finden und rechtzeitig zurück sein kann, um die Geburt meines Neffen zu erleben."

„Sicher, ich hole dir einen Becher." Er verließ den Raum, sodass mein Bruder und ich allein waren.

Ich hatte den Eindruck, dass er Patton weggeschickt hatte, um unter vier Augen mit mir sprechen zu können. Als er sich an die Seite meines Bettes setzte, wusste ich, dass er etwas Wichtiges besprechen wollte. „Wie läuft es?"

„Gut." Ich wusste nicht, was er sagen würde, aber ich hoffte, er würde mir keinen Unsinn über die baldige Beendigung der Scheinehe erzählen. Daran wollte ich jetzt überhaupt nicht denken.

„Ich wollte sagen, dass ich mich geirrt habe." Er schloss die Augen, als er meine Hand nahm. „Ich wollte die Dinge anders sehen als sie wirklich sind. Und mir ist endlich klar geworden, dass das, was ich wollte, falsch war."

Ich hatte keine Ahnung, was er meinte. „Womit hast du dich geirrt?" Hoffentlich nicht, dass er Patton gebeten hatte, mich zu heiraten. Weil es das Richtige gewesen war.

„Er liebt dich. Das kann ich jetzt sehen. Und wie ich dir schon sagte, weiß ich, dass du ihn liebst. Ich sage also, dass ich mich bei euch beiden geirrt habe. Und was auch immer ihr entscheidet, ich bin damit einverstanden." Er beugte sich vor, küsste meine Stirn und seufzte dann. „Du bist eine erwachsene, kluge Frau, die selbst entscheiden kann, mit wem sie zusammen sein will. Also überlasse ich es dir, *mi princesa*."

Er glaubt, dass Patton mich liebt!

„Danke." Ich versuchte, nicht zu weinen, scheiterte aber. Ich hatte gar nicht bemerkt, dass Patton so empfand. Ich war hoffnungsvoll gewesen und hatte mir eingebildet zu spüren, dass unsere Bindung stärker wurde, aber ich hatte gedacht, dass ich als Einzige verliebt war. Als ich hörte, dass mein Bruder dasselbe bei seinem allerbesten Freund auf der ganzen Welt bemerkt hatte, war ich überglücklich.

Ich wollte nicht versuchen, hier und jetzt mit Patton darüber zu reden, aber zumindest wusste ich, dass wir den Segen meines Bruders hatten, wenn wir Zeit hatten, über unsere Zukunft zu diskutieren.

Obwohl ich voller Vorfreude darauf war, dieses Gespräch zu führen, wusste ich, dass ich mich im Moment auf andere Dinge konzentrieren musste – zum Beispiel darauf, ein gesundes Baby zur Welt zu bringen.

KAPITEL DREIUNDZWANZIG

PATTON

Siebzehn Stunden – so lange hatte Alexa in den Wehen gelegen. Am Ende hatte der Schmerz sie völlig überwältigt. Trotzdem hatte sie jede Art von Schmerzmittel abgelehnt.

Sie ist die stärkste Frau, die ich je gekannt habe.

In den letzten Stunden hatte sie friedlich geschlafen. Sie hatte den Krankenschwestern endlich erlaubt, ihr etwas gegen die Schmerzen zu geben, sobald das Baby nicht mehr in ihrem Körper war. Sie hatte nicht zulassen wollen, dass irgendetwas ihm schadete. Aber sobald kein Grund mehr bestanden hatte, sich Sorgen um das Baby zu machen, hatte sie etwas – irgendetwas – gewollt, um den Schmerz loszuwerden. Das Vicodin hatte sie fast sofort bewusstlos gemacht. Ich war sehr froh darüber gewesen, als ich zugesehen hatte, wie sie vernäht wurde und eine Pitocin-Infusion bekam, damit sich ihre Gebärmutter zusammenzog und die Blutung aufhörte.

Sie hatte viel Blut verloren. Die Ärztin hatte sogar gesagt, sie bräuchte möglicherweise eine Bluttransfusion, um den Verlust auszugleichen.

Jetzt war Alexa blass und ihre Lippen waren farblos. Ich hatte sie noch nie so schwach gesehen. Aber ich wusste, dass sie sich mit zärtlicher, liebevoller Fürsorge erholen würde. Ich wollte mich so um sie

kümmern, wie ich es von Anfang an getan hatte. Ich würde sicherstellen, dass sie bald wieder gesund wurde – besser früher als später.

Das Baby, das in einem kleinen, durchsichtigen Kasten am Fußende
des Bettes lag, bewegte sich. Ich stand auf und ging zu ihm. Mein Sohn
wog tatsächlich fast sechs Pfund. Er war relativ klein, aber nicht so
klein wie andere Frühgeborene. Außerdem hatte er eine gute Lungen-
funktion, was den Kinderarzt am meisten interessiert hatte. Patty hatte
laut gebrüllt, als er auf die Welt gekommen war, und laut der Ärzte war
das ein gutes Zeichen. Es bedeutete, dass er selbstständig atmen konnte.

Er stieß ein leises Grunzen aus und bewegte seinen Kopf hin und
her. Die Krankenschwester hatte ihm einen Schnuller gegeben, falls
er daran saugen wollte, während Alexa schlief. Sanft hob ich ihn
hoch und wiegte ihn in einem Arm, bevor ich den Schnuller an seine
Lippen legte. Er zog ihn sofort in seinen Mund. Ich vermutete, dass
er sich stillen lassen würde.

Alexa hatte sich bereits zum Stillen entschlossen. Ich hoffte, Patty
würde es ihr nicht zu schwer machen. Sie hatte es schon so lange
schwer gehabt. Es war an der Zeit, dass es besser für sie wurde.

Nach der Geburt des Babys und allem, was Alexa durchgemacht
hatte, wusste ich, dass ich nicht länger damit warten konnte, mit
Luci über meine Gefühle für seine Schwester zu sprechen. Ich hatte
nicht gedacht, dass ich sie noch mehr lieben könnte, aber zu sehen,
wie sie *unser* Baby zur Welt brachte, hatte mein Herz in Brand
gesetzt.

Mein Plan war, Lucis Segen zu bekommen und Alexa wissen zu
lassen, wie ich empfand. Ich hatte große Hoffnungen, dass sie mir
sagen würde, dass es ihr genauso ging. Wir könnten uns darauf
konzentrieren, ein echtes Paar zu sein – eine echte Familie. Von
einer Scheidung würde keine Rede mehr sein.

Ich setzte mich auf den Schaukelstuhl neben dem Bett und
konnte meine Augen nicht von dem Baby in meinen Armen abwenden. Mein Sohn trug eine Mütze mit blauen und weißen Streifen
und war in eine babyblaue Decke gewickelt. Selbst mit geschwollenen Augen und einer runzligen Stirn war er das Kostbarste, was ich
jemals in meinem Leben gesehen hatte. „Weißt du was, Patty? Daddy
liebt dich und wird es immer tun."

Es war unmöglich, sich nicht in ihn zu verlieben. Genauso

unmöglich wie es gewesen war, sich nicht in seine Mutter zu verlieben. Die beiden hatten mein Herz auf eine Weise erobert, die ich nicht für möglich gehalten hätte. Und ich liebte es.

Als ich sein kleines Armband betrachtete, sah ich dort meinen Namen. *Vater – Patton Nash.*

Mein Herz fühlte sich schwerer an als jemals zuvor – aber auf die beste Weise. Es war so voll, dass es sich erst an das zusätzliche Gewicht der Liebe gewöhnen musste, mit dem dieser kleine Junge es füllte. Als ich Alexa ansah, lächelte ich. „Das hast du gut gemacht, Süße. Das hast du wirklich gut gemacht."

Sie war immer noch bewusstlos und rührte sich nicht einmal beim Klang meiner Stimme. Ich beobachtete einen Moment lang, wie sich ihre Brust langsam hob und senkte. Die Wehen und die Entbindung hatten sie völlig erschöpft.

Ich hatte keine Ahnung, wie Frauen das machten. Es ergab überhaupt keinen Sinn zu glauben, dass Männer das stärkere Geschlecht waren. Ich konnte mich oder einen anderen Mann auf keinen Fall durch die Hölle gehen sehen, die Alexa durchschritten hatte. Ich dachte ehrlich, ich wäre gestorben, wenn unsere Rollen vertauscht gewesen wären. Es schien mehr zu sein, als ein menschlicher Körper ertragen konnte.

Mit Alexa zusammen zu sein, hatte mich zum Besseren verändert. Sie hatte es nicht beabsichtigt oder auch nur versucht, aber ihre Anwesenheit hatte mich freundlicher und fürsorglicher gemacht – ich war bei Weitem nicht mehr so zynisch wie früher.

Als ich das erste und einzige Neugeborene betrachtete, das ich jemals in meinem Leben im Arm gehalten hatte, wusste ich, dass unser Sohn den Mann, der ich war, noch mehr verändern würde. Nicht, dass ich jemals darüber nachgedacht hätte, aber ich wollte unserem Sohn beibringen, wie man einen Baseball warf. Ich wollte ihm das Fahrradfahren beibringen. Ich wollte ihm beibringen, wie man schwamm, Golf spielte und auf Bäume kletterte. Ich wollte alles mit ihm erleben und keine Minute mit ihm verschwenden.

Als ich die schlafende Alexa ansah, dachte ich, dass etwas nicht stimmte. Ich beobachtete sie einen Moment lang, dann erkannte ich es. *Sie atmet langsamer.*

Das leise, gleichmäßige Piepen des Herzmonitors verwandelte

sich plötzlich in einen langen Ton. Ich stand immer noch mit dem Baby in meinen Armen da. „Alexa? Süße?"

Krankenhauspersonal rannte in den Raum. „Code blau. Ich wiederhole, Code blau, Entbindungsstation, zwei, null, zwei", dröhnte eine Stimme aus dem Lautsprecher.

Ihr Herz schlägt nicht. „Alexa! Alexa, wach auf!" Ich hielt das Baby an mich gedrückt, als immer mehr Menschen in den Raum kamen und sich um sie kümmerten.

Eine der Krankenschwestern kletterte auf das Bett, setzte sich auf sie und presste ihre Fäuste zusammen, bevor sie damit auf Alexas unbewegliche Brust schlug. „Kommen Sie schon!", schrie sie. „Sie haben so viel, wofür es sich zu leben lohnt!"

„Wir brauchen einen Defibrillator!", rief einer der Krankenpfleger.

Ich vermutete, dass er die Maschine meinte, mit der man ein Herz wieder in Gang setzen konnte. „Alexa! Komm schon, Süße! Bleib bei mir! Bleib bei uns!"

Weitere Schläge auf ihre Brust folgten, als die Krankenschwestern abwechselnd versuchten, Alexas Herz zum Schlagen zu bringen. Dann war ein großer Krankenpfleger an der Reihe, der wie ein Footballspieler gebaut war. Seine tiefe Stimme dröhnte durch den Raum, als er seine mächtigen Fäuste hochzog. „Sie werden es schaffen, Ma'am."

BUMM! Ihre Augen flogen auf und der Herzmonitor piepte einmal und dann noch einmal.

„Alexa!", schrie ich. „Bleib bei uns!"

Ihre Augen suchten den überfüllten Raum ab, bis sie mich fand. „Patton." Sie lächelte sanft. „Pass auf unseren Sohn auf", sagte sie mit schwacher Stimme. Dann schlossen sich ihre Augen und ihr Herz hörte wieder auf zu schlagen.

„Nein!" Ich konnte es nicht glauben. „Alexa, komm zurück! Geh nicht! Ich kann das nicht ohne dich tun!"

Jemand nahm mich an den Schultern und schob mich in den Flur, während zwei weitere Krankenschwestern die Maschine brachten, die ihr Herz hoffentlich wieder in Gang setzen würde. „Bleiben Sie hier, Sir. Wir werden alles tun, was wir können. Aber Sie müssen auf das Baby aufpassen."

Ich ging benommen und geschockt nach hinten, bis mein Rücken gegen die Wand prallte. „Ich will sie nicht verlieren." Ich sah das Baby an, das fest in meinen Armen schlief. „Patty, wir dürfen sie nicht verlieren. Ich kann das nicht allein schaffen. Ich kann es einfach nicht."

Ich hörte, wie sich im Flur die Aufzugtüren öffneten, und sah hinüber. Luciano stieg aus. Er hielt blaue Luftballons in der einen Hand und eine Vase mit roten Rosen in der anderen. Seine Augen weiteten sich, als er mich mit dem Baby sah. „Patton? Was zur Hölle ist hier los?"

„Sie ist …" Ich wollte es nicht laut aussprechen und konnte nur den Kopf schütteln.

Er rannte zu mir und warf die Blumen auf den Schreibtisch der nahegelegenen Schwesternstation, während er die Luftballons losließ. „Sie ist was?" Er drängte sich an mir vorbei und versuchte, in den Raum zu gelangen, aber er war voller Menschen. „Sie ist meine Schwester. Was ist passiert?" Bei dem lauten Zischen der elektrischen Sonden auf ihrer Brust stolperte er zurück. „Nein", flüsterte er. „Nein, das kann nicht wahr sein."

„Ihr Herz ist stehen geblieben", brachte ich endlich heraus. „Ich weiß nicht, warum. Sie hat normal geatmet und dann überhaupt nicht mehr. Ich war neben ihr und hielt das Baby in meinen Armen, als …" Ich musste aufhören zu reden. Ein Knoten hatte sich in meinem Hals gebildet.

„Wie konnte das passieren?", fragte Luci, als er aufblickte. „Du kannst nicht zulassen, dass das passiert."

Ich konnte keine weitere Sekunde vergehen lassen, ohne die Wahrheit zu sagen. „Luci, es tut mir leid. Wirklich. Ich wollte niemals dein Vertrauen missbrauchen. Und ich habe nichts gegen meine Gefühle für sie unternommen. Aber Gott sei mir gnädig, ich liebe deine Schwester. Ich will, dass unsere Ehe echt ist. Ich will sie nie verlieren. Ich hoffe, du kannst mir vergeben. Ich will keinen weiteren Tag vergehen lassen, ohne ihr meine wahren Gefühle zu zeigen. Sie muss es schaffen. Sie muss überleben."

Seine Augen wurden sanft, als er nickte. „Du hast meinen Segen, Patton." Er streckte die Hand aus. „Lass uns zusammen beten."

Während ich Patty in einem Arm hielt, ergriff ich Lucianos Hand. „Jungfrau Maria, bitte erhöre unser Gebet", begann ich, da ich niemanden sonst kannte, der Alexa so schnell helfen würde wie die Mutter unseres Erlösers.

Mein bester Freund und ich schlossen die Augen, als er hinzufügte: „Alejandra Consuela Christina De La Cruz-Nash wird hier auf der Erde gebraucht. Ihr Sohn und ihr Ehemann brauchen sie als Teil ihrer Familie."

Mein Herz pochte so heftig in meiner Brust, dass ich befürchtete, es könnte zerspringen. „Bitte nimm sie uns nicht weg. Ich werde sie immer lieben." Mir fiel ein, dass Alexas Eltern und ihr Bruder sie immer als ihren Engel betrachtet hatten, seit es bei ihrer eigenen Geburt Komplikationen gegeben hatte. „Sie ist unser Engel hier auf Erden. Bitte erlaube uns, sie noch eine Weile zu behalten."

Meine Beine fühlten sich an, als könnten sie unter mir nachgeben und mich verzweifelt auf dem Boden liegen lassen. Aber der Glaube, die Hoffnung und das Wissen, dass viele Menschen ihr Bestes gaben, um sie zu retten, ließen mich aufrecht bleiben, denn ich war sicher, dass sie es schaffen würde.

Ich weigerte mich zuzuhören, was in dem Raum vor sich ging. Ich hörte nur Lucianos Stimme und meine, als wir zusammen darum beteten, dass sie bei uns blieb.

Wir wollten sie nicht verlieren. Wir wollten nicht aufgeben und den Tod siegen lassen. Sie war zu jung, zu stark und wurde zu sehr geliebt.

Ich hatte keine Ahnung, was passiert war, aber ich wusste, dass das medizinische Personal so etwas schon oft gesehen hatte und wusste, was getan werden musste, um sie zu retten. Niemand war bereit, sie sterben zu sehen.

Ich wiegte das Baby, während ich flüsternd betete: „Wir werden sie nicht gehen lassen. Bitte hilf ihr. Bitte hilf *uns*."

Ihr Bruder und ich hielten uns an den Händen und keiner von uns war bereit aufzuhören zu beten, bis sie außer Gefahr war. Sie hatte einen Platz in unseren Herzen und hielt unsere Herzen in ihrer Hand. Wir waren miteinander verbunden und nichts – nicht einmal der Tod – konnte diese Verbindung zerstören.

Ich hielt unseren Sohn fest und wusste, dass er die Chance haben musste, seine Mutter kennenzulernen. Sie war der wunderbarste Mensch auf der Welt. Er musste sie treffen und sich in sie verlieben. Er war für diese Welt bestimmt. Er war dazu bestimmt, Alexa und mich zusammenzubringen. Patty war unser Schicksal. Und das Schicksal konnte nicht enden, bevor es überhaupt eine Chance gehabt hatte, zu beginnen.

Was auch immer ich tun musste, ich würde Alexa nicht gehen lassen. Wenn Gebete nicht funktionierten, würde ich alles in meiner Macht Stehende tun, um ihr zu helfen. Niemand würde mich davon abhalten können, es zu versuchen.

Du darfst nicht sterben, meine Liebe. Du kannst mich jetzt nicht verlassen. Ich werde dich nicht gehen lassen.

KAPITEL VIERUNDZWANZIG

ALEXA

Ich hatte das Gefühl, als würde mich Chaos umgeben, also bewegte ich mich, um davon wegzukommen – nach oben. Mein Körper fühlte sich so leicht an wie ein mit Helium gefüllter Ballon. Als ich zur Decke driftete, begann das Licht über mir immer heller zu leuchten, bis ich nichts mehr sehen konnte.

„Es funktioniert nicht", hörte ich eine Frau irgendwo unter mir sagen.

Ich wollte nicht all diesen lauten Leuten zuhören. Ich wollte nicht hören, was sie zu sagen hatten. Ich wollte nur, dass sie still waren.

„Sie ist meine Schwester. Was ist passiert?", hörte ich meinen Bruder mit bebender Stimme schreien. Ich hatte noch nie Angst in seiner Stimme gehört.

Ein lautes Zischen erschütterte mich einen Moment lang und hinderte mich daran, höher zu schweben. Ich wandte mich um, blickte auf den Boden und sah all die Leute in der Mitte des Zimmers.

Das Zimmer, in dem ich kurz zuvor ein Kind zur Welt gebracht hatte.

„Nein", hörte ich meinen Bruder flüstern. „Nein, das kann nicht wahr sein." Obwohl ich ihn hören konnte, konnte ich ihn nicht sehen.

„Ihr Herz ist stehen geblieben", hörte ich Patton sagen.

Wessen Herz ist stehen geblieben?

Ich hatte keine Ahnung, wovon er sprach, aber ich ahnte, dass er mit meinem Bruder redete. Also folgte ich dem Klang seiner Stimme, als Patton fortfuhr. „Ich weiß nicht, warum. Sie hat normal geatmet und dann überhaupt nicht mehr."

Wer hat nicht geatmet?

Ich war verwirrt und wollte plötzlich verzweifelt die Gesichter von Patton und meinem Bruder sehen.

Patton sprach weiter: „Ich war mit dem Baby in meinen Armen neben ihr, als ..."

Das Baby! Spricht er von Patty?

„Wie konnte das passieren? Du kannst nicht zulassen, dass das passiert", schrie mein Bruder mit so viel Qual in seiner Stimme, dass es mir wehtat.

„Luci, es tut mir leid. Wirklich", sagte Patton. „Ich wollte niemals dein Vertrauen missbrauchen. Und ich habe nichts gegen meine Gefühle für sie unternommen. Aber Gott sei mir gnädig, ich liebe deine Schwester."

Er liebt mich?

„Ich will, dass unsere Ehe echt ist."

Er will eine echte Ehe?

„Ich will sie nie verlieren."

Warum glaubt er, dass er mich verlieren wird? Ich würde ihn niemals verlassen.

„Ich hoffe, du kannst mir vergeben.", sagte er zu meinem Bruder. „Ich will keinen weiteren Tag vergehen lassen, ohne ihr meine wahren Gefühle zu zeigen. Sie muss es schaffen. Sie muss überleben."

Sie? Spricht er über mich?

Ich gelangte schließlich zur Tür, duckte mich und konnte durch sie hindurch schweben. Im Flur sah ich meinen Bruder und Patton. Patton hielt unseren Sohn in seinen Armen und ein Ausdruck purer Angst war auf seinem attraktiven Gesicht.

Luciano sah Patton wohlwollend an. „Du hast meinen Segen, Patton."

Ich hatte bereits gewusst, dass mein Bruder mir seinen Segen gegeben hatte, und jetzt hatte Patton ihn auch. Nichts stand uns mehr im Weg dabei, eine glückliche Familie zu werden.

Luciano streckte Patton die Hand entgegen. „Lass uns zusammen beten."

Was gibt es zu beten? Und für wen? Ich konnte mich nicht erinnern, jemals in meinem Leben so verwirrt gewesen zu sein.

Ich sah zu, wie Patton die Hand meines Bruders nahm und unseren Sohn im anderen Arm hielt. „Jungfrau Maria, bitte erhöre unser Gebet."

Mein Bruder fügte hinzu: „Alejandra Consuela Christina De La Cruz-Nash wird hier auf der Erde gebraucht."

Ich? Sie beten für mich?

Ich fühlte mich benommen, als ich sie beten sah. Ihre Worte hörte ich nicht mehr, aber ich spürte ihre Verzweiflung. Ich konnte das nicht mehr ertragen – sie mussten wissen, dass ich sie niemals verlassen würde. „Hey, ich bin hier!", schrie ich. Aber keiner von ihnen sah mich an. Ich dachte, es läge daran, dass ich über ihnen schwebte. Also streckte ich die Hand aus und versuchte, Patton, den größeren der beiden Männer, zu packen und mich auf den Boden zu ziehen, damit sie mich sehen konnten.

Ich wedelte mit der Hand durch die Luft, gelangte zu ihm und packte ihn an der Schulter. Er schauerte, trat von mir weg und betrachtete die leere Stelle neben sich mit großen Augen.

„Was ist los?", fragte Luciano. „Du siehst aus, als hättest du einen Geist gesehen."

„Etwas hat meine Schulter berührt." Patton schaute sich um, sogar direkt zu mir, aber er schien mich nicht sehen zu können.

Bin ich tot?

Das würde sicherlich meinen Schwebezustand erklären. Ich schloss die Augen und versuchte, nicht zu weinen. Ich musste das verhindern. Ich konnte nicht tot sein. Ich wäre nicht in diesem Flur, wenn ich tot wäre. Ich wäre auf dem Weg in den Himmel.

Es sei denn, meine Sünden sorgen dafür, dass ich hierbleiben muss.

Ich hatte nicht gebeichtet, was ich mit Alejandro gemacht hatte. Und jetzt war es zu spät dazu.

Oder?

Ich sah zu, wie Pattons Augen sich bewegten, als ob er nach etwas suchte. „Alexa, ich liebe dich. Ich will, dass wir wirklich Mann und Frau sind. Ich will, dass wir unseren Sohn zusammen großziehen. Ich will, dass wir eine richtige Familie sind, und ich will dich niemals gehen lassen. Also bleibe bitte bei uns. Verlasse uns nicht. Nicht jetzt. Niemals. Ich schwöre bei Gott, dass ich dich niemals verlassen werde."

„Ich liebe dich, Patton", rief ich.

Entschlossenheit erfüllte jede Faser meines Seins – oder was auch immer von mir übrig war, während ich schwebte. Ich war noch nicht tot und ich wollte verdammt sein, wenn mich irgendetwas von dem Mann meiner Träume und meinem Sohn wegzerrte.

Plötzlich traf mich glühende Hitze mitten in der Brust und ich fühlte mich, als würde ich zurück in das Zimmer gezogen werden. Es war, als würde ich auf das Bett aufschlagen, und dann versengte weißglühender Schmerz meinen ganzen Körper. „Ahhh! Das tut weh! Aufhören!"

„Sie ist zurück", hörte ich einen Mann sagen.

Und dann sah ich, wie Patton und Luciano in den Raum rannten, während Patton rief: „Bleibe bei uns, Alexa Nash! Ich liebe dich!"

Alles fiel mir wieder ein. *Er liebt mich!* „Ich gehe nirgendwohin. Ich liebe dich auch, Patton Nash." Der Schmerz in meiner Brust war unerträglich. „Es tut schrecklich weh", sagte ich zu dem Arzt, der über mir stand.

Er sah mich besorgt und mitfühlend an. „Ich weiß, aber der Schmerz wird bald nachlassen. Das war der Stromschlag, der Ihr Herz wieder in Gang gebracht hat."

Plötzlich ergaben die Stöße, die ich gefühlt hatte, Sinn. „Oh. In Ordnung." Wie konnte ich verärgert sein, wenn sie es getan hatten, um mich wieder zum Leben zu erwecken? „Wissen Sie, warum mein Herz stehen geblieben ist?"

„Noch nicht", sagte der Arzt. „Aber wir werden es herausfinden."

Als die Krankenschwestern und Pfleger den Raum verließen, kam Patton zu mir. Unser schlafendes Baby hielt er immer noch in seinen Armen. Seine warmen Lippen drückten sich gegen meine Stirn und sandten einen Schauer durch mich. „Ich habe den Verdacht, dass es das Schmerzmittel war."

Der Arzt verzog das Gesicht. „Ja, das werden wir Ihnen nicht mehr geben. Wir werden es in Ihrer Patientenakte vermerken. Kein Vicodin mehr für Sie, Mrs. Nash."

Ich erkannte den Arzt nicht. „Es tut mir leid, Doktor. Wie heißen Sie?"

„Doktor Levy. Ich habe heute Dienst. Ich werde einen vollständigen Bericht für Doktor Barclay erstellen." Er sah das Baby an, das begonnen hatte, sich in Pattons Armen zu winden, während es leise wimmerte. „Stillen Sie?"

„Ich hatte noch keine Gelegenheit dazu, aber das ist mein Plan." Ich streckte meine Hände nach dem Baby aus. „Es sieht so aus, als wäre Patty hungrig."

„Ja, so sieht es aus", stimmte der Arzt mir zu. „Aber ich denke nicht, dass Sie ihn jetzt stillen sollten. Ihr Herz hat fast drei Minuten lang aufgehört zu schlagen. Konzentrieren Sie sich darauf, sich auszuruhen und wieder zu Kräften zu kommen. Ich bin überrascht, dass Sie überhaupt bei Bewusstsein sind."

„Das ergibt Sinn", sagte ich, als meine Augenlider schwer wurden. Ich war nicht glücklich darüber, aber ich musste das tun, was für mich am besten war, sonst würde ich für niemanden sonst etwas tun können. Und ich hatte viel vor.

„Ich werde eine Krankenschwester mit einer Flasche Milchnahrung herschicken", sagte der Arzt und ging dann.

Patton und Luciano standen da und starrten mich an. Alles fühlte sich wie ein seltsamer Traum an. „Tut mir leid, dass ich euch Angst gemacht habe", murmelte ich und kämpfte noch ein wenig länger gegen den Schlaf.

Eine Krankenschwester kam herein und reichte Patton eine kleine Flasche. „Geben Sie ihm ein bisschen, dann hören Sie auf und klopfen ihm auf den Rücken, bis er Bäuerchen macht. Danach können Sie ihm wieder etwas geben. Es ist wichtig, dass Sie es so machen, sonst bekommt er Blähungen. Dann ist er schlecht gelaunt und das macht überhaupt keinen Spaß. Wenn Sie etwas brauchen, drücken Sie einfach den Knopf an der Seite des Bettes." Sie wandte ihre Aufmerksamkeit mir zu. „Wie fühlen Sie sich?"

Es war ein seltsames Gefühl, das schwer zu beschreiben war. Aber dann wusste ich es. „Als hätte mich der Blitz getroffen."

Sie nickte. „Ja, das höre ich sehr oft, wenn ich jemanden frage, der gerade wiederbelebt wurde. Es lässt schneller nach, als Sie denken. Sagen Sie Bescheid, wenn Sie etwas brauchen."

Als ich in ihre grünen Augen sah, überkam mich ein plötzlicher Anflug von Traurigkeit und ich fing an zu weinen. „Ich bin gestorben, oder?"

Sie ergriff schnell meine Hand und rieb sanft den Handrücken. „Irgendwie, aber nicht wirklich. Das ist ein traumatisches Ereignis und Sie müssen erst verarbeiten, was Ihnen passiert ist. Ihre Ärztin wird einige Tests durchführen, um herauszufinden, warum Ihr Herz stehen geblieben ist. Möglicherweise haben Sie eine Vorerkrankung, die Ihnen und Ihrer Ärztin nicht bekannt war. Aber machen Sie sich jetzt keine Sorgen. Alles ist in Ordnung und Sie sind in Sicherheit."

Ich wischte die Tränen weg und fühlte mich ganz seltsam. „Mir geht es gut." Als ich Patton und meinen Bruder ansah, wusste ich, dass ich zwei großartige Männer hatte, die auf mich aufpassten. „Ich habe gute Unterstützung."

„Die haben Sie", stimmte sie mir zu. „Lassen Sie Ihren Ehemann auf das Baby aufpassen, während Sie sich ausruhen."

Ein weiterer Anflug der Traurigkeit überkam mich und ich fing wieder an zu weinen. „Ich wollte stillen."

„Sie werden später die Chance bekommen, das zu tun. Im Moment müssen Sie gesund werden und das Baby seinem Daddy überlassen. Ich möchte nicht, dass Sie sich um irgendetwas Sorgen machen." Sie sah Patton an und wies mit dem Kinn zu dem Schaukelstuhl. „Nehmen Sie Platz. Wiegen Sie das Baby, damit es ruhig bleibt."

„Verstanden. Ich möchte nicht, dass sie uns wieder weggenommen wird." Er lächelte mich an. „Weil wir dich alle lieben. Besonders ich."

Oh, er liebt mich. Mein Herz setzte einen Schlag aus und alle hörten es und drehten panisch den Kopf zum Herzmonitor. Ich wusste, dass es kein Grund zur Sorge war – es war nur die Wirkung, die er auf mich hatte. „Wie du hören kannst, liebe ich dich auch."

Ich lag im Bett und sah meinem Mann dabei zu, wie er unseren kleinen Jungen fütterte. Ich stellte mir vor, dass der Himmel sich so anfühlen würde. Aber ich war froh, dass ich stattdessen auf der Erde war. Was auch immer der Grund für den Herzstillstand gewesen war – wenn die Ärzte hier es nicht herausfinden konnten, würde Patton jemanden finden, der es konnte.

Ich schloss die Augen, als die Traurigkeit versuchte, mich wieder zu überwältigen. *Ich kann nicht wieder weinen. Ich lebe, ich werde geliebt und ich habe ein gesundes Baby. Mehr kann ich nicht verlangen.*

KAPITEL FÜNFUNDZWANZIG

PATTON

Drei Tage später hatten die Ärzte endlich genug Testergebnisse, um zu diagnostizieren, warum Alexas Herz stehen geblieben war. Wie ich vermutet hatte, war das Vicodin schuld gewesen. Offenbar hatte sie allergisch darauf reagiert.

Wir waren mit den Ergebnissen zufrieden, da dies bedeutete, dass Alexa keine Herzerkrankung hatte, mit der wir uns in den kommenden Jahren befassen müssten. Angesichts der Herzbeschwerden ihrer Mutter hatten wir befürchtet, dass sie ein ähnliches Problem haben könnte.

Luciano würde seine Eltern in naher Zukunft vorbeibringen, damit sie ein paar Tage bei uns bleiben konnten. Sie wollten, dass wir uns zu Hause einlebten, bevor sie zu Besuch kamen. Natürlich hatte ihnen aus Angst vor der Reaktion ihrer Mutter niemand gesagt, dass Alexas Herz stehen geblieben war. Sie dachten, wir müssten wegen der frühen Ankunft des Babys länger im Krankenhaus bleiben.

Als wir uns auf den Heimweg machten, packte ich die Tasche, die wir ins Krankenhaus mitgebracht hatten. Aber meine Brüder und Leute von der Arbeit waren zu Besuch gekommen und jeder von ihnen hatte Geschenke für das Baby und Alexa mitgebracht, sodass ich viel mehr zu packen hatte, als ich mitgebracht hatte. „Das wird eine Weile dauern, Süße."

„Kein Problem, wir warten hier", sagte sie, als sie ihr Shirt zurechtzog, nachdem sie Patty sein Abendessen gegeben hatte.

Wir waren beide überglücklich, dass er ohne Probleme trank. Er hatte sowohl die Flasche als auch die Brust genommen, was laut den Krankenschwestern bei Babys, insbesondere bei Neugeborenen, nicht immer der Fall war.

Kurz bevor ich die Tür erreichte, klopfte es und ein Mann, den ich sofort erkannte, trat ein. „Mr. und Mrs. Nash, ich bin Diakon Soliz." Er sah zwischen uns hin und her und schien uns ebenfalls zu erkennen. „Moment. Kenne ich Sie nicht?" Er zeigte mit dem Finger auf mich. „Sie sind zu mir nach Hause gekommen." Er sah Alexa an. „Und du bist auch hier, Alexa. Meine Güte! Wie ist es dir ergangen?" Er lächelte. „Ich sehe, du warst beschäftigt, seit du uns verlassen hast. Und jetzt bist du verheiratet und hast ein Baby." Er wirkte, als würde er sich aufrichtig für seine ehemalige Untermieterin freuen.

Obwohl er für dieses glückliche Wiedersehen dankbar zu sein schien, wurde mir übel, als ich daran dachte, dass er Pattys Großvater war. Sein echter Großvater. Panik erfüllte mich. „Ich gebe euch beiden Zeit zum Reden und bringe alles zum Auto, Süße." Ich konnte nicht mit dem Mann im selben Raum sein. Es war überwältigend.

Als ich den Raum verließ, hörte ich Alexa sagen: „Wir haben tatsächlich ein Baby bekommen. Es war etwas zu früh dran, aber es ist gesund. Wie geht es Ihnen und Mrs. Soliz?"

Als ich zum Aufzug ging, spürte ich, wie mein Puls und meine Atmung immer schneller wurden. *Beruhige dich.*

Ich stand kurz vor einer Panikattacke – so hatte ich mich noch nie zuvor gefühlt. Es gab absolut keinen Grund, mich wegen irgendetwas schuldig zu fühlen, aber ich tat es trotzdem.

Der Zufall, dass dieser Mann zu einem religiösen Besuch bei der Familie seines leiblichen Enkels kam, war einfach zu viel. Wie standen die Chancen dafür?

Wir waren jeden Tag von einem Angehörigen des Klerus im Krankenhaus besucht worden. Und gerade als wir gehen wollten, tauchte Pattys Großvater auf. Es musste Schicksal sein.

Ich gelangte ins Erdgeschoss und auf den Parkplatz, wo ich unsere Sachen in den Kofferraum von Alexas Auto lud. Sie hatte gewollt, dass ich es anstelle meines Trucks herbrachte, weil sie nicht riskieren wollte, dass ihre Nähte rissen, wenn sie auf den Beifahrersitz kletterten. Ihr Auto war in Ordnung, aber ich hatte bereits Pläne, ihr eines zu kaufen, das viel sicherer war, da sie künftig mit einem Baby an Bord fahren würde.

Als ich den Kofferraum schloss und zurückging, um mehr von ihren Sachen zu holen, konnte ich mich nicht davon abhalten, mich zu fragen, wie es wäre, einen Enkel zu haben, von dem ich nichts wusste.

Aber die Situation mit Alejandro war anders. Alexa hatte ihm von dem Baby erzählt und er hatte gesagt, sie solle es loswerden. Aber seine Eltern wussten nichts von die Schwangerschaft. Ich fand es unfair, dass sie keine Gelegenheit hatten zu sagen, ob sie am Leben ihres Enkels teilhaben wollten oder nicht. Angesichts ihrer Religiosität würden sie wahrscheinlich Teil seines Lebens sein wollen, unabhängig davon, was ihr Sohn gesagt und getan hatte.

Alexa und ich hatten schon lange nicht mehr über Familie Soliz gesprochen. Alexa hatte gesagt, dass sie Alejandro großgezogen hatten, einen lügenden Frauenhelden, dem es egal war, ob sie sein Baby abtrieb, warum also sollte sie solche Menschen im Leben ihres Sohnes haben wollen? Ich war mir ziemlich sicher gewesen, dass ihre Einstellung immer noch dieselbe war.

Aber vielleicht hatte sich ihre Meinung geändert, seit sie das Baby bekommen hatte. Vielleicht hatte sie bei dem Besuch des Mannes die gleichen Schuldgefühle empfunden wie ich. Also eilte ich zurück in ihr Zimmer, nur um festzustellen, dass er verschwunden war. „Wie ist es gelaufen?"

„Gut", sagte sie, als wäre es überhaupt keine große Sache. „Die Krankenschwester bringt uns bald die Entlassungspapiere. Sobald wir sie unterschrieben haben, können wir gehen. Ich bin mehr als bereit, nach Hause zu gehen. Du nicht?"

Ich wollte das Krankenhaus endlich verlassen. Es war in Ordnung dort, aber nicht wie zu Hause. „Natürlich bin ich bereit, nach Hause zu gehen." Ich konnte nicht glauben, wie entspannt sie war, nachdem der Großvater ihres Sohnes mit ihm im selben Raum gewesen war. „Hast du ihm etwas über Patty gesagt?"

Ihre Augen verengten sich bedrohlich. „Ist das dein Ernst?"

Vielleicht nicht.

„Weißt du was? Ich bringe einfach die nächsten Sachen zum Auto.

Ich bin gleich wieder da, um die letzte Ladung zu holen. Hoffentlich bekommen wir bis dahin die Papiere." Ich machte mich auf den Weg und wollte ihr nach dieser Antwort nicht in die Augen sehen.

Ich hatte diesen Blick noch nie bei ihr gesehen. Es war mehr als ein bisschen beängstigend. Aber eine Mutter konnte von einer Sekunde zur anderen eine Bärin werden, wenn sie das Gefühl hatte, dass es nötig war.

Ich wollte Alexa auf keinen Fall verärgern. Aber ich dachte auch nicht, dass ich meinen Mund halten könnte. Vielleicht hatten der Diakon und seine Frau es verdient, von ihrem Enkel zu erfahren. Vielleicht würden sie ein wichtiger Teil seines Lebens werden. Und vielleicht wäre es besser so. Denn je mehr Menschen unser Kind liebten, desto besser. Zumindest dachte ich das.

Nachdem ich drei Ladungen in den Kofferraum des Autos gestopft hatte, ging ich zurück zu Alexa, die gerade die Entlassungs-papiere unterschrieb. „Oh, gut, du bist zurück." Sie schob den Papier-stapel zu mir und reichte mir den Stift. „Ich habe schon unterschrieben. Jetzt bist du dran."

„Warum müssen wir beide das alles unterschreiben?" Ich begann damit. „Ich habe ihnen bereits die Versicherungsdaten gegeben und sogar die Selbstbeteiligung bezahlt. Was ist das alles?"

„Irgendwelcher Kleinkram", erwiderte sie, als sie Patty in seinen Kindersitz setzte.

„Der Kofferraum ist übrigens randvoll", sagte ich, als ich auf der letzten Seite unterschrieb.

Eine Frau kam mit einem großen, in Folie gehüllten Korb herein. „Guten Abend, Familie Nash. Ich bin Holly von der Elternberatung." Sie stellte den Korb auf den Tisch und zeigte darauf. „In diesem Korb – der nur für Eltern bestimmt ist – finden Sie unsere Karte mit unserer Hotline-Nummer, falls Sie unsere Hilfe benötigen. Wir sind auf die Unterstützung frischgebackener Eltern spezialisiert. Wir haben gehört, dass dies Ihr erstes Kind ist. Vielleicht brauchen Sie in naher Zukunft unsere Hilfe."

Das klang gut. „Großartig. Wir werden Sie wahrscheinlich mehr als einmal anrufen. Wir wollen bei der Erziehung alles richtig machen, nicht wahr, Süße?"

Alexa nickte, als sie den Korb voller Leckereien, einschließlich einer Flasche Wein, betrachtete. „Das ist nett. Vielen Dank." Sie schenkte der Frau ein Lächeln. „Ich bin sicher, dass wir Sie anrufen. Ich habe keine Erfahrung mit Babys, genauso wie mein Ehemann."

„Nun, zögern Sie nicht. Nicht nur bei Babyfragen, sondern auch wenn Sie Ressourcen für Eltern oder Paarberatung brauchen. Es ist schwer, von einem Paar zu Eltern zu werden. Wenn Sie sich ängstlich, wütend oder traurig fühlen, rufen Sie uns an. Wir helfen liebend gern jungen Familien."

Für Alexa und mich würde sich in unserer neuen Familie viel ändern. Und in sechs Wochen, so Gott wollte, würden wir unserem Leben als Paar endlich ein völlig neues Element hinzufügen. Zeit für Intimität würde nach Pattys Geburt schwieriger zu finden sein, aber ich würde es schaffen. Irgendwie.

Die Krankenschwester kam zurück, als Holly ging. „Ich wünsche Ihnen viel Glück."

Ich gab der Krankenschwester die unterschriebenen Papiere. „Dürfen wir jetzt gehen?"

„Ich hole gleich einen Rollstuhl und bringe Mrs. Nash und Patty zu Ihnen. Fahren Sie das Auto zum Ausgang und warten Sie dort auf uns." Sie verließ den Raum.

„Wow." Ich umarmte meine Frau und küsste sanft ihre Lippen. „Das war es. Wir bringen unseren kleinen Jungen nach Hause."

Sie strich mit ihren Händen über meine Seiten, als sie mich ansah. „Das heißt, dass wir keine Hilfe mehr bekommen. Jetzt sind wir auf uns gestellt. Bist du bereit dafür?"

„Überhaupt nicht", scherzte ich. „Aber wir werden irgendwie zurechtkommen. Wir sehen uns am Auto, meine Liebe."

„*Mi amor?*", fragte sie, als ich wegging.

Ich blieb stehen und drehte mich um. „Ja?"

Ich sah einen Anflug von Angst in ihren Augen, den ich noch nie gesehen hatte. „Wir können das schaffen, richtig?"

„Natürlich." *Wir müssen es schaffen. Das Baby ist hier. Es gibt kein Zurück mehr.*

Eine Viertelstunde später waren wir auf dem Heimweg und Patty schlief friedlich auf dem Rücksitz. Alexa sah ihn über die Schulter an. „Er ist ein braves Kind."

„Das ist er", stimmte ich ihr zu. Aber etwas lastete schwer auf meiner Seele. „Alexa, wir müssen reden."

„Worüber?" Sie schenkte mir ihre volle Aufmerksamkeit und

strich mit ihrer Hand über meine Wange. „Darüber, dass wir bald tatsächlich Mann und Frau sein werden? Weil ich dafür bereit bin. Auch wenn wir sechs Wochen warten müssen, bevor wir es endlich tun können. Schon allein durch das Wissen, dass du mich liebst, fühle ich mich viel besser."

Ich nahm ihre Hand und küsste sie. „Ich auch, Süße. Ich auch. Ich liebe dich so sehr."

„Ich liebe dich auch", erwiderte sie.

„Und ich liebe Patty."

„Ja, ich auch." Sie seufzte. „Er ist der Beste."

„Und er hat das Beste verdient." Ich holte tief Luft und wusste, dass ihr nicht gefallen würde, was ich zu sagen hatte. Aber es wäre das Beste für unseren Sohn. „Ich glaube, wir sollten darüber nachdenken, dem Diakon und seiner Frau zu sagen, dass er ihr Enkel ist."

Wut blitzte in ihren dunklen Augen auf. „Bist du verrückt?", schrie sie.

„Alexa, denke an das Baby. Versuche, nicht zu schreien", warnte ich sie. „Wir haben noch fünfzehn Minuten in diesem Auto vor uns. Wenn Patty schreiend aufwacht, werden es sehr lange fünfzehn Minuten sein. Und ich bin nicht verrückt. Aber ich fühle mich schuldig. Dieser Mann ist heute aus heiterem Himmel aufgetaucht. Glaubst du nicht, dass es ein Zeichen dafür sein könnte, dass wir ihm von seinem Enkel erzählen sollen?"

„Patty hat schon einen Großvater", knurrte sie. „*Mein* Vater ist Pattys Großvater. Und er hat einen Vater. *Du* bist sein Vater. Familie Soliz hat nichts mit ihm zu tun."

„Doch, das hat sie", sagte ich, während ich versuchte, den finsteren Blick, den sie mir zuwarf, zu ignorieren.

„Patton, ich möchte unser Familienleben nicht so beginnen." Sie fuhr sich mit der Hand über die Stirn, als würde ihr das Gespräch Kopfschmerzen bereiten. „Patty ist dein Sohn." Sie sah mich mit großen Augen an. „Es sei denn, du willst das nicht mehr."

„Ich will es", beeilte ich mich zu sagen. „Ich habe nicht gesagt, dass ich nicht sein Vater sein will. Ich frage mich nur, ob es Schicksal war, als der Diakon in unser Zimmer kam." Ich war mir über nichts mehr sicher. Vor allem war ich mir nicht sicher, ob sie und ich jemals in der Lage sein würden, dieses Gespräch zu führen, ohne dass sie wütend wurde. „Süße, du und Patty seid für mich das Wichtigste auf der Welt. Wenn du also jetzt nicht darüber reden willst ..."

Sie unterbrach mich: „Ich will *nie* darüber sprechen. Du bist entweder sein Vater oder nicht – Ende. Familie Soliz ist nicht gut. Es ist mir egal, wie diese Leute wirken – sie sind nicht gut. Unser Sohn hat ein gutes Leben verdient und das können wir ihm bieten. Ohne sie."

„Wenn du meinst." Es lag sowieso bei ihr. Sie war die leibliche Mutter. „Ich vertraue deinen Instinkten, Alexa."

„Ich will nie wieder darüber sprechen, Patton. Du hast die Geburtsurkunde als sein Vater unterschrieben und das wirst du offiziell sein. Einverstanden?"

Sie ließ mir keine Wahl. „Sicher, Süße. Einverstanden."

Aber die Schuldgefühle verschwanden nicht.

KAPITEL SECHSUNDZWANZIG

ALEXA

Bald würde ich wirklich das Bett mit Patton teilen. Die Untersuchung sechs Wochen nach der Geburt war gut verlaufen und die Ärztin hatte mir erlaubt, Sex mit meinem Mann zu haben. Ich war mehr als bereit dafür.

Ich hatte schon alles für die Nacht geplant. Ich hatte so lange auf diese Nacht gewartet, dass ich sie jetzt, da sie endlich da war, zu etwas Besonderem machen wollte. Eine Flasche Domaine Leflaive Montrachet Grand Cru war im Weinkühler hinter der Bar und diverse Käsesorten mit reifen, mundgerechten Obststücken füllten eine Käseplatte im Kühlschrank.

Das Beste von allem war, dass Pattons Bruder Baldwyn und seine Frau Sloan eingewilligt hatten, Patty über Nacht bei sich zu behalten, damit seine einjährige Cousine Audrey Rose ihn besser kennenlernen konnte. Für unsere erste Nacht als echtes Ehepaar liefen die Dinge ziemlich gut.

Mein Handy klingelte, als ich nach Hause fuhr. Ich beeilte mich, den Anruf anzunehmen, während Patty in seinem Kindersitz auf der Rückbank des neuen Autos, das Patton für mich gekauft hatte, fest schlief. Er hatte lange recherchiert und sich schließlich für einen Genesis G90 in einem warmen Burgunderrot mit geschmeidigen, weichen cremefarbenen Ledersitzen entschieden. Ich hatte noch nie etwas so Luxuriöses gefahren. Und laut Patton war es eines der sichersten Autos überhaupt. Ich wusste nur, dass ich es liebte. „Hey, *mi amor.*"

„Wie war der Arztbesuch?", fragte er und ich hätte schwören können, dass ich in seiner Stimme ein Lächeln hörte.

Ich wollte ihm einen kleinen Streich spielen. „Nicht so gut."

„Was?"

„Nun, es sieht so aus, als müssten wir noch ein paar Wochen warten, bevor wir … na ja, du weißt schon." Ich versuchte, nicht zu kichern.

„Noch ein paar Wochen?", fragte er enttäuscht. Einen Moment lang klang er fast wie ein launischer Teenager. Ich hielt mein Lachen zurück. „Das ist okay. Ich meine, ich bin enttäuscht, aber deine Gesundheit ist das Wichtigste. Soll ich Baldwyn sagen, dass wir ihn und Sloan heute Abend nicht als Babysitter brauchen?"

Ich wollte nicht, dass er unseren Babysittern absagte. „Okay, du hast mich ertappt. Ich habe nur Spaß gemacht. Die Ärztin sagte, dass wir loslegen können. Ich fahre jetzt nach Hause, um unserem Sohn eine Tasche für seine erste Übernachtung bei seinem Onkel, seiner Tante und seiner Cousine zu packen. Aber ich muss dir gestehen, dass es mich nervös macht, die ganze Nacht ohne ihn zu verbringen."

„Ich werde dich ablenken." Er lachte. „Sloan ist eine großartige Mutter, also musst du dir keine Sorgen machen. Patty ist dort sehr gut aufgehoben. Und Audrey Rose freut sich so darauf, ihn bei sich zu haben. Sie werden gute Freunde werden."

„Ich weiß." Ich hatte viele Cousins und Cousinen, die ich liebte, und ich wollte, dass Patty das auch hatte. „Ich habe den Wein und die Vorspeisen vorbereitet. Kümmerst du dich um das Abendessen?"

„Um das Abendessen und das Dessert", sagte er mit verführerischer Stimme. „Zum Abendessen gibt es Austern Rockefeller, Artischocken und Feigen mit dunkler Schokolade. Aber das wahre Dessert ist die Dose Schlagsahne, mit der ich dich einsprühen werde."

Meine Wangen wurden scharlachrot, als mein ganzer Körper in Flammen aufging. Ich kicherte wie ein Schulmädchen. „Meine Güte!"

„Meine Güte, in der Tat. Du wirst gleich herausfinden, dass du einen erfahrenen Liebhaber geheiratet hast." Sein tiefes Lachen sagte mir, dass er Spaß machte – aber ich wettete, dass er unglaublich gut im Bett war.

„Tut mir leid, ich kann nicht viel Erfahrung im Schlafzimmer vorweisen." Ich hatte keine Ahnung, was ich für ihn tun könnte. „Aber ich werde mein Bestes geben."

„Bewege einfach deinen heißen, kleinen Körper zu unserem Bett und lass mich dich lieben, wie ein Mann seine Frau lieben sollte."

Etwas Verrücktes passierte, als er das sagte. Ich war noch nie zuvor durch ein paar einfache Worte erregt worden, aber jetzt war mein Höschen feucht und mein Körper pulsierte vor Verlangen und Sehnsucht nach meinem Ehemann. Es war keine Sünde und es war nichts Schlimmes daran, mit ihm Sex zu haben.

Es war fast zu schön, um wahr zu sein, nach all den schlimmen Dingen, die ich durchgemacht hatte. „Du machst mich heiß, Patton."

„Gut." Seine Stimme war leise und sexy. „Wir sehen uns zu Hause. Ich kann es kaum erwarten, diese Nacht mit dir zu beginnen. Ich schätze, man könnte sie unsere wahre Hochzeitsnacht nennen, Mrs. Nash."

„Ja, das denke ich auch." Ich biss mir auf die Unterlippe, als das, was vor uns lag, meine Gedanken erfüllte. „Bis bald, mein Geliebter." Ich musste lachen, als ich über das nachdachte, was ich gesagt hatte. „Das klingt albern. Bis bald, *mi amor*."

„Ich kann dich nicht früh genug ganz für mich haben."

„Wow", war alles, was ich herausbrachte. Ich war noch nie so verliebt gewesen und so bereit zu erfahren, wie es sich anfühlte, Liebe zu machen. Ich hatte schrecklichen Sex mit einem Idioten gehabt, aber ich wusste, dass das nicht annähernd mit dem vergleichbar war, was Patton und ich tun würden.

Ich hatte Schmetterlinge im Bauch, als meine Gedanken sich der kommenden Nacht zuwandten. Als ich um die Ecke bog, sah ich ein rotes Auto vor dem Eingangstor unseres Hauses. Es war so geparkt, dass ich nicht daran vorbei auf unser Grundstück gelangen konnte.

Also parkte ich hinter dem Auto und stieg aus, um nachzusehen, wer es war. „Kann ich Ihnen helfen?", rief ich.

Die Fahrertür öffnete sich und Alejandro Soliz stieg aus. „Alejandra, ich bin gekommen, um mit dir über unseren Sohn zu sprechen."

Wut erfasste mich und ich rannte auf ihn zu und schlug mit meinen Fäusten auf seine Brust. „Verschwinde verdammt noch mal von hier, du Bastard!" Ich hatte noch nie in meinem Leben geflucht, aber die Worte brachen aus meinem Mund heraus.

Er packte mich an den Handgelenken, um mich davon abzuhalten, ihn zu schlagen. „Alejandra, bitte. Ich war auf Besuch zu Hause und mein Vater erzählte mir, dass er dich und deinen Mann im Krankenhaus gesehen hat. Er sagte, dass es eine Frühgeburt war und du viele Probleme hattest – dass du fast gestorben bist. Ich wollte dich und meinen Sohn besuchen."

„Er ist nicht dein Sohn!", schrie ich ihn blind vor Wut an. „Du hast kein Kind!"

„Ich weiß, dass du das nicht so meinst, Alejandra."

„Ich war Alexa für dich, als ich dich das letzte Mal gesehen habe. Jetzt nennst du mich also wieder Alejandra? Warum das? Weil du denkst, dass ich all die hässlichen Dinge vergesse, die du zu mir gesagt hast, als ich tagelang herumgefahren bin, um dir zu erzählen, dass ich schwanger war?" Meine Brust hob und senkte sich, als ich keuchte. Ich war noch nie in meinem Leben so wütend gewesen.

„Ich werde diese Worte niemals vergessen. Du hast gesagt, ich soll es loswerden – als ob unser Baby nicht wichtig wäre. In dieser Sekunde hast du alle Rechte verloren. Verstehst du das? Du hast das Recht aufgegeben, ihn deinen Sohn zu nennen, als du diese Worte gesagt hast." Mein Körper zitterte und ich konnte mich endlich aus seinem Griff befreien. „Du bist bei uns zu Hause nicht willkommen. Nicht jetzt – niemals. Mein Mann und ich haben einen Sohn. Du hast nichts."

„Ich will ihn sehen." Er rannte zu meinem Auto und riss die Hintertür auf. „Ha! Ich wusste, dass er hier sein würde!"

Ich schlug mit geballten Fäusten auf seinen Rücken und schrie: „Geh weg von ihm!"

„Alejandra, hör auf. Lass mich ihn ansehen. Er hat meine Augen."

Ich hörte das Quietschen von Reifen, die zum Stillstand kamen, dann spürte ich Hände um meine Taille, die mich hochhoben, während ich mich wand und versuchte, ihnen zu entkommen. Plötzlich wurde ich wieder auf die Beine gestellt und sah, wie Patton Alejandro aus meinem Auto zerrte. „Hände weg von unserem Sohn!"

Alejandros Körper prallte gegen das Tor, als Patton ihn wie eine Stoffpuppe dagegen warf. Er hob ergeben die Hände. „Hör zu, es tut mir leid. Ich wollte dich nicht wütend machen."

„Du bist hergekommen", sagte ich. „Du wusstest, dass mich das wütend machen würde."

„Ja, ich habe erwartet, dass du wütend auf mich bist." Er deutete mit dem Kopf in Pattons Richtung. „Mit ihm hatte ich aber nicht gerechnet. Ich dachte, vielleicht könnten du und ich ohne ihn miteinander reden. Immerhin bin ich der Vater des Babys."

Pattons Hände packten ihn fester. „Es gibt so viele Gründe, warum ich dich schlagen will, bis du nicht mehr atmest. Aber das werde ich nicht tun. Ich werde dich nicht töten, weil ich der Vater dieses Jungen bin und nicht für jemanden wie dich ins Gefängnis gehe."

„Es tut mir leid", wimmerte Alejandro. „Das war ein Fehler. Ich wollte nur die Chance haben, meinen Sohn zu sehen. Ich wollte niemandem in die Quere kommen. Ich bin nicht hier, um zu streiten. Es ist nur so, dass mein Vater mir sagte, er hätte dein Baby gesehen, Alejandra. Er wusste nicht einmal, dass es sein eigener Enkel war. Du hast es ihm verschwiegen. Ich verstehe, dass du mich nicht im Leben unseres Sohnes haben willst. Aber meine Eltern? Du weißt, dass sie gute Menschen sind."

Einen Moment lang hatte ich fast Mitleid. Aber dann verschwand dieses Gefühl, als mir alles, was er getan und gesagt hatte, wieder einfiel. „Sie können nicht allzu gut sein. Sie haben dich großgezogen. Sie haben dich zu einem Lügner, Betrüger und Mistkerl erzogen, der es nicht wert ist, ein Kind zu haben. Ich wollte deinem Vater nichts sagen. Das werde ich nie tun. Du musst jetzt gehen und darfst niemals zurückkommen. Und du darfst deinen Eltern niemals erzählen, dass dieses Baby von dir ist. Es gehört dir nicht. Mein Mann ist auf allen Dokumenten als rechtmäßiger Vater eingetragen. Und so wird es auch bleiben."

Er richtete sich auf und fragte: „Und wenn ich es ihnen sage, was dann?"

Patton trat zwischen uns, als ich anfing, wie ein wildes Tier zu knurren. Er legte seine Hand auf meine Schulter, während er Alejandro ansah. „Hör zu, sie wird dich in Stücke reißen, wenn du nicht gehst. Lass uns das, was zwischen euch beiden passiert ist, einen Moment lang vergessen und darüber nachdenken, wer hier wirklich wichtig ist – der kleine Junge auf dem Rücksitz dieses Autos. Er ist alles, was hier wirklich zählt."

„Sollte er nicht das Recht haben, zu wissen, wer sein Vater und seine Großeltern sind?", fragte Alejandro.

„Du hast kein Recht, so etwas zu sagen, du gottverdammter Mistkerl", knurrte ich.

Patton sah mich mit großen Augen an. „Süße? Ist das gerade tatsächlich aus deinem Mund gekommen?" Verblüfft schüttelte er den Kopf. „Lass dich nicht auf sein Niveau herunter. Du bist besser als das."

Alejandros Kopf senkte sich. „Er hat recht. Du bist viel besser als ich. Das seid ihr beide. Ich werde gehen. Ich werde euch in Ruhe lassen. Es tut mir leid, dass ich hergekommen bin. Ich wollte nicht, dass es so abläuft."

„Du wolltest mich allein erwischen, damit du mein Baby sehen kannst." Ich wusste, was er gedacht hatte. „Wenn mein Mann nicht aufgetaucht wäre, hättest du weiß Gott was getan. Ist das nicht richtig?"

„Manchmal bringt uns Verzweiflung dazu, dumme Dinge zu tun", sagte er. „Ich wollte unbedingt meinen Sohn sehen. Aber wie gesagt, ich werde jetzt gehen."

Patton legte seinen Arm um mich und zog mich an seine Seite. „Komm schon, Süße. Wir sind hier fertig. Er versteht jetzt, dass er nicht am Leben unseres Sohnes teilhaben kann. Richtig, Alejandro?"

Er bedeckte sein Gesicht mit den Händen und klang, als würde er weinen. „Ja. Ich verstehe es. Ich kann nicht an seinem Leben teilhaben. Jetzt lasst mich einfach gehen. Bitte."

„Geh", zischte ich. „Hau ab! Ich will dein Gesicht niemals wiedersehen!"

Patton hielt mich fest. „Shh. Es ist in Ordnung. Er geht, Süße. Er begreift es jetzt."

Ich war mir nicht sicher, ob er das wirklich tat. „Gott allein weiß, was ich dir antun werde, wenn du deinen Eltern jemals von diesem Baby erzählst, Alejandro Soliz."

KAPITEL SIEBENUNDZWANZIG

PATTON

Ich hatte eine unglaublich wütende Mutter vor mir. Alexa murmelte leise auf Spanisch: *„Tonto del culo."* Sie ging unruhig auf und ab vor der Wiege, in der der kleine Patty tief und fest schlief, und schimpfte weiter. *„Perdedor, debilucho, mujeriego!"*

Ich nahm ihre Hand und zog sie aus dem Kinderzimmer. „Komm schon, wir wollen das Baby nicht wecken."

„Er macht mich so wütend, Patton. Du hast keine Ahnung. Dieser Idiot!" Sie beruhigte sich überhaupt nicht.

„Hör zu, ich verstehe dich. Ich verstehe, wie wütend du bist, und du hast jedes Recht dazu. Aber du musstest wissen, dass er eines Tages so etwas tun könnte." Es fiel mir schwer zu glauben, dass sie nicht irgendwann eine Konfrontation erwartet hatte. Zumal sie seinem Vater im Krankenhaus begegnet war. „Und sein Vater hat dich mit dem Baby gesehen."

Ihre Augen funkelten – nicht vor Tränen, sondern vor purem Hass. „Ich wünschte, dieser Mann hätte unser Kind nie gesehen."

„Du musst dich beruhigen." Ich machte mir Sorgen um ihr Herz. „Dein Herz hat erst vor sechs Wochen aufgehört zu schlagen. Immer mit der Ruhe. Bitte." Ich zog sie in meine Arme, wiegte sie sanft und legte mein Kinn auf ihren Kopf. „Du musst jetzt an das Baby denken. Du darfst nicht die Beherrschung verlieren."

Bevor sie das Baby bekommen hatte, hatte ich nie gesehen, wie sie die Beherrschung verlor. Ich hätte mir nicht einmal vorstellen können, dass sie so wütend auf jemanden werden konnte. Aber offenbar konnte sie es. Ich wusste nicht, ob das gut war.

„Ich kann es nicht ändern. Ich fühlte mich bedroht. Es ist schwer zu erklären." Sie sah zu mir auf und runzelte die Stirn. „Ich kann nicht zulassen, dass er uns unseren Sohn wegnimmt."

„Das kann er nicht. Es gibt keinen Richter auf dieser Welt, der diesem Mann Sorgerecht oder auch nur Besuchsrecht gewähren würde. Er hat dir gesagt, dass du das Baby loswerden sollst, Alexa. Außerdem können wir uns die besten Anwälte in diesem Bundesstaat leisten, wenn er oder seine Eltern auch nur daran denken, vor Gericht zu ziehen." Ein Teil von mir hatte Mitleid mit dem Mann und seiner Familie. „Aber wenn du jemals möchtest, dass sie an Pattys Leben teilhaben, werde ich dich dabei unterstützen."

Ihre Handflächen pressten sich auf meine Brust und sie schob mich von sich weg. „Was? Du willst es unterstützen, dass dieser Mann im Leben deines Sohnes ist? Du willst es unterstützen, dass er zwei Väter hat? Du würdest deinem Sohn so etwas antun, Patton?"

„Du lässt es schlecht klingen, obwohl es das überhaupt nicht ist." Ich war mir nicht sicher, wie ich mit ihr darüber sprechen sollte. Sie war in dieser Angelegenheit so stur. Aber es musste gesagt werden. „Du musst an die Zukunft denken, Süße. Tatsache ist, dass unser Sohn immer zu uns gehören wird. Aber was ist, wenn wir ihm eines Tages sagen müssen, dass er einen anderen leiblichen Vater hat?"

„Warum sollte das jemals passieren?", fragte sie, als ob ihr dieser Gedanke noch nie in den Sinn gekommen wäre.

„Sagen wir einfach, dass Alejandro in naher Zukunft eine Tochter hat. Sagen wir, dass unser Sohn und Alejandros Tochter dieselbe Schule besuchen. Sagen wir, dass sie zusammen zur Highschool gehen und Interesse aneinander entwickeln."

„Das ist absurd! Glaubst du, Patty wird sich in seine Halbschwester verlieben?" Es war offensichtlich, dass sie dachte, dass dies nicht in einer Million Jahren passieren könnte.

Also entwarf ich ein etwas glaubwürdigeres Szenario für sie. „Okay, was ist mit Cousinen? Was ist, wenn er mit einer seiner Cousinen ausgeht, weil er keine Ahnung hat, dass er mit ihr verwandt ist?"

„Das wird nie passieren", sagte sie streng. „Unser Sohn darf sowieso erst ausgehen, wenn er viel älter ist. Und bis dahin werden wir wissen, welche Verwandten er in dieser schrecklichen Familie hat. Und wir werden ihn sanft davon überzeugen, mit keinem von ihnen etwas zu tun zu haben."

Glaubt sie das wirklich?

„Ich meine nur, dass wir ihm eines Tages vielleicht die Wahrheit sagen müssen." Ich hatte das erkannt. Es war Zeit, dass sie begann, zumindest darüber nachzudenken.

„Warum müssen wir ihm die Wahrheit sagen, Patton? Warum?" Sie begann wieder auf und ab zu gehen, während sie wild gestikulierte. „Was würde das mit ihm machen, wenn er herausfindet, dass du nicht sein leiblicher Vater bist? Ich möchte nicht einmal darüber nachdenken. Ich möchte nicht, dass er sich jemals schlecht fühlt."

„Warum sollte er sich schlecht fühlen?" Ich fand das weit hergeholt. Aber dann fiel mir auf, dass sie nicht nur über das Baby sprach. Sie sprach über sich selbst. „Hast du Angst, dass er schlecht über dich denkt, wenn er herausfindet, dass du nicht mit seinem leiblichen Vater verheiratet bist?"

„Nein", sagte sie, blieb stehen und schlang die Arme um sich. „Vielleicht. Ich meine, ich möchte nicht, dass er denkt, dass seine Mutter eine Schlampe war. Ich möchte, dass er zu mir aufschauen kann. Ich möchte, dass er mich betrachtet als ..."

„Als was?", fragte ich sie. „Einen perfekten Menschen, der in seinem Leben nie eine fragwürdige Entscheidung getroffen hat? Das sind verdammt hohe Ansprüche. Wenn er glaubt, seine Mutter sei eine Heilige, wie wird er sich dann fühlen, wenn er Fehler macht? Er muss wissen, dass seine Eltern genauso fehlbar sind wie er. Er muss wissen, dass Menschen nicht immer die richtigen Entscheidungen im Leben treffen."

„Aber ich möchte, dass er anständig ist. So wie ich es war." Sie schmollte einen Moment lang. „So wie ich es war, bevor dieser Kerl in mein Leben gekommen ist."

„Das wird er sein. Aber er wird Entscheidungen treffen, die nicht immer perfekt sind. Das machen wir alle. Glaubst du, ich bin stolz darauf, mit wie vielen Frauen ich schon Sex hatte?"

„Warum?", fragte sie, als sie mich besorgt ansah. „Sind es schrecklich viele?"

„Nun, das vielleicht nicht." Ich hatte nicht vorgehabt, dieses Thema überhaupt anzuschneiden. Wir konnten es für einen anderen Tag aufheben. „Ich meine nur, dass ich offensichtlich auch in meiner Vergangenheit Fehler gemacht habe. So wie du es getan hast. So wie Alejandro. Er ist jung, Alexa. Junge Leute machen dumme und manchmal gemeine Dinge. Ich weiß, dass ich auch nicht perfekt war. Nicht, dass ich stolz darauf wäre, aber ich war nicht immer so anständig, wie ich es zu dir bin."

Sie ließ die Schultern hängen und sah aus, als ob sie sich schrecklich fühlte. Aber dann richtete sie sich auf und sah mir in die Augen. „Wirst du das oft tun?"

„Was?" Ich war mir nicht sicher, was sie meinte.

„Dich auf die Seite von Familie Soliz stellen", sagte sie.

„Ich stehe nicht auf ihrer Seite, Süße. Ich denke an unseren Sohn." Das war ein Unterschied.

„Es sieht so aus, als würdest du auf ihrer Seite stehen. Denn wenn du an unseren Sohn denken würdest, würdest du nicht wollen, dass er irgendetwas mit diesen Menschen zu tun hat." Ihre dunklen Augenbrauen hoben sich, als sie ihre Hände in die Hüften stemmte. „Du musst nachdenken und dir eine Frage stellen, Patton. Gehört dieser Junge zu dir oder zu Alejandro? Du musst dich entscheiden. Besser früher als später. Ich muss wissen, was mich in Zukunft erwartet. Und ob wir überhaupt eine Zukunft mit dir haben oder nicht."

Ich stieß den Atem aus. „Du würdest mich deswegen verlassen?"

„Diese Ehe ist noch nicht vollzogen." Sie reckte trotzig das Kinn. „Wenn wir uns über unseren Sohn nicht einig werden, sehe ich keine Notwendigkeit, zusammen zu bleiben. Ich will Familie Soliz nicht in seinem Leben haben. Bist du für mich oder gegen mich? Ich überlasse es dir, darüber nachzudenken." Dann drehte sie sich um und ging weg.

Ich stand atemlos und verloren da und sah ihr nach. *Was habe ich getan?*

Fünf Minuten vergingen, bis ich wieder zu Atem kam und mein Gehirn wieder funktionierte. Ich musste mit jemandem sprechen, der ehrlich zu mir war und mir nicht nur sagte, was ich hören wollte.

Also rief ich meinen älteren Bruder Baldwyn an. „Bist du schon mit meinem Neffen auf dem Weg zu uns?", sagte Baldwyn, als er ans Telefon ging.

„Noch nicht. Vielleicht gar nicht."

„Du klingst seltsam."

Ich fühlte mich auch seltsam. „Alexa und ich haben uns gerade gestritten. Wirklich heftig. Und ich bin mir nicht sicher, ob sie überhaupt noch mit mir verheiratet sein will."

„Guter Gott, was hast du getan?"

„Ich ... nun, ich habe Dinge gesagt, die ich vielleicht nicht hätte sagen sollen." Ich hatte das überhaupt nicht kommen sehen. „Sie ist wütend auf mich. Sehr wütend."

„Was zur Hölle ist passiert?", fragte er. „Sie war glücklich, als sie heute mit Sloan gesprochen hat."

„Der Soliz-Kerl war hier, als sie von der Ärztin zurückkam", sagte ich, während ich verzweifelt überlegte, wie ich mit diesem Problem umgehen sollte.

„Hast du ihm in den Hintern getreten? Ich hoffe es." Baldwyn war kein Mann, der sich prügelte, also hatte ich keine Ahnung, warum er so etwas sagte.

„Warum sollte ich ihm in den Hintern treten?"

„Aus vielen Gründen", sagte er. „Erstens, weil er zu dir nach Hause gekommen ist. Zweitens, weil er der Frau wehgetan hat, die du liebst."

„Ich war nicht in sie verliebt, als er das getan hat", erinnerte ich ihn. „Und er kam zu uns nach Hause, weil sein Vater uns im Krankenhaus gesehen und ihm von dem Baby erzählt hat. Ich habe mich damals irgendwie schuldig gefühlt. Aber als ich Alexa erzählte, wie ich mich fühlte, wurde sie wütend. Nicht annähernd so wütend wie jetzt, aber sie wurde wütend."

„Wenn sie damals wütend wurde, warum hast du gedacht, dass sie jetzt nicht wütend wird?" Er schien alle Fragen im Voraus vorbereitet zu haben. „Und was hast du getan oder gesagt, um sie überhaupt wütend zu machen?"

„Ich meinte nur, dass wir uns der Tatsache stellen sollten, dass wir Patty eines Tages von seinem leiblichen Vater und dessen Familie erzählen müssen." Daran konnte ich nichts Falsches erkennen und ich fragte mich, ob mein Bruder es schlimm fand.

„Warum solltet ihr ihm etwas über diese Leute erzählen müssen?"

Mist. Er denkt genauso wie Alexa.

„Du denkst also nicht, dass es wichtig ist, ehrlich zu ihm zu sein?"
Ich dachte, ausgerechnet er würde denken, Ehrlichkeit sei die beste
Lösung.

„Ich sage nicht, dass es immer ein Geheimnis sein muss. Aber
solange er ein Kind ist, muss er nichts über sie wissen. Es wird ihn
nur verwirren", sagte er mit Überzeugung in seiner Stimme. „Vielleicht wenn er älter ist. Dann könntet du und Alexa darüber nachdenken, mit ihm zu sprechen. Bis dahin muss es geheim gehalten
werden – um Pattys willen. Kein Grund, den Jungen zu verstören. Es
hört sich so an, als müsstest du auch für Alexa darüber schweigen.
Anscheinend will sie sich im Moment nicht damit befassen."

„Aber ich glaube nicht, dass Alexa es ihm jemals sagen will", erwiderte ich. Ich begann zu denken, dass es vielleicht ein Fehler gewesen
war, eine große Sache daraus zu machen.

„Das liegt in der Zukunft. Wer weiß, wie sie dann denken wird?
Er wird erwachsen sein und ihr beide werdet auch ein paar Stürme
überstanden haben. Du hast keine Ahnung, was passieren wird. Sei
vorerst einfach der Vater dieses Jungen – der einzige, den er hat.
Dieser Kerl ist nicht in der Lage, die Vaterrolle zu übernehmen.
Nicht nach dem, was ich über ihn gehört habe. Er ist ein egoistischer
Idiot. Willst du etwa, dass er dein Kind erzieht, Patton?"

„Nein." Daran hatte ich nicht gedacht. „Überhaupt nicht. Er ist
völlig unzuverlässig. Du hast recht. Ich habe mich geirrt. Ich hätte
einfach den Mund halten sollen. Ich hätte meine Frau unterstützen
und nicht darüber sprechen sollen, was mir durch den Kopf ging."

„Ja", stimmte er mir zu. „Hör zu, ich bin dein Bruder und ich
weiß, wie fürsorglich und weichherzig du sein kannst. Erinnerst du
dich an den Welpen, der in unserer Straße aufgetaucht ist, als wir
Kinder waren?"

„Ja, Bones. So habe ich ihn genannt." Ich erinnerte mich gut an
den kleinen Mischling.

„Dad wollte das Tierheim anrufen und ihn abholen lassen, aber
du bist aus dem Haus gerannt und hast ihn in unseren Garten getragen. Du hast nicht zugelassen, dass dir jemand diesen räudigen Köter
wegnahm. Und du hast dich gut um ihn gekümmert. Du hast ihn
sogar mit Läuseshampoo gebadet, das du mit deinem eigenen Geld
in der Praxis des Tierarztes gekauft hattest."

„Ich habe diesen Hund geliebt." Es war eine gute Erinnerung. „Und dann klopfte einen Monat später ein Mann auf der Suche nach seinem Hund an unsere Tür."

„Und dieser Mann hatte einen Truck voller Hunde in kleinen Zwingern. Es war offensichtlich, dass er diesen armen Hund bei Hundekämpfen einsetzen würde", sagte er. „Aber das war dir nicht klar. Du wolltest ihm den Hund überlassen, bis Dad dir sagte, du solltest Bones wieder nach draußen in den Garten bringen. Er hat dem Mann zweihundert Dollar bezahlt, damit du Bones behalten konntest. Dad wusste, dass er nicht gut zu dem Hund sein würde. Und er wusste, dass du ihn niemals verletzen würdest."

„Oh mein Gott, Baldwyn. Das wusste ich nicht. Ich dachte, der Kerl liebte Hunde und hatte einfach viele davon." Ich lachte über meine Naivität, aber ich war erleichtert, dass wir Bones vor diesem Schicksal gerettet hatten.

„Ich meine nur, dass der Soliz-Kerl eines Tages erwachsen werden und etwas wert sein könnte. Aber im Moment ist er es nicht. Patty braucht gute, vernünftige Eltern, die für ihn sorgen und ihm helfen, sich zu einem großartigen Mann zu entwickeln. Du und Alexa könnt das für Patty tun – ganz alleine. Aber wenn du diesen unreifen Idioten einbeziehst – wer weiß, was passieren könnte? Lass den Jungen erwachsen werden, dann kannst du diese Idee noch einmal überdenken. Was sagst du?"

„Ich sage, dass du verdammt weise bist, großer Bruder. Und ich muss mich bei meiner Frau entschuldigen. Ich werde Patty bald zu dir bringen, damit ich mich mit seiner Mutter versöhnen kann."

Guter Gott, ich muss lernen nachzudenken, bevor ich spreche!

KAPITEL ACHTUNDZWANZIG

ALEXA

Mit klopfendem Herzen saß ich am Fußende des Bettes. Ich konnte mich nicht beruhigen. Und ich war mir nicht sicher, ob ich es überhaupt wollte. Wenn Patton Mitleid mit jemandem hatte, der es nicht verdiente, dann sah ich ehrlich gesagt keine Zukunft für uns.

Aber ich musste mir eingestehen, dass mir die Vorstellung, ihn zu verlassen, wehtat. Doch jetzt gab es mehr als nur mich zu bedenken. Patty war wichtiger.

Wen kümmerte es, dass ich Patton mehr liebte, als ich für möglich gehalten hätte? Oder dass unsere Ehe gerade erst wirklich begann? Das Einzige, was zählte, war das Wohlergehen des Babys, das ich zur Welt gebracht hatte.

Mein Handy klingelte und ich zog es aus meiner Tasche, nur um festzustellen, dass Patton mir eine SMS geschrieben hatte:

Ich war ein Narr. Du hattest recht und ich habe mich geirrt. Das meine ich ernst. Ich bringe Patty zu meinem Bruder und komme wieder, um mich mit dir zu versöhnen. Also sei bereit, denn dein Mann wird dich in jeder erdenklichen Weise zu seiner Frau machen.

P.S. Ich habe eine Flasche Wein und ein Glas neben die Schlafzimmertür gestellt, damit du etwas trinken kannst, während du ein schönes, langes Schaumbad genießt. Mach dich bereit für unsere Hochzeitsnacht, Baby. Ich liebe dich von ganzem Herzen. Es tut mir leid und ich werde alles wiedergutmachen.

Als ich seine Worte las, löste sich meine Wut in Luft auf. „Oh. In Ordnung. Gut.“

Da dies geklärt war, schrieb ich ihm ein paar liebevolle Worte, um ihn wissen zu lassen, dass alles vergeben war und ich mich auf unsere Hochzeitsnacht vorbereiten würde.

Ich öffnete die Schlafzimmertür und fand den Wein und das Glas. Ich nahm beides mit ins Badezimmer, goss den Wein in das Glas und zog mich aus, während sich die Wanne mit glänzendem, duftendem Schaum füllte.

Jetzt, da wir wieder auf derselben Seite waren, war nichts anderes mehr von Bedeutung. Wir konnten jetzt vorwärts gehen, ohne dass uns irgendetwas zurückhielt. Ich hatte noch nie in meinem Leben irgendetwas mehr gewollt.

Die langen Nächte mussten mich erschöpft haben, weil ich in der Wanne einschlief. Als ich erwachte, blickte Patton auf mich herab. „Hey, Mrs. Nash.“

Ich blinzelte zu ihm auf und lächelte. „Hey, Mr. Nash.“

Er zog einen Strauß roter Rosen hinter seinem Rücken hervor. „Ich dachte, das könnte dir gefallen. Ich wollte, dass sie dich daran erinnern, wie leid es mir tut.“

„Alles ist vergeben, *mi amor.*“ Ich war noch nie völlig nackt vor ihm gewesen und dachte, es sei höchste Zeit dafür. Also stieg ich langsam aus der Wanne. „Würdest du mir ein Handtuch reichen?“

Seine Augen wanderten über meinen Körper. „Oh, Baby. Oder sollte ich sagen *oh, sexy Mama?*“

„Besser nicht. Heute Abend sind wir keine Eltern. Heute Abend sind wir ein Paar, das sich Hals über Kopf verliebt und gerade geheiratet hat.“

Sein Nicken sagte mir, dass er einverstanden war. Er reichte mir ein Handtuch und zog sein Hemd aus. Jeder Knopf, den er öffnete, zeigte mehr von seinem muskulösen Oberkörper.

Ich saugte an meiner Unterlippe, weil der Anblick seiner harten Bauchmuskeln Dinge mit mir machte, die ich nicht in Worte fassen konnte.

Als seine Hose auf den Boden fiel und seine Erektion enthüllte, begann ich zu zittern. Nicht aus Angst. Überhaupt nicht. Ich zitterte vor sehnsüchtigem Verlangen danach, ihn in mir zu spüren.

Er nahm mich in seine Arme, trug mich zum Bett und warf mich kurzerhand darauf. „Nur damit du es weißt, es wird Schreie geben."

„Schreie?", fragte ich, als er meine Beine auseinander drückte und mich dann zu sich zerrte, bis mein Hintern an der Bettkante war.

„Ja, viele Schreie." Er kniete sich vor mich und legte seine Hände auf meine Knie. Ein Schauder durchlief mich. „Und du wirst an meinen Haaren ziehen. Je mehr du an meinen Haaren ziehst, desto mehr werde ich für dich tun."

Seine Hände strichen über meine inneren Oberschenkel, als ich mich auf meine Ellbogen stützte, um zu sehen, was er tat. Mein Herz raste, mein Mund war trocken und irgendwo tief in meinem Körper vibrierte etwas.

Er hielt meinen Blick, als er sich vorwärts bewegte und immer näher an meinen frisch rasierten Intimbereich kam. „Nett."

„Danke, ich habe an dich gedacht, als ich mich rasiert habe." Ich lächelte. „Ich hatte gehofft, dass du die Schlagsahne in diesem speziellen Bereich benutzen würdest."

„Später." Er leckte sich die Lippen. „Zuerst will ich nur dich kosten. Ich habe so lange nach dir gehungert. Ich will nicht, dass ein anderer Geschmack im Weg ist."

Mein Mund öffnete sich, als er sich vorbeugte, und ich beobachtete ihn, während er mich zärtlich küsste. „Oh Gott!"

„Ganz ruhig, Mädchen", seine Lippen streiften wieder die Stelle und sandten Funken durch mich, „lass uns schön langsam machen."

„Okay." Ich biss mir auf die Unterlippe und konnte meine Augen nicht von ihm abwenden.

Als er mich langsam leckte, fiel mein Kopf nach hinten. Nichts hatte mich auf dieses Gefühl vorbereitet. Er tat es wieder und ich wurde an einen anderen Ort und in eine andere Zeit versetzt. Beim dritten Mal stöhnte ich vor Leidenschaft, während ich meine Hände in seinen Haaren vergrub und daran zog, wie er es vorhergesagt hatte.

Seine Küsse wurden wild und gierig, als er meinen Hintern in seine Hände nahm und mich hochhob, während er mich leckte. Ich bettelte um Gnade, aber es gab keine. Mein Körper wurde von einem Orgasmus mitgerissen, bei dem meine Beine zitterten.

Dann ließ er mich plötzlich los, sodass mein Hintern auf die Matratze fiel. Ich blickte auf und sah, dass er über mir stand. Ein großer Tropfen von etwas Weißem, Cremigem war an der Spitze seines Schwanzes. Er hob eine Augenbraue, als er darauf und dann zu mir sah. „Möchtest du mich kosten?"

Ich hatte keine Ahnung, was ich tat, aber ich wusste, dass ich diesen Geschmack brauchte. Ich war wie eine Besessene, als ich auf die Knie ging und seinen dicken Schwanz in meine Hände nahm, bevor ich mit meiner Zunge über die Spitze strich. „Salzig. Gar nicht so schlecht." Ich hatte andere Vorstellungen gehabt, wie das Sperma eines Mannes schmeckte. Ich hatte mir Sorgen gemacht, dass es ein bisschen eklig sein würde, und ich war erleichtert, dass ich mich geirrt hatte.

Nach dieser Entdeckung nahm ich ihn ganz in den Mund und bewegte meine Zunge langsam hin und her. Ihn auf diese Weise zu erfreuen, machte etwas Unvorstellbares mit mir. Es machte mich noch heißer für ihn. Es machte mich verrückt nach ihm. Ich fühlte mich mehr wie eine Frau als jemals zuvor.

Er packte eine Handvoll meiner Haare und zog fest daran. Ich liebte es. Ich bewegte meinen Mund mit der Geschwindigkeit, die er wollte, und stöhnte bei den Empfindungen, die er in mir auslöste. Wenn mir jemand gesagt hätte, dass mir so etwas Vergnügen bereiten würde, hätte ich ihn verrückt genannt. Aber es bereitete mir Vergnügen. Sogar sehr viel.

Ich fühlte, wie er steinhart wurde, bevor er sich zurückzog. „Zeit, diese Ehe zu vollziehen. Ich denke, du bist jetzt bereit für mich."

Er hob mich hoch, hielt mich über sich und schob meinen Körper über seinen. Meine Brustwarzen waren so hart wie Diamanten, als sie über seinen Oberkörper strichen. Plötzlich drehte er uns beide um, sodass sein Körper meinen bedeckte.

Ich spreizte meine Beine für ihn, als er in mich eindrang. So sanft und langsam er auch war – es brannte trotzdem wie Feuer, als er vollständig in mir war. Ich schrie, als sich Schmerz mit Vergnügen vermischte. „Patton!" Meine Nägel bohrten sich in seine Schultern. „Ja!"

Sein Mund bewegte sich an meinem Hals entlang und bedeckte meine Haut mit heißen Küssen, die mich von dem brennenden

Schmerz ablenkten, der sich schließlich in das genaue Gegenteil verwandelte.

Ich wölbte meinen Körper und wollte jedem seiner Stöße begegnen. Ich wollte mehr von ihm in mir haben. Ich wollte ihn tief in mir spüren – so tief er gelangen konnte.

„Ich will nicht, dass es endet", stöhnte ich.

Er legte sich auf den Rücken und zog mich mit sich, sodass ich auf ihm saß. „Dann wird es nicht enden. Wir können die ganze Nacht weitermachen."

Ich bewegte mich, als würde ich reiten, und lachte darüber, wie frei ich mich bei ihm fühlte. „Die ganze Nacht?"

„Die ganze Nacht." Er packte meine Handgelenke, zog sie über seinen Kopf und positionierte mich so, dass er eine Brustwarze in seinen Mund nehmen und sanft daran saugen konnte.

Meine Brüste füllten sich sofort mit Milch, aber es fühlte sich ganz anders an, als wenn ich mein Baby stillte. Vielleicht, weil mein Baby seine Zunge nicht benutzte, um mich so zu verführen wie sein Vater. Als er zärtlich meine harte Brustwarze leckte, bekam ich überall Gänsehaut.

„Sieht so aus, als würdest du nicht so schnell Hunger nach dem Abendessen haben", neckte ich ihn.

Er nahm seinen Mund lange genug von mir, um zu sagen: „Ich bin nur hungrig nach dir, Frau." Seine Hände bewegten sich auf meinen Rücken und drückten mich an ihn, während seine Zunge meine Brüste liebkoste und er sich aufsetzte.

Ich wiegte mich vor und zurück und schlang meine Beine um ihn, als wir beide in einer sitzenden Position waren. Wir waren Haut an Haut, unser Schweiß vermischte sich und der Geruch von Sex lag in der Luft. Er berauschte mich, bis ich nicht mehr denken konnte.

Schließlich streckten wir uns atemlos auf dem riesigen Bett aus. Wir waren beide befriedigt und lächelten keuchend. In diesem Moment wusste ich, worum es beim Sex ging. Es ging darum, miteinander zu teilen und über nichts anderes nachdenken zu müssen. Es ging darum, seine Verlegenheit hinter sich zu lassen und einfach zu tun, was man wollte.

Liebe veränderte alles. Und ich dachte, dass es genauso sein sollte. „Ich liebe dich mehr, als du jemals verstehen wirst, *mi amor*."

Ich streichelte sein attraktives Gesicht und sah meine Zukunft in seinen blauen Augen.

„Unsere Liebe wird niemals aufhören zu wachsen, meine süße, sexy Frau. Ich werde alles sein, was du für dich und unsere Familie brauchst." Er küsste meine Nasenspitze und seufzte dann. „Du bist der Inbegriff der Liebe. Zärtlich, sanft, großzügig, fürsorglich und auch noch heiß."

Ich musste lachen. „Als ich dich damals vor dem dicken Elvis-Imitator geheiratet habe, konnte ich nicht anders, als mir zu wünschen, dass wir in einer richtigen Kirche wären. Aber jetzt bin ich froh, dass wir es so gemacht haben. Unsere Liebe ist anders. Sie ist ein bisschen lustig, ein bisschen sexy und ein bisschen altmodisch."

„Ich mag sie so, wie sie ist." Er zog mich auf sich. „Ich denke, wir werden ein großartiges Leben zusammen führen, Mrs. Nash."

„Es sei denn, wir verhungern zuerst." Ich sprang auf und lief aus dem Zimmer. Dann kam ich mit den Austern, die ich im Kühlschrank gefunden hatte, und zwei eiskalten Bieren zurück. „Wir brauchen Energie. Ich denke, Alkohol und Aphrodisiaka sind jetzt genau das Richtige."

Er setzte sich auf, nahm mir das Tablett ab und stellte es auf das Bett. „Nimm Platz und lass dir von mir einen herrlichen Leckerbissen zeigen." Er wusste, dass ich noch nie Austern oder dergleichen gegessen hatte. Er nahm eine, legte die Muschel an seine Unterlippe und ließ das ziemlich ekelhafte, schleimige graue Ding in seinen Mund gleiten. Er hielt seinen Mund offen, um mir zu zeigen, wie sie direkt in seinen Hals rutschte, ohne dass er sie kaute. Dann trank er einen Schluck Bier. „Ah", sagte er genießerisch. „Versuche es."

„Oh, ich weiß nicht." Ich starrte auf die geleeartige Masse auf der gezackten Austernschale. „Das grüne und das gelbe Zeug darauf lassen sie nicht besser aussehen."

„Das grüne Zeug ist Spinat." Er nahm noch eine Auster. „Und das gelbe Zeug ist Sauce Hollandaise. Ich weiß, dass es dir schmecken wird, wenn du es versuchst."

Ich hatte die Austern aus einem bestimmten Grund anstelle der anderen Leckereien in unser Schlafzimmer gebracht. Ich wollte neue Dinge ausprobieren. Er hatte eine gegessen und es irgendwie gut aussehen lassen. Aber nicht ganz. „Ich kann dir vertrauen, oder?"

Er nickte. „Die Auster hat keinen Eigengeschmack. Es sind die anderen Zutaten, die du schmecken wirst. Und solange du nicht versuchst, sie zu kauen, wirst du sie mögen."

„Ich halte sie einfach an meine Lippen, lasse sie meinen Hals hinuntergleiten und das war's." Ich nahm die Muschel aus seiner Hand und legte sie an meine Lippen.

„Klingt gut." Er grinste mich an. „Ich gebe dir einen schönen, langen Kuss, wenn du sie gegessen hast."

Ich schlürfte. „Ah", sagte ich und trank einen Schluck Bier. „Wo bleibt mein Kuss?"

Ich beugte mich über das große, runde Tablett und unsere Lippen trafen sich. Seine Zunge glitt in meinen Mund und tanzte mit meiner Zunge.

Als der Kuss endete, seufzte ich und sagte: „Das ist es. Das ist das perfekte Leben. Ich habe gefunden, wonach ich nicht einmal gesucht hatte. Und ich habe es wahrscheinlich bei dem einen Mann auf diesem Planeten gefunden, bei dem ich es nie erwartet hätte."

Er lachte und schüttelte den Kopf. „Ich fühle mich wie ein Idiot, weil ich es nicht früher bemerkt habe. Aber du warst unantastbar. Du warst tabu. Und jetzt sind wir Ehemann und Ehefrau, und deine ganze Familie freut sich darüber. Sogar dein Bruder. Ha! Ich hätte das nicht geglaubt, wenn es mir jemand vorhergesagt hätte. Du etwa?"

Ich musste ihm zustimmen. „Patton, es ist Schicksal. Ein Wunder. Meine Mutter sagt immer, dass man nicht zu viel über Wunder nachdenken darf. Gottes Gaben sind oft Dinge, die wir nicht kommen sehen. Ich habe diese Sache zwischen uns nie kommen sehen und du auch nicht." Ich musste lachen „Ich frage mich, was du gedacht hast, als mein Bruder zu dir kam und dich bat, seine schwangere kleine Schwester zu heiraten."

Er nahm eine weitere Auster, schluckte und spülte sie mit Bier herunter. „Ich dachte: ‚Häh? Was?' Aber dann dachte ich daran, dass du bestimmt Angst hattest und nicht wusstest, was du tun sollest oder an wen du dich wenden sollest. Ich wusste damals, dass ich dir helfen musste."

„Und du hast es getan." Ich beugte mich vor und küsste seine Wange. Dann aß ich noch eine Auster. „Weißt du, diese Dinger sind gar nicht so übel."

„Nicht wahr?" Er aß auch noch eine. „Und sie machen dich scharf, Süße."

„Scharf?" Ich hatte keine Ahnung, wovon er sprach.

„Ja." Er gab mir noch eine. „Sage mir, welche Gefühle sie in dir auslösen."

Ich aß die dritte Auster und fühlte nichts. „Ich habe keine Ahnung, wovon du sprichst."

Bevor ich wusste, wie mir geschah, hatten wir das ganze Tablett leergegessen, und ich stellte es auf die Kommode. Dann drehte ich mich um und bemerkte, dass Patton eine Rose aus dem Strauß hielt, den er mir als Entschuldigung für unseren Streit geschenkt hatte. „Ich möchte mit diesen weichen Blütenblättern deinen ganzen Körper streicheln."

Als ich durch den Raum ging, fand ich sein Lächeln verrucht. Ich liebte diese verführerische Seite von ihm. „Mmm, warum klingt das nach einer großartigen Idee?"

„Soll das ein Scherz sein?" Er ragte über mir auf, als ich mich auf das Bett legte. Während er mich sanft mit der weichen Rose berührte, flüsterte er mir ins Ohr: „Du hast es selbst gesagt. Austern sind Aphrodisiaka."

„Bedeutet das nicht, dass sie Vorspeisen sind? Ist das nicht nur ein besonderes Wort dafür?" Ich hatte ehrlich gedacht, dass es das bedeutete.

„*Scharf* bedeutet geil. Oder erregt. Das ist wahrscheinlich ein schöneres Wort dafür." Seine Lippen bewegten sich federleicht über meine Haut, genau wie die Rose. „Und Aphrodisiaka sind Speisen, die einen geil machen." Ich konnte sein Lächeln auf meiner Haut fühlen.

Die Rose bewegte sich über meine Brüste und zwischen meine Schenkel. Mir wurde plötzlich klar, warum sich mein Körper wand und ich vor Verlangen stöhnte. „Oh, *scharf*." Ich schloss meine Augen und gab mich der Glückseligkeit hin, als er jeden Zentimeter meines Körpers küsste. „Ja, ich verstehe es jetzt. Ich fühle mich tatsächlich erregt. Aber *scharf* ist ein viel besseres Wort dafür. Zumindest kann ich dir sagen, wann ich mich erregt fühle, ohne dass jeder weiß, was ich meine."

„Sicher, Süße." Seine Lippen fanden meine. „Niemand wird jemals wissen, wovon du sprichst, wenn du das sagst." Er lachte und sein unverhohlenes Glück schickte mich wieder über den Rand der Ekstase.

PATTON

Ein Jahr später ...

Patty und Audrey Rose rannten im Zoo den Weg vor uns entlang. „El-e-fant", rief Audrey, als sie vor dem Elefantengehege stehen blieben und die riesigen Tiere verwundert anstarrten. Mit nur zwei Jahren war meine Nichte dank der fleißigen Arbeit ihrer Mutter bereits sehr gesprächig.

Patty zeigte auf das Tier in seiner Nähe. „Groß!"

Alexa klatschte und lachte, so wie jedes Mal, wenn unser Sohn ein richtiges Wort benutzte. Es bereitete ihr mehr Freude als alles andere. „Ja, Patty. Das ist ein *großer* Elefant. Gut gemacht, Kleiner."

Jungen entwickeln sich langsamer als Mädchen, dachte ich. Ich würde meine Frau daran erinnern. „Es ist unwahrscheinlich, dass wir von Patty vollständige Sätze hören, wenn er zwei wird."

„Unsinn." Sie stemmte die Hände in ihre Hüften. „Jungen können genauso schnell lernen wie Mädchen. Es ist der Lehrer, der den Unterschied macht. Und ich habe von Sloan gelernt, also wird unser Sohn eine großartige Lehrerin in mir haben."

Ich konnte sehen, dass sie keine Widerrede dulden würde. „Ich bin sicher, dass du

n Händen über meinen flachen Bauch und betrachtete mich im Spiegel über der Kommode. „Ich möchte endlich wieder einen schönen, runden Bauch haben."

Patton trat hinter mich, schlang seine Arme um mich und legte seine Hände auf meine. „Wir werden es schaffen. Vertraue mir, Süße. Ich gebe dir, was du willst. Das mache ich immer."

Als das Wochenende kam und wir Patty bei seiner Tante und seinem Onkel absetzten, hatte ich Schmetterlinge im Bauch. Ich hatte keine Ahnung, warum ich so nervös war, mit meinem Mann auszugehen und die Nacht mit ihm zu verbringen, aber ich war fürchterlich aufgeregt.

Als er wieder ins Auto stieg, platzte ich mit der Entscheidung heraus, die ich gerade getroffen hatte. „Ich möchte doch kein Baby mehr haben."

„Warte." Er sah mich mit zusammengekniffenen Augen an, so als könnte er nicht glauben, was ich gerade gesagt hatte. „Was? Du willst doch kein Baby haben?"

„Es ist zu viel Druck." Ich hob meine Hand, um ihm zu zeigen, wie sie zitterte. „Mein Herz klopft wie wild. Meine Nerven liegen blank. Es ist verrückt. Ich kann es nicht."

„Dann machen wir es nicht, Süße. Kein Problem. Es gibt absolut keinen Grund, warum du unter Druck stehen solltest, ein Baby zu bekommen." Er startete den Truck. „Wir gehen einfach zum Abendessen aus und fahren dann nach Hause, wo wir schlafen gehen oder was auch immer tun. Alles in Ordnung. Entspanne dich. Du denkst seit einem Monat an nichts anderes."

„Tut mir leid." Ich wusste, dass ich anstrengend war. „Du hast recht. Ich war völlig darauf konzentriert. Ich will dir so sehr ein eigenes Kind schenken, dass es mich irgendwie verrückt macht."

„Ich habe ein eigenes Kind. Patty ist mein Sohn." Er sah mich aus dem Augenwinkel an. „Wenn du deshalb ein weiteres Baby haben wolltest, ist das kein guter Grund."

„Denkst du wirklich so über ihn, Patton?" Ich war ein wenig besorgt, dass er sich vielleicht nicht als Pattys Vater fühlte – bis zu diesem Moment hatte ich gar nicht gewusst, wie sehr mich das belastet hatte.

„Ja." Er sah mir direkt in die Augen, als er am Straßenrand anhielt. „Ich war während der ganzen Schwangerschaft bei dir. Ich war dabei, als er geboren wurde. Und ich war jeden Tag und jede Nacht da, als er alle zwei Stunden gestillt werden musste. Dieser Junge ist mein Sohn. Niemand kann jemals etwas anderes behaupten."

Endlich entspannte ich mich und lächelte meinen Mann, die Liebe meines Lebens, an. „Du machst mich so glücklich, *mi amor*."

„Du machst mich auch glücklich." Er nahm meine Hand und küsste sie sanft. „Weißt du was, Süße?"

„Was?" Ich konnte nicht aufhören, meinen wundervollen Ehemann, dessen Augen verheißungsvoll funkelten, anzusehen.

„Ich denke, wir werden unser Glück finden, egal ob wir mehr

Kinder haben oder nicht. Ich liebe dich. Mein Leben ist an deiner Seite. Und das ist alles, was wirklich zählt."

„Ich empfinde genauso."

Mit diesen Worten fuhren wir wie geplant zu unserem Date. Kein Druck. Keine Sorgen. Keine Angst, dass mein Mann sich in irgendeiner Weise benachteiligt fühlte, weil unser Sohn nicht sein leibliches Kind war.

Einen Monat später putzte ich gerade das Badezimmer, das mein Mann und ich uns teilten. Als ich die Schranktür öffnete, um den Bereich unter dem Waschbecken zu reinigen, bemerkte ich eine ungeöffnete Schachtel Tampons, die ich eigentlich schon aufgebraucht haben sollte.

Ich drehte mich um und eilte zum Medizinschrank, um nachzusehen, ob noch Schwangerschaftstests übrig waren. Es war nur noch einer im Regal. Ein paar Minuten später rannte ich durch das Haus und hielt triumphierend das rosa Stäbchen mit dem Pluszeichen in der Hand. „Patton! *Mi amor*! Ich bin schwanger! Wir bekommen noch ein Baby!"

Und jetzt werden wir den Rest unseres Lebens zusammen glücklich sein.

Ende

FAKE IT FOR ME ERWEITERTER EPILOG

Die neue Schwangerschaft verläuft großartig, ganz anders als Alexas erste. Und sie hat festgestellt, dass ihr sexueller Appetit unersättlich ist und ihre Hormone sie in neue Höhen der Ekstase führen. In einer stürmischen Nacht im neunten Monat ihrer Schwangerschaft hat sie mehr als eine Überraschung für Patton. Wird es diesmal ein Junge oder ein Mädchen?

PATTON

„Der Wolf schnaufte und keuchte, aber er konnte das Backsteinhaus, das das dritte Schweinchen gebaut hatte, nicht zerstören." Ich hob meinen Kopf, um zu sehen, ob sich die Augen meines Sohnes endlich geschlossen hatten, und war froh, dass er tief und fest schlief. Ich stellte das dicke Märchenbuch wieder ins Regal und ging auf Zehenspitzen aus dem Zimmer, in das wir Patty einquartiert hatten, seit wir ein neues Baby erwarteten. Ein Baby, das nächste Woche zur Welt kommen würde.

Alexa und ich hatten vereinbart, das Geschlecht dieses Mal nicht vorher herauszufinden. Wir hatten das Kinderzimmer in einem neutralen Grau mit weißem Rand streichen lassen. Ein weißes Babybett mit weißen Laken und Decken ersetzte das hellblaue, das wir für

Patty gehabt hatten. Vor dem Fenster mit seinen neuen grauen Vorhängen stand ein weißer Schaukelstuhl. Der Stil war minimalistisch und klassisch und wir waren begeistert davon.

Ich ging barfuß den Flur hinunter und betrat unser Schlafzimmer. Alexa war in der Wanne gewesen, als ich sie verlassen hatte, um Patty ins Bett zu bringen. Ihre Schwangerschaft war nicht schlecht verlaufen. Sie hatte keines der Probleme gehabt wie damals bei Patty, wofür ich dankbar war.

Ich fand sie im Bett, wo sie mit angewinkelten Beinen saß und im Licht der Nachttischlampe ein Buch las. „Ist er eingeschlafen?", fragte sie, ohne den Blick von den Seiten abzuwenden.

„Ja." Ich ging duschen und kam dann zu ihr ins Bett. „Das muss ein besonders gutes Buch sein, das du gerade liest. Du hast es noch kein einziges Mal aus der Hand gelegt."

Sie knickte die Seite, die sie gelesen hatte, klappte das Buch zu und legte es auf den Nachttisch. „Es ist ein gutes Buch. Aber jetzt, wo du hier bist, möchte ich mich auf dich konzentrieren."

Ihr sexueller Appetit war während der Schwangerschaft fast unersättlich geworden, was ich sehr genossen hatte. „Bist du scharf, Baby?"

Sie öffnete die Nachttischschublade und holte eine Sprühdose Schlagsahne heraus. „Süß – nicht scharf." Sie spritzte einen Ring aus Sahne um ihre harte Brustwarze und schüttelte verlockend ihre Brüste. „Später darfst du den Rest von mir garnieren."

Ich nahm ihr die Dose ab und sah in ihre glühenden Augen. „Danach darfst du das Gleiche bei mir tun."

Ich bewegte meinen Mund über ihre großzügig mit Schlagsahne bedeckte Brust und strich mit meinen Händen über ihre Arme. Ich liebte das zittrige Stöhnen, das aus ihrer Kehle drang. Alexa war eine Frau geworden, die keine Angst hatte, das einzufordern, was sie wollte. Gerade als ich dachte, sie wäre vollständig aufgeblüht, blühte sie noch ein bisschen mehr auf – es war schön, daran teilzuhaben.

Ich rollte mich auf den Rücken, hob sie hoch und setzte sie auf meine Erektion. Sie mochte es so. Unser Baby hatte ihren Bauch gerundet, sodass wir es nur noch auf zwei Arten tun konnten: Mit ihr oben oder auf allen Vieren. Sie zog es vor, oben zu sein.

Ich bewegte ihren Körper auf und ab, um sie zu entlasten. Außerdem machte ich es gerne. Es war ein großartiges Training für meinen Bizeps. Sie umklammerte meine Oberarme, als ich sie bewegte, und bewunderte sie. „Ich liebe deine Muskeln, Patton."

„Ich trainiere nur zu deinem Vergnügen, meine Liebe." Das stimmte nicht ganz, aber ich fand es gut, dass sie dachte, sie sei der Grund für meine Fitnessroutine.

Ihre dunklen Haare fielen über ihre Schultern, als sie den Kopf zurücklehnte und sich in der Ekstase unseres Liebesspiels verlor. „Gib mir mehr."

Ich ließ sie auf mir sitzen und wölbte meinen Körper nach oben, um ihr zu geben, was sie wollte, und noch tiefer in sie zu stoßen. „Gefällt dir das?"

„Ja", sie schnurrte wie ein Kätzchen, „sehr." Ihre Nägel kratzten über meine Brust, als sie mich ritt. „Ich komme gleich."

Ich bebte bei diesen Worten und sehnte mich danach, dass ihr Körper sich anspannte und mich ebenfalls zum Höhepunkt führte. „Gib es mir, Mädchen."

„Oh, Patton! *Oh, si, si, si, mi amor!*"

Wie immer brachte sie mich an den Ort, an dem sie schon war, und ich stöhnte, als ich dort Erlösung fand. „Oh Gott! Ja!"

Ihr Körper pulsierte und riss mich mit sich. „Ja, ja!", schrie sie.

Meine Gedanken wurden von Wellen der Ekstase überflutet, während der Orgasmus länger dauerte als gewöhnlich. Als ich schließlich meine Augen öffnete, sah ich, wie sie mit einem seltsamen Blick in ihren dunklen Augen auf mich herabstarrte.

Nach meinem Höhepunkt fühlte ich mich irgendwie benommen. Ich lächelte sie an und strich ihre Haare zurück, damit ich das Leuchten, das sie umgab, besser sehen konnte. „Du bist wunderschön, meine geliebte Frau."

„Patton?" Sie klang ein wenig zittrig.

Erst dann spürte ich, wie etwas Nasses über meine Hüften floss. „Oh, Süße ..." Ich dachte, sie hätte die Kontrolle über ihre Blase verloren und würde sich schämen, weil sie auf mich gepinkelt hatte. „Hey, es ist okay. Solche Dinge können passieren, wenn das Baby auf die Blase drückt. Komm, wir gehen duschen und ich wechsle die Bettwäsche. Es ist in Ordnung."

Sie schüttelte den Kopf und flüsterte: „Ich pinkle nicht."

„Was zum Teufel passiert dann hier?" Verwirrung erfasste mich, da ich keine Ahnung hatte, was es sonst sein könnte. „Du hast nicht immer noch einen Orgasmus, oder?"

„Nein", sie schüttelte den Kopf, „das habe ich nicht."

Mittlerweile war das Bett unter mir durchnässt. „Du solltest besser von mir runtergehen, damit wir das Bett nicht ruinieren. Wir werden beide eine Dusche brauchen."

Als sie von mir herunterkletterte, zum Badezimmer ging und dabei eine nasse Spur auf dem Boden hinterließ, wimmerte sie. „Patton, wir müssen ins Krankenhaus. Meine Fruchtblase ist geplatzt."

„Oh, verdammt!" Ich war so benommen gewesen, dass ich nicht einmal daran gedacht hatte. „Ich muss die Ärztin anrufen und dann Baldwyn, damit er hierher kommt und auf Patty aufpasst." Die Tasche für das Krankenhaus war bereits gepackt, also war zumindest das erledigt.

„Ich werde duschen", sagte sie mit zittriger Stimme. „Das solltest du auch tun. Zumindest wissen wir, dass das Baby nicht so schnell kommt. Wir haben Zeit. Kein Grund, uns zu beeilen."

Panik stieg in mir auf. „Ich weiß nicht. Letztes Mal mussten sie deine Fruchtblase zum Platzen bringen und danach ging es ziemlich schnell. Ich denke, wir *sollten* uns beeilen."

„Ich gehe nirgendwohin, bevor ich sauber bin, und du auch nicht. Wenn du denkst, wir gehen ins Krankenhaus, während wir nach Sex und Fruchtwasser riechen, bist du verrückt." Sie winkte mich zu sich. „Komm, du musst mir die Beine rasieren. Ich kann sie nicht mehr erreichen, seit der Babybauch im Weg ist."

Ich nahm mein Handy von der Kommode, bevor ich ihr nachging, und rief meinen Bruder an. „Hallo?", ertönte seine schläfrige Stimme.

„Baldwyn, ich brauche dich so schnell wie möglich hier. Alexas Fruchtblase ist geplatzt und ich muss sie ins Krankenhaus bringen." Ich hatte Mühe, mich zu konzentrieren, da ich wusste, dass es viel zu tun gab. Und meine Frau machte sich mehr Sorgen um haarige Beine als darum, dass das Baby vielleicht hier zu Hause zur Welt kommen könnte.

„Ich bin in fünfzehn Minuten da."

Erleichtert seufzte ich. Wenigstens hatte ich jemanden, der sich um Patty kümmerte. „Okay, als Nächstes die Beine."

Sieht so aus, als würde es eine lange Nacht werden.

———

ALEXA

„Atme", sagte Patton, als eine Kontraktion meinen Körper erschütterte und wie eine Anakonda das Leben aus mir herausdrückte.

„Ich atme", sagte ich mit zusammengebissenen Zähnen.

„Die Ader, die an der Seite deines Kopfes pulsiert, lässt mich das bezweifeln", scherzte er. „Du musst für das Baby atmen."

„Er hat recht", sagte die Krankenschwester, als sie hereinkam, um nach mir zu sehen.

Sie zog einen blauen Handschuh an und ich wusste, dass sie mich an einer Stelle untersuchen würde, wo ich im Moment nicht berührt werden wollte. Als die Kontraktion nachließ, knurrte ich: „Warum müssen Sie das jetzt tun?"

„Oh, ich untersuche Sie nicht jetzt gleich." Sie stellte sich an das Fußende des Bettes, zog meine Knie hoch und breitete ein weißes Laken über meinen gespreizten Beinen aus. „Ich warte auf die nächste Kontraktion, bevor ich das tue. Ich muss herausfinden, wie stark Sie schon geweitet sind."

Ich warf meinen Kopf zur Seite und sah meinen Mann an, dessen Gesicht betrübt wirkte. „Es tut mir leid, mein Engel."

„Warum? Weil du mir das angetan hast?" Ich wollte lachen, aber ich hatte große Angst, dass das Lachen zu Schluchzen werden würde, also schüttelte ich nur meinen Kopf. „Ich wollte es auch, vergiss das nicht."

„Ich meine, dass es mir leidtut, dass es für dich so schmerzhaft ist. Ich glaube bestimmt nicht, dass *ich* dir das angetan habe." Er wischte mit einem kühlen Tuch über meine verschwitzte Stirn. „Du hast darum gebeten."

„Ja, ich weiß." *Wie konnte ich vergessen, wie schmerzhaft die Geburt eines Babys ist?*

Ein paar Minuten später spannte sich mein Rücken an. Dann wanderte der Schmerz auf beiden Seiten um meinen Körper und die Krankenschwester machte sich an die Arbeit, während ich schrie.

Immerhin beeilte sie sich. „Tut mir leid, aber ich habe großartige Neuigkeiten. Es ist alles so, wie es sein soll. Ich denke, das Baby wird in den nächsten drei Stunden kommen."

„So schnell?", fragte ich ziemlich verwirrt. „Mein letztes Baby hat fast zwanzig Stunden gebraucht. Ich habe erst seit vier Stunden Wehen."

„Ja, beim ersten Kind dauert es meistens eine Ewigkeit. Aber die nächsten Kinder brauchen oft weniger als zehn Stunden. Viele kommen schon nach vier oder fünf Stunden. Denken Sie daran, wenn Sie noch mehr Nachwuchs in Erwägung ziehen." Die Krankenschwester summte auf dem Weg zur Tür und ließ uns allein.

„Ich finde, das sind wirklich großartige Neuigkeiten", sagte Patton, als er wieder mit dem Tuch über meine Stirn wischte. „Es ist fast vorbei, Süße. Wir werden unseren Jungen oder unser Mädchen schon sehr bald sehen."

Etwas hatte mich bei diesem Baby belastet. Ich war mir nicht sicher, ob ich wollte, dass es ein Junge war. Ich war mir nicht sicher, ob Patton ihn unabsichtlich Patty vorziehen würde. Ich wollte ein Mädchen. Ich wollte einen größeren Altersunterschied zwischen Patty und einem neuen Bruder. Aber ich hatte niemandem erzählt, wie ich empfand.

Patton nahm in dem Schaukelstuhl neben meinem Bett Platz. „Wow, ich denke, wir müssen uns auf einen Namen einigen, weil wir nicht mehr viel Zeit haben."

„Ja." Wir hatten ein paar Jungen- und Mädchennamen ausgewählt. Und dann hatten wir auch noch einige geschlechtsneutrale Namen. Ich bevorzugte die geschlechtsneutralen Namen und Patton mochte die traditionellen. „Also nehmen wir meinen Favoriten: Ryan Jamie Nash."

„Das gefällt mir gar nicht." Er schüttelte den Kopf, als sich Linien auf seiner Stirn bildeten. „Ich möchte unserem kleinen Mädchen nicht einen Jungennamen wie *Ryan* aufbürden."

„Dann nenne sie Jamie." Ich dachte, das wäre ganz einfach, wenn er es wollte. „Aber ich werde sie oder ihn Ryan nennen."

„Ich dachte, wir nehmen etwas, das zu Patty passt, wenn wir einen Jungen haben", sagte er. „Weil ich möchte, dass sie sich nahestehen. Also habe ich darüber nachgedacht, ihn Matthew zu taufen. Dann können wir ihn Matty nennen."

Mein Herz zitterte in meiner Brust, weil er daran gedacht hatte. Es bedeutete, dass er keinerlei Absicht hatte, seinen leiblichen Sohn zu bevorzugen. „Du bist ein Engel, *mi amor*."

„Warum?", fragte er. „Weil ich möchte, dass meine Söhne altersmäßig nahe zusammen sind?"

„Du bist ein Engel, weil du Patty wirklich als deinen Sohn betrachtest. Ich weiß jetzt, dass du dieses Kind niemals anders behandeln wirst als ihn." Tränen traten in meine Augen und machten es mir schwer, ihn zu sehen.

Aber ich konnte erkennen, wie er sich bewegte und über mir aufragte. Er nahm ein Taschentuch und reichte es mir. „Hier. Trockne deine Tränen, Alexa."

„Danke."

„Hör zu", sagte er mit irritierter Stimme. „Ich werde das nicht mehr mit dir machen."

„Was denn?" Ich hatte keine Ahnung, worüber er plötzlich verärgert war.

„Das." Er gestikulierte zwischen uns. „Du denkst die ganze verdammte Zeit, dass ich Patty nicht als meinen Sohn betrachte. Ich habe dir schon gesagt, dass er mein Sohn ist – Ende. Warum denkst du das immer noch?"

Ich blinzelte und konnte nicht glauben, wie viel Wut in seinen Augen loderte. „Patton, ich wollte dich nicht verärgern."

„Nun, das hast du aber." Er wirbelte herum, ging aus dem Raum und ließ mich dort allein zurück, als eine weitere Kontraktion begann.

Ich atmete langsam ein und aus und wusste, dass ich mich geirrt hatte. Ich fuhr mit den Händen über meinen Bauch und dachte an das Baby in mir und daran, dass ich ein Mädchen wollte, nur damit Patty sich nicht schlecht fühlte, wenn sein Vater ohne ihn etwas mit ihr unternahm.

Ich schloss meine Augen, als der Schmerz zunahm, und tat, was ich immer tat, wenn es zu schlimm wurde: Ich hielt den Atem an. Ich wusste, dass es falsch von mir war, das zu tun, aber ich tat es trotzdem. Es fühlte sich so an, als wäre das alles, was ich machen konnte, wenn es unerträglich wurde.

Wenn ich nicht aufhörte, so zu denken, würde ich meine Ehe ruinieren. Und ich hatte die beste Ehe der Welt. Ich hatte den besten Ehemann der Welt. Und er war der beste Vater der Welt.

Egal welches Geschlecht das Baby hatte – ich wusste, dass es genauso geliebt werden würde wie Patty. Und auch Patty würde das

Baby lieben. Und das Baby würde seinen großen Bruder lieben. Patton hatte ein großes Herz und ich hätte nie auch nur eine Sekunde daran zweifeln sollen, dass genug Platz für einen weiteren Sohn darin war.

Alejandro hatte nach der Auseinandersetzung mit Patton und mir nicht mehr versucht, uns wegen Patty zu kontaktieren. Höchstwahrscheinlich würde er es nie wieder versuchen. Patton war Pattys Vater. Und es war höchste Zeit, dass ich das begriff und vergaß, dass es keine biologische Verbindung zwischen ihnen gab.

Sie hatten etwas noch Besseres, das sie miteinander verband – sie hatten bedingungslose Liebe füreinander und das war nicht immer so, auch nicht bei leiblichen Eltern.

Ich habe diesmal wirklich einen großen Fehler gemacht.

PATTON

Ich ging in der Herrentoilette auf und ab und versuchte vergeblich, meine Wut zu zügeln. Jedes Mal, wenn ich dachte, Alexa hätte es verwunden, dass ich nicht Pattys leiblicher Vater war, brachte sie es wieder zur Sprache.

Ich blieb stehen, um in den Spiegel zu schauen, und versuchte, mir einzureden, dass es irgendwann aufhören würde. Irgendwann würde sie sehen, wie sehr ich Patty liebte, und sie würde nicht mehr beunruhigt darüber sein, dass er und ich nicht blutsverwandt waren.

Ich schloss die Augen und holte ein paarmal tief Luft. Als ich sie wieder öffnete, stand ein Mann hinter mir. „Scheiße!" Ich wirbelte herum und sah ihn an.

„Oh, tut mir leid. Sie haben mich wohl nicht hereinkommen hören. Verdammte Turnschuhe. Sie sind zu leise. Ich trage sie, wenn ich Patienten im Krankenhaus besuche, damit ich keinen Lärm mache."

Ich kannte diesen Mann. Aber ich war mir nicht sicher, woher ich ihn kannte. „Ich habe das Gefühl, dass wir uns schon einmal begegnet sind."

„Ich bin Diakon Soliz."

Meine Kinnlade klappte herunter. „Ja, das sind Sie. Und ich bin

Patton Nash, der Ehemann von Alexa De La Cruz. Nun, sie heißt jetzt auch Nash."

„Ich habe Sie beide gesehen, als Sie hier waren – wie viele Jahre ist das her?"

„Zwei Jahre." Mein Herz pochte wild, als ich dem leiblichen Großvater meines Sohnes gegenüberstand. „Es ist kaum zu glauben, dass Sie sich an mich erinnern können. Sie müssen jeden Tag so viele Menschen sehen."

„Ich vergesse nie eine nette Begegnung." Er tätschelte meinen Rücken. „Sind Sie und Alexa hier, weil Sie noch ein Baby erwarten?"

„Ja." Plötzlich fühlte ich mich furchtbar schuldig. *Dieser Mann weiß immer noch nicht, dass er einen Enkel hat.* „Wie geht es Ihrem Sohn?", platzte ich heraus. Ich wollte nur wissen, ob er etwas aus sich gemacht hatte.

„Es geht ihm gut. Er lebt in Kalifornien und hat nicht die Absicht, hierher zurückzukehren. Er hat letztes Jahr geheiratet und ist kürzlich Vater geworden. Meine Frau und ich haben ihn und unsere Schwiegertochter kurz nach der Geburt unseres Enkels besucht."

Als wäre ein Messer in meine Brust gerammt worden, schmerzte mein Herz bei der Erkenntnis, dass Patty einen Halbbruder hatte, von dem er nie erfahren würde. „Das ist großartig."

„Ja, er ist bezaubernd." Er tätschelte noch einmal meinen Rücken und sagte: „Gehen Sie jetzt besser zu Ihrer Frau zurück. Grüßen Sie sie von mir und sagen Sie ihr, dass ich morgen vorbeikommen werde, um Hallo zu sagen und nachzusehen, wie es ihr geht."

„Ich werde es ihr ausrichten. Es war schön, Sie wiederzusehen, Diakon." Als ich die Herrentoilette verließ, fühlte ich mich irgendwie verloren.

Unsere Situation war nicht ideal. Es gab so viele Grauzonen. Ich wollte nur, dass Patty ein normales Familienleben hatte. Ich wusste, dass eines Tages die Welt meines Sohnes aus den Fugen geraten könnte – weil er auch der Sohn eines anderen Mannes war.

Schuldgefühle quälten mich. Nicht nur, weil ich dem Diakon nicht die Wahrheit darüber gesagt hatte, dass er einen Enkel hatte, von dem er nichts wusste, sondern auch, weil ich wütend auf Alexa war, die ihre eigene Sichtweise auf unsere einzigartige Situation hatte.

Unser Leben würde nicht immer einfach sein. Das war mir

gerade bewusst geworden. Es musste meiner Frau schon seit einiger Zeit im Kopf herumgehen. Und ich war wütend auf sie geworden, weil sie sich unserer Lage bewusst war, während ich den Kopf in den Sand gesteckt hatte.

Ich wusste jedoch, dass es viel zu früh in Pattys Leben war, um sich Gedanken darüber zu machen, was eines Tages in ferner Zukunft passieren könnte. Er würde vielleicht wütend auf seine Mutter und mich sein, weil wir ihm seine wahre Herkunft verheimlicht hatten, aber solange eine starke Bindung zwischen uns bestand, würde er wissen, dass wir aus Liebe das getan hatten, was wir für das Beste für ihn hielten.

Was auch geschah – ich wusste, dass ich ein viel besserer Vater für ihn war als Alejandro. Zum einen respektierte ich im Gegensatz zu Alejandro seine Mutter. Außerdem war ich älter, in vielerlei Hinsicht zuverlässiger und ein großartiger Versorger. Patty würde es nie an irgendetwas mangeln. Auch nicht an meiner Liebe, weil ich ihm mehr Liebe gab, als ich jemals für möglich gehalten hätte.

Mein Herz schien gewachsen zu sein, seit ich mit Alexa zusammengekommen war und ich ihr geholfen hatte, unseren Sohn zur Welt zu bringen. Und bald würde es noch einen Menschen geben, den ich in mein Herz aufnehmen konnte.

Ich war überhaupt nicht besorgt. Ich wusste, dass es Liebe für sie alle gab und wenn die Zeit für mehr Kinder kam, dann würde auch Platz für sie sein. *Liebe ist ein Wunder. Sie ist wie eine Flasche Wein, die niemals leer wird.*

Als ich durch den Flur zurückging, der zur Entbindungsstation führte, fühlte ich mich viel vernünftiger als zuvor. Niemand konnte die Zukunft beeinflussen, egal welche Vorkehrungen er traf.

Am wichtigsten war, dass ich aufhörte, wütend auf meine Frau zu werden, wenn sie Zweifel und Sorgen hatte, was Patty und mich betraf. Ich musste unendliche Geduld mit ihr haben.

Sie war die Mutter des Jungen. Sie hatte seine besten Interessen im Blick und sie musste wissen, dass sie mit allen Sorgen, die sie in Bezug auf mich und unsere Kinder hatte, zu mir kommen konnte. Ich hatte ihr anscheinend das Gefühl gegeben, dass sie das nicht konnte. Also musste ich das wieder in Ordnung bringen.

Als ich Single gewesen war, hatte ich nie über solche Dinge nachdenken müssen. Als verheirateter Mann mit Kindern musste ich es aber tun. Es war ein Lernprozess, der wahrscheinlich niemals abgeschlossen sein würde. Und das war okay. Damit kam ich zurecht.

Mein Leben war so viel erfüllter als damals, als es nur mich gegeben hatte. Jeder Tag begann mit einem Kuss der schönsten Frau der Welt, einer Umarmung meines kleinen Jungen und einem Frühstück voller Lachen und Freude.

Früher hatten meine Tage mit einer Tasse Kaffee begonnen, während ich zur Arbeit geeilt war und mir Sorgen darüber gemacht hatte, womit ich mich wohl heute herumschlagen müsste. Die Nächte hatten oft mit ein paar Drinks geendet, um den höllischen Tag leichter vergessen zu können.

Meine Nächte waren jetzt ganz anders. Und ich liebte es. Ich wollte nie wieder Single sein. Ich würde mein Leben nicht ohne meine Frau und meine Kinder verbringen wollen – niemals.

Gerade als ich die Doppeltür zur Entbindungsstation aufstieß, hörte ich ein bekanntes Geräusch: einen langen, stetigen Piepton. Dann hallte eine vertraute Durchsage durch die Lautsprecher: „Code blau. Code blau. Entbindungsstation."

Ich stolperte zurück und hatte das Gefühl, ohnmächtig zu werden. „Nein. Nein, nicht schon wieder!"

Das darf nicht passieren.

———

ALEXA

Ich hörte Lärm auf dem Flur, dann stürmten Leute in den Nebenraum. Meine Tür flog auf und ein sehr blasser Patton stand vor mir. Seine Brust hob und senkte sich, als er mich ansah. „Gott sei Dank."

„Du hast gedacht, dass ich es bin, oder?" Ich wusste, dass er das gedacht hatte. Ich konnte es ihm deutlich ansehen.

Nickend kam er schnell zu mir und küsste mich. „Ich liebe dich, Alexa Nash. Ich liebe dich so sehr und es tut mir so leid."

„Mir auch." Ich nahm seine Hand und legte sie auf meine Wange, damit ich die Wärme seiner Berührung spüren konnte. „Und ich liebe dich mehr, als du jemals wissen wirst."

„Ich dich auch, Süße." Er rieb meine Schultern und schien sich nicht genug entschuldigen zu können. „Ich hätte nicht wütend werden und aus dem Zimmer stürmen sollen. Das war unnötig und ich kann dir nicht sagen, wie leid es mir tut, dass ich dir das angetan habe. Vor allem jetzt. Als ich dieses Geräusch und dann die Durchsage hörte, hatte ich solche Angst, dass es zu spät war."

Ich ergriff seine Hand, als er meine Schultern massierte, und wusste, dass es für ihn eine Qual gewesen sein musste. „Oh, Patton, ich hasse es, dass du so empfunden hast." Eine weitere Kontraktion kam. Seit der letzten waren erst zwei Minuten vergangen. „Noch eine? Ich hatte gerade vor zwei Minuten eine."

„Oh Gott, hoffentlich stört dich das, was im Nebenraum los ist, nicht bei der Geburt." Sein Kiefer spannte sich an. „Verdammt, das war unsensibel. Es tut mir leid, aber hier geht es um meine Frau und mein Baby. Ich weiß, dass das gesamte verfügbare Krankenhauspersonal im Einsatz ist, wenn jemand einen Herzstillstand erleidet."

Das wusste er aus eigener Erfahrung. „Patton, alles wird gut. Mein Arzt und meine Hebamme werden mich nicht im Stich lassen."

Er massierte mich stärker und schien sich nicht so sicher zu sein wie ich. „Nun, ich bin hier. Ich weiß nicht, wie ich bei einer Entbindung helfen soll, aber ich werde es tun, wenn ich muss."

Bei einer weiteren Kontraktion stöhnte ich vor Schmerz. „Patton, hör auf!" Seine Berührung begann zu schmerzen. „Mir tut alles weh!"

„Das reicht." Er rannte aus dem Raum und ich hörte, wie er draußen jemanden anschrie: „Wir brauchen jetzt sofort Doktor Hanson!"

Ich hasste, dass meine übliche Ärztin nicht bei mir sein konnte, aber ihr war wegen ihrer eigenen Schwangerschaft Bettruhe verordnet worden. Doktor Hanson war ein netter Mann und ein großartiger Arzt. Ich wusste, dass ich in guten Händen war. Aber ich wusste auch, dass die arme Patientin nebenan mehr Aufmerksamkeit brauchte als ich.

Patton kam zurück und hatte eine Krankenschwester, die ich noch nie gesehen hatte, im Schlepptau. „Hier, sehen Sie sie an. Sehen Sie, was los ist."

„Aber ich kenne diese Patientin nicht", protestierte sie.

„Es ist in Ordnung." Ich hob meine Hand, während ich eine weitere Kontraktion hatte, die sich anfühlte, als würde sie mich zerreißen. Aber ich hielt durch, bis sie vorbei war. „Können Sie meine Hebamme oder Doktor Hanson für mich finden? Ich spüre etwas Seltsames in meinem Unterleib."

Nickend rannte die junge Frau weg. Patton stand mit offenem Mund da. „Wir haben sie gebraucht, Alexa."

„Nein, wir brauchen jemand anderen. Hast du nicht bemerkt, wie jung sie ist? Auf keinen Fall ist sie eine richtige Hebamme. Und ich möchte nicht, dass sich da unten jemand zu schaffen macht, der sich nicht auskennt." Ich konnte es kaum glauben, als der Schmerz wieder einsetzte. „Meine Güte!"

„Noch eine Kontraktion?" Seine blauen Augen waren riesengroß. „Das ist verrückt. Diesmal geht es so schnell."

Nickend versuchte ich, trotz der Schmerzen zu atmen. Ich musste mich unter Kontrolle bringen und alle hatten gesagt, dass die richtige Atmung dabei half. Also konzentrierte ich mich darauf und ignorierte das Brennen in meinem Unterleib, als ich einen Atemzug nach dem anderen machte.

Als diesmal die Tür aufflog, war es meine Hebamme. „Sie spüren da unten also etwas Seltsames?"

„Ja." Ich lehnte mich zurück und war froh, dass sie da war. Zumindest wusste sie, was zu tun war. „Schön, Sie zu sehen, Schwester Sheffield."

„Ich möchte nicht, dass Sie sich wegen irgendetwas Sorgen machen." Ihre Augen wanderten zu Patton, als sie bemerkte, dass er auf und ab ging. „Der Frau nebenan geht es jetzt besser. Sie können sich also beruhigen, Mr. Nash."

Erleichterung erfüllte sein Gesicht. „Wirklich?"

Ich war ebenfalls erleichtert, das zu hören. „Ich bin froh, dass es ihr besser geht."

„Wo ist unser Arzt?", fragte er.

„Sobald wir ihn brauchen, rufe ich ihn. Er spricht gerade mit dem Arzt der anderen Patientin. Aber er ist in der Nähe. Keine Sorge."

Sobald die nächste Kontraktion begann, tastete sie mich ab und der Schmerz war unerträglich. „Autsch!"

„Tut mir leid." Sie sah Patton an. „Okay, Daddy. Machen Sie sich bereit, denn gleich kommt Ihr Baby zur Welt. Ich möchte, dass Sie den Kittel überziehen, den ich für Sie ins Badezimmer gelegt habe." Sie ging zur Tür. „Und beeilen Sie sich."

Er machte sich auf den Weg, um sich umzuziehen, und ich lag

allein da. *Gleich kommst du, Kleines. Wir haben uns noch nicht einmal auf deinen Namen geeinigt. Ich denke, wir werden wissen, wie wir dich nennen, wenn wir dich sehen.*

Der Arzt erschien im Raum, noch bevor Patton aus dem Badezimmer zurückkam. „Schön zu sehen, dass es Ihnen diesmal gut geht, Mrs. Nash."

„Das freut mich auch." Ohne die Probleme meiner vorherigen Schwangerschaft war ich auf Wolke sieben. „Und denken Sie daran, mir nach der Geburt keine Schmerzmittel zu geben. Gar keine."

„Verstanden. Und keine Sorge, es wird nicht mehr so wehtun wie beim ersten Kind. Sie schaffen das", ermutigte er mich.

Augenblicke später kam Patton in einer Maske und einem Kittel zurück. Diesmal würde er die Nabelschnur durchschneiden. Wegen der gefährlichen Umstände bei Pattys Geburt hatte er es damals nicht gekonnt.

Ich konnte das Lächeln in seinen Augen sehen, als er sagte: „Bist du bereit?"

„Ja. Das bin ich wirklich." Ich nahm seine Hand und hielt sie fest, als der Schmerz zurückkehrte. Mein Arzt bewegte meine Beine so, dass meine Füße fest auf dem Bett standen.

„Ich bin froh, das zu hören, weil das Baby schon zu sehen ist. Ich möchte, dass Sie bei der nächsten Kontraktion pressen."

„Wir werden gleich unser Baby treffen." Ich konnte nicht glauben, dass es endlich so weit war.

„Ich liebe dich", flüsterte Patton. „Du schaffst das."

Nickend schloss ich meine Augen, als die nächste Kontraktion begann, und presste mit aller Kraft – nur um festzustellen, dass ich überhaupt keine Schmerzen hatte. Als die Kontraktion aufhörte, sah ich Patton mit großen Augen an. „Es hat nicht wehgetan."

Er starrte mich ungläubig an. „Wahrscheinlich stehst du unter Schock."

„Die meisten Mütter spüren keine Schmerzen, wenn sie bei der Kontraktion pressen können", sagte die Hebamme.

„Noch zweimal, dann ist es geschafft", sagte der Arzt.

Ich presste noch einmal bei der nächsten Kontraktion und dann wieder. Plötzlich erfüllte lautes Weinen die Luft und ich sah, wie Patton eine Träne vergoss. „Es ist ein Junge."

Mein Herz schwoll vor Liebe an. Ich hatte solche Angst davor gehabt, dass dieses Baby ein Junge sein würde, und hier war er. Aber ich wusste, dass er von seinem Vater genauso geliebt werden würde wie Patty. „Matthew Ryan Nash. Patty und Matty." Tränen der Liebe und Freude strömten über mein Gesicht, als Patton meine Stirn küsste.

„Unsere Jungen werden großartige Freunde sein", sagte er.

Und wir werden eine großartige Familie sein.

Ende

LUCIANOS GRÖSSTE EROBERUNG

Fake It For Me Bonusgeschichte

Luciano führt Renovierungsarbeiten für Doktor Julia Barclay, die Ärztin seiner Schwester, aus. Werden Funken fliegen oder wird seine Art zu flirten sie abschrecken? Sie ist skeptisch und er brennt für sie. Wird sein Charme bei jemandem wirken, der so klug ist wie diese Ärztin? Oder wird Luciano die erste Zurückweisung seines Lebens erleiden?

─────

LUCIANO

Meine Arbeit war stets in Houston gewesen, aber irgendetwas zog mich immer wieder nach Austin. Zuerst hatte ich geglaubt, es sei meine Schwester. Dann hatte ich gedacht, es sei mein bester Freund. Dann war mein Neffe geboren worden und ich hatte gewusst, dass er es sein musste, der mich dazu brachte, meine Heimatstadt und den Großteil meiner Familie zurückzulassen.

Als Renovierungsspezialist wusste ich, dass ich mir in der Umgebung von Austin ein erfolgreiches Geschäft aufbauen konnte.

Ich hatte eine Wohnung in der Stadt bezogen und angefangen, Kunden ausfindig zu machen. Manchmal ging ich durch ältere Viertel, um Häuser zu suchen, die dringend renoviert werden mussten.

Mit den Händen in den Taschen ging ich eines Abends langsam eine Vorstadtstraße entlang und betrachtete die Häuser, die beide Seiten säumten. Riesige Eichen thronten in den Vorgärten und alte Hecken zierten die Fronten vieler Grundstücke. Alles sagte mir, dass es dieses Wohnviertel schon lange gab. Und das bedeutete, dass viele Häuser dort dringend renoviert werden mussten.

Als ich vor einem Haus stehen blieb, um es mir genauer anzusehen, hörte ich hinter mir auf dem Bürgersteig Schritte und drehte mich um. Eine Frau joggte auf mich zu. „Hola."

„Buenas noches, senior." Als sie an mir vorbeirannte, kam sie mir irgendwie bekannt vor. Ihr dunkler Pferdeschwanz schwankte zwischen ihren Schultern hin und her und weckte Erinnerungen.

„Doktor Barclay?", rief ich ihr nach.

Sie blieb stehen und drehte sich zu mir um, während sie ihre Sonnenbrille herunterzog, um mich über den Rand hinweg anzusehen. „Ja, das bin ich."

„Sie sind die Ärztin meiner Schwester. Sie haben bei der Geburt meines Neffen Patty Nash vor ein paar Monaten geholfen." Ich konnte mein Glück nicht fassen, als ich zu ihr ging. „Ich bin Luciano De La Cruz."

„Ah ja." Sie nickte und betrachtete mich von oben bis unten. Ihre grünen Augen wanderten zu dem Haus, vor dem ich stand. „Sie wohnen nicht in dieser Gegend, Mr. De La Cruz."

„Das ist richtig." Ich wollte mehr Vertrautheit zu ihr herstellen. „Und Sie können mich Luciano nennen."

„Dann können Sie mich Julia nennen, Luciano." Als sie mich ansah, hatte sie ihre dunklen Augenbrauen neugierig hochgezogen. „Möchten Sie ein Haus kaufen?"

„Nein." Ich mochte, wie sie die Stirn runzelte, als sie wegen meines plötzlichen Erscheinens in ihrer Straße immer verwirrter wurde. Ich gab ihr nicht mehr als das und zog es vor, sie im Ungewissen zu lassen.

Sie kam auf mich zu und spitzte die Lippen, um eine weitere Frage zu stellen. Sie zögerte, vermutlich um sicherzustellen, dass diese Frage nur mit einem vollständigen Satz beantwortet werden konnte. „Was führt Sie dann hierher, Luciano De La Cruz?"

„Sie verfolgen ...", flüsterte ich, als ich mich vorbeugte. Sie war mir so nah, dass mein Atem ihren Hals streifte, „... ist jedenfalls *nicht* das, was ich hier mache, Julia."

Ihr Lachen durchbrach die Stille, als sie einen Schritt zurücktrat. „Als ob ich das gedacht hätte!"

Das haben Sie ganz sicher gedacht, Doktor. „Natürlich nicht." Mit ihren hohen Wangenknochen und rosa Lippen – die untere voller als die obere – war Julia in vielerlei Hinsicht eine exquisite Frau, aber es waren ihre mandelförmigen Augen, die mich anflehten, in sie zu schauen. „Ich bin auf Renovierungen spezialisiert und habe nach Häusern gesucht, die von meinem Fachwissen profitieren könnten."

Langsam neigte sie den Kopf nach rechts. „Ist das so?"

„Ja."

„Dann sollten Sie mit mir kommen, Luciano." Sie ging weiter und ich trat neben sie und schloss mich ihr an. „Meine Großmutter hat mir vor etwas mehr als einem Jahr ihr Haus vererbt. Es ist eines der ältesten Häuser in dieser Gegend, sodass umfassende Renovierungsarbeiten erforderlich sind. Die Holzvertäfelung ist ein echter Schandfleck."

Ich konnte mein Glück kaum fassen. Hier war ich und ging mit einer Frau spazieren, die mich faszinierte, seit wir uns vor Monaten zum ersten Mal bei meiner Schwester und meinem Schwager begegnet waren. Als professionelle Ärztin hatte Julia nicht auf meine Flirtversuche reagiert. Aber jetzt war sie keine Ärztin, sondern eine potenzielle Kundin. Und ich hatte keine Regeln, die mir verboten, mit meinen Kundinnen auszugehen.

Oh Gott, es ist gut, mein eigener Chef zu sein.

„Haben Sie eine Unterkunft, während wir die Renovierungsarbeiten durchführen, oder bleiben Sie im Haus?" Ich hoffte, sie würde bleiben.

„Hinten befindet sich ein Poolhaus, in dem ich wohnen kann, während Sie am Haupthaus arbeiten. Ich möchte, dass das Poolhaus renoviert wird, nachdem Sie mit dem Haupthaus fertig sind. Und dann ist da noch die Garage, die auch erneuert werden muss." Lachend schüttelte sie den Kopf. „Hören Sie, wenn Sie nicht mit anderen Projekten beschäftigt sind, würde ich mich freuen, wenn Sie für mich eine Sache nach der anderen erledigen könnten." Sie blieb stehen und legte eine Hand auf meinen Arm, sodass Hitze durch jeden Muskel meines Körpers drang. „*Wenn* mir gefällt, was Sie in der Vergangenheit gemacht haben. Sie haben bestimmt viele Fotos von Ihren bisherigen Renovierungsprojekten, oder?"

„Ja." Mir gefiel die Vorstellung, dass wir bald nebeneinander auf einem Sofa in ihrem Haus sitzen und uns die Website auf meinem Handy ansehen würden. „Ich zeige Ihnen meine Website, wenn wir bei Ihnen sind."

„Großartig!" Wir gingen weiter und erreichten bald das Ende einer Sackgasse. Doktor Barclay zeigte auf das größte Haus dort und verkündete: „Das ist es. In diesem Haus haben meine Großeltern meinen Vater und meine Onkel großgezogen. Sechs Schlafzimmer, drei Bäder. Ich hätte gern ein eigenes Badezimmer für jedes Schlafzimmer. Es ist verrückt, dass Sie hier aufgetaucht sind, weil ich seit Monaten darüber nachdenke, jemanden zu suchen, der das macht."

„Da hatte ich wohl Glück." Ich wusste, dass ich sie zufriedenstellen konnte – in mehr als einer Hinsicht. „Sie können mir zeigen, was Ihnen gefällt, und ich kann Ihnen zeigen, was ich für Sie tun kann."

Sie sah mich aus dem Augenwinkel an und lächelte. „Das klingt ein bisschen so, als würden Sie mit mir flirten, Luciano. Lassen Sie mich Ihnen gleich sagen, dass ich eine vielbeschäftigte Frau bin, die keine Zeit für Romantik hat."

„Wenn es richtig gemacht wird, steht Romantik niemandem im Weg." Ich musste grinsen, weil ich es amüsant fand, wie leicht sie mich durchschaute. „Aber ich versichere Ihnen, dass ich Romantik überhaupt nicht im Sinn habe, Julia. Ich möchte nur Ihr Zuhause zu einem Ort machen, den Sie nie wieder verlassen wollen."

„Das klingt gut." Sie führte mich ins Haus und lächelte, als sie ihren Arm ausstreckte und auf die alte Wand vor uns deutete. „Und hier ist das erste Hindernis – diese Wand hier erfüllt überhaupt keinen Zweck."

„Früher wurden solche Wände eingebaut, um den Wohnbereich vor den Blicken von Besuchern zu schützen, die plötzlich vor der Tür standen. Sie wissen schon, Staubsaugervertreter und nervige religiöse Gruppen und dergleichen."

„Nun, so etwas haben wir hier nicht mehr, also möchte ich sie entfernen lassen." Wir gingen um die Wand herum ins Wohnzimmer.

Meine Augen weiteten sich, als ich den Teppichboden sah. „Ein grüner Zottelteppich? Hier werde ich viel zu tun haben, hm?"

„Das werden Sie ganz bestimmt." Sie streckte die Hand aus und sagte: „Also, geben Sie mir Ihr Handy, damit ich sehen kann, was Sie bislang getan haben. Es gibt keinen Grund, Ihre Zeit zu verschwenden, wenn mir Ihre Arbeit nicht gefällt."

Oh, dir wird meine Arbeit gefallen. Keine Sorge, Baby.

JULIA

Als ich eine Woche später nach Hause kam, beaufsichtigte Luciano gerade seine Crew, die bereits die unschöne Wand entfernt hatte, die ich immer gehasst hatte. „Gut, dass Sie doch schon heute mit der Arbeit anfangen konnten."

Er kam mir entgegen, da ich am Bordstein geparkt hatte, um nicht im Weg zu sein. „Meine Crew hat gestern Abend einen Auftrag am anderen Ende der Stadt abgeschlossen. Also habe ich sie entscheiden lassen, ob sie sich heute freinehmen oder direkt mit dem nächsten Projekt weitermachen wollten. Sie haben sich entschieden, sofort weiterzumachen."

„Fantastische Arbeitsmoral." Ich liebte Menschen mit guter Arbeitsmoral.

„Wir werden heute nur noch eine Stunde arbeiten, damit der Vorarbeiter zum Holzhändler gehen und alles besorgen kann, was er morgen braucht." Als er mit mir den Garten betrat, wo ich ab Baubeginn im Poolhaus wohnen würde, fuhr er fort: „Ich dachte, Sie möchten vielleicht duschen und sich umziehen, bevor ich Sie zum Abendessen ausführe."

Ich hatte nicht vor, mit ihm auf ein Date zu gehen. „Das ist nett von Ihnen. Aber wie Sie wissen, gibt es im Poolhaus eine Küche. Ich muss ohnehin die Vorräte aus der Küche im Haus herbringen. Ich koche mir einfach etwas, nachdem ich das getan habe." Ich wollte nicht, dass er glaubte, ich würde sein Angebot nicht wertschätzen.

„Danke, dass Sie an mich gedacht haben, Luciano. Das war sehr nett von Ihnen."

„Das Gas ist ausgeschaltet, sodass Sie die Öfen im Poolhaus und im Haupthaus nicht benutzen können." Er grinste mich an wie die Katze, die den Kanarienvogel gefressen hat. „Ich kann nicht zulassen, dass Sie irgendetwas aus der Mikrowelle essen. Wenn Sie morgen nach Hause kommen, haben Sie wieder Gas. Dann können Sie selbst kochen, wenn Sie möchten. Oder ich kann Sie wieder zum Abendessen einladen. Das macht mir überhaupt nichts aus."

Natürlich nicht.

Ich wusste, dass ich bei dem Mann vorsichtig sein musste. Er war höflich mit einem Hauch von Raffinesse und ich war mir sicher, dass er seit Jahren von keiner Frau mehr zurückgewiesen worden war. Sein klassisch gutes Aussehen, sein starkes Kinn, seine pechschwarzen Haare, die ordentlich zur Seite gekämmt waren, und seine durchdringenden goldbraunen Augen waren zweifellos attraktiv. Er hatte außerdem jede Menge Muskeln, die von seinen maßgeschneiderten Anzügen genau richtig umhüllt wurden, nicht zu eng und nicht zu weit. Er hatte schon zahlreiche Frauen gehabt – davon war ich überzeugt.

Mein Magen knurrte, als ich gerade sagen wollte, dass ich nicht hungrig war. „Mist."

Er sah meinen Bauch mit einem Lächeln an. „Ah, vielleicht ist eine Stunde zu lang, um zu warten. Wir können gehen, sobald Sie möchten. Steve, der Vorarbeiter, kann abschließen."

Der Kittel, den ich an diesem Tag getragen hatte, hatte viel durchgemacht und ich wusste, dass ich duschen musste. „Nein. Ich muss mich frischmachen. Es war ein verdammt harter Tag." *Vielleicht würde es sich tatsächlich gut anfühlen, mich bei einem leckeren Essen und einer Flasche Wein zu entspannen.* „Danke, Luci. Ich bin in einer Stunde fertig."

„Luci?", fragte er grinsend.

Ich hatte gehört, dass sein Schwager ihn so nannte. „Ja, das gefällt mir. Ich finde, es passt zu Ihnen."

„Cool, Jules. Wie wäre es übrigens, wenn wir uns duzen?" Er zog eine Augenbraue hoch und öffnete die Tür zum Poolhaus, als ich benommen nickte. „Ich habe deine Sachen bereits hierhergebracht, damit du nicht alles allein tragen musst. Wir sehen uns in einer Stunde."

„Danke." Ich fand das erstaunlich nett von ihm. „Du musstest das nicht für mich tun."

„Ich weiß." Er sah mich über die Schulter an und zwinkerte mir zu. „Ich tue aber gerne nette Dinge für dich."

Und ich mag es, wenn du das für mich tust.

Ich schloss die Tür und lehnte mich mit dem Rücken dagegen, während ich mir auf die Unterlippe biss. Ich hatte keine Zeit für Romantik. Außerdem war Luci offensichtlich jemand, der gern flirtete. Ich war nicht prüde, aber ich wollte auch nicht eine weitere Kerbe auf dem Bettpfosten eines Mannes sein.

Der arme Luciano würde also sehr enttäuscht sein, wenn er glaubte, dass er nach dem Abendessen mehr tun würde, als mich wieder zu Hause abzusetzen. Ich würde zu viel trinken, um selbst zu fahren, also würde er mich nach Hause fahren *müssen.*

Die Ausschabung bei einer Sechzehnjährigen, deren Abtreibung schiefgegangen war, war etwas, das ich unbedingt vergessen wollte. Das arme Mädchen war so besorgt, aufgebracht und verängstigt gewesen, dass es mir im Herzen wehgetan hatte, mir ihre traurige Geschichte anzuhören. Alles, was ich für sie tun konnte, war, sie zu behandeln und ihr dann die Pille zu verschreiben, damit sie keine ungewollten Schwangerschaften mehr hatte.

Obwohl ich nicht zum ersten Mal mit so etwas zu tun gehabt hatte, wurde es für mich nie einfacher. Es machte mich innerlich krank. Zumindest hatte ich jetzt jemanden, der mir helfen konnte, mich von dem schrecklichen Ereignis abzulenken.

Ich pfiff, als ich duschte und mich für das Abendessen fertig machte, und fühlte mich schon etwas leichter als zuvor. Vielleicht lag es an dem Glas Wein, das ich bereits getrunken hatte. Vielleicht lag es auch daran, dass ich nicht mein eigenes Abendessen kochen musste.

Für eine Person zu kochen, kann sich verdammt einsam anfühlen.

Es klopfte an der Tür und ich schlüpfte in ein Paar High Heels und nahm meine Handtasche, um Luci an der Tür zu treffen. Als ich sie öffnete, lächelte er mich an und mein Herz tat etwas Dummes.

Es setzte einen Schlag aus.

So etwas albernes Romantisches war mir noch nie passiert. Und ausgerechnet bei *diesem Mann*.

Kein Wein mehr für mich!

„Du siehst umwerfend aus", sagte er, als er meine Hand nahm und sie in seine Ellbogenbeuge legte. „Ich werde von jedem Mann, dem wir heute Abend begegnen, beneidet werden und wahrscheinlich sogar von manchen Frauen."

„Es ist nur ein Kleid mit High Heels. Es kommt nicht oft vor, dass ich sie tragen kann." Die Art und Weise, wie mein ganzer Körper rot wurde, machte mir Sorgen. *Ich hoffe, ich bin nur ein bisschen betrunken und das ist keine Reaktion auf ihn.*

„Ich bin froh, dir diese Gelegenheit zu geben. Dieses Outfit steht dir gut, Julia." Sein Auto stand in der Nähe. Er führte mich dorthin und öffnete die Beifahrertür.

Als ich auf den Ledersitz rutschte, wurde mir klar, dass der Mann Geld hatte. Ich war nie eine Frau gewesen, die sich für reiche Männer interessierte, hauptsächlich, weil ich allein mit meiner Praxis hervorragend zurechtkam.

Er nahm meine Hand, kurz nachdem er ins Auto gestiegen war, zog sie an seine Lippen und küsste sie sanft. „Danke, dass du mit mir ausgehst."

Als ich dort saß und ihn ansah, fiel mir plötzlich auf, was das war. *Oh Gott, wir gehen auf ein Date!*

———

LUCIANO

Julia hatte etwas Besonderes an sich und ich hatte noch nie so für eine Frau empfunden. Bei dieser Frau lohnte es sich, zu warten. Bei dieser Frau würde ich mir Zeit lassen.

Seit zwei Monaten arbeitete ich schon an ihrem Haus. Seit zwei Monaten wartete ich, gab ihr viel Freiraum und tauchte dennoch täglich dort auf.

Der Abend unseres ersten Dates, das schiere Entsetzen, als sie mir in die Augen gesehen und plötzlich bemerkt hatte, dass sie mit mir verabredet war, sagte mir, dass sie etwas durchgemacht hatte, das bei ihr Narben hinterlassen hatte.

Ich hatte in der Vergangenheit viele Narben in den Herzen der Frauen hinterlassen und wollte ihr das nicht antun. Julia war eine starke, unabhängige Frau. Aber auch starke Frauen konnten Schwächen haben und ich hatte das Gefühl, dass Intimität eine von ihren war.

Also hatte ich etwas völlig Außergewöhnliches getan. Ich hatte mich beim Flirten zurückgehalten und nicht meine üblichen Verführungstechniken angewandt, sondern war einen anderen Weg gegangen. Ich war ihr Freund geworden, was ich noch nie zuvor getan hatte. Und es hatte funktioniert.

Nach einem kurzen Klopfen öffnete ich die Tür zum Poolhaus und sah, wie Julia in einer medizinischen Fachzeitschrift blätterte. „Hast du frei?"

Sie legte die Zeitschrift weg und nickte. „Mir ist langweilig. Ich denke darüber nach, schwimmen zu gehen, sobald ihr weg seid."

Bei der Vorstellung von ihr im Pool fiel es mir schwer, zu schweigen. *Verdammt, es ist wieder da, das drängende Verlangen, sie ins Bett zu bekommen – und zwar schnell.* Aber ich schaffte es, meine Gedanken für mich zu behalten. „Klingt gut. Wir sind bald fertig. Ich wollte wissen, ob ich dir die neue Außenküche zeigen soll, die wir heute eingebaut haben. Ich habe Steaks und Kartoffeln besorgt."

Sie grinste mich an. „Du willst also heute Abend draußen grillen?"

„Wenn du dazu bereit bist, tue ich es." *Und wenn du Lust auf mehr hast, bin ich auch dabei, kleine Verführerin.*

„Ich muss wissen, wie meine neuen Geräte funktionieren." Sie kaute auf ihrer Unterlippe herum und sah mich dann wieder an. „Ich mache einen Salat. Möchtest du dazu Vinaigrette oder Ranch-Dressing?"

„Ranch-Dressing." Ich dachte über die Möglichkeit nach, mit ihr schwimmen zu gehen, und fügte hinzu: „Ich hole meine Badehose aus meiner Tasche im Auto. Wir werden uns einen schönen Abend machen. Vielleicht können wir uns sogar einen Film auf dem Außenfernseher ansehen, der gerade montiert worden ist."

Ihre Augen leuchteten. „Ist er auch schon fertig? Wow, ihr arbeitet schnell." Dann runzelte sie die Stirn. „Es geht viel schneller, als ich gedacht hatte."

Ich konnte die Enttäuschung auf ihrem Gesicht sehen und liebte es irgendwie. „Wir müssen noch das Poolhaus und die Garage renovieren. Ich dachte, wir könnten ein Zimmer über der Garage einbauen. Dadurch steigt der Wert des Hauses und es wäre eine großartige Gästesuite."

Ihr Lächeln kehrte zurück. „Das klingt gut. Ich werde dich in ungefähr einer Stunde am Pool treffen."

„Dann haben wir ein Date." Mit diesen Worten schloss ich die Tür hinter mir, sodass sie nicht widersprechen konnte.

Nachdem die Crew gegangen war, zog ich meine Badehose an und holte die Kühltruhe mit dem Essen, das ich mitgebracht hatte, um den neuen Grill auszuprobieren. Als ich den Fernseher einschaltete, fand ich einen Musikkanal und genoss den Surround-Sound.

Leise spanische Gitarrenmusik begleitete die milde Brise. Die untergehende Sonne erweckte die Lichter zum Leben, die den Garten auf eine sinnliche Art erhellten. Ich schaltete auch die Poolbeleuchtung und die Wasserfallfunktion ein. Ich wollte, dass Julia alle Änderungen, die wir vorgenommen hatten, erleben konnte.

In einem schwarzen Spitzenüberwurf kam sie aus der Tür des Poolhauses. Darunter war ein roter Bikini zu sehen, der mein Herz höherschlagen ließ. „Ich bin gerade dabei, den Grill anzumachen. Komm her."

„Ich liebe diese Musik." Sie bewegte ihre Hüften in die eine Richtung und ihre Schultern in die andere, als sie zu mir tanzte und meine Hände nahm. „Tanz mit mir."

Ich war niemand, der sich die Gelegenheit entgehen ließ, mit einer schönen Frau zu tanzen, also nahm ich sie in meine Arme und drehte mich mit ihr auf der Terrasse. „Diese Musik klingt nicht nur gut, sondern erzeugt auch eine ganz besondere Atmosphäre."

„Sie klingt", sagte sie und wurde dann still, bevor sie hinzufügte, *romantisch.*"

„Genau." Ich beugte mich vor und streifte mit meinen Lippen ihren Hals. „Heute Abend scheint Romantik in der Luft zu liegen."

Als ich in ihre Augen sah, war dort überhaupt keine Angst. „Ja."

Zum ersten Mal wurde ich panisch. Ich hatte noch nie so lange auf eine Frau gewartet. Ich hatte überhaupt noch nie gewartet. Frauen gaben sich mir meistens sofort hin.

Aber Julia war nicht wie andere Frauen. Sie war elegant, cool und höllisch schlau. Julia war einfach perfekt. Und plötzlich dachte ich, sie könnte zu gut für einen Mann wie mich sein.

Diese Frau könnte mich leicht um ihren kleinen Finger wickeln, wenn sie wollte. Und ich war mir nicht sicher, ob ich sie um meinen kleinen Finger wickeln könnte, was ich normalerweise tat.

„Ich sollte den Grill anmachen." Ich ließ sie los und wandte meine Aufmerksamkeit meiner Aufgabe zu.

„Ich hole Wein." Sie ging ins Poolhaus, kam mit zwei Gläsern Rotwein zurück und stellte eines in meine Nähe. „Bitte." Sie starrte auf die Flammen, da ich bereits den Grill angemacht hatte. „Ich dachte, du würdest mir zeigen, wie das geht."

„Oh, ja." Ich war so sehr damit beschäftigt gewesen, mich von ihr abzulenken, dass ich es vergessen hatte. Also schaltete ich die Flammen aus und wieder ein. „Siehst du?"

„Lass es mich versuchen." Sie schob sich vor mich und ihr Hintern rutschte an meinem pulsierenden Schwanz vorbei. „Ist das richtig so?"

Heilige Mutter Gottes!

Ich wich zurück, schloss die Augen und musste mich daran erinnern, wie ich meine Großmutter einmal versehentlich in ihrer Unterwäsche gesehen hatte, um meinen Schwanz unter Kontrolle zu bekommen. „Ja, genau so."

„Oh, okay." Nachdem sie den Grill wieder eingeschaltet hatte, ging sie mir aus dem Weg und stellte sich neben mich. „Das ist schön. Ich bin froh, dass du mich überredet hast, den Grill zu kaufen. Es wird wundervoll sein, an Sommerabenden hier draußen zu kochen."

„Du kannst auch im Winter hier kochen", sagte ich, um mich von ihr abzulenken. „Wir haben eine Außenheizung installiert."

„Denkst du, du bist noch hier, wenn es Zeit für mich ist, sie einzuschalten?" Sie nippte an dem Wein und sah mich an.

„Der Auftrag wird bis dahin noch nicht abgeschlossen sein, also ja." Mir gefiel nicht, wie ich mich fühlte. Die Rollen waren jetzt vertauscht und Julia ging mir unter die Haut.

Ich war noch nie verführt worden. Ich hatte immer alle verführt. Ich hatte immer die Oberhand gehabt und war jemand gewesen, der keine wirkliche Bindung einging und es leicht fand, Beziehungen zu beenden.

Sie nahm am Rand des Pools Platz, tauchte ihre Füße ins Wasser und bewegte sie hin und her. „Er ist gestorben, weißt du?"

Ich griff nach der Packung mit den Steaks und hatte keine Ahnung, wovon sie sprach. „Wer?"

„Mein Ehemann. Er war gerade erst den Marines beigetreten, als er bei seinem ersten Einsatz getötet wurde." Sie trank noch einen Schluck Wein. „Ich war erst zwanzig und er war einundzwanzig. Wir hatten uns in der Highschool kennengelernt und dachten, unsere Liebe würde ewig dauern. Aber das war nicht der Fall."

Oh Gott.

———

JULIA

Zuerst hatte ich keine Romantik gewollt. Natürlich hatte Luciano es von Anfang an darauf abgesehen gehabt. Aber dann hatte er aufgehört, noch bevor er richtig angefangen hatte. Er hatte keine Ahnung, was ich in seinen Augen sah. Angst. Angst, sich tatsächlich in mich zu verlieben.

Ich wusste, dass ich als starke, unabhängige Frau einschüchternd wirkte. Ich musste ihm zeigen, wo meine Schwachstelle war, damit er verstand, dass ich, obwohl ich in vielerlei Hinsicht stark war, schwach war, wenn es um Liebe ging.

Er setzte sich neben mich an den Rand des Pools. „Er war bestimmt ein guter Mann. Mein Beileid."

Ich sah ihm in die Augen und suchte darin nach echtem Verständnis. „Du begreifst also, warum ich mich von Romantik und Dates ferngehalten habe, oder?"

„Ja, das tue ich." Seine Finger bewegten sich zu meinen und berührten sie sanft. „Weißt du, ich habe auch Angst. Ich hatte noch nie in meinem Leben Angst vor einer Frau, aber ich habe unheimlich viel Angst vor dir, Julia."

Ich war froh, dass er mir endlich die Wahrheit sagte, und musste einfach fragen: „Und warum ist das so, Luciano?"

„Weil ich gerade gemerkt habe, dass du mein Herz in deiner Hand hältst. Du hast die Oberhand. Du hast …"

Ich unterbrach ihn. „Ich verstehe." Aber er verstand mich nicht ganz. „Glaubst du nicht, dass es mir genauso geht?"

„Denkst du auch, dass du mein Herz in deiner Hand hältst?", fragte er mit Verwirrung auf seinem attraktiven Gesicht.

Ich musste lachen „Nein. Du hältst mein Herz in deiner Hand."

„Wirklich?" Er starrte ins Wasser. „Ich bin deiner nicht würdig. Ich war noch nie verliebt. Ich habe schon oft Lust empfunden, aber Liebe? Nie."

„Nun, ich war erst einmal verliebt und es war ganz anders als das hier." Ich war kein Kind mehr. Ich war jetzt eine erwachsene Frau. „Sagen wir einfach, was wir sagen wollen. In Ordnung?"

Mit einem leichten Nicken sagte er: „Ich habe mich in dich verliebt. Und ich fürchte, du wirst mich verletzen, weil du die erste Frau bist, die jemals die Macht dazu hatte."

„Ja." Ich lächelte und legte meinen Kopf auf seine Schulter. „Und ich weiß, dass mir das Gleiche passieren kann. Ich wollte mir das nie wieder antun. Ich dachte nicht, dass mein Herz es ertragen könnte. Aber ich habe in letzter Zeit darüber nachgedacht, wie viele großartige Tage ich mit meinem Mann hatte und dass ich nichts davon gehabt hätte, wenn ich ihn nicht geheiratet hätte, aus Angst, dass er nur ein Jahr nach unserer Hochzeit tot sein würde."

„Also ist die Liebe wie ein Spiel", sagte er völlig emotionslos. „Und am Ende wird einer von uns auf die eine oder andere Weise verlieren."

„Ja." Es gab keinen Grund, es zu beschönigen. „Einer von uns wird sterben oder weggehen. Auf jeden Fall wird es enden. Menschen sind nicht für die Ewigkeit gemacht."

„Aber wir haben mit etwas Glück noch viele Tage vor uns." Er streichelte meine Haare und drückten seine Lippen darauf. „Und Nächte. Wenn wir Glück haben, werden wir sehr viele Nächte zusammen haben."

„Und das ist alles, was wir verlangen können, nicht wahr?" Ich hob meinen Kopf, sodass unsere Gesichter nur wenige Zentimeter voneinander entfernt waren. „Ich bin bereit für diese großartigen Tage und Nächte. Du auch?"

Lange Zeit sah er mich einfach nur an, während seine Augen voller Angst waren. Aber dann wurden sie sanfter. „Du hast mein Herz, aber ich habe auch dein Herz, oder?"

„Ja." Ich hatte das Gefühl, dass wir einander ebenbürtig waren.

„Dann muss ich mich wohl meinen größten Ängsten vor der

Liebe stellen – wenn ich sie jemals besiegen will." Ich beugte mich vor, traf ihn auf halbem Weg und unsere Lippen berührten sich endlich.

Ein Blitz durchfuhr mich und im nächsten Moment zog ich ihn mit mir ins Wasser, ohne dass sich unsere Lippen trennten. Im Pool verloren wir alle Zurückhaltung und tauften unsere Liebe in dem herrlichen Wasser.

Als sich unsere Körper vereinten, taten unsere Herzen, Gedanken und Seelen es ihnen gleich. Als wir uns liebten, wusste ich wieder, wie sich ‚für immer' anfühlte. Es war unglaublich.

Als ich am nächsten Morgen aufwachte, war mein Kopf auf Lucis Brust. Sein Arm lag schwer über mir und gab mir den Trost, den ich so lange nicht mehr gehabt hatte. Ich küsste seine Brust. Meine Lippen waren geschwollen von all den Küssen, die er mir in der Nacht zuvor gegeben hatte. Aber das war mir egal und ich küsste seinen Oberkörper und sein Kinn, bis ich seine Lippen erreichte. „Guten Morgen, schöner Mann."

Er stöhnte leise und flüsterte: „Guten Morgen, meine Schöne." Sein Arm legte sich fester um mich, dann hob er mich hoch und ich landete rücklings auf dem Bett. Er bewegte sich wie ein Panther über mich und sein Knie spreizte meine Beine, bevor er in mich eindrang.

Meine Nägel kratzten über seinen Rücken und ich versuchte, bei der Mischung aus Vergnügen und Schmerz nicht zu schreien. „Du kommst direkt zur Sache, hm?"

„Warum nicht?" Er bewegte sich langsam in mir. „Du kannst dich genauso gut sofort daran gewöhnen, jeden Morgen so aufzuwachen."

„Solange jede Nacht so endet wie die letzte Nacht, nur zu gern." Er hatte mich von all meinen Problemen und Sorgen abgelenkt.

„Solange ich dich hier habe", sagte er und stieß hart in mich. „Ich dachte, ich sollte dich wissen lassen, was meine Pläne für dich sind, Doktor Barclay."

„Es ist nicht so, als könnte ich weggehen, also teile mir unbedingt all deine Pläne mit, Mr. De La Cruz." Ich konnte nicht aufhören zu lächeln, als er sich über mir bewegte. Er war einfach wundervoll.

„Erstens musst du wissen, dass ich in vielerlei Hinsicht ein konservativer Mann bin. Du weißt schon, traditionell."

„Traditionell? Du?" Ich hätte nicht gedacht, dass er das war. „Du warst doch ein ziemlicher Frauenheld, oder?" Ich hielt das überhaupt nicht für traditionell.

„Bis du gekommen bist, *mi amor*." Er küsste meine Wange. „Jetzt möchte ich das werden, was ich immer sein sollte, sobald ich die richtige Frau gefunden hatte. Und du bist die richtige Frau für mich."

„Und was solltest du immer sein, Luci?" Ich blinzelte, als ich zu ihm aufblickte. Das Morgenlicht kroch durch das Fenster und umgab ihn mit einem goldenen Schein, der ihn engelhaft aussehen ließ.

„*Ich* sollte *dein* Ehemann sein." Sein ernstes Gesicht sagte mir, dass er nicht scherzte.

„Wir haben gerade erst angefangen, miteinander auszugehen", argumentierte ich.

„Ich habe dich bereits vor Monaten ausgeführt. Und ich kannte dich schon lange davor. Wir hatten gestern Abend unser zweites Date. Das hier ist unser drittes, wenn du es genau wissen willst."

„Also sind drei Dates genug für dich, um zum Altar zu schreiten?" Ich musste lachen.

„Seit du gekommen bist, ja." Er küsste mich zärtlich und flüsterte dann: „Willst du mich heiraten und Doktor De La Cruz werden? Meine Eltern werden sehr stolz darauf sein, wenn eine Ärztin unseren Familiennamen trägt."

Sieht so aus, als hätten wir gerade unser Happy End gefunden. „Ja!"
Ende

THE BILLIONAIRE'S KISS

Ein Second Chance - Liebesroman

(Unwiderstehliche Brüder 6)

Jessica F.

Als ich in einer Lobby voller Menschen stehe, fallen mir kastanienbraune Locken auf. Während sie sich durch die Menge bewegen, blicken mich grüne Augen an. Mein Herz rast, mir wird heiß und ich kann nicht aufhören, in diese Augen zu sehen – sie fesseln mich.

Die Beziehung war von Anfang an zum Scheitern verurteilt. Sie ist nur eine Woche hier. Lange genug, um Spaß zu haben – kurz genug, um keine wirklichen Gefühle aufkommen zu lassen.

Zumindest dachte ich das.

Unsere Bindung ist stark. Unsere Liebe ist unbestreitbar. Unser Ende ist unvermeidlich.

Sie gehört zu ihrer Familie nach Irland. Und ich gehöre zu meiner Familie nach Texas. Ich habe ein Unternehmen zu führen, also kann ich auf keinen Fall weggehen. Sie hat eine Familie, die sie braucht, sodass sie auf keinen Fall hierbleiben kann.

Aber mein Herz sehnt sich auch nach vielen Monaten immer noch nach ihr. Und ich muss mich fragen, ob ihr Herz sich nach mir sehnt.

Vielleicht gibt es doch eine Möglichkeit für uns, zusammen zu sein. Ich bin schließlich kein ignoranter Mann. Ich kann mir etwas einfallen lassen, damit wir zusammen sein können. Die Erinnerungen an sie lassen mich nicht zur Ruhe kommen. Ich muss ein Risiko eingehen – für uns.

KAPITEL EINS

WARNER

Im Whispers Resort war jede Menge los, als wir den zweiten Jahrestag der Eröffnung feierten. Wir hatten jeden Gast, der an jenem allerersten Tag gekommen war, dazu eingeladen, zu jedem Jubiläum wiederzukommen und mit uns ein weiteres erfolgreiches Jahr zu feiern. Und wir waren schon in unserem ersten Jahr äußerst erfolgreich gewesen.

Meine Brüder und ich – die Eigentümer des Resorts – trafen uns jährlich nicht nur zum Feiern, sondern um zu besprechen, welche Rolle jeder von uns beim Wachstum des Unternehmens gespielt hatte. Irgendwie erschien ich als Letzter bei dem Meeting im Hauptkonferenzraum, in dem sich meine vier Brüder bereits versammelt hatten.

„Endlich", sagte mein jüngster Bruder Stone, als er sich mit einer Tasse dampfendem Kaffee in der einen und Gebäck in der anderen Hand an den runden Tisch setzte. „Ich würde das hier gerne hinter mich bringen."

Ich holte mir einen Kaffee und einen Donut und entschuldigte mich: „Tut mir leid. Es ist nur so, dass es an solchen Tagen schwierig ist, überhaupt hierherzukommen. Da draußen sind überall Leute. Es ist verrückt." Ich nahm meinen Platz ein, während meine Brüder sich ebenfalls setzten.

Baldwyn, der Älteste von uns, übernahm das Kommando. „Patton, du führst das Sitzungsprotokoll." Er schob einen Block Papier und einen Bleistift zu Patton, der direkt neben ihm war.

Wir saßen in der Reihenfolge unserer Geburt am Tisch, den wir sorgfältig ausgewählt hatten, damit wir uns im Unternehmen alle ebenbürtig fühlten. Baldwyn, Patton, ich, Cohen und dann Stone. Gleichberechtigt sollten wir uns gleichermaßen anstrengen. Und das taten wir alle – meistens.

Während Patton unsere Namen aufschrieb, ergriff ich das Wort. „Also, Baldwyn, kannst du uns sagen, was du im vergangenen Jahr getan hast, um das Whispers Resort und Spa auszubauen?"

„Wie ihr alle wisst, ist es meine Aufgabe, Gäste aus den USA zu gewinnen. Ich habe dieses Jahr in jedem Bundesstaat Konferenzen besucht." Er schaute sich am Tisch um und sah jeden von uns an. „Ich habe festgestellt, dass die Teilnahme daran das, was ich als unsere ortsfremde Kundschaft bezeichne, im Vergleich zu unseren Prognosen für das erste Jahr um zwanzig Prozent erhöht hat. Irgendwann in der Zukunft möchte ich hier selbst eine Hotelkonferenz abhalten. Seid ihr mit dieser Idee einverstanden?"

Ich war beeindruckt. „Mir gefällt die Idee. Vielleicht können wir im kommenden Jahr ein paar Kongresse abhalten. Zum Beispiel einen für nationale Hotels unter deinem Vorsitz. Danach könnten wir einen für internationale Hotels organisieren, den ich leiten könnte."

Cohen, Baldwyn und ich hatten jeweils einen Abschluss in Business Management. Cohens Aufgabe war, das gesamte Resort und Spa im Blick zu behalten, und er war der direkte Vorgesetzte aller Abteilungsleiter. Jetzt leuchteten in seinen Augen Dollarzeichen. „Diese beiden Veranstaltungen würden jede Menge Umsatz bringen. Mir gefällt die Idee auch."

Patton war Innenarchitekt und auch er strahlte wie eine Wunderkerze am vierten Juli. „Ich könnte einen Kongress für Innenarchitekten abhalten."

Cohen nickte zustimmend. Offenbar mochte er, was er hörte. „Das sind drei Kongresse in einem Jahr. Ich kann das Geld fast riechen." Er sah Stone an, der vorsichtig seinen Kaffee mit einem winzigen Strohhalm umrührte. „Wie wäre es mit einem Kongress für Köche, Stone?"

„Ich habe kein Interesse daran, so etwas zu organisieren. Ich gehe lieber zu Kongressen, als sie zu veranstalten." Stone war der faulste von uns fünf. Seine einzige Aufgabe war, die Manager der Restaurants, Cafés und Bars im Resort zu beaufsichtigen.

In dem Versuch, ihn dazu zu bringen, ein bisschen mehr zu tun als sonst, sagte ich: „Weißt du, wenn du einen Kongress veranstaltest, wirst du andere Köche aus der ganzen Welt treffen und das könnte dich inspirieren. Du solltest in diesem Resort selbst kochen, anstatt andere dabei zu beaufsichtigen." Stone war ein großartiger Koch, er musste sich nur mehr anstrengen.

Er machte sich nicht die Mühe, mich anzusehen, sondern schüttelte nur den Kopf. „Noch nicht, Warner. Ich bin erst sechsundzwanzig. Gib mir etwas Zeit, um in der Welt der Chefköche Fuß zu fassen, okay?"

„Du hast fast fünf Jahre lang mit Chefköchen in Houston zusammengearbeitet, bevor wir nach Austin gezogen sind. Seit wir hier sind, hast du mit niemandem mehr zusammengearbeitet." Ich hatte stillschweigend seine mangelnde Begeisterung seit dem Umzug bemerkt und sie hatte mich beunruhigt. „Interessierst du dich nicht mehr für das Kochen?"

„Ich koche die ganze Zeit zu Hause. Und ich koche oft für meine Freunde, Warner. Ich versuche nur, mir einen einzigartigen Stil zu erarbeiten, bevor ich hier ein eigenes Restaurant eröffne. Ich möchte, dass es perfekt ist und die Gerichte, die ich zubereite, unsere Gäste begeistern. So etwas braucht Zeit."

„So spricht ein wahrer Künstler", sagte Patton, als seine Augen zu mir wanderten. „Warner, Stone und ich denken nicht so wie du, Baldwyn und Cohen. Unsere Arbeit lebt von Kreativität, während ihr nur Zahlen seht. Stone kommt gut damit zurecht, wofür er im Moment zuständig ist. Wir dürfen ihn nicht drängen."

Er verteidigte unseren jüngsten Bruder immer, besonders wenn er faul war. „Okay, ich werde nichts mehr darüber sagen – vorerst." Wenn ich eins wusste, dann dass Patton Stone verteidigen würde wie eine Löwin ihre Jungen.

Baldwyn setzte das Meeting fort und fragte mich: „Und wie hast du unser Unternehmen im letzten Jahr vorangebracht, Warner?"

Ich war glücklich, meinen Bericht abzugeben. „Nun, ich habe nicht an Kongressen teilgenommen wie du, großer Bruder. Ich habe das Internet genutzt, um neue Gäste zu gewinnen. Ich habe zehn Reisegruppen aus Asien hergebracht und dazu Gäste aus Spanien, Italien und sogar Indien. Im Moment korrespondiere ich mit einer Reisegruppe aus Irland. Zwanzig Personen aus einer Stadt namens Kenmare, die unseren schönen Bundesstaat besuchen möchten, haben Interesse bekundet, in unserem Resort zu übernachten, während sie hier sind."

„Das ist großartig", sagte Cohen mit einem Lächeln. „Es ist gut zu sehen, wie sich unsere individuellen Herangehensweisen für das Unternehmen ausgezahlt haben. Wenn wir so weiterarbeiten, sehe ich in unserer Zukunft weitere Resorts."

„Das denke ich auch", sagte Baldwyn.

Patton war für unser Spa zuständig. „Ich habe auch über das Internet Gäste für das Spa gefunden." Er hielt einen Finger hoch, als er eine Idee hatte. „Ah, wir können der Liste noch einen Kongress hinzufügen, Cohen. Wie wäre es mit einem Spa-Kongress? Auf diese Weise könnte ich noch mehr über die Branche erfahren und unsere Einrichtungen hier verbessern."

„Ich glaube, mir wird die Arbeit im kommenden Jahr nicht ausgehen", sagte Cohen und schüttelte den Kopf. „Nun, zumindest bedeutet das, dass wir nächstes Jahr noch mehr Gewinn machen werden."

Wir hatten unseren Cousins aus Carthago bereits fast die Hälfte des Geldes zurückgezahlt, das wir uns von ihnen geliehen hatten, um das Resort zu bauen. Innerhalb der nächsten ein oder zwei Jahre würden wir unsere Schulden vollständig begleichen können. Es fühlte sich gut an, Teil von etwas Erfolgreichem zu sein. Und es fühlte sich gut an, mit meinen Brüdern zusammenzuarbeiten.

Wir standen uns sehr nahe. Obwohl wir uns nicht immer einig waren oder gleich dachten, hatten wir dennoch eine Bindung, die unzerbrechlich zu sein schien. Wenn man keine Eltern hatte, die für den Zusammenhalt der Familie sorgten, mussten sich die Kinder selbst darum kümmern.

Um den Frieden in der Familie zu wahren, fragte ich Stone: „Wie wäre es, wenn du in der kommenden Woche einmal für uns das Abendessen kochst, damit wir sehen können, wie du mit deinen Menüideen vorankommst?"

Die Augen meines jüngsten Bruders leuchteten auf. „Im Ernst? Ihr würdet zum Abendessen zu mir kommen?"

Ich war nur einmal in Stones neuem Zuhause gewesen, gleich nachdem er vor einem Jahr dort eingezogen war. Wir trafen uns meistens bei Baldwyn. „Sicher." Mit einem Blick auf meine Brüder fragte ich: „Was ist mit euch?"

Alle nickten, also schienen wir uns einig zu sein.

„Vielleicht haben wir unseren kleinen Bruder vernachlässigt", sagte ich zu ihnen. „Wir sollten mindestens einmal im Monat zu ihm gehen, um die neuen Gerichte zu probieren, die er sich ausgedacht hat. Vielleicht hilft es dabei, ihn zu inspirieren."

„Das wäre großartig", schwärmte Stone. „Ich habe schon mindestens drei Gerichte im Sinn, die ihr unbedingt kosten müsst."

Patton stieß mit seiner Schulter gegen meine. „Gute Idee, Warner."

Da ich altersmäßig genau in der Mitte meiner vier Brüder war, hatte ich mich daran gewöhnt, den Vermittler zu spielen. Selbst wenn ich Ärger machte, war normalerweise ich derjenige, der einen Weg fand, damit wir uns alle wieder vertragen konnten. „Ich werde versuchen, deine künstlerische Natur besser zu berücksichtigen, Stone. Du musst mir verzeihen, dass ich so stark aufs Geschäft konzentriert bin. Das kann manchmal den Dingen im Weg stehen, die wirklich wichtig sind. Und du bist mir sehr wichtig, kleiner Bruder."

„Du bist mir auch wichtig, Warner." Stones Lächeln war echt. „Danke für den Vorschlag, dass ich für euch koche. Ich hatte nie daran gedacht, aber ich freue mich schon sehr darauf."

Stone war schon immer ein bisschen freigeistig – er hätte perfekt zu den Hippies der sechziger Jahre gepasst. „Ich bin froh, dass ich helfen konnte."

Baldwyn sah glücklich aus, als er zum nächsten Thema überging. „Nun zum kommenden Jahr. Wie werden wir uns weiter verbessern? Patton, diesmal fängst du an."

„Es ist offensichtlich, dass das kommende Jahr noch besser sein wird, wenn wir mit den Kongressen Erfolg haben. Wir müssen alle einen Plan für den Kongress machen, den wir jeweils veranstalten möchten. Dann geben wir die Pläne Cohen, damit er den zeitlichen

Rahmen bestimmt. Er weiß, wann wir am meisten zu tun haben und welche Termine am besten für die Kongresse funktionieren."

„Einverstanden", sagte ich schnell. „Cohen kann sich darum kümmern. Je früher wir unsere Pläne erstellen, desto eher kann er die Termine bestimmen und wir können damit beginnen, Werbung für die Kongresse zu machen."

Baldwyn fügte hinzu: „Jeder von uns kann neben dem üblichen Marketing Werbeaktionen für die Kongresse durchführen. Auf diese Weise gibt es drei Werbebeauftragte für jeden Kongress."

Stone lächelte. „Mit mir sind es vier. Ich habe jede Menge Follower in den sozialen Medien, wo ich auch für euch Werbung machen kann."

Ich lächelte Stone an. Er beschäftigte sich bereits mehr mit unseren Ideen und Plänen – es war schön zu sehen, dass alles, was es gebraucht hatte, ein wenig Ermutigung und die Bitte um ein Abendessen gewesen war. „Das hört sich großartig an, Stone. Danke für deine Hilfe." Ich liebte es, wenn wir alle zusammenkamen und etwas erreichten.

„Kein Problem. Sobald ihr eure Marketingmaterialien fertiggestellt habt, schickt ihr sie mir einfach und ich werde sie an meine Follower weiterleiten." Er kaute auf seiner Unterlippe herum, als er über etwas nachzudenken schien. „Wisst ihr, woran ich gerade gedacht habe?"

„Woran?", fragte Baldwyn.

„Nun, ich habe hier und da etwas über das Resort veröffentlicht, also war ich möglicherweise auch für einige unserer Buchungen und Gäste verantwortlich." Er sah Cohen an. „Wie kann ich feststellen, ob einer meiner Follower das Resort besucht hat?"

„Ich werde das für dich erledigen", sagte Cohen. „Es ist überhaupt nicht schwierig, mit Google Analytics Daten nachzuverfolgen. Auf diese Weise kannst du uns konkrete Zahlen nennen, wenn wir dieses Meeting nächstes Jahr wiederholen."

„Cool. Diese Idee gefällt mir." Stone nickte, als er mich ansah. „Wer weiß, vielleicht ist nächstes Jahr mein Jahr, Warner."

„Ich hoffe es." Das tat ich wirklich. Nicht, dass ich ihn drängen wollte, aber ich wollte sehen, dass er sich wieder für etwas begeisterte – besonders fürs Kochen.

Ich hatte mir immer vorgestellt, dass er ein Restaurant im Resort haben würde. Patton hatte das Spa, um als Innenarchitekt kreativ zu sein. Der Rest von uns hatte ständig damit zu tun, sich ums Geschäft zu kümmern. *Müßige Hände sind das Spielzeug des Teufels* hatte unsere Mutter immer gesagt. Ich neigte dazu, ihr zuzustimmen.

Stone hatte sich immer mehr zurückgezogen, seit wir nach Austin gekommen waren. Ich hatte mir oft Sorgen gemacht, dass er sich auf Dinge einließ, von denen er die Finger lassen sollte. Oft war er mit Sonnenbrille erschienen und hatte sie den ganzen Tag nicht abgenommen. Wenn er sich nur für die Arbeit und das Kochen begeistern könnte ... ich war mir sicher, dass er dann nicht länger Dinge tun würde, die nicht gut für ihn waren.

Baldwyn hatte mich immer als Glucke bezeichnet, weil ich mir Sorgen um meine Brüder machte. Ich war derjenige, der nicht viel trank. Ich war derjenige, der angebotene Zigarren und Zigaretten ablehnte. Ich war derjenige, der sich um seine Gesundheit kümmerte und darauf achtete, viel Wasser zu trinken. Und ich ermutigte meine Brüder ebenfalls dazu, was mir meinen Spitznamen eingebracht hatte.

Im Laufe der Jahre waren all meine Brüder dem einen oder anderen Laster verfallen. Der Verlust unserer Eltern in jungen Jahren hatte von uns allen einen Tribut gefordert. Ich schien der Einzige zu sein, der nicht versuchte, den Schmerz irgendwie zu betäuben.

Aber ich hatte auch meine Schwierigkeiten. Ich hatte nach dem Tod meiner Eltern den Schmerz tief in mir vergraben. Anstatt mich irgendetwas *zu*zuwenden, wandte ich mich ziemlich schnell von Menschen *ab*.

Ein Streit reichte und ich trennte mich von dem Mädchen, mit dem ich gerade noch zusammen gewesen war. Etwas hielt mich davon ab, Frauen zu nahe zu kommen. Wahrscheinlich die Angst, sie zu verlieren, aber ich hatte nie viel darüber nachgedacht. Mehr über mich zu wissen, hätte das Problem auch nicht gelöst.

Seit wir das Resort gebaut hatten, war ich mit zwei Frauen zusammen gewesen. Eine Beziehung hatte ein paar Monate gehalten, bevor ich sie beendet hatte. Die andere hatte ein halbes Jahr gedauert, bevor ich die Frau verlassen hatte und sie mich in Tränen aufgelöst immer wieder gefragt hatte, was sie falsch gemacht hatte. Ich hatte ihr deutlich gesagt, dass ich das Problem war und es mir leidtat, wie ich war.

Ein Teil von mir musste verkümmert sein, nachdem meine Eltern bei dem Hausbrand umgekommen waren. Ich war damals dreizehn gewesen und hatte in jenem Jahr meine allererste Freundin gehabt. Dana Caldwell war ihr Name gewesen. Wir hatten uns zum ersten Mal geküsst und gedacht, wir wären verliebt.

Nach dem Tod meiner Eltern hatte ich mich emotional zurückgezogen. Wir waren noch Kinder gewesen, aber es hatte uns auseinandergetrieben. Und so hatte mein kaum vorhandenes Liebesleben begonnen.

Ich fragte mich, ob irgendwann ein Tag kommen würde, an dem jemand wieder etwas in mir zum Leuchten bringen würde. Ich war inzwischen einunddreißig und hatte das Gefühl, dass das Schicksal etwas für mich auf Lager haben musste. Es war einfach noch nicht passiert, aber ich wurde nicht jünger. Ich hatte immer gedacht, dass ich spätestens mit dreißig die richtige Frau für mich finden würde. Ich hatte mich anscheinend geirrt.

Trotz meiner schlechten Erfolgsbilanz hatte ich die Liebe nicht aufgegeben. Aber ich suchte auch nicht direkt danach. Ein Teil von mir ging einfach davon aus, dass sie mir in den Schoß fallen würde, genau wie damals das Resort. Oder besser gesagt, *jemand* würde mir in den Schoß fallen.

Im Moment war ich zufrieden mit meiner erfolgreichen Karriere. Eine erfolgreiche Beziehung war nicht in meiner Reichweite.

Zumindest noch nicht.

KAPITEL ZWEI

ORLA

„Ich möchte nur den Rest des Tages schlafen, damit ich später herausfinden kann, was es mit dem Nachtleben in Austin auf sich hat." Ich konnte die Aufregung – und die Erschöpfung – nicht aus meiner Stimme heraushalten. Obwohl ich es kaum erwarten konnte, mit der Erkundung der Stadt zu beginnen, war der neuneinhalbstündige Flug von Irland nach Texas anstrengend gewesen und ich hatte einen fürchterlichen Jetlag.

Die Gruppe, mit der ich reiste, umfasste zwanzig Personen und es waren zwei Shuttles erforderlich, um uns vom Flughafen zum Whispers Resort und Spa in Austin, Texas zu bringen. Wir waren die ganze Nacht gereist und kamen um zehn Uhr morgens an unserem Ziel an. Wir würden sieben Nächte bleiben und ich hoffte, in jeder einzelnen dieser Nächte Spaß zu haben. Ich hatte ein ganzes Jahr lang hart gearbeitet, um mir eine Woche Urlaub leisten zu können.

Man sagte, dass in Texas alles größer war, und ich wollte es mit eigenen Augen sehen. Als wir zum Haupteingang des neuen Resorts fuhren, konnte ich nicht einmal das Dach des Gebäudes erkennen, so hoch war es. Bisher wurde Texas dem Hype gerecht.

Wir stiegen aus dem Shuttle und die meisten von uns gähnten und streckten sich immer noch, als Portiers in Scharen herauskamen, um unser Gepäck zu holen und uns zu begrüßen. „Willkommen im Whispers Resort."

Ich ging mit den anderen zu den Glastüren, die sich für uns öffneten, und sah mich in der Lobby um. Sie war modern, stilvoll und gut beleuchtet.

Ich arbeitete in Irland selbst in einem Resort und liebte es, andere Resorts zu besuchen, um zu erfahren, wie meins im Vergleich dazu abschnitt. Bisher war dieses hier der Gewinner. Aber ich war noch nicht bereit, meine Niederlage einzugestehen. Für mich bedeutete ein großartiges Resort-Erlebnis, mit dem Personal auszukommen, und ich war gespannt, wie freundlich es sein würde. Unser Personal war unglaublich freundlich und ich war sehr stolz darauf. Ich hatte meine Zweifel, dass die Amerikaner einen so hohen Grad an Höflichkeit bieten konnten wie wir Iren.

„Da sind ja unsere Gäste aus Kenmare", hörte ich einen Mann rufen. Obwohl andere Leute in meiner Gruppe mir den Blick auf den Neuankömmling versperrten, ließ mich seine tiefe Stimme erzittern. „Willkommen im Whispers Resort und Spa. Ich bin Warner Nash, einer der Besitzer dieses schönen Anwesens und derjenige, der Ihre Reise möglich gemacht hat."

Ich reckte den Hals, um den Mann zu sehen, der zu der Stimme gehörte – so geschmeidig und tief, mit einem Hauch von etwas, das nur ein texanischer Akzent sein konnte –, und erhaschte einen Blick auf ihn, als er auf uns zukam.

Er war attraktiv und etwas größer als 1,80 Meter. Seine breiten Schultern ließen ihn kräftig wirken. Unter seinem dunklen Haar, das kurz und ordentlich geschnitten und links gescheitelt war, war sein Gesicht glatt rasiert im Schein des riesigen Kristallleuchters, der über uns hing. Ein schwarzer Anzug mit passenden mattschwarzen Lederschuhen und einem hellblauen Hemd betonte das Blau seiner freundlichen Augen.

Augen, die meine fanden. Sobald sich unsere Blicke trafen, konzentrierte er sich auf mich. „Ich hoffe, Ihre Reise war angenehm."

Als er mich ansah, schlüpfte ich an den anderen vorbei, um nach vorn zu gelangen. „Sie war nicht allzu schlimm", sagte ich grinsend.

„Freut mich, das zu hören, Miss …?" Er sah mich fragend an.

„Orla Quinn." Er war so jung und gutaussehend. Ich war überrascht, dass er in jungen Jahren bereits dieses fantastische Resort leitete. „Sie sind also einer der Besitzer?", platzte ich heraus.

„Das bin ich. Meine vier Brüder und ich besitzen dieses schöne Anwesen." Stolz schwang in seiner sanften Stimme mit. Ihn anzusehen – und ihm zuzuhören – war eine herrliche Erfahrung. Sie erinnerte mich an einen achtzehn Jahre alten irischen Whisky aus der Jameson Bow Street.

Als Barkeeperin zog ich oft Vergleiche zu Alkohol. „Aber Sie sind so jung."

„Ich bin vor einem Monat, am fünften Dezember, einunddreißig geworden", sagte er. „Trotzdem danke."

„Nimm dich in Acht, Orla", erklang die Stimme von Lilith O'Hare hinter mir. „Wir sollten jetzt alle in unsere Zimmer gehen, Mädchen."

Die Augen des jungen Resort-Besitzers waren immer noch auf mich gerichtet. „Ich werde Sie jetzt verlassen, damit Sie alle einchecken und es sich in Ihren Zimmern gemütlich machen können. Wenn jemand das Gebäude besichtigen möchte, bin ich dort drüben in meinem Büro." Er zeigte auf eine graue Tür mit seinem Namen auf einem Messingschild. „Sie können jederzeit vorbeikommen und mich besuchen."

Ich sah zu, wie er wegging, und biss mir auf die Unterlippe. Ich hatte den Mann gerade erst kennengelernt und schon durchlief mich ein Kribbeln. Es fühlte sich gut an.

Ich verschwendete keine Zeit, checkte ein und ging zu seinem Büro. Er faszinierte mich enorm und meine Füße eilten wie von selbst direkt zu ihm.

Nach einem schnellen Klopfen fragte ich: „Kann ich reinkommen?"

Die Tür öffnete sich und er stand vor mir. Endlich konnte ich seine Größe aus nächster Nähe bewundern, während er mich mit meinen 1,65 Meter überragte. Ich wollte nicht den Hals recken müssen, wenn ich zu ihm aufsah, also trat ich einen Schritt zurück.

„Orla, richtig?", fragte er mit einem Lächeln. Perfekte perlweiße Zähne glänzten hinter seinen Lippen. Die untere Lippe war etwas voller als die obere und beide sahen zum Küssen gemacht aus.

Ich musste aufhören, seinen Mund anzustarren, damit er mich nicht für eine Schlampe hielt, also richtete ich meinen Blick auf seine wunderschönen blauen Augen. „Ja, Orla Quinn aus Kenmare, County Kerry, Irland. Ich arbeite in einem Luxusresort und Spa in Kenmare namens Sheen Falls Lodge. Ich bin Barkeeperin in der Sheen Cocktail Bar und ich würde Ihr großartiges Resort liebend gern besichtigen, Mr. Nash."

„Mister?" Er schüttelte den Kopf und es war offensichtlich, dass er das nicht hören wollte. „Nennen Sie mich Warner. Sie sind nicht viel jünger als ich. Zumindest denke ich das."

„Ich bin siebenundzwanzig. Wir sind vier Jahre auseinander. Also kann ich Sie wohl bei Ihrem Vornamen nennen, Warner." Ich konnte mich nicht erinnern, mich jemals so zu jemandem hingezogen gefühlt zu haben. Ich blickte über meine Schulter und sah, wie der Rest meiner Gruppe zu den Aufzügen ging. „Sie sind alle zu müde, um jetzt eine Besichtigungstour zu machen." Ich war bei meiner Ankunft schrecklich müde gewesen, aber seit ich ihn getroffen hatte, war der Jetlag irgendwie verschwunden. „Es besteht keine Notwendigkeit zu warten."

Er bot mir seinen Arm an und lächelte, als ich mich bei ihm unterhakte. „Dann lassen Sie uns anfangen." Er trat aus seinem Büro und sagte: „Fragen Sie mich, was Sie wollen. Ich liebe Ihren Akzent, Orla."

„Ich finde Ihren Akzent auch ziemlich bezaubernd." Ich fand es immer schon einfach, mit Leuten zu sprechen, selbst wenn ich sie gerade erst kennengelernt hatte. Das musste ich in meinem Beruf auch können – er machte es mir unmöglich, schüchtern zu sein. „Ist das ein Südstaaten-Akzent oder eher ein texanischer Akzent?"

„Er ist eindeutig texanisch." Er grinste. „Texaner mögen es nicht, mit den anderen Südstaatlern in einen Topf geworfen zu werden. Dafür sind wir zu stolz. Wie ist das in Irland?"

„Kenmare liegt in Nordirland. Es gibt viele Unterschiede zwischen uns und denjenigen, die die Republik Irland als ihre Heimat bezeichnen", ließ ich ihn wissen. „Auch unsere Akzente sind verschieden. Die Einwohner der Republik haben das, was die meisten Leute für den typisch irischen Akzent halten. Nordirland wurde in seiner Geschichte von Iren aus dem Süden, Schotten und Engländern beeinflusst, das hört man auch an unserem Akzent. Natürlich denken wir, dass er weitaus besser ist als der Akzent der Iren im Süden."

„Ah, dann können Sie verstehen, warum Texaner sich als etwas Besseres als den Rest der Südstaaten betrachten." Er drehte sich um, um mich einen langen Korridor entlangzuführen. „Das ist der Weg zur Whispers Bar. Was unterscheidet Nordirland von der Republik Irland? Gibt es eine Art Grenze oder dergleichen zwischen den beiden?"

„Keine offizielle. Aber solange Touristen mit dem Auto in Irland unterwegs sind, sind alle Entfernungen auf den Verkehrsschildern in Kilometern angegeben. Wenn es plötzlich Meilen werden, bedeutet es, dass sie nach Nordirland gekommen sind."

„So ist es zwischen den Bundesstaaten hier in Amerika auch – abgesehen von der Umstellung von Metern auf Meilen." Er dachte nach. „Aber es gibt keine Kontrollpunkte wie beim Betreten eines anderen Landes. Man sieht nur ein Schild, das besagt, dass man in einem anderen Bundesstaat ist."

„Aber in Amerika verwenden alle dieselbe Währung, oder?"

„Ja."

„In der Republik Irland wird mit Euro bezahlt und in Nordirland mit Pfund, genauso wie in England. Das macht es für Touristen etwas kompliziert."

„Das kann ich mir vorstellen." Er stieß eine schwere Doppeltür aus Holz mit Bleiglasscheiben auf. Auf der einen Tür stand *Whispers* in Grün und auf der anderen das Wort *Bar*, ebenfalls in Grün. „Hier sind wir. Sagen Sie mir, was Sie von der Bar halten."

Im Raum herrschte dank einer Fensterwand Tageslicht, sodass er nicht wie mein Arbeitsplatz wirkte. „Das hier ist ganz anders." Ich war an schlecht beleuchtete Bars mit schweren, dunklen Holzmöbeln gewöhnt. Die Theke bestand aus weißem Marmor mit hellgrauen Streifen, der unter den Lichtern an der Decke glänzte und funkelte. „Es ist ansprechend."

„Ich weiß, dass es nicht das ist, was die meisten Leute von einer Bar erwarten. Wir wollten hier etwas Einzigartiges. Mit Blick auf das Spa wollten wir, dass diese Bar luftiger und heller ist als die meisten anderen."

Die Barhocker sahen bequem aus, mit dunkelgrauen Lederpolstern und einer hohen Rückenlehne aus Edelstahl, sodass sich die Gäste entspannen konnten. „Die Sitzgelegenheiten sind großartig. Ich liebe bequeme Barhocker und die kleinen Sofas mit dem niedrigen Tisch dazwischen machen den Raum noch gemütlicher. Man fühlt sich wie zu Hause."

„Sie müssen nachts hierherkommen, dann ist die Beleuchtung außergewöhnlich und lässt die Bar wie einen ganz anderen Ort wirken."

„Ich werde heute Abend vorbeikommen müssen, um es mir anzusehen."

„Lassen Sie mich Ihnen etwas zu trinken anbieten, bevor wir die Besichtigung fortsetzen." Er ging zum Barkeeper und hielt zwei Finger hoch. „Würden Sie uns zwei Gläser Champagner bringen, Gerald?"

„Natürlich, Warner."

„Kommen Sie oft hierher?", fragte ich, als ich mich an die Theke setzte.

„Nein. Ich trinke nur selten Alkohol." Er nahm neben mir Platz, als uns die Gläser serviert wurden. Er ergriff sein Glas und hielt es in die Luft.

Ich nahm meins und hielt es auch hoch. „Worauf stoßen wir an, Warner?"

„Darauf, dass Sie den besten Urlaub aller Zeiten erleben, Orla Quinn." Sein Glas stieß klirrend gegen meins, bevor er einen Schluck trank.

Ich nippte an meinem Champagner und stellte das Glas wieder auf die Theke. „Sie wissen, wie man Gäste behandelt." Ich hatte das Gefühl, dass er ein Mann sein könnte, der sich in jeder größeren Gruppe, die hierherkam, eine Frau aussuchte. „Die Frauen müssen Sie lieben."

Achselzuckend trank er einen weiteren Schluck, bevor er sein Glas abstellte. „Keine Ahnung." Sein Handy klingelte in seiner Jackentasche und er zog es heraus. „Das ist meine Assistentin." Er strich über den Bildschirm. „Ja, Jezzy? Oh, ich verstehe. Ja, ich komme gleich zurück." Er steckte das Handy wieder in die Tasche und ergriff sein Glas. „Anscheinend möchten ein paar Leute aus Ihrer Gruppe bei der Besichtigung mitmachen. Wir müssen zurück und sie holen. Nehmen Sie Ihr Getränk und kommen Sie mit."

Enttäuschung erfüllte mich, als wir die Bar verließen, um die anderen zu holen. „Ich dachte, sie wären alle müde", murmelte ich.

„Vermutlich haben sie ungenutzte Energiereserven gefunden.

Oder vielleicht waren sie so aufgeregt beim Anblick des Resorts, dass sie kein Nickerchen mehr machen wollten." Sein Lachen hallte durch den Korridor, als wir schnell zurückgingen.

„Scheint so." Ich versuchte nicht einmal, die Enttäuschung in meiner Stimme zu verbergen. Es war schön, mit ihm allein zu sein. Und jetzt musste ich ihn teilen – das gefiel mir überhaupt nicht.

Als wir in die Lobby zurückkehrten, sah ich, dass Mona Pendragon und ihre Mutter auf uns warteten. Cecil O'Conner und seine Frau Angel waren auch da.

Ich kannte Mona gut genug, um zu wissen, was sie vorhatte. Warners gutes Aussehen war ihr bestimmt nicht entgangen Die Brünette suchte schon lange nach einem Mann für sich und ihre Bemühungen hatten sich verstärkt, seit sie vor einigen Jahren dreißig geworden war. Sie winkte und wackelte mit den Fingern in der Luft. „Hier drüben, Warner."

Ich winkte zurück. „Wir sehen dich, meine Liebe." Flüsternd beugte ich mich zu Warner. „Nehmen Sie sich vor ihr in Acht. Sie ist wie eine läufige Hündin."

Er brach in Gelächter aus, als er mich ansah. „Ist sie das? Danke für die Warnung."

Mona kam zu uns und streckte ihre Hand aus, lange bevor sie nahe genug war, um tatsächlich Warners Hand zu schütteln. „Mona Pendragon. Wie König Arthur Pendragon. Es wird angenommen, dass wir seine direkten Nachkommen sind."

Warner schüttelte höflich ihre Hand. „Gab es ihn wirklich? Ich hatte den Eindruck, dass er nur eine Figur in einem Buch war, das vor vielen Jahrhunderten geschrieben wurde."

„Sind Sie nicht nur ein Magnat, sondern auch ein Gelehrter?", fragte Mona ihn mit einem leichten Stirnrunzeln und verzog ihre Lippen zu einem Schmollmund.

„Das würde ich nicht sagen, aber ich bin aufs College gegangen und habe Literatur studiert. Aber genug von mir." Er sah den Rest der Gruppe an, als mehr Leute aus dem Aufzug stiegen. „Möchten Sie uns auf der Besichtigungstour begleiten?", fragte er sie.

Nickend schlossen sich uns sechs weitere Leute an, was uns zu einer ziemlich großen Gruppe machte. „Wir sollten gehen, bevor noch mehr auftauchen", murmelte ich und trank einen Schluck Champagner.

Monas Augen waren auf mein Glas gerichtet. „Oh, mein Gott", sagte sie mit ihrer schrillen, nasalen Stimme. „Es gibt kostenlose Getränke."

Plötzlich fühlte ich mich nicht mehr so besonders wie vor ein paar Minuten. Mir fiel ein, dass auch in der Broschüre gestanden hatte, dass das Resort den Gästen kostenlose Getränke zur Verfügung stellte.

Da ich in derselben Branche arbeitete, hätte ich wissen müssen, dass Warner nett zu mir sein *musste*. Ich hatte gedacht, dass er mich heiß fand, aber nichts hätte weiter von der Wahrheit entfernt sein können.

Zumindest hatte ich Alkohol, um die Verlegenheit zu überspielen, die durch meinen Körper fegte. „Dann gehen wir zurück zur Bar", murmelte ich leise.

Dieses Mal bot mir Warner seinen Arm nicht an. Er führte unsere Gruppe zurück zum Korridor, während er darüber sprach, wie viele Tonnen Beton für den Bau des Resorts verwendet worden waren. Und er sagte etwas über die zahllosen Lichter, die das Gebäude beleuchteten.

Ich blieb im hinteren Teil der Gruppe und spürte plötzlich den Jetlag wieder. Als wir uns der Bar näherten, sah ich zurück und dachte darüber nach, mich umzudrehen und einfach in mein Zimmer zu gehen, um ein Nickerchen zu machen. Meine Füße schlurften jedoch weiter vorwärts, als wollten sie auf die Besichtigungstour gehen, die nicht mehr nur für mich war.

Eine Hand legte sich auf meine Schulter und ich drehte meinen Kopf wieder. Vor mir stand Warner mit einem Lächeln auf seinem attraktiven Gesicht. „Wie wäre es, wenn Sie hinter die Theke gehen und eine Ihrer Spezialitäten für mich zubereiten?"

Ich lächelte und dachte, dass ich vielleicht doch eine Sonderbehandlung bekam.

KAPITEL DREI

WARNER

Obwohl sie nach so vielen Stunden in einem stickigen Flugzeug müde sein musste, schien Orlas Schönheit von nichts geschmälert werden zu können. Mit einer Flut kastanienbrauner Locken, die ihren Rücken bis zur Taille hinunterreichten, ging sie vor mir zur Bar.

„Da wir bald ein Nickerchen machen sollten, damit wir unseren Abend hier ausgiebig genießen können, mache ich für alle Celtic Twilights." Sie streckte dem Barkeeper die Hand hin und stellte sich vor. „Gerald, ich bin Orla Quinn. In Irland bin ich Barkeeperin. Würden Sie mir erlauben, hinter die Theke zu kommen, um ein paar Drinks zuzubereiten?"

„Es wäre mir ein Vergnügen", sagte er und bedeutete ihr, zu ihm zu kommen. „Ich habe noch nie von Celtic Twilights gehört und würde gerne lernen, wie man sie macht."

Die Art und Weise, wie ihre seegrünen Augen funkelten, erregte mich auf eine Weise, wie ich es noch nie erlebt hatte. „Danke, Gerald. Können Sie bitte für alle in der Gruppe Cocktailgläser bereitstellen?" Sie sah mich an, als sie eine Schürze unter der Theke hervorholte und sie überzog. „Und vergessen Sie Warner nicht."

Ich setzte mich auf den Hocker vor ihr und konnte nicht aufhören zu lächeln.

„Möchten Sie Eis in den Gläsern, Orla?", fragte Gerald, als er sie auf die Theke stellte.

„Ja, Gerald. Gestoßen, bitte." Sie nahm ein paar Flaschen aus dem Regal. „Sie können jeden beliebigen irischen Whisky verwenden. Ich bevorzuge Bushmills für diesen Cocktail. Können Sie mir bitte einen Messbecher geben?"

Gerald gab ihn ihr und füllte die Gläser weiter mit Eis. „Sagen Sie unbedingt, wie viel Sie von den Zutaten verwenden. Mein Gehirn vergisst nichts. Ich will mir das Rezept einprägen."

„Zwei Unzen irischer Whisky", murmelte sie, als sie den Messbecher füllte. Sie goss den Inhalt in einen Shaker und ergriff dann die nächste Flasche. „Zwei Unzen Baileys Irish Cream." Sie füllte den Messbecher und schüttete die Flüssigkeit ebenfalls in den Shaker. Danach ging sie zurück zu den Regalen, in denen der Alkohol aufbewahrt wurde, und holte noch eine Flasche. „Und eine Unze Frangelico Haselnusslikör." Mit einer Zange gab sie vier Eiswürfel in den Shaker, schloss den Metalldeckel und begann, ihn zu schütteln.

Beim Klirren der Eiswürfel verstummten alle und wandten ihre Aufmerksamkeit Orla zu. Ich bewunderte ihre Brüste unter ihrem cremefarbenen Pullover, als sie den Shaker schüttelte. „Ich kann es kaum erwarten, es zu probieren."

Sie stellte den Shaker ab, nahm ein Sieb und zog eines der mit Eis gefüllten Gläser zu sich. „Wenn Sie ein Hawthorne-Sieb verwenden, das die Eiswürfel zurückhält, während der cremige, gekühlte Cocktail über das gestoßene Eis fließt, haben Sie einen authentischen irischen Cocktail – den Celtic Twilight, zubereitet von einem echten irischen Mädchen." Sie schob das Glas mit einem Augenzwinkern zu mir. „Sagen Sie mir, was Sie davon halten."

Ich nahm das Glas und atmete das einzigartige Aroma des Whiskys, des Haselnusslikörs und der Sahne ein, bevor ich probierte. Eine heiße Flamme durchzuckte mich, als das kühle Getränk durch meine Kehle floss. Meine Zunge war absolut begeistert von der Mischung der Aromen, die meine Geschmacksknospen reizten. „Oh, Orla." Ich wusste nicht, was ich sagen sollte, als ich noch einen Schluck trank. „Cremig, süß und so verdammt gut, dass es verboten sein sollte. Das ist ein toller Drink. Wirklich großartig."

„Möchten Sie auch einen machen, Gerald?" Sie gab ihm den Shaker zurück. „Ich probiere Ihren ersten Versuch."

Er rieb sich eifrig die Hände. „Ich würde gerne den Rest der Cocktails machen, damit ich das Rezept in mein Repertoire aufnehmen kann."

Sie zog die Schürze aus, legte sie zusammen und brachte sie dorthin zurück, wo sie sie gefunden hatte, bevor sie sich neben mich setzte. „Das hat Spaß gemacht. Danke, dass ich das tun durfte, Warner."

„Danke, dass Sie es getan haben." Ich trank noch einen Schluck. „Das ist wirklich lecker."

„Ich dachte mir schon, dass Sie es mögen würden." Sie nahm den fertigen Cocktail, den Gerald ihr reichte, und probierte einen Schluck. „Ah, das haben Sie perfekt gemacht, Gerald."

Seine Augen leuchteten bei dem Kompliment. „Danke, dass Sie mir gezeigt haben, wie es geht, Orla. Sie sind ein echter Profi."

„Sie bestimmt auch." Sie trank einen weiteren Schluck, bevor sie sagte: „Ich werde eine Woche hier sein. Vielleicht kann ich tagsüber herkommen und Sie können mir beibringen, wie man einige Ihrer texanischen Spezialitäten macht. Im Gegenzug zeige ich Ihnen weitere irische Spezialitäten."

„Einverstanden." Er lächelte mich an. „Danke, dass Sie sie zu mir gebracht haben, Warner. Sie wird mich zu einem noch besseren Barkeeper machen."

Solange es das Einzige ist, was sie für dich tut, Mann.

„Ich bin froh, dass Sie beide davon profitieren." Es war lange her, dass ich eine Frau gefunden hatte, die sowohl in Bezug auf ihre Persönlichkeit als auch ihre körperliche Erscheinung so verlockend und attraktiv war.

Aber ich musste mich daran erinnern, dass Orla nur sieben Nächte in der Stadt sein würde. Ich war nie ein Mann gewesen, der bei Frauen sofort zum Zug kommen wollte. Ich nahm mir gern Zeit und lernte sie ein wenig kennen, bevor ich eine sexuelle Beziehung aufnahm. Aber mit Orla hatte ich diesen Luxus nicht. Und die Vorstellung, sie mir entgehen zu lassen, gefiel mir nicht, auch wenn ich sie nur eine Woche lang in meinen Armen halten konnte.

Außerdem hatte das Ganze einen großen Vorteil: Es bedeutete, dass es keine Trennung geben würde. Und das klang fantastisch für mich.

Wir würden uns am Ende ihres Aufenthalts einfach zum

Abschied küssen und dann würde sie nach Irland zurückkehren, um den Rest ihres Lebens dort zu verbringen, während ich hier in Texas bleiben würde. Noch nie hatte ich einen perfekteren Beziehungsplan gehört.

„Kann ich den nächsten Cocktail haben, den Sie zubereiten?", fragte Mona Gerald. Sie nahm auf der anderen Seite von mir Platz. „Also, Warner, wir haben viele Geschichten über die wilde Nachtclubszene in Austin gehört. Ist das alles nur texanische Prahlerei oder sind die Gerüchte wahr?"

„Sie sind wahr – und es ist keine Prahlerei, wenn es wahr ist." Ich trank einen weiteren Schluck von meinem Cocktail und wünschte, die anderen wären nicht aufgetaucht und hätten die intime Besichtigungstour, die ich für Orla geplant hatte, nicht gestört. „Es ist, wie man sagt – in Texas ist alles größer. Das gilt auch für unsere Nächte. Sie werden feststellen, dass wir wilder feiern als die meisten anderen."

„Wilder als die Iren?", fragte Monas Mutter, als sie sich neben Mona setzte.

Ich wollte keinen von ihnen beleidigen, also hielt ich meine Lippen fest geschlossen. Orla lachte, als sie sah, wie ich auf die Frage reagierte. „Die Iren trinken viel. Aber ich würde nicht sagen, dass sie am wildesten feiern. Nach allem, was ich gehört habe, feiern Amerikaner auf einem Niveau, das wir uns nicht einmal vorstellen können."

„Ich möchte Ihnen allen ein paar Ratschläge geben", sagte ich. „Nehmen Sie keine Drogen, die Ihnen jemand anbietet. Und verlassen Sie Clubs nicht mit Fremden. Haben Sie Spaß, trinken Sie, so viel Sie können, und tanzen Sie, mit wem Sie wollen, aber steigen Sie danach in die Shuttles des Resorts und kommen Sie mit unseren Fahrern hierher zurück – allein. Bringen Sie keine Fremden mit. Der Himmel weiß, was Ihnen sonst passieren könnte."

„Ah", sagte Orla mit einem Grinsen. „Sie sind eine Glucke, hm?"

„Tatsächlich werde ich von Zeit zu Zeit so genannt. Ich sehe einfach nicht gerne dabei zu, wie Menschen verletzt werden." Ich wollte wirklich nicht, dass Orla – oder einem der anderen Gäste – etwas Schlimmes passierte. „Außerdem bieten wir hier in unserem Resort auch ein bisschen Nachtleben. In den Restaurants treten jeden Abend Live-Bands auf. Manchmal auch in der Bar – meistens am Wochenende. Sie müssen nicht einmal nach draußen gehen, um einen Eindruck vom Nachtleben in Austin zu bekommen."

„Sie sind ein Schatz." Orla stand auf, als der letzte Cocktail ausgegeben wurde. „Jetzt, da alle ihre Getränke haben, können wir die Besichtigung fortsetzen, nicht wahr? Ich würde liebend gern mehr sehen."

„Oh, ich auch." Mona sprang von ihrem Barhocker und eilte neben mich, während Orla an meine andere Seite trat. Mona machte ein leises, schnaubendes Geräusch, als würde es sie ärgern, dass auch Orla mitkam.

Zu dritt passten wir nicht gleichzeitig durch die Tür, also öffnete ich sie und ließ die beiden zuerst hinausgehen. Ich hielt die Tür auch für alle anderen auf und ging als Letzter hindurch. Wir würden durch eine Seitentür zur Gartenterrasse gehen, also nahm ich schließlich wieder die Position an der Spitze der Gruppe ein. „Okay, wir gehen hier nach draußen. Wenn Sie mir alle folgen, können wir die Besichtigungstour im Garten fortsetzen."

Mona schnaubte laut – vermutlich weil sie jetzt ganz hinten war – und ich hätte fast gelacht. Orla hatte recht gehabt. Die Frau brauchte wirklich dringend einen Mann.

Aber meine Augen waren nicht auf Mona gerichtet. Meine Augen sahen nur Orla, die mich über den Rand ihres Glases hinweg anlächelte.

Ich musste mich umdrehen und meinen Blick von ihr abwenden. Sie faszinierte mich so sehr, dass ich fast alles andere vergaß. Nicht, dass ich sie das wissen lassen konnte. Irgendwie würde ich vor ihr cool bleiben müssen. Ich wusste, dass das der beste Weg sein würde, um sie zu mir zu locken. Wenn die Frau den ersten Schritt machte, ging alles viel schneller, als wenn der Mann sie erst umwerben musste. Zumindest hatte ich das bei Cohen gesehen – dem Playboy meiner Brüder.

Cohen war in vielerlei Hinsicht schlau. Natürlich was das Geschäft betraf, aber auch in vielen anderen Bereichen. Bei Frauen war er einfach brillant. Nicht, dass ich jemals übermäßig darüber nachgedacht hätte, eine Frau so schnell wie möglich in mein Bett zu bekommen, wie er es gern tat. Aber Orla war anders. Also dachte ich mir, ich könnte auf ein paar seiner bewährten Flirttechniken zurückgreifen, von denen ich wusste, dass sie funktionieren würden.

Ich beeilte mich bei der Besichtigungstour, weil ich wusste, dass alle einen Jetlag hatten und sich ausschlafen mussten. „Also, hier sind wir wieder in der Lobby. Ich möchte Ihnen allen einen schönen Nachmittag wünschen und freue mich darauf, Sie in der kommenden Woche im Resort zu sehen."

Ich wandte mich von ihnen ab und ging zu meinem Büro. Als ich mich entfernte, spürte ich, wie sich ein Augenpaar in meinen Rücken bohrte, aber ich drehte mich nicht um.

Als eine Hand über meinen Arm strich, durchlief mich ein Schauer. Aber nicht von der angenehmen Art.

„Warner", ertönte Monas hohe Stimme. „Haben Sie eine Empfehlung, wo meine Mutter und ich heute zu Abend essen sollen?"

Ich musste mich umdrehen und ihr meine Aufmerksamkeit schenken. Und als ich es tat, bemerkte ich, wie Orla mich grinsend ansah und den Kopf schüttelte. „Sie sollten sich die Speisekarten in Ihrem Zimmer ansehen. Sie zeigen, welche Küche in jedem unserer Restaurants serviert wird. Jedes ist auf seine Weise fantastisch. Ich bin sicher, dass eines davon Ihren Geschmack treffen wird."

„Wo essen Sie gerne?", fragte sie mit ihrer nasalen Stimme und lallte dabei leicht. „Vielleicht können wir heute Abend zusammen essen."

Auf keinen Fall würde ich mit ihr essen. Ich hatte noch nie mit einem unserer Gäste gegessen und ich würde nicht bei ihr damit anfangen. „Ich liebe alle Restaurants hier im Resort. Und leider habe ich heute Abend schon andere Pläne. Ich bin mir sicher, dass Sie auch ohne mich viel Spaß haben werden."

„Kann sein." Sie drehte sich um und ging mit gesenktem Kopf weg.

Einen Moment lang fühlte ich mich irgendwie schlecht. Nicht, dass ich es mir anders überlegen würde, aber sie tat mir leid. Armes Ding. *Sie merkt gar nicht, dass sie übertreibt.*

Orla hob eine Hand und winkte mir zu. „Danke für die Besichtigungstour, Warner." Dann drehte sie sich um und ging weg.

Ich stand erstarrt da, als ich zusah, wie sie die Lobby verließ und mit dem Rest ihrer Gruppe in den Aufzug stieg. Ich winkte und sah nur sie an, aber einige der anderen winkten zurück. Dann schlossen sich die Türen des Aufzugs und ich drehte mich um, um in mein Büro zu gehen.

Ich setzte mich hinter meinen Schreibtisch, legte meine Arme darauf und verschränkte sie, damit mein Kopf darauf ruhen konnte. Ich war mir nicht sicher, warum ich mich so verträumt und benommen fühlte. Ich hatte zwei alkoholische Getränke getrunken, was meine Gefühle für Orla möglicherweise intensiver wirken ließ. Was auch immer es war, es gefiel mir.

Das Wissen, dass sie bald wieder gehen würde, machte es leicht, die Verlustangst loszulassen, die ich normalerweise in Beziehungen hatte. Diesmal *wusste* ich, dass ich sie verlieren würde. Aber meine Gedanken waren damit beschäftigt, was wir tun konnten, während ich sie bei mir hatte. Bei anderen Frauen verbrachte ich normalerweise viel zu viel Zeit damit, über Was-wäre-wenn-Szenarien nachzudenken.

Bei Orla gab es kein Was-wäre-wenn. Es gab nur Tatsachen. Wie die Tatsache, dass zwischen uns Funken schlugen. Oder die Tatsache, dass ich nichts an ihr finden konnte, was mir nicht gefiel. Oder die Tatsache, dass es ohnehin nicht von Dauer sein würde.

Dass ich keine Angst vor dem Unbekannten hatte, war sowohl ein großer Vorteil als auch eine enorme Erleichterung. Ich hatte diese Angst bei jeder Frau gespürt, mit der ich seit meinem sechzehnten Lebensjahr zusammen gewesen war. Aber bei Orla hatte ich keine Angst. Sie weckte andere Gefühle in mir – aufregende Gefühle.

Ich wollte mit ihr neue Dinge ausprobieren. Ich hatte bereits etwas getan, das ich noch nie zuvor getan hatte – ich hatte morgens Alkohol getrunken. Wozu würde mich das Mädchen sonst noch inspirieren?

Ich wusste nur, dass ich es herausfinden musste. Ich musste herausfinden, wie sich ihre Alabasterhaut anfühlte. Ich musste ihre rosaroten Lippen auf meinem Mund spüren. Meine Finger sehnten sich danach, in ihren kastanienbraunen Locken zu versinken. Aber zuerst musste ich sie dazu bringen, zu mir zu kommen. Ich durfte nicht ungeduldig werden. Irgendwie musste ich zu einem coolen Typen werden, auf den sich die Frauen stürzten.

Zum ersten Mal fühlte ich mich von einer Frau völlig verzaubert. Und wenn dieses Gefühl falsch war, wollte ich gar nicht richtig liegen.

KAPITEL VIER

ORLA

Mein Nickerchen dauerte den ganzen Tag. Ich wachte gerade rechtzeitig auf, um den Sonnenuntergang von der Glastür meines Balkons
aus zu sehen. Ich streckte mich und konnte nicht aufhören, die
schwindelerregenden Farben zu bewundern, in die die sinkende
Sonne die Stadt tauchte. Grelle Scheinwerfer, die funkelnde Beleuchtung der Gebäude und silbern schimmernde Straßenlaternen
schienen auf die Passanten, die bemerkenswerterweise immer noch
geschäftig wirkten.

Das Telefon in meinem Zimmer klingelte und erschreckte mich.
„Meine Güte!" Ein rotes Licht machte mich auf den wartenden
Anrufer aufmerksam und ich ging hinüber, um den Hörer abzuneh-
men. „Hier spricht Orla."

„Wir gehen jetzt zum Abendessen und Mum sagt, ich soll dich
fragen, ob du mit uns kommen möchtest, weil du sonst als Frau
allein unterwegs bist", sagte Mona. „Wir werden das mexikanische
Essen im Fiesta Room hier im Resort probieren."

„Das klingt scharf." Ich wollte das Essen dort auch probieren –
nur nicht mit den beiden. „Mein Bauch ist noch nicht dazu bereit,
aber trotzdem danke. Ich wünsche euch beiden viel Spaß."

„Okay", sie klang erleichtert, aber ich hörte, wie ihre Mutter im

Hintergrund sie zurechtwies. „Du wirst etwas essen, oder? Mum will sicherstellen, dass du genug isst."

„Sag ihr, dass ich auf jeden Fall etwas essen werde und danke, dass sie auf mich achtet. Meine Eltern werden froh darüber sein." Ich legte auf und fragte mich, wo der attraktive Resortbesitzer zu Abend essen würde. „Was hast du vor, Warner Nash? Ich habe wenig Zeit, um dich zu meinem Mann zu machen. Zumindest für diese Woche."

Ich war nicht in Amerika, um einen Partner fürs Leben zu finden. Aber ein Freund für eine Woche klang für mich überhaupt nicht schlecht. Und Warner erfüllte all meine Anforderungen. Groß, dunkelhaarig, gutaussehend, aber auch witzig und großzügig – das war mir bei einem Mann am wichtigsten. Gutes Aussehen allein war mir einfach nicht genug. Ich hatte das auf die harte Tour gelernt.

Bei meiner Arbeit hatte ich schon viele Männer kennengelernt. Und meine Augen waren natürlich von den attraktivsten Männern angezogen worden. Ich hatte mich mit einigen von ihnen verabredet, aber nur einer hatte eine anständige Persönlichkeit gehabt, während die anderen sich ganz auf ihr gutes Aussehen zu verlassen schienen.

Das andere Problem bei Verabredungen mit attraktiven Männern war, dass andere Frauen sie ebenfalls unwiderstehlich fanden. Genau so hatte ich den einen Mann verloren, der eine gute Persönlichkeit gehabt hatte – ein anderes Mädchen hatte sich ihn geschnappt. Ich tröstete mich damit, dass er niemals mir gehört hatte, sonst hätte er gar nicht erst auf Sarah Gallaghers Verführungsversuche reagiert.

Während ich über den Abend, der vor mir lag, nachdachte, ging ich duschen und machte mich fertig. Eine Stunde später stand ich vor dem großen Spiegel und drehte mich, um meinen Hintern zu betrachten. „Nicht schlecht." Ich wiegte meine Hüften, sodass mein fließendes Kleid um meine Knöchel schwang. Da es Januar war, war es viel zu kalt, um etwas Freizügigeres zu tragen.

Ich sah auf und schloss die Augen. *Ich bin bereit, Schicksal – mal sehen, was du für mich auf Lager hast.*

Als ich aus der Tür trat, begegnete ich Mr. und Mrs. Maguire, die Hand in Hand den Flur entlang gingen. „Guten Abend", begrüßte ich sie.

„Guten Abend, Orla", sagte Mrs. Maguire mit einem Nicken. „Wir treffen Familie Walsh im Restaurant Essence. Möchtest du dich uns anschließen? Es klingt wie ein Steakhouse – auf der Speisekarte gibt es viele Fleischgerichte und Meeresfrüchte."

„Das hört sich gut an, danke." Als ich neben ihnen herging, dachte ich darüber nach, wie sehr ich es liebte, mit Gruppen aus unserer Stadt Urlaub zu machen. Es machte das Reisen so viel einfacher und stressfreier. „Das klingt nach etwas, das meinen Eltern schmecken würde. Sie wollten auch mitkommen, aber Dad hat sich den Rücken verrenkt und sie mussten ihre Tickets an die McCarthys verkaufen."

„Nun, du hast deine Freunde aus Kenmare hier bei dir, Orla", sagte Mr. Maguire aufrichtig. „Du brauchst keine Einladung, um dich uns anzuschließen."

„Das ist sehr nett von Ihnen. Ich weiß es zu schätzen." Mit meinen Eltern zu verreisen, war immer schön gewesen, aber der romantische Urlaubsflirt, von dem ich schon seit Ewigkeiten träumte, war dadurch unmöglich gewesen. Nicht, dass ich mir sicher gewesen wäre, dass es dieses Mal passieren würde, aber zumindest war ich frei, wenn mir der Richtige über den Weg lief.

Wir stiegen in den Aufzug, der uns ganz nach oben brachte. Als wir ausstiegen, waren wir am Eingang eines Restaurants, das hell erleuchtet und bereits voller Menschen war.

Bei den fröhlichen Gesprächen und dem Gelächter musste ich unwillkürlich lächeln. Die gute Laune war ansteckend und ich wusste, dass alles, was heute Abend passierte, mich zumindest zum Lachen bringen würde. „Das klingt nach Spaß, nicht wahr?"

„Das tut es", stimmte Mrs. Maguire mir zu, während auch sie lächelte. „Kommt, lasst uns reingehen und mitmachen."

Als wir zur Hostess gingen, entdeckte Mr. Maguire den Rest unserer Gruppe. „Oh, ich sehe Byron. Scheint, als hätten sie bereits einen Tisch bekommen. Zum Glück gibt es noch drei Sitzplätze. Ich habe nicht erwartet, dass so viele Gäste hier sein würden."

Die Hostess führte uns zu den anderen. Ich strich mit der Hand über die flammend roten Locken des zwölfjährigen Jason Walsh, als ich hinter ihn trat. „Hi, Jason."

„Oh, gut. Ich bin froh, dass du zu uns kommst, Orla. Ich hatte Angst, heute Abend das fünfte Rad am Wagen zu sein." Er sprang auf und zog den leeren Stuhl neben sich heraus. „Bitte setze dich zu mir."

Ich nahm Platz und dachte darüber nach, was für ein kleiner

Gentleman er schon war. „Danke, Jason." Ich wandte mich an seine Eltern und nickte ihnen zu. „Sie haben ihn gut erzogen."

„Danke", sagte Mrs. Walsh mit einem Lächeln. „Er ist unser Stolz und unsere Freude."

Jason stieß mit seiner Schulter gegen meine, als ich die Speisekarte ergriff. „Was sagst du dazu, einen Cocktail mit mir zu teilen, Orla?"

Ich musste lachen „Das mache ich."

„Wirklich?", fragte er verblüfft.

„Sicher. Wenn du achtzehn bist, werde ich gerne einen Cocktail mit dir teilen." Ich zwickte ihm in die Nase und blickte dann auf die Speisekarte. „Was möchtest du zum Abendessen, Jason?"

„Steak und Hummer."

Ich dachte, das wäre eine ziemlich große Mahlzeit für einen so dünnen Jungen. „Beides? Wie wäre es, wenn ich den Hummer bestelle und du nur das Steak. Dann können wir teilen."

„Gute Idee", sagte sein Vater. „Ich weiß, dass er nicht in der Lage sein wird, so viel zu essen."

„Einverstanden", willigte Jason ein. „Und wir können auch ein Dessert teilen. Es gibt so viele davon und sie sehen alle gut aus."

„Suche dir eins aus und ich teile es mit dir. Ich bin nicht wählerisch. Wenn es süß ist, esse ich es." Im Getränkebereich der Speisekarte suchte ich nach etwas, das gut zu Fleisch und Meeresfrüchten passte. „Es gibt etwas, das süßer Tee heißt." Ich sah die anderen am Tisch an. „Weiß jemand, was das ist?"

„Das musst du die Kellnerin fragen", antwortete Mrs. Walsh. „Ich weiß, dass es hier Mixgetränke gibt, die Tee genannt werden, aber sie sind alles andere als das."

„Ah, wie der Long Island Eistee. Ja, ich muss fragen." Ich legte die Speisekarte weg und sah eine Bewegung im Augenwinkel. Als ich mich umdrehte, entdeckte ich Warner Nash, der die andere Seite des Raums entlangging. Unsere Blicke trafen sich und er hob eine Hand und winkte mir zu.

Bitte komm her, um Hallo zu sagen.

Aber er kam nicht zu mir. Stattdessen ging er weiter in den hinteren Teil des Raums, wo es eine kleine Theke mit nur einer Handvoll Sitzplätze gab. Sie war nicht wirklich als Bar gedacht. Dort wurden hauptsächlich die Cocktails zubereitet, die zu den Mahlzeiten serviert wurden. Aber Warner nahm Platz und begann, mit dem Barkeeper zu sprechen, der schnell ein Glas Bier vor ihn stellte.

Die Kellnerin kam zu unserem Tisch und unterbrach mich dabei, dem Mann nachzuspionieren. Erst hatte ich gedacht, dass er sich zu mir hingezogen fühlte, aber im nächsten Moment erschien mir das albern. So wie jetzt.

„Sind Sie bereit zu bestellen?", fragte die Kellnerin mit einem starken texanischen Akzent.

„Ich habe eine Frage", sagte ich und zog ihre Aufmerksamkeit auf mich. „Was ist süßer Tee?"

Sie starrte mich verwirrt an. „Nun, das ist Tee mit Zucker und Eiswürfeln."

„Es ist also kein Cocktail?" Ich verstand immer noch nicht, was es damit auf sich hatte.

„Es ist alkoholfrei. Aber es ist wirklich gut", sagte sie. „Eine Spezialität der Südstaaten. In Texas und im größten Teil des Südens finden Sie es in nahezu jedem Haus, Restaurant, Café und überall dort, wo Sie etwas zu essen bekommen."

„Nun, dann würde ich es gerne probieren. Und dazu nehme ich den Hummer mit Zucchini und Kartoffelpüree."

Während die anderen ihre Bestellungen aufgaben, starrte ich ein Loch in Warners Rücken und hoffte, er würde sich umdrehen und mich sehen. Nicht, dass ich gewusst hätte, was ich tun würde, wenn er das machte. Ich wollte nur, dass er mir Aufmerksamkeit schenkte, so wie er es getan hatte, als ich an diesem Morgen in der Lobby eingetroffen war. Seine Augen hatten förmlich an mir geklebt.

Obwohl die Gesellschaft nett war und das Essen gut schmeckte, war ich abgelenkt, als ich Warner immer wieder heimliche Blicke zuwarf. Nachdem wir alle unsere Mahlzeit beendet hatten und aufgestanden waren, um zu gehen, wünschte ich den anderen eine gute Nacht und machte mich auf den Weg zur Bar im hinteren Teil des Raums.

Ich nahm am anderen Ende der Theke Platz und tat so, als würde ich Warner nicht bemerken. „Ich würde gerne Ihren besten texanischen Cocktail probieren. Was empfehlen Sie?"

„Wollen Sie etwas Süßes oder etwas Bitteres?", fragte der Barkeeper.

„Etwas Süßes."

„Wie wäre es mit einem Texas Buck? Whisky, Honig und Ginger Ale mit kandiertem Ingwer als Garnitur."

„Klingt gut. Das nehme ich."

„Es ist auch gut." Warner rutschte auf den Hocker neben mir. „Haben Sie das Abendessen genossen?"

„Ja." *Und ich genieße es, dass du endlich mit mir sprichst.*

„Sie müssen mir vergeben, dass ich nicht gekommen bin, um Hallo zu sagen. Ich wollte Sie nicht stören."

„Kein Problem." Ich nahm den Drink, den der Barkeeper vor mich stellte, und nippte daran. Jetzt, da ich Warners Aufmerksamkeit hatte, fühlte ich mich viel besser. „Das ist großartig."

„Danke", sagte der Barkeeper, bevor er uns verließ und mit anderen Getränkebestellungen beschäftigt war.

„Also … Irland", sagte Warner. „Wie ist es, dort zu leben?"

„Das ist eine Frage, die nicht mit ein oder zwei Sätzen beantwortet werden kann." Ich trank noch einen Schluck. „Es fühlt sich manchmal etwas klein an – besonders in unserer Stadt. Ich habe vor zwei Jahren das Haus meiner Großeltern geerbt. Es ist schön, aber so winzig, dass ich kaum glauben kann, dass sie dort fünf Kinder großgezogen haben, mit nur zwei Schlafzimmern und einem Badezimmer. Aber sie haben es getan."

„Also gefällt es Ihnen? Oder nicht so sehr?", fragte er, als er seinen Ellbogen auf die Theke lehnte und seine Wange in seine Handfläche legte.

„Ich liebe es." Ich konnte nicht glauben, dass sie es mir hinterlassen hatten. „Ich habe mehr Cousins, als ich zählen kann. Es war ein großes Privileg, das Haus zu bekommen. Vor der Tür stehen alte Rosenbüsche. Es gibt so viele Dinge an dem Haus, die es für mich zu etwas ganz Besonderem machen."

„Klingt so, als wäre es ein Ort, den Sie niemals verlassen wollen."

„Ich weiß, dass ich ihn jetzt nicht verlassen möchte. Wer weiß schon, was die Zukunft bringt? Wenn ich jemals heirate und Kinder habe, muss ich mir etwas überlegen. Für eine eigene Familie wäre es mir zu klein."

„Also sind Sie Single? Ist der richtige Mann noch nicht gekommen, um Ihr Herz zu erobern?", fragte er mit einem sexy Grinsen, das Dinge in mir zum Schmelzen brachte, die noch nie zuvor geschmolzen waren.

„Noch nicht." Ich trank einen weiteren Schluck, um das Brennen zwischen meinen Schenkeln zu lindern.

„Gut." Er lachte. „Ich meine, für mich." Seine Augen wanderten zur Theke, dann sah er mich wieder an. „Nicht, dass ich versuche, Sie herumzukriegen."

„Es wirkt nicht einmal so, als würden Sie es versuchen. Sie sind wohl ein Naturtalent", neckte ich ihn.

Er berührte eine Strähne meiner Haare und wickelte sie um seinen Finger. „Sie müssen an so etwas gewöhnt sein – das muss einer Frau, die so schön ist wie Sie, die ganze Zeit passieren."

„Sie wären überrascht, wie oft mir das nicht passiert." Ich konnte fühlen, wie meine Wangen bei seinem Kompliment rot wurden – ein sehr seltenes Ereignis für mich. „Ich bin vielleicht hübsch, aber das war es auch schon. Schön ist ein bisschen übertrieben."

„Sie sind schön." Seine Hand löste sich von mir und ruhte auf seinem Oberschenkel. „Und ich finde Sie sehr mutig."

„Warum?" Ich nippte wieder an meinem Drink und mochte, wie er mich mit einem sanften Blick ansah.

„Sie sind allein in ein fremdes Land gegangen. Hat sich Ihre Familie Sorgen gemacht, weil Sie allein reisen?"

„Ich bin nicht allein. Ich bin mit einer Gruppe zusammen, die ich schon den größten Teil meines Lebens kenne. Meine Eltern sollten auch mitkommen, aber mein Vater hat sich den Rücken verrenkt. Sonst würde ich nicht hier sitzen und mit Ihnen reden. Mein Vater hätte das nicht zugelassen."

„Ich habe wohl Glück." Sein tiefes Lachen klang beruhigend in meinen Ohren. „Sagt man nicht, dass Iren besonders viel Glück haben?"

„Das glaube ich nicht. Aber ich habe gerade tatsächlich das Gefühl, Glück zu haben. Ich bin siebenundzwanzig und das ist der erste Urlaub, bei dem meine Eltern nicht mit Argusaugen über mich wachen."

„Ah. Und haben sie auch Ihrem Liebesleben zu Hause im Weg gestanden?" Seine blauen Augen funkelten.

„Ich hatte schon Freunde, Warner, wenn Sie das meinen. Es ist ein bisschen anders, wenn wir ins Ausland reisen – sie wollen nicht, dass mich jemand in ein fremdes Land lockt. Es ist ihnen egal, was ich mache, solange der Mann Ire ist."

„Also würden sie es nicht gutheißen, wenn Sie einen Amerikaner heiraten?", fragte er.

Ich hatte gerade einen Schluck getrunken und spuckte ihn fast wieder aus. „Wer redet hier vom Heiraten?"

„Tut mir leid", sagte er lachend. „Ich hatte nicht vor, Ihnen einen Antrag zu machen. Ich habe nur gefragt, ob sie so etwas gutheißen würden."

„Ich habe keine Ahnung. Sie haben keine Vorurteile. Sie sind nur vorsichtig im Ausland. Solange sie die Gelegenheit hätten, diesen hypothetischen Amerikaner, der mich heiraten will, kennenzulernen, würden sie es bestimmt gutheißen."

Das ist ein neuer Rekord. Wir reden hier über das Heiraten, noch bevor wir uns geküsst haben.

KAPITEL FÜNF

WARNER

Was habe ich mir nur dabei gedacht, als ich das Heiraten erwähnt habe? Ich wechsle besser schnell das Thema, bevor sie die Flucht ergreift.

„Nachdem Sie mir so viel über sich erzählt haben, bin ich jetzt an der Reihe." Ich zwinkerte ihr zu und hoffte, dass es ihr helfen würde, die Sache mit dem Heiraten zu vergessen. „Ich bin in Houston aufgewachsen, einer anderen großen Stadt in Texas, die mehrere Stunden von hier entfernt ist. Meine vier Brüder und ich sind nach Austin gezogen, um dieses Resort zu bauen. Es war eine ziemlich große Veränderung." Wir hatten in den letzten Jahren viele Veränderungen durchgemacht. Wir waren nicht nur alle umgezogen und hatten wichtige Aufgaben innerhalb des Resorts übernommen, sondern waren auch alle Milliardäre geworden. „Aber es hat sich gelohnt."

„Was haben Sie gemacht, bevor Sie ein Resort-Mogul geworden sind?" Sie nippte an ihrem Drink, stellte ihn dann auf die Theke und schenkte mir ihre ganze Aufmerksamkeit.

„Ich habe in der Hotelbranche gearbeitet und ein Resort in Houston geleitet. Dort habe ich angefangen, die Grundlagen zu erlernen. Meine Brüder haben in derselben Branche gearbeitet, also bringen wir alle Erfahrung mit. Einige unserer Cousins haben Geld verdient – viel Geld. Wir haben sie um einen Kredit gebeten, um diesen Traum zu verwirklichen."

„Wow." Sie schüttelte den Kopf. „Sie müssen alle hart arbeiten. Ich dachte, Sie wären schon reich geboren worden und hätten das Resort mit Ihrem Familienvermögen gebaut."

„Wir sind nicht reich geboren. Unsere Cousins auch nicht. Ihr Großvater war wohlhabend und sie waren seine einzigen Erben. Da sie Glück gehabt hatten, wollten sie den Reichtum mit einigen ihrer anderen Verwandten teilen und ihnen dabei helfen, eigene Unternehmen zu gründen. Sie suchten nach guten Investitionsmöglichkeiten, anstatt Almosen zu verteilen. Wir waren ihr erstes Projekt und jetzt, da wir so erfolgreich damit sind, helfen sie anderen Familienmitgliedern dabei, ihre Träume zu verwirklichen. Obwohl wir nicht schon immer reich waren, hatten wir definitiv viel Hilfe – ich glaube nicht, dass ein Bankkredit uns so weit gebracht hätte wie die Unterstützung unserer Cousins."

„Sie scheinen sehr nette Menschen zu sein."

„Das sind sie. Aber sie verteilen ihr Geld nicht wahllos. Sie müssen an das Projekt und die Personen dahinter glauben. Aber ja, sie sind gute Menschen." Ohne die Gentry-Brüder wären wir nicht dorthin gekommen, wo wir waren.

„Ich finde es erstaunlich, dass Sie und Ihre Brüder alle in derselben Branche gearbeitet haben. Es ist auch wunderbar, dass Sie alle dieses Resort in so kurzer Zeit zu einem Erfolg machen konnten – nicht alle Geschwister haben eine so gute Beziehung." Sie rümpfte die Nase, als wäre sie verlegen. „Ich fühle mich im Vergleich zu Ihnen ziemlich langweilig. Ich habe nie davon geträumt, irgendeine Art von Unternehmen zu besitzen."

„Sie sind alles andere als langweilig. Und ein Unternehmen zu besitzen ist nicht jedermanns Sache. Es ist eine Menge Arbeit und manchmal mit vielen Sorgen verbunden." Ich hatte noch nie in meinem Leben so viel Verantwortung getragen. „Meine Aufgabe hier ist es, Kunden aus der ganzen Welt anzulocken. Ich musste mir Marketingideen einfallen lassen, um Menschen in verschiedenen Ländern zu erreichen. Ich habe zahllose Stunden recherchiert, um herauszufinden, wie ein Resort international vermarktet werden kann. Ich kann Ihnen nicht sagen, wie wenig Schlaf ich in den letzten drei Jahren bekommen habe."

„Klingt so, als könnten Sie selbst einen Urlaub gebrauchen,

Warner." Ihre grünen Augen funkelten, als sie die Brauen hochzog. „Könnte es in Ihrer Zukunft eine Reise nach Irland geben?"

„Ich habe gehört, dass Kenmare ein großartiger Ort sein soll." Die Idee war nicht schlecht. Nicht, dass ich gewusst hätte, wann ich mir freinehmen könnte.

„Das ist es wirklich. Wenn Sie zu Besuch kommen, führe ich Sie gerne herum."

„Ich werde auf jeden Fall darüber nachdenken." Sie brachte mich dazu, über viele Dinge nachzudenken. An manche davon hatte ich seit Jahren nicht mehr gedacht.

„Sie können in der Lodge einchecken, in der ich arbeite. Sie ist wunderbar. Nicht wie Ihr Resort, aber trotzdem großartig."

„Ich würde sie mir sehr gern ansehen." Das meinte ich ernst. „Ich muss versuchen, Zeit in meinem Terminplan zu finden."

„Ist er so voll?" Ihre Lippen verzogen sich leicht.

„Ich fürchte, das ist er. Das Unternehmen ist noch jung, also hatte ich nicht mehr als ein oder zwei Tage frei, seit wir es gegründet haben. Ich habe eine Auszeit verdient – eigentlich ist sie schon lange überfällig. Aber wir haben momentan niemanden, der meinen Platz einnehmen kann." Ich hatte meine Assistentin Jezzy. Aber sie würde mehr Erfahrung brauchen, bevor ich längere Zeit weggehen könnte. „Sie haben mich darauf gebracht, dass ich kaum Freizeit habe. Dagegen muss ich etwas tun." Bis sie gekommen war, hatte ich kein Bedürfnis nach Freizeit und auch keine Lust darauf gehabt.

„Wenn Ihr Job darin besteht, Kunden aus der ganzen Welt zu gewinnen … können Sie nicht in andere Länder reisen, um das zu tun? Das wäre ein guter Grund, Kenmare zu besuchen." Sie schien entschlossen zu sein, einen Weg zu finden, mich in ihre Heimat zu bringen.

Das gefiel mir an ihr. „Obwohl wir uns gerade erst kennengelernt haben, suchen wir schon nach Möglichkeiten, mehr Zeit miteinander zu verbringen."

Ihre runden Wangen röteten sich. „Lassen Sie uns das Thema wechseln, okay?"

„Ich mache nur Spaß", sagte ich. „Ich kann sowieso nicht lange weg. Es ist zu diesem Zeitpunkt leider unmöglich." Als ich mit den Fingern auf die Theke trommelte, wurde mir klar, dass mich die Tatsache, dass ich hier – oder sonst irgendwo – festsaß, störte.

Baldwyn reiste für seine Arbeit durch das ganze Land. Warum konnte ich das nicht auch tun?

Für jemanden, der ein so großes Problem damit hatte, sich auf Frauen einzulassen, schien es, als hätte ich mich vollständig auf das Resort eingelassen. So sehr, dass es mich gefangen hielt. Oder vielleicht hielt ich mich daran fest.

Mir wurde etwas klar. Das Resort hielt mich nicht fest, ich war es, der sich verrückterweise daran festklammerte. Ich klammerte mich an meinen Job, als könnte ich ihn verlieren, was sicher nicht passieren würde, solange ich einer der Eigentümer war.

Ich muss einen Psychiater wegen meiner Verlustangst aufsuchen.

„Okay", sagte sie, als sie ihren Drink ergriff. Ich sah zu, wie sie ihn an ihre Lippen führte und sie ableckte, bevor sie das Glas damit berührte.

Erst als sich das Glas nach oben bewegte und ihren Mund bedeckte, wurde mir klar, dass ich ihn angestarrt hatte. Ich wollte mehr als alles andere in diesem Moment ihre Lippen küssen. Ich wollte den Drink auf ihnen schmecken, mit meiner Zunge ihre Zunge streicheln und jeden letzten Tropfen kosten.

Orla war weder zu dünn noch zu dick. Ihre Schultern waren weder zu schmal noch zu breit, sondern gerade breit genug. Sie war nicht klein, aber auch nicht groß. Sie hatte die perfekte Durchschnittsgröße. Aber sonst war nichts an ihr durchschnittlich.

Ihr dunkelgrünes Kleid bedeckte ihren Körper bis zu den Knöcheln, aber es tat nichts, um ihre Kurven zu verbergen. Verführerische, provokative, sinnliche Kurven. Meine Hände sehnten sich danach, jeden Zentimeter ihres Körpers zu erkunden.

Früher am Tag, als ihre Reisegruppe in der Lobby angekommen war, hatte sie einen cremefarbenen Pullover mit Blue Jeans und flachen Schuhen getragen. Das Outfit hatte ihre Figur nicht so gut zur Geltung gebracht wie das fließende Kleid, das sie perfekt betonte.

Als ich auf ihre Schuhe sah, war ich nicht überrascht, Pumps mit niedrigen Absätzen zu finden. Eine Frau, die stundenlang hinter der Theke auf den Beinen war, würde keine unbequemen Schuhe tragen.

„Haben Sie genug Schlaf bekommen, um den Jetlag loszuwerden?", fragte ich. Ich war mir sicher, dass sie auch daran gelitten hatte, so wie jeder nach einem langen Flug.

„Ich habe den ganzen Tag geschlafen." Sie schüttelte den Kopf, als sie die Stirn runzelte. „Das hatte ich nicht vorgehabt und auch nicht gewollt. Ich will meine Zeit hier nicht mit Schlafen verschwenden. Ich will jeden Tag optimal nutzen, zumal ich hier nur sieben Nächte verbringe."

„Bleiben Sie länger", sagte ich abrupt. Aus irgendeinem Grund wollte ich nicht, dass diese Frau, die mir fast fremd war, wieder wegging. „Ich kann Ihnen Ihr Zimmer so viele Nächte kostenlos überlassen, wie Sie möchten. Ich meine es ernst. Wenn Sie unseren Barkeepern täglich einen neuen Cocktail beibringen, kann ich das für Sie tun." Zur Hölle, ich könnte sie bei uns als Barkeeperin einstellen. Aber das sagte ich ihr nicht, da ich wusste, dass ich die Dinge überstürzte.

Ihr schwaches Lächeln sagte mir, dass sie nicht länger bleiben würde. „Warner, ich mache nur einmal im Jahr eine Woche Urlaub. Ich könnte meinen Manager nicht einfach so hängen lassen. Es wäre nicht fair gegenüber den anderen Mitarbeitern, wenn ich so etwas ohne Vorankündigung tun würde. Und meine Eltern werden mich in einer Woche bestimmt vermissen. Ich verbringe die Sonntage bei ihnen zu Hause und helfe Mum bei der Hausarbeit, damit sie nicht alles allein erledigen muss. Sie wird immer älter und hat Arthritis, was es ihr schwer macht, sich zu bewegen."

„Sie klingen genauso beschäftigt wie ich." Ich musste begreifen, dass es nur von kurzer Dauer wäre, wenn sie und ich etwas miteinander hätten – von sehr kurzer Dauer. Damit war ich anfangs zufrieden gewesen. Warum sich das plötzlich geändert hatte, war mir ein Rätsel.

Das wird nicht funktionieren, für keinen von uns. Es soll einfach nicht sein.

„Nun, diese Woche bin ich nicht beschäftigt." Sie genoss den letzten Schluck ihres Drinks und stellte das leere Glas ab. „Ich werde aber auch nicht hier herumsitzen. Das Resort ist sehr schön, aber es ist nur mein Nest. Ich muss jeden Tag wegfliegen, bevor ich nachts zurückkomme, um ein bisschen zu schlafen. Und am nächsten Morgen mache ich mich wieder auf den Weg, um mein nächstes Abenteuer zu beginnen."

„Sie haben eine beneidenswerte Sichtweise auf das Leben, Orla Quinn."

„Habe ich das?" Sie schüttelte den Kopf, als würde sie das überhaupt nicht denken. „Ich sehe das Leben so, wie es ist, Warner. Wir werden geboren und sind eine Weile von unserer Mutter abhängig, um zu überleben. Aber eines Tages können wir gehen und wir gehen nicht nur, wir rennen. Wir rennen und rennen, bis wir vor Erschöpfung umfallen, dann schlafen wir. Und wenn wir aufwachen, rennen wir weiter."

„Das stimmt. Ich nehme an, das gilt für die meisten Babys und Kleinkinder." Obwohl ich mich damit noch nie in meinem Leben beschäftigt hatte.

„Warum rennen wir vor dem Menschen weg, der uns nicht nur beschützt, sondern gefüttert und in den Schlaf gewiegt hat?", fragte sie mich mit ernstem Gesicht.

Ich musste einen Moment darüber nachdenken, da ich nicht wusste, worauf sie hinaus wollte. Sie wartete geduldig auf meine Antwort, was für mich irgendwie erstaunlich war. Schließlich sagte ich: „Ich nehme an, wir rennen vor unseren Müttern davon, weil wir von Natur aus nach Abenteuern suchen und ein sicheres Zuhause der letzte Ort ist, an dem man so etwas findet."

Ein Lächeln erhellte ihr Gesicht. „Ja. Es gefällt mir, dass Sie darüber nachgedacht haben, anstatt es einfach beiseite zu schieben, wie es viele Leute tun würden. Es sagt viel über einen Menschen aus, wenn er sich die Zeit nimmt, gründlich über etwas nachzudenken."

„Ich muss zugeben, dass es das erste Mal seit langer Zeit war, dass ich das getan habe." Ich lachte und konnte nicht glauben, wie unglaublich sie war. „Sie sind etwas Besonderes. Wissen Sie das? Etwas ganz Besonderes."

„Ich versuche es zumindest."

Mein Plan war gewesen, mir ein Beispiel an meinem Bruder zu nehmen und vor dieser Frau cool aufzutreten. Und am Anfang hatte es wie Magie gewirkt. Sie war zu mir gekommen. Obwohl es indirekt gewesen war, war sie zu mir gekommen. Aber Orla war aufrichtig und echt. Mit so jemandem spielte man nicht. Es war offensichtlich, dass sie solche Spielchen nur unattraktiv und sogar idiotisch finden würde. Sie würde mich wahrscheinlich für einen schrecklichen Langweiler halten.

„Okay, dann werde ich es Ihnen direkt sagen, Orla Quinn. Ich mag Sie." Es fühlte sich gut an, ihr die Wahrheit zu gestehen. „Und ich habe noch mehr zu sagen."

„Nun, kann ich Ihnen sagen, dass ich Sie auch mag, bevor Sie Ihre Rede halten? Und sollten wir uns nicht endlich duzen?" Bei ihrem Lachen wurde mir warm ums Herz.

Ich wusste, dass es sich lohnen würde, diese Frau kennenzulernen, wenn ich mir nur die Zeit dafür nehmen würde. Sie führte ihr Leben so, wie ich es mir nie vorgestellt hatte. Sie in meiner Welt zu haben war ein seltenes Geschenk. Ich wäre ein Dummkopf, dieses Geschenk nicht anzunehmen und ihm nicht so viel Aufmerksamkeit wie möglich zu schenken.

„Das sollten wir. Und es ist keine Rede, das verspreche ich dir. Aber ich will ehrlich zu dir sein. Ich würde gerne mehr Zeit mit dir verbringen, während du hier bist. Du bringst mich dazu, anders zu denken. Ich hatte keine Ahnung, dass mir so etwas überhaupt gefallen würde, aber ich mag es sehr." Ein elektrischer Schlag zuckte durch mich, als ich daran dachte, Zeit mit ihr zu verbringen.

Wollte ich Sex mit ihr haben? Natürlich. Aber ich wollte mehr als das. Ich wollte sie kennenlernen und ich wollte, dass etwas von ihrer Lebhaftigkeit auf mich abfärbte. Sie war ein ungewöhnlicher Mensch – zumindest für mich.

„Ich denke, ich würde auch gerne Zeit mit dir verbringen, Warner." Ihre Augen funkelten, als sie mich anlächelte. „Ich schätze aber, dass uns dein voller Terminkalender im Weg stehen wird."

Mein Terminkalender war voll, da hatte sie recht. Aber ich könnte mir trotzdem eine Woche freinehmen. „Ich werde mich darum kümmern. Ich werde Zeit finden."

Es fühlte sich wundervoll an, jemanden zu haben, mit dem ich zusammen sein wollte. Mein Herz schlug schneller und ich wusste, dass es dieses Gefühl ebenfalls vermisst hatte. Ich war mir nicht sicher, wie ich mich fühlen würde, wenn sie gehen musste, aber zumindest versuchte ich, mich auf jemanden einzulassen.

Vielleicht war dies in Bezug auf Frauen ein Wendepunkt für mich. Vielleicht würde Orla eine Tür öffnen, die viel zu lange verschlossen gewesen war. Die Hauptsache war, dass ich jetzt auf Liebe in meiner Zukunft hoffen konnte. Auch wenn diese Liebe nicht mit der faszinierenden Frau sein könnte, die vor mir saß.

Zumindest war jetzt ein Licht am Ende des Tunnels, wo vorher keines gewesen war.

„Ich freue mich darauf, Warner. Danke."

„Warum fangen wir nicht gleich an? Es nützt nichts, Dinge aufzuschieben." Wir hatten sowieso nicht viel Zeit. „Ich würde dich gerne in die Sixth Street ausführen, wenn du heute Abend dazu Lust hast."

„Ich bin dabei." Sie sprang von ihrem Barhocker. „Lass mich meine Handtasche aus meinem Zimmer holen. Ich treffe dich in der Lobby."

„Also haben wir ein Date", sagte ich lächelnd und hoffte, dass mein Herz am Ende der Woche nicht in Stücke gerissen werden würde.

KAPITEL SECHS

ORLA

Als ich Warner in der Lobby traf, hielt er mir sein Handy hin. „Gib deine Handynummer in mein Adressbuch ein."

Ich nahm sein Handy, tippte meine Nummer ein und gab es ihm zurück. „Okay. Wenn ich mich verlaufe, während wir unterwegs sind, kann ich dich anrufen."

„Ich habe noch etwas Besseres." Er schrieb mir eine SMS und ich sah mir die Nachricht an. Ich wurde aufgefordert, ihm meinen Standort mitzuteilen. Also tat ich es. „Was jetzt?"

„Ich werde das Gleiche für dich tun." Er tippte auf den Handybildschirm und nickte mir dann zu. „Wir können aufbrechen. Wenn du mich nicht finden kannst, musst du dir nur meinen Standort ansehen. Und ich kann das Gleiche bei dir machen. Dort, wo wir hingehen, ist es sehr voll, sodass man sich ziemlich leicht aus den Augen verliert."

Ich streckte meine Hand aus und hatte eine noch bessere Idee. „Oder wir können uns einfach an den Händen halten, damit das gar nicht erst passiert."

Er nahm meine Hand und grinste, als er mich aus der Tür führte. „Ja, das wird auch funktionieren."

Der Parkservice-Mitarbeiter öffnete die Tür eines großen

schwarzen Trucks für mich, als wir uns ihm näherten. „Das ist ein eindrucksvolles Auto, Warner."

Er half mir beim Einsteigen. „Benutze das Trittbrett, dann ist es einfacher."

„Ist diese Höhe wirklich notwendig?", musste ich fragen, da ich keine Ahnung hatte, warum jemand etwas fahren wollte, das so hoch über dem Boden war.

„Notwendig?", fragte er. „Nein. Aber es ist viel cooler, so zu fahren."

Nachdem er meine Tür geschlossen hatte, ging er um den Truck herum und setzte sich auf den Fahrersitz. „Wie alles andere in Texas mögen wir unsere Trucks größer als anderswo."

„Und du hast kein Problem damit, auf der falschen Straßenseite zu fahren?" Als er den Motor startete, beeilte ich mich, meinen Sicherheitsgurt anzulegen. Die Straße schien viel zu weit unter mir zu sein.

„Für mich ist es nicht die falsche Straßenseite." Er beschleunigte, als wir uns in den Verkehr eingereiht hatten.

Ich schnappte nach Luft und sah ihn mit großen Augen an. „Fährst du immer so schnell?"

„Man muss Gas geben, wenn man an sein Ziel gelangen will, Orla." Er lachte, als er Autos überholte, die viel kleiner und kürzer waren als sein Truck. „Sag mir nicht, dass du wie eine Grandma fährst."

„Ich überlebe gerne die Fahrt", informierte ich ihn. „Etwas langsamer zu fahren als die anderen Autos hat mir gute Dienste erwiesen."

„Wenn du in Amerikas Großstädten langsam fährst, wirst du von der Straße gejagt. Wir sind hier ziemlich aggressive Fahrer."

„Das kann ich sehen." Als ich aufblickte, fand ich eine Haltestange über der Tür und griff instinktiv danach.

„Du hast die ‚Oh scheiße'-Stange gefunden", sagte er grinsend.

„Die was?" Ich hatte keine Ahnung, ob ich ihn richtig verstanden hatte. „Es klang, als hättest du ‚Oh scheiße'-Stange gesagt."

„Ja", sagte er mit einem Nicken. „Weißt du, man greift nur danach, wenn man ‚Oh scheiße' denkt. Und dann klammert man sich mit aller Kraft daran fest."

„Das habe ich tatsächlich gedacht." Ich musste lachen, obwohl ich entsetzt war.

„Vielleicht hilft etwas Musik dabei, dich abzulenken." Er schaltete das Radio ein und ein Mann mit einem texanischen Akzent sang darüber, dass er von einer Frau verlassen worden war und Whisky ihren Platz eingenommen hatte. „Das ist ein ziemlich trauriges Lied."

„Es ist diese Woche in den Top Ten." Zu meiner großen Erleichterung verließ er den Highway.

Aber diese Erleichterung war von kurzer Dauer, als ich auf der nächsten Straße ebenfalls zahllose rasende Autos vorfand. „Meine Güte. Diese Stadt bewegt sich schnell, nicht wahr?"

„Sehr schnell." Er bog noch einmal ab und hielt dann unter einer Brücke, wo viele andere Autos und Trucks geparkt waren. „Okay. Von hier an gehen wir zu Fuß."

„Kannst du nicht diese Straße nehmen?"

„Nein. Jedenfalls nicht nachts. Sie wird dann gesperrt, weil einfach zu viele Leute von Club zu Club gehen. Du wirst sehen. Komm schon."

Aus dem Truck zu klettern war nicht leicht. Ich wollte nicht herausspringen, weil ich befürchtete, mir dabei einen Knöchel zu brechen. „Ähm, ich wäre für ein bisschen Hilfe dankbar, Warner."

Er kam zu mir und bot mir seine Hand an. „Nur zu gern, kleine Lady."

Dank seiner Hand hielt ich das Gleichgewicht und schaffte es sicher auf den Boden. „Du würdest mein Auto hassen. Es ist winzig und extrem tief am Boden."

„Ich würde wahrscheinlich nicht einmal hineinpassen." Er hielt meine Hand, als wir die Straße entlanggingen.

Obwohl Fußgänger unterwegs waren, waren hier nicht allzu viele Menschen. Weiter oben sah ich unzählige Lichter in vielen verschiedenen Farben. Laute Musik wurde gespielt und zahlreiche Menschen kamen uns entgegen. „Es ist seltsam. Ich bin so aufgeregt, das zu sehen."

„Besucher aus der ganzen Welt kommen, um diesen Ort zu erkunden. Er ist unvergleichlich."

Als wir weitergingen, konnte ich verschiedene Aromen in der Luft riechen. „Gibt es hier auch Cafés?"

„Cafés, Boutiquen, jede Menge Bars, Tattoo-Studios ..." Er

drückte meine Hand. „Wir können uns beide tätowieren lassen, wenn du willst."

„Meine Mutter würde mich umbringen." Sein Vorschlag machte mich allerdings neugierig. „Hast du Tattoos?"

Er legte seine Hand auf die rechte Seite seines Oberkörpers. „Ich habe ein gebrochenes Herz mit Engelsflügeln."

„Klingt so, als ob dahinter eine Geschichte steckt."

„Ich erzähle sie dir vielleicht ein anderes Mal." Wir kamen zum Ende eines Blocks und mussten dort anhalten und warten, bis die Ampel umschaltete und wir die Straße überqueren konnten. „Es gibt ein paar Bars, die du sehen musst. Maggie Maes ist eine Instanz in Austin und Coyote Ugly muss man erlebt haben. Aber wenn du Musik hörst, die deine Aufmerksamkeit erregt, können wir in jede Bar gehen, die dich interessiert."

Als wir zu dem ersten Block mit seinen Bars und anderen Geschäften gelangten, verdichtete sich die Menge. Die Gerüche wurden intensiver und es war wahnsinnig laut.

Vor manchen Bars standen Männer, die mit ihren schwarzen Anzügen und Sonnenbrillen aussahen, als kämen sie aus einem FBI-Film. „Und diese Männer sind hier, weil …?" Ich fragte mich, ob wir in Sicherheit waren, wenn solche Männer hier sein mussten.

„Sie sind Türsteher. Außerdem passieren in bestimmten Clubs ungewöhnliche Dinge. Wenn jemand versucht hineinzugehen und sie glauben, dass er möglicherweise nicht weiß, was dort vor sich geht, lassen sie es ihn wissen."

„Was passiert dort?" Jetzt hatte ich wirklich Angst und verstand, warum Warner meine Reisegruppe vor diesem Ort gewarnt hatte.

„Nun, das Motto hier lautet ‚Austin soll seltsam bleiben'. Das liegt daran, dass hier seltsame Dinge geschehen." Er zog mich mit sich. „Wir halten nirgendwo an, wo du dich unwohl fühlen könntest. Das verspreche ich dir."

„Danke." Ich war dem Mann in diesem Moment sehr dankbar. „Wer weiß, wo ich gelandet wäre, wenn ich allein hier unterwegs wäre."

Da ich wusste, dass ich vollkommen in Sicherheit war, ließ ich alle Sorgen und Ängste vor dem Unbekannten hinter mir und sah mich um. Neonlichter erhellten beide Straßenseiten. Während wir weitergingen, wurde die Menge immer dichter, bis ich begriff, wie einfach es sein würde, sich an einem Ort wie diesem aus den Augen zu verlieren.

Verschiedene Musikstile mischten sich mit dem Lärm der Menschen, die redeten, lachten, klatschten und johlten. Wir hielten an, als wir zu einer Gruppe gelangten, die etwas betrachtete, das wir nicht erkennen konnten.

Warner führte mich durch die Menge, bis wir vorne standen. Ein Mann kniete auf dem Boden und hielt eine Sprühdose mit blauer Farbe in der Hand. Er sah zu mir auf. „Ah, darf ich Sie malen, hübsche Lady?"

„Mich?", fragte ich überrascht. „Ich denke schon."

„Es wird nur einen Moment dauern." Er stellte die blaue Dose weg und schnappte sich eine rote und eine braune. „Die Haare." Die Sprühfarbe zischte, als er beide Dosen in rotierenden Bewegungen über eine ziemlich große Leinwand bewegte, die er auf den Bürgersteig gelegt hatte.

Als er damit fertig war, füllten meine lockigen Haare die Außenbereiche der rechteckigen Fläche. „Das ist erstaunlich – es ist genau die Farbe meiner Haare."

Als Nächstes nahm er eine Sprühdose mit weißer Farbe und eine Sprühdose mit brauner Farbe und erstellte mein Gesicht. Dann ergriff er eine Sprühdose mit hellgrüner Farbe für den oberen Teil meines Kleides. Er stellte die Dosen weg, nahm eine Farbpalette und bewegte einen kleinen Pinsel mit einer solchen Geschwindigkeit, dass ich nicht sagen konnte, in welche Farbe er ihn getaucht hatte, bis er sie auf das Gemälde auftrug.

Dünne schwarze Linien formten meine geschlossenen Augen und irgendwie gelangen dem Künstler die Linien für die Wimpern so gut, dass sie echt aussahen. Rote Lippen in Form einer Rosenknospe folgten, dann goldene Knöpfe in der Mitte meines Kleides. Schließlich war er fertig. „Das schenke ich Ihnen. Sie sind eine wahre Schönheit. Danke, dass ich Sie malen durfte."

Warner holte schnell Bargeld aus seiner Tasche und reichte es ihm. „Danke für das Geschenk. Hier ist etwas Geld für Sie, damit Sie das Gemälde für uns aufbewahren, während wir ausgehen. Wir werden es auf dem Rückweg abholen."

Nickend nahm der Künstler das Geld, bevor er das Gemälde an die Wand hinter sich lehnte. Dann fand er eine andere Schönheit zum Malen. „Wie wäre es mit Ihnen, hübsche Lady? Wollen Sie meine nächste Muse sein?"

Ich ging weiter und hielt mich an Warners Hand fest. „Ich habe so etwas noch nie in meinem Leben gesehen. Er war unglaublich."

„Er hatte dich als Modell, also musste es gut werden." Er führte mich zu einer Bar und reichte dem Mann, der an der Tür stand, etwas Geld. Dann gingen wir hinein. „Wir brauchen einen Drink."

„Wir haben unsere Tour gerade erst begonnen", sagte ich enttäuscht.

„Wir nehmen die Drinks mit. Was möchtest du?" Wir gingen zu der langen Theke und ich sah viele Frozen-Daiquiri-Maschinen an der Wand dahinter. „Dürfen wir draußen mit den Drinks herumlaufen?"

„Ja. Ich werde ein Bier trinken."

„Ich auch." Es wäre einfacher herumzutragen als ein edler Cocktail.

Mit dem Bier in der Hand machten wir uns auf den Weg, um mehr von den Sehenswürdigkeiten zu erkunden. Ich war völlig fasziniert. Auch von der Menschenmenge. Ich sah Gesichter aus Indien, China und dem Nahen Osten. Ich hörte auch viele verschiedene Sprachen.

Ein harter Beat mit viel E-Gitarre und Bass zog mich an und ich zerrte Warner in einen Club. Er folgte mir bereitwillig und wir machten uns auf den Weg zur Bühne, wo eine Rockband live spielte. Die Leute bewegten ihre Köpfe im Takt und hielten ihre Getränke hoch, als sie bei einem Lied mitsangen, das ich noch nie zuvor gehört hatte. Aber ich liebte den Sound.

Immer mehr Leute kamen vor die Bühne und Warner schob sich hinter mich, umarmte von hinten meine Taille und wiegte sich im Takt. Es war surreal für mich, Teil dieser Szene zu sein. Ich fühlte mich wie in einem Film. Und es fühlte sich großartig an.

Wir gingen von Bar zu Bar und Warner führte mich herum, sodass ich alles auf mich wirken lassen konnte. Er blieb die ganze Zeit bei mir und sein Interesse und seine Belustigung waren spürbar. Er lächelte oft, während er meine Reaktionen auf alles beobachtete.

Ich fand es wundervoll, dass er nicht versuchte, mich abzulenken. Er ließ mich unsere Umgebung ohne jegliche Störung genießen. Er leistete mir einfach nur Gesellschaft. Das hatte noch kein Mann für mich getan.

Gegen Ende der Nacht schlenderten wir Hand in Hand die gegenüberliegende Straßenseite entlang. „Du liebst deinen Beruf, oder?", fragte er.

„Ja."

„Das habe ich mir schon gedacht, weil du dir jede Bar, in die wir gegangen sind, genau angesehen hast – manchmal sehr gründlich. Und du hast dabei viel gelächelt. Wie ist es, einen Job zu haben, bei dem man täglich mit so vielen Menschen in Kontakt kommt?"

„Ich liebe Menschen. Und ich liebe es, Cocktails zu mixen. Für mich ist es eine Kunstform. Ich kann Aromen auf eine Weise zusammenbringen, die den Geschmacksknospen beim Trinken eine Geschichte erzählt." Ich wusste, dass nicht viele Leute verstanden, wieviel Leidenschaft ich für meinen Job hatte. „Meine Eltern denken, ich sollte mein künstlerisches Talent besser nutzen. Aber ich liebe es, mit so vielen Menschen zu sprechen – ich weiß nicht, ob ich das tun könnte, wenn ich eine traditionelle Künstlerkarriere anstreben würde."

„Also bist du sehr extrovertiert." Er lachte leise. „Ich bin irgendwo in der Mitte. Ich mag es, mit Menschen zusammen zu sein, aber ich mag auch Zeit allein. Ich hatte nicht viel davon, als ich mit vier Brüdern aufgewachsen bin. Deshalb weiß ich sie jetzt zu schätzen. Vielleicht zu sehr. Manchmal in meinem Leben habe ich mich dadurch auch vor anderen abgeschottet."

„Es macht mir nichts aus, allein zu sein. Aber ich mag es viel lieber, mit Menschen zusammen zu sein. Ich bin ein Einzelkind und war oft einsam, weil niemand da war und meine Eltern zu beschäftigt waren, um mit mir zu spielen oder zu sprechen."

„In unserem Haus war es selten ruhig. Und ich wusste nie, wann einer meiner Brüder schlechte Laune haben und mich ohne guten Grund wegen irgendetwas verprügeln würde. Ich war überhaupt nicht so. Ich wollte nicht zu einem von ihnen gehen und ihn schlagen – egal aus welchem Grund. Aber sie hatten schnelle Fäuste und wenig Geduld. Es war eine Erleichterung, als sie endlich zu alt für diesen Unsinn wurden."

Ich verzog das Gesicht. „Ich hatte immer Probleme, Jungen zu verstehen. Ich habe viele Cousins. Aber ich habe auch viele Cousinen, mit denen ich auf Familienfeiern immer zusammen war. Jungen waren mir ein Rätsel. Männer verstehe ich. Aber Jungen … darüber weiß ich überhaupt nichts." Es schien, als hätte ich als Einzelkind viel verpasst.

„Die meisten von ihnen sind kleine Monster. Ich aber nicht. Ich war einer von den Guten. Nicht, dass es mir geholfen hätte, Prügeleien aus dem Weg zu gehen." Er veränderte die Art, wie er meine Hand hielt. Anstatt sie zu umklammern, schob er seine Finger durch meine und mir wurde warm ums Herz bei der neuen Intimität.

Es fiel mir leicht, mit Warner auszukommen. Das war in der Vergangenheit bei Männern nicht immer der Fall gewesen.

Ich lehnte meinen Kopf an seinen Arm und wünschte, wir hätten mehr Zeit. Ich wünschte, wir würden nicht so weit voneinander entfernt leben. Und vor allem wünschte ich, dass mein Herz nicht brechen würde, wenn ich ihn verlassen musste.

KAPITEL SIEBEN

WARNER

Obwohl es drei Uhr morgens war, war ich nicht bereit, die Nacht zu beenden. „Ich kenne ein kleines Diner, das die ganze Nacht geöffnet hat. Dort können wir frühstücken. Es gibt Omeletts, Waffeln und köstliche Frühstückswurst. Bist du dabei?"

„Ich habe den ganzen Tag geschlafen", sagte sie mit einem Lachen in ihrer Stimme. „Natürlich bin ich dabei."

Ich brachte sie von der Partyszene in der Sixth Street weg und ging bei dem Künstler vorbei, um das Gemälde abzuholen, das er von ihr angefertigt hatte, bevor wir in den Truck stiegen und zu Hattie's All Night Café and Dojo fuhren. Hattie hatte einen Sohn mit einer Leidenschaft für Karate und sie hatte ihm etwas Platz im hinteren Teil des Diners überlassen. Wenn er dort trainierte, bot er den Gästen interessante Unterhaltung beim Essen.

Bald saßen wir uns in einer Ecknische gegenüber und sahen uns die umfangreiche Speisekarte an. „Also, wie gefällt dir dein Abenteuer in Austin, Texas bisher?"

„Du hast es zu einem fantastischen Erlebnis gemacht." Sie sah über die Speisekarte hinweg. „Hier gibt es so viele Dinge zu essen. Es fällt mir schwer, eine Entscheidung zu treffen. Ich liebe die Bilder auf der Speisekarte. Das ist schön."

„Ich nehme die belgischen Waffeln mit Frühstückswurst. Dazu

gibt es verschiedene Sirupsorten. Ich verwende gerne ein bisschen von allen."

„Das hört sich gut an. Glaubst du, sie servieren um diese Zeit süßen Tee?"

Ich musste lachen „Wir sind hier in Texas, Süße. Hier wird zu jeder Tages- und Nachtzeit überall süßer Tee serviert."

Sie nickte und schien mit meiner Antwort zufrieden zu sein. „Ich weiß nicht, woran es liegt, aber dieses Zeug macht definitiv süchtig. Ich hatte drei Gläser zum Abendessen. Sonst trinke ich nie drei Gläser."

„Vielleicht solltest du zu Hause eine Art Cocktail daraus machen", schlug ich vor.

„Oh, Himmel, nein. Das wäre, als würde ich meinen Kunden Crack im Glas geben. Das Zeug macht viel zu süchtig, um es mit Alkohol zu kombinieren. Aber ich möchte, dass du mir hilfst, die Zutaten zu finden, die ich brauche, um es für mich selbst zu machen, wenn ich nach Hause komme. Ich glaube, ich werde an Entzugserscheinungen sterben, wenn ich es nie wieder bekomme."

„Zum Glück ist es bemerkenswert einfach zu machen. Ein paar Teebeutel, Zucker, Wasser und Eiswürfel. Das ist alles. Wenn du mehr Aroma willst, kannst du auch etwas Zitrone oder Minze hinzufügen. Ich werde dich eines Tages zu mir nach Hause einladen und dir zeigen, wie es geht." Ich konnte ihr viele Dinge zeigen.

Sie legte die Speisekarte weg, stützte die Ellbogen auf den Tisch und nahm ihr Gesicht in die Hände. „Du bist der netteste Mann, den ich je getroffen habe. Im Ernst. Du bist überhaupt nicht aufdringlich. Du schenkst mir deine Aufmerksamkeit, aber du zwingst sie mir nicht auf. Das gefällt mir."

„Ich mag es, die Welt durch deine Augen zu sehen." Sie dabei zu beobachten, wie sie alle Sehenswürdigkeiten der Nacht in sich aufnahm, führte dazu, dass ich diese Stadt noch mehr wertschätzte.

Die Kellnerin kam und nahm unsere Bestellungen entgegen und wenige Augenblicke später hatten wir unseren Eistee vor uns. Die Art, wie Orlas Augen funkelten, als sie das kalte Glas betrachtete, sagte mir, dass sie tatsächlich süchtig danach war. Sie hob das Glas an ihre Lippen und trank einen langen Schluck. „Ah. Das ist gut. Ich frage mich, warum in Irland noch niemand darauf gekommen ist."

„Wer weiß. Ich vermute, dass es etwas damit zu tun hat, dass es dort kühler ist. Natürlich sehnt ihr euch eher nach warmen als nach kalten Getränken."

„Ich denke, damit könntest du recht haben." Sie sah mich an und lehnte sich auf ihrem Platz zurück. „Dein Tattoo … Ich habe die ganze Nacht darüber nachgedacht. Ein gebrochenes Herz mit Engelsflügeln. Ich habe mir Gedanken darüber gemacht, warum du so etwas dauerhaft auf deiner Haut haben willst."

Ich biss einen Moment lang auf meine Unterlippe und war mir nicht sicher, ob dies der richtige Ort oder Zeitpunkt war, um ihr von meinem Tattoo zu erzählen. Es waren so viele Jahre vergangen, aber manchmal versagte mir immer noch die Stimme, wenn ich darüber sprach.

Sie bewegte ihre Hand über den Tisch und strich mit ihren Fingern über meine Hand, die auf dem Tisch ruhte. „Es muss eine tiefe Bedeutung für dich haben, wenn du so verschwiegen darüber bist. Ich kann den Schmerz fühlen, der von dir ausgeht, Warner. Ist das Tattoo ein Andenken an jemanden?"

„Zwei Menschen, die mir sehr wichtig waren, sind viel zu jung gestorben." Die Frau konnte mich so gut durchschauen. Und ich war niemand, zu dem man leicht Zugang bekam, zumindest demzufolge, was andere Frauen mir über mich erzählt hatten.

„Deine Eltern", sagte sie, als wüsste sie es einfach. „Wie alt warst du?"

„Dreizehn."

„So jung." Langsam schüttelte sie den Kopf. „Wie traurig für dich, dass du sie verloren hast, als du ein Teenager warst, mit all den Problemen, die mit diesem Lebensabschnitt einhergehen. Noch kein Mann, aber auch kein Kind mehr." Ihre Hand bewegte sich über meine und bei ihrem Mitgefühl breitete sich Wärme in mir aus. „Wie ist es passiert?"

„Ein Hausbrand", flüsterte ich, da es schwierig war, zu sprechen, nachdem sich ein Kloß in meinem Hals gebildet hatte. „Ich war in der Schule. Siebte Klasse. Niemand war zu Hause außer Mom und Dad. Die Schulkrankenschwester kam und holte mich aus dem Physikunterricht. Sie hat mich zu ihrem Büro geführt, ohne ein Wort zu sagen."

„Du wusstest aber, dass etwas nicht stimmte, oder?", fragte sie.

„Mein Herz pochte so heftig in meiner Brust, dass ich dachte, ich würde auf dem Weg durch den langen Flur ohnmächtig werden."

„Und als sie es dir sagte?"

„Ich habe ein paar Minuten lang gar nicht reagiert. Es schien einfach nicht möglich zu sein. Ich saß auf dem kleinen Stuhl neben ihrem Schreibtisch und starrte auf den Boden. Als ich es langsam begriff, dachte ich darüber nach, was ich ohne sie tun würde. Ich fragte mich, ob wir in ein Waisenhaus geschickt werden würden. Ich fragte mich, ob sie Angst gehabt hatten. Dann weinte ich. Ich weinte heftig und lange. Ich hatte das Gefühl, den Verstand zu verlieren."

Ihre Hand schloss sich um meine und hielt sie fest. „Für dich muss die Welt zusammengebrochen sein."

„Eine Weile war es so." Ich starrte auf ihre Hand, die sich um meine Finger geschlungen hatte. Ich hatte meine Geschichte noch nie jemandem so ausführlich erzählt. Ich hatte anderen erzählt, dass meine Eltern bei einem Brand gestorben waren, aber nie mehr darüber gesagt.

„Was ist danach passiert?"

„Baldwyn, mein ältester Bruder, war alt genug, um unser Vormund zu werden. Er war neunzehn und arbeitete in einem Hotel. Sein Chef gab uns eine Wohnung. Aber es fühlte sich nie richtig an. Ich hatte immer das Gefühl, kein Zuhause mehr zu haben. Und obwohl wir fünf zusammen dort lebten, fühlte es sich leer an."

„Das kann ich mir vorstellen." Sie strich mit einem Finger über meinen Handrücken. „Und ich bin sicher, dass es dir das Herz gebrochen hat."

„Es ist nie wirklich geheilt", gab ich zum ersten Mal laut zu.

„Ich bezweifle, dass es jemals heilen wird. Zumindest nicht ganz. Du hast einen fürchterlichen Verlust erlitten. Ich denke, nur ein eigenes Kind zu verlieren könnte dem Verlust deiner Mutter oder deines Vaters nahekommen. Und du hast beide gleichzeitig verloren. Aber du hast etwas aus dir gemacht. Es hört sich so an, als hätte keiner von euch sein Leben davon bestimmen lassen."

„Irgendwie haben wir einfach weitergemacht. Frage mich nicht, wie, weil ich es nicht weiß. Ich meine, einige meiner Brüder hatten mit Suchtproblemen zu kämpfen. Aber nicht so schlimm, dass sie sie nicht überwinden konnten."

„Und du?", fragte sie. „Womit hast du gekämpft, Warner?"

Als ich in ihre Augen sah, wusste ich nicht, ob ich wollte, dass sie die Wahrheit erfuhr. Aber die Art, wie sie mich ansah, ohne Anzeichen von Kritik und voller Mitgefühl, ließ mich ein Geständnis ablegen. „Ich habe Angst davor, mich zu verlieben."

„Weil du Angst davor hast, wieder jemanden zu verlieren, den du liebst?" Sie nickte. „Das ist verständlich. Aber wir alle können Verluste erleiden. Eines Tages endet unser Leben und diejenigen, die uns geliebt haben, verlieren uns. Das ist einfach so. Das Leben ist voller schöner Dinge – Liebe, Glück, Hoffnung auf eine gute Zukunft –, aber auch Einsamkeit, Trauer, Hass und Angst, einen geliebten Menschen zu verlieren."

„Das weiß ich. Und ich weiß, warum ich solche Probleme habe. Aber dieses Wissen hat mir nicht geholfen, sie zu überwinden."

„Zeit, Geduld und Vergebung werden helfen." Sie tippte mit dem Finger auf meine Hand. „Du hast enorme Schuldgefühle, Warner. Du musst sie loslassen. Was auch immer du getan zu haben glaubst, um den Brand zu verursachen, oder was auch immer zwischen dir und deiner Mutter oder deinem Vater vor ihrem Tod gesagt wurde – nichts davon hat zu dem geführt, was ihnen passiert ist. Es war nicht deine Schuld. Und deine Eltern starben in dem Wissen, dass du sie liebst. Als sie starben, haben sie dich und deine Brüder geliebt."

Mein Gott, wie kann sie wissen, dass ich mich schuldig fühle, weil ich an jenem Morgen das Haus verlassen habe, ohne meinen Eltern zu sagen, dass ich sie liebe?

Es fühlte sich an, als würde mein Herz in meiner Brust anschwellen. Das hatte ich noch nie empfunden. Es war seltsam und irgendwie unangenehm. Aber es fühlte sich auch so an, als würde es wachsen, und das konnte nur gut sein. „Du bist weiser, als dein junges Alter vermuten lässt."

„Ich bin Barkeeperin. Ich habe schon genug Geschichten für ein ganzes Leben gehört. Wenn man so viel gehört hat, hat man das Gefühl, viel über das Leben und alles, was damit einhergeht, gelernt zu haben."

„Es ist ein Geschenk." *Du bist ein Geschenk.* „Ich bin froh, dass du dieses Wissen mit mir geteilt hast."

„Ich bin froh, dass du mir erlaubt hast, es mit dir zu teilen. Du hättest das alles für dich behalten und nichts herauslassen können. Ich fühle mich geehrt, dass du mir dein Vertrauen geschenkt hast."

Ich wusste nicht, wer ihr bei ihren freundlichen Augen und ihrem offenen Herzen nicht vertrauen könnte. „Du bist ein seltenes Juwel, Orla Quinn."

Sie senkte den Kopf und ihre Wangen röteten sich. „Danke für das Kompliment."

Ihre Hand bewegte sich von meiner weg und ich griff schnell danach, um sie aufzuhalten. Diesmal nahm ich ihre Hand in meine und mein Daumen streichelte ihre Knöchel. „Kein Grund, dich zu schämen, Orla. Es ist mehr als nur ein Kompliment, wenn es wahr ist."

Als sie mich ansah, sagte sie: „Du bist der erste Mensch, der mir so etwas gesagt hat. Ich bin nicht daran gewöhnt, so schöne Dinge über mich zu hören. Vielleicht bringst du ganz neue Seiten in mir zum Vorschein."

„Ich weiß, dass du das bei mir tust." Das gefiel mir auch an ihr. Ich mochte alles an ihr. Bisher.

Niemand war perfekt, dessen war ich mir sicher. Würde ich über Orlas Unvollkommenheiten hinwegsehen können?

Und spielte das überhaupt eine Rolle, wenn wir ohnehin keine echte Beziehung haben konnten?

Bei dem Gedanken daran, dass alles, was zwischen uns war, nur eine Woche dauern konnte, wurde mir flau im Magen. Als das Essen kam, versuchte ich, nicht daran zu denken, dass Orla bald wieder weggehen würde. „Es gibt Blaubeer-, Erdbeer-, Zimthonig-, Ahorn- und Zitronensirup. Welchen möchtest du zuerst probieren?" Ich hielt ihr die Flasche Zitronensirup hin. „Darf ich vorschlagen, dass du damit anfängst? Es unterscheidet sich von allem, was ich jemals zuvor geschmeckt habe. Zumindest auf Waffeln."

Sie nahm mir die Flasche aus der Hand, gab etwas davon auf den Rand ihrer Waffel, schnitt sie durch und probierte den Bissen. „Mmmm." Die Art, wie sie nickte, sagte mir, dass es ihr schmeckte.

Ich goss jede Menge Blaubeersirup neben meine Waffel. „Das ist mein Favorit. Ich beginne immer mit Blaubeersirup."

„Ich liebe Blaubeer-Scones." Sie nahm die Flasche und gab etwas Sirup auf ihren nächsten Bissen. Ihr Gesicht leuchtete auf, als sie ihn aß. „Wow!"

„Vielleicht sollte ich eine Flasche davon kaufen und sie mit nach

Hause nehmen." Es könnte Spaß machen, dem Sex, den wir hoffentlich in naher Zukunft haben würden, Süße zu verleihen.

„Das solltest du auf jeden Fall tun."

Ich bezweifelte, dass sie über die Verwendungszwecke nachdachte, für die ich den Sirup vorgesehen hatte. Aber zumindest stimmte sie dem Kauf zu. Bei so wenig Zeit war ich mir nicht sicher, wie ich sie in mein Bett bekommen sollte. Ich war niemand, der solche Dinge übereilte, und ich vermutete, dass es ihr genauso ging.

Sie schien der Inbegriff eines anständigen Mädchens zu sein. Und anständige Mädchen landeten nicht mit Männern, die sie noch nicht lange kannten, im Bett. Aber Orla hatte einen Einblick in mich bekommen, den sonst niemand hatte. Ich musste hoffen, dass das ausreichen würde, damit sie sich sicher genug fühlte, um mit mir zu schlafen.

Nach dem Frühstück fuhr ich sie zurück ins Resort und begleitete sie zu ihrem Zimmer. Wir standen an der Tür im Flur. Unsere ineinander verschlungenen Hände schienen sich nicht trennen zu wollen. „Ich hatte noch nie so viel Spaß bei einem Date", gestand ich ihr. „Ich habe bereits das Gefühl, dich besser zu kennen, als ich jemals jemanden gekannt habe. Und ich habe dir mein Herz ausgeschüttet. Du weißt jetzt mehr über mich als alle anderen, außer meine Brüder."

Sie runzelte die Stirn, als sie ihren Kopf senkte. „Ich finde das ziemlich bemerkenswert, Warner."

Die Art, wie sie es sagte, ließ mich denken, dass sie mir nicht wirklich glaubte. „Ich finde es auch bemerkenswert. Ich bin normalerweise nicht so bei anderen Leuten – bei anderen Frauen."

Sie hob ihren Kopf und sah mir in die Augen. „Und woher soll ich wissen, ob das stimmt?"

Sie hatte recht. „Du musst mir einfach vertrauen."

„Vertrauen." Sie nickte. „Ja, anscheinend muss ich dir einfach vertrauen. Nun, wir werden sehen, was der neue Tag bringt, Warner Nash. Im Moment will ich nur unter die Bettdecke kriechen und versuchen, ein paar Stunden Schlaf zu bekommen. Aber ich habe gestern den ganzen Tag geschlafen – wer weiß, wann ich aufwache. Den Wecker werde ich bestimmt nicht stellen. Ich habe Urlaub und im Urlaub sind Wecker verboten."

„Du weißt, wo ich sein werde." Etwas zwischen uns fühlte sich anders an. Die Leichtigkeit war verschwunden. „Also komm einfach nach unten in mein Büro, wann immer du willst."

„Sicher." Sie zog ihre Finger aus meiner Hand, die sich noch nie so leer angefühlt hatte. „Dann gute Nacht. Und nochmals vielen Dank für die wundervolle Nacht. Ich habe sie wirklich genossen."

Meine Hände ballten sich an meinen Seiten zu Fäusten. Ich wusste nicht, was ich sagen sollte, damit es wieder so wurde, wie es gewesen war. Also tat ich etwas anderes, das mir überhaupt nicht ähnlichsah.

Ich nahm sie an den Schultern, drehte sie zu mir um und gab ihr einen keuschen Kuss auf die Wange. „Ich hatte auch eine wundervolle Zeit mit dir, Orla. Gute Nacht und süße Träume", flüsterte ich in ihr Ohr. Dann drehte ich mich um und ging weg.

Ich fühlte ihren Blick auf meinem Rücken und konnte nicht aufhören zu lächeln.

KAPITEL ACHT

ORLA

Ich öffnete meine Augen und sah einen schwach beleuchteten Raum, in dem das Sonnenlicht von den dicken weißen Vorhängen gedämpft, aber nicht ganz abgeschirmt wurde. Ich lag auf dem Rücken und starrte auf den weißen Deckenventilator über mir, der sich langsam bewegte.

Erinnerungen an die letzte Nacht überfluteten mein gerade erst erwachtes Gehirn. Ein Lächeln trat auf meine Lippen, als ich an den Kuss auf die Wange dachte, den mir Warner zum Abschied gegeben hatte.

Ich war auf der Heimfahrt vorsichtig geworden. Ich war besorgt gewesen, dass er mehr von mir wollen würde, als ich bereit war zu geben. Es war das beste Date gewesen, das ich jemals gehabt hatte. Aber ich kannte Warner immer noch nicht gut genug, um es zu riskieren, Sex mit ihm zu haben.

Ich war nicht prüde, aber ich mochte auch nichts allzu Bizarres. In meinem Alter hatte ich schon zu viele Horrorgeschichten von Freundinnen und Kundinnen über Männer gehört, die nach dem ersten Date Frauen fesseln und ihnen den Hintern grün und blau schlagen wollten. Nicht, dass ich dachte, Warner wäre jemand, der sich für so etwas interessierte, aber konnte ich das wirklich wissen?

Außerdem kannte ich seinen Ruf noch nicht. Und ich war mir nicht sicher, ob ich diese Informationen rechtzeitig herausfinden würde, um Sex mit ihm zu haben, bevor ich abreisen musste. Ich wollte nichts überstürzen – auch wenn wir nicht viel Zeit hatten.

Ich drehte mich um und sah auf die Uhr auf dem Nachttisch. *Zehn Uhr morgens.*

Es war noch nicht so spät, wie ich gedacht hatte. Ich fragte mich, ob Warner es schon zur Arbeit geschafft hatte – nicht, dass ich mich anziehen und in sein Büro eilen würde. Er hatte viel zu erledigen. Das hatte er deutlich gesagt. Ich konnte mich den ganzen Tag anderweitig beschäftigen und ihn seiner Arbeit überlassen.

Ich stand auf und sah auf das Tablet, das auf dem Tisch lag. *Ich sollte eine Massage buchen.*

Obwohl ich in einem Resort mit einem Spa arbeitete, gönnte ich mir selten eine Massage. Also nahm ich das Tablet und vereinbarte einen Termin auf meinem Zimmer.

Nach dem Duschen zog ich einen weichen weißen Bademantel an und wartete darauf, dass die Masseurin eintraf, um mich durchzukneten. Als es an der Tür klopfte, nachdem ich mich gerade auf das Fußende des Bettes gesetzt hatte, zuckte ich zusammen. „Ich komme", rief ich.

Ich stand auf, öffnete die Tür und stand vor einer dunkelhaarigen Frau mit einem strahlenden Lächeln. „Hallo, ich bin Alexis Nash. Ich werde heute Ihre Massagetherapeutin sein."

Ihr Nachname erregte meine Aufmerksamkeit. „Nash? Wie die Eigentümer dieses Resorts?"

Mit einem Nicken begann sie, einen Klapptisch aufzubauen. „Ich bin mit einem der Brüder verheiratet. Patton."

Ich fand das äußerst interessant. Diese Frau arbeitete im Resort und ihr Mann war einer der Eigentümer. „Haben Sie sich hier im Resort kennengelernt?" Ich musste es wissen. Wenn ja, bedeutete es, dass die Brüder vielleicht das Resort nutzten, um Frauen kennenzulernen. Vielleicht war es das, was Warner mit mir tat.

Nur würde ich nicht hierbleiben. Ich würde höchstens eine Kerbe auf dem Bettpfosten des Mannes werden. Einem Bettpfosten, der möglicherweise schon jede Menge Kerben hatte.

„Nein, er war der beste Freund meines Bruders und schon immer gut bekannt mit meiner Familie. Er hat mir hier einen Job gegeben. Unsere Ehe begann auf ungewöhnliche Weise, aber am Ende siegte die Liebe." Sie holte einige Öle aus einer schwarzen Tasche, stellte sie auf den kleinen Esstisch und wartete darauf, dass ich mich auf den Massagetisch legte. „Sind Sie bereit, Ms. Quinn?"

Es gab noch mehr, was ich sie fragen wollte, bevor sie mit der Massage begann. „Haben Sie beide sich verabredet, bevor Sie im Resort angefangen haben?"

„Nein, das haben wir nicht." Sie sah auf den Tisch. „Ist es Ihnen unangenehm, den Bademantel auszuziehen?"

„Nein." Aber ich hatte noch mehr Fragen an sie. „Also haben Sie angefangen, miteinander auszugehen, nachdem Sie hier angefangen hatten?"

„Nicht wirklich." Mit verschränkten Armen musterte sie mich misstrauisch. „Hören Sie, ich weiß nicht, warum Sie mir all diese Fragen über meinen Mann stellen, aber ich kann Ihnen sagen, dass es mir kein bisschen gefällt."

Ich hatte sie verärgert, obwohl ich das überhaupt nicht gewollt hatte. „Es tut mir leid. Lassen Sie mich noch einmal von vorn beginnen. Ich bin Orla Quinn und gestern Abend mit Warner, dem Bruder Ihres Mannes, ausgegangen."

Ihr wissendes Lächeln sagte mir, dass ich es nicht weiter erklären musste. „Oh, ich verstehe. Sie wollen wissen, ob er ein *mujeriego* ist."

Ich verzog verwirrt das Gesicht. „Wie bitte? Ein was?"

„Ein Frauenheld", informierte sie mich.

„Ja." Sie verstand mich wirklich. „Ist er das?"

„Nein, das ist er überhaupt nicht. Und ehrlich gesagt bin ich überrascht zu hören, dass er mit Ihnen ausgegangen ist. Er ist noch nie mit jemandem aus dem Resort ausgegangen. Weder mit Gästen noch Mitarbeiterinnen. Er ist ein bisschen … wie soll ich sagen … ein Einzelgänger, wenn es um Frauen geht."

„Also hatte er nicht schon jede Menge Freundinnen?" Ich war mir sicher, dass ein Mann, der so gut aussah, einen ganzen Harem haben musste.

„Er hat in den letzten drei Jahren zwei Freundinnen gehabt. Und beide Beziehungen haben nicht einmal ein Jahr gedauert." Sie legte einen Finger an ihre Lippen, als sie nachzudenken schien. „Und wissen Sie was? Ich glaube, er hat mit ihnen Schluss gemacht – nicht umgekehrt. Mein Mann denkt, dass Warner Angst vor Intimität hat – wahrscheinlich weil er seine Eltern in so jungen Jahren verloren hat."

„Er hat mir erzählt, was mit ihnen passiert ist."

Ihre Kinnlade klappte herunter. „Im Ernst?"

„Ja." Meine Gedanken überschlugen sich. *Vielleicht ist er doch ein guter Mann.*

Nicht, dass es einen großen Unterschied gemacht hätte. Dass Warner mir gegenüber aufrichtig war, bedeutete eigentlich nichts. Es bedeutete nicht, dass wir mehr Zeit miteinander haben würden. Und es bedeutete sicherlich nicht, dass wir füreinander bestimmt waren.

Er hatte sein Leben in Amerika und ich hatte mein Leben in Irland. Daran würde sich nichts ändern. Ich hatte eine Familie, die mich in meinem Land verwurzelt hielt, und er hatte seine Familie und ein erfolgreiches Unternehmen in Texas.

Ich zog meinen Bademantel aus, legte mich auf den Tisch und ließ sie mit der Massage beginnen. Nachdem sie ein Laken über meinen Körper gelegt hatte, bearbeiteten ihre Hände meinen Rücken und lockerten die verspannten Muskeln. Die Öle verwöhnten meine Nase mit herrlichen Zitrusaromen.

„Kann ich aufgrund Ihres Akzents annehmen, dass Sie aus Irland kommen, Orla?"

„Ja." Alexis hatte auch einen Akzent. „Und Sie kommen aus Mexiko oder Spanien?"

„Ich bin Amerikanerin. Geboren und aufgewachsen in Houston, Texas", sagte sie zu meiner Überraschung.

„In Amerika gibt es so viele verschiedene Akzente, dass es unmöglich ist zu wissen, wer von hier stammt und wer aus einem anderen Land kommt."

„Deshalb nennt man es wohl einen Schmelztiegel." Ihre Hände glitten über meine Waden und verteilten das Öl. „Nicht alle Menschen mexikanischer Herkunft haben einen so starken Akzent wie ich, aber ich bin in einem Viertel aufgewachsen, in dem die meisten Familien hauptsächlich Spanisch sprachen."

„Es ist ein wunderschöner Akzent. Viel verführerischer als meiner." Ich fand immer schon, dass Spanisch ziemlich sinnlich klang. „Ich wünschte, ich könnte Spanisch sprechen, aber es kommt einfach nicht richtig aus meinem Mund."

„Mein Mann versucht sein Bestes, um es gut zu sprechen, aber sein texanischer Akzent ist einfach zu stark, um die Worte richtig klingen zu lassen." Lachend strich sie mit ihren eingeölten Händen über meine Füße.

„Vielleicht können Sie mir helfen, eine Entscheidung zu treffen, Alexis." Ich dachte, ich sollte eine Frau um Rat fragen, bevor ich alles durcheinanderbrachte. „Warner und ich haben uns letzte Nacht gut verstanden. Tatsächlich haben wir uns gut verstanden, seit ich hier angekommen bin."

„Klingt romantisch."

„Das tut es wirklich. Aber Romantik ist für mich nicht wirklich vorgesehen. Ich meine, keine langfristige Romantik. Ich bin nur eine Woche hier. Also frage ich Sie, was Sie tun würden, wenn Sie jemanden kennenlernen, der Ihnen sehr gefällt, obwohl Sie wissen, dass es nicht länger als eine Woche dauern kann."

„Das ist eine schwierige Frage, Orla." Zumindest teilte sie dahingehend meine Meinung. „Ich bin in einem sehr konservativen, religiösen Haushalt aufgewachsen. Sex vor der Ehe war fast das Schlimmste, was eine Frau tun konnte, aber am Ende tat ich es trotzdem. Ich denke, die menschliche Natur ist manchmal stärker als religiöse Versprechungen."

Ich fand das interessant, obwohl es für mein aktuelles Dilemma vielleicht nicht relevant war. „Ich bin nicht religiös – eher spirituell, würde ich sagen. Aber ich bin auch nicht übermäßig freizügig. Ich will nicht Sex mit vielen Männern haben oder mit Männern, die ich nicht gut kenne. Also ist das nicht einfach für mich. Ich mag Warner sehr. Und ich kann nicht leugnen, dass er heiß ist und ich mich unheimlich zu ihm hingezogen fühle. Aber ich bin mir nicht sicher, ob ich darauf reagieren soll … was auch immer diese Anziehung zwischen uns ist. Ich will nicht verletzt werden, wenn ich abreisen muss, aber ich will auch ihn nicht verletzen. Und ich bin mir nicht sicher, ob ich das verhindern kann – es gibt eine Bindung zwischen uns und ich glaube, dass es für uns beide noch schwieriger sein wird, wenn wir sie weiter ausbauen."

„Sie fragen sich also, ob es einfacher sein wird, ihn zu verlassen, wenn Sie nicht allzu intim mit ihm werden." Sie war eine kluge Frau.

„Sicher, es könnte für Sie beide viel einfacher sein, wenn Sie nicht miteinander schlafen. Aber – und das ist ein starkes Aber – denken Sie, dass Sie und er einfach ignorieren sollten, was nach einer intensiven Bindung klingt? Würde es sich für Sie nicht wie ein Verlust anfühlen, wenn Sie diese Erfahrung nie teilen würden?"

„Ich denke, es wäre ein großer Verlust." Obwohl ich Angst hatte, etwas zu verpassen, hatte ich auch Angst, mich in unserer Bindung zu verlieren. So sehr, dass ich befürchtete, dass ich alle Vorsicht in den Wind geschlagen und ihn in mein Zimmer eingeladen hätte, wenn er letzte Nacht meine Lippen geküsst hätte. „Aber ich frage mich, ob ich davor Angst haben muss. Ich meine, ich liebe Schokoladenkuchen, aber ich muss ihn nicht jeden Tag haben. Vielleicht werde ich alles lieben, was wir zusammen machen, das heißt aber nicht, dass ich es noch einmal erleben muss."

Sie ging vorne an mir vorbei und massierte dann meine Schultern. „Wollen Sie meine ehrliche Meinung, Orla?" Ich nickte und sie fuhr fort: „Es wird Ihnen beiden höchstwahrscheinlich wehtun, wenn Sie abreisen, unabhängig davon, ob Sie Sex hatten oder nicht. Warum also etwas verpassen, das eine großartige und sehr bedeutsame Zeit sein könnte, nur weil es am Ende vielleicht wehtut? Schmerz ist im Leben unvermeidlich."

„Mag sein." Ich war mir immer noch nicht sicher, ob es klug wäre, so viel für jemanden zu empfinden, den ich niemals wirklich in meinem Leben haben könnte.

„Wenn Sie beide diese Gefühle teilen, ist es sehr wahrscheinlich, dass Sie es irgendwie schaffen zusammenzukommen, während Sie hier sind. Folgen Sie Ihrem Instinkt und kümmern Sie sich um die Konsequenzen, wenn es so weit ist." Sie strich mit etwas Weichem über meinen ganzen Körper. „Viele wundervolle Dinge sind mit Konsequenzen verbunden und diese Sache ist wahrscheinlich nicht anders. Ich meine, denken Sie nur an die Folgen von Sex – Geschlechtskrankheiten, Schwangerschaften … Eine Schwangerschaft kann schmerzhaft oder zumindest unangenehm sein. Und dann ist da noch die Geburt und der damit verbundene Schmerz – ganz zu schweigen von der Zeit danach. Trotzdem tun Frauen es bereitwillig."

„Das ist wahr. Aber wir tun es in vollem Bewusstsein, was passieren kann – wir wissen, dass wir schwanger werden können.

Kein Verhütungsmittel ist hundertprozentig wirksam. Und manchmal bleiben die Väter der Babys nicht bei uns, um sie mit uns großzuziehen. Und doch gehen die meisten Frauen dieses Risiko für ein paar schöne Momente ein."

„Das klingt so dumm", sagte sie und seufzte. „Warum machen wir das, Orla? Warum machen wir solche Dinge?"

„Ich wünschte, ich wüsste die Antwort darauf. Aber wir bringen uns oft selbst in höllische Schwierigkeiten, oder?" Ich hatte mich schon in Situationen mit Männern gebracht, die mich schwer verletzen hätten können. Warum sollte ich also nicht ein bisschen Spaß mit Warner haben? Er könnte mir helfen, völlig neue Dinge zu erleben – und was danach geschah, könnte ich einfach dem Schicksal überlassen.

„Das Leben ist einfach zu kurz, um bestimmte Erfahrungen nicht zu machen, nur weil sie Schmerz nach sich ziehen könnten", sagte sie, als sie mich mit dem Laken zudeckte. „Die Massage ist vorbei. Wenn Sie möchten, können Sie gerne eine Bewertung abgeben. Es hilft uns, einen guten Ruf aufzubauen, wenn die Gäste positive Bewertungen abgeben."

„Sie haben mir in mehrfacher Hinsicht geholfen. Sie können fünf Sterne von mir erwarten." Ich setzte mich auf den Tisch und wickelte das Laken um mich, damit ich beim Aufstehen bedeckt war. „Wenn mein Leben nicht so weit weg wäre, wären Sie und ich möglicherweise Schwägerinnen geworden." Ich musste lachen.

Sie klappte den Tisch zusammen und lächelte. „Man weiß nie, was die Zukunft bringt, Orla. Das kann ich Ihnen aus Erfahrung sagen. Ich kenne Patton schon mein ganzes Leben lang und kein einziges Mal hatte ich unsere Ehe vorausgesehen. Ich hatte nicht gedacht, dass wir so viel Leidenschaft und eine so tiefe Liebe teilen würden. Doch hier sind wir."

„Ich kann an der Liebe in Ihren Augen erkennen, dass er ein besonderer Mann ist. Sind alle Nash-Brüder so gute Männer?"

Sie nickte und steckte die Öle wieder in ihre Tasche. „Das sind sie. Ihr Leben hätte nach dem Verlust ihrer Eltern ganz anders verlaufen können. Außerdem sind sie nicht reich aufgewachsen und dennoch hat ihr neu gefundener Reichtum keinen von ihnen verändert. Nun, sie kleiden sich besser als vorher, aber in Bezug auf ihre Persönlichkeit sind sie immer noch dieselben Männer wie früher."

Es gab normalerweise in jeder Gruppe ein schwarzes Schaf. Der Gedanke, dass alle Nash-Brüder gut waren, ließ mich befürchten, dass es noch schwieriger sein würde, mich am Ende meines Urlaubs von Warner zu trennen.

Aber ich werde es trotzdem wagen.

KAPITEL NEUN

WARNER

„Ich habe gehört, dass du heute zu spät gekommen bist", sagte Baldwyn, als er in mein Büro kam und mich dabei erwischte, wie ich mit
den Füßen auf dem Schreibtisch und den Händen hinter dem Kopf
die Decke anstarrte und von Orla träumte. „Und du benimmst dich
ganz anders als sonst. Was ist los?"

Ich bewegte meine Füße vom Schreibtisch, setzte mich aufrecht
auf meinen Stuhl und blinzelte ein paarmal, um in die Realität
zurückzukehren, anstatt dort zu bleiben, wo ich in Gedanken
gewesen war – im Bett mit einem schönen Mädchen mit feurigen
Haaren. „Ich hatte gestern Abend ein Date, deshalb war ich heute
spät dran. Und ich habe gerade an dieses Date gedacht, als du unge-
beten in mein Büro gestürmt bist."

„Sieh auf dein Handy", sagte er, als er sich mir gegenüber setzte.
„Ich habe dich sechsmal angerufen."

Ich zog mein Handy aus der Tasche und sah, dass der Akku leer
war. „Verdammt." Ich schloss es an das Ladegerät an. „Ich hoffe, ich
habe keinen Anruf von Orla verpasst."

„Ist das der Name der Frau, mit der du verabredet warst?"

„Ja. Orla Quinn. Sie gehört zu der Reisegruppe aus Irland. Sie ist
etwas Besonderes, Bruder." Meine Augen waren auf das Handy
gerichtet und warteten auf den Moment, in dem es genug aufgeladen

war, dass ich es einschalten und nachsehen konnte, ob ich einen Anruf oder eine SMS von ihr verpasst hatte. „Vielleicht hat sie mich deshalb noch nicht besucht." Es war kurz nach Mittag und ich hatte mich gefragt, ob sie länger schlief. Aber jetzt wusste ich, dass sie denken könnte, ich würde sie ignorieren, und das konnte ich nicht zulassen.

„Du bist mit einem unserer Gäste ausgegangen?", fragte Baldwyn mit schockierter Stimme. „Das hast du noch nie gemacht."

„Sie hat etwas an sich – ich konnte mir die Gelegenheit nicht entgehen lassen, sie um ein Date zu bitten. Und wir hatten jede Menge Spaß. Ich genieße es, einfach bei ihr zu sein – ob wir miteinander sprechen oder nicht." Ich konnte es nicht erklären, aber ich hatte mich von Anfang an zu ihr hingezogen gefühlt und genoss es. „Von dem Moment an, als ich sie sah, konnte ich meine Augen einfach nicht von ihr abwenden."

„Ich bin froh, dass du deinem Instinkt gefolgt bist und sie um ein Date gebeten hast. Es ist lange her, dass du Interesse an irgendjemandem gezeigt hast." Er runzelte die Stirn, als er mich mit einem seltsamen Ausdruck ansah. „Aber du hast gesagt, dass sie aus Irland kommt. Und das ist nicht so gut, oder?"

„Das kann man auch anders sehen." Damit hatte ich von Anfang an gekämpft. „Es wird keine hässliche Trennung geben. Und das ist immer gut."

„Es wird auch keine dauerhafte Beziehung geben", sagte er. „Und das ist schlecht. Glaubst du, du hast sie unbewusst ausgewählt, weil sie auf lange Sicht nicht erreichbar ist?"

„Wer weiß?" Ich hatte keine Ahnung, warum ich mich so stark zu ihr hingezogen fühlte. „Sie ist hinreißend. Das ist wahrscheinlich der Grund, warum sie mir inmitten der anderen Gäste sofort aufgefallen ist."

„Viele schöne Frauen kommen durch unsere Tür, Warner. Ich glaube nicht, dass dies der einzige Grund ist, warum du sie ausgewählt hast." Er tippte mit dem Zeigefinger auf sein Kinn und schien fest entschlossen zu sein, mein Seelenleben zu analysieren. „Es ist aber ein Schritt in die richtige Richtung. Zumindest gehst du mit jemandem aus und scheinst Spaß zu haben. Du hast gesagt, dass du das Gefühl hast, mit ihr reden zu können. Hast du ihr von unseren Eltern erzählt?"

„Ja."

Seine Kinnlade klappte herunter. „Du erzählst normalerweise niemandem davon."

„Ich weiß."

„Das ist wirklich schlimm, Warner."

„Ich kann nicht so denken." Es war sinnlos. „Ich muss denken, dass ich die Zeit mit ihr genießen werde, auch wenn sie kurz sein wird. Eine Woche lang erlaube ich mir das. Wer weiß? Ich könnte mit geheilten Wunden aus dieser Sache herauskommen. Wunden, die ich schon zu lange mit mir herumtrage."

„Warner, was ist, wenn es deine Wunden vertieft? Es könnte dich nur noch mehr davon überzeugen, dass du immer die Menschen verlierst, die du liebst. Ich möchte nicht, dass es nach hinten losgeht und dir noch mehr Probleme beim Verlieben bereitet." Er klang, als wäre er sicher, dass es zum Scheitern verurteilt war.

Aber er war nicht in meinem Kopf und er konnte nicht in die Zukunft sehen. „Hör zu, ich weiß, dass es weniger als ideal klingt. Aber ich war noch nie jemand, der zu Selbstsabotage neigt."

Er zog seine dunklen Augenbrauen wieder hoch. „Ach ja? Was soll es sonst sein, wenn du anfängst, eine Frau zu daten, und dann die Beziehung ohne guten Grund abrupt beendest?"

Ich dachte, ich hätte den Frauen einen Gefallen getan. „Zumindest hatten sie nicht allzu viel Zeit in mich investiert, bevor ich sie gehen ließ. Zumindest lüge ich nicht und mache Versprechen, die ich nicht halten kann. Und das Großartige daran, Orla zu daten, ist, dass wir beide wissen, dass es bald endet. Wir wissen sogar, an welchem Tag. Wir sind erwachsen. Wir können unsere eigenen Entscheidungen treffen. Wenn sie sich darum keine Sorgen macht, warum sollte ich es dann tun?"

„Vielleicht macht sie sich Sorgen, verletzt zu werden und dich zu verletzen. Vielleicht hast du deshalb noch nichts von ihr gehört."

Ich wollte nicht so denken. „Sie schläft bestimmt nur. Sie hat mir gesagt, dass sie gestern den ganzen Tag geschlafen hat. Vielleicht hat die lange Anreise ihren Tribut gefordert. Ich bin mir sicher, dass es so ist." Ich hielt ihm mein Handy hin, um ihm zu zeigen, dass ich keine Anrufe oder Nachrichten von ihr verpasst hatte. „Siehst du, sie hat noch nicht versucht, mich zu kontaktieren. Sie schläft, das ist alles."

„Und wenn nicht?", fragte er mit zusammengekniffenen Augen. „Dann wirst du sie in Ruhe lassen und aufhören, dir selbst und ihr das anzutun? Ich meine, du bist zu ihr gegangen, oder? Ich bin mir sicher, dass es nicht umgekehrt war."

„Wie kannst du so verdammt sicher sein, dass sie nicht diejenige war, die zu mir gekommen ist?" Ich hielt das für eine ziemlich unhöfliche Annahme – ich war kein schlechter Fang.

„Du hast gesagt, dass du von dem Moment an, als du sie gesehen hast, deine Augen nicht von ihr abwenden konntest."

„Und was ist daran so falsch? Andere Leute machen das die ganze Zeit. Andere Leute haben ständig Affären – besonders im Urlaub." Was ich sagte, war die Wahrheit, aber ein Teil von mir fragte sich, ob ich versuchte, mich genauso davon zu überzeugen, wie meinen Bruder.

„Ja, manche Leute tun das – du aber nicht." Er sah mir in die Augen und stellte sicher, dass seine Worte zu mir durchdrangen. Und sie taten es. Aber ich war immer noch nicht bereit, Orla zu vergessen. „Und vielleicht hat sie Zweifel daran bekommen, sich auf eine einwöchige Affäre mit dir einzulassen."

„Baldwyn, ich weiß, dass du nur versuchst, auf mich aufzupassen, aber wir wissen beide, dass es enden wird. Ich glaube nicht, dass wir uns verlieben werden, wenn wir wissen, dass wir nur noch sechs Nächte zusammen sind." Ich hoffte, dass wir bald ganze Nächte zusammen verbringen würden.

Seine Lippen bildeten eine dünne Linie, als er sein nächstes Argument vorbrachte. „Du hast recht, ich mache mir Sorgen um dich. Der Tod von Mom und Dad hat dich traumatisiert, Warner. Wie könnte es anders sein? Du warst so jung – das waren wir alle. Und du musst deswegen zu einem Psychologen gehen, weil es jede Beziehung, die du hattest, beeinträchtigt hat. Vergib mir, wenn ich nicht glaube, dass es dieses Mal anders sein wird – dass es nicht nur die nächste ungesunde Beziehung in einer langen Reihe ist."

„Es fühlt sich ganz anders an. Ich gehe mit offenen Augen in diese Sache. Es ist auch nicht so, als hätte ich das geplant – es ist einfach passiert. Wir haben uns kennengelernt und es sind Funken geflogen – Ende."

„Ich denke, die Geschichte wird so enden: Ihr habt euch kennengelernt, es sind Funken geflogen – und dann sind Herzen gebrochen worden."

Ich war daran gewöhnt, mit gebrochenem Herzen zu leben. „Damit komme ich zurecht."

„Sicher", sagte er sarkastisch. „Dir ging es schon vor ihr nicht gut."

„Doch." Ich hatte meine Probleme, aber ich war vollkommen in Ordnung. „Ich bin kein gebrochener Mann, Baldwyn. Ich komme gut mit meinen Aufgaben auf Arbeit zurecht."

„Ja, auf Arbeit. Es ist dein Liebesleben, mit dem du nicht zurechtkommst. Hast du eine Ahnung, wie viele deiner Exfreundinnen zu mir oder einem deiner anderen Brüder gekommen sind, um zu fragen, was sie falsch gemacht haben, nachdem du sie verlassen hattest?"

„Ich hatte keine Ahnung, dass eine von ihnen das getan hat." Ich fand das unangemessen und es gefiel mir auch nicht, dass meine Brüder mir nichts davon erzählt hatten. „Und warum hat keiner von euch das erwähnt?"

„Weil wir alle wissen, warum du es getan hast, und wir ihnen immer sagen, dass es nicht an ihnen lag", ließ er mich wissen. „Hättest du es wirklich gut aufgenommen, wenn einer von uns dir davon erzählt hätte?"

„Nein." Ich nahm es jetzt nicht gut auf. „Weißt du, einige von ihnen haben Dinge getan, die mich abgeschreckt haben. Es war nicht immer nur ich. Aber ich habe immer die Schuld für das Ende auf mich genommen. Ich war nicht rücksichtslos."

„Ich weiß, dass du nie eine Beziehung mit bösen Absichten eingegangen bist. Aber du bist auch nie mit offenem Herzen hineingegangen."

„Wie soll ich mit offenem Herzen in eine Beziehung gehen, wenn du mir sagst, dass es bereits gebrochen ist?" Er ging mir auf die Nerven, wie es nur ein Bruder konnte. Ich hatte genug von diesem Gespräch. „Wenn du dir Sorgen darüber machst, dass mir jetzt das Herz gebrochen wird, kannst du dir sicher sein, dass ich diese Sache mit demselben Herzen betrachte, das ich immer gehabt habe – dasjenige, das nicht richtig funktioniert, wie du so freundlich erwähnt hast."

Baldwyn seufzte und rieb mit den Händen über sein Gesicht. „Hör zu, vielleicht ist es das, worüber ich mir hier wirklich Sorgen mache – dass es so aussieht, als ob du endlich mit offenem Herzen in eine Beziehung gehst. Es ist offensichtlich, dass du wirklich eine Bindung zu diesem Mädchen hast." Er seufzte wieder schwer. „Ich kann es in deinen Augen sehen. Da ist etwas, das ich noch nie in ihnen gesehen habe – und ich möchte nicht, dass du verletzt wirst."

Ich hatte es auch in meinen Augen gesehen. „Ich denke, das Wissen, dass diese Sache ohne Streit enden wird, hilft, den Druck abzubauen."

„Weißt du, nur weil etwas ohne Streit endet, tut es nicht weniger weh." Mit einem Nicken stand er auf und signalisierte das Ende unserer Diskussion. „Ich gehe jetzt, um dir Zeit zu geben, deine eigenen Schlüsse zu ziehen. Ich hoffe nur, dass du zumindest etwas von dem gehört hast, was ich gesagt habe."

„Ich werde darüber nachdenken, was du gesagt hast." Auch wenn ich ihm nicht zustimmte.

„Gut." Er lächelte. „Das ist alles, was ich verlange."

Als er mein Büro verließ, stand ich auf, um mir die Beine ein wenig zu vertreten, da ich zu lange gesessen hatte. Ich musste eine Weile mein Büro verlassen. Orla hatte meine Nummer, wenn sie aufwachte und mich sehen wollte.

Als ich den Flur entlangging, beschloss ich, schnell etwas zu essen. Etwas Kleines, da ich Orla später zum Abendessen ausführen wollte. Selbst wenn mein ältester Bruder es nicht guthieß, würde ich nicht aufhören, sie zu sehen.

Ich hatte noch nie stärker für eine Frau empfunden. Ich wollte nicht aus Angst etwas verpassen, das mir besonders vorkam. Und ich hoffte, dass es Orla genauso ging.

Aber daran gab es Zweifel. Sie war letzte Nacht auf der Rückfahrt zum Resort distanziert gewesen. Und die Stimmung an der Tür zu ihrem Zimmer war kühl gewesen. Aber ich wusste, dass sie nicht geglaubt hatte, dass ich ihr nur einen Kuss auf die Wange geben würde, ohne mehr zu verlangen. Ich hoffte, das würde sie wissen lassen, dass sie etwas Besonderes für mich war. Obwohl es nicht von Dauer sein konnte, wollte ich es auch nicht übereilen. Ich hoffte nur, dass sie bereit war, uns eine Chance zu geben.

Als ich um die Ecke zum Café ging, kam Orla mit einem Bagel in der Hand auf mich zu. Sie erstarrte mit geweiteten grünen Augen.

Ich ging weiter direkt auf sie zu, obwohl ich nicht sicher war, was es mit diesem Blick auf sich hatte. „Ich dachte, du schläfst noch."

„Ich bin schon eine Weile wach. Ich habe mir eine Massage gegönnt. Und eine Maniküre und Pediküre." Sie wackelte mit ihren lackierten Fingernägeln. „Ich habe ehrlich gesagt nicht erwartet, dass du tagsüber verfügbar bist. Ich wollte dich nicht stören."

„Ich betrachte dich überhaupt nicht als störend." Ich nahm ihre Hand und sah mir die Farbe ihrer Nägel an. „Hübsch. Ich liebe glänzende rote Nägel."

„Ich nehme normalerweise einen neutralen Farbton wie Zartrosa oder Champagner. Aber ich dachte, da ich in den farbenfrohen USA bin, kann ich mehr wagen."

Ihre Nägel zu sehen, hatte eine Erinnerung in mir geweckt. Und ausnahmsweise zuckte ich dabei nicht vor Schmerz zusammen. Ich fühlte mich warm und glücklich. „Meine Mutter hat auch gerne ihre Nägel rot lackiert. Und sie waren so kurz wie deine. Das gefällt mir."

„Wow." Sie blinzelte ein paarmal und fügte hinzu: „Es ist das erste Mal, dass ich sie rot trage. Ich habe mir einfach die Farbe angesehen und der Nageldesignerin gesagt, dass ich sie wollte. Ich hatte keine Ahnung, dass sie Erinnerungen bei dir wecken würde."

„Ich muss zugeben, dass ich mich die meiste Zeit, wenn ich an meine Eltern erinnert werde, zurückziehe – von der Erinnerung und allem, was sie hervorgerufen hat. Aber ich verspüre überhaupt keinen Drang, mich von dir zurückzuziehen. Ich habe tatsächlich sogar Lust, mich an dir festzuhalten. Wie wäre es mit Mittagessen?"

Sie hielt den halb aufgegessenen Bagel hoch. „Ich bin nicht hungrig."

Es war nur ein Bagel. Ich hätte nicht gedacht, dass er sie satt machen könnte. Ihre Antwort ließ mich überlegen, ob mein Bruder recht damit gehabt hatte, dass sie vielleicht beschlossen hatte, nicht so viel Zeit mit mir zu verbringen, wie ich mir wünschte.

Aber ich wollte es trotzdem versuchen. „Obwohl es heute ein wenig kühl ist, könnten wir im Zilker Park spazieren gehen. Es ist wirklich hübsch dort. Das musst du sehen. Und später können wir irgendwo schön essen gehen." Mein Herz raste, als ich auf ihre Antwort wartete. Wenn sie eine andere Ausrede finden würde, um mich nicht zu begleiten, dann wüsste ich, dass sie einen Sinneswandel gehabt hatte.

„Warner, ich verstehe, dass du beschäftigt bist. Das hast du letzte Nacht sehr deutlich gemacht. Ich will deiner Arbeit nicht im Weg stehen."

Ihre Antwort gefiel mir überhaupt nicht. „Erfindest du Ausreden, um nicht mit mir zusammen zu sein?"

„Himmel, nein!" Absolutes Entsetzen erfüllte ihr hübsches Gesicht, als sie den Kopf schüttelte. „Ich möchte nur nicht, dass du denkst, dass du viel Zeit mit mir verbringen musst. Ich *will* mit dir zusammen sein. Aber ich will dir nicht im Weg sein."

„*Du* bist mir *nicht* im Weg. Und selbst wenn du es wärst, würde ich mir Zeit für dich nehmen, Orla. Also komm mit und sieh dir diesen fantastischen Park an. Danach gibt es etwas Leckeres zum Abendessen. Einverstanden?" Ich überkreuzte meine Finger hinter meinem Rücken und betete.

„Wenn du sicher bist, dass ich dich nicht von der Arbeit abhalte, komme ich gerne mit."

Gott sei Dank.

KAPITEL ZEHN

ORLA

„Können wir ein echtes Gespräch führen, bevor wir irgendwohin gehen? Du weißt schon, unter vier Augen." Ich hatte von seiner Schwägerin viel über ihn erfahren und musste sicher sein, dass wir uns einig waren. Er hatte schon so viel durchgemacht. Ich wollte ihm keine weiteren Schmerzen bereiten – auch wenn Schmerz ein Teil des Lebens war.

„Komm." Er nahm meine Hand und zog mich mit sich. „Wir können in meinem Büro reden."

Sobald wir die Lobby betraten, entdeckten Mona und ihre Mutter uns. Mona winkte. Dann wanderten ihre Augen zu unseren ineinander verschlungenen Händen. Sie ließ abrupt ihre Hand sinken und wandte sich ab.

Gut. Ich will sowieso nicht mit ihr reden.

Warner brachte mich in sein Büro und schloss die Tür hinter uns. „Setze dich auf das Sofa und wir reden über alles, was du willst, Orla." Er setzte sich neben mich, ließ aber etwas Platz zwischen uns.

„Ich habe heute Morgen mit Alexis gesprochen. Sie hat mich massiert."

Sein Kiefer spannte sich an, als er nickte. „Aha."

„Sie hat nichts Schlechtes über dich gesagt, also mach dir darüber keine Sorgen. Aber sie hat mir erzählt, dass du noch nie mit Gästen oder Mitarbeiterinnen des Resorts ausgegangen bist. Und dass deine Beziehungen nie lange gedauert haben und du sie beendet hast."

„Sie hat recht."

Ich nahm seine Hand. „Warner, ich befürchte, ich könnte dich verletzen, wenn wir so weitermachen. Ich befürchte, meine Abreise könnte deinem Herzen noch mehr Schaden zufügen. Und ich will es nicht noch schlimmer machen."

„Und was ist mit deinem Herzen, Orla?", fragte er mit Aufrichtigkeit in seinen blauen Augen. „Ist dein Herz nicht wichtig?"

„Es ist wichtig. Aber es wurde nicht so in Stücke gerissen wie deins. Also tritt mein Herz vorerst in den Hintergrund. Ich will nicht anmaßend wirken, aber ich weiß, dass etwas Besonderes zwischen uns ist, und ich möchte nicht, dass du verletzt wirst."

Er bewegte seine Hand, um meine Wange zu streicheln, und sah mir tief in die Augen. „Orla Quinn, du bist wirklich einer der besten Menschen, die ich jemals getroffen habe."

Ich musste lachen. „Du kennst mich immer noch kaum, Warner. Aber ich sorge mich um dich und möchte nicht noch mehr Schaden anrichten."

„Ehrlich gesagt hast du schon viel mehr Gutes getan, als du jemals Schaden anrichten könntest. Es ist wie Therapie, mit dir zu sprechen und Zeit mit dir zu verbringen. Ich denke, du bist genau das, was ein Arzt mir verordnen würde."

„Aber was ist, wenn ich nicht mehr hier bin? Wirst du dich immer noch so fühlen?"

„Du wirst deine Spuren bei mir hinterlassen, soviel ist sicher." Er grinste. „Du und ich sprechen ständig darüber, was passieren wird, wenn du gehen musst. Lass uns einfach nicht mehr darüber reden. Es wird passieren und wir beide sind uns dessen voll bewusst."

„Und du wirst nur mit den Erinnerungen zufrieden sein?" Ich wusste, dass ich es sein würde, aber bei ihm war ich mir nicht sicher.

„Ich werde damit zufrieden sein. Und ich freue mich darauf." Sein Daumen streichelte meine Unterlippe und mir wurde heiß. „Und ich denke, dass das Wissen, dass ich jemanden an mich heranlassen kann, mir dabei helfen wird, mich weiterzuentwickeln."

„Also benutzt du mich als Therapie?" Ich lachte. „Damit kann ich leben."

„Gut. Weil ich keine Zeit mehr verschwenden will. Schließlich haben wir nur sechs Nächte. Am Morgen deiner Abreise werden wir uns einvernehmlich trennen. Ich glaube, das gefällt mir am besten. Kein Streit. Kein tränenreicher Abschied."

„Was macht dich so sicher, dass du nicht wie ein Baby weinen wirst?" Ich lachte wieder. „Ich bin mir nicht hundertprozentig sicher, dass ich es nicht tun werde."

„Wenn du weinen willst, dann tu es. Hoffentlich sind es Freudentränen darüber, was wir einander bedeutet haben, während du hier warst."

Es klang für mich, als hätte er ausgiebig darüber nachgedacht. Solange er sich der Realität der Situation bewusst war, war ich damit einverstanden, weiterzumachen. „Ich ziehe mich um. Ich brauche Schuhe, in denen ich einen Spaziergang machen kann, ohne dass mir die Füße wehtun." Ich trug niedrige Absätze mit einem langen Rock, was einfach nicht geeignet war für das, was er vorhatte.

„Ich bin hier, wenn du bereit bist. Ich werde in einem schönen Restaurant einen Tisch für uns reservieren. Was isst du am liebsten?"

„Ich mag Meeresfrüchte." Ich stand auf und verließ ihn, damit er Pläne schmieden konnte, während ich in mein Zimmer ging.

Als sich die Türen des Aufzugs auf meiner Etage öffneten, stand Mona vor mir. Sie sah mich mit harten Augen an. „Was machst du mit Warner Nash, Orla?"

Ich stieg aus dem Aufzug und schnaubte. „Was geht dich das an? Ich habe dich gerade in der Lobby gesehen. Warum bist du zurück nach oben gegangen?"

„Mum hat ihre Handtasche im Zimmer vergessen und mich gebeten, sie zu holen. Was meinst du damit, dass es mich nichts angeht? Wir reisen zusammen. Wir sollen aufeinander aufpassen. Und ich mache mir Sorgen um dich. Es sieht so aus, als wärst du mit Warner zusammen."

„Vorübergehend", ließ ich sie wissen. Hauptsächlich damit sie aufhörte, mit ihm zu flirten.

„Er sieht sehr gut aus. Hast du keine Angst, dass es schwierig wird, wenn du gehen musst?"

„Er und ich haben darüber gesprochen und wir freuen uns beide, die Woche zusammen zu verbringen. Du wirst mich aber wahrscheinlich nicht mehr oft sehen."

„Hast du deinen Eltern erzählt, was du hier machst?", fragte sie.

„Das habe ich nicht und ich habe es auch nicht vor. Sie müssen nicht alles über mein Liebesleben wissen. Es wäre nett von dir, es für dich zu behalten." Ich wusste, dass sie nicht den Mund halten konnte. Aber ich musste es versuchen.

„Mum wird nicht darüber schweigen. Dessen kannst du dir sicher sein. Sie hat gesehen, wie ihr beide Händchen gehalten habt. Vielleicht ruft sie gerade in diesem Moment deine Mutter an."

Das Leben in einer kleinen Stadt hatte Vorteile und Nachteile – genauso wie Reisen mit den Nachbarn. Dies war definitiv ein Nachteil. Irgendjemand würde meinen Eltern von Warner erzählen und das konnte ich nicht gebrauchen. „Ich werde sie selbst anrufen. Das kannst du deiner Mutter ausrichten." Wenn jemand diese Neuigkeit verkünden würde, dann ich.

Ich ging in mein Zimmer und wählte die Nummer meiner Mutter. Ich schaltete den Lautsprecher ein, damit ich mich umziehen konnte, während ich mit ihr sprach. „Orla? Bist du es, Schatz?"

„Ja, Mum. Ich rufe an, um dir zu sagen, was ich tun werde, während ich hier in Texas bin." Ich schnappte mir einen dünnen Pullover, falls die Temperatur sinken sollte. Das texanische Winterwetter war nichts im Vergleich zu der Kälte in Irland, aber ich wollte nichts riskieren.

„Was denn?", fragte sie gut gelaunt.

Ich hielt das für ein gutes Zeichen dafür, dass sie sich keine Sorgen um mich machte. „Ich habe gestern einen der Eigentümer des Resorts kennengelernt. Er will mir diese Woche die Sehenswürdigkeiten zeigen, also werde ich oft mit ihm unterwegs sein. Ich wollte nur, dass du Bescheid weißt. Manche Leute in unserer Gruppe sind fürchterlich neugierig – ich wollte, dass du es zuerst von mir hörst."

„Ah ja. Ich bin froh, dass du angerufen hast, um es mir zu sagen. Manche Leute lieben es, Gerüchte zu verbreiten. Ich vertraue deinem Urteilsvermögen und bin sicher, dass dieser Mann gut auf dich aufpassen wird. Das ist das Wichtigste."

„Ja, er wird mich beschützen." Ich hoffte, er würde mich auch warm halten. „Wie geht es Dads Rücken?"

„Schlecht. Er liegt in seinem Sessel, sieht sich alberne Komödien an und stöhnt, wenn er beim Lachen Krämpfe bekommt. Ich habe ihm gesagt, dass er sich etwas ansehen soll, das ihn nicht zum Lachen bringt, aber er will aufgeheitert werden."

„Wenn er meint ..." Jetzt, da mit meinen Eltern alles geklärt war, fühlte ich mich viel besser. „Nun, ich gehe jetzt mit Warner in einen Park und danach zum Abendessen in ein Restaurant."

„Viel Spaß, Schatz. Bis bald."

„Bye." Ich warf einen langen Blick in den Spiegel. Jeans, ein leichter Pullover und Turnschuhe wären perfekt für den Park. Aber ich wusste, dass sie nicht für ein Abendessen funktionierten, wenn Warner etwas Besonderes plante – und aufgrund unseres früheren Gesprächs wusste ich, dass es so war. „Das geht nicht."

Beim Durchsehen meiner Kleidung konnte ich nichts finden, was für beide Gelegenheiten geeignet wäre. Ich zuckte mit den Schultern und dachte, dass er mich einfach hierher zurückbringen musste, damit ich mich umziehen konnte, bevor wir uns auf den Weg zum Restaurant machten.

Ich war bei Warner ein anderer Mensch als in meinen früheren Beziehungen. Es war leicht, offen zu ihm zu sein. Alles war leicht bei ihm.

Wenn ich etwas von Warner wollte, dann waren es prägende Erfahrungen. Ich hatte meine früheren Beziehungen nie als Entwicklungschancen gesehen. Ich konnte mich nicht daran erinnern, das Gefühl gehabt zu haben, dass ich etwas über mich selbst oder die Person, mit der ich zusammen gewesen war, gelernt hatte.

Mir war nie in den Sinn gekommen, dass ich in meiner Vergangenheit zu keinem Mann wirklich offen gewesen war. Ich war ziemlich verschlossen gewesen und hatte meine Meinung für mich behalten. Und ich hatte mich mit keinem der Männer gestritten. Mein Motto war gewesen, dass jeder tun sollte, was er wollte. Aber jetzt, da ich darüber nachdachte, kam mir diese Einstellung ziemlich unsensibel und oberflächlich vor.

Mir wurde klar, dass ich in meinen Beziehungen eine lieblose Partnerin gewesen war – ich hatte mir mehr Sorgen um mich selbst als um die Beziehung gemacht. Ich war anscheinend eine weitaus bessere Freundin als Partnerin.

Vielleicht kam das daher, dass ich als Einzelkind aufgewachsen war. Ich hatte mich in meinem Leben nie auf jemand anderen konzentrieren oder die Aufmerksamkeit meiner Eltern teilen müssen. Das Einzige, was ich mit Sicherheit wusste, war, dass ich üben musste, Dinge zu tun, die ich nie getan hatte. Zumindest dann, wenn ich jemals eine dauerhafte und glückliche Beziehung haben wollte.

Der Einblick in Warners Probleme hatte mich dazu gebracht, meine eigenen zu erkennen. Unsere vorübergehende Beziehung, die gerade erst begann, hatte meine Augen bereits für meine eigenen Fehler geöffnet. Das hielt ich für eine gute Sache.

Niemand konnte wachsen, wenn er glaubte, perfekt zu sein. Wir alle hatten Unvollkommenheiten, an denen wir arbeiten konnten. Ich war froh, dass ich endlich darauf aufmerksam geworden war.

Gerade als ich in der Lobby aus dem Aufzug stieg, sah ich, wie Warner mit einem leichten Stirnrunzeln aus seinem Büro kam. Als ich zu ihm ging, fragte ich: „Was ist passiert?"

„Das Restaurant, in das ich dich ausführen wollte, wurde vom Gesundheitsamt geschlossen."

„Wir können woanders hingehen. Es muss nichts Edles sein, Warner. Mir ist alles recht." Ich hakte mich bei ihm unter, als wir zur Tür gingen. „Weniger edel wäre sogar besser. Dann muss ich nicht hierher zurückkommen und mich umziehen, bevor wir essen."

„Daran hatte ich nicht gedacht." Er blickte auf seinen Anzug und nickte. „Ich muss bei mir zu Hause vorbeifahren und mich ebenfalls umziehen. Ich kann unmöglich so im Park herumlaufen."

„Gut. Es wird interessant sein, dich in etwas anderem als einem Anzug zu sehen." Er sah in seinem Anzug verdammt gut aus. Aber ich war neugierig, wie er in lässiger Kleidung wirken würde.

Ich nahm an, dass fast jeder Mann in einem teuren Anzug gut aussah. Und ich hätte gewettet, dass Warner immer gut aussehen würde. Besser als alle anderen. Dessen war ich mir sicher.

Ich war mir allerdings nicht sicher, wie lange ich warten sollte, bevor ich Sex mit ihm hatte. Er sandte ohne jede Anstrengung ein Kribbeln durch mich. Der Sex würde bestimmt fantastisch sein.

Ich hatte noch nie fantastischen Sex gehabt. Irgendwie kam ich zum Höhepunkt – meistens jedenfalls – und das war es auch schon. Es wäre schön zu wissen, wie sich fantastischer Sex anfühlte. Selbst wenn ich es nie wieder erleben würde, wäre es gut zu wissen, dass so etwas existierte.

Bis ich Warner getroffen hatte, hatte ich gedacht, die Leute würden übertreiben, wenn sie von Sex schwärmten. Andererseits hörte ich solche Dinge normalerweise nur von Frauen, die den Richtigen getroffen hatten.

Vielleicht war das der wahre Unterschied zwischen einer guten und einer schlechten Beziehung – fantastischer Sex. Es ergab Sinn, dass eine Frau ihren Partner für immer behalten wollte, wenn sie jemals eine so leidenschaftliche Bindung fand.

Aber wenn das so wäre … wie würde ich dann damit umgehen, ihn zu verlassen? *Jetzt denke ich schon wieder darüber nach, dass ich bald abreise. Ich muss damit aufhören.*

„Singst du gern, Orla?", fragte mich Warner, als er mir half, in seinen Truck zu steigen.

„Ähm, vor anderen Leuten?" So mutig war ich nicht.

„Nein, *mit* ihnen."

Ich hatte keine Ahnung, wovon er sprach. „Ich kann den Ton halten, mehr nicht."

„Das ist alles, was du tun musst." Er schloss die Tür und ging um den Truck herum.

Ich beobachtete ihn. Seine breiten Schultern bewegten sich so geschmeidig wie die Schultern eines Panthers. Perfekte Haltung, Haare und Haut … und als er mich dabei erwischte, wie ich ihn bewunderte, war auch sein Lächeln perfekt.

Er stieg in den Truck und grinste. „Gefalle ich dir?"

„Ich dachte, ich sollte dich noch einmal richtig ansehen, bevor du unser Leben mit deinem Fahrstil in Gefahr bringst – nur für den Fall, dass es für mich der letzte schöne Anblick ist." Ich packte die ‚Oh scheiße'-Stange und hielt mich daran fest. „Ich bin bereit."

Lachend startete er den Motor und raste los. Mein Atem stockte. Nur war ich dieses Mal nicht atemlos vor Angst, sondern vor Aufregung darüber, neben ihm zu sitzen.

KAPITEL ELF

WARNER

„Hier ist kaum Verkehr. Du kannst die Haltestange jetzt loslassen, Orla."

Ihre Knöchel waren weiß geworden, während sie sich daran festgeklammert hatte. „Ich glaube, ich klebe inzwischen daran fest." Sie löste vorsichtig ihre Finger und legte ihre Hände in ihren Schoß. Anscheinend war sie immer noch etwas besorgt über meinen Fahrstil.

Das Viertel, in dem ich wohnte, befand sich am Stadtrand, wo es viel weniger Lärm und Verkehr gab. „Wir werden bald bei mir zu Hause sein. Du musst nicht mehr lange mit mir Auto fahren. Zumindest für eine Weile."

„Vielleicht gewöhne ich mich daran."

„Wenn ich dich an viele Orte bringe, könnte das durchaus sein." Das klang nach einer brillanten Idee. Aber da der Bundesstaat Texas so groß war, würde es definitiv einige Übernachtungen erfordern. Und wir waren noch nicht so weit, dass wir unsere Nächte zusammen verbringen konnten.

Als ich durch meine Straße fuhr, sah ich, wie sich ihre Augen weiteten. Es war etwas übertrieben. Auf jeder Seite gab es Wasserfälle, von denen aus kleine Bäche in Felsenbecken liefen. Obwohl es

Winter war, war es dank der Pflanzen, die die Gärtner ausgewählt hatten, das ganze Jahr über grün.

„Das ist schön, Warner." Ihre Augen suchten das Gelände ab, auf dem prachtvolle Häuser standen. „Ich hätte wissen sollen, dass ein Mann mit deinem Hintergrund an einem ganz besonderen Ort leben würde."

„Meinst du mein Vermögen?" Ich musste lachen. „Ja, es ergibt keinen Sinn, in einer Hütte zu leben, wenn ich das Geld habe, um mir ein bisschen mehr zu leisten."

Ich fuhr langsam über die verwinkelte Straße, hielt an meiner Einfahrt und drückte den Knopf auf meiner Sonnenblende, um das Tor zu öffnen. „Ein eigenes Tor? Wow."

„Die meisten Häuser haben so etwas. Das ist hier üblich." Ich parkte vor dem Haus und beobachtete sie, als sie es betrachtete.

„Zwei Stockwerke?" Sie sah mich an. „Du musst das Haus mit jemandem teilen."

„Nein." Ich stieg aus dem Truck und umrundete ihn, um ihr beim Aussteigen zu helfen. „Komm, Orla."

Sie nahm meine Hand und sprang aus dem Truck. „Du lebst also allein in diesem riesigen Haus?"

„Ganz allein."

„Oh, aber du hast bestimmt Personal." Sie nickte, als ob sie davon überzeugt war.

„Zweimal pro Woche kommt ein Reinigungsservice und ein Gärtner kümmert sich um den Rasen, wann immer es nötig ist. Aber niemand wohnt bei mir." Ich gab den Code ein und öffnete die Tür für Orla.

Der Eingangsbereich sollte Eindruck machen und er war das Erste, was Orla bemerkte. „Die Decke reicht bis zur zweiten Etage. Ich liebe die Lampe – sie ist minimalistisch, aber das Seil und die silberne Kugel machen sie zu etwas Besonderem."

„Mein Bruder Patton war für das Innendesign zuständig. Er kennt meinen Geschmack, deshalb passt dieses Haus wirklich zu mir." Ich nahm ihre Hand und zog sie mit mir. „Wenn du das Foyer schön findest, wirst du den Wohnbereich lieben."

Obwohl ich noch keine größere Gruppe eingeladen hatte, sah das Wohnzimmer so aus, als könnte es leicht zwanzig bis dreißig

Personen aufnehmen, ohne dass es überfüllt wäre. Mein Lieblingsort im Wohnbereich war der Kamin.

„Meine Güte, dieser Kamin ist spektakulär. Er ist zweiseitig, nicht wahr?"

„Das ist das Esszimmer, das du auf der anderen Seite siehst. Dieses Haus ist für Gäste gemacht. Ich bin mir nicht sicher, warum ich es unbedingt wollte, da ich noch niemanden eingeladen habe. Aber ich liebe es." Ich zog sie mit mir und wollte ihr zeigen, wo ich mich tatsächlich aufhielt. „Komm."

Als ich durch die kaum genutzte Gourmetküche ging, wollte sie sich jedes Detail ansehen. „Diese Küche kann mit der Restaurantküche der Lodge, in der ich arbeite, mithalten. Bist du auch Koch?"

„Nein. Aber ich kann verdammt gut grillen." Ich würde ihr etwas auf meinem Grill machen müssen, bevor sie ging.

Ich führte sie aus der Küchentür und zeigte ihr die Außenküche. Sie fuhr mit der Hand über die Grillgrube aus Edelstahl, die mit Naturstein verkleidet war. „Grillst du hier?"

„Ja." Ich streckte meinen Arm aus, um auf die gesamte Terrasse zu zeigen, und fuhr fort: „Hier verbringe ich viel Zeit, wenn ich zu Hause bin. Ich liebe es, hier draußen zu sein."

„Das kann ich verstehen." Sie sah auf die Bäume im Garten. „Ich bin froh zu sehen, dass die Leute, die diese Häuser gebaut haben, die Bäume nicht gefällt haben."

„Das sind Eichen." Ich hatte drei davon, die den gesamten Garten beschatteten. Aber es gab noch mehr zu sehen. „Komm, lass uns reingehen."

Ich zog sie mit mir, aber sie schien noch ein bisschen bleiben zu wollen. „Dein Zuhause ist großartig, Warner."

„Das denke ich auch. Ich bin sehr stolz darauf." Ich brachte sie in ein kleineres Wohnzimmer, wo ich den größten Teil meiner Zeit verbrachte. Ein riesiger Fernseher hing an der Wand und zwei Sessel standen davor. „Hier bin ich meistens, wenn ich nicht draußen bin."

„Siehst du viel fern?", fragte sie, da der Fernseher der Mittelpunkt des Zimmers war.

„Nicht viel. Meistens arbeite ich. Aber ich komme oft abends vor dem Schlafengehen hierher, um fernzusehen und mich zu entspannen." Ich griff nach der Fernbedienung und schaltete den Fernseher ein. Dann gab ich sie ihr. „Hier, bitte. Sieh dir etwas an, während ich mich umziehe."

„Okay." Sie nahm die Fernbedienung von mir entgegen und unsere Finger berührten sich eine Sekunde lang. Unsere Blicke trafen sich und ihre Lippen öffneten sich ein wenig, als wollte sie etwas sagen. Aber dann seufzte sie nur und griff nach der Fernbedienung. „Danke."

Ich schluckte schwer und als ich feststellte, dass meine Hand zitterte, schob ich sie in meine Tasche. „Ich bin gleich wieder da."

Ich eilte davon und fragte mich, warum ich so stark auf sie reagierte. Selbst bei kleinsten Berührungen sehnte ich mich mit einer Intensität, die mich fast verrückt machte, nach ihren vollen Lippen.

Gedankenblitze schossen durch meinen Kopf, als ich von ihr wegging. Ich stellte mir vor, wie ich sie an den Haaren packte, ihren Kopf zurückzog und sie küsste, wie es noch nie jemand getan hatte. Andere Bilder kamen dazu und ich spürte, wie mein Herz pochte, als ich in mein Schlafzimmer ging und die Tür hinter mir schloss. Ich fühlte mich wie ein verknallter Teenager, der nicht wusste, wie ihm geschah.

Ich brauche eine kalte Dusche.

Zwanzig Minuten später hatte ich geduscht, mich beruhigt und mich für einen Spaziergang im Park umgezogen. Als ich wieder zu ihr kam, fand ich sie zurückgelehnt in meinem Lieblingssessel, wo sie sich einen Dokumentarfilm über die Ureinwohner der Philippinen ansah.

Sie sah mich an, als sie den Knopf drückte, um den Sessel wieder in seine ursprüngliche Position zu bringen, und sagte: „Wusstest du, dass Filipinos nicht die ersten Menschen sind, die auf den Philippinen leben?"

„Das wusste ich nicht." Ich bot ihr meine Hand an, um ihr beim Aufstehen zu helfen, nachdem sie den Fernseher ausgeschaltet hatte.

„Die ersten Menschen dort waren die Austronesier und sie sind bis heute dort." Ihre Hand legte sich in meine, als wir zur Haustür gingen. „Wenn die Menschen, die ursprünglich dort waren, Austronesier genannt wurden, warum heißen die Philippinen dann nicht Austronesien?"

„Vielleicht liegt das an der Geschichte, wie es bei Amerika der

Fall ist. Wie du sicher weißt, wurden die Ureinwohner, die hier lebten, Indianer genannt. Was nicht falscher sein könnte, da dieses Land nicht Indien war, wie Christoph Kolumbus gedacht hatte." Ich schloss die Tür hinter uns und brachte Orla zum Truck.

Aber als ich ihr beim Einsteigen helfen wollte, schüttelte sie nur den Kopf, packte die Haltestange über der Tür und zog sich hoch. „Ich habe herausgefunden, wie es funktioniert, Warner."

Als ich die Tür schloss, konnte ich nicht aufhören zu lächeln, selbst wenn ich es versucht hätte. Ich bewunderte Frauen, die selbst aktiv wurden, anstatt darauf zu warten, dass jemand anderes es tat. Ich brauchte keine Frau, die vorgab, schwach zu sein.

Sobald ich in den Truck stieg, fragte sie: „Wie finden die Indianer – ich meine, die amerikanischen Ureinwohner – die heutige Situation in Amerika?"

„Das ist eine schwierige Frage, Orla." Darüber wusste ich überhaupt nichts. „Das ist nicht meine Stärke. Das Einzige, was ich mit Sicherheit weiß, ist, dass die Regierung ihnen einige Gebiete überlassen hat, sogenannte Reservate, in denen sie leben können."

Ihr klappte die Kinnlade herunter. „Und sie können diese Orte nicht verlassen?"

„Nein, nein, so ist es nicht." Ich hatte keine Ahnung, was sie über Amerika wusste. „Natürlich können sie die Reservate verlassen. Sie können leben, wo immer sie wollen. Aber ich weiß nicht viel darüber."

„Es ist dein Land und du weißt so wenig über diese Leute?" Ihre hochgezogenen Augenbrauen sagten mir, dass sie nicht beeindruckt war.

„Wir lernen in der Schule nicht viel darüber."

„Und warum nicht? Es ist *eure* Geschichte. Willst du nicht etwas über die Menschen wissen, die lange vor dir auf diesem Land gelebt haben?"

„Wenn ich sage, dass ich das nicht wirklich will, wirst du mir dann einen Klaps auf den Arm verpassen?" Ich hatte das Gefühl, dass sie es tun könnte.

„Ich glaube nicht, dass ich Gewalt anwenden werde." Sie lachte und ihre Laune besserte sich. „Es ist nur seltsam für mich, dass es nicht in der Schule unterrichtet wird."

„Nun, unsere Geschichte lässt uns nicht gerade gut aussehen. Wir haben ihnen ihr Land weggenommen und Völkermord an ihnen begangen. Und ich denke, es gibt viele ungelöste Probleme zwischen vielen Stämmen und der Regierung. Vielleicht wird in der Schule kaum darüber geredet, weil wir wie die Bösen wirken." Mehr fiel mir dazu nicht ein. „Wer will schon hören, dass unsere Nation auf so unmoralische und sogar böse Weise entstanden ist?"

„Aber sind nicht die meisten Nationen so entstanden?", fragte sie mit einer hochgezogenen Augenbraue. „Kriege haben seit Beginn der Menschheit die ganze Welt verwüstet."

Die Frau war schlau, das musste ich ihr lassen. „Vielleicht denkst du so, weil du aus der alten Welt mit Jahrtausenden von Geschichte kommst. Dieses Land ist im Vergleich dazu relativ jung."

Als wir auf den Parkplatz des Parks fuhren, konnte ich nicht anders, als zu bemerken, dass sie auf dem Weg dorthin nicht nach der ‚Oh scheiße'-Stange gegriffen hatte. „Hey, wir haben es geschafft, ohne dass du ins Schwitzen gekommen bist."

„Ich glaube, ich gewöhne mich an deinen Fahrstil." Sie öffnete die Tür und sprang aus dem Truck.

Ich ging zu ihr und legte meinen Arm um ihre Schultern, als sie die Umgebung betrachtete. „Das ist der Colorado River, den du dort siehst. Wir gehen zum Barton Creek, den die Barton Springs mit Wasser versorgen. Es ist so klar, dass man bis zum Boden sehen kann."

Sie drehte ihren Kopf und flüsterte: „Dieser Ort ist unglaublich. Du musst mir alles zeigen."

Ich nahm meinen Arm von ihren Schultern und ergriff ihre Hand. „Wenn du alles sehen willst, sind wir bis zum Einbruch der Dunkelheit hier."

„Ich will alles sehen. Dafür bin ich hergekommen, Warner. Ich liebe die Natur und obwohl wir hier mitten in einer Großstadt sind, ist es herrlich."

Als wir nebeneinander hergingen, dachte ich, es sei der perfekte Zeitpunkt, um sie besser kennenzulernen. „Lebst du allein?"

„Ja. Erinnerst du dich, dass ich dir erzählt habe, wie ich das Haus meiner Großeltern geerbt habe?"

„Ja." Ich hatte mich nicht richtig ausgedrückt. „Hast du jemals mit jemandem zusammengelebt? Ich meine außer deinen Eltern."

540

„Nein." Sie zeigte auf etwas, das einen Baum hinaufkletterte, als wir uns näherten. „Was ist das?"

Der buschige Schwanz verschwand in einem Loch im Baumstamm. „Ein Eichhörnchen."

„Das war ein Eichhörnchen? Aber es war so dick."

„Sie bekommen hier viel zu fressen." Ich war immer noch nicht an die Informationen gelangt, nach denen ich suchte. „Da du Ende zwanzig bist, schätze ich, dass du schon ernsthafte Beziehungen hattest."

„Ich hatte eine Handvoll Beziehungen in meinem Leben. Einige waren eher kurz und dauerten etwa ein Jahr. Und dann hatte ich eine, die nur ein paar Monate dauerte. Und eine, die seit meiner Schulzeit immer wieder flüchtig bestand, aber nie etwas Dauerhaftes wurde."

„Warum?"

„Ich denke, es lag daran, dass er nicht der richtige Mann für mich war. Wenn er es gewesen wäre, hätten wir eine Lösung gefunden, oder?"

„Bestimmt." Obwohl ich wusste, dass ich nicht Teil ihrer Zukunft sein würde, konnte ich nicht anders, als glücklich darüber zu sein, dass noch niemand ihr Herz gestohlen hatte.

Wie egoistisch von mir. Aber es war die Wahrheit.

KAPITEL ZWÖLF

ORLA

Als Warner und ich uns Barton Creek näherten, hörten wir, wie Tropfgeräusche von der Wand des Canyons widerhallten. Gelächter vermischte sich damit und sagte mir, dass irgendwo Kinder im Wasser spielten.

Seine Hand hielt meine, als wir zwischen riesigen Bäumen hindurchgingen. „Pass auf, wo du hintrittst. Hier oben sind viele Felsen. Ich möchte nicht, dass du ausrutschst und ins Wasser fällst."

„Vielleicht sollten wir langsamer gehen, damit das nicht passiert. Es ist ein wenig kühl und wenn ich nass werde, erkälte ich mich vielleicht. Ich will auf keinen Fall krank werden."

Er verlangsamte sein Tempo. „Gute Idee."

Die Bäume vor uns lichteten sich plötzlich und da war es – das kristallklare Wasser. „Wie schön!"

Als ich den Bach hinaufblickte, sah ich tatsächlich einige Kinder, die in einem flachen Abschnitt planschten. Ihre Mutter starrte auf ihr Handy, während sie lachten und im kalten Wasser spielten.

„Komm schon, es gibt einen Wasserfall, den du dir ansehen musst." Warner zog mich mit sich und achtete darauf, wohin er trat. „Tritt auf dieselben Felsen wie ich."

Ich folgte ihm und versuchte, mir alles anzusehen, als wir am Ufer entlanggingen. Aber ich musste aufpassen, wohin ich trat, also verpasste ich einiges. „Ich kann nicht glauben, dass wir im Herzen der Stadt sind."

„Der Park ist ein verstecktes Juwel." Er ging weiter.

Ich lauschte weiter den Geräuschen. „Ich höre den Wasserfall. Aber er klingt für mich nicht allzu groß."

„Er ist klein, aber hübsch. Weiter oben, jenseits von diesem Park, gibt es spektakuläre Wasserfälle. Wir können einen Ausflug dorthin machen, wenn du willst. Das müsste aber natürlich an einem anderen Tag sein."

„Liebend gern." Wir blieben stehen und ich konnte endlich aufsehen. Vor mir war ein Wasserfall, der ein paar Meter hoch war und eine Schneise in den Felsen gebildet hatte. „Oh, das ist wunderschön."

„Ich dachte mir, dass es dir gefallen würde." Er legte seinen Arm um meine Taille. „Er ist hübsch, wenn man genau hinsieht."

„Das klare Wasser hat die Felsen geformt, nicht wahr?" Tausende, vielleicht sogar Millionen von Jahren hatten diese Gegend geprägt. „Sie sind uralt."

„Ja. Ich nehme an, dass es so ist." Seine Lippen drückten sich gegen meinen Kopf. „Danke, dass du mit mir hierhergekommen bist. Ich sehe die Umgebung ganz anders durch deine Augen."

„Kannst du dir die Ureinwohner vorstellen, die hier gelebt haben müssen? Ich würde bis zum Ende kämpfen, um nicht von diesem herrlichen Land vertrieben zu werden." Es fiel mir schwer zu glauben, dass Menschen aus diesem Paradies verjagt werden konnten.

„Sie sind vielleicht bei dem Versuch gestorben hierzubleiben", flüsterte Warner, als ob er ihren Geistern, die möglicherweise noch in der Nähe lauerten, Ehrfurcht erwies. „Seltsam, dass ich bis jetzt nie darüber nachgedacht habe."

„Das finde ich auch." Ich legte ebenfalls meinen Arm um ihn. „Das hier ist dein Teil der Welt, Warner. Du solltest alles wissen, was es darüber zu wissen gibt."

„Ich war beschäftigt." Er grinste. „Nicht, dass es eine gute Ausrede dafür wäre, meine Heimat nicht zu kennen."

„Das scheint bei den meisten Amerikanern so zu sein. Die Mutter der Kinder dort hinten war so beschäftigt mit ihrem Handy, dass sie die Freude in den Gesichtern ihrer Kinder nicht gesehen hat. Das ist traurig. Wo ich herkomme, sind Menschen wichtiger als alles andere."

Warner nickte und schien mir zuzustimmen. „Ich muss zugeben, dass die meisten von uns dazu neigen, das zu ignorieren, was direkt vor uns ist. Technologie und Arbeit haben oberste Priorität."

„Es ist nie zu spät, sich zu ändern, Warner." Ich atmete die kühle Luft ein und versuchte, mich zu beruhigen. Ich wollte nicht so wirken, als würde ich Warner oder sein Land kritisieren. „Aber wie du sagst, hat Technologie Vorrang. Vielleicht liegt das einfach daran, dass sie relativ neu ist und sich ständig weiterentwickelt. Vielleicht macht sie deshalb so süchtig. Ich bin mir sicher, dass sich mit der Zeit alles einpendeln wird. Zumindest was Technologie betrifft."

„Arbeit ist eine andere Geschichte, nicht wahr?", fragte Warner lachend. „Der allmächtige Dollar macht viele von uns zu Sklaven – mich eingeschlossen."

„Das musst du aber nicht zulassen, oder?" Ich strich mit dem Daumen über seine Knöchel und lächelte ihn an.

„Unser Resort befindet sich noch ganz am Anfang. Ich befürchte, dass die Arbeit noch eine Weile an erster Stelle stehen muss. Wir dürfen uns jetzt nicht zurücklehnen, wenn wir einen so guten Start hatten."

„Du klingst wie ein echter Geschäftsmann. Ich denke, deshalb bin ich nur Barkeeperin. Für mich hat mein Leben oberste Priorität. Das wird immer so sein. Ich kann mir keinen Job vorstellen, der das ändert." Wir waren so lange durch den Park gegangen, dass die Sonne langsam unterging. „Vielleicht sollten wir zurück zu deinem Truck gehen. Bald wird es dunkel."

Er wandte sich von dem Weg ab, den wir gekommen waren, und führte mich den Bach entlang zurück. „Du scheinst Spaß hier draußen gehabt zu haben. Ich muss dir in den kommenden Tagen so viel Natur wie möglich zeigen."

„Das klingt großartig." Aber ich war mir nicht sicher, ob er tatsächlich Zeit dazu haben würde. „Wenn deine Arbeit es erlaubt."

„Ich werde sicherstellen, dass ich Zeit habe. Du bist nur noch fünf Tage hier. Ich kann mir bestimmt eine Auszeit nehmen. Bisher habe ich mir nie freigenommen. Ich habe es verdient."

Ich fand es gut, dass meine Einstellung sich ein wenig auf ihn übertragen hatte. „Wenn ich der Grund dafür bin, dass du innehalten und das Leben genießen willst, bin ich froh. Wir werden viel Spaß haben, das verspreche ich dir."

„Ich weiß, dass wir Spaß haben werden. Schon allein mit dir zusammen zu sein, macht mir Spaß." Er blieb stehen und sah mich an. „Ich meine es ernst, Orla. Ich habe noch nie in meinem Leben die Gesellschaft von jemandem so sehr genossen."

Seufzend wünschte ich mir, mein Aufenthalt würde viel länger dauern. „Ich auch, Warner. Wirklich. Mit dir zusammen zu sein, macht mich glücklich."

Er sah mich einen Moment lang an. Meine Lippen zitterten, während mein Herz raste und ich hoffte, er würde mich küssen. Aber dann seufzte er und wandte sich von mir ab. „Wir sollten weitergehen. Wir essen etwas und danach bringe ich dich zu der Pianobar, von der ich dir erzählt habe."

Ein kleiner Kuss dauert nicht lange.

Aber er war schon weg und ich wusste, dass der Kuss bis später warten musste. Es war verrückt, wie sehr sich mein Körper nach dem Mann sehnte. Alles in mir schrie nach seiner Berührung. Ich hatte noch nie so starke sexuelle Frustration gespürt.

Normalerweise war ich nicht diejenige, die den ersten Schritt machte. Vielleicht aus Angst vor Ablehnung. Ich hatte wirklich keine Ahnung, aber ich hatte immer darauf gewartet, dass der Mann die Initiative ergriff.

Ich folgte Warner auf einem schmalen Pfad durch die Bäume, der es unmöglich machte, neben ihm zu gehen. Ich dachte darüber nach, warum ich ihn nicht einfach selbst küsste, anstatt darauf zu warten, dass er es tat.

Warum eigentlich nicht?

Ich war nicht zu Hause, wo ich mir Sorgen um meinen Ruf machen musste. Niemand würde wissen, dass ich den ersten Schritt gemacht hatte. Ich hatte nichts, wofür ich mich schämen musste.

Warum hatte ich überhaupt das Gefühl, dass es beschämend wäre, ihn zuerst zu küssen?

War ich nicht eine moderne Frau? Glaubte ich nicht an die Gleichstellung der Geschlechter? Was für eine Frau war ich?

Ich konnte keine Schüchternheit dafür verantwortlich machen, da ich überhaupt nicht schüchtern war. Genauso wenig, wie ich prüde war. Plötzlich hörte ich die Stimme meiner Mutter in meinem Kopf.

Eine Lady wartet darauf, dass der Mann sie küsst – nicht umgekehrt.

War das wirklich das Einzige, was mich davon abhielt, diesen Mann zu küssen? Die Belehrungen meiner Mutter schienen im Vergleich zu seinen breiten Schultern und dem männlichen Geruch, der von ihm ausging, völlig unbedeutend zu sein.

Aber es fiel mir schwer, sie auszublenden. Ich unternahm nichts, als wir zu seinem Truck gingen. Ich unternahm auch nichts, nachdem wir Fish and Chips zum Abendessen gegessen hatten. Und ich unternahm nichts, während wir in der Pianobar saßen und mit den anderen Gästen sangen.

„I've got friends in low places, where the whisky runs and the beer chases the blues away", sang ich laut, als das Bier mir meine Hemmungen nahm.

„Woher kennst du den Text zu so vielen Songs, Orla?", fragte Warner und trank einen Schluck von seinem Bier.

„Ich höre zu Hause amerikanische Country-Musik." Ich nippte an meinem Guinness und liebte die Art, wie seine Augen aufleuchteten.

„Das ist mein Lieblingsgenre." Er stellte sein Glas auf den Tisch und beugte sich so nah zu mir, dass ich das Bier in seinem warmen Atem riechen konnte. „Wir haben viel gemeinsam."

„Das haben wir wirklich." Das war uns an diesem Abend immer wieder aufgefallen. Offenbar hatten wir einen ähnlichen Geschmack. Ich hatte mein Essen bestellt, während Warner auf der Herrentoilette gewesen war, um sich frisch zu machen. Und als er zurückgekommen war, hatte er genau das Gleiche bestellt. Er hatte sogar süßen Tee genommen, genau wie ich. Als ich mich an den anderen Tischen umgesehen hatte, hatten viele der anderen Gäste das gleiche Getränk vor sich gehabt.

Tee und Texas schienen Hand in Hand zu gehen, genau wie Bier und Irland. Als ich in seine Augen blickte, sah ich mehr in ihnen als jemals zuvor. Ich sah Hoffnung, Aufregung und sogar Verletzlichkeit.

Beim Schlucken stellte ich fest, dass sich in meinem Hals ein Kloß gebildet hatte. Ohne es zu wollen, fühlte ich Empathie für den Mann und erinnerte mich daran, wie er seine Eltern verloren hatte. Natürlich hatte das sein Herz tief verletzt. Aber die Hoffnung in seinen

Augen sagte mir, dass sie allmählich stärker wurde als die Verletzlichkeit und Angst, die ihn so lange beherrscht hatten.

Am Ende des Abends, als er mich zu meinem Zimmer begleitete,
hielten wir uns an den Händen und ich lehnte meinen Kopf an
seinen Arm. „Das hat Spaß gemacht, Warner. Vielen Dank, dass du
dir so viel Mühe für mich gegeben hast. Ich weiß es wirklich zu
schätzen. Wenn du mich morgen sehen willst …"

„Das will ich", unterbrach er mich schnell.

Ich lachte und liebte, wie offen er zu mir war. „Nun, dann lass
mich etwas planen. Du solltest mindestens einen Tag Pause machen."

„Es macht mir nichts aus, mir etwas für dich auszudenken." Wir
blieben vor meinem Zimmer stehen und er zog mich zu sich, sodass
ich ihn ansah. „Ich liebe es, Zeit mit dir zu verbringen. Sag mir
einfach, was du morgen machen willst, und ich gebe dir so viel Zeit
mit mir, wie du willst."

Ich strich mit meinen Händen über seine Arme, legte sie um
seinen Hals und faltete sie hinter seinem Kopf. „Ich habe großes
Glück mit dir." Ich biss mir auf die Unterlippe, als ich ihm in die
Augen sah. „Ich muss mich wirklich anstrengen, wenn ich will, dass
meine Pläne es mit deinen aufnehmen können."

„Ich werde alles lieben, wofür du dich entscheidest, das kann ich
dir versichern. Verdammt, ich wäre sogar zufrieden damit, gar nichts
zu tun. Solange ich bei dir bin, ist alles gut."

„Du bist einfach zufriedenzustellen. Das mag ich an einem
Mann." Ich mochte alles an Warner. „Es gibt viele liebenswerte Dinge
an dir, Warner Nash."

„An dir auch, Orla Quinn." Er leckte sich die Lippen und ich war
mir sicher, dass er sich für einen Kuss vorbeugen würde.

Meine Lippen pulsierten, als ich darauf wartete, dass er seinen
Mund auf meinen senkte. Ich hatte noch nie in meinem Leben etwas
so sehr gewollt. Ich würde ihm meine Lippen nur zu gern darbieten.
Und ich würde nicht wollen, dass dieser Kuss jemals endete.

„Ich freue mich darauf", sagte ich, während mein Herz in meiner
Brust hämmerte, „Pläne für morgen zu machen."

„Gut." Er leckte sich wieder die Lippen und diesmal wanderte
sein Blick auf meinen Mund – endlich.

Komm schon, Warner – küss mich!

Ich hatte keine Ahnung, was ihn zurückhielt, aber ich hatte das

Gefühl, dass er sich Sorgen darüber machte, dass er zu schnell zur Sache kam. Aber wir hatten nicht mehr viel Zeit.

Einer von uns musste die Initiative ergreifen.

Nicht du, Orla Quinn. Lass den Mann den ersten Schritt machen, hallte die Stimme meiner Mutter in meinem Kopf wider.

Aber sie war nicht da. Meine Augen wanderten zuerst zur einen Seite und dann zur anderen, um sicherzugehen, dass der Flur leer war. Ich durfte mich nicht von Spionen aus Kenmare erwischen lassen.

Da niemand außer uns auf dem Flur war, beugte ich mich vor und verringerte den Abstand zwischen uns. Zu meiner Freude beugte sich auch Warner vor. Wir trafen uns in der Mitte und unsere Lippen berührten sich federleicht.

Reines Feuer füllte meine Adern, als Adrenalin wie ein Blitz durch mich schoss. Meine Lippen öffneten sich, meine Zunge streichelte seine Unterlippe und dann drückte er mich an die Tür und küsste mich leidenschaftlich.

Meine Nägel kratzten über seinen Rücken, als meine Beine den Boden verließen und sich um seine Taille schlangen. Ich spürte, wie sein Schwanz pochte und an meine Hüften gepresst größer wurde.

Mein Höschen war durchnässt, als sein Kuss mich völlig beherrschte. Ich hatte noch nie so vollständig die Kontrolle verloren. Es war besser als Sex – dabei war es nur ein Kuss.

Nun, vielleicht ein bisschen mehr als das. Was auch immer es war, es war außergewöhnlich. Und als er seinen Mund von meinem wegzog, keuchten wir beide so laut, dass es sich anhörte, als hätten wir uns stundenlang geliebt. „Bis morgen, Orla."

Ich löste meine Beine von ihm und zitterte, als ich wieder auf meinen Füßen stand. „Bis morgen, Warner. Gute Nacht."

Ich drehte mich um und benutzte die Schlüsselkarte, um meine Tür zu öffnen. Als ich zurückblickte, stieg er gerade in den Aufzug. Während ich in mein Zimmer stolperte und mich von seinem Kuss berauscht fühlte, wusste ich, dass mir am Tag meiner Abreise ein schwerer Abschied bevorstand.

Aber bei Gott, ich werde mir diese Erfahrung nicht entgehen lassen.

KAPITEL DREIZEHN

WARNER

Ich hatte den halben Tag in meinem Büro gesessen und am Computer gearbeitet, als es an meiner Tür klopfte. „Ich bin es. Orla."

„Komm rein." Ich schaltete meinen Computer aus und war mehr als bereit, mit der Arbeit aufzuhören, damit ich Zeit mit ihr verbringen konnte. Der Kuss letzte Nacht hatte mich in Glückseligkeit versetzt und meine Träume waren unbeschreiblich sinnlich gewesen.

Sie kam herein und schloss die Tür hinter sich. „Wie war dein Tag?"

„Er war ziemlich langweilig ohne dich." Ich stand auf, ging direkt zu ihr und zog sie voller Verlangen in meine Arme.

Sie hob den Kopf und sah mich mit leuchtenden Augen an, als sich ihre Lippen öffneten. Sobald unsere Münder sich trafen, füllten Sterne meinen Kopf und Hitze strömte durch meinen Körper. Ich war froh, dass wir den ersten Kuss bereits aus dem Weg geräumt hatten.

Ich hielt sie fest und fühlte, wie ihr Herz so schnell schlug, als wäre sie gerade fünf Meilen gelaufen. Ich beendete den Kuss, ließ sie aber nicht los – ich musste ihren Körper an meinem spüren.

Sie legte ihre Hand auf meine Brust und sah mich mit geröteten Wangen an. „Wow. Ich weiß nicht, wie du das machst. Aber – wow."

„Ich habe gar nichts gemacht. Das warst alles du."

Ich hatte keinen Zweifel daran, dass Sex mit ihr besser sein würde als alles, was ich je zuvor erlebt hatte. Und ich war mehr als gespannt darauf.

Wenn wir es schon einmal getan hätten, hätte ich sie auf meinen Schreibtisch gelegt. Aber hier war nicht der richtige Ort, um zum ersten Mal Sex zu haben. Schließlich war mir dieses Mädchen wichtig.

Sie legte ihre Hände auf meine Brust und drückte sanft dagegen. „Warner, ich muss gehen. Ich wollte dir nur sagen, dass du in ungefähr einer Stunde in mein Zimmer kommen sollst. Ich habe etwas Besonderes für dich geplant. Bis dahin ist alles vorbereitet."

In ihr Zimmer? Ja!

„Also wird das Date in deinem Zimmer stattfinden?" Ich musste sicherstellen, dass ich sie richtig verstanden hatte.

„Ja. Ist das okay für dich?" Sie sah mich besorgt an. „Wenn du denkst, dass es dir unangenehm wäre …"

„Nein", unterbrach ich sie, „das ist es nicht. Ich wollte nur sichergehen, das ist alles. Soll ich etwas mitbringen Wein? Bier? Eistee?"

„Ich kümmere mich um alles, Baby."

Kopfschüttelnd musste ich sie wissen lassen, dass das kein geeigneter Kosename für mich war. „Du kannst mich Babe nennen, aber kein Mann wird gern Baby genannt." Ich runzelte die Stirn, spannte meine Muskeln an und versuchte, besonders männlich auszusehen.

Sie lachte, genau wie ich gehofft hatte. „Nein? Dann Babe." Sie nickte. „Wir sehen uns in einer Stunde, Babe."

Ich biss mir auf die Unterlippe, als sie aus der Tür ging, und wusste, dass heute Nacht eine ganz besondere Nacht sein würde. „Ich muss duschen", murmelte ich vor mich hin.

Ich ging zur Rezeption. „Jeannie, haben wir ein freies Zimmer?", fragte ich.

„Wir haben vier, Mr. Nash."

„Großartig. Ich muss mich frisch machen. Geben Sie mir eins."

Sie tippte auf der Computertastatur herum und gab mir eine Schlüsselkarte. „Bitte. Es ist Zimmer 381."

„Großartig." Ich ging in die Boutique, um etwas zum Anziehen zu kaufen. Ich brauchte nicht lange, um eine cremefarbene, locker sitzende Leinenhose und ein passendes Hemd zu finden. Graue Flip-Flops vervollständigten meinen lässigen Look.

In meinem Zimmer angekommen, duschte ich, wusch mir die Haare und zog mich an. Nachdem ich die wichtigsten Dinge erledigt hatte, hatte ich noch ungefähr zehn Minuten Zeit. Anstatt meine Haare wie gewöhnlich zu kämmen, fuhr ich mit den Fingern hindurch, sodass sie wilder aussahen.

Bevor ich das Zimmer verließ, warf ich einen letzten Blick in den Spiegel und mochte, was ich sah. „Sie wird dich lieben."

Jetzt, da ich ein Zimmer zum Übernachten hatte, konnte ich so lange bei Orla bleiben, wie sie es mir erlaubte. Ich hoffte auf die ganze Nacht, als ich zu ihrem Zimmer ging.

Ich klopfte an ihre Tür und war etwas nervös. Aber das verging, als ich versuchte, nicht zu lachen, sobald sie die Tür öffnete. Mit offenem Mund musterte sie mich von oben bis unten. „Du bist ein *beave*, Warner."

„Ein *beave*?" Ich war mir nicht sicher, was sie damit meinte. „Gefällt dir mein lässiger Look nicht?"

Sie griff nach meiner Hand, zog mich ins Zimmer und schloss die Tür. „Ich will nicht, dass die schreckliche Mona dich so sieht. Sie würde dich wie ein verrückter Stier angreifen. Mir gefällt, wie du aussiehst. Ein *beave* ist ein sexy Biest."

„Ah, ein sexy Biest." Das klang gut. „Nun, danke."

Sie sah verdammt süß aus in einem hellgrünen Trainingsanzug und einer weißen Schürze von Essence, einem unserer Restaurants. Der Name war über ihrer Brust auf die Schürze aufgestickt. „Du siehst bezaubernd aus." Ein köstlicher Duft wehte durch den Raum und ich sah zwei silberne Abdeckungen auf dem kleinen Esstisch. „Hast du etwas für uns bestellt?"

„Besser. Ich habe für uns gekocht. Chefkoch Giovanni hat mir erlaubt, seine Küche zu benutzen, als gerade nicht viel los war."

„Du bist unglaublich, Orla." Ich war schockiert, dass sie einen unserer Köche dazu überredet hatte. Aber andererseits musste sie ihm gesagt haben, dass sie für mich kochte. „Ich kann es kaum erwarten, mit dem Essen zu beginnen."

„Großartig." Sie nahm die Abdeckungen von den Tellern und servierte mir das Essen, das sie für uns zubereitet hatte. „Wir haben Shepard's Pie als Hauptgericht mit einer Beilage aus Guinness-Brot mit Käse. Und zum Nachtisch gibt es irisches Barmbrack. Ich habe auch einen Krug irischen Martini gemacht." Sie füllte unsere Gläser, dann nahmen wir unsere Plätze ein.

Ich hatte schon einmal Shepard's Pie gegessen, aber ihrer war viel besser. „Mmmm", stöhnte ich, als ich den ersten Bissen kaute. „Das ist fantastisch."

Sie lächelte strahlend und klatschte in die Hände. „Wirklich? Ich bin froh, dass es dir schmeckt."

Das Brot war leicht und locker und schmeckte himmlisch. „Oh mein Gott, das ist auch gut!"

Sie strahlte vor Stolz. „Das Brot ist eine meiner Spezialitäten. Ich backe es auch für die Bar und serviere es in kleinen Würfeln."

„Ich habe Glück, dass du eine so gute Köchin bist." Ich zwinkerte ihr zu und trank einen Schluck. „Das ist wie ein Dirty Martini, aber da ist noch etwas anderes. Es ist kaum wahrnehmbar, aber es ist da."

„Ich habe den gekühlten Krug mit irischem Whisky ausgeschwenkt, bevor ich die anderen Zutaten hineingegeben habe. Es ist nur ein Hauch, aber man bemerkt ihn, da hast du recht." Sie legte ihre Ellbogen auf den Tisch und sah mich an. „Ich mag es, dass du dir Zeit nimmst, um alle Aromen zu erleben."

„Los, iss. Sieh mir nicht nur beim Essen zu." Ich gestikulierte mit meiner Gabel. „Ich liebe alles, was du gemacht hast, Orla."

„Warte, bis du das Dessert probierst." Sie aß ihren ersten Bissen und ich war froh, nicht allein essen zu müssen.

Ich nahm das Dessert, das wie Bananenbrot aussah, und schnupperte daran. „Das riecht fast nach Kürbiskuchen. Mit extra Zimt. Und einem Hauch von Whisky. Sind das Rosinen?"

„Du hast fast jede Zutat genannt, Warner. Du hast eine brillante Nase."

„Ich hatte bis jetzt keine Ahnung, dass ich eine brillante Nase habe." Ihre Komplimente machten mich glücklich. Sie gab mir das Gefühl, etwas Besonderes zu sein und noch besser werden zu wollen.

„Nach dem Abendessen habe ich vor, Filme anzusehen und einfach zusammen zu entspannen. Wäre das für dich in Ordnung?"

Da wir uns die Filme auf dem Bett ansehen würden, war es für mich mehr als in Ordnung. „Deal."

Ihr Kopf neigte sich, als sie mich mit großen Augen ansah. „Was soll das heißen?"

„Ja, ich bin dabei, wenn du das tun willst." Ich wollte nicht zu eifrig klingen und auf und ab springen – obwohl mir genau danach war. „Entspannen und Filme ansehen klingt gut für mich, Baby."

Lächelnd aß sie weiter. „Gut. Ich hatte Angst, du würdest es langweilig finden, den Abend so zu verbringen. Aber die Wahrheit ist, dass ich fünf von sieben Nächten in der Bar arbeite. An meinen freien Tagen genieße ich gerne die Ruhe, sehe mir Filme an und bleibe einfach zu Hause."

„Also zeigst du mir deine typische Nacht, wenn du nicht arbeitest." Mir gefiel, dass sie mir mehr von sich zeigen wollte. Ich hatte gehofft, mehr von ihr zu sehen als bisher. Mehr Haut, um genau zu sein.

„Ja. Es ist lustig. Du hast mir gezeigt, wie du deine Nächte verbringst, wenn du auf deiner Terrasse grillst und dann in deinem bequemen Sessel fernsiehst. Du und ich machen fast das Gleiche." Sie seufzte. „Wir essen auch gerne das Gleiche. Das ist mir sofort aufgefallen."

„Du bringst neue Seiten von mir zum Vorschein. Mache ich das auch bei dir?" Ich aß das Hauptgericht, bevor ich mich dem Nachtisch zuwandte.

„Mir ist aufgefallen, dass du etwas in mir zum Vorschein bringst, das ich Häuslichkeit nennen würde. Ich möchte für dich kochen. Ich habe selten für jemanden gekocht, mit dem ich verabredet war. Und ich habe nie mit einem dieser Männer Filme angesehen. Ich bin lieber mit ihnen ausgegangen. Manchmal sind wir zu ihnen nach Hause gegangen, aber nie zu mir. Aber du – dich würde ich nach Hause mitnehmen."

„Wow. Das ist ein großes Kompliment." Es fühlte sich herrlich an, sie das sagen zu hören. Es bedeutete, dass ich besser war als jeder andere Mann, mit dem sie zusammen gewesen war.

„Meine Eltern würden dich lieben." Sie legte ihre Gabel hin, ergriff ihr Glas und hielt es wie eine Tasse Kaffee zwischen ihren Händen. „Schade, dass sie nicht hier sind."

In dem Versuch, das Thema zu wechseln, probierte ich einen Bissen von dem Dessert. „Das ist viel besser als Bananenbrot."

Ihre rosa Lippen verzogen sich zu einem Lächeln. Sie trug nicht viel Make-up und war trotzdem die schönste Frau, die ich je gesehen hatte. Ihre kastanienbraunen Haare waren zu einem lockeren

Knoten hochgesteckt und hier und da hingen spiralförmige Locken heraus. Sie versuchte nicht einmal, schön zu sein, und war es dennoch.

„Es ist saftiger als Bananenbrot." Sie trank endlich einen Schluck und stellte ihr Glas dann ab. „Würde es dir etwas ausmachen, wenn ich kurz dusche? Ich habe gekocht und in der Küche war es höllisch heiß."

„Es würde mir überhaupt nichts ausmachen. Ich werde hier aufräumen und das Geschirr in den Flur stellen, damit der Zimmerservice es abholen kann." Der Gedanke daran, dass sie zurückkam und frisch und sauber roch, war unheimlich verführerisch.

„Gut. Dann gehe ich gleich unter die Dusche." Sie aß noch ein paar Bissen und legte ihre Serviette auf ihren Teller. „Du kannst währenddessen etwas suchen, das du dir gerne ansehen würdest."

Ich würde etwas finden, das wir zusammen ansehen konnten. Etwas Romantisches und vielleicht sogar Lustiges. Ich liebte ihr Lachen. „Wird erledigt."

Als sie aufstand, um ins Badezimmer zu gehen, blieb sie plötzlich stehen und ging zur Kommode. „Ich kann nicht nur mit einem Handtuch hierher zurückkommen. Ich muss etwas zum Anziehen mitnehmen."

„Du verdirbst mir den Spaß", neckte ich sie.

Sie zog einen dunkelgrünen Seidenpyjama heraus und legte ihn wieder in die Schublade. Dann nahm sie ein Kleid, das viel zu elegant war, um herumzuliegen und fernzusehen, und legte es zurück. „Das ist verrückt. Ich weiß nicht, was ich anziehen soll."

„Den Seidenpyjama", sagte ich schnell. „Ich trage auch etwas Bequemes."

„Ja, nicht wahr?" Sie zog ihn wieder aus der Schublade und holte diskret ein passendes Höschen und einen BH.

„Orla, ein BH mit einem Pyjama?" Ich schüttelte meinen Kopf. „Das musst du nicht tragen. Wenn du dich dadurch besser fühlst, verrate ich dir, dass ich auch keine Unterwäsche anhabe."

Sie brach in Gelächter aus und eilte ins Badezimmer. „Du bist fürchterlich."

Ich sammelte das Geschirr ein und stellte es in den Flur, bevor ich mich auf das Bett legte, die Fernbedienung ergriff und nach dem perfekten Film für uns suchte.

Ich frage mich, wie lange sie mich warten lassen wird.

Orla musste wissen, dass es heute Nacht so weit sein würde. Wir waren Erwachsene, die zusammen in einem Bett lagen und uns eine romantische Komödie ansahen. Das passierte, wenn Paare so etwas taten. Besonders wenn die Chemie zwischen ihnen unbeschreiblich war.

Es wäre fast unnatürlich, wenn wir nicht endlich Sex hätten.

Ich fand den perfekten Film und stand auf, um die Decken zurückzuziehen und die Kissen zu drapieren. Ich holte den Krug Martini und unsere Gläser, füllte sie wieder auf und stellte sie zu beiden Seiten des Bettes auf die Nachttische.

Als ich zur Deckenbeleuchtung aufblickte, entschied ich, dass sie zu grell war, und sprang auf, um sie auszuschalten. Ich ließ nur eine Lampe in der Nähe an.

Als alles bereit war, nahm ich mein Glas, trank einen Schluck von dem leckeren Cocktail und wartete darauf, dass mein Mädchen zu mir ins Bett kam.

KAPITEL VIERZEHN

ORLA

Ich zwickte meine Wangen, um sie rosiger zu machen, strich mit den Händen durch meine feuchten Locken und schüttelte den Kopf, sodass meine Haare locker meine Schultern umspielten. Als ich mein Aussehen betrachtete, fand ich es süß und natürlich.

Ich hoffe, er kuschelt gerne nach dem Sex.

Ich hatte immer einen Mann gewollt, der gerne kuschelte, anstatt sich umzudrehen, um zu schlafen, oder aufzustehen, um sofort zu duschen.

Es hatte mich immer gestört, wenn der Mann, mit dem ich gerade Sex gehabt hatte, nicht schnell genug zur Dusche laufen konnte, um das abzuwaschen, was er als üblen Gestank empfinden musste.

Sex hatte einen bestimmten Geruch, der manchmal unangenehm war. Aber sich sofort zu waschen? Das war meiner Meinung nach unhöflich. Und wenn der Geruch so schlimm war, warum konnte man dann nicht zusammen duschen?

Obwohl ich noch nie einen kuschelnden Mann gehabt hatte, wollte ich einen. Also schloss ich meine Augen und wünschte es mir. Man konnte nie wissen, ob das Universum zuhörte.

Als ich in das Zimmer zurückkehrte, stellte ich fest, dass Warner alle Lampen ausgeschaltet hatte, außer der Lampe neben ihm. Sie beleuchtete ihn und ließ ihn fast unwirklich erscheinen. „Du siehst erfrischt aus."

„Du siehst entspannt aus." Ich ging um das Bett herum, um auf die andere Seite zu gelangen, und bemerkte den Fernsehbildschirm. „Oh gut, du hast einen Film ausgesucht. Worum geht es?" Ich kroch über das Bett, um mich direkt neben ihn zu legen, und achtete darauf, dass sich unsere Schultern und Beine berührten. Schon allein seine männliche Ausstrahlung genügte, um mich zu erregen.

„Es ist eine romantische Komödie." Er nahm die Fernbedienung und startete den Film. Nachdem er sie weggelegt hatte, schlang er seinen Arm um meine Schultern, zog mich an sich und roch an meinen Haaren. „Du riechst auch gut."

„Du auch." Ich atmete seinen Geruch ein und seufzte. „Das ist schön."

„Ja." Er rutschte ein wenig tiefer auf das Bett und zog mich mit sich. „Mal sehen, ob uns dieser Film interessiert oder nicht."

Es war mir egal, worum es in dem Film ging. Ich wollte es genießen, mit ihm zusammen zu sein. Wir hatten noch vier Tage und Nächte zusammen, bevor ich nach Hause musste. Ich wollte aus jeder Sekunde das Beste machen.

In dem Film gab es eine Szene, in der das Paar über Verhütung sprach, bevor es Sex hatte. Ich beschloss, Warner wissen zu lassen, dass ich vorgesorgt hatte. „Ich nehme übrigens auch die Pille."

„Gut zu wissen." Er küsste meinen Kopf, als ich ihn auf seine breite Brust legte. „Ich würde es hassen, dich mit einem halbamerikanischen Baby nach Irland zurückzuschicken."

„Ich würde es auch hassen, wenn du das tun würdest." Ich ließ meine Hand über seinen muskulösen Oberschenkel gleiten. Der Film war in Ordnung, aber ich war nur an Warner interessiert.

Er strich mit seiner Hand über meinen Rücken. „Du weißt, dass ich kein Mann bin, der dich schwanger im Stich lassen würde, oder?"

Ich glaubte ihm. „Du bist ehrenwert."

„Du bist wunderschön." Seine Finger streichelten meinen Hintern.

Ich knöpfte sein Hemd auf und bewegte meine Hand von unten nach oben über seinen muskulösen Oberkörper. Ich beugte mich über ihn, zog das Hemd zur Seite und betrachtete seinen durchtrainierten Körper. „Und du bist gut gebaut."

Er streckte die Hand aus und begann, mein Oberteil aufzuknöpfen. Mein Körper zitterte, als er bei jedem Knopf, den er öffnete, meinen Brüsten näherkam. Er schob das Oberteil von meinen Schultern und es fiel hinter mir auf die Decke. Er umfasste meine Brüste mit seinen großen Händen. „Ein bisschen mehr als eine Handvoll – perfekt für mich."

Ich lachte. „Vielleicht hat Gott mich nur für dich geschaffen, Warner Nash."

„Vielleicht." Er zog mich an sich. „Mal sehen, ob du so gut schmeckst, wie du aussiehst."

Mein Atem kam stoßweise, als er mich hochhob, bis ich auf ihm lag und unsere Münder zu einem zärtlichen Kuss zusammenkamen. Unsere nackten Oberkörper drückten sich aneinander und bei dem Gefühl von seiner Haut auf meiner wurde mir unerträglich heiß.

Jeder Muskel in seinem Oberkörper spannte sich an, als er mich festhielt und sich dann umdrehte, sodass er oben war. Obwohl unsere Hosen zwischen uns waren, fühlte ich, wie er hart wurde, als er sich an meine Hüften presste.

Ich schlang meine Beine um ihn, während ich innerlich dahinschmolz. Ich bewegte meine Hände über seinen muskulösen Rücken, erkundete die Hügel und Täler dort und stöhnte leise.

Sein Mund verließ meinen, bevor er eine Spur von Küssen über meinen Hals zog, und ich zitterte. Meine Brustwarzen wurden steinhart. Warner knurrte: „Das gefällt dir, oder?" Er küsste eine meiner Brüste und leckte sie, bevor er daran saugte.

„Ja", wimmerte ich, als sich mein Körper krümmte. „Sehr." Seine Haare waren so weich wie Federn, als ich meine Hände hindurchbewegte, während er an meiner Brust knabberte und saugte.

Sein Mund bewegte sich und küsste die Mitte meines Bauches. Dann packte er den elastischen Bund meiner Pyjamahose und zerrte sie nach unten.

Keuchend beobachtete ich ihn, wie er sich auf Händen und Knien rückwärts bewegte, bis er vom Bett aufstand und seine Hose auf den Boden fallen ließ. Seine Erektion war riesig und mir lief sofort das Wasser im Mund zusammen. Länge und Umfang waren perfekt und ich war überglücklich, als ich ihn anstarrte. Er kam zurück auf das Bett und kroch zwischen meine gespreizten Beine.

Als er mir in die Augen sah, flüsterte er: „Ich werde diese Nacht unvergesslich für dich machen."

Ein Schauer durchlief mich. „Bitte." Ich wollte nichts an Warner Nash vergessen – niemals.

Eine seiner Hände bewegte sich über die Innenseite meines Oberschenkels und ich zitterte. Er leckte sich die Lippen, bevor er mich an meiner intimsten Stelle küsste. Ich schnappte nach Luft, während meine Finger das Bettlaken packten und von der Matratze zogen.

Ich bewegte meine Arme, um meine Ellbogen auf das Bett zu legen, und hob meinen Oberkörper an. Ich musste ihn sehen. Er küsste mich so sanft, dass es sich anfühlte, als würden Schmetterlingsflügel gegen mich schlagen. Seine Zunge reizte meine Klitoris und mein Kopf sank zurück, als ich stöhnte: „Ja! Das fühlt sich großartig an!"

Seine Zähne streiften mich und erzeugten eine Welle der Lust in mir. Sie stieg an, bis sie in sich zusammenstürzte und mich in einen Zustand der Ekstase versetzte, den ich noch nie zuvor erlebt hatte.

Seine Zunge drang in mich ein, als er meine Beine immer weiter spreizte. Er verschlang mich regelrecht und ich konnte den Orgasmus, der in mir tobte, nicht aufhalten.

Zitternd beobachtete ich ihn, während er meinen ganzen Körper küsste. Er drückte mich sanft auf das Bett. „Du schmeckst himmlisch, Baby." Er küsste meine Lippen und seine Zunge streichelte meine.

Mein Geschmack auf seiner Zunge machte mich hungrig – ich fühlte mich animalisch. Ich packte seinen Nacken und küsste ihn leidenschaftlich, während meine Zunge mit seiner tanzte. Dann spürte ich, wie er seinen Körper langsam nach unten bewegte und sein großer Schwanz die Stelle zwischen meinen Schenkeln berührte.

Ich wusste, dass es wehtun würde. Er war viel größer als jeder andere Mann, mit dem ich jemals zusammen gewesen war. Er drang langsam in mich ein und gab mir Zeit, mich an ihn zu gewöhnen. Er nahm sich Zeit für mich und ich war dankbar dafür.

Sobald er ganz in mir war, zog er seinen Mund von meinem. „Geht es dir gut?"

Ich blickte in seine kristallblauen Augen und nickte. „Mir geht es mehr als gut."

Er glitt aus mir heraus und drang wieder in mich ein. „Wie ist das?"

„Großartig."

Lächelnd bewegte er sich in mir, während wir uns in die Augen schauten. Ich legte meine Hände auf seinen Bizeps und liebte die Art und Weise, wie sich die Muskeln anspannten.

Ich zog meine Knie hoch, ließ ihn tiefer in mich sinken und schloss meine Augen, als er Stellen berührte, die noch nie zuvor berührt worden waren.

Er stöhnte leise. „Du bist so eng."

„Du bist so groß."

„Ich könnte das ewig tun", flüsterte er in mein Ohr.

Sein heißer Atem an meinem Hals erregte mich noch mehr – was ich nicht für möglich gehalten hätte. Es war wie Magie, was dieser Mann mit mir machte. Überall, wo er mich berührte, entzündeten sich Flammen. Bei jedem Atemzug, den er ausstieß, atmete ich ein. Ich wollte alles von ihm spüren.

Er rollte sich herum, legte mich auf sich und half mir, mich aufzusetzen.

Er hielt mich an der Taille fest, als ich anfing, mich auf ihm zu bewegen. Ich ließ meine Hände über seine festen Brustmuskeln wandern und sah auf ihn hinunter. Warner war selbst an einem schlechten Tag ein attraktiver Mann, aber beim Sex wurde er zu einem griechischen Gott.

Meine Hände streichelten seine Wangen. Bartstoppeln machten sein Gesicht ein wenig kratzig. Ich mochte es. „Du bist so männlich." Ich beugte mich vor, küsste seine Wange und genoss, wie rau sie sich anfühlte.

„Und du bist so weiblich." Seine Hände umfassten meinen Hintern und bewegten mich in der Geschwindigkeit, die ihm gefiel.

Ich wollte ihn immer in mir spüren. Als mir einfiel, dass das keine Option war, lief eine Träne aus meinem Auge.

Ihm entging nichts. Er wischte mit dem Daumen die Träne weg und konzentrierte sich auf mich. „Warum weinst du?"

Ich schüttelte meinen Kopf. Ich wollte nicht darüber reden. „Das ist schön." Es war wunderschön, das war keine Lüge.

Seine Lippen verzogen sich zu einem Lächeln. „Ja."

„Und es ist etwas Besonderes."

„Das ist es." Er strich mit seiner Hand über meine Wange. „Denke niemals, dass dies nur Sex zwischen uns ist, Orla. Es ist so viel mehr als das."

Und dennoch kann es nicht von Dauer sein.

Ich schloss meine Augen und wollte nicht, dass noch mehr Tränen flossen. Ich wollte diesen magischen Moment nicht verderben, indem ich über etwas weinte, das niemals sein konnte. *Genieße einfach das, was ihr jetzt habt, und denke nicht an die Zukunft.*

Ich konzentriere mich auf das Vergnügen und schob alle anderen Gedanken beiseite. Warner bewegte sich so, dass wir auf der Seite lagen. Immer noch miteinander verbunden, waren wir uns gegenüber. Er übernahm die Kontrolle über das Tempo und ich legte ein Bein über seinen Oberschenkel.

Er fuhr mit seiner Hand durch meine Haare und seine Augen leuchteten hell, bevor er sich vorbeugte und mich küsste. Es fühlte sich an, als wäre ich mitten in einem Märchen. Der Prinz hatte mich gerettet und jetzt machte er mich zu seiner Prinzessin.

Es gab nicht genug Zeit, damit diese Sache zwischen uns wuchs, aber ich wollte verdammt sein, wenn es sich für mich nicht nach Liebe anfühlte. Eine Liebe, die so tief und stark war, dass es so war, als wäre sie immer dagewesen. Ob es so war oder nicht, es fühlte sich echt an.

Der Kuss wurde leidenschaftlicher und Warners Verlangen wuchs. Er drehte mich auf den Rücken und stöhnte leise, als er sich schneller bewegte und härter in mich stieß. „Ich brauche dich."

Ich legte meine Hände auf seine Schultern und hielt mich an ihm fest, sodass seine harten Stöße mich nicht das Bett hinauf von ihm wegdrückten. „Du hast mich."

Immer schneller und härter stieß er in mich, bis ich es nicht mehr aushalten konnte. Er hatte mich auf eine andere Ebene geführt und mein Orgasmus ließ meinen Körper erbeben und alles verschwinden, was kein reines, unverfälschtes Vergnügen war.

Bei meinem Orgasmus kam er ebenfalls und knurrte wie ein Tiger, als er ein letztes Mal in mich eindrang. Ich war benommen, mein Körper pulsierte und mein Herz fühlte sich an, als würde es aus meiner Brust springen.

Unser schweres Keuchen erfüllte das Zimmer. Er ließ seinen Körper auf mich sinken und sein Herz hämmerte gegen mein Herz. Unsere Haut war schweißnass – ich hatte mich in meinem ganzen Leben nie glücklicher gefühlt.

Die Welt kehrte zurück, als die Euphorie nachließ. „War das echt oder habe ich mir das nur eingebildet?", fragte ich.

Bei seinem Lachen vibrierte sein Körper. „Das war extrem echt, Baby." Er hob seinen Kopf und küsste sanft meine Lippen. „Ich denke, du und ich wissen beide, wie wir den Rest deines Urlaubs verbringen werden."

Als ich mit meinen Händen über seinen Rücken strich und verzweifelt versuchte, mir zu merken, wie er sich anfühlte, wusste ich, dass wir am Ende mehr Zeit im Bett verbringen würden als irgendwo sonst. Und ich wusste auch, dass es unsere Bindung stärken würde. Aber mir war egal, dass es enden musste. Wir mussten das haben. Wir mussten wissen, dass eine solche Liebe existierte. Selbst wenn wir sie nicht zusammen haben konnten, würden wir wissen, dass es sie gab.

„Danke, Warner."

Er sah mich mit hochgezogenen Augenbrauen an. „Wofür?"

„Dafür, dass du mir gezeigt hast, dass ich mehr empfinden kann, als ich jemals ahnte."

Er lächelte schief. „Ja, das hast du auch für mich getan. Ich habe mich noch nie so gehen lassen. Und es hat einen gewaltigen Unterschied gemacht."

„Für mich auch." Ich hatte mich immer zurückgehalten und es nicht einmal bemerkt.

Aber ich war mir nicht sicher, ob ich mich einem anderen Mann ganz hingeben könnte. Und das lag daran, dass Warner einen Platz in meinem Herzen erobert hatte.

Er löste sich von mir und legte sich auf die Seite. Dann zog er meinen Rücken an seine Brust, legte seinen Arm um meine Taille und küsste meinen Nacken. „Wir sollten ein wenig schlafen, bevor wir das wieder tun."

Er kuschelt gerne!

Ich legte meine Finger auf seine Hand, die auf meinem Bauch ruhte. „Gute Nacht, süßer Prinz."

„Für dich werde ich ein Prinz sein, meine irische Prinzessin." Es dauerte nicht lange, bis seine Atmung in einen gleichmäßigen Rhythmus fiel und mich wissen ließ, dass er tief und fest schlief.

Meine Augen blieben offen und ich dachte über das Leben nach, während er mich so hielt, wie ich immer schon von einem Mann gehalten werden wollte. Ein Leben ohne ihn ... Ein Leben, ohne jemals zu wissen, ob ich ihn wiedersehen würde oder nicht.

Ich wusste nicht, ob ich so ein Leben haben wollte. Aber das war nicht nur meine Entscheidung.

Ich konnte meine Familie nicht verlassen und ich wusste, dass er seine Familie und ihr Unternehmen genauso wenig im Stich lassen konnte. Nichts war jemals hoffnungsloser gewesen als unsere Bindung. Wir hätten genauso gut von zwei verschiedenen Planeten stammen können.

Vielleicht waren wir dazu bestimmt, Sterne zu sein, die kollidierten, in Flammen aufgingen und sich gegenseitig zerstörten.

Oh Gott, ich hoffe, dass das nicht wahr ist.

KAPITEL FÜNFZEHN

WARNER

Das Erste, was ich am Morgen fühlte, war die weiche Haut unter meiner Hand. Die Entdeckung ließ mich mit einem Lächeln im Gesicht aufwachen. Meine Augen flogen auf.

Orla lag in meinen Armen und ihre kastanienbraune Mähne war auf dem Kissen ausgebreitet und kitzelte meine Nase.

Wir waren in der Nacht dreimal aufgewacht und hatten uns jedes Mal geliebt. Ich hatte so etwas noch nie gemacht. Ich hatte auch noch nie zuvor eine so starke Bindung zu jemandem gespürt.

Es war offensichtlich, dass ich sie völlig erschöpft hatte, da sie sich nicht einmal rührte, als ich aus dem Bett schlüpfte. Weil ich wusste, dass sie sich ausruhen musste, zog ich mich an und ließ sie schlafen.

Ich musste nach Hause, um mich auf den Tag vorzubereiten. Die Sonne hatte kaum begonnen, über den Horizont zu spähen, als ich zu meinem Haus fuhr. Es war früh am Morgen, sodass sehr wenig Verkehr herrschte.

Da Orla sich so viel Mühe damit gegeben hatte, für mich zu kochen, wollte ich den Gefallen erwidern. Und das bedeutete, dass ich sie zu mir nach Hause einladen würde. Ich betete, dass sie dort auch die Nacht mit mir verbringen wollte. Sicher, es würde bedeuten, dass ich Vitamine einnehmen musste, um so fit wie in der vorigen Nacht zu sein, aber ich war bereit für die Herausforderung.

Sobald ich nach Hause kam, setzte ich mich an meinen Computer und bestellte die Lebensmittel, die ich brauchte, um Orla ein echtes texanisches Barbecue zum Abendessen zu machen. Auf dem Heimweg von der Arbeit würde ich bei dem Geschäft vorbeifahren und die Bestellung abholen.

Nach dem Duschen zog ich eine Jeans, ein Hemd mit Perlmutt-knöpfen und Cowboystiefel an. Ich wollte, dass Orla Texas in all seiner Pracht erlebte. Als ich aus der Tür ging, beschloss ich, sie in mein Lieblingsgeschäft für Westernkleidung zu bringen und ihr ein Outfit mit Cowboystiefeln zu kaufen. Zumindest hätte sie dann etwas Einzigartiges, das sie mit nach Hause nehmen könnte. Etwas, das sie immer an mich erinnern würde. Außerdem könnten wir zusammen ein paar Fotos in passenden Outfits machen. Ich hatte so etwas noch nie zuvor machen wollen.

Orla brachte mich dazu, ein ganz neuer Mann sein zu wollen. Es gefiel mir und ich hoffte, dass ich mich auch nach ihrer Abreise so gut fühlen würde.

Als ich im Resort auf meinen Parkplatz fuhr, stieg Patton gerade aus seinem Auto. Ich winkte und stieg aus meinem Truck. „Guten Morgen."

„Morgen, Warner." Er musterte mich von oben bis unten. „Kein Anzug heute?"

„Nein." Ich wartete auf ihn und wir gingen zusammen zum Eingang. „Ich lade heute eine Frau in mein Haus ein und grille für sie, also dachte ich, ich sollte mich wie ein typisch texanischer Cowboy anziehen."

Seine Augen weiteten sich. „Du lädst eine Frau *in dein Haus* ein?"

„Ich weiß, dass ich in der Vergangenheit gesagt habe, dass ich Frauen nicht gerne nach Hause mitnehme, aber diese Frau ist anders."

„Wie das?"

„Ich weiß nicht – sie fühlt sich einfach echter an. Ich meine ... sie hat eine gute Seele und ein gutes Herz. Sie ist aus Irland herge-kommen und wird nur noch ein paar Tage hier sein. Also lade ich sie heute nach der Arbeit zu mir nach Hause ein. Den Rest der Woche werde ich mir freinehmen. Ich möchte ihr ein wenig mehr von Texas zeigen."

„Du nimmst dir eine Auszeit?" Er lachte. „Wer zur Hölle bist du?"

„Ich weiß …" Ich musste auch lachen. „So bin ich normalerweise nicht. Das denke ich schon den ganzen Morgen. Zur Hölle, ich werde heute sogar mit ihr einkaufen gehen, um ihr ein paar Cowgirl-Kleider zu besorgen, damit wir zusammenpassen."

„Das ist süß." Er stieß mit seiner Schulter gegen meine. „Wann ist die Hochzeit?"

„Ha, ha." Ich schüttelte den Kopf. „Wir wissen, dass es keine dauerhafte Sache ist. Sie hat eine Familie zu Hause, die sie nicht verlassen wird. Und du kennst meine Prioritäten – das Resort kommt immer an erster Stelle."

„Weißt du, eine Deadline hat auch etwas Gutes", sagte er. „Ihr wisst beide, dass es enden wird, also genießt ihr es, solange ihr könnt."

„Ja." Patton hatte mich wie immer durchschaut. „Du verstehst mich."

„Das tue ich." Wir gingen durch die Türen der Lobby. Es war noch früh und nur wenige Menschen waren unterwegs. „Versuche einfach, so offen zu bleiben, Warner. Ich mag es, dich so zu sehen – mit einem Lächeln, während du an jemand anderen denkst."

„Ich werde es versuchen." Mein Magen fühlte sich leer an und ich wusste, dass ich etwas zu essen brauchte. „Willst du mit mir frühstücken?"

„Ja, ich habe noch nichts gegessen. Alexis war noch nicht auf. Heute ist ihr freier Tag und ich wollte sie oder die Kinder nicht wecken, also bin ich gegangen, ohne mir etwas zu essen zu machen."

Wir gingen zum Frühstücksraum, wo jeden Morgen ein Büffet für unsere Mitarbeiter und Gäste serviert wurde. Ich schnappte mir einen Teller und holte mir so viele Proteine, wie ich bekommen konnte. Speck, drei Wurstsorten, Rührei und jede Menge frischer Blattspinat. Als ich mich mit Patton an einen kleinen Tisch setzte, starrte er auf meinen vollen Teller.

Ich zuckte nur mit den Schultern. „Ich hatte einen ziemlich harten Workout."

„Letzte Nacht oder heute Morgen?" Er zwinkerte mir zu und wusste, über welche Art von Workout ich sprach.

„Beides." Ich nahm einen großen Bissen von den Eiern, die ich mit dem Spinat gemischt hatte.

Eine der Kellnerinnen kam mit einer Kaffeekanne und füllte die Tassen, die auf dem Tisch standen. „Morgen, Chefs." Sie zog ein paar Sahnebehälter und Zuckerbeutel aus ihrer Schürzentasche. „Bitte schön. Genießen Sie Ihren Kaffee."

Ich schluckte das Essen herunter und lächelte. „Danke, Joy."

„Bitte." Sie verließ uns, um sich um die anderen Gäste zu kümmern.

„Weißt du, Warner", sagte Patton, „du warst immer schon so gut mit Menschen. Es hat mich stets verblüfft, wie leicht es dir fällt, mit anderen Menschen zu sprechen – du hast eine enorme emotionale Intelligenz. Trotzdem hast du es nie geschafft, auch nur eine halbwegs anständige Beziehung mit einer Frau zu führen. Bis jetzt. Obwohl es nicht von Dauer sein kann."

Ich versuchte nicht, mich selbst zu analysieren. „Ich habe nicht vor, mir Gedanken darüber zu machen, warum das so ist."

„Weil du Spaß mit diesem irischen Mädchen hast?"

„Ja." Ich spießte ein Stück Speck mit meiner Gabel auf und verschlang es.

Ich würde meine Zeit mit Orla nicht verschwenden, indem ich versuchte, mein eigener Therapeut zu werden. Es war mir im Moment einfach nicht wichtig.

Wichtig war, dass ich jetzt wusste, dass ich so ein Mann sein konnte – ein Mann, der sein Mädchen verehrte und seinen Tag um sie herum plante. Ein Mann, der keine Angst davor hatte, dass Liebe nicht von Dauer sein konnte oder dass sie ihm so schnell genommen werden konnte, dass er fassungslos zurückblieb. Im Moment war ich ein vertrauensvoller, sorgloser Mann.

„Da bist du ja", ertönte eine leise Stimme hinter mir. Frauenhände bewegten sich über meine Schultern und ich fühlte warme Lippen auf meiner Wange. „Ich bin aufgewacht und du warst weg. Ich bin ausgehungert und musste aufstehen, um etwas zu essen zu finden."

Pattons Augen leuchteten, als er die Frau ansah, die hinter mir stand. „Ah, Sie müssen das irische Mädchen meines Bruders sein."

„Orla Quinn." Sie streckte ihre Hand aus und er schüttelte sie. „Und welcher Bruder sind Sie?"

„Ich bin Patton, der zweitälteste Bruder. Es ist mir ein Vergnügen,

Sie kennenzulernen, Orla. Ich muss sagen, dass Sie bei meinem Bruder eine bemerkenswerte Veränderung bewirkt haben."

„Hoffentlich eine gute." Sie ließ sich auf den Stuhl neben mir fallen und die Kellnerin kam, um die leere Tasse vor ihr mit dampfend heißem Kaffee zu füllen. Orla sah sie mit einem Lächeln an. „Guten Morgen, Joy. Ich danke Ihnen."

„Ich denke, es ist eine sehr gute Veränderung", stimmte Patton ihr zu.

KAPITEL SECHZEHN

ORLA

Mit einem kalten Bier in der Hand und meinen Stiefeln auf dem Couchtisch im Freien konnte ich mir keine bessere Art vorstellen, den Abend zu verbringen. Der Geruch des Barbecues wehte durch die kühle Luft und ich fühlte mich vollkommen zufrieden. „Warner, das ist der verlockendste Duft, den ich jemals in meinem Leben gerochen habe."

„Hickory-Rauch ist einer der besten." Er nahm sein Bier und setzte sich neben mich auf die bequeme Couch.

Als er Platz nahm, roch ich den Rauch an ihm und stöhnte, während ich mich vorbeugte und an seinem Hals schnupperte. „Meine Güte, du solltest einen Weg finden, diesen Geruch in Flaschen abzufüllen. Du könntest Millionen davon als Herren-Parfüm verkaufen."

Lachend fragte er: „Macht er dich an?"

„In vielerlei Hinsicht." Ich fühlte mich benommen, als ich tief einatmete. „Ich würde jeden Zentimeter von dir küssen, wenn ich dabei den Rauch auf deiner Haut schmecken könnte." Ich schüttelte meinen Kopf. „Oh, das klingt ein bisschen wie etwas, das ein Kannibale sagen würde, nicht wahr?"

„Ein bisschen." Er trank einen Schluck aus seiner Bierflasche und

573

stellte sie neben sich auf den Tisch. „Zumindest hast du nicht gesagt, dass du mich überall beißen möchtest, um den Rauch auf meiner Haut zu schmecken. *Das* wäre gruselig gewesen."

Früher am Abend hatte er mich zum Einkaufen mitgenommen, um mir Westernkleidung zu besorgen. Meine Bluse und sein Hemd hatten die gleiche Art von Knöpfen, die er Perlmuttknöpfe nannte. Er hatte auch Blue Jeans für mich ausgesucht, die perfekt zu meinen neuen Cowboystiefeln passten. Ich sah aus wie ein echtes Cowgirl und jetzt wollte ich wie eines essen.

Niemand hatte sich jemals so viel Mühe für mich gemacht – und so viel Geld für mich ausgegeben. Ich mochte es irgendwie, verwöhnt zu werden. *Wem mache ich etwas vor? Ich* liebe *es.*

„Die Vorspeisen sind fast fertig." Er hob seine breiten, dunklen Augenbrauen. „Mach dich bereit für etwas Scharfes."

Er hatte meine Neugier geweckt. „Ich habe gesehen, wie du etwas auf den Grill gelegt hast, das in Speck gewickelt war. Ist das die scharfe Vorspeise, von der du sprichst?"

„Ja. Man nennt es Wrap. Eine ausgehöhlte Chilischote wird mit Frischkäse gefüllt und dann mit Speck umwickelt. Das gehört bei jedem texanischen Barbecue dazu."

„Du verwöhnst mich, Cowboy."

Seine Augen suchten einen Moment lang meine. „Ich mag es lieber, wenn du mich deinen süßen Prinzen nennst."

Als ich seine Wange streichelte, die er am Morgen nicht rasiert hatte, schmolz mein Herz. Er spielte darauf an, wie ich ihn in der Nacht zuvor genannt hatte. „Ah, du bist mein süßer Prinz."

Seine Augen lösten sich von meinen, als er zur Seite sah. Rauch stieg aus dem Grill auf und er sprang auf, um sich darum zu kümmern. „Ich glaube, die Wraps brennen!"

Sobald er den Deckel des Grills anhob, schossen Flammen hoch. „Das Fett des Specks brennt leicht." Ich blieb auf der Couch, um ihm nicht im Weg zu sein.

Meisterhaft griff er nach riesigen Handschuhen, die bis zu den Ellbogen reichten. Er nahm eine lange Zange und rief: „Gib mir bitte die Servierplatte."

Ich sprang auf, griff nach der leeren Servierplatte in der Nähe und hielt sie ihm hin. Er füllte sie schnell mit den Wraps und ich war überrascht, dass sie kaum angebrannt waren. „Scheint, als hättest du sie rechtzeitig gerettet."

„Es ist wichtig, sich beim Grillen nicht ablenken zu lassen." Er schloss den Deckel und der Rauch hörte bald auf, aus dem Loch in der Mitte zu quellen.

„Ich kann sehen, warum das so ist." Meine Bierflasche war fast leer und seine auch. Ich schlenderte zu der Kühlbox, schnappte mir zwei weitere Flaschen und brachte sie zu dem Tisch, auf den er die Servierplatte mit den Vorspeisen gestellt hatte.

„Ich bin gleich wieder da. Ich habe einen Peach Cobbler im Ofen." Er ließ mich mit dem Essen allein.

Ich beschloss, einen Wrap zu probieren, bevor er meine Reaktion auf das scharfe Ding miterleben konnte. Ich nahm den kleinsten und steckte ihn mir ganz in den Mund. Zu meiner Überraschung war er überhaupt nicht scharf und schmeckte phänomenal.

Aber nachdem ich ihn heruntergeschluckt hatte, passierte etwas mit meiner Zunge. Ganz hinten begann ein leichtes Brennen und wurde immer stärker. Ich trank einen Schluck von dem kalten Bier, aber es half überhaupt nicht.

Warner kam zurück nach draußen und sah, wie ich mit offenem Mund nach Luft schnappte und versuchte, in der kühlen Brise Erleichterung zu finden. „Lass mich raten. Du hast einen Wrap probiert."

„Ja, und jetzt brennt mein Mund."

Er öffnete den Beutel mit dick geschnittenem Brot, den er auf den Tisch gelegt hatte, und gab mir eine Scheibe. „Nimm einen Bissen davon und lass das Brot eine Weile auf deiner Zunge, bevor du es kaust und schluckst."

Ich tat, was er sagte, und wartete einen Moment, bevor ich schluckte. Tatsächlich ließ die Schärfe nach. „Wow, es hat funktioniert."

„Das Brot nimmt das Öl auf, das die Chilischote zurückgelassen hat." Er steckte einen der feurigen kleinen Wraps in seinen Mund.

Ich wartete darauf, dass er nach mehr Brot griff, aber das tat er nicht. Er tat genau das Gegenteil und aß noch einen scharfen Wrap.

Verblüfft fragte ich: „Brennt dein Mund nicht?"

Kopfschüttelnd sagte er: „Es brennt, aber ich mag das."

„Du magst das?" Das konnte ich kaum glauben. „Wie kann es jemand mögen, wenn sich sein Mund anfühlt, als würde er in Flammen stehen?"

Achselzuckend trank er einen Schluck von seinem Bier, bevor er seinen dritten feurigen Wrap aß. „Komm schon. Versuche noch einen. Man gewöhnt sich an die Schärfe."

Mit dem Brot in der Hand fand ich einen, der ziemlich klein war, und probierte einen winzigen Bissen. „Es ist nicht so schlimm, wenn ich ihn so esse. Der Geschmack ist gut. Es ist die Schärfe, die ich hasse." Aber ich fand bald heraus, dass es half, das Brot und die Chilischote abwechselnd zu essen.

Warner ging zu dem Topf mit den Pintobohnen und rührte sie um. „Die Bohnen sind fertig. Ich habe nach dem Kartoffelsalat im Kühlschrank gesehen, während ich im Haus war. Der Salat und der Cobbler sind beide fertig. Jetzt ist es Zeit, das Grillgut aus der Grube zu nehmen und es ruhen zu lassen, bevor ich es anschneide."

„Ein echtes amerikanisches Barbecue", sagte ich, als ich erwartungsvoll meine Hände rieb.

„Nein. Ein echtes *texanisches* Barbecue", korrigierte er mich, als ich mit ihm kam, um das Fleisch aus der Grube zu holen.

Rauch verdeckte alles, was im Inneren des Grills war. „Ich kann nichts sehen."

„Warte." Mit der Hand vertrieb er den Rauch über der Grube und darin lag ein schwarzer, vollständig verkohlter Block von etwas, das ich für Fleisch hielt. „Genau so soll es sein."

„Ist das nicht verbrannt?" Wenn ich das aus meinem Ofen gezogen hätte, hätte ich geweint und es in den Mülleimer geworfen.

„Nein, Ma'am. So soll ein gutes Stück Fleisch aussehen, wenn es richtig gegrillt worden ist." Er nahm eine Edelstahlpfanne und stellte sie auf den Hackklotz neben der Grube. Mithilfe von Zangen nahm er das Fleisch von dem heißen Grill und legte es in die Pfanne.

„Ich muss dich wohl beim Wort nehmen." Ich trank einen Schluck von meinem Bier und fragte mich, ob ich lügen müsste, wenn ich sagte, dass ich das Essen, das er für mich gemacht hatte, liebte.

„Komm rein. Wir essen im Esszimmer – eine Premiere für mich."

„Du solltest wirklich Leute einladen, Warner. Es macht Spaß, Gäste zu bewirten. Und du bist gut darin." Ich wollte nicht daran denken, dass er zu einem Leben in Einsamkeit zurückkehren würde, wenn ich abreiste. „Lade wenigstens ab und zu deine Familie ein."

„Das könnte ich tun." Seine Worte machten mich glücklich.

Ich hakte mich bei ihm unter. „Gut. Lass uns jetzt das Essen genießen, an dem du den ganzen Tag gearbeitet hast, okay?"

KAPITEL SIEBZEHN

WARNER

Drei Nächte – das war alles, was ich noch mit ihr hatte.

Bei so wenig Zeit würde ich keine Sekunde verschwenden. „Ich habe mir die nächsten vier Tage freigenommen." Ich würde einen Tag länger Urlaub machen, weil ich mir sicher war, dass ich keine Lust haben würde zu arbeiten, nachdem ich mich von ihr verabschiedet hatte.

Sie kam in einem meiner T-Shirts aus dem Badezimmer in mein Schlafzimmer und sah verdammt süß aus. „Und was sind unsere Pläne heute?" Sie griff nach ihrer Tasche, die sie mitgebracht hatte, nachdem ich sie gebeten hatte, nach unserem Grillabend bei mir zu übernachten. Sie hatte sofort eingewilligt. „Ich muss wissen, was ich heute anziehen soll."

„Wir werden die Nacht in einer Hütte am Fluss nahe der kleinen Stadt Concan verbringen. Sie liegt ein paar Stunden entfernt von hier auf dem Land." Es war immer noch kühl, da es erst Januar war. „Ein leichter Pullover und Jeans wären gut, denke ich. Wir werden uns Zeit dabei lassen, dorthin zu gelangen, und auf dem Weg zu Mittag und zu Abend essen."

Sie nahm ihre Tasche und zog sich ins Badezimmer zurück, um sich auf unseren Tag vorzubereiten. Ich fand es großartig, dass sie nie darüber stritt, wohin wir gingen, und dass sie nie sagte, sie hätte keine Lust, das zu tun, was ich für uns geplant hatte.

Ich hatte keine Ahnung, ob das daran lag, dass sie im Urlaub war und nicht wusste, was es hier zu tun gab – ich liebte es einfach.

Unsere Nacht war wieder wahnsinnig gut und unvorstellbar befriedigend gewesen. Ich wusste nur, dass wir beide perfekt im Bett harmonierten, und das war etwas, das niemand für immer aufrechterhalten konnte.

Die Kürze unserer Romanze machte alles besser. Von der Art und Weise, wie das Essen schmeckte, bis zu der Art und Weise, wie wir uns liebten, wurde alles intensiver durch das Wissen, dass jeder Tag ein Geschenk war. Wir wussten, dass dieses Geschenk bald weg sein würde.

Bis dahin waren wir zu allem bereit. Keiner von uns hatte jemals so etwas erlebt. Es stärkte unsere intime Bindung, dass dies eine Premiere für jeden von uns war.

Ich sammelte meine Kleider ein und ging über den Flur zu einem anderen Badezimmer, damit ich mich bereitmachen konnte loszufahren.

Wir hatten an diesem Morgen, als wir versucht hatten, gemeinsam zu duschen, herausgefunden, dass dies für uns keine Option war. Sobald wir zusammen nackt waren, hatten wir Sex.

Als ich zurück in mein Schlafzimmer kam, fand ich sie dort angezogen vor. „Ich bin bereit zu gehen, wenn du es auch bist."

Ich musste noch packen, also nahm ich eine Tasche aus dem Schrank. „Lass mich schnell packen, dann brechen wir auf, Süße."

„Soll ich währenddessen irgendetwas tun?", fragte sie.

„Nein, Ma'am. Ich habe schon letzte Nacht die Kühlbox eingeladen und sie ist das Einzige, was wir sonst noch für diese Reise brauchen – außer unseren gepackten Taschen."

Das Packen dauerte nicht lange und danach machten wir uns auf den Weg ins Hügelland. Die Landschaft auf dem Weg dorthin war eine der schönsten im ganzen Bundesstaat Texas. Orla sah ehrfürchtig aus dem Fenster. „Ich wette, es ist wunderschön im Frühling, wenn alles grün ist."

„Das ist es." Wir fuhren zu der kleinen Hütte, die ich online gemietet hatte. „Hier sind wir. Unser kleines Stück vom Paradies für die Nacht."

Sie stieg aus dem Truck, rannte herum und sah sich alles an. „Hey, hier hinten auf der Veranda ist ein Whirlpool!"

Ich gab den Code der Alarmanlage ein und erhielt Zugang zu der Hütte. „Komm rein, damit wir alles überprüfen können."

Sie ging zur Haustür und betrachtete die rustikalen Möbel und das Dekor. „Haben die Menschen früher so gelebt?"

„Ich glaube schon. Ich meine, das ist der Stil, den die Leute wollen, also bin ich mir sicher, dass er akkurat ist. Früher gab es keine Klimaanlage und wahrscheinlich kein fließendes Wasser oder eine Toilette." Ich war froh, dass diese Zeiten lange vorbei waren. Ich öffnete die Hintertür und sah den Whirlpool auf der hinteren Veranda. „Und ich bin mir auch sicher, dass es keine Whirlpools gab."

Orla setzte sich auf das Bett in der Hütte, die aus einem Raum bestand. Sie fuhr mit der Hand über die Decke und sagte: „Hier gefällt es mir sehr gut, Warner. Ich habe das Gefühl, dein Land besser kennenzulernen."

Es war schwer, sie nicht zu begehren, als sie auf dem Bett saß. Ich setzte mich neben sie und zeigte nach oben. „Das Oberlicht war sicherlich kein Teil der alten Welt." Aber es würde unsere Nacht so viel besser machen.

Wir fielen beide auf das Bett und blickten zum Himmel auf, der bald dunkel und voller Sterne sein würde. Unsere Hände bewegten sich aufeinander zu, bis sie sich berührten. Während wir dort lagen, hielten wir uns fest und schauten zum Himmel, bis die Sonne verblasste und der Tag zur Nacht wurde.

Wir sahen schweigend zu, bis Orla flüsterte: „Ich könnte das für alle Ewigkeit tun."

Ich könnte alle Ewigkeit nur mit dir verbringen.

Mein Leben würde mit Orla wundervoll sein, dessen war ich mir sicher.

„So muss Utopia sein." Ich drehte mich zu ihr um. „Ich denke, du und ich haben Glückseligkeit gefunden."

Sie strich mit der Hand über meine Wange. „Dein Dreitagebart sieht gut aus, mein Prinz."

Ich fuhr mit meiner Hand durch ihre Locken. „Deine Haare werden immer seidiger, meine irische Prinzessin."

„Was wäre, wenn du und ich in einem früheren Leben ein

Königspaar gewesen wären? Wenn wir das alte Irland gemeinsam regiert hätten." Sie lächelte mich an und lud mich ein mitzumachen.

„Vielleicht waren wir es. Vielleicht teilen wir eine Vergangenheit, die so lange her ist, dass wir in Geschichtsbüchern nicht einmal erwähnt werden." Ich konnte es nicht länger aushalten und küsste ihre Lippen. Sie sahen von all den Küssen der letzten Tage prall aus.

Orla würde definitiv ihre Spuren bei mir hinterlassen, wenn sie abreiste, und ich war mir sicher, dass ich das Gleiche bei ihr tun würde. Ich bewegte meinen Mund zu ihrem Hals und machte mich daran, sichtbare Spuren auf ihr zu hinterlassen.

Sie liebte es, wenn ich ihren Hals küsste und daran knabberte. In kürzester Zeit keuchte sie und versuchte, mir die Kleider vom Leib zu reißen. Voller Verlangen beeilten wir uns, einander auszuziehen.

Als ich aufstand, sah ich auf sie hinab, während sie lächelnd auf dem Bett lag. Ich griff nach ihr und hob sie hoch. Dann presste ich ihren Körper an meinen.

Orla schlang ihre Beine um mich, als ich sie auf meinen langen Schwanz gleiten ließ. Sie legte ihre Arme um meinen Hals und hielt ihre Augen auf meine gerichtet, während ich sie auf und ab bewegte. „Das Blau deiner Augen wird für immer in mein Gedächtnis eingebrannt sein."

„So wie deine hellgrünen Augen. Ich werde diese Farbe nie wieder sehen können, ohne mich an deine Verführungskünste zu erinnern." Es ergab für mich keinen Sinn, dass sie zu Hause keine Verehrer hatte.

Aber vielleicht wollte sie einfach nur keinen von ihnen. Vielleicht wollte sie zu einem großen, starken Amerikaner nach Hause kommen.

Ich lachte vor mich hin und wusste, dass ich fantasierte. Ich musste mich an die Realität unserer Situation erinnern. Wir waren uns so schnell nahegekommen, weil wir wussten, dass wir nicht viel Zeit hatten. Es gab keinen anderen Grund.

Wir waren keine Seelenverwandten aus einem früheren Leben. Wir waren kein Prinz und keine Prinzessin, die sich nach Tausenden von Jahren wiedergefunden hatten.

Sie war einfach eine Barkeeperin aus Irland und ich war ein Geschäftsmann aus Texas. Wir waren nichts weiter als zwei Fremde, die sich zufällig gefunden und beschlossen hatten, die Zeit, die sie zusammen hatten, voll auszunutzen.

Ich begann, mich zu fragen, ob das Leben nicht viel besser wäre, wenn jeder im Voraus wüsste, wie viel Zeit er mit jemandem hätte. Selbst wenn es siebzig Jahre wären – würde es die Liebe vertiefen, den genauen Tag zu kennen, an dem man getrennt werden würde?

Das hatte das Zusammensein mit Orla mit mir gemacht. Es hatte mich zu einer Art Philosoph gemacht, was ich nie gewesen war. Ich war ein vernünftiger Mann, kein Träumer.

Aber Orla und ich waren alles andere als vernünftig. Und ich konnte nur hoffen, dass sich das nicht rächen würde.

KAPITEL ACHTZEHN

ORLA

Am nächsten Morgen weckte mich Warner früh, damit wir zu unserem nächsten Ziel fahren konnten. Ich schnallte mich an und fragte: „Also, wohin jetzt?"

„Wir fahren nach Fredericksburg und sehen uns Antiquitäten an." Er startete den Truck und es ging los.

„Antiquitäten?" Ich nickte zustimmend. Mir gefiel die Idee, alte Dinge zu betrachten, die früher in Amerika verwendet worden waren. „Das klingt gut."

„Da du so gerne mehr über meine Heimat erfahren willst, dachte ich, dass das Stöbern in alten Sachen genau das Richtige für dich sein könnte. Es gibt Geschäfte auf beiden Seiten der Straße und viele kleine Cafés, Restaurants und Bars."

„Ich muss sagen, dass ihr Texaner wirklich wisst, wie man Gäste unterhält." Ich hatte noch nie einen Ort gesehen, an dem es so viel zu tun gab. „Ich könnte einen Monat hierbleiben und mich trotzdem nie langweilen."

„Ja, du solltest einen Monat hierbleiben." Er griff nach meiner Hand und zog sie an seine Lippen, um sie sanft zu küssen. „Ich werde dich in ganz Texas herumführen."

Ich wünschte, ich hätte sein Angebot annehmen können – ich wollte auch nicht weggehen. Aber Mum und Dad brauchten mich.

„Ich wünschte, das wäre möglich, Warner. Aber meine Familie wartet auf mich."

„Ich weiß." Er legte meine Hand auf seinen Oberschenkel und strich mit dem Finger über meine Knöchel. „Also, wie hat dir die Hütte am Fluss gefallen?"

„Nun, du warst da, also war es wieder eine tolle Nacht. Danke, dass du mich an diesen schönen Ort gebracht hast. Ich werde ihn niemals vergessen." Ich würde auch nie vergessen, was wir dort gemacht hatten. Wir hatten uns unter dem Sternenhimmel im Whirlpool geliebt. Die Nacht war kalt gewesen und das Wasser warm und wir hatten uns ineinander verloren.

Alles, was ich über das Liebesspiel mit Warner sagen konnte, war, dass es herrlich war. Er hatte mein Herz auf eine Weise geöffnet, die ich nicht für möglich gehalten hätte.

„Ich bin froh, dass es dir gefallen hat." Er streichelte meinen Handrücken. „Wir werden heute Abend in einer anderen Hütte in der Nähe von Fredericksburg übernachten. Sie ist im Wald." Er zwinkerte mir zu. „Wo niemand dich schreien hören wird."

„Also willst du mich zum Schreien bringen?" Ich lachte. „Vor Ekstase, hoffe ich."

„Gibt es eine bessere Art, Baby?" Bei seinem tiefen Knurren erschauderte ich.

Ich sah aus dem Fenster, als wir über außergewöhnlich hohe Hügel fuhren. „Es ist so friedlich hier draußen. Kein Auto in Sicht. Es ist, als wären wir hier ganz allein."

„Die Städte in diesem Teil von Texas sind winzig und es wohnen nur wenige Menschen dort. Das lässt viel Raum, um sich hier draußen allein zu fühlen." Er zeigte aus dem Fenster auf meiner Seite. „Sieh nach unten. Das ist das Einzige, was wir hier haben, das Bergen nahekommt."

„Das kann ich sehen." Ich konnte nicht glauben, wie nahe am Straßenrand das Gelände abfiel. Ich umklammerte die ‚Oh scheiße'-Stange und hielt mich daran fest. „Danke für den Hinweis, Babe." Ich musste meine Augen schließen bei dem Gedanken, die steile Schlucht hinunterzufallen. „Achte genau auf die Straße. Hier ist nicht der richtige Ort, um schnell zu fahren oder den Blick von der Fahrbahn abzuwenden."

„Du hast Angst, hm?" Er lachte, als er den Motor aufheulen ließ, um mich zu ärgern. „Yeah!"

„Warner! Hör auf damit!" Ich sah ihn streng an, damit er verstand, dass ich es ernst meinte.

„Tut mir leid, Baby. Ich werde aufhören, dich zu erschrecken." Er fuhr vorsichtig den Rest des Hügels hinunter.

Als wir unten ankamen und das Land wieder flach war, wäre ich am liebsten ausgestiegen und hätte den Boden geküsst. „Dir macht es Spaß, mich zu ärgern, oder?"

„Es ist ziemlich lustig, dir dabei zuzusehen, wie du so angespannt reagierst. Ich fahre seit vielen Jahren auf diesen Straßen. Du musst dir mit mir am Steuer keine Sorgen machen, Baby."

„Hattest du noch nie einen Unfall?" Ich zog eine Augenbraue hoch, weil ich sicher war, dass er bei seinem Fahrstil mindestens einen gehabt haben musste.

„Ich rede nicht gern darüber, während ich fahre."

„Sag es mir bitte."

„Also gut. Es ist sehr lange her. Ich hatte meinen Führerschein erst seit zwei Jahren und danach hatte ich etwa ein Jahr lang Angst, wieder zu fahren. Meine älteren Brüder hatten es satt, meinen Chauffeur zu spielen, und überredeten mich schließlich, mich wieder hinters Steuer zu setzen." Er sah mich mit ernsten Augen an. „Glaube mir, ich fahre inzwischen viel besser als damals."

„Aber du fährst immer noch so schnell." Ich war mir nicht sicher, wie ernst er das Autofahren nahm. „Und du neigst dazu, ständig von einer Spur zur anderen zu wechseln und andere Autos zu überholen."

„Ich bin in Houston aufgewachsen. Und jetzt lebe ich in Austin. Ich musste schon immer mit dichtem Verkehr zurechtkommen. Wenn man wie eine alte Lady fährt, ist es in beiden Städten verdammt schwierig, dorthin zu gelangen, wo man hinmuss."

„Dort, wo ich herkomme, hetzen wir nicht. Wir neigen dazu, so früh loszufahren, dass wir nicht rasen müssen, um ans Ziel zu gelangen. Vielleicht solltest du das auch versuchen." Ich wollte mir nicht die ganze Zeit Sorgen darüber machen, dass Warner sich bei einem Autounfall umbrachte. „Versprich mir, dass du von jetzt an versuchst, zumindest ein wenig langsamer zu fahren – auch nach meiner Abreise. Ich würde gerne denken, dass du vorsichtig bist. Ich würde gerne denken, dass du noch lebst, weißt du."

„Für dich mache ich das, Orla." Er nickte und küsste dann wieder meine Hand. „Ich will nicht, dass du dir Sorgen um mich machst, nachdem du gegangen bist."

„Gut. Und du kannst dich darauf verlassen, dass ich auch nicht wie eine Verrückte fahre." Ich mochte, dass er etwas für mich tun wollte – auch nachdem ich weg war.

Als wir eine kleine, aber geschäftige Stadt erreichten, sah ich viele Autos, die auf beiden Seiten der Straße geparkt waren. Zahlreiche Leute waren auf den Bürgersteigen unterwegs. „Hier sind wir." Warner parkte den Truck und wir stiegen aus, um die Geschäfte zu besuchen.

Hand in Hand gingen wir von einem Geschäft zum anderen und ich fand in jedem einen Schatz. Aber ich fand nichts, das ich kaufen und mitnehmen wollte. „Hier gibt es so viele coole Dinge. Das macht es mir unmöglich, irgendetwas auszusuchen. Wenn ich mein eigenes Schloss hätte, würde ich jede Menge kaufen, um es damit zu füllen. Aber in mein kleines Zuhause passt nicht mehr viel. Und ich finde das gerade sehr schade." Es gab Kuhfell-Teppiche in so vielen Farben und Designs, dass mir schwindelig wurde. Altmodische Schlafzimmermöbel, Küchentische, die aussahen, als hätten sie in alten Ranchhäusern gestanden, und sogar altes Kochgeschirr aus Eisen.

Der nächste Laden, in den wir gingen, hatte eine große Auswahl an Schmuck – natürlich alles im auffälligen texanischen Stil. Warner suchte eine Halskette mit einem Anhänger aus, der mit Diamanten besetzt war, und hielt sie hoch. „Das ist der Umriss von Texas." Er hielt sie direkt über meine Brüste. „Ich kaufe sie für dich. Sie wird dich daran erinnern, dass du jemandem in Texas wichtig bist."

Ich war froh, etwas zu haben, das mich an ihn erinnern würde, und wurde fast ohnmächtig, als der Verkäufer den Preis des Schmuckstücks nannte. „Das wären dreitausend, Sir."

„Was?" Ich legte meine Hand auf meine Brust, als mein Herz laut klopfte. „Dreitausend was?"

Warner lachte. „Dollar. Und denke nicht an den Preis, sondern nur daran, wie viel du mir bedeutest."

Ich konnte das Ding nicht tragen, wenn ich wusste, wie viel es kostete. „Kaufe das nicht für mich, Warner. Nimm etwas Günstigeres. Was ist, wenn ich die Kette verliere? Ich würde mich für immer hassen, wenn das passieren würde."

„Dann verliere sie nicht. Sei vorsichtig damit. Bewahre sie an einem sicheren Ort auf." Er nahm die Kette, trat hinter mich und legte sie um meinen Hals. „Hier zum Beispiel. Nah an deinem Herzen." Nachdem er den Verschluss zugemacht hatte, befand sich der Anhänger zwischen meinen Brüsten über meinem Herzen. „Dort gehöre ich hin – direkt neben dein Herz."

Neben mein Herz? Nein, du bist in meinem Herzen, mein Geliebter.

KAPITEL NEUNZEHN

WARNER

Schließlich war sie da – unsere letzte gemeinsame Nacht. Früh am nächsten Morgen würde sie nach Irland zurückkehren. Ich wollte nicht, dass sie ging. Es war mir egal, ob das egoistisch von mir war. Ich wollte, dass sie für immer bei mir blieb.

Ich hatte sie nach San Antonio gebracht, um den Riverwalk zu sehen. Ich hatte ein Zimmer in einem Hotel reserviert, damit wir auf dem Balkon sitzen und die Lichter von oben betrachten konnten.

Es gab so viel mehr, das ich ihr zeigen wollte, aber mir lief die Zeit davon. „Ich wünschte, ich hätte nicht so lange damit gewartet, dich herumzuführen."

Wir saßen in einer Gondel auf dem San Antonio River, während hinter uns ein Mann mit einem langen Stab stand. Es war gerade dunkel geworden und beide Flussufer wurden lebendig. Mexikanische Musik spielte, Leute lachten und überall herrschte gute Laune.

„Wir werden unsere gemeinsame Zeit nicht bereuen. Sie ist so schnell vergangen, wie sie sollte." Sie lehnte sich an mich. „Das ist so schön. Ich liebe es."

„Gut." Ich legte meinen Arm um sie und wollte sie niemals gehen lassen. „Später gehen wir in eines der mexikanischen Restaurants und du kannst die Margarita-Spezialitäten probieren."

Ihre Augen funkelten, als sie lächelte. „Das hört sich großartig an. Und was werden wir danach tun?"

„Ich hatte gehofft, wir würden in unser Zimmer gehen und uns lieben, bis wir einschlafen." Ein Seufzer drang aus meinem Mund, weil ich sie bereits vermisste, obwohl sie noch nicht einmal weg war.

„Das klingt nach einem guten Plan, Babe."

Die Gondel fuhr ans Ufer. „Hier endet Ihre Fahrt. Wenn Sie sich dort vor den Spiegel stellen, machen wir ein Foto von Ihnen. Sie können es an der Hotelrezeption ansehen und entscheiden, ob Sie es kaufen möchten."

„Wow, das ist eine tolle Idee." Orla umfasste mein Gesicht, zog mich zu sich und küsste mich, als das Foto aufgenommen wurde. „Was für ein Andenken."

„Ich werde für jeden von uns einen Abzug kaufen." Ich nahm ihre Hand und führte sie zu einem der festlich geschmückten Restaurants. Eine Mariachi-Band spielte neben dem Eingang. Ich gab ihnen ein Trinkgeld, als wir vorbeikamen. „Spielt etwas Fröhliches, *mi amigos.*"

Mein Herz fühlte sich melancholisch an. Ich musste die Stimmung so glücklich wie möglich halten, damit ich nicht in Tränen ausbrach. Wir hatten nur noch eine Nacht – ich konnte sie nicht mit Schmollen verschwenden.

Nachdem Orla an einem Tisch am Wasser Platz genommen hatte, sah sie sich die Speisekarte an. „Es gibt so viele Arten von Enchiladas. Sind sie gut? Und welche ist die beste?"

Ich sah auf die Speisekarte und fand einen gemischten Teller. „Ich denke, du solltest sie alle probieren. Hast du den gemischten Teller gesehen, Baby? Darauf gibt es eine Enchilada, drei Sorten Mini-Tacos, Chalupa, Reis mit Bohnen, Guacamole und Sauerrahm sowie Pica de Gallo."

„Warner, das ist viel zu viel Essen für mich. Ich werde das alles nie schaffen." Sie schüttelte den Kopf.

Ich nahm ihr die Speisekarte aus den Händen und legte sie mit meiner beiseite. „Du musst nicht alles essen. Ich nehme den Teller mit drei Fleischsorten, Carne Guisada, El Pastor, Camaron mit Reis und Bohnen sowie Mehl-Tortillas als Beilage. Wir können teilen, damit du alles kosten kannst. Die Reste lassen wir einpacken und nehmen sie in unser Zimmer mit."

„Das ist so viel. Wir werden nie alles essen." Ihr Stirnrunzeln vertiefte sich, als die Getränke serviert wurden. „Die Margaritas sind riesig!"

Ich gab unsere Bestellung auf, während Orla lächelnd durch einen Strohhalm an ihrem Getränk nippte. Offenbar machte sie sich keine Sorgen mehr über das viele Essen.

Ich trank meine Margarita und beobachtete sie dabei, wie sie sich umschaute. „Dir scheint es hier zu gefallen, Orla."

„Es ist so festlich. So, wie wir es zu Hause machen. Viel Gelächter und viel Essen. Und jede Menge Alkohol. Daran bin ich gewöhnt. Aber nur zu besonderen Anlässen, nicht täglich."

Während sie sprach, starrte ich sie an und wollte mir alles an ihr einprägen. Ich wusste, dass ich das Grün ihrer Augen niemals vergessen würde. So blass, aber gleichzeitig so lebendig. Ihre grünen Augen waren mit Goldflecken übersät und es war, als könnten sie von hell nach dunkel und wieder zurück wechseln. Die Sommersprossen auf ihrem Nasenrücken brachten mich immer zum Lächeln, wenn ich daran dachte.

Als das Essen kam, genoss ich es, Orlas Reaktion auf jeden Bissen zu beobachten. Sie tauchte einen Tortilla-Chip tief in die frische Guacamole und schwärmte: „Ich liebe Guacamole!"

Ich liebe dich.

Da ich ihr das auf keinen Fall sagen würde, nahm ich mir vor, ihr Ausgaben aller Rezeptbücher zu besorgen, die wir für unsere Restaurants im Resort hatten. Zumindest konnte sie jetzt, da sie wusste, wie es schmecken sollte, Tex-Mex für ihre Familie kochen.

Ich nahm eine Garnele von meinem Teller und tauchte sie in den Queso-Dip. „Ich ziehe diesen Käse-Dip dem Avocado-Dip vor."

Sie nahm einen weiteren Chip und probierte den Queso-Dip. Ein Lächeln erhellte ihr Gesicht, nachdem sie ihn gegessen hatte. „Mmmm. Alles ist so gut."

Keiner von uns wollte sich vollstopfen, also ließen wir den Rest mit zwei Margaritas einpacken und gingen zu unserem Zimmer.

Dort würden wir uns zum letzten Mal lieben. Ich wusste nicht, ob ich überhaupt schlafen wollte. Ich wollte nur die ganze Nacht ihren Körper unter meinem spüren.

Orla lächelte, als würde sie nichts von der bitteren Süße, die ich spürte, wahrnehmen. Sie tanzte auf dem Bürgersteig zu der Musik, die wir immer noch vom Riverwalk hören konnten. „Das war der beste letzte Abend aller Zeiten, Warner. Ich kann dir nicht genug danken."

„Es freut mich, dass er dir gefallen hat." Ich musste einen Weg finden, mich zusammenzureißen. Ich konnte nur darüber nachdenken, wie ich sie dazu bringen könnte, bei mir zu bleiben. Ich wünschte mir sogar, sie würde nicht verhüten, sodass ich sie schwängern und für immer bei mir haben könnte. Und dann fühlte ich mich sehr egoistisch, weil ich überhaupt daran gedacht hatte.

Sie hatte eine Familie zu Hause und ihre Eltern liebten und vermissten sie, ganz zu schweigen davon, dass sie ihre Hilfe brauchten. Ausgerechnet ich sollte das respektieren, da ich keine eigenen Eltern mehr hatte.

Als wir im Zimmer ankamen, stellte ich das Essen in den Minikühlschrank. Ihre Hände bewegten sich über meine Seiten, dann schlang sie ihre Arme um mich und umarmte mich von hinten. „Oh mein Prinz, das wird keine leichte Nacht für uns."

Sie hatte offensichtlich die Gefühle zurückgehalten, die ich ebenfalls gehabt hatte, weil sie nicht wollte, dass die Öffentlichkeit ihre Trauer sah. „Du bist außergewöhnlich gut darin, den Schein zu wahren. Ich hatte keine Ahnung, dass du so traurig bist wie ich."

„Natürlich bin ich traurig, Warner. Das ist das Ende für uns. Das letzte Mal. Morgen früh machen wir uns auf den Weg zurück nach Austin, damit ich mit meiner Gruppe abreisen kann. Ich bin darin geübt, keine Emotionen zu zeigen, das ist alles."

Ich drehte mich zu ihr um und nahm sie in meine Arme. Ihre Füße verließen den Boden, als ich sie festhielt. „Ich werde dich einfach nicht gehen lassen. Wie ist es damit?"

„Wie wäre es, wenn ich dich in einem meiner Koffer verstauen würde?", fragte sie lachend. „Aber wir müssen vernünftig sein. Schließlich wussten wir, dass dieser Tag kommen würde."

„Ich glaube, ich habe mich selbst darüber belogen, wie er sein würde. Ich dachte wirklich, es wäre einfach, dich gehen zu lassen. Ich hätte ehrlich gesagt nie gedacht, dass ich innerhalb einer Woche eine so starke Bindung zu jemandem aufbauen könnte. Zur Hölle, ich hätte ehrlich gesagt nie gedacht, dass ich so etwas jemals mit irgendjemandem haben könnte."

„Ich denke, dass viele Leute Urlaubsromanzen haben. Das gibt es oft genug. Und sie verlassen einander mit vielen neuen Erfahrungen." Ich stellte sie wieder auf die Füße und sie strich mit den Händen über meine bärtigen Wangen. „Rasiere dich erst, nachdem ich gegangen bin."

Ich legte meine Hand auf ihre Finger, als sie meine Wangen streichelte. „Gefällt dir der Bart?"

„Ich liebe ihn." Sie bewegte ihre Hand hin und her. „Du siehst damit so männlich und heiß aus. Aber bitte rasiere ihn ab, wenn ich weg bin. Ich möchte nicht daran denken, dass du mit einer anderen Frau zusammen bist. Lass das meine Fantasie sein – dass du Single geblieben bist, weil es einfach keine andere Frau gab, die dich so bezaubert hat wie ich."

„Das wird höchstwahrscheinlich so sein." Es war keine Lüge. Ich war mir sicher, dass ich jede Frau mit Orla vergleichen würde, und keine würde an sie herankommen. Ich war mir sicher, dass ich nicht mit ihr schlafen konnte, ohne dass Tränen flossen, also kam mir eine Idee, damit keiner von uns sie sehen musste. „Lass uns zusammen duschen."

Sie blinzelte und nickte, als sie anfing, sich auszuziehen. „Das klingt wundervoll."

Ich drehte das Wasser auf, damit es genau die richtige Temperatur hatte, und zog mich dann aus. Sie traf mich mit einem sexy Lächeln auf den Lippen in der Dusche. Ich legte ihre Arme um meinen Hals und hob sie hoch, bevor unsere Münder zusammenkamen.

Funken schossen durch mich, als meine Gefühle mich übermannten. Ich fühlte, wie ihr Körper zitterte, als wir uns küssten, und wusste, dass sie ihre Gefühle nicht länger zurückhalten konnte. Der Abschied war hart, anstrengend und schrecklich – und alles andere als einfach.

Sosehr ich mich auch bemühte, die Tatsache aus meinem Kopf zu verdrängen, dass sie in weniger als vierundzwanzig Stunden weg sein würde, gelang es mir nicht. Ich hatte sie im Hinterkopf, als ich sie liebte.

Das Wasser lief über uns und wusch unsere Tränen weg, genauso wie unsere Liebe. Ich drückte Orla gegen die Wand und rammte mich so wütend in sie, dass es mich fast erschreckte.

Ich *war* wütend. Ich war wütend darüber, dass das Leben nicht fair war. Ich war wütend darüber, dass sie die Einzige war, die jemals die Mauern überwunden hatte, die ich vor so langer Zeit errichtet hatte – ausgerechnet diese Frau, die ich nicht behalten konnte.

Gott schien es Freude zu bereiten, Menschen in mein Leben zu bringen und sie mir dann schnell wieder zu entreißen. Ich hatte keine Ahnung, was ich in meinem Leben falsch gemacht hatte, um Opfer einer solchen Grausamkeit zu werden. Aber was auch immer es war, ich würde alles tun, um mich zu ändern, damit ich endlich Gottes Gnade erlangen und den zerstörerischen Weg, den ich eingeschlagen hatte, verlassen konnte.

Orla schnappte bei jedem harten Stoß nach Luft und flüsterte: „Dir wird es auch ohne mich gut gehen. Du wirst sehen."

Ich sah sie mit Tränen im Gesicht an und fragte: „Woher weißt du das?"

„Weil es uns gut gehen *muss*, Warner."

Ich bin mir nicht sicher, ob das noch möglich ist.

KAPITEL ZWANZIG

ORLA

Als ich vor Tagesanbruch am Whispers Resort ankam, wusste ich, dass dies der bisher schwierigste Tag meines Lebens sein würde. „Ich hole meine Sachen. Ich habe noch eine halbe Stunde Zeit, bevor das Shuttle zum Flughafen fährt."

Warner ließ mich an der Tür zur Lobby aussteigen, bevor er seinen Truck im Parkhaus abstellte. „Ich werde in meinem Büro sein. Komm dorthin, wenn du fertig bist."

„Okay." Ich sah mir den Truck an, bevor ich ausstieg, und griff noch einmal nach der ‚Oh scheiße'-Stange. „Ich werde diesen Truck vermissen. Wir haben zu Hause nichts Vergleichbares."

„Er wird dich auch vermissen, Baby." Warner schniefte und ich betrachtete es als Zeichen, dass ich mich beeilen und aussteigen sollte. Wenn ich ihn weinen sehen würde, würde ich auch anfangen.

„Bis gleich." Ich stieg aus und eilte hinein. Ein paar Leute aus meiner Reisegruppe saßen bereits in der Lobby und warteten auf die Shuttles.

Mona und ihre Mutter entdeckten mich sofort und Mona rief: „Wir haben uns Sorgen um dich gemacht, Orla Quinn."

„Dazu besteht kein Grund." Ich ging entschlossen zum Aufzug. „Ich komme gleich wieder."

Der Zoll würde mein Gepäck sowieso durchwühlen, also warf ich einfach alles in meine Koffer. Ich stellte sie auf einen Gepäckwagen im Flur, damit die Portiers sie in die Lobby bringen konnten.

Mir lief die Zeit davon. Ich rannte zum Aufzug, fuhr ins Erdgeschoss und eilte direkt zu Warners Büro. Ich schloss die Tür hinter mir, lief zu ihm und umarmte ihn. Ich wollte ihn nicht loslassen. Ich wollte ihn nicht zurücklassen. „Ich werde dich schrecklich vermissen."

„Stelle das Foto von uns vom Riverwalk auf den Nachttisch neben deinem Bett. Ich mache das Gleiche mit meinem." Er berührte die Kette, die er mir geschenkt hatte. „Und denke daran, dass dich jemand in Texas liebt, Orla Quinn."

„Du könntest mich besuchen kommen, Warner." Ich nahm den mit Diamanten besetzten Anhänger in meine Hand und wusste, dass ich die Kette niemals abnehmen würde.

Ich sah, wie sein Adamsapfel sich bewegte, als er schluckte. „Und noch eine Woche oder einen Monat mit dir verbringen?" Er schüttelte den Kopf. „Nur um dich dann wieder zu verlassen? Das klingt für mich nach Folter."

Für mich auch. „Wir haben unsere Telefonnummern ausgetauscht. Ich denke, wenn es einem von uns in irgendeiner Weise wirklich schlecht geht, sollten wir es den anderen wissen lassen, nicht wahr?"

Er nickte. „Ja. Wenn mir etwas Schreckliches passiert, werde ich es dich wissen lassen oder einem meiner Brüder sagen, dass er es dir ausrichten soll."

„Oder auch etwas Gutes, Warner. Wir müssen nicht nur schlechte Nachrichten teilen. Wir können auch gute Nachrichten teilen."

„Bitte ruf mich nicht an, um mir zu sagen, dass du heiratest oder das Baby eines anderen Mannes bekommst. Ich werde mich nicht für dich freuen, das kann ich dir versprechen." Er lächelte, aber ich wusste, dass er die Wahrheit sagte.

So etwas wollte ich auch nicht über ihn wissen. „Einverstanden. Keine Anrufe mit solchen Neuigkeiten. Wenn du das Gefühl hast, dass ich etwas wissen sollte, dann ruf mich an. Ich werde das Gleiche tun."

„Bei einer solchen Distanz kann diese Sache zwischen uns nicht dauerhaft sein. Wir dürfen uns nichts vormachen."

„Ja, ich weiß. Das war es. Es ist aus. Keine verletzten Gefühle.

Und kein trauriger Abschied – so wie wir es uns am Anfang versprochen haben."

Er leckte sich die Lippen, als er auf den Boden blickte. „Ich kann vielleicht nichts gegen einen traurigen Abschied tun."

Ich wusste, dass es unmöglich sein würde. „Ich werde ihn dir vergeben, wenn du mir vergibst."

„Einverstanden." Er streckte die Hand aus.

Ich schüttelte sie. Plötzlich zog er mich in seine Arme, hob mich hoch und küsste mich leidenschaftlich. Ich hielt ihn so fest umklammert, dass ich nicht sicher war, ob ich ihn jemals wieder loslassen konnte.

Ich hatte wirklich keine Ahnung gehabt, dass uns so etwas passieren würde. Ich hatte gedacht, es wäre einfach nur Spaß und niemand würde sich verlieben. Aber obwohl keiner von uns es wagte, die Worte auszusprechen, war genau das passiert. Es würde Herzschmerz und Leid geben und wir konnten nichts dagegen tun.

„Die Shuttles sind hier", hörte ich jemanden in der Lobby rufen.

„Verdammt", fluchte ich. „Warum müssen sie pünktlich sein?"

„Weil das in unserem Resort zum Service gehört, Ma'am." Er küsste mich noch einmal sanft und süß. „Komm, lass uns sicherstellen, dass du einen guten Platz bekommst."

Wir gingen langsam nach draußen – ich hatte es nicht eilig, mich von dem Mann zu trennen. Meine Hand zitterte, als er sie hielt und mich zu dem wartenden Shuttle begleitete. „Warner, versprich mir, dass du jemanden findest, den du lieben kannst. Dein Herz ist so groß, dass es ein Verbrechen wäre, niemanden hereinzulassen. So wie du mich hereingelassen hast." Es war so schwer, ihm zu sagen, dass er eine andere Frau finden sollte, wenn ich ihn so sehr liebte. Aber der Gedanke daran, dass er allein war, machte mich krank. „Bitte."

„Shh", flüsterte er mir ins Ohr. „Mach dir keine Sorgen um mich. Ich möchte, dass du auf dich aufpasst. Wir können uns nicht ständig Sorgen umeinander machen. Wir müssen einander jetzt loslassen."

„Ich habe das Gemälde, das der Mann in der Sixth Street von mir angefertigt hat, in meinem Zimmer gelassen. Ich möchte, dass du es hast, um dich an mich zu erinnern. Vergiss nicht, es zu holen, bevor die Zimmermädchen es wegwerfen. Vergiss mich nicht, mein Prinz."

Ich dachte, ich würde vor Traurigkeit sterben. Nichts in meinem

Leben war jemals so schwer für mich gewesen. Nichts hatte mich so sehr verletzt.

„Meine irische Prinzessin, ich werde dich niemals – *niemals* – vergessen. Egal, was das Leben für mich bereithält, du wirst immer genau hier sein." Er legte seine Hand auf sein Herz. „Für alle Ewigkeit."

„Kommst du, Orla?", rief Mona mir zu.

„Ich will nicht gehen", flüsterte ich, als ich in Warners blaue Augen sah.

„Du weißt, dass du es musst." Er zog meine Hände hoch und küsste meine Knöchel. Es trug wenig dazu bei, mich zu beruhigen. „Was wir hatten, war etwas Besonderes."

„Was wir hatten, war unglaublich." Ich stellte mich aufrecht hin und atmete tief durch. „Es war mir in jeder Hinsicht ein Vergnügen, Mr. Nash."

„Mir auch, Ms. Quinn." Er grinste. „Alle außer dir sind im Shuttle."

Ich nickte und wusste, dass es Zeit war zu gehen. „Ich weiß." Ich zog meine Hände aus seinen. Er hielt sie so fest, dass es schwierig war, sie zu befreien. Aber schließlich gelang es mir und seine Hände fielen an seine Seiten. „Das ist albern."

„Du bist wunderschön."

„Und du siehst verdammt gut aus." Ich zeigte auf seinen Bart. „Du kannst dich jetzt rasieren."

Er nickte. „Nur für dich, meine süße Prinzessin."

Ich wich zurück, bis ich das Shuttle erreichte und mich von ihm abwenden musste, um einzusteigen. Ein Portier schloss die Tür. Warner hob die Hand und winkte langsam zum Abschied.

Ich legte meine Hand an die Scheibe, während Tränen über mein Gesicht liefen. Ich wusste, dass es das war – das letzte Mal, dass ich den Mann jemals sehen würde. Die Tränen trübten meine Sicht und ich verlor ihn aus den Augen, als wir wegfuhren.

Ein Arm legte sich um mich und es war mir egal, wem er gehörte. Ich lehnte mich an die Schulter einer Frau, schluchzte und wünschte, ich wäre nicht so dumm gewesen zu glauben, ich könnte alles tun, was ich mit Warner getan hatte, und mich nicht in ihn verlieben. „Ich bin eine Idiotin."

Es war Monas Stimme, die sagte: „Du bist keine Idiotin. Du

hattest Glück, diese Erfahrungen mit ihm zu machen. Und er hatte Glück, dich zu haben, Orla, wenn auch nur für kurze Zeit. Alles wird gut. Du wirst sehen. Es wird euch beiden gutgehen."

Ich hatte nicht das Gefühl, dass es mir jemals wieder gutgehen würde. Und Mona war die letzte Person, von der ich jemals gedacht hätte, dass sie nett zu mir sein könnte. Aber wir kamen aus derselben Stadt und das machte uns zu einer Art Familie.

Familie – daran wollte ich gerade überhaupt nicht denken. Ich liebe meine Familie sehr, aber sie war der Grund, warum ich den Mann loslassen musste, den ich ebenfalls liebte.

Aber so musste es sein.

KAPITEL EINUNDZWANZIG

WARNER

Erst ein Monat war vergangen, seit sie gegangen war, aber es fühlte sich an, als hätte ich bereits eine Ewigkeit ohne sie verbracht. Ich hatte sie nicht angerufen und sie mich auch nicht. Wir mussten unsere Bindung vollständig sterben lassen, ohne Hoffnung auf Wiederbelebung.

Mein Bruder Cohen ging an meiner offenen Bürotür vorbei. Er blieb stehen und sah mich an. „Hey, Bruder. Wir gehen zu dem neuen Club auf der Southside. Du solltest mitkommen."

„Nein." Ich hatte keine Lust auf eine Nacht in einem Club.

„Warum?", fragte er, als er in mein Büro kam und die Tür hinter sich schloss. „Weil du nicht beschäftigt aussiehst. Du siehst nicht so aus, als ob bei dir überhaupt etwas los ist. Als ich dich entdeckt habe, hast du nur in den Raum gestarrt. Hör auf, diesem Mädchen nachzutrauern und komm mit."

„Es ist nur so, dass ich weiß, dass ich keine gute Gesellschaft sein werde. Ich möchte euch nicht den Spaß verderben. Wenn ich mitkomme, werde ich genau das tun." Ich wollte meine Traurigkeit nicht zur Schau stellen.

„Warner, das sieht dir nicht ähnlich. So warst du früher nicht, weder bevor sie hierherkam, noch während sie hier war. Du bist im

Moment ein Schatten deiner selbst. Du musst diesen Schatten mit einem neuen, besseren Ich ersetzen."

„Das ist verdammt viel verlangt, Bruder." Ich grinste und es fühlte sich gut an. Ich wusste, dass ich darüber hinwegkommen musste. Es hatte keinen Sinn, mich in Selbstmitleid zu wälzen. „Ja, ich komme mit." Ich stand auf, schnappte mir meine Anzugjacke und folgte meinem Bruder nach draußen.

Eine Stunde später saßen wir an einem großen Tisch, tranken Bier und redeten über alles andere als die Arbeit. Zumindest taten das die anderen. Ich trank nur mein Bier und dachte darüber nach, dass ich seit der Nacht, in der Orla und ich in San Antonio am River-walk gewesen waren, keinen Alkohol mehr getrunken hatte.

„Noch eine Runde", rief einer der anderen der Kellnerin zu.

Ich sah mich am Tisch um und sah, dass die meisten Gläser leer waren, während meins noch voll war. Cohen starrte auf mein Glas. „Trink aus, Bruder. Worauf wartest du?"

„Es ist einen Monat her, dass ich Alkohol getrunken habe."

Seine Augen wurden groß und sein Mund öffnete sich. „Was zum Teufel erzählst du mir da?"

Lou aus der Buchhaltung sagte: „Ich denke, er sagt, dass wir ihn betrunken machen müssen!"

„Ja!" Alle johlten und reckten ihre Fäuste in die Luft. Einige gaben sich sogar High fives bei dieser schlechten – unglaublich schlechten – Idee.

„Nein", sagte ich so laut, dass sie mich über ihren Jubel hinweg hören konnten. „Ich werde mich nicht betrinken."

Cohen legte seinen Arm um meine Schultern und beugte sich vor. „Ich habe eine noch bessere Idee. Wir helfen dir, eine Frau zu finden. Der beste Weg, über jemanden hinwegzukommen, ist eine heiße Nacht mit jemand anderem."

„Das denke ich nicht. Aber es spielt keine Rolle. Ich werde weder eine Frau suchen noch mich betrinken. Ich glaube, das war ein Fehler." Ich wollte gerade aufstehen, als sich die Tür des Clubs öffnete und eine Gruppe von Frauen hereinkam. Eine von ihnen hatte kastanienbraune Haare. Es fiel mir sofort auf und ich konnte nicht aufhören, sie anzustarren.

„Hast du schon eine gefunden?", fragte mein Bruder. „Nur zu. Sprich sie an."

„Sie ist gerade erst durch die Tür gekommen. Es wäre unhöflich, zu ihr zu gehen und sie anzusprechen, noch bevor sie sich hingesetzt hat", sagte ich.

Marshall von der Hausverwaltung nickte zustimmend. „Genau. Man geht nicht einfach zu einer Lady, die gerade einen Club betreten hat. Du musst ihr zuerst einen Drink besorgen und dann zu ihr gehen. Aber kein Gerede. Gib ihr einfach den Drink und fang an zu grooven."

„Grooven?", fragte ich.

Jones, ein Portier im Resort, sprang auf und begann, langsam zu tanzen. „Grooven, Chef. Gib ihr einfach den Drink und groove ein bisschen, bevor du deinen Kopf in Richtung Tanzfläche neigst. Der Rest passiert dann wie von selbst."

„Bist du sicher, dass du einer anderen Rothaarigen nachjagen willst, Warner?", fragte Cohen mich.

„Ich will gar niemandem nachjagen." Sie gingen mir auf die Nerven, auch wenn sie versuchten, mir zu helfen. „Ich gehe auf die Toilette."

Ich stand auf und ging nach hinten, wo sich normalerweise die Toiletten befanden. Gerade als ich das Schild mit der Aufschrift *Studs* entdeckte, von dem ich vermutete, dass damit Männer gemeint waren, sah ich das Mädchen mit den kastanienbraunen Haaren wieder. Sie war immer noch bei der Gruppe, mit der sie gekommen war. Unsere Blicke trafen sich und sie lächelte mich an und winkte lässig.

Ich stand wie erstarrt da, als sie auf mich zukam. Ich hatte keine Ahnung, was ich sagen oder tun sollte. Ich wollte wegrennen. Aber dann stand sie genau vor mir. „Hey, Mann", sagte sie mit starkem Akzent. Es klang nicht so, als würde sie aus Texas kommen.

„Bist du von hier?", fragte ich.

„Nein, Sir. Ich komme aus Nashville. Ich bin dort geboren und aufgewachsen." Sie sah zu ihren Freundinnen. „Ich bin hier auf Besuch bei meiner Cousine. Ich war noch nie in diesem Club. Er ist nett. Ich mag es, wenn die Toiletten coole Namen haben. Hier gibt es *Studs* für die Jungs und *Chicks* für die Mädchen. Es ist süß. Findest du es nicht süß?"

„Du klingst wie das Miley-Mädchen, das eine Kindershow im Fernsehen hatte, aber dann eine echte Sängerin wurde und sich in eine Schlampe verwandelt hat." Ich wusste, dass das wirklich falsch herausgekommen war.

„Sie ist meine Cousine", sagte sie. „Ich bin Sängerin, genau wie sie."

„Du bist was?" Ich konnte ihren Akzent kaum verstehen.

„Säng-er-in", sagte sie. „Du weißt schon, ich singe Lieder."

„Oh, du singst Lieder. Okay, ich verstehe es jetzt. Du bist Mileys Cousine und du singst auch. Bist du im Radio oder so?" Ich hatte keine Ahnung, warum ich dieses Gespräch fortsetzte. Ich vermutete, dass es die Farbe ihrer Haare war, die mich an Orla erinnerte. Weil ich nichts anderes an ihr attraktiv fand – vor allem nicht diesen Akzent.

„Radio?", fragte sie, als wäre das die dümmste Frage der Welt. „Ach Gottchen, nein."

Ach Gottchen?

Es war zu viel. „Tut mir leid. Ich wusste gar nicht, wie spät es schon ist." Ich schaute auf mein Handgelenk, als würde ich eine Uhr tragen – was ich nicht tat. Ich trug seit Jahren keine Uhr mehr. „Ich muss gehen."

„Okay, Mann."

Ich ging weg und sah, dass die Männer an meinem Tisch mich alle anstarrten. Sobald ich sie erreichte, fragte Cohen: „Und? Hattest du Erfolg?"

„Äh." *Ist er verrückt?* „Nein. Ich habe nur mit dem Mädchen gesprochen." Ich nahm Platz und trank das halbe Glas Bier, das während meiner Abwesenheit warm geworden war. Daneben wartete ein weiteres, kaltes Bier auf mich. Ich griff danach.

„Was ist passiert?", fragte Jones.

„Nun, zunächst spricht sie wie eine Zeichentrickfigur." Ich trank noch einen Schluck, bevor ich fortfuhr: „Und sie ist die Cousine dieses verrückten Miley-Mädchens ... das behauptet sie jedenfalls."

Mike, der an der Rezeption arbeitete, sprang von seinem Stuhl auf und warf ihn dabei fast um. Er eilte zu dem Mädchen, das ich gerade verlassen hatte, und wir konnten ihn von unserem Tisch aus hören, als er rief: „Ich liebe Miley!"

„Okay", sagte ich und trank noch einen Schluck. „Jedem das seine."

Cohen stieß mit seiner Schulter gegen meine. „Komm schon, Bruder. Du hättest ihr eine Chance geben können."

Verblüfft fragte ich: „Hast du gehört, was ich gesagt habe? Ich habe sie kaum verstanden. Ich könnte auf keinen Fall Sex mit jemandem haben, der so spricht. Kannst du dir vorstellen, was sie zu einem Mann sagt, während er ..." Ich tat mein Bestes, um ihren Akzent nachzuahmen. „*Ach Gottchen, das fühlt sich ziemlich gut an, was du da unten mit mir machst. Ich werde ein Lied für dich singen.*" Sie lachten. „Und dann würde sie wahrscheinlich jodeln."

Alle brüllten vor Lachen, während ich noch etwas trank und mir wünschte, ich hätte mich nicht von meinem Bruder dazu überreden lassen, mit in den Club zu gehen.

Wenn ich an diesem Abend etwas gelernt hatte, dann war es, dass ich einfach noch nicht bereit dafür war.

KAPITEL ZWEIUNDZWANZIG

ORLA

Es war einen Monat her, dass ich Warner verlassen hatte. Ich hatte mit niemandem über ihn gesprochen, aber ich trug weiterhin die teure Halskette, die er mir geschenkt hatte.

Ich spielte mit dem Anhänger, als ich die Bar verließ, nachdem meine Schicht vorbei war. Cara, eine Kollegin und alte Freundin, kam auf mich zu und zog ihre Schürze aus. „Es gibt eine Party bei O'Doyle. Komm schon, du kannst bei mir mitfahren."

„Oh, nein danke." Ich war nicht bereit zu feiern. Ich hatte mich an eine gute Routine gewöhnt, seit ich zurückgekommen war. Nach Hause gehen. Ein Buch lesen. An dem Buch arbeiten, das ich schrieb. Schlafen gehen.

„Ich habe dich kaum zu Gesicht bekommen, seit du von deiner Reise zurückgekommen bist, Orla. Komm schon. Du musst ausgehen und Leute sehen. Und versuche nicht, mir zu sagen, dass du hier bei der Arbeit jeden Tag Leute siehst. Es ist nicht dasselbe und das weißt du auch." Sie schien entschlossen zu sein, mich dazu zu bringen, mit ihr auszugehen.

Aber dafür war ich nicht bereit. „Hör zu, ich fühle mich einfach nicht gut."

„Ein Bier wird das ändern." Sie hakte sich bei mir unter. „Komm wenigstens eine Weile mit. Ich hasse es, allein auszugehen. Dann sehe ich aus wie eine Versagerin."

Ich hatte Mitleid mit ihr und willigte schließlich ein. „Aber nur kurz, damit du nicht als Versagerin dastehst."

„Danke, Mädchen."

Bei dem Geruch von Bier und Zigaretten wurde mir übel, als wir das Haus von Chad O'Doyle betraten. Er war in ganz Kenmare als Partylöwe bekannt.

Er begrüßte uns, sobald wir hereinkamen. „Es gibt Snacks auf dem Tisch und Drinks an der Bar. Bedient euch, Mädchen!"

Ich schnaubte, als wir zu dem Tisch gingen. „Kalte Spaghetti und Wurstbrocken sind keine Snacks."

„Zumindest gibt es Bier." Sie zog mich zu der Bar, wo ein Kerl stand. „Können wir bitte zwei haben?"

„Kommt sofort. Ich bin Tom aus London. Und ihr zwei netten Mädchen seid ...“

„Ich bin Cara und das ist Orla. Was machst du in Kenmare, Tom?"

„Chad ist der Exfreund meiner Schwester und er sagte, ich könnte ihn jederzeit besuchen. Also bin ich vorbeigekommen." Er gab mir einen Plastikbecher und sagte: „Ich mag deine roten Locken, Orla."

Tom hatte kurz geschnittene kupferfarbene Haare auf seinem runden Kopf. Aus irgendeinem Grund hatte er sie nach oben gekämmt, was ihn wie eine Cartoonfigur aussehen ließ.

Ich nickte nur. „Danke." Ich nippte an meinem Bier und schaute mich im Wohnzimmer um, um nachzusehen, ob jemand auf der Party war, mit dem ich gerne sprechen würde.

Bevor meine Augen die Hälfte des Raums überflogen hatten, entdeckte mich John McLemore und kam direkt zu mir. „Orla Quinn, es ist eine Million Jahre her, dass ich dich das letzte Mal gesehen habe, du hübsches Mädchen."

John war der Bruder einer meiner ältesten Freundinnen. Und er war ein Unruhestifter – er geriet immer aus dem einen oder anderen Grund in Schwierigkeiten.

„Hey, John. Wie geht es deiner Familie?" Ich führte den Plastikbecher an meine Lippen, während ich mich im Raum nach anderen Gästen umsah, mit denen ich vielleicht sprechen konnte.

„Gut. Jules hat letztes Jahr geheiratet. Hast du davon gehört?"

„Ich war Brautjungfer bei ihrer Hochzeit, John." Er war bei der Hochzeit so betrunken gewesen, dass sein Vater und er sich deswegen geprügelt hatten. Sein Vater hatte John K.O. geschlagen und seine Brüder hatten ihn nach Hause tragen müssen, damit er sich ausschlafen konnte.

„Oh ja. Das muss ich vergessen haben." Er hielt seinen leeren Becher hoch. „Ich hole mir Nachschub. Kommst du mit?"

„Mein Becher ist noch voll, danke. Aber geh nur."

„Ich bin gleich wieder da. Bleib, wo du bist, schöne Orla."

Sobald er weg war, floh ich durch die Hintertür. Ich fand ein paar Leute, die um ein Feuer standen, das in einem Metallfass brannte, und ging auf sie zu, um zu sehen, wer da war. „Hey, Leute."

„Orla, bist du das?", fragte Sean McCallister. „Ich habe dich schon lange nicht mehr gesehen. Wie kommt's, dass du heute hier bist?"

„Cara." Ich trank einen Schluck, als ich an das wärmende Feuer trat. „Sie hat mich mitgenommen."

„Warum bist du eine Einsiedlerin geworden?", fragte er.

„Ich arbeite, Sean. Ich bin bestimmt keine Einsiedlerin."

„Ja, du bist Barkeeperin. Denkst du nicht, dass du dafür zu klug bist?"

Die Haare an meinen Armen stellten sich auf. Ich hasste es, wenn Leute annahmen, dass meine Arbeit einfach und anspruchslos war. „Ich denke, ich habe eine ziemlich prestigeträchtige Karriere. Und ich arbeite gerade an einem Buch."

„Ein Buch darüber, Barkeeperin zu sein?" Er lachte, als ob er sich für einen Komiker hielt.

„Ein Buch über das Mischen von Cocktails mit Informationen über die Herkunft jedes einzelnen. Ich habe einige besonders gute Cocktails kennengelernt, als ich in Texas war. Einige von ihnen waren lateinamerikanischen Ursprungs und andere rein texanisch. Also habe ich über die Geschichte verschiedener Liköre und Alkoholsorten recherchiert und schreibe jetzt ein Buch darüber." Es war noch lange nicht fertig, aber ich war leidenschaftlich bei der Sache.

„Ein Buch über Alkohol." Er schien unbeeindruckt zu sein. „Wer würde das lesen? Ein Säufer?"

Und deshalb treffe ich mich nicht mehr mit alten Freunden.

Ich erinnerte mich, warum ich nicht auf Partys ging. Dort waren immer dieselben alten Gesichter. Hauspartys waren immer voller Menschen, die nichts aus ihrem Leben gemacht hatten.

„Es ist immer schön, alte Freunde zu treffen." Ich hielt meinen Becher hoch und drehte mich weg, um sie ihrem Feuer und ihren schneidenden Bemerkungen zu überlassen.

„Hab nicht zu viel Spaß, Orla Quinn", rief Sean.

„Keine Sorge." Ich ging hinein, um Cara zu finden und sie wissen zu lassen, dass ich gehen würde. Ich hatte getan, was ich versprochen hatte, und jetzt war es Zeit aufzubrechen. Ich fand Cara bei einer Gruppe und trat hinter sie. „Hey."

Sie drehte sich um und warf die Arme in die Luft, als hätte sie mich seit Jahren nicht mehr gesehen, anstatt seit ein paar Minuten. „Hier ist sie ja!" Sie zog mich in den Kreis der Menschen. „Das ist Orla Quinn, von der ich gerade erzählt habe. Sie würde eine großartige Barkeeperin für Ihre Taverne abgeben, Mr. Knight."

Ich sah den Mann an, mit dem sie gesprochen hatte, und bemerkte, dass er mich anlächelte. Er war noch nicht so alt, dass sie ihn bei seinem Nachnamen nennen musste. „Freut mich, Sie kennenzulernen, Mr. Knight." Ich streckte meine Hand aus.

Er nahm sie, drehte sie um und küsste meinen Handrücken. „Das Vergnügen ist ganz meinerseits", sagte er mit englischem Akzent. „Cara hat mir von Ihren Fähigkeiten erzählt. Ich brauche nur ein paar Nächte pro Woche eine Barkeeperin, also würde ich Sie nicht von Ihrer derzeitigen Vollzeitbeschäftigung in der Lodge abhalten. Und ich würde Sie gut bezahlen. Meine Gäste geben viel Trinkgeld. Ich befinde mich auch immer in der Taverne. Wir könnten uns kennenlernen."

Wenn ich den Job annehmen würde, hätte ich abends gar nicht mehr frei. „Danke für das Angebot, aber ich kann den Job nicht annehmen. Ich kann Ihnen aber dabei helfen, jemand anderen zu finden."

„Du gefällst ihm, Orla", flüsterte Cara mir ins Ohr. „Er hat dich gesehen, als wir reinkamen, und nach dir gefragt. Er interessiert sich für dich, dummes Mädchen. Verstehst du das nicht? Auf romantische Weise."

Das gefiel mir überhaupt nicht. „Tut mir leid, ich kann das nicht tun." Ich drehte mich auf dem Absatz um und ging ohne ein weiteres Wort zur Tür hinaus.

Bei der Vorstellung, dass ein anderer Mann sich zu mir hinge-zogen fühlte, drehte sich mein Magen um. Ich umklammerte den Anhänger, der an meinem Hals hing. Ich wusste, dass ich Warner Nash nicht gehörte. Es stand mir frei zu daten, wen ich wollte.

Aber jetzt noch nicht.

KAPITEL DREIUNDZWANZIG

WARNER

Zwei Monate waren vergangen, seit sie abgereist war, und es hatte keinen Tag gegeben, an dem ich nicht an sie gedacht hatte. Ich saß an meinem Schreibtisch, starrte auf meinen Computerbildschirm und ging die Kleinanzeigen von Kenmare durch. Ich war mir nicht sicher, warum ich das tat. Ich wollte einfach nachsehen, welche Häuser und Geschäfte in der Stadt, in der Orla lebte, verfügbar waren.

Oft hatte ich auf mein Handy gestarrt und mich gefragt, ob sie das Gleiche tat. Aber ich war zu ängstlich gewesen, um sie anzurufen und ihre süße Stimme zu hören, also hatte ich nie nach meinem Handy gegriffen. Ich wusste, dass es für uns beide zu schmerzhaft sein würde.

Tatsache war jedoch, dass der Schmerz darüber, dass sie gegangen war, noch nicht verschwunden war. Mein jüngster Bruder, Stone, war der Einzige, der mir sagte, ich solle auf diesen Schmerz hören. Er sagte, es müsse etwas bedeuten, dass er nicht verschwand. Meine anderen Brüder sagten, ich sollte abwarten und er würde immer weniger werden, bis er ganz weg war.

Ich wusste nicht, was ich tun sollte. Ich hatte keine Lust, jemanden kennenzulernen. Ich hatte keine Lust, mit anderen Leuten zusammen zu sein. Ich fühlte mich einsamer als jemals zuvor in meinem Leben.

Ich blieb zu Hause, kochte für mich selbst und sah allein fern – ich war so etwas wie ein Einsiedler geworden. Ich ging zur Arbeit, aber sobald ich fertig war, kehrte ich nach Hause zurück.

Der Lärm des geschäftigen Resorts erinnerte mich nur daran, was Orla über Amerika gesagt hatte. Dass Amerikaner immer beschäftigt waren und wir lernen sollten, langsamer zu machen.

Ich hatte sogar meine Geschwindigkeit beim Autofahren um fünf Meilen pro Stunde reduziert – was für mich eine große Sache war. Die sanfte Frauenstimme mit irischem Akzent in meinem Kopf sagte mir, dass ich langsamer fahren sollte, weil sie nicht wollte, dass mir etwas passierte. Und ich tat es.

Abgesehen von dem einen Abend, an dem ich mit meinem Bruder und ein paar Freunden ausgegangen war, hatte ich keinen Tropfen Alkohol mehr getrunken. Ich hatte alle Flaschen mit Alkohol in meinem Haus in einen Schrank gestellt und ihn abgeschlossen. Alles, was mit Cocktails zu tun hatte, erinnerte mich an sie.

Der Schmerz, der mit dem Wiedererleben von Momenten mit ihr einherging, in Verbindung mit dem Wissen, dass sie nie wieder passieren würden, war unerträglich. Also versuchte ich, nichts in der Nähe zu haben oder zu tun, was mich an sie erinnerte.

Und doch war ich hier und surfte im Internet, um mir ihren Teil der Welt anzusehen. Oft wanderten meine Gedanken zu ihr und zu dem, was sie tat. Ich hatte sogar den Zeitunterschied zwischen uns herausgefunden. Sechs Stunden trennten uns. Wenn ich um halb zehn Uhr morgens in mein Büro kam, stellte ich mir vor, wie sie sich für ihre Nachtschicht bereitmachte.

Ich hatte auch nachgesehen, wie lange der Flug von mir zu ihr dauerte. Neuneinhalb Stunden. Das war alles, was ich brauchen würde, um zu ihr zu gelangen. Und das könnte ich leicht tun. Aber was dann?

Wir lebten so weit voneinander entfernt – selbst wenn ich eine Fernbeziehung mit ihr aufbauen könnte, wieviel Zeit würden wir tatsächlich zusammen verbringen? Und würde sie das überhaupt wollen?

Auf einer Immobilienwebseite fand ich das Foto eines zum Verkauf stehenden Schlosses. Schnell rechnete ich Pfund in Dollar um und stellte fest, dass der Preis erstaunlich niedrig war. „Nur sechs Millionen Dollar?"

Als ich mir die Bilder des Schlosses genauer ansah, wurde ich immer aufgeregter. Es war von einem Wassergraben umgeben, die grauen Backsteinmauern waren fünf Stockwerke hoch und es gab ein weiteres Stockwerk unter der Erde. Ein Swimmingpool war dort der Mittelpunkt einer höhlenartigen Grotte. Sanfte rote, blaue und grüne Lichter schienen von der Felsendecke. Es war unglaublich.

Als ich weiterlas, fand ich heraus, dass es in den vier obersten Stockwerken jeweils ein Wohnzimmer, ein Schlafzimmer und ein Badezimmer gab. Im Erdgeschoss befanden sich eine riesige Küche, zwei Essbereiche und zwei Wohnbereiche. Eine Fensterwand blickte auf die Bucht von Kenmare.

Ich tippte mit dem Stift auf das Notizbuch, das ich aus einer Schublade gezogen hatte, und schrieb die wichtigsten Merkmale des Schlosses auf. Dann las ich weiter und stellte fest, dass es auf dem Anwesen noch ein Gebäude gab. Ein Cottage, in dem die Diener untergebracht gewesen waren. Ich hatte keine traditionellen Diener, also könnte ich es zu meinem Zuhause machen.

Drei Schlafzimmer und drei Badezimmer wären mehr als genug für mich. Und aus dem Schloss könnte ich ein außergewöhnliches Bed & Breakfast machen.

Wer wollte nicht eine ganze Etage für sich haben, anstatt nur ein Schlafzimmer?

Es war eine geniale Idee, die schnell umgesetzt werden musste, bevor jemand anderer sich das Schloss schnappte. Aber um einen Schritt wie diesen zu machen, musste ich mit meinen Brüdern sprechen und einen gut durchdachten Plan vorlegen, wie ich das Schloss in Kenmare leiten und trotzdem meine Arbeit für das Whispers Resort erledigen könnte.

Es kam nicht infrage, meine Brüder im Stich zu lassen. Sie zählten darauf, dass ich Touristengruppen in das Resort brachte. Aber mein Herz führte mich woanders hin. Das hatte es noch nie getan, also wusste ich, dass ich ihm folgen musste.

Das Schloss war fast wie von Zauberhand auf meinem Computerbildschirm erschienen und hatte meinen Unternehmergeist dazu inspiriert, etwas Spektakuläres daraus zu machen.

Als ich auf die Fotos des Schlosses und des zugehörigen Grundstücks blickte, bemerkte ich, dass es Hänge und kleine Hügel gab. Ein Name kam mir in den Sinn – Whisper Hills. Ich schrieb ihn auf und fügte dann hinzu: *Das Schloss von Whisper Hills: Ein Bed & Break-fast Mini-Resort.*

Aufregung übermannte mich und ich begann, wie ein Verrückter zu schreiben, Zahlen zu kalkulieren und zu notieren, wie viele Mitarbeiter ich brauchen würde. Ich entwickelte einen kompletten Businessplan.

Dann rief ich meinen ältesten Bruder an. „Baldwyn, ich muss mit dir und unseren Brüdern sprechen. Kannst du heute Abend zum Essen zu mir kommen?"

„Kommt darauf an, was du servierst."

„Ich grille mit allem Drum und Dran." Ich würde meine Brüder verwöhnen. Alles, was ich brauchte, war ihre Erlaubnis, künftig aus der Ferne für unser Resort in Texas zu arbeiten. Aber es würde auch nicht schaden, wenn sie ebenfalls in das neue Bed & Breakfast, das ich in Kenmare eröffnen wollte, investierten.

Später am Abend saßen alle meine Brüder im Esszimmer und ich präsentierte ihnen meine Idee. Ich hatte extra einen Bildschirm aufgestellt, um ihnen zu zeigen, wie großartig das Schloss war. „Das ist es." Ich versuchte, nicht zu schnell zu sprechen, aber ich war nervös. „Ein irisches Schloss, das ich gerne zu einem Bed & Breakfast umbauen würde. Aber nicht irgendein Bed & Breakfast – ein luxu-riöses Bed & Breakfast voller Geschichte und Abenteuer."

Ich beobachtete ihre Gesichter, als ich die Bilder anklickte und auf verschiedene Details des Anwesens hinwies. Sie hörten schwei-gend zu, was ihnen nicht ähnlichsah.

Am Ende meiner Präsentation stand ich da und fragte mich, was ihnen durch den Kopf ging. Baldwyn sagte: „Machst du das nur, damit du mit der Frau von vor ein paar Monaten zusammen sein kannst?"

„Nicht nur aus diesem Grund." Sicher, es war hauptsächlich aus diesem Grund. Nun, es war komplett aus diesem Grund. Aber ich musste ihnen das Geschäft vorstellen, nicht die Beziehung, die hoffentlich daraus hervorgehen würde. „Ich war heute online und dieses Schloss ist aus dem Nichts aufgetaucht." Ich war selbst auf eine Immobilienwebseite gegangen, aber das war nicht wichtig. „Und plötzlich hatte ich jede Menge Ideen."

Patton runzelte die Stirn. „Und was ist, wenn du das alles machst und dorthin ziehst, nur um festzustellen, dass sie einen anderen hat?

Ich meine, ich weiß nicht, ob du es bemerkt hast, aber das Schloss steht seit drei Jahren zum Verkauf. Wenn du dich entscheidest, doch nicht in Kenmare zu bleiben, kann es sehr lange dauern, dieses Ding weiterzuverkaufen."

Als Geschäftsmann wusste ich, dass man niemals aus persönlichen Gründen Geld in etwas investieren sollte. Ich nahm Platz und nickte. Aus irgendeinem seltsamen Grund hatte ich nie daran gedacht, dass sie mit einem anderen Mann zusammen sein könnte.

Jetzt war es alles, woran ich denken konnte.

Was, wenn sie einen anderen hat?

KAPITEL VIERUNDZWANZIG

ORLA

Ich stand hinter der Theke und rührte einen Latin-Irish Rose um, einen neuen Cocktail, den ich mir ausgedacht hatte. Er war eine Mischung aus irischem Whisky und Rosentequila mit etwas Limettensaft. Er ähnelte einem Margarita und ich servierte ihn in einem Margaritaglas mit einem zusätzlichen Schuss Patron Silver. Unsere Gäste liebten ihn. Ich stellte den fertigen Cocktail vor die Lady, die ihn bestellt hatte, und lächelte. „Hier ist Ihr Latin-Irish Rose, Ma'am."

„Er sieht wunderschön aus", sagte sie mit ihrem amerikanischen Akzent. „Danke, meine Liebe."

Ich beobachtete sie, als sie ihren Drink nahm und wegging. Bei ihrem Akzent schmerzte mein Herz. Ich vermisste ihn so sehr – es verging kein Tag, an dem ich nicht an ihn dachte.

Drei Monate waren vergangen, seit ich ihn verlassen hatte. Drei Monate, die eher drei Jahre zu sein schienen. Mein Herz heilte nicht. Meine Freunde hatten versucht, mir dabei zu helfen, ihn zu vergessen, aber ich konnte es einfach nicht.

Niemand konnte sich mit Warner Nash messen – er war mein Prinz, mein Cowboy und mein Liebhaber.

„Guten Abend, Orla", ertönte eine Männerstimme, die ich leicht erkannte.

Als ich mich zu dem Mann umdrehte, mit dem ich seit meiner Schulzeit immer mal wieder eine flüchtige Beziehung gehabt hatte, versuchte ich, glücklich darüber zu wirken, ihn zu sehen. „Hallo, Killian."

„Du solltest besser hinter der Theke hervorkommen, um mich zu umarmen, Mädchen." Er streckte die Arme weit aus.

Ich wusste, dass er zu mir kommen würde, wenn ich nicht tat, was er verlangte. Also umarmte ich den Mann, den ich schon viele Male in meinem Leben umarmt hatte. „Wie geht es dir, Killian?"

Er hielt mich lange fest und ich hörte, wie er meinen Duft einatmete. „Jetzt geht es mir schon viel besser, Orla."

Ich gab ihm einen sanften Stoß – ich fühlte mich nicht wohl dabei, ihn so zu umarmen. „Oh, ist das so?" Ich ging zurück hinter die Theke. „Und warum?"

Er nahm Platz und seine dunklen Augen verließen nie meine. „Weil ich dich vermisst habe." Er klopfte auf die Theke. „Ein Bier wäre mir willkommen."

Ich füllte einen Becher mit dem dunklen Gebräu und stellte ihn vor ihm auf die Theke. „Das geht aufs Haus."

Nickend brachte er das Bier an seine Lippen und trank einen kräftigen Schluck. Ein Schauder durchlief mich, weil ich das Gefühl hatte, dass er sich Mut antrank. Das bedeutete, dass er gleich wieder versuchen würde, mich herumzukriegen.

Er stellte den Becher ab und fragte: „Hast du mich überhaupt nicht vermisst, Mädchen?"

Ich hatte lange Zeit nicht einmal an ihn gedacht. Aber das zu sagen, wäre unhöflich gewesen. „Killian, du klingst melancholisch."

„Ah, also hast du mich *nicht* vermisst." Er nahm den Becher und trank noch einen Schluck.

Es war schwer, Killian meinen Freund zu nennen. Er war niemand, der mich wissen ließ, wenn er unserer Beziehung überdrüssig wurde, und war schon oft einfach verschwunden, ohne mir jemals den Grund dafür zu sagen. „Wir wissen beide, dass du nicht für eine Beziehung geeignet bist. Du bist ein Einzelgänger – aber das meine ich nicht negativ."

„Ich bin vor ein paar Monaten neunundzwanzig geworden. Wusstest du das?"

Ich hatte nicht daran gedacht. „Wirklich?"

„Und ich habe Bilanz über mein Leben gezogen. Derzeit sieht es nicht gut aus." Ich wischte mit einem Geschirrtuch über die glänzende Theke, um sie von Flecken zu befreien. Er nahm meine Hand, als sie in seine Nähe kam. „Ich bin einsam."

Ich entriss ihm meine Hand und fiel nicht auf seine Spielchen herein. „Wer nicht?"

„Du und ich haben Chemie."

„Wenn unsere Chemie so gut war, warum hast du mich dann immer wieder verlassen?" Ich hob eine Augenbraue, als ich ihn fragend ansah. Er hatte mir nie einen einzigen Hinweis zu diesem Thema gegeben.

Er konnte mir nicht in die Augen sehen und starrte stattdessen auf die Theke hinunter. „Ich hatte Angst davor, wie ich mich bei dir fühlte. Sie hat mich dazu gebracht, dich zu verlassen. Ich hatte Angst, mich in dich zu verlieben, Orla Quinn." Er sah zu mir auf. „Ich hatte Angst davor, weil ich wusste, dass du mich nicht liebst."

Wie richtig er damit lag. „Das tut mir leid, Killian. Beim ersten Mal könnte es meine Schuld gewesen sein. Aber die anderen Male war es das nicht. Als du mich zum ersten Mal verlassen hast, habe ich die Fähigkeit verloren, mich in dich zu verlieben, aus Angst davor, dass du mich wieder verlassen würdest. Wir waren beide für den Mangel an Liebe in unserer Beziehung verantwortlich."

Nickend schien er seinen Anteil der Schuld zu akzeptieren. „Aber jetzt sind wir reifer. Und wir sind endlich ehrlich zueinander. Ich kann nicht aufhören, an dich zu denken, Orla. Ich glaube, das ist ein Zeichen dafür, dass wir es noch einmal versuchen sollten. Ich denke, du bist die Richtige für mich, Kleine."

Ich schloss meine Augen und wusste, dass ich den Mann, der vor mir saß, nicht wollte. Ich wollte Warner. Aber ich konnte ihn nicht haben.

Werde ich traurig und allein sterben, wenn ich den Mann, den ich nicht haben kann, niemals loslasse?

Ich war nicht bereit, mich zu verabreden, geschweige denn eine Beziehung zu haben. Und Killian schien die Art von Beziehung zu wollen, die mit einer Ehe enden würde. „Hör zu, ich bin mir nicht sicher, was ich dir sagen soll."

„Sag, dass du mir noch eine Chance gibst, dir zu zeigen, dass ich der Mann sein kann, den du verdienst. Ich arbeite jetzt bei meinem Vater in seiner Gärtnerei. Er bereitet mich darauf vor, das Geschäft zu übernehmen, sobald er in den Ruhestand geht. Eines Tages wird es mir gehören. Und jeder erfolgreiche Mann braucht eine gute Frau. Du bist diese Frau für mich, Orla."

„Du hast seit Jahren keinen festen Job, Killian. Wie kannst du erwarten, dass ich dir glaube, dass du bei diesem bleibst?" Er bat mich um einen großen Vertrauensvorschuss.

„Die Gärtnerei wird eines Tages *mein* Geschäft sein, Orla. Warum sollte ich sie aufgeben? Du tust so, als würdest du mich kaum kennen." Er trank noch einen Schluck, während er mich über den Rand des Bechers hinweg finster anstarrte.

Ich kannte ihn nicht wirklich. Ich wusste viele Dinge über ihn, aber ich wusste nicht, wer er war, wenn er aus der Stadt verschwand. „Wie soll ich dich kennen, wenn du mich so oft einfach verlassen hast?"

Er seufzte. „Wirst du mir das ewig zum Vorwurf machen, Mädchen?"

Wenn er die Wahrheit nicht hören wollte, hätte er nicht zu mir kommen sollen. „Hör zu, Killian, ich bin nicht mehr derselbe Mensch, der ich war, als du und ich zusammen waren. Es ist über ein Jahr her und ich habe mich verändert. Ich werde nicht um den heißen Brei herumreden und versuchen, deine Gefühle zu schonen. Ich bin jetzt ehrlich zu den Menschen."

„Ich habe mich auch verändert, weißt du." Er schnaubte. „Du bist nicht die Einzige, die sich weiterentwickeln kann."

Das Einzige, was für Killian sprach – und was ich über keinen anderen Mann in Kenmare sagen konnte –, war, dass ich eine Vergangenheit mit ihm hatte. Ich kannte ihn besser als jeden meiner früheren Freunde – außer Warner.

Bei dem Gedanken an den Mann schüttelte ich den Kopf. „Ich bin nicht an einem Punkt in meinem Leben, an dem ich das Gefühl habe, mich dir hingeben zu können, Killian. Es tut mir leid, aber du verschwendest deine Zeit mit mir."

„Bitte, Orla. Gib mir die Gelegenheit, dir zu zeigen, dass ich nicht mehr der Mann bin, den du einmal kanntest. Ich bin nicht mehr der verantwortungslose, selbstsüchtige Mann von damals. Aber das weißt du nicht, wenn du mir keine Chance gibst. Gib *uns* eine Chance. Bitte."

Wie kann ich das tun, wenn mein Herz einem anderen gehört?

Aber irgendwann musste ich jemandem eine Chance geben, oder?

KAPITEL FÜNFUNDZWANZIG

WARNER

Es hatte mehrere Monate gedauert, bis der Kauf des Schlosses abgeschlossen war, aber der Papierkram war schließlich erledigt und ich war auf dem Weg dorthin – endlich. Sechs Monate waren vergangen, seit ich Orla das letzte Mal gesehen hatte.

Ich mietete ein Auto und fuhr die fünfzig Meilen vom Flughafen nach Kenmare. Auf der falschen Straßenseite zu fahren war nicht annähernd so schwierig, wie ich gedacht hatte. Aber die Autovermietung hatte nur Kleinwagen gehabt. Ich fühlte mich wie ein Clown in einem winzigen Auto, nachdem ich den größten Teil meines Erwachsenenlebens einen großen Truck gefahren hatte.

Ich hätte Orla mit meinen Neuigkeiten fast angerufen, aber dann hatte ich mich dagegen entschieden. Ich wollte ihr Gesicht sehen, wenn sie mich sah. Ich hatte allerdings einen Anruf getätigt – in die Bar, in der sie arbeitete. Ich musste wissen, wann sie dort sein würde, damit ich sie überraschen konnte.

Selbst wenn sie inzwischen einen Freund hatte, hoffte ich, dass ich immer noch den größten Teil ihres Herzens einnahm und sie ihn für mich verlassen würde. Ich wusste, dass es egoistisch von mir war, aber zumindest gestand ich mir diesen negativen Aspekt über mich ein.

Obwohl ich eigentlich nur Orla finden wollte, musste ich mich zuerst um die Sache mit dem Schloss kümmern. Ich hatte den Immobilienmakler gebeten, einen Assistenten für mich zu finden. Er hatte die Einstellung des Schlossverwalters übernommen und die beiden waren dafür verantwortlich, ein Team aufzubauen, das unter ihnen arbeiten sollte. Wir hatten an diesem Morgen ein Treffen geplant, damit ich alle kennenlernen und ihnen meine Pläne für das Schloss mitteilen konnte.

Es mussten noch mehr Menschen eingestellt werden. Ich würde einen Koch und Küchenpersonal brauchen. Ich würde auch einen Veranstaltungskoordinator brauchen, da wir beschlossen hatten, im Schloss Hochzeiten auszurichten.

Ich hatte die Bar in der Grotte vor meiner Ankunft befüllen lassen und wollte Orla bitten, sie für mich zu betreiben. Ich wollte, dass sie sich um alles kümmerte, was mit der Bar zu tun hat. Ich war bereit, ihr viel mehr Geld anzubieten, als sie im Moment verdiente. Ich würde ihr Gehalt verdoppeln oder sogar verdreifachen, um sie dazu zu bringen, für mich zu arbeiten.

Ein kleiner Teil von mir hatte Angst, dass sie mich zurückweisen würde, besonders wenn sie inzwischen einen anderen Mann hatte. Aber schon bevor ich angefangen hatte, über den Kauf des Schlosses zu verhandeln, hatte ich mich entschlossen, dass ich vor allem um meinetwillen umziehen würde.

Irgendetwas zog mich an diesen Ort. Vielleicht war es Orla, vielleicht war es etwas anderes. Was auch immer es war, meine Sehnsucht danach war stark und ließ nicht nach.

Es fühlte sich für mich so an, als hätte das Schicksal seine Hand im Spiel. Ich musste die Zügel loslassen und mich vom Schicksal dahin führen lassen, wo ich sein sollte. Es half, dass meine Brüder endlich zugestimmt hatten, dass ich meinem Herzen folgen sollte, nachdem ich es fast mein ganzes Leben lang verschlossen hatte.

Das Navigationssystem brachte mich direkt zu den Toren des Schlosses. Eine Mauer aus denselben grauen Backsteinen wie die Außenmauern des Schlosses umgab das Grundstück, außer dort, wo es auf die Bucht von Kenmare traf. Große Eisentore verhinderten, dass Menschen ohne Erlaubnis Zugang hatten.

Ich kurbelte das Fenster herunter und klingelte. „Whisper Hills", ertönte eine Frauenstimme durch die Sprechanlage. „Wie kann ich Ihnen helfen?"

„Ich bin Warner Nash, der Besitzer."

„Oh ja!", sagte sie aufgeregt. „Wir haben Sie schon erwartet, Sir."

Die Tore begannen, sich zu beiden Seiten in Richtung Mauer zu bewegen. Mir gefiel, wie es aussah. Ich hatte die Straße sanieren lassen, um sicherzugehen, dass sie für die Gäste, die ich bald empfangen würde, wie neu aussah. Sie schlängelte sich durch die kleinen Hügel und flachen Täler bis zu einer Zugbrücke.

Mein Herz hämmerte wild, als die Zugbrücke heruntergelassen wurde, und ich fühlte mich, als hätte ich eine Zeitreise gemacht. Ich ließ das Fenster unten, während ich über die Holzbrücke fuhr. Als ich aus dem Fenster blickte, sah ich nach unten auf das rostfarbene Wasser. Es füllte einen Burggraben, der sich um das Schloss herum erstreckte. Es war ein außergewöhnlicher Ort, den bald Menschen aus der ganzen Welt bewundern würden.

Wir mussten noch am letzten Schliff arbeiten, aber ich wollte unbedingt dabei sein. Sobald wir damit fertig waren, würden wir die Webseite online stellen und mit der Vermarktung beginnen. Ich hatte bereits jede Menge Dinge gesehen, von denen ich Fotos für die Webseite machen könnte.

Als ich von der Brücke fuhr, befand ich mich auf einem Parkplatz, auf dem ungefähr zwanzig Autos Platz hatten. Ich fuhr bis zum Haupteingang und war fasziniert von seinem Anblick.

Die Fotos waren schön gewesen, aber sie hatten nicht gezeigt, wie imposant er wirklich war. Vor mir befanden sich zwei eindrucksvolle fünf Meter hohe Holztüren. Es gab riesige Griffe aus bronzefarbenem Metall und rechts neben den Türen befand sich ein langes Seil. Ich zog daran und hörte das melodische Läuten von Glocken hinter den Steinmauern.

Eine Tür öffnete sich und eine füllige grauhaarige Frau, die ein graues Kleid mit einer schneeweißen Schürze trug, machte einen Knicks. „Master Nash, ich bin Grace O'Malley, Ihre Haushälterin. Es ist mir eine große Freude, Sie kennenzulernen, Sir."

Ich grinste, da ich es unglaublich albern fand, Master Nash genannt zu werden. Aber für die Gäste würde es großartig klingen – und es würde die Geschichte des Ortes unterstreichen. Also korrigierte ich sie nicht. „Grace, ich freue mich ebenfalls, Sie kennenzulernen."

Sie trat zurück und streckte einladend ihren Arm aus. „Bitte kommen Sie herein und sehen Sie sich um, Sir."

Das Betreten dieser Steinmauern war wie eine Reise in die Vergangenheit. Das Foyer war schwach beleuchtet und die Steinmauern glänzten feucht. Ich musste sie anfassen, da ich dachte, es würde zu Schimmel und Mehltau führen, wenn sie so blieben. Ich stellte allerdings fest, dass sie trocken waren. „Sind diese Wände extra so gestrichen, dass sie nass aussehen?"

„Ja, Sir, das sind sie", sagte Grace. „Dieses Schloss wurde in seiner Geschichte viele Male renoviert. Wegen der Zentralheizung mussten alle zugigen Bereiche versiegelt werden."

Mir war jedes Detail des Gebäudes mitgeteilt worden und ich hatte es sogar schriftlich. Während es wie ein altes Schloss aussah, hatte es all die Annehmlichkeiten, die die Leute von einem Neubau erwarteten. Alles war unter Beibehaltung des Charmes der alten Welt modernisiert worden. Es war eine meisterhafte Kombination und ich sah mich ehrfürchtig um.

Wir hatten vereinbart, alle Kunstwerke, Möbel und Dekorationen, die der Vorbesitzer hinterlassen hatte, aufzubewahren. Ich war froh, das getan zu haben, da sich die Atmosphäre dadurch genau richtig anfühlte.

Als Grace mich durch einen der Wohnbereiche führte, sagte sie: „Der Rest des Personals ist im großen Speisesaal. Ich habe es übernommen, etwas zu essen und zu trinken für das Treffen zu organisieren. Ich habe gehört, dass Sie Küchenpersonal einstellen werden."

„Das werde ich schon sehr bald tun." Stone hatte mir seine Hilfe dabei angeboten, einen großartigen irischen Koch zu finden. Drei Männer und eine Frau waren bereits in der näheren Auswahl und ich würde sie bald treffen, um herauszufinden, wer für mich am besten geeignet wäre.

Als ich den Speisesaal betrat, standen alle auf. Einer der älteren Männer kam mit ausgestreckter Hand auf mich zu. „Guten Tag, Mr. Nash. Ich bin Callum Sullivan, der Schlossverwalter. Es ist mir eine Ehre, Sie endlich kennenzulernen."

„Ich freue mich auch, Callum." Ich sah die anderen an und winkte ihnen zu. „Hallo. Ich werde Sie nicht lange aufhalten. Ich wollte mich nur vorstellen und Sie wissen lassen, dass ich als Eigentümer künftig oft hier sein werde. Meine Brüder und ich besitzen ein Resort in

Texas und wir behandeln unsere Mitarbeiter wie Familienmitglieder. Erwarten Sie also das Gleiche von mir. Wenn wir einander respektieren und uns gegenseitig helfen, werden wir bestimmt alle gut miteinander auskommen."

Eine der Haushälterinnen hob die Hand. Sie war jung, aber überhaupt nicht schüchtern, als sie fragte: „Sprechen alle in Amerika so, wie Sie es tun ... mit diesem Akzent?"

„Nein", sagte ich. „Nein, das tun sie nicht. Ich komme aus Texas – ich bin dort geboren und aufgewachsen, daher habe ich einen unverwechselbaren texanischen Akzent. Es gibt verschiedene regionale amerikanische Akzente, die alle unterschiedlich klingen. Hoffentlich werden Sie viele davon hören, sobald wir Gäste empfangen."

„Ich kann es kaum erwarten! Ich bin übrigens Darleen", sagte sie, bevor sie sich wieder setzte.

„Freut mich, Sie kennenzulernen, Darleen." Es gab viel zu tun und ich wollte mir mein neues Zuhause am anderen Ende des Grundstücks ansehen. „Ich werde Namensschilder für alle bestellen, da dies unseren Gästen die Orientierung erleichtert. Schon bald werden wir die Gelegenheit haben, uns besser kennenzulernen. Im Moment lasse ich Sie alle wieder an die Arbeit gehen, während ich mein neues Zuhause besuche."

Als ich wieder in mein Auto stieg, fuhr ich auf einer anderen kurvenreichen Straße zum Cottage. Als ich es zum ersten Mal sah, spürte ich ein Kribbeln. Auch hier wurden die Bilder, die ich gesehen hatte, der Wirklichkeit nicht gerecht.

Es war kein bescheidenes Häuschen, sondern ein weitläufiges Haus mit herrlichen Blumengärten. Ich musste mich davon abhalten, wie ein kleines Kind herumzurennen und alles zu erkunden.

Aus den Blumen und Büschen ragten kleine Statuen von Feen und Elfen hervor. Es war absolut bezaubernd und ich wusste sofort, dass Orla sich in den Ort verlieben würde.

Als ich die Tür öffnete, wurde ich von Gefühlen überwältigt. „Das ist mein neues Zuhause."

Ich trat ein und war hingerissen. Das Haus war vollständig eingerichtet und die Dinge, die ich hergeschickt hatte, waren bereits verstaut worden.

Meine Sachen waren in der Master Suite, meine Anzüge hingen im Schrank und meine T-Shirts, die Unterwäsche und die Socken lagen ordentlich in der Kommode. Im Badezimmer waren all meine Toilettenartikel.

Ich ging von einem Raum zum anderen und bemerkte, dass jeder anders war. Mein Schlafzimmer war in sanften Grautönen und tiefem Blau gehalten. Im nächsten Zimmer dominierten Rottöne mit hellgrauen Akzenten. Schließlich öffnete ich die Tür zum letzten Raum – einem Kinderzimmer.

Mein Herz schlug schneller, als ich mir meine Zukunft hier vorstellte. Es war perfekt.

KAPITEL SECHSUNDZWANZIG

ORLA

Cara kam zu ihrer Schicht als Kellnerin, als ich erschien, um meinen Platz hinter der Theke einzunehmen. Sie stieß mit ihrer Schulter gegen meine, als sie mich einholte. „Also, wie läuft es mit Killian? Es sind jetzt ungefähr drei Monate, nicht wahr?"

Es war nicht schlecht, aber auch nicht fantastisch. „Es ist in Ordnung. Er war sehr damit beschäftigt, sich um die Gärtnerei zu kümmern, weil sein Vater einen Job als Verwalter für einen reichen Mann angenommen hat. Es ist alles streng geheim, demnach zu urteilen, was Killian mir erzählt hat. Sein Vater darf nicht sagen, wo oder für wen er arbeitet."

Cara zog ihre Schürze an und strich mit den Händen über ihr glattes blondes Haar, um sicherzugehen, dass sie ordentlich aussah. „Ich habe gehört, dass Mr. Knight ... du erinnerst dich bestimmt, der Engländer, dem die Taverne gehört ... du bist wie ein Kind vor ihm weggelaufen ..."

„Was ist mit ihm?", unterbrach ich sie. Ich wusste, über wen sie sprach.

„Ich habe gehört, dass er ein Anwesen gekauft hat. Ich wette, Killians Vater arbeitet dort. Dieser Mann ist aus irgendeinem Grund äußerst diskret."

„Etwas an ihm hat mir ein bisschen Angst gemacht, um ehrlich zu sein. Es würde mich kein bisschen überraschen, wenn er sich ein gruseliges Herrenhaus gekauft hat, um Frauen dorthin zu bringen und BDSM-Spielchen mit ihnen zu machen." Ich schauderte, als ich hinter die Theke trat und meine Schürze anzog.

„Wie auch immer", sagte sie und setzte sich an die Theke. Es waren nur zwei Gäste in der Bar, also hatte sie Zeit. „Du hast meine Frage nicht beantwortet. Wie läuft es mit Killian?"

„Wie ich schon sagte, er ist beschäftigt." Ich hatte ihn immer noch nicht an mich herangelassen und er war nicht glücklich darüber. „Er ist frustriert, weil ich noch keinen Sex mit ihm hatte."

Ihre Augenbrauen hoben sich überrascht. „Warum nicht?"

„Ich bin mir einfach nicht sicher, was ihn betrifft. Er hat mich schon so oft im Stich gelassen, dass ich ihm nicht voll vertrauen kann. Und ich werde keinen Sex mit einem Mann haben, dem ich nicht voll vertraue." Ich brachte es nicht übers Herz, Killian zu sagen, dass ich einen anderen Mann liebte und das der wahre Grund war, warum ich keinen Sex mit ihm wollte. Sogar ihn zu küssen fühlte sich falsch an, also gab es auch verdammt wenig davon.

„Weißt du, ich glaube nicht, dass du dem Mann eine richtige Chance gibst, deine Zuneigung zu gewinnen." Sie nickte, als könnte sie mich durchschauen.

Ich wusste, dass sie recht hatte. „Es fällt mir schwer, mich in ihn zu verlieben. Wir haben zu viel miteinander erlebt, als dass ich vergessen könnte, was in unserer Vergangenheit passiert ist. Ich schätze, er muss mir erst beweisen, dass er nicht wieder verschwindet, bevor ich ihn an mich heranlassen kann."

„Er ist ein süßer Kerl, das weißt du, oder?" Sie zwinkerte mir zu. „Viele Mädchen wollen ihn. Und wenn du ihm nicht die Zuneigung gibst, die ein Mann braucht, wird er sie wahrscheinlich woanders finden."

Bei dem Gedanken daran flammte nicht einmal ein Anflug von Eifersucht in mir auf. „Wenn er das will, kann er es versuchen. Wer bin ich, ihn davon abzuhalten, woanders nach Liebe zu suchen?"

„Ich dachte, du wärst sein Mädchen? Er nennt dich so. Und wie nennst du ihn, Orla?"

„Ich nenne ihn Killian. Und ich behaupte nicht, dass er mir gehört. Das liegt daran, dass er es nicht tut, und unabhängig davon, wie er mich nennt, gehöre ich auch nicht ihm. Aber ich gebe ihm die

Chance, mir zu beweisen, dass er nicht wieder weglaufen wird. Mit der Zeit könnte das ausreichen, um mein Herz für ihn zu öffnen." Zumindest wusste ich, dass sich mein Herz öffnen konnte. Dank Warner.

„Ich hoffe, er wird so lange auf dich warten, Orla. Das tue ich wirklich. Ich denke, dass er viel vorhat, jetzt, da er das Geschäft seines Vaters übernehmen soll– es geht ihnen gerade finanziell sehr gut." Sie zwinkerte mir zu. „Du könntest eine schlechtere Partie machen, weißt du."

Ich wusste eines verdammt sicher. *Ich kann auch eine viel bessere Partie machen.*

Ich hatte niemandem von meiner Zeit mit Warner erzählt. Die Leute, die mit mir verreist waren, wussten davon, besonders diejenigen, mit denen ich im Shuttle gefahren war. Sie hatten mich den ganzen Weg zum Flughafen weinen sehen und gehört, wie ich gejammert hatte, als würde mir das Herz aus dem Körper gerissen werden. Aber sie waren nett genug gewesen, nicht in der ganzen Stadt herumzuerzählen, was für eine Idiotin ich gewesen war, als ich mich mit dem Resortbesitzer eingelassen hatte.

Niemand, mit dem ich zusammenarbeitete, wusste von Warner. Und wenn es nach mir ging, würde es keiner von ihnen jemals erfahren. Es fiel mir ohnehin schon schwer genug, nicht ständig an den Mann zu denken. Ich brauchte niemanden, der ihn erwähnte.

„Ich muss mich an die Arbeit machen, Cara." Ich wandte mich von ihr ab, um die Gläser zu polieren. „Diese Gläser glänzen nicht von selbst." Ich war sowieso mit dem Gespräch fertig. Ich musste nicht hören, wie wunderbar Killian war oder wie viele Mädchen gerne an meiner Stelle wären.

Diese Mädchen hatten nie auf seinen Anruf warten müssen, der nie kam, bis sie endlich über ihn hinweg waren. Killian hatte schon immer ein seltsames Timing gehabt – als ob er genau wüsste, wann ich ihn vergessen hatte. Genau dann tauchte er wieder auf, um mich zurückzugewinnen. Das hatte immer wieder für ihn funktioniert.

Mein Gott, es funktioniert sogar jetzt für ihn!

Irgendwie hatte er mir Schuldgefühle eingeredet, weil ich ihm keine Chance mehr geben wollte. Ich hatte nachgegeben und ihm gesagt, dass wir sehen könnten, wie es lief. Er war geduldig mit mir. Das war neu.

Als ich mit meinem weißen Geschirrtuch ein hohes Glas abrieb, dachte ich darüber nach, wie sehr sich Killian verändert hatte. Er war kein völlig neuer Mensch, aber er war seit unserer letzten Trennung erwachsener geworden. Ich fragte mich, woher er instinktiv gewusst hatte, wann ich ihn aus meinem Kopf verbannt hatte.

Wir müssen eine stärkere Bindung haben, als ich dachte.

Wenn es überhaupt keine Bindung gäbe, hätte es mich nicht interessiert, ob er traurig war oder nicht. Es hätte mich nicht interessiert, ob er noch eine Chance mit mir haben wollte. Er hatte sich tatsächlich weiterentwickelt. Das konnte ich jetzt deutlich sehen. Er hatte gelernt, Geduld zu haben. Er konnte sich jetzt auf einen anderen Menschen einlassen. Und er hatte sogar Vertrauen in mich gefunden.

Ich war diejenige, die nichts davon für ihn hatte. Ich hatte nur Schuldgefühle. Vielleicht war ich genauso schuld wie er an all den Trennungen gewesen. Vielleicht hatten die Mauern um mein Herz verhindert, dass eine liebevolle Beziehung zwischen uns entstehen konnte.

Ich hatte ihm so lange zum Vorwurf gemacht, weggelaufen zu sein, dass ich meinen Anteil daran, wie sich die Dinge entwickelt hatten, nicht gesehen hatte.

Er war immer zu mir zurückgekommen. Er hatte immer gewusst, wann mein Herz eine andere Richtung einschlug. Das konnte nur von einer echten Bindung kommen. Einer Bindung, die er erkannte und für die ich blind war.

Außerdem war Killian hier und wollte mit mir zusammen sein. Das konnte ich nicht über jeden sagen.

KAPITEL SIEBENUNDZWANZIG

WARNER

Nachdem ich geduscht und einen eleganten Anzug angezogen hatte
– ich hatte die Webseite von Orlas Resort überprüft und es war
ziemlich edel –, war ich in meinem winzigen Mietwagen unterwegs,
um sie zu sehen. Endlich, nach sechs langen Monaten.

Das Warten hatte ein Ende. Ich musste nicht mehr schmollen,
weil ich sie niemals wiedersehen würde. Ich musste nicht mehr
leiden, weil ich sie nie wieder in meinen Armen halten würde. Ich
würde nicht länger versuchen müssen, meinen Platz in einer
Zukunft ohne sie zu finden.

Zumindest hoffte ich das.

Es gab keine Garantie, dass sie mich wollen würde. Ihr Herz war
offen gewesen, als sie mich verlassen hatte, und vielleicht war ein
anderer Mann hineingeschlüpft, während ich mir Zeit damit
gelassen hatte, auf der anderen Seite der Welt zur Besinnung zu
kommen.

In sechs Monaten konnte viel passieren. Man konnte sich in
dieser Zeit verlieben und heiraten. Wenn sie verheiratet wäre,
müsste ich das akzeptieren. Mein Plan, sie ihrem Freund auszuspan-
nen, war eine Sache. Aber ich wollte keine Ehe zerstören.

Ich holte scharf Luft, als mir einfiel, dass sie von dem Mann, den
sie geheiratet hatte, sogar schwanger sein könnte. „Oh Gott, nein!"

Wenn ich zu lange damit gewartet hatte, zu ihr zu gehen, würde ich es bitter bereuen. Wenn sie so weit außerhalb meiner Reichweite wäre, dass es für uns unmöglich wäre, jemals zusammen zu sein, wusste ich nicht, was ich tun würde.

Ich hatte mir eingeredet, dass ich um meinetwillen nach Irland gekommen war. Aber jetzt, da Panik über mich hereinbrach, wusste ich, dass das nicht ganz stimmte.

Ich bin nicht von Irland angezogen worden, sondern von Orla.

Meine Brüder würden enttäuscht von mir sein, wenn nichts bei dieser Sache herauskam. Es wäre mir lieber gewesen, wenn sie wütend auf mich wären. Ich konnte viel besser mit ihrer Wut umgehen als damit, meine Familie enttäuscht zu haben.

Trotz aller Zweifel musste ich zu ihr gehen. Ich wusste, wo sie war, und ich musste sie sehen. Ich konnte mich nicht umdrehen und nach Whisper Hills zurückkehren, ohne herauszufinden, ob es auch nur die geringste Chance für uns gab, das zurückzubekommen, was wir gehabt hatten, bevor sie abgereist war.

Die Lichter des Resorts leuchteten vor mir. Es war ein wunderschöner Anblick, der in der Nacht einem Leuchtfeuer ähnelte. Das Resort sah einladend aus.

Ich hielt beim Parkservice, stieg aus dem Auto und versuchte, nicht so auszusehen, als würde ich mich gleich übergeben. „Nash."

Der Mitarbeiter schrieb meinen Namen auf einen Zettel und sagte: „Genießen Sie Ihren Abend, Mr. Nash."

Ich ging hinein und mein ganzer Körper zitterte vor Nervosität. Ich hatte Schmetterlinge im Bauch, Schweißperlen traten auf meine Stirn und ich wusste, dass ich schnell zur Toilette musste.

Ich sah ein Schild mit der Aufschrift *Herren* an einer Tür neben der Lobby und machte mich, so cool und beiläufig ich konnte, auf den Weg dorthin. Als ich hineinging, stellte ich fest, dass es keine private Toilette war, wie ich gehofft hatte. Jeder konnte sie jederzeit betreten. Ich ging in eine Kabine und holte tief Luft. „Hör auf, Angst zu haben."

Gedanken rasten durch meinen Kopf und keiner davon war positiv. Ich rechnete mit dem Schlimmsten. Sie war bestimmt verheiratet und schwanger mit dem Kind eines anderen Mannes.

Ich hörte, wie sich die Tür öffnete, und hielt den Atem an. Ich wollte nicht, dass mich jemand in meinem gegenwärtigen Zustand sah. Ich wusste, dass ich stark schwitzte, und ich war mir sicher, dass ich blass geworden war.

Ich hörte, wie ein Mann das Wasser aufdrehte, und es klang, als würde er sich abkühlen, während er ein aufmunterndes Selbstgespräch führte. „Reiße dich zusammen, Mann. Du liebst sie. Das hast du immer getan. Du kannst das. Du musst es tun, damit sie weiß, dass sie dir vertrauen kann", sagte er.

Ich trat zurück und mein Fuß stieß gegen den Mülleimer aus Metall, der unter schrecklichem Geklapper auf den Marmorboden stürzte. Ich wusste, dass ich jetzt aus der Kabine treten musste, wenn ich nicht wie ein Verrückter wirken wollte.

Als ich die Tür öffnete, spürte ich, wie meine Wangen vor Verlegenheit brannten. „Tut mir leid. Ich habe den Mülleimer umgeworfen." Ich wusch mir die Hände und versuchte, mich cool zu verhalten.

„Also haben Sie gehört, dass ich ein Idiot bin, oder?"

„Hey." Ich hielt die Hände hoch. „Ich verurteile Sie nicht. Ich habe auch den ganzen verdammten Tag Selbstgespräche über eine Frau geführt."

„Dann bin ich also in guter Gesellschaft." Er zog eine kleine schwarze Schatulle aus seiner Hosentasche. Er trug keinen Anzug, so wie ich es von einem Mann erwartet hätte, der kurz davorstand, einen Heiratsantrag zu machen. Besonders an einem Ort wie diesem. Stattdessen trug er eine hellbraune Hose und einen cremefarbenen Pullover. Sein schulterlanges dunkles Haar war zerzaust und seine Augen waren braun mit dicken Brauen darüber.

„Scheint so." Ich fuhr mit meinen nassen Händen über mein Gesicht. „Glauben Sie, dass Sie Ja sagen wird?"

„Ich bin mir wirklich nicht sicher." Er steckte die Schatulle wieder in seine Tasche. „Wir kennen uns schon lange, aber sie vertraut mir nicht. Ich hoffe, dass ihr der Antrag hilft, zu erkennen, dass es mir ernst ist."

„Ich wünsche Ihnen viel Glück." Ich hoffte, einem anderen Kerl Glück zu wünschen, würde mir mit meinem Karma helfen.

„Sind Sie auch hier, um eine Frau zu treffen?"

„Ja. Ich habe sie seit Monaten nicht mehr gesehen oder mit ihr gesprochen und sie hat keine Ahnung, dass ich nach Irland gekommen bin. Ich weiß nicht, was passieren wird, und bin verdammt nervös."

„Ah, Sie lieben sie." Er nickte wissend.

„Das tue ich wirklich."

„Ja, ich liebe mein Mädchen auch. Aber ich bin mir nicht sicher, ob sie mich liebt."

„Mein Mädchen hat mich geliebt, das weiß ich. Die eigentliche Frage ist, ob sie mich immer noch liebt. Und ob sie immer noch mit mir zusammen sein will."

„Nun, viel Glück", sagte er. „Ich muss mich jetzt meiner Herausforderung stellen."

„Es gibt keinen besseren Zeitpunkt als die Gegenwart." Ich sah wieder in den Spiegel. „Ich muss mich zurechtmachen, bevor ich nach draußen gehe."

„Bye." Er verließ den Raum und ich holte einige Male tief Luft, bis ich Mut gefasst hatte, sie zu finden.

Mit hoch erhobenem Kopf und gestrafften Schultern verließ ich die Toilette mit einem Selbstvertrauen, das ich nicht wirklich fühlte. Aber es hieß immer, man solle das Gesicht des Mannes aufsetzen, der man sein wollte. Oder so ähnlich.

Als ich das Schild über der Bar entdeckte, trat ich durch die offene Tür – und blieb stehen. Mein Herz blieb ebenfalls stehen und mein Atem stockte.

Der Mann, den ich auf der Toilette getroffen hatte, war auf ein Knie gesunken und hielt die schwarze Schatulle in der Hand. Und vor ihm stand Orla.

Ich bin zu spät gekommen.

KAPITEL ACHTUNDZWANZIG

ORLA

Caras Augen wanderten zum Eingang der Bar. „Hast du erwartet, dass Killian heute Abend vorbeikommt, Orla?"

„Nein." Ich drehte mich um und sah, dass er mich anlächelte.

Es war ein paar Stunden her, dass ich die Offenbarung über meinen Anteil der Schuld an unseren Trennungen gehabt hatte. Und jetzt war er hier. Der Mann hatte wirklich perfektes Timing – genau wie ich vorhin gedacht hatte. *Das muss doch etwas bedeuten, oder?*

„Da ist ja meine große Liebe." Er kam zur Theke, griff nach meinem Arm, um mich zu sich zu ziehen, und gab mir einen sanften Kuss auf die Lippen.

Ich wartete darauf, dass sie so kribbelten wie damals, als ich Warner geküsst hatte, aber da war überhaupt nichts. Ich hoffte, dass dies darauf zurückzuführen war, dass mein Schuldbewusstsein noch nicht wirklich in mein Herz und meinen Verstand vorgedrungen war.

Bestimmt werde ich irgendwann etwas spüren.

Wir hatten viel Zeit, um zu sehen, ob sich etwas zwischen uns entwickelte, nachdem ich mir unserer Verbindung bewusst geworden war. „Was machst du hier, Killian?"

„Ich wollte mit dir reden." Er nahm meine Hand und seine Augen funkelten. „Mach eine Pause." Er schien aufgeregt zu sein und ich hatte keine Ahnung, warum.

„Okay." Ich sah die andere Barkeeperin an. „Kommst du etwa fünfzehn Minuten lang ohne mich zurecht?"

„Sicher, Orla. Lass dir Zeit."

Ich nahm meine Schürze ab, verstaute sie unter der Theke und ging zu Killian, dessen Arme mich sofort umfingen. „Danke, Liebes."

Ich schlang meine Arme nicht instinktiv um ihn, so wie ich es bei Warner gemacht hatte. Ich fühlte mich schrecklich deswegen, weil ich bei Killian schon die ganze Zeit zurückhaltend war. Langsam bewegte ich meine Arme, um ihn ebenfalls zu umarmen. „Es ist wirklich kein Problem."

Er ließ mich auf einem leeren Barhocker Platz nehmen und stellte sich vor mich. „Wie ist dein Abend?"

„Gut." Ich war mir nicht sicher, worauf er hinaus wollte. „Möchtest du später ausgehen? Benimmst du dich deshalb so seltsam?"

„Ich würde gerne später ausgehen." Er strahlte vor Glück.

Verdammt, ich bin eine echte Schlampe. Dieser Mann liebt mich eindeutig.

„Dann können wir ausgehen, sobald meine Schicht endet." Ich tätschelte seine Hand, da er mich nicht losgelassen hatte. „Es tut mir leid, wenn ich dich auf Abstand gehalten habe."

„Wirklich?" Seine dunklen Augenbrauen hoben sich und er sah mich an, als wollte er weinen. Ich fühlte mich noch schlechter.

„Es tut mir leid, wie abweisend ich dich behandelt habe. Ich werde versuchen, damit aufzuhören."

„Ich liebe dich, weißt du." Er ergriff meine Hände, während er mir in die Augen sah.

Ich erwiderte den Blick und versuchte, einen Funken zu spüren. Aber nichts passierte. „Ich glaube dir."

Es war nicht das, worauf er gehofft hatte – sein enttäuschtes Gesicht ließ daran keinen Zweifel. „Hast du mich in all den Jahren nie geliebt, Orla?"

Ich war mir nicht sicher, ob es Liebe gewesen war. „Killian, ich bin mir nicht sicher, was ich für dich empfinde. Aber ich habe etwas Wichtiges erkannt. Ich habe dich nicht in mein Herz gelassen. So hatte ich das nie gesehen. Indem ich Mauern um mein Herz errichtet habe, habe ich dich ausgeschlossen. Und jetzt, da ich erkannt habe, wie ich unsere Beziehung in der Vergangenheit behindert habe, muss ich über vieles nachdenken."

„Du hast keine Ahnung, wie gut es ist, dich das sagen zu hören, Orla." Er trat zurück. „Und ich habe dir auch etwas zu sagen. Ich denke, was ich zu sagen habe, könnte dir dabei helfen, mich und meine Gefühle für dich besser zu verstehen – meine Gefühle für uns."

Ich war verblüfft, dass ich nie erkannt hatte, wie der Mann mich ansah. Er liebte mich von ganzem Herzen und ich hatte es nie bemerkt. Es machte mich wütend auf mich selbst.

Ich war in der Lage gewesen, mein Herz für einen Mann zu öffnen, den ich erst ein paar Tage gekannt hatte. Ich hatte mich Hals über Kopf in einen Mann verliebt, der mir im Grunde fremd gewesen war.

Killian hingegen kannte ich schon immer und wir hatten unsere Romanze bereits als Teenager begonnen. Dennoch hatte ich ihn nie in mein Herz gelassen. Nicht in all den Jahren, in denen er mir immer wieder eine Chance gegeben hatte. Ich hatte mir nie erlaubt, diesen Mann, der mich eindeutig liebte, ebenfalls zu lieben.

„Ich war so blind, Killian." Ich streckte die Hand aus und strich über seine glatte Wange. Er hatte sich nie einen Bart wachsen lassen. Ich hatte Warners Bart geliebt …

Warner? Ich muss aufhören, an ihn zu denken. Was ist los mit mir?

Ich hatte einen guten Mann direkt vor mir und trotzdem wanderten meine Gedanken immer wieder zu Warner und der wunderbaren Zeit mit ihm. Ich konnte andere Männer nicht mit Warner vergleichen, wenn jedes Mal, wenn wir uns auch nur flüchtig berührt hatten, Funken geflogen waren.

Wenn ich mit Killian weitermachen wollte, musste ich Warner loslassen. Ich musste ihn endgültig hinter mir lassen. Man kann nicht weitermachen, wenn das Herz an der Vergangenheit hängt.

Ich griff nach der Kette, die Warner mir geschenkt hatte. Ich hatte sie nie abgenommen. Nicht einmal zum Duschen.

Seit sechs Monaten war diese Kette meine Verbindung zu Warner. Ich wusste, dass ich sie abnehmen musste, sonst würde ich nie mit meinem Leben weitermachen. Ich würde als einsame alte Jungfer enden – nur ich und meine Halskette, um mich an eine Liebe zu erinnern, die niemals hatte sein können.

Ich spürte, wie jemand meine Schulter von hinten drückte, dann hörte ich Cara flüstern: „Bist du blind, Mädchen? Er kniet vor dir!"

Ich blinzelte und sah nach unten, wo Killian mich anlächelte.

„Orla Quinn, ich möchte dir eine sehr wichtige Frage stellen."

Meine Hand hielt den texanischen Anhänger und wollte ihn nicht loslassen. Mein Herz hörte auf zu schlagen, als ich zusah, wie Killian eine kleine schwarze Schatulle aus seiner Tasche zog. Er klappte den Deckel auf und ich sah einen schmalen goldenen Ring mit einem einzelnen Diamanten. Das Licht traf ihn und er glitzerte, als wollte er meine Aufmerksamkeit auf sich ziehen.

Mir brach der Schweiß aus und ich wusste genau, was das bedeutete. *Wenn ich Ja sage, können wir zusammenbleiben. Wenn ich Nein sage, wird er für immer mit mir Schluss machen.*

„Orla, ich weiß, dass du daran zweifelst, dass ich es ernst mit dir meine. Aber dieser Ring soll dir zeigen, wie wichtig du mir bist, Liebes. Heirate mich. Heirate mich und ich werde dich für den Rest unserer Tage glücklich machen. Das schwöre ich dir. Orla Quinn, erweist du mir die große Ehre, meine Frau zu werden?"

Mein Kiefer spannte sich an. Mein Mund wollte sich nicht öffnen. Meine Hand wollte den Anhänger, den sie umklammerte, nicht loslassen. Ich wandte meinen Blick einen Moment lang von Killian ab, um mich zu sammeln und nachzudenken.

Ein Mann stand in der Tür auf der anderen Seite des Raums. Sein Mund stand offen und seine blauen Augen waren voller Schmerz. Mehr als Schmerz ... Höllenqualen in Augen, die mir so vertraut und lieb waren.

Das kann nicht wahr sein.

„Warner?"

KAPITEL NEUNUNDZWANZIG

WARNER

Ich konnte endlich Luft holen, als sie meinen Namen sagte. Sie hatte den Antrag des Mannes noch nicht angenommen. „Ja, ich bin es, Orla."

Sie sah auf den Mann hinunter, den ich auf der Herrentoilette getroffen hatte. Ihre Hand umklammerte immer noch die Halskette, die ich ihr geschenkt hatte. „Es tut mir leid, Killian."

Er stand auf und drehte sich um, nur um mich zu entdecken. Er starrte mich verwirrt an, bevor er mich erkannte. „Sie?"

Ich nickte. „Scheint so."

„Sie sind wegen *meiner* Frau hier?", schrie er, als er langsam auf mich zukam.

„Sie gehört Ihnen nicht." Ich wollte nicht grausam sein, aber ich würde nicht zurückweichen, wenn es um sie ging.

„Sie würde es tun, wenn Sie nicht durch die Tür gekommen wären." Er bewegte sich etwas schneller in meine Richtung.

Ich hatte das Gefühl, er wollte gegen mich kämpfen. „Hören Sie, ich will keinen Ärger. Ich bin hergekommen, um mit Orla zu sprechen."

„Sie muss nichts von dem hören, was Sie zu sagen haben", brüllte er und stürmte auf mich los.

Ich war bereit, es mit dem Mann aufzunehmen, und richtete mich in Erwartung eines Angriffs auf, als Orla plötzlich vor mir stand. „Nein, Killian!"

„Geh mir aus dem Weg!" Ich sah, wie er eine Hand ausstreckte und versuchte, sie beiseite zu schieben.

Ich würde nicht zulassen, dass er sie so berührte. Ich packte sie schnell an der Taille, hob sie hoch und stellte sie hinter mich. „Ich mache das, Baby."

„Nein!", schrie sie, als sie mit ihren Fäusten auf meinen Rücken schlug. Mein Körper füllte die Tür aus und hielt Orla im Flur hinter mir fest, wo sie in Sicherheit sein würde. „Warner, kämpfe nicht gegen ihn!"

Ich zögerte einen Moment lang und verstand nicht, warum sie das nicht wollte. *Es sei denn, sie ist in ihn verliebt.*

Ich ließ meine Fäuste sinken und drehte mich zu ihr um, aber ich brachte kein Wort heraus, bevor der Mann hinter mich trat und an meinen Armen zerrte. „Weg von ihr!"

„Killian, hör sofort damit auf!" Ihre Hände stemmten sich in ihre Hüften und ihr Kiefer spannte sich an. „Es reicht!"

Er ließ mich los und wir standen beide da und sahen sie an. Ich war mir ziemlich sicher, dass keiner von uns wusste, wen sie zu diesem Zeitpunkt liebte. Und keiner von uns wusste, was er sagen sollte.

Eine blonde Frau kam vorbei und sah zwischen uns hin und her. „Wie Tag und Nacht, die beiden." Sie starrte Orla an. „Also hast du im Urlaub einen Kerl gefunden, hm? Und es geheim gehalten."

„Das hat sie", knurrte der Mann, als er neben mich trat.

Orlas Hand wanderte noch einmal zu dem texanischen Anhänger, den ich ihr geschenkt hatte. Ich fragte mich, wie oft sie ihn in den sechs Monaten, seit wir uns das letzte Mal gesehen hatten, so gehalten hatte. „Killian, es tut mir leid. Ich bin gerade ein bisschen verwirrt." Ihre Augen landeten auf mir. „Warum hast du nicht angerufen, um mir zu sagen, dass du kommst, Warner?"

„Ich wollte dich überraschen. Ich habe dir so viel zu erzählen, Orla."

Ihr Blick sagte mir, dass sie über meine Überraschung nicht glücklich war. „Warner, du hättest anrufen sollen."

„Tut mir leid."

„Hast du gedacht, dass mein Leben ohne dich nicht weitergehen würde?", fragte sie mit einem Zittern in ihrer Stimme.

Ich wollte sie nicht zum Weinen bringen. „Orla, so ist das überhaupt nicht. Ich habe dich so sehr vermisst, dass ich einige Entscheidungen getroffen habe. Ich hatte keine Ahnung, ob du mich vergessen hast oder nicht. Aber ich wollte mich nicht zurücklehnen und noch länger damit warten, es herauszufinden."

„Sie hat Sie vergessen", sagte der Mann neben mir mit rauer Stimme.

„Habe ich das, Killian?", fragte sie ihn.

Er starrte sie an und ich sah den Schmerz in seinen dunklen Augen. „Hast du das etwa nicht getan, Liebes?"

Ich musste lächeln – sie mochte diesen Kosenamen nicht. Sie zog es vor, Baby genannt zu werden, und das wusste ich ganz genau. „Hast du das getan, Baby?"

„Ihr zwei müsst aufhören." Sie trat zur Tür und zeigte auf den Ausgang. „Geht jetzt. Ich muss nachdenken."

„Orla", flehte ich. „Du musst mit mir reden. Ich habe dir so viel zu sagen."

„Warner, reize mich nicht. Du hast keine Ahnung, wie einfach es für mich wäre, die Fassung zu verlieren."

Sie hatte ihre Belastungsgrenze erreicht und ich musste mich zurückziehen. Ich nahm eine meiner neuen Visitenkarten aus meinem Portemonnaie und legte sie auf die Theke hinter mir. „Du kannst mich unter dieser Nummer erreichen, wenn du bereit bist, mit mir zu sprechen."

Nichts lief so, wie ich es mir vorgestellt hatte. Kein freudiges Wiedersehen. Keine Umarmungen. Keine süßen Küsse. Trotzdem war ich nicht unglücklich darüber, nach Irland gekommen zu sein. Es gab noch Hoffnung. Ich musste nur etwas mehr Geduld haben.

Killian ging voran und kurz darauf standen wir zusammen auf dem Parkplatz. Wir sahen beide aufgebracht aus. Ich hatte keine Ahnung, wie nahe sie ihm war, und er hatte keine Ahnung, wie nahe sie mir war.

Ich dachte, es wäre Zeit, dass wir es beide herausfanden. „Hören Sie, lassen Sie uns von vorne anfangen, Killian. Ich bin Warner Nash." Ich streckte meine Hand aus.

Er starrte lange darauf und schüttelte sie schließlich. „Killian Sullivan."

„Sullivan?", fragte ich. „Ein Mann namens Callum Sullivan arbeitet für mich. Sind Sie verwandt?"

„Er ist mein Vater. Sie sind also der reiche Bastard, für den er jetzt arbeitet. Warum haben Sie ihn zur Geheimhaltung darüber verpflichtet, wer Sie sind und wo er beschäftigt ist?"

„Ich wollte nicht, dass Orla herausfand, dass ich herkommen würde." Was für ein unglaublicher Zufall, dass ich ausgerechnet den Vater des Mannes, der mein Mädchen für sich haben wollte, eingestellt hatte. „Also hat sie Ihnen nie von mir erzählt?"

„Meines Wissens hat sie niemandem von Ihnen erzählt." Er grinste. „Vermutlich, weil sie Sie vergessen wollte – *komplett*."

„Sie hat mir auch nie von Ihnen erzählt. Sie sagte, sie habe in der Vergangenheit einige unbedeutende Beziehungen gehabt, aber nichts Ernstes. Haben Sie sie in den letzten sechs Monaten kennengelernt?"

„Sie ist seit der zehnten Klasse mein Mädchen", informierte er mich.

„Konstant?" Ich erinnerte mich, dass sie etwas über eine flüchtige Beziehung gesagt hatte.

Sein selbstbewusstes Grinsen verschwand. „Nicht konstant, nein."

„Und wann sind Sie beide wieder zusammengekommen?"

„Wir sind seit drei Monaten zusammen."

Es war wie ein Schlag in die Magengrube. Bei dem Gedanken daran, dass sie mit jemand anderem Sex gehabt hatte, wurde ich verrückt vor Eifersucht. „Intim?" Ich wollte es nicht wissen und hatte keine Ahnung, warum ich diese Frage gestellt hatte.

„Das geht Sie nichts an", knurrte er.

„Da haben Sie recht." Ich fand seine Antwort allerdings etwas seltsam. Wenn sie Sex gehabt hätten, hätte er es mir unter die Nase gerieben – dessen war ich mir sicher.

Wenn sie seit drei Monaten nicht auf diese Weise zusammen gewesen waren, könnte es noch Hoffnung für mich geben.

KAPITEL DREISSIG

ORLA

Mein Körper zitterte vor Entsetzen. „Cara, ich muss hier raus."

„Lilith", rief Cara der anderen Barkeeperin zu. „Orla fällt für den Rest der Nacht aus. Die Bar gehört dir." Sie kam zu mir und schlang ihren Arm um meine Schultern. „Komm schon, Mädchen. Ich fahre dich nach Hause. Du bist zu aufgebracht, um es selbst zu tun."

„Danke, Cara." Ich war völlig durcheinander.

„Ich hole unsere Sachen und treffe dich an meinem Auto." Sie ließ mich los und ich machte mich auf den Weg dorthin.

Während ich zum Personalparkplatz ging, betete ich, dass dort kein Mann auf mich warten würde. Hoffentlich hatten beide verstanden, dass ich Bedenkzeit brauchte.

Als ich in Caras Auto stieg, dachte ich, ich könnte jeden Moment weinen. Aber als sie sich hinter das Lenkrad setzte, schaffte ich es, mich zusammenzureißen. Sie warf unsere Sachen auf den Rücksitz, startete den Motor und fuhr los. „Du hast ein echtes Problem, Orla Quinn."

„Ich weiß." Nicht, dass ich gewusst hätte, was ich dagegen tun sollte.

„Warst du diesem Amerikaner wirklich so nah?"

„Ich war noch nie in meinem Leben einem Mann näher." Ich

wusste, dass das die Wahrheit war. Ich war im Moment über viele Dinge verwirrt, aber nicht darüber.

„Du warst nur eine Woche weg", erinnerte sie mich. „Du kannst ihm nicht näher gekommen sein als Killian. Du kennst Killian fast dein ganzes Leben lang! Ihr zwei gehört zusammen, seit wir in der Schule waren."

„Aber wir waren uns nie sehr nah." Ich schluckte und versuchte, den Kloß loszuwerden, der sich in meiner Kehle festgesetzt hatte. „Ich habe Warner geliebt."

„Pah!" Sie schnaubte. „Wie kannst du dich in einen Mann verliebt haben, den du nur sieben Tage gekannt hast?"

„Ich weiß nicht, *wie* es passiert ist. Aber es ist passiert." Und ich war mir sicher, dass er sich auch in dieser kurzen Zeit in mich verliebt hatte. Ich hatte es schon früher gewusst und ich wusste, dass er jetzt nicht in Irland sein würde, wenn das nicht der Fall gewesen wäre.

„Aber du hattest gerade eine Offenbarung darüber, wie du über Killian denkst", erinnerte sie mich. Sie schien außergewöhnlich gut darin zu sein, sich an Dinge zu erinnern, die ich ihr erzählt hatte.

„Ja, aber diese Offenbarung war nicht, dass ich ihn liebe. Es ging darum, die Bindung zwischen uns genauer zu betrachten – eine Bindung, für die ich möglicherweise blind gewesen bin. Vielleicht hat nur Killian eine Bindung zu mir, aber ich habe keine zu ihm. Ich fühle kein Kribbeln bei ihm wie bei Warner. Ich fühle gar nichts bei Killian. Das habe ich nie getan."

„Ich kann verstehen, warum du bei Warner so empfindest. Er ist heiß. Und er sieht sündhaft reich aus."

„Er ist beides." Ich biss mir auf die Unterlippe, als ich mich an unsere sexuellen Eskapaden erinnerte. „Und er ist der beste Liebhaber, den ich je hatte."

„Naja", sagte sie, „du hattest seit über einem Jahr keinen Sex mehr mit Killian. Wie kannst du sicher sein, dass er nicht der beste Liebhaber ist, den du jemals haben wirst, wenn du ihm keine Chance gibst, es dir zu zeigen?"

Meine Hand schloss sich wieder einmal um den Anhänger, der zwischen meinen Brüsten direkt über meinem Herzen hing. „Das kann ich nicht, Cara. Ich kann mich nicht dazu überwinden, so mit

Killian zusammen zu sein. Ich kann mich nicht dazu überwinden, mit irgendjemandem so zusammen zu sein."

„Nicht einmal mit Warner?", fragte sie mit einer hochgezogenen Augenbraue.

„Ich stehe gerade unter Schock. Ich fühle gar nichts." Ich wusste zu diesem Zeitpunkt nicht, was ich tun würde. „Ich weiß nicht, ob ich mir erlauben kann, irgendetwas mit Warner zu tun – es sind sechs Monate vergangen und ich bin nicht über ihn hinweggekommen, obwohl wir nur eine Woche zusammen waren. Wenn ich wieder etwas mit ihm anfange, kann es mein ganzes Leben dauern, bis ich über ihn hinweg bin. Das kann ich mir nicht antun."

„Was ist, wenn er hier ist, um dich zu bitten, ihn zu heiraten? Was ist, wenn er dich nach Amerika mitnehmen will?", fragte sie. Aus ihrer Sicht war das wahrscheinlich logisch.

Aber ich wusste, dass er nicht einmal darüber nachdenken würde. „Er weiß, wie ich darüber denke. Ich muss für meine Familie hier sein. Und er muss bei seinen Brüdern und dem Resort, das sie besitzen, in Austin sein. Ich weiß nicht, warum er es für eine gute Idee gehalten hat, zu Besuch zu kommen."

„Nun, um fair zu sein, weißt du nicht, warum er gekommen ist."

Ich nickte und wusste, dass es Dinge gab, über die ich mit Warner sprechen musste. Aber ich wusste auch, dass ich mir nicht zutraute, mit ihm allein zu sein. „Ich muss eine Mauer um mein Herz errichten, bevor ich ihn wiedersehe. Ich kann nicht mit Warner sprechen, solange ich mich nicht davon abhalten kann, etwas zu tun, das mich am Ende nur verletzt."

„Du hast keine Ahnung, wie lange er hier sein wird. Wie lange willst du damit warten, mit dem Mann zu sprechen?"

„Ich weiß es nicht." *Vielleicht wäre es am besten, überhaupt nicht mit ihm zu sprechen.*

„Das ist nur meine Meinung und ich weiß, dass ich noch nicht den richtigen Mann für mich gefunden habe, aber ich werde es dir trotzdem sagen. Du bist nie über Warner hinweggekommen. Du liebst ihn immer noch. Das kann ich an deiner Stimme hören. Und die Art, wie dieser Mann dich angesehen hat, sagt mir, dass er dich auch liebt."

„Das tut Killian auch", flüsterte ich voller Schuldgefühle.

„Aber du liebst Killian nicht", sagte sie.

Ich liebe Killian nicht. Ich liebe Warner.

„Ich weiß immer noch nicht, was ich tun soll. Warner wird wieder gehen. Killian nicht."

„Ja", stimmte sie mir zu. „Aber du und Warner habt euch nicht offiziell getrennt, als du abgereist bist, oder?"

„Nein, wir haben uns nicht getrennt, aber ich denke, wir waren nie wirklich *zusammen*. Ich meine, wir waren zusammen, aber wir wussten die ganze Zeit, dass ich bald wieder gehen musste. Es war ein tränenreicher Abschied. Ich habe den ganzen Weg zum Flughafen geweint. Und auch während des Fluges. Obwohl ich zu diesem Zeitpunkt gelernt hatte, leise zu weinen."

„Du musst mit Warner richtig Schluss machen. Du musst mit ihm sprechen und ihr müsst euch gegenseitig sagen, dass es aus und vorbei ist. Vielleicht könnt ihr dann mit eurem Leben weitermachen."

„Du hast recht. Wenn Warner und ich uns richtig trennen, kann ich vielleicht mit ihm abschließen. Und ich stelle vielleicht fest, dass ich Killian doch in mein Herz lassen kann. Oder dass ich es nicht kann und dass ich auch mit ihm Schluss machen sollte. Auf jeden Fall muss ich mit meinem Leben weitermachen." Ich hing schon viel zu lange in der Luft. Es war Zeit für eine Veränderung. Vielleicht sogar für mehrere.

Cara hielt vor meinem Cottage. „Soll ich mitkommen oder möchtest du lieber allein sein?"

„Ich muss weinen", gab ich zu. „Das alles hat mich völlig erschüttert. Ich wäre schreckliche Gesellschaft, aber danke für das Angebot und die Heimfahrt. Du bist eine gute Freundin."

Ich nahm meine Handtasche vom Rücksitz und ging in mein Haus. Als ich sie auf den Tisch neben der Haustür warf, fielen ein paar Dinge heraus.

Ich hob sie auf und fragte mich, warum der Reißverschluss meiner Handtasche überhaupt offen war. Ich war mir sicher, dass ich ihn zugemacht hatte. Eine kleine Karte lag auf dem Tisch und ich begriff, was passiert war. Cara hatte die Visitenkarte aufgehoben, die Warner auf die Theke gelegt hatte, und sie in meine Handtasche gesteckt, bevor sie sie zum Auto gebracht hatte.

Auf der Karte war ein Schloss abgebildet. *Das Schloss in Whisper Hills, Bed & Breakfast, Mini-Resort.* Es gab auch eine Telefonnummer mit der Vorwahl von Kenmare. Ich hatte noch nie von diesem Ort gehört, aber das Schloss kam mir bekannt vor.

Ah, es ist das Schloss an der Bucht, das seit ein paar Jahren zum Verkauf steht.

Aber was hatte das mit Warner zu tun?

KAPITEL EINUNDDREISSIG

WARNER

Ich fand in meiner ersten Nacht in meinem neuen Zuhause nicht viel Schlaf. Nicht, dass es sich unangenehm anfühlte, dort zu sein, aber es fühlte sich unangenehm an, nicht zu wissen, was Orla dachte oder vorhatte.

Ich hatte nicht erwartet, sie bei einem Heiratsantrag zu unterbrechen. Aber jetzt wusste ich, dass es einen anderen Mann in ihrem Leben gab. Und ich fühlte mich sehr unwohl damit.

Nachdem ich mich angezogen hatte, fuhr ich zum Schloss, um mich besser damit vertraut zu machen. Ich hatte es so eilig gehabt, Orla zu besuchen, dass ich nicht einmal eine Besichtigung des Schlosses durchgeführt hatte, bevor ich es am Vorabend verlassen hatte.

Noch war niemand zur Arbeit gekommen, also war ich ganz allein. Gerade als ich das Schloss durch den Vordereingang betreten hatte, hörte ich ein Summen und folgte dem Geräusch, bis ich zu einem Kasten an der Wand gelangte. Es schien eine Sprechanlage zu sein, also drückte ich den Knopf am unteren Rand. „Ja?"

„Warner, bist du das?", ertönte Orlas Stimme.

Ich hatte das Gefühl, ohnmächtig zu werden, so erleichtert war ich, ihre Stimme zu hören. „Ich bin es, Orla. Bist du am Tor?"

„Ja. Kannst du mir den Code geben, um es zu öffnen?"

Ich sah einen weiteren Knopf an dem Kasten. „Ich kann dich hereinlassen." Ich drückte den Knopf. „Öffnet sich das Tor?"

„Ja, danke. Wo bist du?"

„Ich bin im Schloss. Folge einfach der Straße bis zur Zugbrücke. Ich habe sie unten gelassen, sodass du direkt herfahren und neben meinem kleinen Mietwagen parken kannst. Ich werde dich dort treffen."

„Okay. Wir sehen uns in ungefähr einer Minute."

Ich rannte panisch herum, als ich nach einem Spiegel suchte, um sicherzugehen, dass ich einigermaßen gut aussah. Schließlich fand ich einen und fuhr mir mit den Händen durch die Haare, bevor ich aus der Tür eilte.

Ich keuchte vor Aufregung und wusste, dass ich mich beruhigen musste. Ich hatte keine Ahnung, was sie mir sagen wollte. Ich sollte mir keine allzu großen Hoffnungen machen, sonst wäre es verheerend, wenn sie schlechte Nachrichten für mich hätte.

Ich sah, dass ihr Auto so klein war wie meins, als sie daneben parkte. Gab es in diesem Land auch Autos mittlerer Größe?

Ich ging zu ihr, als sie aus dem Auto stieg. Ich konnte nur daran denken, sie in meinen Armen zu halten und ihre süßen Lippen zu küssen. Aber sie hielt eine Hand hoch. „Keine Umarmung."

Ich atmete schwer aus. „Ich bin froh, dass du gekommen bist."

Sie betrachtete das Schloss hinter mir. „Was ist damit? Und warum heißt es Whisper Hills? Haben du und deine Brüder ein verdammtes Schloss gekauft?"

„Komm rein. Lass uns drinnen reden. Hier draußen ist es kalt." Ich ging zurück ins Gebäude. „Ist es hier morgens immer so neblig?"

„Ja." Sie folgte mir hinein. „Dieser Ort ist wunderschön." Sie schüttelte den Kopf, als wollte sie ihn freibekommen. „Du hast meine Frage nicht beantwortet."

„Ich habe es gekauft." Ich beobachtete ihre Reaktion, als ich mich auf ein Sofa in der Nähe setzte. „Bitte nimm Platz, wo immer du willst."

Sie setzte sich mir gegenüber. „Du hast es gekauft? Und du willst hier ein Bed & Breakfast betreiben? Oder bist du nur hier, um es zu eröffnen, und gehst dann wieder?"

„Ich bin gekommen, um zu bleiben." Ich hielt meine Augen auf ihre gerichtet, um zu sehen, was sie darüber dachte. „Ich mache Kenmare zu meinem Zuhause."

„Und dein Haus in Austin?", fragte sie, ohne irgendeine Reaktion zu zeigen.

„Das habe ich immer noch. Ich muss jedes Quartal zu Besprechungen dorthin zurück und übernachte dann dort. Aber die meiste Zeit bin ich hier in Kenmare und leite das Bed & Breakfast."

Unsicherheit verdunkelte ihre grünen Augen. „Also gehst du nicht wieder weg?"

„Nein, ich bleibe hier."

Sie starrte auf ihre Hände, die sie in ihrem Schoß ineinander verschränkt hatte. Sie strich damit über ihre Hose und fragte: „Warum bist du hergekommen, Warner?"

„Deinetwegen, Orla." Ich war nur ihretwegen hier. Das wusste ich jetzt ohne Zweifel.

Sie blinzelte mehrmals und ihre Kinnlade klappte herunter. „Du bist hergekommen, hast ein Schloss gekauft und bist dabei, ein Unternehmen zu gründen, und das alles nur für mich?"

„Ja. Und ich möchte, dass du meine Geschäftspartnerin wirst. Ich möchte, dass du die Bar und vielleicht noch einige andere Bereiche hier leitest. Wir teilen alles – was sagst du dazu?"

„Ich sage, dass ich darüber nachdenken muss."

„Du wirst eine sehr reiche Frau, wenn du das Angebot annimmst."

„Ich verstehe dich nicht ganz. Du bist hergekommen, hast dieses Schloss gekauft, machst daraus ein Geschäft und willst, dass ich die Hälfte davon besitze? Ist das richtig? Du bist gekommen, um mir etwas zu geben, das mich reich macht?"

„Nein." Sie verstand mich nicht ganz. „Das ist nur ein Nebeneffekt. Ich bin deinetwegen hier. Weil ich dich liebe. Weil mich ein Leben ohne dich nicht glücklich macht. Ich bin hergekommen, weil ich dich vermisst habe und in den letzten sechs Monaten kein Tag vergangen ist, an dem ich nicht an dich gedacht habe."

„Das ist überwältigend."

Ich stand auf, ging zu ihr und nahm ihre Hand. „Komm mit. Ich will dir etwas zeigen."

Sie kam, ohne zu zögern, mit. Meine Hand brannte dort, wo sie ihre berührte. Die Elektrizität zwischen uns war immer noch da und genauso stark wie immer.

Ich brachte sie zu meinem Auto und fuhr sie zu meinem Cottage. Es sah im Nebel nicht so herrlich aus wie im Sonnenschein, aber ich bemerkte, wie sich ihre Augen weiteten, als sie es betrachtete. „Was ist das?"

„Das ist mein neues Haus. Ich werde die Zimmer im Schloss vermieten. Aber das hier wird mein Zuhause sein." Ich stieg aus dem Auto und sie folgte mir. Draußen nahm ich wieder ihre Hand und führte sie hinein.

„Das ist bezaubernd, Warner."

„Sieh dich um. Ich bin gleich wieder da."

Ich würde keine Minute mehr verschwenden. Schnell holte ich etwas, das ich für sie gekauft hatte, bevor ich Austin verlassen hatte.

Sie war in der Küche und bewunderte alles. „Dieses Cottage ist fünfmal so groß wie meins. Und es ist wunderschön. Hier ist alles neu. Und die Geräte sind erstklassig."

Ich nahm wieder ihre Hand und führte sie zurück ins Wohnzimmer vor den Kamin. Die Flammen knisterten und der Schein des Feuers ließ Orla wie der Engel wirken, der sie war.

Ihre Augen weiteten sich, als ich auf ein Knie ging und ihr den Ring hinhielt, den ich für sie gekauft hatte. „Ich weiß, dass du bereits einen Antrag bekommen hast. Und ich frage dich das nicht, nur um gegen Killian zu gewinnen, das schwöre ich dir. Ich habe diesen Ring gekauft, bevor ich Austin verlassen habe. Das hier war schon immer meine Absicht, Orla."

Ihre Hand zitterte, als sie ihre Finger ausstreckte und sie zu dem Ring bewegte. „Du bist hergekommen, um mich zu bitten, dich zu heiraten?"

„Ja." Ich hatte den Antrag bis ins Detail geplant. Aber das schien jetzt keine Rolle mehr zu spielen. „Ich liebe dich mehr, als ich jemals für möglich gehalten hätte, und ich möchte dich heiraten. Ich möchte dich glücklich machen und ich möchte, dass du mich glücklich machst. Ich möchte, dass wir in jeder Hinsicht Partner sind, Baby. Werde meine Frau. Wir können zusammen eine Familie gründen. Du musst nur Ja sagen."

Sie sah von dem funkelnden Ring in meine Augen. Ich wusste nicht, wieviel Zeit verging, während wir uns anstarrten – zehn

Sekunden oder zehn Minuten. Ich wusste nur, dass mein Herz aufhörte zu schlagen, während ich darauf wartete, das wichtigste Wort meines ganzen Lebens zu hören.

„Ja." Tränen liefen über ihre Wangen und bald brannten auch meine Augen.

„Du hast keine Ahnung, wie glücklich du mich gerade gemacht hast, Baby." Ich schob den Ring auf ihren Finger und konnte die Tränen nicht länger zurückhalten.

Endlich werden wir für immer zusammen sein.

———

ORLA

Sechs Monate später

Atemlos klammerte ich mich an die Schultern meines Mannes, als er so fest in mich stieß, dass das Bett jedes Mal bebte. Es war unsere Hochzeitsnacht und die oberste Etage des Schlosses war unsere Suite.

Als wir die Ehe vollzogen, liebten wir uns mit einer Mission. Jetzt, da wir uns für eine gemeinsame Zukunft entschieden hatten, war die Gründung einer Familie unsere oberste Priorität. Uns gegenseitig glücklich zu machen kam direkt danach.

Vielleicht war es das Kinderzimmer, das bereits im Cottage eingerichtet war, das uns das Gefühl gab, unbedingt unser erstes Baby zeugen zu wollen. Wir waren bereit, uns pausenlos zu lieben, bis ich schwanger wurde. Ich war überglücklich bei dem Gedanken daran.

Warners Lippen drückten sich gegen meinen Hals, dann streifte er ihn mit seinen Zähnen und hinterließ eine Spur von Lava. „Ja, Babe", flüsterte ich. Jedes Mal, wenn sein Mund meinen Hals berührte, entbrannte neue Leidenschaft in mir.

Ich schlang meine Beine um ihn und wölbte meinen Körper, um jedem wilden Stoß zu begegnen, den er mir gab. Er biss in mein Ohrläppchen und sein heißer Atem kitzelte mein Ohr. „Nein. Nenne mich so wie am Ende der Trauung."

„Ja, mein Ehemann." Ich stöhnte, als er eines meiner Beine packte und es nach oben schob, sodass mein Knie neben meinem Kopf war. Er drang noch tiefer in mich ein.

„Meine Ehefrau", stöhnte er. „Meine irische Prinzessin ist jetzt meine Königin."

„Und mein Prinz ist jetzt mein König." Meine Nägel kratzten über seinen Rücken, als mein Körper anfing zu zittern, weil ich so dringend Erlösung brauchte.

Er gab mir immer mehr, bis ich schrie. Mein Orgasmus brachte mich an einen Ort, den nur er und ich zusammen finden konnten.

Er folgte mir und stöhnte, als auch er Erlösung fand. Dann war sein Mund auf meinem und er küsste mich wild, sodass der Orgasmus immer weiterging.

Ich konnte an nichts anderes denken, als ihn zu befriedigen und von ihm befriedigt zu werden, und als ich in den Abgrund der Ekstase stürzte, wusste ich, dass es immer so sein würde.

Unsere Liebe würde ewig dauern. Und wir würden ein Vermächtnis für unsere Kinder und Enkelkinder und deren Enkelkinder hinterlassen. Wir hatten nicht nur eine Ehe geschlossen, sondern auch ein Unternehmen gegründet, das unseren Kindern eine wohlhabende Zukunft ermöglichen würde.

Das Leben war gut und es fing gerade erst an. Mit Liebe, Respekt und einer starken Bindung würde die Familie Quinn-Nash alles überdauern. Nichts hätte mich glücklicher machen können.

WARNER

Zwei Monate später

„Orla, Süße, wo bist du?", rief ich, als ich das Cottage betrat.

„Ich bin hier hinten", hörte ich sie sagen.

Als ich den Flur entlang ging, fand ich sie in dem großen weißen Schaukelstuhl im Kinderzimmer. Sie schaukelte hin und her und hatte ein Lächeln im Gesicht.

Ich wusste instinktiv, dass sie Neuigkeiten für mich hatte. Als ich zu ihr ging, kniete ich mich vor ihr auf den Boden. „Sag es mir."

„Was?", neckte sie mich.

„Ich möchte hören, wie du es sagst." Ich nahm ihre Hände und sie hörte auf zu schaukeln. „Sag es mir."

„Ich weiß nicht, was du meinst." Sie kicherte, während ihre grünen Augen vor Glück funkelten.

Sie genoss es genauso sehr, mich zu necken, wie ich sie. Wir waren perfekte Geschäftspartner und perfekte Ehepartner. Ich hatte gewusst, dass wir das sein würden – ich hatte überhaupt keinen Zweifel daran gehabt. Und ich hoffte, dass wir auch bei unserer neuesten Herausforderung gute Partner sein würden.

„Du weißt bestimmt, was ich meine. Unser Plan. Hat er funktioniert?" Ich musste es wissen.

„Unser Plan?", fragte sie mit großen Augen. „Welcher Plan wäre das? Der Plan für eine Weihnachtsfeier für ganz Kenmare? Damit bin ich noch nicht fertig. Die Iren trinken viel und ich bin mir nicht sicher, ob wir genug Guinness kaufen können, um den Durst der ganzen Stadt zu stillen."

„Natürlich können wir das. Aber davon spreche ich nicht und das weißt du auch." Ich zog ihre Hände hoch und küsste jeden Knöchel einzeln. „Ich gebe dir tausend Pfund, wenn du aufhörst, mit mir zu spielen, und es einfach sagst."

„Als ob ich deine tausend Pfund brauche. Meine Konten waren noch nie so voll. Geld wird mich nicht zum Reden bringen, Mr. Quinn-Nash."

„Ah, aber ich weiß, was das tun wird." Ich sprang auf, hob sie hoch und küsste ihre süßen Lippen, bis sie vor Verlangen keuchte. „Sag es mir, Orla Quinn-Nash. Sag mir die Worte, die ich schon eine Ewigkeit aus deinem perfekten, verführerischen Mund hören will."

Sie sah mir in die Augen und ich bemerkte, wie ihre Augen anfingen zu schimmern. „Warner, bist du sicher, dass du bereit bist?"

„Ich bin schon lange bereit."

„Mein lieber Ehemann, du bist das Licht und die Liebe meines Lebens. Du bist das Yin zu meinem Yang. Du bist für mich die Sonne und der Mond. Es ist mir eine besondere Freude, dir diese Neuigkeiten mitzuteilen. All unsere harte Arbeit hat sich gelohnt."

„Wirklich?" Meine Beine zitterten und ich setzte mich auf den Schaukelstuhl und zog sie auf meinen Schoß.

„Du wirst in ungefähr acht Monaten Vater. Wir werden Eltern."

Ich lehnte meine Stirn an ihre und flüsterte: „Jetzt hast du es geschafft, Süße. Du hast mich noch viel glücklicher gemacht, als ich jemals für möglich gehalten hätte."

Ich glaube, wir haben unser Happy End gefunden.

Ende

THE BILLIONAIRE'S KISS
ERWEITERTER EPILOG

Jessica F.

———

WARNER

Ein Jahr später ...

Vor dem Fenster wehte Schnee vorbei und fiel weit unten auf den Boden. Bei jedem Atemzug, den ich ausstieß, bildete sich Dampf, der einen Moment lang in der eiskalten Luft hing, bevor er langsam verschwand.

Ich hatte ein weiteres Schloss gekauft, um es in ein Bed & Breakfast umzubauen. Ich hatte es auf einem Berg in den Wicklow Mountains in der Nähe von Dublin in der Republik Irland gefunden. Es war einer der wenigen Orte, an denen im Winter Schnee lag, und er häufte sich an diesem Abend draußen.

Genau deshalb hatte ich es gekauft. Wer wollte nicht nach Irland kommen, um ein paar Nächte in einem schneebedeckten Schloss zu verbringen?

Aber ich hatte festgestellt, dass größere Reparaturen nötig waren. Die Stromzufuhr war auch unzuverlässig. Manchmal funktionierte sie gut und manchmal überhaupt nicht. Der fallende Schnee schien dafür zu sorgen, dass sie nicht funktionierte.

Ich war erst ein paar Stunden dort und konnte unmöglich wieder gehen, da der Schnee immer dichter fiel und mich in dem kalten, zugigen Schloss gefangen hielt, während es draußen schnell Nacht wurde.

Die spärliche Einrichtung machte meine Lage nicht besser. Aber ich hatte ein Bett und ein paar schwere Decken, um mich warm zu halten. Am schlimmsten war für mich, dass mein Handy keinen Empfang hatte und ich meine Frau Orla nicht anrufen konnte, um sie wissen zu lassen, was los war. Ich wusste, dass sie sich Sorgen machen würde, hoffte aber, dass sie das Wetter in der Gegend, in der ich mich befand, überprüfen und erkennen würde, dass ich noch eine Weile in dem Schloss festsitzen würde. Vielleicht sogar mehr als eine oder zwei Nächte.

Unsere Tochter war erst vier Monate alt und ich wusste – oder betete –, dass Orla die kleine Charlotte Grace nicht mitnehmen würde, um mich zu suchen. Sie musste geduldig sein und darauf warten, dass ich zurückkam oder sie anrufen konnte.

Aber wie lange wird sie warten?

ORLA

Mit angespanntem Kiefer und voller Sorge starrte ich auf meinen Computerbildschirm. In den letzten Stunden waren fünfundzwanzig Zentimeter Schnee gefallen, und zwar zusätzlich zu dem Schnee, der bereits die Wicklow Mountains bedeckt hatte. Mein Mann war dort und ich wusste mit Sicherheit, dass er eingeschneit war.

Wir waren uns nicht einig gewesen, als er das Schloss in der Nähe von Dublin gekauft hatte. Es gefiel mir nicht, dass es fast fünf Stunden von unserem Zuhause in Kenmare entfernt war. Er würde immer über Nacht bleiben, wenn er dorthin musste. Und ich wollte unser Baby nicht in das zugige, alte Schloss mitnehmen, das so viele Mängel aufwies, dass die Renovierung unmöglich schien.

Das bedeutete, dass Warner allein unterwegs war und ich hier war, um mich um unser Schloss in Whisper Hills zu kümmern – ebenfalls allein. Nun, nicht ganz. Hier gab es ausreichend Personal.

Warner hatte keines, wo er war. Bis jetzt war noch niemand eingestellt worden. Und soweit ich wusste, hatte er dort auch nichts zu trinken.

Als ich die Wettervorhersage überprüfte, gab es nur schlechte Nachrichten. Der Schnee würde den Rest der Nacht und den größten Teil des nächsten Tages weiter fallen. Da sein Handy aufgrund der abgelegenen Gegend, in der er sich befand, nicht funktionierte, hatte ich keine Ahnung, wie es ihm ging oder was er dabeihatte.

Mein Herz schmerzte und mein Magen krampfte sich vor Sorge zusammen. Draußen regnete es in Strömen, was für mich eine gefährliche Fahrt bedeuten würde. Aber wenigstens könnte ich wegfahren. Warner konnte es offensichtlich nicht, da er seit fast fünfzehn Stunden weg war.

Wie lange harrt er schon ohne Nahrung und Wasser dort aus?

Er saß in der Kälte, es sei denn, er hatte es geschafft, Brennholz für den Kamin zu kaufen. Aber selbst dann wäre das Feuer definitiv schon niedergebrannt.

Mein Mann war in einem kalten Schloss ohne Heizung, Nahrung oder Wasser gefangen. Und hier saß ich gut versorgt in unserem warmen Zuhause.

Ich kaute auf meiner Unterlippe herum, als ich überlegte, was ich tun konnte, um meinem Mann zu helfen, aber mir fiel nichts ein. Hier waren wir, reicher als ich es mir jemals erträumt hatte, aber alles Geld der Welt konnte mir nicht dabei helfen, meinen Mann wohlbehalten zu seiner Familie zurückzubringen.

Das Weinen des Babys im Kinderzimmer erregte meine Aufmerksamkeit und ich holte unsere Tochter Charlotte Grace. Nachdem ich ihre nasse Windel gewechselt hatte, legte ich sie an meine Brust, um sie zu stillen. „Dein Vater macht mir Sorgen."

Ihre Augen, die genauso blau waren wie die ihres Vaters, wandten sich mir zu und starrten mich an. Obwohl es unmöglich war, mit einem so kleinen Baby zu kommunizieren, konnte ich den Blick nicht von ihr abwenden.

„Er sitzt in diesem verdammten Schloss fest."

Sie schloss ihre Augen, als sie an meiner Brust saugte. Ich schloss meine Augen und hatte das Gefühl, gleich in Tränen auszubrechen.

Warum musstest du weggehen?

Ich hatte ihm gesagt, er solle warten, bis die Wintersaison vorbei war. Ich hatte ihm gesagt, wie abgelegen der Ort war und wie wahrscheinlich ein Schneesturm dort war.

Warum muss ich immer so richtig liegen?

Ein Kloß bildete sich in meinem Hals, als ich daran dachte, dass Warner fror und hungrig war. Ohne Strom – ich war überzeugt davon, dass er nicht funktionierte – war es dort völlig dunkel.

Tränen liefen über meine Wangen und fielen auf das Gesicht unserer Tochter. Ihre Augen flogen auf und sahen mich überrascht an. „Tut mir leid." Ich wischte die Tränen von ihren Wangen und dann von meinen. „Ich bin völlig fertig."

Sie legte ihre winzige Hand zwischen meine Brüste, als ob sie versuchte, mich zu trösten, was albern war. Aber sie sah mir dabei ununterbrochen in die Augen. Ich hatte keine Ahnung, ob es daran lag, dass sie denen ihres Vaters so ähnlich waren, aber sie wirkten weise.

„Du hast recht. Daran hatte ich nicht einmal gedacht."

WARNER

Da ich keine Ahnung hatte, wie spät es war, wusste ich nicht, wie viel Zeit vergangen war. Der Akku meines Handys war leer und ließ mich im Dunkeln. Ich hatte in meinem ganzen Leben noch nie eine solche Dunkelheit erlebt.

Der Tag war grau und trostlos gewesen. Die Nacht hingegen war pechschwarz. Der heulende Wind war alles, was ich hörte, und ich fragte mich, wann der Schneesturm enden würde.

Mein Magen knurrte vor Hunger. Es war schon lange her, dass ich das Einzige gegessen hatte, was ich mitgebracht hatte – ein Schinken-Käse-Sandwich und eine Tüte Kartoffelchips. Ich hatte mich nur umschauen wollen, um sicherzugehen, dass niemand das Schloss unerlaubt betreten hatte, und dann gleich wieder nach Hause fahren wollen.

Orlas Abschiedsworte fielen mir wieder ein. „Ich glaube nicht, dass du bei diesem Wetter wegfahren solltest, Warner. Das Schloss ist mitten im Nirgendwo – dort treiben sich keine Vandalen herum. Bleib zu Hause. Bleib in Sicherheit. Bleib bei uns."

Ich hatte aber nicht auf sie gehört. „Ich werde mich nur umschauen und dann gleich zurückkommen. Es ist einen Monat her, dass ich zuletzt dort war."

„Und wenn du etwas findest – was dann?", hatte sie gefragt „Glaubst du wirklich, du kannst die Polizei dazu bringen, sich bei diesem Wetter nach draußen zu wagen?"

„Das Schloss ist eine Investition, Baby. Ich muss mich darum kümmern. Ich werde nicht länger als eine Stunde dort sein, also bin ich in ungefähr elf Stunden wieder hier. Das ist ein normaler Arbeitstag." Ich hatte ihre Stirn geküsst, die sie gerunzelt hatte.

„Ich liebe dich, du sturer Mann", hatte sie mir nachgerufen.

„Ich liebe dich auch, Baby, und ich komme wieder, bevor du dich versiehst."

Das waren meine letzten Worte gewesen.

Mein Mund war trocken, also kroch ich unter den dicken Decken hervor, schlüpfte in meine kalten Stiefel, nahm meine leere Tasse und verließ das Schlafzimmer. Ich orientierte mich auf dem Weg durch den dunklen Flur an der Wand und wusste, dass ich an der Seitentür landen würde. Ich könnte etwas Schnee in die Tasse schöpfen und sie dann mit meinen Händen wärmen, um ihn in Wasser zu verwandeln.

Sobald ich die Tür öffnete, traf mich ein eisiger Luftstrom und Schnee wehte mit voller Wucht auf mich zu. Schnell beugte ich mich vor, füllte die Tasse und kämpfte mit der Tür, bis ich sie wieder geschlossen hatte.

Ich keuchte atemlos. Ich hatte keine Ahnung gehabt, dass es so mühsam sein würde. Mit meiner Tasse in der Hand tastete ich mich zurück zum Schlafzimmer, dessen Tür als einzige im Flur offen war.

Ich ging hinein und schlurfte mit meinen Stiefeln über den Boden, damit ich nicht über irgendetwas stolperte. Die eiskalte Tasse umklammerte ich mit meinen Händen und versuchte, den Schnee schnell zu schmelzen, weil mein Mund ausgetrocknet war.

„Gott ist mein Zeuge. Ich werde nie wieder etwas ignorieren, das meine kluge Frau sagt." Ich fand das Bett, als meine Knie dagegen schlugen, und drehte mich um, um mich darauf zu setzen.

Ich hielt die Tasse in der Hand und betete, dass sie bald Wasser enthalten würde. Ich dachte an meine Frau und meine kleine Tochter zu Hause. Hoffentlich schliefen sie tief und fest und machten sich keine Sorgen um mich. Ich hoffte, dass ihnen in ihren Betten warm war und sie süß träumten. Vor allem hoffte ich, dass sie nicht unterwegs waren und versuchten, mich zu erreichen.

Orla hatte einen starken Willen. Manchmal war sie auch ziemlich furchtlos. Sie hatte unser Baby ganz ohne Schmerzmittel bekommen. Und ich musste zugeben, dass sie während der gesamten Schwangerschaft und Geburt eine mutige junge Frau gewesen war.

Orla war unglaublich. Ich hatte ohne Zweifel die richtige Frau geheiratet. Das Einzige, was sie verbessern könnte, war ihre Entschlossenheit, mich dazu zu bringen, die Dinge auf ihre Weise zu sehen. Sie neigte dazu, etwas zu schnell aufzugeben, wenn ich dachte, ich hätte recht und sie läge falsch.

Ich wünschte, sie hätte ein bisschen mehr mit mir über diese verdammte Reise gestritten.

Es gab auch Dinge, die ich verbessern musste. Zum Beispiel, indem ich den Rat meiner weisen Frau öfter annahm. Wenn ich nur auf sie gehört hätte, wäre ich jetzt in meinem warmen Bett und hätte mich an sie geschmiegt, anstatt allein hier zu frieren.

Ich führte die Tasse an meine Lippen und neigte sie vorsichtig, aber anstatt Wasser gelangte nur Schnee in meinen offenen Mund.

Obwohl er kalt war, schmolz er schnell und linderte meinen Durst. *Wenn nur der Schnee aufhören würde, könnte ich von diesem verdammten Ort wegfahren.*

Es war Zeit, das Schloss wieder zum Verkauf anzubieten und dieses Unterfangen als Fehlschlag zu bezeichnen.

Ich hatte noch nie einen Misserfolg gehabt und war nicht zufrieden mit dem Ausgang dieses Projekts. Ständig war etwas mit dem Schloss. Und niemand wollte daran arbeiten. Es war, als wäre es verflucht.

Da weder meine Frau noch ich Ahnung von dem Schloss und seiner Vergangenheit hatten, war es von Anfang an ein riskanter Kauf gewesen. Keiner von uns kannte jemanden aus der Gegend, was es unmöglich machte, Arbeiter einzustellen, um das Schloss zu reparieren.

Meine erste finanzielle Fehlentscheidung war ein herber Schlag für mein Ego. Aber ich musste akzeptieren, dass es einfach nicht funktionierte.

Zeit, dieses Fiasko zu beenden – wenn ich einen weiteren Tag erlebe.

———

ORLA

Ich hatte alles getan, was ich für meinen Mann tun konnte. Das Baby schlief tief und fest in seiner Wiege und ich saß im Arbeitszimmer am Schreibtisch und sah mir die Rechnungen an, die sich für das alte Schloss in der Nähe von Dublin angehäuft hatten.

Neben den Kosten für die Immobilie gab es eine Handvoll Rechnungen von Handwerkern, die sich für uns das Schloss angesehen hatten, um die Reparaturkosten zu schätzen. Wir hatten von keinem von ihnen auch nur einen Kostenvoranschlag erhalten – nur Briefe, in denen sie den Auftrag ablehnten, und Rechnungen für die Zeit, die sie damit verbracht hatten, sich vor Ort umzusehen.

Niemand wollte einen Auftrag im Schloss. Da ich nicht aus dieser Gegend Irlands stammte, wusste ich nichts über das Schloss oder seine Umgebung. Aber die Iren in der Republik waren weitaus abergläubischer als diejenigen von uns, die in Nordirland lebten. Ich vermutete, dass etwas an dem Schloss oder der Gegend dazu führte, dass sich die Einheimischen weigerten, gut bezahlte Aufträge anzunehmen.

Um mich von der Notlage meines Mannes abzulenken, begann ich, im Internet nach den Mythen der Wicklow Mountains zu suchen. In kürzester Zeit hatte ich Geschichten von Einheimischen über Feen in dieser Gegend gefunden.

Feen waren nicht gerade die nettesten Wesen – mythisch oder nicht. Die meisten schweren Unfälle konnten Feen angelastet werden, die darüber verärgert waren, was jemand ihnen oder ihrem Land angetan hatte. Laut Folklore jedenfalls.

Wenn das Schloss sich auf Land befand, das nach dem Glauben der Einheimischen den Feen gehörte, würden sie das Schicksal definitiv nicht herausfordern, indem sie sich dort länger als nötig aufhielten.

Ich lehnte mich zurück und tippte mit dem Finger auf mein Kinn, während ich versuchte, mich an alles zu erinnern, was ich bei den zwei Besuchen des Schlosses gesehen hatte. Es gab große graue Steine am Eingang, aber das war an den meisten Orten in Irland üblich. Überall waren Steine, die bei Bauarbeiten übrig geblieben waren. Die meisten Leute verteilten sie einfach dekorativ auf ihren Grundstücken.

Aber als ich meine Augen schloss und mir das gesamte Anwesen vorstellte, bemerkte ich etwas, das mir zuvor nicht aufgefallen war. „Die Burg liegt in einem Steinring."

Ich suchte im Internet nach Touren für Gruppen auf der Suche nach mythologischen Wesen in dieser Gegend und stellte fest, dass es einige gab. Die Preise der einzelnen Touren waren ungefähr gleich.

Mit diesen Zahlen vor Augen rechnete ich nach und hatte eine großartige Idee.

Anstatt das Schloss zu reparieren und zu verbessern, könnten wir es so lassen, wie es war, und zumindest das Geld zurückerhalten, das bereits dafür ausgegeben worden war. Bestenfalls könnten wir sogar Gewinn erzielen, wenn wir uns geschickt anstellten.

Lächelnd hatte ich zum ersten Mal Hoffnung, was das Schloss anging. Und ich war mir sicher, dass Warner einwilligen würde, sich meine Idee zumindest anzuhören, nachdem er meine Warnung ignoriert hatte, bei so schlechtem Wetter den ganzen Weg dorthinzufahren.

Wenn er nicht den großen Truck mit Allradantrieb gehabt hätte, den er aus Amerika importiert hatte, hätte er sich an einem so tückischen Tag überhaupt nicht auf den Weg gemacht. Wir waren hier schließlich nicht in Texas. In Irland regnete es viel mehr und in den Bergen konnte es im Winter sehr viel schneien. Texas hatte für mich gar keinen richtigen Winter.

Als Warner in Irland angekommen war, hatte er nicht einmal einen Pullover besessen, der warm genug für die kälteren Monate war. Und er hatte nichts gehabt, um sich vor dem Regen zu schützen, den wir so reichlich hatten. Seine gesamte Garderobe hatte erneuert werden müssen, damit er sich in seinem neuen Zuhause in Kenmare wohlfühlte.

Er hatte auf Galoschen verzichtet zugunsten von Cowboystiefeln aus Leder, die mit einem wasserabweisenden Mittel besprüht worden waren. Warner würde seinen Cowboy-Stil niemals aufgeben, wenn er keine formelle Kleidung trug.

Seine teuren Anzüge gefielen den Gästen des Bed & Breakfast. Er sah aus wie der König des Schlosses und ich lachte oft, wenn die Gäste ihn König Warner nannten. Mich hatte noch niemand Königin Orla genannt – aber ich hatte große Hoffnungen, dass ich eines Tages den Titel verdienen würde.

Der Bildschirm meines Handys leuchtete auf und ich las die SMS, die mir gesendet worden war. *„Sie sind unterwegs."* Ich überkreuzte die Finger, als ich hoffte und betete, dass die Feen – oder was auch immer das Schloss, in dem meine einzige wahre Liebe festsaß, verflucht hatte –, Warner erlauben würden, sie zu verlassen, damit er zu mir und unserer Tochter nach Hause zurückkehren konnte.

„Er gehört mir, ihr Feen – und ich will ihn zurück!"

Ich lachte über mich selbst und versuchte, optimistisch zu bleiben. Es gab keinen Platz für Negativität. Warner musste es zu uns zurück schaffen.

Unsere Tochter liebte ihn genauso wie ich. Sie hatte ihn von Geburt an um ihren winzigen Finger gewickelt. Und ich hatte das Gefühl, dass sich das nie ändern wurde.

Prinzessin Charlotte Grace nannte er sie oft, wenn er sie in seinen starken Armen in den Schlaf wiegte. Nie hatte es einen besseren Vater gegeben als Warner. Und auch keinen besseren Ehemann.

Tränen traten in meine Augen. Egal wie sehr ich mich bemühte, meine Gedanken zu beschäftigen, Angst und Sorgen schlichen sich dennoch ein.

Mein Mann – die Liebe meines Lebens – ist in einem dunklen, eiskalten, verfluchten Schloss gefangen, mit wenig bis gar nichts, um die Nacht zu überleben.

Ich wischte die Tränen weg, setzte mich aufrecht hin, fuhr mit den Händen durch meine Haare und holte tief Luft, um mich zu beruhigen. Ich musste positiv denken. Zu diesem Zeitpunkt hatte ich alles getan, was ich konnte. Jetzt war es Schicksal, ob er es zu uns zurück schaffte oder nicht.

Bitte bring ihn zu mir zurück – zu uns.

———

WARNER

„Warner Nash?"

Ich erwachte erschrocken und versuchte, mich aufzusetzen, aber mein Körper war steif und wie gelähmt. „Hier", flüsterte ich.

Sind meine Stimmbänder eingefroren?

Ich hatte die Schlafzimmertür offen gelassen und dachte, ich hätte ein Licht im Flur gesehen. „Warner Nash? Sind Sie hier?", ertönte eine Männerstimme.

„Ja." Wieder kam nur ein Flüstern aus meinem Mund.

Langsam versuchte ich, meine Finger und Zehen zu bewegen. Mir war nicht mehr kalt und ich wusste, dass ich völlig taub geworden war – was eine große Gefahr für mich bedeutete.

„Hier drüben", rief der Mann, als das Licht in mein Zimmer kam. „Warner Nash?" Die Taschenlampe, die er hielt, richtete sich auf mich.

Ich nickte und im nächsten Moment wurden die Decken von mir gezogen und eine Heizdecke wurde über meinen Körper geworfen, während mehr Leute in den Raum kamen.

Ich hatte keine Ahnung, wie viele Leute mich auf eine Trage legten. Zu diesem Zeitpunkt arbeitete mein Gehirn genauso minimal wie mein Körper. Aber ich bekam genug mit, um zu wissen, dass ich gerettet wurde.

„Mein Name ist Ranger Gavin, Sir", stellte sich der Mann vor. „Ihre Frau hat uns angerufen und wir sind in den Hubschrauber gestiegen, um Sie nach Hause zu bringen."

Ah, meine kluge Frau.

Ich schuldete ihr mein Leben.

„Aber wir werden Sie auf dem Flug untersuchen, um zu entscheiden, ob sie zuerst ins Krankenhaus müssen", ließ er mich wissen.

Ich war mit beiden Orten einverstanden. Ich wollte nur keine Finger oder Zehen durch Erfrierungen verlieren.

Es war nicht schön, draußen durch die Schneeböen getragen zu werden, aber die Leute beeilten sich. Dann war ich in einem warmen Kokon und schlief sofort wieder ein.

Als ich erwachte, stellte ich fest, dass nicht nur der Morgen gekommen war, sondern ich bei mir zu Hause war, anstatt im Krankenhaus. Ich räusperte mich und versuchte zu sprechen. „Danke." Es kam leise heraus, aber nicht so leise wie zuvor. „Ich schulde Ihnen mein Leben."

„Stimmt", sagte eine lächelnde Frau mit Sommersprossen. „Wir überlassen Sie jetzt Ihrer Frau. Aber zuerst müssen Sie uns versprechen, dass Sie in den schneereichen Monaten nicht wieder in die Berge fahren."

„Versprochen", sagte ich. Dann erinnerte ich mich daran, dass mein Truck noch dort war. „Aber mein Truck …"

Sie legte ihre Hand auf meine Schulter. „Er wird auch noch da sein, wenn der Schnee taut."

Ich nickte und wusste, was sie meinte. „Mein Leben ist mehr wert als der Truck."

„Das glaube ich auch." Sie ergriff eine meiner Hände und einer der Männer auf der anderen Seite nahm die andere. Zusammen halfen sie mir, mich aufzusetzen.

Etwas bewegte sich und aus dem Augenwinkel sah ich, wie meine Frau aus dem Haus rannte, als wir auf dem Rasen landeten. Sie winkte und hatte sich nicht einmal die Zeit genommen, um einen Regenmantel anzuziehen.

„Wir helfen Ihnen ins Haus", sagte Ranger Gavin.

Als er die Tür öffnete, stand meine kleine, durchnässte Frau davor. „Warner! Du lebst!"

„Ja." Ich versuchte, mich aufzurichten, als die anderen mir beim Aufstehen halfen.

Orla rutschte unter einen meiner Arme und wollte mir unbedingt helfen, ins Haus zu gelangen. „Hier, stütze dich auf mich, Babe."

„Wir können ihm helfen, Ma'am", sagte Ranger Gavin.

„Sie haben schon so viel getan. Ich kann ihn reinbringen. Vielen Dank für Ihre Hilfe. Sie können schon bald eine große Spende von uns erwarten." Sie ging weiter und stützte mich, als würde ich nichts wiegen.

„Du bist bemerkenswert." Ich hatte Ehrfurcht vor ihr. „Du bist winzig, aber sehr stark."

„Dank des Fitnessstudios, das du zu Hause für mich eingerichtet hast, mein Lieber."

Wir erreichten die Haustür, als der Hubschrauber wieder startete, und drehten uns um, um ihm nachzusehen, als er in den verregneten Himmel aufstieg. „Sie haben mich gerettet." Ich sah meine Frau an. „Du hast mich gerettet."

Nachdem sie mich hineingebracht hatte, waren wir beide durchnässt. Wasser sammelte sich zu unseren Füßen auf dem Fliesenboden. Sie schloss die Tür und führte mich zum Sofa, bevor sie neben mir saß und mich festhielt, als hätte sie Angst, mich zu verlieren. „Tu mir das nie wieder an."

„Das werde ich nicht."

Ihre Lippen trafen meine und wärmten mich sofort auf. „Ich denke, wir brauchen eine heiße Dusche."

„Das denke ich auch."

„Oder sollen wir ein Bad nehmen?" Sie stand auf und sah mich an. „Kannst du stehen?"

Ich hatte genug davon, dass mein Körper mich im Stich ließ. Mit großer Anstrengung stand ich auf und stellte fest, dass ich aufgetaut war und alles wieder funktionierte. „Ich denke, eine Dusche ist in Ordnung."

Sie kam trotzdem zu mir und stützte mich. „Was wirst du einen Monat lang ohne deinen Truck tun?"

„Ich nehme an, ich muss mich in dein Auto quetschen." Ich lachte, nahm meine Frau in die Arme und trug sie in unser Schlafzimmer. „Ich habe genug davon, dass du mich stützt."

Bei dem Lächeln, das ihr schönes Gesicht erhellte, wurde mir warm ums Herz. Sie streichelte mein Gesicht und flüsterte: „Du hast dich nicht rasieren können und siehst aus wie in unserer gemeinsamen Woche in Texas."

„Warum leuchten deine Augen?"

„Weil ich es liebe, mich an die Zeit zu erinnern, die wir zusammen hatten. Es rührt mein Herz und meine Seele zu wissen, dass wir uns innerhalb einer Woche verlieben konnten."

„Eine Woche?", sagte ich. „Süße, ich habe keine Woche gebraucht, um mich in dich zu verlieben. Ich habe mich in dich verliebt, als ich sah, wie du mit deinen kastanienbraunen Locken in mein Resort gekommen bist."

Sie schmiegte ihren Kopf an meine Brust und sagte: „Um ehrlich zu sein, habe ich mich auch sofort in dich verliebt."

Ja, ich weiß, dass du das getan hast.

―――――

ORLA

Sein warmer Atem strich über meinen Hals und machte mich wild, als er seinen Körper über meinen bewegte. „Bist du sicher, dass du das schon wieder kannst?"

„Ich *brauche* das." Sein Knie spreizte meine Beine und er schob sich zwischen sie.

„Du bist aber vor ein paar Stunden fast erfroren."

„Jetzt geht es mir gut."

Ich holte tief Luft, als er in mich eindrang. Nicht weil es wehtat, sondern weil die Verbindung so elektrisierend war. Meine Nägel gruben sich in seine Arme. „Wenn ich das nie wieder fühlen könnte …"

„So darfst du nicht denken", unterbrach er mich.

Er hatte recht. „Ich bin froh, dass du zu Hause bist."

„Ich auch." Er bewegte sich langsam und ich zitterte vor Freude auf das, was noch kommen würde.

„Es war deine Tochter, die mich auf die Idee gebracht hat, die National Park Rangers in deiner Nähe anzurufen." Mein Körper wölbte sich ihm entgegen.

„Oh, also kann sie mit vier Monaten schon sprechen?" Er lachte und sein ganzer Körper vibrierte.

Es fühlte sich großartig an. „Lach weiter, Babe."

Er strich mit seinem Dreitagebart über meine Wange und lachte wieder. „Ich habe zwei der klügsten Mädchen in ganz Irland, oder?"

„Ich glaube schon." Meine Nägel kratzten über seinen Rücken und ich dachte, er würde gerne wissen, auf welche andere Idee ich gekommen war. „Ich habe über das verfallene Schloss nachgedacht. Vielleicht glauben die Einheimischen, es sei verflucht oder auf Feenland."

Er zog sich zurück und sah mich mit gerunzelter Stirn an. „Ich hatte keine Ahnung, dass du so abergläubisch bist."

„Das bin ich nicht. Aber ich weiß, dass viele Menschen abergläubisch oder neugierig auf solche Dinge sind. Und deshalb kam mir die Idee, das Schloss genauso zu lassen, wie es ist."

„Und was bringt uns das?" Sein Gesichtsausdruck sagte mir, dass er mir nicht folgen konnte.

„Warum veranstalten wir dort keine Touren für Besucher? Weißt du, so etwas wie Geisterjäger, aber für Feenjäger."

„Wir sollen Touren durch das Schloss und vielleicht auch auf dem Anwesen anbieten? Und dafür Eintritt verlangen?"

„Ja. Du bist großartig darin, weltweit Interesse für das Resort und das Bed & Breakfast zu wecken. Warum also nicht auch für eine Tour?" Ich vertraute darauf, dass mein Mann eine gute Marketingkampagne entwickeln könnte.

„Ist meine kleine Barkeeperin geschäftstüchtig geworden, während ich fast erfroren bin?" Er zog eine Spur von Küssen über meinen Hals und entzündete ein Feuer in mir.

Ich packte seinen Bizeps, zog meine Knie an und spürte, wie er tiefer in mich eindrang. „Vielleicht."

Er knabberte spielerisch an mir und sagte: „Du hast dich weiterentwickelt, Orla. Und du hörst nie auf, mich zu überraschen. Ich war noch nie stolzer, dich meine Ehefrau zu nennen. Und darauf war ich schon immer sehr stolz."

Er hatte keine Ahnung, wie gerne ich das hörte. „Warner, du bringst mich dazu, die beste Version von mir sein zu wollen. Als ich nicht sicher war, was ich tun sollte, um dir zu helfen, wusste ich, dass ich nicht aufgeben konnte, bis ich die richtige Idee hatte."

„Was für eine großartige Idee." Er rieb seine Bartstoppeln über meinen Hals und kitzelte mich damit.

Kichernd wand ich mich unter ihm. „Das bringt die besten Erinnerungen zurück."

„An jene Nacht unter den Sternen. Du hast damals auch gelacht, als ich das gemacht habe."

„Und an jene Nacht im Whirlpool." Erinnerungen erfüllten mich. „Und an den letzten Kuss, den du mir gegeben hast, bevor ich abreisen musste – das war der einzige, der wehgetan hat. Bei jenem letzten Kuss zerbrach mein Herz in Milliarden Stücke."

„Wir dachten, es wäre unser letzter Kuss." Er sah mir in die Augen. „Bei jenem Kuss war ich mir so sicher, dass ich nie wieder in deine wunderschönen grünen Augen schauen würde."

Ich streichelte seine Wangen mit meinen Händen und erinnerte mich daran. „Ich dachte das Gleiche. Aber ich habe nie das Blau deiner Augen vergessen. Und deinen Dreitagebart. Und vor allem nicht das Feuerwerk, das jedes Mal in meinem Kopf losging, wenn du mich geküsst hast."

„Ich habe nie vergessen, wie gut es sich anfühlt, in dir zu sein – ein Teil von dir zu sein." Er bewegte sich verführerisch und ließ mich vor Vergnügen stöhnen. „Du bist die heißeste, lustigste, klügste und schönste Frau, die ich je gekannt habe."

Als er mich angrinste und mir in die Augen sah, gingen meine Gedanken in eine andere Richtung. „Du bist fast erfroren, oder? Sie haben dich gerade noch rechtzeitig erreicht …"

„Woher soll ich das wissen?" Er schüttelte den Kopf. „Ich weiß nur, dass du sie angerufen hast. Dann sind sie gekommen und haben mich gefunden. Meine Zeit war noch nicht gekommen. Ja, mein Körper war steif und ich war heiser, aber mein Herz schlug immer noch für dich und unser Baby. Mein Blut floss immer noch, wenn auch etwas langsamer bei den eisigen Temperaturen, aber es floss immer noch für dich und unser Baby."

„So schwierig es auch für mich war, mich lange genug nicht um dich zu sorgen, um logisch zu denken – ich habe es getan. Ich habe es für dich und unser Baby getan. Und dann habe ich mir vorgenommen, das Schloss für uns alle rentabel zu machen." Ich wusste, dass er und ich füreinander geschaffen waren. „Wir sind ein großartiges Team, Mr. Nash."

„Ich stimme dir hundertprozentig zu, Mrs. Nash." Dann eroberte er meinen Mund und zeigte mir mit seinen Küssen, wem ich auf diesem verrückten Planeten gehörte.

Das Schicksal muss aus irgendeinem Grund auf unserer Seite sein. Unsere Glückssträhne reißt trotz aller Hindernisse nicht ab. Auch für dieses Wunder bin ich unendlich dankbar.

Ende

MONAS SEXY GEHEIMNIS

The Billionaire's Kiss Bonusgeschichte

Das irische Mädchen Mona Pendragon wollte Texas nicht verlassen, ohne während ihres Aufenthalts im Whispers Resort und Spa zumindest mit einem Texaner Spaß zu haben. In ihrer letzten Nacht dort suchte sie in der Lobby einen Gepäckwagen, aber was sie fand, raubte ihr den Atem.

MONA

Frustriert packte ich unsere Koffer, während Mutter schlief. Gegen Mitternacht erwartete ich, dass auch die meisten anderen Mitglieder unserer Reisegruppe aus Irland tief und fest in den bequemen Betten des Whispers Resort schliefen. Ich aber nicht. Ich hatte einen sehr wichtigen Teil der Reise nach Texas verpasst und war nicht glücklich darüber.

Ich war nicht gekommen, um Liebe zu finden – nicht wirklich. Ich war gekommen, um wenigstens einen Vorgeschmack darauf zu bekommen, was ein starker Mann aus Texas zu bieten hatte. Über amerikanische Männer wurden schon lange Legenden erzählt. Und Texaner waren die stärksten Männer überhaupt.

Es wurde gesagt, dass fast jeder Mann aus Texas den Wind mit seinem Lasso einfangen und in einem ordentlichen kleinen Paket verschnürt der Frau schenken konnte, für die er sich entschied. Nun, das war mir von meiner Mentorin zu Hause, Celia McNichol, erzählt worden. Sie war uralt, aber sie war in ihrer Jugend viel herumgekommen.

Sie und ich hatten ähnliche Ansichten über das Leben. Wir hatten beide die Liebe zum Essen entdeckt, was uns fülliger machte als die meisten anderen. Wir teilten auch den sehnsüchtigen Wunsch, Männer zu befriedigen und von ihnen befriedigt zu werden – einen Wunsch, den ich vor meiner Mutter und meinem Vater verstecken musste.

Es war nicht immer einfach, mein geheimes Verlangen zu verbergen, aber bisher hatte ich es geschafft. In meiner Heimatstadt wusste niemand außer Celia von meinen lustvollen Wünschen. Das lag daran, dass ich mich nie mit einem Mann aus unserer Heimatstadt Kenmare eingelassen hatte, damit mein Geheimnis nicht entdeckt wurde.

Mutter war auf dieser Reise die meiste Zeit an meiner Seite gewesen, was es mir so gut wie unmöglich gemacht hatte, das zu bekommen, wonach ich suchte. Ich hatte also nur noch eine Nacht, die letzte Nacht, die wir in diesem luxuriösen texanischen Resort verbrachten.

Wenn ich irgendetwas über die Suche nach Männern gelernt hatte, die nur eins wollten, dann, dass die späten Stunden der Nacht am besten dazu geeignet waren, sie zu finden. Männer mit schlechten Absichten schienen den Schutz der Dunkelheit und die Einsamkeit zu mögen.

Männer mit schlechten Absichten konnten gefährlich sein. Es war immer ein Risiko, und das wusste ich auch. Aber genau deshalb war es so erfüllend und aufregend.

Zu wissen, dass ich für eine Weile ein wildes Herz zähmen konnte, tat Dinge mit mir wie sonst nichts. Celia nannte es Gefahrenfetisch. Sie hatte gesagt, dass sie nicht kommen konnte, wenn es kein Gefühl der Gefahr gab – ein Gefühl, dass alles passieren könnte. Von dem Mann, der ein Messer zog und damit in ihre Brüste schnitt, sodass er sich von ihrem Blut ernähren konnte, bis zu dem Entführer, der sie in sein geheimes Versteck verschleppte, um sie zu seiner Sexsklavin zu machen.

Ihre sexuell aktiven Jahre lagen hinter ihr. Dennoch konnte ihre Fantasie an dunkle Orte gehen, an die selbst ich mich nicht wagte. Aber ihre Geschichten begeisterten und erregten mich.

Ich hatte darüber fantasiert, nach Texas zu reisen und jede Nacht einen anderen Mann zu finden. Und ich hätte es tun können, wenn meine Mutter nicht darauf bestanden hätte, mich auf der Reise zu begleiten.

Als Frau, die gerne allein war, besonders wenn sie nach gefährlichen Männern suchte, mit denen sie wilden Sex haben konnte, reiste ich oft ohne Begleitung. Nicht, dass meine Eltern etwas davon gewusst hätten.

Mein geheimes Leben gehörte nur mir. Ich würde es mit niemandem teilen. Ich hatte nicht einmal Celia gestanden, was ich tat. Soweit sie wusste, genoss ich es einfach, ihre Geschichten zu hören.

Als ich für die Abreise am nächsten Morgen gepackt hatte, während meine Mutter tief schlief – ihr lautes Schnarchen zeugte davon –, verließ ich unser Zimmer, um so zu tun, als würde ich einen Gepäckwagen suchen. Aber ich suchte weit mehr als das.

Ich trug nichts weiter als meinen langen Mantel, als ich meine Suche begann. Ich fand niemanden im Flur, also fuhr ich mit dem Aufzug in die Lobby.

Ich lächelte, als ich niemanden an der Rezeption sah und die Lobby nur schwach beleuchtet war. Ich war still wie eine Kirchenmaus, als ich mich auf den Weg zur Vorderseite des Raums machte, wo Gepäckwagen in Reihen standen.

„Sie sind sehr spät unterwegs", ertönte die tiefe Stimme eines Mannes.

Ich drehte langsam den Kopf und sah einen großen Mann mit breiten Schultern. Er lehnte sich gegen die Tür zum Frühstücksraum, der in Dunkelheit gehüllt war. „Sie auch, Sir", erwiderte ich.

„Ich bin dafür verantwortlich, dass das Frühstück jeden Morgen um sechs Uhr fertig ist." Er lächelte und zeigte perfekt gerade, strahlend weiße Zähne. „Ich arbeite nachts. Und ich mag Ihren irischen

Akzent. Sie müssen zu der Gruppe gehören, die morgen früh abreist."

„Ja." Seine dunklen Augen faszinierten mich fast so sehr wie seine dunkle Haut. „Ich bin heruntergekommen, um einen Gepäckwagen zu holen, bevor es alle anderen tun."

„Sind Sie sicher, dass Sie deswegen mitten in der Nacht hierhergekommen sind?"

Ich war mir sicher, dass er wusste, wofür ich gekommen war. „Warum sagen Sie mir nicht, was mich mitten in der Nacht hierher geführt hat, Sir?"

Er trug eine schwarze Hose und ein passendes Hemd, aber ich sah nichts darauf, was besagte, dass er tatsächlich im Resort arbeitete. Jede andere Uniform, die ich bei den Mitarbeitern gesehen hatte, trug den Namen des Resorts auf der linken Brusttasche. Und die meisten trugen Namensschilder. Er hatte keins.

„Warum kommst du nicht mit mir hier rein und ich zeige dir, wofür du gekommen bist, mein kleines irisches Mädchen?" Er trat in den dunklen Frühstücksraum und verschwand in seinen Schatten.

Ich zitterte am ganzen Körper, als ich den Kopf schüttelte. „Ich glaube nicht, dass Sie hier arbeiten, Sir. Das Personal hier ist höflich."

„Hast du mich durchschaut, kluges Mädchen?" Er ging weiter in den Raum und ich konnte ihn nicht mehr erkennen. „Kommst du oder nicht?"

Als ich mich umsah, fand ich niemanden, der mich verraten könnte – also trat ich in die Dunkelheit und folgte dem Mann, während mein Herz vor Angst und Aufregung raste.

Ich werde doch noch meinen Texaner bekommen!

———

JOHN

Ich hatte sie die ganze Woche über beobachtet. Ihre hellgrünen Augen schweiften ständig umher und nahmen begierig alles auf. Die dunkelhaarige Frau Mitte dreißig hatte eine Ausstrahlung, die ich leicht erkannt hatte.

Sie war heimlich ein böses Mädchen.

Ich war heimlich ein böser Junge – nur war mein Geheimnis meinen Arbeitgebern verraten worden. Ich hatte im Resort gearbeitet, aber ich war am Morgen entlassen worden, nachdem ich mit einer der Kellnerinnen im Kühlraum des Essence Restaurants erwischt worden war.

Baldwyn Nash selbst hatte mich gefeuert. Aber er war davon ausgegangen, dass ich das Resort verlassen würde, nachdem er mir gesagt hatte, dass ich dort keinen Job mehr hatte.

Er hatte sich geirrt.

Ich war nicht gegangen. Ich hatte mich an Orten ohne Überwachungskameras versteckt. Bevor ich das Whispers Resort und Spa endgültig verließ, musste ich noch etwas erledigen.

Das irische Mädchen mit den lustvollen Augen ...

Ich kannte ihren Namen. Mona Pendragon. Ich hatte ihn mehr als einmal gehört in der Woche, die die Gruppe aus Irland hier verbracht hatte. Ihre Augen waren nie auf mir gelandet und sie hatte mir überhaupt keine Aufmerksamkeit geschenkt. Nicht, als ich ihren Tisch abgeräumt hatte. Nicht, als ich in ihr Zimmer gekommen war, um das schmutzige Geschirr dort abzuholen. Kein einziges Mal hatte sie ihre lustvollen Augen auf meine gerichtet.

Aber jetzt war sie mit mir in einem dunklen Raum und ihre Hände bewegten sich über meine Schultern, als sie heiser flüsterte: „Ich habe so etwas noch nie gemacht."

Ich öffnete ihren Mantel und fand nichts als nackte Haut darunter. „Natürlich nicht, du kleine Schlampe."

Ganz hinten im Frühstücksraum befand sich eine Speisekammer und ich zog sie dorthin und schloss die Tür hinter uns. Es gab gerade genug Licht, um einander zu sehen. Schatten flossen über ihr blasses rundes Gesicht, als sie mich ansah. „Ich lüge nicht. Ich habe das noch nie gemacht. Wie soll ich Sie nennen?" Sie schien fest entschlossen zu sein, die Rolle des braven Mädchens zu spielen.

Also stellte ich mich darauf ein, den bösen Jungen zu spielen – einen wirklich bösen Jungen. „Du kannst mich weiterhin Sir nennen. Mein Name ist zu gut, um über die Lippen einer Hure wie dir zu kommen."

„Hure?" Sie ging vor mir auf die Knie und senkte den Kopf, bevor sie mich mit einem schlauen Lächeln ansah. „Ich bin heute Nacht Ihre Hure, Sir."

Mit einem Nicken öffnete ich meine Hose und befreite das Biest, das innerhalb der Grenzen des Stoffes pulsierte. „Wenn du heute Nacht meine Hure bist, dann erwarte ich, dass du mir zeigst, wozu du fähig bist. Erst benimmst du dich wie ein braves irisches Mädchen – im nächsten Moment bist du auf den Knien und nennst dich meine Hure. Zeige mir also, was du kannst. Vielleicht zeige ich dir danach, was ich kann."

Sie nahm meinen harten Schwanz in ihre Hände und leckte sich die Lippen, bevor sie ihren Mund um mich legte. Sie schirmte ihre Zähne mit ihren Lippen ab und bewegte ihren Mund auf und ab, bis sie mich ganz in sich aufgenommen hatte. Sie würgte nicht einmal, als mein Schwanz in ihren Hals eindrang.

Sie hatte das schon einmal gemacht und war gut darin. Sie musste eine heimliche Hure sein. In meinen Augen war das die beste Art. Eine Lady auf der Straße – ein Freak im Bett.

Es war schwer, heutzutage so eine Frau zu finden. Frauen waren ehrlich. Wenn sie eine Hure waren, waren sie stolz darauf und offen darüber, was mich abstieß. Wenn eine Frau keine Hure war, war sie prüde und ließ sich überhaupt nicht erniedrigen.

Die Sache mit der Erniedrigung funktionierte bei mir in beiderlei Hinsicht. Ich erniedrigte gerne andere und wurde gerne erniedrigt. Aber diese kleine Hure, die meinen Schwanz leckte, während sie stöhnte, als wäre er der köstlichste Lutscher, den sie jemals probiert hatte, würde vielleicht nicht gerne eine dominante Rolle spielen. Frauen, die beide Rollen spielten, waren selten.

Ihre Zunge bewegte sich mit geübter Präzision über die Spitze meines Schwanzes. „Du hast schon so manchen Schwanz gelutscht, nicht wahr, meine kleine irische Hure?"

Ohne ein Wort zu sagen, bewegte sie ihre Hände, um meinen Hintern zu umfassen, und schob dann den kleinen Finger hinein. Ich lehnte mich gegen die Regale, in denen sich die Frühstücksvorräte befanden, und stöhnte leise, während sie meinen Arsch fickte und an meinem Schwanz saugte.

Sie ist fantastisch!

Sie machte immer weiter, bis heißes Sperma aus mir schoss, und trank alles, bevor sie ihren Mund von mir zog und mich keuchend und schwach zurückließ.

Langsam erhob sie sich, während sie ihre glänzenden Lippen abwischte. „Jetzt wirst *du* meine Hure sein. Ziehe das verdammte

Hemd aus und lege dich mit dem Rücken auf den Boden." Sie ließ ihren Mantel auf den Boden fallen und stand nackt vor mir.

Ich betrachtete ihren herrlichen Körper und stellte fest, dass eine Flüssigkeit an der Innenseite ihres rechten Beins herunterrann. Anscheinend war sie erregt davon, was sie gerade mit mir gemacht hatte.

Als ich auf dem Boden lag, wie sie gesagt hatte, sah ich zu ihr auf. „Ist das so richtig, Miss?"

Sie nickte und stellte sich breitbeinig über meinen Körper. Dann ging sie über meinem Gesicht in die Hocke und gab einen Befehl: „Iss."

Verdammt, ich habe vielleicht meine Seelenverwandte gefunden!

———

MONA

Nachdem er mich geleckt hatte, bis ich über sein ganzes Gesicht gekommen war, stand er auf, während ich mich auf den Boden legte und verzweifelt versuchte, wieder zu Atem zu kommen.

Er stand über mir und sah auf mich herab, während meine Säfte immer noch auf seinem dunklen Gesicht glänzten. „Auf die Knie", lautete sein Befehl.

Sein Schwanz war wieder hart und bereit für mehr. „Du hast mich gerne geleckt und es zeigt sich."

„Du hast es geliebt, meinen Schwanz zu lutschen, und es hat sich auch gezeigt, du Hure." Er starrte mich an, als würde ich ihn anwidern. „Auf die Knie. Ich werde dich ficken wie die gierige Schlampe, die du bist."

In dem kleinen Raum roch es nach Sex. Der berauschende Geruch füllte meine Nase und verwandelte mich in eine Wilde voller Lust auf diesen Mann, der wusste, wie er mich verrückt vor Verlangen machen konnte.

Sobald ich auf meine Hände und Knie gegangen war, packte er meine Taille, drang in mich ein und stieß immer wieder hart zu. Mein Hintern bebte jedes Mal, wenn er mich zu sich zog, um seinen harten Schwanz zu treffen.

Ich stöhnte bei jedem seiner Stöße, als die Luft aus meiner Lunge gedrückt wurde – und ich liebte alles davon. „Ja!"

Ein harter Schlag traf meinen Hintern. „Still oder jemand wird uns hören."

Ich wollte nicht, dass es endete, und biss mir auf die Unterlippe, um die Geräusche zu ersticken, die uns zu verraten drohten. Seine Grobheit war genau das, wonach ich mich gesehnt hatte.

Ich mochte die Tatsache, dass er die Rollen tauschen wollte. Ich hatte das Gefühl, dass Sex mit diesem Mann niemals langweilig werden würde. Langweiliger Sex war für mich nutzlos.

Alle in Kenmare dachten, ich wäre auf der Suche nach einem Ehemann, weil ich es so aussehen ließ. Ich vertrieb absichtlich gute Männer, indem ich allen signalisierte, dass ich wild entschlossen war, sofort zu heiraten. Das erschreckte jeden normalen Mann, sodass er vor mir davonlief.

Also spielte ich die Rolle der traurigen alten Jungfer, während meine Bedürfnisse von fremden Männern erfüllt wurden, ohne dass jemand etwas darüber wusste. Es funktionierte für mich und es war das, was ich im Leben wollte.

Niemand ahnte, dass ich nicht die Ehefrau von irgendjemandem sein wollte. Ich hatte einen guten Job und eine eigene kleine Wohnung über der Garage meiner Eltern. Ich kam zurecht und brauchte keinen Mann, der sich um mich kümmerte. Das konnte ich auch allein.

Was ich nicht allein tun konnte, war, mich zu ficken. Aber dieser Mann machte das sehr gut. „Kann ich dich einpacken und nach Irland mitnehmen?"

„Und was genau willst du dort mit mir machen?", knurrte er. „Willst du mich in deinem Schrank verstecken und mich nur rauslassen, wenn du mit meinem Schwanz spielen willst oder wenn ich dich ficken will? Nein, danke. Ich habe dich beobachtet, weißt du? Ich weiß, dass du dich wie eine anständige Frau benimmst. Du würdest mich sicher verstecken."

Ich sah ihn über die Schulter an und versuchte, etwas Vertrautes an ihm zu finden, als er sagte, dass er mich beobachtet hatte. „Also arbeitest du hier?"

„Ich habe hier gearbeitet. Ich wurde heute Morgen entlassen." Er schlug mir wieder auf den Hintern. „Und du hast mich völlig ignoriert."

Ich blinzelte und starrte auf sein Gesicht. „Bist du ein Tellerwäscher?"

„Hilfskellner", korrigierte er mich.

„Hilfskellner?" Ich hatte gedacht, er sei ein Mann, kein Junge. „Wie alt bist du?"

Er lachte. „Wie alt bist *du*?"

„Ich bin Mitte dreißig." Ich betrachtete sein Gesicht und fand keine Linien, nicht einmal Lachfalten um seinen Mund. „Und du bist nicht annähernd dreißig."

„Zweiundzwanzig." Er schlug mir wieder auf den Hintern. „Alt genug, um es mit dir aufzunehmen, Schlampe."

Mit fünfunddreißig war ich dreizehn Jahre älter als er. „Du kleiner Teufel." Ich war noch nie mit einem Mann zusammen gewesen, der so viel jünger war als ich. „Und du hast dich gefragt, warum ich dich völlig ignoriert habe. Du bist ein Kind."

Er riss seinen großen Schwanz aus mir heraus, packte mich an der Taille und drehte mich auf den Rücken, bevor er ihn wieder in mich rammte. „Bin ich das?" Er bewegte sich langsam, während er mir in die Augen sah. „Fühlt sich das so an, Mona Pendragon?"

Er kennt meinen Namen!

„Hör zu, ich will nicht, dass du irgendeiner Menschenseele meinen Namen sagst. Hörst du mich, Junge?" Niemand durfte wissen, dass ich so etwas mit einem Jungen in seinem Alter gemacht hatte. Es wäre mit Sicherheit das Ende meines guten Rufs.

„Junge?" Er zog eine dunkle Augenbraue hoch, als er sich weiterbewegte. „Dieser Junge hat dich nicht nur einmal, sondern zweimal kommen lassen. Du bist gekommen, als du meinen Schwanz gelutscht hast. Dir gefällt also, wie dieser *Junge* dich fickt, Mona Pendragon."

Ich biss die Zähne zusammen und knurrte ihn an. „Hör auf, meinen Namen zu sagen."

„Soll ich auch aufhören, dich zu ficken?" Er stieß härter zu und stellte sicher, dass es sich zu gut anfühlte, um jetzt aufzuhören.

Stöhnend schüttelte ich meinen Kopf, ohne ein Wort zu sagen. Sein Lächeln sagte mir, dass er zufrieden damit war, und dann tat er das Undenkbare, beugte sich vor und küsste mich.

Küssen war nichts, was man tat, wenn man heimlich Sex mit einem Fremden hatte. Es passte einfach nicht zu der gefährlichen Stimmung, die man suchte. Es war zu intim. Und ich stand nicht auf Intimität.

Das Feuerwerk, das in meinem Kopf losging, machte es mir unmöglich, dagegen anzukämpfen, und meine Arme umklammerten seinen Hals. Meine Zunge tanzte mit seiner und mein Körper wölbte sich seinen jetzt zärtlichen Bewegungen entgegen.

Oh, das ist überhaupt nicht richtig.

———

JOHN

Sie schmeckte salzig und ich mochte es. In dem Moment, als unsere Lippen sich berührten, fühlte es sich an, als würde ein Blitz durch meinen Körper zucken. Ich hatte so etwas noch nie zuvor gefühlt. Und es brachte mich dazu, die Dinge ein wenig anders zu machen.

Ich verlangsamte mein Tempo, weil ich das Ende nicht übereilen wollte. Ich wollte sie ganz spüren. Ihre weiche Haut fühlte sich gut an, als ich meine Hand über einen ihrer Arme bewegte. Ihre großen Brüste drückten sich gegen meinen Oberkörper und ich mochte, wie es sich anfühlte.

Ihre Beine legten sich um mich und ich fühlte mich sicher. Ich konnte nicht herausfinden, warum es so war, aber ich fühlte mich geliebt.

Ich rollte mich auf den Rücken und zog sie mit mir, sodass sie oben war. Sie presste ihre Hüften gegen meinen harten Schwanz, ohne dass sich unsere Lippen trennten.

Ich fühlte mich benommen und es war, als hätte ich ein Bier zu viel getrunken. Ihr Mund verließ meinen und sie setzte sich auf. Ihre Augen funkelten, als sie auf mich herabblickte. „Du hast mich verzaubert. Du kennst meinen Namen, also erwarte ich, dass du mir deinen sagst."

„John", sagte ich leise, „John Jones."

„Nun, John Jones, du hast etwas mit mir gemacht, das niemand sonst jemals geschafft hat."

„Du hast das Gleiche bei mir getan." Ich umfasste ihre Handgelenke und hielt sie fest. „Dein Kuss hat mir den Atem geraubt."

Lächelnd beugte sie sich vor. Ihre Lippen streiften meine und versetzten mich in einen euphorischen Zustand. „Was sollen wir dagegen tun, John Jones?"

„Ich nehme an, ich sollte dir nach Irland folgen, um aus dir eine anständige Frau zu machen." In diesem Moment wäre ich ihr überallhin gefolgt, nur um mich so zu fühlen.

Sie zog sich zurück. Ihre Augen waren geweitet, als sie in meine sah. „Ich habe kein Interesse an einem Ehemann, wenn du das meinst. Und du bist sowieso zu jung für mich."

„Alter ist nur eine Zahl. Und ich bin auch nicht bereit, die Verantwortung eines Ehemanns zu übernehmen." Ich zog sie zu mir zurück und ließ ihren Kopf auf meiner Brust ruhen, während meine Hand durch ihre seidigen dunklen Locken fuhr. „Lass mich dich einfach festhalten, Mona. Ich habe noch nie eine Frau wie dich im Arm gehalten."

„Dein Herz pocht in deiner Brust, John Jones." Sie setzte sich auf und musterte mich. „Ich vermute, dass du ohne Mutter aufgewachsen bist, daher hast du das Bedürfnis, eine reife Frau in deinen Armen zu spüren."

Sie hatte recht. „Meine Mutter lebt noch, aber sie war mir nie eine echte Mutter. Sie hat Suchtprobleme. In ihrem Leben ist kein Platz für etwas anderes."

Ihre Augen wurden weicher und sie strich mit ihren Fingerspitzen über meine Lippen. „Es tut mir leid, das zu hören. Jeder verdient eine liebende Mutter."

Ich nahm ihre Hand und hielt sie fest, während ich die Handfläche küsste. „Das muss dir nicht leidtun. Ich habe meinen eigenen Weg gefunden, um in dieser Welt zurechtzukommen."

„Und wie machst du das?", fragte sie. „Du hast gesagt, dass du hier gearbeitet hast – jetzt aber nicht mehr. Warum ist das so?"

„Ich wurde entlassen, weil ich eine Kellnerin im Kühlraum des Essence gefickt hatte." Ich sah, wie ihre Augen vor Eifersucht funkelten.

„Sag mir, John, war diese Kellnerin jung und eng für dich?"

„Ja, das war sie." Ich packte sie, als sie versuchte, sich von mir zu lösen. „Hey."

Sie starrte mich an. „Was? Was hast du zu sagen?"

„Sie hat mich nicht annähernd so befriedigt wie du."

Sie biss sich auf die Unterlippe und fragte: „Ist das wirklich wahr oder sagst du das nur, damit ich nicht aufhöre, dich zu ficken?"

„Es ist wahr." Sie ließ mich etwas fühlen, was ich noch nie zuvor gefühlt hatte. „Ich möchte nicht damit aufhören, was wir hier machen. Können wir so tun, als würde es nicht enden, Mona? Erzähle mir, wie du in Irland lebst, und wir tun so, als wären wir dort, anstatt hier in einer Speisekammer."

Mit einem Lächeln nickte sie, als sie begann, ihren Körper gegen meinen zu bewegen. „Zu Hause habe ich eine eigene Wohnung über der Garage meiner Eltern."

„Klingt gut. Ich habe nur einen kleinen Trailer hinter dem Trailer meines Onkels. Und wie bezahlst du deine Rechnungen, Mona? Oder bezahlt dein Daddy sie für dich?"

„Ich bezahle meine Rechnungen selbst. Ich arbeite von zu Hause aus im Kundenservice. Und ich habe mir auch ein eigenes Auto gekauft. Ich bin eine unabhängige Frau, John. Ich brauche keinen Mann, der sich um mich kümmert."

Ich reckte mich zu ihr, zog sie zu mir hinunter und rollte mich über sie. „Ah, aber du brauchst einen Mann, der sich auf diese Weise um dich kümmert, nicht wahr?"

„Ich habe eine Schublade voller Vibratoren zu Hause", sagte sie grinsend.

„Aber können sie dich küssen?" Ich eroberte ihren Mund und küsste sie leidenschaftlich, während ich sie fickte, bis sie in meinen Armen kam. Und dann kam ich mit ihr.

Als wir dort lagen und uns in den Armen hielten, wusste ich, dass ich gerade etwas getan hatte, was ich noch nie zuvor getan hatte, und ich hatte guten Grund zu der Annahme, dass es ihr genauso ging.

Sie versuchte, zu Atem zu kommen, und legte ihren Kopf auf meine Brust. „Du hast mich für alle anderen Männer ruiniert."

Ich strich mit meiner Hand über ihr weiches Haar. „Du hast mich vielleicht auch ruiniert, Mona Pendragon."

Von dem Moment an, als ich sie zum ersten Mal einen Teller Spaghetti hatte essen sehen, war mir die Frau aufgefallen. Dennoch hatte sie mich nie gesehen – bis jetzt.

Sie setzte sich auf und sah mich an – sie sah mich wirklich an, als ihre Hände mein Gesicht streichelten. „Du siehst so gut aus."

Ich streichelte ihre weiche Wange. „Du bist auch schön."

Mein Herz schmerzte, weil ich wusste, dass dies eine einmalige Sache war, die sich niemals wiederholen sollte. Aber zumindest würde ich diesen Moment für immer im Gedächtnis bewahren.

––––––

MONA

Als das Shuttle von den Glasschiebetüren der Resort-Lobby wegfuhr, hielt ich Orla Quinn in meinen Armen, die über den Verlust ihres Mannes weinte. Und ich sah in die dunklen Augen des Mannes, an den ich einen Teil von mir verloren hatte.

John stand neben dem Eingang und lächelte mich an, als er seine Hand hob. Ich lächelte zurück, obwohl ich das Gefühl hatte, genauso weinen zu wollen wie Orla.

Nicht dass ich das könnte oder meine Mutter würde mich mit Sicherheit fragen, warum ich so etwas Dummes machte. Ich durfte keiner Menschenseele von meiner Nacht mit dem jungen John Jones erzählen. Aber die Erinnerung daran würde mich niemals verlassen.

Auf dem Flug nach Irland schlief ich, da ich nachts kein Auge zugemacht hatte. John und ich hatten die ganze Nacht Sex gehabt, bis wir die Speisekammer räumen mussten, bevor das Personal auftauchte und uns erwischte.

Es war billig und schäbig gewesen, aber es fühlte sich überhaupt nicht so an. Es fühlte sich richtig an. Und ich wusste, dass ich ihn vermissen würde, obwohl ich ihn nur wenige Stunden gekannt hatte.

Sein Leben klang hart für mich. Eine süchtige Mutter. Ein winziger Trailer auf dem Grundstück seines Onkels. Und jetzt hatte er auch noch seinen Job verloren.

Während ich zu meiner kleinen Wohnung und meiner Arbeit zurückkehren konnte, würde er zweifellos versuchen, einen neuen Job zu finden, und Probleme haben, über die Runden zu kommen.

Sobald ich wieder zu Hause war, konnte ich nicht anders, als das Resort in Texas anzurufen. „Hallo, hier spricht Mona Pendragon. Ich war kürzlich bei Ihnen zu Gast."

„Oh, Ms. Pendragon", sagte die Mitarbeiterin. „Ich erinnere mich an Sie. Was kann ich für Sie tun?"

„Ich brauche die Telefonnummer oder die Adresse eines jungen Mannes, der im Resort gearbeitet hat. Ich weiß, dass das seltsam klingt, aber er und ich hatten eine kleine Romanze, kurz bevor ich abreiste. Ich weiß, dass er seinen Job verloren hat, und ich mache mir Sorgen, dass er in Schwierigkeiten steckt, und möchte ihm Geld schicken."

„Ich kann Ihnen keine persönlichen Informationen geben, Ms. Pendragon. Aber wenn Sie Ihre Informationen bei mir hinterlassen und ich den jungen Mann sehe, kann ich sie ihm geben und er kann Sie kontaktieren, wenn er möchte. Wie lautet sein Name?"

„John Jones." Mein Herz setzte einen Schlag aus, als ich das sagte. „Er war Hilfskellner im Essence."

„Oh, er", sagte sie missbilligend. „Vielleicht sollten Sie sich überlegen, ihm Geld zu schicken, Ms. Pendragon. Er wurde entlassen, weil er auf dem Resortgelände Sex mit einer Angestellten hatte."

„Ja, das hat er mir gesagt." Ich wusste, was ich für ihn tun wollte, und war wild entschlossen. Also gab ich ihr meine Telefonnummer und Adresse und wartete darauf, von ihm zu hören.

Wochen vergingen, ohne dass er sich meldete. Ich war mir sicher, dass die Frau John meine Informationen nicht gegeben hatte. Sie musste gedacht haben, dass sie mir damit einen Gefallen tat. Aber das war nicht der Fall.

Ich konnte nicht aufhören, an ihn zu denken, und träumte jedes Mal von ihm, wenn meine Augen geschlossen waren. Eines Morgens ging ich zum Frühstück zu meinen Eltern und brach in Tränen aus. „Ich habe mich verliebt, Mum!"

„In wen, Liebes?" Sie nahm meine Hand und führte mich an den Küchentisch.

Mein Vater saß mit einer Tasse dampfendem Kaffee in der Hand und einem verwirrten Gesichtsausdruck da. „Ich wusste gar nicht, dass du jemanden kennengelernt hast."

„In Texas. John Jones. Wir haben uns in der letzten Nacht dort kennengelernt. Und wir haben uns verliebt. Ich weiß, das klingt unmöglich, es ist aber so. Er ist dreizehn Jahre jünger als ich. Seine Haut ist dunkel, ich denke, er ist Afroamerikaner. Und ich liebe ihn. Ich vermisse ihn. Und es ist mir egal, wer es weiß."

Als ein Auto in der Einfahrt parkte, stand mein Vater auf, um nachzusehen, wer gekommen war. „Ich erwarte keinen Besuch. Ihr etwa?"

Ich wischte die Tränen von meinen Wangen und versuchte, nicht mehr zu weinen, als ich den Kopf schüttelte. Meine Mutter zog mich hoch und umarmte mich. „Ach je. Es tut mir leid, dass du Liebeskummer hast. Vielleicht kannst du etwas tun, um diesen jungen Mann zu finden."

„Er ist so viel jünger als ich, Mum."

„Alter ist nur eine Zahl, Liebes. Es sollte der Liebe nicht im Weg stehen."

„Wir haben uns unter schlechten Umständen kennengelernt."

„Ach, wen interessiert das? Mich nicht."

„Und seine Hautfarbe stört dich auch nicht?"

„Nicht im Geringsten. Ein Mensch ist ein Mensch, egal welche Hautfarbe er hat." Sie tätschelte meine Hand, als sie mich wieder Platz nehmen ließ. „Wir werden diesen Mann für dich finden."

Mein Vater räusperte sich an der offenen Haustür. „War dieser Mann ziemlich groß, Mona?"

„Über 1,80 Meter, ja." Ich hatte aufgehört zu weinen, weil ich jetzt wusste, dass meine Eltern auf meiner Seite waren.

„Und war er ein hübscher Kerl, Mona?", fragte mein Vater.

„Der schönste Mann, den ich je gesehen habe."

Er streckte seinen Arm nach draußen. „Sie müssen John Jones sein. Ich bin Alfred Pendragon, Monas Vater. Bitte kommen Sie herein und frühstücken Sie mit uns, junger Mann. Es ist mir ein Vergnügen, Sie hier zu haben."

Ich stand langsam auf und glaubte nicht, was ich gehört hatte. Plötzlich stand er mit einem Koffer in der Hand vor mir. Er stellte ihn hinter der Küchentür auf den Boden. „Mona, ich bin gekommen, um dich zu sehen."

Ich warf meine Arme in die Luft und rannte zu ihm. „John!"

Er hob mich hoch und wirbelte mich herum, als wäre ich federleicht. „Ich habe dich so vermisst. Du hast keine Ahnung."

„Ich habe dich auch vermisst."

Er stellte mich hin und sah meinen Vater an, als er einen schmalen Ring aus seiner Tasche zog. „Sir, ich bin hier, weil ich um die Hand Ihrer Tochter anhalten möchte."

Ich wäre fast ohnmächtig geworden, als ich meine Hände auf meinen offenen Mund legte. Mein Vater nickte und John drehte sich zu mir um und hielt mir den Ring hin. Ich schluckte und streckte meine Hand aus. „Bist du dir sicher, John?"

„Mona Pendragon, ich war mir in meinem ganzen Leben noch nie so sicher. Wirst du mir die große Ehre erweisen, meine Frau zu werden?"

„Ja! Tausendmal ja!"

Und wir alle lebten glücklich bis ans Ende unserer Tage.

Ende

BILLIONAIRE'S SECRET BABY

Ein Second Chance - Liebesroman

(Unwiderstehliche Brüder 7)

Jessica F.

Das Leben als Milliardär rührte etwas tief in meiner Seele wie nichts anderes jemals zuvor.

Bis ich sie wiedersah.

Ihr Lächeln – süß und verboten.

Mein Bruder hat mich davor gewarnt, unser Resort in Skandale zu verwickeln.

Ich musste lernen, meine sexuelle Energie im Zaum zu halten.

Aber in meiner Freizeit mache ich, was mir gefällt.

Da ist sie – genauso, wie ich mich an sie erinnere.

Eines ist jedoch anders.

Wer ist das kleine Mädchen, das sie Mama nennt?

Unsere Blicke treffen sich und ihre Augen funkeln, als sie mich erkennt.

Mein Herz schlägt schneller in meiner Brust.

Moment – was zur Hölle soll das?

Ignoriert sie mich etwa?

Glaubt sie, ich habe die einzige Frau vergessen,
in die ich mich beinahe verliebt hätte?

Ich muss sie wiederhaben. Sie kann nur mir gehören!

KAPITEL EINS

COHEN

Gute finanzielle Neuigkeiten lösten immer tief in meiner Seele etwas aus. Geld bewegte mich schon immer so, wie nichts anderes es konnte.

Ich pfiff eine fröhliche Melodie, als ich den Flur entlangschlenderte, nachdem ich mein Büro verlassen hatte, und zwinkerte einem der Zimmermädchen zu, das mir mit seinem Wagen entgegen kam.

„Morgen, Miss Sara. Ich hoffe, Sie haben einen schönen Tag."

„Das wünsche ich Ihnen auch, Mr. Nash." Ihr Lächeln war süß und aufrichtig und sagte mir, dass sie ihren Job im Whispers Resort und Spa mochte.

Stolz erfüllte mich. Ich wusste ohne Zweifel, dass sich unsere Mitarbeiter bei ihrer Arbeit in dem Resort, das meine Brüder und ich von Grund auf aufgebaut hatten, wohl, sicher und glücklich fühlten. Also dachte ich, ich könnte ihr etwas verraten. „Ich bin auf dem Weg zu meinen Brüdern. Wenn alles gutgeht, bekommt bald jeder hier eine Gehaltserhöhung."

Ihre dunklen Augen leuchteten, während ein Lächeln ihre vollen Lippen umspielte. „Wirklich, Sir?"

„Ja, wirklich." Wir hatten im letzten Quartal einen fantastischen Gewinn erzielt und teilten den Reichtum immer mit denjenigen, die

697

uns geholfen hatten. „Ihr nächster Gehaltsscheck sollte etwas höher ausfallen."

„Vielen Dank, Mr. Nash." Sie schlang die Arme um ihren Körper, als hätte sie Schüttelfrost bekommen. „Ich kann Ihnen nicht sagen, wie sehr ich es liebe, hier zu arbeiten. Sie sind der beste Chef, den man sich wünschen kann."

„Oh, danke." Schmeichelei störte mich überhaupt nicht. „Bis später, Miss Sara."

„Bis später, Sir."

Ich schob meine Hände in die Taschen meiner Tom-Ford-Hose und betrachtete mich in einem dekorativen Spiegel, der an der Wand hing. *Ich in einem edlen Anzug. Wer hätte das gedacht?*

Es waren nicht viele Jahre vergangen, seit meine Brüder und ich unsere Heimatstadt Houston in Texas verlassen hatten, um nach Austin zu ziehen und unseren Traum zu verwirklichen.

Ich hatte damals Jeans und T-Shirts getragen. Seit der Eröffnung des Resorts kleideten wir uns modischer. Inzwischen bestand unsere Arbeitskleidung aus teuren Anzügen und Krawatten. Wir wollten den Gästen zeigen, dass unser Resort genauso luxuriös war, wie es unsere Werbung behauptete. Und dieses Image begann bei uns.

Ich hatte noch nie besser ausgesehen. Leider war mein neuer Stil an die Frauen im Resort verschwendet. Bevor wir überhaupt mit dem Einstellungsprozess begonnen hatten, hatte Baldwyn, der Älteste von uns, mir mitgeteilt, dass ich keine der Frauen, die im Resort arbeiten würden, anrühren durfte.

Ich hätte beleidigt reagiert, wenn ich nicht sicher gewesen wäre, dass er recht damit gehabt hatte, mir das zu sagen. Ich hatte meine ersten Jobs verloren, nachdem ich kurze Beziehungen zu Frauen gehabt hatte, mit denen ich zusammengearbeitet hatte. Mein letzter Job in Houston war die Leitung eines kleinen Hotels gewesen, in dem ich heimlich mit drei Mitarbeiterinnen ausgegangen war. Ich hatte gewusst, dass wir bald weggehen würden, und mir gedacht: *Verdammt, warum eigentlich nicht?* Also hatte ich es getan.

Ich hatte mich ausgetobt und war nun bereit, ein guter Eigentümer mit solider Moral zu werden – zumindest während ich bei der Arbeit war. Meine Freizeit gehörte mir und ich tat dann alles, was ich wollte.

Ich war allerdings diskret. Baldwyn hatte mich ermahnt, keinen

Skandal zu verursachen, der unserem Resort schaden könnte. Er hatte auch damit recht gehabt. Skandale hatten mich aus irgendeinem Grund nie gestört. Es war mir egal, was andere Leute dachten – das war es immer schon gewesen. Aber ich war nicht mehr allein. Das Resort gehörte nicht nur mir. Es gehörte uns fünf Brüdern, also musste ich darauf Rücksicht nehmen, was die Leute dachten, und ich musste lernen, bei meinen sexuellen Eskapaden ein paar Gänge herunterzuschalten.

„Das ist so aufregend, Mama!", hörte ich ein kleines Mädchen mit Begeisterung in seiner hohen Stimme sagen, als es aus dem Aufzug stieg. „Unser Zimmer ist so schön! Ich kann nicht glauben, dass es echt ist. Kannst du es?"

Die Frau, die hinter dem Kind aus dem Aufzug kam, zog meine volle Aufmerksamkeit auf sich. „Ich kann es glauben, Schatz. Und ich bin froh, dass ich dich auf diese wundervolle Reise mitgenommen habe." Sie drehte ihren Kopf zur Seite, sodass ihr langer blonder Pferdeschwanz über ihre Schulter fiel.

Ich kenne sie.

Als ich durch die Lobby ging, in der sich nur ein paar andere Personen aufhielten, konnte ich meine Augen nicht von der Frau abwenden. Sie war nur ungefähr 1,65 Meter groß und hatte einen ziemlich durchschnittlichen Körperbau. Sie hatte normale Kurven für eine Frau Mitte zwanzig – so alt schätzte ich sie.

Sie trug ein bequemes rosa Jogging-Outfit und weiße Turnschuhe, sodass ich annahm, sie würde gleich auf unserem hochmodernen Joggingpfad laufen gehen, der sich über das Gelände des Resorts erstreckte.

Als ich meine Augen von ihr abwandte, um das Kind anzusehen, dessen Hand sie nahm, bemerkte ich, dass es genau das gleiche Outfit trug. Die Kleine war das Ebenbild ihrer Mutter, nur hatte sie lange dunkle Haare, die in einem Pferdeschwanz bis zur Mitte ihres Rückens reichten.

Sie gingen zu den Glastüren im Eingangsbereich der Lobby, während ich weiter auf sie zu marschierte. Die Frau sah über ihre Schulter, bevor sie hinausging, und unsere Blicke trafen sich.

Nachdem ein flüchtiger Funke ihre goldenen Augen erhellt hatte, senkte sie den Kopf und eilte zur Tür hinaus. Aber meine Erinnerung an sie hatte mich endlich eingeholt. „Ember?", rief ich. „Ember Wilson, bist du das?"

Sie erstarrte und ihre Augen hefteten sich auf den Boden. Aber die goldenen Augen des kleinen Mädchens, dessen Hand sie hielt, fanden meine. „Wer sind Sie, Mister?"

„Ich bin Cohen Nash." Ich streckte die Hand aus und legte sie auf Embers Schulter, um herauszufinden, ob ich sie dazu bringen konnte, mich anzusehen. „Habe ich dich erschreckt, Ember?"

Schließlich hob sie den Kopf und schüttelte ihn. „Nein. Ich war mir einfach nicht sicher, ob ich dich kenne, das ist alles." Sie musterte mich von oben bis unten. „Der Anzug hat mich verwirrt, Cohen."

Ich strich mit der Hand über das Revers der Anzugjacke und grinste. „Oh ja. Ich habe einen Moment lang vergessen, was ich anhabe." Wir waren immer noch an der Tür und standen einigen anderen Gästen im Weg, die versuchten, nach draußen zu gelangen. „Komm kurz mit, damit wir reden können."

Sie nickte und hielt die Hand des kleinen Mädchens fest umklammert. „Sicher."

Ich ging neben ihr her und führte sie zum Frühstücksraum, damit wir uns setzen konnten. „Was machst du hier in Austin in meinem Resort, Ember?"

Sie blieb mit geweiteten Augen stehen. „*Dein* Resort?"

„Nun, meine Brüder und ich besitzen es zusammen. Also, was hat dich hierhergeführt?" Ich umfasste ihren Ellbogen und drängte sie sanft, in Bewegung zu bleiben.

Sie kam langsam mit. „Die Firma, für die ich arbeite, hat mir die Reise in dieses Resort geschenkt. Ich bin in der Ölbranche. Ich arbeite oft von zu Hause weg und wollte meine Tochter mitbringen. Das hier gehört also dir, hm?"

„Ja." Ich konnte die Anspannung in ihrem Körper spüren, obwohl ich nur ihren Ellbogen berührte. Ich hatte keine Ahnung, warum sie so nervös bei mir war. „Geht es dir gut, Ember?"

Sie bewegte ruckartig den Kopf, um mich anzusehen, und schnappte nach Luft. „Ja! Warum fragst du mich das? Mir geht es gut, Cohen." Die Anspannung nahm zu.

Also versuchte ich, mich ein wenig zurückzuhalten. „Aus keinem besonderen Grund." Ich führte sie in den Frühstücksraum und deutete auf die Saftbar. Ich dachte, Ember könnte einen Drink gebrauchen, um sich ein bisschen zu entspannen. Aber mit dem Kind in der Nähe wäre das wahrscheinlich unangemessen. „Möchtet ihr Saft? Ich mag Mango-Ananas am liebsten."

„Ich wette, dass ich das auch mögen würde", sagte das kleine Mädchen, als es die Hand seiner Mutter losließ und zu dem Behälter mit dem gelben Saft ging. „Mama, willst du auch ein Glas?"

„Nein." Ember setzte sich an einen der kleinen Tische.

Ich nahm ihr gegenüber Platz. „Also, wie läuft es bei dir zu Hause? Ist bei deiner Schwester alles okay?" Ich hatte mich ein paar Monate mit ihrer älteren Schwester verabredet. Wie alle meine Beziehungen hatte es nicht funktioniert.

„Ashe ist jetzt verheiratet. Schon seit vier Jahren. Sie hat zwei Kinder und ist wirklich glücklich." Ember sah ihr Kind an, das mit einem randvollen Glas Saft zu uns kam. „Pass auf, dass du nichts verschüttest."

„Das werde ich nicht." Das kleine Mädchen setzte sich zu uns. „Sie kennen also auch meine Tante Ashe?"

„Früher waren sie zusammen", sagte Ember.

„Oh." Die Kleine nippte an dem Saft. „Hey, das ist gut! Danke, dass Sie mir davon erzählt haben." Nach einem weiteren Schluck fragte sie: „Warum haben Sie sich voneinander getrennt? Wenn ich Tante Ashe wäre, hätte ich mich nicht von Ihnen getrennt. Sie sind … ähm, na ja, ich denke, das Wort ist *heiß*." Sie errötete. „Ich meine, gutaussehend."

„Danke. Du bist selbst ein sehr hübsches kleines Mädchen. Ich wette, du kannst dich kaum vor Verehrern retten", sagte ich lachend.

„Sie sind lustig", sagte sie und trank einen weiteren Schluck.

„Trink deinen Saft, Schatz. Wir müssen loslaufen." Ember strich mit der Hand über den Pferdeschwanz ihrer Tochter und ich sah, dass sie zitterte.

Ich wusste nicht, warum Ember ihrem Kind nicht erzählte, dass wir uns auch verabredet hatten. Tatsache war, dass Ember das einzige Mädchen gewesen war, das mich jemals verlassen hatte. Sie hatte nicht darüber hinwegkommen können, dass ich zuerst mit ihrer Schwester zusammen gewesen war.

Es war nicht so, als wäre ich von einer Schwester zur anderen gegangen. Seit meiner Zeit mit Ashe war ein halbes Jahr vergangen, als Ember und ich uns in einem örtlichen Einkaufszentrum begegnet und später in der Nacht zusammen im Bett gelandet waren.

Dort hatte es aber nicht aufgehört. Ich hatte Ember gemocht. Sie und ich hatten über die gleichen Dinge gelacht, die gleiche Art von Musik – Hard Rock – gemocht und auch beim Essen die gleichen Vorlieben geteilt.

Ich hatte sie bei unserem ersten Date in ihr Lieblingsrestaurant, das *Red Lobster*, ausgeführt. Sie hatte das jährliche Hummerfest geliebt und ich hatte es großartig gefunden, dass sie so viel aß, wie sie wollte, ohne sich Gedanken darüber zu machen, was ich davon halten könnte.

Ember hatte sie selbst bei mir sein können, genauso wie ich bei ihr. Leider hatte sie die Sache nach nur einer Woche abgebrochen. Wir hatten uns an jedem dieser sieben Tage getroffen – und waren in jeder der sieben Nächte im Bett gelandet.

Obwohl es nur eine Woche gedauert hatte, hatte es mir wehgetan und mich verwirrt, als sie gesagt hatte, wir könnten uns nicht mehr sehen. Sie hatte immer wieder gesagt, dass ihre Familie wütend auf sie sein würde, weil sie jemanden traf, mit dem ihre Schwester ausgegangen war, und dass ihre Schwester sie hassen würde. Sie hatte ihre Familie nicht verlieren oder verärgern wollen wegen eines Mannes wie mir – eines Weiberhelden.

Ich musste zugeben, dass es mir einen Stich versetzt hatte, so von ihr genannt zu werden. Nicht, dass ich protestieren konnte, da ich genau das war – obwohl ich den Begriff hasste.

Ich schätze, ich bin immer noch so.

„Wie lange wirst du hierbleiben, Ember?" Obwohl sie sich bei mir nicht annähernd so wohl fühlte wie früher, hatte ich das Gefühl, dass wir uns wieder verstehen würden, wenn sie und ich Zeit miteinander verbringen könnten. Bei der Vorstellung regten sich Gefühle in mir, die ich seit unserer letzten Begegnung nicht mehr gespürt hatte – vor etwa sieben Jahren.

„Nur zwei Nächte. Heute Nacht und morgen Nacht. Es ist eine kurze Reise. Ich muss am Montag wieder arbeiten."

„Was genau machst du beruflich?"

„Mama arbeitet in einem Container mit vielen Geräten, die ihr helfen, den Schlamm zu untersuchen, der bei dem Bohrturm aus dem Loch kommt. Sie kann erkennen, ob sich Gas im Schlamm befindet. Sie ist Schlammforscherin. Man sagt, wenn man sieht, wie ein Schlammforscher aus seinem Container rennt, sollte man auch rennen, weil der Bohrturm dann kurz vor der Explosion steht."

„Wow." Ich konnte nicht glauben, dass die kleine Ember Wilson so einen Job hatte. „Das klingt sehr gefährlich."

„Das ist es nicht", sagte Ember mit angespanntem Kiefer. „Ich untersuche die Schlammproben, um sicherzustellen, dass so etwas nicht passiert. Bei mir ist noch nie etwas explodiert." Sie klopfte mit den Fingerknöcheln auf den Holztisch. „Hoffentlich auch weiterhin nicht."

Trotzdem klang es, als könnte sie nicht viel Zeit zu Hause bei ihrem Kind verbringen. „Also wohnst du in einem Container auf dem Gelände des Bohrturms – oder wie auch immer man das nennt."

„Ja." Sie nickte. „Mein Partner und ich arbeiten in Zwölf-Stunden-Schichten. Ich übernehme die Nächte und Roger die Tage. Auf der Rückseite des Containers befinden sich Kojen, in denen wir schlafen können, und es gibt auch ein kleines Badezimmer und eine Küche."

„Sie ist manchmal einen ganzen Monat weg", sagte das kleine Mädchen. „Ich vermisse sie sehr. Aber ich bleibe dann bei meiner Grandma und meinem Grandpa, also ist es nicht so schlimm."

Ember hatte mich noch nicht ihrer Tochter vorgestellt, also nahm ich es auf mich, ihren Namen herauszufinden. „Deine Mutter hat mir deinen Namen noch nicht verraten, Kleine."

„Oh, ich heiße Madison Michelle Wilson, Mr. Nash."

Wilson? Hmm, anscheinend hat Ember den Vater des Mädchens nicht geheiratet.

„Nenne mich Cohen. Deine Mutter und ich sind alte Freunde und ich hoffe, dass ich Zeit mit euch beiden verbringen kann, während ihr hier seid."

„Nun, wir müssen jetzt laufen gehen." Ember stand auf und griff nach Madisons Hand. „Komm, Schatz."

„Wir sehen uns später."

„Ich hoffe es", rief Madison über ihre Schulter, als ihre Mutter fast aus dem Frühstücksraum sprintete.

Ich hoffe es auch – aber die Art und Weise, wie Ember sich verhält, ist kein gutes Zeichen.

KAPITEL ZWEI

Ember

Wie konnte ich nicht wissen, dass Cohen Nash dieses verdammte Resort besitzt?

Sieben Jahre lang war ich dem Mann aus dem Weg gegangen und hier war ich in einem Resort, das ihm gehörte. Wie standen die Chancen dafür?

Houston war eine große Stadt, aber nicht so groß, dass die Leute nicht über diejenigen sprachen, die erfolgreich waren. Und Cohen war wahnsinnig erfolgreich geworden.

Ich hatte den Mann bisher nur in Jeans und T-Shirts gesehen – der teure Anzug hatte mich sprachlos gemacht. Er hatte nie besser ausgesehen. Ich hasste, dass ich beim Anblick seines attraktiven Gesichts alles andere vergessen hatte. Und als er mich berührt hatte, war tief in meinem Herzen eine Erregung erblüht, die ich nur mit ihm erlebt hatte.

Leider war die Art und Weise, wie ich bei ihm empfand, tabu, weil er vor mir meine Schwester gedatet hatte. Nicht dass irgendjemand in meiner Familie von der einen Woche mit dem heißesten, leidenschaftlichsten Sex meines ganzen Lebens gewusst hätte. Diese Woche musste geheim bleiben – dauerhaft. Niemand durfte jemals erfahren, dass Cohen und ich mehr als einen Kuss auf die Wange geteilt hatten. Meine Schwester würde sterben und meine Eltern würden mich umbringen, wenn sie jemals die Wahrheit herausfanden.

Seine gewellten dunklen Haare waren damals länger gewesen. Jetzt trug er sie ordentlich kurz geschnitten und sah viel reifer aus als damals. Aber seine Augen hatten immer noch das gleiche wunderschöne Grün. Er war immer muskulös gewesen, aber ich konnte sehen, dass er nun viel mehr Zeit darauf verwendete, seinen muskulösen Körper in Topform zu halten. Er war immer noch der heißeste Kerl, den ich je gekannt hatte.

Madison hatte nach unserem Lauf bereits geduscht und sich umgezogen. Als ich in einem weißen Bademantel, den das Resort zur Verfügung stellte, aus dem Badezimmer kam, saß sie mit meinem Handy in der Hand auf dem Bett. „Ja, Grandma, hier ist es wunderschön. Und der Mann, dem das Resort gehört, kennt Mama und Tante Ashe. Ist das nicht verrückt?"

Ich verdrehte die Augen und ging zum Schrank, um etwas auszusuchen, das ich zum Mittagessen tragen wollte. „Sag Grandma, dass ich Hallo gesagt habe."

„Mama sagt Hallo." Madison lächelte mich an. „Trage etwas Schönes für mich, Mama. Ich möchte in einem edlen Restaurant zu Mittag essen." Sie strich mit ihrer Hand über das blaue Kleid, das sie trug und das ihr dunkles Haar hervorhob.

„Verstanden." Ich griff nach einer lässigen grauen Hose und einer rosa Bluse. „Ich werde meine rosa Ballerinas dazu tragen."

„Wie wäre es mit deinen schwarzen High Heels?", riet mir die kleine Modeexpertin.

„Ich habe sie nicht mitgebracht." Ich war mit meinem sechsjährigen Kind im Urlaub. Ich hatte keine Nacht in der Stadt geplant. „Die Ballerinas reichen."

„Wie du meinst. Grandma, warum hat Tante Ashe mit Cohen Schluss gemacht? Er ist so gutaussehend und jetzt hat er eine Million Dollar oder so – zumindest hat Mama das gesagt. Tante Ashe hat es wirklich vermasselt."

„Deine Tante Ashe ist sehr glücklich mit deinem Onkel Mike, also hat sie es nicht vermasselt", ließ ich sie wissen. Außerdem war die Trennung nicht von Ashe ausgegangen.

Cohen war derjenige gewesen, der ihre Beziehung beendet hatte.

Soweit ich wusste, hatte er sich von all den vielen Mädchen getrennt, mit denen er sich verabredet hatte. Er hatte schon viele Herzen gebrochen.

Nach allem, was er mir erzählt hatte, war ich die einzige Frau, die jemals mit ihm Schluss gemacht hatte. Nicht, dass mein Herz nicht gebrochen wäre, als ich den Dingen zwischen uns ein Ende gesetzt hatte.

Ich hatte Cohen gemocht. Wir hatten ähnliche Interessen gehabt und ich hatte seine Gesellschaft wirklich genossen. Und er hatte Dinge im Schlafzimmer getan, die mich umgehauen hatten. Ihn zu verlassen war nicht einfach gewesen. Tatsächlich war es eines der schwierigsten Dinge gewesen, die ich jemals tun musste.

Aber es war nötig gewesen.

„Bist du dir da sicher, Grandma?", fragte Madison, als sie mich mit hochgezogenen Augenbrauen ansah. „Mama, Grandma sagt, dass *er* sich von Tante Ashe getrennt hat."

„Ich weiß nicht, warum dich das interessiert oder warum du gedacht hast, dass sie sich von ihm getrennt hat. Niemand hat dir das gesagt. Du hast es dir einfach selbst ausgedacht." Ich nahm meine Kleidung und ging zurück ins Badezimmer, um sie anzuziehen.

„Er sieht nicht wie ein gemeiner Mensch aus, also dachte ich, dass Tante Ashe sich von ihm getrennt haben muss. Du weißt, wie sie ist."

Ich wusste, wie meine ältere Schwester sein konnte. Aber ich mochte es nicht, wenn mein Kind schlecht über seine Tante sprach. „Sie ist nett zu dir und das weißt du auch."

„Ja – aber aus irgendeinem Grund nur zu mir. Nicht einmal zu Onkel Mike, und sie kann auch ziemlich gemein zu Abby und Joey sein, obwohl sie ihre Kinder sind. Erinnerst du dich, wie sie dazu gezwungen hat, all die ekelhaften grünen Erbsen auf ihren Tellern zu essen? Du hast mich nicht dazu gezwungen, meine Portion ganz zu essen. Das liegt daran, dass du netter bist als sie." Es gab eine Pause und dann hörte ich, wie sie zu meiner Mutter sagte: „Grandma, es tut mir leid. Ich weiß, dass Tante Ashe mich sehr liebt. Aber sie ist die meiste Zeit sehr herrisch. Sie will *immer* ihren Willen durchsetzen."

Als ich in den Spiegel schaute, sah ich eine dünne Linie auf meiner Stirn. *Verdammt, dabei bin ich erst siebenundzwanzig.*

Ich rieb mit meinem Finger darüber und versuchte vergeblich, sie zu glätten. Tatsache war, dass ich seit sieben Jahren ständig viel zu tun hatte. Ich brauchte diesen Urlaub, um ein paar Tage zu entspannen. Aber jetzt, da Cohen hier war, wusste ich, dass das nicht passieren würde.

Der Mann hatte einen starken Willen und wenn er etwas – oder jemanden – im Visier hatte, ließ er nicht locker, bis er bekam, was er wollte. Und ich konnte es in seinen betörenden grünen Augen sehen. *Er will mich.*

Also musste ich Wege finden, um ihn für den Rest unseres Aufenthalts zu meiden. Genau deshalb hatte ich vor, zusammen mit Madison all unsere Mahlzeiten außerhalb des Resorts einzunehmen. Eigentlich war geplant gewesen, kostenlos in den Restaurants des Resorts zu essen, um Geld zu sparen. Aber mit Cohen in der Nähe wollte ich kein Risiko eingehen.

Der Kerl war und würde immer ein Casanova sein. Und ich hatte in meinem Leben keinen Platz für einen solchen Mann. Eigentlich hatte ich in meinem Leben überhaupt keinen Platz für irgendeinen Mann.

Da die Arbeit so viel Zeit in Anspruch nahm, war meine Freizeit ausschließlich meiner Tochter vorbehalten. Ich hatte den Job vor drei Jahren angenommen und er hatte unser Leben erheblich verändert.

Wir wohnten nicht mehr bei meinen Eltern, sondern hatten unser eigenes Zuhause. Sicher, es war nur gemietet, aber zumindest gehörte es uns allein. Und ich konnte meiner Tochter die Dinge kaufen, die sie brauchte, ohne mich auf meine Eltern verlassen zu müssen.

Gut zu verdienen war schön, obwohl es mich daran hinderte, mehr Zeit mit meiner Tochter zu verbringen. Aber ich wollte nicht für immer Schlammforscherin bleiben. Mein Ziel war, eines Tages in der Firmenzentrale zu arbeiten – wann immer es eine offene Stelle gab. Dann wäre alles anders und ich könnte viel öfter mit meiner Tochter zusammen sein.

„Grandma! Sag so etwas nicht. Das ist unhöflich", tadelte Madison ihre Großmutter.

Ich hatte mich angezogen und kam heraus, um nachzusehen, was los war. „Madison, rede nicht so mit deiner Großmutter."

Ihr Mund stand offen und ihre Augen waren geweitet. „Aber Mama, sie hat gesagt, dass Cohen Nash ein mieser Casanova ist, der ihre Tochter benutzt und sie dann wochenlang zum Weinen gebracht hat. Er wirkt zu nett, um so etwas getan zu haben."

„Verabschiede dich von deiner Grandma, damit wir aufbrechen können. Wir müssen uns etwas zu essen suchen." Ich streckte die Hand aus, damit sie mir mein Handy gab.

„Ich liebe dich, Grandma. Auch wenn du dich bei Cohen irrst. Bye." Sie strich über den Bildschirm und beendete den Anruf, bevor sie mir das Handy gab.

„Sie liegt nicht ganz falsch in Bezug auf ihn, Schatz. Aber deine Tante hat nicht wochenlang geweint, es waren eher ein paar Tage. Ihr Stolz war tiefer verletzt als alles andere." Tatsache war, dass meine Tochter recht hatte. Ashe war herrisch und sie musste alles auf ihre Art haben. Sie war schon immer so gewesen. Wir hatten uns an ihr Verhalten gewöhnt, aber Cohen hatte es nie getan. Deshalb hatte er die Sache mit ihr beendet. Das hatte er mir selbst erzählt.

„Was hat Grandma gemeint, als sie ihn einen miesen Casanova genannt hat?" Sie stand vom Bett auf und sah sich im Spiegel an.

„Einen Frauenhelden." Ich zog es vor, ihn so zu nennen. „Nun, er war damals einer. Aber er war jung, erst zweiundzwanzig. Das bedeutet, dass er damals mit vielen verschiedenen Mädchen zusammen war." Vielleicht war er das immer noch. Dass er keinen Ehering am Finger hatte, sagte mir, dass er sich mit niemandem dauerhaft eingelassen hatte. Außerdem hatte er nicht erwähnt, dass er eigene Kinder hatte, und ich war mir sicher, dass er das getan hätte, wenn es so wäre. Aber was wusste ich schon? Ich hatte nicht einmal gehört, dass er Milliardär geworden war.

„Wenn er jung war, als er diese Dinge tat, denke ich nicht, dass es zählt. Was denkst du, Mama?" Sie strich ihre Haare mit einer Hand glatt, da ihre natürlichen Wellen ziemlich hartnäckig sein konnten.

„Man kann einen Menschen nicht anhand seiner Vergangenheit beurteilen." Lächelnd griff ich nach ihrer Haarbürste. „Komm her und lass mich deine Haare noch einmal frisieren. Danach werden wir ein schönes Restaurant suchen."

„Während du unter der Dusche warst, habe ich mir das kleine Heft angesehen, das auf dem Tisch lag. Es gibt drei wirklich schicke Restaurants hier im Resort. Ich will hier essen." Sie rannte zu der Broschüre und zeigte darauf. „Ich kann das Wort nicht aussprechen."

„*Essence*." Ich wollte nicht im Resort essen und riskieren, wieder auf Cohen zu treffen. „Ich dachte, wir gehen außerhalb essen."

„Aber schau dir diese Fotos an – es sieht so lecker aus!" Sie schmollte enttäuscht. Es war ein Anblick, bei dem ich niemals Nein sagen konnte.

„Okay, Süße. Wir können dort essen, wo du möchtest." Ich musste nur sicherstellen, Cohen nicht noch einmal zu begegnen. *Leichter gesagt als getan.*

KAPITEL DREI

COHEN

Ich schloss die Augen, lehnte mich in meinem Bürostuhl zurück und rief mir das erste Mal ins Gedächtnis, als Ember und ich uns geliebt hatten.

Es waren sieben Jahre vergangen, aber ich konnte mich noch gut daran erinnern.

Ihre Haut, das Weichste, was ich jemals gefühlt hatte, hatte gezittert, während ich meine Hände über ihre nackten Brüste bewegte. Volle Brüste, obwohl sie damals erst zwanzig gewesen war. Ich hatte vermutet, dass sie mit zunehmender Reife noch mehr wachsen würden.

Und das haben sie getan.

Ihre bebenden Lippen waren rot und geschwollen gewesen von all dem, was wir gemacht hatten, bevor sie sich schließlich bereit erklärt hatte, mit mir nach Hause zu gehen, um dort zu übernachten. Ich hatte sehen können, wie nervös sie war, so etwas mit mir zu tun.

„Es ist okay, Ember. Ich verstehe es. Du möchtest nicht, dass jemand davon erfährt. Ich werde es niemandem verraten. Ich schwöre dir, dass ich niemals auch nur einer Menschenseele davon erzählen werde. Aber ich mache es nur für dich."

„Danke, Cohen. Meine Schwester darf es nie herausfinden oder es wird sie umbringen." Sie hatte ihren Körper geschmeidig bewegt,

711

während sie mich langsam ritt, und vor Verlangen gestöhnt. „Aber ich fühle mich so verdammt gut bei dir, dass ich nicht anders kann."

Ich hatte ihre harten Brustwarzen zwischen Daumen und Zeigefinger genommen. „Bei dir fühle ich mich auch gut, Baby." Ich hatte gewusst, dass ich sie weiterhin sehen wollte. Aber ich war mir nicht sicher gewesen, ob sie daran Interesse hätte oder nicht, wenn sie so besorgt darüber war, dass ihre Schwester von uns erfahren könnte. „Morgen möchte ich dich zum Essen ausführen."

Sie hatte innegehalten und ihre Kinnlade war heruntergeklappt. „In der Öffentlichkeit?"

„Scheint so, als würdest du nicht mit mir gesehen werden wollen." Ihre Worte hatten mich ziemlich verletzt. „Wir könnten auf die andere Seite der Stadt oder sogar nach Galveston fahren. Ich möchte nicht, dass du denkst, dass es mir nur um Sex geht, weil es nicht so ist. Ich spüre eine echte Bindung zu dir. Es ist mehr als nur sexuell."

„Cohen, ich mag dich, das tue ich wirklich. Ich hatte noch nie zuvor eine so natürliche Verbindung zu jemandem. Mehr darf aber nicht passieren. Das weißt du, oder?"

Ich hatte ihre Bedenken begriffen. „Hör zu, du weißt, dass deine Schwester und ich uns nicht verstanden haben. Ehrlich gesagt konnte ich nie herausfinden, warum sie sich so verletzt verhielt, als ich ihr sagte, wir müssten es beenden. Wir hatten einen albernen Streit darüber, dass ich noch ein Bier bestellt hatte, nachdem sie mir gesagt hatte, ich solle es nicht tun. Ich bin ein verdammter Mann, kein Kind. Ich brauche keine Frau, die mir sagt, was ich tun darf und was nicht."

„Ich weiß, wie sie sein kann." Ihre Hände hatten meine Brust gestreichelt und sie hatte mich fasziniert betrachtet. „Woher hast du so viele tolle Muskeln?"

„Ich trainiere." Ich hatte ihre Hände genommen und sie zu mir hinunter gezogen, um ihre Arme um meinen Hals zu legen. „Küss mich und lass uns an nichts anderes denken als an dich und mich."

„Einverstanden."

So war es bei uns gewesen. Wir waren uns über so ziemlich alles einig gewesen. Nun, mit einer Ausnahme. Wir waren uns nie einig darüber gewesen, ob es richtig war, uns nach nur einer fantastischen Woche nicht mehr zu sehen. Ich war mir sicher gewesen, dass es auch für sie die beste Woche ihres Lebens gewesen war. Aber sie hatte es trotzdem beendet.

Ich öffnete meine Augen und dachte, ich sollte sie an jene Nacht erinnern, als wir heimlich auf der anderen Seite von Houston im *Red Lobster* gewesen waren.

Da es fast sechs Uhr abends war, rief ich den Küchenchef des *Essence* an. Er antwortete beim ersten Klingeln: „Was kann ich heute Abend für Sie tun, Mr. Nash?"

„Ich möchte, dass Sie Hummer für zwei Personen zubereiten und dazu die beste Flasche Weißwein servieren, die Sie haben."

„Kommen Sie zum Essen ins Restaurant oder soll ich es in Ihr Büro schicken lassen?"

„Es ist nicht für mich. Es ist für einen unserer Gäste und ein kleines Mädchen. Sie müssen es auf Ember Wilsons Zimmer servieren. Und stellen Sie sicher, dass Sie ihrer Tochter ein fruchtiges Getränk schicken." Ich hoffte, das würde Ember dazu veranlassen, Zeit mit mir zu verbringen.

„Ich werde es innerhalb einer halben Stunde auf ihr Zimmer bringen lassen."

„Großartig. Danke."

Ich hatte sie zur Mittagszeit auf ihrem Zimmer angerufen, um sie zu bitten, mit mir zu essen, aber sie hatte gesagt, dass sie und ihre Tochter bereits gegessen hatten. Und dank der Überwachungskamera im Flur vor ihrem Zimmer konnte ich sehen, dass sie ihre Suite seitdem nicht mehr verlassen hatte. Ich hatte unsere Mitarbeiter kommen und gehen sehen, sodass ich wusste, dass sie und ihre Tochter den Tag damit verbracht hatten, sich mit Massagen, Gesichtsbehandlungen und Maniküren verwöhnen zu lassen.

Ich begann zu denken, dass Ember nicht im Resort unterwegs sein wollte, weil sie Angst hatte, sie könnte mir begegnen. Wenn das der Fall war, bedeutete das, dass sie befürchtete, sich in Bezug auf mich nicht beherrschen zu können. Das war großartig, denn es fiel mir auch schwer, mich zu kontrollieren, wenn es um sie ging. So war es immer zwischen uns gewesen.

Es gab jedoch ihre Tochter zu berücksichtigen und ich hatte noch nie an ein Kind denken müssen. Aber ich mochte Kinder und dass sie eins hatte, schreckte mich nicht ab. Ich wollte einfach nur Zeit mit den beiden verbringen. Schließlich mochte ich Embers Gesellschaft.

Wollte ich Sex mit ihr haben? Sicher. Aber ich wusste, dass das schwierig wäre, solange ihr kleines Mädchen in der Nähe war. Die Zukunft war allerdings eine ganz andere Geschichte.

Nur etwas mehr als zwei Stunden würden uns trennen, wenn sie nach Houston zurückkehrte. Ich würde die Fahrt bereitwillig auf mich nehmen, um sie so oft zu besuchen, wie sie mir erlaubte.

Etwas auf dem Bildschirm meines Computers erregte meine Aufmerksamkeit und ich sah, dass die Mahlzeiten auf Embers Zimmer geliefert wurden. Sie öffnete die Tür in einem weißen Bademantel und sah entspannt und erfrischt aus.

Es gab keinen Ton, sodass ich nicht hören konnte, was gesagt wurde, aber ich konnte erkennen, dass ihre Reaktion anders ausfiel, als ich mir vorgestellt hatte. Sie schüttelte den Kopf und sah erschrocken aus, als sich eine dünne Linie auf ihrer Stirn bildete. Sie schickte den Portier zurück in den Flur und er ging schnell davon und nahm das Tablett mit dem Essen mit.

Was zur Hölle soll das?

Augenblicke später rief mich das *Essence* an. „Hier ist Cohen Nash."

„Hier spricht Sammy, der Zimmerservice-Manager. Ich fürchte, die Hummergerichte, die Sie Miss Wilson geschickt haben, wurden abgelehnt, weil ihre Tochter eine Allergie gegen Schalentiere hat. Was sollen wir jetzt tun, Sir?"

„Machen Sie zwei Portionen Makkaroni mit Käse. Aber schicken Sie sie nicht hoch. Ich werde sie holen." Als ich den Anruf beendete, war ich wütend auf mich selbst, weil ich nicht an Allergien gedacht hatte, als ich das Essen bestellt hatte.

Ich schloss mein Büro ab und machte mich auf den Weg zum *Essence*, um die Teller abzuholen, die das Personal für mich vorbereitet hatte, als ich dort ankam. Als ich zu Embers Suite ging, hasste ich die Schmetterlinge in meinem Bauch – und liebte sie gleichzeitig.

Das sieht mir überhaupt nicht ähnlich.

Aber genau das machte Ember mit mir. Sie rief alle möglichen Gefühle in mir hervor, was sonst niemand tun konnte.

Ich bereitete mich in Gedanken auf ihre Reaktion vor und klopfte an die Tür. „Zimmerservice."

Die Tür öffnete sich schnell. Schon zeigte sich Verärgerung auf ihrem überaus hübschen Gesicht. „Ich habe nichts bestellt ... oh, du bist es."

„Ich bin es. Ich habe etwas für dich und die kleine Madison mitgebracht." Sie trat nicht zurück, also war ich mir nicht sicher, was ihre Absichten waren. „Darf ich reinkommen?"

Madison streckte ihren Kopf hinter ihrer Mutter hervor und hatte ein Lächeln auf ihren Lippen. „Hi! Du hast uns auch etwas gebracht. Wie nett." Sie schob sich zwischen ihre Mutter und mich. „Kannst du ein bisschen reinkommen?"

„Ja." Ich sah, wie Embers Schultern heruntersackten, als sie sich umdrehte und wegging.

Obwohl sie überhaupt nicht begeistert über meine Gesellschaft wirkte, schien Madison sehr glücklich zu sein, dass ich vorbeigekommen war. Sie ging zu dem kleinen Esstisch. „Hier drüben, Mr. Cohen. Jemand hat uns vorhin etwas gebracht, das ich nicht essen darf. Mama hat es zurückgeschickt. Was hast du dabei?"

Ich stellte die silbernen Tabletts auf den Tisch und zog die Abdeckungen herunter. „Ich habe euch unsere berühmten Makkaroni mit Käse mitgebracht."

Sie klatschte lachend, als sie den weißen Bademantel, den sie trug, etwas enger um sich zog und sich dann setzte. „Ich liebe Makkaroni mit Käse. Es ist mein absolutes Lieblingsessen. Woher weißt du das?"

„Es ist auch mein Lieblingsessen." Als ich über meine Schulter sah, ging Ember gerade mit ein paar Kleidern in den Händen ins Badezimmer. „Ich habe auch einen Teller für dich mitgebracht, Ember."

„Ich werde mich umziehen. Ich fühle mich im Bademantel nicht wohl." Sie schloss die Tür hinter sich und ließ mich und Madison allein.

Madison schien kein Problem damit zu haben, da sie sich schnell eine Gabel schnappte und anfing, zu essen. „Ich werde nicht auf sie warten. Sie braucht immer viel Zeit im Badezimmer."

Ich setzte mich auf den Stuhl ihr gegenüber. „Hattest du heute Spaß?"

„Spaß?" Sie schüttelte den Kopf. „Aber es hat mir gefallen. Ich habe eine Massage bekommen, aber es tat zuerst irgendwie weh. Und dann hat jemand meine Nägel lackiert." Sie streckte eine Hand aus und hielt mir ihre rosa Fingernägel hin. „Siehst du? Meine Zehen sind genauso. Mama hat sich eine Farbe ausgesucht, die sie *Nude* nennt. Ich nenne sie langweilig. Ich wollte, dass sie rote Nägel bekommt, aber sie wollte nicht. Ich denke, Mama mag es aus irgendeinem Grund nicht, aufzufallen. Was keinen Sinn ergibt, weil sie wirklich hübsch ist – besonders für jemanden, der *so* alt ist."

Ich versuchte, ein Lächeln zurückzuhalten – wahrscheinlich wirkte jeder alt, wenn man sechs war. „Vielleicht will sie wegen ihres Jobs nicht auffallen. Sie muss an den Bohrtürmen hauptsächlich mit Männern zusammenarbeiten. Ich wette, deshalb trägt sie keinen roten Nagellack, obwohl sie damit wunderschön aussehen würde."

„Sie würde wirklich wunderschön aussehen! Du hast so recht, Mr. Cohen."

„Du kannst das *Mister* weglassen und mich einfach Cohen nennen. Niemand außer dem Personal nennt mich Mister. Und wir sind Freunde, oder?"

„Sicher." Sie hielt mit ihrer Gabel in der Luft inne, als sie mir direkt in die Augen sah. „Wenn wir wirklich Freunde sind … kannst du mir dann sagen, warum meine Grandma dich nicht mag?"

„Nun, ich habe mich von ihrer ältesten Tochter getrennt. Und sie hat wohl nie begriffen, warum." Ich hatte nicht vor, mich mit dem Kind auf diese Art von Gespräch einzulassen, aber ich konnte die Frage nicht ignorieren.

„Hast du dich von Tante Ashe getrennt, weil sie herrisch ist und immer ihren Willen durchsetzen will?" Sie nickte wissend, als wüsste sie bereits die Antwort auf ihre Frage.

Ich wollte nichts Schlechtes über ihre Tante sagen. „Wir haben uns einfach nicht gut verstanden, deshalb habe ich die Sache mit ihr beendet. Aber sie ist jetzt verheiratet und hat Kinder. Sie muss also einen netten Mann gefunden haben, mit dem sie sich gut versteht, und ich freue mich für sie."

„Ich wusste, dass du nett bist." Sie belud ihre Gabel mit Makkaroni.

„Ich auch", erklang Embers sanfte Stimme.

KAPITEL VIER

EMBER

Es war fast unwirklich. Er war hier bei uns. Ich hatte das nie kommen sehen. Jetzt, da es tatsächlich geschah, war ich mir nicht sicher, was ich tun sollte.

Cohen zog zwei Weinflaschen aus der Tasche, die er mitgebracht hatte. „Ich bin mir nicht sicher, was zu Makkaroni mit Käse passt, Rotwein oder Weißwein, also habe ich beides dabei."

Das Essen reizte mich nicht – nicht einmal ein bisschen. „Ich nehme Rotwein. Ich habe momentan keinen Hunger, daher spielt es keine Rolle, welche Sorte ich trinke." Die Suite hatte eine Minibar, also holte ich Gläser und nahm für Madison eine Flasche Apfelsaft aus dem Minikühlschrank.

„Madison mochte, was ihr heute gemacht habt, aber sie hatte keinen Spaß", sagte er, als ich ihm die Gläser brachte. „Also dachte ich, ich könnte euch morgen zu einer Höhlentour mitnehmen, damit sie Spaß haben kann, während ihr hier seid."

Madison sprang vor Aufregung auf und ab. „Mama, sag ja, bitte!" Ihre Augen leuchteten so hell, wie ich sie noch nie gesehen hatte. „Eine Höhle, Mama! Eine echte Höhle! Wir müssen hingehen."

„Ich denke darüber nach." Ich konnte momentan keine voreiligen Entscheidungen treffen. Es stand zu viel auf dem Spiel.

„Das heißt Nein." Sie schmollte, um sicherzustellen, dass alle verstanden, dass sie mit meiner Entscheidung nicht zufrieden war.

„Es bedeutet nicht Nein", korrigierte ich sie wie so oft, wenn ich etwas sagte, das sie nicht gerne hörte. „Es bedeutet nur, dass ich darüber nachdenken muss."

„Es ist nur ein kleiner Ausflug in eine Höhle und danach könnten wir irgendwo zu Mittag essen." Cohen trommelte mit den Fingern auf den Tisch. „Wie wäre es mit *Cheesy Town Pizza* oder *Arcade Parlour?*"

„Wow! Mama!" Madison sprang von ihrem Stuhl auf und umarmte mich, als würde mich das dazu bringen, Ja zu sagen. „Bitte!"

Ich sah Cohen an, der mich sexy anlächelte. „Bitte."

„Ich habe gesagt, dass ich darüber nachdenken werde. Okay, ihr zwei?" Ich nahm die Flasche Rotwein, die er geöffnet hatte. „Willst du auch ein Glas?"

„Darauf kannst du wetten." Er wandte seine Aufmerksamkeit Madison zu. „Das sieht wirklich lecker aus."

Sie ergriff die andere Gabel und reichte sie ihm. „Es ist viel zu viel für mich. Wir können teilen."

Sein Grinsen verriet seinen Hunger. Er nahm die Gabel und machte sich daran, die Makkaroni mit Käse zu essen. „Ich habe nicht gescherzt, als ich sagte, dass das hier auch mein Lieblingsessen ist. Mir ist das Wasser im Mund zusammengelaufen, als ich die Teller abgeholt habe."

Nachdem ich zwei Gläser mit Wein gefüllt hatte, sah ich auf und stellte fest, dass beide ihre Köpfe nach rechts neigten. Sie hielten ihre Gabeln auf die gleiche Weise, kauten langsam und schlossen genießerisch ihre Augen, als ob die Makkaroni das Beste wäre, was sie jemals probiert hatten.

Wie kann sie ihm so ähnlich sein, wenn sie ihn noch nie zuvor getroffen hat?

„Das sind die besten Makkaroni mit Käse, die ich je gegessen habe, Cohen." Sie sah mich an. „Ich wünschte, du könntest sie auch so machen."

„Ich auch. Aber das Fertiggericht, das ich immer kaufe, kann dem Vergleich mit diesem Rezept wahrscheinlich nicht standhalten. Vielleicht könnte dein neuer Freund den Koch nach dem Rezept fragen und es mir geben." Ich trank einen Schluck Wein und fand ihn

718

unglaublich gut. „Wow. Der Wein muss ein Vermögen gekostet haben."

„Ein kleines." Cohen nickte mir zu. „Und ich kann dir jedes Rezept besorgen, das du möchtest."

„Sie ist nie lange genug zu Hause, um richtig für mich zu kochen." Madison nahm die Saftflasche und versuchte, sie zu öffnen, konnte es aber nicht. Ich wollte gerade meine Hand danach ausstrecken, als sie sie Cohen reichte. „Kannst du das bitte für mich aufmachen?"

„Sicher, Süße." Er öffnete die Flasche und gab sie ihr zurück, bevor er mich ansah. „Bist du wirklich so oft von zu Hause weg, Ember?"

„Ich arbeite viel, ja." Es war nicht so, als hätte ich die Kontrolle über meinen Terminplan. „Wenn mein Partner und ich einen Auftrag bekommen, müssen wir so lange dranbleiben, bis die Ölquelle bereit ist. Die Manager mögen keine Personalwechsel an ihren Bohrtürmen. So ist das dort einfach. Die meisten Aufträge dauern nur ein paar Wochen. Aber hin und wieder gibt es welche, die einen Monat dauern, manchmal sogar länger. Mein Chef versucht, mich nicht dafür einzuteilen. Roger ist Mitte sechzig und ich bin Mutter, also versucht er, uns Aufträge zu geben, die wahrscheinlich nicht länger als zwei Wochen dauern."

Madison zuckte mit den Schultern. „Ich weiß nur, dass Mama manchmal nur ein paar Tage nach Hause kommt und dann wieder gehen muss. Das gefällt mir nicht. Ich denke, sie sollte genauso viel Zeit zu Hause haben wie bei der Arbeit."

„Nun, dieser Job funktioniert nicht so, Schatz. Und es ist ein gut bezahlter Job, also kann ich mich nicht beschweren, wenn sie mich zurück zur Arbeit schicken." Ich trank einen weiteren Schluck Wein und hoffte, dass er mich beruhigen würde, während sie unsere schwierige Familiensituation einem Mann erzählte, der für sie wie ein Fremder wirken sollte.

Ein besorgter Ausdruck trat auf Cohens Gesicht. „Ist das jetzt deine Karriere, Ember?"

„Es ist ein Sprungbrett. Die Firma ist eher klein. Ich warte darauf, dass eine Stelle in der Zentrale frei wird. Dann werde ich sehen, ob ich einen Schreibtischjob bekomme, bei dem ich jeden Tag zu Hause sein kann." Natürlich hatte Madison diesen Teil weggelassen, als sie ihm alles darüber erzählt hatte, wie selten ich bei ihr zu Hause war.

„Das ist gut. Nicht wahr, Madison?"

Wieder ein Schulterzucken. „Ich weiß nicht, wann das passieren wird. Es ist schon ewig so."

„Drei Jahre", sagte ich und schämte mich dafür, wie mein Kind unser Leben klingen ließ. „Und sie ist bei meinen Eltern, während ich weg bin. Sie hat dort ihr eigenes Zimmer voller Spielzeug. Dieses Kind hat es gut. Lass dich nicht von Madison dazu bringen, anders zu denken."

„Ich glaube nicht, dass sie es schlecht hat", erwiderte er mit einem Lächeln, das mir sagte, dass er ehrlich war. „Ich glaube, sie vermisst einfach ihre Mama."

„Nun, ich bin jetzt hier, Kleine. Also, was willst du mit dem Rest unseres Abends machen? Wir könnten uns den Film ansehen, nach dem du gefragt hast. Über die Kinder, die in den Weltraum reisen."

„Ich habe ihn schon bei Grandpa gesehen." Sie sah Cohen an. „Was machst du heute Abend?"

Er starrte mich an. „Ich habe frei."

Ich wollte nicht zulassen, dass er uns sowohl an diesem Abend als auch am nächsten Tag ausführte. „Nun, wie meine Tochter ausführlich dargelegt hat, haben wir nicht viel Zeit miteinander, also möchte ich nur mit ihr zusammen sein. Das verstehst du doch, oder?"

Er nickte und sah etwas enttäuscht aus. „Ja, du hast recht. Ihr zwei verbringt den Abend zusammen. Ich kann morgen mit euch Zeit verbringen."

„Kann er, Mama?" Madisons Augen starrten mich warnend an und forderten mich auf, Ja zu sagen.

Ich hatte keine Ahnung, warum sie ihn so sehr mochte. Sie hatte nicht genug Zeit gehabt, ihn überhaupt kennenzulernen. Ich nahm an, dass es an seinem Charme und seinem guten Aussehen lag. Der Mann musste Pheromone aussenden, die Frauen jeden Alters magisch anzogen.

Was Madison nicht über ihn wusste, war, wie leicht er von einer Frau zur nächsten wechseln konnte, ohne jemals zurückzublicken. Sicher, er würde Zeit mit uns verbringen, aber sobald wir weg waren, wären wir aus seinen Gedanken verschwunden und er würde sich seiner nächsten Eroberung zuwenden.

Das weiß ich nur zu gut.

Ich war diejenige gewesen, die es zwischen uns beendet hatte.

Aber er war innerhalb von ein paar Monaten weitergezogen und hatte nie versucht, sich wieder mit mir in Verbindung zu setzen.

Das hatte mehr wehgetan als in jener Nacht, in der wir uns tatsächlich getrennt hatten. Er hatte keine Ahnung, dass ich ihn nur zwei Monate danach mit einer anderen Frau gesehen hatte, als sie Hand in Hand einen Nachtclub betreten hatten.

Er war in der Stadt ausgegangen und ich war zu Hause fast verrückt geworden. Er war weitergezogen und mein Leben hatte fast aufgehört. Er hatte eine glänzende Zukunft gehabt und meine Zukunft hatte noch nie so unsicher ausgesehen.

Dass Cohen Nash nichts davon gewusst hatte, hatte dafür gesorgt, dass er mit seinem Leben und seinen neuen Eroberungen weitermachen konnte. Für mich hingegen hatte es keine Romantik mehr gegeben – und zwar verdammt lange.

„Ember, alles in Ordnung?", fragte er und berührte meine Hand, die neben meinem Glas Wein auf dem Tisch lag.

Wie immer war seine Berührung wie ein Stromschlag. Ich sah in seine grünen Augen und stellte fest, dass seine Iris immer noch Spuren von Braun enthielt. „Es geht mir gut." Mir ging es mehr als gut, als ich spürte, wie seine Berührung mein Herz höherschlagen ließ. Meine Seele bettelte um mehr.

„Also, was ist mit morgen?" Er bewegte seine Fingerspitzen sanft über meinen Handrücken. „Es wäre mir ein Vergnügen. Den ganzen Tag und sogar bis in die Nacht, wenn ihr zwei wollt. Ich würde euch gerne herumführen und Madison helfen, Spaß zu haben."

Spaß war seine Spezialität. Ein Teil seines Charmes bestand darin, wie erfinderisch er sein konnte, wenn es darum ging, einem Mädchen eine gute Zeit zu bereiten. Nicht, dass ich jemals mehr gebraucht hätte, als einfach nur mit ihm zusammen zu sein. Egal, wo wir gewesen waren oder was wir in jener Woche zusammen gemacht hatten, es war immer lustig, interessant und manchmal sogar umwerfend gewesen.

Aber ein weiterer Tag mit ihm würde mich nur noch mehr verletzen, als ich bereits verletzt worden war – obwohl er überhaupt nichts davon wusste. Und demnach zu urteilen, wie meine Tochter sich verhielt, würde sie mich eines Tages fragen, warum es nicht mehr Kontakt geben konnte.

Aber es durfte nicht mehr geben, und das wusste ich auch. Selbst wenn Cohen es nicht verstand – meine Familie bedeutete mir die Welt und ich konnte sie nicht verletzen, nur damit ich haben konnte, was und wen ich wirklich wollte.

Die Vergangenheit war vorüber, aber die Menschen in meinem Leben würden niemals begreifen, was ich damals getan hatte. Ich wollte keinen Streit mit denjenigen, die mir nicht nur wichtig waren, sondern mir auch mit meiner Tochter halfen.

Schließlich hatte ich es nicht alleine geschafft. Als ich zu meiner Familie gegangen war und ihnen von der Schwangerschaft erzählt hatte, hatten sie ihr Bestes getan, um mich zu unterstützen. Selbst als ich sie angelogen und ihnen gesagt hatte, dass ich nichts mit dem Vater zu tun haben wollte, da er nur ein One-Night-Stand gewesen war, hatten sie mir während der Schwangerschaft geholfen und mich unterstützt, als ich im zarten Alter von einundzwanzig Jahren Mutter geworden war.

Meine Schwester hatte bei der Geburt meine Hand gehalten. Sie war in jeder Hinsicht für mich da gewesen. Ich hatte keinen Zweifel daran, dass sie sich völlig betrogen fühlen würde, wenn sie die Wahrheit erfuhr.

Cohen hatte keine Ahnung, dass ich ihm in der Nacht, in der ich den Schwangerschaftstest gemacht hatte, zu dem Nachtclub gefolgt war. Herauszufinden, dass wir in der kurzen Zeit, die wir zusammen verbracht hatten, ein Baby gezeugt hatten, war sehr hart gewesen. Es war schon schwer genug gewesen, unsere Beziehung zu beenden, nachdem ich näher daran gewesen war, mich zu verlieben, als jemals zuvor, also war ich in jener Nacht ohnehin ein emotionales Wrack gewesen.

Aber als er aus seinem Truck gestiegen war, seiner Begleiterin beim Aussteigen geholfen und sie bei der Hand genommen hatte, um sie für eine Nacht voller Drinks, Tanzen und Sex in den Club zu führen, hatte ich es nicht übers Herz gebracht, ihm zu sagen, warum ich ihn aufgespürt hatte.

Ich hatte ihm nicht sagen können, dass er Vater werden würde.

Und ich werde ihm niemals das Geheimnis verraten, das ich sieben Jahre lang für mich behalten hatte.

„Es tut mir leid, Cohen. Ich muss Zeit mit meiner Tochter verbringen – allein."

KAPITEL FÜNF

COHEN

Ich war es nicht gewohnt, mich einsam zu fühlen – es war nichts, was ich in meinem Leben oft empfunden hatte. Heute Abend war eine seltene Gelegenheit. Allein zu Hause, ein Glas Jamison on the rocks in der einen und die Fernbedienung in der anderen Hand, wollte ich mich auf das Sofa fallen lassen, um mir etwas anzusehen, das mich von Ember ablenken würde.

Mein Handy klingelte und ich hoffte, dass Ember anrief, um mir zu sagen, dass sie ihre Meinung über morgen geändert hatte. Ich hatte meine Visitenkarte mit meiner privaten Telefonnummer auf dem Tisch in ihrem Zimmer liegen lassen, um sicherzustellen, dass sie mich anrufen konnte, wenn sie wollte. Als ich das Handy aus meiner Tasche zog, ersetzte Enttäuschung die Hoffnung, die so schnell in mir aufgekeimt war. „Tanya", murmelte ich und leitete den Anruf an die Mailbox weiter.

Ich hatte sie in der letzten Woche ein paarmal gesehen. Es hatte aber keine Funken zwischen uns gegeben. Wenn Ember nicht in mein Leben zurückgekehrt wäre, hätte ich den Anruf angenommen und wäre wahrscheinlich mit der Frau im Bett gelandet.

Funken oder nicht, mittelmäßiger Sex ist besser als gar kein Sex.

Nach der frischen Erinnerung daran, wie sich großartiger Sex und eine echte emotionale Verbindung mit jemandem anfühlten –

genauer gesagt mit Ember –, konnte ich nicht die Energie aufbringen, mit einer anderen Frau zu sprechen. Heute Abend war es besser, allein zu sein, als so zu tun, als würde ich Tanyas Gesellschaft genießen.

Ich nahm Platz und probierte einen Schluck von dem Drink. Obwohl der Whisky mit Eis gekühlt war, brannte es, als er meinen Hals hinunterfloss. Ein langsames Brennen begann in meinem Magen, nicht nur wegen des Alkohols – Ember spielte auch eine Rolle dabei.

Plötzlich konnte ich nicht mehr fernsehen, also legte ich die Fernbedienung weg und stand auf, um draußen spazieren zu gehen. Ich wohnte seit einem Jahr in diesem Haus, das ich selbst gebaut hatte. Meine Schwägerin Sloan hatte es nach meinen Vorgaben entworfen und die Baupläne dafür erstellt. Ich liebte mein Zuhause. Aber heute Nacht fühlte es sich so leer an wie ein Grab.

In der Annahme, für immer Junggeselle zu sein, hatte ich keine riesige Villa gebaut, wie es meine älteren Brüder getan hatten. Im Vergleich dazu war meine Wohnfläche geradezu bescheiden. Auf vierhundert Quadratmetern befanden sich drei Suiten mit Schlafzimmern. Jede Suite hatte Sitzbereiche, ein eigenes Bad und riesige begehbare Kleiderschränke, die mit Waschmaschinen und Trocknern ausgestattet waren. Ich dachte, meine Gäste würden solchen Luxus schätzen.

Wenn die Gentry-Brüder, unsere Cousins aus Carthage, zu Besuch nach Austin kamen, übernachteten sie meistens bei mir. Da ich keine Frau und keine Kinder hatte, um die ich mich kümmern musste, war mein Haus perfekt für Gäste.

Neben den Gäste-Suiten befand sich mein Hauptschlafzimmer. Meine private Spielwiese. Ich hatte mein Bett maßanfertigen lassen. Es war größer als ein texanisches Kingsize-Bett und eines Kaisers würdig. Der Kopf- und Fußbereich konnten mit einer Fernbedienung eingestellt werden, sodass es einzigartige sexuelle Positionen ermöglichte. Und es eignete sich auch großartig zum Schlafen.

Das Haus verfügte über ein großes Wohnzimmer direkt neben dem Haupteingang. Die Küche – entworfen von meinem jüngeren Bruder Stone – sah wunderschön aus, wurde aber nicht viel genutzt. Ich wollte, dass Stone von Zeit zu Zeit einen schönen Ort zum Kochen hatte. Er liebte es, zu mir zu kommen, um etwas zuzubereiten, mit dem ich eine Frau, die ich datete, beeindrucken konnte. Mein kleiner Bruder war ein echter Ehrenmann.

Ich verließ den Medienraum, ging in den Wintergarten und dann durch die Hintertür auf die Terrasse. Die Unterwasserbeleuchtung des Swimmingpools, der den großen Garten fast ausfüllte, ließ das klare Wasser glitzern. Das Plätschern des Wasserfalls hallte von den hellgrauen Steinwänden des Gästehauses wider.

Drei Gästesuiten waren wahrscheinlich genug, um meine Besucher unterzubringen, aber ein zweihundert Quadratmeter großes Gästehaus am Pool schien trotzdem eine gute Idee zu sein. Außerdem gab es dort ein Spielzimmer, das direkt von der Terrasse aus zugänglich war. Ein Billardtisch, alte Arcade-Spiele und Tischfußball waren nur einige der Dinge, mit denen man dort Spaß haben konnte. Ein hochmodernes Soundsystem sorgte in dem Raum für zusätzliche Unterhaltung und war mit den vielen Außenlautsprecher verbunden, die sich überall im Garten befanden.

Ich ging über die Terrasse in das Gästehaus. Das Licht ging an, als ich eintrat. Der Reinigungsservice war an diesem Morgen gekommen und alles roch frisch.

Als ich mich im Wohnzimmer umsah, verharrten meine Augen auf dem Kamin. Ich drehte mich um, ging zum Bedienfeld an der Wand neben der Tür und drückte den Knopf für den Kamin.

Augenblicklich wurde die Deckenbeleuchtung gedimmt und die orangefarbenen und gelben Flammen tanzten hinter den Glasscheiben. Man konnte den Anblick nicht nur im Wohnzimmer genießen, sondern auch im Esszimmer.

Ich ging im Haus herum und fragte mich, warum ich überhaupt dort war. Meine melancholische Stimmung ließ mich seltsame Dinge tun. Ich setzte mich an den Tisch für vier Personen und stellte mein Glas auf die glänzende Holzoberfläche, während ich beobachtete, wie das Feuer in einem langsamen Rhythmus flackerte.

„Faszinierend." Das Gold in den Flammen erinnerte mich an Embers Augen – hellbraun mit goldenen Flecken, die manchmal tanzten.

Als sie mir wieder in den Sinn kam, dachte ich darüber nach, was ihr kleines Mädchen darüber gesagt hatte, wie oft sie weit weg von zu Hause arbeiten musste. Es gab Dinge, die ich für sie tun konnte, um ihr Leben besser zu machen. Aber Ember war noch nie jemand gewesen, der Almosen annahm.

Ich muss herausfinden, wie ich ihr etwas geben kann, ohne dass sie es als Almosen betrachtet.

Ein Job würde nicht so angesehen werden. Und wenn dieser Job Vorteile hätte – wie ein dazugehöriges Zuhause –, dann wäre das auch kein Almosen.

Ember in meinem Gästehaus zu haben, würde für mich viele Veränderungen bedeuten. Da sie vor Madison nichts über unsere gemeinsame Vergangenheit gesagt hatte, dachte ich, dass sie immer noch keine öffentliche Beziehung zu mir haben wollte. Und ich war nicht länger ein Mann, der im Verborgenen bleiben würde.

Wenn ich sie bat, für das Resort zu arbeiten und in mein Gästehaus zu ziehen, könnte alles viel schwieriger für mich werden. Da sie auf der anderen Seite der Terrasse wäre, würde ich mich nicht wohl damit fühlen, andere Frauen nach Hause zu bringen.

Nicht, dass dies das Schlimmste wäre. Wenn Ember mir so nahe wäre, würde ich sie definitiv in jeder Hinsicht wollen. Wenn sie mich nicht wollte oder mich zwar begehrte, aber keine echte Beziehung wollte, dann würden die Dinge zwischen uns sehr schnell problematisch werden.

Ich habe keine Ahnung, was ich tun soll.

Sie und Madison zu entwurzeln, nur um mir selbst Vergnügen zu bereiten, war viel zu egoistisch. Andererseits wäre es wirklich schön, dafür zu sorgen, dass sie viel mehr Zeit miteinander verbringen konnten. Obwohl sie es vielleicht etwas zu großzügig von mir finden und mich fragen würde, was ich als Gegenleistung von ihr wollte.

Und was wäre meine Antwort?

Es wäre eine Lüge, wenn ich sagen würde, dass ich nichts von ihr wollte. Ich wollte viel von ihr. Viele Umarmungen, Küsse und lustvolle Schreie, wenn wir unserer Leidenschaft freien Lauf ließen.

Sie wird sich niemals darauf einlassen. Zumindest nicht so, wie ich es möchte.

Ember hatte beendet, was wir gehabt hatten, weil sie ihr Verhältnis zu ihrer älteren Schwester nicht ruinieren wollte. Sie hatte auch nicht gewollt, dass ihre Eltern verärgert und enttäuscht waren. Nach dem zu urteilen, was ich in der kurzen Zeit, die wir zusammen im Resort verbracht hatten, von ihr mitbekommen hatte, dachte sie immer noch so.

Ich trommelte mit den Fingern auf den Tisch und machte mir Gedanken darüber, was ich tun sollte und was nicht. Ich war mir nicht sicher, ob Ember überhaupt irgendein Angebot von mir annehmen würde. Und Madison musste ihren Großeltern sehr nahestehen, da sie sich seit Jahren um sie kümmerten. Sie würde sie wahrscheinlich auch nicht verlassen wollen.

Ich trank einen weiteren Schluck Jamison und wünschte, ich hätte die perfekte Idee. Oder zumindest die Selbstdisziplin, nicht auf mein Verlangen nach Ember zu reagieren, wenn dies das Beste für sie und ihr Kind war.

Sie war schließlich nicht allein auf der Welt. Sie hatte ihre Tochter und ihre ganze Familie zu berücksichtigen. Ich hatte niemanden zu berücksichtigen und das machte es mir leicht. Ich konnte machen, was ich wollte.

Ja, aber sie könnte es auch, wenn sie einfach aufhören würde zu glauben, dass ihre ganze Familie sie verstoßen würde, wenn sie mit mir zusammen wäre.

Natürlich wäre ihre Familie ohnehin nicht damit einverstanden, dass sie ein Jobangebot von mir annahm und in mein Gästehaus zog.

Warum quäle ich mich also mit all diesen Gedankenspielen?

Ein Lächeln umspielte meine Lippen, als ich nickte. Ember war mir wichtig – schon immer. Ich hatte damals kein einziges Mal daran gedacht, die Dinge mit ihr zu beenden.

Die Wahrheit war, dass sie die einzige Frau war, in die ich mich jemals verliebt hatte. Und sie hatte mir all das so schnell wieder entrissen, dass etwas in meinem Herzen zerbrochen war.

Die Nacht, in der sie sich von mir getrennt hatte, war das zweitschlimmste Ereignis in meinem Leben gewesen. Der Verlust meiner Eltern stand an erster Stelle. Aber Ember zu verlieren hatte auch eine tiefe Narbe hinterlassen.

Ich konnte nicht anders, als herausfinden zu wollen, ob wir noch eine Chance hatten, Liebe zu finden – echte, wahre Liebe. Ich hatte so etwas seit sieben Jahren nicht mehr gefunden und sie auch nicht. Das musste ein Zeichen dafür sein, dass wir nicht bei anderen Menschen sein sollten. Wir sollten zusammen sein und fertig.

Wie zum Teufel kann ich sie lange genug allein erwischen, um mit ihr über uns zu sprechen?

Ich trank noch einen Schluck und schloss die Augen. Es war sinnlos. Ember würde mir keine zweite Chance geben. Sie würde *uns* keine zweite Chance geben. Ich musste die Realität akzeptieren und durfte nicht länger darüber nachgrübeln, was hätte sein können.

Ich stellte das leere Glas ab, öffnete die Augen und betrachtete wieder das Feuer. Es tröstete mich überhaupt nicht, da die goldenen Flammen mich an ihre Augen und blonden Haare erinnerten.

Ich verließ das Gästehaus und ging wieder in mein Haus. Ich füllte mein Glas nach und ging zurück in den Medienraum, um fernzusehen. Ich musste aufhören zu versuchen, mir einen Plan auszudenken, den Ember ohnehin ablehnen würde.

Als ich mich setzte, hatte ich eine Idee. *Was ist, wenn ich mir die Zustimmung ihrer Schwester Ashe hole?*

Ich legte meinen Kopf schief und dachte darüber nach. *Wenn es Ashe egal ist, ob wir zusammen sind, dann gibt es für Ember keinen Grund, es nicht noch einmal mit mir zu versuchen.*

Ich zog mein Handy aus der Tasche und öffnete meine Social-Media-App, um nach Ashe zu suchen. *Das kannst du nicht tun.*

Ich legte mein Handy auf den Couchtisch. Wenn ich Ashe nach Ember fragen würde, würde sie es ihr verraten. Und dann wäre Ember wütend auf mich.

Sie hasste mich nicht und ich wollte nicht, dass sie es jemals tat. Ich hatte keine richtigen Antworten darauf, wie ich Ember wieder in meine Arme und mein Bett locken könnte.

Warum muss Liebe so verdammt kompliziert sein?

KAPITEL SECHS

EMBER

„Ich will ein Schaumbad nehmen, Mama. Würdest du es für mich einlassen?" Madison begann auf dem Weg ins Badezimmer, sich auszuziehen. „Und mach das Wasser nicht zu heiß, wie du es manchmal tust."

Das war ein einziges Mal passiert. „Ja, Eure Hoheit."

Nachdem ich die Wanne zur Hälfte gefüllt hatte, überließ ich sie ihrem Schaumbad, um ein Glas Wein zu trinken. Ich trank nicht oft, aber ich wollte nicht auf kostenlosen Wein verzichten. Als ich am Tisch vorbeikam, um mein Glas zu holen, bemerkte ich die Visitenkarte darauf.

Der gerissene Kerl hat seine Nummer für mich hinterlassen.

Ich nahm die Visitenkarte und steckte sie in meine Handtasche. Es wäre vielleicht gar keine so schlechte Idee, seine Nummer zu haben – für den Notfall. „Geht es dir gut, Kleine?"

„Ja, Mama."

Ich ging zum Bett und legte meinen Kopf auf die vielen weichen Kissen.

Ich hatte mir nicht erlaubt, an die Zeit, die Cohen und ich zusammen verbracht hatten, zurückzudenken. Es schien mir ungesund zu sein – psychisch gesehen.

Aber als ich mehrere Gläser Wein getrunken hatte und mein Kind sich in der Badewanne das Herz aus dem Leib sang, hatte ich ein paar Minuten Zeit für mich. Ich stellte mir vor, wieder in Cohen Nashs Bett zu liegen.

In meiner Fantasie kam er nackt ins Zimmer und sah aus wie ein Gott. „Hey, schöner Mann."

Er grinste schief. „Wer, ich?"

„Tu nicht so, als ob du es nicht weißt." Ich lockte ihn mit dem Finger zu mir. „Ich weiß nicht, wie du es machst, aber bei dir bin ich unersättlich."

Er rannte zum Bett und sprang darauf. Bevor ich mich versah, hielt er mich in seinen starken Armen und drehte sich mit mir, sodass er oben war und mich unter sich festhielt. „Gut, denn ich habe auch einen unersättlichen Appetit auf dich, Baby." Er drang in mich ein und sah mir dabei in die Augen.

„Das fühlt sich verdammt gut an."

„Ich weiß." Er bewegte sich langsam. „Ich werde ohne Kondom nicht zu weit gehen, aber ich musste dich spüren – so wie du wirklich bist."

„Du verwöhnst mich." Ich krümmte meinen Rücken, während ich meine Knie beugte, damit er tiefer in mich glitt. „Ich werde morgen früh zum Arzt gehen und mir die Pille verschreiben lassen. In einem Monat können wir aufhören, Kondome zu verwenden." Ich hatte nicht vorgehabt, so etwas zu sagen, und schloss schnell meinen Mund.

„In einem Monat, hm?" Er schmiegte sich an meinen Hals und knabberte daran. „Das klingt gut."

Cohen Nash war kein Mann, der lange mit demselben Mädchen ausging, also hatte ich keine Ahnung, warum ich plötzlich eine so große Entscheidung getroffen hatte. „Oder vielleicht sollte ich so etwas Drastisches doch nicht tun."

„Das solltest du unbedingt tun, Baby." Er zog eine Spur sanfter Küsse über meinen Hals, während er seinen nackten Schwanz in mich stieß.

Ich wollte nicht, dass er aufhörte. Es war unser drittes Mal Sex in dieser Nacht – unserer ersten gemeinsamen Nacht. Ich redete mir ein, dass sein Sperma vielleicht nicht so stark sein würde, da er in den letzten Stunden so viel davon verbraucht hatte. Ich wusste, dass das Unsinn war, aber mein Verstand war zu sehr mit anderen Dingen beschäftigt – wie etwa meiner Begierde.

Ich strich mit meinen Händen über seinen muskulösen Rücken und stöhnte, als er sich wie die Wellen des Ozeans bewegte. Der Sex war immer großartig, aber die Verbindung, die ich jetzt zu ihm fühlte, war jenseits meiner wildesten Vorstellungskraft. Ich hatte mich bei niemand anderem so gefühlt. Aber ich hatte auch noch nie einen Schwanz ohne Kondom in mir gehabt.

Die Art, wie er meinen Hals küsste und sich bewegte, führte mich immer tiefer in einen Abgrund, in dem es nichts als ihn und mich und die Laute, die wir machten, gab – leises Stöhnen, lautes Keuchen und das Geräusch unserer Körper, die gegeneinander prallten.

Er lag auf mir und sein Herz schlug so heftig, dass ich es auf meiner Brust fühlen konnte. Meine Nägel gruben sich in seinen Rücken, als mein Körper dem Höhepunkt näherkam. „Cohen!"

„Tu es", knurrte er, als sein Mund sich zu meinem Ohr bewegte und es mit heißem Atem füllte. „Ich werde mich beherrschen. Tu es einfach, Baby. Komm für mich."

Ich konnte nichts dagegen tun, als die Ekstase über mich hereinbrach und ich zum Orgasmus kam. Ich hielt seinen Körper mit meinen Beinen umklammert und wollte nicht, dass er sich von mir löste, als ich mich ihm entgegenwölbte. Ich wollte, dass er diese Glückseligkeit mit mir teilte.

„Baby, lass mich los."

Ich grub meine Nägel tiefer in seine Haut. „Nein. Ich kann nicht."

„Ember!" Er schob eines meiner Knie von sich weg und glitt dann aus mir heraus. Als er neben dem Bett stand, zitterten seine Hände, während er ein Kondom aus der Packung nahm und sich beeilte, es über seinen harten Schwanz zu streifen. „Verdammt!" Es rutschte sofort herunter – seine Erektion war zu groß und zu feucht von mir.

Ich fühlte mich so gut, dass ich beschloss, etwas zu tun, damit er sich genauso gut fühlte. Ich kniete mich hin, streckte die Hand aus und berührte seinen Bauch, während er in der Schublade des Nachttisches nach einem neuen Kondom suchte. „Lass mich das machen."

Er sah mich an, als ich mit beiden Händen über seine riesige Erektion strich, und lächelte sexy. „Bist du sicher?"

„Ja. Gib mir alles, was du hast." Ich nahm ihn tief in meinem

Mund auf und strich mit meiner Zunge über die Unterseite seines Schwanzes.

Ich hatte noch nie einen Blowjob gegeben. Für Cohen würde ich es aber tun. Er hatte mir gezeigt, wie großartig ich mich bei ihm fühlen konnte, also wollte ich mich revanchieren.

Ein Schauder durchlief mich, als er meine Haare in eine Hand nahm, sie aus meinem Gesicht strich und zurückhielt, während ich ihn auf eine Weise verwöhnte, die ich mir selbst nicht zugetraut hatte.

Ich wollte es – ich wollte *ihn* mehr als jemals etwas zuvor. Mein Herz pochte, als ich mich gehen ließ und an nichts außer seinem Vergnügen dachte.

„Himmel, Baby", stöhnte er, „du siehst so verdammt schön aus mit meinem Schwanz in deinem Mund. Du hast keine Ahnung."

Seine andere Hand ruhte auf meiner Schulter, als ich spürte, wie sein Körper bebte. Ich wusste, dass er bereit war, zu kommen. Sein Atem wurde ein Keuchen und seine Finger gruben sich in meine Haut, als er bei seinem Orgasmus stöhnte.

Er ergoss sich in meine Kehle und füllte meinen Mund, sodass ich mich beeilte, die warme, salzige Flüssigkeit zu schlucken. Ein bisschen mehr kam und ich trank auch das. Ich strich mit meiner Zunge über seine Erektion, bevor ich meinen Mund von ihm nahm.

Seine Augen waren geschlossen, als er sich umdrehte und neben mir auf das Bett zurückfiel. „Verdammt", flüsterte er, als er seinen Arm ausstreckte, mich packte und an seine Seite zog. „Du hast mich für alle anderen Frauen ruiniert."

Ich lachte in dem Wissen, dass das nicht stimmte. „Komm schon, du wilder Hengst. Ich kann einen Casanova wie dich nicht ruinieren."

„Das hast du aber." Er drehte sein Gesicht und ich sah etwas anderes in seinen grünen Augen. Sie waren irgendwie weicher. „Eines Tages werde ich dich heiraten, Ember Wilson."

Ich musste lachen „Ach ja?"

Er zog mich noch näher an sich. Seine Lippen berührten meine und sandten Schockwellen durch mich, als er mit heiserer Stimme antwortete: „Oh, ja."

Ich öffnete meine Augen und fühlte mich unwohl, als ich in die

Realität zurückkehrte. Mein Körper zitterte, als die Emotionen drohten, mich zu überwältigen. Ich stand unsicher auf, ging zu meiner Handtasche und holte die Zigarettenschachtel heraus, die ich dort aufbewahrte, um mich zu entspannen, wenn alles zu stressig wurde.

Es war eine schreckliche Angewohnheit und obwohl ich selten rauchte, wusste ich, dass ich aufhören musste – für Madison, wenn nicht für mich selbst. Meine Hände zitterten, als ich in meiner Handtasche nach einem Feuerzeug suchte. *Wie konnte ich Zigaretten mitbringen, aber kein Feuerzeug?*

„Mama?", erklang die Stimme meiner Tochter.

Ich hob den Kopf und sah, wie sie in ein weißes Handtuch gewickelt vor dem Badezimmer stand. Ich ergriff diskret die Zigarettenschachtel, steckte sie wieder in das kleine Fach der Handtasche und zog den Reißverschluss zu. „Bist du fertig?"

„Das Wasser ist kalt." Sie sah mich mit zusammengekniffenen Augen an. „Was machst du da, Mama?"

„Nichts." Ich schloss meine Handtasche und ging zu ihr. „Lass mich dein Nachthemd holen."

Niemand wusste von meiner hässlichen kleinen Angewohnheit und niemand würde es jemals erfahren. Ich würde bald aufhören zu rauchen. Ich musste nur erst lernen, mich ohne Zigaretten zu beruhigen.

Eine alleinerziehende Mutter zu sein war nicht einfach. Aber meine ganze Familie und all meine Freunde anzulügen war genauso schwer. Und jetzt log ich Cohen an, was alles noch schlimmer machte.

Seit ich Cohen wiederbegegnet war, hatte ich starke Schuldgefühle. Ein Teil von mir wusste, dass er es verdient hatte, die Wahrheit zu erfahren. Aber die Angst vor dem, was das bedeuten würde, war stärker als alles andere.

Madison hob ihre Arme und ließ das Handtuch um ihre kleinen Füße herum auf den Boden fallen, als ich das Nachthemd über ihren Kopf zog. „Mama, was machen wir morgen?"

„Ich weiß es noch nicht." Ich hatte nicht darüber nachgedacht und fühlte mich schuldig deswegen.

„Also hast du keine Pläne für uns?" Sie ging zu ihrem Koffer und holte eine frische Unterhose heraus, die mit Einhörnern bedruckt war. „Warum hast du Cohen dann gesagt, dass wir nicht mit ihm ausgehen können?"

Ich hatte keine Ahnung, wie ich ihr verständlich machen sollte, warum ich nicht mit dem Mann zusammen sein konnte. „Ich werde Pläne machen, bevor ich heute Nacht schlafen gehe. Versprochen. Jetzt hol mir den Kamm, damit ich deine nassen Haare frisieren kann. Wenn du so schlafen gehst, werde ich sie nie entwirren können."

„Ich mag ihn", sagte sie streng. „Er ist nett. Warum magst du ihn nicht?"

„Er war der Freund meiner Schwester", platzte ich heraus, ohne es zu wollen.

„Und?" Sie hatte keine Ahnung, wie solche Dinge funktionierten. „Sie ist jetzt mit Onkel Mike verheiratet. Sie wird nicht wütend auf dich sein, wenn du ihn jetzt magst."

Sie wird aber wütend darüber sein, dass wir nur sechs Monate nach ihrer Trennung zusammen waren. Und sie wird wütend darüber sein, dass ich ihr in den letzten sieben Jahren verschwiegen habe, dass er dein Vater ist!

Natürlich konnte ich meiner sechsjährigen Tochter so etwas nicht sagen. „Nun, ich mag ihn nicht auf diese Weise. Und ich bin hergekommen, um Zeit mit dir zu verbringen – nicht mit ihm. Wenn ich gewusst hätte, dass dieses Resort ihm gehört, hätte ich die Reise jemand anderem überlassen. Ich wäre nicht einmal hierher-gekommen."

Ihr Kopf neigte sich zur Seite, als sie mich neugierig ansah. „Warum hättest du das getan? Er ist nett. Und gutaussehend. Und er mag dich. Ich weiß, dass er es tut. Ich habe gesehen, wie er dich mit verliebten Augen angesehen hat."

Ich musste lachen „Du bist ja richtig romantisch. Wer hätte das gedacht?"

„Ich erkenne verliebte Augen, wenn ich sie sehe." Sie stemmte die Hände in die Hüften. „Colton in der Schule sieht mich die ganze Zeit so an. Ich mag ihn aber nicht. Aber du könntest Cohen mögen, wenn du ihm erlaubst, Zeit mit uns zu verbringen. Ich weiß, dass du es könntest."

Du irrst dich, Kleine. Ich könnte diesen Mann lieben – nicht nur mögen.

KAPITEL SIEBEN

COHEN

Ich hatte in der Nacht kaum geschlafen. Bei dem Gedanken daran, dass Ember direkt in meiner Nähe war, überschlugen sich meine sexuellen Fantasien. Mir war jedoch klar, dass es nur Fantasien waren.

Wenn Ember mein Angebot annahm, würde sie auch ihre Tochter mitbringen, was bedeutete, dass ich aufpassen müsste, wie ich mich verhielt. Knapp einen Monat vor meinem dreißigsten Geburtstag hatte ich das Gefühl, dass es ohnehin Zeit war, mich mehr wie ein Erwachsener zu benehmen. Und ein Kind in der Nähe zu haben, könnte einen positiven Einfluss auf mich haben.

Ein Mann darf hoffen.

Da ich zu Hause nichts zu tun hatte und hellwach war, ging ich früh zur Arbeit. Als Chef des Resorts hatte ich mein Büro ganz oben im fünfzehnten Stock des Gebäudes eingerichtet. Es befand sich mitten auf der Etage und bot durch ein raumhohes Fenster einen atemberaubenden Blick auf die Skyline der Innenstadt. Ich wusste, dass Madison begeistert davon wäre.

Da es erst sieben Uhr morgens war, hatte ich die Hoffnung, dass ich Ember erwischen könnte, bevor sie zu dem gemeinsamen Tag mit Madison aufbrach, den sie geplant hatte. Ich hatte die ganze

735

Nacht gegrübelt, ob ich ihr einen Job und mein Gästehaus anbieten sollte oder nicht. Schließlich hatte ich meine Entscheidung getroffen.

Es war egal, dass sie mit mir Schluss gemacht hatte. Es war egal, dass sie mich verletzt hatte – alles, was zählte, war, dass die Frau mir einst viel bedeutet hatte. Jetzt hatte ich etwas, das ich ihr anbieten konnte, um ihr Leben und das Leben ihres Kindes besser zu machen.

Ich hatte eine Notiz unter der Tür von Embers Suite durchgeschoben und sie gebeten, Madison mitzubringen und in mein Büro zu kommen, bevor sie das Resort für diesen Tag verließen. Ich stellte sicher, dass ich eine Überraschung für Madison hatte. Ich war mir ziemlich sicher, dass Ember ihrem kleinen Mädchen nichts vorenthalten würde, indem sie es nicht zu mir brachte.

Ich hatte die Tür zu meinem Büro weit offen gelassen, sodass es keine Entschuldigung dafür gab, dass sie mich nicht finden konnte. Mein Name stand an der Tür, aber ich durfte die Fähigkeit der Frau, mich zu meiden, nicht unterschätzen.

Selbst nach sieben Jahren musste sie immer noch das Gefühl haben, dass es ihrer Schwester wehtun würde, wenn sie mit mir zusammen wäre. Die Vorstellung war lächerlich – und ich musste sie dazu bringen, das selbst zu erkennen.

Ich machte mich an die Arbeit, um mich abzulenken. Ein paar Stunden waren vergangen, als ich ein Klopfen hörte. „Wow!" Madison schnappte hinter mir nach Luft.

Ich drehte mich auf meinem Stuhl um und sah, wie sie und ihre Mutter dastanden, während ihre Augen auf das Fenster gerichtet waren. „Willkommen in meinem Büro." Ich stand auf und deutete auf das Sofa. „Nehmt Platz."

Keine der beiden konnte den Blick von der Aussicht abwenden, während sie sich setzten. Schließlich blickte Ember zu mir. „Bekommst du das jeden Tag zu sehen?"

„Nicht an den Tagen, die ich frei habe." Ich lehnte mich an meinen Schreibtisch und verschränkte die Arme vor der Brust. Ich trug etwas Lässiges, damit Ember nicht von meinem Anzug abgelenkt wurde. Jeans, ein weißes Hemd und Cowboystiefel ließen mich zugänglicher wirken – zumindest hoffte ich das.

Sie betrachtete meinen Körper und schenkte mir ein schiefes Lächeln. „Sieh dich an."

Ich streckte meine Arme aus, damit sie einen Blick darauf werfen konnte, und fragte: „Gefällt es dir?"

„Du siehst viel mehr so aus, wie ich dich früher gekannt habe." Ember sah ihr Kind an, das uns überhaupt nicht zuhörte, da es von der Aussicht fasziniert war. Mit roten Wangen wechselte sie das Thema: „Also, was ist mit der Überraschung für Madison?"

Das kleine Mädchen starrte uns an. „Mama! Wie unhöflich! Wir haben es nicht eilig. Ich kann warten, bis er mir sagen will, was die Überraschung ist."

Ich lachte über die beiden, hielt einen Finger hoch und nahm den Hörer ab, um die Eisdiele unten anzurufen. „Hey, Alaina, würden Sie in mein Büro kommen, um eine ganz besondere Freundin von mir abzuholen, die gerne dabei zuschauen würde, wie Sie heute Morgen das Eis herstellen?"

„Ich bin gleich bei Ihnen."

Madison sprang auf – ihr strahlendes Lächeln verriet ihre Begeisterung. „Ich darf zusehen, wie jemand Eis macht?"

„Ganz genau." Ich hatte erwartet, dass sie sich freuen würde, aber sie tanzte ausgelassen in meinem Büro herum.

„Juhu!" Mit ihren Händen auf ihren kleinen Hüften bewegte sie ihren Körper zu Musik, die nur sie hören konnte. „Ich werde Eis bekommen! Wow!"

Ember rieb sich die Schläfen. „Zucker? So früh am Morgen, Cohen?"

„Sie wird nur ein wenig Eis *probieren*. Nur ein bisschen, richtig, Kleine?" Ich hoffte, dass dieser Plan nicht genauso wie die Hummerüberraschung misslingen würde. „Natürlich nur, wenn das für deine Mutter in Ordnung ist."

Madison hörte auf zu tanzen und sah Ember an. Mit flehenden Augen bettelte sie ihre Mutter an, ohne ein Wort zu sagen.

„Meine Güte!" Ember warf die Hände in die Luft. „Okay. Versuche einfach, nicht zu viel davon zu essen. Versprich es mir, Madison."

„Ich werde es nur probieren." Madison sah mich an. „Wie viele Sorten gibt es?"

Ich zuckte mit den Schultern. Ich wusste es wirklich nicht. „Nicht allzu viele. Es gibt jeden Tag verschiedene Sorten. Nur das Frischeste für unsere Gäste."

Bei einem leisen Klopfen an der Tür blickten wir alle dorthin. Alaina lächelte Madison an und wusste sofort, dass sie für eine Weile ihr Gast sein würde. „Ich bin Alaina."

Madison rannte zu ihr. „Ich bin Madison! Und ich bin bereit zu sehen, wie du Eis machst!" Sie nahm Alainas Hand, als würden sie sich schon ewig kennen. „Und ich möchte es probieren. Mama sagt, dass ich das darf."

Alaina sah Ember an, die nickte, bevor sie Madison mitnahm. „Ich bringe sie in ungefähr einer Stunde zu Ihnen zurück."

„Okay." Ember fuhr sich mit den Händen durch die Haare und wirkte so, als wüsste sie nicht, was sie tun sollte. „Ich gehe besser zurück in unser Zimmer und warte dort auf sie."

„Nein." Ich marschierte zur Tür und schloss sie. „Ich möchte mit dir reden."

Als ich mich umdrehte, kauerte sie sich mit überschlagenen Beinen und verschränkten Armen auf dem Sofa zusammen, während sie versuchte, sich so weit wie möglich von mir zu entfernen. „Worüber?"

„Was machst du da?"

„Was machst *du* da?" Sie schüttelte den Kopf und schien mir überhaupt nicht zu vertrauen. „Du lässt eine Fremde herkommen und mir mein Kind wegnehmen. Und ich kann nicht glauben, wie bereitwillig – nein, vergiss das – wie *begeistert* meine Tochter mit dieser Fremden weggegangen ist. Ich weiß, dass du wahrscheinlich keine Ahnung von Kindern hast, aber du solltest wissen, dass sie den Tag nicht mit jeder Menge Zucker beginnen sollten."

„Komm schon." Ich hasste es, wenn Leute das taten. „Ich wette, du hast ihr schon oft Müsli zum Frühstück gegeben."

Sie lachte auf eine Weise, die sehr nach einem Schnauben klang. „Müsli und Eis sind Welten voneinander entfernt, Cohen."

„Nicht wirklich. In beidem ist viel Zucker. Und sie wird keine ganze Schüssel Eis essen." Ich wollte nicht streiten. Es gab so viel zu sagen, jetzt, da wir endlich allein waren.

Bei jedem Schritt, den ich auf sie zu machte, drängte sie sich noch weiter an das Ende des Sofas, aber ich kam trotzdem immer näher. Ich setzte mich einen Meter entfernt von ihr hin, um sicherzugehen, dass sie genug Platz hatte.

„Cohen, ich bin froh, dass du meiner Tochter etwas Spaß ermöglicht hast. Aber ich kann nicht anders, als das Gefühl zu haben, dass du das nur getan hast, damit du Zeit mit mir allein verbringen kannst."

„Du hast recht." Ich wollte nicht lügen. „Da wir so wenig Zeit haben, werde ich gleich zur Sache kommen. Ich verstehe nicht, was hier los ist. Du und ich hatten damals viel Spaß und unsere Bindung war nicht von dieser Welt. Ich habe bei niemand anderem so gefühlt wie bei dir."

Ein ungläubiges Grinsen bildete sich auf ihren Lippen. „Das kann ich mir nicht vorstellen."

Ich widersprach ihr nicht. Sie musste wissen, dass ich weitergezogen war und mich mit anderen Frauen verabredet hatte. „Wie ist es mit dir? Hast du jemals eine Bindung zu einem anderen Mann gespürt, wie wir sie hatten?"

Ihre Augen starrten auf den Boden und ihr Gesicht wurde blasser. Sie schien unter Schock zu stehen. Ich griff nach ihr und berührte ihre Schulter, um sie aus ihrer Trance zu erwecken. Langsam sah sie mich an und schüttelte dann den Kopf. „Nein."

Bei diesem einen Wort begann etwas in mir zu glühen. „Gut. Das ist wirklich gut zu wissen. Ich meine es ernst, Ember. All die Jahre, all die Zeit, die vergangen ist, hat nichts daran geändert, wie ich in deiner Nähe empfinde. Meine Gefühle sind nie verblasst."

„Das geht mir auch so", flüsterte sie so leise, dass ich sie kaum hörte.

Es gab so viele Fragen, die ich ihr stellen wollte. Ich war mir nicht sicher, wo ich anfangen sollte. Schließlich platzte ich heraus: „Glaubst du, wir könnten es noch einmal miteinander versuchen?"

Die Antwort kam sofort. „Nein."

„Das war ein bisschen abrupt." Ich wusste nicht, warum sie das sagen würde, wenn es offensichtlich war, dass wir eine ziemlich starke Wirkung aufeinander hatten. Und es war klar, dass unsere gegenseitige Anziehung immer noch unbeschreiblich war. „Du kannst nicht immer noch Angst davor haben, dass deine Schwester wütend auf dich sein könnte."

„Doch, das kann ich." Sie schüttelte den Kopf, als wollte sie den Gedanken daran loswerden, dass sie und ich wieder zusammen sein könnten.

„Du musst damit aufhören." Ich trat näher zu ihr, legte beide

Hände auf ihre Schultern und zog sie an mich. „Ich bin es, Ember. Du weißt, dass ich dich niemals verletzen würde."

Einen Moment lang sah sie mir in die Augen. „Ich habe dich verletzt."

„Ja, das hast du." Wieder wollte ich nicht lügen. „Aber ich bin dir nicht böse."

„Nun, die Wahrheit ist, dass du mich auch verletzt hast." Ihre Augen verließen meine. „Du hast nie versucht zurückzukommen. Du bist weitergezogen. Und zwar sehr schnell."

Sie lag nicht falsch. „Hör zu, ich war damals dumm. Ich dachte, der beste Weg, über dich hinwegzukommen, wäre, mit einer anderen Frau zusammen zu sein. Du weißt, was ich meine. Aber niemand hat mich jemals so fühlen lassen wie du. Niemand kann dir das Wasser reichen, Ember. Und das sage ich nicht nur, um dich ins Bett zu bekommen."

„Du wirst mich nie wieder ins Bett bekommen, Cohen. Das musst du verstehen." Ihre Brust hob sich, als sie tief Luft holte. „Du und ich können nie wieder zusammen sein. Es ist am besten, wenn du das einfach akzeptierst."

Vergiss es. „Du musst mir erklären, warum das so ist, Ember." Ich nahm meine Hände von ihren Schultern und legte sie auf meine Knie, während ich auf ihre Erklärung wartete. „Und beschuldige nicht deine Schwester."

„Ich habe jetzt ein Kind."

„Nein." Das konnte ich nicht akzeptieren. „Es ist mir egal, ob du ein Kind hast. Ich mag Madison. Und ich verstehe, dass es euch beide nur zusammen gibt." Ich hatte noch nicht beabsichtigt, darüber zu sprechen. Ich wollte mit ihr nichts überstürzen.

Das war eine meiner größten Schwächen – es mit Frauen zu überstürzen. Ich schien nicht in der Lage zu sein, meine Impulse zu kontrollieren. Es war Zeit, mich in den Griff zu bekommen.

„Cohen, du hast keine Ahnung …"

Ich brachte sie zum Schweigen, indem ich meine Hand hochhielt. „Nein. Lass uns noch einmal von vorn anfangen. Ich meine – lass uns mit einem anderen Gesprächsthema von vorn anfangen. Ich hatte nicht vorgehabt, jetzt schon darauf einzugehen. Du bist jetzt Mutter. Das verstehe ich. Du musst an mehr als nur dich selbst denken."

Ich stand auf und ging ein wenig auf Abstand. Als ich mich umdrehte, sah ich etwas in ihren Augen, das mir sagte, dass sie Angst hatte.

Hat sie etwa Angst vor mir?

KAPITEL ACHT

EMBER

Cohen hatte recht, ich konnte nicht nur an mich denken. Ich musste meine ganze Familie berücksichtigen. Nicht, dass er das gewusst hätte oder überhaupt verstehen würde. „Bevor wir dieses Thema hinter uns lassen, muss ich dir sagen, warum wir nicht einmal daran denken dürfen, dem, was wir hatten, eine zweite Chance zu geben."

Er lehnte sich an seinen Schreibtisch und beim Anblick seiner langen, muskulösen Beine hatte ich Schmetterlinge im Bauch. Er würde wahrscheinlich immer ein fantastischer Mann sein. Und ich war mir sicher, dass er das wusste, als er mich sexy grinste. „Ich bin überrascht zu hören, dass du bei diesem Gespräch noch weiter gehen möchtest, Ember. Bitte sag mir, warum du denkst, dass wir uns keine zweite Chance geben dürfen."

Ich fuhr mir mit den Händen durch die Haare und versuchte herauszufinden, wie ich es am besten sagen sollte. „Die Sache ist, dass ich wusste, wie du warst, bevor unsere gemeinsame Woche begann. Meine Schwester hat bitterlich geweint, als du dich von ihr getrennt hattest."

„Ich habe dir gesagt, wie das gelaufen ist, und ich werde nicht die ganze Schuld für diese Trennung auf mich nehmen. Es tut mir leid, dass sie geweint hat. Ich bin schließlich kein Monster. Aber es war nicht so, als hätte ich ihr wirklich etwas bedeutet. Sie schien den

Versuch zu genießen, mich zu kontrollieren – was ihr niemals gelang. Ihre Tränen waren wahrscheinlich mehr auf ihre Enttäuschung darüber zurückzuführen, dass sie diese Kontrolle nicht ausüben konnte."

Damit liegt er völlig richtig.

„Wie auch immer, ich will damit sagen, dass Ashe deinetwegen geweint hat." Ich musste auf den Punkt kommen. „Sie hat mir erzählt, dass sie dich nur ein paar Wochen später mit einem anderen Mädchen gesehen hat. Und danach hat sie dich in den nächsten sechs Monaten noch mehrmals mit ungefähr fünf anderen jungen Frauen gesehen. Und dann sind du und ich uns begegnet."

Er unterbrach mich. „Ich gebe zu, mit all diesen anderen Frauen zusammen gewesen zu sein, nachdem ich die Sache mit Ashe beendet hatte. Ich war jung damals, erst zweiundzwanzig. Und ich habe mich ausgetobt, was für einen Mann oder ein Mädchen durchaus akzeptabel ist, wenn sie nicht in einer Beziehung sind."

„Okay." Ich wusste, dass er so denken würde. „Was ich damit sagen will, ist, dass es viele Frauen vor mir gab, und ich bin mir fast sicher, dass es auch viele Frauen nach mir gab."

Er nickte und sah mir in die Augen. Verwirrung zog über sein Gesicht. „Ich verstehe nicht, worum es dir geht."

„Mein Punkt ist, dass …" Ich wollte nicht gemein sein. Aber ich wusste nicht, wie ich es anders sagen sollte. „Du warst und bist höchstwahrscheinlich immer noch ein Weiberheld."

Er starrte auf den Boden. „Autsch."

„Es tut mir leid, wenn dir das wehtut. Aber jetzt kannst du vielleicht verstehen, warum ich es nicht allzu sehr bereue, mit dir Schluss gemacht zu haben. Ich denke, dass du es sowieso irgendwann mit mir beendet hättest. Du warst einfach nicht für eine Frau gemacht, Cohen. Das wusste ich damals schon über dich. Und ich bin mir ziemlich sicher, dass ich recht hatte."

„Wie können wir wissen, ob du recht hattest oder nicht?" Seine Augen kehrten zu meinen zurück und Trotz flackerte darin auf. „Du vergisst, wie sehr ich dich mochte. Ember, was ich mit dir hatte, war fast so etwas wie Liebe. Wenn du uns noch ein paar Wochen Zeit gegeben hättest, hätte ich vielleicht die Worte zu dir gesagt, die ich noch nie einer Frau gesagt hatte."

Ich nickte, als ich die Aufrichtigkeit in seinen Augen sah. Ich wusste, dass damals etwas ganz Besonderes zwischen uns gewesen war. Aber ich kannte auch Cohens Charakter. „Du hast recht. Ich hätte vielleicht diese Worte aus deinem Mund gehört und sie sogar erwidert. Aber andererseits hättest du mir vielleicht die gleichen Worte gesagt, die bei jeder anderen Frau, mit der du jemals zusammen warst, von deinen entzückenden Lippen gekommen sind."

„Ich bin froh, dass du meine Lippen entzückend findest, Baby." Verführerischer Stolz funkelte in seinen Augen.

„Du warst der beste Liebhaber, den ich je hatte, also hast du dir das Lob verdient." Ich lachte, um die Stimmung aufzuhellen. „Hör zu, ich möchte dir keine Vorwürfe machen. Und ich möchte nicht darüber diskutieren, was hätte sein können." Er musste die Wahrheit wissen. „Tatsache ist, dass ich nie daran gedacht habe, dich wiederzutreffen. Und wenn ich gewusst hätte, dass dir das Resort gehört, hätte ich die Reise jemand anderem überlassen."

Seine großen Augen sagten mir, dass ich ihn überrascht hatte. „Du wärst so weit gegangen, um mich nicht wiederzusehen?"

Ich nickte und sah keinen Grund zu lügen. „Cohen, es ist nicht einfach, meine Hände von dir zu lassen. Meine Erinnerungen daran, wie es damals war, sind mir wieder in den Sinn gekommen."

„Mir auch." Er setzte sich auf seinen Schreibtisch und seufzte schwer. „Das Einzige, was mich daran gehindert hat, dich in die Arme zu nehmen und in einen abgelegenen Bereich des Resorts zu tragen, ist deine Tochter."

„Glaubst du, ich würde nach sieben Jahren so leicht in deine Arme sinken, Cohen?" Ich musste lachen. Manche Dinge änderten sich nie – er hielt sich immer noch für Gottes Geschenk an die Frauen. „Ich bin reifer geworden. Ich bin nicht mehr so leicht zu verführen wie früher."

„Du hast ein Kind bekommen. Ich weiß, dass das alles verändert. Und ich glaube, das ist das Einzige, was uns derzeit auseinanderhält. Was es nicht tun sollte. Ich kann ein gutes Vorbild für Madison sein, wenn du mir die Chance gibst, es zu beweisen." Er sprang vom Schreibtisch und setzte sich ans andere Ende des Sofas. Er überkreuzte seine langen, schlanken Beine und musterte mich. „Ich brauche nur eine Chance, dir das zu beweisen, Baby."

„Baby?" Das gefiel mir nicht. „Cohen, du darfst mich auf keinen Fall vor Madison so nennen, also hör auf damit."

„Früher hat es dir gefallen."

„Früher mochte ich viele Dinge, die ich heute nicht mehr mag." Er hatte keine Ahnung, in was für ein Chaos dieses eine Wort mein Leben stürzen könnte. Meine Familie würde durchdrehen, wenn mein Kind zurückkam und sagte, dass er mich mit Kosenamen bezeichnet hatte.

„Viele alleinerziehende Mütter verabreden sich, Ember. Viele alleinerziehende Mütter heiraten sogar irgendwann. Willst du etwa sagen, dass du nie wieder mit jemandem ausgehen wirst? Oder bin es nur ich, mit dem du nicht ausgehen möchtest?"

Ich hatte seit ihm niemanden mehr gedatet. Ich hatte seit ihm nicht den geringsten Willen gehabt, so etwas zu tun. Aber das sollte er nicht wissen. „Im Moment bist es nur du, Cohen Nash. Aus mehr Gründen als der Tatsache, dass du mit meiner Schwester ausgegangen bist."

„Ja, lass mich die Gründe aufzählen." Er hielt einen Finger hoch. „Ich hatte das Pech, Ashe zu treffen, bevor ich dich kennenlernte. Und", er hielt einen weiteren Finger hoch, „ich war mit mehr Frauen zusammen, als dir lieb ist. Was meiner Meinung nach beweist, dass du tiefe Gefühle für mich hast."

„Ich verstehe nicht, wie das gehen soll."

„Eifersucht ist nichts, was jemand fühlt, dem eine Person gleichgültig ist. Und es ist mehr als offensichtlich, dass du äußerst eifersüchtig bist, weil ich mit anderen Frauen als dir zusammen war."

Ich starrte auf den Boden und wusste nicht, wie ich darauf reagieren sollte. Ich war eifersüchtig – damit hatte er recht. Aber das konnte ich nicht vor ihm zugeben. „Das bin ich nicht."

„Doch, das bist du." Er lächelte wissend. „Ich kann es in deinen Augen sehen, Ember Wilson – du hast immer noch Gefühle für mich."

Verdammt!

Ich schloss meine Augen und knurrte: „Hör auf, in meine Augen zu schauen."

„Warum?" Er lachte. „Weil sie immer wieder verraten, wie du wirklich über mich denkst?"

Er hatte keine Ahnung, wie schwer das für mich war. Ich öffnete meine Augen und starrte direkt in seine wunderschönen grünen Augen. „Cohen, meine Augen sagen dir vielleicht, was mein Herz fühlt, aber mein Verstand kontrolliert mich. Und mein Verstand weiß, dass ich uns keine zweite Chance geben kann. Nicht nur ich würde jetzt verletzt werden, sondern auch meine Tochter. Bestimmt hast du bemerkt, wie sehr sie dich mag."

„Ich weiß. Sie ist bezaubernd. Ich wünschte nur, ihre Mutter könnte mir die gleiche Aufmerksamkeit schenken." Er lachte erneut und seufzte dann. „Hör zu, das bringt uns nicht weiter."

„Genau." Ich stand auf und wollte in mein Zimmer gehen, um darauf zu warten, dass Madison zurückkam.

Plötzlich spürte ich seine Hand auf meiner Schulter. „Wohin gehst du?"

Bei seiner Berührung schossen Funken durch mich. Meine Knie wurden schwach, während meine Lippen zitterten und mich anbettelten, ihn noch einmal zu küssen. Nur einmal um der alten Zeiten willen. „In mein Zimmer."

„Ich habe noch nicht einmal das Thema angesprochen, worüber ich wirklich mit dir reden wollte. Du kannst nicht gehen. Erst, wenn du mich angehört hast." Er drehte mich um und legte seine freie Hand auf meine andere Schulter. Von Angesicht zu Angesicht, mit wenigen Zentimetern zwischen uns, spürte ich die unglaubliche Anziehungskraft, die zwischen uns pulsierte.

Langsam strich seine rechte Hand über meinen Arm, dann ergriff er meine Hand. Er zog mich wieder auf das Sofa und ich wusste, dass er mich nicht davonkommen lassen würde. Nicht einmal ein bisschen.

Cohen Nash bekam alles, was er wollte, sobald er es ins Visier nahm. Und ich würde keine Ausnahme sein. Zumindest nicht für ihn.

Ich brauchte all meine Willenskraft, um das Verlangen in meinem Körper zu unterdrücken. Cohen hatte keine Ahnung, welche Wirkung er auf mich hatte – immer noch.

Ich würde für immer ihm gehören. Jedenfalls in meinem Herzen. Er hatte mir das größte und beste Geschenk gemacht, das ein Mann einer Frau machen konnte. Sicher, es war nicht immer einfach, eine alleinerziehende Mutter zu sein. Aber Madison war ein Geschenk. Und ich hatte Cohen dafür zu danken.

Eine Woche purer Lust … und jetzt wusste ich, dass auf beiden Seiten Liebe da gewesen war – nicht nur auf meiner. Unsere Tochter war aus Liebe entstanden. Selbst wenn keiner von uns es damals gesagt hatte, hatten wir es uns jetzt gestanden, und das war gut genug für mich.

„Ember, unser Gespräch ist noch nicht vorbei."

Ich nickte und wusste, dass es nicht so war. „Okay." Ich schluckte, weil ich ihm etwas sagen musste, seit ich zum ersten Mal gespürt hatte, wie sich unsere Tochter in meinem Bauch bewegte. „Lass mich dir zuerst etwas sagen." Ich schluckte den Kloß hinunter, der sich in meinem Hals gebildet hatte, als meine Emotionen drohten, mich zu überwältigen. „Ich möchte dir für jene Woche danken, Cohen. Das war die beste Zeit meines Lebens und ich werde sie nie vergessen. Danke, dass du damals so großartig zu mir warst. Du hast mein Leben in dieser kurzen Zeit zum Besseren verändert."

Wenn du nur wüsstest, wie sehr.

KAPITEL NEUN

COHEN

Ember war völlig durcheinander – sie nannte mich einen Weiberhelden und erzählte mir im nächsten Moment, dass ich ihr Leben
zum Besseren verändert hatte. Zu sagen, dass ich verwirrt war, wäre
eine Untertreibung gewesen. „Ich bin froh, dass du das sagst. Das
macht es viel einfacher, dich etwas zu fragen, weil ich mir nicht
sicher war, wie du darauf reagieren würdest. Aber jetzt denke ich,
dass du glücklich darüber sein könntest."

„Solange es nicht um dich und mich geht, bin ich ganz Ohr." Sie
schlug die Beine übereinander und legte ihre gefalteten Hände auf
ihr Knie, während sie den Kopf ein wenig zur Seite neigte und Interesse an dem zeigte, was ich ihr zu sagen hatte.

Ich hielt das für ein gutes Zeichen. Anscheinend machte ich Fortschritte. „Mir ist klar, dass du in den letzten Jahren nicht viel Zeit
mit deiner Tochter verbringen konntest. Ich glaube, ich habe etwas,
das dir dabei helfen könnte."

„Ich verstehe nicht, wie du mir dabei helfen könntest." Ihre
Wangen röteten sich.

Ich hoffte nur, dass keine Wut in ihr hochkochte. Also versuchte
ich sicherzustellen, dass meine Worte sie in keiner Weise beleidigten.
„Als alleinerziehende Mutter hattest du es bestimmt schwer – trotz
der Unterstützung deiner Familie."

Mit angespanntem Kiefer nickte sie einmal. „Du hast recht. Ein Kind allein großzuziehen ist nicht einfach."

Nickend fuhr ich fort: „Ich weiß, dass der Job, den du jetzt hast, viel von deiner wertvollen Zeit in Anspruch nimmt."

Sie stellte ihre Beine nebeneinander und ein Stirnrunzeln erschien auf ihrem hübschen Gesicht. „Cohen, was genau versuchst du, mir zu sagen?"

Verdammt. Ich finde besser heraus, wie ich das schneller sagen kann, bevor ich sie verärgere.

„Ich bin in der Lage, dir hier im Resort einen Job zu verschaffen. Das versuche ich zu sagen."

„Warum würdest du das tun? Und was für einen Job könnte ich hier überhaupt machen?"

Ich mochte ihre Fragen. Sie ließen es so klingen, als ob sie mein Angebot tatsächlich annehmen könnte. „Du warst auf dem College, als wir uns kennenlernten. Was war dein Hauptfach?" Ich fühlte mich irgendwie schlecht, weil ich sie damals nicht danach gefragt hatte. Aber wir hatten uns auf andere Dinge konzentriert.

Anspannung erfüllte sie und machte ihren Körper steif, als sie nervös mit den Händen in ihrem Schoß spielte. „BWL."

„Großartig!" Mit diesem Abschluss könnte ich sie in vielen Jobs im Resort unterbringen. „Es gibt hier so viele Management-Jobs, dass einem schwindelig wird."

„Verdammt, Cohen. Du hast mich nicht ausreden lassen." Abrupt stand sie auf, lief zum Fenster und ging davor auf und ab, während sie auf den Boden schaute. „Das war mein Hauptfach. Aber ich habe keinen Abschluss gemacht. Ich war in meinem zweiten Studienjahr – und nicht einmal zur Hälfte fertig –, als ich herausfand, dass ich schwanger war."

„Schwanger zu sein hätte dich nicht davon abhalten sollen, weiter zu studieren." Ich biss mir auf die Unterlippe, als sie den Kopf drehte, um mich anzustarren. „Nicht, dass es mich etwas angeht. Ich werde jetzt einfach die Klappe halten." *Ich weiß nicht, was in mich gefahren ist!*

Sie bewegte ihre Hände zu ihren Hüften und fuhr fort: „Ich wollte meinen Eltern nichts über die Schwangerschaft erzählen, bis ich alles unter Kontrolle hatte. Ich wusste, dass ich ein paar Dinge brauchte. Eines davon war ein Job, damit ich alles kaufen konnte, was ich für mein Baby brauchte. Und das andere war eine Krankenversicherung für die Ärzte und das Krankenhaus. Ich wollte meine Eltern nicht belasten. Es war nicht ihre Schuld, dass ich etwas Dummes getan hatte."

Es hört sich so an, als wäre sie ganz allein gewesen.

„Der Vater hat nicht …"

Sie sah weg und mied meinen Blick. „Ich habe es ihm nicht gesagt."

„Oh." Ich musste mich über diese Entscheidung wundern, aber es ging mich nichts an, also versuchte ich, meine Fragen für mich zu behalten. Eine rutschte mir trotzdem heraus. „War er so ein schlechter Kerl?"

„Cohen, bitte." Sie drehte mir den Rücken zu und starrte aus dem Fenster auf die Skyline. „Ich habe niemandem von der Schwangerschaft erzählt, bis ich im fünften Monat war."

„Wie weit warst du, als du bemerkt hast, dass du schwanger warst?"

„Im zweiten Monat." Sie hielt mir den Rücken zugewandt und ich hatte das Gefühl, dass sie mein Gesicht nicht sehen wollte, falls es missbilligend wäre. „Drei Monate lang habe ich das Baby vor meiner Familie und meinen Freunden geheim gehalten. Bis Ende des vierten Monats war ohnehin kaum etwas zu sehen, also war es nicht schwer, mich zu verstecken."

„Wann hast du das College verlassen?"

„Sobald ich herausfand, dass ich ein Baby bekommen würde. Ich brach all meine Kurse ab, bevor ich mir einen Job suchte, bei dem ich krankenversichert sein würde. Es war nicht einfach. Schließlich fand ich einen Job als Managerin einer Lagerhalle. Du weißt schon, wo die Leute kleine Lagereinheiten anmieten können, um all ihren Kram darin aufzubewahren."

„Das klingt nicht übel." Ich war mir nicht sicher, was ich sagen sollte. Ember war schlau – zu schlau für so etwas. „Also hat dich das über die Runden gebracht, bis du den Job in der Ölbranche bekommen hast?"

„Ja." Endlich kam sie zurück und setzte sich wieder zu mir. „Ich verdiene jetzt sehr gut und bekomme viele Vergünstigungen. Ich bezweifle, dass du hier einen Job hast, bei dem ich annähernd so gut verdiene, da ich nur einen Highschool-Abschluss habe."

„Du hast mehrere Jahre Managementerfahrung. Das könnte dich

hier bestimmt weiterbringen. Und du hättest Zeit, online aufs College zu gehen und das Studium fortzusetzen, das du damals begonnen hast, wenn du willst. Das wäre ein Vorteil für dich."

„Das klingt zwar sehr schön, aber ich glaube nicht, dass es hier einen passenden Job für mich gibt, der so gut bezahlt ist. Ich verdiene fast sechzigtausend pro Jahr. Ich vermute, dass ich hier nur den Mindestlohn oder ein wenig mehr zu erwarten hätte."

„Du hättest hier eine Vierzigstundenwoche. Ich gehe davon aus, dass du gerade an sieben Tagen in der Woche Zwölfstunden- schichten absolvierst." Ich wusste, dass das viel zu viel war. Keine Mutter sollte so lange von ihrem Kind getrennt sein. „Also, ja, die Bezahlung wird geringer ausfallen, da bin ich mir sicher. Hier gibt es allerdings keine Mindestlohnjobs. Wir zahlen besser. Ich kann dir nicht versprechen, wie viel Geld du verdienen wirst. Aber denke darüber nach, was du stattdessen bekommen würdest – Zeit mit deiner Tochter. Sie hat das verdient, stimmst du mir nicht zu?"

Als sie an ihrer Unterlippe herumkaute, schien es, als würde sie darüber nachdenken. Aber dann öffnete sie den Mund und sagte: „Ich verstehe. Du denkst also, dass ich eine schlechte Mutter bin."

Ich sprang auf und war schockiert von der Anschuldigung. „Nein, das glaube ich überhaupt nicht, Ember. Lege mir bitte keine Worte in den Mund. Deine Tochter liebt dich offensichtlich. Du liebst sie auch. Und ich denke, du tust, was du für das Beste für sie hältst. Ich sage nur, dass ich dir etwas bieten kann, das andere nicht bieten können oder wollen. Du bist mir wichtig. Vergiss das nicht."

„Komm schon, Cohen." Ihre Schultern sackten herunter und sagten mir, dass sie einige ziemlich tiefe Unsicherheiten darüber hatte, wie sie als Mutter war. „Mein Kind ist öfter bei meinen Eltern als bei mir zu Hause. Du wärst ein Heiliger, wenn du nicht denken würdest, dass mich das zu einer unfähigen Mutter macht."

„Dann bin ich wohl ein Heiliger, weil ich dich definitiv nicht als unfähige Mutter bezeichnen würde. Niemals, Ember. Oh Gott!" Ich warf meine Hände in die Luft und hatte die Nase voll davon, dass sie anscheinend keine Ahnung hatte, wie ich für sie empfand. „Kannst du nicht sehen, wie viel du mir bedeutest?"

„Du kennst mich nicht einmal mehr, Cohen." Ihre goldbraunen Augen schimmerten, als würde sie Tränen zurückhalten.

Ich saß direkt neben ihr und strich ihre Haare aus ihrem

hübschen Gesicht. „Ich kenne dich, Mädchen. Ich kenne dich besser, als du denkst. Und ich weiß, dass deine Schuldgefühle dich innerlich auffressen."

Sie schloss die Augen, als wollte sie sich vor mir verstecken. „Halt. Bitte hör auf."

„Womit?" Ich würde nicht einfach aufgeben. „Soll ich aufhören, dir zu helfen? Soll ich nicht länger versuchen, dafür zu sorgen, dass *du dein* Kind so erziehen kannst, wie du möchtest? Soll ich aufhören, für dich da zu sein?" Ich strich mit meinem Knöchel über ihre Wange und sehnte mich danach, ihre zitternden Lippen zu küssen. Aber ich wusste, dass ich das nicht konnte – noch nicht.

Ihre Wimpern teilten sich und sie blinzelte ein paarmal. Trotzdem wollte sie mich nicht ansehen. „In mir ist so viel Schuld. Da hast du recht. Du begreifst aber nicht, dass du mir nicht helfen kannst, etwas davon loszuwerden. Meine Familie wird nicht glücklich sein, wenn sie herausfindet, dass du derjenige bist, der mir diese Chance gibt."

Und wieder geht es um ihre Familie.

„Du kannst eine Chance nicht ablehnen, nur weil du Angst hast, deine Schwester zu beleidigen. Tatsache ist, wenn sie wütend auf dich ist, weil du dir und Madison ein besseres Leben ermöglichst – und *ich* dir dabei helfe –, dann ist sie keine gute Schwester. Und das weißt du auch."

„Ich weiß nur, dass ich nicht zulassen kann, dass du mir etwas gibst, das ich nicht verdiene." Schließlich sah sie mir in die Augen. „Ich kann keinen Job annehmen, für den jemand anderer besser geeignet wäre."

„Ich werde dich mit unserer Personalabteilung in Kontakt bringen und sie werden sehen, wofür du geeignet bist. Außerdem übernimmt unser Unternehmen für jeden Mitarbeiter, der sich mit einem College-Studium in einem relevanten Fachbereich weiterbildet, die vollen Studiengebühren." Sie konnte diese Gelegenheit nicht ablehnen. „Nach neunzig Tagen bist du außerdem sozialversichert. Wenn man all die großartigen Vorteile in Betracht zieht, die mit der Arbeit hier einhergehen, wie etwa kostenlose Mahlzeiten während der Arbeit und bezahlter Urlaub, solltest du zumindest darüber nachdenken."

Sie nahm meine Hand von ihrem Gesicht und drückte sie gegen

ihre Brust. Ich konnte fühlen, wie ihr Herz schlug. „Du kannst das fühlen, oder?"

Ich konnte das Lächeln, das meine Lippen umspielte, nicht aufhalten. „Ich hatte immer diese Wirkung auf dich."

Sie nickte zustimmend: „Ja, das hast du immer noch. Und deshalb wird das nie funktionieren. Deshalb kann ich hier nicht arbeiten. Deshalb kann ich dein Angebot nicht annehmen, obwohl es zu gut klingt, um es abzulehnen. Ich kann nicht bei dir sein und will es auch nicht."

Warum macht sie das so verdammt kompliziert?

„Du denkst, dass ich dich wieder verletze, nicht wahr?" Das musste der Grund sein, warum sie das alles ablehnte – mich und den Job.

Sie lachte leise und schüttelte den Kopf. „Nein, Cohen. Ich denke, *ich* werde *dich* verletzen. Ich darf nicht auf eine romantische Weise mit dir zusammen sein – auch wenn du das Gegenteil behauptest. Niemals."

„Du meinst, dass du deiner Familie nichts über uns erzählen könntest, falls du und ich eine Romanze beginnen würden." Die Vorstellung, dass sie unsere Beziehung geheim halten würde, gefiel mir nicht, aber ich könnte eine Weile damit leben. „Dir einen Job zu verschaffen ist etwas völlig anderes. Und was auch immer zwischen dir und mir passiert, ist unsere Angelegenheit und geht sonst niemanden etwas an."

„Ich bin nicht mehr allein. Ich habe ein Kind. Und Madison dürfte auch nicht wissen, was wir heimlich tun – ich will ihre Gefühle nicht verletzen. Sie könnte es auf keinen Fall vor meiner Familie geheim halten. Das kann ich nicht zulassen. Also wird es kein *Wir* geben. Und ich kann hier keinen Job annehmen. Es ist sehr nett von dir, mir das anzubieten, aber ich muss ablehnen."

KAPITEL ZEHN

EMBER

Nichts schreckte den Mann ab. Nachdem sein Gesicht einen unnatürlichen Rotton angenommen hatte – ich musste ihn unheimlich frustriert haben –, holte er tief Luft. Sein gebräunter Teint kam zurück und er sagte mit ruhiger Stimme: „Ich glaube, ich habe etwas vergessen, das für dich von größter Bedeutung sein muss. Vergib mir, Ember."

„Warum?"

„Weil ich nicht an deine Familie gedacht habe. Da sie sich so oft um Madison gekümmert haben, machst du dir bestimmt Sorgen, ihre Unterstützung zu verlieren."

Er hatte einen der Gründe erraten, aber nicht alle. „Das stimmt. Aber es gibt noch so viel mehr. Kannst du dir vorstellen, wie sich Madison fühlen würde, wenn sie ihre Großeltern verlassen müsste? Und meine Eltern würden sich schrecklich fühlen, wenn sie sie verlieren. Ashe holt Madison jeden Mittwoch ab, um sie zu ihren Tanzkursen zu bringen, und ich bin sicher, dass beide es vermissen würden. Du hast keine Ahnung, wie eng wir alle miteinander verbunden sind. Ich kann mein Kind nicht einfach von all den Menschen trennen, die es liebt. Es würde alle verletzen."

Und ich kann ihnen ganz bestimmt nicht sagen, dass ich sie voneinander trenne, damit ich einen Job von Cohen Nash annehmen kann!

„Das verstehe ich." Er ging zu seinem Schreibtisch und öffnete die oberste Schublade. Er holte Papier heraus, setzte sich an den Schreibtisch und nahm einen Stift. „Wenn ich große Entscheidungen treffen muss, mache ich gerne eine Liste mit allen Vor- und Nachteilen. Also werde ich das für dich tun. Zuerst die Vorteile." Er lächelte mich an. „Der offensichtlichste ist, dass du mir nahe sein würdest."

Ich lehnte mich auf dem Sofa zurück und hielt einen Finger hoch. „Nachteil: Ich müsste umziehen."

„Oh ja." Er legte den Stift weg und verschränkte seine Finger, während er seine Ellbogen auf den Schreibtisch lehnte und sein Kinn auf seine Hände stützte. „Was den Umzug angeht ... ich habe vergessen, dir von einem weiteren kleinen Vorteil zu erzählen."

Mir gefiel nicht, wie das klang. „Kommt der Job mit einer Umzugszulage oder so etwas?"

„Nein." Seine grünen Augen bohrten sich in meine, als wollte er mich dazu bringen, das zu tun, was er von mir wollte. „Ich habe ein Gästehaus."

„Nein." *Das ist viel zu nah bei ihm.*

„Hör mir zu, Ember. Es hat einen eigenen Eingang und einen eigenen Parkbereich. Du müsstest mich nicht einmal sehen, wenn du nicht willst."

„Cohen, du weißt, wie es laufen würde, wenn ich so nah bei dir leben würde." Ich versuchte nicht, mir einzureden, dass ich den Job tatsächlich annehmen könnte. Und doch sprach ich weiter darüber – das war beunruhigend.

Irgendwo in meinem Unterbewusstsein musste ich den Job annehmen und ein Leben mit Cohen führen wollen. Aber das konnte ich nicht tun.

Er hob seine dunklen Augenbrauen und sagte mit einem schelmischen Grinsen: „Nur wenn du willst, Baby."

„Was habe ich dir darüber gesagt, mich so zu nennen?" Meine Wangen wurden höllisch heiß, während verruchte Gedanken meinen Kopf füllten. Ich fächelte mit der Hand vor meinem Gesicht und versuchte, mich abzukühlen. „Sieh nur, was du mit mir machst."

„Und ich versuche es nicht einmal." Er lehnte sich in seinem Bürostuhl zurück, spreizte die Beine und legte die Hände hinter den Kopf. „Du solltest einfach aufhören, gegen das Unvermeidliche zu kämpfen."

„Das einzige Unvermeidliche ist, dass ich morgen mit meiner Tochter nach Houston zurückkehre." Er konnte nichts sagen, um meine Meinung zu ändern.

Sicher, für kurze Zeit hatte der Mann mich auf eine Weise beeinflusst, die ich mir nie hatte vorstellen können. Cohen Nash hatte mich völlig verzaubert. Aber nur eine Woche lang.

Ich hatte es geschafft, meine Selbstbeherrschung zurückzuerlangen und war wieder auf den richtigen Weg gekommen, ohne dass jemand wusste, dass ich überhaupt davon abgewichen war. Aber es hatte mich immer fasziniert, wie er es geschafft hatte, mich zu verführen.

Einen langen Moment saß er da und sah zu der hohen Decke auf. Dann sah er mich an. „Das könntest du machen. Ihr könntet nach Houston zurückkehren und bald danach müsstest du euer Zuhause für deinen Job wieder verlassen. Dann könnte alles wieder normal werden. Nur ist das möglicherweise nicht so einfach, wie du denkst."

„Wie meinst du das?"

„Nun, diesmal wirst du wissen, dass es eine Alternative gibt. Und du wirst genau wissen, wo du mich findest. Du hast sogar meine Handynummer. Und während du zur Arbeit fährst und endlose Stunden ohne deine Tochter verbringst, wird dir klar werden, dass ein Anruf alles verändern könnte. Ein Anruf bei mir könnte dein Leben verändern – und das von Madison." Er hielt einen Moment inne und ließ seine Worte nachwirken. „Du solltest bei mir vorbeikommen und dir das Haus ansehen, das du ablehnst."

„Auf keinen Fall." Nach seinem Büro und seiner Garderobe zu urteilen, war der Mann höllisch reich. Ich hatte überhaupt keinen Zweifel daran, dass sein Zuhause traumhaft war. Das Gästehaus war höchstwahrscheinlich weitaus besser als das Haus meiner Eltern – ich durfte mich nicht unter Druck setzen lassen. Und ich wusste verdammt genau, dass meine Tochter sich Hals über Kopf darin verlieben würde.

Wenn das passierte und ich ihr sagte, dass wir den Job oder das Haus nicht annehmen könnten, würde es der Beziehung, die ich zu Madison hatte, sehr schaden.

Ich musste das Thema wechseln – und zwar schnell. „Hey, da ist etwas, das ich dich schon immer fragen wollte."

„Nur zu." Er begann, seinen Stuhl langsam und spielerisch hin und her zu drehen.

„Wie machst du das?", fragte ich.

„Was denn?"

„An dem Tag, an dem wir uns im Einkaufszentrum getroffen haben, meine Meinung zu ändern. Auf keinen Fall wollte ich den Abend mit dir verbringen. Aber dann habe ich meine Meinung geändert und bin mit dir gegangen."

Bei seinem tiefen Lachen schlug mein Herz schneller, während er mir zuzwinkerte. „Ich war nur ich, Ember. Nichts weiter als das. Ich kann nicht zaubern oder so. Du warst in mich verliebt und ich konnte das spüren. Du musstest mir nur genug vertrauen, um mich an dich heranzulassen. Und das hast du getan, nicht wahr?"

Blut schoss in meine Wangen und ich zitterte vor Verlangen, als die Erinnerung zu mir zurückkehrte. „Ja, das habe ich getan. Das sah mir überhaupt nicht ähnlich. Es ist, als wäre ich in jener Woche ein anderer Mensch gewesen. So etwas war mir noch nie passiert. Und ich bezweifle, dass es jemals wieder passieren wird."

„Aber das könnte es." Sein tiefes Seufzen sagte mir mehr, als jedes seiner Worte es konnte.

Er ist enttäuscht von mir.

Ich war jemand, der es absolut hasste, wenn jemand von mir enttäuscht war. Ich würde fast alles tun, um das zu vermeiden.

Aber ich konnte es nicht ändern, wenn es um Cohen ging. Wenn ich ihn nicht enttäuschte, würde ich meine ganze Familie enttäuschen. Das konnte ich ihnen nicht antun. Immerhin hatten sie alles getan, um mir mit meiner Tochter zu helfen.

Sosehr ich auch versucht hatte, meiner Familie die Bürde der Schwangerschaft und des Babys zu nehmen – sie hatten trotzdem einen großen Teil davon getragen. Ich hätte es nicht verhindern können.

Du hättest Madisons Vater kontaktieren und ihn um Hilfe bitten können. Ich hasste es, wenn mein Unterbewusstsein zu mir sprach. Es war, als hätte diese kleine Stimme in meinem Kopf manchmal keine Ahnung, wer meine Familie war. *Ich werde so tun, als hätte ich das nicht gehört.*

Cohen öffnete den Laptop auf seinem Schreibtisch und tippte etwas. „Hey, hör dir diesen Job an, der im Moment hier im Resort verfügbar ist, Ember." Er lachte. „Stell dir vor, ich habe dieses Ding gerade erst geöffnet und da ist er – der perfekte Job für dich."

Ohne zu wissen, warum ich es tat, stand ich auf, um herauszufinden, was er auf seinem Computer sah. „Ich habe keine Erfahrung mit Resorts – hier gibt es keinen Job, für den ich qualifiziert wäre." Trotzdem war ich neugierig.

„Du hast Erfahrung damit." Er öffnete die Stellenbeschreibung auf seinem Bildschirm, als ich mich über seine breite Schulter beugte und mich bemühte, seinen zedernholzartigen Geruch nicht tief einzuatmen. Ich wollte mich für immer daran festhalten. „Gästeservice – Sicherheitsabteilung."

„Ich hatte noch nie in meinem Leben mit Sicherheit zu tun." Ich wusste, dass er nach Strohhalmen griff.

„Hör dir die Beschreibung an", fuhr er fort, als hätte ich nichts gesagt. „Die Gäste unseres Resorts haben auf Reisen oft wertvolle Vermögenswerte bei sich. Unser Resort verfügt über einen Safe, in dem Schließfächer zur Aufbewahrung ihrer Wertsachen zur Verfügung stehen. Diese Position erfordert große Vertraulichkeit und Aufmerksamkeit für die Sicherheit aller Schließfächer und ihrer Inhalte. Es ist wichtig, die ordnungsgemäße Identifizierung zu überprüfen, professionell zu interagieren und sicherzustellen, dass sich die Gäste an- und abmelden. Diese Position erfordert großes Verantwortungsbewusstsein und eine Sicherheitsüberprüfung des Bewerbers. Das Gehalt spiegelt dies wider."

„Willst du damit sagen, dass du glaubst, dass dieser Job dem Job in der Lagerhalle ähnlich ist?" Ich lachte laut – er hätte nicht falscher liegen können. „Cohen, die Leute damals haben ihren Müll dort aufbewahrt. Und ich war nicht einmal dafür verantwortlich, dass niemand daran herankam. Sie benutzten ihre eigenen Schlösser und hatten ihre eigenen Schlüssel. Ich betrat die Einheiten nur dann, wenn jemand die Miete nicht bezahlte. Dann musste ich die Schlösser aufbrechen lassen, damit die Auktionsteams den eingelagerten Kram verkaufen konnten."

„Ember, du *bist* für diese Position qualifiziert. Du musst die persönlichen Daten der Personen notiert haben, die die Einheiten mieteten. Und du musst nachverfolgt haben, wer welche Einheit hatte. Das ist alles, was du bei diesem Job tun müsstest. Im Auge behalten, wessen Eigentum sich in welchem Schließfach befindet, und sicherstellen, dass du nur dieser Person den Zugriff darauf erlaubst. Und die Bezahlung ist auch gut."

„Ich bin sicher, dass es Schichtarbeit ist. Ich würde wahrscheinlich immer die Nachtschicht bekommen und dann hätte ich niemanden, der auf Madison aufpasst." *Was sage ich da? Ich kann diesen Job nicht annehmen!*

„Wir haben eine Kindertagesstätte für unsere Mitarbeiter. Habe ich vergessen, das zu erwähnen? Sie ist rund um die Uhr geöffnet. Und sie ist kostenlos." Er schien Antworten auf alles zu haben. „Ich bin hier sehr einflussreich und kann das nutzen, um dir die Morgenschicht zu verschaffen, damit du viel Zeit mit deiner Tochter verbringen kannst, wenn sie aus der Schule kommt. Die Kindertagesstätte verfügt sogar über einen Bus, um die Kinder abzuholen, die schon in der Schule sind."

„Hier gibt es wirklich alles, nicht wahr?" Es war wie ein wahr gewordener Traum. Ein normaler Arbeitstag und eine Kindertagesstätte in unmittelbarer Nähe – und zwar kostenlos. Aber es gab einen Haken. *Cohen.*

„Das stimmt. Genau deshalb möchte ich, dass du hier arbeitest. Es ist ein großartiger Ort und meine Brüder und ich sind sehr stolz auf das, was wir hier sowohl für unsere Gäste als auch für unsere Mitarbeiter geschaffen haben. Ich habe einen weiteren Vorteil ausgelassen. Wir haben hier einen Arzt, der sich um alle Gäste kümmert, die während ihres Aufenthalts bei uns erkranken. Der Arzt kann sich auch jeden Mitarbeiter und jedes Kind in der Tagesstätte ansehen. Das ist ebenfalls kostenlos."

„Alles kostenlos, hm." Ich wusste, dass es verrückt klingen würde, wenn ich nicht einmal darüber nachdachte, mich für den Job zu bewerben. Aber ich konnte es nicht ertragen. Ich konnte nicht in seiner Nähe bleiben. „Die Miete für dein Gästehaus muss allerdings sehr hoch sein."

Er schüttelte den Kopf und lächelte. „Ich werde keine Miete von dir verlangen, Ember. Das ist einer der Vorteile."

Wut stieg in mir auf. Ich war zornig. Nicht auf ihn, sondern auf mich. Ich hatte mir das alles angetan. Ich hätte nie mit dem Ex meiner Schwester schlafen sollen. Ich hätte niemals ungeschützten Sex mit ihm haben sollen. Und ich hätte nicht in das verdammte Resort kommen sollen, das so viele Erinnerungen weckte.

„Kostenlos?", knurrte ich durch zusammengebissene Zähne. „Alles hat seinen Preis. Ich bin kein Idiot, weißt du? Ich kann dich durchschauen, Cohen Nash. Du willst mich bei dir behalten, damit du mit mir spielen kannst, wann immer du Lust dazu hast. Nun, das wird nicht passieren."

Ich stürmte aus seinem Büro und wusste, dass ich diese hässlichen Worte nicht ernst gemeint hatte. Ich hielt das Schluchzen zurück, das fast aus meiner Brust drang.

KAPITEL ELF

COHEN

Mit Ember stimmte etwas nicht – ich wusste nur nicht, was es war. Die Art, wie sie aus meinem Büro gestürmt war, ergab überhaupt keinen Sinn.

Sicher, ich hatte nicht aufgehört, mich auszutoben, und ich wusste, dass ich es jetzt tun sollte. Aber ich benutzte Frauen nicht als Spielzeug – das hatte ich nie getan. Ich respektierte meine Partnerinnen und sorgte dafür, dass wir beide eine gute Zeit hatten. Ich machte nie falsche Versprechungen. Ich führte mein Leben nur nach meinen eigenen Regeln. Das bedeutete, dass ich tun konnte, was ich wollte – ich konnte sogar mit der richtigen Frau eine Familie gründen, wenn der passende Zeitpunkt kam.

Der Verlust meiner Eltern mit elf Jahren hatte tiefgreifende Auswirkungen auf mich gehabt. Ich wusste, dass meine Brüder es anders verarbeitet hatten und es etwas mit mir gemacht hatte, von dem der Rest von ihnen verschont worden war. Vielleicht lag es daran, dass ich noch so jung gewesen war, als ihr Tod mir gezeigt hatte, wie flüchtig das Leben war. Mom und Dad waren eines Morgens da gewesen und ich war wie immer in die sechste Klasse gegangen. Etwas später war meine Lehrerin, Mrs. Harris, zu mir gekommen, nachdem sie eine Nachricht aus dem Büro des Schulleiters erhalten hatte. Und dann waren meine Eltern nicht mehr da gewesen – einfach so.

Mom und Dad waren tot gewesen. Unser Haus war niedergebrannt. Wir hatten nichts als die Kleidung, die wir trugen, und die Sachen in unseren Rucksäcken gehabt. Baldwyn, der Älteste von uns, war damals erst neunzehn Jahre alt gewesen. Er war für uns alle Mutter und Vater geworden. Und nichts war mehr wie zuvor gewesen.

Kurz bevor ich ein Mann geworden war, hatte ich eines ganz genau gewusst: Ich musste so viel Spaß wie möglich haben, bevor derjenige, der für unser Leben und unseren Tod verantwortlich war, entschied, dass mein Leben enden musste. Nichts war für die Ewigkeit, also hätte ich nie gedacht, dass eine der Beziehungen, die ich hatte, jemals irgendwohin führen würde.

Vielleicht war ich emotional von meiner Vergangenheit gezeichnet – zur Hölle, ich wusste es nicht. Aber eines wusste ich mit Sicherheit – ich konnte nicht aufhören, an Ember zu denken und daran, wie sich ihr Leben entwickelt hatte.

Etwas in mir lenkte meine Gedanken immer wieder zurück zu dieser Frau und ihrem kleinen Mädchen. Sie brauchten mich – das wusste ich ohne Zweifel.

Ja, Ember verdiente gut. Aber sie war viel zu oft von ihrer Tochter getrennt. Ihr unerklärlicher Wutanfall sagte mir, dass Ember eine überarbeitete und übermüdete Frau war, die mehr brauchte, als ihre Familie bieten konnte.

Sie braucht auch einen guten Mann in ihrem Leben.

Sicher, ich war bis zu diesem Zeitpunkt kein guter Mann gewesen, aber das bedeutete nicht, dass ich keiner werden konnte. Ich hatte die Grundlagen. Eine großartige Arbeit. Finanzielle Sicherheit. Ein schönes Zuhause. Ich musste nur noch ein Mann werden, der mit einer Frau zufrieden war.

Warum bekomme ich bei diesem Gedanken eine Gänsehaut?

Nach einem kurzen Klopfen öffnete sich meine Bürotür und vor mir standen Madison und Alaina. „Wir sind zurück", sagte meine Angestellte.

Madison verschwendete keine Zeit und rannte ins Büro – sie war aufgedreht von all dem Zucker. „Sie macht das beste Eis, das ich je probiert habe! Es war so cremig und süß! Ich kann nicht glauben, dass ihr hier euer eigenes Eis macht. Dieser Ort ist großartig. Ich meine es ernst! Ich liebe das Resort. Ich würde am liebsten hier wohnen." Sie plapperte fröhlich vor sich hin. Dann sah sie sich im Raum um. „Wo ist Mama?"

„Wahrscheinlich in eurer Suite." Ich nickte Alaina dankbar zu. „Danke, dass Sie ihr alles gezeigt haben."

„Ich hatte auch Spaß. Wir sehen uns, Maddy." Sie verließ uns und schloss die Tür hinter sich.

„Maddy?", wiederholte ich fragend, da ich nicht gehört hatte, dass ihre Mutter sie mit irgendeinem Spitznamen ansprach.

Sie hatte begonnen, vor dem Fenster hin und her zu rennen. „Ja, meine Freunde in der Schule nennen mich so. Und meine beste Freundin auf der ganzen Welt, Stevie, nennt mich Mad. Sie ist so verrückt. Ihr richtiger Name ist nicht Stevie, sondern Stephanie. Aber sie sagt, dass sie nicht so mädchenhaft ist und lieber Stevie genannt wird. Und sie sagt, dass ich auch irgendwie verrückt bin, also nennt sie mich Mad. Nicht weil ich wütend bin, sondern weil ich verrückte Wissenschaftler mag. Sie ist albern. Aber ich liebe sie so sehr."

Sie würde alle vermissen, wenn sie hierher ziehen würden.

Ember hatte recht gehabt. Madison würde jeden Menschen zurücklassen müssen, den sie kannte und liebte. Ich wusste, dass sie nicht bereit für eine so drastische Veränderung war. „Du scheinst jede Menge Energie zu haben. Ich werde dich in dein Zimmer bringen, damit du und deine Mutter euren gemeinsamen Tag beginnen könnt. Ich bin sicher, dass sie etwas Tolles für dich geplant hat."

Sie hüpfte vor mir herum und lief zum Aufzug. „Ich weiß nicht, was sie geplant hat, weil sie es mir nicht sagen wollte. Aber ich weiß, dass ich lustige Sachen machen möchte und nichts Langweiliges."

Ember würde es nicht leicht mit ihr haben – und ich fühlte mich ein bisschen dafür verantwortlich. *Okay, ich bin dafür voll verantwortlich.* Madison zog eine zusätzliche Schlüsselkarte aus ihrer Tasche, als wir zur Tür kamen. „Mama hat mir das hier gegeben, aber ich weiß nicht, wie ich es verwenden soll." Sie gab sie mir, trat zurück und begann, sich im Kreis zu drehen. „Mir wird schwindelig", quietschte sie vergnügt.

Ich wusste, dass Ember mir wegen all des Zuckers, den ihr Kind gegessen hatte, einen Tritt verpassen würde. Als ich die Tür öffnete, hörte ich ein seltsames, gedämpftes Geräusch. Als ich ins Zimmer schaute, sah ich, wie Ember mit dem Gesicht nach unten auf dem Bett lag – und bitterlich weinte.

Ich kann nicht zulassen, dass Madison ihre Mutter so sieht.

Ich hatte keine Ahnung, was zum Teufel ich tun sollte, aber ich wusste, dass ich Madison unterhalten musste, bis Ember sich wieder im Griff hatte. Der Wutanfall hatte sich in ein Tränenmeer verwandelt, sodass ich wusste, dass sie sich mit schwerwiegenden Problemen herumschlug.

Ich schloss leise die Tür, um Ember nicht zu stören, griff nach Madisons Hand und stoppte ihre schwindelerregenden Kreise, indem ich sie von der Tür wegführte. „Wie wäre es, wenn ich dich zum Schwimmen mitnehme?"

„Ich muss meinen Badeanzug holen." Sie zog an meiner Hand, um umzukehren.

„Ich bringe dich zum Geschenkeladen und kaufe dir einen neuen. Und Schwimmflügel wären wahrscheinlich auch eine gute Idee." Ich wollte nicht ins Becken springen müssen, wenn sie in Schwierigkeiten geriet, also waren Schwimmflügel ein Muss. „Hast du eine Möglichkeit, deine Mutter anzurufen?" Nach allem, was ich bei den Gästen unseres Resorts gesehen hatte, vermutete ich, dass die meisten Kinder – sogar einige, die so klein waren wie Madison – eigene Handys hatten.

Sie zog es aus ihrer Gesäßtasche und nickte. „Ja, ich habe ein Handy. Ich werde sie anrufen."

„Nein." Das konnte ich nicht zulassen – Ember brauchte eindeutig Zeit für sich. Ich wackelte mit den Fingern und sagte: „Lass mich ihr eine Nachricht schreiben, um ihr zu sagen, wohin ich dich bringe. Auf diese Weise kann sie uns finden, wenn sie getan hat, was sie gerade tut."

„Okay." Sie gab mir das Handy und rannte los, um mich auf dem Weg zum Aufzug zu überholen. „Ich bin schneller als du, Cohen!"

„Ja, das bist du." Ich wollte nicht den Flur entlang rennen. Ich schrieb Ember eine Nachricht über meinen Plan, ihre Tochter schwimmen zu lassen, und wartete ab, ob sie antworten würde.

Lange Zeit kam nichts. Erst, als wir in der Lobby aus dem Aufzug stiegen, schrieb sie zurück: ‚*Danke.*'

Wow, wer hätte das gedacht?

Ein einfaches *Danke*. Ausnahmsweise keine verwirrende Tirade.

Vielleicht haben all die Tränen das Mädchen, das ich früher kannte, wieder an die Oberfläche gebracht.

Ember war damals verdammt cool gewesen. Besonnen, aber auch entspannt. Ich hatte mit ihr sprechen können wie mit niemandem sonst.

Sie war jetzt so anders. So besorgt um alles.

Vielleicht war das so, wenn man Kinder bekam. Woher sollte ich das wissen?

Aber ich wusste, dass die Frau, in die ich mich verliebt hatte, immer noch in diesem heißen, kleinen Körper war. Es war, als könnte ich einen Blick auf sie werfen, sie aber nicht in den Fokus rücken. Die echte Ember, die mich zum Lachen bringen konnte, mich Dinge empfinden ließ wie sonst niemand und mir das Gefühl gab, jemand Besonderer für sie zu sein, war immer noch da – irgendwo. Ich musste sie nur wiederfinden.

In kürzester Zeit waren Madison und ich im Schwimmbad angekommen und sie begann, mit einigen anderen Kindern in ihrem Alter Marco Polo zu spielen.

Sie ist sehr gesellig.

Madison mochte jeden, sobald sie ihn kennenlernte. Als ich sie spielen und schwimmen sah, dachte ich darüber nach, wie ähnlich ich diesem kleinen Mädchen war.

Wenn ich jemanden kennenlernte, behandelte ich ihn wie einen Freund. Und ich machte damit so lange weiter, bis er mir einen Grund gab, es nicht mehr zu tun. Und wenn derjenige mehr als ein paar Dinge tat, die mich abschreckten, hörte ich einfach auf, in seiner Nähe zu sein.

Das mochte manchen Leuten oberflächlich erscheinen. Viele der Frauen, mit denen ich mich irgendwann nicht mehr getroffen hatte, hatten mir gesagt, dass ich oberflächlich sei und lernen müsse, dass Menschen manchmal Meinungsverschiedenheiten hatten und Streit zum Lebens dazugehörte.

Ich wusste, dass es manchmal zu Meinungsverschiedenheiten und Auseinandersetzungen kommen musste. Aber ich wusste auch, dass niemand, männlich oder weiblich, sich schlecht verhalten musste. Ich hatte keine Zeit für solche Leute in meinem Leben.

Ich ließ nur aufrichtige Menschen in meinen inneren Kreis. Und das bedeutete, dass mein innerer Kreis eher klein war. Dort waren natürlich meine Brüder. Und ihre Frauen und Kinder – das war eine Selbstverständlichkeit. Ich hatte zwei Freunde, mit denen ich sehr gerne Zeit verbrachte. Und bis jetzt war Ember Wilson das einzige Mädchen gewesen, das mich dazu gebracht hatte, meine ganze Zeit mit ihr zu verbringen.

Und sie hat mir den Laufpass gegeben. Ziemlich unfair.

Ich schüttelte den negativen Gedanken über die Frau ab, die in meinem Leben größtenteils positiv gewesen war. Ich wusste, dass sie triftige Gründe gehabt hatte, die Dinge mit mir zu beenden. Zumindest aus ihrer Sicht. Aus meiner? Nicht wirklich.

Da sechs Monate vergangen waren zwischen meiner Trennung von Ashe und meiner Zeit mit Ember, hatte ich gedacht, dass Ashe damit zurechtkommen würde. Außerdem hatten Ashe und ich uns nicht einmal lange verabredet. Ember hatte das allerdings anders gesehen.

„Kann ich vom Sprungbrett springen, Cohen?", rief Madison mir zu, während sie zum tiefen Ende des Beckens schwamm.

„Nein", rief ich zurück. „Und schwimme zurück zum flachen Ende, junge Dame."

Sie runzelte die Stirn, aber sie tat, was ich sagte. Plötzlich spürte ich eine Hand auf meiner Schulter. „Hey."

Ember stand neben mir und hatte ein leichtes Lächeln auf ihrem frisch gewaschenen Gesicht. Ihre Haare waren zu einem Pferdeschwanz zurückgebunden. Sie setzte sich neben mich und war mir so nah, dass sich unsere Beine berührten und Funken der Aufregung und Hoffnung durch mich schossen. „Fühlst du dich besser?"

„Ja. Ich weiß, dass du mich im Zimmer gesehen hast. Und ich weiß, dass ich im Unrecht war, als ich dich angeschrien habe, bevor ich wie eine Wahnsinnige aus deinem Büro gestürmt bin. Es liegt an mir – nicht an dir. Überhaupt nicht an dir."

Ich spürte, wie ein langsames Lächeln auf mein Gesicht trat, und hatte das Gefühl, dass heute doch noch ein guter Tag werden würde.

KAPITEL ZWÖLF

EMBER

Ich hatte mich auf der Bank am Beckenrand zu nah neben ihn gesetzt. Die Außenseiten unserer Schenkel berührten sich – der Körperkontakt war zu viel für mich, also rutschte ich ein wenig zur Seite, um Abstand zwischen uns herzustellen.

Mit seinen Augen auf der Lücke, die ich zwischen uns geschaffen hatte, fragte er: „Fühlst du dich bei mir unwohl?"

„Ja, das tue ich." Ich lachte, um die harten Worte abzumildern. „Weil ich bei dir Dinge fühle, die ich seit langer Zeit nicht mehr gefühlt habe."

„Dinge, die du seit sieben Jahren nicht mehr gefühlt hast?" Seine Augen bewegten sich über meinen Körper und verweilten auf meinen Brüsten, bevor sie zu meinen Augen wanderten.

„Ja." Ich fühlte Hitze in meinen Wangen, als er lächelte. „Hör auf."

„Nein." Er legte seine Handfläche auf die Bank zwischen uns, sodass seine Fingerspitzen mein Bein berührten. „Mir gefällt, wie du auf mich reagierst. Und ich liebe, wie ich auf dich reagiere."

Mehr Hitze erfüllte mich und diesmal brannte mein ganzer Körper. „Cohen, du musst aufhören. Ich bin hergekommen, um mich bei dir für mein Verhalten zu entschuldigen. Ich bin nicht hergekommen, um dein Angebot anzunehmen."

„Also wirst du morgen weggehen." Seine Finger streichelten mein

Bein, als er mich dazu bringen wollte, meine Meinung zu ändern. „Wir haben immer noch diese Nacht. Warum finden wir nicht heraus, was nach sieben Jahren noch übrig ist?"

„Ich habe ein Kind." Selbst als ich es sagte, wollten mein Körper und meine Seele ihn und ich lehnte mich an ihn, als ich flüsterte: „Wenn Madison nicht wäre, würde ich dich für eine Nacht in mein Zimmer mitnehmen."

Seine Stimme wurde tief und heiser. „Dann komm irgendwann allein hierher zurück."

Als Mutter fühlte ich mich beleidigt, also zog ich mich von ihm zurück. „Gerade als ich denke, dass du großartig mit Kindern umgehen kannst, sagst du so etwas."

„Warum denkst du, dass *ich* großartig mit Kindern umgehen kann?"

„Weil du es mit Madison tust – du bist nett, aber streng und hast ihr gesagt, dass sie zum flachen Ende des Beckens zurückkehren soll. Und du hast sie zum Schwimmen mitgenommen, um mir Zeit zu geben, mich wieder unter Kontrolle zu bringen."

Als ich gehört hatte, wie sie ihn fragte, ob sie vom Sprungbrett springen könne, während sie zum tiefen Ende schwamm, hatte ich ihr gerade zurufen wollen, dass sie das mit Sicherheit nicht tun könne. Aber Cohen hatte sich darum gekümmert – und er hatte es auf eine Weise getan, die ich für einen Mann ohne Kinder ziemlich spektakulär fand.

„Vielleicht liegt es daran, dass ich meine älteren Brüder mit ihren Kindern beobachtet habe. Wenn du die Wahrheit wissen willst, habe ich mich schuldig gefühlt, weil Madison meinetwegen heute Morgen so viel Zucker gegessen hat. Sie kam völlig aufgedreht zurück. Ich dachte, dass sie ihren kleinen Körper bewegen musste, um all die Energie loszuwerden, sonst würde sie irgendwann in Tränen ausbrechen. Apropos … hast du heute Morgen auch viel Zucker gegessen?"

„Nein." Ich schlug ihm auf den Arm. „Idiot."

„Ah, deine Stimmung kommt also von etwas anderem als Essen." Er nickte, als hätte er das Rätsel gelöst, warum ich durchgedreht war, und fügte hinzu: „Frauen weinen über viel zu viele Dinge. Ich bin froh, dass ich keine bin. Die gesellschaftlichen Erwartungen, die Hormone sowie der Anspruch, dass eine Mutter ihre Kinder – und auch ihre Familie – immer an erste Stelle setzen muss … ich beneide

Frauen wirklich nicht. Nicht mal ein bisschen. Ich bin froh, dass ich ein Mann bin."

„Das macht schon zwei von uns", scherzte ich.

„Freut mich, das zu hören." Er beugte sich vor. „Ich bin auch gerne ein Mann bei dir", flüsterte er.

Als er mir so nah war und sein heißer Atem mein Ohr streifte, schmolz ich dahin. Meine Worte kamen unsicher heraus: „Du bist unmöglich."

Er lehnte sich zurück, um wieder Platz zwischen uns zu schaffen. „Weißt du, wenn du wolltest, könnte ich jemanden in deine Suite schicken, um auf Madison aufzupassen, nachdem sie heute Nacht schlafen gegangen ist. Dann könntest du in mein Büro kommen und wir könnten …"

„Cohen", warnte ich ihn. „Ich kann nicht."

Kopfschüttelnd murmelte er: „Nimmst du immer noch nicht die Pille?"

„Ich nehme gar nichts. Nicht, dass das der Grund ist, warum ich Nein sage."

„Oh, jetzt verstehe ich es." Seine Augen tanzten, als er mich neckte. „Es ist eine Weile her, dass du dich … rasiert hast. Keine Sorge – das ist mir egal."

„Das ist es auch nicht." Aber er lag nicht falsch. Er war meine letzte sexuelle Begegnung gewesen. Danach hatte ich mich ein wenig gehen lassen, da ich keine Ahnung gehabt hatte, wann Sex wieder ein Thema für mich sein würde. „Lass uns über irgendetwas anderes reden. Bitte."

„Gute Idee." Er deutete mit dem Kopf auf Madison, die mit einigen anderen Kindern spielte. „Sieh dir an, wie Madison neue Freunde findet."

„Ja, und?" Ich hatte keine Ahnung, worauf er hinauswollte.

„Sie hat mir gesagt, sie wünschte, sie könnte hier im Resort leben, weil sie es so sehr liebt. Und sie ist ohne zu zögern zu den anderen Kindern ins Becken gesprungen. Wenn du mich fragst, würde sie sich in kürzester Zeit an das Leben hier gewöhnen."

„Habe ich gesagt, dass wir über *irgendetwas* anderes reden können?" Ich fand das ziemlich dumm von mir.

„Das hast du", fuhr er mit einem wissenden Grinsen auf seinem hübschen Gesicht fort. „Und ich möchte nur darauf hinweisen, dass

Kinder so viel besser mit Veränderungen umgehen können als Erwachsene. Du weißt, dass ich meine eigenen Erfahrungen damit habe, die allerdings bei weitem nicht so schön waren wie das hier."

Mein Herz schmerzte sofort für ihn. Er hatte mir alles über den Hausbrand erzählt, bei dem er mit elf Jahren seine Eltern verloren hatte. Wir hatten zusammen darüber geweint, was er durchgemacht hatte, als er so jung gewesen war. Und jetzt wollte ich wieder weinen.

Seine Hand war immer noch zwischen uns und ich verschränkte meine Finger mit seinen. „Du weißt verdammt viel mehr darüber als ich."

„Du bist die einzige Frau, der ich jemals genug vertraut habe, um darüber zu sprechen. Und dass du meinen Schmerz geteilt hast, war eine erstaunliche Erfahrung." Er presste die Lippen zusammen. „Weißt du, nachdem wir das geteilt hatten, dachte ich, dass du und ich für immer zusammen sein würden. Ich habe dir mehr von mir gegeben als sonst irgendjemandem. Und ich hatte das Gefühl, dass du mir auch mehr von dir gegeben hast."

„Das habe ich." Ich hatte mich bei ihm nicht zurückhalten können. „Und ich bereue keinen Moment mit dir."

„Aber du bereust, mit mir zusammen gewesen zu sein", sagte er. „Weil du mit mir Schluss gemacht hast."

„Nein, das bereue ich nicht." Ich bereute andere Dinge. Und ich hatte endlich das Gefühl, dass er darüber Bescheid wissen sollte. Zumindest teilweise. „Ich bereue, dass ich Dinge getan habe, die meiner Schwester wehtun würden. Ich bereue, dass ich mich so zu dir hingezogen gefühlt habe, dass ich die Loyalität gegenüber meiner Schwester vergessen habe."

„Du bist wütend auf dich selbst, nicht auf mich." Er zog meine Hand in seine. „Sei nicht böse auf dich, Ember. Ich denke, wir hatten etwas Besonderes. Ich denke, wir hatten etwas, das nicht jeder findet. Das könnten wir immer noch haben."

Er hatte keine Ahnung, wie sehr ich ihm zustimmte. Mein Herz war schwer in meiner Brust, weil ich wusste, dass er für mich immer tabu sein würde. Selbst wenn meine Familie darüber hinwegkommen könnte … wie könnte ich mit ihm zusammen sein, nachdem ich seine Tochter vor ihm geheim gehalten hatte? Er würde mich hassen, wenn er die Wahrheit herausfand.

Ich hatte die Woche, die wir zusammen verbracht hatten, immer wieder in meinem Kopf durchgespielt, als mir klar geworden war, dass meine Periode zweimal ausgeblieben war.

Cohen und ich hatten immer Kondome beim Sex benutzt, nur nicht dieses eine Mal. Aber ich hatte meine Beine benutzt, um mich an ihm festzuhalten, und ihn nicht loslassen wollen, als ich auf eine Weise gekommen war wie nie zuvor. In diesem Moment war unsere Tochter gezeugt worden. Da war ich mir sicher.

Ich hatte das Gefühl, dass es ganz und gar meine Schuld gewesen war, und ich hatte beschlossen, dass ich die Konsequenzen tragen musste – allein. Nun, zumindest nachdem ich ihn aufgespürt und mit einer anderen Frau gesehen hatte. Trotzdem hatte ich die Entscheidung nicht lange danach getroffen.

Sein fester Griff um meine Hand riss mich aus meinen Gedanken und ich sah ihn an. „Ich kann die Schuld auf mich nehmen, Cohen. Ich kann die Schuld für alles auf mich nehmen. Ich war diejenige, die nicht loyal zu ihrer Schwester war – nicht du. Ich wusste, ich sollte nicht mit einem Mann zusammen sein, mit dem Ashe zusammen gewesen war. Es war nie deine Schuld – überhaupt nicht."

Sein Kopf neigte sich ein wenig zur Seite, als er von mir wegschaute. „Nein", sagte er kopfschüttelnd, bevor er mich wieder ansah. „Ich bin auch an einigen Dingen schuld. Ich hätte mich nicht so schnell mit jemand anderem einlassen sollen. Und ich hätte zu dir gehen, dich anrufen und alles tun sollen, um dich zurückzubekommen. Ich denke, dass die Ablehnung – etwas, mit dem ich mich in meinem ganzen Leben nie befassen musste – mich und mein Selbstwertgefühl schwer getroffen hat. Ich wollte dich nicht sehen, nur damit du mir noch einmal sagst, dass das, was wir hatten, vorbei war. Ich wollte diese Worte nie wieder aus deinem Mund hören."

Er schüttelte den Kopf, als würde er die Erinnerungen an die Vergangenheit abschütteln. „Doch hier sind wir. Und, Baby, lass mich dir sagen, dass ich erwachsen geworden sein muss, weil ich bereit bin, diese Worte so oft aus deinem Mund zu hören, wie ich muss. Willst du wissen, warum das so ist?"

Fasziniert von ihm fragte ich: „Warum ist das so, Cohen?"

„Wenn man den richtigen Menschen findet, kann man den Schmerz ertragen." Er zog unsere Hände hoch und küsste meine. „Man kann den Schmerz ertragen, Worte zu hören, die man nie wieder hören wollte, denn der Schmerz ist es wert, wenn man am Ende das Mädchen bekommt."

Ich schluckte den Kloß herunter, der sich in meiner Kehle gebildet hatte. „Und wenn du das Mädchen am Ende nicht bekommst, was dann?", fragte ich.

Seine breite Brust hob sich, als er tief Luft holte und zur Decke blickte. „Nein, so kann ich nicht denken." Sein Blick fiel auf mich. „Das Leben ist zu kurz, Ember. Du weißt, was ich meine."

„Cohen, ich will meine Schwester und meine Eltern nicht verletzen."

„Ich biete dir einen Job an. Das ist alles, was sie jetzt wissen müssen. Ich biete dir einen Job an, der so viele Vergünstigungen mit sich bringt, dass du kaum etwas von deinem Gehaltsscheck ausgeben musst. Außerdem kannst du viel mehr Zeit mit deiner Tochter verbringen. Nur ein egoistischer Mensch würde dir sagen, dass du es nicht annehmen sollst, weil ich derjenige bin, der es dir anbietet." Er drückte seine Stirn an meine und fügte hinzu: „Ruf Ashe an und finde heraus, was sie dazu sagt. Das ist alles, worum ich dich bitte. Ruf sie an, Ember."

„Was ist, wenn sie mir sagt, dass du mir das nur anbietest, um mich wieder ins Bett zu bekommen?" Ich wusste, dass sie das sagen würde.

KAPITEL DREIZEHN

COHEN

Embers Fähigkeit, in jeder Situation das Negative zu finden, war eine Gabe – allerdings eine schreckliche. „Wenn sie das zu dir sagt, kannst du sie wissen lassen, dass es nicht wahr ist."

„Aber du weißt, dass es das ist. Naja, irgendwie." Ein sexy Lächeln umspielte ihre vollen Lippen, die zum Küssen gemacht waren. „Du willst mich ins Bett bekommen."

Ich beugte mich vor und legte meine Lippen direkt an ihr Ohr. „Ich nenne es lieber *Liebe machen*, Baby", flüsterte ich.

Ich fühlte, wie Hitze von ihrer Haut ausging, als sie mich wegschob. Obwohl sie es spielerisch tat, wusste ich, dass sie nicht wollte, dass Madison uns so sah. „Was habe ich dir darüber gesagt, mich so zu nennen?", schnaubte sie, als sie vor ihrem Gesicht mit ihrer Hand fächelte, um sich abzukühlen. „Oh Gott, Cohen." Ein tiefer Atemzug beruhigte sie, als ihr Gesicht den größten Teil der Röte verlor, die mein Flüstern verursacht hatte. „Du bist so ... so ..."

„Fantastisch." Ich nickte. „Ja, ich weiß."

„Verdammt, ich habe vergessen, worüber wir gesprochen haben." Sie schlug auf meinen Oberschenkel. „Du bist schrecklich."

Ich legte meine Hand auf ihre, damit sie auf meinem Bein blieb, und streichelte ihre Knöchel mit meinem Daumen. „Ich werde deine

Hand festhalten. Nur damit du mich nicht noch einmal schlägst. Okay?"

Sie riss ihre Hand weg. „Nein. Es ist definitiv nicht okay." Ihre Augen wanderten zu Madison, die mit den anderen Kindern spielte und uns überhaupt nicht wahrnahm.

„Ich könnte dich jetzt küssen und sie würde es nicht einmal merken."

Die Art und Weise, wie sie den Kopf drehte und mich mit offenem Mund anstarrte, sagte mir, dass sie diese großartige Idee nicht mochte. „Wage es nicht!"

Grinsend sah ich, wie ihre Wangen wieder rot wurden. „Dich erröten zu lassen ist viel zu einfach."

„Ich erinnere mich jetzt, worüber wir gesprochen haben", wechselte sie schnell das Thema. „Wenn meine Schwester sagt, dass du mich nur einstellen willst, damit du mich ins Bett bekommst, dann soll ich etwas sagen wie ... nein, das stimmt nicht?"

Ich verdrehte die Augen. „Ja, das ist ein brillantes Argument."

Sie verschränkte die Arme vor der Brust. „Was soll ich sonst sagen, Besserwisser?"

„Nun, wenn ich du wäre, würde ich so etwas sagen wie *Ashe, du kennst Cohen nicht mehr. Er ist erwachsen geworden, seit ihr zwei herumgemacht habt.* Das ist die Wahrheit."

Sie hob eine Hand. „Halt. Ich kann nicht sagen, dass ihr nur herumgemacht habt oder sie wird wütend. Sie hat dich als ihren Freund betrachtet. Ändere das."

„Also gut." *Frauen! Meine Güte.* „Ich will damit sagen, dass du viele nette Dinge über mich sagen musst. Du weißt schon – dass ich meine Vergangenheit als Casanova hinter mir gelassen habe." Ich dachte, ich sollte sie über meine Abneigung gegen das Wort informieren, das sie für mich verwendet hatte. „Ich ziehe es übrigens vor, als Casanova bezeichnet zu werden, und nicht als Weiberheld."

Nun war sie es, die die Augen verdrehte. „Darf ich darauf hinweisen, dass du das ganz bestimmt nicht hinter dir gelassen hast?"

„Nein, das darfst du nicht." Ich wollte nicht zulassen, dass sie mich in diesem Licht sah. „Du schenkst den Dingen, die ich zu dir sage, nicht genug Aufmerksamkeit, Ember Wilson. Ich will dich. Nur dich. Und solange ich glaube, dass ich eine Chance bei dir habe, wirst du die einzige Frau auf meinem Radar sein."

„Das klingt fast wie ein Stalker, Cohen. Funktioniert das bei allen Mädchen?" Sie lachte, aber ich wusste, dass sie es ernst meinte.

„Keine Ahnung, Ember. Ich habe so etwas noch nie jemand anderem als dir gesagt." Ich wusste nicht, wie sie so blind sein konnte. „Ich vertraue dir. Obwohl du mich verletzt hast, vertraue ich dir immer noch. Ich weiß, dass du deine Gründe hattest, mich zu verlassen, und ich respektiere es. Ember, ich respektiere dich in jeder Hinsicht. Ich möchte nicht nur mit dir schlafen, ich möchte Zeit mit dir verbringen – dich besser kennenlernen. Das kann ich über keine andere Frau sagen."

Ihre Augen hielten meinen Blick, als sich ihre Lippen ein wenig öffneten. „Cohen, das ist das Schönste, was mir jemals jemand gesagt hat."

„Ich meine alles, was ich zu dir sage."

Sie nickte und blinzelte schnell, als hätte sie Angst, dass Tränen fließen könnten. „Ich glaube dir. Aber das ändert nichts."

„Nun, das sollte es aber." *Ich wünschte, es würde alles ändern.*

Sie sah weg und fuhr sich mit dem Handrücken über die Augen. „Also denkst du, wenn ich meiner Schwester und meinen Eltern sage, dass du jetzt ein guter Mann bist, werden sie verstehen, dass ich mit Madison von ihnen wegziehe?"

„Von hier bis dort sind es nur etwas mehr als zweieinhalb Stunden. Ihr könntet sie jedes Wochenende besuchen, wenn ihr wollt. Und sie könnten hierherkommen und euch sehen. Verdammt, du weißt, dass ich sie hier im Resort kostenlos unterbringen würde, oder?"

Ihre Augen leuchteten auf. „Warte. Das könnte funktionieren."

„Du hast nie daran gedacht, dass sie kostenlos hierbleiben könnten, wenn sie dich besuchen kommen?" Ich lachte. „Muss ich alles für dich buchstabieren, Ember? Ich will dich hier haben. Ich würde alles tun, um dich zum Bleiben zu bringen. *Alles.*"

Das Licht in ihren Augen wurde noch heller. „Alles?"

Ich war mir nicht sicher, ob mir gefiel, was ich in ihnen sah. „Nun, fast alles."

„Oh. Weil ich sagen wollte, wenn du möchtest, dass ich darüber nachdenke, solltest du aufhören, mich unter Druck zu setzen."

„Wenn ich aufhöre, dich unter Druck zu setzen, wirst du aufhören, darüber nachzudenken." Ich war nicht dumm. Aber ich hatte sie auch nicht viel nach ihrem Leben gefragt. Und wenn ein Mann ein Mädchen mochte, fragte er nach dem Leben des Mädchens. Ich hatte darauf geachtet, wie meine Brüder ihre Frauen erobert hatten. „Lass uns das Thema wechseln, wenn du weniger Druck willst."

„Einverstanden."

Ich bemerkte eine Bewegung aus dem Augenwinkel, als Madison erneut zum tiefen Ende schwamm. Ich starrte sie direkt mit zusammengekniffenen Augen an und sie wusste, dass ich sie erwischt hatte. Sie drehte sofort um und hatte ein entzückendes schelmisches Grinsen im Gesicht. „Oh, falsche Richtung."

„Wenn du denkst, ich beobachte dich nicht, liegst du falsch, junge Dame." Ich zeigte auf sie und dann auf meine Augen. „Das sind Adleraugen."

Madison kicherte den ganzen Weg zurück zu den anderen Kindern. „Okay, okay. Ich werde es nicht noch einmal versuchen."

Embers Gesichtsausdruck wurde betrübt. „Wow, ich habe nicht einmal bemerkt, was sie tut."

Ich hatte das Gefühl, dass sie es nicht bemerkt hatte, weil ihre Verantwortung als Mutter für einen kurzen Moment in den Hintergrund getreten war – das war gut. Sie musste über sich selbst nachdenken. Über ihre Zukunft. Und über meine Rolle darin. „Also, wie geht es dir, Ember? Ich meine es ernst. Wie läuft es bei dir? Ich bezweifle, dass du wütend darüber warst, dass dir ein großartiger Job und eine Unterkunft angeboten worden sind. Es muss mehr geben, was dich belastet."

Sie zog die Nase kraus und ich konnte sehen, dass es für sie schwierig war, über sich selbst zu sprechen. „Es ist nicht einfach, immer davon abhängig zu sein, dass meine Eltern mir mit Madison helfen", antwortete sie. „Sie werden älter und haben ihre eigenen Probleme. Mom musste Madison letzte Woche zu Ashe bringen, damit sie Dad zum Arzt begleiten konnte. Er hatte Schwindelanfälle."

„Auf ein Kind aufzupassen – selbst eines, das so brav ist wie Madison – kann anstrengend sein. Ich bin mir sicher, dass sie ihr Bestes tun, aber Kindererziehung ist für jüngere Menschen. Denkst du nicht?" Nach dem zu urteilen, was ich von den Familien meiner Brüder gesehen hatte, war es enorm anstrengend, auf Kinder aufzupassen.

„Glaubst du, ich fühle mich nicht schuldig, weil sie so viel für mich tun?", fuhr sie mich an. "Ich wollte das nicht. Das war nicht mein Traum. Aber die Dinge änderten sich und ich ging in die einzige Richtung, die ich erkennen konnte. Der Job in der Lagerhalle war eine Sackgasse. Ich habe mit dem Mindestlohn angefangen und in drei Jahren hat sich mein Gehalt nur um fünfzig Cent erhöht. Ich konnte es mir nicht leisten, allein zu leben – ich musste mit meiner Tochter in meinem alten Kinderzimmer wohnen. Es war demütigend. Ich musste etwas unternehmen. Und ich weiß, dass es vielleicht drastisch erscheint, aber ich konnte es nicht mehr ertragen. Ich konnte es nicht ertragen, ständig den Menschen gegenüberzutreten, mit denen ich aufgewachsen war, als wäre ich ein trauriger Verlierer. Als ich in der Zeitung eine Stellenanzeige für einen Job in der Ölbranche sah, habe ich die Chance ergriffen."

"Du bist ein Risiko eingegangen. Das kannst du wieder tun. Es wird alles zum Besseren verändern. Sie hättest hier viel Geld und viele Möglichkeiten, deine Karriere voranzutreiben. Und du würdest viel Freizeit haben."

Sie schüttelte den Kopf. "Du hörst nicht auf, hm?"

Soll ich aufhören? Soll ich einfach weggehen und sie in Ruhe lassen?

"Ember, ich glaube, du hast so lange an deine Tochter gedacht, dass du nicht einmal darüber nachdenken kannst, was gut für *dich* sein könnte." Ich konnte nicht einfach von ihr weggehen. "Ich wette, ein Teil von dir glaubt, dass deine Eltern deine Tochter besser erziehen können als du selbst."

Die Art und Weise, wie sie den Atem ausstieß, sagte mir, dass ich den Nagel auf den Kopf getroffen hatte. "Cohen, ich war einundzwanzig, als ich Madison zur Welt brachte. Obwohl es viele Frauen gibt, die viel jünger Mutter werden, fühlte ich mich wie ein absoluter Amateur. Ich hatte noch nie ein Neugeborenes gehalten. Madison fühlte sich so zerbrechlich in meinen Armen an. Ich hatte das Gefühl, dass sie in den Armen meiner Mutter sicherer war als in meinen."

Ich legte meinen Arm um ihre Schultern und mein Herz schmerzte für sie. "Oh, Baby. Es tut mir so leid, dass du das durchmachen musstest. Ich kann mir nicht vorstellen, wie schrecklich du dich gefühlt haben musst."

"Cohen, danke für die Umarmung, aber bitte hör auf. Ich möchte nicht, dass Madison es sieht." Sie zuckte mit den Schultern, als ich meinen Arm wegzog. "Danke."

„Sicher." *Sie lässt sich nicht einmal von mir umarmen. Ich wette, sie lässt sich von niemandem umarmen.* „Hast du auch emotionale Unterstützung von deinen Eltern erhalten?"

„Irgendwie schon. Sie taten ihr Bestes. Mom hatte in den ersten Monaten alle Hände voll mit dem Baby zu tun." Sie schniefte und fuhr sich mit dem Handrücken über die Augen. „Nach drei Monaten konnte ich endlich mehr tun. Madison hatte zugenommen, sodass sie sich nicht mehr so zerbrechlich anfühlte wie am Anfang. Aber ich musste feststellen, dass Mom sich nicht so weit zurückzog, wie ich es mir gewünscht hätte."

„Du hast dich also so gefühlt, als hätte sie die Mutterrolle für dein Baby übernommen." Ich konnte mir kaum vorstellen, wie das gewesen sein musste. „Und du hattest nicht das Gefühl, dass du mit deiner Mutter darüber sprechen konntest?"

„Ich sagte ein wenig – hier und da. Nicht viel. Ich fühlte mich so schuldig, ihnen diese Last aufzubürden, dass ich nicht undankbar erscheinen wollte." Sie wischte sich wieder über die Augen. „Oh Gott, Cohen. Das ist nicht wirklich die Zeit oder der Ort, um darüber zu sprechen."

„Du hast recht. Ihr zwei solltet zu mir nach Hause kommen. Vielleicht könntet ihr dort übernachten. Und ich frage dich das nicht nur, um dich zu verführen, also fang nicht damit an. Ich denke nur, dass du einen Freund gebrauchen könntest, mit dem du reden kannst. Ich wette, du hast mit niemandem darüber gesprochen."

„Um wie eine undankbare Idiotin zu klingen?" Sie schüttelte den Kopf. „Nein, ich habe mit niemandem darüber gesprochen. Ich weiß nicht, woran es liegt, aber ich verliere die Kontrolle über meinen Mund, wenn ich bei dir bin."

Ich sah, wie sie rot wurde, als sie die Anspielung in ihren Worten bemerkte, entschied aber, dass ich sie davonkommen lassen würde – diesmal. „Das liegt daran, dass wir gut füreinander sind. Mir geht es genauso, aber nur, wenn ich bei dir bin." Es gab so viel, was sie sich von der Seele reden musste.

„Ja, ich erinnere mich, wie einfach es für uns war, miteinander zu reden – wenn auch nur eine Woche lang."

„Ich bin in jener Woche mit dir mehr gewachsen als vorher und seither. Wenn man mit dem richtigen Menschen zusammen ist, entwickelt man sich weiter."

Ihre Lippen bildeten eine dünne Linie, was sie ein wenig unsicher aussehen ließ. „Cohen, es gibt jetzt so viel mehr zu bedenken als damals. Es scheint sinnlos zu sein. Tut mir leid."

Das wollte ich nicht hören. „Hey, was ist mit dem Vater? Warum hast du ihm nicht von der Schwangerschaft erzählt oder ihn wissen lassen, dass er ein Kind hat? Er hätte einige Aufgaben übernehmen können, nachdem das Baby geboren worden war."

Wasser spritzte auf uns, als Madison an die Seite des Beckens schwamm. „Mein Bauch tut weh, Mama. Kannst du mich in unser Zimmer bringen?"

„Sicher, Süße. Ich muss gehen, Cohen." Sie eilte zum Becken und zog Madison heraus. Innerhalb von Sekunden ließen sie mich allein zurück.

KAPITEL VIERZEHN

EMBER

Gerettet!

Dank Madisons Bauchschmerzen war ich der gefürchteten Frage
entkommen, die Cohen mir nach ihrem Vater gestellt hatte. „Das Eis
war wohl doch zu viel, hm?"

„Ja. Mir geht es bestimmt besser, wenn ich mich hinlegen kann."
Sie hielt meine Hand und sah zu mir auf. „Ich bin froh, dass du zum
Becken gekommen bist, um mir zuzusehen, Mama."

Gerade als ich die Tür öffnen wollte, um das Schwimmbad zu
verlassen, erschien eine Hand hinter mir und kam mir zuvor. „Bitte,
meine Damen." Cohen hatte uns eingeholt. Sein Körper hinter
meinem machte meine Knie schwach, besonders als er mich absichtlich streifte.

„Danke", sagte Madison. „Und danke, dass du mir auch beim
Schwimmen zugesehen hast. Tut mir leid, dass ich versucht habe, ans
tiefe Ende zu schwimmen, Cohen."

„Schon gut", sagte er, als er neben mir ging. „Kinder müssen ihre
Grenzen austesten. Das habe ich zumindest bei den Kindern meiner
Brüder bemerkt. Ich bin nicht gerade ein Profi, was Kinder angeht."

„Nun, ich denke, du bist großartig." Madison sah sich um und
schenkte ihm ein strahlendes Lächeln.

Er lächelte sie ebenfalls an. „Ich finde dich auch großartig, Maddy."

„Maddy?", musste ich fragen.

„Ja, meine Freunde nennen mich alle so, Mama."

„Und als dein Freund, Maddy, möchte ich dich und deine Mutter zum Mittagessen einladen. Du erinnerst dich an die Pizzeria, von der ich dir erzählt habe, oder?"

„Mama! Bitte! Bitte!"

„Ich dachte, dein Bauch tut weh", erinnerte ich sie, da sie es vergessen zu haben schien.

„Mama, bitte rede jetzt nicht darüber. Mir geht es schon wieder besser. Also, können wir mitgehen?"

Cohen stieß seine Schulter gegen meine. „Komm schon, Ember. Warum nicht?"

Es könnte meine Fähigkeit beeinträchtigen, bestimmte Geheimnisse vor dir zu bewahren.

„Also gut." Ich musste nachgeben – für mein Kind.

Zumindest rede ich mir das ein.

„Cool, ich werde in meinem Büro sein, wenn ihr bereit seid zu gehen." Er drückte den Knopf für den Aufzug. „Ich muss ein paar Dinge überprüfen. Bis bald."

Madison und ich stiegen in den Aufzug und meine Tochter sah Cohen strahlend nach, als sich die Türen schlossen. „Ich bin froh, dass du dich mit Cohen unterhalten hast, Mama. Er ist nett."

„Ja, das ist er." Wenn die Dinge anders gewesen wären, wäre ich direkt wieder in die starken Arme des Mannes gesunken. Aber die Dinge waren überhaupt nicht anders.

Sobald wir in unserer Suite ankamen, rannte Madison zum Badezimmer. Ich setzte mich auf das kleine Sofa und griff nach der Fernbedienung. Ich dachte an all die Dinge, über die Cohen und ich gesprochen hatten, und daran, was er mir und Madison angeboten hatte.

Und er hat das alles getan, ohne zu wissen, dass Madison seine Tochter ist.

Mein Herz fühlte sich an, als würde es über die Tatsache lächeln, dass Cohen mich einfach bei sich haben wollte, weil er mich wirklich mochte und ich ihm wichtig war. Es hatte nichts mit Verantwortung oder Verpflichtung gegenüber mir oder unserer Tochter zu tun. Und das fühlte sich großartig an.

„Mama?"

Ich stand auf. „Ich komme."

Sie hatte sich ausgezogen. „Ich werde ein Bad nehmen und du musst meine Haare waschen. Kannst du sie föhnen und danach dein Glätteisen verwenden, damit sie hübsch und glänzend aussehen?"

„Das ist ein bisschen viel Aufwand für einen Ausflug in eine Pizzeria." Ich ließ das Badewasser für sie ein. „Aber ich werde deine Haare waschen und trocknen. Dann mache ich dir einen Pferdeschwanz."

Mit einer Hand auf ihrer Hüfte sah sie mich an, als hätte ich den Verstand verloren. „Mama! Wir gehen mit Cohen aus und wir müssen beide gut aussehen."

Eine Sekunde lang hatte ich das Gefühl, als wären unsere Rollen vertauscht und mein Kind wäre die Mutter. Aber dann hörte es auf und ich sagte: „Wir gehen nicht mit Cohen aus. Wir treffen ihn, um etwas zu essen und ein paar Spiele zu spielen. Ich nehme mein Auto. Wir werden nicht einmal mit ihm fahren. Das ist kein Date, also lass es nicht so klingen." Das Letzte, was ich gebrauchen konnte, war, dass sie irgendjemandem erzählte, dass wir uns mit Cohen Nash verabredet hatten.

„Kannst du meine Haare einfach so stylen, wie ich es möchte?" Sie stieg in die Badewanne und reichte mir die kleine Flasche Shampoo, die das Resort zur Verfügung stellte. „Benutze das hier anstelle des Zeugs, das du von zu Hause mitgebracht hast. Es riecht besser."

Ich hatte keine Ahnung gehabt, wie herrisch mein Kind geworden war. „Seit wann interessiert es dich, wie deine Haare riechen?" Ich gab eine kleine Menge Shampoo in meine Handfläche und roch daran. *Oh, das ist herrlich.*

„Schon immer, Mama. Komm, lass es einwirken, damit der Duft sich ausbreitet." Sie drehte mir den Rücken zu und saß mit überkreuzten Beinen in der Wanne. „Nachdem ich fertig bin, solltest du duschen und deine Haare mit diesem Zeug waschen, damit du so gut riechst wie ich."

Schließlich verstand ich, wo sie das gelernt hatte. „Deine Tante Ashe schuldet mir eine Erklärung."

„Warum?" Sie lachte. „Oh, weil sie diejenige ist, die mich immer hübsch macht. Sie frisiert gerne meine Haare. Sie sagt, dass sie viel dicker als eure Haare sind. Und sie sagt, dass sie besser aussehen. Aber sie wirken leicht zerzaust, wenn man nichts dagegen tut."

Genau wie die gewellten Haare deines Vaters.

Wenn Cohen seine Haare jetzt nicht kurz tragen würde und die Wellen wie damals seine Schultern umspielen würden, hätte Madison bestimmt darauf hingewiesen, wie ähnlich ihre Haare waren.

Gott sei Dank hat er sie schneiden lassen!

„Ich habe heute Morgen geduscht – bevor du aufgewacht bist. Ich werde nicht noch einmal duschen, nur um Pizza zu essen." Ich massierte das Shampoo in ihr dichtes Haar und stellte fest, dass es mir Spaß machte. „Ich denke, es ist der Duft des Shampoos, aber ich möchte mich nicht so beeilen, wie ich es normalerweise tue."

„Ja, gute Düfte machen mich auch glücklich." Sie seufzte. „Ich liebe es hier, Mama. Ich wünschte, wir müssten nie wieder weggehen."

Das müssen wir nicht.

Wenn ich Cohens Angebot annehmen würde, könnten wir bleiben. Aber ich konnte sein Angebot nicht annehmen, egal wie großzügig es war. Meine Familie bedeutete mir mehr als das.

Ich wusste, dass Mom und Dad mit Madison alle Hände voll zu tun hatten. Aber ich wusste auch, dass sie nichts daran ändern würden, wenn sie die Wahl hätten. Sie liebten sie, als wäre sie ihr eigenes Kind. Und sie liebte die beiden auch. „Würdest du deine Großeltern nicht vermissen, wenn wir das Resort nie wieder verlassen würden?"

„Sie könnten auch herkommen. Aber nur manchmal, weil Grandpa all diese Arzttermine hat."

„Nun, wenn sie nicht hier sein könnten, würdest du sie nicht vermissen?" Ich war mir sicher, dass sie sie vermissen würde. Sie war seit dem Tag ihrer Geburt nicht länger als ein paar Tage von ihnen getrennt gewesen.

Sie drehte sich zu mir um und sah mich mit einem seltsamen Gesichtsausdruck an. „Mom, warum sagst du das immer wieder?"

„Lehne dich zurück und lass mich deine Haare ausspülen." Ich wusste nicht, was ich ihr antworten sollte. Ich konnte ihr nicht sagen, dass wir bleiben könnten, wenn wir wollten. Das konnte ich ihr nicht sagen, weil sie unbedingt bleiben wollte.

„Okay." Sie lehnte sich zurück und schloss die Augen. „Versuche, keine Seife in meine Augen zu spülen, Mama."

„Ich werde es versuchen. Halte sie ganz fest geschlossen." Ich ergriff eine Schale, die sich bereits im Badezimmer befunden hatte, füllte sie mit Wasser und goss es über ihre Haare, bis das Wasser klar war. „So, jetzt bist du fertig."

„Großartig!" Sie sprang auf und nahm ein Handtuch vom Handtuchhalter. „Wenn du nicht duschen willst, ziehe dich wenigstens um."

Als ich aufstand, bemerkte ich, dass ich beim Haarewaschen ziemlich viel Wasser abbekommen hatte. „Oh je."

In das Handtuch gewickelt rannte sie aus dem Badezimmer ins Schlafzimmer. Ich folgte ihr langsamer.

Sie öffnete den Schrank und sah sich die Kleider an, die dort hingen. „Warum hast du mir nicht mehr schöne Kleider mitgebracht?" Sie sah mich mit zusammengekniffenen Augen über die Schulter an. „Meine Güte, Mama. Ich kann das Kleid, das ich gestern getragen habe, nicht schon wieder anziehen."

„Tut mir leid." Ich setzte mich auf das Sofa.

„Du könntest mich in den Laden bringen, in dem Cohen mir den Badeanzug gekauft hat. Dort gab es viele hübsche Kleider."

„Und ich wette, sie waren alle teuer. Finde einfach etwas im Schrank, du kleine Prinzessin." Ich wollte nicht hundert Dollar für ein Kleid in einem Resort-Laden ausgeben. So leichtsinnig war ich nicht mit Geld. „Wenn wir nach Hause kommen, muss ich dir neue Turnschuhe für die Schule besorgen. Ich kann kein Geld verschwenden, weißt du."

Wenn ich den Job annehmen würde, den Cohen mir angeboten hat, wäre Geld kein Thema mehr.

Zur Hölle, wenn ich Cohen sage, dass Madison sein Kind ist, dann würde sie alles haben, was sie jemals wollen könnte, und noch mehr.

Benachteilige ich meine eigene Tochter, um meine Familie nicht zu verärgern?

Es war das erste Mal, dass ich so über die Situation nachdachte. Ich hatte nicht gewusst, dass Cohen ein reicher Mann geworden war. Und ich hatte gedacht, dass er immer noch so viele Affären hatte wie früher. Anscheinend war das nicht der Fall, wenn er wollte, dass mehr aus uns beiden wurde.

Dieser ältere Cohen Nash war ein bisschen anders, als ich ihn mir vorgestellt hatte.

Vielleicht benachteilige ich mich und mein Kind. Und Cohen auch.

„Mama", rief Madison. „Du sitzt nur da. Komm schon. Wir müssen uns fertig machen. Du musst dich umziehen, deine Haare in Ordnung bringen, dich schminken und dann mir helfen!"

„Madison, es gibt keinen Grund, so aufgeregt zu sein. Cohen interessiert sich nicht für solche Sachen." Ich stand auf, um etwas zum Anziehen zu finden, da meine Kleidung nass geworden war. „Jeans und ein T-Shirt sind gut genug."

Mit offenem Mund und großen Augen starrte sie mich an. „Mama – hast du ihn überhaupt angeschaut? Er ist so gutaussehend. Und er zieht sich gut an. Kannst du nicht erkennen, dass er dich mag?"

Ich musste lachen. „Was?" Das konnte sie vor unserer Familie nicht sagen. „Das tut er nicht. Du musst aufpassen, was du sagst, Mädchen."

„Warum magst du ihn nicht?" Sie suchte sich endlich ein Shirt und eine Jeans zum Anziehen aus und trug sie zum Bett.

„Er war der Freund deiner *Tante*. Warum vergisst du das ständig?" Ich ging zum Schrank, um ebenfalls etwas zum Anziehen zu finden. Wenn ich mich nicht beeilte, würde sie mich weiter nerven.

„Ich weiß nicht, warum du glaubst, dass es Tante Ashe interessiert, ob du mit ihm zusammen bist. Sie hat Onkel Mike. Und es ist so lange her, dass er ihr Freund war. Ich glaube nicht, dass sie sich überhaupt darum kümmern wird."

„Ich denke, damit liegst du falsch." Ich suchte mir ein rosa T-Shirt und eine verwaschene Jeans aus. „Was meinst du?"

Sie sah mich mit Entsetzen in den Augen an. „Auf keinen Fall! Trage zumindest eine Jeans, die nicht verwaschen ist."

Ich legte die verwaschene Jeans zurück und zog die neueste aus dem Schrank, die ich hatte. Meine Tochter hatte recht, sie sah viel besser aus.

Ich musste mich fragen, ob es das Einzige war, womit sie recht hatte.

KAPITEL FÜNFZEHN

COHEN

Ich warf einen Skee-Ball die lange Rampe hinauf und traf direkt das mittlere Loch. „Dreißig Punkte!"

„Glück gehabt", sagte Madison, als sie ihren Ball warf und das Zehn-Punkte-Loch traf.

„Gut gemacht!" Ich reckte triumphierend die Faust, als die Tickets, die wir gewonnen hatten, aus den Automaten kamen. „Wir werden jede Menge Preise bekommen."

„Bestimmt." Sie sah sich um, um herauszufinden, was sie als Nächstes spielen wollte. „Mama winkt uns zu. Die Pizza ist auf dem Tisch. Wir gehen besser essen."

Sie rannte los und wich anderen Kindern und Erwachsenen mühelos aus. Ich sah, wie Ember Pizzastücke auf unseren Tellern verteilte. Auf dem Tisch stand auch ein Krug Bier – was ich vielversprechend fand.

Vielleicht ist sie bereit, sich zu entspannen und das Unvermeidliche zu akzeptieren.

Ember hatte eine Nische ausgesucht, in der wir sitzen konnten, und Madison ließ sich auf den Platz gegenüber von ihr fallen. Die Tatsache, dass sie direkt am Rand saß, machte es mir unmöglich, mich neben sie zu setzen. Also musste ich mich neben ihre Mutter setzen, die zur Seite rutschte, damit ich Platz hatte. „Willst du ein Bier?"

„Ja." Ein dampfendes Stück Käsepizza lag vor mir auf dem Teller. „Wow – meine Lieblingssorte."

„Meine auch!" Madison biss in ihr Stück. „Mmmmh, das ist so gut."

Ember füllte zwei Gläser mit Bier und reichte mir eins. „Sie isst nur Käsepizza, deshalb habe ich das bestellt. Hier kann man keine einzelnen Stücke bestellen. Man bekommt die ganze Pizza oder gar nichts."

„Ich mag Käsepizza auch gern, Ember." Das war keine Lüge.

Ihre Augenbrauen schossen hoch. „Wirklich?"

„Ja." Ich probierte einen Bissen, um ihr zu zeigen, wie gut es mir schmeckte. „Mmmmh."

„Okay." Sie lachte leise und trank von ihrem Bier. „Die Kellnerin sagte, dass bald ein Tanzwettbewerb stattfindet. Der Gewinner bekommt fünftausend Tickets."

Madison begann, auf ihrem Platz zu tanzen. „Ich bin dabei!" Sie sah mich an. „Was ist mit dir, Cohen? Willst du auch tanzen?"

Ember rettete mich und legte ihre Hand auf meine Schulter. „Tut mir leid, Süße. Nur für Kinder."

„Oh. Nun, ich denke, das ist gut. Dann tanzen weniger Leute." Sie nahm einen weiteren Bissen von der Pizza, während sie sich umsah – zweifellos, um die Konkurrenz einzuschätzen.

Madison aß noch ein paar Bissen und legte dann den harten Rand der Pizza auf ihren Teller.

Genau wie ich.

Ich legte meinen nicht gegessenen Rand auf meinen Teller und bemerkte, wie Madison ihn betrachtete. Ember legte ein weiteres Stück auf meinen Teller. „Hier, bitte." Sie sah Madison an. „Willst du auch noch ein Stück?"

„Nein danke." Sie lehnte sich zurück und wandte ihren Blick von meinem Teller ab. „Ich frage mich, wann der Tanzwettbewerb anfängt."

„Trink deine Milch, während du wartest", drängte Ember sie. „Du willst starke Zähne und Knochen, oder?"

Madison nahm das Glas und trank es aus, bevor sie es wieder auf den Tisch stellte. „Fertig."

„In Rekordzeit", gratulierte Ember ihr.

Musik erfüllte die Luft, als jemand über das Lautsprechersystem sagte: „Darf ich alle Jungen und Mädchen bitten, auf die Hauptbühne zu kommen, um zu tanzen?"

Madison war weg, bevor ich ihr viel Glück wünschen konnte. „Wow, sie ist schnell."

„Das ist sie." Ember trank einen Schluck, als sie mich über den Rand ihres Glases hinweg musterte.

„Du siehst viel entspannter aus."

Sie stellte das Glas ab. „Ja, so fühle ich mich auch."

„Hast du darüber nachgedacht, bei mir zu übernachten?"

„Nein." Sie zeigte auf die leere Seite des Tisches. „Möchtest du nicht lieber dort drüben sitzen?"

„Nein." Ich rührte mich nicht. Ich war gern so nah bei ihr. „Ich mag, wie sich deine Energie anfühlt, und ich will nah dran bleiben."

„Okay." Sie zog ein Bein unter sich und drehte sich in der Nische, sodass sie mich ansehen konnte. „Also, ich habe dir erzählt, wie *mein* Leben verlaufen ist. Jetzt bist du an der Reihe, mir zu sagen, wie es dir ergangen ist. Und wie es kommt, dass du jetzt ein Resort besitzt."

„Nun, wir haben Cousins, von denen wir nicht gewusst hatten. Sie erbten eine Ranch in Carthage, Texas, von einem Großvater, den sie nie getroffen hatten. Wir sind über meine Mutter verwandt. Es war ihr Großvater väterlicherseits, der ihnen alles hinterlassen hat. Darunter auch mehrere Milliarden Dollar."

„Im Ernst?"

„Im Ernst." Ich legte meine Hand um das kalte Glas und zog es näher an mich heran. „Sie sind sehr arm aufgewachsen, obwohl ihr Großvater reich war. Ihr Vater entschied sich für Liebe statt für Geld – und verzichtete auf sein Erbe. Also haben sie es bekommen. Und da sie ihren Verwandten dabei helfen wollten, mehr aus sich zu machen, haben meine Brüder und ich das Geld bekommen, um das Resort zu bauen. Es hat viel harte Arbeit gebraucht, um alles in Gang zu setzen, aber wir haben es geschafft. Und jetzt geht es uns allen ziemlich gut."

„Also warst du in den letzten Jahren zu beschäftigt, um viele Frauen zu verführen, hm?" Sie führte das Glas an ihre Lippen und wartete auf meine Antwort.

„Ich war ziemlich beschäftigt."

„Soll ich glauben, dass du so beschäftigt warst wie ich?"

„Das ist, als würde man Äpfel mit Birnen vergleichen. Du hattest ein Kind, auf das du aufpassen musstest, und ich war immer noch ungebunden." Ich wollte nicht das, was ich getan hatte, mit dem vergleichen, was sie geleistet hatte. Ihr Job musste so viel schwieriger gewesen sein als meiner.

Nickend trank sie den Rest des Bieres und füllte ihr Glas wieder auf. „Das muss schön gewesen sein."

„Du musst auch etwas Freizeit gehabt haben, Ember."

„Ja, ich hatte Freizeit." Sie umklammerte das volle Glas, als ob es ihr irgendwie helfen könnte. „Aber wenn ich Freizeit habe, hole ich meistens Schlaf nach."

Ich war mir nicht sicher, was ich denken sollte. Sie hatte mir erzählt, dass ihre Mutter fast vollständig die Betreuung von Madison übernommen hatte. Aber manchmal klang sie, als wäre sie immer mit ihrem Kind beschäftigt. „Also, was ist, Ember? Kümmert sich deine Mutter um sie oder du?"

Sie musterte mich mit schmalen Augen. „Was meinst du?"

„Ich meine, du hast Dinge gesagt, die mich glauben lassen, dass sich deine Mutter hauptsächlich um Madison gekümmert hat. Aber du hast auch gesagt, dass du dich in erster Linie um sie gekümmert hast. Ich versuche nicht, mit dir zu streiten, aber beides kann nicht stimmen, oder?"

„Als ob du weißt, wie es ist, ein Kind großzuziehen." Sie schnaubte. „Mom und Dad haben die Vaterrolle übernommen. Ich mache immer noch alles, was eine Mutter tun würde. Außerdem gehe ich zur Arbeit, um für sie zu sorgen. Und das mache ich ganz alleine. Also, nur zu deiner Information, mein Leben ist trotz der Unterstützung meiner Familie immer noch voll auf Madison ausgerichtet."

„Okay." Ich hatte nicht vorgehabt, sie zu verärgern. „Ich habe nur gefragt. Du hast recht – ich habe keine Ahnung, wie es ist, ein Kind großzuziehen. Ich dachte, wir könnten über alles reden. Aber anscheinend habe ich mich geirrt."

„Wenn du mich beschuldigst zu lügen, macht es ein normales Gespräch schwierig." Sie trank einen langen Schluck.

„Ich habe dich nicht beschuldigt zu lügen. Ich habe nur gesagt, dass du einige widersprüchliche Dinge gesagt hast. Und jetzt, da du es besser erklärt hast, verstehe ich es. Ich weiß, dass beide Elternteile hart für ihre Kinder arbeiten. Also, danke, dass du die Dinge für mich geklärt hast."

„Bitte." Sie stellte das Glas ab und schob es von sich weg – was ich für eine gute Idee hielt, da sie bereits launisch war. „Ich will nicht gemein sein. Es ist nur nicht leicht, jemandem, der keine Ahnung hat, zu erklären, wie schwierig es ist, ein Kind zu erziehen. Aber es gibt auch Vorteile. Es war großartig, sie zum ersten Mal lächeln zu sehen. Es war wunderbar zu sehen, wie sie ihre ersten Schritte machte. Und wenn ich sie beim Einschlafen beobachte, singt mein Herz."

Plötzlich runzelte sie die Stirn, als würde sie inmitten all dieser glücklichen Erinnerungen an etwas Unangenehmes denken.

„Das kann ich mir vorstellen." Madison war ein entzückendes Kind und sie hatte die gleichen schönen Augen wie ihre Mutter. „Wie fühlt es sich an, einen anderen Menschen anzusehen und sich darin zu erkennen?"

Ich hatte gehofft, die Frage würde sie vergessen lassen, was ihr Stirnrunzeln verursachte, aber sie schien es nur noch schlimmer zu machen. Ihr Kopf senkte sich und sie schloss die Augen. „Ich muss essen." Sie ergriff ein Stück Pizza und nahm einen Bissen, ohne meine Frage zu beantworten.

„Das ist das erste Mal, dass du heute gegessen hast, oder?" Ich strich mit meinem Finger über ihren Pferdeschwanz.

„Ja." Sie aß weiter.

„In meiner Nähe zu sein hat sowohl eine gute als auch eine schlechte Wirkung auf dich, oder?"

Sie nickte und nahm einen weiteren Bissen.

Zumindest ist sie ehrlich.

„Weißt du, ich habe noch nie daran gedacht, Kinder zu haben. Ich weiß, dass ich es nicht mag, wenn Kinder weinen. Wie bist du mit all dem Geschrei umgegangen, als sie ein Baby war?"

„Wie jede Mutter damit umgeht, denke ich. Ich mochte es nicht, aber ich wusste, wenn sie weinte, bedeutete das, dass sie etwas brauchte. Ich überprüfte ihre Windel, um zu sehen, ob sie gewickelt werden musste. Und wenn es nicht so war, machte ich ihr ein

Fläschchen, falls sie hungrig war. Manchmal konnte ich nicht herausfinden, was die Ursache war, also hielt ich sie einfach fest, wiegte sie und versuchte, nicht auch zu weinen."

„Oh Gott, das klingt schrecklich."

„Manchmal war es schrecklich." Ein Lächeln umspielte ihre rosa Lippen, als sie das sagte. „Ich werde nie vergessen, wie sie zum ersten Mal richtig schlimm Durchfall hatte. Stinkende, matschige Kacke war überall. Ich musste den Strampler wegwerfen, den sie trug, weil er ruiniert war. Und ich musste sie baden, was sie wütend machte, sodass sie die ganze Zeit weinte. Sie war damals ungefähr drei Monate alt. Ich hatte gerade erst angefangen, wirklich herauszufinden, wie ich auf sie aufpassen sollte, und sie hat mir das angetan."

„Wo war deine Mutter, als das alles passiert ist?"

„Sie war dort. Sie hat mir Tipps gegeben – und hysterisch gelacht. Ich fand es damals nicht lustig. Später aber schon. Viel später."

„Also hast du Madison bekommen, bevor deine Schwester eigene Babys hatte, oder?" Ich fragte mich, wie das gewesen war.

„Ja. Sie war ausgezogen, als ich Madison bekam. Sie teilte sich damals eine Wohnung mit einem anderen Mädchen. Aber sie war immer noch viel für mich da. Und sie stellte sicher, dass sie mindestens einmal in der Woche Zeit mit Madison verbrachte. Sie hat ihr hübsche, kleine Kleider mitgebracht und mich dafür getadelt, dass ich ihr immer nur Strampler angezogen habe."

„Du warst nie von Mode besessen", sagte ich. „Das hat mir an dir gefallen. Du hattest kein Interesse an all dem Unsinn, um den sich so viele andere Südstaatenschönheiten Sorgen machen. Perfekte Nägel, perfekte Augenbrauen …"

Sie fuhr sich mit der Hand über die Augenbrauen. „Sind meine zu breit?"

„Sie sind perfekt." Ich musste lachen „Nun, vielleicht irre ich mich. Vielleicht achtest du auf mindestens eine perfekte Sache."

„Ich mag es, präsentabel auszusehen. Aber ich werde kein Vermögen für mich ausgeben, wenn ich ein Kind habe, für das ich sorgen muss. Tatsächlich war das Letzte, was ich mir gekauft habe, eine reduzierte Blue Jeans." Ihre Augen suchten die Tänzer auf der Bühne nach Madison ab. „Es macht mich viel glücklicher, Dinge für meine Tochter zu kaufen als für mich."

„Das sind die Worte einer guten Mutter." Aber genau deshalb brauchte sie einen Mann in ihrem Leben. Sie würde nichts für sich selbst kaufen müssen, wenn sie einen Mann hätte, der sie verwöhnte.

Ich würde ihr alles kaufen, was sie jemals wollen könnte, und noch mehr.

KAPITEL SECHZEHN

EMBER

„Mehrere Kinder haben aufgegeben und sind schon aus dem Wettbe-
werb ausgeschieden." Ich winkte Madison zu, als sie in meine Richtung sah. „Weiter so, kleine Tänzerin!"

„Verdammt, das Mädchen kann sich bewegen, hm?", sagte Cohen
bewundernd.

„Sie ist seit ihrem dritten Lebensjahr im Tanzkurs. Dafür hat
Ashe gesorgt." Wieder wurde ich daran erinnert, wie viel meine
Schwester meinem Kind bedeutete. Ich schuldete Ashe meine Loya-
lität für alles, was sie für Madison und mich getan hatte.

„Deine Schwester hat es geliebt zu tanzen." Sein Kopf senkte sich.
„Tut mir leid. Ich wette, du wolltest mich das nicht sagen hören. Ich
denke manchmal nicht nach."

„So bin ich nicht und das weißt du auch." Ich fuhr mit meiner
Hand über seine Schulter und genoss die Welle der Erregung, die
mich erfasste, als ich ihn berührte. „Du warst zuerst mit ihr zusammen. Länger als mit mir. Ich bin der Eindringling – nicht sie."

Er drehte den Kopf, um mich anzusehen, und seine Augen
wirkten weicher als sonst. „Ember, ich habe vielleicht mehr Zeit mit
ihr verbracht als mit dir, aber du bist die Einzige, die jemals in mein
Herz vorgedrungen ist."

Seine Augen können nicht lügen.

Wenn es einen Weg gäbe, ihn zu haben, ohne meine Familie zu verletzen, würde ich es wagen. Aber ich konnte nicht sehen, wie ich das schaffen sollte, ohne alle wissen zu lassen, dass ich eine Verräterin und Lügnerin war. Seit sieben Jahren log ich schon. Seit sieben langen Jahren.

Es war Zeit, Cohen in die Liste der Leute aufzunehmen, die ich belogen hatte. Und das war nicht leicht. Es war so einfach gewesen, mir einzureden, dass er ein Leben führte, in dem Madison keinen Platz hatte, und dass ich ihm nichts vorenthalten hatte. Aber jetzt, als ich sah, wie er mit ihr sprach, und von seinem Leben hörte, war ich mir nicht mehr so sicher.

„Du bist auch der Einzige, der in mein Herz vorgedrungen ist." Jemanden anzulügen, den ich einst so geliebt hatte, machte mich fast verrückt.

Wenn ich darauf vertrauen könnte, dass meine Familie mein Geheimnis nicht herausfinden würde, sobald Cohen erfuhr, dass er Madisons Vater war, dann hätte ich es ihm gesagt. Aber ich wusste, dass das nicht möglich war.

Nicht, dass er nach Houston fahren würde, um es ihnen ins Gesicht zu sagen, aber er würde es sicherlich seinen Brüdern erzählen, die es weitererzählen würden, und irgendwann würde es meiner Familie zu Ohren kommen.

Es war Ewigkeiten her, dass ich über das, was ich getan hatte, so wütend auf mich selbst gewesen war. Cohen neben mir zu haben, zu wissen, dass ich ihn betrogen hatte, und wieder Dinge zu tun, die gegen meine Moral verstießen, machte mich so zornig auf mich selbst, dass ich mich kaum beherrschen konnte.

Ich schenkte mir noch ein Bier ein, um die Wut zu lindern, die sich in mir aufbaute. Cohen beobachtete mich, als ich einen langen Schluck trank. „Weißt du, ich kann dich und Madison zurück zum Resort oder zu mir nach Hause fahren, je nachdem, was du willst. Du kannst dein Auto einfach hier stehen lassen und ich werde jemanden aus dem Resort bitten, es für dich abzuholen."

Glaubt er, ich betrinke mich?

„Das ist okay. Wir werden nicht zu dir gehen, das ist also kein Problem. Und ich kann selbst zurück zum Resort fahren." Ich starrte auf das Bier, von dem ich bereits ein Viertel getrunken hatte. „Ich weiß, dass ich mehr als sonst trinke, aber ich höre sofort auf, wenn du denkst, dass ich beschwipst bin."

„Es ist nur so, dass ich keinen Grund dafür sehe, dass du überhaupt noch fahren solltest. Ich wiege mehr als du und habe nur etwa ein halbes Bier getrunken, also hat es keine Auswirkungen auf mich. Es macht mir überhaupt nichts aus. Ich kann euch zurück ins Resort fahren." Er lächelte, um seine Worte abzumildern. „Weißt du, auf diese Weise kannst du so viel trinken, wie du willst."

„Ich bin keine Trinkerin, Cohen." Ich schob das Glas von mir weg. „Es ist nur so, dass ich nervös bei dir bin. Ich trinke sonst kaum – vielleicht ein paarmal im Jahr zu besonderen Anlässen."

„Noch ein Grund, dass ich fahren sollte. Komm schon, Ember, es ist keine große Sache. Lass uns nicht darüber streiten. Ich werde meiner Assistentin eine Nachricht schicken und sie herkommen lassen, um dein Auto für dich zurückzubringen."

„Nein." Ich wollte ihn nicht das Kommando übernehmen lassen. „Es geht mir gut. Und wir werden frühestens in einer Stunde von hier aufbrechen. Es ist ohnehin nicht deine Entscheidung." Ich war aufgebracht. „Kannst du mich rauslassen, damit ich zur Toilette gehen kann?"

Er stand auf, aber als ich mich an ihm vorbeischob, packte er meinen Arm. „Du musst nicht so verdammt empfindlich sein, Ember. Ich weiß nicht, warum du dich so aufregst."

Ich schloss meine Augen und wusste, dass mir das nicht ähnlich sah. „Cohen, es tut mir leid. Ich werde mich zusammenreißen. Lass mich einfach gehen."

„Du machst dich selbst verrückt und ich glaube, ich weiß, warum." Er zog mich näher an sich. „Du musst dich mir nicht länger widersetzen. Deine Familie wird es akzeptieren – irgendwann. Vertrau mir in dieser Sache. Du musst dir das nicht antun. Du musst uns das nicht antun. Du merkst doch, dass das, was du machst, mir auch wehtut, oder?"

Ja, verdammt, das tue ich!

„Ich muss zur Toilette. Lass mich gehen. Bitte." Ich konnte nicht mit ihm über den Schmerz sprechen, den ich ihm zufügte. Wenn er jemals herausfinden würde, was ich getan hatte, würde er mich ohnehin hassen.

„Denk darüber nach, was ich gesagt habe. Bitte." Er ließ mich los und ich machte mich auf den Weg zur Toilette, bevor ich vor allen Gästen anfing zu weinen.

Zum Glück war niemand sonst dort, als ich direkt zum Waschbecken ging und mein Gesicht mit kaltem Wasser bespritzte. Ich musste damit aufhören. Ich konnte nicht mit Cohen zusammen sein. Ich konnte nicht so tun, als hätte ich nicht sieben Jahre lang gelogen.

Irgendwie musste ich mich von ihm fernhalten. Wir hatten nur noch eine Nacht im Resort. Wenn ich allein dort gewesen wäre, wäre ich einfach gegangen. Aber Madison bekäme einen Anfall, wenn wir früh aufbrechen würden.

Ich schaute mich im Spiegel an und versuchte herauszufinden, was ich tun konnte, um nicht mehr wütend auf mich selbst zu sein – zumindest bis ich weit weg von Cohen war.

Ich hatte einen Job, mit dem ich weitermachen musste, nachdem ich Madison am nächsten Tag bei meinen Eltern abgesetzt hatte. Ich konnte mir Vorwürfe machen, während ich bei der Arbeit war. Bis dahin musste ich damit aufhören. Ich musste mir vormachen, dass ich nicht so lange gegen meine Moralvorstellungen verstoßen hatte. Ich musste mir einreden, dass ich ein guter Mensch war.

Anscheinend hatte ich mich lange täuschen können. Aber in Cohens Nähe zu sein, brachte die Wahrheit ans Licht. Irgendwie brachte mich das Zusammensein mit ihm dazu, mich der Tatsache zu stellen, wer ich wirklich war.

Ich bin eine Lügnerin.

Ich nahm an, dass es sich nicht so schrecklich angefühlt hatte, meine Familie anzulügen, weil ich sie dadurch nicht wirklich verletzte. Aber Cohen und Madison anzulügen war anders. Ich schadete den beiden, indem ich die Wahrheit für mich behielt.

„Du musst allen die Wahrheit sagen, Ember Wilson." Ich starrte in den Spiegel und versuchte, die Lügnerin in mir einzuschüchtern.

Sieben Jahre sind vergangen! Niemand wird mir je wieder glauben, wenn ich jetzt alles gestehe.

Ich versuchte, nicht darüber nachzudenken. Das durfte ich nicht, wenn ich den Rest des Tages überstehen wollte. Ich konnte früh am Morgen aufbrechen. Madison verstand es, wenn ich zur Arbeit gehen musste. Ich würde ihr sagen, dass wir früh nach Houston zurückkehren mussten, damit ich packen und zur Arbeit fahren konnte.

Ich holte tief Luft und hatte mich endlich genug unter Kontrolle, um mich wieder dem Mann zu stellen, von dem ich ein Baby bekommen hatte, nur um es vor der ganzen Welt geheim zu halten.

„Mama!", ertönte Madisons Stimme, als ich nach draußen trat. „Da bist du ja." Sie hielt mir eine Handvoll Tickets hin. „Ich habe nicht gewonnen, aber ich bin Zweite geworden und habe tausend Tickets bekommen!"

„Das ist großartig, Süße!" Ich bemerkte, dass jemand in der Nähe war, und drehte mich um. Es war Cohen.

„Ich verstehe nicht, wie das andere Kind sie besiegen konnte", sagte er und tätschelte ihren Kopf. „Sie hat alles gegeben."

„Er war ein guter Tänzer", gab sie zu. „Besser als ich. Vorerst jedenfalls. Ich werde besser sein, wenn wir das nächste Mal hierher zurückkommen. Und dann werde ich gewinnen."

Es wird kein nächstes Mal geben.

Cohen machte schnell dort weiter, wo sie aufgehört hatte. „Wir sollten euren nächsten Besuch planen. Ich lade euch ein. Wann hast du wieder frei, Ember?"

„Oh, ich weiß nicht. Und ich kann nicht zulassen, dass du uns kostenlos ein Zimmer gibst, Cohen." Ich konnte nie wieder zurückkommen. Mit ihm zusammen zu sein machte mich verrückt.

„Das ist kein Problem." Er nahm die Tickets, die Madison ihm hinhielt, bevor sie weglief, um wieder Spiele zu spielen. „Ich kann dich nicht einfach gehen lassen, ohne zu wissen, wann ich dich wiedersehe."

Du musst mich gehen lassen.

„Mein Job funktioniert nicht so. Ich weiß nie, wann ich frei habe. Wir müssen sehen, was passiert. Aber ich möchte nicht, dass du denkst, ich komme bald wieder." *Oder jemals.*

„Du weißt, dass ich zu dir kommen kann, oder?" Er nahm meine Hand und führte mich zurück zum Tisch. „Ich erwarte nicht, dass du immer hierherkommst. Überall, wo du bist, kann ich dich besuchen. Bestimmt kannst du den Bohrturm verlassen, während dein Partner arbeitet. Ich kann uns ein Zimmer in einem Hotel besorgen."

„Cohen, ich weiß nicht." Doch, das tat ich. Ich wusste, dass ich nichts mehr mit ihm machen konnte, sobald ich am nächsten Morgen weg war. „Zunächst einmal habe ich nicht eingewilligt, dich zu sehen."

„Ich weiß, dass ich irgendwie verzweifelt klinge." Er rutschte hinter mir in die Nische und hielt mich dort gefangen. „Du gehst morgen. Und ich habe das Gefühl, dass du versuchen wirst, mich zu vergessen. Ember, ich möchte dich nicht wieder verlieren. Ich habe das letzte Mal nicht um dich gekämpft, aber diesmal werde ich es tun. Du und ich haben etwas. Und das weißt du auch."

Er sagte die richtigen Dinge. Ihm zu widerstehen wäre so viel einfacher, wenn er nicht so verdammt perfekt gewesen wäre.

„Nun, lass uns vorerst nicht mehr darüber reden. Ich muss viel nachdenken, weißt du? Über meine Familie und mein Kind." Ich bekam Bauchschmerzen, als mein Körper mich bei allem, was ich sagte, bekämpfte. *Sie ist auch sein Kind!*

Anscheinend war mein Gewissen gegen den unmoralischen Teil von mir in den Krieg gezogen. Ich musste abwarten, wer am Ende die Schlacht gewinnen würde.

„Damit bin ich nicht einverstanden. Dein Kind liebt mich und ich liebe es auch. Du kannst Madison also nicht als Ausrede benutzen. Und wir haben bereits darüber gesprochen, dass jemandem, der nicht möchte, dass du mehr Zeit mit deiner Tochter verbringst, dein Wohl nicht am Herzen liegen kann." Seine Finger bewegten sich langsam über meine Wange, bevor er seine Hand auf meinen Nacken legte. Er hatte das früher immer getan, kurz bevor er mich küsste.

„Bitte nicht." Ich konnte keinen Kuss von ihm ertragen. Es würde mir das Herz brechen – ganz sicher.

„Du musst dir keine Sorgen machen, dass Madison uns sieht. Ich kann sie von hier aus sehen und sie hat uns den Rücken zugewandt, während sie ein Spiel spielt. Ich denke, du brauchst eine Erinnerung daran, wie gut wir zusammen sind."

„Nein." Ich zog seine Hand von mir. „Ich werde nicht zulassen, dass du mich wieder verzauberst. Du weißt, warum, und ich bin es leid, es dir zu erklären, nur damit du so tust, als wäre nichts davon von Bedeutung. Für mich ist es das. Und das ist alles, was du wissen musst." Ich legte meine Hände auf seine breite Brust. „Lass mich raus. Wir gehen. Ich habe genug davon, mit dir darüber zu streiten."

„Ember, warte." Er blieb sitzen und ließ mich nicht aus der Nische. „Ich weiß nicht, was los ist, aber es tut mir leid. Ich wollte nicht, dass du das Gefühl hast, dass das, was du sagst, für mich keine Rolle spielt, weil es das tut."

„Lass mich raus." Ich konnte keinen Moment länger dort bleiben. „Jetzt."

„Ember, bitte."

„Jetzt!"

Er stand auf und seufzte. „Ruf mich an, wenn du dich beruhigt hast, okay?"

Ich ging weg, ohne ihm zu antworten. Aber als ich zu Madison gelangte, fand ich sie glücklich lächelnd vor. „Mama, sieh dir all die Tickets an, die ich bekommen habe."

Ich hatte die restlichen Tickets vergessen. „Das ist großartig, Schatz. Lass uns alle Tickets holen und gegen Preise für dich eintauschen. Es ist Zeit zu gehen."

Ich wollte mich Cohen nicht noch einmal stellen, aber mein Kind brauchte die Tickets, also musste ich es tun. Als ich mich umdrehte, um zum Tisch zurückzukehren und die vergessenen Tickets zu holen, fand ich sie dort, aber Cohen war weg.

Mein Herz schlug schneller in dem Wissen, dass ich ihn vertrieben hatte. Der Krieg, den mein Verstand und mein Körper führten, machte mich wahnsinnig. Ein Teil von mir wollte ihm nachjagen und ihm die Wahrheit über alles sagen. Aber der andere Teil von mir sagte, ich solle ihn gehen lassen – es war besser so.

„Hey, wo ist Cohen?" Madison nahm die Tickets vom Tisch, während sie sich umsah.

Unglaubliche Ruhe überkam mich aus irgendeinem verrückten Grund. „Oh, er musste gehen. Er hatte Arbeit zu erledigen. Ich soll dir von ihm Bye sagen." Ich nahm ihre Hand und hasste mich dafür, dass ich wieder eine gottverdammte Lüge erzählt hatte.

KAPITEL SIEBZEHN

COHEN

Die verstörende Art, wie Ember sich in der Pizzeria verhalten hatte, trübte meine Stimmung. Ich konnte mich auf nichts konzentrieren, also ging ich nach Hause. Nach einer langen Dusche, um zumindest einen Teil des Schmerzes zu lindern, fühlte ich mich immer noch schrecklich.

Ich habe sie zu sehr bedrängt – das muss es sein.

So falsch es sich auch anfühlte ... ich musste mich für eine Weile zurückziehen. Ich konnte mir ihr Verhalten nicht anders erklären, als dass ich zu viel Druck auf sie ausgeübt hatte.

Ich war damals vielleicht nur eine Woche mit Ember zusammen gewesen, aber ich hatte sie davor etwas mehr als ein Jahr gekannt. Und sie hatte sich damals nie so verhalten. Ihrer Reaktion nach zu urteilen, war dies auch für sie neu.

Um sieben Uhr abends lag ich schon im Bett. Ich war noch nie in meinem Leben so orientierungslos gewesen. Nicht einmal nachdem meine Eltern gestorben waren. Zumindest hatte ich gewusst, dass sie nicht zurückkommen würden und es keinen anderen Weg gab, als vorwärts zu gehen.

Bei Ember fühlte es sich jedoch wie ein Schleudertrauma an. Sie sagte mir die richtigen Dinge, aber im nächsten Moment zog sie sich zurück. Verwirrung, Sorge, jede Menge verletzte Gefühle und etwas Wut brodelten in mir.

Das Fazit ist klar – Ember verhält sich unfair.

Sie hatte gesagt, wenn sie gewusst hätte, dass das Resort mir gehörte, hätte sie die Reise jemand anderem überlassen. Der Gedanke, dass sie sich so sehr bemühen würde, mich nicht wiederzusehen, störte mich mehr als alles andere.

Warum sollte sie mich einfach nicht wiedersehen wollen?

Sicher, es war nie einfach, jemandem zu begegnen, der einem den Laufpass gegeben hatte. Ich war schon öfter Frauen über den Weg gelaufen, mit denen ich Schluss gemacht hatte. Und keine dieser Begegnungen war jemals gut gewesen. Aber es hatte keine offene Feindseligkeit wie bei Ember gegeben.

Die Sache war, dass Ember und ich uns damals nicht darüber gestritten hatten, was sie wollte. Ich war mit ihrer Argumentation für das Beenden unserer Beziehung nicht einverstanden gewesen und hatte sie das wissen lassen. Aber ich hatte nicht ignorieren können, wie sie empfand.

Da es sie irgendwie unglücklich gemacht und ihr Probleme bereitet hatte, bei mir zu sein, hatte ich auch nicht gewollt, dass es weiterging. Also hatte ich sie mit einem Kuss und einer Umarmung gehen lassen und ihr gesagt, dass ich ihr nur das Beste wünschte.

Ember hatte mich zu einem besseren Mann gemacht. Zumindest während ich bei ihr gewesen war. Ich hatte noch nie eine andere Frau getroffen, die mich dazu gebracht hatte, ein besserer Mensch zu sein. Und obwohl sie sich jetzt so seltsam verhielt, hatte sie immer noch diesen Effekt auf mich. Ich wollte das Richtige für sie tun – was auch immer sie von mir brauchte.

Anstatt also zu streiten oder zu versuchen, sie zur Vernunft zu bringen, war ich einfach gegangen. Ich hatte ihr gesagt, sie solle mich anrufen, wenn sie sich beruhigt hatte. Seitdem waren jedoch fünf Stunden ohne Anruf vergangen und ich war mir ziemlich sicher, dass sie sich inzwischen beruhigt hatte.

Sie will dich einfach nicht.

Mit einem tiefen Seufzer legte ich meine Hände unter meinen Kopf und starrte an die Decke. Egal was mein Unterbewusstsein sagte, ich wusste, dass sie mich immer noch wollte. Sie hatte mir den Beweis dafür gezeigt.

Das Problem war ihre Tochter. Sie wollte nicht, dass Madison etwas miterlebte, das sie zu Hause erzählen könnte. Ember wäre mehr als bereit gewesen, in meine Arme und mein Bett zu sinken, wenn ihre Tochter nicht bei ihr gewesen wäre.

Wieder verstand ich ihre Motive. Ich stimmte ihnen nicht zu, aber ich verstand sie. Wenn Madison zurückkehren und Geschichten darüber erzählen würde, dass ihre Mutter und ich uns geküsst und umarmt hatten, wäre Embers Familie wütend auf sie.

Die Angst davor, jemanden zu verärgern, hätte mich nicht dazu gebracht, den einzigen Menschen wegzustoßen, in den ich mich jemals verliebt hatte. Ich hatte allerdings kein Kind. Und ich war nicht auf die Unterstützung von Menschen angewiesen, die sich darüber aufregen würden. Also verstand ich es ein wenig – aber ich fand Ember zu stur. Immerhin hatte ich ihr eine andere Option gegeben. Wenn sie mein Angebot annahm, würde sie niemanden aus ihrer Familie brauchen, um sich um Madison zu kümmern.

Ich wollte diese Gedanken beiseiteschieben und schaltete einen zufälligen Podcast ein. Das Thema lautete *Allergien* und ein Wissenschaftler erklärte, dass viele Studien zeigten, dass einige Allergien – insbesondere Schalentierallergien – genetisch bedingt sein könnten.

Ein Gedanke kam mir in den Sinn und ich nahm mein Handy vom Nachttisch und rief Baldwyn, meinen ältesten Bruder, an. Er antwortete beim dritten Klingeln: „Was ist?"

„Hallo." Ich grinste, weil ich wusste, dass mein Bruder ein vielbeschäftigter Mann war. Das Resort, seine Frau und sein Kind hatten ihn so gemacht. „Wie geht es Sloan und Audrey Rose?"

„Sloan ist in der Küche und kocht das Abendessen", sagte er lachend. „Sie interessiert sich gerade für gesunde Ernährung und besteht seit zwei Tagen darauf, all unsere Mahlzeiten von Grund auf selbst zuzubereiten. Aber es klingt, als würde dieses Abendessen ihr Ende sein. Sie flucht wie ein Seemann. Audrey Rose spielt mit ihren Puppen und veranstaltet mit ihnen eine Teeparty vor dem Fernseher. Und was ist bei dir los?"

„Wenig. Ich bin zu Hause und denke nach."

„Du?" Er klang überrascht. „Es ist Samstagabend. Ist dir das bewusst, Cohen?"

„Ja, das ist mir bewusst. Ich bin einfach nicht in der Stimmung auszugehen."

„Bist du krank?"

„Nein." Ich hatte Liebeskummer. Aber darauf wollte ich nicht vor ihm eingehen. „Ich habe eine Frage an dich. Es geht um Mom."

Ich wusste nicht viel über Embers Familie. Aber ich wusste, dass sowohl sie als auch ihre Schwester Ashe Meeresfrüchte liebten. Ich fragte mich also, woher Madisons Schalentierallergie stammte. Und eine ferne Erinnerung ließ mir keine Ruhe. Ich war mir nicht sicher, ob ich mich richtig erinnerte. Deshalb hatte ich meinen ältesten Bruder angerufen, um mein Gedächtnis aufzufrischen.

„Um Mom?"

„Ja." Wir sprachen nicht oft über unsere Eltern. Es war so viel Zeit seit ihrem Tod vergangen, dass es manchmal schwierig war, sie zu erwähnen. „Hast du das Gefühl, dass du jetzt über sie sprechen kannst?"

„Ja, das kann ich. Was willst du über Mom wissen?"

„Ich erinnere mich irgendwie daran, dass wir an einem sonnigen Nachmittag Garnelen gegessen haben. Wir waren in unserem Garten und Dad grillte sie in der Grillgrube. Und er sagte, dass wir sie nur essen könnten, weil Mom das Wochenende bei ihrer Tante verbrachte, um sich nach einer Operation oder so etwas um sie zu kümmern." Ich hatte es nie ganz verstanden. „Warum hat er das gesagt?"

„Mom war allergisch gegen Garnelen, das war wahrscheinlich der Grund. Sie war so allergisch, dass wir nicht einmal Garnelen im Haus haben konnten, ohne dass sie Ausschlag bekam. Ich denke, sie war allergisch gegen alle Schalentiere, aber Dad hat immer die Garnelen erwähnt, weil er sie sehr mochte, sie aber wegen Moms Allergie kaum essen konnte."

Allergisch gegen Schalentiere – genau wie Madison.

„Hatte sonst noch jemand in unserer Familie diese Allergie?"

„Mom sagte, dass ihre Großmutter mütterlicherseits die gleiche Reaktion hatte, wenn sie in die Nähe von Garnelen kam. Aber sie sagte auch, dass ihre Mutter die Allergie nicht hatte und die ganze Zeit Garnelen aß. Sie dachte, es könnte etwas sein, das eine Generation überspringt. Wir haben Audrey Rose auf die Allergie testen lassen und sie hat sie nicht. Aber der Kinderarzt sagte, dass sie sich jederzeit entwickeln kann. Wir müssen also vorsichtig mit ihr und dem sein, was sie isst, nur um auf der sicheren Seite zu sein."

„Wissen Patton und Warner davon, da sie jetzt auch Kinder haben?" Meine Brüder und ich sprachen nicht über die Details von allem, was ihre Kinder betraf, also hatte ich keine Ahnung, ob meine Nichten oder Neffen Allergien hatten.

„Ja, ich habe ihnen davon erzählt, damit sie ihre Kinderärzte informieren können. Charlotte Grace hat die Allergie, aber Pattons Jungen nicht."

„Klingt so, als ob Mädchen sie leichter bekommen als Jungen."

„Ich habe keine Ahnung, wie solche Dinge funktionieren. Ich bin nur froh, dass meine Tochter bisher keine Anzeichen gezeigt hat. Solche Allergien sind kein Scherz. Ein falscher Bissen kann die Kehle anschwellen lassen und dann kann das Kind nicht mehr atmen. Es ist sehr ernst."

„Verdammt, das klingt beängstigend." Das wünschte ich niemandem – vor allem keinem Kind.

„Zum Glück können Menschen mit schweren Allergien einen EpiPen bei sich tragen – er pumpt sie mit Adrenalin voll, um der allergischen Reaktion entgegenzuwirken. Aber warum fragst du überhaupt danach? Hast du eine Reaktion auf etwas, das du gegessen hast?"

„Nein." Ich wollte nicht näher darauf eingehen. Wir hatten alle noch Freunde zu Hause in Houston. Man wusste nie, wer versehentlich etwas sagen könnte, das zu Embers Familie durchdrang. *Sie wird mich umbringen, wenn das passiert.* „Ich habe nur an Mom gedacht, das ist alles."

„Oh. Das ist seltsam, weil wir nie wirklich etwas an den Geburtstagen von Mom und Dad unternommen haben – aber heute wäre Moms neunundfünfzigster Geburtstag gewesen. Wie sonderbar, dass du ausgerechnet an diesem Tag an sie denkst. Vielleicht bedeutet das, dass sie dir gerade nahe ist."

Die Vorstellung ließ etwas in mir aufflammen. „Ja, das ist sonderbar. Danke, dass du mir davon erzählt hast. Und richte Sloan und Audrey Rose aus, dass ich Hallo gesagt habe und sie liebe. Gute Nacht, Baldwyn. Ich liebe dich, großer Bruder."

„Gute Nacht, Cohen. Ich liebe dich auch."

Als ich das Handy wieder auf den Nachttisch legte, sah ich mich in dem schwach beleuchteten Raum um. „Mom, bist du hier?" Normalerweise hätte ich es bizarr gefunden, mit einer Toten zu sprechen, aber ich hatte das Gefühl, dass sie aus irgendeinem Grund bei mir sein könnte.

Ich lauschte und hörte nichts. Eine andere Idee kam mir in den Sinn und ich nahm wieder mein Handy. Ich suchte in den sozialen Medien nach Ember und fand einige Bilder von ihr mit Madison.

Eines davon weckte mein Interesse. Es zeigte eine Geburtstagstorte mit sechs Kerzen, die Madison ausblies. Ich überprüfte das Datum und stellte fest, dass es im April dieses Jahres veröffentlicht worden war. Die Leute, die einen Kommentar hinterlassen hatten, wünschten Madison alles Gute zum Geburtstag.

Madison ist dieses Jahr sechs Jahre alt geworden.

Ich hatte nicht nach Madisons Alter gefragt, da mir nie in den Sinn gekommen war, so etwas zu tun. Aber jetzt, da ich wusste, dass sie sechs Jahre alt und im April geboren worden war, fiel mir etwas auf.

Vor sieben Jahren haben Ember und ich Ende Juli eine magische Woche zusammen verbracht – neun Monate vor April.

Mir wurde so schwindelig, dass ich umgefallen wäre, wenn ich nicht im Bett gelegen hätte. Wenn das, was ich dachte, stimmte, könnte es Embers Verhalten erklären. Wenn ein wildes Tier in die Enge getrieben wurde, kämpfte es. Vielleicht hatte Ember das Gefühl gehabt, in eine unmögliche Lage gedrängt worden zu sein, und mich deshalb angegriffen.

Könnte dieses kleine Mädchen meine Tochter sein?

KAPITEL ACHTZEHN

EMBER

Ich konnte die ganze Nacht nicht schlafen und setzte mich schließlich voller Angst auf, dass Cohen gleich in den Raum stürmen würde. Er hatte gesagt, dass er mich diesmal nicht kampflos gehen lassen würde, und ich glaubte ihm.

Ich packte unsere Sachen, während Madison tief und fest schlief, und wollte bereit sein zu gehen, sobald sie aufwachte. Aber als es fünf Uhr morgens wurde und sie sich nicht einmal ein wenig gerührt hatte, fing ich an, Geräusche zu machen, damit sie aufwachte.

Ich zog den Gepäckwagen ins Zimmer und schleuderte unsere Koffer darauf, sodass Metall gegen Metall klirrte. Meine Bemühungen zahlten sich aus, als sie sich aufsetzte und sich die Augen rieb. „Mama! Was machst du da?"

„Oh, habe ich dich aufgeweckt? Tut mir leid, Schatz. Es ist nur so, dass wir uns auf den Weg machen müssen. Ich habe so viel zu tun, bevor ich heute Abend zur Arbeit gehe. Ich muss dir Turnschuhe kaufen, erinnerst du dich? Und dann muss ich Wäsche waschen und meine Arbeitskleidung und deine Kleidung für die zwei Wochen packen, die du bei deinen Großeltern sein wirst."

Sie legte sich wieder hin. „Mama, draußen ist es noch dunkel. Wir können noch nicht gehen."

„Doch, das können wir. Ich habe im Badezimmer saubere Kleider für dich. Du musst aufstehen und dein Nachthemd ausziehen, damit ich es in den Beutel mit der schmutzigen Wäsche stecken kann, und dann machen wir uns auf den Weg." Ich ging zum Bett und zerrte an ihrer Decke. „Komm schon, Schatz."

„Es ist viel zu früh, Mama." Sie drehte sich auf die Seite, damit sie mich nicht ansehen musste. „Ich will Cohen auf Wiedersehen sagen und er ist wahrscheinlich noch nicht hier."

Ich konnte Cohen Nash nicht noch einmal begegnen. „Schatz, er hat gesagt, dass er heute nicht zur Arbeit kommt, weil es Sonntag ist und er nie am Sonntag arbeitet. Es gibt also keinen Grund zu warten. Komm schon, steh auf."

Sie setzte sich auf und sah mich mit zusammengekniffenen Augen an. „Dann ruf ihn an. Wir können ihn irgendwo treffen und uns von ihm verabschieden. Ich will nicht weggehen, ohne mich zu verabschieden. Und ich will wissen, wann wir hierher zurückkommen."

Nie.

Da sie noch ein Kind war, hoffte ich, dass sie das Resort und Cohen in relativ kurzer Zeit einfach vergessen würde. „Nun, ich muss erst sehen, wie die Arbeit läuft, bevor ich weiß, wann wir zurückkommen können. Und Cohen wird heute noch andere Dinge zu tun haben, weil er nichts darüber gesagt hat, uns treffen zu wollen, bevor wir die Stadt verlassen. Er ist ein vielbeschäftigter Mann, weißt du."

„Vielleicht geht er sonntags in die Kirche." Sie nickte, als sie aus dem Bett stieg und auf wackeligen Beinen ins Badezimmer lief. „Wenn er uns gesagt hätte, in welche Kirche er geht, könnten wir auch dorthin gehen."

„Ja. Deine Kleider sind auf der Ablage." Es war viel zu früh für Cohen, um einfach aufzutauchen, aber das änderte nichts an meiner Nervosität. „Beeil dich, okay?"

Madison ignorierte mich und ließ sich Zeit. Es war fast sechs, als sie aus dem Badezimmer kam. „Kannst du meine Haare bürsten?"

Ich fuhr ihr schnell mit der Bürste durch die Haare und machte ihr dann einen Pferdeschwanz. „Los geht's. Zieh deine Schuhe an und lass uns aufbrechen."

Sie schlüpfte in ihre Schuhe und seufzte, als sie sich ein letztes

Mal in der luxuriösen Suite umsah. „Ich werde das Resort wirklich vermissen."

„Ja, das kann ich sehen. Aber wir müssen nach Hause. Deine Großeltern vermissen dich bestimmt."

Madison schlurfte hinter mir her und war still, als wir den Ort verließen, den sie in so kurzer Zeit liebgewonnen hatte. Die Lobby war dunkel, als wir hindurchgingen. Ich ließ den Gepäckwagen bei den anderen an der Tür stehen und griff nach unseren Koffern.

Madison zog am Saum meines Shirts. „Mama, können wir jemanden bitten, Cohen auszurichten, dass wir uns verabschieden wollten?"

„Ich habe mich gestern schon von ihm verabschiedet, das ist also nicht nötig." Ich ging aus der Tür, als sie sich öffnete, und blickte zurück, nur um zu sehen, wie sie eine Broschüre mitnahm, bevor sie mir folgte. „Darin stehen Informationen über das Resort. Ich will es meiner Lehrerin in der Schule zeigen, damit sie sieht, wohin wir dieses Wochenende gegangen sind."

„Okay, dann lass uns gehen." Ich hatte möglichst nahe an der Tür geparkt, da ich wusste, dass wir so früh wie möglich gehen würden. Ich öffnete den Kofferraum, warf das Gepäck hinein und schloss ihn wieder, bevor ich Madison auf ihrem Kindersitz anschnallte. „Los geht's."

Sie starrte auf die Broschüre in ihrer Hand. „Mama, ich habe das Gefühl, dass ich diesen Ort und Cohen sehr vermissen werde. Ich habe das Gefühl, ich könnte weinen." Sie sah mich mit glasigen Augen an. „Bist du sicher, dass wir uns nicht von ihm verabschieden können? Du hast seine Telefonnummer, oder?"

„Nein." Ich hatte seine Visitenkarte in meiner Handtasche, aber das wusste sie nicht. „Selbst wenn ich sie hätte, würde ich ihn nicht so früh anrufen. Das wäre unhöflich."

„Ich finde es unhöflich zu gehen, ohne uns von ihm zu verabschieden."

Ich schloss die Hintertür, aber mein Herz schmerzte.

Meine Tochter weinte fast wegen eines Mannes, dem sie sich nicht so nahe hätte fühlen sollen. Sie hätte nicht so schnell Gefühle für Cohen entwickeln sollen. Ich fragte mich, ob sie irgendwie eine Bindung zu ihm spürte.

Hat Cohen auch eine Bindung zu ihr?

Ich schüttelte die idiotische Vorstellung ab, stieg ins Auto und fuhr los. Ich war erleichtert, als ich den Parkplatz verließ. Jetzt konnten wir nach Hause fahren und unseren normalen Zeitplan wieder aufnehmen. Diese ganze Sache mit Cohen würde mit der Zeit in Vergessenheit geraten.

Die Schuldgefühle, die mich quälten, ließen vielleicht nicht so schnell nach, aber ich musste darauf hoffen, dass sie verblassen würden. Aus unserem Besuch in Austin waren ganz neue Probleme entstanden.

Ich machte mir keine Sorgen mehr darüber, wie verärgert meine Schwester und meine Eltern über mich sein würden, weil ich mit Cohen zusammen gewesen war. Die größere Sorge war, wie sich meine Tochter fühlen würde, wenn sie jemals herausfand, wie lange ich sie angelogen hatte. Und dann gab es noch Cohen, um den ich mir Sorgen machen musste. Er würde mich hassen, wenn er erfuhr, was ich getan hatte.

Cohen mit Hass auf mich in seinen Augen zu sehen wäre wie ein Stich ins Herz. Und die Enttäuschung in Madisons Augen würde mir den Rest geben.

Die ganze Zeit hatte ich gedacht, das Schlimmste an dieser Situation sei, meine Familie zu verärgern. Jetzt wusste ich, dass es etwas viel Schlimmeres gab. Und ich hatte keine Ahnung, wie ich all die Fehler korrigieren könnte, die ich gemacht hatte.

„Bald sind Sommerferien. Vielleicht kannst du von der Arbeit Urlaub machen und wir können ins Resort zurückkehren."

„Ich kann es mir nicht leisten, wieder dort zu buchen, Schatz. Wir hätten es auch diesmal nicht gekonnt, wenn meine Firma nicht dafür bezahlt hätte."

„Cohen würde uns kostenlos dort bleiben lassen."

„Wir können seine Großzügigkeit nicht in Anspruch nehmen."

„Doch, das können wir, Mama."

Meine Hände packten das Lenkrad so fest, dass meine Knöchel weiß wurden. Ich konnte nicht mit ihr darüber streiten. „Wir werden sehen", sagte ich.

Sie schniefte und ich schaute in den Rückspiegel und sah, wie sie sich mit den Händen die Augen abwischte.

Sie weint.

Mein Magen begann zu schmerzen, während Tränen in meinen

Augen brannten. Ich hatte nie gewollt, dass das passierte. Es war nie auf meinem Radar gewesen, dass so etwas passieren könnte – selbst wenn wir jemals Cohen begegneten.

Mein Kind weinte, weil es seinen Vater verlassen musste – ohne zu wissen, dass er sein Vater war. Vielleicht fühlten sie unterbewusst, dass sie zusammengehörten.

Wie wird Cohen sich fühlen, wenn er herausfindet, dass wir weg sind?

Wenn Madison traurig darüber war, sich nicht verabschieden zu dürfen – würde Cohen auch so empfinden?

Wem mache ich etwas vor? Natürlich wird er traurig darüber sein, dass er sich nicht verabschieden konnte.

Als ich auf den Highway fuhr, durchlief mich ein Schauder. Ich hatte Cohen weder meine Telefonnummer noch meine Adresse gegeben, aber er hatte über das Resort Zugang dazu.

Ich muss meine Telefonnummer ändern. Und ich muss vielleicht auch umziehen. Verdammt!

Ich hatte nur ein paar Tage Urlaub gemacht und jetzt war mein Leben ein Chaos. Und die Einzige, die für dieses Fiasko verantwortlich war, war ich selbst. Zum ersten Mal, seit ich herausgefunden hatte, dass ich schwanger war, dachte ich, ich hätte mich zumindest einem Menschen anvertrauen sollen, der mir hätte helfen können, bessere Entscheidungen zu treffen.

Geheimnisse vor der ganzen Welt zu haben war, gelinde gesagt, umständlich. Aber die Schuldgefühle, die sich in mir aufbauten, würden sich vielleicht als etwas erweisen, das mich zerstören könnte.

Ich hatte immer noch das Gefühl, einen Drink zu brauchen, um meine Nerven zu beruhigen – und das war besorgniserregend. Alkohol würde nichts außer meinem Geisteszustand ändern. Er würde mich vorübergehend vergessen lassen, was ich getan hatte, aber er konnte nichts ändern.

„Er wird uns vermissen, Mama", wimmerte Madison. „Er wird traurig darüber sein, dass wir weg sind. Ich weiß, dass er es sein wird."

Ich versuchte, nicht mit ihr in Tränen auszubrechen, und holte tief Luft. „Madison, er hat im Resort viel zu tun. Und er hat ein aktives soziales Leben mit vielen Familienmitgliedern und Freunden. Wusstest du, dass er vier Brüder hat?"

„Nein. Das hat er mir nicht gesagt." Sie nahm das Taschentuch, das ich ihr hinhielt, und wischte sich die Nase ab.

„Er hat schon viele Menschen in seinem Leben. Ich sage nicht, dass er dich nicht vermissen wird, weil du ein großartiges Kind bist, aber er wird nicht einsam sein."

„Er wird dich auch vermissen, Mama. Er mag dich sehr. Ich denke, du magst ihn auch, obwohl du es nicht zugibst."

„Natürlich mag ich ihn. Aber als Freund. Nichts weiter als das."

Sie nahm die Broschüre und drückte sie an ihr Herz. „Ich werde ihn nie vergessen."

Oh Gott, sie macht das so viel schwieriger, als ich dachte.

KAPITEL NEUNZEHN

COHEN

Ich ging um acht Uhr morgens in die Lobby des Whispers Resorts und marschierte zum Aufzug. Ich wollte nicht zulassen, dass Ember noch länger meinen Fragen auswich, aber ich wusste, dass ich Madison außer Hörweite bringen musste, bevor ich anfing, sie ihr zu stellen.

Ich klopfte dreimal und rief: „Ember? Maddy?"

Ich hörte überhaupt nichts. Ich wusste, dass Ember die Tür möglicherweise nicht öffnen würde, aber Madison hätte sie geöffnet, egal was ihre Mutter sagte. Als ich den Flur hinunterblickte, sah ich ganz am Ende den Reinigungswagen eines Zimmermädchens.

Nachdem ich mir eine Universalschlüsselkarte ausgeliehen hatte, ging ich zurück, öffnete die Tür und stellte fest, dass all ihre Sachen weg waren. „Verdammt!"

Ember hatte mir ihre Telefonnummer nicht gegeben und ich hatte auch Madisons Nummer nicht. Ich gab dem Zimmermädchen die Universalschlüsselkarte zurück und ging wieder in die Lobby.

Ich konnte Embers Telefonnummer und Adresse über unser Registrierungssystem herausfinden, aber ich wusste, dass es gegen unsere Richtlinien verstoßen würde – und ihre Privatsphäre verletzte. Ich hatte die Visitenkarte mit meiner privaten Telefonnummer in der ersten Nacht in ihrem Zimmer gelassen. Ich konnte nur hoffen, dass Ember mich anrufen würde.

Ich fuhr zu Baldwyn, um mit jemandem über meinen Verdacht zu sprechen. *Wer ist besser dazu geeignet als mein großer Bruder?* Da es Sonntagmorgen war, erwartete ich, dass sein Zuhause ruhig sein würde, aber es war alles andere als das, als ich klingelte und Audrey Rose die Tür weit aufriss. „Onkel Cohen!" Sie sprang in meine Arme und umarmte mich, als hätte sie mich seit einem Jahr nicht mehr gesehen. Dabei waren wir uns erst ein paar Tage zuvor begegnet.

„Guten Morgen, Audrey Rose."

Ich stellte sie hin und sie drehte sich um, rannte hinein und verkündete meine Ankunft: „Onkel Cohen ist hier! Onkel Cohen ist hier!"

Ich folgte ihr und fand die kleine Familie in der Küche, wo sie Frühstück machten. Sloan hatte einen Karton Eier auf die Arbeitsplatte gestellt. „Du wirst mit uns frühstücken."

„Das klang nicht nach einer Frage." Ich nahm neben meinem Bruder Platz. „Aber ich nehme deine liebenswürdige Einladung gerne an."

Sie schenkte mir eine Tasse Kaffee ein und stellte sie vor mich. „Biologischer Anbau – aus dem Regenwald. Probiere ihn."

„Wenn du darauf bestehst." Ich beugte mich vor, um meinem Bruder zuzuflüstern: „Ich glaube, sie hat schon ein oder zwei Tassen getrunken."

Sein Nicken bestätigte meinen Verdacht.

„Es gibt Bio-Speck, frische Eier vom Bauernhof und hausgemachte Tortillas. Audrey Rose, komm und hilf mir bitte."

„Sicher, Mama." Sie stieg auf einen Barhocker, um zu helfen.

„Können wir uns unter vier Augen unterhalten, während sie mit dem Frühstück beschäftigt sind?" Das, worüber ich sprechen wollte, war ein Thema für Erwachsene.

„Ja." Er nahm seine Tasse Kaffee und ich schnappte mir meine. Dann gingen wir in sein Arbeitszimmer. „Was ist los?"

Ich nahm auf einem bequemen Sessel Platz und er setzte sich neben mich. „Baldwyn, ich habe Grund zu der Annahme, dass ich Vater sein könnte."

Er sah überraschend ruhig aus bei dem, was ich für eine schockierende Neuigkeit hielt. Mit einem tiefen Seufzer sah er mir in die

Augen. „Cohen, ich werde dich nicht anlügen. Ein Kind mit jemandem zu haben ist nicht einfach. Und du bleibst nie so lange bei einer Frau, dass es schwierig wird. Also, wer ist die Frau, die du geschwängert hast?

Ich lächelte, als ich darüber nachdachte, wie gut ich mit Ember kompatibel war – wenn sie nicht so stachelig war wie ein Igel. „Wenn ich recht habe, habe ich sie vor sieben Jahren geschwängert."

Er setzte sich auf und seine Augen weiteten sich. „Willst du damit sagen, dass du vielleicht der Erste von uns warst, der Vater geworden ist?"

„Kann sein." Ich wusste, dass ihn das verblüffte, da sie gerne scherzten, dass ich nie erwachsen werden würde.

„Das ist … interessant, Cohen. Und die Mutter des Kindes hat dich damals nicht kontaktiert? Hat sie dir gerade erst davon erzählt?" Er hielt warnend einen Finger hoch. „Weil sie vielleicht hinter deinem Geld her ist. Du musst über einen Anwalt mit ihr kommunizieren – nur zur Sicherheit."

„Sie ist nicht so. Und sie hat mir überhaupt nichts erzählt. Du erinnerst dich an Ashe Wilson, die ich mit Anfang zwanzig gedatet habe, oder?"

„Lange Beine, blonde Haare, herrisches Wesen. Es hat nur einen oder zwei Monate gehalten, richtig?" Er nickte. „Also ist sie es?"

„Nein. Es ist Ember, ihre jüngere Schwester."

Sein Kiefer spannte sich an. „Cohen, du kannst nicht mit der Schwester deiner Exfreundin geschlafen haben. Sag mir, dass es nicht wahr ist. Sag mir, dass du die kleine Schwester deiner Ex vor sieben Jahren nicht geschwängert hast. Das könnte dich eine Menge Geld kosten."

„Hör zu, Baldwyn." Ich hatte keine Ahnung gehabt, dass er diesbezüglich so zynisch sein würde. „Ember und ich waren nur ungefähr eine Woche zusammen. Aber es war eine unglaubliche Zeit. Ich denke, ich war kurz davor, mich in sie zu verlieben." Ich starrte ihn an und hoffte, dass er sah, wie ernst es mir war. „Sie und ihre Tochter sind ins Resort gekommen, nachdem ihre Firma ihr die Reise geschenkt hatte. Sie hat mir erzählt, dass sie genauso empfunden hat. Dass sie sich vor all den Jahren auch fast in mich verliebt hätte."

„Wow." Er verdrehte die Augen. „Wenn alles zwischen euch so

großartig ist, warum hat sie dir dann vor sieben Jahren nichts von dem Kind gesagt?"

„Sie hat ihrer Familie nie von uns erzählt – und ihre Familie war auch der Grund, warum sie sich von mir getrennt hat. Sie wollte sie nicht verärgern. Ich denke, dass sie die ganze Zeit über geheim gehalten hat, wer der Vater ist. Sie muss schreckliche Angst gehabt haben, ihnen zu gestehen, dass ich es bin." Sie tat mir irgendwie leid.

„Wo sind die beiden jetzt?" Er sah sehr ernst aus, so als würde er sofort ins Auto steigen und sie treffen, wenn er könnte.

„Ich denke, sie sind schon nach Houston zurückgekehrt."

„Du *denkst* es?" Er schüttelte den Kopf. „Cohen, wenn du glaubst, dass du ein Kind hast, dann musst du es nachprüfen. Selbst wenn diese Ember glaubt, dass ihre Familie sauer auf sie sein wird, spielt das keine Rolle. Es zählt nur, dass du die Möglichkeit hast, eine Beziehung zu deinem Kind aufzubauen. Du hast gesagt, dass sie eine Tochter hat, oder?"

„Ja."

„Also könntest du eine Tochter haben – genau wie ich?"

„Vielleicht. Sie ist bezaubernd." Ich holte mein Handy heraus und zeigte ihm ein Bild von Madison, wie sie am Vortag in der Pizzeria getanzt hatte. „Sieh nur. Und manchmal ist sie schrecklich streng. Es ist wirklich lustig. Sie sagt dann zu ihrer Mutter, dass sie nicht so unhöflich und albern sein soll – wie eine kleine Erwachsene."

Baldwyn nahm mein Handy und starrte auf das Bild. „Du solltest etwas sehen." Er gab mir das Handy, stand auf und kam mit seinem Laptop zurück. „Ich bin auf einer Ahnen-Website gewesen und habe ein paar Fotos unserer Eltern gefunden. Da alle Fotos, die wir hatten, im Feuer verbrannt sind, hoffte ich, einige Aufnahmen zu finden, die unsere Verwandten gepostet hatten."

Er reichte mir den Laptop und ich erkannte, was er meinte. „Dieses kleine Mädchen sieht Madison sehr ähnlich."

„Dieses kleine Mädchen ist unsere Mutter, Cohen. Sie hat die gleiche Nase und die gleichen Lippen." Er sah meine Haare an. „Und das kleine Mädchen auf deinem Foto hat die gleichen Haare wie du."

Ich konnte nicht anders, als aufgeregt zu sein, als mir immer klarer wurde, dass Madison tatsächlich meine Tochter war. „Baldwyn, ich könnte wirklich Vater sein!"

„Es sieht ganz so aus." Er musterte mich. „Also, was wirst du jetzt tun?"

„Ich werde mit Ember sprechen und die Wahrheit aus ihr herausbekommen." Ich stand auf, um den Dingen auf den Grund zu gehen.

„Das Frühstück ist fertig", rief Sloan. „Kommt in die Küche, solange es heiß ist."

„Nach dem Frühstück. Ich kann nicht gehen, ohne zu essen, was deine schöne und talentierte Frau gekocht hat."

„Das kannst du wirklich nicht." Er trat neben mich und klopfte mir auf den Rücken. „Ich werde niemandem davon erzählen, bis du mehr weißt."

„Ja, behalte es für dich, bis ich konkrete Beweise habe." Ich hoffte nur, dass Ember zur Besinnung kommen würde, sobald die Wahrheit bekannt war.

Auch wenn Madison von mir war, sollte sie bei ihrer Mutter aufwachsen. Ich hätte niemals ein Kind von seiner Mutter und der Familie, die es liebte, trennen können. Und ich betete, dass Ember genauso empfinden würde, wenn es darum ging, sie mir und meiner Familie nicht vorzuenthalten.

Obwohl sie sich in den letzten sieben Jahren nicht darum gekümmert hat.

Ich schüttelte den Gedanken ab. Sie war jung und verängstigt gewesen, als sie schwanger geworden war, und ich war damals verdammt unreif gewesen. Es hatte keinen Sinn, über die Vergangenheit nachzudenken und über Dinge, die nicht geändert werden konnten. Meine Zeit und Energie verwendete ich besser für die Planung der Zukunft.

Ich versuchte, nichts zu überstürzen und an nichts anderes als meinen Bruder, seine Frau und ihr kleines Mädchen zu denken. Das Leben erschien mir immer noch flüchtig und ich wollte jeden schönen Moment bewusst genießen. Das gemeinsame Frühstück mit meiner geliebten Familie war mit Sicherheit ein solcher Moment.

„Sloan, diese Tortillas sind fast so gut wie bei *Joe's Tacos* in der Innenstadt." Ich gab etwas Rührei auf ein Stück Tortilla und steckte mir den Bissen in den Mund.

„Von wem habe ich wohl das Rezept?" Sloan zwinkerte mir zu. „Es hat mich einen Wochenendaufenthalt im Resort gekostet, aber ich habe die Rezepte für Mehltortillas und Maistortillas bekommen. Ich denke, es war ein Schnäppchen."

„Das einzige Rezept, das er uns nicht geben wollte – egal was wir ihm dafür geboten haben –, ist seine grüne Sauce", fügte Baldwyn hinzu. „Ich kann nichts finden, was ihn dazu bringen könnte, dieses Rezept zu verraten."

Sloan stand auf und ging zum Kühlschrank. „Ich bin froh, dass du das angesprochen hast. Er wollte mir das Rezept nicht geben, aber er hat mir eine große Flasche davon geschenkt." Sie würzte ihr Rührei damit und reichte mir die Flasche.

„Das ist wundervoll", sagte ich, als ich eine großzügige Menge auf mein Rührei schüttete. „Was für ein Start in einen perfekten Sonntag."

„Ich bin froh, dass du zu uns gekommen bist, Cohen." Baldwyn lächelte mich mit wissenden Augen an. „Vielleicht ist dieser Sonntag ein außergewöhnlich guter Tag für dich."

„Ja, wer weiß?" Ich biss in ein knuspriges Stück Speck und seufzte genüsslich. „Wer hätte gedacht, dass Bio-Speck so gut sein kann?"

Sloan hob die Hand. „Ich."

Nach dem herzhaften Frühstück fuhr ich zurück ins Resort. Ich wusste, dass ich Embers Telefonnummer herausfinden musste, damit ich ihr einige schwierige Fragen stellen konnte.

Ich betrat die Lobby, ging zur Rezeption und wusste, dass ich eine ziemlich skrupellose Entscheidung treffen musste. Cameron kam aus dem Hinterzimmer und lächelte, als er mich sah. „Hey, Mr. Nash. Ich habe hier eine Nachricht für Sie."

Mein Herzschlag setzte einen Moment lang aus. Ich war mir sicher, dass die Nachricht von Ember war. *Vielleicht hat sie mir ihre Telefonnummer hinterlassen, sodass ich ihre Buchungsdaten doch nicht durchsehen muss.*

Er schob einen Notizzettel zu mir. „Ein kleines Mädchen hat vor Kurzem bei uns angerufen. Es sagte, es sei sehr wichtig, dass Sie diese Nachricht so schnell wie möglich erhalten."

Also nicht Ember.

Aber fast genauso gut – die Nachricht war von Madison. *Von meiner Tochter?* Meine Brust fühlte sich eng an und meine Augen brannten, aber ich verdrängte das Gefühl. Ich wollte mir keine falschen Hoffnungen machen.

Ich schüttelte den Kopf und lachte innerlich über mich. Wer hätte gedacht, dass ich so begeistert von der Möglichkeit wäre, ein Kind zu haben? *Nicht ich.*

Ich starrte auf die Nachricht. Sie lautete, dass sie sich wirklich sehr schlecht fühlte, weil sie gegangen war, ohne sich zu verabschieden. Ich sollte sie anrufen, wenn ich mich verabschieden wollte. Ihre Telefonnummer stand daneben.

Ich nahm den Zettel, ging mit einem strahlenden Lächeln zurück zu meinem Truck und rief an. „Hallo?", antwortete sie sofort.

Mein Herz schwoll an, als ich ihre Stimme hörte. „Hallo, Maddy. Ich bin es. Cohen."

„Ich bin froh, dass du anrufst. Mama musste zurück nach Houston, damit sie hier alles erledigen kann, bevor ihre Nachtschicht beginnt. Sie weiß nicht, dass ich dir eine Nachricht hinterlassen habe."

„Das ist okay. Ich freue mich, dass du es getan hast. Ich wollte mich auch von euch verabschieden. Speichere diese Telefonnummer in deiner Kontaktliste, damit du mich anrufen kannst, wann immer du willst, okay? Ich hatte dieses Wochenende viel Spaß mit euch. Hat deine Mutter gesagt, wann ihr wiederkommt?"

„Nein. Tut mir leid. Ich habe gefragt, ob wir im Sommer zurückkommen können, aber sie sagte, dass sie es sich nicht leisten kann."

Mein Magen verkrampfte sich, aber ich war nicht überrascht. Ember hatte klargestellt, dass sie nicht die Absicht hatte, jemals ins Resort zurückzukehren und wahrscheinlich nicht einmal nach Austin, aus Angst, sie würde mir wieder begegnen.

„Nun, du weißt, dass ich euch kostenlos hier übernachten lassen würde."

„Das habe ich ihr auch gesagt und sie hat behauptet, dass sie das nicht zulassen kann. Sie ist einsam, Cohen. Und sie hat Angst, Tante Ashe könnte sauer auf sie sein, wenn sie dich nicht nur als Freund mag. Magst *du* sie nicht nur als Freundin?"

„Madison, deine Mutter hat nur das getan, was sie für das Beste für dich hält. Vergiss das nicht."

Ich muss versuchen, mich auch daran zu erinnern.

KAPITEL ZWANZIG

EMBER

Die zweistündige Fahrt zur Arbeit gab mir Zeit zum Nachdenken. Und ich fand das nicht gut. Das Nachdenken gab meinem Gewissen nur Zeit, mich dafür zu tadeln, dass ich zu allen, die mir wichtig waren, so unehrlich war. Aber mich quälte noch mehr. Zwischen meine Tochter und ihren Vater zu kommen schien eine noch größere Sünde zu sein – zumindest in meinem Herzen.

Sobald ich am Bohrturm ankam, meldete ich mich bei dem Vorarbeiter und ging dann zu dem Container der Schlammforscher, um zu sehen, wie Rogers Tag verlaufen war. „Guten Abend, Roger." Ich schloss die Tür hinter mir, sodass der Lärm draußen blieb. „Wie war der erste Tag?"

„Nicht so gut, Emmy." Er gab jedem gerne einen Spitznamen, genauso wie viele andere hier.

Er gab mir ein Blatt Papier, auf das er etwas gekritzelt hatte. „Was ist das?"

„Das musst du zu Slow Pete in den Firmencontainer bringen. Er will nach jeder Probe, die wir untersuchen und freigeben, innerhalb einer halben Stunde informiert werden. Diese hier ist gut – verdammt viel besser als die ersten elf."

„Jede Stunde eine Probe?" Das bedeutete nicht nur, dass diese

Ölquelle schwierig war, sondern auch dass unsere Arbeit hier viel länger als zwei Wochen dauern könnte.

„Ja." Er nickte und zeigte auf die Tür. „Mach schon, informiere ihn. Ich bringe dich auf den neuesten Stand, sobald du zurück bist."

Ich brachte die Notiz zu Slow Pete und ging dabei so schnell ich konnte, während ich versuchte, nicht über Dutzende von Verlängerungskabeln und Wasserleitungen zu stolpern.

Einer der Männer der Crew zeigte auf mich und dann auf seinen Helm, und mir wurde klar, dass ich vergessen hatte, meinen Helm aufzusetzen. Ich eilte zurück zu meinem Auto, um ihn zu holen, und machte mich wieder auf den Weg zu meinem ursprünglichen Ziel.

Als ich die Tür öffnete, fand ich Slow Pete, Fat Manny und einen Kerl, den sie Cornbread nannten. Alle starrten mich an. „Wird auch Zeit." Slow Pete nahm die Notiz aus meiner Hand. „Ich muss diese Informationen so schnell wie möglich bekommen – was verdammt viel schneller sein sollte, Emmy."

„Ja, Sir. Ich bin gerade erst angekommen. Es dauert noch eine halbe Stunde, bis ich meine Schicht beginne."

Seine Augen wanderten zu meinen, als er von der Notiz aufblickte, die ich nicht einmal entziffern konnte. „Habe ich nach einer Ausrede gefragt?"

„Nein, Sir." Ich schob meine Hände in die Taschen meiner locker sitzenden Hosen. „Ist das alles?"

„Ja."

Ich drehte mich um, um zu gehen, als Fat Manny fragte: „Wie war das Resort?"

Meine Schultern sackten herunter und ich nickte. „Gut."

„Nur gut?", fragte er. „Der Aufenthalt dort hat ein kleines Vermögen gekostet und es war nur gut?"

„Nein." Ich drehte mich zu ihm um. „Es war sehr schön und der Service war jenseits meiner wildesten Träume. Das Essen, die Suite und das Ambiente waren unglaublich. Danke für die Reise. Meine Tochter und ich haben es so sehr genossen, dass es uns schwerfiel, wieder zu gehen – besonders ihr. Sie liebte alles am Whispers Resort und Spa. Die Firma sollte auf jeden Fall weiterhin Reisen dorthin als Bonus anbieten."

„Freut mich, das zu hören. Du bist die Erste, die dort war. Gut zu wissen, dass wir jetzt etwas Besonderes im Angebot haben. Es ist schwer, mit unseren Bonusleistungen alle zufriedenzustellen."

„Ja, es ist großartig." Ich musste zu Roger zurückkehren, um mich von ihm auf den aktuellen Stand bringen zu lassen, bevor meine Schicht begann. „Wir sehen uns in ungefähr einer Stunde wieder."

Roger saß am Tisch und schrieb das Protokoll, als ich zurückkam. „Nun, hast du herausgefunden, worum es bei der ganzen Aufregung geht, Emmy?"

„Sie haben mir nichts darüber erzählt. Also, rede." Ich setzte mich ihm gegenüber an den Tisch und nahm einen Stift und Papier, damit ich mir Notizen machen konnte.

„Ich habe in der dritten Probe Magmagestein gefunden."

„Das ist nicht gut." Ich hatte mich gerade erst am Wochenende damit gerühmt, dass noch nie eine Ölquelle neben mir explodiert war, und hier war ich an einer Quelle, aus der vulkanisches Gesteinsmaterial gefördert worden war. „Also müssen wir bei dieser Quelle auf Magma und Gasentwicklung achten. Großartig."

„Deshalb die langsame Bohrgeschwindigkeit und die stündlichen Proben. Die Firmenleitung muss bei jeder Probe, die wir untersuchen und freigeben, große Entscheidungen treffen. Deshalb möchten sie so schnell und so oft aktuelle Daten."

„Das wird eine lange Nacht." Und ich hatte nicht einmal Zeit gehabt, ein kurzes Nickerchen zu machen. Da ich auch in der vergangenen Nacht keinen Schlaf gefunden hatte, würde es verdammt hart werden.

Die meisten ersten Nächte waren so ruhig, dass ich normalerweise immer wieder ein paar Minuten schlafen konnte. Diesmal würde es nicht so sein.

Dank des Risikofaktors könnte das Adrenalin mir zumindest dabei helfen, bis zum Ende meiner Schicht um sieben Uhr morgens wach zu bleiben.

Wie erwartet, musste ich in dieser Nacht hart arbeiten. Als Roger wieder aus dem Hinterzimmer auftauchte, war ich selbst bereit, ins Bett zu gehen. „Gott sei Dank. Ich bin völlig erledigt."

„Du siehst fürchterlich aus, Emmy." Er setzte eine Kanne Kaffee auf, während ich eine Notiz verfasste, um sie zur Firmenleitung zu bringen. „Ich bin gleich wieder da. Dann dusche ich und gehe ins Bett."

„Ich habe alles im Griff. Keine Sorge."

Als ich zu dem anderen Container ging, stolperte ich über einige elektrische Leitungen und stürzte fast. „Scheiße!"

Die Erschöpfung machte es schwer, den vielen Stolperfallen auszuweichen. Aber ich schaffte es bis zum Container, nur um dort einen neuen Mann vorzufinden. Einen, den ich noch nie getroffen hatte. „Hi, ich bin Ember. Nun, hier werde ich Emmy genannt. Und Sie sind ...?"

Er sah mich an, als wäre ich eine Idiotin, als ich ihm den Zettel mit den neuesten Daten hinhielt. „Warum denken Sie, dass ich das will?"

„Ähm, Sie arbeiten für die Firma, oder?"

„Ich bin der Eigentümer von Stanton Oil and Gas, nicht irgendein Arbeiter." Er sah auf seine teure Uhr und dann wieder auf mich. „Und Sie sind fünf Minuten zu spät dran."

„Ja, ich weiß. Es tut mir sehr leid. Momentan ist sowieso nichts los. Wir haben in den letzten sechs Stunden nichts gefunden, worüber wir uns Sorgen machen müssen."

„Habe ich Sie nach Ihrer Meinung darüber gefragt, worüber ich mir Sorgen machen muss?" Er riss mir den Zettel aus der Hand. „Gehen Sie zurück zu Ihrem Container. Und vergessen Sie nicht, dass Sie hier nur im Schlamm wühlen. Sie sind keiner der hochqualifizierten Wissenschaftler, die dafür bezahlt werden, mir zu sagen, wann ich mir Sorgen machen muss und wann nicht."

„Freut mich, Sie kennenzulernen." Ich drehte mich um und ging weg, bevor mich der Mistkerl zu einer Furie machen konnte, die alles auf ihrem Weg zerstörte.

Ich murmelte Schimpfwörter vor mich hin, als ich zurück zum Container ging und in den Schlafbereich marschierte. „Ist es so schlimm gelaufen?", fragte Roger.

„Nein. Aber der Eigentümer hat sich wie ein Arschloch benommen." Ich schloss die Tür zu dem kleinen Raum und ballte die Fäuste. „Verdammt!"

Ein Anruf würde mein ganzes Leben verändern, doch hier war ich und ließ mich von einem arroganten Narren wie Dreck behandeln. Und wofür? Geld?

Ich setzte mich auf die unterste Koje und wusste, dass ich Geld brauchte. Aber mir war klar, dass es mehr als einen Weg gab, um es zu verdienen. Also beschloss ich, etwas Verrücktes zu tun, und rief meine Schwester an.

„Hallo", sagte sie benommen.

„Hast du noch geschlafen?"

„Es ist sieben Uhr morgens, natürlich habe ich noch geschlafen. Was ist los, Ember?"

„Ich habe einen harten Morgen mit den Idioten hier. Und ich wollte mit dir über etwas sprechen, das an diesem Wochenende in dem Resort passiert ist, in dem ich Urlaub gemacht habe."

„Mom hat mir gesagt, dass es Cohen Nash gehört. Das ist verrückt."

„Nun, es gehört ihm nicht alleine. Er und seine Brüder besitzen es zusammen. Aber ja, das ist verrückt."

„Mom sagte, dass Madison ständig über ihn redet. Wie viel Zeit hast du mit ihm verbracht?" Sie klang bereits genervt.

Ich wurde vorsichtig. „Wenig. Du weißt, wie er ist. Er ist immer wieder aufgetaucht – zumindest hat sich das nicht an ihm geändert. Und Madison war von seinem Charme angezogen, so wie die meisten Frauen."

„Ja. Er kann sie anziehen, aber keine von ihnen behalten." Sie lachte über ihren kleinen Witz.

Es ist eher so, dass er keine behalten wollte.

Mich wollte er aber behalten. „Nun, ich möchte mit dir darüber sprechen, dass er mir einen Job angeboten hat." Obwohl das nicht ganz stimmte. Er hatte mir keinen bestimmten Job angeboten, aber ich musste es so klingen lassen, als hätte er es getan, sonst würde sie viel zu viele Fragen stellen, warum er mir überhaupt einen Job geben wollte.

„Oh Gott!" Ihr Ton sagte alles. Sie dachte, er hätte etwas vor. „Er versucht nur, an dich heranzukommen, Ember. Er tut das, um dir unter die Haut zu gehen. Und um Salz in die Wunde zu streuen, die er mir zugefügt hat, als er sich von mir getrennt hat."

„Also denkst du nicht, dass er mich einfach nur mögen könnte?" Ich legte meine Hand auf meinen Mund, weil ich das laut gesagt hatte – und ausgerechnet zu ihr. Ein Stellenangebot eines ehemaligen Bekannten musste gar nichts bedeuten.

„Ember, der Mann, den ich kannte, war nicht in der Lage, jemanden wirklich zu mögen. Sicher weißt du noch, was ich seinetwegen durchgemacht habe." Sie schnaubte. „Was für einen Job hat dir der Held angeboten? Eine Stelle beim Reinigungspersonal?"

„Nein." Ich wusste, dass sie mit der Wahrheit niemals einverstanden sein würde. Und ich wusste, dass meine Familie durchdrehen würde, wenn ich ihnen sagte, dass ich Madison mitnehmen würde, um in Austin zu leben und im Resort zu arbeiten. Und ihnen zu sagen, dass wir in Cohens Gästehaus wohnen würden, würde ihre Wut nur befeuern. „Es war im Bereich Gästesicherheit."

Mir wurde plötzlich klar, wie lächerlich das alles war. Sie war immer noch sauer wegen einer Trennung, die sieben Jahre her war – von einem Mann, mit dem sie sich nur ein paar Monate verabredet hatte. Und er hatte nichts Schlimmeres getan, als nicht mit ihr zusammen sein zu wollen.

„Aber weißt du, du hast seit sieben Jahren kein einziges Mal mit dem Mann gesprochen", sagte ich, um zu sehen, wie sie darauf reagieren würde.

Sie schnaubte wieder. „Solche Männer ändern sich nicht, Ember. Wenn er es nicht tut, um dich ins Bett zu bekommen, dann tut er es wahrscheinlich nur, um mich zu verletzen."

Ich verdrehte die Augen. Irgendwie musste immer alles um sie gehen. Wenn sie das nach all den Jahren immer noch glaubte, wusste ich, dass ich sie nicht zur Vernunft bringen konnte.

KAPITEL EINUNDZWANZIG

COHEN

Eine Woche verging, ohne dass ich von Ember oder Madison hörte. Ich hätte Madison nach der Telefonnummer ihrer Mutter fragen können, aber ich hatte mich dagegen entschieden. Sie anzurufen, während sie arbeitete, schien weder richtig noch klug zu sein. Nicht, dass ich gewusst hätte, wann der perfekte Zeitpunkt war, sie zu fragen, ob ich Madisons Vater war.

Es verging kein Tag, an dem ich nicht an die beiden dachte – egal wie beschäftigt ich mit der Arbeit war. Das konnte ich über niemanden sagen, den ich kannte oder gekannt hatte. Ember und ich hatten etwas Besonderes. Sie musste nur erkennen, dass es sich lohnte, dafür zu kämpfen.

Ein kurzes Klopfen an der Tür meines Büros erregte meine Aufmerksamkeit und kurz darauf kam Baldwyn herein. „Ich bin auf dem Weg nach Hause und dachte, ich sollte nach dir sehen. Wie geht es dir?"

Ich lehnte mich in meinem Stuhl zurück und sah zur Decke, während ich versuchte, die richtigen Worte zu finden. „Nun, mir geht es irgendwie gut, aber irgendwie auch wieder nicht."

Baldwyn kam zu meinem Schreibtisch und stützte sich darauf, als er mich musterte. „Du wirkst müde. Das sieht dir nicht ähnlich."

„Ich wache nachts häufig auf. Ich bin mir nicht sicher, warum das so ist, aber es ist schon die ganze Woche so." Ich hatte noch nie Schlafstörungen gehabt, also war es eine ungewöhnliche Woche gewesen.

„Du bist gestresst." Er nickte und verschränkte die Arme vor der Brust. „Und du bist wütend auf Ember."

„Nun, das stimmt nicht, Baldwyn. Ich verstehe, warum sie so gehandelt hat. Es ist nicht so, als wäre ich vor sieben Jahren, als es zwischen uns endete, ein guter Kerl gewesen. Ich kann nicht einmal sagen, was ich getan hätte, wenn sie mir von der Schwangerschaft erzählt hätte. Ich war damals ein anderer Mensch."

„Du hast recht. Du bist nicht mehr der Mann, der du vor sieben Jahren warst. Und du verfügst jetzt über eine Stabilität, die du vorher nicht hattest. Du könntest ein guter Vater sein – wenn sie dir nur die Chance dazu geben würde. Sie hätte dir alles beichten können, während sie hier war. Aber sie hat sich dagegen entschieden."

Ich konnte nicht wütend auf sie sein, egal wie sehr ich es versuchte. „Ich weiß, dass ich wahrscheinlich meinen Gefühlen nicht treu bin, aber ich kann ihr einfach nicht böse sein. Ich denke seit einer Woche immer wieder über alles nach, aber die Wut ist schon längst verblasst."

„Vielleicht ist es besser so. Vielleicht könnt ihr beide einen Weg finden, eure Tochter gemeinsam großzuziehen. Nun, wenn sie überhaupt von dir ist. Du musst einen DNA-Test durchführen lassen."

Ich wusste, dass die meisten Leute das denken würden, aber die Vorstellung störte mich irgendwie. „Ember war kein Mädchen, das Sex mit verschiedenen Männern hatte – zumindest damals nicht. Nach dem zu urteilen, was sie gesagt hat, ist sie immer noch nicht so. Ich möchte unser Familienleben nicht damit beginnen, dass ich ihr nicht vertraue."

Seine geweiteten Augen sagten mir, dass er mir nicht zustimmte. „Sie hat dich schon einmal angelogen. Du *kannst* ihr nicht vertrauen."

Ich schüttelte meinen Kopf. Ich fühlte mich nicht so, wie die meisten Leute erwarten würden. „Ich bin nicht sicher, ob Madison von mir ist. Aber wenn Ember mir sagt, dass es so ist, dann werde ich das als die Wahrheit akzeptieren. Ich sage dir also, dass ich derzeit keinen DNA-Test machen möchte. Falls Ember aber behauptet, dass ich nicht der Vater bin, werde ich sie um einen Test bitten."

„Das ist besser als nichts, denke ich. Wie lange willst du noch warten, bis du mit ihr darüber sprichst? Jeder Tag, den du ungenutzt verstreichen lässt, ist ein weiterer Tag, den du nicht mit deiner Tochter verbringen kannst."

Ich hatte keine Ahnung, wie lange ich noch warten würde. „Angesichts des Schlafmangels und der Tatsache, dass meine Gedanken so oft zu ihr und Madison wandern, weiß ich, dass ich nicht mehr lange warten kann."

„Das solltest du auch nicht", sagte er mit einem Nicken. „Du musst für das Kind da sein – wenn du sein Vater bist. Wenn die Kleine eine Nash ist, sollte sie es wissen und genauso behandelt werden wie ihre Cousins. Und sie sollte ihre Familie kennenlernen."

„Ich glaube nicht, dass sie schlecht behandelt wird, Baldwyn. Ember würde das niemals zulassen, da bin ich mir sicher. Aber ich stimme dir zu. Wenn Madison von mir ist, dann will ich sie bei mir haben. Nicht, dass ich versuchen würde, sie ihrer Mutter wegzunehmen. Um ehrlich zu sein, möchte ich alle beide bei mir haben."

Er hob eine dunkle Augenbraue, als er fragte: „Was meinst du, Cohen? Dass du Ember heiraten würdest, wenn das Kind von dir ist?"

„Heiraten?" Ich hatte dieses Wort noch nie laut gesagt. „Die Ehe ist eine ernste Angelegenheit. Ich meine, ich kann mich nicht in eine Ehe stürzen, nur weil ich ein Kind mit jemandem habe. Auch wenn dieser Jemand mir unglaublich wichtig ist. Heiraten ist im Moment einfach zu viel verlangt."

„Ja, das finde ich auch. Ich habe nur gefragt. Und an deiner Reaktion kann ich erkennen, dass du für eine so große Verpflichtung nicht bereit bist." Grinsend setzte er sich auf das Sofa. „Du wirst vielleicht nie bereit für die Ehe sein. Es ist nicht immer leicht, verheiratet zu sein, das kann ich dir versichern."

Mir gefiel nicht, wie er mich klingen ließ – als wäre ich unreif oder so. „Ich bin sicher, dass nicht alles großartig ist."

„Die Ehe hat auch viele hässliche Aspekte. Man sieht die schlechtesten Seiten voneinander – sowohl seelisch als auch körperlich."

Ich mochte nicht, wie er dieses letzte Wort betonte. „Ich schätze Ember wegen ihrer Persönlichkeit. Ich meine, sie ist heiß und alles, aber es ist ihre innere Schönheit, die ich wirklich mag."

„Wow." Er sah fassungslos aus. „Meinst du das ernst?"

„Ich meine es ernst, Baldwyn. Ich glaube, ich habe in der Vergangenheit ständig nach Unvollkommenheiten – in Bezug auf Aussehen und Persönlichkeit – bei den Frauen gesucht, mit denen ich mich verabredet habe, um eine vernünftige Ausrede für die Trennung zu haben und mich nicht schuldig zu fühlen. Aber das habe ich bei Ember nie gemacht. Ich weiß, dass sie nicht perfekt ist, aber das ist mir egal. Ich meine, ich bin auch nicht perfekt."

„Es ist schön zu hören, dass du darüber nachdenkst, wie du andere Frauen behandelt hast. Ich habe mich oft gefragt, ob du das über dich selbst wusstest. Anscheinend tust du es jetzt." Nickend lächelte er mich an. „Cohen, könnte es sein, dass diese Frau immer die Richtige für dich war?"

Das hatte ich oft gedacht. „Ich vermute, sie könnte es sein. Woher weißt du, dass Sloan die Richtige für dich ist?"

Sein Lächeln wurde strahlender. „Sie ist die einzige Frau, bei deren Berührung pures Adrenalin durch meine Adern fließt."

Das passiert mir immer dann, wenn Ember mich berührt.

„Und das ist dir noch nie bei jemand anderem passiert? Wirklich niemals?"

Er schüttelte den Kopf. „Nein. Sie ist die Richtige – das war sie schon immer, denke ich. Wir haben nur eine Weile gebraucht, um zusammenzufinden."

„Aber ich habe Ember gefunden und sie hat mich sitzen lassen." Vielleicht hatte sie mich damals angelogen, wie sie für mich empfand.

„Ja." Er nickte.

„Deshalb sage ich, dass die Ehe mehr ist, als ich mir im Moment vorstellen kann. Wenn ich sie dazu bringen könnte, in mein Gästehaus zu ziehen, wäre ich zufrieden. Zumindest für eine Weile." Mein Handy klingelte und ich zog es aus der Tasche, nur um Madisons Namen auf dem Bildschirm zu finden. „Es ist Madison. Ich gehe besser ran." Ich berührte den Bildschirm und antwortete: „Hey, Maddy. Wie geht es dir?"

Ich hörte ein Schluchzen. „Ein Mädchen in der Schule hat gesagt, ich sei so dumm, dass ich nicht bis hundert zählen kann!", wimmerte sie.

„Schatz, es ist okay. Beleidigungen können dir nichts anhaben."

„Doch, das können sie! Ich will nie wieder in diese dumme Schule gehen, in der dieses schreckliche Mädchen ist. Sie ist so gemein,

Cohen. Sie hat mich hässlich genannt, weil das Gummiband, das meinen Pferdeschwanz zusammenhielt, gerissen ist und meine Haare zerzaust waren. Sie sind so wellig und widerspenstig. Das Mädchen sagte, ich sei hässlich."

Ich war entsetzt. „Und was hat deine Lehrerin getan?"

„Sie war nicht im Zimmer und hat nichts gehört. Und ich bin keine Petze, also habe ich es ihr nicht gesagt. Aber ich will nie wieder in diese Schule gehen! Niemals!"

„Hast du mit deiner Mutter oder deinen Großeltern darüber gesprochen?" Ich war mir sicher, dass sie zu der Lehrerin gehen würden, um sie über das Mobbing zu informieren.

„Nein. Mama arbeitet und Grandma musste Grandpa heute zum Arzt fahren. Ich bin bei Tante Ashe und möchte es ihr nicht erzählen, weil sie mir nur sagt, dass ich mich gegen dieses gemeine Mädchen behaupten muss. Aber das will ich nicht. Ich will sie einfach nie wieder sehen."

Ich konnte kaum glauben, dass sie mich angerufen und es mir vor allen anderen erzählt hatte. Ich spürte, wie mein Herz anschwoll, aber ich fühlte mich auch unter Druck, ihr einen guten Rat geben zu müssen. „Hör zu, Schatz, ich verstehe, dass du nichts mehr mit diesem Mädchen zu tun haben willst. Aber du musst etwas über bestimmte Leute begreifen. Du bist so ein hübsches kleines Mädchen, dass einige andere Mädchen immer neidisch auf dich sein werden. Deshalb hat dieses Mädchen so hässliche Dinge gesagt. Sie ist eifersüchtig auf dich und es gibt ihr ein gutes Gefühl, dich abzuwerten. Aber es ist nicht richtig und deine Lehrerin muss mit den Eltern des Mädchens über dieses schlechte Benehmen sprechen, damit sie es korrigieren können."

„Warum sollte sie neidisch auf mich sein? Sie ist auch hübsch."

„Vielleicht wurde ihr das nie gesagt. Vielleicht solltest du ihr sagen, dass du sie hübsch findest und ihr verzeihst, dass sie diese Dinge zu dir gesagt hat. Du könntest ihr sagen, dass du mit ihr befreundet sein möchtest."

„Das stimmt aber nicht. Ich möchte nicht die Freundin von jemandem sein, der so gemein ist." Sie schniefte, aber die Tränen waren versiegt, also wusste ich, dass sie sich allmählich besser fühlte.

„Du bist ein netter Mensch, Madison. Ich habe gesehen, dass du mit allen Leuten auskommst, auch wenn du sie gerade erst kennengelernt hast. Du hast ein gutes Herz. Ich weiß, dass du das schaffen kannst. Ich weiß, dass du in deinem Herzen Güte finden kannst. Erzähle deiner Grandma, was passiert ist, damit sie es deiner Lehrerin sagen kann. Lass die Erwachsenen entscheiden, wie sie am besten mit diesem Mädchen umgehen. Aber du könntest deine Mitschülerin wissen lassen, dass du nicht böse auf sie bist. Kannst du das tun?"

„Nun, ich bin nicht böse auf sie. Ich bin nur wütend, weil sie mich beschimpft und vor den anderen Kindern in Verlegenheit gebracht hat." Sie putzte sich die Nase. „Aber du hast recht damit, dass die Erwachsenen damit umgehen sollen. Und ich werde Grandma davon erzählen. Mama wird erst nächsten Freitag wieder zu Hause sein. Sie wird mich abholen, wenn die Schule zu Ende ist."

Nächsten Freitag?

„Das klingt schon viel besser, Kleine. Ich muss jetzt auflegen, aber du kannst mich später wieder anrufen, nachdem du deiner Grandma davon erzählt hast."

„Okay, das werde ich tun. Ich vermisse dich, Cohen. Ich werde versuchen, Mama dazu zu überreden, wieder zum Resort zu fahren, sobald sie nach Hause kommt. Ist das in Ordnung für dich?"

Ich wusste, dass Ember das nicht tun würde. „Weißt du was? Ich werde mir etwas einfallen lassen, das funktionieren könnte. Aber das ist vorerst unser kleines Geheimnis, okay?"

„Okay. Ich rufe dich später wieder an. Und danke. Ich fühle mich schon viel besser."

„Ich bin froh, dass du mich angerufen hast, Maddy. Bis bald."

„Bye."

Als ich das Handy wieder in meine Tasche steckte, sah ich, dass Baldwyn grinste. „Ich muss sagen, dass du mich wirklich überrascht hast."

Ich überlegte bereits, wie ich Ende der kommenden Woche Zeit mit Ember verbringen könnte. „Was meinst du?"

„Nun, die Art, wie du mit diesem kleinen Mädchen gesprochen hast, war sehr ... väterlich. Vielleicht bist du doch bereit, eine eigene Familie zu haben."

„Ich weiß, dass ich bereit bin. Es ist Ember, um die ich mir Sorgen mache."

KAPITEL ZWEIUNDZWANZIG

EMBER

Obwohl ich die ganze Nacht wach gewesen war, fuhr ich nach Hause, sobald Roger aufstand und die letzte Schicht unseres Jobs übernahm. Ich konnte es kaum erwarten, den Bohrturm endlich zu verlassen und meine Tochter zu sehen.

Madison hatte angerufen und mit mir über ein Mädchen gesprochen, das sie in der Schule schikanierte, und es belastete mich. Die Vorstellung, dass jemand gemein zu meinem Kind war, gefiel mir überhaupt nicht. Zum Glück war meine Mutter zu der Lehrerin gegangen und das Problem war am nächsten Tag gelöst worden.

Ich wusste nur, dass ich das Wochenende damit verbringen wollte, meine Tochter zu verwöhnen. Die Schuldgefühle, sie so lange allein lassen zu müssen, machten mir zu schaffen. Ich hatte jeden Tag, seit ich Austin verlassen hatte, darüber nachgedacht, Cohen anzurufen.

Einen Job im Resort anzunehmen ergab für mich Sinn – auch wenn meine Schwester es anders sah. Das Einzige, was mich beunruhigte, war, dass Cohen mit ziemlicher Sicherheit wütend auf mich war. Ich hatte keine Ahnung, wie er auf meinen Anruf reagieren würde – wenn ich überhaupt den Mut aufbringen könnte, ihn zu kontaktieren.

Ich war immer noch unentschlossen. Entscheidungen fielen mir nicht leicht. Mein Herz wollte all meine Fehler korrigieren, aber mein Ego wusste, dass es leiden würde, wenn alle herausfanden, dass ich so lange gelogen hatte.

Als ich den Apartmentkomplex erreichte, rief meine Mutter an. „Ich bin gerade zu Hause angekommen, Mom", sagte ich.

„Gut." Sie konnte einfach nicht aufhören, mich ständig zu überwachen. „Wie war der Verkehr?"

„Schrecklich wie immer. Der Verkehr in Houston ist ein Albtraum und ich denke, das wird immer so sein." Ich parkte das Auto auf meinem üblichen Parkplatz und nahm meine Tasche vom Rücksitz, bevor ich zu der Wohnung ging.

In Pasadena zu wohnen führte dazu, dass ich, egal wohin mich meine Arbeit führte, immer den ganzen Weg durch Houston fahren musste. „Wieso mussten du und Dad ausgerechnet auf diese Seite der Stadt ziehen? Das macht die Fahrt so viel schlimmer."

„Oh, sei still. Du bist nur mürrisch, weil du keinen Schlaf bekommen hast. Mach ein schönes Nickerchen, dann fühlst du dich besser. Du holst Madison heute von der Schule ab, oder?"

„Ja." Ich holte meine Tochter immer an dem Tag ab, an dem ich von der Arbeit zurückkam. Wir würden uns ein Eis bei *Dairy Queen* holen und dann Pläne machen, wie wir meine freie Zeit verbringen würden. „Ich habe fünf Tage frei, bevor der nächste Auftrag beginnt."

„Großartig", sagte sie begeistert. „Ich werde deinem Vater sagen, dass wir den Angelausflug machen können, den er schon immer machen wollte. Er wird sich darüber freuen. Bei all seinen gesundheitlichen Problemen wird es ihm guttun, ein bisschen aus dem Haus zu kommen."

„Mom, was hat er? Warum muss er so oft zum Arzt?" Ich betrat die Wohnung, warf meine Tasche auf das Sofa und ging dann in mein Schlafzimmer, während ich mich auszog. Ich wollte mich nur noch in mein eigenes Bett legen und ein paar Stunden schlafen.

„Ich denke, es ist der Smog hier, um ehrlich zu sein. Er reagiert allergisch darauf." Sie wurde einen Moment lang still und fügte dann hinzu: „Weißt du, es wäre vielleicht das Beste für ihn, wenn wir einen anderen Ort zum Leben finden würden. Irgendwo ohne Smog. Ein Haus auf dem Land wäre schön."

Wenn sie umziehen würden, müsste ich auch umziehen. „Oh. Ja, das könnte das sein, was Dad braucht." Die Gesundheit meines

Vaters war das Wichtigste. Aber dann müsste Madison die Schule wechseln und das wäre eine große Umstellung.

Der Job im Resort sieht immer besser aus.

Möglicherweise war es für uns alle an der Zeit, einige große Änderungen vorzunehmen. Aber ich war mir nicht sicher, ob ich bereit dazu war. Und meine Tochter musste auch bereit sein.

„Ich bin froh, dass du es verstehst, Ember. Ich mache mir schon seit einiger Zeit Sorgen, mit dir darüber zu sprechen. Ich weiß, dass Madison die Schule wechseln müsste, und das wäre eine große Veränderung für sie. Aber Kinder können normalerweise besser mit Veränderungen umgehen als Erwachsene." Sie seufzte und ich konnte hören, dass die Situation sie belastete. „Ich mache mir mehr Sorgen darüber, wie deine Schwester es aufnehmen wird. Sie kann ihre Familie nicht entwurzeln, nur um mir und deinem Vater näher zu sein. Nicht, dass sie das überhaupt tun sollte. Aber du weißt, wie sich bei ihr immer alles um sie selbst dreht."

Die Zeit schien gekommen zu sein, Ashe auf ihr Verhalten aufmerksam zu machen. „Mom, wenn Madison anfangen würde, sich so zu verhalten wie Ashe, würde ich mein Bestes geben, um dieses egoistische Verhalten zu korrigieren. Verstehst du, was ich sage?"

„Ich verstehe es, Schatz. Ich bin nicht blind für die Selbstsucht deiner Schwester. Aber sie ist schon so lange so, dass ich es geradezu von ihr erwarte. Irgendwann wurde es einfacher, es zu ertragen, als deswegen Streit zu riskieren."

„Das ist nicht gut, Mom." Ich musste meinen eigenen Rat befolgen, wenn es um meine Schwester ging. „Sie kann nicht immer ihren Willen durchsetzen. Und unser Leben sollte nicht von dem beeinflusst werden, was sie denkt oder will."

„Du hast recht. Und wir werden das Beste für deinen Vater tun, egal wie sie unseren Umzug findet. Aber ich sollte auch ehrlich zu dir sein, Ember."

„Bitte." Ich wollte nicht, dass meine Mutter glaubte, dass sie mir gegenüber nicht ehrlich sein konnte. Auch wenn ich nicht immer ehrlich zu ihr war.

„Schatz, ich denke, es ist Zeit, dass du dir einen Job suchst, der es dir ermöglicht, öfter zu Hause zu sein. Dann könnest du dich mehr um Madison kümmern. Sie vermisst dich so sehr, wenn du weg bist. Ich denke, dein aktueller Job schadet euch beiden."

Und da war er. Ein Grund mehr, das Richtige für meine Tochter zu tun. „Mom, es ist lustig, dass du das ansprichst, denn als wir vor ein paar Wochen in dem Resort waren, sagte Cohen Nash, er könnte mir dort einen Job besorgen. Und er sagte, wir könnten in seinem Gästehaus wohnen – mietfrei. Es gibt eine rund um die Uhr geöffnete Kindertagesstätte im Resort, also wäre Madison …"

Sie unterbrach mich: „Ember, warte kurz. Kannst du diesem Mann wirklich vertrauen? Das scheint äußerst großzügig von ihm zu sein – bist du sicher, dass er keine Gegenleistung von dir erwartet, wenn er dich kostenlos bei sich wohnen lässt? Der Job mag in Ordnung sein, aber du kannst nicht im Gästehaus des Mannes wohnen. Du weißt, wie er sich verhalten hat, als er mit deiner Schwester zusammen war."

Ich hätte wissen sollen, dass sie so etwas sagen würde.

Ich hatte keine Ahnung, wie ich meiner Familie gestehen sollte, dass Cohen Madisons Vater war, wenn sich alle an ihn als den distanzierten Frauenhelden von vor sieben Jahren erinnerten. *Ein weiterer Ziegelstein in der Mauer, die immer höher zu werden scheint und mich von der Wahrheit trennt.*

„Nun, ich überstürze nichts, Mom. Außerdem habe ich Zeit mit ihm verbracht, als wir im Resort waren, und ich denke, er ist erwachsen geworden. Aber ich bin wirklich müde, also werde ich jetzt auflegen. Ich muss schlafen, damit ich fit bin, wenn ich Madison abhole."

„Denke daran, mit mir zu sprechen, bevor du Angebote von diesem Mann annimmst, Ember. Ich weiß, er sieht gut aus und er scheint die Fähigkeit zu haben, Frauen dazu zu bringen, zu tun, was er will, aber du musst mit deinem Gehirn und nicht mit deinem Körper denken."

Es war nicht so sehr mein Körper, der an Cohen dachte, sondern mein Herz. „Ja, Mom. Ich rufe dich später an. Du und Dad müsst jetzt Pläne für euren Angelausflug machen."

„Ja, das machen wir. Bis bald."

„Bye, Mom." Ich beendete den Anruf, fiel mit dem Gesicht voran auf mein Bett und atmete den frischen Duft meiner Decke ein. „Endlich kein Ölgestank mehr."

Eines der schlimmsten Dinge bei der Arbeit an einem Bohrturm war der widerliche Gestank nach Öl. Er war überall. Deshalb hatte ich meine Kleidung auf dem Flur liegen lassen, bevor ich mein Schlafzimmer betreten hatte.

Der Schlafmangel ließ mich in einen komaähnlichen Schlaf sinken, bis der Alarm meines Handys mich weckte. „Verdammt!"

Ich war mir sicher gewesen, dass ich aufwachen würde, bevor er losging. Da ich nur fünfzehn Minuten Zeit hatte, um mich fertig zu machen, bevor ich gehen musste, um Madison abzuholen, sprang ich aus dem Bett und duschte schnell.

Ohne Make-up, mit nassen Haaren und in alten Shorts und einem T-Shirt schlüpfte ich in meine Flip-Flops und eilte aus der Tür.

Auf diese Weise aufzuwachen hatte mich irgendwie durcheinandergebracht. Ich war nervös und holte tief Luft, als ich zur Schule fuhr und versuchte, mich unter Kontrolle zu bringen. Ich hatte noch nie gut mit Stress umgehen können.

Ich parkte ganz vorne, damit Madison mein Auto sehen konnte, sobald sie aus der Doppeltür der Schule kam. Es waren noch drei Minuten, bis die Glocke läutete. Als es so weit war, strömten die Kinder nach draußen und ich musste suchen, um das eine Kind zu finden, das zu mir gehörte.

Schließlich sah ich, wie Madison herauskam. Ich beobachtete, wie sie sich umsah und dass ihre Augen auf jemand anderen gerichtet waren, bevor sie mich entdeckte. Sie winkte und rannte zu mir. Aber ihre Augen waren woanders, als sie rief: „Du bist gekommen!"

„Mit wem zum Teufel spricht sie?" Ich beobachtete, wie sie zu einem Truck rannte, der ein paar Meter weiter geparkt war. Andere Autos standen zwischen uns, sodass ich den großen, schokoladenfarbenen Truck, den ich sofort erkannte, nicht einmal bemerkt hatte. „Auf keinen Fall!"

Ich sprang aus meinem Auto und rannte wie der Blitz zu Madison, die bereits in seine Arme gesprungen war. Sie lachte, als wäre heute der beste Tag ihres Lebens. „Ich habe dich vermisst, Cohen!"

„Ich habe dich auch vermisst, Kleine." Er umarmte sie, als seine Augen meine fanden.

„Du Bastard!" Ich konnte nicht glauben, dass er hier aufgetaucht war.

Madisons Kopf fuhr herum, als sie mich mit schockierten Augen ansah. „Mama!"

„Ember", sagte Cohen ruhig. „Ich bin nicht hergekommen, um dich zu verärgern."

„Er ist gekommen, um dich zu überraschen, Mama", sagte Madison, als er sie wieder auf den Boden stellte.

„Oh, ich bin überrascht." Ich nahm ihre Hand und zog sie mit mir.

„Ember?" Ich spürte seine Hand auf meiner Schulter.

Wie immer schoss bei seiner Berührung Adrenalin durch meinen Körper. „Nimm deine verdammte Hand von mir, Cohen Nash!"

„Mama!", schrie Madison. „Hör auf!"

„Es ist okay, Maddy." Er ließ mich los, aber mein Körper kribbelte immer noch. „Ich denke, sie hat recht damit, wütend auf mich zu sein, weil ich ohne Vorwarnung hier aufgetaucht bin."

„Ach ja?" Ich wusste, dass ich eine Szene machte, aber ich konnte mich nicht beherrschen. „Denkst du das?"

Zu viele Gedanken gingen mir durch den Kopf. Was würden die Lehrerin und die anderen Eltern davon halten, dass Madison in die Arme dieses Mannes gesprungen war? Ein Mann, der meiner Tochter ein bisschen zu sehr ähnelte.

Sie würden ihn für ihren Vater halten – und sie würden recht haben.

KAPITEL DREIUNDZWANZIG

COHEN

Embers Verhalten erregte die Aufmerksamkeit einer Lehrerin, die sofort zu uns eilte. „Entschuldigen Sie! Entschuldigen Sie, bitte!"

Embers Augen leuchteten, als sie sich zu der Frau umdrehte, die es wagte, sich uns zu nähern. „Was wollen Sie?"

„Dass Sie das woanders machen, Miss Wilson." Sie sah mich mit anklagenden Augen an. „Das ist nicht der richtige Ort für das, was hier vor sich geht. Achten Sie in Gegenwart der Kinder zumindest auf Ihre Ausdrucksweise."

„Sie haben recht", sagte ich. „Es tut mir leid. Wir werden gehen."

Ember zog Madison mit sich, als sie zu ihrem Auto marschierte. Madisons Augen waren auf mich gerichtet, als sie über ihre Schulter sah. „Folge uns nach Hause, Cohen."

Nickend ging ich zu meinem Truck und folgte ihnen zu einem Apartmentkomplex, der ungefähr eine Meile von der Schule entfernt war. Mein Herz pochte wild seit dem Moment, als ich gesehen hatte, wie Ember wie eine Furie auf mich zu gestürmt war.

Da ich mir nicht sicher war, wie sie darauf reagieren würde, dass ich ihr nach Hause gefolgt war, machte ich mich auf einen Streit gefasst. Ich parkte neben ihrem Wagen, stieg aus und straffte meine Schultern für den Kampf, der bestimmt gleich beginnen würde. Aber ich konnte nicht zurückweichen. Hier ging es um meine Tochter. Zumindest hoffte ich, dass es so war.

Ich hatte nie auf ein Kind in meinem Leben gehofft. Aber jetzt betete ich, dass ich bald herausfinden würde, dass Madison mein kleines Mädchen war. Und ich hoffte inständig, dass Ember sie mit mir großziehen wollte und wir eines Tages eine echte Familie wurden – wenn ich nur alles richtig machte.

Anstatt zu streiten, sprang Ember aus ihrem Auto und rannte in die Wohnung. Madison stieg vom Rücksitz und sah mich mit einem schiefen Lächeln an. „Das ist gar nicht gut gelaufen, hm?"

„Tut mir leid, Madison. Ich hätte nicht gedacht, dass deine Mutter so sauer auf mich sein würde, weil ich aufgetaucht bin, aber ich verstehe jetzt, dass ich vorher mit ihr hätte sprechen sollen." Ich wusste, ich hätte Ember anrufen sollen. Aber es gab einen Teil von mir, der sie überraschen wollte und gedacht hatte, es wäre romantisch oder so. Dieser Teil von mir hatte sich völlig geirrt.

„Sie ist nicht mehr böse, seit ich auf dem Heimweg mit ihr gesprochen habe. Es ist ihr nur peinlich, dass die Wohnung unordentlich ist. Sie hat mich gebeten, dich ein paar Minuten hier draußen zu beschäftigen, damit sie Zeit zum Aufräumen hat." Sie lehnte sich gegen das Auto zurück und verschränkte die Arme vor der Brust. „Also, wie war die Fahrt?"

Sie war wie eine kleine Erwachsene und es war zu süß. „Gut. Ich habe in ein Hotel in der Nähe eingecheckt. Dort gibt es einen Swimmingpool mit vielen coolen Sachen wie Wasserrutschen und so weiter. Wir müssen deine Mutter überreden, dich dorthin zu bringen, damit du schwimmen kannst."

Ihre Augen leuchteten auf. „Das werden wir!" Sie ergriff meine Hand. „Also los, sie hatte jetzt viel Zeit zum Aufräumen. Ich bin so froh, dass du gekommen bist. Auch wenn meine Mutter geschrien und schlimme Wörter gesagt hat, bin ich trotzdem froh, dass du gekommen bist, um uns zu besuchen."

„Ich würde es hassen, beim nächsten Elternabend in ihrer Haut zu stecken", scherzte ich. Wenn es nach mir ging, würde es gar keine Elternabende an dieser Schule mehr für sie geben.

Dieser Besuch würde mir eine Antwort auf meine Frage verschaffen. Entweder würde Ember mir sagen, dass ich Madisons Vater war, oder sie würde mir sagen, dass ich es nicht war, und dann würde ich einen DNA-Test durchführen lassen. Auf jeden Fall wollte ich Ember wissen lassen, dass ich nicht aufgehört hatte, an sie und uns zu denken, und dass sie nach Austin ziehen sollte – ob Madison von mir war oder nicht.

Sobald wir die Wohnung betraten, bemerkte ich sofort etwas. Kein Bild oder irgendeine Dekoration schmückte ihre kahlen, weißen Wände.

„Du kannst überall Platz nehmen, Cohen. Ich werde meinen Rucksack in mein Zimmer stellen, dann bin ich gleich wieder da."

„Okay." Als ich mich umsah, fiel mir auf, dass ich noch nie eine so ungemütliche Wohnung gesehen hatte. Ein kleines Sofa stand vor einem kleinen Fernseher. Ein Tisch für vier Personen, direkt neben der winzigen Küche, war der einzige Ort, an dem wir alle genug Platz hatten. Also setzte ich mich dort auf einen Stuhl und wartete darauf, dass sie wiederkamen.

Wenn Ember mein Angebot annahm, würden sie und Madison sich in meinem Gästehaus deutlich wohler fühlen als in dieser winzigen Wohnung. Ihr Leben wäre in jeder Hinsicht besser, wenn Ember nach Austin kommen würde.

Madison sprang durch den Flur und lächelte, als sie zu mir zurückkam. „Ich werde nachsehen, was es im Kühlschrank zu trinken gibt. Möchtest du auch etwas?"

„Sicher." Embers Abwesenheit war spürbar. „Hast du deine Mutter gesehen, während du weg warst?", fragte ich.

„Sie ist im Badezimmer." Sie öffnete den Kühlschrank und schloss ihn dann wieder. „Er ist leer. Mama fährt normalerweise zum Supermarkt, wenn sie von der Arbeit zurückkommt. Heute scheint sie allerdings nicht dort gewesen zu sein."

„Das ist okay. Ich bin sowieso nicht wirklich durstig."

„Ich schon. Aber ich kann die Gläser nicht erreichen." Sie kam zum Tisch, schnappte sich einen Stuhl und zog ihn über den Vinylboden in Richtung Küche.

Ich stand auf, nahm den Stuhl und stellte ihn zurück. „Wie wäre es, wenn ich ein Glas für dich hole?"

„Das wäre nett. Vielen Dank, Cohen. Ich will nur Wasser." Sie setzte sich an den Tisch. „Ich trinke in der Schule nicht gern aus den Wasserspendern. Manche Kinder spielen anderen einen gemeinen Streich, bei dem sie hinter einem auftauchen, während man das

Wasser trinkt und sie nicht sehen kann. Dann drücken sie einem den Kopf nach unten, sodass das Gesicht ganz nass wird. Und alle lachen über das arme Kind, das fast ertrunken wäre."

„Ja, das habe ich früher auch beobachtet. Ich kann verstehen, dass du nicht willst, dass dir das passiert." Ich öffnete den ersten Schrank, zu dem ich kam. Vier gelbe Teller, vier Gläser und zwei grüne Schalen waren alles, was sich darin befand. Ich nahm ein Glas und ging zur Spüle, um es mit Wasser zu füllen. „Willst du Eiswürfel?"

„Ich glaube nicht, dass wir welche haben. Sieh im Gefrierschrank nach, um sicherzugehen, denn ich hätte gerne welche."

Ember kam schließlich zu uns. „Es gibt keine Eiswürfel."

Es war ziemlich offensichtlich, dass sie nicht wollte, dass ich in ihrer Küche herumstöberte, als sie mir das Glas aus der Hand nahm und es selbst zu Madison brachte. „Hier, bitte. Ich hatte noch keine Zeit zum Einkaufen. Ich bin direkt nach meiner Nachtschicht nach Hause gekommen und wie ein Zombie ins Bett gefallen."

Ihre Haare waren ordentlich gekämmt und zu einem Pferdeschwanz zusammengebunden. Sie hatte sich auch umgezogen und trug jetzt Jeans und ein anderes T-Shirt – dieses hatte keine Löcher. Sie hatte die alten Flip-Flops ausgezogen und stand barfuß mit der Hand auf einer Hüfte vor mir. „Also, wie lange warst du mit Madison in Kontakt, ohne dass ich davon wusste?"

„Seit dem Tag, als wir nach Hause gekommen sind, Mama", antwortete Madison ihr. „Ich habe eine Telefonnummer in der Broschüre gefunden, die ich aus dem Resort mitgenommen hatte. Und nachdem du mich bei Grandma und Grandpa abgesetzt hattest, habe ich dort angerufen und eine Nachricht und meine Telefonnummer hinterlassen, damit Cohen mich zurückrufen konnte. Und das hat er getan. Von da an haben wir ab und zu ein bisschen geredet. Ich habe ihn gefragt, ob er uns heute besuchen möchte, wenn du nach Hause gekommen bist, und er hat gesagt, dass er es gerne tun würde."

Ember kaute auf ihrer Unterlippe herum und lehnte sich gegen die Wand. Ihre Augen waren auf den Boden gerichtet. „Und keiner von euch dachte, dass ich vielleicht etwas darüber wissen möchte, bevor ich es auf dem Schulparkplatz herausfinde?"

Das war meine Schuld. „Ember, ich habe nicht nachgedacht. Ich dachte, es wäre eine schöne Überraschung, und es tut mir leid, dass ich dir das angetan habe. Du hast recht. Ich hätte dich anrufen sollen, um zu fragen, ob es in Ordnung ist. Aber du hast mir deine Nummer nicht gegeben."

„Du hättest Madison danach fragen können." Sie setzte sich ihrer Tochter gegenüber. „Oder du hättest mich anrufen und fragen können, junge Dame. Ich versuche hier, euch beiden begreiflich zu machen, dass ich gefragt werden wollte."

„Aber du hättest Nein gesagt", sagte Madison mit einem Stirnrunzeln. „Und ich wollte, dass er kommt. Ich habe ihn vermisst, Mama."

Mein Herz schlug schneller. „Ich habe euch beide auch vermisst." Ich nahm am Tisch Platz. „Ich möchte euch heute Abend zum Essen einladen. Madison, du kannst dir aussuchen, wohin du gehen möchtest."

„Hmm, ich denke, Mama sollte sich etwas aussuchen, weil sie irgendwie sauer auf uns ist." Sie sah ihre Mutter an. „Willst du irgendwohin gehen, wo es Garnelen gibt? Oder etwas anderes, das du magst, aber nicht bekommst, weil ich allergisch dagegen bin?"

Bei Madisons großzügigem Angebot lächelte ihre Mutter. Ember streckte die Hand aus und tätschelte ihren Handrücken. „Nein, das möchte ich nicht essen. Ich denke, wir sollten zu J. D. McDougal gehen." Sie sah mich an. „Erinnerst du dich daran, Cohen?"

Als ob ich das jemals vergessen könnte.

„Ja, ich erinnere mich, dass ich dort schon einmal war, Ember. Wenn ich mich recht erinnere, gibt es dort Videospiele und ziemlich leckeres italienisches Essen. Ich denke, es würde Maddy gefallen." Ich erinnerte mich, wie sehr Ember und ich unser Date dort genossen hatten. Und nach dem Date waren wir zu mir nach Hause gegangen und hatten uns den Rest der Nacht geliebt. Es war jedoch nicht auf dieser Seite der Stadt. Wir waren auf der Seite, von der wir kamen, nicht ausgegangen, weil wir nicht gewollt hatten, dass jemand, den wir kannten, uns zusammen sah.

Ich fand es interessant, dass sie diesen bestimmten Ort erwähnt hatte. In jener Nacht hatte ich das einzig Riskante getan, was wir in unserer gemeinsamen Woche gewagt hatten. Sie und ich hatten uns in jener Nacht mehrere Male geliebt. Und dann hatte ich das überwältigende Bedürfnis gehabt, sie ohne Kondom zu spüren.

Ich hatte es geschafft, mich zu beherrschen, aber sie hatte einen Orgasmus gehabt, bevor ich mich zurückgezogen hatte. Es war das einzige Mal gewesen, dass wir ein Baby hätten zeugen können. Dafür reichten nur wenige Tropfen Sperma. Nicht, dass ich damals darüber nachgedacht hätte.

„Gut!" Madison sprang auf und klatschte in die Hände. „Ich bin froh, dass ihr jetzt miteinander auskommt. Wann können wir gehen?"

„Es ist ungefähr eine Stunde von hier entfernt." Ich sah Ember an, um sicherzugehen, dass sie einverstanden war. „Können wir bald aufbrechen?"

Sie nickte und sagte: „Ja. Madison, zieh dich zuerst um. Ich möchte nicht, dass du deine Schuluniform trägst. Lege sie in den Wäschekorb im Badezimmer."

„Das werde ich, Mama! Juhu! Ich gehe in ein Restaurant." Bevor sie weglief, sah sie mich mit einem strahlenden Lächeln an. „Das wird Spaß machen. Ich bin froh, dass du hier bist."

„Ich auch, Schatz."

Sobald sie außer Sicht war, fragte Ember: „Warum bist du hergekommen, Cohen?"

„Um euch beide zu sehen."

Sie schüttelte den Kopf. „Ich will den wahren Grund wissen. Bist du hergekommen, um mich zu überreden, dein Angebot anzunehmen?"

„Und wenn es so wäre?"

„Meine Mutter und meine Schwester wollen nicht, dass ich es annehme."

„Lass mich raten." Ich war mir sicher, dass ich wusste, warum sie sie entmutigten. „Sie denken, meine Absichten sind rein sexuell, oder?"

„Ja." Sie lachte. „Ich weiß auch, dass du etwas in diese Richtung vorhast. Aber das ist bestimmt nicht der einzige Grund, warum du mich dort haben willst."

„Es gibt tatsächlich mehr als einen Grund dafür, Ember." Wir hatten ein paar Minuten zu zweit und ich wollte die Zeit mit Bedacht nutzen. „Ich kann dein Leben viel besser machen. Aber ich weiß, dass es keine leichte Entscheidung ist, deine Familie zu verlassen."

Ich hoffe nur, dass ich genauso ein Teil deiner Familie sein kann, wenn wir ein gemeinsames Kind haben.

KAPITEL VIERUNDZWANZIG

EMBER

„Ich bin froh, dass du es verstehst, Cohen." Sein Verständnis machte die Entscheidung jedoch nicht einfacher.

Er zog sein Portemonnaie aus seiner Gesäßtasche, nahm etwas heraus und reichte es mir. „Das ist ein Foto meiner Mutter, als sie ein kleines Mädchen war. Mein Bruder Baldwyn hat es von einer Ahnen-Website. Wir haben alle Fotos bei dem Brand verloren. Ich glaube, ich habe mir als Kind nie alte Bilder meiner Eltern angesehen. Ich wusste gar nicht, wie meine Mutter aussah, als sie so jung war."

Ein Kloß bildete sich in meinem Hals, als ich das Bild eines jungen Mädchens betrachtete, das ungefähr in Madisons Alter zu sein schien. Obwohl es schwarzweiß war, sah ich deutlich die Ähnlichkeit mit meinem Kind.

Meine Hand zitterte, als ich das Foto auf den Tisch legte. Cohen nahm es und steckte es wieder in sein Portemonnaie. Er ließ mich nicht aus den Augen und ich wusste genau, warum das so war. „Meine Mutter war genauso wie ihre Großmutter mütterlicherseits allergisch gegen Schalentiere. Laut meinem Bruder hat sie immer gesagt, die Allergie habe eine Generation übersprungen."

Er hat es herausgefunden.

Er wusste, dass ich ihn sieben Jahre lang angelogen hatte. Er wusste, dass ich vor zwei Wochen die Gelegenheit gehabt hatte, ihm von unserer Tochter zu erzählen, und es nicht getan hatte. Er wusste, dass ich ein schrecklicher Mensch war.

Ich war fürchterlich zu ihm gewesen. Ihn in der Öffentlichkeit anzuschreien war nur eines der Dinge, die ich ihm angetan hatte. Es war Zeit, damit aufzuhören, mich gegenüber einem Mann, der nichts falsch gemacht hatte, so zu verhalten.

Ich holte tief Luft und sagte schließlich das Einzige, woran ich denken konnte: „Cohen, es tut mir so leid."

„Nicht." Er legte seine Hand auf meine und sah mir in die Augen.

„Wenn sie es herausfinden, Cohen …"

Er unterbrach mich. „Ember, wir müssen das Beste für Madison tun. Die Erwachsenen werden lernen, die Situation zu akzeptieren."

„Du scheinst nicht wütend darüber zu sein." Ich konnte kaum atmen und mein Instinkt warnte mich, vorsichtig zu sein – uns stand etwas Schlimmes bevor.

„Ich bin nicht wütend auf dich. Ich weiß, wie schuldig du dich gefühlt hast bei der Vorstellung, deiner Familie von uns zu erzählen. Und ich habe viel darüber nachgedacht, wie viel Angst du damals gehabt haben musst, als du von der Schwangerschaft erfahren hast. Ich weiß, dass du alle angelogen hast. Und ich weiß, warum du das Gefühl hattest, es tun zu müssen."

Mein Magen schmerzte und ich fühlte mich, als würde mir gleich schlecht werden. „Cohen, ich bin gleich wieder da." Ich stand auf und rannte ins Badezimmer, wo ich mich übergeben musste.

Langsam rutschte ich auf die Knie und dann in eine sitzende Position, während sich meine Gedanken überschlugen. Es war, als würde mein Leben vor meinen Augen vorbeiziehen.

Das Leben, wie ich es gekannt hatte, würde sich drastisch ändern. Aber nicht nur für mich – auch für meine Tochter. *Was wird sie von mir halten?*

Ohne die geringste Ahnung, was ich tun sollte, saß ich einfach da und hoffte, dass mir eine Antwort einfallen würde. Es musste eine Antwort geben.

Bei einem Klopfen an der Tür drehte ich langsam meinen Kopf. „Ja?"

„Ember, alles in Ordnung?", ertönte Cohens ruhige Stimme.

Ich wusste nicht, wie er so ruhig bleiben konnte. Ich hatte den

Mann angelogen. Ich hatte sein einziges Kind von Geburt an vor ihm verheimlicht. Dafür musste er zornig auf mich sein – egal was er sagte. „Nicht wirklich. Ich werde noch ein bisschen hierbleiben, falls mir wieder schlecht wird. Tut mir leid." Ich legte meinen Kopf auf den kalten Toilettensitz aus Porzellan. „Mir tut alles leid, Cohen."

„Okay. Komm einfach raus, wann immer du bereit bist."

Ich lauschte seinen Schritten, als er wegging. Tränen füllten meine Augen bei dem Wissen, dass ich in meinem Leben große Fehler gemacht hatte. Und jetzt würden diese Fehler für alle sichtbar werden.

Nach allem, was ich getan hatte, um Cohen und Madison zu verletzen, wusste ich, dass die Zeit gekommen war, mich den Konsequenzen zu stellen. Egal wie viele Leute wütend auf mich waren. Egal wie viele Leute von mir enttäuscht waren. Egal wie mein Ego leiden würde – ich musste allen die Wahrheit sagen.

Wie soll ich das machen?

Ich wusste nur zu gut, wie oft ich die Chance gehabt hatte, meiner Familie die Wahrheit zu sagen, und stattdessen den einfacheren Weg gewählt hatte, sie anzulügen.

Als Madison noch sehr klein gewesen war, noch nicht einmal ein Jahr alt, hatte sie hohes Fieber gehabt und wir hatten sie in die Notaufnahme gebracht. Ashe hatte mir beim Ausfüllen der Formulare geholfen. In dem Abschnitt, in dem nach den Daten des Vaters gefragt wurde, hatte ich gezögert. Sie hatte mich gefragt, ob ich daran denken würde, Madisons Vater zu informieren.

Sie hatte recht gehabt. Da Madison so krank gewesen war, hatte ich geglaubt, ich müsste Cohen über sein Kind informieren. Aber weil Ashe bei mir gewesen war, hatte ich nicht die Wahrheit gesagt. Ich hatte ihr nur anvertraut, dass ich verrückt vor Angst war.

Ashe hatte mich gefragt, wer der Vater sei, und ich hatte behauptet, dass sie ihn nicht kennen würde und dass ich ihn in einem Club getroffen hatte. Dass er nicht aus der Stadt stammte und ich nur seinen Vornamen kannte. Ich hatte gesagt, dass er mir gesagt hatte, sein Name sei John, und ich nicht glaubte, dass dies überhaupt sein richtiger Name war. Und dass ich ziemlich sicher sei, dass er verheiratet war, weil er einen weißen Fleck an seinem Ringfinger gehabt hatte, wo ein Ehering gewesen sein könnte.

Oh Gott, ich bin eine Lügnerin.

„Mama, was machst du da drin?", fragte Madison durch die verschlossene Tür. „Ich bin bereit zu gehen. Frisierst du deine Haare und schminkst dich?"

„Nein." Ich legte meine Hände über mein Gesicht und wusste, dass ich meinem Kind bald gestehen musste, dass ich nichts weiter als eine verdammte Lügnerin war.

„Kannst du dich dann beeilen, damit wir gehen können?"

„Sicher." Ich stand auf und wusch mein Gesicht. Ich konnte mich nicht einmal im Spiegel ansehen.

Was mich so wütend auf mich selbst machte, war, dass ich diesen Tag nie hatte kommen sehen. Irgendwie hatte ich mir vorgemacht, ich müsste niemals jemandem die Wahrheit sagen.

Schließlich starrte ich mein Spiegelbild an. „Du bist eine verdammte Idiotin", flüsterte ich. „Du machst mich krank."

Als ich wegschaute, spürte ich eine weitere Welle der Übelkeit und drehte mich gerade noch rechtzeitig um, um die Toilette zu erreichen. Tränen liefen mir über die Wangen aus Scham wegen dem, was ich getan hatte.

Wieder hörte ich ein Klopfen an der Tür und diesmal wusste ich, dass ich mich der Situation stellen musste. Mich für den Rest meines Lebens im Badezimmer zu verstecken war keine Option. Ich musste lernen, mit der Schande umzugehen. Ich würde lernen müssen, damit umzugehen, dass die Menschen die Wahrheit über mich kannten.

„Ich komme gleich."

„Ich möchte mit dir sprechen."

„Ich muss mir die Zähne putzen." Ich wollte ihn noch nicht sehen.

„Alles wird gut, Baby. Ich verspreche dir, dass alles gut wird."

Ich verdiente seine freundlichen Worte nicht, nachdem ich ihn verleugnet hatte. Aber ich musste aufhören, nur an mich zu denken. „Ich werde mir die Zähne putzen und dann können wir gehen."

„Okay."

Egal wie sehr ich mich selbst verabscheute, ich musste mich zusammenreißen. Ich musste an Madison denken und durfte ihr diese Seite von mir nicht zeigen.

Irgendwie musste ich erhobenen Hauptes nach draußen gehen, obwohl ich den Menschen, die ich liebte, Schaden zugefügt hatte.

Und ich hatte meiner Tochter und ihrem Vater viele gemeinsame Jahre gestohlen.

Jetzt ging es nicht mehr um mich. Egal was ich mir eingeredet hatte, warum die Lügen notwendig waren, um die Menschen, die mir wichtig waren, irgendwie zu schützen – ich musste meine Denkweise ändern.

Ehrlichkeit.

Ich würde dieses Wort jetzt in den Vordergrund meines Denkens stellen müssen. Es war egal, ob jemand wütend auf mich sein könnte, weil ich ehrlich war. Damit musste ich leben.

Mir war noch nie in den Sinn gekommen, wie sehr ich vermeiden wollte, dass andere Leute wütend auf mich waren. Und jetzt, da Cohen das Recht hatte, wütend auf mich zu sein, war er es überhaupt nicht. Zumindest ließ er mich denken, dass er es nicht war.

Was ist, wenn er heimlich plant, sich an mir zu rächen?

Ich putzte mir die Zähne und versuchte, nicht das Schlimmste über Cohen und seine Motive anzunehmen. Nicht jeder war so betrügerisch wie ich. Nicht jeder log, um seine Missetaten zu verheimlichen.

Sobald ich aus dem Badezimmer kam, sah ich, wie Cohen mit den Händen in den Taschen an der Wand lehnte. „Maddy hat mich gefragt, ob es in Ordnung wäre, wenn sie ihre Freundin von nebenan mitnimmt. Ich habe zugestimmt. Sie ist zum Nachbarhaus gelaufen, um sie zu holen."

„Okay." Es war nicht so, als würde es mich stören, dass Maddy ihre Freundin Kylie mitnahm.

Gerade als ich mich umdrehte, um in mein Schlafzimmer zu gehen und meine Handtasche zu holen, spürte ich Cohens Hand auf meinem Arm. „Hey, ich möchte nicht, dass du dir deswegen Vorwürfe machst."

Ein kurzes Lachen brach aus mir heraus. „Du hast leicht reden. Du hast nicht fast ein Jahrzehnt lang alle angelogen, die dir wichtig sind. Bald werden die Menschen, die ich liebe, wissen, dass ich nichts als eine Lügnerin bin."

„Du musst es nicht allen auf einmal sagen. Im Moment reicht es mir, dass ich weiß, dass sie mein Kind ist. Wir werden damit warten, es Madison zu erzählen, bis wir glauben, dass die Zeit reif ist. Und wir können noch länger damit warten, es deiner Familie mitzuteilen, wenn du möchtest. Ich versuche nicht, deine Welt auf den Kopf zu stellen. Ich will nur herausfinden, wie wir das Beste für unsere Tochter tun können."

„Unsere Tochter", wiederholte ich. „Ich habe das noch nie jemanden über sie sagen hören – ich habe sie immer nur als meine Tochter betrachtet." Als ich ihm in die Augen sah, musste ich ihm etwas gestehen. „Weißt du, es ist schön, es zu hören. Es ist schön zu wissen, dass ich mit ihrer Erziehung nicht mehr allein bin."

„Es mag seltsam klingen, wenn ich das sage, aber ich bin sehr froh, dass du so schnell zugegeben hast, dass sie von mir ist. Ich hatte befürchtet, dass du versuchen könntest, es zu verbergen. Ich bin überglücklich, dass Madison meine Tochter ist. *Unsere* Tochter."

Ich spürte, wie die Anspannung in meinen Schultern ein wenig nachließ. „Ich bin so erleichtert, dass du das sagst. Du hast keine Ahnung, wie glücklich mich das macht. Cohen, ich will endlich meine Lügen hinter mir lassen. Sie lasten tonnenschwer auf mir. Und obwohl bis jetzt nur du die Wahrheit kennst, muss ich sagen, dass ich mich schon ein bisschen besser fühle. Wenn ich einen Weg finde, meinen Selbsthass zu überwinden, kann ich das irgendwie schaffen."

„Natürlich wirst du es schaffen." Er zog mich in seine Arme und umarmte mich fest. „Dafür werde ich sorgen."

Meine Arme schlangen sich um ihn, als ich mein Gesicht an seine breite Brust presste. „Oh mein Gott, das fühlt sich so gut an. Du hast keine Ahnung."

„Doch, das habe ich." Er küsste mich auf den Kopf. „Du fühlst dich so vertraut in meinen Armen an. Das hast du immer getan."

Ich zog meinen Kopf von seiner Brust, sah zu ihm auf und stellte fest, dass er lächelte. „Glaubst du wirklich, dass du trotz allem, was ich dir angetan habe, in der Lage bist, darüber hinwegzukommen?"

„Das habe ich schon getan. Ich weiß, warum du so gehandelt hast. Ich verurteile dich nicht dafür. Ich kann nicht sagen, was ich getan hätte, wenn du mir damals die Wahrheit gestanden hättest. Ich werde dich also nicht für die letzten sieben Jahre zur Rechenschaft ziehen."

„Was ist mit den letzten Wochen?"

Er schüttelte den Kopf. „Du bist jetzt ehrlich zu mir. Das ist alles, was zählt, Baby."

Obwohl ich es liebte, wenn er mich Baby nannte, wusste ich, dass wir alles tun mussten, um unsere Tochter behutsam in diese neue Situation einzuführen. „Wir müssen herausfinden, wie wir das so machen können, dass wir Madison nicht verletzen. Einverstanden?"

„Einverstanden."

Zumindest können wir uns auf Dinge einigen, die unser Kind betreffen. Ich hoffe, wir schaffen das auch bei Dingen, die unsere Beziehung betreffen.

KAPITEL FÜNFUNDZWANZIG

COHEN

Ember war nicht wieder ihr altes Ich, aber sie verhielt sich nicht mehr so distanziert wie in letzter Zeit. Sie nippte an einem Glas Rotwein, während sie die Speisekarte betrachtete, und wirkte viel entspannter. „Ich überlege, die Hummerravioli zu bestellen." Sie spähte über die große Speisekarte und fragte: „Was ist mit dir? Was möchtest du?"

„Warum?", neckte ich sie. Ich wusste, dass sie wollte, dass ich etwas bestellte, das sie auch probieren wollte. Das hatte sie früher jedes Mal getan, wenn wir auswärts gegessen hatten.

„Nun, ich könnte meine Ravioli mit dir teilen und du könntest … zum Beispiel das Hühnchen-Parmigiana mit mir teilen, wenn du das bestellst." Sie legte die Speisekarte weg, sah sich nach den Mädchen um und stellte fest, dass sie Airhockey spielten. „Und die Mädchen nehmen Pizza. Mit viel Käse, wie immer."

Es war mir egal, was ich aß. „Hühnchen-Parmigiana klingt gut." Als ich meine Speisekarte weglegte, wusste ich, dass ich das Thema ansprechen musste, das mich am meisten beschäftigte – sie sollte nach Austin ziehen. Obwohl ich sie nicht drängen wollte, konnte ich mich nicht aufhalten. „Ember, ich möchte nicht, dass du zu deinem Job zurückkehrst."

Ihre Wimpern flatterten, als sie nickte. „Das habe ich mir schon gedacht."

„Es gibt verschiedene Möglichkeiten, wie wir damit umgehen können. Ich könnte dir einfach Geld geben, damit du nicht mehr arbeiten musst, um die Rechnungen zu bezahlen. Aber das ist nicht das, was ich tun möchte." Ich wollte meine Familie unter einem Dach haben. Aber ich wusste, dass das vielleicht voreilig wäre.

„Ich weiß. Du willst, dass wir nach Austin ziehen." Sie seufzte, als sie mir in die Augen sah. „Es tut mir leid. Wirklich, Cohen. Mir einzugestehen, dass ich nicht der Mensch bin, für den ich mich gehalten habe, ist nicht einfach. Bis ich dich wiedersah, hatte ich mich seit vielen Jahren nicht mehr als Lügnerin betrachtet. Sicher, am Anfang war es nicht so leicht, Lügen zu erzählen. Aber nach Madisons erstem Geburtstag hat meine Familie ihren Vater nie mehr erwähnt, sodass es einfacher war, alles zu vergessen."

„Bis du mich wiedergesehen hast." Ich verstand sie sehr gut. Aber es war Zeit, dass sie mich verstand. „Ember, ich vergebe dir. Aber du musst jetzt auch an *meine* Gefühle denken. Deine Eltern und deine Schwester waren die ganze Zeit für dich und Madison da. Ich verstehe, dass du auf ihre Gefühle Rücksicht nehmen willst. Aber *ich* bin jetzt hier. Du wirst nicht länger von ihnen abhängig sein, was unsere Tochter angeht."

„Du sagst also, dass ich dich und Madison zu meinen obersten Prioritäten machen muss." Sie nippte an ihrem Wein, als sie darüber nachdachte.

„Ich glaube, du hast Madison immer zu deiner obersten Priorität gemacht." Ich wollte nicht, dass sie dachte, ich würde sie beschuldigen, unsere Tochter vernachlässigt zu haben – weil ich das nicht tat. „Und ich war weg, sodass du nicht an mich denken musstest. Ich möchte nur, dass du mich jetzt direkt hinter unserer Tochter in deine Prioritätenliste aufnimmst. Ich habe schon so viel verpasst – ich möchte nicht noch mehr verpassen. Das verstehst du, oder?"

„Wie könnte ich es nicht verstehen?" Ihre Augen wanderten zur Decke und ich spürte, dass sie einen inneren Kampf führte. „Ich weiß, dass es eine Beleidigung wäre, dich um mehr Zeit zu bitten. Also werde ich es nicht tun." Ihre Augen trafen meine. „Aber wäre es in Ordnung, das alles für eine Weile vor meiner Familie geheim zu halten? Nur bis wir eine Lösung gefunden haben. Und nur, weil mich das körperlich krank macht, Cohen. Du hast gehört, wie ich mich übergeben habe, nachdem du die Wahrheit herausgefunden hattest. Ich habe ihnen jahrelang ins Gesicht gelogen. Und ich muss mit Ashes Wut umgehen, wenn ich ihr sage, dass ich Sex mit ihrem Ex hatte. Ich könnte ohnmächtig werden. Ich könnte einen Herzinfarkt bekommen und vor Scham sterben."

Es wäre schön gewesen, wenn Ember sich nicht so geschämt hätte, mit mir zusammen gewesen zu sein. „Weißt du, Ember, ich werde als guter Fang angesehen. Ich bin sicher, du hättest es schlimmer erwischen können."

„Nun ja, sicher." Sie schüttelte den Kopf. „Aber damals hattest du einen verdammt schlechten Ruf. Weißt du, ich wette, du kannst nicht einmal zählen, mit wie vielen Frauen du seit deinem ersten Kuss zusammen warst, Cohen."

Ich wollte nicht, dass unser Gespräch in diese Richtung ging. Zum Glück tauchte die Kellnerin auf. „Sind Sie bereit zu bestellen?"

Ember nickte und ich gab unsere Bestellung auf. „Sie nimmt die Hummerravioli. Ich nehme das Hühnchen-Parmigiana. Und die Kinder teilen sich eine mittelgroße Käsepizza."

„Welche Art von Nudeln möchten Sie zu Ihrem Hühnchen-Parmigiana, Sir?"

Ich sah Ember fragend an.

„Linguini", sagte sie mit einem Lächeln.

Das war die alte Ember, das Mädchen, von dem ich einst nicht genug bekommen hatte. Sie sagte klar und deutlich, was sie wollte, war stets großzügig und hatte die Fähigkeit, mich glücklicher zu machen als jemals zuvor. Und ihr Lächeln ließ mein Herz höherschlagen. „Also Linguini."

„Wie Sie wünschen."

„Ich bin froh, dass du es jetzt weißt", flüsterte Ember. „Endlich muss ich nicht mehr auf der Hut sein. Ich wollte dich nicht auf Distanz halten. Ich bin gern bei dir. Es fühlt sich so natürlich an und alles andere war höllisch."

„Für mich auch." Wir mussten noch ein paar Hürden überwinden, aber wir würden es schaffen. „Ich denke, wir können meine Familie als Testlauf dafür nutzen, wie wir mit deiner Familie umgehen, wenn du allen von uns und unserer Tochter erzählst. Wir können es meinen Brüdern gemeinsam sagen und sehen, wie es läuft. Es könnte dir helfen, wenn du irgendwann deiner Familie alles gestehst."

Sie schürzte die Lippen und schien über meinen Plan nachzudenken. „Hmm. Du glaubst anscheinend, dass es für sie viel schwieriger sein wird, dich unter Druck zu setzen, Dinge zu tun, die du nicht tun willst, wenn ich bei dir bin, während du es ihnen sagst. Dinge, wie einen Vaterschaftstest machen zu lassen. Und vielleicht auch Dinge wie rechtliche Vereinbarungen, die ich unterschreiben soll, damit ich keine Ansprüche auf dein Vermögen erheben kann. Und vielleicht sogar eine gültige Sorgerechtsvereinbarung."

Ich musste lachen. „Ja, du hast mich erwischt."

„Siehst du, es ist naiv, deiner Familie davon zu erzählen und nur Glückwünsche zu erwarten." Sie sah mich stirnrunzelnd an. „Alle haben das Recht, das Schlimmste über mich zu denken. Ich habe sieben Jahre lang gelogen und so viel vor dir verheimlicht. Und als ich dann endlich die Gelegenheit hatte, dir die Wahrheit zu sagen, bin ich vor dir weggelaufen und habe dir keine Kontaktinformationen hinterlassen."

„Hör auf, dir Vorwürfe zu machen." Ich hasste es, wenn sie das tat. „Du weißt, dass du alles in Madisons bestem Interesse getan hast."

Sie nahm ihr Glas Wein, trank einen langen Schluck und stellte es dann vor sich ab. Ihre Augen starrten auf den restlichen Wein und ihre Hand hielt das Glas umklammert, als sie schluckte. „Das ist nicht wahr."

„Natürlich ist es wahr."

„Cohen, du musst die ganze Wahrheit wissen." Ihre Augen begegneten meinem Blick und sie holte tief Luft. „Als ich dich im Resort wiedergesehen habe, bin ich in einen anderen Modus gegangen. Nicht den einer Mutter, sondern den einer Frau, die auf keinen Fall dabei ertappt werden wollte, dass sie eine Lügnerin war. Seit ich dich wiedergesehen habe, war alles, was ich getan habe, egoistisch – ich habe versucht, meine eigene Haut zu retten."

Ich konnte das unmöglich glauben. „Komm schon, Ember. Das sieht der Frau, die ich damals kannte, nicht ähnlich. Madison muss der Grund für das gewesen sein, was du getan hast. Du musst Angst davor gehabt haben, dass ich dich vor Gericht zerren und das Sorgerecht für sie verlangen könnte. Das musst du im Hinterkopf gehabt haben. Du willst es mir einfach nicht sagen. Du hast Angst, wenn ich noch nicht daran gedacht habe, tue ich es jetzt."

„Nein." Sie schüttelte den Kopf. „Es war alles rein egoistisch. Das schwöre ich dir. Wenn es nicht darum ging, meine Lüge aufrechtzuerhalten, dann ging es darum, dich auf Abstand zu halten – und mich vor der Versuchung zu schützen, in die du mich führst." Sie holte noch einmal tief Luft, als ob es für sie schwer gewesen wäre, das zuzugeben. „Aber ich hatte enorme Schuldgefühle, dich und Madison auseinanderzuhalten, seit ich dich wiedergesehen hatte. Ich wollte dir nichts über sie erzählen – ich wollte mir die Schande und Verlegenheit ersparen, als Betrügerin entlarvt zu werden."

Ich war mir nicht sicher, was ich denken sollte. Ich lehnte mich zurück und starrte sie an. Fast ein Jahrzehnt war vergangen, seit wir zusammen gewesen waren. Ich musste mir eingestehen, dass ich die Frau, die sie geworden war, kaum kannte.

Ich kann mich wirklich nicht in eine Beziehung mit dieser Frau stürzen.

„Weißt du, es gibt bestimmt viele Dinge, die wir voneinander lernen können. Wir müssen nichts übereilen." Das stimmte nicht ganz. „Nun, wir müssen uns nur damit beeilen, diese Familie offiziell zu machen. Ich will meinen Namen auf ihrer Geburtsurkunde. Ich gehe davon aus, dass dort keine Informationen zum Vater eingetragen wurden."

„Das stimmt." Sie atmete tief ein und schien zu versuchen, sich zu sammeln, um über unsere Tochter und das Beste für sie zu sprechen. „Ich möchte Madison davon erzählen, bevor wir diesen Schritt machen."

„Dieser Schritt muss so oder so gemacht werden, Ember. Ich kann das schon morgen von meinem Anwalt erledigen lassen. Es wird sowieso einige Zeit dauern, bis eine neue Geburtsurkunde ausgestellt wird. Und wenn wir sie in Austin in der Schule anmelden, möchte ich, dass sie als Madison Nash dorthin geht. Du kannst also bestimmt verstehen, dass wir keine Zeit verlieren dürfen." Ember musste begreifen, wer ich geworden war. Ich war für alle Bereiche unseres Resorts verantwortlich und das bedeutete, dass ich sehr gut darin war, Dinge geschehen zu lassen – und zwar schnell.

Ihr Gesicht wurde blass und sie schloss die Augen. „Oh Gott, das passiert wirklich, oder?", flüsterte sie.

Ich wollte nicht, dass ihr deswegen wieder schlecht wurde. Aber

JESSICA F.

ich konnte nicht zulassen, dass sie den Prozess, Madison offiziell zu meiner Tochter zu machen, aufhielt. „Baby, du musst einfach durchatmen und wissen, dass ich dich oder unsere Tochter niemals verletzen würde. Ich möchte nur sicherstellen, dass sie immer versorgt sein wird, und dazu gehört auch, dass ich offiziell ihr Vater bin. Du wirst mir vertrauen müssen. Ich möchte das, was für uns alle das Beste ist. Es wäre großartig, wenn du das jetzt auch wollen könntest."

„Uns alle?" Ihre Wangen röteten sich. „Das klingt wundervoll." Sie legte den Kopf schief und fragte: „Glaubst du wirklich, dass du über alles hinwegsehen kannst, was ich getan habe?"

Ich griff über den Tisch und legte meine Hand auf ihre. „Ember, alles, was ich will, ist, im Hier und Jetzt weiterzumachen. Wir können die Vergangenheit loslassen und uns auf unsere Zukunft konzentrieren. Wir haben eine Zukunft als Familie – zu dritt."

Zumindest hoffe ich das.

KAPITEL SECHSUNDZWANZIG

EMBER

Ich hatte Cohen in allem zugestimmt. Er hatte mir den Sicherheitsjob im Resort verschafft. Ich sollte im Sicherheitsraum die Schicht von acht Uhr morgens bis vier Uhr nachmittags übernehmen. Montag bis Freitag. Alle Wochenenden und Feiertage frei, zwei Wochen bezahlter Urlaub pro Jahr und alle erdenklichen Versicherungen. All diese Vorteile machten den Job zu gut, um ihn mir entgehen zu lassen.

Nachdem er eine Nacht in Houston verbracht hatte, fuhr er zurück nach Austin, um die Dinge in Gang zu bringen. Sein Anwalt hatte bereits die erforderlichen Unterlagen erhalten, um ihn auf Madisons Geburtsurkunde einzutragen und ihren Nachnamen in Nash zu ändern.

Ich hatte eine Woche Zeit, um die Sachen zu verkaufen, die ich nicht mitnehmen wollte, und den Rest zu packen. Ich wurde mehr los, als ich mitnahm.

Bisher wusste Madison nur, dass wir nach Austin ziehen würden, damit ich einen Job im Resort annehmen und mit ihr in Cohens Gästehaus wohnen konnte. Und sie war überglücklich darüber.

Sie ging ihre Spielzeugkiste durch und war damit beschäftigt, den Inhalt zu sortieren. „Mama, ich denke, ich bin zu alt dafür." Sie kam in die Küche, wo ich das Geschirr in einen Karton packte. Bevor ich die Babyrassel in ihrer Hand kommentieren konnte, fragte sie: „Nimmst du das alles in das neue Haus mit?"

„Nein." Cohen hatte mir gesagt, dass das Haus möbliert war, sodass ich keine Möbel mitbringen musste. Außerdem war die Küche bereits komplett mit allem ausgestattet, was wir brauchen würden. „Ich packe es zusammen, weil ich jemanden habe, der es bald abholt. Ich habe inzwischen so ziemlich alles verkauft, was wir nicht brauchen. Ich muss nur noch warten, bis die Leute auftauchen, mir das Geld geben und dann das Zeug abtransportieren."

„Sogar mein Bett?"

„Sogar dein Bett." Ich bemerkte, wie ihre Kinnlade herunterklappte, und dachte, ich sollte ihr den Plan besser erklären. „Du und ich werden nicht mehr hier übernachten. Cohen hat uns ein Zimmer in einem Hotel besorgt, ungefähr eine Meile von hier entfernt. Es ist das Hotel, in dem er letztes Mal übernachtet hat. Er sagte, du wirst den Pool lieben. Wir werden jeden Tag hierher zurückkommen, bis wir alles verkauft und unsere Sachen gepackt haben."

„Oh." Sie nickte und schien mit dem Plan einverstanden zu sein. „Das hört sich lustig an. Wie ein Urlaub. Er ist so nett zu uns, Mama."

„Ja, er ist sehr nett zu uns." Ich zeigte auf die Rassel, die sie hielt. „Und dafür bist du wirklich schon zu alt. Lege sie in die Spielzeugkiste, die ich dem Second-Hand-Laden spende."

„Okay." Sie rannte weg und verschwand im Flur.

Ich war wieder dabei, das Geschirr zu packen, als mein Handy klingelte. Ich hatte Cohen meine Nummer gegeben und seine bekommen, bevor er weggegangen war. Sein Name erschien auf dem Bildschirm.

Lächelnd antwortete ich: „Vermisst du mich schon?"

„Maddy ist wohl gerade nicht in der Nähe", sagte er mit einem leisen Lachen, „sonst würdest du nicht mit mir flirten."

„Sie ist in ihrem Zimmer und sortiert ihre Spielzeugkiste." Jetzt, da er die Wahrheit kannte, war die natürliche Anziehung, die er auf mich ausübte, an die Oberfläche gedrungen. „Wem verdanke ich das Vergnügen deines Anrufs?"

„Ich habe eine Privatschule gefunden, die wir für Madison in Betracht ziehen sollten. Ich werde dir einen Link zu der Website senden, damit du sie dir ansehen kannst. Ruf dort an, wenn du möchtest. Stelle alle wichtigen Fragen. Ich habe keine Ahnung, wie das funktioniert."

„Ich auch nicht." Ich hatte mir nie etwas anderes als eine öffentliche Schule leisten können. „Sie ist erst vor zwei Jahren eingeschult worden und hat die ganze Zeit eine öffentliche Schule besucht. Vielleicht könnte dein Bruder Baldwyn dir Tipps geben, was wir fragen sollen."

„Unser Kind ist das einzige, das schon in der Schule ist, Baby."

Ich fand das irgendwie lustig. „Du bist der zweitjüngste Bruder und hast das älteste Kind." Ich musste lachen „Du hast früher angefangen als alle anderen."

„Ja, *wir* haben das getan." Er wollte mich nicht vom Haken lassen, weil ich daran beteiligt gewesen war, unsere Tochter zu zeugen. „Du erinnerst dich, dass du mich nicht loslassen wolltest, als wir einmal ohne Verhütung Sex hatten, oder?"

„Verdammt. Du erinnerst dich auch daran, hm?"

„Lebhaft."

Mir wurde schon heiß, wenn ich nur darüber sprach. „Was soll ich sagen? Es hat sich verdammt gut angefühlt."

„Ich weiß, dass wir uns noch nicht auf einen offiziellen Termin geeinigt haben. Aber tu uns beiden einen Gefallen und kümmere dich um die Verhütung, sodass wir nach dem Umzug ohne Kondom miteinander schlafen können."

Es gab mehr zu bedenken als nur eine Schwangerschaft. „Das werde ich noch heute Nachmittag machen. Aber ich möchte, dass du auch zum Arzt gehst."

„Warum?"

„Um zu überprüfen, ob du nach den vielen Sexualpartnerinnen der letzten sieben Jahre gesund bist." Ich würde keinen Sex mit diesem Mann haben, bis er von einem Arzt auf alle möglichen Krankheiten getestet worden war.

„Verdammt, Baby ..." Er klang ein wenig verlegen.

„Ich muss mich schützen." Ich war mit dem Geschirr fertig und machte den Karton zu.

„Nun, sorge dafür, dass dein Arzt dich auch auf sexuell übertragbare Krankheiten untersucht", sagte er.

„Cohen, *du* warst mein letzter Sexualpartner."

„Bist du dir da sicher?"

„Absolut. Ich weiß, dass ich gelogen habe, aber nicht darüber." Ich setzte mich auf das Sofa und machte einen Moment Pause.

„Du musst damit aufhören, Baby. Du machst mich heiß für dich. Ich weiß nicht, wie lange ich noch warten kann. Ich weiß, dass ihr in einer Woche hier sein werdet, aber wenn du so weitermachst, muss ich noch heute Abend mit dem Firmenjet zu dir zurückkehren."

„Ganz ruhig. Wir müssen die Dinge langsam angehen." Ich drehte eine Haarsträhne um meinen Finger und dachte darüber nach, wie heiß ich ihn tatsächlich machen könnte – wenn die Zeit reif war. Und ich wusste, dass sie bald reif sein würde. „Wir kommen in einer Woche. Aber du und ich können nicht sofort auf diese Weise zusammen sein. Es wird einige Zeit dauern, bis Madison sich eingelebt hat. Sie ist unsere oberste Priorität."

„Du tust so, als würde sie niemals schlafen." Er lachte, um mich wissen zu lassen, dass er nur Spaß machte.

„Haha." Ein weiterer Anruf wurde auf dem Bildschirm meines Handys angezeigt und dieser war von meiner Schwester. „Es ist Ashe, Cohen. Lass mich ihren Anruf annehmen, danach rufe ich dich zurück."

„Okay. Ich vermisse dich jetzt schon."

„Ich dich auch. Bye." Ich konnte nicht aufhören zu lächeln, als ich ihren Anruf entgegennahm. „Hallo, große Schwester."

„Ich bin auf dem Weg zu dir und dachte, ich sollte anrufen, um dir Bescheid zu sagen. Ich habe deine Anzeige auf der Flohmarkt- seite der Stadt gesehen und frage mich, was zum Teufel du vorhast."

„Gut. Ich habe große Neuigkeiten. Ich werde dir alles erzählen, wenn du hier bist." Ich hatte gewartet, bis ich es ihr persönlich sagen konnte, und anscheinend war die Zeit gekommen.

Ich dachte, es wäre am besten, wenn Madison nicht miterleben würde, wie ihre Tante schlecht über Cohen sprach. „Madison, kannst du kurz herkommen?"

Sie rannte ins Wohnzimmer. „Ja, Mama?"

„Kannst du nach nebenan gehen und ein bisschen mit Kylie spie- len? Tante Ashe kommt gleich und wir haben etwas zu besprechen."

„Sie wird wütend sein, weil wir umziehen, oder?"

„Wahrscheinlich. Und du weißt, dass ich es nicht mag, wenn du Schimpfwörter hörst. Also, tust du mir den Gefallen?" Ich stand auf und ging zur Tür. Ich öffnete sie und sah, wie meine Schwester aus ihrem Auto stieg. „Beeile dich."

Madison lief aus dem Haus und klopfte direkt nebenan an die Tür. Kylies Mutter öffnete. „Kann ich reinkommen und ein bisschen mit Kylie spielen?"

„Sicher, Madison." Beth sah mich und dann meine Schwester an. „Ihr wird es hier gutgehen, Ember."

Ich hatte Beth bereits über unseren Umzug informiert. Wir waren befreundet, seit ich hierhergezogen war, also wusste sie, dass es in dieser Angelegenheit Konflikte zwischen mir und meiner Schwester geben würde. „Danke."

„Also, sag mir, worum es geht, Ember." Ashe kam in die Wohnung, sah sich um und fand überall Kartons. „Das siehst aus, als würdest du alles loswerden wollen."

Ich schloss die Tür und bereitete mich auf einen Kampf vor. „Ja, ich verkaufe die meisten unserer Sachen. Ich habe einen neuen Job. Nächsten Montag fange ich an."

Verwirrt fragte sie: „Also ziehst du um?"

„Ja. Es ist ein bisschen zu weit, um zu pendeln", scherzte ich.

„Hast du deiner Firma mitgeteilt, dass du einen anderen Job angenommen hast?"

„Ich habe es meinem Chef heute Morgen gesagt." Ich setzte mich auf die Couch. „Nimm Platz."

„Ich stehe lieber. Ich habe das Gefühl, dass ich dir sehr bald einen Vortrag halten muss."

Ich wusste, dass sie es versuchen würde. Aber das wäre sinnlos. „Es wäre egoistisch von dir, zu versuchen, meine Meinung zu ändern. Dieser Job wird dafür sorgen, dass ich endlich Zeit habe, mein Kind selbst großzuziehen. Er ist in dem Resort, das wir in Austin besucht haben."

Ihre Kinnlade klappte herunter. „Cohens Resort?"

„Das Resort, das ihm und seinen Brüdern gehört, ja." Ich wusste, dass sie gleich schreckliche Dinge über den Mann sagen würde, in den ich mich ziemlich sicher verliebt hatte.

„Also warst du mit ihm in Kontakt, seit ihr das Resort verlassen habt. Ich verstehe." Ihr Kiefer war angespannt und ihre Lippen bildeten eine dünne Linie. „Du weißt, was für ein Mann er ist, und hast trotzdem hinter meinem Rücken mit ihm geredet."

Das machte mich einen Moment lang sprachlos. „Hinter deinem Rücken? Ich wusste nicht, dass du noch mit ihm redest", sagte ich sarkastisch. „Hör zu, Ashe. Ich weiß, was du von ihm hältst. Aber so ist er nicht mehr", verteidigte ich ihn.

„Hast du seine Social-Media-Seiten gesehen, Ember? Er hat dort mehr Kontakte zu Mädchen als zu Männern. Und es gibt jede Menge Bilder von ihm, wie er mit anderen Frauen feiert."

Ich wollte nichts davon sehen und nahm mir vor, ihn zu bitten, sich für mich und unsere Tochter aus den sozialen Medien zurückzuziehen – oder zumindest einige dieser Fotos zu löschen. Madison musste auch nicht über so etwas stolpern. „Darüber möchte ich nicht reden. Ich möchte nur endlich ehrlich zu dir sein."

Ihre Knie schienen unter ihr nachzugeben und sie setzte sich schwerfällig neben mich auf das Sofa. „Du musst *ehrlich* zu mir sein – endlich? Was warst du bisher, Ember?"

„Eine Lügnerin", gestand ich. Ich hatte keine Angst mehr davor, was meine Familie von mir halten würde. Ich musste meine Schande hinter mich bringen, sonst würde ich nie in der Lage sein, mit meinem Leben weiterzumachen.

Drei Linien bildeten sich auf ihrer Stirn. „Worüber hast du gelogen?"

„Vor sieben Jahren habe ich eine Woche mit Cohen Nash verbracht."

Sie schluckte schwer. „Warum?"

„Weil wir uns im Einkaufszentrum begegnet sind und es einen Funken zwischen uns gab, den keiner von uns ignorieren konnte." Ich wollte sie nicht verletzen, aber sie musste wissen, dass ich sie nicht für etwas betrogen hatte, das nichts Besonderes war. „Wir hatten eine großartige Woche, Ashe. Aber dann haben mich die Schuldgefühle für das, was ich dir angetan habe, so gequält, dass ich die Sache mit ihm beendet habe."

Fassungslosigkeit ersetzte die Verwirrung in ihrem Gesicht. „*Du* hast mit *ihm* Schluss gemacht?"

„Ja, für dich. Ich wollte nicht beenden, was wir hatten, aber ich wusste, dass es dir wehtun würde, also habe ich es getan. Und zwei Monate später machte ich einen Schwangerschaftstest und fand heraus, dass wir in dieser magischen Woche ein Baby gezeugt hatten."

Sie stieß den Atem aus. „Du hast das sieben Jahre lang vor uns allen und ihm geheim gehalten?"

„Ja. Aber jetzt weiß er es. Und wir werden es Madison erzählen, wenn sie und ich in sein Gästehaus gezogen sind. Wenn alles so läuft, wie ich denke – oder besser gesagt *hoffe* –, werden er und ich wieder zusammenkommen."

„Ich verstehe." Sie sah aus, als hätte sie der Schlag getroffen.

Ich streckte die Hand aus und berührte ihre Schulter. „Ashe, ich habe nichts davon getan, um dich zu verletzen. Aber ich denke, er und ich lieben uns. Zumindest weiß ich, dass ich ihn liebe."

Ihre Augen trafen meine, als sie versuchte, alles, was ich ihr gesagt hatte, zu begreifen. „Du *liebst* ihn?"

„Ja, ich denke, dass ich ihn liebe. Und ich denke, dass wir eine echte Chance haben, eine richtige Familie für unsere Tochter zu sein – und auch für uns. Bitte versuche nicht, Madison daran zu hindern, eine richtige Familie zu haben, Ashe. Ich weiß, dass du sie liebst und willst, was für sie am besten ist."

„Ich will das Beste für euch beide, Ember." Eine Träne lief über ihre Wange. „Ich wünsche dir alles Gute, kleine Schwester." Sie schlang ihre Arme um mich und ich umarmte sie verblüfft.

Nun, das war überhaupt nicht so, wie ich es mir vorgestellt hatte. Gott sei Dank.

869

KAPITEL SIEBENUNDZWANZIG

COHEN

Ich war in meinem ganzen Leben noch nie so nervös gewesen. Ich hatte Schmetterlinge im Bauch, als ich mich bereitmachte, nach Hause zu fahren. In ein Haus, das ich jetzt mit meiner Tochter und ihrer Mutter teilen würde.

Obwohl sie vorerst nicht direkt dort wohnen würden – der Plan war, dass sie im Gästehaus unterkamen, während wir uns alle an die neue Situation gewöhnten –, hoffte ich, dass es nicht lange dauern würde, bis sich das änderte. Ich wollte uns alle unter einem Dach haben. Ich wollte, dass wir die Art von Familie wurden, die Madison verdiente.

Ember hatte angerufen, um mir zu sagen, dass sie angekommen waren, aber ich musste nicht nach Hause eilen, da sie damit beschäftigt waren, sich einzuleben. Also ging ich zuerst zum Büro meines ältesten Bruders.

Baldwyn wusste nichts von meinem Besuch in Houston vor einer Woche. Ich hatte keiner Menschenseele davon erzählt. Aber es war an der Zeit, ihn einzuweihen. „Hey, großer Bruder."

„Hey, Cohen. Was ist?" Er stand hinter seinem Schreibtisch auf, setzte sich auf einen Sessel und deutete auf die Couch. „Nimm Platz."

Als ich mich setzte, hatte ich das Gefühl, dass mir ein Kampf bevorstehen könnte. „Ich war bei Ember und sie hat mir die Wahrheit über Madison gesagt."

Er runzelte die Stirn. „Oder du *denkst*, dass sie dir die Wahrheit gesagt hat."

„Nein, ich weiß es. Ich bin Vater, Baldwyn."

Seine Augen sahen auf den Boden und er schnaubte. „Ich will, dass du einen Vaterschaftstest machst, bevor du irgendetwas anderes unternimmst."

„Ich wurde bereits auf Madisons Geburtsurkunde als Vater eingetragen." Ich biss die Zähne zusammen, während ich auf seine Reaktion auf meine Neuigkeit wartete.

Langsam hob er den Kopf, bis sich unsere Augen trafen. „Was?"

„Ich bin jetzt offiziell ihr Vater. Und ihr Nachname ist Nash. Ich will es so. Ich brauche keinen dummen Test, um mir zu sagen, was ich in meiner Seele fühle – sie ist mein Kind. Ich weiß, dass es so ist."

„Dann befolge wenigstens meinen Rat, die Vereinbarungen zwischen dir und ihrer Mutter rechtsgültig zu machen." Er stand auf und ging hin und her. Er war eindeutig verärgert. „Wenn du keine gültige Sorgerechtsvereinbarung hast, könnte sie versuchen, dir dein Kind wieder wegzunehmen. Und das darf nicht passieren." Er blieb stehen und sah mich streng an. „Um deines Kindes willen, Cohen."

„Ich glaube nicht, dass ich diesen Weg gehen muss. Ember und ich sind uns einig darüber, wie wir unsere Tochter großziehen wollen. Sie ziehen heute in mein Gästehaus. Ember wird hier im Resort arbeiten. Und Madison wird eine Privatschule besuchen, in der wir sie bereits angemeldet haben. Sie beginnt am Montag und kann es kaum erwarten."

Er schüttelte den Kopf und war offenbar immer noch nicht davon überzeugt, dass ich das Richtige tat. „Du brauchst rechtliche Dokumente. Du musst dafür sorgen, dass deine Tochter und dein Geld in Sicherheit sind."

„Wenn es zwischen Ember und mir nicht funktioniert, wird sie bestimmt um Kindesunterhalt bitten. Aber ich glaube nicht, dass es dazu kommen wird. Wenn ja, werde ich mich darum kümmern, sobald es nötig ist." Er hatte keine Ahnung, dass ich unsere aufkeimende Beziehung nicht mit Anwälten und Fahrten zum Gerichtsgebäude trüben wollte. „Baldwyn, ich glaube, ich bin in Ember verliebt. Mit Zeit und Geduld könnten wir die Familie werden, die unsere

Tochter braucht und verdient. Ember dazu zu bringen, Dokumente über Geld und Sorgerecht zu unterschreiben, würde nur dem im Weg stehen, was ich wirklich mit ihr will."

„Aber du musst dir um wichtigere Dinge Sorgen machen als um das, was zwischen euch beiden passieren *könnte*. Du musst für die Zukunft vorsorgen." Er schien nicht so leicht aufgeben zu wollen.

„Ich weiß, dass du nur daran denkst, was für mich am besten ist."

„Und für deine Tochter, Cohen. Ich sage das aus keinem anderen Grund, als um sicherzustellen, dass ihre Mutter sie dir nicht wegnehmen und jahrelang von dir fernhalten kann. Du musst verstehen, dass deine Gefühle für Ember möglicherweise verhindern, dass du gute Entscheidungen für dich und deine Tochter triffst."

„Baldwyn, du weißt, dass ich dich liebe und respektiere. Aber ich kann mich nicht dazu bringen, so zu denken. Ich muss Ember zeigen, dass ich ihr vertraue. Nach allem, was sie getan und durchgemacht hat, muss ich ihr zeigen, dass sie vertrauenswürdig ist."

„Aber das ist sie nicht", erinnerte er mich. „Sie hat sich als überhaupt nicht vertrauenswürdig erwiesen. Sie ist nicht zu dir gekommen, um dir von deiner Tochter zu erzählen. Du bist zu ihr gegangen."

Ich wusste, dass ich ihn nicht dazu bringen würde, die Dinge so zu sehen, wie ich es wollte, und ich musste damit leben. „Wir sind offenbar unterschiedlicher Ansicht. Ich erwarte trotzdem von dir, dass du Ember mit Respekt behandelst. Ich kenne sie. Ich kenne die Frau, die sie war, bevor das alles passiert ist. Und mit etwas Vertrauen und Liebe weiß ich, dass sie gedeihen wird. Ohne dieses Vertrauen und diese Liebe kann das Mädchen, in das ich mich damals verliebt habe, nicht zu mir zurückkehren. Und ich will sie zurück – ganz und gar."

„Viel Glück dabei. Du hast mein Wort, Cohen. Ich werde sie in keiner Weise schlecht behandeln. Wir alle sollten uns bald treffen, um deine Tochter in unserer Familie willkommen zu heißen."

„Das höre ich gerne, Bruder."

Nachdem die Dinge zwischen uns geregelt waren, fuhr ich aufgeregt nach Hause. Aber Baldwyns Worte gingen mir nicht aus dem Kopf.

Was ist, wenn er recht hat und ich mich irre?

Als ich meinen Truck in der Garage parkte, wusste ich, dass ich positiv denken musste. Ich ging durch das Haus und dann durch die Terrassentür. Ich blieb stehen, als ich die Terrasse erreichte, und holte tief Luft. *Sie sind hier und das ist alles, was zählt.*

Die Tür zum Gästehaus flog auf, bevor ich den ganzen Weg über die Terrasse zurückgelegt hatte, und Madison kam herausgerannt. „Es ist so schön!" Sie sprang in meine Arme und wir umarmten uns. „Ich bin so froh, dass du uns hier wohnen lässt!"

„Ich bin froh, dass ihr hier wohnen wollt." Ich sah Ember an, die mich strahlend anlächelte. „Wie schön, dass ihr gekommen seid."

„Dieser Ort ist unglaublich, Cohen." Sie ging auf uns zu. „Es gibt so viel zu sehen. Aber wir lieben alles am Gästehaus."

„Ja, es ist das beste Haus, in dem ich je gewohnt habe", sagte Madison, als ich sie wieder auf die Beine stellte.

„Möchtet ihr einen Rundgang durch das Haupthaus machen?" Dort sollten sie irgendwann selbst wohnen, wenn es nach mir ging. Nicht, dass ich sie drängen würde. Aber ich hatte das Gefühl, wenn sie wüssten, was direkt gegenüber von ihnen lag, würden sie vielleicht eher früher als später zu mir kommen.

„Cohen, wenn du ihr zeigst, was da drin ist, wird sie mit dem Gästehaus nicht mehr glücklich sein", ließ Ember mich wissen. „Vielleicht solltest du noch ein bisschen damit warten."

Madison schüttelte den Kopf. „Ich werde immer mit dem Gästehaus zufrieden sein, Mama."

Ich wusste, dass Ember recht hatte und nahm Madison bei der Hand. „Nun, bring mich in euer neues Haus und zeige mir, wo du schlafen wirst."

Madison schmollte, als sie die offenen Terrassentüren betrachtete, die in mein Haus führten. „Im Ernst?"

Achselzuckend sah ich Ember an. „Ich würde es euch wirklich gern zeigen."

„Also gut, lass uns einen Rundgang durch seine Villa machen." Ember folgte mir, als ich sie hineinführte.

„Das ist keine Villa", sagte ich. „Meine Brüder haben Villen. Wenn wir sie besuchen, werdet ihr herausfinden, was der Unterschied ist. Und einer meiner Brüder und seine Familie leben in Irland und besitzen ein Schloss."

„Ein Schloss?" Madisons Augen verengten sich, als ob sie mir nicht ganz glauben würde.

„Ja, ein Schloss", sagte ich. „Ein echtes, mit einem Wassergraben und einer Zugbrücke. Ich muss dich bald dorthin bringen, um es dir zu zeigen."

„Cohen", warnte mich Ember. „Wir sollten sie nicht überfordern."

„Du hast recht. Das Wichtigste zuerst. Das ist die Küche, in der mein jüngerer Bruder manchmal für mich kocht." Ich führte sie durch den Raum. „Er ist Profikoch."

„Wow!" Madison war beeindruckt. „Sie ist wirklich groß und sieht aus wie etwas aus einem Film."

Ich ging weiter und zeigte ihnen einen Raum nach dem anderen, bis wir wieder im Wohnzimmer standen. „Fertig. Liebst du das Gästehaus immer noch, Maddy?"

„Ich liebe es immer noch. Ich liebe alles hier. Und ich liebe, dass wir in deiner Nähe wohnen können." Sie sah ihre Mutter an. „Bist du nicht auch froh darüber, Mama?"

„Ich bin überglücklich." Ember setzte sich und tätschelte den Platz neben ihr auf dem Sofa. „Komm her, Madison." Sie sah mich an. „Cohen, setzt du dich auf ihre andere Seite?" In ihren goldbraunen Augen war ein Ausdruck, der mich überraschte.

Ich war nicht hundertprozentig sicher, aber es schien, als wäre Ember bereit, Madison die Wahrheit zu sagen. Ich holte tief Luft, nahm den Platz auf der anderen Seite unserer Tochter ein und wartete darauf, was als Nächstes kommen würde. Mein Herz schlug schneller und ich hatte keine Ahnung, was passieren würde.

„Mama, warum siehst du Cohen so an?" Madison starrte zwischen ihrer Mutter und mir hin und her. „Und warum siehst du Mama so an, Cohen?"

Ember nickte mir zu, aber ich konnte es nicht glauben. „Bist du sicher?"

„Ja", bestätigte sie.

„Ihr macht mir Angst", ließ Maddy uns wissen.

Ich wollte ihr keine Angst machen, also schaute ich in ihre Augen und nahm ihre Hände in meine. „Madison Michelle, so viele Dinge werden sich für dich ändern. Und zwar zum Besseren. Du bekommst ein neues Zuhause und eine neue Schule und wir beide bekommen etwas ganz Besonderes."

Ihre Augen funkelten vor Aufregung. „Was denn?"

Ember legte ihre Hand auf Maddys Schulter und lenkte ihre Aufmerksamkeit von mir ab. „Schatz, ich weiß, dass wir nicht viel über deinen Vater gesprochen haben. Und ich weiß, dass dies für dich ein Schock sein könnte. Ich kannte Cohen vor sieben Jahren, nachdem er mit deiner Tante Ashe zusammen gewesen war. Wir haben uns verliebt und wurden dann für einige Zeit vom Leben getrennt. Er wusste etwas sehr Wichtiges nicht. Nicht bis letzte Woche, als er uns besuchte."

Sie sah mich an. „Was hast du herausgefunden, als du uns besucht hast?"

„Bevor ich dir davon erzähle, möchte ich dir sagen, dass ich deine Mutter während der sieben Jahre, die wir getrennt waren, immer geliebt habe. Das tue ich jetzt noch."

„Gut!" Madison lachte. „Ich denke, ihr seid das perfekte Paar. Ich sehe Herzen in euren Augen, wenn ihr euch anschaut."

Ich blickte meine Tochter an. „Was siehst du jetzt in meinen?"

Sie wirkte ein wenig verwirrt, als sie tief in meine Augen starrte. „Ich glaube, ich sehe auch Herzen für mich darin."

„Das tust du wirklich", ließ ich sie wissen. „Du siehst sie, weil ich dich liebe. Und das nicht nur, weil du das beste Kind der Welt bist. Madison, deine Mutter hat mir damals ein Geschenk gemacht, von dem ich bis letzte Woche nichts wusste."

„Was war es?", fragte sie mit großen Augen.

„Du warst es, Schatz. Du bist mein kleines Mädchen." Ich sah Ember an, während Tränen über ihre roten Wangen strömten. „Du bist unser kleines Mädchen, Madison Michelle Nash. Ich bin dein Vater."

Tränen füllten Maddys Augen zum gleichen Zeitpunkt, als meine Sicht verschwommen wurde, und wir hielten einander fest und weinten.

Mein Herz war noch nie so voller Liebe.

KAPITEL ACHTUNDZWANZIG

EMBER

Unsere erste Umarmung als Familie war noch emotionaler, als ich es mir vorgestellt hatte. Die Tränen auf unseren Gesichtern sagten mir, dass jeder einzelne von uns glücklicher war als jemals zuvor.

Die Lügen liegen endlich hinter mir.

Ich war diejenige, die darauf gedrängt hatte, nichts zu übereilen, aber als wir alle zusammengekommen waren und so viel Liebe in Cohens Augen gewesen war, hatte ich gewusst, dass es Zeit war, unserer Tochter die Wahrheit zu sagen. Sie hatte es verdient, hier in dem Wissen neu anzufangen, dass sie einen Vater hatte, der sie liebte.

Cohen stand auf und ließ uns im Wohnzimmer allein, bevor er mit einer Schachtel Taschentücher zurückkam. „Ich musste ziemlich lange suchen, aber hier, das ist für euch, Mädchen."

Ich zog ein paar Taschentücher heraus und tupfte Madisons Augen ab. „Hier, Schatz. Lass mich dir helfen."

„Mama, was bedeutet das alles?"

Cohen setzte sich wieder neben sie. „Es bedeutet, dass wir drei davon wissen, aber wir können es deinen Großeltern oder deiner Tante noch nicht verraten."

„Oh." Ich hatte Cohen meine Neuigkeiten noch nicht erzählt. „Ich war so beschäftigt, dass ich vergessen habe, es dir zu sagen."

„Was meinst du?"

„Ich habe es meiner Familie bereits mitgeteilt, Cohen. Ashe hat überraschend gut reagiert und als meine Eltern das sahen, sagten sie nur, dass sie uns alles Gute wünschen."

„Siehst du", sagte Madison selbstgefällig. „Ich habe dir gesagt, dass Tante Ashe nicht sauer wird, nur weil du Cohen magst." Sie grinste, als sie Cohen ansah. „Ich meine ... *Dad.*"

Seine Hand wanderte zu seinem Herzen, als seine Augen wieder glänzten. „Oh mein Gott. Du hast keine Ahnung, was du gerade für mich getan hast." Er umarmte sie erneut und Tränen liefen über seine Wangen, als er mich ansah. „Ich bin ihr Vater. Sie hat mich Dad genannt."

Madison lachte. „Ich wollte dich nicht wieder zum Weinen bringen." Sie wartete eine Sekunde, bevor sie hinzufügte: „Dad."

„Oh, mein Herz!", jammerte er. „Du hältst es in deiner Hand, kleines Mädchen. *Mein* kleines Mädchen."

Schließlich ließ er sie los und griff nach den Taschentüchern. Er putzte sich die Nase und wischte sich die Augen ab. „Ich kann mich nicht erinnern, wann ich das letzte Mal geweint habe. Ich war damals ein Kind, denke ich."

„Hör auf damit", verlangte Madison. „Ich habe euch etwas zu sagen."

„Nur zu, Schatz", sagte ich und strahlte sie an. „Sag, was auch immer du willst. Frag uns, was du willst. Wir werden dir die Wahrheit sagen." Ich war so glücklich, dass ich nichts mehr verheimlichen musste, und mein Herz sehnte sich danach, immer mehr Wahrheiten auszusprechen.

„Nun, ich würde gerne fragen, ob wir hier bei dir wohnen können, Dad, anstatt im Gästehaus."

Ich deutete mit dem Finger auf Cohen. „Das habe ich dir gleich gesagt. Wenn du ihr dieses Haus zeigst, ist sie mit dem anderen nicht mehr zufrieden."

„Das ist es nicht, Mama", widersprach Madison. „Es ist nur so, dass ich möchte, dass wir sofort eine echte Familie werden. Ich will meinen Vater sehen, wenn ich aufwache und wenn ich schlafen gehe, und ich will mit ihm frühstücken und zu Abend essen. Und das will ich auch mit dir, Mama. Ich will nicht, dass wir in verschiedenen Häusern wohnen."

Cohen lächelte, als er nickte. „Natürlich könnt ihr hier bei mir wohnen. Ich wollte das von dem Moment an, als ich deine Mutter wiedersah."

Wieder einmal wurde ich daran erinnert, dass er mich gewollt hatte, bevor er überhaupt ahnen konnte, dass wir ein gemeinsames Kind hatten. „Wirklich?"

„Wirklich." Er wies mit dem Daumen hinter sich und sagte zu Madison: „Komm mit und zeig mir, welches Zimmer du willst."

Sie sprang auf und rannte los, während er ihr folgte. „Ich weiß es schon!"

Da sie eine Weile beschäftigt sein würden, ging ich zurück zum Gästehaus, um unsere Koffer zu holen, und war dankbar, dass wir sie noch nicht ausgepackt hatten. Auf dem Weg dorthin nahm ich mir einen Moment Zeit, um den wunderschönen Pool zu bewundern. Der Wasserfall funkelte, als die Sonne dahinter unterging.

Das Leben würde ganz anders sein, als es gewesen war. *Unser Leben wird jetzt so viel besser.*

Ich fühlte mich federleicht, als ich zum Gästehaus ging, so als wäre auf magische Weise eine Last von meinen Schultern genommen worden. Von dem Moment an, als wir das herrliche Haus betreten hatten, waren Madison und ich von der wunderschönen Umgebung fasziniert gewesen.

Ich war mir sicher gewesen, dass wir im Gästehaus glücklich sein würden. Aber jetzt zogen wir bei Cohen ein. Wir waren jetzt eine Familie und würden auch so leben.

Nachdem ich Madisons Gepäck abgeholt hatte, ging ich zurück ins Haus. Ich fand Madison direkt neben ihrem Vater auf der Couch, wo sie auf einen Laptop auf seinem Schoß starrte. „Das gefällt mir." Sie wies auf den Bildschirm.

„Einhörner?", fragte er. „Du magst diese albern aussehenden Pferde?"

„Ich liebe sie." Sie blickte zu mir. „Du hast meine Kleider gebracht. Danke, Mama. Dad und ich suchen eine neue Tagesdecke und Vorhänge für mein Zimmer aus."

„Kannst du mir zeigen, welches Zimmer du dir ausgesucht hast, damit ich deine Sachen dort auspacken kann?"

„Ja." Sie wies wieder auf den Bildschirm. „Dazu passen rosa Vorhänge. Es wird so süß aussehen."

„Ich denke, ein weicher rosa Teppich könnte auch süß aussehen", sagte Cohen, als er mit seinen dunklen Augenbrauen wackelte.

„Wer hätte gedacht, dass du so begeistert das Zimmer eines kleinen Mädchens dekorierst?" Ich lachte, als ich Madison den Flur entlang folgte.

„Du wirst noch viel über mich herausfinden, was du nicht wusstest, Ember Wilson", rief er mir nach.

Das hoffe ich sehr.

„Ich mag das hier." Madison ging durch die Tür des ersten Zimmers auf der rechten Seite. Es war ein Wohnzimmer mit Sofa und Sesseln und einem riesigen Fernseher an der Wand. Aber das war erst der Anfang. Von dort gingen wir durch eine weitere Tür in das eigentliche Schlafzimmer. Ein Kingsize-Bett stand mitten in dem riesigen Raum.

Alles passte zusammen, vom weiß gestrichenen Holz, aus dem das Kopf- und Fußteil des Bettes bestand, bis zu den drei Kommoden an den Wänden. Die Schranktür war direkt gegenüber vom Bett und Madison lief los, um sie zu öffnen. „Hier rein, Mama."

Ich staunte über die Größe des Schranks. „Ich kann kaum glauben, dass es hier in jedem begehbaren Kleiderschrank Waschmaschinen und Trockner gibt." Ich stellte die Koffer auf den Boden. „Du weißt, dass du damit keinen Unsinn machen darfst, okay? Und klettere niemals hinein."

„Glaubst du, ich bin verrückt, Mama?" Sie stemmte die Hände in die Hüften, als sie mich ansah, als wäre *ich* verrückt. „Ich werde nicht in eine Waschmaschine oder einen Trockner klettern. Und ich weiß nicht einmal, wie sie funktionieren. Also musst du immer noch meine Sachen für mich waschen."

Ich fing an, ihre Kleider auszupacken, und sie half mir, sie dorthin zu hängen, wo sie sie erreichen konnte. „Mir gefällt, dass es eine niedrige Stange für mich gibt, an der ich meine Sachen aufhängen kann. Es ist, als hätte er gewusst, dass ich hier wohnen würde."

„Diese Stange ist für Hosen. Aber ich bin froh, dass es dir gefällt." Es gab so viel Platz, dass der Schrank trotz all ihrer Kleidung immer noch leer aussah. „Ich schätze, ich muss dir mehr Kleider kaufen. Wir werden ewig brauchen, um diesen Schrank zu füllen."

„Du musst dir auch mehr Kleider kaufen, Mama. Du wirst

bestimmt auch einen so großen Schrank haben. Welches Zimmer suchst du dir aus?"

„Das neben deinem. Welches sonst?" Ich wollte nicht zu weit von ihr weg sein. „Auf diese Weise kannst du einfach in mein Zimmer kommen, wenn du aufwachst und aus irgendeinem Grund Angst hast."

„Ich könnte dich auch anrufen und dir sagen, dass du zu mir kommen sollst. Das mache ich bei Grandma und Grandpa, weil sich ihr Schlafzimmer auf der anderen Seite des Hauses befindet." Ihre Augen wurden ein wenig glasig. „Sie können uns hier besuchen, oder?"

„Ganz bestimmt." Ich war mir nicht sicher, ob Ashe uns bei Cohen zu Hause besuchen wollte – sie hatte mir alles Gute gewünscht, aber ich wusste nicht, ob sie bereit war, sich mein neues Leben mit ihrem Exfreund anzusehen. Das durfte mich allerdings nicht stören. „Wir werden sie bald einladen."

„Ja, das sollten wir." Sie führte mich aus dem Zimmer. „Lass uns deine Sachen holen und sie aufräumen. Ich werde dir helfen."

„Du bist mir eine große Hilfe." Ich folgte ihr zurück ins Wohnzimmer, wo Cohen auf seinem Laptop herumtippte. „Du siehst aus, als hättest du jede Menge Dinge für ihr Zimmer gefunden."

„Das habe ich auch." Er drehte den Laptop, um uns zu zeigen, was er entdeckt hatte. „Das Zimmer wird wie der wahr gewordene Traum eines kleinen Mädchens aussehen. Wenn es von Einhörnern träumt."

„Das ist viel zu viel", stöhnte ich. Er hatte so viele Dinge ausgesucht.

„Nein, das ist es nicht, Mama." Madison sah mich streng an. „Ich liebe Einhörner, weißt du."

„Ich hätte Albträume in einem Zimmer mit so viel Zeug." Ich konnte bereits sehen, dass Cohen Madison schrecklich verwöhnen würde – und sie würde jede Sekunde davon genießen.

„Mama hat gesagt, dass sie das Zimmer direkt neben meinem nimmt", sagte Madison, als sie neben Cohen auf die Couch kletterte. „Was denkst du darüber, Dad?"

„Ich denke, dass deine Mutter sich jedes Zimmer aussuchen kann, das sie will." Er sah mich an. „Das hier ist dein Zuhause."

Ich drehte mich um, um zu gehen. „Du bist sehr großzügig. Glaube nicht, dass wir das nicht wertschätzen."

„Kylies Mom und Dad teilen sich ein Schlafzimmer. Und Grandma und Grandpa auch", sagte Madison.

Ich ging weiter. „Weil sie verheiratet sind, Schatz."

„Verheiratet?" Sie schien nicht sicher zu sein, was dieses Wort bedeutete. „Dad, bist du mit Mom verheiratet, weil ihr mich habt?"

Ich erstarrte und konnte mich nicht bewegen. Ich war mir nicht sicher, wie ich diese Frage beantworten sollte.

Cohen sagte schnell: „Nein. Nicht alle Menschen, die zusammen Kinder haben, sind verheiratet. Das bedeutet nicht, verheiratet zu sein. Wenn man jemanden findet, den man sehr liebt, kann man sich entscheiden, den Rest seines Lebens mit ihm zu verbringen. Nur dann würde man jemanden bitten, einen zu heiraten."

„Wirst du Mama bitten, dich zu heiraten?"

Mein Gott, dieses Kind hat ein Talent dafür, mich in tödliche Verlegenheit zu bringen!

KAPITEL NEUNUNDZWANZIG

COHEN

Ein Monat war vergangen, seit Madison und Ember bei mir eingezogen waren. Sie jeden Tag zu sehen machte mich glücklich und ich wusste, dass ich nie wieder anders leben wollte.

Das Einzige, was es noch besser gemacht hätte, wäre, wenn Ember und ich unsere Beziehung richtig beginnen könnten. Wir waren beide so darauf bedacht, dass sich unsere Tochter in der neuen Situation wohlfühlte, dass wir uns keine Zeit für uns selbst genommen hatten.

Ember hatte einen neuen Job, der sie beschäftigt hielt. Und Madison hatte die neue Schule und ging in die Kindertagesstätte. Da diese im Resort war, war sie davon begeistert – ich war stolz darauf, dass mein kleines Mädchen das Resort genauso liebte wie ich.

Alles in allem gab es jede Menge Veränderungen, an die wir uns gewöhnen mussten. Und wir hatten so viel zu tun, dass Ember und ich nicht zugelassen hatten, dass Romantik ins Spiel kam.

Noch nicht.

Jetzt, da ich eine Tochter hatte, an die ich denken musste, wusste ich, dass ich vieles anders machen musste als in der Vergangenheit. Ich musste Madison zeigen, wie ein Mann eine Frau behandeln sollte. Ich musste ihr zeigen, dass sie nur das Beste verdiente.

Da ich selbst einmal ein Casanova gewesen war, musste ich dafür sorgen, dass sie wusste, worauf sie sich einließ, wenn sie sich jemals mit so einem Mann verabredete.

Ich musste sicherstellen, dass sie niemals etwas anderes als das Beste von einem Mann akzeptieren würde, der dachte, er hätte eine Chance bei ihr.

Seit ich Ember wiederbegegnet war, hatten wir uns nicht einmal geküsst. Ich hatte sie mit größtem Respekt behandelt, ihre Grenzen geachtet und nicht versucht, sie zu drängen. Aber jetzt war es Zeit, ihr zu zeigen, dass ich Romantik wollte. Ich musste es so machen, dass Madison sah, dass auch sie Liebe nur dann annehmen konnte, wenn sie ihr in angemessener Weise gegeben wurde.

Also rief ich meinen jüngeren Bruder Stone an und bat ihn um einen Gefallen. Er kochte uns gerade ein köstliches Essen, als ich nach Hause kam und nachsah, wie es lief. Ich roch frisch gebackenes Brot, sobald ich hineinging. „Hier riecht es großartig, Bruder."

„Ich bin froh, dass du so denkst." Er kam aus der Küche und wischte sich die Hände an einem weißen Geschirrtuch ab, das am Bund seiner Jeans hing. „Ich bin gerade dabei, die Spargelbündel fertigzustellen. Komm, sieh dir an, was ich bisher gemacht habe."

Mein Bruder war nicht nur ein großartiger Koch, sondern wusste auch, wie man alles für einen romantischen Abend dekorierte. Er führte mich auf die Terrasse, wo er einen kleinen Tisch für zwei Personen aufgestellt hatte. Papierlaternen hingen an langen Schnüren und warteten darauf, kurz vor Einbruch der Dunkelheit angezündet zu werden. „Schön, Stone."

Der Wein wurde in einem Edelstahleimer gekühlt und leise Musik erfüllte bereits die Luft. „Ich mag es, wenn die Stimmung und das Ambiente schon wirken, bevor das eigentliche Abendessen beginnt. Aber genug davon. Hast du ihn abgeholt?"

Mit einem Nicken zog ich die Schatulle aus meiner Tasche. „Ja." Ich klappte den Deckel auf. „Was denkst du?"

„Meine Güte!" Seine Augen weiteten sich. „Er ist riesig!"

„Sie ist sehr minimalistisch. Und das liebe ich an ihr. Aber ich möchte, dass sie mindestens ein glamouröses Schmuckstück ihr Eigen nennen kann." Ich steckte die Schatulle wieder in meine Tasche. „Ich werde sie in mein Schlafzimmer stellen. Ist die Lieferung für Ember schon gekommen?"

„Das Kleid hängt in ihrem Badezimmer. Und die Blumen werden auch bald hier sein. Wenn du denkst, dass es jetzt schon gut aussieht, dann warte, bis überall rote Rosen sind."

Mein Handy klingelte. „Das ist Anastasia von der Arbeit. Ich wette, sie sind eingetroffen." Ich ging ran. „Sind sie da?"

„Ja. Ich habe sie in ihre Suiten gebracht, ohne dass Ember einen von ihnen gesehen hat. Sobald Madison von der Schule zurückkommt, hole ich sie aus der Kindertagesstätte ab und bringe sie zu ihnen."

„Sie wird so aufgeregt sein. Sie hat sie seit einem Monat nicht mehr gesehen. Ich werde Ember anrufen und ihr sagen, dass ich Madison abgeholt und bereits nach Hause gebracht habe, damit sie nicht zur Kindertagesstätte geht und alles ruiniert, indem sie zu viele Fragen stellt. Danke, Anastasia."

„Ist *sie* auch gekommen?", fragte Stone.

„Ja, das ist sie. Als ich anrief, um sie zu bitten, zu kommen, hielt sie zunächst nichts von der Idee. Als ich ihr erzählte, was ich vorhatte, sagte sie, dass es zu früh sei. Ich sagte ihr, dass ich es trotzdem tun würde und dass es für mich nicht zu früh war, da ich sieben Jahre darauf gewartet habe. Sie willigte schließlich ein zu kommen und wünschte mir Glück."

„Das war großzügig von ihr." Stone lächelte, als er den Kopf schüttelte. „Ich weiß nicht, ob ich zu einer meiner Exfreundinnen so nett wäre, wenn sie mir sagen würde, dass sie …"

Ich hielt meine Hand hoch. „Merke dir, was du sagen wolltest. Ich muss noch ein paar Dinge erledigen, bevor Ember nach Hause kommt." Ich eilte in mein Schlafzimmer, stellte die Schatulle auf meine Kommode und holte eine Tüte aus dem Schrank.

Ich hatte etwas für Ember gekauft, das sie unter dem Kleid tragen sollte, das ich auch für sie besorgt hatte. Alles stammte aus einer der besten Boutiquen in Austin.

Ich ging in ihr Badezimmer, um die Kleidung dort unterzubringen und sicherzustellen, dass alles perfekt aussah. Ich hatte roten Lippenstift gekauft, um ihr eine Nachricht zu hinterlassen, die sie finden würde, wenn sie nach Hause kam.

Ich schrieb die Anweisungen auf den Spiegel über dem Waschbecken. *Zieh dich um und triff mich auf der Terrasse. XXOO.*

Mein Herz raste, als ich mich fertig machte und hoffte, dass

Ember das Gleiche wollte wie ich. Ich konnte mir nicht ganz sicher sein, aber ich hatte ein gutes Gefühl.

Ein paar Stunden später hörte ich, wie sie den Flur herunterkam. Als sie ihre Schlafzimmertür schloss, verließ ich leise mein Zimmer, um auf die Terrasse zu eilen und dort auf sie zu warten.

Stone hatte sich selbst übertroffen. Rote Rosen füllten jeden Winkel. Die Musik hatte die perfekte Lautstärke und fügte sich in das Rauschen des Wasserfalls ein. Die Sonne, die jetzt tief am Himmel stand, machte die letzten Momente des Tages wunderschön.

Ich füllte unsere Gläser mit Rotwein und ging dann auf die Seite, um mich vor ihr zu verstecken. Ich wollte ihre Reaktion miterleben.

Ich musste nicht lange warten, bis sie aus der Terrassentür kam. Das rote Kleid betonte ihre Taille und ihre Brüste so herrlich, dass es mir den Atem raubte. Ihre Augen schweiften umher. „Was ist hier los?"

Ich trat hinter einem Busch hervor. „Das hier ist für uns. Für dich und mich."

„Ich dachte, du hättest Madison bei dir." Sie sah sich suchend um.

„Sie ist nicht hier. Mach dir aber keine Sorgen. Sie ist bei deinen Eltern und Ashes Familie im Resort. Ich habe alle über das Wochenende eingeladen." Ich ging zu ihr, nahm ihre Hand und zog sie an mich. „Ich wollte mit dir allein sein."

Sie war mir so nah, dass ich spüren konnte, wie ihr Herz raste. „Allein?"

Ich beugte mich vor und flüsterte: „Allein." Ich wiegte mich im Takt der Musik, küsste die Stelle direkt hinter ihrem Ohr und spürte, wie ihr Körper sich an meinen schmiegte, als ihre Knie schwach wurden.

Genau wie in der guten, alten Zeit.

„Was ist in dich gefahren, Cohen?"

Ich drehte sie im Kreis und hielt sie fest. „Stone hat das Abendessen für uns zubereitet. Bist du hungrig?"

Ihre Augen leuchteten, als sie nickte. „Ja."

„Gut." Ich brachte sie zu dem kleinen Tisch und zog die silberne Abdeckung von den Austern, die auf einem Eisbett ruhten. „Ich dachte, wir könnten damit unseren Appetit anregen."

Sie schaute auf die Austern und dann zurück zu mir. „Du willst also heute Abend ein neues, romantisches Kapitel für uns beginnen.

Und da du ein Aphrodisiakum serviert hast, kann ich vermutlich auf mehr hoffen."

„Nicht heute Nacht." Ich küsste ihre Nasenspitze. Dann zog ich den Stuhl für sie unter dem Tisch hervor, half ihr, sich zu setzen, und setzte mich auf den Stuhl ihr gegenüber. „Wir beginnen tatsächlich ein neues Kapitel. Und die Romantik wird folgen. Hoffentlich."

„Hoffentlich?" Ihr verwirrtes Gesicht sagte mir, dass sie wirklich keine Ahnung hatte, was ich vorhatte.

Ich nahm eine Auster und hielt sie an ihre Lippen. „Aufmachen."

Sie lächelte verführerisch. Dann öffnete sie ihren Mund und die Auster glitt über ihre Zunge und ihren Hals hinunter. „Mmmh. Es ist lange her, dass ich so etwas hatte."

„Das letzte Mal war mit mir, nicht wahr?" Ich aß auch eine.

„Ja." Sie legte ihre Hand auf meine, als ich nach einer weiteren Auster griff, um sie zu füttern. „Wenn es kein Liebesspiel geben wird, sollte ich nicht mehr davon essen. Es fällt mir auch so schon schwer genug, meine Kleidung anzubehalten."

„Also fühlst du dich immer noch zu mir hingezogen." Ich musste lachen.

„Ich weiß, wie es ist, plötzlich ein Kind zu haben. Auch wenn du Vater einer Sechsjährigen und nicht eines Neugeborenen geworden bist, musstest du dich stark anpassen. Ich bin nicht überrascht, dass wir keine Zeit für Romantik hatten. Aber ich vermute, darum geht es hier."

„Irgendwie schon." Ich nahm ihre Hand in meine und zog sie an meine Lippen. „Ember, die gemeinsame Erziehung unserer Tochter hat mir so viele weitere Gründe gezeigt, dich zu lieben. Ich möchte, dass du weißt, dass ich dich in jeder Hinsicht respektiere. Ich finde dich großartig. Und ich kann mir ehrlich gesagt nicht vorstellen, jemals wieder ohne dich zu leben."

„Cohen, ich muss dir sagen, dass ich dich auch in jeder Hinsicht respektiere. Du hast dich der Herausforderung, Vater zu sein, wie ein Champion gestellt. Ich hatte keine Ahnung, dass so viel in dir steckt. Es war das Selbstloseste, was ich mir vorstellen kann, mich hier bei dir wohnen zu lassen, damit wir Madison gemeinsam großziehen können. Ich kann dir nicht genug für alles danken, was du getan hast. Und ich kann mir auch kein Leben ohne dich vorstellen."

„Ich bin froh, dich das sagen zu hören, Ember." Ich wusste, dass die Zeit gekommen war. Ich zog die Schatulle aus der Tasche, stand von meinem Stuhl auf und sank vor ihr auf ein Knie.

Ihre Hände bedeckten ihren Mund. „Cohen!"

Ich öffnete die Schatulle und zeigte ihr den Ring. „Ember Wilson, ich habe dich seit unserem ersten Kuss geliebt. Ich habe damals nicht verstanden, was ich fühlte, aber jetzt tue ich es. Würdest du mir die große Ehre erweisen, mich zu heiraten und mich zum glücklichsten Mann der Welt zu machen?"

Sie bewegte sich nicht. Sie blinzelte nicht. Ihre Brust hob oder senkte sich nicht und ich hatte Angst, dass sie nicht einmal mehr atmete. Schließlich streckte sie die Hand aus und strich mit den Fingerspitzen über den Diamanten. „Mit diesem wunderschönen Kunstwerk am Finger muss ich mich künftig modischer kleiden. Das wird Madison sehr freuen. Und wenn sie hört, dass ihre Mutter und ihr Vater heiraten, wird sie überglücklich sein."

„Ist das ein Ja?" Ich musste das Wort hören.

„Ja. Ja, ich will dich heiraten, Cohen Nash. Ich liebe dich und ich will deine Frau werden."

Endlich!

———

EMBER

Als ich den Ring an meinem Finger betrachtete, wusste ich ohne Zweifel, dass sich mein Leben noch mehr ändern würde. Was ich nicht wusste, war, wie schnell es passieren würde.

Nachdem ich den Heiratsantrag angenommen hatte, genossen wir das Essen, das Cohens Bruder für uns zubereitet hatte. Er schickte alle paar Minuten Textnachrichten an irgendjemanden, während wir aßen.

„Was machst du da?", fragte ich nach einer Weile.

„Ich lasse die Leute nur wissen, was los ist." Er starrte auf meinen Teller, als ich die Serviette darauf legte. „Fertig?"

„Ich bin satt. Die Garnelenbiskuitcreme und der Hummer waren köstlich. Ich muss Stone unbedingt dafür danken." Ich griff nach dem Glas Wein, aber Cohen nahm meine Hand.

„Zeit zu gehen." Dann zog er mich hoch und wir gingen durch

das Haus in die Garage. Er öffnete die Beifahrertür seines Trucks für mich.

Ich sah meine Handtasche auf dem Sitz und hatte keine Ahnung, wie sie dort hingekommen war. „Cohen, wie …"

„Ich werde dir auf dem Weg zum Flughafen alles darüber erzählen." Er half mir beim Einsteigen und dann fuhren wir aus irgendeinem Grund zum Flughafen.

Er sagte kein Wort, während wir dorthin unterwegs waren. Stattdessen las er ein paar Textnachrichten. Ich bemerkte die Koffer auf dem Rücksitz erst, als wir den Flughafen erreichten und auf dem Asphalt in der Nähe des Privatjets seines Unternehmens parkten. „Wann hast du die Koffer gepackt?"

„Das erzähle ich dir im Flugzeug." Er führte mich die Treppe hinauf, während ein anderer Mann uns mit unseren Sachen folgte. Er verstaute sie unter einem Sitz und ging dann ins Cockpit. „Lass mich dir mit dem Sicherheitsgurt helfen."

„Cohen, wohin fliegen wir?"

Nachdem er mir den Sicherheitsgurt angelegt hatte, legte er auch seinen an und dann hörte ich den Motor des Flugzeugs. „Nun, du hast Ja gesagt, also werden wir heiraten."

„Jetzt?" Ich konnte es nicht glauben. „Jetzt sofort?"

„Ja, jetzt sofort. Wir werden bald in Vegas sein und dann werden wir heiraten, bevor du dich versiehst."

„Weißt du, ich brauche vielleicht etwas Zeit, um darüber nachzudenken."

„Du willst mich heiraten, oder?"

„Ja."

„Cool. Dann lehne dich einfach zurück und entspanne dich. Bald werden wir Mann und Frau sein."

„Cohen, ich meinte, ich möchte etwas Zeit haben, um über die Hochzeit nachzudenken! Das ist eine große Sache für mich. Und ich weiß, dass Madison wütend auf uns sein wird, wenn wir uns davonschleichen und ohne sie heiraten." Sie war unser größter Fan. Ich wusste, dass sie Teil der Hochzeit sein wollte.

„Sie wird nicht wütend sein." Er hielt meine Hand und lehnte seinen Kopf zurück. „Wir sollten uns jetzt ausruhen. Es wird eine lange Nacht."

Ich hatte keine Ahnung, wie wahr seine Worte waren. Als wir

landeten und eine Limousine uns zu einer kleinen Kirche brachte, bekam ich eine bessere Vorstellung davon, was los war.

Da waren sie – unsere beiden Familien. Und unsere Tochter stand genau in der Mitte und hielt einen Strauß roter Rosen in ihren kleinen Händen. „Wow." Das war alles, was ich sagen konnte.

„Vielen Dank, Baby." Er stieg aus und zog mich mit sich. „Sie hat Ja gesagt!" Er hielt meine Hand in seiner hoch und unsere Familien jubelten.

„Gut gemacht, Mama!", schrie Madison. „Ich bin bereit, dein Blumenmädchen zu sein." Sie kam zu mir und gab mir den Blumenstrauß. „Das brauchst du, wenn du den Gang zum Altar hinunter gehst." Sie ergriff die Hand ihres Vaters. „Komm schon, Daddy, lass uns reingehen und darauf warten, dass sie kommt."

Cohen sah mich an, bevor sie weggingen. „Du wirst zum Altar kommen, oder?"

Ich lachte nur. „Verschwinde, du Romantiker."

Ashe und mein Vater kamen auf mich zu, als alle anderen hineingingen. Dad hakte sich bei mir unter. „Bist du bereit, Schatz?"

Ashe nickte, bevor ich etwas sagen konnte. „Ich kann es in ihren Augen sehen. Sie ist mehr als bereit." Sie hielt einen kleineren Strauß roter Rosen hoch und lächelte. „Ich werde deine Trauzeugin sein."

„Bist du dir da sicher?"

„Ich bin mir sehr sicher, kleine Schwester. Komm schon, Zeit, den Mann deiner Träume zu heiraten."

Die nächsten Minuten waren wie ein schöner Traum. Wir wiederholten die Worte, die der Elvis-Imitator sagte, bevor Cohen mich zum ersten Mal seit sieben Jahren küsste.

Es war, als würde ich schweben, und mein Herz war voller Liebe für ihn. Als sich unsere Lippen voneinander lösten, lehnte er seine Stirn an meine. „Weißt du, auch wenn wir uns immer wieder gesagt haben, dass wir nichts übereilen sollen, haben wir verdammt viel übereilt."

Madison trat grinsend zwischen uns. „Ich hoffe nur, ihr zwei beeilt euch und schenkt mir einen kleinen Bruder oder eine kleine Schwester."

Cohen zog eine Augenbraue hoch und sagte zu mir: „Ich bin dabei, wenn du es bist."

Ein Baby zu bekommen war eine große Sache. Er hatte keine Ahnung, was alles damit einherging. Und es gab Dinge, die ihre Zeit brauchten. Aber dann sah ich, wie das Gesicht unseres kleinen Mädchens leuchtete, während es auf meine Antwort wartete.

Also warf ich den Blumenstrauß über meine Schulter nach hinten und hörte, wie die alleinstehenden Frauen darum kämpften. „Oh, was soll's", sagte ich. „Ich bin auch dabei, Baby." Ich strich mit meiner Hand über die dunklen Haare unserer Tochter. „Wir werden unser Bestes für dich tun, Schatz."

„Das ist alles, was ich verlange."

———

COHEN

Ich drehte mich um und zog sie über mich. Ihre Brüste hoben und senkten sich, als sie versuchte, wieder zu Atem zu kommen. Ich gab ihr keine Zeit dazu und zog sie zu mir nach unten, damit ich sie küssen konnte.

Sie war jetzt in jeder Hinsicht meine Frau. Ich wusste, dass es richtig gewesen war, zu warten, bis wir verheiratet waren, um wieder mit ihr zu schlafen. Jetzt, da wir Mann und Frau waren, war kein Ende unseres Liebesspiels in Sicht.

Sie löste ihren Mund von meinem. „Ich brauche etwas Wasser, Cohen."

Sie kletterte von mir und stellte sich nackt wie am Tag ihrer Geburt neben das Bett. Sie war schweißgebadet und sah schöner aus als je zuvor. „Verdammt, du bist sexy."

Sie trank eine ganze Flasche Wasser aus. „Und du bist unersättlich. Unsere Hochzeitsreise soll zwei Wochen dauern. Was heißt das für mich? Zwei Wochen lang ununterbrochen Sex?"

„Wenn du Glück hast." Ich machte nur Spaß. Wir hatten auch Reisepläne. Ich sprang aus dem Bett und holte mir ebenfalls eine Flasche Wasser. „Eine Verschnaufpause kann nicht schaden."

Sie setzte sich auf das Bett und streckte sich. „Ich weiß, wir haben Madison gesagt, dass wir versuchen würden, ihr Geschwister zu schenken, aber ich glaube nicht, dass sie erwartet, dass wir uns so sehr anstrengen. Wir haben uns die ganze Nacht verausgabt. Wir müssen uns der Tatsache stellen, dass es länger als ein paar Wochen dauern kann, bis wir ihr geben können, was sie will."

„Unsinn. Wir haben sie in zwei Sekunden gezeugt. Wie auch immer, wir müssen sieben Jahre nachholen." Ich scherzte nur, aber der Ausdruck auf ihrem Gesicht sagte mir, dass sie meinen Witz nicht verstanden hatte. „Schatz, komm schon. Ich mache nur Spaß." Ich trank das Wasser und lockte sie mit einem Finger zu mir. „Komm mit. Lass uns ein schönes, langes Bad nehmen, bevor wir schlafen gehen."

„Ja, das klingt großartig." Sie kam bereitwillig mit mir und kurz darauf lagen wir unter einer Decke aus Seifenblasen.

Ich strich mit meinen Händen über ihre Schultern und schien nicht genug von ihr bekommen zu können. Ihre Haut war weicher als in meiner Erinnerung und ihr Körper war kurvenreicher. Ich hatte das Mädchen schon einmal gehabt und jetzt, da ich die Frau hatte, wartete ich sehnsüchtig darauf, wieder auf Entdeckungsreise zu gehen.

Aber sie war eindeutig müde, als sie sich zurücklehnte. „Ich kann das nicht glauben. Wir sind verheiratet, Cohen. Meine Schwester war meine Trauzeugin. Nicht in einer Million Jahre hätte ich erwartet, dass es so kommen würde."

„Es zeigt nur, dass man nie genau weiß, was passieren kann." Ich zog eine Spur von Küssen über ihren Hals. „Ich bin nicht traurig, dass so viel Zeit vergangen ist. Wenn ich ehrlich bin, brauchte ich Zeit, um erwachsen zu werden. Ich brauchte Zeit, um der Mann zu werden, den du und Maddy braucht."

Sie drehte sich zu mir um. Ihre Hände strichen langsam über meinen Schwanz. „Ich bin froh, dass alles gut geworden ist."

„Ich dachte, du wolltest dich ausruhen, Baby."

Ihre Berührung war nicht unbemerkt geblieben und mein Schwanz wurde immer größer. „Ähm, nicht mehr. Ich kann anscheinend nicht genug von dir bekommen, mein geliebter Ehemann. Ich glaube, ich brauchte nur etwas zu trinken, das war alles."

„Meine kleine Verführerin." Ich hob sie hoch und schob ihren Körper über meinen, bis wir miteinander verbunden waren. „Eines der Dinge, die mich am glücklichsten darüber machen, dir wieder begegnet zu sein und ein Kind mit dir zu haben, ist, dass ich alles mit euch beiden teilen kann. Ich möchte dir und unseren Kindern die Welt schenken, Baby. Ich möchte, dass du weißt, dass keiner von euch jemals auf irgendetwas verzichten muss."

„Ich will nur deine Liebe, Cohen. Das Geld ist nur ein Bonus. Wenn du nichts hättest, würde ich dich immer noch lieben." Sie bewegte sich langsam und weckte in mir den Wunsch, dass sie schneller machte.

„Bist du dir da sicher?" Ich war einst pleite gewesen und sie hatte mich verlassen. „Hat die Tatsache, dass ich jetzt Geld habe, dir dabei geholfen, Entscheidungen über mich zu treffen?"

„Nicht wirklich." Sie fuhr mit ihrer Zunge über meinen Hals und knabberte an meinem Ohrläppchen. „Ich meine, wohne ich gerne in einem wunderschönen Haus? Natürlich tue ich das. Und unsere Tochter scheint für Geld gemacht worden zu sein, die kleine Diva. Aber wenn ich ehrlich bin – und das ist alles, was ich für den Rest meiner Tage sein will –, habe ich keine Entscheidungen getroffen, die auf deinem Vermögen oder den anderen netten Dingen, die du besitzt, basieren. Ich liebe dich und das war für mich das Wichtigste."

„Ist das alles?" Ich atmete scharf ein, als sie eine unerwartete Bewegung machte, bei der ich Sterne sah. „Oh, Baby!"

„Gefällt dir das? Ich dachte, ich könnte mich ein wenig nach links und dann wieder nach rechts bewegen, nur um zu sehen, was passiert." Sie legte ihre Hände auf meine Brust und bewegte sich auf und ab. „Bei dir fühle ich mich sexy und das bringt mich dazu, Dinge auszuprobieren, für die ich vorher nicht den Mut gehabt hätte. Ich denke, deshalb hatten du und ich von Anfang an eine Bindung. Ich hatte das Gefühl, dass ich bei dir einfach ich selbst sein konnte. Und dass du dich bei mir wohl genug fühltest, um du selbst zu sein, anstatt Gottes Geschenk an die Frauen der Welt."

„Nur um das klarzustellen – ich habe mich nie für Gottes Geschenk an die Frauen der Welt gehalten." Ich lachte. „Nur von Texas."

Sie schlug mir auf den Arm, machte wieder die kleine Bewegung und versetzte uns beide in Ekstase.

Unser keuchender Atem hallte von den Wänden wider und schließlich legte sie ihren Kopf auf meine Brust. „Ich will nur noch schlafen."

Ich küsste sie auf den Kopf. „Jetzt habe ich alles, was ich brauche.

Dich, unsere Tochter und eine Zukunft voller Liebe. Baby, ich denke, wir haben es gefunden."

„Was haben wir gefunden, Liebling?"

„Unser Happy End."

BILLIONAIRE'S SECRET BABY
ERWEITERTER EPILOG

Jessica F.

———

COHEN

Unser 1. Hochzeitstag ...

Obwohl Ember und ich bekannt dafür waren, die Dinge gerne zu überstürzen, ein zweites Kind zu bekommen, gehörte anscheinend nicht dazu – auch wenn wir überstürzt daran arbeiteten.

„Ein Jahr, Cohen." Ember nahm ihren Laptop und packte ihn in die Ledertasche, die mit ihren Initialen bestickt war. Ich hatte sie ihr gerade erst als Geschenk zu unserem Hochzeitstag gegeben, nachdem sie an der University of Texas angenommen worden war und nun ihr zweites Semester begann. „Vor einem Jahr haben wir geheiratet. Es kommt mir noch gar nicht so lange vor, dir?"

„Mir kommt es vor, als sei es erst gestern gewesen, Schatz." Ich nahm sie in den Arm und küsste sie auf die Stirn. „Ich bringe Madison zu ihrem Onkel Patton und ihrer Tante Alexa. Sie wollte bei ihnen übernachten, weil sie dann mit den Jungs Patty und Matty spielen kann."

Sie schlang ihre Arme um meinen Hals und sah mich mit leuchtenden Augen und einem strahlenden Lächeln an. „Und was sind deine Pläne für unseren ersten Hochzeitstag?"

„Das – ist eine Überraschung." Ich wollte ihr noch nichts verraten. „Ich werde die Sachen, die du später tragen sollst, rauslegen lassen."

Sie hob die Augenbrauen und fragte: „Du weißt schon, dass ich morgen auch Unterricht habe, oder? Mein erster Kurs ist um neun. Ich werde also heute Abend nicht lange aufbleiben und auch nicht viel trinken. Daran solltest du denken."

„Ich möchte, dass du deine Kurse gut bestehst, also werde ich natürlich daran denken. Deswegen beginnen die Feierlichkeiten zu unserem Hochzeitstag auch um Punkt fünf Uhr. So sind wir bis zehn Uhr mit allem durch. Ich respektiere deine Schlafenszeit, Schatz." Ich war stolz auf Ember, dass sie sich weiterbildete. Und Madison fand es sehr cool, dass ihre Mutter eine College-Studentin war, um eine Kindergarten-Lehrerin zu werden.

„Ich habe für dich auch eine Überraschung, Cohen. Deswegen würde ich gerne wissen, ob wir ausgehen oder zu Hause feiern." Sie küsste mich auf die Wange und ging in Richtung Tür.

„Es findet hier statt." Nun hatte sie meine Neugierde geweckt und ich folgte ihr aus dem Schlafzimmer. „Passt das zu der Überraschung, die du für mich hast?"

„Das passt sehr gut." Sie blieb vor dem Zimmer unserer Tochter stehen und rief: „Madison ich gehe jetzt zur Schule."

Mit einem breiten Lächeln kam Madison auf den Flur gelaufen. „Ich auch! Es ist so cool, dass wir beide jetzt zur Schule gehen, Momma!" Sie nahm die Hand ihrer Mutter und wir gingen alle gemeinsam zur Garage, um in unseren jeweiligen Tag zu starten.

Ich hatte für jedes meiner tollen Mädels ein Geschenk. Ich holte die Gegenstände aus meinem Truck hervor und überreichte sie ihnen. „Eins für dich, Maddy, und eins für dich, Ember."

Maddy packte ihr kleines Geschenk schnell aus. „Was ist das, Daddy?"

„Ein Geschenk, um an den Tag zu erinnern, an dem wir eine Familie geworden sind, Süße."

Ember wartete mit ihrem Geschenk noch und schaute Madison zu. „Das ist sehr süß von Daddy. Nicht wahr, Madison?"

„Das ist es!" Es kam eine kleine, schwarze Schachtel zum

Vorschein und sie öffnete sie schnell. Darin lag eine Halskette, die speziell für sie angefertigt war. Sie nahm sie aus der Schachtel, und blickte auf ihren Namen, der auf dem silbernen Anhänger eingraviert war. „Madison Michelle Nash." Ihre Augen wurden feucht. „Oh Daddy, das ist was ganz Besonderes. Danke."

Ich nahm die Kette in meine Finger und legte sie ihr um. „Du bist für mich etwas ganz Besonderes, Kleines. Und der Tag, an dem ich dir meinen Nachnamen gab, ist einer der wichtigsten Tage meines Lebens."

Maddy berührte die Kette und sah ihre Mutter an. „Was hast du bekommen?"

Endlich öffnete Ember ihr Geschenk und fand einen Schlüsselanhänger. Sie hielt ihn hoch und fragte: „Du schenkst mir ein Auto?"

Ich drückte auf die Fernbedienung und das Garagentor öffnete sich. „Es wurde heute Morgen ganz früh geliefert. Einen fröhlichen ersten Hochzeitstag, Mrs. Nash."

Ihr Mund stand offen, als sie sah, was da auf sie wartete. „Das gibt's nicht!"

„Mom! Das ist schön!"

„Es ist ein Tesla", flüsterte Ember. „Ein Auto, das autonom fahren kann." Langsam löste sie ihren Blick von dem glänzenden, perlfarbenen Auto und sah mich an. „Du bist der beste Ehemann aller Zeiten. Weißt du das?"

„Ich versuche es zu sein. Aber es tut gut, es von dir zu hören." Ich nahm sie in den Arm und küsste sie sanft auf den Mund. „Du verdienst nämlich nur das Beste."

„Keine Ahnung, wie ich so ein Glück haben konnte, aber ich bin sehr dankbar dafür." Sie küsste mich ein weiteres Mal.

Jemand zog an meinem Hemd und löste mich von meiner wunderschönen Frau. Ich schaute nach unten und sah, dass meine Tochter mich anstarrte. „Ich fühle mich auch glücklich, Daddy."

„Da bin ich mir sicher, Süße." Ich entließ Ember aus meiner Umarmung, hob Madison in die Luft und küsste sie auf die Wange. „Wir alle sind sehr glückliche Menschen."

Ember verschwendete keine Zeit und machte sich daran, ihr neues Auto kennenzulernen. Dann ließ sie sich davon fahren und ich folgte ihr, um Maddy zur Schule zu bringen. „Ich werde dich nach der Schule abholen und zu Onkel Patton und Tante Alexa bringen, damit du bei ihnen übernachten kannst. Sie freuen sich schon darauf."

„Ich freue mich auch. Es ist schon ewig her, dass ich bei ihnen übernachtet habe. Ich wette, Patty und Matty haben mich auch schon vermisst." Sie grinste und schaute aus dem Fenster, doch dann verschwand ihr Lächeln plötzlich und sie sah mich wieder an. „Dad, warum habe ich von Mom und dir noch kein Schwesterchen oder Brüderchen bekommen?"

Hin und wieder wurde Madison bewusst, dass ein Geschwisterchen fehlte. Ember und ich hatten mit ihr darüber geredet, dass Babys nicht immer kommen, wenn man es möchte. Manchmal dauerte so etwas. Doch hier saß sie nun und fragte erneut, warum sie ein Einzelkind war.

Es war nicht mehr weit bis zu ihrer Schule, daher blieb mir nicht mehr viel Zeit, ihr zu erklären, warum noch kein Baby da war. Aber ich versuchte es mit einer schnellen Erklärung. „Weißt du, alle Babys sind ein Geschenk des Himmels. Sie sind ein Geschenk von Gott."

„Ach ja?" Ihre hochgezogenen Augenbrauen verrieten mir, dass ich ihre Aufmerksamkeit hatte. „Also glaubst du, dass Gott noch nicht bereit ist, uns ein Geschenk zu bringen? Ist das so?"

„Ja." Ich war froh, dass sie selbst darauf kam. Das machte es mir wesentlich leichter.

Nicht, dass es für Ember oder mich leicht war. Ich gab mir die Schuld und sie gab sich die Schuld. Ich habe viel trainiert und jahrelang eine Menge Protein und Kreatin zu mir genommen.

Ungefähr drei Monate nach unserer Hochzeit, nachdem sich noch immer keine Schwangerschaft ankündigte, hatte ich mich laut gefragt, ob es vielleicht an den Substanzen lag, die ich zur Unterstützung meines Muskelaufbaus nahm.

Bis dahin hatte Ember keine Ahnung gehabt, dass ich überhaupt etwas nahm und fand, dass ich aufhören sollte, irgendwas zu nehmen. Dann fragte sie sich, ob sie etwas tun sollte, um ihre Chancen auf eine Schwangerschaft zu erhöhen. Das war der Startschuss für eine ausgiebige Suche nach Dingen, die eine Empfängnis einfacher machten.

Mein Bruder Baldwyn hatte ein paar kluge Worte für uns. „Nachdem ihr zwei bisher alles Hals über Kopf gemacht habt, sagt euch die Natur vielleicht auf diesem Weg, dass es in Ordnung ist, sich auch einmal Zeit zu lassen."

Ich wusste nicht, was es war, aber es schien, als würden wir alle drei, Ember, Madison und ich, langsam nervös, weil wir auch nach einem Jahr noch keinen weiteren Familienzuwachs hatten.

In dem Moment, als ich den Platz erreichte, an dem die Lehrer die Kinder abholten, fragte Madison: „Wenn wir kein eigenes Baby haben können, können wir dann eins adoptieren?"

Daran hatte ich nicht gedacht. Ich wusste auch nicht, was Ember davon halten würde. „Schatz, geh einfach zur Schule und denke jetzt nicht darüber nach, ein Schwesterchen oder ein Brüderchen zu haben. Die Dinge werden sich schon klären, so wie immer."

„Das heißt also nein?" Ihre Unterlippe schob sich vor. „Wir können kein Baby adoptieren?"

Ihre Lippe begann zu zittern und ich wusste, dass sie anfangen würde zu weinen, wenn ich jetzt nicht das Richtige sagte. „Ganz und gar nicht. Ich werde heute Abend mit Mom darüber reden, wenn du willst."

Die Unterlippe rutschte wieder zurück und sie lächelte, als die Lehrerin die Autotür öffnete und ihr hinaus half. „Danke Dad! Ich habe dich lieb. Ich sehe dich nach der Schule."

„Ich habe dich auch lieb, Krümel. Bis später."

Ich hatte noch eine Menge Dinge zu erledigen und nun musste ich auch noch daran denken, mir die Zeit zu nehmen, um mit Ember über die Gedanken unserer Tochter zu sprechen.

Falls Madison das Thema vor ihrer Mutter ansprechen und merken würde, dass ich vorher nichts gesagt habe, würde sie mich mit diesem Blick anschauen. Nur sie konnte so schauen und bei mir Schuldgefühle auslösen. Ich versuchte immer, diesen Blick zu meiden.

Ich griff zum Telefon, ich musste die Profis damit anfangen lassen, unser Haus für meine Hochzeitstagsüberraschung vorzubereiten. Es gab so viel zu tun und es war so wenig Zeit.

„Sweet Treasure's Blumenladen, wie kann ich Ihnen heute behilflich sein?", beantwortete eine junge Frau meinen Anruf.

„Hier ist Cohen Nash. Ich habe vor ein paar Woche eine Bestellung aufgegeben."

„Ja, richtig." Ein klickendes Geräusch im Hintergrund verriet mir, dass sie im Computer nachsah. „Die exotischen Blumen sind noch nicht da. Es herrscht ein ziemlich heftiger Wintersturm, der über das gesamte Land hinwegfegt. Ich werde sehen, ob ich herausfinden kann, wann die Lieferung ankommt, und wir werden sie direkt zu Ihnen bringen, Mr. Nash."

Ich kam mir etwas dumm vor, weil ich nichts von einem Sturm wusste. „Bewegt sich der Wintersturm in unsere Richtung?"

„Ja, Sir. Als ich zuletzt den Wetterkanal geschaut habe, sagten sie, wir sollten damit rechnen, dass uns die Kaltfront in den nächsten Stunden erreichen wird", informierte sie mich.

„In ein paar Stunden?" *Was zur Hölle?* „Sagen Sie mir bitte Bescheid, ob die Blumen ankommen werden oder nicht."

„Das werde ich, Sir. Auf Wiederhören."

Wir sollten wirklich mehr Fernsehen schauen.

Ich drehte um und fuhr nach Hause, um Madisons Mantel zu holen. Sie trug nur einen dünnen Pullover, immerhin hatten wir ungefähr 21 Grad. In den meisten Regionen der USA war es Ende Januar zwar sehr kalt, doch in Texas hatten wir selten eisige Temperaturen, auch nicht in den Wintermonaten.

Meine Pläne für heute Abend ließen sich vielleicht nicht gänzlich umsetzen. Aber ich würde das tun, was ich tun konnte. Ich konnte noch immer erfinderisch sein, wenn es nötig war. Etwas, das ich gelernt hatte, als ich noch kein Geld hatte.

Eine Stunde später hatte ich den Mantel bei Madisons Lehrerin abgegeben und war zum Juwelier geflitzt, um ein weiteres Geschenk für Ember abzuholen. Die Türglocke bimmelte, als ich den Laden betrat. „Jemand da?"

Aus dem Hinterzimmer hörte ich Geräusche, bevor ein kleiner Mann nach vorn trat. Er putzte seine Brillengläser mit seinem Hemd. „Was kann ich für Sie tun, mein Sohn?" Er setzte seine runde Brille und einen Cowboyhut auf. Er sah aus, als sei er einem alten Western entsprungen.

Ich hatte meine Bestellung online getätigt, daher wusste ich bis jetzt nicht, wie der Laden eigentlich aussah. So ein seltenes und wertvolles Schmuckstück wollte ich niemand anderem anvertrauen. Und ich hoffte sehr, dass Ember es lieben würde.

EMBER

„Was meinen Sie, die Kurse fallen heute alle aus?" Ich wurde auf dem Studentenparkplatz von einem Sicherheitsangestellten empfangen, der mich auf Biegen und Brechen wieder nach Hause schicken wollte.

Er nahm seine Sonnenbrille ab und musterte mich, als ob ich etwas im Schilde führte. „Sie wissen von der Warnung vor dem Schneesturm, die seit gestern Abend durch die Nachrichten geht, oder?"

„Eine Unwetterwarnung?" Ich hatte keinen Schimmer, dass sich dieses tolle Wetter ändern sollte. „Es sind ungefähr einundzwanzig Grad. Wie kann es da eine Warnung vor einem Schneesturm geben? Und wann soll dieser Sturm da sein. Ich meine, warum sind die frühen Kurse gestrichen?"

Er legte seine Hand auf seine rundliche Hüfte und sah mich müde an. Dann strich er sich mit Daumen und Zeigefinger über die Augenbrauen. Es war offensichtlich, dass dieser Mann zu viel Zucker und Milchprodukte aß. Obwohl er selbst dies nicht zu merken schien. „Was Dinge wie Kurse betrifft, habe ich nicht das Sagen, Miss."

„Mrs.", korrigierte ich ihn. „Ich bin verheiratet."

Sein leichtes Kopfschütteln verriet mir, dass ihm das egal war. „Jedenfalls, wie ich schon sagte. Ich habe nicht das Sagen, wenn es um Kurse geht. Ich muss nur dafür sorgen, dass sich niemand auf dem Campus befindet. Ich vermute, dass die meisten Leute – die meisten intelligenten Leute – entweder zu Hause sind und sich auf den Sturm vorbereiten oder in den Geschäften noch Vorräte einkaufen, bevor das Winterwetter dafür sorgt, dass alle Straßen gesperrt werden."

„Whoa — was sagen Sie da?" Ich hatte keine Ahnung, dass dieser Sturm so schlimm sein sollte, dass sogar die Straßen gesperrt würden. „Sind Sie sicher, dass die Straßen gesperrt werden? Und was ist mit den Geschäften? Werden die auch schließen?" In mir stieg Panik auf und mein Herz begann zu rasen.

„Da bin ich mir sicher. Wir reden von einer arktischen Kältefront, junge Dame. West-Texas hat sie bereits erreicht und in den ersten fünfzehn Minuten sind die Temperaturen bereits auf etwa -1 Grad gefallen."

„Das ist ja mehr als ein Grad pro Minute! Das ist doch viel zu schnell! Das ist verrückt!"

„Da stimme ich Ihnen zu. Und Sie sollten nach Hause oder einkaufen oder was auch immer Sie noch erledigen müssen, bevor Sie und Ihre Familie eingeschneit werden."

Ich schüttelte ungläubig den Kopf. Ich hatte mich wohl verhört. „Moment, was haben Sie gesagt?"

„Eingeschneit. Sie wissen schon – wenn so viel Schnee und Eis liegt, dass man das Haus nicht mehr verlassen kann." Er zeigte auf die Straße. „Jetzt wenden Sie dieses schöne Auto, erledigen Sie das, was Sie erledigen müssen und dann stellen Sie dieses Schmuckstück in Ihre Garage. Ich hoffe doch, dass Sie eine Garage haben. Ich meine – das ist ein brandneuer Tesla. So ein Gefährt braucht während des Jahrhundertsturms einen sicheren Platz."

Es gab noch so viel zu tun und ich hatte keine Ahnung, wie viel Zeit mir blieb. „Wissen Sie Sir, wir sehen nicht viel fern. Mein Mann und ich sind erst seit einem Jahr verheiratet. Wir haben auch eine kleine Tochter. Es ist eine lange Geschichte, aber wir verbringen unsere Zeit lieber gemeinsam, ohne dass wir von elektronischen Geräten gestört werden. Deswegen hatten wir keine Ahnung, was da auf uns zukommt. Wissen Sie, wann das Ding auf Austin trifft?"

„In ein paar Stunden."

„Verdammt!" Mit einem Mal wurde mir klar, dass mir nur noch ganz wenig Zeit blieb, um die Dinge zu erledigen, die man so erledigte, bevor einen der Sturm des Jahrhunderts traf. Ich hatte absolut keine Ahnung.

In Houston hatte es seit Ewigkeiten nicht mehr stark geschneit. Ich musste mit sturzflutartigen Regenfällen und auch mit Hurrikans fertig werden. Aber Winterwetter war in meinem Leben noch nie ein Problem gewesen. Ich fuhr also zum nächsten Supermarkt, um das einzukaufen, was andere Menschen kauften. Das schien mir in diesem Moment die beste Idee zu sein.

Nichts hätte mich auf den Anblick vorbereiten können, der sich mir auf dem Parkplatz des riesigen Supermarktes bot. Es herrschte absolutes Chaos und ich wollte mein neues Auto nirgendwo parken, wo es jemand beschädigen konnte.

Ich parkte also so weit entfernt vom Eingang, wie es nur ging. Dann lief ich über den Parkplatz zwischen fahrenden und parkenden

Autos und zwischen Menschen, die laut irgendwelche Instruktionen riefen, hin und her.

Ich schnappte mir einen leeren Einkaufswagen und als ich den Laden betrat, wartete schon der nächste Alptraum auf mich. „Lieber Gott, steh mir bei", flüsterte ich.

Überall sah ich überfüllte Einkaufswagen und die Menschen, von denen sie geschoben wurden, versuchten sie noch weiter zu füllen. Es schien keinen konkreten Leitfaden zu geben, nach dem die Leute einkauften, sie nahmen einfach, was sie kriegen konnten.

Es gab jedoch eine Ausnahme: Papierprodukte. Toilettenpapier und Taschentücher stapelten sich in jedem Einkaufswagen. Ich eilte also in den Gang, von dem ich wusste, dass ich diese Dinge dort finden würde.

Während ich mich durch die Menschenmenge kämpfte, fiel mir eine weitere Sache auf, die sich in allen Wagen stapelte: Wasser. Die Menschen hatten literweise Wasser in ihre Einkaufswagen gepackt.

Warum? Ich hatte keine Ahnung. Ich wusste auch nicht, warum alle diese Menschen plötzlich vierzig Rollen Klopapier brauchten, aber es lag auch nicht an mir, das zu beurteilen. Ich sollte wohl selbst so viel einsammeln wie möglich. Ansonsten würde meine Familie in diesem Jahrhundertsturm zu Grunde gehen.

Ich hatte mich noch nie so sehr wie eine verantwortungsvolle Erwachsene gefühlt, wie in dem Moment, in dem ich mir das letzte Paket Wasser von der Palette schnappte, die vor einigen Minuten noch voll gewesen war. „Meins!" *Meine Familie wird überleben!*

„Verdammt", brummte ein Mann verärgert vor sich hin.

Er hatte bereits drei Pakete in seinem Wagen und eine Frau – so wie es aussah, seine Frau – hatte ebenfalls drei Pakete in ihrem Wagen. Ich brauchte also kein schlechtes Gewissen haben, dass ich mir das letzte Paket geschnappt hatte. Dann eilte ich in den nächsten Gang, fand beim Toilettenpapier und den Taschentüchern aber nur leere Regale vor. „Nein!"

Ich wusste nicht, wie viel davon wir noch zu Hause hatten. Ich hätte mich am liebsten selbst geohrfeigt, dass ich solche Sachen nicht öfter kontrolliere. Entmutigt verließ ich langsam den Gang. Doch dann hörte ich das vertraute Geräusch von Rollen, die eine schwerer Last trugen. Ich drehte mich um und sah einen dürren Regalauffüller, der eine Palette von dem hinter sich herzog, von dem ich etwas haben wollte. „Toilettenpapier!"

Das Wort laut auszurufen, erwies sich als fataler Fehler, denn im Handumdrehen strömten die Menschen wie Küchenschaben aus allen Ecken in meinen Gang, um sich die begehrte Ware zu schnappen. Der arme Regalauffüller wurde praktisch überrannt und kämpfte sich, leise wimmernd, einen Weg aus der Menschenmenge „Au, Scheiße!"

Ich hielt meinen Wagen fest, denn einige Leute schielten bereits auf mein Wasser, und begab mich in das Kampfgebiet. Arme, Hände und auch Fäuste wirbelten vor mir herum und versuchten zu verhindern, dass ich das bekam, was meine Familie anscheinend am dringendsten brauchte.

Ich schaffte es, meine Finger in ein Paket mit 24 Rollen zu vergraben und in meinen Einkaufswagen zu verfrachten. Anschließend ging ich zu den Taschentüchern und sicherte mir ein wertvolles Sechser-Paket

Ich war der Meinung, die notwendigsten Dinge nun zu haben und entfernte mich von der wilden Meute. Doch während ich durch die weniger überlaufenen Gänge ging, hörte ich plötzlich jemanden rufen: „Wie viele Wiener Würstchen hast du, Ethel?"

Wiener Würstchen?

Ich mochte diese kleinen, weichen Wiener-Dinger nicht einmal, doch wenn alle sie nahmen, sollte ich es auch tun, dachte ich. Ich versuchte desinteressiert und entspannt zu wirken, während ich in den nächsten Gang einbog und mich an zwei korpulenten Männern vorbeischob. Dann schnappte ich mir vier Gläser mit jeweils sechs Würstchen. „Treffer", flüsterte ich und eilte mit meiner Beute davon.

Ich belauschte andere Leute und erfuhr, dass ich noch Cracker, Brot – Weiß- und Weizenbrot – Kekse, Erdnussbutter und jede Knabberei, die ich kriegen konnte, brauchte. In der Regel aßen wir diese Dinge nicht oft und nicht in Massen, aber jeder schien zu glauben, dass man diese Dinge brauchte. Also brauchte ich sie ja wohl auch. Mir war bis heute ihre Bedeutung als Vorräte nicht bewusst gewesen.

Die Schlangen an den Kassen waren der Wahnsinn. Ich stand teilweise so lange in der Reihe, ohne mich auch nur einen Zentimeter zu bewegen, dass ich schon befürchtete, ich würde den Sturm in dieser Schlange verbringen müssen.

Um mich herum redeten die Leute davon, wie beängstigend die ganze Situation war. Und dass so etwas seit Jahren nicht mehr vorgekommen war. Manche erzählten davon, dass im Norden bereits Menschen gestorben seien. Langsam bekam ich Angst. „Sind Sie sicher, dass im Norden schon viele Menschen umgekommen sind?", fragte ich die Frau, die einigermaßen intelligent aussah.

„Es lief heute Morgen in den Nachrichten, also wird es wohl stimmen. Stromausfälle sind der Hauptgrund, dass Menschen sterben. Hypothermie lautet der Fachausdruck. Die Menschen frieren zu Tode – im wahrsten Sinne. Und das in ihren eigenen Häusern. Es ist furchtbar."

Ich hatte gar nicht darüber nachgedacht, wie das Haus geheizt werden soll, wenn der Strom ausfiel. „Gott, wie sollen wir ohne Strom nur unsere Häuser warmhalten?"

„Haben Sie einen Gasherd?" fragte mich ein Mann, der gerade ein Twinkie aß.

Es dauerte einen Moment, bis ich wieder einen klaren Gedanken fassen konnte. „Ähm – ja. Ja, wir haben einen Gasherd! Was bedeutet das? Das wir auf der sicheren Seite sind, wenn der Strom ausfällt?"

Schulterzuckend aß er seine Süßigkeit weiter. „Woher soll ich das wissen? Alles, was ich weiß, ist, dass Menschen mit einem Gasherd, es manchmal schaffen, ihr Haus zu heizen."

„Oh." Ich schüttelte den Kopf und ging einen kleinen Schritt weiter vor. „Dieser Herd wird niemals unser ganzes Haus wärmen. Es ist viel zu groß."

„Sie könnten ja dann einfach in der Küche bleiben" schlug eine Frau vor. „Sie wissen schon, ein paar Matratzen auf den Boden und so. Ein bisschen wie ein Campingausflug."

„Haben Sie Marshmallows und Hot Dogs?" fragte ein anderer Mann und blickte in meinen Wagen. „Die machen den Aufenthalt in der Küche etwas angenehmer. Sie können sie über dem Gasherd rösten. Ich kann in ihrem Wagen aber keine sehen."

„Ich habe diese kleinen Würstchen. Wir können die rösten. Vielleicht schmecken sie so auch besser." Ich nahm ein Paket S'More-Küchlein in die Hand. „Und ich habe die hier, die kann man auch rösten." Ich lächelte und hatte das Gefühl, dieses Spiel endlich verstanden zu haben – auch wenn mir nicht klar war, dass es so etwas wie ein Endzeitsnack-Spiel überhaupt gab.

Doch genauso fühlte es sich für mich an. Wie das Ende der Welt. Eine Welt in der Papierprodukte und Wasser über jedes andere Produkt im Supermarkt standen.

Eine Stunde später ging ich zurück zu meinem Auto, als mir plötzlich einfiel, dass ich ganz vergessen hatte, Cohens Geschenk abzuholen. Und jetzt war ich mir gar nicht mehr so sicher, dass es das beste Geschenk war. Zumindest nicht, solange der Sturm des Jahrhunderts über uns hinwegfegte.

———

COHEN

„Hier bitte, Tex", sagte der alte Juwelier und legte Kette und Ohrringe auf den Tresen. „Das hier ist ein echter Türkis, er stammt aus den Hügeln von New Mexico. Und der wurde nicht nur von echten Ureinwohnern abgebaut, sie haben daraus auch diese wunderschönen Schmuckstücke gemacht. Das ist auch echtes Silber."

„Ein Unikat." Ich strich mit den Fingern über den wunderschönen Stein, der an der Kette hing. Teal, blau-grün und sogar etwas Gold schimmerte durch und machte dieses Stück einzigartig. „Und wundervoll." *Genau wie meine Frau.*

„Lassen Sie es mich für Sie einpacken." Langsam nahm er schimmerndes, weißes Geschenkpapier und breitete es auf dem Tresen aus. „Sind Sie schon auf den Sturm vorbereitet, der auf uns zukommt?"

„Ich schätze so gut wie alle anderen." Ich steckte die Hände in die Taschen und wippte vor und zurück.

„Ja, meine Frau war heute im Laden. Vorhin rief sie an und erzählte mir, was für ein Irrenhaus das war." Er faltete eine Ecke des Papiers so gekonnt, als hätte er schon Millionen Geschenke eingepackt.

Ich hatte keine Ahnung, wovon er redete. „Und warum?"

„Nun, dieser Sturm ist tödlich, darum. Sobald Sie den Laden verlassen haben, schließe ich ab und gehe nach Hause. Es wurde gewarnt, man solle sich darauf einstellen, eine Woche das Haus nicht verlassen zu können. Sieben ganze Tage."

„Was?" Ich lachte, weil sich das Ganze so verrückt anhörte. „Sie machen doch Witze."

„Ganz und gar nicht." Er faltete das Papier ein weiteres Mal und befestigte es mit etwas Tesafilm. „Schnee, Eis und Wind haben schon für einige Stromausfälle gesorgt. Der Sturm kommt aus der Arktis und bewegt sich Richtung Golfküste. In North Dakota sind sie immer noch ohne Strom."

„Das kann nicht sein." Ich konnte nicht glauben, was der Alte da sagte, deshalb holte ich mein Smartphone aus der Tasche. Was ich dort las, machte mich fast sprachlos. „Ach du Scheiße!"

„So sieht es aus. Sie brauchen Vorräte für sich und für alle, mit denen Sie zusammenleben. Und Sie brauchen genug für sieben bis zehn Tage" klärte er mich auf.

Ich blickte auf den Nachrichten-Ticker und das, was ich dort las, schockierte mich. „Ich habe noch so viel zu tun, das ist überhaupt nicht lustig." Das ausgefallene Hochzeitstagsessen war auf jeden Fall gestrichen.

Fertig eingepackt legte er das Geschenk in eine schwarze Tüte und gab sie mir. „Ich hoffe, sie wird viel Freude damit haben."

„Sie wird begeistert sein. Danke – Für alles, meine ich. Ich hatte keine Ahnung, was auf uns zukommen würde. Ich muss mich beeilen und noch ein paar Dinge erledigen."

Nichts verlief nach Plan und ich rief Patton an, um ihm zu sagen, dass ich Madison nicht zu ihm bringen würde, da ich nicht wusste, ob wir sie in nächster Zeit überhaupt wieder abholen konnten.

Alles, was ich im Internet las, wirbelte meine Gedanken durch einander. Gesperrte Straßen. Geschlossene Geschäfte. Sogar die Supermärkte würden zu machen. *Es gibt noch so viel zu tun!*

Patton beantwortete meinen Anruf. „Hey, Cohen. Was ist los?"

„Ähm, wie kann es sein, dass mir niemand etwas von diesem Jahrhundertsturm gesagt hat, der Menschen das Leben kostet und uns alle für eine Woche oder so einschließt?"

„Du wusstest nichts davon?", hörte ich ihn lachen, als sei das lustig. „Ich bin mir sicher, dass alle nur überreagieren. Das wird schon, Wir haben hier einen Notstromgenerator, für den Fall, dass der Strom ausfällt. Er läuft mit Benzin. Ihr habt doch sicher auch einen."

Ich war mir nicht sicher, dass wir einen hatten. „Ich werde Baldwyn anrufen und fragen, ob Sloan bei uns einen installiert hat." Ich wollte schon auflegen, als mir einfiel, warum ich ihn überhaupt angerufen hatte. „Ach so, ich werde übrigens Madison nicht vorbei bringen."

„Warum nicht?", fragte er. „Wegen des albernen Sturms? Wir wohnen doch nur ein paar Meilen voneinander entfernt. Ich bin mir sicher, mein Truck schafft den Weg. Sei doch nicht albern. Lass sie die Nacht bei uns verbringen und du holst sie morgen irgendwann wieder ab."

Er gab mir das Gefühl, als würde ich überreagieren. „Nun, wenn du denkst, dass es nicht so schlimm wird, wie alle befürchten, dann bringe ich sie später vielleicht doch vorbei. Aber ich schätze, der Sturm trifft uns, bevor die Schule zu Ende ist." Ich bekam einen Anruf und sah, dass es Madisons Schule war. „Ihre Schule ruft mich gerade an. Ich melde mich wieder bei dir, Patton." Ich wechselte zum nächsten Anruf. „Hallo, hier ist Cohen Nash."

„Mr. Nash, hier spricht Stacy vom Büro des Direktors der Our Lady of Victory Academy. Die Lehrerin Ihrer Tochter Madison, hat eine Liste mit den Namen der Eltern geschickt, die sie vergessen hat zu informieren, dass die Schule wegen des Sturms heute früher aus ist. Die Schule schließt in einer Stunde. Können Sie Ihre Tochter dann abholen?"

„Ja." Ich blickte auf die Uhr meines Armaturenbretts. „Ich werde da sein, kein Problem."

Die Liste von Dingen, die ich noch erledigen musste, wurde länger und länger. Während ich auf die andere Seite der Stadt fuhr, rief ich meinen Bruder Baldwyn an. „Hi, Cohen. Wie läuft's?"

„Ich bin etwas verwirrt und etwas verängstigt. Ist Sloan in der Nähe?"

„Ja." Er gab das Telefon weiter.

„Wie kann ich dir helfen, Cohen?", fragte sie.

„Kannst du dich zufällig daran erinnern, ob mein Haus auch einen Notstromgenerator hat, wie Patton?"

„Hat es nicht."

Ernüchterung machte sich in mir breit. „Oh Mann."

„Ja, ich weiß. Deine ganzen Anschaffungen haben kaum ins Haus gepasst. Die große Garage, der Pool und das Gästehaus, da blieb einfach kein Platz mehr, für ein Notfallversorgungssystem. Machst du dir Sorgen wegen des Schneesturms?"

„Ja, natürlich. Ich hatte keine Ahnung, dass einer kommt."

„Wie das?", fragte sie überrascht. „Ich meine, in den Nachrichten berichten sie schon fast eine Woche darüber. Es ist das Top-Thema. Ein älterer Mann aus Texas ist heute Morgen draußen gestorben. Er hat versucht, sein Auto zu erreichen und ist dabei erfroren. Er war campen oder so."

„Also wie kalt wird unser Haus, falls der Strom ausfällt?"

„Er wird ausfallen. Die Stromgesellschaften haben schon von Problemen berichtet, die sie damit haben werden, einen plötzlichen Spannungsabfall auszugleichen, damit ihre Kunden ihre Systeme nicht überlasten. Aber selbst dann werden Schnee, Eis und Wind die Stromleitungen zerstören. Ihr könnt auch gerne zu uns kommen, das weißt du."

„Für eine Woche, oder länger?" Ich wollte ihnen nicht so lange zur Last fallen. „Hey, was ist mit den Gästen in unserem Resort? Was werden die tun?"

„Cohen, dort gibt es eine Notfallversorgung. Es versorgt aber nur die erste Etage. Ich bin überrascht, dass du nicht weißt, was dort vor sich geht. Fast alle Gäste sind schon abgereist. Die Geschäfte und Restaurants im Resort bleiben bis auf Weiteres geschlossen."

„Ich schätze, dieser Hochzeitstag hat mich völlig abgelenkt. Ich habe mir sogar die Woche frei genommen, damit ich Zeit für die Planung hatte. Verdammt." Ich kam mir so dumm vor. „Ich werde mir schon etwas einfallen lassen, so dass wir euch nicht zur Last fallen müssen."

„Das ist kein Problem, Cohen. Wir würden uns freuen, euch bei uns zu haben", entgegnete Sloan aufrichtig.

„Das ist sehr nett von dir. Wirklich. Aber ich denke, mir wird schon was einfallen." *Ich musste mir etwas einfallen lassen.*

„Gut. Aber versprich mir, anzurufen, sobald du weißt, was ihr machen werdet. Ich werde erst aufhören mir Sorgen zu machen, wenn ich weiß, dass ihr alle in Sicherheit seid."

„Ich werde es euch wissen lassen, sobald ich es weiß. Tschüss." Ich beendete den Anruf gerade, als ich auf den Parkplatz des Supermarktes fuhr, der sich in der Nähe unseres Zuhauses befand. Was ich dort sah, schockierte mich. „Als ob die Welt untergeht."

So etwas hatte ich noch nie gesehen. Es war apokalyptisch. Menschen, Autos, Trucks, Wohnmobile. Einfach alles. Und alle schienen sich in entgegengesetzte Richtungen zu bewegen.

Ich blieb einen Moment sitzen und betrachtete die überfüllten Einkaufswagen, die Menschen über den Parkplatz schoben. Manche schienen in der Hektik vergessen zu haben, wo ihr Auto stand und liefen nun suchend umher.

Ich hatte keine Zweifel, dass ich in dem Laden nicht mehr viel finden würde. Also blieb ich in meinem Truck sitzen, schaute auf die Leute hinunter und musste mir eingestehen, dass der Zug für mich abgefahren war. Ich hatte nichts, mit dem ich sicherstellen konnte, dass es meiner Familie gut ginge und dass sie gut versorgt sein würde.

Ich fühlte mich, als hätte ich als Vater, Ehemann und Versorger versagt. Aber eines war ich sicher nicht: ein Verlierer.

Ich hatte vielleicht versagt, aber so einfach wollte ich mich nicht geschlagen geben. Ich hatte nicht gewusst, dass ein tödlicher Sturm auf uns zukam, na und? Ich hatte ein zu kleines Anwesen gekauft, um ein Notstromsystem zu installieren, na und? Und ich konnte meiner Frau auch nicht den spektakulären ersten Hochzeitstag bescheren, den ich geplant hatte, na und?

Ich schloss die Augen und versuchte mir vorzustellen, was für meine Frau und meine Tochter genug wäre. In meiner Vorstellung hatten wir Wasser, Essen, Wärme und vor allem uns.

Die Gedanken in meinem Kopf rasten und die Uhr tickte. Die Zeit war mein Feind. Ich legte den Rückwärtsgang ein, um dem Chaos zu entkommen und fuhr stattdessen zur Schule meiner Tochter.

Eins nach dem anderen: zuerst das Kind holen. Und dann, nun, dann gab es noch eine Menge zu tun. Aber alles war machbar.

Ich schaltete das Radio ein und die Stimme des Nachrichtensprechers gab bekannt: „Uns bleibt noch ungefähr eine Stunde, bis das auf uns trifft, was bereits als tödlicher Wintersturm bezeichnet wird und im ganzen Land schon hunderte Leben gekostet hat. Passen Sie auf sich und Ihre Liebsten auf. Falls Sie jetzt noch nicht alle Vorräte haben, vergessen Sie's und kommen Sie mit dem zurecht, was Sie haben. Nicht vergessen, Sie können die Badewanne mit Wasser füllen, um damit die Toilette zu spülen. Und Sie können alle leeren Behälter, die Sie finden, mit Leitungswasser aus der Küche befüllen. Sie können dieses Wasser trinken, wissen Sie. Lassen Sie sich von den eisigen Temperaturen nicht draußen erwischen. Es wird Zeit, reinzugehen. Suchen Sie alle Decken zusammen, die Sie besitzen. Wickeln Sie die Rohre ein und holen Sie Ihre Tiere ins Haus. Warten Sie nicht, bis es zu spät ist. So wie es Joanne Johnson aus Lubbock mit ihrem Hund Toto erging. Sie vergaß den kleinen Toto und als ihr wieder einfiel, dass er noch draußen in seiner Hundehütte war, war es bereits zu spät. Der Jahrhundertsturm hatte aus ihm einem Eishund gemacht."

Warum in Gottes Namen passierte das?

————

EMBER

„Globale Erwärmung?", fragte ich den Mann, dem die Tierhandlung gehörte und dessen Worte überhaupt keinen Sinn für mich ergaben.

Ich musste den Besitzer der Tierhandlung darüber informieren, dass ich den Doggen-Welpen, den ich für Cohen als Hochzeitstagesgeschenk gekauft hatte, nicht abholen konnte. Ein Wintersturm war einfach der falsche Zeitpunkt, um ein neues Mitglied in die Familie zu bringen. Es wäre sicher kein Spaß, das Haus nicht verlassen zu können, wenn der Hund sein Geschäft erledigen musste.

„Ja, der Sturm ist eine Folge der globalen Erwärmung", sagte er. „Sehen Sie, es ist so …"

Für seine wissenschaftlichen Erklärungen hatte ich keine Zeit. „Wissen Sie, ich denke, ich kann das nachlesen. Danke für Ihr Verständnis, dass ich den Hund nicht mitnehmen kann. Es tut mir wirklich leid und es war auch sehr freundlich, mir das Geld zu erstatten. Ich muss jetzt aber los. Ich habe noch einige Dinge zu erledigen." Ich wusste zwar nicht genau was, aber ich war mir sicher, dass ich mich um tausend Dinge kümmern musste, bevor der Sturm uns erreichte. Ein Hurrikan mit Eis und Schnee.

„Ja, Sie sollten sich beeilen. Der letzte Bericht, den ich gesehen habe, hat gesagt, dass er noch eine Stunde entfernt ist."

„Eine Stunde?" Ich musste die Beine in die Hand nehmen. Aber als ich hinaus rannte, überkam es mich plötzlich. Mir kam Gallenflüssigkeit hoch und ich schaute mich eilig nach einem Mülleimer um. Dann erblickte ich einen blauen, rannte hin und übergab mich. „Verdammte Nerven."

Ich konnte noch nie gut mit Krisensituationen umgehen. Mein nervöser Magen war daher auch keine große Überraschung. Ich war nur überrascht, dass ich mich von diesem Sturm so aus der Ruhe bringen ließ.

Es war dumm, wirklich. Ich wusste, dass wir in unserem Haus absolut sicher sein würden. Klar, eventuell würde der Strom ausfallen. Aber wir konnten uns einfach gemeinsam in ein Bett kuscheln und warten, bis der Sturm vorüber war. Außerdem hatte ich Wasser und Snacks, um uns zu versorgen.

Ich meine, wir würden es überleben. Vielleicht würden wir nicht gerade toll essen, aber wir würden den nächsten Tag erleben. Es wäre toll, einen neuen Sommertag zu sehen und den würden wir mit Sicherheit auch sehen.

Als ich ins Auto stieg, dachte ich daran, dass Cohen Madison zu seinem Bruder bringen wollte. Doch das wollte ich jetzt nicht mehr. Ich rief ihn also an, um ihm Bescheid zu sagen.

„Hi, Momma", nahm unsere Tochter meinen Anruf entgegen.

Wie spät war es? Ich schaute auf die Uhr meines Armaturenbretts und sah, dass es noch nicht einmal zwölf Uhr war. „Bist du schon aus der Schule? Oder ist Daddy in der Schule und isst dort zu Mittag mit dir?" Er hatte das schon einige Male gemacht.

„Wir hatten früher Schluss, wegen dem Sturm. Dad wollte dich gerade anrufen. Es ist lustig, dass ihr gleichzeitig an den anderen gedacht habt. Ich denke, das liegt daran, dass ihr verliebt seid und so."

„Ja, ich bin mir sicher, dass es daran liegt." Ich lächelte darüber, dass sie alles so romantisch fand. „Ich wollte deinen Dad anrufen um ihm zu sagen, dass es mir lieber wäre, wenn du heute Nacht bei uns bleibst. Ich wusste nichts von diesem Sturm und ich möchte, dass du in so einer Nacht bei uns bist."

„Gut, denn Dad hat schon andere Pläne gemacht."

„Cohen?", fragte ich. „Schatz, bist du da?"

„Ja. Wir treffen uns zu Hause. Wann wirst du da sein?", fragte er.

„Ich bin schon auf dem Weg. Ich bin in fünfzehn Minuten da." Ich war froh zu hören, dass Cohen es genau so sah wie ich und unsere Tochter während der Apokalypse bei uns haben wollte. Wir sahen die Dinge wirklich auf die gleiche Weise.

Auch wenn unser erster Hochzeitstag nicht so verlief wie geplant und ich Cohen keinen Welpen schenken konnte, so würden wir wenigstens zusammen sein. Mehr konnte ich wirklich nicht verlangen.

Mehr als alles andere, wollte ich Cohen etwas schenken, dass er aufziehen konnte. Die Schuldgefühle, dass ich ihn an Madisons ersten Lebensjahren nicht habe teilhaben lassen, nagten an mir. Cohen sagte mir immer wieder, dass ich mich für gar nichts schuldig fühlen musste. Er verstand es und er hegte keinen Groll mir gegenüber. Aber dadurch verschwand dieses Gefühl nicht einfach.

Seit einem Jahr versuchten wir, ein Baby zu bekommen. Und nichts - null - nada. Ich hatte keine Ahnung, was los war. Wir haben versucht herauszufinden, wer vielleicht etwas tat, dass es schwieriger machte, schwanger zu werden. Wir hatten alles getan, was uns einfiel, um es hinzukriegen. Doch nichts schien zu funktionieren.

Und wieder fragte ich mich, ob das die Strafe einer höheren Macht für all die Lügen und den Schmerz war, den ich so vielen Menschen zugefügt hatte. Vielleicht würde meine Bestrafung niemals enden. Also wollte ich Cohen einen Welpen schenken.

Zumindest hätte ihm das eine kleine Vorstellung davon gegeben, wie es ist, ein Baby aufzuziehen. Doch wenn uns der Sturm festsetzte, schien der Zeitpunkt einfach nicht richtig zu sein. Es wäre uns und dem Welpen gegenüber einfach nicht fair.

Cohen hatte mir schon ein neues Auto geschenkt und ich hatte nichts für ihn. Unser erster Hochzeitstag und ich hatte absolut gar nichts für meinen Ehemann.

Ich wollte dem Welpen eine große blaue Schleife umbinden und an seinem Halsband sollte ein Anhänger baumeln, auf dem *Für meine wahre Liebe, zu unserem ersten Hochzeitstag* stehen sollte. Ich wollte ihm keine Karte geben - ich wollte die Karte durch die Hundemarke ersetzen.

Mit leeren Händen und einem erfüllten Herzen traf ich eine schnelle Entscheidung und fuhr auf den fast leeren Parkplatz eines 1-Euro-Shops. Wenn ich sonst schon nichts für ihn hatte, wollte ich ihm zumindest eine Tüte voller Süßigkeiten und eine Karte besorgen, in der ich ihm ein zukünftiges Überraschungsgeschenk versprach.

Das Ganze fühlte sich zwar billig an, doch so kurzfristig fiel mir nichts Besseres ein. Als ich den Laden betrat, fielen mir sofort die leeren Regale auf. Nicht ein ess- oder trinkbares Teil war mehr da.

Aber dafür war ich ja nicht gekommen. „Hi." Ich winkte der Kassiererin zu, die etwas blass um die Nase war.

Sie winkte zurück. „Hi. Ich hoffe, Sie brauchen keine Vorräte wegen des Sturms, wir haben nämlich nichts mehr."

„Nein. Ich brauche ein paar Süßigkeiten, eine Geschenkbox und eine Karte für meinen ersten Hochzeitstag. Ich habe mir gedacht, dass es diese Dinge noch gibt." Ohne es überhaupt zu merken, stieß ich auf. „Entschuldigung." Ich legte mir die Hand auf den Mund. „Mein Magen macht mir etwas Ärger." Und dann kam mir die Galle erneut hoch und ich blickte sie panisch an.

Sie zeigte auf den hinteren Bereich des Ladens. „Da hinten ist eine Toilette. Beeilen Sie sich bitte!"

Wie vom Blitz getroffen rannte ich zur Toilette und schaffte es gerade noch rechtzeitig, bevor ich mich übergeben musste. Ich übergab mich, bis nichts mehr da war, was hätte raus kommen können. Ein kalter Schauer überkam mich und ich zitterte. „Gott, so habe ich mich noch nie gefühlt." Ich zitterte noch einmal, dann machte ich mich sauber und ging zurück in den Laden, um ein paar Dinge zusammen zu suchen, die ich meinem Mann als Geschenk überreichen konnte.

Ich fand eine schöne Karte, in die ich noch ein paar süße Worte schreiben konnte. Eine Geschenkbox war auch einfach zu finden - Es waren aber keine Süßigkeiten in Sicht. Also nahm ich etwas anderes mit, das vielleicht noch besser zu kaltem Winterwetter und Stromausfall passte. Dicke Socken, eine weiche Decke und Buntstifte und Malbücher.

„Entschuldigen Sie, Ma'am." Die Kassiererin stand plötzlich hinter mir.

Sie erschreckte mich und ich schrie auf: „Ahh!"

Sie fasste sich an die Brust und entschuldigte sich: „Es tut mir so leid, dass ich Sie erschreckt habe. Es ist nur, wenn sie fertig sind, kann ich den Laden zu machen. Ich habe soweit schon alles abgeschlossen und möchte sie auch nicht hetzen. Ich würde nur gerne zu Hause sein, bevor der Sturm uns trifft."

„Das verstehe ich vollkommen. Tut mir leid, dass ich so lange brauche. Aus irgendeinem Grund scheine ich heute etwas neben der Spur zu sein. Das Erbrechen und dieser verrückte Tag machen mich fertig. Ich bin so weit." Ich stieß laut auf und meine Hand legte sich reflexartig auf meinen Mund. „Nochmal Entschuldigung! Himmel, was ist denn mit mir los?"

Auf dem Weg zur Kasse sah sie mich an und fragte: „Haben Sie vielleicht etwas gegessen, das komisch geschmeckt hat?"

„Ich habe noch gar nichts gegessen. Ich esse normalerweise erst nach meinem ersten Kurs, aber der Campus war heute geschlossen. Mein ganzer Tagesablauf ist wegen des Sturms durcheinander." Ich legte die Waren auf den Tresen, damit sie sie einscannen konnte. „Nun, um ehrlich zu sein, habe ich mich noch gar nicht an einen Tagesablauf gewöhnt, seit ich im Herbst an der UT angefangen habe. An manchen Tagen weiß ich gar nicht, ob ich komme oder gehe. Mein Ehemann kümmert sich so großartig um unsere Tochter und sorgt dafür, dass sie pünktlich zur Schule kommt und auch sonst alles hat, was sie braucht."

„Ein guter Mann kann das Leben schon erleichtern" sagte sie nickend, scannte die Waren und packte sie in eine Tüte. „Hey, Sie haben gar kein Seidenpapier genommen. Diese Schachteln wirken immer schöner, wenn sie mit Seidenpapier ausgelegt sind. Suchen Sie sich eins aus, das zur Box passt."

Ich ging zu dem Regal, auf das sie zeigte und fand goldenes und silbernes Seidenpapier, das die graue Schachtel etwas aufwerten würde. „Mir gefällt das hier." Ich stieß erneut auf und dieses Mal gesellte sich noch Sodbrennen dazu. „Verflucht. Jetzt bekomme ich auch noch Sodbrennen. Seit meiner Schwangerschaft vor acht Jahren, hatte ich kein Sodbrennen mehr."

Die Kassiererin scannte die Sachen, die ich ihr gab, ein. „Rechts von Ihnen stehen die Tums. Sie sollten welche mitnehmen, wenn Sie Sodbrennen haben. Sollte es später noch schlimmer werden, haben Sie keine Chance mehr, welche zu besorgen. *Alle* Läden werden *schließen.*"

Ich nahm eine kleine Packung und gab sie ihr. „Sie haben recht."

Aber etwas störte mich an diesen plötzlichen Verdauungsbeschwerden.

Ich ging im Kopf durch, was ich die letzten vierundzwanzig Stunden gegessen hatte: eine Banane, etwas Weizentoast, eine Orange – das war das Frühstück vom Vortag. Und danach hatte ich ein Stück Pizza zum Mittag. Zum Abendessen gab es Lammkoteletts, die Stone, Cohens Bruder, für uns gemacht hatte. Niemand ist davon krank geworden und in Madisons Schule machte auch kein Magen-Darm-Infekt die Runde.

Die üblichen Verdächtigen konnte ich also nicht verantwortlich machen. Irgendetwas sagte mir, dass ich tiefer graben sollte, stärker nachdenken. Gut, ich hatte immer Probleme mit Stresssituationen, aber übergeben und Magenverstimmung gehörten eigentlich nicht dazu.

„Das macht fünfunddreißig einundsiebzig."

Ich sah die Kassiererin an und blickte auf die Wand vor der sie stand. Da standen zahlreiche Päckchen frei verkäuflicher Medikamente: Tylenol, Ibuprofen, Pepto Bismol und Allergiemedikamente. Und dann war da eine Reihe mit Sachen, denen ich schon lange keine Beachtung mehr geschenkt hatte.

Und dann standen da noch Medikamente gegen Menstruationsbeschwerden. Da traf es mich wie ein Schlag. „Hey, können Sie mir ein paar von den Sachen auch noch einpacken, bitte? Vielleicht werde ich die auch brauchen. Und wie Sie schon sagten, später kann ich nichts mehr besorgen, wenn alle Läden zu sind."

Sie scannte zwei ein und legte sie in die Tüte. „Sie scheinen auf jeden Fall vorbereitet zu sein, Ma'am. So wie es aussieht, werden Sie einen sehr interessanten Wintersturm erleben."

Ja, das könnte sein.

COHEN

Ich schaute mich in Madisons Zimmer um, während ich genug Sachen für eine Woche packte. „Siehst du hier etwas, das du unbedingt zum Resort mitnehmen musst?"

Die Hände in die Hüften gestemmt, blickte sie sich im Zimmer um und rannte dann auf ihren Kleiderschrank zu. „Meinen Badeanzug!"

„Maddy, es wird viel zu kalt zum Schwimmen sein." Ich ging zu ihr, hob sie hoch und trug sie aus dem Raum. „Mom und ich müssen auch noch packen. Es wäre super, wenn wir im Resort ankommen, bevor das Wetter schlechter wird."

„Oh ja, ich vergesse diesen dämlichen Sturm immer." Sie legte ihre Arme um meinen Hals und legte ihren Kopf an meine Brust. „Ich bin so froh, dass wir dort sein werden, wenn der Sturm kommt. Ich liebe diesen Ort."

„Das weiß ich." Ich küsste sie auf die Stirn und setzte sie ab. „Jetzt lass uns unsere Sachen holen und hoffen, dass deine Mom bald hier ist, damit wir loskönnen."

„Ich bin da", rief Ember und kam den Flur entlang. „Ich habe es geschafft!"

„Momma!" Madison rannte ihr entgegen. „Rate, wohin wir gehen?"

Sie betrat das Schlafzimmer und sah mich an. „Wohin gehen wir?"

„Whispers, Momma! Wir bleiben dort so lange, bis es wieder sicher ist, zurückzukommen." Madison nahm die Hand ihrer Mutter und zog sie in Richtung Kleiderschrank. „Deinen Badeanzug brauchst nicht, Dad meint, es wird zu kalt zum Schwimmen sein. Aber wir können andere lustige Dinge tun."

„Das Resort bleibt geöffnet?", fragte Ember überrascht.

„Nicht wirklich. Für die erste Etage gibt es einen Notstromgenerator, der die Dinge am Laufen hält. Wir nehmen die Präsidentensuite und haben Zugang zu Getränken und Speisen aus dem Restaurant und dem Frühstücksraum." Ich legte ihren Koffer auf das Bett. „Pack genug für eine Woche ein. Aber die Wäscherei ist im Erdgeschoss, wenn wir also waschen müssen, können wir das tun. Ich hoffe aber, dass wir nicht länger dort bleiben müssen."

„Ich könnte im Resort leben" sagte Madison. „Ich liebe es dort. Und eines Tages, wenn ich groß bin, möchte ich dort arbeiten."

Ember beeilte sich mit dem Packen, dann ging sie ins Bad, um ihre Hygieneartikel zu holen. „Cohen, du hast deinen Rasierer hier vergessen. Soll ich ihn einpacken?"

„Ja, bitte."

„Ich habe vorhin im Laden ein paar Sachen gekauft. Sie liegen im

Auto auf dem Rücksitz. Ich denke, sie können dort liegen bleiben. Ich möchte keine Zeit damit verschwenden, sie rauszuholen." Sie kam mit ihrem Kulturbeutel aus dem Bad. „Ich bin froh, dass du auf die Idee gekommen bist, ins Resort zu fahren. Du bist der Beste, Cohen."

„Ach, danke." Ich küsste sie auf die Wange und kümmerte mich um meine restlichen Sachen. „Es ist schön, geschätzt zu werden."

„Es nervt, dass dieser dämliche Sturm uns unseren ersten Hochzeitstag versaut." Sie stieß hörbar auf und legte sich die Hand auf den Mund. „Entschuldigt."

Madison lachte. „Momma hat gerülpst. Hast du Gurken gegessen? Davon musst du immer rülpsen."

„Nein" Ember packte ihre Sachen schnell zusammen. „Ich habe den ganzen Tag noch nichts gegessen."

„Vielleicht liegt es daran", sagte ich. „Ein leerer Magen kann überschüssiges Gas produzieren. Ich werde dir etwas zu essen besorgen, sobald wir im Resort sind. Keine Sorge. Was haltet ihr zwei von Makkaroni mit Käse?"

„Klingt super, Daddy." Maddy machte sich daran, die Taschen ihrer Mutter aus dem Raum zu schleifen. „Ich werde meine Sachen zur Garagentür bringen, damit wir früher losfahren können."

Ember sah mich kurz an. „Ich werde noch einen Blick in ihr Zimmer werfen, um sicher zu gehen, dass sie alles dabeihat."

„Cool." Ich nahm meine und Embers letzte Tasche. „Ich packe das Auto."

Ich packte die Taschen auf die Ladefläche des Trucks und half Maddy in ihren Kindersitz. „Fast fertig."

„Ich bin bereit, Daddy." Sie packte mein Gesicht und küsste mich auf die Wange. „Was für ein tolles Abenteuer!"

Ich mochte ihre Einstellung. „Widrigkeiten mit einer positiven Einstellung begegnen. Ich bin stolz auf dich, junge Dame. Andere Kinder würden sich jetzt Sorgen machen, aber du gehst ganz locker damit um."

„Ich weiß einfach, dass du nicht zulassen wirst, dass mir etwas passiert, Daddy. Ich vertraue dir."

Mir wurde ganz warm ums Herz, als ich mein kleines Mädchen ansah. „Du hast recht. Ich werde nie zulassen, dass dir etwas passiert, Süße."

Ember kam raus und ging direkt zu ihrem Auto, das neben dem Truck parkte. Sie schnappte sich eine gelbe Tüte aus dem 1-Euro-Shop, die auf dem Vordersitz lag. Dann setzte sie sich in den Truck und legte die Tüte in ihren Fußraum. „Ich denke, wir sind fertig, Cohen."

Glücklich darüber, an einen sicheren Ort zu kommen, fuhren wir dem unheimlichen, dunklen Himmel entgegen. Ich schaltete das Radio ein. „Hier aus dem Studio habe ich einen direkten Ausblick auf den Sturm. Das Kuriose daran ist, dass es richtig schön aussieht. Wie kann etwas so Schönes, so tödlich und zerstörerisch sein?"

„Tödlich?", fragte Madison.

Ember drehte das Radio leiser und drehte sich zu unserer Tochter um. „Nun, dieser Sturm hat schlimme Sachen verursacht, Schatz. Aber du musst dir keine Sorgen machen, denn dein Daddy hat dafür gesorgt, dass wir an einem sicheren Ort sein werden."

Maddys Wangen wurden rot und ihre Augen glasig. „Aber hat der Mann im Radio damit gemeint, dass Menschen wegen dieser schwarzen Wolke gestorben sind?"

Ember und ich tauschten Blicke aus, bevor sie antwortete: „Ich versuche, daran zu glauben, dass nichts passiert, was nicht passieren soll. Als sei alles bereits vorbestimmt, schon bevor wir geboren werden. So wie du immer dazu bestimmt warst, unsere Tochter zu sein."

„Und du warst immer dazu bestimmt, mein Daddy zu sein", sagte Madison. „Und Momma war immer dazu bestimmt, meine Momma zu sein. Und du und sie wart immer dazu bestimmt, euch zu verlieben."

Ember ergriff meine Hand. „Ja, wir waren immer dazu bestimmt, uns zu verlieben, Süße. Und wir werden immer verliebt sein – komme, was wolle."

Das dunkle Wolkenband hing den ganzen Weg bedrohlich über uns, bis wir das Parkhaus des Resorts erreicht hatten. Und dann entlud es seine ganze Heftigkeit.

Der Wind peitschte mit einer Wut durch das Zementfundament, wie ich es noch nie erlebt hatte. „Ember, bring Madison rein. Ich bringe unsere Sachen mit."

„Du kannst das ganze Gepäck doch nicht alleine schleppen, Cohen." Sie hob Maddy aus dem Kindersitz und nahm sie auf den

Arm. Maddy hielt sich an ihrer Mutter fest und Ember schnappte sich mit ihren freien Händen ein paar Taschen; auch die gelbe aus dem 1-Euro-Shop.

Was auch immer drin war, musste ihr etwas bedeuten.

Der Temperaturabfall war brutal und wir kämpften uns gegen den Wind ins Haus. Die Türen öffneten sich und wir eilten in die Lobby. „Herrgott, draußen ist die Hölle los." Ich stellte das Gepäck ab und fuhr mir mit den Händen durchs Haar.

Lacy, die an der Rezeption arbeitete, holte schnell die Schlüssel-karte für die Präsidentensuite hervor. „Sie haben es gerade noch geschafft." Sie lächelte Madison an und sagte: „Wir werden diese Sache hier gemeinsam hinter uns bringen, Maddy. Ich habe einige Brettspiele besorgt, zum Zeitvertreib. Wenn dir langweilig wird, komm einfach vorbei und wir spielen ein paar."

„Danke, Lacy. Hast du auch Dame?", fragte Maddy und ging an den Tresen, um unsere Schlüsselkarte zu nehmen, während ihre Mutter und ich unsere Taschen auf einen Gepäckwagen luden.

„Ich habe auch Dame. Wir werden während des Jahrhundert-sturms schon unseren Spaß haben."

Während ich Ember anlächelte, wurde mir bewusst, dass sie und ich etwas freie Zeit haben würden, wenn unsere Tochter mit den Angestellten Spiele spielte. „Ich denke, wir werden auch unseren Spaß haben, Schatz."

Ember nickte, wirkte aber etwas abgelenkt. „Ja, sicher."

„Okay." Ich schaute zurück und sah Madison auf uns zukommen. „Spring auf, ich werde dich auf meinem Wagen mitnehmen."

Madison liebte es, auf dem Gepäckwagen mitzufahren und kicherte vergnügt, während sie wie eine Königin auf den Gepäckstü-cken thronte. „Zum Zimmer, Daddy."

„Auf geht's." Ich schob den Wagen und bemerkte, dass Ember noch immer die gelbe Tüte festhielt. Meine Neugier gewann schließ-lich die Oberhand und ich musste einfach fragen: „Was ist in der Tüte, Schatz?"

Sie blickte auf ihre Hand und dann zu mir. „Nicht viel."

Es war offensichtlich, dass sie mir nicht sagen wollte, was in der Tasche war. Ich nahm an, dass es ein Geschenk für unseren Hoch-zeitstag war.

Ich hatte ein Auto und antiken Schmuck für sie und sie hatte etwas aus dem Billigladen für mich. *Wenn das das Beste ist, was sie finden konnte, werde ich ihr wohl mal beibringen müssen, wie man Geschenke aussucht.*

Sobald wir die Suite erreicht hatten, sprang Madison vom Gepäckwagen und öffnete die Türe mit der Schlüsselkarte. „Ich mache das so gerne." Sie drückte die Türe auf, betrat die Suite als Erste und bestaunte die Einrichtung. „Wow, das ist so schön hier."

„Unsere beste Suite", sagte ich. Ich ließ den Wagen im Flur stehen und trug unser Gepäck in die Suite, die für die Dauer des Wintersturms unser Zuhause sein würde.

Mit ihrer gelben Tüte unterm Arm, lief Ember an mir vorbei. „Ich muss ins Bad."

„Gut." *Sie benahm sich so merkwürdig.*

Im Nu hatte ich unser Gepäck ausgepackt und unsere Sachen verstaut. Madison liebte ihr Zimmer. Sie lag in der Mitte des großen Bettes und starrte aus dem Fenster. „Es ist mitten am Tag, aber draußen ist es so dunkel, als sei es schon Nacht."

Ich setzte mich auf das Bett und schaute zusammen mit ihr aus dem Fenster. „Weißt du, ich finde es irgendwie schön."

„Ich auch." Sie rutschte zu mir herüber und setzte sich neben mich. „Wird es auch schneien, Dad?"

„Sie sagen, es wird eine Menge Schnee herunterkommen." Ich legte meinen Arm um sie, zog sie nah an mich heran und küsste sie auf den Kopf. „Wir können auf der Terrasse im Schnee spielen. Das wird lustig."

Hinter uns räusperte Ember sich und wir drehten uns zu ihr um. „Ich dachte, mein erstes Hochzeitstaggeschenk für dich wäre ziemlich mies, Cohen. Doch wie es scheint, ist es gar nicht so mies. Tatsächlich ist es ziemlich spektakulär." Sie holte eine Geschenkbox hinter ihrem Rücken hervor und überreichte sie mir. „Das ist das ursprüngliche Geschenk."

Ich nahm Socken und eine weiche Decke aus der Schachtel. Madison schnappte sich die Decke sofort. „Oh, wie weich!", sagte sie.

Ember kniete sich hin. „Aber das richtige Geschenk ist das hier." Sie holte etwas Kleines hervor, das in silbernes Seidenpapier eingewickelt war. Als sie es auspackte, entdeckte ich eine Art kleinen, pinken Stab. „Und dieses Geschenk werdet ihr beide lieben." Sie wedelte das Ding wie einen Zauberstab vor uns hin und her. „Ich erkenne an den leeren Blicken, dass keiner von euch weiß, was ich hier in den Händen halte."

„Momma, kannst du mir sagen, was das Geschenk ist, ich bin nämlich verwirrt."

Unsere Tochter war möglicherweise verwirrt – das war ich anfangs auch. Aber dann verstand ich plötzlich und mir schlug das Herz bis zum Hals. „Ist das ein …"

„Schwangerschaftstest", bestätigte Ember. „Wir bekommen ein Baby, Leute."

„Mom!" Madison sprang auf. „Wirklich?"

„Wirklich. Wir kriegen ein Baby."

Das Gefühl, das mich überkam, hatte ich noch nie zuvor gespürt. Und als unser Baby kam, erlebte ich noch weitere Emotionen, die mir bis dahin völlig unbekannt waren.

Ich werde nie den Tag vergessen, an dem ich unserer ältesten Tochter unsere jüngste Tochter vorstellte. Ember lag strahlend im Bett und sah schöner aus als je zuvor, als die Krankenschwester Madison ins Zimmer brachte. Ich hielt das Baby im Arm und brachte es zu Madison, die sich in einen Schaukelstuhl gesetzt hatte. „Madison Michelle Nash, ich möchte dir deine kleine Schwester, Winter Storm Nash, vorstellen." Ich legte ihr das Baby in den Arm und sagte: „Ich bin mir sicher, dass ihr dicke Freundinnen werdet."

Und unser Happy End geht weiter.

Ende

DIE NASCHKATZE DES MILLIARDÄRS
BUCH 6

Billionaire's Secret Baby Bonusgeschichte

So weit außerhalb meiner Liga. So heiß. Und so verdammt lecker ...

Während meiner Arbeit in einem gehobenen Resort habe ich eine Vielzahl gutaussehender steinreicher Männer getroffen – doch dieser hier schießt den Vogel ab.

Seine dunklen Augen durchdringen mich, machen mich zu allem, was er will, das ich bin.

Ich habe mich noch niemals so grundlegend fallen gelassen, bis seine starken Arme mich an ihn ziehen und zum Schmelzen bringen.

Und dann – ganz einfach so – ist er verschwunden.

Wie ein Dieb in der Nacht hat der Milliardär mein Herz gestohlen ...

––––––––

ALIANA

„Lavendel mit Schokoladenstreuseln." Ich überreiche ein weiteres meiner süßen Meisterwerke einem kleinen Mädchen, deren Lächeln einfach nicht von ihrem Gesicht verschwinden will, erwidere ihr Lächeln und bin stolz auf die hübsche Eiskugel, die ich ihr gestaltet habe.

„Dankeschön", sagte sie, ehe sie von der süßen Leckerei naschte. „Lecker!"

Mein kleines Geschäft, das sich direkt vor dem Hauptgang, der zu der Mehrzahl der Restaurants des Whisper Resorts führte, befand, bot mir einen eindeutig günstigen Ausgangspunkt. Ich beobachtete oft, wie unsere Gäste kamen und gingen.

Ganz besonders ein Mann stach für mich heraus, als er vorbeilief. Er wurde zu beiden Seiten von den Besitzern Baldwyn und Cohen Nash flankiert, was mir sagte, dass er jemand Wichtiges sein musste. Außerdem saß ihm sein teurer Geschäftsanzug wie eine zweite Haut, was bedeutete, dass er einigen Reichtum im Gepäck hatte.

All diese köstlichen Muskeln!

Bevor ich im Resort gearbeitet hatte, hatte ich Männer in Geschäftsanzügen nie in Echt gesehen. Ich hatte zuerst mein Eisgeschäft in einer winzigen Stelle des Einkaufszentrums eröffnet, einem Ort, den keine Geschäftsmänner besuchten. Von daher war ich nicht daran gewöhnt, Männer in schicker Garderobe zu sehen. Doch dann zog ich mit meinem Eisgeschäft ins Resort um und sah von da an viele Männer in teuren Anzügen. Und Junge, sie sahen auch noch heiß in ihnen aus.

So heiß die meisten der Männer, die das Resort besuchten, auch waren, keiner von ihnen hatte sich bemüht, mir auch nur einen zweiten Blick zuzuwerfen. Vielleicht waren es die pinke Schürze, der pinke Pferdeschwanz und der pinke Lippenstift, die die Männer dazu veranlasste, in die andere Richtung zu schauen. Ich kleidete mich für die Kinder, nicht die Männer. Und das ließ mich auf der einsamen Seite der Liebe verharren.

Mit zweiundzwanzig war ich noch nicht direkt eine alter Jungfer. Doch ich hatte angefangen, mich noch mal verdammt viel einsamer zu fühlen als zuvor. Und während ich so den Rücken des Mannes betrachtete, der zwischen zwei meiner Chefs lief, seufzte ich, lehnte meine Ellenbogen oben auf den Eistresen und stützte mein Kinn auf meinen Fäusten ab.

Er sprach mit Cohen – die rechte Seite seines markanten Gesichts zeigte sich mir. Seine spitze Nase zog meine Aufmerksamkeit auf sich, da sie ihm einen Hauch Vornehmheit verlieh, wie vielleicht einem Prinz aus einem fernen Land. Seine dunklen Haare, die an den Seiten kurz gehalten waren, hatten lange Wellen, die von oben seinen Kopf hinabflossen. Und dann trafen seine dunklen Augen meine – noch nur für einen Augenblick, ehe ich meinen Blick auf den Flur richtete. „Scheiße", zischte ich leise, „scheiße, scheiße, scheiße."

Es sah mir nicht ähnlich, irgendjemanden so lange anzustarren und nun war ich dabei ertappt worden. Ich spürte die Hitze in meinem Gesicht lange bevor die tatsächliche Peinlichkeit mich zum Zittern brachte. Als ich schließlich genügend Mut aufgebracht hatte, um meinen Kopf wieder zu heben, war er verschwunden.

Mein Herz hämmerte wie ein Presslufthammer in meiner Brust, als ich nach hinten ging und in den begehbaren Gefrierfach trat, um mich abzukühlen. *Himmel, Arsch und Zwirn, war der heiß!*

Es war nicht so, dass ich noch nie feste Freunde hatte – ich hatte einige. Doch keiner von ihnen war so männlich oder gutaussehend gewesen wie dieser Kerl. Videospieler, Skatertypen und auch noch einen Reptiliensammler gab es in meiner romantischen Vergangenheit – davon brachte aber keiner meinen Motor so zum Laufen, wie dieser große, dunkle, gutaussehende Unbekannte es tat.

Das Geräusch von jemandem, der die kleine Klingel oben auf dem Eistresen betätigte, veranlasste mich dazu, meinen Kopf zu schütteln und ihn von all den Dingen freizubekommen, die niemals sein würden. *Der Unbekannte und ich – verschlungen in einem intensiven Kuss, der mich bis in mein Innerstes wärmt.*

„Aliana", wehte die Stimme eines kleinen Mädchens zu mir.

Ich erkannte sie und rief ihr zu: „Komme schon, Maddy." Sie war die Tochter von einem meiner Chefs. Ihr Vater, Cohen, war nur Momente zuvor bei dem Mann meiner feuchten Träume gewesen. Also ergriff ich diese Gelegenheit, als ich wieder hinaustrat. „Was machst du so heute Abend, kleine Dame?"

„Ich warte darauf, dass Dads Geschäftstreffen zu Ende ist. Irgend so ein reicher Kerl ist aus New York hergekommen, um zu schauen, wie er dort ins Resortgeschäft einsteigen kann. Er will den Rat meines Dads und Onkels, schätze ich." Sie deutete auf die Zitronencreme. „Kann ich eine ganz kleine Schüssel davon haben, Aliana?"

„Das kannst du auf jeden Fall." Ich schöpfte ein wenig heraus und reichte es ihr. Sie hatte mir viel über den Mann erzählt, in den ich mich schon einigermaßen verknallt hatte. „Dieser Mann ist also aus New York, sagst du?"

„Ja." Sie nahm einen kleinen Bissen der Zitronencreme und ihre Lippen bogen sich zu einem Lächeln. „Das ist köstlich. Ich wusste, dass es das sein würde. Du machst nur die leckersten Sachen."

„Danke, Maddy." Ich rühmte mich damit, nur die köstlichsten Süßigkeiten in meinem Eisladen zu verkaufen. Ich nahm etwas aus dem Augenwinkel heraus wahr. Maddys Vater, Cohen, sein älterer Bruder Baldwyn und der heiße Fremde kamen in meine Richtung. *Oh heilige Scheiße, was soll ich nur machen?*

Baldwyn streckte seinen Arm vor und gestikulierte in Richtung meines Ladens. „Und das ist einer unserer beliebtesten Läden im Resort. Miss Alaina bereitet ihre Eiscreme, geeiste Creme und frischen Fruchtsorbets von Grund auf zu. Sie begeistert hier im Whispers sowohl Kinder als auch Erwachsene." Er schenkte mir ein Nicken. „Das ist Jack Thorogood, Aliana."

Meine Hand wurden feucht, also wischte ich sie mir an meiner Schürze ab, ehe ich sie ausstreckte, um die Hand des Mannes zu schütteln. „Aliana Fairchild, Mr. Thorogood. Es freut mich, Sie kennenzulernen." Als er seine Hand um meine geschlungen und sie zweimal geschüttelt hatte, fühlte ich mich, als brodelte ein See flüssiger Lava in meinem Inneren.

Kein Lächeln rührte seine Lippen, als er sagte: „Es freut mich, Sie kennenzulernen, Miss Fairchild." Er ließ meine Hand los, doch ein prickelndes Gefühl blieb. „Wie ich gehört habe, erhalten Sie einen Festbetrag, den das Resort Ihnen zahlt, anstatt Geld von den Gästen zu verlangen. Haben Sie das Gefühl, dass Sie genauso viel Profit machen, als wenn Sie für jeden Verkauf Geld nehmen würden?"

Ich war nicht an geschäftliche Gespräche gewöhnt, weswegen mein Mund einen Moment lang offen stand, bevor ich mich besann. „Das Resort stellt mir alles zur Verfügung, was ich für meine Produkte brauche. Ich stelle alles selbst her und betreue auch die Eistheke selbst. Als ich mein eigenes Geschäft in einem nahegelegenen Einkaufszentrum hatte, habe ich in jedem Quartal kaum Kosten gedeckt. Jetzt habe ich keine Festkosten und das ganze Geld, das ich mache, gehört mir. Ich bin also sehr glücklich mit unserem Arrangement, Mr. Thorogood."

„Wir sind mit dem Arrangement ebenfalls glücklich", fügte Cohen mit einer Prise Stolz in der Stimme an. „Es ist eine Win-win-Situation."

Dunkle Augen, schwarz wie eine mondlose Nacht, bohrten sich in meine. „Fühlen Sie sich jetzt mehr oder weniger kreativ?"

„Deutlich mehr." Ich lächelte, da ich niemals geträumt hätte, ein derartiges Gespräch mit dem heißen Unbekannten zu führen. „Sie gestatten mir, alles zu kaufen, was ich will – innerhalb des Budgets natürlich. Also kann ich Rezepte ausprobieren, so viel ich will."

Er schaute zynisch zu Baldwyn. „Und wenn sie mit einem Gebräu kommt, das absolut daneben liegt, was dann? Zieht ihr es ihr vom Gehalt ab?"

Baldwyn schüttelte seinen Kopf. „Nein, so etwas würden wir nicht tun. Und bisher hat sie auch noch nichts Derartiges getan. Aliana hat eine magische Verbindung mit den Süßwaren, die sie herstellt. Wir sind stolz, sie und ihre Kreationen in unserem Resort zu haben."

Meine Wangen wurden heiß und ich war mir sicher, dass sie einen tiefroten Farbton angenommen hatten. „Dankeschön, Mr. Nash."

„Darf ich von der Kreation probieren, die Sie heute für die beste ihres Eisstandes halten?", fragte Mr. Thorogood.

Maddy sprang aufgeregt hoch und runter. „Gib ihm etwas von dem Zitronenzeugs! Es ist so gut!"

Seine Augen trafen meine, ehe ich zur Eiskelle greifen konnte. „Pikant mag ich lieber. Und bisher gab es nicht viel im süßen Bereich, das mein Verlangen danach stillen konnte."

Ich hatte keinen blassen Schimmer, warum es meine Lendengegend zum Pulsieren brachte, als der Mann das Wort *Verlangen* sagte, doch sie pulsierte.

„Verstehe", sagte ich so ruhig ich konnte. „Ich mache vielleicht etwas, das Sie zufriedenstellen wird, Sir." Ich schabte an dem Cognac-Blaubeeren-Karamell-Gemisch und hielt es empor, um ihm die verschiedenen Farben zu zeigen. „Das Dunkelbraun ist eine Cognacreduktion mit dunkelbraunem Zucker. Das Tiefviolett sind pürierte Blaubeeren. Und der goldene Strudel ist Hersheys Karamell in einer Vanille-Zimteis-Basis. Ich bin gespannt, was Sie davon halten."

Noch immer skeptisch nahm er die kleine Schale und den winzigen Löffel, die ich ihm reichte. „Das hört sich für mich nach zu vielen Geschmacksrichtungen an, aber ich werde es probieren."

Ich nickte, wusste aber, dass ich ein Meisterwerk kreiert hatte, das die meisten Erwachsenen anbeteten. „Ich freue ich mich auf ihre Einschätzung, Sir."

Cohens und Baldwyns Augen hingen an ihm, begierig auf seine Reaktion auf das Eis, das die beiden mindestens einmal die Woche genossen. Als ein Lächeln auf den Lippen des Mannes erschien, klatschte Cohen. „Ha! Sie mögen es."

Er schüttelte den Kopf. „Nein."

Niederlage ließ meine Brust in sich zusammenfallen. „Sie mögen es nicht?" Ich fühlte mich durch dieses eine Worte von ihm am Boden zerstört.

„Ich mag es nicht." Er nahm sich einen weiteren kleinen Happen. „Ich liebe das Zeug! Bitte, machen Sie mir eine größere Schale dieser wahnsinnig köstlichen Eiscreme, junge Dame." Er nahm einen weiteren Bissen und schloss die Augen, während das Eis auf seiner Zunge schmolz und er es genoss, wie die Mischung der Geschmacksrichtungen in seinem Mund explodierte. „Ich hoffe, ihr könnt euch etwas überlegen, wie ihr mir das regelmäßig schickt. Das muss ich zuhause in meinem Gefrierschrank haben."

Baldwyn schlug ihm auf den Rücken. „Du bekommst es, Jack."

Nachdem ich eine größere Schüssel mit Eis gefüllt hatte, überreichte ich sie ihm, und er schaute mich mit einem leichten Grinsen auf den Lippen an. „Sobald ich mein eigenes Resort eröffnet habe, muss ich womöglich einfach hierher zurückkehren und Sie von diesen Männern stehlen und mit mir nach New York nehmen, junge Dame."

Ich hatte keine Ahnung, warum er mich immer wieder junge Dame nannte. Er schien Mitte dreißig zu sein – nicht in seinen Neunzigern. „Was für ein nettes Kompliment, Sir."

„Sollen wir dir jetzt die Hauptbar zeigen, Jack?", fragte Cohen.

Maddy zog am Arm ihres Vaters. „Daddy, wann können wir nach Hause gehen?"

Cohen sah lächelnd zu seinem kleinen Mädchen hinunter. „Madison, du bist ganz wild darauf, nach Hause zu deiner kleinen Schwester zu kommen, was?"

„Ich vermisse Winter." Sie nahm die Hand ihres Vaters. „Kann Onkel Baldwyn das nicht mit Mr. Thorogood zu Ende machen?"

„Wenn es dich nicht beleidigt", sagte Cohen, als er Jack ansah.

„Ich wäre beleidigt, wenn du noch bleiben würdest, nachdem dich ein so hübsches kleines Mädchen gefragt hat, es nach Hause zu ihrer Babyschwester zu bringen." Er tätschelte Maddys Kopf. „Es hat mich gefreut, dich kennenzulernen, Madison. Ich reise morgen früh ab, hoffe aber, euch alle in naher Zukunft in mein Resort einladen zu können, damit ihr es euch ansehen könnt."

Am Morgen? Warum muss er so schnell zurück?

———

JACK

Der kaugummifarbene Pferdeschwanz hatte mich nicht so sehr abgeschreckt, wie es pastellfarbene Haare in der Vergangenheit getan hatten. Ich konnte sehen, dass es der jungen Frau hinter der Verkaufstheke mehr darum ging, Kindern eine Freude zu machen, anstatt die Aufmerksamkeit von Männern zu erregen. Und doch hatte sie meine geweckt.

Ihr straffer kleiner Körper könnte einen Mann brechen.

Ihr Körper war der Hammer, das war sicher, aber an ihr war noch mehr, das mich anzog. Erschreckend blaue Augen, die glitzerten, und rosa Lippen, die an genau den richtigen Stellen voll waren. Die Art, wie ihre Wangen im Farbton einer roten Rose erröteten, vermittelte mir den Eindruck, dass sie Komplimente nicht gewohnt war – obwohl sie bei ihrer Gestalt an viele von ihnen gewöhnt sein sollte.

Noch während ich mit Baldwyn an der Bar saß, war mein Geist woanders. Nämlich am Eisladen und er fragte sich, wie spät die kleine Elfe ihr Geschäft für die Nacht schloss.

Ich wollte für den Rest der Nacht allein sein. Ich hatte alles gesehen, was ich sehen wollte und war bereit zu gehen. Ich würde nach New York zurückkehren und mit den Vorkehrungen beginnen, mein eigenes Resort zu eröffnen. „Baldwyn, du und deine Brüder wart äußerst großzügig mit eurer Zeit, habt mir alle Aspekte des Resortgeschäfts gezeigt. Ich kann euch gar nicht genug danken."

„Hört sich an, als wärst du so weit mit dem Besuch fertig, Jack." Er stellte sein leeres Whiskeyglas auf die Bar, welches der Barkeeper schnell holte. „Ich hoffe, du hast erfahren, was du erfahren wolltest."

„Das habe ich. Und ich werde meine Idee fortführen, so schnell wie möglich planmäßig ein Resort zu eröffnen. Ich mag diese Art des Lebensstils ziemlich gern." Ich schob mein leeres Glas zum Barkeeper. „Zeit, es für die Nacht gut sein zu lassen, denke ich. Ich muss ziemlich zeitig morgen früh losmachen, um nach New York zurückzukommen."

„Halte uns auf dem Laufenden." Baldwyn tätschelte meine Schulter und erhob sich dann von seinem Barhocker. „Und zögere nicht, mich oder einen meiner Brüder zu kontaktieren oder Fragen zu stellen, wenn du welche hast."

„Ich werde euch sicherlich wegen einer ganzen Reihe von Dingen kontaktieren, denke ich." Wir bewegten uns in Richtung Ausgang und unsere Wege trennten sich, als ich zu den Aufzügen ging und er zur Lobby. „Bis bald, Baldwyn. Danke nochmal für die Tour."

„Gern geschehen. Bis bald, Jack."

Auf den Aufzug zu warten stellte sich als Segen heraus, da ich aus dem Augenwinkel heraus Aliana erblickte. Sie schien nach draußen zu wollen, ihre pinke Schürze war weg und zeigte nun helle Bluejeans, die ihre gefährlichen Kurven preisgaben.

Ich dachte, dass das ein Zeichen war und ging auf sie zu. „Hey."

Sie stolperte, als sie ihren Kopf nach oben riss, um mich anzusehen. „Oh! Hey. Ähm, Mr. Thorogood."

Ich vergrub meine Hände in den Taschen, um der Versuchung zu widerstehen, mich nach ihr auszustrecken und sie anzufassen – etwas, von dem ich wusste, dass es viel zu forsch war – und wippte auf meinen Fersen. „Jack, Alaina. Einfach nur Jack."

Nickend flüsterte sie: „Jack." Die Art, wie sie meinen Namen sagte, hörte sich an, als wäre sie aus irgendeinem Grund zu ängstlich, meinen Namen laut auszusprechen.

„Ich nehme an, du hattest noch nichts zum Abendessen?" Ich war nicht im Geringsten hungrig. Nun, zumindest nicht auf etwas zu essen.

„Ich habe ein übriggebliebenes Truthahnsandwich von Subway zuhause."

Sie verlagerte ihr Gewicht von einem Fuß auf den anderen und ich spürte ein gewisse Ängstlichkeit in ihr.

Ich wusste, dass ich sie von dem verteufelten Gefühl befreien konnte. „Du könntest mit auf mein Zimmer kommen und mit mir den Zimmerservice genießen."

„Nein!", rief sie und zog die Aufmerksamkeit anderer Gäste auf uns, die nah genug bei uns waren, um uns zu hören. Sie lächelte und schüttelte ihren Kopf. „Ein bisschen laut, was?"

„Denke schon." Ich lief nicht oft netten Mädels hinterher. Und sie schien ein wirklich nettes Mädchen zu sein. „Ich wollte dich mit meinem Angebot nicht beleidigen. Wir könnten hier in einem der Restaurants essen. Oder ich könnte dich ausführen. Wohin auch immer du möchtest."

Sie fuhr mit ihren Händen über ihre bequeme Kleidung. „Ich bin nicht dafür angezogen, irgendwohin zu gehen." Ihre blauen Augen nahmen mich gefangen, als sie in meine sah. „Aber wir könnten zur Bar gehen und einen Drink zu uns nehmen, wenn du magst. Sie haben Fingerfood, das wir als Snack haben können."

„Ich sollte ehrlich sein. Ich habe schon gegessen. Die Bar hört sich großartig an." Ich zog meine Hände aus den Taschen und ergriff ihre. „Dann komm mit mir, Aliana."

Einen langen Moment schaute sie einfach auf meine ausgestreckte Hand. Dann legte sie schließlich ihre hinein. „Okay."

Ihre Hand passte perfekt in meine. Die Wirkung, die sie auf mich hatte, war nicht spurlos vorrübergegangen. Mein Herz flatterte auf eine Weise in meiner Brust, wie noch nie zuvor, und ich hatte keine Ahnung, warum es etwas Derartiges tun würde. „Ich bin vollgestopft mit deinem Eis. Ich habe alles gegessen. Jeden letzten Bissen."

„Weißt du, ich habe vergessen, die geräucherten Schinkenkrümel obendrauf zu streuen. Ich kam mir so blöd vor, dass ich mich an das kleine Extra erst erinnerte, *nachdem* du weg warst."

„Schinken?" Ich fand das etwas seltsam. „Auf Eiscreme?"

„Es ist wirklich gut, ehrlich gesagt. Es fügt einen Tick unerwarteten Geschmack hinzu." Sie lachte leicht und das Geräusch begegnete meinen Ohren auf ansprechende und entzückende Weise.

„Du bist fantastisch. Ich hoffe, das weißt du über dich." Ich zog die Tür zur Bar auf, trat zur Seite und ließ sie vor mir hindurchgehen.

„Ich bin in Ordnung – fantastisch ist ein bisschen zu viel."

Ihr Körper schlüpfte an meinem vorbei und entfachte eine Flamme, die tief in mir geschwelt hatte, seitdem ich sie zum ersten Mal erblickt hatte. Ich hatte nur noch eine Nacht in Austin und machte mir riesige Hoffnung, dass sie diese eine Nacht mit mir verbringen wollte, dass wir einander auf eine Art und Weise erforschten, von der ich bezweifelte, dass sie jemals erforscht worden war.

Ich führte sie zu einem kleinen Tisch in der Ecke, ich wollte sichergehen, dass ihre Aufmerksamkeit nicht von mir wich. Ich wollte keine Ablenkung von dem gutaussehenden Barkeeper. „Lass uns uns dorthin setzen, damit wir uns besser kennenlernen können, Aliana."

Sie nahm auf dem Sitz Platz, den ich ihr herausgezogen hatte. „Was für ein Gentleman. Ich bin diese Art von Behandlung nicht gewöhnt." Ein strahlendes Lächeln ließ mein Herz hämmern. „Ich könnte mich daran gewöhnen. Aber du gehst morgen früh."

„Das tue ich." Ich ergriff den Stuhl und zog ihn näher zu ihr heran. „Aber wir haben diese Nacht."

Die Kellnerin tauchte auf. „Was kann ich euch beiden bringen?"

„Ich hätte gern ein paar dieser Southwest-Frühlingsrollen." Aliana tippte mit ihrem Finger an ihre Lippen, während sie augenscheinlich darüber nachdachte, welches Getränk gut dazu passte. „Ein Glas Weißwein noch dazu."

„Das nehme ich auch." Ich wollte nichts zu starkes haben, da die vor mir liegende Nacht womöglich eine war, an die ich mich gern erinnern würde.

„Ich bin sofort mit euren Getränken zurück."

Alaina rutschte auf ihrem Stuhl umher. „Also, warum ich?" Sie sah mich mit hochgezogenen Augenbrauen an.

Mit einem Schmunzeln fragte ich: „Was meinst du mit warum ich?"

„Ich meine, du siehst nicht wie die Art Mann aus, die auf ein Mädchen wie mich aus sind. Ich ziehe eher die Nerds an. Du siehst aus, als wärst du daran gewöhnt, dir die Models um die breiten Schultern zu drapieren."

Ich ließ das in meinem Geist ruhen und wirken, während die

Kellnerin mit zwei Gläsern Wein zurückkam. „Bitte sehr. Lasst es euch schmecken."

Aliana nahm ihres und nippte daran, während sie mich über den Glasrand hinweg mit einem Grinsen auf ihren Lippen musterte. Ich konnte sehen, dass sie sich für ziemlich clever hielt.

Sie lag nicht ganz falsch in Bezug auf die Art von Mädchen, mit denen ich mich sonst umgab. „Ich denke, ein Mann sollte neue Dinge ausprobieren. Eine Frau auch, wenn wir schon mal dabei sind. Ich könnte ein Mädchen wie dich probieren und du einen Mann wie mich. Ich meine, ich bin nicht im Geringsten ein Nerd, aber du findest gut möglich etwas Attraktives an mir, denke ich."

„Und was findest du an mir attraktiv?" Sie griff nach hinten und löste das Haarband aus ihrem Pferdeschwanz, sodass ihre pinken Haare ihre Schultern hinabfielen.

Ich nahm einen Schluck Wein und wägte meine Worte vorsichtig ab, bevor ich sprach: „Deine Augen sind mehr als hinreißend. Noch nie zuvor habe ich einen solchen Blauton gesehen. Deine dunklen Augenbrauen sagen mir, dass du von Natur her kastanienbraune Haare hast. Ich habe zufälligerweise eine Vorliebe für diese Haarfarbe. Und dein texanischer Akzent ist auch süß."

„Du redest, wie ich erwarten würde, dass jemanden vom Kennedy-Clan redet." Ihre Lippen verzogen sich auf einer Seite. „Wir gäben ein schräges Paar ab, du und ich."

„Oh, mach dir darüber keine Gedanken. Du hast eine Knochenstruktur und natürliche Schönheit, die großartig an meinem Arm aussehen würde. Verkauf dich dabei nicht so schnell unter Wert."

„Dabei?", kicherte sie scheinbar amüsiert. „Wobei genau, Jack?"

„Dabei, zu sehen, wie die Dinge sich entwickeln könnten. Ich habe es ernst gemeint, als ich gesagt habe, dass ich dich vielleicht von hier stehlen werde." Ich machte selten Witze und ich hatte keinen gemacht, als ich das gesagt hatte. „Aber du würdest deinen eher unmodischen Stil nicht weiter beibehalten können, befürchte ich."

Das Bringen des Aperitifs unterbrach unser Gespräch, die Kellnerin stellte eine Platte mit Frühlingsrollen gefüllt mit schwarzen Bohnen und weißen Reis vor uns ab. „Bitte sehr. Kann ich euch noch etwas anderes bringen?"

„Alles in Ordnung", sagte Aliana und nahm sich eine halbe und tunkte sie in die rote Soße in der Mitte des Tabletts. „Danke, Tara."

„Alles bestens", nickte ich der Kellnerin zu. „Vielen Dank."

„Hau rein, Jack. Sie sind wirklich gut." Aliana nahm einen großen Bissen und es schien, dass es ihr egal war, wie viel sie in meiner Gegenwart aß.

Ich war daran gewöhnt, dass Frauen mehr am Essen knabberten, als dass sie es wirklich aßen, wenn sie mit mir ausgingen. „Diese Soße sieht eher scharf aus." Doch ich mochte den Umstand, dass Aliana das Gefühl hatte, in meiner Gegenwart sie selbst sein zu können.

„Weil sie es auch ist." Sie nahm die andere Hälfte der Frühlingsrolle, tunkte sie tief in die rote Soße und hielt sie mir hin. „Komm schon, Jack. Sei ein Mann. Nimm einen Bissen. Es wird dir Haare auf der Brust wachsen lassen."

„Ich bezahle viel Geld, um meine Brust haarlos zu halten, vielen Dank." Ich würde kein scharfes Essen essen, nur um ihr etwas zu beweisen. „Ich bin eher der Steak und Hummer Typ."

Sie ließ das Essen sinken und ihre Augen wurden zu Schlitzen, als sie mich musterte. „Du bist einer dieser Männer, was?"

„Wenn du meinst: einer dieser Männer, die sich darum kümmern, wie sie aussehen, gekleidet und nackt, dann ja, ich bin einer von ihnen." Ich war nicht im Geringsten peinlich davon berührt, wie ich mich pflegte. „Sag mir bitte, dass du deinen Körper auch haarlos hältst."

Ihre Augen wurden groß wie Untertassen. „Und warum würde ich dir etwas darüber erzählen, wie mein Körper ist?"

Mit einem Schulterzucken nahm ich einen weiteren Drink und wusste nicht, wohin das Ganze führen würde. Sie war jung – vielleicht zu jung und unschuldig, um mich wahrhaftig zu befriedigen. „Wie alt bist du, Aliana?"

„Zweiundzwanzig. Du?" Sie aß den letzten Bissen, während sie auf meine Antwort wartete.

„Siebenunddreißig."

Nickend meinte sie: „Dachte ich mir schon." Sie wischte sich den Mund mit einer Serviette ab und fragte: „Warst du schon einmal verheiratet?"

„Einmal." Ich saß, wie ihre Augenbrauen in die Höhe schossen. „Es endete vor ein paar Jahren. Keine Kinder." Ich war mir sicher, dass das ihre nächste Frage wäre. „Wie sieht es mit dir aus? Irgendein Exmann oder Kinder, von denen ich wissen sollte?"

„Ich weiß nicht, warum du über irgendetwas davon etwas wissen solltest, aber nein. Ich hatte ein paar feste Freunde – aber nichts Ernsthaftes."

„Nichts Befriedigendes also." Ich streckte mich über den Tisch hinweg und fuhr mit meinen Fingern über ihren Handrücken, als sie nach ihrem Drink griff. „Wenn du von irgendeinem von ihnen befriedigt worden wärst, dann wärst du immer noch bei ihm. Ich habe recht, nicht wahr?"

Ich weiß, dass ich recht habe.

————

ALIANA

Etwas sagte mir, dass dieser Mann mich durchschaute. Ich fühlte mich nackt und verletzlich, als er mich wissend betrachtete. „Jack, ich bin nicht die Art von Mensch, die über Dinge spricht, die sie mit anderen getan hat."

„Wenn du nur eine fantastische sexuelle Erfahrung gehabt hättest, würdest du so etwas nicht sagen." Seine Hand bedeckte meine, sein Blick hielt meinen und mein Herz drehte durch.

Ich sprach nicht über Sex – niemals. „Hm, vielleicht sollten wir über etwas anderes reden. Irgendwas. Wie ist das Wetter in New York? Ich wette kalt. Und etwas sagt mir, dass es da windig ist. Habe ich recht? Ist es windig?"

Er lächelte nur, sein Lächeln war irgendwie schelmisch, dann hielt er seine Hand hoch, um die Aufmerksamkeit der Kellnerin zu bekommen. Sie war schnell da. „Ja, Sir?"

„Austern in der Halbschale. Ein Dutzend."

„Kommt sofort, Sir."

Obwohl mir jegliche gute sexuelle Erfahrungen fehlten, wusste ich, dass Austern als Aphrodisiakum betrachtet wurden. „Du versuchst also geil zu werden?"

„Das bin ich schon." Mit einem Nicken fuhr er fort: „Ich versuche jetzt, *dich* dazu zu bringen."

935

„Ich esse so etwas nicht." Ich würde ihn mich nicht überreden lassen, Müll zu essen, den ich nicht wollte. „Ich wette, du bist es gewohnt, bei den Frauen deinen Willen zu bekommen. Ich meine, du bist heiß, reich und dich umgibt so eine Aura, die dich ein bisschen königlich wirken lässt."

„Freut mich, dass du das erkennst, Alaina. Ich bin tatsächlich Erbe eines Throns. Der achtzehnte in der Thronfolge."

Ich wusste, dass er Witze machte. „Ha. Ich meine es ernst. Ich werde nicht mal eines dieser schleimigen Dinger essen."

„Wetten doch?" Er griff in seine Jacketttasche und holte eine Geldklammer heraus. „Ich werde dir für jede einzelne, die du schluckst, einen Hundertdollarschein geben."

Ich brauchte sein Geld nicht. „Du kannst das genauso gut wieder in deine Tasche stecken, Jack. Ich brauche kein Geld. Und wenn ich welches brauchte, würde ich keinen Schleimball essen, um es zu bekommen."

Er lachte, seine dunklen Augen blitzten auf und sein Brustkorb fing an zu beben. „Du bist witzig. Hat dir schon mal jemand gesagt, wie witzig du bist?"

„Hat dir schon mal jemand gesagt, dass du nicht im Geringsten subtil bist?" Ich sah zu Tara, die das Tablett mit dem ekligen Zeug zu unserem Tisch brachte.

Sie setzte es ab und sah mich mit einem wissenden Grinsen an. „Bitteschön ihr zwei. Genießt es."

Ich biss meinen Zähne zusammen und wusste, dass sie dachte, dass Jack und ich im Bett landen würden. Das störte mich in einer Weise, die ich vorher noch nicht bedacht hatte. „Sie sind für ihn, nicht mich."

„Okay, Alaina." Sie ging weg und ich wusste, dass sie Todd, den Barkeeper, angrinste. Sie mussten darüber gesprochen haben, was ich mit dem heißen Typen machte, den unsere Chefs heute den ganzen Tag als Gast hatten.

Jack ergriff eine Schale vom Eisbett. „Wenn du eine isst, wird mich das glücklich machen."

Aus dem Augenwinkel heraus sah ich, wie die zwei miteinander flüsterten. „Ich kann nicht hierbleiben, Jack. Es tut mir leid." Sobald ich meinen Satz fertig hatte, stand ich auf und bewegte mich schnell, um zur Tür zu kommen, ehe er mich einholen konnte. Ich wollte klarstellen, dass ich die Bar ganz allein verlassen hatte.

Als ich den langen Flur entlanglief, schaute ich immer wieder über meine Schulter und war mir sicher, dass er mir folgen würde. Aber er war nicht da – er versuchte nicht mal, mir nachzulaufen.

Ein Teil von mir war ziemlich verärgert und ich verlangsamte mein Tempo. Die Wahrheit war, dass ich von diesem Mann vollkommen angemacht war. Doch die Sache mit mir war, dass ich nicht wollte, dass die Leute dachten, dass ich irgendeine Schlampe wäre, die mit unseren Resortgästen Sex haben würde.

Gerade als ich zum Ausgang kam, zögerte ich wissend, dass ich die Gelegenheit hatte, etwas zu tun, was womöglich ziemlich spektakulär war mit einem Mann, der so weit außerhalb meiner Liga spielte, dass es verrückt war. Mein Herz sagte mir, dass ich zur Bar zurückkehren sollte und alle anderen und ihre Gedanken mir egal sein sollten. Doch mein Kopf sagte mir , dass ich diese Leute tagtäglich sehen musste und ich meinen Ruf nicht ruinieren konnte.

Was bin ich, neunzig? Wann habe ich angefangen, Rücksicht auf meinen Ruf zu nehmen?

Wie auch immer man es nennen will – mir war die Meinung anderer Leute über mich wichtig. Also machte ich den nächsten Schritt und die automatischen Glasschiebentüren glitten auf. Als ich durch sie hindurchging, hatte ich das bleierne Gefühl, dass ich gerade vor etwas sehr Wichtigem weggelaufen war – vielleicht sogar etwas Lebensveränderndem. Doch ich lief weiter weg.

Die Fantasien, die ich über Jack hatte, waren genau das – Fantasien. Er und ich lebten in verschiedenen Welten. Es war deutlich, dass er nur auf einen One-Night-Stand aus war, nichts weiter. Ich wäre nur eine weitere Kerbe auf dem Bettpfosten dieses Mannes, wenn ich geblieben, diese Austern gegessen und ihm in seine Suite gefolgt wäre, um bis in den Morgen hinein leidenschaftlich Liebe zu machen, bis er hätte gehen müssen.

„Hey."

Ich drehte meinen Kopf und blickte ihn ungläubig an. „Wie?"

„Baldwyn und Cohen haben mir einen Hintereingang aus der Bar durch den Terrassenbereich gezeigt. Ich dachte mir, ich würde dich auf dem Weg zum Parkhaus finden." Er bewegte sich neben mich.

„Ich konnte es in deinen Augen erkennen. Du wolltest nicht, dass jemand darüber spricht, was du und ich da zusammen gemacht haben."

Er konnte mich wie ein Buch lesen. „Ja." Ein Gefühl der Hoffnungslosigkeit überkam mich, ich wusste nicht, was ich sagen oder tun sollte.

Er nahm meine Hand und zog mich näher zu sich. „Nun denn, lassen wir die Leute, mit denen du arbeitest, außen vor. Du könntest mich mit zu dir nehmen, und niemand würde eine Ahnung haben, was passiert ist."

„Meine Wohnung?" Ich wusste nicht so recht. „Sie ist irgendwie klein." Es war ein winziges Studioapartment. Klein beschrieb es nicht mal annähernd. Wenn man die Tür öffnete, stand einem das Bett direkt gegenüber.

Wir können keinesfalls dahin!

„Es ist mir egal, wie klein es ist, Aliana."

„Machst du so etwas öfter?" Der Mann bewegte sich, als hätte er eine Mission zu erfüllen.

„Nein. Du?" Er lächelte spielerisch, dann ließ er meine Hand los und legte seinen Arm um mich, zog mich an seine Seite. „Ich weiß, dass du das Gleiche fühlst wie ich. Ich kann es in deinen Augen sehen. Du hast ein bisschen Angst davor, aber du bist auch neugierig."

„Wie kannst du das alles in meinen Augen sehen?" Ich wusste nicht, wie ich mich bei all dem fühlte. „Jack, hör auf."

Er tat, was ich sagte und blieb stehen. Er ließ mich los und drehte sich zu mir um. „Warum sollten wir aufhören? Wir wissen beide, was wir wollen. Wir sind beide erwachsen. Und wir wissen beide, dass wir uns immer wieder über die Was-wäre-wenn-Fragen wundern werden, wenn wir das hier nicht tun. Fragen wir uns nicht für den Rest unseres Lebens. Lass uns diese nächsten Momente gemeinsam erleben. Und am Morgen gehe ich und du kannst zu dem Leben zurückkehren, das du immer gekannt hast. Und niemand wird jemals etwas über uns erfahren oder darüber, was wir in deiner Wohnung getan haben."

Ich konnte nicht glauben, dass dieser Mann so scharf auf mich war. „Du scheinst irgendwie verzweifelt zu sein."

„Ich bin sehne mich gänzlich nach dir, Aliana. Ich kann mich nicht erinnern, bei irgendjemandem so gefühlt zu haben. Und ich denke, du sehnst dich auch nach mir."

Ich war mir nicht sicher, ob er mich in seinen Strudel hineinzog. Ich hatte so etwas von keine Ahnung, was los war. „Jack, das ist zu plötzlich. Es ist zu verrückt. Ich mache so etwas nicht."

Er sah über die Schulter, als hätte er jemanden gehört, den ich nicht gehört hatte. Dann sah er mich an. „Ich habe bemerkt, wie du mich beobachtet hast, Aliana. Ich spürte, wie sich die Haare in meinem Nacken aufstellten, und als ich meinen Kopf drehte, erblickte ich deine Augen - deine wahnsinnig hellblauen Augen. Ein Stromschlag schoss durch meinen ganzen Körper. Nur durch die Verbindung zwischen unseren Augen. Jetzt sag du mir, was wohl durch uns hindurchjagen wir, wenn wir nicht einen verdammten Fetzen mehr zwischen unseren nackten Körpern haben."

Er hatte recht, aber ich wusste nicht, was ich sagen sollte. Also nickte ich. Und dann legte er seinen Arm wieder um mich, zog mich fest an seine Seite und ging weiter, als wüsste er genau, wohin wir wollten.

„Mein Auto ist da drüben." Ich deutete darauf. „Der kleine rosa Toyota da drüben."

„Du und die Farbe Pink, Grundgütiger." Er ging in die Richtung, in die ich gezeigt hatte. „Du musstest dieses Ding in dieser Farbe lackieren lassen."

„Ja." Ich zog den Schlüsselanhänger aus meiner Tasche und schloss das Auto auf, unsicher, was als Nächstes passieren würde. Ich erwartete es jedoch mit mehr Vorfreude als irgendetwas anderes jemals zuvor. „Wir werden anhalten müssen und du wirst in die Drogerie gehen und dir eine Schachtel Kondome kaufen." Ich hatte nicht vor, mir von dem Mann eine Geschlechtskrankheit einzufangen.

„Ich bin sauber. Ich bin mir sicher, dass du es auch bist." Er öffnete die Fahrertür. „Steig ein", sagte er in einer heiseren Stimme.

Mein Körper, eingeklemmt zwischen ihm und meinem Auto, war höllisch heiß. „Ich verhüte nicht."

„Du verarschst mich." Er musterte mich, als ob er dachte, ich würde lügen, dann schloss er, sobald ich auf dem Fahrersitz saß, die

Tür und lief herum, um auf dem Beifahrersitz Platz zu nehmen. „Du hast so wenig Sex, dass du keine Verhütung brauchst?"

„Ja." Ich würde mich nicht schämen. „Du wirst also eine Packung Kondome holen oder du kannst zurück ins Resort und in deine Suite gehen und das Ganze hier vergessen."

„Weißt du, du bist wirklich eine echte Nummer. So jung, unschuldig, sogar naiv. Doch gleichzeitig bist du auch irgendwie weise." Er nickte mir zu. „Dann also Kondome. Lass uns gehen."

Als ich aus dem Parkhaus fuhr, wusste ich nicht, was ich fühlte. Es war, als stünde ich kurz vor einer großen Expedition mit einem Mann, der sich auskannte. Und da dachte ich, er sollte etwas über mich wissen, was ich keiner Menschenseele erzählt hatte. „Jack, ich hatte noch nie einen Orgasmus."

Er hustete, als hätte er sich an meinen Worten verschluckt. „Du hast was?"

„Ich hatte noch nie einen Orgasmus." Ich konnte ihn nicht einmal ansehen, als er mich mit offenem Mund anstarrte.

„Du hast dir noch nicht mal einen verschafft?" Er schluckte und brachte dabei den Adamsapfel in seiner Kehle zum Hüpfen.

„Nein, habe ich nicht. Ich weiß nicht, wie ich das überhaupt angehen soll, wenn ich ehrlich zu dir sein soll." Ich sah keinen Grund, mit dem Mann um den heißen Brei zu reden. „Ich hatte Sex, aber es war nie etwas Außergewöhnliches."

„Das erklärt genau genommen viel." Er legte seine Hand auf meinen Oberschenkel. „Dann wirst du viel aus dieser Nacht mitnehmen, Baby. Ich werde dir beibringen, wie du dir selbst Vergnügen bereiten kannst, und nach dieser Lektion wirst du nie mehr dieselbe sein."

Mein Gesicht wurde glühend heiß, als mich Verlegenheit durchströmte. „Nein! Nein, das kannst du nicht machen."

„Ich kann. Du wirst es mögen. Nein, was ich meine ist, du wirst es *lieben*", antwortete er mit einem Grinsen und fing dann an zu pfeifen. Ich fuhr die Straße hinunter und bog dann auf den Parkplatz der nächsten Drogerie ein. „Wow! Ich bin wirklich aufgeregt. Ich wusste nicht, dass ich aufgeregter sein könnte, als ich es bereits war, aber dann hast du mich in dein kleines Geheimnis eingeweiht und – nun, wow!"

Ich ließ meine Stirn auf das Lenkrad fallen und war mir nicht sicher, ob dies zu tun das Klügste für mich war. „Was mache ich nur?"

Bevor Jack aus dem Auto stieg, gab er mir meine Antwort. „Du beginnst wirklich zu leben, Baby." Seine Lippen drückten sich gegen meinen Hinterkopf und ich sah Sterne. „Ich werde ein paar Getränke mit viel Elektrolyten holen. Wir werden sie brauchen für das, was vor uns liegt."

Das wird mich sicher ruinieren. Ich weiß es einfach.

———

JACK

Mit mehr Kondomen bewaffnet, als die meisten Männer in einem Monat brauchten, war ich bereit für unsere eine gemeinsame Nacht. Ihre Wohnung war winzig. Nicht, dass es mir etwas ausgemacht hätte. „Also, ein Bett direkt im Wohnzimmer, hm?" Ich warf die Tüte aus der Drogerie darauf. „Und du behauptest, du hast überhaupt nicht viel Sex."

„Habe ich nicht." Sie sah sich um, als hätte sie keine Ahnung, was sie als Nächstes tun sollte.

Also half ich ihr, es herauszufinden. „Lass uns duschen gehen." Ich packte ihre Hand. „Zeig mir den Weg."

Die Art, wie sie schluckte und den Kopf senkte, sagte mir, dass sie etwas Inspiration brauchte, um in Schwung zu kommen. Ich trat die Tür hinter uns zu und drehte sie dann herum, sodass sie mich ansah. Ich drückte sie gegen die Tür und küsste sie hart, verlangend, verzehrend.

Ihre Arme bewegten sich um meinen Hals und dann schlang sie ihre Beine um mich. Ihr Zentrum brannte schon für mich und ich wusste, dass ich es auch verdammt nass vorfinden würde.

Zum Teufel mit der Dusche!

Wir zerrten gegenseitig an unseren Kleidern, bis an keinem unserer beiden Körper mehr etwas übrig war. Sie und ich fielen auf ihr Bett und stießen die Tasche aus dem Weg, als ich mich zwischen ihre Beine bewegte, die sich für mich öffneten.

Ich stieß meinen Umfang in ihre weiche, enge, feuchte Muschi und stöhnte: „Verdammt, du fühlst dich wie der Himmel an, Baby."

Plötzlich fiel mir auf, dass ich völlig vergessen hatte, ein Kondom drüberzuziehen. „Oh Scheiße. Lass mich gehen. Ich werde zuerst einen Gummi überziehen."

„Nein", sagte sie, als sie mich näher zog. „Ich möchte dich fühlen. Plan B klingt für mich im Moment okay."

„Habe ich schon ein Monster erschaffen?" Ich grinste, als ich ihren Mund mit einem hungrigen Kuss eroberte. Unsere Zungen kämpften um die Vorherrschaft und es dauerte eine Weile, bis meine gewann.

Sie bog sich nach oben, um jedem harten Stoß entgegenzukommen, den ich ihr gab, und bohrte ihre Nägel in meinen Rücken. „Ich möchte, dass du mich kommen lässt, Jack. Ich will es so sehr, dass ich es schmecken kann."

„Und schmecken wirst du es." Ich bewegte mich immer schneller. „Wenn du auf meinem Schwanz gekommen bist und ich in dir drin, wirst du meinen Schwanz sauber lecken, während ich deine Fotze sauber lecke."

„Heilige Scheiße, du bist dreckig." Ein leises Stöhnen entkam ihrem Mund. „Und ich liebe es!"

„Ich weiß, dass du es tust, du dreckige Hure." Ich biss in ihren Nacken und sie schrie vor Verlangen.

„Deine Hure", flüsterte sie. „Immer deine Hure."

„Meine Hure." Es kam nicht oft vor, dass ich dachte, dass jemanden zu mir gehörte, aber sie brachte mich dazu, so zu denken. Ich hatte keine Ahnung, was über mich gekommen war.

Ihre enge Muschi klammerte sich an meinen Schwanz und bat mich, ihr zu helfen, ihren ersten Orgasmus loszutreten. Ich wusste, dass sie unbedingt einen haben wollte, also verschwendete ich keine Zeit damit, ihn ihr zu geben. Sie schrie und ihr ganzer Körper begann zu zittern: „Ich komme! Ja! Ja! Oh Gott, ja!"

Die Art und Weise, wie sich ihr Kanal um meinen Schwanz drückte, gab mir das Gefühl, eine außerkörperliche Erfahrung zu machen. „Scheiße! Scheiße! Hurensohn! Du bist so verdammt gut!" Ich sprühte meine Ladung in sie hinein. Ich hätte es nicht anders machen können. Sie fühlte sich viel zu großartig an.

Keuchend wie Tiere hielten wir uns so fest, dass ich nicht spürte, wo ich aufhörte und sie begann. Ich war buchstäblich betrunken von ihr. Und sie schien auch ziemlich berauscht von mir zu sein. „Jack, du musst mir beibringen, wie ich das bei mir mache."

„Nun, du wirst nie in der Lage sein, das zu bekommen, was ich für dich tun kann, aber du wirst einen kleinen Kick durch das Masturbieren bekommen." Aber wir hatten noch andere Dinge zu tun, bevor wir dazu kamen.

Ich ging von ihr herunter, aber es war nicht das, was sie wollte. Stattdessen griff sie verzweifelt nach mir, damit ich wieder in sie eindrang. „Nein, Jack. Komm zurück."

„Bleib auf dem Rücken. Ich werde hier oben ein paar Dinge ändern." Ich bewegte mein Gesicht in ihre Muschi und hockte mich rittlings über ihr Gesicht. „Denk daran, leck mich sauber, Baby, und dann zeige ich dir, wie du dir selbst Vergnügen bereiten kannst."

Grob packte sie meinen Schwanz mit ihren Händen, leckte mich dann auf und ab und machte mich erneut hart für sie. Ich leckte ihre köstliche Muschi und trank die Säfte, die sie für mich hatte fließen lassen, bis ich spürte, wie ihre Beine zitterten, und wusste, dass sie bereit war, mir noch mehr zu geben.

Ich kam in ihren Mund, als sie auf meine Zunge kam. Ich war noch nie so auf einer Wellenlänge mit einer anderen Frau gewesen. Aliana hatte eine Art von Einfluss auf mich, den noch niemand zuvor gehabt hatte. Ich wusste nicht, wie ich mit allem umgehen sollte, wenn die Zeit für mich gekommen war, sie zu verlassen. Aber im Moment wollte ich die Frau einfach nur bis zum Äußersten genießen.

„Du verträgst das ziemlich gut, Alaina." Ich bewegte so, dass ich mich neben sie niederlegte, stützte meinen Kopf auf eine Hand und machte die andere frei, um ihr zu zeigen, wie sie sich dieses besondere Gefühl gab.

„Wo sind die Getränke geblieben, die du gekauft hast?" Sie setzte sich auf und sah sich nach der umgeworfenen Tasche um. „Ah ha!" Sie kletterte über mich, griff nach der Tasche, holte zwei Getränke heraus und reichte mir eines. „Du bist so schlau bei diesen Dingen, Jack."

„Es ist nur Sex, Aliana." Ich schmunzelte, als ich die Flasche öffnete und dann alles auf einmal herunterstürzte.

Sie tat dasselbe und warf die leere Flasche auf den Boden. Sie stand nackt da, ohne sich zu schämen, sah mich an und musterte mich von Kopf bis Fuß. „Du bist sehr gut ausgestattet. Ich bin mir sicher, dass dir das schon oft gesagt wurde."

Ich zeigte auf ihre straffen Brüste. „Du auch. Ich wette, dir wurde das auch oft gesagt."

„Nicht wirklich." Sie betrachtete ihre Brüste und schob sie dann mit den Händen hoch. „Ich schätze, die Jungs, mit denen ich zusammen gewesen war, wissen nicht wirklich viel über Sex oder darüber Mädchen das Gefühl zu geben, sexy zu sein."

Ich setzte mich auf die Seite des Bettes, zog sie in den Bereich zwischen meinen Beinen und sah sie an. „Du bist sexy. Denk niemals etwas anderes als das. " Meine Finger pressten sich in ihren fleischigen Hintern. „Und du hast einen tollen Hintern. Er ist fast so erstaunlich wie deine magische Zunge. Du weißt wirklich, wie man einen Schwanz lutscht."

„Tue ich das?" Sie trug einen stolzen Ausdruck. „Das war mein erstes Mal."

„Unsinn." Es fiel mir schwer, das zu glauben. „Du kannst ehrlich zu mir sein."

„Es war mein erstes Mal. Ich habe noch nie einen Handjob gegeben, geschweige denn einen Blowjob. War es wirklich gut? Du kannst auch ehrlich zu mir sein."

„Es war mehr als gut." Ich stand auf und schlang sie in meine Arme. „Lass uns unter die Dusche gehen. Ich kann dir da drin ein paar lustige Sachen zeigen."

„Ich habe keine Dusche, es ist nur eine Badewanne. Eine alte vom Typ Löwenfuß."

„Das wird auch funktionieren." Als wir ins Badezimmer gingen, küsste ich ihren Nacken und hielt sie immer noch in meinen Armen. Die tiefe Wanne war lang, robust und groß genug, damit wir beide hineinpassten. „Okay, ich steige zuerst rein und dann kannst du vor mich."

Als ich einstieg, begann sie, die Wanne mit Wasser zu füllen. „Komm rein, das Wasser ist gut." Ich spritzte sie ein wenig voll, weil ich es liebte, wie sie lachte.

Sex mit ihr machte Spaß. Ich hatte noch nie so viel Spaß mit jemandem gehabt. Die Frauen, mit denen ich zusammen war, waren immer besorgt, wie sie aussahen. Und keine von ihnen war in Sachen

Sex so ungebildet wie Aliana. Sie war reif und bereit, auch erzogen zu werden.

Sie schlüpfte mit dem Rücken zu mir vor mich in die Wanne und lehnte sich an meine Brust. Sie stieß einen langen Seufzer aus und fuhr mit ihren Händen über meine Oberschenkel auf und ab. „Das ist entspannend."

„Es wird in einer Minute aufhören, sich für dich zu entspannen. Ich werde dir gleich zeigen, wie aufregend dein Bad sein kann, Baby."

Als sie mich über ihre Schulter ansah, hatte sie einen verwirrten Gesichtsausdruck. „Wie kann ein Bad aufregend sein?"

„Lass mich es dir zeigen." Ich legte meine Hände auf jede Seite ihres Hinterns und schob sie dann nach vorne. „Ich möchte, dass du deine Füße an die Wände zu beiden Seiten des Wasserhahns stellst."

Sie stellte ihre Füße genau so an die Wand, wie ich ihr aufgetragen hatte, und zuckte dann mit den Achseln. „Das ist nicht sonderlich aufregend."

„Das wird es bald." Ich bewegte sie noch ein Stück weiter. „Lass deine Füße einfach die Wand hochgleiten, bis ich dich in der perfekten Position habe."

„Was wirst du tun?", lachte sie nervös. „Wirst du mich unter das Wasserteil setzen?"

„Nicht alles von dir, nur ein Teil." Ich bewegte meine Hände unter ihren Hintern und hob sie ein wenig an, sodass das Wasser über ihre Muschi floss. „Gefällt dir das?"

„Oh, oje", stammelte sie. „Wird das meinen Körper irgendwie durcheinanderbringen, wenn all das Wasser gegen meine Genitalien drückt?"

„Habe ich deinen Körper durcheinandergebracht, als ich meinen Körper über deine Genitalien geschoben habe?" Ich konnte mir nicht helfen und musste über ihren Gedankengang lachen. „Lass dich einfach massieren, Baby."

Ich bewegte sie so, dass das Wasser ihre weiche Muschi streichelte. Und ich sah zu, wie ihr Kitzler vor Ekstase anschwoll. „Ich habe das Gefühl, ich werde kommen, Jack!" Ihre Hände ballten sich an ihren Seiten, als ich sie zurückzog. „Warum hast du das getan?", fragte sie mit ziemlicher Wut in der Stimme. „Ich hätte beinahe einen Orgasmus gehabt."

„Ich weiß. Ich möchte, dass du lernst, wie du das machst, ohne dass ich dich hochhalte. Also lehne ich mich hier zurück und schau dir zu, wie du es dir selbst machst." Ich lehnte mich zurück, bereit zu sehen, ob sie es jetzt, nachdem ich es ihr gezeigt hatte, hinbekommen würde.

„Du wirst mich beobachten?" Sie schien diese Idee nicht zu mögen. „Ich weiß nicht."

„Mach einfach. Tu so, als wäre ich nicht einmal hier." Ich legte meine Hand auf meinen Schwanz und wartete auf die Reaktion, die kommen musste, wenn ich beobachtete, wie sie sich unter dem Wasserhahn selbst fickte.

„Gott, ich kann nicht glauben, zu was du mich bringst." Sie legte ihre Hände auf den Boden der Wanne, begab sich wieder in die Position zurück, offen unter dem Wasserfluss. „Ah, oh ... ja", stöhnte sie und ließ ihren Kopf nach hinten fallen. „Das ist so gut."

„Es fühlt sich sehr wie eine große, feuchte Zunge an. Lass deiner Fantasie freien Lauf, Baby. Stell dir vor, ich wäre da unten zwischen deinen Beinen und lecke an deinen Köstlichkeiten."

„Oh ja." Sie begann ihren Hintern zu bewegen, um die Bewegungen von echtem Cunnilingus nachzuahmen. „Ja, du weißt was ich mag, nicht wahr?"

Sie wölbte ihren Rücken ein wenig mehr und ich beobachtete, wie sie das Wasser direkt in ihre Vagina strömen ließ, sich auf und ab bewegte, als würde es sie ficken. Ich biss mir auf die Lippe, während mein Schwanz anschwoll.

Heilige Scheiße, dieses Mädchen ist verdammt heiß!

„Ja!", schrie sie, als sie sich bewegte, um das Wasser über ihren stark geschwollenen Kitzler spülen zu lassen. „Oh Gott! Verdammt! Jesus!"

Ich war ein wenig eifersüchtig, dass ihre Reaktion viel besser war als vorhin, als ich ihr die Orgasmen beschert hatte. „Okay, Babe. Ich bin dran." Ich zog sie vom Wasser weg und drehte sie mit dem Gesicht zu mir und auf meine Erektion. Ihr Körper, immer noch mitten in einem Höhepunkt, pulsierte über meinen sehnsüchtigen Schwanz. „Verdammt, Mädchen, du kommst immer noch."

„Ich weiß." Ihr Gesicht leuchtete, dann küsste sie mich. „Danke dafür. Vielen Dank für all das. Ich kann nicht glauben, wie sehr du mein Leben verändert hast."

Sie lag nicht falsch. Ich hatte einen eindeutigen Einfluss auf sie.

„Und ich werde nur den Rest der Nacht brauchen, um in deinem Gehirn eine unauslöschliche Spur zu hinterlassen, die kein anderer Mann jemals in den Schatten stellen kann."

Später in dieser Nacht war es jedoch mein Gehirn, das von ihr gebrandmarkt wurde. Sie lag schlafend in meinen Armen und schnarchte leise, da sie völlig erschöpft war. Ich küsste sie sanft auf die Stirn und versuchte, sie nicht aufzuwecken, während ich ihr beim friedlichen Schlafen zusah.

Gott, sie ist wunderschön. Warum muss das enden?

———

ALAINA

Drei Jahre später ...

Für einige Leute hätte es scheinen können, dass ich das Falsche getan hätte. Aber für mich war noch nie etwas so richtig gewesen.

„Maddy, kannst du den Kinderwagen runter in die Kita bringen und Jackie hierher zu mir? Ich schließe den Laden und mache mich auf den Weg nach Hause."

„Sicher, ich werde sie holen." Maddy hüpfte davon, glücklich mit dem Baby helfen zu können.

Jackie war vor einer Woche gerade zwei geworden. Niemand wusste, wer ihr Vater war, und so würde es auch bleiben. Aber als ich sah, wie Maddy den Flur entlangging, musste ich an sie und ihren Vater Cohen denken.

Maddy war auch vor ihrem Vater geheim gehalten worden. Aber für sie, ihren Vater und sogar ihre Mutter war alles gut gegangen. Ich hatte ein wenig mit Maddys Mutter Ember darüber gesprochen, was ich tat. Sie sagte mir, ich solle das tun, was ich zu dem Zeitpunkt für das Beste hielt. Und wenn ich jemals das Gefühl hatte, es sei an der Zeit, dem Vater von seiner Tochter zu erzählen, sollte ich nicht zögern, dies zu tun.

Ich habe das immer noch nicht so empfunden. In meiner Vorstellung war Jack so glücklich wie eh und je, ein Freigeist zu sein. Am Morgen nach dieser einen Nacht hatte er mir Bargeld auf der Kommode hinterlassen, bevor er gegangen war, und mir gesagt, ich solle mir dieses Plan B Ding kaufen. Aber ich hatte es doch nicht gekauft. Ich konnte mich anscheinend nicht dazu durchringen. Wenn ich schwanger werden würde, dachte ich, sollte es wohl so sein.

Ich sah nichts Schmutziges in dem, was wir getan hatten. Es war magisch für mich gewesen, in keiner Weise schlecht. Und wenn ein Kind daraus entstehen sollte, würde ich es in dieser Welt willkommen heißen und mich so gut wie möglich darum kümmern.

Ich befand mich im zweiten Monat der Schwangerschaft, als ich herausfand, dass ich tatsächlich Jack Thorogoods Baby trug - unser Liebeskind.

Als ich auf Maddys Rückkehr wartete, hallten die Stimmen von Männern, die sich unterhielten, durch den Flur und erregten meine Aufmerksamkeit. Die Stimmen kamen mir sehr bekannt vor. Ich sah auf und erkannte einen von ihnen sofort. Seine dunklen Augen trafen meine in dem Moment, als ich meinen Kopf hob. „Hallo, Alaina. Wie ist es dir ergangen?"

Stone Nash lief neben ihm und lächelte vor sich hin. „Ihr zwei kennt euch?"

„Wir haben uns das letzte Mal getroffen, als ich hier war", sagte Jack zu ihm. „Ich komme gleich nach, Stone. Ich würde gerne ein, zwei Minuten mit meiner alten Freundin reden."

„Klar doch." Stone ließ uns allein.

Sowohl mein Körper als auch mein Geist erstarrten. *Was sollte ich tun?*

„Ich mag es, wie du dein Haar zu seinem natürlichen Kastanienbraun hast herauswachsen lassen. Du siehst der Frau, von der ich wusste, dass du sie sein könntest, sehr ähnlich." Er beugte sich vor und fragte sich wohl, warum ich ihm noch nicht in die Arme gesprungen war. „Geht es dir gut, Aliana?"

Ich nickte. „Dir?"

„Mir geht's gut, danke." Er musterte mich von oben bis unten. „Du siehst super aus. Es scheint, dass du etwas fülliger geworden bist, und es steht dir ungemein." Er beugte sich vor. „Hast du heute Nacht noch nichts vor? Ich habe eine Nacht hier, bevor ich zurück nach New York fliegen muss."

Oh Gott! Was soll ich sagen?

Zunächst einmal hatte ich definitiv nicht nichts vor. Ich hatte in den zwei Jahren, in denen meine Tochter am Leben war, nicht frei gehabt. Und zweitens war ich die Mutter seines Kindes - etwas, das gesagt werden musste, bevor Maddy mit ihr im Kinderwagen den Flur entlanggeschlendert kam. Jackie hatte das dunkle Haar ihres Vaters und meine blauen Augen. Sie war ein hervorstechendes kleines Mädchen. Das sagten alle.

„Jack, ich, ähm, nun, ich …"

„Würde gerne die Nacht mit mir verbringen", vermutete er falsch. „Also hier oder bei dir?"

„Jack, schau mal …"

„Ich habe dich seit Jahren nicht mehr gesehen, aber ich würde es so gern." Er küsste mich sanft auf die Wange. „Komm schon, Baby, du musst bei mir nicht schüchtern sein. Ich habe nicht aufgehört, an dich und unsere gemeinsame Nacht zu denken. Das war etwas Besonderes, etwas Erinnerungswürdiges."

„Da stimme ich dir zu." Ich holte tief Luft, als ich Maddy in Sicht kommen sah. Sie redete vor sich hin, während sie Jackie im Kinderwagen schob. Maddy sprach immer mit ihr. Selbst als sie noch ein Baby war und kein einziges Wort, das gesagt wurde, verstehen konnte.

„Also hier oder bei dir?" Er sah über seine Schulter und folgte meinen Augen. „Ist das die kleine Madison, Cohens Tochter? Sieh an, wie viel sie gewachsen ist. Das muss ihre kleine Schwester sein, die sie dort hat."

Mein Bauch krampfte sich zusammen, denn ich wusste, dass dies nicht der richtige Ort war, um ihm zu sagen, dass er Vater war. Wenn ich log, würden hier meine Lügen ihm gegenüber beginnen. Also wählte ich meine Worte sehr sorgfältig. „Nein, ihre kleine Schwester ist etwas über ein Jahr älter."

Er sah mich an, als Jackie wild zu winken begann, als sie näher kamen. „Oh. Also spielt Madison einfach gerne mit den Babys in der Kindertagesstätte?" Er sah zu seiner Tochter. „Sie ist auch eine Süße."

„Mama!", quietschte Jackie und ihre hohe Stimme hallte durch den langen Flur.

„Mama?" Jack sah sich um. „Wo ist ihre Mutter?"

„Ähm, siehst du … ich bin ihre Mutter, Jack." Darüber wollte ich nicht lügen.

„Oh", Enttäuschung schwang aufrichtig in seiner Stimme mit.

„Springst du deshalb nicht auf und ab, dass du Zeit mit mir verbringen kannst?"

„So in der Art." Ich ging Maddy entgegen. „Da wären wir. Ich übernehme sie von hier, Maddy. Vielen Dank für deine Hilfe."

„Es macht mir überhaupt nichts aus", sagte Maddy. Sie kitzelte Jackies Kinn. „Bis morgen, Jackie." Jacks Augen weiteten sich, als er hörte, was sie gesagt hatte, aber er blieb absolut still. Maddy blieb vor ihm stehen. „Du siehst bekannt aus."

„Ich war vor ein paar Jahren hier." Er sah auf sie hinunter. „Du bist seitdem gewachsen."

„Das bin ich ganz bestimmt. Ich wachse einfach weiter, sagt mein Daddy die ganze Zeit. Bleibst du eine Weile hier?" Maddy verschränkte die Arme vor der Brust und legte den Kopf schief. „Ich erinnere mich an das letzte Mal, als du hier warst und nur eine Nacht geblieben bist. Ich erinnere mich an viel über Leute, die hierher ins Resort kommen. Eines Tages werde ich hier arbeiten, also versuche ich, mich an unsere Gäste zu erinnern, Mr. Thorogood."

„Das ist großartig und du erinnerst dich sogar an meinen Namen – beeindruckend." Jack sah mich an. „Ich denke, ich bleibe doch ein bisschen länger als beim letzten Mal. Ich bin kurz davor, mein Resort in New York zu eröffnen, und dachte, ich würde die Nash-Brüder besuchen, die mir geholfen haben, meinen Traum zu verwirklichen."

„Ich dachte, du hast gerade gesagt, dass du nur eine Nacht hier sein würdest", sagte ich schnell, als ich Jackie aus ihrem Kinderwagen holte, da sie sowieso versuchte, herauszuklettern.

„Hab meine Meinung geändert." Er kam direkt auf mich zu und streckte die Arme aus. „Ist sie freundlich?"

„Sie ist kein Hund, Jack." Ich lachte ein wenig, aber er schien es überhaupt nicht lustig zu finden, da er nicht einmal ein Lächeln zeigte.

Jackie ging direkt zu ihm. Sie war ein freundliches Kind, also war es nicht so ungewöhnlich für sie, so etwas zu tun. Aber sie in den Armen ihres Vaters zu sehen, tat etwas mit meinem Herzen. Ich wusste, dass ich Jack die Wahrheit sagen musste, aber nicht vor Maddy.

„Sie hat deine Augen, Aliana." Er sah Maddy an. „Verbringst du hier viel Zeit mit der kleinen Jackie, Madison?"

„Ich verbringe die ganze Woche Zeit mit ihr. Ich habe sie gehalten, als sie gerade einen Tag alt war, als wir ins Krankenhaus gingen, um sie zu sehen." Maddy hob ihre Hand und winkte, als sie sagte: „Ich muss jetzt Dad suchen. Es ist Zeit für uns, nach Hause zu gehen. Tschüss. Es war schön, Sie wiederzusehen, Mr. Thorogood."

„Schön, dich auch wieder zu sehen, Madison." Sobald Maddy außer Hörweite war, ruhten seine Augen auf meinen. „Scheint, als hättest du mir viel zu erzählen."

„Warum folgst du mir nicht nach Hause, damit wir uns unterhalten können?", fragte ich.

„Warum fahre ich nicht einfach mit, weil ich kein Auto gemietet habe?"

Ich wusste damals, dass er vorhatte, bei mir zu übernachten - bei uns. Es war also ziemlich offensichtlich, dass er zwei und zwei zusammengezählt hatte und schließlich zu dem Ergebnis gekommen war, dass Jackie seine Tochter war. „Klar, du kannst mit uns fahren, Jack."

„Ich gehe in meine Suite und schnappe mir meine Tasche und treffe dich dann in der Lobby", sagte er und gab mir Jackie zurück. „Wir haben so viel zu besprechen."

„Okay." Mein Hals fühlte sich an, als würde er sich verschließen. Ich wollte weinen, und das störte mich. Die ganze Zeit hatte ich gedacht, dass ich das Richtige getan hatte, indem ich Jack nichts von seinem Kind erzählt hatte. Aber jetzt hatte ich das Gefühl, dass ich mich damit die ganze Zeit geirrt haben könnte.

Er hatte zwei Jahre ihres Lebens verpasst und es fühlte sich plötzlich an, als hätte ich ihm diese Zeit gestohlen – und auch Jackie. Ich musste viel wiedergutmachen.

Als ich in der Lobby darauf wartete, dass er zu uns kam, fühlte ich mich zum ersten Mal wie eine ganze Familie. Kurz darauf stieg er aus dem Aufzug und Jackies Gesicht hellte sich auf und winkte ihm zu, während sie unverständliche Worte murmelte, die glücklich klangen. Sie war wirklich aufgeregt, ihn wiederzusehen. An dem Lächeln auf seinem Gesicht konnte ich erkennen, dass er sich freute, sie auch zu sehen. Tatsächlich konnte er seine Augen nicht von ihr abwenden.

„Hast du mich vermisst?" Er ging direkt zu mir, ohne mich auch nur einmal anzusehen, und streckte dann die Arme aus. Jackie tauchte direkt in sie ein. „Du bist so eine kleine Süße."

Ich drehte mich um und ging zur Tür hinaus, weil ich befürchtete, mitten in der Lobby in Tränen auszubrechen. Jack folgte und trug unsere Tochter. Ich schaffte es, alles beisammenzuhalten, bis wir zum Auto kamen. „Hier, ich setze sie in den Autositz." Die Worte hatten den Kloß in meinem Hals gelöst. Ich gab es auf und fing an zu heulen wie ein Baby.

„Ich kann sie auf den Autositz setzen. Meine Schwester hat Kinder." Er schien meinen Ausbruch zu ignorieren, als er sich darum kümmerte, Jackie hineinzusetzen.

Ich setzte mich auf den Fahrersitz und suchte verzweifelt nach etwas, um meine Augen zu trocknen. Irgendwie schniefte ich die Tränen hinter und wischte den Rest auf meiner Wangen mit einer Serviette von McDonalds ab, die ich zwischen meinem Sitz und der Mittelkonsole gefunden hatte.

Jack setzte sich auf den Beifahrersitz und verengte seine Augen so, wie ich es noch nie gesehen hatte. „Warum hast du mich nicht angerufen, Alaina? Ich habe meine Karte auf der Kommode liegen gelassen, direkt neben dem Geld, das ich für die Plan-B-Medikamente hinterlassen habe. Du hättest es mich wissen lassen sollen."

„Ich hatte das Gefühl, dass es mein Zutun war und ich dich nicht damit belästigen sollte." Die Tränen sammelten sich wieder und ich tupfte sie mit der Serviette ab.

„Mama, weinen?", fragte Jackie.

Jack drehte sich um, hob ein Spielzeug vom Boden auf und gab es ihr. „Mama ist okay, Schatz. Hier, spiel damit." Er strich mit seinen Knöcheln über meine Wange und flüsterte: „Mama wird wieder gesund. Daddy wird dafür sorgen."

„Daddy?" Ich konnte nicht glauben, was er gesagt hatte. „Du meinst das ernst, Jack?" Ich wusste, dass der Mann mehr als beschäftigt war. „Du lebst in New York. Wie wirst du das sein, was sie brauchen?"

„Weil du und sie bei mir in New York einziehen werdet. Eine Familie kann es unmöglich schaffen, wenn sie weit voneinander entfernt lebt. Und das sind wir, Baby – eine Familie." Er beugte sich vor und küsste meine Wange. „Ich hatte immer das Gefühl, hier in Texas etwas zurückgelassen zu haben. Ich hatte auch recht. Ich hatte die einzige Frau zurückgelassen, die ich jemals geliebt habe."

„Liebe?" Ich konnte es nicht glauben. Aber die Sache war, dass ich mich auch so gefühlt hatte. „Ich auch, Jack. Ich hatte mich von dem Moment an in dich verliebt, als ich dich gesehen hatte."

Seine dunklen Augen funkelten, als er mich anlächelte. „Sieht so aus, als wären wir in unser glückliches Leben gestolpert, Alaina."

So sieht es für mich auch aus.

Ende

FORTUNATE ACCIDENT

Ein Milliardär Liebesroman

(Unwiderstehliche Brüder 8)

Jessica F.

———

Ich bin single, charmant und ein Milliardär!
Ich habe alles, was ein Mann sich wünschen kann.
Außer jemanden, den ich wahrhaftig lieben kann.

Ich hätte niemals gedacht, dass eine betrunkene Partynacht dazu führen kann, die Liebe meines Lebens zu finden.

Ich würde meine Luft zum Atmen geben, um auch den letzten Zentimeter von ihr berühren zu können ...

Doch sie ist so viel mehr, als es erscheint.

Diese perfekte Frau wird einmal Ärztin sein.
   Außerhalb meiner Liga?
   Auf jeden Fall.
   Doch sie wird mein sein.
   …

KAPITEL EINS

STONE

Bei dem kraftvollen, basslastigen Beat von Lil Jons und DJ Snakes *Turn Down for What* bewegten sich alle Gäste des Nachtclubs wie eine unsichtbare Welle auf einem ruhelosen Ozean. Ich war mitten im Geschehen, reckte meine Fäuste in die Luft und stieß mit den Schultern gegen meine Freunde, während wir zusammen die Texte der Songs brüllten, die der DJ für uns spielte.

Völlig sorglos und unbeschwert.

Ich war gerade siebenundzwanzig geworden. Die Zahl klang für mich magisch. Ich war kein junger Mann Anfang Zwanzig mehr, sondern galt jetzt als Mitt- bis Endzwanziger. Irgendwie klang das für mich einfach cooler und reifer.

Es war kein typischer Geburtstag für mich. Mein Tag hatte in dem Resort begonnen, das meine älteren Brüder und ich in Austin, Texas besaßen. Ich war von dem Spa-Personal mit einer Maniküre und Pediküre sowie einer Tiefenmassage verwöhnt worden, bei der ich das Gefühl hatte, auf einem Bett aus Wolken zu liegen.

Ein perfekter Start in meinen Geburtstag.

Das Whispers Resort und Spa war das Beste, was meinen vier Brüdern und mir je passiert war. Es hatte uns allen ein neues Leben ermöglicht. Nur hatten sie alle ihre Berufung relativ leicht gefunden, während ich noch daran arbeitete, meine zu finden.

Als ausgebildeter Koch sollte ich ein Restaurant im Resort eröffnen. Aber ich wusste immer noch nicht, was für Gerichte ich unseren geschätzten Gästen servieren wollte.

Zu meiner Verteidigung ist zu sagen, es war nicht einfach, ein Menü zusammenzustellen, wenn unsere Gäste so verwöhnt waren. Menschen aus der ganzen Welt kamen, um sich das Resort anzusehen. Wichtige Leute. Würdenträger, berühmte Sänger und Musiker, Schauspieler und Schauspielerinnen, Senatoren, Kongressabgeordnete und sogar der Präsident selbst hatten unser Resort besucht.

Jeder hätte an meiner Stelle den Druck verspürt, perfekt zu sein – und nur die perfektesten Speisen zu servieren. Wir hatten bereits ein Restaurant namens Essence, das einen Michelin-Stern erhalten hatte. Und wir hatten ein Restaurant gehabt, das gescheitert war, während ein anderes nur mäßig gut lief.

Ich wollte nicht scheitern oder nur mäßig gut sein. Ich wollte Essence Konkurrenz machen. Das einzige Problem dabei war, dass meine Brüder dachten, es könnte einen Interessenkonflikt geben. Also musste ich ein Menü entwerfen, das ganz anders war als die vielfältige Speisekarte des Essence.

Kompliziert, ich weiß.

Einer der Kerle in unserer Gruppe kam mit einer weiteren Runde Bier zurück. „Die nächste Runde geht auf dich, Stone."

Nickend nahm ich eine der Bierflaschen und trank sie zur Hälfte aus. „Darauf kannst du wetten, Terry."

Mike hob den Kopf, als eine Frauengruppe auf uns zu tanzte. „Seht euch das an. Ich nehme die Rothaarige."

„Ich will eine der Blondinen", informierte uns Terry.

„Sie sind zu fünft. Wir auch", fügte Monty hinzu.

Eine der hübschen Frauen hatte ihre dunklen Augen auf mich gerichtet. Ihr langes dunkles Haar reichte bis zu ihrer winzigen Taille. Ich war mir sicher, dass sie ein Korsett getragen haben musste, damit ihre Taille so schmal war. Ihr kurz geschnittener Pullover mit V-Ausschnitt betonte ihre riesigen Brüste. Sie waren zu voll und perfekt, was bedeutete, dass sie nicht echt waren.

Sie wackelte vor mir mit ihrem prallen Hintern, als wollte sie mich dazu verführen, mich daran zu reiben. Ich tat es und stellte fest, dass er sich steinhart anfühlte. *Meine Güte, er ist auch nicht echt!*

In meiner Generation war viel zu wenig echt und es gefiel mir nicht. Ich hätte lieber normale Taillen, Brüste und Hintern gesehen als all diese Fälschungen.

Sie drehte den Kopf und sah mich mit den längsten, dichtesten und dunkelsten Wimpern an, die ich je gesehen hatte. „Du bist gut, Junge."

Ein Nicken war das Beste, was ich tun konnte, als ich ihre Taille mit meinen Händen umfasste und sie näher an mich zog. Ich rieb mich härter an ihrem unechten Hintern und spürte die feuchte Hitze unter ihrem extrem kurzen Rock. Durch ihre Fünfzehn-Zentimeter-Absätze waren ihre Hüften genau auf der Höhe meiner Leistengegend.

Wieder begann ich, über meine Generation und das völlige Fehlen wirklicher Tanzbewegungen nachzudenken. Wir sprangen auf und ab. Wir simulierten auf der Tanzfläche Sex. Wir schwankten unisono hin und her. Aber wir machten keine anmutigen Schritte. Wir tanzten nicht einmal richtig.

Vielleicht lag es daran, dass ich Geburtstag hatte und wieder ein Jahr älter wurde – ich wusste es nicht genau, aber ich war nicht in derselben Stimmung wie sonst, wenn ich mit meinen Freunden ausging und mein Unterleib gegen den Hintern einer völlig fremden Frau gedrückt war.

Was auch immer mein Problem war, ich kannte einen sicheren Weg, es zu lösen. „Ich hole noch eine Runde." Ich ließ die Taille der Frau los und ihr Hintern schwang allein weiter, als hätte sie nicht einmal bemerkt, dass ich weggegangen war.

Ich schob mich durch die dichte Menge, gelangte schließlich an die Theke und fand dort erstaunlicherweise einen freien Platz. Ich hielt einen Finger hoch, um der Barkeeperin ein Zeichen zu geben.

Die junge Frau nickte mir selbstbewusst zu und fragte: „Was willst du, Süßer?"

„Betrunken sein", ließ ich sie wissen.

„Alles klar." Sie drehte sich um, schnappte sich ein Glas und füllte es mit verschiedenen Sorten Alkohol. Sie stellte es vor mich und sagte: „Texas Tea ohne Eis. Das Zeug ist stark und gefährlich. Aber ein Mann mit so vielen Muskeln wie du kann bestimmt damit umgehen."

Ich trank das Glas in einem Zug aus. „Noch einen, bitte."

„Heilige Scheiße!" Sie machte mir noch einen Drink, aber diesmal gab sie mir einen weisen Rat: „Du solltest heute nicht selbst nach Hause fahren."

„Ich bin mit einem Uber gekommen und werde genauso nach Hause gehen." Ich trank diesmal etwas langsamer, während ich mich umdrehte, um den Raum zu betrachten. Er war voller Leute, die zu dem Song *It's Only Human* von den Jonas Brothers herumhüpften.

It's only human, you know that it's real
So why would you fight or try to deny the way that you feel?
Oh, babe, you can't fool me, your body's got other plans
So stop pretending you're shy, just come on and
Dance, dance, dance, dance …

Ich dachte über den Text nach und fragte mich, ob es wirklich noch schüchterne Menschen gab. Niemand in diesem Club schien im Geringsten schüchtern zu sein. Ich sah keine Mauerblümchen am Rand der Menge.

Early morning la-la-light
Only getting up to close the blinds, oh
I'm praying you don't change your mind
Cause leaving now just don't feel right
Let's do it one more time, oh babe …

Ich musste mich fragen, warum es so viele Songs über Sex gab. Dieser Song handelte von Sex mit Fremden. Zwei Leute trafen sich in einer Bar oder einem Nachtclub genau wie diesem, gingen zusammen nach Hause und kamen zur Sache. Jeder von ihnen brauchte die Gegenwart eines anderes Menschen, um das Gefühl zu haben, dass alles in Ordnung war.

Allein Sex zu haben war auch nicht schlecht, um sich Erleichterung zu verschaffen. Aber Sex mit einem Partner war eine ganz andere Geschichte und viel besser. Lange Zeit war es mir egal gewesen, wer meine Partnerin war – solange ich eine hatte.

Als ich all die tanzenden, fröhlichen Leute anstarrte, wurde mir plötzlich klar, dass sich mit diesem Geburtstag etwas an meiner Denkweise verändert hatte. Das Leben musste mehr zu bieten haben als Partys.

Was? Das weiß ich noch nicht.

Meine Brüder hatten alle ihre Seelenverwandten gefunden und Nachkommen gezeugt. Ich genoss es, mit meinen Nichten und

Neffen zu spielen, aber ich hatte nie wirklich eigene Kinder gewollt. Und auch keine eigene Frau.

Ich hatte es vorgezogen, mir alle Optionen offenzuhalten. Das Junggesellenleben hatte gut zu mir gepasst. Aber als ich mich umsah, konnte ich keine einzige Frau finden, die mich begeisterte. Verführerisch tanzende Frauen zogen mich normalerweise an, aber nicht in dieser Nacht.

Ich trank mein Glas aus und drehte mich um. Die Barkeeperin sah mich an. „Was ist los?"

„Ich bin mir nicht sicher. Aber irgendetwas stimmt hier nicht. Vielleicht hilft mir ein weiterer Drink dabei, besser zu verstehen, was es ist." Ich schob das leere Glas über die Theke.

Obwohl sie es nahm, um es wieder aufzufüllen, sah sie mich stirnrunzelnd an. „Ich habe noch nie erlebt, dass Alkohol jemandem dabei geholfen hat, etwas besser zu verstehen. Aber hier, bitte." Sie stellte den Drink vor mich. „Wenn ich sehe, dass du auf dem Barhocker schwankst, rufe ich dir ein Taxi."

„Du bist sehr fürsorglich." Ich trank einen Schluck und der Alkohol brannte in meiner Kehle.

„Das bin ich wirklich." Sie verließ mich, um andere Gäste zu bedienen, und bot ihnen wahrscheinlich ebenfalls ihre weisen Worte an.

Terrys große Gestalt tauchte aus der tanzenden Menge auf. Seine Augen waren auf mich gerichtet. „Da bist du ja. Du wolltest diese Runde übernehmen, Stone."

„Das hatte ich ganz vergessen." Ich gab der Barkeeperin ein Zeichen, aber sie schüttelte nur den Kopf und zuckte mit den Schultern. „Sie wird sich nicht beeilen, mich zu bedienen. Das ist mein dritter Texas Tea."

„Was ist los mit dir, Stone?" Terry lehnte sich zwischen mir und dem Mann auf dem benachbarten Hocker an die Theke. „Macht es dich fertig, dass du jetzt siebenundzwanzig bist?"

„Ich weiß nicht, Mann. Wirklich nicht. Irgendwie fühlt sich alles seltsam an." Ich hielt das Glas hoch. „Daher dieser starke Drink. Aber er hat bisher nichts geändert."

„Vier Biere", rief er der Barkeeperin zu und sah mich wieder an. „Ich bin dreißig. Ich weiß, was einem Mann mit Ende Zwanzig durch den Kopf geht. Zum Beispiel die Frage, ob jetzt erwartet wird, dass er heiratet, und die besten Tage seines Lebens vorbei sind."

„Wird das von mir erwartet?" Das wollte ich überhaupt nicht.

„Woher soll ich das wissen? Ich weiß nur, dass es mir durch den Kopf gegangen ist. Andere Dinge auch. Zum Beispiel, dass ich Kinder haben sollte, bevor es zu spät ist."

„Männer können immer Kinder haben. Darüber mache ich mir keine Sorgen."

„Ja, sie können immer Babys zeugen, aber du hast nur eine bestimmte Anzahl guter Jahre vor dir. Du wirst mit deinen Kindern spielen wollen, oder? Du wirst noch am Leben sein wollen, wenn sie die Highschool oder das College abschließen, heiraten und eigene Kinder haben. Das kannst du nicht, wenn du spät Vater wirst."

„Klingt so, als hättest du viel darüber nachgedacht. Aber ich sollte darauf hinweisen, dass du mit dreißig immer noch Single und kinderlos bist." Ich lächelte. „Zumindest soweit wir wissen."

„Hey", sagte er, als er die vier Bierflaschen in seine Hände nahm. „Ich verwende immer Kondome. Scherze also nicht einmal darüber, dass ich ein Kind haben könnte, von dem ich nichts weiß. Das wäre für mich ein Albtraum."

Ich stand auf, um mit ihm auf die Tanzfläche zurückzukehren, aber ich fühlte mich leicht benommen und setzte mich wieder. „Ich glaube, ich gehe jetzt besser nach Hause, Terry."

„Okay. Ich sage den anderen Bescheid. Alles Gute zum Geburtstag."

„Danke." Als ich über meine Schulter blickte, um der Barkeeperin zu signalisieren, dass ich bereit war, die Rechnung zu begleichen, stand sie mit ausgestreckter Hand da. Ich wusste, was sie wollte – ich griff nach meinem Handy und gab es ihr. „Meine Adresse ist gespeichert. Aber ich will etwas essen, bevor ich nach Hause gehe. Weißt du, wo ich in der Nähe einen Burger bekomme?"

Bevor ich mich versah, saß ich auf dem Rücksitz eines kleinen Toyota Camry, der vor dem Hamburger Hut hielt, das die ganze Nacht geöffnet hatte. „Danke, Mann. Du musst nicht auf mich warten. Ich rufe einen anderen Fahrer, wenn ich hier fertig bin."

Als ich hineinging, war kaum jemand da. Ein alter Mann saß allein in einer Nische und führte Selbstgespräche. Ein Mädchen stand hinter der Theke, kaute Kaugummi und sah gelangweilt aus.

„Willkommen im Hamburger Hut, wo der Kunde die Nummer eins ist, genauso wie die Burger. Was kann ich Ihnen bringen?"

„Einen Cheeseburger mit Senf, Mayonnaise und Ketchup." Ich musste meinen Bauch mit fester Nahrung füllen, um all den Alkohol auszugleichen, den ich getrunken hatte. Sonst würde ich mit einem schrecklichen Kater aufwachen.

„Möchten Sie das Menü?", fragte sie. Ihre Stimme ließ mich vermuten, dass sie das schon x-Mal gefragt hatte. „Sie haben die Wahl zwischen einer mittleren Portion Pommes frites, Zwiebelringen, Mozzarella-Sticks, Kartoffelpuffern …"

Ich hatte das Gefühl, dass sie immer weitermachen würde, wenn ich nicht schnell etwas aussuchte. „Pommes frites. Eine große Portion, nicht mittelgroß. Und haben Sie Milch?"

Sie griff unter die Theke und holte einen kleinen Milchkarton. „Wir haben nur die Milch für die Kinder-Menüs."

„Geben Sie mir zehn davon." Ich holte mein Portemonnaie aus der Tasche und kramte darin herum, um Bargeld zu finden. Ich legte einen Zwanzig-Dollar-Schein auf die Theke und fühlte mich großzügig. „Sie können das Wechselgeld behalten."

„Wow, danke", sagte sie ohne Begeisterung. „Ganze zwei Dollar. Sie sind ein echter Held."

„Und Sie sind eine echte Frohnatur." Ich suchte mir einen Platz. Nachdem ich mich umgesehen hatte, entschied ich mich für einen Tisch am Fenster mit Blick auf die fast menschenleere Straße.

Prostituierte, Zuhälter und Partygänger waren die Einzigen, die nach Mitternacht noch draußen waren. Ich starrte auf mein Handy und stellte fest, dass es fast zwei Uhr morgens war. Plötzlich bemerkte ich eine Textnachricht von Baldwyn, meinem ältesten Bruder. Er wollte mich an unser Meeting früh am nächsten Morgen erinnern. *Scheiße! Heute Morgen!*

Ich hatte um acht Uhr morgens ein Meeting. Und jetzt war es fast zwei. Nur noch sechs Stunden bis ich im Resort sein musste, und ich saß hier und wartete auf mein Essen.

Ich musste schlafen. Auch wenn es nur ein paar Stunden waren. Sobald das schlecht gelaunte Mädchen mein Essen servierte, verschlang ich die Pommes frites und die Milch. Nachdem ich den Burger aus dem gelben Papier gewickelt hatte, entfernte ich den oberen Teil des Brötchens, damit ich ihn mit Salz und Pfeffer aus den winzigen Tütchen würzen konnte, die sie auf das Tablett gelegt hatte.

Was zum Teufel ist das?

„Hey", rief ich. „Ich muss sofort jemanden sprechen. Wo ist Ihr Manager?"

Als ich zur Theke aufsah, verschwamm alles vor meinen Augen, weil ich zu viel Alkohol getrunken hatte, aber ich sah, wie eine Frau zu mir eilte. „Gibt es ein Problem, Sir?", fragte sie besorgt mit ihrer süßen Stimme.

„Eine große, fette Kakerlake ist das Problem." Ich zeigte auf das Ding, das mitten auf meinem Hamburger saß. „Das habe ich nicht bestellt."

„Oh Gott!" Sie beugte sich vor und wickelte das Papier schnell um den Burger, um das gruselige Krabbeltier zu verstecken. „Das tut mir leid. Sie bekommen natürlich Ihr Geld zurück. Bestellen Sie, was Sie wollen. Es geht aufs Haus." Sie wirkte nervös. Ihre Wangen waren gerötet, ihre Lippen zitterten – die untere war voller als die obere – und ihre grünen Augen waren vor Entsetzen geweitet. Sie strich mit einer Hand über ihr glattes aschblondes Haar, das sich über ihren Rücken ergoss.

„Nicht nötig. Es ist okay."

Sie ist verdammt hübsch.

KAPITEL ZWEI

JESSA

„Nein, wirklich, ich gebe Ihnen Ihr Geld zurück. Das ist nicht in Ordnung. Ich bin mir nicht sicher, wie das passiert ist, aber ich kann Ihnen versprechen, dass ich diesem Vorfall auf den Grund gehen werde." Meine Wangen waren heiß vor Verlegenheit, als ich den Burger mit der Kakerlake nahm und in den Müll warf. Ich ging zur Kasse und holte einen Zwanzig-Dollar-Schein heraus, dann kehrte ich zu dem Mann zurück, der mich mit glasigen Augen ansah.

Er hatte zu viel getrunken, das war mehr als offensichtlich. Und ich war mir sicher, dass er etwas zu essen brauchte. Nicht, dass er etwas von dem wollen würde, was wir hier servierten.

Eine Kakerlake in seinem Burger? Wirklich, Leute?

Hätte Hamburger Hut seinen Angestellten nicht teilweise ihre Studiengebühren erstattet, hätte ich dort bestimmt niemals angefangen. Aber ich brauchte die Unterstützung, also hatte ich den Job als Nachtmanagerin angenommen und arbeitete bereits seit ein paar Jahren dort.

Ich hatte mir für heute Nacht ein Sandwich von zu Hause mitgebracht, also ging ich ins Büro und holte es aus dem Minikühlschrank. Ich hatte auch eine Tüte Kartoffelchips in der Schreibtischschublade, nach der ich griff, bevor ich wieder hinausging, um den Mann zu finden, der immer noch lächelte, während er mich mit anbetungsvollen Augen ansah.

Er war nicht übel. Groß, muskulös, ebenmäßige Gesichtszüge, dichte, dunkle Wimpern und die intensivsten dunkelblauen Augen, die ich je gesehen hatte. Nicht, dass es mich interessiert hätte, wie heiß er war. Ich war viel zu beschäftigt für so etwas. „Bitte schön. Ich gebe Ihnen mein Essen. Das habe ich von zu Hause mitgebracht."

„Nein, das müssen Sie nicht tun." Er winkte ab, als wollte er mich verscheuchen. Aber dann streckte er die Hand aus und umfasste mein Handgelenk. „Glauben Sie, dass die Milch genießbar ist?"

„Ich glaube schon, Sir." Ich stellte das Essen vor ihn. „Mir ist aufgefallen, dass Sie Ihren Burger mit Mayonnaise bestellt haben." Ich packte das Sandwich aus. „Das hier habe ich gemacht, bevor ich zur Arbeit gegangen bin. Es ist mit frischem Truthahn, Schweizer Käse, Salat, Tomatenscheiben und Mayonnaise belegt. Ich denke, Sie werden es mögen und Sie sollten wirklich etwas essen."

Er schnaubte, als er das Essen vor sich betrachtete. „Sie denken, dass ich betrunken bin, oder?"

„Nein, überhaupt nicht." Das war eine Lüge, aber dem armen Kerl war bereits ein Kakerlakenburger serviert worden, also wollte ich diese schreckliche Erfahrung nicht noch schlimmer machen, indem ich ihn betrunken nannte. „Ich denke nur, dass Sie hierhergekommen sind, weil Sie Hunger haben, also gebe ich Ihnen etwas zu essen. Das ist alles."

„Sie haben nicht unrecht." Er nahm eine Hälfte des Sandwichs. „Ich bin tatsächlich betrunken. Ich bin heute siebenundzwanzig geworden. Nun, gestern, da es jetzt nach Mitternacht ist. Und ich war in einem Club und habe mit meinen besten Freunden gefeiert, als mir klar wurde, dass es mir keinen Spaß gemacht hat. Nicht wirklich. Und dann habe ich mich an die Bar gesetzt und mich betrunken." Er deutete auf den Stuhl auf der anderen Seite des Tisches. „Setzen Sie sich. Hier, nehmen Sie einen dieser winzigen Milchkartons." Er schob einen davon zu mir.

Ich wollte nicht Nein sagen, da die Möglichkeit bestand, dass er die Restaurantkette wegen des Vorfalls mit der Kakerlake verklagte. „Danke, Sir. Ich leiste Ihnen gern Gesellschaft." Ich nahm die Milch und zog einen Strohhalm aus dem Behälter auf dem Tisch. „Ich habe diese kleinen Dinger seit der Grundschule nicht mehr gehabt. Sie sind wirklich für Kinder gedacht." Ich trank einen Schluck, aber es war überhaupt nicht mein Geschmack. „Ich bevorzuge allerdings Schokoladenmilch."

„Darin ist zu viel Zucker." Er biss in das Sandwich. „Das schmeckt gut."

„Danke." Es war das erste anständige Essen, das ich seit langer Zeit in meinem Kühlschrank gehabt hatte. „Ich habe letzte Woche Geld für gesunde Lebensmittel ausgegeben. Einer der Ärzte in dem Krankenhaus, wo ich ein Praktikum mache, hat mir einen Lottoschein geschenkt und ich habe fünfhundert Dollar gewonnen. Also habe ich Lebensmittel im Wert von hundert Dollar gekauft, mein Auto vollgetankt und einen Ölwechsel machen lassen. Das arme Auto hatte seit über einem Jahr keinen mehr gehabt. Ich habe einfach immer Öl nachgefüllt, wenn es zur Neige ging."

Selbst wenn er verwirrt aussah, war er immer noch unheimlich süß. „Sie sind Praktikantin in einem Krankenhaus? Und hier arbeiten Sie auch?"

„Ja."

Er betrachtete mich, während er einen weiteren Bissen machte, die erste Hälfte des Sandwichs aufaß und sich dann der zweiten Hälfte zuwandte. „Können wir uns duzen? Ich bin Stone Nash." Er zog eine dunkle Augenbraue hoch. „Und du bist ...?"

„Jessa." Ich lächelte. „Freut mich, dich kennenzulernen, Stone. Das ist ein sehr ... nun, ähm, das ist ein sehr ungewöhnlicher Name, den du da hast."

„Ja, meine Mutter mochte protzige Namen. Ich habe vier ältere Brüder. Baldwyn, Patton, Warner und Cohen. Siehst du, protzig." Er nahm einen weiteren Bissen. „Ist Jessa eine Abkürzung?"

„Meine Mutter stand auch auf protzige Namen." Ich hielt diese Gemeinsamkeit für einen interessanten Zufall. „Mein vollständiger Name ist Carolina Jessamine Moxon."

„Wow." Er grinste. „Das ist wirklich ungewöhnlich. Mein zweiter Vorname ist ziemlich unspektakulär – Michael."

„Stone Michael Nash." Ich fand, dass er alles andere als durchschnittlich war. „Das klingt für mich wie der Name eines Filmstars."

„Carolina Jessamine Moxon klingt für mich wie der Name eines reichen Mädchens."

Wow, er ist gut.

Nicht, dass ich darüber sprechen wollte, woher ich kam. „Eines Tages werde ich hoffentlich etwas aus mir machen. Ich bin in meinem dritten Studienjahr an der Dell Medical School. Ich habe nur noch den Rest dieses Jahres und das nächste Jahr vor mir, bis ich endlich das werde, wovon ich seit meiner Kindheit träume – Ärztin."

„Hast du Brüder oder Schwestern, Carolina Jessamine?"

„Ich habe eine ältere Schwester. Sie heißt Carolina Lily."

„Ihr heißt beide mit Vornamen Carolina?" Er schüttelte den Kopf. „Das muss verwirrend gewesen sein."

„Nicht wirklich. Sie wurde Lily genannt und ich Jessa." Als ich auf meine Uhr schaute, stellte ich fest, wie viel Zeit vergangen war, während wir zusammengesessen und uns unterhalten hatten. „Lass mich ein Taxi für dich rufen, bevor ich wieder an die Arbeit gehe, Stone."

Er zog sein Handy aus der Tasche und reichte es mir. „In der App ist meine Privatadresse gespeichert. Ich würde es selbst tun, aber meine Sicht ist immer noch verschwommen. Das Sandwich hilft allerdings. Und das Gespräch mit dir auch. Wir sollten irgendwann miteinander ausgehen. Wie wäre es morgen Abend?"

„Das ist sehr nett von dir, aber ich habe keine Zeit für Verabredungen, Stone. Ich fühle mich wirklich geschmeichelt. Aber ich bin mit der Arbeit und dem Studium voll ausgelastet." Ich rief ihm ein Taxi und schob ihm Handy wieder zu. „Danke, dass du gefragt hast."

„Nein." Er schüttelte den Kopf, als er die Tüte mit den Chips öffnete. „Es ist unmöglich, dass du keine Zeit für eine Verabredung hast. Das ist unmenschlich. Es muss ein paar Stunden in der Woche geben, in denen du einfach allein dasitzt und überhaupt nichts tust. Wir können während dieser Zeit miteinander ausgehen. Tag oder Nacht – es ist mir egal, wann. Ich will dich nur irgendwohin einladen und Zeit mit dir verbringen. Ich mag dich. Ich mag, wie nett du bist. Und du bist wirklich hübsch, sogar in dieser langweiligen braunen Uniform, die niemandem gut steht. Ich meine, sieh dir das Mädchen an der Theke an. An ihr hängt sie so formlos wie ein Kartoffelsack."

Tammy zeigte ihm den Mittelfinger. Ich legte mein Gesicht in meine Hände und war zutiefst beschämt, weil ich meine Mitarbeiter so schlecht unter Kontrolle hatte. „Tut mir leid wegen ihr."

„Schon okay", sagte er, bevor er ihr zurief: „Diese Uniform sieht an jedem wie ein Kartoffelsack aus." Dann sah er mich an. „Nun, außer an dir. Irgendwie steht sie dir."

„Manager können ihre Uniformen passend für ihre Maße bestellen. Ich denke, die Unternehmensleitung möchte, dass wir uns ein bisschen von den Angestellten abheben, die unter uns arbeiten."

„Clever." Er lehnte sich zurück und verschränkte die Arme vor seiner breiten Brust. „Komm schon, Jessa. Eine Verabredung. Wenn du es hasst, werde ich dir nie wieder damit auf die Nerven gehen."

Ich war mir sicher, dass ich gerne mit einem Mann wie Stone Michael Nash ausgehen würde. Aber für so etwas war wirklich keine Zeit. „Stone, es ist nicht so, dass ich Nein sagen will. Ich will dich nicht zurückweisen, aber ich habe einen vollen Terminkalender. Es tut mir leid. Selbst wenn wir einmal miteinander ausgehen und uns wirklich gut verstehen würden, was wäre dann?"

„Ich weiß es nicht." Bei seinem Lächeln schmerzte mein Herz.

„Was wäre, wenn wir uns gut verstehen und du mich am Ende hasst, weil ich nicht genug Zeit für dich habe?"

„Was wäre, wenn wir Glück haben und uns gut verstehen, heiraten, Kinder bekommen und sogar einen Hund adoptieren? Sag Ja, Jessa. Sonst werde ich jeden Abend hierher zurückkommen, bis du es endlich tust."

Ich darf mich nicht von meinen Plänen ablenken lassen. Egal wie sexy er ist.

KAPITEL DREI

STONE

Ich hatte in dieser Nacht von ihr geträumt und es war wunderschön gewesen. Trotzdem erwachte ich mit Kopfschmerzen, aber ein paar Aspirin halfen, bevor ich zu dem Meeting mit unseren Cousins, den Gentry-Brüdern, aufbrach.

Die Gentry-Brüder hatten uns das Startkapital gegeben, um das Whispers Resort und Spa zum Laufen zu bringen. Seit der erfolgreichen Eröffnung hatten wir es erweitert. Warner hatte zwei Bed & Breakfast Hotels in Irland gegründet, wo er, seine Frau und seine Kinder lebten.

Jeder von uns sollte etwas tun, um den Umsatz unseres Familienunternehmens zu steigern. Alle anderen hatten ihren Teil dazu beigetragen. Ich hatte der Liste unserer Erfolge, die jedes Jahr länger wurde, als Einziger noch nichts hinzugefügt.

Tyrell, Jasper und Cash – die Gentry-Brüder – waren für das Meeting aus Carthage, Texas gekommen. Meine Brüder waren auch da. Sogar Warner war zu dem jährlichen Meeting aus Irland zu uns geflogen.

Baldwyn übernahm die Leitung, als wir uns an einen großen runden Tisch setzten. „Alle sind hier. Somit ist dieses Meeting eröffnet."

Patton, der rechts von Baldwyn saß, führte das Protokoll. „Ich habe die Anwesenden notiert. Tyrell, fängst du an?"

„Gerne, Patton." Tyrell öffnete den Ordner vor sich. „Wir haben die Ranch mit dem Verkauf von Bio-Obst und Bio-Gemüse erweitert, wobei alte Samensorten verwendet werden, die nicht GVO-zertifiziert sind. Meine Frau Ella hat bei diesem Projekt mitgeholfen. Bisher ist unsere Reichweite auf unsere Heimat Texas beschränkt. Wir gehen jedoch davon aus, dass unser Ertrag und der Umsatz jährlich steigen. Wir hoffen, unsere Produkte innerhalb von fünf Jahren landesweit und innerhalb von zehn Jahren weltweit verkaufen zu können."

Ich applaudierte zusammen mit den anderen angesichts der großartigen Leistung unseres Cousins. Die Männer in meiner Familie schienen jede Menge Ideen zu haben. Mir hingegen fiel überhaupt nichts ein, egal wie sehr ich es versuchte.

Ich notierte mir, dass die Ranch meiner Cousins jetzt gentechnikfreies Bio-Obst und Bio-Gemüse produzierte, weil ich dachte, dass mir als Koch diese Informationen eines Tages nützlich sein könnten.

Patton gratulierte Tyrell. „Gute Arbeit. Jetzt hören wir von Jasper."

„Wir haben auch gute Neuigkeiten." Er grinste vielsagend. „Meine Frau Tiffany und ich haben die Produktion von Bullensperma vorangetrieben und verkaufen es jetzt auf dem australischen Markt. Die Züchter dort haben gezögert, amerikanische Gene in ihre australischen Herden zu bringen. Aber ich habe einen Rancher dazu überredet und die kräftigen Kälber, die aus dem Sperma unserer Bullen hervorgegangen sind, haben sich als rentabel erwiesen. Wir zählen jetzt über hundert australische Viehzüchter zu unseren Kunden und es werden immer mehr."

Ich applaudierte mit den anderen und überlegte, wie er wohl auf diese Idee gekommen war. Aber ich fragte nicht nach.

„Ein weiterer Erfolg für die Gentry-Brüder", sagte Patton. „Wie läuft es bei dir, Cash?"

„Nun, ich habe eine andere Richtung eingeschlagen. Meine Frau Bobbi Jo und ich wollen Whisky produzieren. Die Whisper Distillery steht erst am Anfang, aber wir haben bereits viel Aufmerksamkeit von Journalisten aus der Umgebung von Dallas erhalten. Und einige Bars haben uns kontaktiert und wollen die Exklusivrechte für unsere Spirituosen erwerben. Bei unserem Meeting im nächsten Jahr werde ich euch wahrscheinlich großartige Zahlen präsentieren können."

Als ich das ebenfalls notierte, fragte ich mich, ob ich die Exklusivität ihrer Produkte nutzen könnte, wenn ich jemals ein Restaurant eröffnete. „Würdet ihr auch etwas Exklusives für mein Restaurant machen?"

„Du hast jetzt ein Restaurant?", fragte Cash mit einem breiten Grinsen. „Das ist großartig, Stone. Ich kann es kaum erwarten, es mir anzusehen. Und natürlich werden wir uns etwas für dich einfallen lassen, Cousin. Wir können gemeinsam an dem Whisky arbeiten, den du bei dir servieren möchtest. Wie heißt dein Restaurant?"

Baldwyn räusperte sich und lenkte die Aufmerksamkeit von mir ab. „Er hat es noch nicht eröffnet, Cash. Ich vermute, er hat einfach nur aus Interesse gefragt."

Mein Gesicht brannte vor Verlegenheit, als ich wortlos auf mein Notizbuch starrte. Es gab einen triftigen Grund, warum ich während unserer Meetings nicht viel sagte. Ich hatte nichts zu bieten, und das wusste jeder.

Patton machte schnell weiter. „Baldwyn, was hast du im letzten Jahr gemacht?"

„Meine Frau Sloan und ich haben großartige Veränderungen an der Kindertagesstätte im Whispers Resort vorgenommen. Wir haben für jede Altersgruppe spezielle Klassen gegründet. Jetzt können unsere Mitarbeiter und unsere Gäste ihre Kinder mit dem guten Gefühl in der Obhut unseres hochqualifizierten Personals lassen, dass sie nicht nur unterhalten werden, sondern auch tatsächlich etwas lernen."

Und mein ältester Bruder hatte die Idee, Kinder noch schlauer zu machen. Toll.

„Wir wollen unsere Gäste mit Spanischkursen für ihre Kinder begeistern. Spanisch ist eine ziemlich wichtige Sprache in Texas. Aber unsere Lehrer werden kein traditionelles Spanisch unterrichten, sondern das Tex-Mex, das hier gesprochen wird."

Wieder Applaus. Ich machte mit und fühlte mich fürchterlich. Ich hatte wieder einmal nichts zu sagen. Wenn ich es versuchte, würden mir nur langweilige Ideen einfallen, die mir leere Blicke einbrachten, während alle schweigend dasaßen. Und ich würde erst dann von meiner Verlegenheit erlöst werden, wenn das Meeting endete.

„Jetzt bin ich dran", sagte Patton, als er jeden von uns ansah. „Alexa und ich haben ein Thema und eine Produktpalette für Rooms for You entwickelt. Wie ihr alle wisst, ist meine Frau Massagetherapeutin. Sie hatte die Idee, alles, was man braucht, um eine großartige Massage direkt bei sich zu Hause zu erleben, zum Verkauf anzubieten. Von Massageliegen bis hin zu Pflanzen, Zimmerbrunnen und Soundsystemen, die das Ganze abrunden, haben wir alles entworfen und produziert, was man benötigt, um ein Zimmer zu Hause in einen Ort perfekter Entspannung zu verwandeln."

Ich hatte eine Frage dazu. „Braucht man nicht jemanden, um die Massage durchzuführen, Patton?"

„Nein. Wir haben eine spezielle Decke mit unterschiedlichen Einstellungen entworfen, damit man die gewünschte Massageart erhält. Sie ist mit winzigen Edelstahlkugeln gefüllt, die sich auf Miniaturschienen bewegen. Alexa hatte die Idee für den Prototyp, mit dem wir einen Hersteller dazu bringen konnten, in großen Mengen für uns zu produzieren."

„Das klingt ziemlich cool", musste ich zugeben. „Ich wette, es ist teuer."

Patton nickte. „Im Moment ist es das noch. Aber wie bei allem anderen wird der Preis mit der Zeit sinken, wenn wir billigere Produktionswege finden. Unsere Kunden haben allerdings im Allgemeinen das Geld, um Dinge zu kaufen, die ihnen dabei helfen, sich zu entspannen."

Baldwyn fragte: „Habt ihr einen exklusiven Vertrag mit Rooms for You?"

„Nein. Sie sind nur die Einzigen, die gesagt haben, dass sie unsere Produkte in ihren Verkaufsräumen anbieten wollen."

„Wir können eure Produkte auch hier im Resort ausstellen und anbieten. Warum sollen wir sie nicht auch direkt an unsere Gäste verkaufen?"

Ich konnte nicht glauben, dass Baldwyn eine wirklich großartige Idee hatte, während er einfach dasaß und zuhörte, was unser Bruder sich ausgedacht hatte. Ich fühlte mich inmitten dieser Genies wie ein totaler Idiot.

Patton schrieb sein Protokoll und sah dann Warner an. „Okay, Warner, du bist dran."

„Kreuzfahrten." Warner hielt das Bild einer großen Yacht hoch. „Whisper Cruises bringt Gäste von Amerika nach Irland, wo sie in einem unserer drei Bed & Breakfast Hotels übernachten."

„Ich dachte, du hättest nur zwei", platzte ich heraus.

„Wir haben gerade ein drittes eröffnet", sagte Warner stolz.

„Also hast du dieses Jahr zwei Erfolge erzielt." Ich senkte den Kopf und fühlte mich dumm.

„Orla hat eine verlassene Farm außerhalb von Dublin gefunden, die wir gekauft haben. Wir haben kleine Cottages gebaut, damit unsere Gäste erleben können, wie die Iren früher gelebt haben. Es ist ziemlich rustikal, aber bisher lieben sie es. Wir haben also die beiden Burgen und jetzt auch noch eine irische Farm. Und mit der Yacht, die bis zu dreißig Gäste gleichzeitig befördern kann, können wir mehr Menschen in unseren Teil der Welt bringen – mit Stil."

Ich war hier wirklich fehl am Platz. Und ich war mir sicher, dass sie das auch alle wussten. Aber noch hatte niemand darauf hingewiesen, wofür ich dankbar war.

„Gut gemacht, Warner." Patton wandte seine Aufmerksamkeit Cohen zu. „Ich weiß, dass du mit den Kindern beschäftigt warst, weil Ember mit Zwillingen schwanger ist, aber ich wette, du hast etwas für uns."

Cohen schüttelte den Kopf und hatte keine Ahnung, wie glücklich er mich gerade gemacht hatte. „Nicht wirklich, Patton. Ich hatte so viel zu tun, dass ich gerade genug Zeit hatte, um meine Aufgaben hier im Resort zu erledigen. Aber da der Arzt Ember Bettruhe verordnet hat und sie die ganze Zeit liegen muss, hat sie eine fantastische Idee gehabt. Eine Babyhängematte. Das ist eine winzige Hängematte, genau wie eine in voller Größe. Man kann sie an Haken aufhängen, die man an beiden Seiten eines Türrahmens festschraubt. Außerdem gibt es einen kleinen Akku, der einen mechanischen Arm antreibt, um das Baby sanft zu schaukeln. Man kann sie überallhin mitnehmen und sie ist so kompakt, dass man sie einfach in jeder Wickeltasche verstauen kann. Es ist, als hätte man immer eine Wiege zur Hand."

Heilige Scheiße! Ich werde der Einzige sein, der überhaupt keine Idee hat.

Der gefürchtete Moment kam, als alle außer mir Bericht erstattet hatten. Patton lächelte, als er sagte: „Genial, Cohen. Deine Frau ist sehr klug. Nun zu dir, Stone."

Alle Augen waren auf mich gerichtet und ich begann zu schwitzen. „Nun, zuerst möchte ich euch allen zu euren Erfolgen gratulieren. Ich komme anscheinend wirklich aus einer guten Familie." Ich grinste, obwohl es sonst niemand tat.

Tyrell hob eine Augenbraue und fragte: „Hast du dir etwas ausgedacht, das du hier im Resort kochen und verkaufen möchtest? Ich weiß, dass du noch kein ganzes Menü hast, aber du könntest mit einem einfachen Gericht beginnen und es hier anbieten. Cinnabon verkauft auch nur einen Artikel. Oder Chic-Filet. Du könntest mit einer Sache anfangen. Ich bin mir sicher, dass du in kürzester Zeit ein ganzes Menü zusammen hättest."

„Eine Sache, hm?" Ich wusste nicht, was das sein sollte.

„Und gib dir einen festen Zeitraum, Stone", fügte Jasper hinzu. „Sagen wir, ein Jahr, um es in Gang zu setzen."

Cash fuhr fort: „Ich bin überzeugt, dass du im Resort einen Bereich findest, um ein paar kleine Tische und Stühle aufzustellen, damit sich die Gäste hinsetzen und ihr Essen genießen können. Es ist ein Anfang, oder?"

„Im Geschenkeladen ist Platz", bot Baldwyn schnell an.

Ich wollte nicht irgendetwas im Geschenkeladen eröffnen. „Besser nicht."

„Warum nicht?", fragte Patton. „Lehnst du die ganze Idee ab? Oder nur die Sache mit dem Geschenkeladen?"

„Irgendwie die ganze Idee." Sie starrten mich verständnislos an. „Ich meine, es ist eine gute Idee, Tyrell. Verstehe mich nicht falsch. Aber ich habe etwas anderes im Sinn."

„Großartig!", rief Tyrell, bevor er laut in die Hände klatschte. „Du hast also eine Idee. Erzähle uns mehr darüber. Gib uns einen Einblick in das, was du vorhast, Stone."

Warner sah mich mit wissenden Augen an. „Er hat es noch nicht geplant."

„Nein, noch nicht", gestand ich.

Cohen kaute auf seiner Unterlippe herum und sagte dann: „Ein Jahr, Stone. Gib dir ein Jahr Zeit, um etwas zu entwickeln, womit du unser Familienunternehmen erweitern kannst. Wir sind nicht hier, um die Träume von irgendjemandem zu zerstören. Wir sind hier, um uns gegenseitig zu unterstützen. Es steht dir frei, mit jedem von uns über das zu sprechen, was dir in den Sinn kommt. Keine Idee ist zu dumm, um zumindest von einem von uns angehört zu werden."

Ich nickte und wusste, dass meine Zeit gekommen war. *Ein Jahr – ich muss endlich damit aufhören, mein Leben zu verschwenden, und etwas daraus machen.*

KAPITEL VIER

JESSA

Als ich an dem kleinen Schreibtisch im hinteren Teil von Hamburger Hut saß, hörte ich einen Mann fragen: „Ist Jessa hier?"

Tammy klang angewidert, als sie antwortete: „Ist das Ihr Ernst? Vergessen Sie es. Sie ist beschäftigt."

Ich saß da und war mir nicht sicher, ob ich nach vorne gehen sollte, um nachzusehen, wer nach mir fragte. Ich wollte nicht dorthin gehen, wenn ein Verrückter mich sehen wollte.

„Können Sie mir einfach sagen, ob sie hier ist oder nicht?", fragte er und klang ein wenig genervt. „Sind Sie die Hamburger Hut Polizei?" Die Stimme war tief und hatte einen texanischen Akzent. Und sie klang irgendwie vertraut.

„Nein, ich bin nur ein Mädchen in einem Kartoffelsack, das nichts Besseres zu tun hat. Idiot."

Kartoffelsack?

Ich sprang auf, als mir plötzlich klar wurde, mit wem sie sprach. Ich stieß die Schwingtür auf und ging hinter die Theke. „Tammy, versuche bitte respektvoller zu sein." Ich wusste nicht, warum sie unhöflich zu dem Mann sein musste, der eine Kakerlake in seinem Cheeseburger gefunden hatte.

„Mr. Nash, es ist mir ein Vergnügen, Sie wiederzusehen." Ich hoffte, dass es ein Vergnügen werden würde und er nicht da war, um mich wissen zu lassen, dass er die Restaurantkette wegen der unerwünschten Zutat in seinem Essen letzte Nacht verklagen wollte.

„Warum nennst du mich Mr. Nash? Ich dachte, wir duzen uns." Seine blauen Augen funkelten, als er mich anlächelte. „Jessa, kannst du eine Pause machen?"

Ich konnte alles tun, wenn es bedeutete, dass er mir bei meiner Arbeit keine Probleme bereiten würde. „Sicher, Stone." Ich war ohnehin am Verhungern. „Tammy, sag Bob, dass er mir das Übliche machen soll." Ich sah Stone an. „Es geht aufs Haus, wenn du auch etwas möchtest. Egal was."

Er hielt eine Flasche Wasser hoch, die er mitgebracht hatte. „Mir reicht das hier."

Ich trat hinter der Theke hervor und richtete meinen Blick auf einen Tisch in der hinteren Ecke. „Du vertraust nicht einmal unserem Mineralwasser, hm?"

„Nicht einmal ein bisschen." Er ging so nah neben mir, dass unsere Arme sich berührten.

Ein Funke schoss durch mich – ich nahm an, dass es an der statischen Elektrizität lag. „Oh! Du hast mich erschreckt."

„Habe ich das?" Er schien den kleinen Stromschlag zwischen uns nicht bemerkt zu haben.

„Statische Elektrizität." Ich setzte mich auf einen Stuhl und er nahm mir gegenüber Platz. Ich trug meine hässliche Uniform und er trug einen hellblauen Pullover mit einer Jeans, die ihm perfekt passte. „Du siehst viel besser aus als letzte Nacht."

„Wegen letzter Nacht ... Ich möchte mich für alles entschuldigen, was ich gesagt habe. Um ehrlich zu sein, erinnere ich mich nicht an viel davon. Wenn wir diese Nacht hinter uns lassen könnten, wäre ich dir äußerst dankbar."

„Du hast nichts Schlimmes gesagt."

Tammy stellte das Tablett mit dem Essen vor mich. „Ich will eine Entschuldigung." Sie musterte Stone, als sie mit ihren Händen über ihre Uniform strich. „Sie haben gesagt, dass unsere Uniformen wie Kartoffelsäcke aussehen."

„Oh." Seine Lippen bildeten eine dünne Linie und er wirkte beschämt. „Das haben Sie vorhin gemeint. Tut mir leid. Ich glaube nicht, dass sie so aussehen." Er schaute auf die Uniform und schüttelte dann den Kopf. „Nun, ich hätte nicht sagen sollen, was mir durch den Kopf ging. Ich hatte letzte Nacht zu viel getrunken."

„Ich wette, das passiert oft", sagte Tammy, als sie sich umdrehte und uns verließ.

Ich wünschte, mein gerötetes Gesicht würde sich abkühlen, damit er meine Verlegenheit nicht bemerkte. „Teenager, hm? Sie zögern nicht, ihre Meinung zu sagen."

„Betrunkene scheinen das auch nicht zu tun." Er streckte die Hand aus und berührte meinen Handrücken, als ich nach meinem Burger griff. „Wenn ich etwas gesagt habe, das dich abgeschreckt hat, vergiss es bitte. Du sollst wissen, dass ich normalerweise nicht so bin."

„Okay." Bei dem Gefühl seiner Hand auf meiner wurde mir flau im Magen und meine Zehen kribbelten in meinen rutschfesten Arbeitsschuhen.

Er nahm seine Hand weg und lächelte glücklich über meine Antwort. „Ich habe dir gesagt, dass ich jede Nacht wiederkomme, bis du einwilligst, mit mir auszugehen. Daran erinnere ich mich."

„Und hier bist du. Obwohl ich dir gesagt habe, dass ich keine Zeit habe, mit irgendjemandem auszugehen. Erinnerst du dich auch daran?" Ich biss in den Burger und sah, wie sich seine Augen weiteten.

„Du hast nicht einmal überprüft, was darin ist. Das solltest du wirklich tun, weißt du?"

„Es tut mir leid, was mit deinem Burger passiert ist, Stone. Aber ich denke, das war ein Zufall. Das ist in meiner ganzen Zeit hier noch nie passiert." Ich machte noch einen Bissen, um zu beweisen, dass ich keine Angst vor unserem Essen hatte.

Während er auf mein Tablett schaute, sagte er: „Hier gibt es keine gesunden Sachen, Jessa. Was für eine Ärztin willst du werden, wenn du solchen Mist isst?"

„Ich bin mir noch nicht sicher. Außerdem habe ich gerade keine Zeit, um etwas anderes als diesen Mist zu essen. Wenn ich zu Hause bin, esse ich ziemlich gut. Sandwiches und so."

„Sandwiches sind nicht gut für dich", sagte er lachend. Ich liebte den tiefen Klang.

„Ich esse einmal am Tag in der Cafeteria des Krankenhauses. Das Essen dort muss gesund sein, oder?" Bei meinem Terminplan hatte ich nicht wirklich die Zeit, um mich um meine Ernährung zu kümmern. „Ich habe auch so schon Glück, überhaupt ein paar Bissen in den Magen zu bekommen. Ich mache mir also keine Sorgen darüber, worum es sich dabei handelt. Hauptsache, etwas zu essen."

„Ich bin Koch", verkündete er. Dann verschränkte er die Arme vor der Brust und sah mich an, als ob mir das etwas sagen sollte.

Was es nicht tat. „Kochst du in einem bekannten Restaurant?"

Die Art, wie er seine Arme senkte und sein Gesicht erstarrte, sagte mir, dass er keine gute Antwort darauf hatte. „Nein. Ich koche zurzeit nirgendwo."

„Also hast du keinen Job. Willst du hier kochen?" Ich grinste, damit er wusste, dass ich nur Spaß machte. Ein richtiger Koch würde niemals in so einer Absteige arbeiten wollen.

„Nein danke. Und ich verdiene Geld. Nur nicht mit meinen Kochkünsten."

„Ja, du siehst nicht aus wie ein Mann, der keinen Job hat. Sondern einen gut bezahlten Job." Ich nahm ein paar Pommes frites und tauchte sie in Ketchup, bevor ich sie mir in den Mund steckte.

Er beugte sich auf seinen Ellbogen vor und verringerte den Abstand zwischen uns. „Lass uns darüber reden, warum ich wirklich hier bin, Jessa. Die Verabredung. Wann hast du Zeit, mit mir auszugehen?"

„Dafür ist keine Zeit. Ich lüge dich nicht an. Ich versuche auch nicht, dich in die Flucht zu schlagen. Ich wünschte wirklich, ich hätte Zeit, aber das ist nicht der Fall."

„Sag mir, wie dein durchschnittlicher Tag abläuft, und ich werde sehen, ob ich irgendwo Zeit finden kann." Er war wild entschlossen, mich auszuführen.

Der Mann verblüffte mich. Er schien alles im Überfluss zu haben. Ein attraktives Gesicht. Einen großartigen Körper. Er sah aus, als würde er ziemlich gut verdienen. Seine Persönlichkeit war auch nicht schlecht. Warum er bereit war, an diesem heruntergekommenen Ort herumzusitzen, nur um mich dazu zu bringen, mit ihm auszugehen, war mir ein Rätsel.

Ich aß meine Pommes frites und dachte über meinen Terminplan nach und darüber, ob ich ihn mit ihm besprechen sollte. Ich schuldete dem Mann nichts. Ich schuldete ihm keine Erklärung, warum ich nicht mit ihm ausgehen konnte.

Aber dann hörte ich mich plötzlich weitersprechen. „Ich stehe um fünf Uhr auf und dusche fünf Minuten, um wach zu werden. Dann fahre ich ins Krankenhaus und mache mit einem der Ärzte die Visite. Gegen zehn sind die Visiten normalerweise beendet und ich mache dreißig Minuten Pause. Ich esse etwas in der Cafeteria und lege manchmal meinen Kopf für ein kurzes Nickerchen auf den Tisch, bevor ich zur Kinderstation gehe, um bei den Neugeborenen zu helfen. Sobald ein Arzt kommt, um nach den Müttern dieser Babys oder Frauen in den Wehen zu sehen, gehe ich mit und lerne, wie alles funktioniert. Ich mache das, damit ich entscheiden kann, welche Fachrichtung ich einschlagen soll."

„Ich finde, du wärst eine großartige Kinderärztin." Er seufzte, als er mich ansah, als wäre ich ein Engel. „Ich wette, die Babys lieben dich."

„Nein. Sie mögen mich nicht besonders. Ich habe versucht, sie zu halten, zu wiegen und sogar zu füttern, aber es ist sinnlos. Wenn ich dort bin, mache ich andere Dinge in der Abteilung. Ich befülle die Fläschchen und überprüfe den Windelvorrat. Ich lese Patientenakten und hole Dinge für die Krankenschwestern, die die Babys versorgen. Ich mache im Grunde alles, außer mich tatsächlich um die Babys dort zu kümmern."

Kopfschüttelnd sagte er: „Das kann ich mir nicht vorstellen."

„Ich lüge dich nicht an, Stone. Ich schätze, ich habe eine negative Ausstrahlung." Ich wusste nicht, was es sonst sein könnte. „Es ist nicht so, dass ich Babys nicht mag. Sie mögen mich nicht."

„Weißt du, was das Problem ist?", fragte er und nickte, als wäre er allwissend. „Ich wette, sie können spüren, dass du zu gestresst bist, um dich in Ruhe hinzusetzen und sie im Arm zu halten, während du mit ihnen sprichst und ihnen ihr Fläschchen gibst."

„Woher weißt du so viel über Babys?" Meine Vermutung war, dass er ein paar Kinder mit verschiedenen Frauen hatte.

„Ich habe viele Nichten und Neffen. Sie lieben mich." Er polierte seine Fingernägel an seinem Hemd und grinste. „Ich glaube, ich habe eine freundliche Ausstrahlung, die besagt, dass ich mir Zeit für Menschen nehme."

„Ich bin sicher, dass *du* dir Zeit für Menschen nehmen kannst. *Ich* kann es nicht. Ich muss meinen Abschluss machen. Und du hast mich bei meinem Tagesablauf unterbrochen, weil das noch nicht alle meine Pflichten waren. Ich arbeite an fünf Tagen pro Woche von sechs Uhr morgens bis sechs Uhr abends im Krankenhaus. Wenn ich um sechs Feierabend habe, gehe ich direkt nach Hause und ziehe diese bezaubernde Uniform an. Ich muss um sieben Uhr hier sein und bis drei Uhr morgens arbeiten. Ich wohne fünf Minuten von hier entfernt, also gehe ich direkt nach Hause, dusche und wasche meine Haare, bevor ich gegen halb vier ins Bett falle. Dann schlafe ich zweieinhalb Stunden wie eine Tote, bevor es Zeit ist, wieder aufzustehen."

„Du hast gesagt, dass du an fünf Tagen pro Woche arbeitest. Das heißt, du hast zwei ganze Tage frei, Jessa. Dann könntest du mit mir ausgehen." Er sah aus wie ein Mann, der gerade einen Diamanten in einem Müllhaufen gefunden hatte.

„Das könnte man meinen, hm?" Aber es stimmte überhaupt nicht. „An meinen freien Tagen muss ich lernen. Ich muss nicht nur das Praktikum absolvieren, um meinen Abschluss zu machen, sondern habe auch Kurse. Außerdem versuche ich, Schlaf nachzuholen. An meinen freien Tagen erlaube ich mir, bis acht Uhr morgens zu schlafen. Aber von acht bis Mitternacht bin ich am Computer und lerne. Also, ja, ich gehe an meinen freien Tagen etwas früher ins Bett und schlafe etwas länger. Würdest du wollen, dass ich für eine Verabredung auf meinen Schlaf verzichte?"

„Verdammt." Mein Terminplan schien ihn zu entmutigen. Das konnte ich an seinem Gesichtsausdruck erkennen. „Ich nehme nicht an, dass es eine Verabredung wäre, wenn wir in deinen freien Nächten einfach zusammen kuscheln und nebeneinander einschlafen würden, oder?"

Das wäre eigentlich gar nicht schlecht.

„Das klingt wunderbar, aber was wäre, wenn das Schlafen – du weißt schon, das tatsächliche Schlafen – keinem von uns reicht?"

KAPITEL FÜNF

STONE

Am nächsten Tag saß ich mit meinem Bruder Patton in einem asiatischen Restaurant. Meine Gedanken wanderten zurück zu der letzten Nacht und zu Jessa. „Bei ihr ist alles ein riesiges Was-wäre-wenn. Weißt du, was ich meine?"

„Über wen redest du?" Er tippte mit dem Finger auf die glänzende Speisekarte vor sich. „Du solltest dir diese Gerichte ansehen, Stone, anstatt an irgendein Mädchen zu denken."

Ich starrte auf die Speisekarte, die ich in der Hand hielt, und war ein wenig beleidigt, weil er dachte, ich könnte nicht mehr als eine Sache gleichzeitig tun. „Nur zu deiner Information, ich habe mich bereits entschlossen, mit dem Ananas-Chipotle-Chili zu beginnen. Und der Name des Mädchens ist Jessa. Ich habe dir erzählt, dass ich sie letzte Nacht besucht habe. Erinnerst du dich nicht?"

Er hob eine dunkle Augenbraue, als wäre er ein wenig verwirrt. „Du redest also über die Nachtmanagerin dieses Fast-Food-Restaurants?" Er schüttelte den Kopf, als er auf die Speisekarte hinunterblickte. „Und warum das Chili? Ich meine, wir sind hier in Texas und die Texaner sind dem normalen Chili ziemlich zugetan. Ananas in etwas Heiliges zu mischen, ist keine gute Idee. Heute geht es darum, dich zu Gerichten zu inspirieren, die du vielleicht auf die Speisekarte deines eigenen Restaurants setzen möchtest. Wir hoffen alle, dass du es in naher Zukunft eröffnest, Stone."

„Ich weiß, dass du versuchst, mir zu helfen, aber ich werde keine Rezepte stehlen." Manchmal hatte ich das Gefühl, dass meine Brüder mich überhaupt nicht kannten. „Ich möchte nur wissen, wie es schmeckt. Ich würde vielleicht kein Chili machen, sondern die Aromen auf andere Weise kombinieren. Man muss über den Tellerrand hinausblicken. Wie auch immer, Jessa überlegt ständig, was alles passieren könnte. Ich wünschte nur, sie würde aufhören, so zu denken und sich auf etwas Wichtiges konzentrieren. Zum Beispiel darauf, wie sie mich in ihren wahnsinnig hektischen Terminplan einbauen kann."

„Wie hektisch kann der Terminplan der Nachtmanagerin eines Fast-Food-Restaurants sein?" Er hielt einen Finger hoch, um dem Kellner zu signalisieren, dass wir bereit waren zu bestellen.

Kurz darauf stand der Kellner neben unserem Tisch und hatte die Hände hinter dem Rücken verschränkt. „Was darf ich Ihnen bringen, meine Herren?"

Patton bestellte für uns. „Ich nehme die Garnelen-Fajita und er nimmt das Chili."

„Es wird nicht lange dauern." Mit einer leichten Verbeugung drehte sich der Kellner um und verließ uns.

Ich hatte nicht bemerkt, dass ich in der kurzen Zeit, in der ich mit meinem Bruder über Jessa gesprochen hatte, einige ziemlich wichtige Fakten über sie ausgelassen hatte. „Sie ist Praktikantin in einem Krankenhaus. Sie wird Ärztin."

„Das klingt ziemlich respektabel. Ich kann nicht verstehen, warum du auf sie stehst. So jemand ist normalerweise nicht dein Typ. Nach allem, was ich gesehen habe, magst du oberflächliche, hirnlose Frauen, die zu allem bereit sind."

Er hatte recht, also hätte es mir überhaupt nichts gebracht, beleidigt zu sein. „Und verfügbar. Aber sie ist nichts davon. Und trotzdem kann ich nicht aufhören, an sie zu denken."

„Wie hast du sie kennengelernt?" Er sah auf die Speisekarte. „Wir sollten noch ein paar Sachen bestellen, Stone. Ich möchte, dass du wirklich in die Aromen eintauchst und alles in dir aufnimmst."

Ein Gericht fiel mir ins Auge. „Ich glaube, ich werde eine Avocado-Salsa-Frühlingsrolle bestellen. Sie sollte gut zu dem Chili passen." Ich begegnete dem Blick unseres Kellners. „Wir haben noch mehr gefunden, was wir möchten."

Er kam zurück und fragte: „Was kann ich Ihnen noch bringen?"

„Ich hätte gerne eine Avocado-Salsa-Frühlingsrolle."

„Und ich möchte den Krabben-Rangoon-Wrap probieren. Ist das so etwas wie eine Tortilla?" Patton sah den Kellner an.

„Ja."

„Das nehme ich."

Der Kellner drehte sich auf dem Absatz um und verschwand wieder.

„Das ist ziemlich mutig, muss ich sagen." Es war schön, dass Patton so sehr daran interessiert war, mir zu helfen, als Koch Fuß zu fassen.

„Mir ist heute danach, Bruder."

„Also, denkst du, ich habe eine Chance bei ihr?" Ich konnte einfach nicht aufhören, an Jessa zu denken. „Sie hat einen Südstaaten-Akzent, aber er ist anders als unserer. Eine Mischung aus königlich und charmant. Ihre Stimme ist meistens sanft, aber sie kann streng werden. Ich denke, das kommt von ihrem Medizinstudium. Wahrscheinlich muss eine Ärztin wissen, wie man mit hartnäckigen Patienten umgeht."

„Wie viel Zeit hast du mit ihr verbracht?" Er sah wieder auf die Speisekarte.

„Kein Essen mehr, Patton. Was wir bisher bestellt haben, ist mehr als genug." Ich wollte mich nicht von ihm mästen lassen, während wir auf der Suche nach dem perfekten Menü für mich waren. „Nur zwei Nächte. Die erste zählt nicht einmal, weil ich betrunken war. Aber die letzte Nacht hat gezählt."

„Woher kommt sie?" Er legte die Speisekarte weg und nahm sein Glas Eistee.

„Keine Ahnung." Es gab viel, was ich sie fragen wollte, aber sie war zu beschäftigt gewesen, um zu reden. „Wer hätte ahnen können, dass mitten in der Nacht in einem Fast-Food-Restaurant so viel zu tun ist?"

Patton legte den Kopf schief und grinste skeptisch. „Vielleicht war sie gar nicht so beschäftigt. Vielleicht wollte sie einfach nicht mit dir rumhängen. Nichts für ungut, aber ich kann mir nicht vorstellen, dass eine Frau mit so hohen Zielen einen Mann wie dich will. Du bist wie Herzschmerz in Cowboystiefeln. Das ist dir bewusst, oder?"

Seine Worte taten weh. Ich konnte mir nichts vormachen. Aber irgendwie war Jessa anders. „Patton, ich würde gerne viel Zeit mit ihr verbringen. Sie hat etwas Verlockendes an sich. Und das will etwas heißen, denn bisher habe ich sie nur in ihrer langweiligen alten Uniform gesehen, die niemandem wirklich gut steht. Aber sie sieht gut darin aus. Ich weiß, dass sie in allem fantastisch aussehen würde, wenn sie dieses Outfit erträglich macht."

Dampf drang aus den Schüsseln mit dem Essen, die vor uns gestellt wurden. „Guten Appetit." Und dann war der Kellner wieder weg.

„Es sieht gut aus." Ich atmete die Aromen ein, die aus der Schüssel aufstiegen. „Man riecht die Ananas, aber nur schwach. Es ist würzig und man kann den Chipotle-Pfeffer wahrnehmen. Ich wette, das schmeckt köstlich."

Patton aß bereits seine Garnelen. „Mmmh! Wer hätte gedacht, dass chinesische Nudeln zu scharfen Garnelen im Fajita-Stil passen? Was für eine Kombination."

Ich probierte einen Bissen von der Frühlingsrolle und verlor fast den Verstand. „Oh ja! Hey, das musst du probieren. Es ist fantastisch." Als wir unser Essen teilten, überlegte ich, ob ich hier die Inspiration gefunden hatte, die ich so dringend brauchte. „Ich frage mich, wie viele Kohlenhydrate eine Frühlingsrolle hat."

„Nimm dein Handy und sieh nach." Patton probierte die Frühlingsrolle. Seine Augen schlossen sich und er stöhnte genießerisch. „Du hast recht."

Als ich die Kalorien der Frühlingsrolle herausfand, war ich angenehm überrascht. „Hier steht, dass der reguläre Teig einer Frühlingsrolle nur zwölf Gramm Kohlenhydrate enthält, was nicht schlecht ist, aber auch nicht großartig. Aber es gibt auch Frühlingsrollenteig auf Kokosnussbasis! Und er hat nur sechs Gramm Kohlenhydrate. Das Natrium im traditionellen Teig ist mit einhundertzwanzig Milligramm ziemlich hoch. Die Kokosnuss-Version gewinnt wieder mit zehn Milligramm Natrium. Ich wette, ich könnte mit dem Kokosnussteig fantastische Frühlingsrollen machen. Und sie wären auch noch gesünder."

„Sie wären nicht mehr gesund, sobald sie gebraten werden", erwiderte er. „Nur gesunde Gerichte anbieten zu wollen ist möglicherweise nicht die beste Idee."

„Aber Patton, es gibt Öle, die gesund sind. Olivenöl, Kokosöl und sogar Avocado-Öl sind gut zum Braten geeignet. Ich kann Nachforschungen anstellen, um etwas zu finden, das gesundheitsbewusste Menschen essen können." Ich wollte mich von der Masse abheben. „Gesundheit ist mir immer schon wichtig."

„Ich meine, du trainierst viel. Und du isst gesund. Aber ich dachte, du machst das nur, um für die Frauen sexy zu bleiben." Er lachte über seinen kleinen Witz.

„Ha, ha." Ich tauchte meinen Löffel in das Chili. Ein Bissen und ich wusste sofort, dass ich mit diesen Zutaten auf viele andere Arten arbeiten könnte. „Ananas und Chipotle passen gut zusammen. Ich kann mir vorstellen, diese Kombination für Hühnchen, Schweinefleisch und sogar Fisch und Garnelen zu verwenden."

„Und dann machst du daraus eine Frühlingsrolle." Er lachte, als würde er sich für den besten Komiker aller Zeiten halten.

„Ich habe nicht vor, in meinem Restaurant nur Frühlingsrollen zu servieren." Ich war mir immer noch nicht sicher, was ich tun wollte, aber ich hatte eine Vorstellung davon, was für Gerichte ich meinen Gästen anbieten würde. „Jessa isst nicht gesund. Zumindest nicht, während sie nachts arbeitet."

„Und?" Er biss in den Krabben-Rangoon-Wrap und nickte anerkennend, als er kaute. „Wow."

„Ein weiterer Gewinner, nicht wahr?" Low-Carb-Tortillas wären auch nicht schlecht. Tacos und Frühlingsrollen waren kein schlechter Start für einen Mann, der überhaupt keine Ideen gehabt hatte. „Diese Dinge könnten nach der Bestellung frisch zubereitet werden. Und zwar schnell." Endlich fiel mir etwas ein.

Pattons Augen leuchteten. „Hey, wie bei Subway. Die gesunden Zutaten würden bereitliegen und deine Kunden könnten zwischen einem Burrito und einer knusprig gebratenen Frühlingsrolle wählen. Knusprig, scharf, lecker und nahrhaft. Das könnte funktionieren, Bruder."

„Ich will mehr als das." Ich wollte ein richtiges Restaurant haben.

„Denke daran, was Tyrell gestern bei dem Meeting gesagt hat", erinnerte mich Patton. „Fang mit einer Sache an und entwickle dich dann weiter. Genau genommen hast du jetzt schon zwei Gerichte und die Kombinationsmöglichkeiten sind nahezu endlos. Außerdem könntest du in kürzester Zeit ein Geschäft im Resort einrichten. Stell dir vor, wie stolz du auf dem Meeting im nächsten Jahr sein würdest."

Die Eröffnung eines echten Restaurants, auch eines kleinen, wäre für mich ein riesiger Schritt. Ich war noch nie zuvor eine Verpflichtung eingegangen. Selbst die Ausbildung, die ich als Koch absolviert hatte, hatte nicht länger als achtzehn Monate gedauert, aber sie hatte mich fast verrückt gemacht.

Langsam hob ich den Kopf und sah meinem Bruder direkt in die Augen. „Was ist, wenn ich es nicht in mir habe, erfolgreich zu sein, Patton?"

Sein Lächeln sagte mir, dass er nicht die gleichen Zweifel an mir hatte wie ich selbst. „Hey, wie lautet dein Nachname?"

„Nash."

„Ja, Nash. Du hast den Erfolg im Blut. Es ist Zeit, dass du endlich etwas daraus machst. Das ist alles. Wrap and Roll."

Ich hatte keine Ahnung, wovon er sprach. „Was?"

„Wrap and Roll." Er hob aufgeregt den Kopf. „Der Name deines neuen Restaurants. Wrap and Roll. Verstehst du?"

Hi, ich bin der Küchenchef und Gründer von Wrap and Roll. Oh, verdammt, nein!

KAPITEL SECHS

JESSA

Die Nachtschicht bei Hamburger Hut war nicht so brutal wie in den meisten Nächten. Vielleicht hatte Stones kurzer Besuch alles erträglicher gemacht. Er schaffte es, mich zum Lächeln zu bringen. Das war unbestreitbar.

Es wäre schön gewesen, wenn wir länger hätten reden können, aber ich musste das Personal für die nächste Woche einteilen und Lebensmittel bestellen. Freizeit war nichts, wovon ich viel hatte. Und zum ersten Mal, seit ich meine Ausbildung zur Ärztin begonnen hatte, vermisste ich es, Zeit zu haben, mit der ich tun konnte, was ich wollte.

Kaffee und ein mit Schokolade überzogener Donut besänftigten meinen knurrenden Magen, während ich an einem kleinen Tisch in der Cafeteria des Krankenhauses saß. Fünfzehn Minuten Pause waren zu kurz für eine richtige Mahlzeit.

„Darf ich mich Ihnen anschließen, Miss Moxon?"

Mavis Morgan war in denselben Kursen wie ich. „Sicher, Miss Morgan. Nehmen Sie Platz."

Sie hatte eine dampfende Tasse grünen Tee – ich konnte es an dem Geruch erkennen, der mir entgegenwehte. Dazu hatte sie einen englischen Muffin, der mit nichts bestrichen war. „Das war heute Morgen eine Szene in der Notaufnahme, nicht wahr?"

„Es kommt nicht oft vor, dass ein Mann mit einem Beil im Kopf in einen Raum kommt." Ich lachte, obwohl es ziemlich grausam gewesen war. „Und als er sagte, dass er sich das versehentlich selbst angetan hatte, bin ich vor Schreck fast umgefallen."

„Ich weiß." Sie grinste breit. „Nicht einmal in meinen wildesten Träumen hätte ich mir so etwas vorstellen können."

„Es überrascht mich immer wieder, in welche Schwierigkeiten Menschen sich selbst bringen können." Ich biss in meinen Donut und wischte mir mit einer Serviette die Schokoladenglasur von den Lippen. „Ich glaube, manche Leute haben einfach zu viel Zeit."

„Wir nicht." Sie nickte, weil sie genauso gut wie ich wusste, wie schwierig das Studium war. „Ich bin heute Morgen erst um fünf von der Arbeit nach Hause gekommen. Das Kind der Frau, die morgens im Büro des Sheriffs die Notrufe entgegennimmt, ist krank geworden. Sie musste es zum Haus ihrer Mutter fahren, sodass sie zwei Stunden zu spät zur Arbeit aufgetaucht ist. Ich bin völlig erledigt."

Trotz des üblichen Schlafmangels fühlte ich mich heute aus irgendeinem Grund besser. Wahrscheinlich lag es an Stone – nicht, dass ich irgendjemandem etwas über ihn erzählen wollte. Es würde sowieso nicht mehr zwischen uns passieren, warum also darüber reden? „Ich habe heute Nacht frei, sodass ich Schlaf nachholen kann. Nicht viel. Auf keinen Fall alles. Aber ein bisschen. Gerade genug, um noch ein paar Tage durchzuhalten."

„Ich beneide alle, die nicht nachts arbeiten müssen, um während ihres Praktikums über die Runden zu kommen." Sie nippte an ihrem Tee. „Wie schön wäre es, eine Familie zu haben, die mich finanziell unterstützen könnte."

Ich hatte niemandem von meiner Familie erzählt. Auf Nachfrage sagte ich einfach, dass ich allein zurechtkommen musste. Ich redete aber nie schlecht über meine Familie. Es war meine Idee, alles so zu machen, nicht ihre. „Ich denke, dass uns schwierige Situationen am Ende stärker machen."

„Das ist eine gute Sichtweise auf den Schlafentzug und den Stress, nicht zu wissen, ob man genug Geld verdient, um alle Rechnungen und die Studiengebühren bezahlen zu können. Es gibt nicht viele von uns, die keine Studentendarlehen aufgenommen haben, um durch diese schwere Zeit zu kommen. Neben Ihnen und mir kenne ich nur drei andere, die diesen Weg eingeschlagen haben, um Arzt zu werden."

„Nun, ich war nicht bereit, Hunderttausende von Dollar Schulden zu machen. Egal wofür. Und bei Hamburger Hut zu arbeiten mag wie Zeitverschwendung erscheinen, aber die Tatsache, dass das Unternehmen die Hälfte meiner Studiengebühren bezahlt, macht den Job für mich zu einem wahr gewordenen Traum."

„Genau." Sie wusste, wovon ich sprach. „Wenn ich bei meinem Job in der Notrufzentrale nicht einen Teil der Studiengebühren erstattet bekommen würde, würde ich sicher nicht nachts aufbleiben und dort arbeiten."

„Wir haben es momentan vielleicht schwer, aber in ein paar Jahren werden wir sehr viel Geld verdienen. Und während andere pleite sein werden, weil sie ihre Studentendarlehen zurückzahlen müssen, werden Sie und ich unser wohlverdientes Geld behalten können." Ich wusste, dass mein Weg für mich am besten war. „Ich kann das Licht am Ende des Tunnels sehen und es wird immer heller."

Sie aß ihren englischen Muffin auf und nickte zustimmend. „Das Licht am Ende des Tunnels zu sehen reicht mir. Also, werden Sie nach Ihrem Abschluss nach North Carolina zurückkehren? Oder möchten Sie in Texas bleiben?"

Ihre Anmerkung darüber, woher ich kam, weckte Erinnerungen an mein Zuhause. Die Villa, in der ich aufgewachsen war, tauchte zuerst auf. Dann mein Vater, der stoisch am Fuß der Doppeltreppe stand. Neben ihm war meine Schwester, die eine Handtasche über der Schulter trug und bereit zum Einkaufen war.

Das Leben zu Hause war nicht mehr das, was ich wollte. Meiner Schwester und mir hatte es nie an irgendetwas gemangelt. Es war, als hätten wir nur von etwas träumen müssen, damit es wie von Zauberhand erschien. Und wenn wir tatsächlich um etwas baten, bekamen wir es in jeder erdenklichen Farbe und jedem erdenklichen Stil.

Manche würden das für ein wundervolles Leben halten. Aber ich fand es langweilig. Ich fand auch, dass meine ältere Schwester verwöhnt und undankbar war. Ich wollte nie so werden wie sie.

Lily war von Geburt an so. Sie war ein anspruchsvolles Kind gewesen und zu einer noch anspruchsvolleren Erwachsenen geworden. Wenn sie jemanden mehr als einmal um etwas bitten musste, wurde sie wütend.

Vielleicht hatte uns unser Vater wegen seiner Schuldgefühle so verwöhnt. Nicht, dass er sich schuldig fühlen musste. Es lag nicht an ihm, dass unsere Mutter nicht mehr da war. Das lag an mir – es war ganz und gar meine Schuld.

Ich wusste es besser, als mir das anzutun. Ich war viele Jahre lang in Therapie gewesen, um meine Wunden zu heilen und meine Schuldgefühle loszuwerden. Aber all die Therapie war nicht genug gewesen, um die Wahrheit zu ändern. Wie könnte sie auch?

Vielleicht konnte meine Schwester die Vorteile des Luxuslebens genießen, weil sie keine Schuldgefühle hatte. Aber ich hatte das Leben zu Hause nicht genießen und irgendwann nicht mehr ertragen können.

Mein Vater hatte nie versucht, mich davon abzuhalten, das Haus zu verlassen. Er hatte mir nie im Weg gestanden, wenn ich etwas wollte. Aber ich hatte die Traurigkeit in seinem Gesicht gesehen, als ich damals wegging. Ich hatte sehen können, dass er das Gefühl hatte, mich zu verlieren, fast so, wie er seine Frau – unsere Mutter – verloren hatte.

Ich kehrte immer noch über die Feiertage nach Hause zurück. Er begrüßte mich dann mit offenen Armen und flüsterte mir ins Ohr: „Ich bin so froh, dass du wieder hier bist, mein kleines Mädchen."

Ich wusste, dass er nicht wollte, dass ich mich schuldig fühlte, weil ich weggegangen war, aber sobald ich wieder nach Texas aufbrechen musste, um mein Studium fortzusetzen, hatte ich jedes Mal Schuldgefühle. Und die ganze Zeit bemerkte meine Schwester kaum, dass ich dort war. Sie war zu sehr mit ihrem aktiven sozialen Leben und ihrem Lieblingshobby, dem Einkaufen, beschäftigt.

Es war enttäuschend, keine große Schwester zu haben, die den Platz einer abwesenden Mutter einnehmen konnte. Lily war die Ältere von uns beiden, aber sie war definitiv nicht reif oder fürsorglich. Ich hatte diese Rolle in unserer Familie übernommen.

Ich fragte mich oft, wie die beiden ohne mich zurechtkamen. Lily hatte immer mich gefragt, wenn sie wollte, dass jemand ihr sagte, ob ihr Outfit gut aussah. Ich hatte ihr gesagt, ob das Parfüm, das sie trug, gut oder schlecht roch. Ich hatte dafür gesorgt, dass sie ins Bett ging, wenn sie nach einer Party völlig betrunken mit unsicheren Schritten nach Hause kam.

Und ich hatte mich darum gekümmert, dass unser Vater sich Zeit zum Essen und Ausruhen nahm. Er war so beschäftigt, dass er vor lauter Arbeit das Frühstück, das Mittagessen und das Abendessen vergaß. Mir war jedoch aufgefallen, dass er zugenommen hatte. Mir war aufgefallen, dass sein dunkles Haar über Nacht grau geworden war. Und mir war aufgefallen, dass er müder wirkte als jemals zuvor.

Ein Teil von mir wusste, dass ich öfter zu Hause sein sollte. Sie brauchten mich. Aber der größere Teil wusste, dass ich etwas aus mir machen musste, sonst könnte ich nie wirklich für andere da sein. Und meine Leidenschaft ließ sich nicht ignorieren. Ich hatte Ärztin werden wollen, seit ich alt genug gewesen war, um zu wissen, was Ärzte waren.

Unsere Kinderärztin war eine Heilige gewesen. Fürsorglich, freundlich und sanft. Sie war diejenige gewesen, die meinen Traum zum Leben erweckt hatte. Ich wollte genauso werden wie sie. Ich wollte mich um andere Leute kümmern.

„North Carolina ist meine Heimat. Es ist meine Pflicht, dorthin zurückzukehren. Aber ich glaube nicht, dass ich in dem Haus wohnen werde, in dem ich aufgewachsen bin. Ich glaube, ich werde mir etwas Eigenes suchen. Es ist nicht immer leicht, auf mich gestellt zu sein, aber ich liebe es. In meiner winzigen Wohnung fühle ich mich heimischer als jemals im Haus meiner Familie."

„Sie brauchen auf jeden Fall etwas Eigenes", stimmte sie mir zu. „Es wäre eine schreckliche Idee, wieder bei den Eltern einzuziehen."

Lächelnd nickte ich, als ich meinen Donut aufaß, und trank dann den restlichen Kaffee. Ich hatte nie viel über meine Familie erzählt, sodass niemand wusste, dass wir nur zu dritt waren. Lily, Dad und ich. Ich hatte keiner Menschenseele erzählt, woher ich kam. Soweit die anderen wussten, kam ich aus ärmlichen Verhältnissen. Aber das genaue Gegenteil war der Fall.

Zu Hause hatte ich ein Bankkonto, über das sich jeder gefreut hätte. Aber nicht ich. Ich hatte nicht für einen Cent dieses Geldes gearbeitet. Ich würde es nicht so ausgeben, wie meine Schwester ihren Anteil ausgab. Eines Tages würde ich wissen, was ich mit all dem Reichtum anfangen sollte. Eines Tages würde klar werden, warum mir all das Geld gegeben worden war und was ich damit tun sollte, um die Welt zu einem besseren Ort zu machen. Ich wusste es einfach noch nicht.

„Code blau, Code blau auf der Intensivstation", sagte eine Stimme aus dem Lautsprecher über uns.

„Die Pause ist vorbei." Wir standen beide auf, warfen unseren Abfall in den Mülleimer und rannten zum Aufzug, um nach oben zur Intensivstation zu gelangen.

„Ist es seltsam, dass ich jedes Mal bete, wenn Code blau ausgerufen wird?", fragte sie mich.

„Ich denke, es wäre seltsam, es nicht zu tun." Ich glaubte fest an Gebete – auch wenn ich die meiste Zeit vergaß, zu beten. „Ich hoffe, Gott hilft allen, die gerade um ihr Leben kämpfen."

„Gott sei mit ihnen", fügte sie hinzu.

Als wir den Aufzug betraten, ging mir ein flüchtiger Gedanke durch den Kopf. *Wird Stone zwei Jahre auf mich warten?*

KAPITEL SIEBEN

STONE

Jessa lockte mich mit dem Finger zu sich und lächelte sexy mit ihren vollen Lippen. „Willst du den Lagerraum sehen, Stone?"

Ihre weiße Bluse hatte sich aus dem Bund ihrer Khaki-Hose gelöst und die oberen Knöpfe waren offen und enthüllten die sanften Wölbungen ihrer Brüste. Ich verließ die Nische und eilte zu ihr. „Ich kann es kaum erwarten, mir den Lagerraum anzusehen, Baby."

Kichernd nahm sie meine Hand und führte mich in den hinteren Bereich von Hamburger Hut. „Gibt es sonst noch etwas, das du nicht erwarten kannst, Süßer?"

„Dich – nackt." Ich zog sie an mich, drückte ihren Körper zwischen mich und die Wand und öffnete die restlichen Knöpfe ihrer Bluse. Ihre Brüste hoben und senkten sich, als sie vor Erregung tief Luft holte. Meine Finger wanderten über ihren zarten Spitzen-BH.

„Wir müssen nach hinten, wo ich die Tür abschließen kann." Ihre goldenen Augen funkelten feurig. „Wir brauchen Privatsphäre." Ihre Hand machte sich daran, meine Jeans aufzuknöpfen. „Wir brauchen einander."

Ich ließ sie los, damit sie mich nach hinten führte, wo wir uns viel besser kennenlernen könnten, und atmete ihren süßen Duft ein.

„Weißt du, für ein Mädchen, das in einem Fast-Food-Restaurant arbeitet, riechst du bemerkenswert gut."

„Danke." Sie öffnete die Tür zu dem Lagerraum und zog mich hinein. Ich machte die Tür hinter uns zu. Sie vergewisserte sich, dass sie verschlossen war, und lehnte sich zurück. Ihre Augen schweiften über meinen Körper. „Zieh dich aus."

„Du weißt, was du willst." Ich zog mein T-Shirt über meinen Kopf. „Das gefällt mir bei einer Frau." Ich hatte auch eine herrische Seite. „Ich habe mein Oberteil ausgezogen. Jetzt bist du dran."

Sie schüttelte den Kopf und trat vor. „Hilf mir dabei."

Ihre Bluse war bereits aufgeknöpft, also schob ich sie von ihren Schultern und enthüllte mehr von ihrer weichen Haut. „Soll ich dir den BH ausziehen, Süße?"

„Bitte." Ihre Lippen drückten sich gegen meinen Hals, als sie sich an mich lehnte, damit ich hinter sie greifen und den BH geschickt öffnen konnte.

Ich schob die Träger über ihre Arme, befreite sie davon und fühlte, wie ihre großen Brüste meinen nackten Oberkörper berührten. Zitternd vor Verlangen sehnte ich mich danach, sie zu kosten. Ich zog eine Spur von Küssen über ihren Hals, als ich vor ihr auf die Knie ging, ihre Brüste umfasste und eine ihrer harten Brustwarzen in meinen Mund nahm.

Ihre Hände bewegten sich durch meine Haare, als sie leise stöhnte: „Stone, ich brauche dich."

Mit meiner freien Hand öffnete ich ihre Hose und ließ sie auf den Boden fallen. Sie stieg aus ihren rutschfesten Schuhen, als ich ihr Höschen nach unten zerrte, sodass es auf der Kleidung zu ihren Füßen landete. Schließlich hob ich sie hoch und sie schlang ihre Beine um meine Taille.

Ich verschwendete keine Zeit und zog meine Jeans aus, bevor ich sie auf einen Tisch in der Nähe setzte. Ihre Arme umklammerten meinen Hals, ihr heißer Atem streifte mein Gesicht und dann trafen sich unsere Lippen. Ein Feuerwerk explodierte in meinem ganzen Körper, als unser inniger Kuss alles heilte, was mich jemals krank gemacht hatte. „Dein Kuss ist magisch, Baby."

„Nun, ich werde bald Ärztin sein." Sie grinste, bevor sie mich wieder küsste.

Ihre Hände bewegten sich in sanften Liebkosungen über meinen

Rücken und raubten mir den Atem. Jede ihrer Berührungen fühlte sich fantastisch an und hinterließen Spuren aus Feuer auf meiner Haut. „Wenn ich nicht bald in dir bin, zerreißt es mich."

„Worauf wartest du?" Sie rutschte auf ihrem Hintern bis zum Ende des Tisches. „Nimm mich, Stone. Ich will dir gehören."

„Was auch immer du willst, sollst du haben, Liebling." Ich zog sie zu mir und drang in sie ein. Als wir eins wurden, breitete sich Wärme in mir aus und ich hielt den Atem an und wollte, dass dieses Gefühl niemals endete. „Wenn es immer so sein könnte, würde ich als glücklicher Mann sterben."

Ihre sanften Augen blickten mich an. „Stone, küss mich."

Als sich unsere Lippen wieder berührten, während ich sie liebte, war es, als würden unsere Körper vollständig miteinander verschmelzen. Wir bewegten uns rhythmisch im Takt und wussten irgendwie genau, wie wir einander verwöhnen konnten.

Es war, als ob wir zusammen sein sollten. Als wären wir füreinander bestimmt. Als wären wir Seelenverwandte.

Mein Herz pochte wild in meiner Brust, als ich Dinge spürte, die ich noch nie zuvor gefühlt hatte. So als könnte ich hoch am Himmel fliegen und nie wieder zu dem zurückkehren, was ich auf der Erde gelassen hatte.

Ihr seidenweiches Haar verführte mich, meine Hände darin zu vergraben. Ihre Nägel kratzten über meinen Rücken – ich war mir sicher, dass sie Spuren hinterlassen würden. Sie löste ihren Mund von meinem. „Stone, gleich wird es passieren!"

Ich spürte, wie sich ihr Körper anspannte, als sie ihrem Verlangen nachgab. Ich konnte nicht anders, als mit ihr stöhnend den Höhepunkt zu erreichen, der unsere Körper erbeben ließ, bis wir beide völlig erschöpft waren.

Schließlich entdeckte ich ein Sofa in der Nähe. Ich trug sie dorthin, legte mich neben sie und wiegte sie in meinen Armen. „Ich werde dich niemals gehen lassen, Jessa."

Sie legte ihren Kopf auf meine Brust und murmelte: „Lass mich niemals gehen, Stone. Niemals."

Ich küsste ihren Kopf. „Schlaf jetzt. Ruhe dich aus. Ich werde hier sein, wenn du aufwachst."

Ihre Atmung verlangsamte sich und sie fiel in einen tiefen Schlaf. Ich lächelte, als ich ihrem leisen Schnarchen lauschte. Es wurde lauter und tiefer und dann begann ihr Körper zu zittern, als ein lautes Schnauben aus ihrem Mund drang.

Was zur Hölle war das?

Ich setzte mich auf und stellte fest, dass ich auf der Couch in meinem Wohnzimmer war. Im Raum war es dunkel. „Verdammt. Ich bin eingeschlafen."

Alles war nur ein Traum gewesen. Ein wunderbarer Traum, aber nicht die Realität.

Nach dem Mittagessen mit Patton in dem asiatischen Restaurant war ich mit meinem anderen Bruder Cohen zum Abendessen in ein französisches Lokal gegangen. Ich hatte noch nie in meinem Leben so viel gegessen. Es hatte mich müde gemacht und mir diesen wundervollen Traum beschert.

Ich stand auf und streckte meinen Körper. Als ich mein Schlafzimmer erreichte, ging ich duschen und machte mich fertig, damit ich meiner süßen Traumfrau noch einen nächtlichen Besuch abstatten konnte.

Das Lächeln wollte unter der Dusche nicht von meinem Gesicht verschwinden und erinnerte mich an die Dinge, die wir in meiner Fantasie getan hatten. Ich fragte mich, ob Jessa mich wirklich heute Nacht bitten könnte, mit ihr in den Lagerraum zu gehen. Ich würde liebend gern Ja sagen, wenn sie es tat.

Als ich aus der Dusche trat und mich anzog, war es halb elf. Ich dachte, Jessa wäre um diese Zeit nicht so beschäftigt. Also stieg ich in meinen Truck und pfiff zu einem Lied im Radio, während ich zu Hamburger Hut fuhr.

Auf dem Parkplatz standen sieben Autos. Ich nahm mir vor, sie zu fragen, welches ihr gehörte. Auf diese Weise würde ich in Zukunft wissen, ob sie da war. Ich sah keinen Grund hineinzugehen, wenn sie es nicht war. Außerdem wollte ich ihr meine Handynummer geben und mir ihre Nummer besorgen. Bestimmt konnte sie ab und zu Zeit finden, zumindest mit mir zu telefonieren.

Als ich das Fast-Food-Restaurant betrat, roch ich brennendes Fett, aber niemand war hinter der Theke. Im Küchenbereich schrie ein Mann: „Bist du dumm? Warum hast du gedacht, du könntest das Frittierfett auf den Grill gießen?"

„Ich habe gesehen, wie Don es neulich getan hat", antwortete ein anderer Mann.

„Er hat eine andere Sorte Öl benutzt. Du musst den Grill ausschalten und ihn abkühlen lassen, bevor du ihn saubermachst. Verdammt, deinetwegen stinkt hier alles. Was ist, wenn Mr. Samuels vorbeikommt? Was dann? Ich werde nicht derjenige sein, der deswegen gefeuert wird. Das wirst du sein, Tony."

„Okay, okay. Ich mache es sauber. Tut mir leid. Das wusste ich nicht."

Ich hatte keine Ahnung, wo Jessa war, da sie sich damit hätte befassen sollen. „Ähm, hallo", rief ich.

Ein kleiner, rundlicher Mann kam um die Ecke und trat hinter die Theke. „Oh, hi. Tut mir leid, dass Sie warten mussten, Sir. Was kann ich Ihnen bringen?"

„Ich bin hier, um Jessa zu sehen."

Einen Moment lang sah er mich nur an, als wollte er herausfinden, nach wem ich fragte. „Was?"

„Jessa. Ich suche die Nachtmanagerin. Ist sie hier?"

„Wir dürfen niemandem Auskunft über das Personal geben. Kann ich Ihnen etwas zu essen oder zu trinken bringen?"

„Nein." Ich wusste nicht, wie ich diesem Kerl klarmachen sollte, was ich wollte. „Und wer sind Sie?"

„Ich bin Bill, der Nachtmanager."

„Okay. Also arbeitet sie heute nicht. Sie hat die Nacht frei." Ich war mehr als ein bisschen enttäuscht.

„Das kann ich Ihnen nicht sagen, Sir."

Ich hasste diesen kleinen Kerl jetzt schon. „Ja, das müssen Sie mir auch nicht sagen. Wenn sie hier wäre, wäre sie schon gekommen." Ich dachte an das mürrische Mädchen, das die letzten paar Nächte hier gearbeitet hatte. Vielleicht würde es mir Jessas Telefonnummer geben. „Wo ist ... ähm ..." Ich hatte den Namen vergessen. „Das mürrische Mädchen, das hier arbeitet ... letzte Nacht war sie hier. Sie heißt Taylor oder Tara oder so ähnlich."

„Ich habe keine Ahnung, wen Sie meinen, und selbst wenn ich es wüsste, dürfte ich Ihnen nichts sagen. In dieser Schicht arbeiten keine Frauen", ließ er mich wissen.

„Tammy!" Endlich erinnerte ich mich. „Das ist ihr Name. Sie kennen bestimmt Tammy. Sie ist eine echte Frohnatur."

„Sir, wenn Sie nicht hier sind, um etwas zu essen, dann glaube ich nicht, dass ich Ihnen helfen kann. Ich muss jetzt weiterarbeiten. Gute Nacht." Er ging weg und ließ mich stehen.

Ich kaute auf meiner Unterlippe herum, drehte mich um und ging zur Tür. Die Enttäuschung, die ich empfand, gefiel mir nicht. Ich hasste, dass ich Jessa nicht letzte Nacht nach ihrer Nummer gefragt hatte.

Wir hatten ein ziemlich gutes Gespräch geführt, als sie plötzlich auf die Uhr gesehen und gesagt hatte, dass sie etwas erledigen musste. Sie hatte gesagt, dass sie leider weiterarbeiten musste. Und dann war sie weg gewesen.

Mir gefiel nicht, wie es lief. Ich hatte keine Kontrolle über diese Situation. Ich mochte Jessa. Und sie mochte mich. Zumindest dachte ich das. Sie lächelte mich definitiv so an, als würde sie es tun.

Ich wusste, dass sie wenig Zeit für mich hatte. Aber ich würde alles nehmen, was ich bekommen könnte. Ich hatte mich noch nie so verzweifelt nach der Aufmerksamkeit eines Menschen gesehnt.

Ich stieg wieder in meinen Truck und fragte mich, wie ich in so kurzer Zeit so werden konnte. Was auch immer ich geworden war, eines war sicher – diese neue Version von mir war verdammt entschlossen.

Ich fuhr an den Drive-In-Schalter und nutzte die letzte Gelegenheit, um Informationen über sie zu erhalten. Über den Lautsprecher ertönte eine Männerstimme: „Willkommen bei Hamburger Hut, wo der Kunde die Nummer eins ist, genauso wie die Burger. Was kann ich Ihnen bringen?"

Ich betete, dass ich eine Antwort bekommen würde, und fragte: „Wird Jessa morgen Nacht hier arbeiten?"

„Ja", sagte er ohne zu zögern.

„Danke." Das war alles, was ich brauchte. Ich fuhr weg, pfiff wieder zu der Musik im Radio und war froh, dass ich zumindest wusste, wann ich das Mädchen meiner Träume wiedersehen würde.

KAPITEL ACHT

JESSA

Das Kerzenlicht flackerte in der Dunkelheit, als ich mich nach einer langen Lerneinheit auf mein Bett legte. Der Tag war produktiv gewesen und ich hätte nicht glücklicher über all die Fortschritte sein können, die ich gemacht hatte. Irgendwie hatte ich es geschafft, eine ganze Stunde früher als geplant fertig zu werden, sodass ich länger schlafen konnte.

Ich hatte eine nach Lavendel duftende Kerze angezündet, damit ich schnell ins Land der Träume abdriften konnte, und hoffte auf einen tiefen Schlaf, damit ich den nächsten Tag erholt beginnen konnte. Ein leichtes Lächeln umspielte meine Lippen, als ich darüber nachdachte, wie ich mich fühlte – glücklich.

Es war so lange her, dass ich mich einfach nur glücklich gefühlt hatte. Ich hatte mich müde gefühlt. Ich hatte mich gestresst gefühlt. Ich hatte sogar Angst gehabt. Aber glücklich war ich seit Jahren nicht mehr gewesen. Das Einzige, was sich in meinem Leben verändert hatte, waren Stones nächtliche Besuche.

Ich hatte nur zweimal mit dem Mann gesprochen und hier war ich, lächelte glücklich und kam besser denn je mit dem Lernen voran. Es war, als wäre er eine Art Zeitzauberer. Oder vielleicht war es nur so, dass ich entspannter war und mich besser konzentrieren konnte, was dazu führte, dass ich mein Pensum schneller bewältigte. Was auch immer es war, es gefiel mir. Sehr.

Meine Augenlider fühlten sich schwer an. Meine Atmung verlangsamte sich und ich schlief in kürzester Zeit ein.

Eine warme Brise wehte über meinen Körper. Ich öffnete die Augen und sah, dass Nash an meinem Bett stand. „Ich hoffe, es macht dir nichts aus, dass ich unangemeldet vorbeigekommen bin."

„Überhaupt nicht." Ich zog die Decke hoch. „Möchtest du kuscheln?"

Langsam zog er sein T-Shirt aus, dicht gefolgt von seiner Hose, unter der er nackt war. Er kletterte zu mir ins Bett und strich mit einer Hand über meine Seite, sodass ich Gänsehaut bekam. „Ich würde gerne mehr tun als nur kuscheln."

„Liebend gern." Meine Arme legten sich um seinen Hals und meine Lippen erkundeten seine Wangen. „Versprich mir nur, sanft mit mir umzugehen. Es ist sehr lange her, dass ich so etwas getan habe."

„Ich kann sanft sein, Baby." Seine warmen Lippen berührten mein Schlüsselbein und weckten die Schmetterlinge in meinem Bauch.

Als er meine Lippen küsste, begann ich zu zittern, nicht vor Angst, sondern vor Erregung. Ich wollte seine Lippen auf meinem Mund fühlen. Ich wollte ihn kosten, während unsere Zungen miteinander tanzten. Und ich wollte ihn so sehr in mir spüren, wie ich noch nie etwas in meinem Leben gewollt hatte.

Wir waren Haut an Haut, als sich unsere nackten Körper näherkamen, bis uns nichts mehr trennte. Seine Erektion pulsierte an meinem Bauch und bettelte mich förmlich an, meine Beine zu spreizen und ihn hereinzulassen.

Ich strich mit meinem Fuß über sein Bein und stöhnte, als unsere Zungen einander reizten, während er vorsichtig in meinen zitternden Körper eindrang. „Keine Angst. Ich werde dir nicht wehtun."

„Ich glaube dir." Als ich in seine dunkelblauen Augen blickte, hatte ich keinen Zweifel daran, dass dieser Mann mich niemals verletzen würde. In keiner Weise. Ich konnte spüren, dass seine Gefühle für mich echt waren. „Ich werde auch versuchen, dir nicht wehzutun."

Er bewegte sich in einem langsamen, gleichmäßigen Rhythmus

und beugte sich vor, um mit seinen Lippen meinen Hals zu liebkosen, während er mit heiserer Stimme flüsterte: „Versuche es bitte so gut du kannst. Du bist die einzige Frau, die jemals diese Macht über mich hatte. Ich muss darauf vertrauen können, dass du nicht sorglos damit umgehst."

Unsere Körper bewegten sich wie Wellen im Meer. Ich strich mit meinen Händen über seinen Rücken und zeichnete seine angespannten Muskeln nach. Es war, als wäre ein griechischer Gott in mein Bett gekommen, kein bloßer Sterblicher.

„Ich hatte nie geahnt, dass ich mich so fühlen könnte wie bei dir." Meine Nägel bohrten sich in seinen Bizeps, als ich mich ihm entgegenwölbte, um seinen langsamen Stößen zu begegnen. „Du kannst schneller machen, wenn du willst."

„Warum sollen wir uns beeilen?" Seine Finger strichen über meine Taille, bevor er mein Bein umfasste und tiefer in mich eindrang. „Lass es uns genießen, Baby. Genau so, wie wir unser gemeinsames Leben genießen werden. Schön langsam. Es gibt überhaupt keine Eile."

„Unser gemeinsames Leben?" Die Vorstellung war berauschend. „Glaubst du, du kannst mit einer Frau zusammenleben, die so beschäftigt ist?"

„Wenn du dir in den meisten Nächten ein paar Minuten Zeit für mich nimmst, könnte ich wahrscheinlich damit umgehen."

„Du könntest bei mir einziehen."

„Oder du könntest bei mir einziehen." Er grinste, als er auch mein anderes Bein hochzog und sich tiefer in mir bewegte.

„Ich dachte, du wolltest nichts übereilen." Ich stöhnte, als er mich immer näher an den Rand der Ekstase brachte. „Oh, wie machst du das?"

„Magie." Er wurde immer schneller. „Du kannst dein eigenes Zimmer bei mir haben, wenn du willst. Dann musst du keine Miete mehr zahlen. Du könntest deinen Nebenjob kündigen. Ich möchte mich um dich kümmern. Du sollst wissen, dass du dich auf mich verlassen kannst."

Plötzlich spannte sich mein Körper an. „Ich will von niemandem abhängig sein."

Er zog seinen Kopf zurück und sah mich mit großen Augen an.

„Das habe ich nicht negativ gemeint, Jessa. Ich will einfach in jeder Hinsicht für dich da sein."

„Das will ich aber nicht." Mein Herz raste. „Ich will es allein schaffen. Ich will keine Hilfe. Kannst du das nicht verstehen?"

„Nicht wirklich." Er versuchte, meine Lippen zu erobern. „Küss mich einfach und lass uns jetzt nicht darüber reden."

Sobald sein Mund meinen berührte, konnte ich an nichts anderes mehr denken. Er gab mir das Gefühl, lebendig zu sein. Er gab mir das Gefühl, etwas Besonderes zu sein. Er gab mir das Gefühl, ihm vertrauen zu können.

Ich befand mich in sexueller Trance. Nichts war von Bedeutung außer der Art und Weise, wie sich unsere Körper zusammen bewegten. Unser leidenschaftliches Keuchen füllte meine Ohren.

Ich klammerte mich fester an ihn. „Ich komme gleich."

„Tu es", sagte er. „Komm für mich, Baby."

Mein Höhepunkt überraschte mich, als sich mein Körper krümmte und Laute, die ich noch nie zuvor gemacht hatte, über meine Lippen kamen. „Oh Gott!" Ich rang um Atem. „Ja!"

Piep. Piep. Piep.

Ich öffnete meine Augen. Mein Handy, das auf dem Nachttisch lag, leuchtete auf, als der Wecker klingelte. „Verdammt."

Mein Körper war heiß und zitterte von der Intensität des Traums. Als ich mich aufsetzte, war mir schwindelig und es war, als würde sich das Zimmer drehen. Ich hielt meinen Kopf in meinen Händen, als ich langsam und tief durchatmete, um mich zu beruhigen.

Alles hatte sich so real angefühlt. Aber als ich dort saß und versuchte, wieder in die Realität zurückzukehren, fiel mir auf, dass mein Unterbewusstsein mir einen deutlichen Hinweis gegeben hatte. Ich wollte Stone Nash. Unbedingt.

Unter der Dusche wurde mir etwas klar: Ich musste sicherstellen, dass mein Gehirn, mein Herz und meine Seele wussten, dass ich zu diesem Zeitpunkt in meinem Leben mit niemandem eine Beziehung eingehen konnte. Ich hatte zu viel vor, um auch nur zu versuchen, so etwas mit diesem Mann zu haben.

In den meisten Nächten hatte ich keine Zeit für irgendetwas anderes als ein paar Stunden Schlaf. Ich konnte unmöglich das sein, was ein Mann brauchte. Es wäre nicht fair, von jemandem zu erwarten, sich mit meinem verrückten Terminplan abzufinden.

Ich war nicht egoistisch. Ich war nicht so dumm zu glauben, ich könnte diese Sache zwischen mir und Stone zum Laufen bringen. Nichts würde zwischen uns funktionieren. Jedenfalls noch nicht.

Träume wie dieser würden meine Tage ruinieren, das wusste ich einfach. Ich durfte nicht von ihm oder sonst irgendjemandem träumen. Ich musste mich konzentrieren und das war unmöglich, wenn mein Unterbewusstsein damit beschäftigt war, sich in Stone Nash zu verlieben.

In den letzten sechs Jahren war niemand in mein Leben getreten. Warum es jetzt passieren musste, war mir ein Rätsel. Plötzlich schien sich das Licht am Ende des langen Tunnels, das ich endlich gesehen hatte, immer weiter zu entfernen.

Nach meinem Abschluss an der medizinischen Fakultät würde ich noch drei bis sieben Jahre als Assistenzärztin arbeiten müssen. Sicher, ich würde keinen Nebenjob mehr brauchen, da ich ein Gehalt haben würde, aber es wäre nicht wirklich viel Geld. Und ich würde genauso viele Stunden arbeiten wie jetzt auch.

Ich konnte niemanden bitten zu verstehen, warum ich das auf mich nahm. Ich konnte niemanden bitten, mich zu lieben. Nicht jetzt. Nicht einmal in fünf Jahren. Stone war unerreichbar.

Obwohl ich es nicht wollte, wusste ich, dass es das Richtige war, nicht mit Stone zu sprechen, wenn er mich wieder bei der Arbeit besuchte. Wenn ich so tat, als wäre ich zu beschäftigt, um zu reden, würde er irgendwann einfach aufhören, vorbeizukommen.

Ich lehnte meinen Rücken gegen die kalte gefliste Wand der Dusche und konnte nicht glauben, wie mein Herz bei dem Gedanken schmerzte. Stone und ich hatten insgesamt nur ein paar Stunden zusammen verbracht und hier war ich und mein Herz brach bei der Vorstellung, ihn abzuweisen.

Mein Unterbewusstsein war ein echtes Problem. Aber ich würde hart arbeiten, um es unter Kontrolle zu bekommen. Ich musste es tun. Ich hatte keine andere Wahl. Stone war nicht gut für mich. Außerdem schien er ohnehin kein Mann zu sein, der lange bei einer Frau blieb.

Wenn ich ihm eine Nacht gewähren würde, könnten wir vielleicht einander vergessen und getrennte Wege gehen.

Ich wusste, dass es in der Natur des Menschen lag, das Unerreichbare anzustreben. Aber sobald es erreicht war, wurde die Anziehungskraft immer geringer. Und schließlich dachte man nicht einmal mehr daran.

Ich hatte keine Zeit für den Mann. Und wenn ich keinen Weg fand, ihn aus dem Kopf zu bekommen, würde ich vielleicht meine Kurse nicht bestehen. Das durfte nicht passieren. Oder vielleicht würde ich mein Praktikum nicht gut machen. Das wäre eine Katastrophe. Andererseits könnte ich bei der Arbeit einschlafen und wenn das geschah, würde Hamburger Hut mich mit Sicherheit feuern. Ich durfte meinen Job nicht verlieren. Er finanzierte die Hälfte meiner Studiengebühren.

Ich wusste nicht, wie ich aus dieser schwierigen Situation herauskommen sollte. *Wenn ich meinen Sehnsüchten nachgebe, riskiere ich alles. Und wenn ich es nicht tue, ist es trotzdem ein Risiko.*

Nichts ergab Sinn. Meine Welt schien auf den Kopf gestellt zu sein. Und es war allein die Schuld des schönen Stone Nash. Ich wünschte, er wäre in jener Nacht nicht bei Hamburger Hut aufgetaucht und hätte mein verdammtes Herz gestohlen.

Ich schüttelte den Kopf. „Er hat mein Herz nicht gestohlen. Es ist nur körperliche Anziehung. Es kann keine wirklichen Gefühle geben. Du kennst ihn nicht einmal gut genug, um zu wissen, ob du ihn wirklich magst. Er ist schön anzusehen. Er ist verdammt muskulös. Und er ist auf seine Art charmant. Du musst dich endlich zusammenreißen."

Ich war normalerweise niemand, der Selbstgespräche führte, und es beunruhigte mich ein bisschen. Ich war niemand, der sich von anderen beeinflussen ließ. Ich machte mein eigenes Ding. Ich brauchte niemanden. Und ich konnte es verdammt noch mal nicht gebrauchen, dass dieser Mann meine Gedanken beherrschte und mich von meinem Hauptziel im Leben ablenkte – eine angesehene Ärztin zu werden.

Ich könnte einfach nachgeben und es hinter mich bringen. Ich bin mir sicher, dass das für uns beide funktionieren würde. Aber was wäre, wenn ein paar heiße Nächte für keinen von uns genug sind?

KAPITEL NEUN

STONE

Ich war noch nie so aufgeregt gewesen, mit einem Mädchen zu sprechen, seit ich in der Mittelstufe gewesen war. Aber gerade als ich auf den Parkplatz fuhr, bemerkte ich einen großen LKW hinter mir. Er hielt hinter dem Gebäude und ich hatte das Gefühl, dass die Lieferung Jessa eine ganze Weile beschäftigen würde.

Ich saß in meinem Truck, sah zu und wartete darauf, dass er endlich wieder wegfuhr. Eine Stunde später verschwand er schließlich und ich stieg aus und war immer noch unsicher, ob Jessa Zeit haben würde, um mit mir zu sprechen.

Tammy stand hinter der Theke und das gezwungene Lächeln auf ihrem Gesicht verblasste, als ich eintrat. „Sie ist beschäftigt, Romeo."

„Ich kann warten." Ich setzte mich in eine Nische im hinteren Teil des Raumes, zog mein Handy aus der Tasche und suchte nach einem Spiel, um mir die Zeit zu vertreiben.

Noch bevor das Spiel begonnen hatte, hörte ich ein schreckliches Krachen aus der Küche, gefolgt von einem fürchterlichen Heulen. Tammy rannte um die kleine Trennwand herum. „Was zur Hölle ist hier hinten los? Oh Gott! Josie, was hast du getan?"

Es folgte weiteres Wehklagen, dann wimmerte Josie: „Ich habe mir die Hand verbrannt. Ich habe das verdammte Gewürz vom obersten Regal auf den heißen Grill fallen lassen. Als ich versucht habe, es aufzufangen, bin ich ausgerutscht und mit der Hand auf dem Grill gelandet."

„Geht es dir gut, Josie?", erklang Jessas Stimme. „Ich habe grauenhaften Lärm gehört."

Josies Stimme zitterte, als sie sagte: „Ich habe mir die Hand verbrannt, Jessa. Sieh nur."

„Ich hole dir eine Salbe", sagte Jessa. „Tammy, sieh nach, ob du einen anderen Koch für heute Nacht finden kannst. Sobald ich ihre Verbrennung behandelt habe, geht Josie nach Hause. Josie, komm mit in mein Büro, damit ich mich um dich kümmern kann."

„Großartig, also muss ich an einem Freitagabend um elf Uhr bei den drei anderen Köchen anrufen." Ich beobachtete Tammy, als sie in die Ecke neben dem Drive-In-Schalter ging und den Hörer des Telefons an der Wand abnahm. Sie fuhr mit dem Finger über eine Liste der Telefonnummern aller Mitarbeiter, hielt inne und tippte eine Nummer in das alte Telefon. „Verdammter Schrott." Tammy war so gut gelaunt wie immer. „Hey, Troy, kannst du zur Arbeit kommen?"

Ich sah, wie ihre Schultern heruntersackten und wusste, dass Troy ihr nicht die Antwort gab, die sie hören wollte. Als sie auflegte, ohne ein weiteres Wort zu sagen, hatte ich den Eindruck, dass er ihr gar keine Antwort gegeben hatte. Die beiden nächsten Anrufe wurden nicht einmal entgegengenommen und sie zuckte zusammen, als ein Auto vor dem Drive-In-Schalter auftauchte. Ihre Augen wanderten zu dem kleinen Haufen Burger, die unter einer Wärmelampe in gelbes Papier gewickelt waren.

Ich konnte nicht einfach herumsitzen und nichts tun. Ich musste zumindest meine Hilfe anbieten. Also stand ich auf, schob mein Handy in meine Gesäßtasche und ging zur Theke. „Ich kann helfen."

Sie sah mich mit skeptischen Augen an. „Sicher, Romeo." Sie drückte den Knopf am Lautsprecher. „Willkommen bei Hamburger Hut, wo der Kunde die Nummer eins ist, genauso wie die Burger. Was kann ich Ihnen bringen?"

„Ich nehme sechs Cheeseburger, sechs große Portionen Pommes frites und sechs Mountain Dews", sagte der Kunde und fügte dann hinzu: „Oh, und sechs Apfeltaschen. Und können Sie sicherstellen, dass alles frisch zubereitet wird?"

Ich zählte vier fertige Burger in dem kleinen Stapel unter der

Wärmelampe. Es gab nicht genug Pommes frites und die Stelle, an der die Apfeltaschen normalerweise sein mussten, war ganz leer. Tammy steckte in der Klemme. „Lassen Sie mich helfen. Ich kann kochen. Schließlich bin ich Koch."

„Ich habe wohl keine Wahl. Kommen Sie her. Die Schürzen sind da drüben." Sie zeigte auf einige schwarze Schürzen mit Fettflecken, die an einem Haken an der Rückwand hingen. „Ich habe die Bestellung eingegeben, sodass Sie sie auf dem Bildschirm neben dem Grill sehen können. Ich brauche noch zwei Burger und während Sie sie braten, kümmere ich mich um die Pommes frites, die Apfeltaschen und die Getränke."

Ich hatte hier nur einen Burger bestellt. Und da eine Kakerlake darin gewesen war, hatte ich nicht einmal die Gelegenheit gehabt, ihn zu probieren. „Womit wird der Burger belegt?"

„Rindfleisch, Käse, Ketchup und Senf, wenn der Gast nicht ausdrücklich nach etwas anderem fragt." Tammy rannte herum und gab die Pommes frites und die Apfeltaschen in Fritteusen, bevor sie sich um die Getränke kümmerte.

Ich hatte die kleinen Burger blitzschnell fertig und fing an, die Bestellung einzupacken. Ein Piepton ertönte, als ein weiteres Auto vor dem Drive-In-Schalter hielt. Gleichzeitig klingelte es, als die Tür aufging und vier Personen hereinkamen. „Mist", zischte Tammy.

„Ich kann die Bestellung dieser Gäste entgegennehmen, während Sie den Drive-In übernehmen. Dann komme ich zurück und fange an, alles zuzubereiten. Keine Panik." Ich hatte als Teenager für kurze Zeit in einem Fast-Food-Restaurant in Houston gearbeitet. Wahrscheinlich war es wie Fahrrad fahren – wenn man erst einmal gelernt hatte, wie es funktionierte, vergaß man es nie wieder. „Hallo, willkommen bei Hamburger Hut, wo der Kunde die Nummer eins ist, genauso wie unsere Burger. Oder so ähnlich. Was kann ich euch bringen?" Der Computerbildschirm machte es so einfach, dass sogar ein Affe die Bestellung hätte eingeben können. *Ich schaffe das.*

Die erste junge Frau in der Reihe lallte ein wenig. „Chicken Nuggets."

Ich schaute auf den Bildschirm. „Vier oder sechs?"

Sie sah über die Schulter zu einem anderen Mädchen. „Wie viele soll ich bestellen? Willst du teilen?"

„Nimm sechs", sagte ihre Freundin. „Ich bin am Verhungern."

Sie drehte sich wieder zu mir um. „Sechs." Lächelnd schien sie mich endlich richtig zu bemerken. „Hi! Du bist süß. Und heiß. Wann hast du angefangen, hier zu arbeiten?"

„Ich arbeite hier nicht. Ich helfe nur ein bisschen aus. Habt ihr in einem Club gefeiert?" Ich drückte auf die sechs Chicken Nuggets auf dem Bildschirm und ihr Preis wurde angezeigt.

„Ja, wir waren im Spangles and Spurs. Es war verdammt viel los. Aber", sie deutete mit dem Daumen auf das Mädchen, das hinter ihr stand, „sie hat Hunger bekommen. Also sind wir hergekommen. Ich will auch Mozzarella-Sticks und Zwiebelringe."

„In welcher Größe?"

„Groß." Sie schluckte. „Und Cola. Auch groß." Sie zog eine kleine silberne Flasche aus der Tasche ihrer weiten Cargohose. „Wir machen unsere eigenen Cocktails, wenn du dich uns anschließen willst."

„Ich bin mir nicht sicher, ob das erlaubt ist." Ich gab ihre Bestellung ein. „Sechzehn Dollar fünfundfünfzig Cent."

„Wow, das ist ziemlich teuer." Sie zog eine Kreditkarte aus einer anderen Tasche ihrer Hose. „Aber okay."

„Es sind die Mozzarella-Sticks, die so viel kosten. Anscheinend sind sie das Beste, was es hier gibt." Ich steckte ihre Karte in das Lesegerät und gab sie ihr zurück. „Hier, bitte. Ich bringe euch eure Bestellung, sobald sie fertig ist."

„Bis bald an unserem Tisch, Süßer." Sie ging weg und achtete darauf, mit ihrem knochigen Hintern zu wackeln.

„Ich brauche etwas zu essen, und zwar jetzt sofort", sagte das nächste Mädchen in der Schlange mit solcher Entschlossenheit, dass ich lachen musste.

„Okay. Sag mir, was du willst, und ich werde mein Bestes geben, um es dir schnell zu bringen."

„Einen Burger. Aber keinen der langweiligen Burger, die ihr hier macht. Ich will alles. Gegrillte Zwiebeln. Jalapeños. Und etwas von der speziellen Sauce, die es letztes Weihnachten gab. Dieses Zeug ist der Wahnsinn. Und dazu jede Menge Gemüse. Oh, verdammt!"

Ihre letzten Worte verblüfften mich. „Was?"

„Speck. Vergiss den Speck nicht, Mann. Und Pommes frites und die größte Limonade, die es hier gibt." Sie legte ihre Kreditkarte auf den Tresen.

„Alles klar." Ich gab alles ein, steckte ihre Kreditkarte in das Lesegerät und fühlte mich, als würde ich meine Sache verdammt gut machen. „Nächster."

Tammy eilte hinter mich. „Gehen Sie an den Grill und braten Sie die Burger. Ich nehme jetzt die Bestellungen entgegen."

„Cool." Ich ging zurück in die Küche und fand so viele Bestellungen auf dem Bildschirm, dass ich einen Augenblick erstarrte. „Nein. Das kann ich nicht alles tun."

Tammy musste mich gehört haben, weil sie rief: „Machen Sie sich einfach an die Arbeit!"

„Okay, meine Güte." Ich arbeitete eine Bestellung nach der anderen ab. Weitere Pieptöne kündigten mehr Drive-In-Kunden an. An der Tür klingelte es, als mehr Leute hereinkamen. Und ich arbeitete einfach weiter und bereitete alles so gut zu, wie ich konnte, obwohl ich mich beeilen musste.

„Stone?", sagte eine vertraute Stimme.

„Jessa. Ja, ich bin es." Ich sah sie an. „Ich bin hier beschäftigt. Können wir später reden?"

„Das kann ich sehen." Sie zog sich eine Schürze an. „Tammy hätte mir sagen sollen, dass sie niemanden gefunden hat, der einspringen wollte. Ich werde den Grill übernehmen."

„Wie wäre es, wenn du mir hilfst?" Ich zeigte auf das Gemüse. „Kannst du mehr davon für mich schneiden?"

„Ja, sicher." Sie machte sich an die Arbeit und lächelte dabei.

Ich fing auch an zu lächeln, weil sie da war. „Das ist nicht so einfach, wie ich es aus meiner Jugend in Erinnerung habe."

„Hast du in der Fast-Food-Branche gearbeitet?" Sie schnitt ein paar Gurken.

„Ungefähr ein Jahr lang. Der Laden hieß Mackeys. Wir haben alle möglichen Dinge verkauft. Manchmal war wahnsinnig viel los. Genau wie hier." Ich wickelte einen Burger ein und warf ihn in eine Tüte. „Okay, diese Bestellung ist fertig."

Tammy griff nach der Tüte und fügte einige andere Dinge hinzu, bevor sie alles dem wartenden Kunden gab. „Nicht übel, Romeo."

„Danke."

Die Zeit verging wie im Flug, als immer mehr Kunden kamen. Irgendwann erschien ein Mann, nahm eine Schürze von der Wand und sagte: „Ich habe alles im Griff, Jessa."

Jessa zog mich zurück. „Die Morgenschicht ist da. Wir können gehen, Stone."

Ich zog die Schürze aus und hängte sie dorthin zurück, wo ich sie gefunden hatte. „Wow, mir ist gar nicht aufgefallen, wie schnell die Zeit vergangen ist."

„Das ging mir genauso." Sie nahm meine Hand und zog mich aus der Küche. „Danke für deine Hilfe. Ich werde dafür sorgen, dass du bezahlt wirst."

„Ich habe eine bessere Idee." Ich schaute auf unsere Hände und mochte, dass ihre so perfekt in meine passte. „Du kannst meinen Lohn haben. Ich brauche ihn wirklich nicht."

„Das kann ich nicht annehmen." Sie führte mich aus der Tür auf den dunklen Parkplatz.

„Nun, ich auch nicht. Betrachte meine Hilfe als einen Gefallen für eine Freundin." Wir blieben vor einem kleinen blauen Auto stehen und sie öffnete die Tür. „Ist das dein Auto?"

„Ja. Ich weiß, dass es nichts Besonderes ist. Aber ich habe es mit meinem eigenen Geld gekauft. Es ist abbezahlt." Sie stieg ein. „Ich bin mir sicher, dass du nicht geplant hattest, deine Nacht so zu verbringen. Geh nach Hause und schlafe ein bisschen. Du hast heute bestimmt viel zu tun."

„Ja." Ich konnte nicht aufhören, sie anzusehen, als ich die Tür festhielt. „Arbeitest du morgen wieder hier?"

„Du meinst heute Nacht – ja, das tue ich. Aber du kannst nicht jeden Abend kommen und unser Koch sein, ohne offiziell eingestellt zu werden." Sie lachte. „Ich muss nach Hause und etwas schlafen, bevor ich zum Krankenhaus fahre. Nochmals vielen Dank, Stone."

„Bitte." Ich schloss die Tür und sah ihr nach, als sie vom Parkplatz fuhr.

Sie war fast verschwunden, als ich mich daran erinnerte, dass ich ursprünglich gekommen war, um ihre Telefonnummer herauszufinden. Ich sprintete hinter ihr her und holte sie ein, als sie gerade auf die Straße abbiegen wollte. Als ich an ihr Fenster klopfte, zuckte sie erschrocken zusammen.

Sie kurbelte das Fenster herunter. „Stone, was soll das?"

„Deine Telefonnummer. Deshalb bin ich überhaupt erst hergekommen. Kann ich deine Nummer haben?" Mein Herz schlug so heftig, dass mir klar wurde, wie nervös ich war. „Bitte."

„Stone, was wäre, wenn du anrufst und ich zu beschäftigt bin, um zu antworten, sodass du dich über mich ärgerst?"

KAPITEL ZEHN

JESSA

„Jessa, hast du bemerkt, wie oft du mir Fragen stellst, die mit *Was wäre wenn* beginnen?" Lachend schüttelte er den Kopf. „Was wäre, wenn du zu beschäftigt bist, um meinen Anruf anzunehmen? Ich verrate dir die Antwort. Ich werde es verstehen. Und ich werde nie zu beschäftigt sein, um einen Anruf von dir anzunehmen oder eine Textnachricht zu lesen. Schon allein deine Stimme zu hören oder zu wissen, dass du an mich denkst, macht meine Tage und Nächte schöner."

„Ich habe an dich gedacht." Ich wusste nicht, warum ich das sagte. Ich hatte es nicht vorgehabt.

„Und ich habe an dich gedacht. Ich habe viel an dich gedacht. Ich weiß, dass du beschäftigt bist. Das kann ich sehen." Er lehnte sich an das Fenster und brachte sein Gesicht nahe an meins. „Du kannst darauf vertrauen, dass ich deine Zeit respektiere, Jessa."

„Es liegt nicht an dir, Stone. Wirklich nicht. Ich mag dich. Ich habe dir erklärt, warum ich so wenig Zeit habe. Ich glaube nur nicht, dass du es vollständig verstehst. Ich habe unheimlich viel zu tun und es wird nicht so bald weniger."

„Du wirst in ein paar Jahren deinen Abschluss machen. Klingt so, als hättest du danach mehr Zeit", sagte er optimistisch und bemerkenswert geduldig. „Damit kann ich umgehen."

Ich schüttelte den Kopf und musste ihm mitteilen, wie viele Jahre ich noch so wenig Zeit haben würde. „Nach meinem Abschluss bin ich nur Assistenzärztin. Es kann drei bis sieben Jahre dauern, bis ich eine richtige Ärztin werde. Ich werde Geld verdienen und keine Studiengebühren mehr zahlen müssen. Aber ich werde immer noch zwischen siebzig und achtzig Stunden pro Woche arbeiten, so wie jetzt auch. Es wird sich also nicht viel ändern." Ich wusste, dass das entmutigend klang, und ich hätte es ihm nicht zum Vorwurf gemacht, wenn er einfach weggegangen wäre.

„Jessa, lass uns unsere Telefonnummern austauschen und sehen, was passiert." Er zog sein Handy aus der Tasche. „Gib deine Nummer ein."

Ich hatte keine Zeit zu streiten, also tat ich es und er nahm sein Handy und rief mich sofort an. „Ich bin genau hier, Trottel. Warum rufst du mich an?"

„Damit du meine Nummer speichern kannst, Trottel." Er lachte. „So einfach ist das. Jetzt geh nach Hause und schlafe ein bisschen."

Ich gab seinen Namen ein und war ein bisschen besorgt darüber, wie unsere Bekanntschaft sich auf mein aktuelles Leben auswirken würde. Ich hatte das Gefühl, dass Stone bereits großen Einfluss darauf hatte, und ich war mir nicht sicher, ob ich damit umgehen konnte. „Du auch, Stone. Nochmals danke für deine Hilfe."

Er trat einen Schritt von meinem Auto zurück und winkte, während er sexy lächelte. „Kein Problem. Gute Nacht, Mädchen."

„Gute Nacht." Mein Herz schlug schneller in meiner Brust, als wollte es nicht, dass ich ging. Aber ich hatte keine Wahl. Ich musste nach Hause und mich etwas ausruhen.

Ich war benommen und dachte ständig daran, wie Stone mir bei der Arbeit geholfen hatte. Ich kannte nicht viele Männer, die so etwas Nettes für jemanden tun würden, den sie kaum kannten. Er schien ein echter Traummann zu sein.

Als ich vor dem Apartmentgebäude auf meinen Parkplatz fuhr, sah ich, wie der Bildschirm meines Handys aufleuchtete. Als ich danach griff, wusste ich bereits, wer mir so früh am Morgen eine Textnachricht schreiben würde.

- Du bist die schönste Frau der Welt und ich habe großes Glück, dich zu kennen. Träume süß. –

Ich presste das Handy an meine Brust und ging in meine kleine

Wohnung, als würde ich auf Wolken schweben, während Schmetterlinge in meinem Bauch herumflatterten. Ich konnte mich nicht daran erinnern, wann ich mich jemals so leicht, frei und glücklich gefühlt hatte.

Mit nur einer Textnachricht hat er diesen Tag fantastisch gemacht.

Als ich meine Wohnung betrat, zog ich mich aus und überlegte, was ich zurückschreiben sollte. Immer noch unentschlossen darüber, ob ich nachgeben oder mich vor dem Mann verstecken sollte, legte ich mich auf mein Bett und starrte an die Decke, als würde ich darauf warten, dass dort auf magische Weise die Antwort erschien. „Sag mir, was ich tun soll, Mom."

Ich hatte noch nie den Klang der Stimme meiner Mutter gehört, zumindest konnte ich mich nicht daran erinnern. Ich war mir sicher, dass ich sie gehört hatte, als sie mit mir schwanger war, aber abgesehen davon wusste ich, dass es keine anderen Chancen dafür gegeben hatte.

Meine Schwester Lily hätte mir gesagt, ich sollte aufhören, so dumm zu sein, und endlich einmal etwas wagen. Mein Vater hätte mir gesagt, dass es allein meine Entscheidung war. Aber was meine Mutter mir gesagt hätte, war ein Rätsel, das niemals gelöst werden konnte.

Leider hatte ich seit meiner Ankunft in Austin keine wirklichen Freunde gefunden. Ich hatte die Leute, mit denen ich Kurse besuchte und mein Praktikum machte. Aber ich stand keinem von ihnen nahe genug, um zu fragen, was ich mit einem Mann tun sollte, der in mein Leben, meinen Kopf und mein Herz gestolpert war.

Zu Hause in North Carolina hatte ich Freunde. Aber nicht die Art von Freunden, der ich allzu sehr vertraute. In den gesellschaftlichen Kreisen, in denen meine Familie verkehrte, gab es jede Menge Gerüchte und Klatsch war das Hauptthema jeder Unterhaltung. Ich wagte es nicht, meine Meinung vor irgendjemandem zu äußern. Und ich dachte sicherlich nicht, dass ich einen der Leute dort anrufen könnte, um nach seiner Meinung über Stone zu fragen.

Das Allererste, was sie tun würden, wäre, seinen Namen zu googeln. Das taten sie immer. Sie mussten jedes kleine, tiefe, dunkle Geheimnis herausfinden. Und wenn sie mit den Suchmaschinen fertig waren, würden sie ihre Suche in den sozialen Medien fortsetzen. Es war, als wären sie alle ein Haufen neugieriger Reporter, die für eine Promi-Sendung arbeiteten.

Ich war ganz allein bei der Entscheidung, ob ich diesen Mann in mein Leben lassen oder ihm eine Absage erteilen sollte. Und was auch immer ich tat, ich würde noch mehr Entscheidungen darüber treffen müssen, wie ich weiter vorging.

Es gab mehr als ein paar Möglichkeiten, ihn loszuwerden. Die offensichtlichste war, einfach Sex mit ihm zu haben, sodass er nicht länger hinter mir her war. Es wäre mit Sicherheit vorbei, wenn ich das tun würde.

Aber andererseits könnte es überhaupt nicht funktionieren. Es könnte ihn sogar dazu bringen, noch mehr von mir zu wollen. Und ich hatte wenig zu geben. Wir würden uns im Streit trennen und ich würde das Gefühl haben, dass alles meine Schuld war, weil es tatsächlich so wäre.

Schnaubend zog ich die Decke über mich und starrte auf mein Handy. Ich hatte keine Ahnung, was ich ihm antworten sollte. Ich hatte keine Ahnung, was ich gegen die Anziehungskraft zwischen uns tun sollte.

Schließlich schrieb ich ihm zurück.

- **Du schmeichelst mir. Geh schlafen.** –

Ich legte mein Handy auf den Nachttisch und seufzte. Ich war nicht gut in Romantik. Aber ich nahm an, dass er das von Anfang an über mich wissen sollte. Ich hatte keine süßen Worte, die ich ihm sagen oder schreiben konnte. Ich war niemand, der Zeit mit ihm verbringen konnte. Ich war keine gute Freundin und könnte es auch nie sein.

Wenn Stone Nash schlau war, würde er mich vergessen. Ich würde ihn nur immer wieder enttäuschen. Genauso wie ich ihn gerade bestimmt mit meiner vagen Antwort auf seine süße Textnachricht enttäuscht hatte.

Ich war vielleicht klug, wenn es um Medizin ging – was meine guten Noten bewiesen –, aber ich war völlig ahnungslos in Bezug auf Romantik. Vielleicht lag das daran, dass ich nicht mit einer Mutter und einem Vater aufgewachsen war, die sich liebten. Ich hatte keine Vorbilder, die mir gezeigt hatten, wie romantische Beziehungen funktionierten.

Lily hatte einige Jahre Zeit gehabt, unsere Eltern in einer liebevollen Beziehung zu beobachten, und ich nahm an, dass sie sich deshalb in Liebesdingen sicher fühlte. Obwohl sie nie den richtigen Mann für sich gefunden hatte. Stattdessen hatte sie viele Männer gefunden und keinem von ihnen die Chance gegeben, sie richtig kennenzulernen.

Bei meinen wenigen Romanzen hatten wir uns immer auseinandergelebt, da ich wichtigere Dinge zu tun gehabt hatte, als Zeit mit Kuscheln zu verbringen. Es hatte nicht einmal Streit gegeben. Wir hatten es einfach still und leise beendet und waren unsere eigenen Wege gegangen.

Verdammt, ich bin ein hoffnungsloser Fall, oder?

Mein Vater liebte mich. Ich war mir sicher, dass er es tat. Und meine Schwester liebte mich auch – auf ihre Weise. Und ich liebte die beiden. Liebe war mir also nicht fremd. Aber irgendwie war sie nie zwischen mir und einem der Männer entstanden, mit denen ich mich verabredet hatte.

Ich wollte mich nicht für unfähig halten. Und die Vorstellung, unfähig zu sein, jemanden außerhalb meiner eigenen Familie zu lieben, gefiel mir überhaupt nicht. Aber ich musste mich daran erinnern, wie wenig Zeit ich hatte. Und wie ich Stone enttäuschen würde und er am Ende das tun würde, was alle anderen Männer in meinem Leben getan hatten. Leise daraus verschwinden.

Es ist besser, gar nicht zu lieben, wenn es nur mit Schmerz endet.

Ich schloss die Augen und spürte, wie sich hinter meinen Lidern Tränen bildeten. Ich weinte nicht oft und ich wollte verdammt sein, wenn ich wegen etwas weinte, das so flüchtig war wie diese Sache zwischen Stone und mir.

Ich musste endlich schlafen. Ich musste mich zusammenreißen, damit ich Ruhe fand, bevor der Wecker losging, und ich wieder an die Arbeit musste.

Ich war dankbar, dass ich noch keine Ärztin mit Patienten war, die auf meinen scharfen Verstand angewiesen waren, und tröstete mich damit, dass niemand allzu viel von einer Praktikantin erwartete. Aber ich konnte nicht jeden Tag so sein wie heute. Ich konnte mich nicht auf Stone konzentrieren und trotzdem meinen Abschluss schaffen.

Niemand in der Familie Moxon hatte sich jemals von anderen daran hindern lassen, voranzukommen. Mein Vater hatte mir das beigebracht. Er hatte nach dem Tod meiner Mutter nie wieder geheiratet oder sich verabredet. Er hatte gesagt, dass es nur eine wahre Liebe für ihn gegeben hatte und sein Herz mit ihr gestorben war.

Vielleicht hatte mein Herz das auch getan. Die Liebe eines Kindes zu seiner Mutter musste die tiefste Bindung sein, die jemand haben konnte. Und da ich keine Mutter gehabt hatte, wusste mein Herz vielleicht nicht einmal, wie es jemanden richtig lieben sollte. Wenn das so war, wäre es nur ein weiterer Grund, warum Stone mich vergessen sollte.

Mein Handy summte beim Empfang einer weiteren Textnachricht. Meine Augen öffneten sich und ich griff danach.

- Schreibe mir, wenn du weißt, wann du im Krankenhaus Pause machen kannst, und ich komme vorbei, um dir Gesellschaft zu leisten. Und vergiss nicht zu erwähnen, welches Krankenhaus es ist. Ich kann es kaum erwarten, dich zu sehen, XXOO. -

Was wäre, wenn Stone der einzige Mann ist, in den ich mich verlieben kann, und ich mit meiner Unentschlossenheit unsere Zeit vergeude?

KAPITEL ELF

STONE

„Ja, ich werde dich gegen eins im Zanzibar treffen, Baldwyn. Nahöstliche Küche klingt gut. Und danke, dass du mir hilfst, meine wahre Berufung zu finden." Ich fuhr in das Parkhaus am Travis Memorial Hospital. Jessa hatte mir endlich verraten, dass sie dort ihr Praktikum machte.

„Ich helfe dir gern, Bruder. Das weißt du doch. Also treffen wir uns dort. Was machst du gerade?"

„Ich will Zeit mit dem Mädchen verbringen, das ich vor ein paar Tagen kennengelernt habe. Sie heißt Jessa und ist ziemlich beschäftigt, also muss ich die Chance nutzen, wenn sie ein paar Minuten Zeit für mich hat." Ich parkte meinen Truck, stellte den Motor ab und stieg aus.

„Klingt seltsam", sagte Baldwyn. „Wenn jemand dich mag, *nimmt* er sich Zeit für dich."

„Es ist nicht so, als hätte sie Platz in ihrem Terminplan. Ich verstehe es. Das tue ich wirklich. Wie auch immer, ich lege jetzt auf. Bis später." Ich beendete den Anruf, bevor ich erklären musste, warum ich meine Zeit mit einer Frau verbrachte, die im Gegenzug keine Zeit für mich hatte.

Es war ohnehin nicht so, dass ich es irgendjemandem erklären könnte. Sie hatte einfach etwas an sich, das mich in ihren Bann zog.

Ihre Anwesenheit allein bewirkte erstaunliche Dinge bei mir. Aber niemand würde das wirklich verstehen. Meine Brüder und Freunde sagten alle nur, dass ich sie ins Bett bekommen wollte. Es stimmte irgendwie, aber es war mehr als das.

Nicht jede Frau, mit der ich Sex gehabt hatte, hatte schnell nachgegeben. Bei einigen hatte ich mich richtig anstrengen müssen. Aber sobald ich das bekommen hatte, wonach ich suchte, hatte ich ziemlich schnell das Interesse verloren. Zu meiner Verteidigung hatte keine von ihnen das gehabt, was Jessa hatte.

Vom Klang ihrer Stimme bis zu dem Funkeln in ihren Augen war sie fantastisch. Sie würde einmal eine großartige Ärztin sein. Da war ich mir sicher. Ihr Verhalten machte deutlich, dass ihr andere Menschen wirklich wichtig waren.

Als ich in die Lobby kam, entdeckte ich eine Frau an der Anmeldung und ging auf sie zu. „Können Sie mir bitte sagen, wie ich zur Cafeteria komme?"

„Gehen Sie in diese Richtung." Sie zeigte auf den rechten Korridor.

„Danke." Ich machte mich auf den Weg und folgte dann den Schildern. Sobald ich um die Ecke bog und die Cafeteria betrat, sah ich, dass Jessa an einem kleinen Tisch saß und auf ihr Handy hinunterblickte. Ich schlich mich hinter sie, umarmte sie und gab ihr einen Kuss auf die Wange. „Hey."

„Stone", flüsterte sie. „Was machst du hier?"

„Ich stehle einen Kuss." Ich nahm ihr gegenüber Platz. „Sonst bekomme ich gar keinen."

„Ich will nicht, dass sich Gerüchte über mich verbreiten." Sie sah sich um und schien erleichtert zu sein, dass niemand uns anstarrte. „Nun, niemand ist hier, also denke ich, dass es okay war."

Mein Mund prickelte nach dem kurzen Kuss. „Ich denke, es war ein bisschen mehr als nur okay. Meine Lippen brennen immer noch." Ich zwinkerte ihr zu.

Röte bedeckte ihre Wangen und sie senkte schüchtern den Kopf. „Du schmeichelst mir schon wieder."

„Es ist keine Schmeichelei, wenn es wahr ist." Eine Frau kam auf uns zu und stellte einen Teller mit Essen, das mit Sahnesoße bedeckt war, vor Jessa.

„Danke", sagte Jessa und begann zu essen. „Ich habe nur eine halbe Stunde Pause und die Hälfte davon ist schon vorbei. Also halte mich nicht für unhöflich, wenn ich mein Essen herunterschlinge, während du redest."

„Was ist das?" Ich versuchte, das Essen unter der weißen Soße zu identifizieren.

„Ein Steak." Sie probierte einen Bissen und nickte, als sie ihn kaute und dann schluckte. „Nun, es sind wahrscheinlich nur Sojabohnen, kein echtes Steak. Aber es macht mich satt und genau das suche ich."

Sie aß etwas, das wie Kartoffelpüree aussah. „Sind das echte Kartoffeln?"

„Ich denke nicht." Sie zeigte mit der Gabel auf etwas, das fettig glänzte. „Die grünen Bohnen sind aber echt."

„Und sie triefen vor Fett. Jessa, du kannst das nicht jeden Tag essen. Ich bin schockiert, dass du bei dieser Ernährung so gut in Form bist." Ich konnte nicht glauben, dass sie nicht übergewichtig war bei all dem Mist, den sie aß. „Das sagt viel über deinen Stoffwechsel aus. Aber wenn du weiterhin so isst, wirst du eines Tages die Konsequenzen spüren. Ich werde dir von jetzt an etwas zu essen vorbeibringen. Etwas Gesundes."

Sie hielt inne und sah mich an, während ihre Gabel über ihrem Teller schwebte. „Wirklich?"

„Ja." Ich konnte nicht so tun, als wäre es mir egal, dass sie ihren Körper schlecht behandelte. „Ich werde dir auch etwas mitbringen, wenn ich dich bei deinem Nebenjob besuche. Ich kann nicht untätig herumsitzen, während du deine Gesundheit ruinierst. Das wäre ein Verbrechen."

„Du meinst es ernst, oder?" Sie steckte sich einige glänzende grüne Bohnen in den Mund.

„Sehr ernst." Ich wusste, dass ich mir ansehen musste, was in der Cafeteria serviert wurde. „Gibt es hier auch etwas Gesundes?"

„Es gibt Salat. Und gemischtes Gemüse. Das mag ich aber nicht. Es ist zerkocht und schmeckt nach nichts."

„Ich bin mir sicher, dass alle Nährstoffe herausgekocht sind. Gemüse sollte auch nach dem Kochen knackig sein. Und wenn man Öl zum Anbraten verwendet, sollte es wenig gesättigte Fettsäuren enthalten. Das ist zum Beispiel bei Olivenöl der Fall. Man sollte meinen, die Köche in einem Krankenhaus würden das wissen."

Sie zuckte mit den Schultern und schien noch nie darüber nachgedacht zu haben. „Du klingst so leidenschaftlich, Stone. Du hast gesagt, dass du Koch bist. Warum überlegst du dir nicht etwas, um diesen Wahnsinn zu beenden?" Sie lachte, als wäre es ein Witz.

„Du hast recht. Das sollte ich tun." Ich hatte keine Ahnung gehabt, dass ein Krankenhaus Bedarf an gesunden Gerichten haben könnte. „Gibt es hier noch andere Restaurants?"

„Wir haben ein Café im dritten Stock. Dort ist es wie bei Starbucks. Du weißt schon, verschiedene Kaffeesorten und Teesorten und Gebäck." Sie trank einen Schluck aus einem riesigen Becher.

„Und was trinkst du da?" Ich hoffte, dass es Wasser war, um den Mist, den sie aß, aus ihrem Körper zu spülen.

„Limonade." Sie lächelte schelmisch, weil sie wusste, dass es alles andere als gesund war. „Mir ist klar, dass Limonade in vielerlei Hinsicht schlecht für mich ist. Aber ich brauche manchmal einen Energieschub."

„Zucker ist der schlechteste Energielieferant. Weißt du, was du stattdessen essen kannst? Nüsse und Beeren und die meisten Proteine geben dir Energie, ohne deiner Verdauung zu schaden." Ich wusste, dass ich ihr mehr als nur eine Mahlzeit ins Krankenhaus bringen müsste. „Ich mache dir auch ein paar Snacks."

„Ich kann keinen Rucksack voller Lebensmittel mit mir herumtragen, Stone." Sie aß ihren Teller leer. „Ich esse, wenn ich die Chance dazu bekomme. Und jedes Mal, wenn ich etwas im Kühlschrank des Pausenraums lasse, schnappt es sich jemand anderer. Hier gibt es eine Menge Essensdiebe."

„Und ich weiß auch, warum das so ist." Warum sollten die Leute nicht versuchen, etwas Besseres zu bekommen als das, was die Cafeteria zu bieten hatte? Meine Gedanken überschlugen sich. „Lass uns über etwas anderes reden. Ich bin nicht hergekommen, um über die Cafeteria zu sprechen. Also, dein Akzent … du stammst nicht aus Texas."

„Du hast recht. Ich komme aus North Carolina."

„Welche Stadt in North Carolina?", fragte ich bei ihrer vagen Antwort.

„Eine Stadt in der Nähe von Durham." Sie lehnte sich auf ihrem Stuhl zurück und holte tief Luft, wahrscheinlich weil ihr das Essen schwer im Magen lag. „Tut mir leid, Stone. Es ist Zeit für mich, wieder an die Arbeit zu gehen."

Ich hatte mich zu lange über das miese Essen aufgeregt. „Verdammt. Ich habe unsere kostbare Zeit verschwendet, oder?"

„Meiner Meinung nach nicht." Sie stand auf und brachte ihren Teller zur Geschirrannahme. Ich folgte ihr. „Es hört sich so an, als ob du etwas dagegen tun willst, dass vielen Menschen bei der Arbeit nur ungesunde Lebensmittel zur Verfügung stehen. Einen Koch zu haben, der mir etwas zu essen vorbeibringt, klingt fantastisch. Ich finde, dass dein Besuch ein voller Erfolg war."

„Ich werde mir etwas einfallen lassen. Und wenn du mir dabei helfen könntest, zum Beispiel als medizinische Beraterin, könntest du deinen Nebenjob als Nachtmanagerin kündigen und ich könnte dich bezahlen. Du würdest bei mir mehr verdienen als dort, das verspreche ich dir." Es gab mehr als einen Grund, warum es mich glücklich machen würde, wenn sie mit mir zusammenarbeitete, anstatt in diesem miesen Fast-Food-Restaurant.

„Ich kann diesen Job nicht einfach kündigen. Sonst würde ich zu viel verlieren. Außerdem weiß ich nicht, wie ich dir helfen könnte, wenn ich noch nicht vollständig ausgebildet bin. Ich möchte keine unqualifizierten Kommentare abgeben. Aber es ist nett von dir, mir so ein Angebot zu machen."

Es hätte mich nicht überraschen sollen, dass sie meinen Vorschlag ablehnte, aber es enttäuschte mich. „Vielleicht änderst du deine Meinung, sobald ich alles in Gang gebracht habe."

„Darauf solltest du dich nicht verlassen. Ich habe meine eigenen Pläne und werde wahrscheinlich nichts daran ändern." Sie ging zum Ausgang und fragte: „Also, wirst du heute Abend bei Hamburger Hut vorbeischauen?"

„Ja. Iss nichts von dort. Ich werde dir etwas mitbringen. Vielleicht verliebst du dich in meine Kochkünste und findest heraus, wie du mehr Zeit mit mir verbringen kannst." Ich nahm ihre Hand und zog sie näher zu mir. „Hast du irgendwelche Lieblingsspeisen?"

„Ist dir noch nicht aufgefallen, dass ich so ziemlich alles esse, was ich kriegen kann?" Sie strich ihre Haare über ihre Schulter und sah mich mit leuchtenden Augen an. „Das war schön, Stone. Im Ernst. Und du hast mir etwas gegeben, auf das ich mich freuen kann. Ich verbringe gerne Zeit mit dir."

„Ich auch." Ich freute mich, sie das sagen zu hören. „Ich hatte befürchtet, dass ich dich störe."

„Das Einzige, was mich an dir stört, ist, dass ich dich scheinbar nicht in meinem Terminplan unterbringen kann. Aber ich werde mich mehr bemühen und herausfinden, was ich dagegen tun kann. Wenn du mir Zeit dazu geben kannst."

„Du hast alle Zeit der Welt, Baby. Ich gehe nirgendwohin."

Sie lächelte schief und flüsterte: „Ich wusste, dass es mir gefallen würde, wenn du mich so nennst. Du bist außergewöhnlich, Stone Nash."

„Also willst du mir vorerst keinen Kosenamen geben?" Ich musste geduldig mit ihr sein. „Das ist okay. Irgendwann machst du es. Du wirst mich Baby, Süßer und Schatz nennen, bevor du überhaupt merkst, dass du es tust."

„Denkst du?" Sie lächelte und ging weiter zum Ausgang. „Wir werden sehen. Ich habe noch nie so geredet. Romantik liegt mir nicht besonders gut."

Ich war in gewisser Weise froh, das zu hören. Es bedeutete, dass sie noch nie verliebt gewesen war. Ich auch nicht. Nicht wirklich. Wir könnten die erste und hoffentlich letzte Liebe füreinander sein, wenn alles funktionierte.

„Ich wette, ich kann das ändern." Ich würde mein Bestes tun, um sie für Romantik und alles, was damit zusammenhing, zu begeistern.

KAPITEL ZWÖLF

JESSA

Vielleicht könnte er das ändern.

Er hatte mir einen Kuss gestohlen, also dachte ich, ich könnte das Gleiche tun. Als er meine Hand losließ, legte ich sie auf seine Wange, bevor ich meine Lippen eine Sekunde lang auf seine andere Wange drückte. Bei dem Kribbeln auf meinen Lippen musste ich lächeln. „Dann bis heute Abend."

Er grinste mich an. „Bis heute Abend. Iss nichts. Vergiss das nicht. Du wirst begeistert sein von dem, was ich dir bringe."

„Ich kann es kaum erwarten."

„Ich sehe mich noch ein bisschen hier um, bevor ich verschwinde." Er ging in die entgegengesetzte Richtung. „Um Ideen zu sammeln."

„Okay." Ich drehte mich um und bemerkte, dass Doktor Weaver Stone nachsah, als er von mir wegging. „Doktor Weaver, was machen Sie gerade?"

„Ich bereite mich auf eine Tonsillektomie bei einem elfjährigen Jungen vor. Möchten Sie bei der Operation zusehen, Miss Moxon?" Er ging den Flur entlang.

„Sehr gern." Ich ging neben ihm her und zwei andere Praktikanten schlossen sich uns an. „Tonsillektomie", informierte ich sie.

„Cool", sagte einer von ihnen.

„Miss Moxon, macht es Ihnen etwas aus, wenn ich Sie frage, wie dieser Gentleman heißt?", fragte mich der Arzt.

„Stone." Ich war mir nicht sicher, warum er danach fragte, aber er hatte Stone eine Weile gemustert. „Kennen Sie ihn?"

„Ich weiß es nicht. Er kommt mir bekannt vor." Er führte uns zu dem Bereich, in dem sich die Operationssäle befanden. „Ich habe ihn hier noch nie gesehen. Läuft etwas zwischen Ihnen beiden?"

„Ich bin nicht sicher." Ich hatte keine Ahnung, warum er mir so persönliche Fragen stellte. Es war mir unangenehm. „Wir ziehen uns um und treffen Sie vor dem Operationssaal, Doktor Weaver."

„Ja, machen Sie das."

Die beiden anderen Praktikanten waren junge Männer und schienen an den Fragen interessiert zu sein, die der Arzt mir gestellt hatte. Toby stieß mich mit seiner Schulter an, als wir gleichzeitig nach einem OP-Kittel griffen. „Also, haben Sie jetzt einen Freund, Miss Moxon?"

„Nein." Das gefiel mir überhaupt nicht. Es war genau das, was ich nicht wollte.

„Wir haben Sie seit Jahren mit niemandem gesehen und angefangen, uns über Sie zu wundern, das ist alles", stellte er klar.

Ich hasste das. „Wundern Sie sich nicht über mich. Ich bin hier, um Ärztin zu werden. Das ist überhaupt nichts, worüber man sich wundern müsste. Und wenn ich einen Freund habe, gibt es immer noch nichts, worüber man sich wundern muss."

Der andere Praktikant namens Javier trat vor. „Wir sollten uns um unsere eigenen Angelegenheiten kümmern, Toby. Sie mag es offensichtlich nicht, geneckt zu werden."

„Da haben Sie recht." Ich zog mir den OP-Kittel an und wusch mir die Hände.

Ich verabscheute Leute, die über mein Privatleben sprachen. Schließlich war ich nicht hier, um für Klatsch und Tratsch zu sorgen. Ich war für meine Karriere hier, das war alles.

Wir trafen den Arzt direkt vor dem Operationssaal und er sagte: „Miss Moxon, können Sie mir bitte mit der Maske helfen?" Er hielt seine Hände hoch, die in Handschuhen steckten, und wollte offensichtlich nichts anderes berühren.

„Natürlich." Ich holte eine Maske aus dem Regal.

„Der Mann, mit dem Sie zusammen waren … Sie kennen seinen Nachnamen, oder?", fragte er.

Ich sah, dass Toby und Javier bei unserem Gespräch die Ohren spitzten. „Natürlich tue ich das."

„Er lautet Nash, nicht wahr?", fragte der Arzt mit einem wissenden Grinsen.

„Ja." Ich hatte keine Ahnung, woher er das wusste.

„Waren Sie schon in dem Resort, das er und seine Brüder besitzen?"

„Was?" Ich musste mich verhört haben.

„Er und seine vier Brüder besitzen das Whispers Resort und Spa in der Nähe der Innenstadt von Austin. Das wissen Sie, oder?"

Nein, das hatte ich nicht gewusst. Aber die Art, wie mich jetzt alle ansahen, störte mich ungemein. „Ich weiß, dass er Koch ist. Wir hatten keine Zeit, viel zu reden."

„Das kann ich mir vorstellen", sagte Toby grinsend. „Wenn man im Bett herumtollt, bleibt nicht viel Zeit für Gespräche."

Ich drehte meinen Kopf und starrte ihn an. „Das stimmt überhaupt nicht. Ich möchte nicht, dass Sie so mit mir reden."

Doktor Weaver blickte Toby finster an. „Das war nicht in Ordnung."

„Entschuldigung." Toby senkte den Kopf. „Tut mir leid, Jessa."

„Miss Moxon", korrigierte ihn Doktor Weaver.

„Tut mir leid, Miss Moxon", sagte Toby und ging dann, gefolgt von Javier, in den Operationssaal.

Kurz bevor ich dem Arzt die Maske aufsetzte, sagte er: „Ich wollte nicht damit anfangen. Ich war mir nur sicher, dass ich diesen Mann von irgendwoher kannte. Die Nash-Brüder waren auf dem Cover von Texas Monthly. Ich denke, es war die Novemberausgabe des letzten Jahres. Diese Männer haben Milliarden verdient. Ich habe mich nur gefragt, ob Sie wissen, dass Sie mit einem sehr reichen Mann zusammen sind. Ich wollte nicht respektlos sein."

Ich biss die Zähne zusammen. „In Ordnung." Die Informationen, die er mir gegeben hatte, waren überhaupt nicht gut.

„Sie sollten versuchen, eine Ausgabe der Zeitschrift zu finden. Darin war ein ausführlicher Artikel über die Nash-Brüder. Soweit ich mich erinnere, ist Stone der Jüngste und hat einen Abschluss als Koch. Aber er hat noch kein Restaurant im Resort eröffnet. Und er gilt als Playboy, wenn Sie wissen, was ich meine. Seien Sie einfach vorsichtig. Ich weiß, dass Sie ein guter Mensch sind, und ich will nicht, dass Sie verletzt werden."

„Danke." Mein Gesicht brannte vor Wut und Verlegenheit.

Die Tatsache, dass Stone eine so wichtige Tatsache über sich nicht erwähnt hatte, störte mich. Zugegeben, wir hatten keine Zeit gehabt, um viel voneinander zu erfahren, aber er hätte etwas darüber sagen können, dass er so reich war.

Während ich bei der Operation zusah, konnte ich mich nicht konzentrieren. Diese Sache zwischen mir und Stone beeinträchtigte bereits das, wofür ich in Austin, Texas war. Ich wollte Ärztin werden, nicht das Spielzeug eines reichen Mannes.

Ich hatte diese Welt hinter mir gelassen und wollte nicht in einem anderen Teil des Landes wieder hineingeraten. Ich wusste, wie die Reichen sich benahmen. Aber Stone ähnelte überhaupt nicht den reichen Leute, die ich als Kind gekannt hatte.

Er schien in vielerlei Hinsicht bodenständig zu sein. Ich konnte mir niemanden aus meiner Heimat vorstellen, der wie Stone bei Hamburger Hut ausgeholfen hätte.

Ich hatte allerdings keine Ahnung, wie weit er gehen würde, um mich ins Bett zu kriegen. Vielleicht gab er nur vor, ein netter Kerl zu sein, dem Status egal war. Vielleicht tat er einfach alles, um das zu bekommen, was er wollte.

Ihm zu vertrauen war ein großer Fehler gewesen. Ich hätte es besser wissen sollen. Jetzt musste ich ihn komplett aus meinem Leben verbannen. Ich hatte keine andere Wahl.

Die Operation verlief wie erwartet und innerhalb einer halben Stunde war sie vorbei. Ich folgte dem Arzt nach draußen und nahm ihm die Maske ab. „Bitte, Doktor Weaver."

„Danke." Er zog seine Handschuhe aus und warf sie weg. „Sie sollten in meine Praxis auf der anderen Straßenseite kommen. Ich glaube, ich habe die Zeitschrift noch dort."

Ich wusste nicht, ob ich den Artikel lesen sollte. Aber wenn ich die Wahrheit über den Mann erfahren wollte, musste ich es wohl tun. „Danke. Ich werde mit Ihnen kommen, wenn Sie dorthin gehen."

Eine Stunde später saß ich in Doktor Weavers Wartezimmer und hielt die Zeitschrift in der Hand, deren Cover Stone und seine ebenso attraktiven Brüder zierten. Alle trugen schwarze Anzüge und standen vor ihrem Resort. Sie lächelten und sahen glücklich und stolz aus.

Ich suchte den Artikel und begann zu lesen.

Ein paar junge Männer haben in Austin ein Resort gegründet, das die Aufmerksamkeit von Menschen aus aller Welt auf sich gezogen hat. Baldwyn, Patton, Warner, Cohen und Stone Nash arbeiten eng zusammen, um das Whispers Resort und Spa zu einem großen Erfolg zu machen.

Während die vier älteren Brüder das Unternehmen leiten, hat Stone noch keinen Platz in ihrem weitläufigen Imperium gefunden. Man könnte meinen, als Koch würde er das erste Restaurant führen, das im Resort eröffnet wurde. Aber Essence, dem ein Michelin-Stern verliehen wurde, ist die Kreation eines anderen Kochs.

Viele fragen sich, wann und ob Stone Nash seine Berufung finden wird. Vorerst scheint das Nachtleben in Austin seine Leidenschaft zu sein. Viele spekulieren, dass seine älteren Brüder Stone, der bald Ende zwanzig sein wird, unter Druck setzen. Andererseits könnten die Milliardäre ihrem ebenso wohlhabenden jüngsten Bruder auch erlauben, das Leben einfach so zu genießen.

Ich klappte die Zeitschrift zu, weil ich den Artikel, der drei Seiten umfasste, nicht mehr lesen wollte. Ich hatte bereits verstanden, worum es ging. Stone war ein verwöhnter, reicher Junge und er würde niemals erwachsen werden. Er hatte es nicht nötig, da sein Bankkonto gut gefüllt war und es immer sein würde.

Er konnte es sich leisten, nichts aus sich zu machen. Ich kannte viele Leute, die den gleichen Luxus hatten. Ich hatte auch einst so gelebt. Aber ich wollte mehr. Es gab keinen Grund, mich von einem reichen Playboy in ein luxuriöses, sinnloses Partyleben zurückziehen zu lassen.

So wollte ich mein Leben nicht verbringen. Ich hatte das alles weit hinter mir gelassen und das Letzte, was ich wollte, war, es hier wiederzufinden. Ich legte die Zeitschrift mit dem Cover nach unten auf den Tisch in Doktor Weavers Wartezimmer, stand auf und verließ seine Praxis. Dann ging ich über die belebte Straße zurück zum Krankenhaus.

Ich musste mich auf das konzentrieren, was wirklich wichtig war, und aufhören, an diesen verwöhnten Mann zu denken. Ich würde seinen Annäherungsversuchen heute Nacht ein Ende setzen. Ich hatte keine Zeit mehr, mich mit Leuten wie ihm zu beschäftigen.

Als ich in die Säuglingsabteilung ging, hoffte ich, mich von ihm ablenken zu können. Hier gab es immer viel Arbeit. An der Schwesternstation fand ich eine der Krankenschwestern mit gerunzelter Stirn vor. „Was kann ich tun, um zu helfen, Shelly?"

„Wir haben ein extrem launisches Baby, Miss Moxon. Die Kleine hatte einen schweren Start. Ihre Mutter hat während der gesamten Schwangerschaft Drogen genommen. Das Jugendamt will ihr das Sorgerecht entziehen, aber erst wenn das Baby gesund genug ist, um uns zu verlassen. Es ist eine Schande. Die Kleine hat seit ihrer Geburt vor vier Stunden nicht aufgehört zu weinen. Ich weiß, dass Sie normalerweise nicht gut mit Babys zurechtkommen, aber vielleicht könnten Sie es trotzdem versuchen."

„Ich hoffe, dass ich es nicht noch schlimmer mache." Meine Stimmung war so schlecht wie nie zuvor. „Aber ich werde versuchen, sie zu trösten."

„Gehen Sie in den letzten Raum links. Wir mussten sie getrennt von den anderen Babys unterbringen", erklärte sie.

Ich hörte die traurigen Schreie, noch bevor ich die Tür öffnete. Mein Herz brach für das arme kleine Mädchen. Es litt nicht nur unter dem Entzug der Drogen, die während der Schwangerschaft in seinen winzigen Körper gepumpt worden waren, sondern vermisste auch seine Mutter.

„Ich nehme es", sagte ich zu der Krankenschwester, die das weinende Kind wiegte.

„Viel Glück. Das arme Kind tut mir so leid." Sie stand auf, reichte mir das Baby und verließ den Raum, während sie traurig den Kopf schüttelte.

Ich setzte mich nicht. Stattdessen trug ich das Baby zum Fenster. Die Vorhänge waren zugezogen, aber ich hatte das Gefühl, dass etwas Sonnenlicht dem Mädchen helfen könnte. Als ich einen Vorhang ein wenig aufzog, fielen ein paar Strahlen über das kleine Gesicht. Der ganze Körper des Babys war gerötet von all dem Weinen.

„Es ist nicht so schlimm, wie es aussieht, Kleine." Ich wiegte sie hin und her und sie schmiegte sich an meine Brust. „Still, weine nicht, ich singe dir etwas vor. Alles wird gut." Ich begann, leise zu singen.

Das Wehklagen ließ nach und sie drückte ihre Nase an meine

Brust. Ich ergriff das Fläschchen, das auf dem Tisch stand. Sobald ich es an ihren Mund hielt, trank sie gierig.

Ich hatte das Unmögliche geschafft. Ich hatte sie beruhigt. Ausgerechnet ich, die normalerweise kein Baby beruhigen konnte.

Wow. Das ist großartig.

KAPITEL DREIZEHN

STONE

Nachdem ich die gefüllten roten und gelben Paprikaschoten sicher verpackt hatte, fuhr ich zu Hamburger Hut, um zu sehen, was Jessa von meiner gesunden Kreation hielt. Eine Mischung aus indonesischem schwarzem Reis, steroidfreien Bio-Hühnerschenkeln und Kichererbsen machte die gefüllten Paprikas zu einer köstlichen und unglaublich nahrhaften Mahlzeit. Natürlich war ich voreingenommen, da ich das Rezept erfunden hatte. Ich brauchte Jessas ehrliche Meinung, bevor ich es in das Menü aufnahm, das ich erstellte.

Ich war mir immer noch nicht ganz sicher, wie groß das Restaurant, das ich eröffnen wollte, sein sollte, aber eines wusste ich: Ich wollte gesunde Gerichte kochen, die großartig schmeckten. Es war ein Anfang und besser als gar keine Idee.

Ich hatte das abgedeckte Tablett in meiner Hand und konnte nicht glauben, wie aufgeregt ich war, als ich Hamburger Hut betrat. Tammy lächelte. „Du bist zurück." Inzwischen duzten wir uns.

„Ich bin zurück." Ich hielt das Tablett hoch. „Ich habe deiner Chefin etwas zu essen mitgebracht. Kannst du ihr sagen, dass ich hier bin?"

„Wir servieren hier Essen, weißt du."

„Das ist aber besser." Ich setzte mich in eine Nische und stellte das Tablett für Jessa auf die andere Seite des Tisches. Mein Körper spannte sich an, als ich mir ein wenig Sorgen darüber machte, dass ihr mein Rezept vielleicht nicht schmeckte.

Tammy kam aus einem der Hinterzimmer und rief durch den Gästebereich: „Sie arbeitet gerade an einigen Berichten. Und sie hat gesagt, dass sie keinen Hunger hat."

Verwirrt hob ich die Augenbrauen. „Keinen Hunger? Ich habe ihr gesagt, dass sie nichts essen soll. Wie kann sie nicht hungrig sein?"

Tammy kam hinter der Theke hervor, um einen Blick auf das zu werfen, was ich für Jessa gekocht hatte. „Was ist das überhaupt?"

„Gefüllte Paprikas. Das Rezept ist sehr gesund." Ich hatte vier Paprikaschoten mitgebracht, also dachte ich, ich sollte ihr auch etwas anbieten, da Jessa keinen Hunger hatte. „Hast du einen Teller? Ich lasse dich eine davon probieren."

Ihre Augen leuchteten. „Wirklich?"

„Sicher. Jessa wird sie wahrscheinlich sowieso nicht alle essen." Ich war nicht gerade glücklich darüber, dass Jessa mich anscheinend nicht sehen wollte. Aber ich hatte ihr immer wieder gesagt, dass ich mit ihrem Arbeitspensum umgehen konnte. Mittlerweile wurde mir allerdings klar, dass das leichter gesagt als getan war.

Tammy lief los und kehrte bald mit einem Plastikteller und einer Gabel zurück. „Hier."

Ich legte eine der Paprikaschoten von dem Tablett auf ihren Teller und reichte ihn ihr. „Nimm Platz. Ich will deine ehrliche Meinung wissen."

Sie schnitt die Paprika durch und holte tief Luft. „Das riecht lecker."

„Danke." Ich wartete und beobachtete sie, ohne zu blinzeln, als sie den ersten Bissen probierte. Ich hatte schon oft für Familie und Freunde gekocht, aber das war irgendwie anders. Dieses Gericht könnte Teil eines Menüs werden, das ich in meinem eigenen Restaurant servieren würde.

Sie kaute langsam. Als ihre Augen sich schlossen, wusste ich, dass sie es liebte. „Wow." Sie öffnete die Augen und aß weiter. „Die Art und Weise, wie sich die Aromen verbinden, ist phänomenal."

Ich stieß den Atem aus, obwohl ich nicht einmal bemerkt hatte, dass ich ihn angehalten hatte. „Wirklich?" Ich wusste, dass der Geschmack großartig war, aber sie hatte das Wort phänomenal verwendet, und das war noch besser.

Sie schluckte und nickte. „Es liegt nicht schwer im Magen, aber ich habe das Gefühl, dass es mich satt macht."

„Das sollte es auch. Der Reis und die Bohnen sind reich an Ballaststoffen. Die Fasern geben dir das Gefühl, satt zu sein, und sie sind viel bekömmlicher als zum Beispiel ein Hamburger. Wenn man Fast Food isst, fühlt man sich danach oft unwohl."

„Das kenne ich." Sie belud ihre Gabel mit der Füllung und sah sie sich genauer an. „Was ist das lila Zeug?"

„Das ist indonesischer schwarzer Reis. Er wird manchmal auch verbotener Reis genannt, weil er sich beim Kochen lila färbt. Lila war früher in China den Adligen vorbehalten und allen anderen verboten." Ich konnte nicht glauben, wie aufgeregt ich war, ihr alles über das Gericht zu erzählen. Es fühlte sich seltsam an, aber auf eine großartige Weise. „Von allen Reissorten hat diese die meisten Antioxidantien. Ich habe über einen Zustand beim Menschen gelesen, der als oxidativer Stress bezeichnet wird. Und dieser Reis hilft, ihn zu lindern."

„Ich wette, er ist teuer", sagte sie mit einem Nicken.

„Nicht allzu sehr. Hundert Gramm kosten ungefähr zwei Dollar achtzig Cent und dreißig Gramm waren ausreichend für sechs Paprikaschoten. Ein Beutel mit einem Pfund Reis hat mich nicht ganz fünfzehn Dollar gekostet. Ich denke, er ist den Preis wert. Weißer Reis ist viel billiger, aber nicht so nahrhaft." Die Verwendung von Zutaten mit hohem Nährwert war mein Hauptziel.

Die Tür öffnete sich mit einem Klingeln und Tammy seufzte. „Mist."

„Nimm es mit", sagte ich, als ich das Tablett wieder abdeckte. „Ich werde mich nach hinten schleichen und Jessa auch etwas anbieten. Ich kann kaum erwarten, dass sie es versucht."

„Wenn es ihr nicht schmeckt, dann ist sie verrückt." Sie nahm ihren Teller mit und bediente den Kunden. „Willkommen bei Hamburger Hut, wo der Kunde die Nummer eins ist, genauso wie die Burger."

Ich ging diskret um die Theke herum, durch die Küche und in den hinteren Flur. Dort war ich noch nie gewesen und ich war verwirrt, als ich mehrere Türen fand, die alle geschlossen waren. „Jessa?"

Das Geräusch von Stuhlbeinen, die über den Boden kratzten,

sagte mir, wo ich sie finden konnte, also ging ich eine Tür weiter und öffnete sie langsam. „Stone, was machst du hier?", zischte sie mich an.

„Ich hatte versprochen, dir etwas mitzubringen." Ich ging hinein und stellte fest, dass ihr normalerweise lächelndes Gesicht genervt wirkte. „Was ist los mit dir?" Ich stellte das Tablett vor ihr auf den Schreibtisch und nahm die Abdeckung ab. „Was auch immer los ist, das macht alles wieder gut."

„Du solltest nicht hier hinten sein. Dafür könnte ich gefeuert werden." Sie schaute nicht einmal auf das Essen, das ich vor sie gestellt hatte.

„Ich habe letzte Nacht hier gekocht. Wenn du wegen irgendetwas gefeuert werden könntest, dann deswegen." Sie hatte schrecklich schlechte Laune, die ich nicht ignorieren konnte. „Jessa, was ist passiert?"

„Nichts. Du solltest jetzt gehen. Ich bin zu beschäftigt, um heute Abend mit dir zu sprechen. Ich habe viel zu tun." Sie stapelte die Papiere auf ihrem Schreibtisch und schob das Tablett beiseite. „Ich bin nicht hungrig. Nimm es mit. Kein Grund, es an mich zu verschwenden."

Es war nicht zu leugnen, dass ich sie noch nie so schlecht gelaunt gesehen hatte. Nicht, dass ich sie lange genug kannte, um zu wissen, in welchen Stimmungen sie sich im Allgemeinen befand, aber diese war wirklich übel. „Ich denke, dass du es essen solltest. Du bist gerade nicht du selbst. Ich wette, das liegt daran, dass du nichts im Magen hast. Probiere es einfach."

„Ich habe dir schon gesagt, dass ich keinen Hunger habe." Ihre Augen begegneten endlich meinen. „Und ich bin beschäftigt. Also nimm das Essen und geh."

Wenn sonst irgendjemand so mit mir geredet hätte, wäre ich gegangen. Aber etwas fühlte sich falsch an. Und ich wollte nicht gehen, ohne herauszufinden, warum sie plötzlich so gemein war. „Offensichtlich ist etwas passiert, nachdem wir uns in deiner Pause getroffen haben. Du bist wütend. Erzähle mir davon und ich kann dir vielleicht helfen. Wenn es irgendetwas mit diesem beschissenen Job zu tun hat, kann ich dir bis morgen einen neuen besorgen. Oder ich gebe dir einfach so viel Geld, wie du brauchst, bis du selbst einen anderen Job findest."

Sie knallte den Stift, den sie fest in einer Hand hielt, auf den

Tisch, und knurrte: „So sind reiche Leute. Sie denken immer, dass sie jedes Problem mit Geld lösen können."

„Reiche Leute?" Ich hatte den Eindruck, dass sie aus irgendeinem Grund sauer auf mich war, aber ich konnte immer noch nicht herausfinden, was er sein könnte. „Jessa, warum sagst du das?"

„Ich habe den Artikel über dich in Texas Monthly gesehen. Über dich und deine vier Brüder. Euch gehört ein Resort. Das hast du mir nie gesagt." Ihr Gesicht wurde rot vor Wut, als sie fortfuhr: „Du scheinst zu glauben, dass du alles kaufen kannst, was du willst, einschließlich mir. Aber ich lasse mich nicht kaufen."

„Ich wollt dich nicht …"

Sie unterbrach mich: „Nein. Sei einfach still und hör zu, was ich zu sagen habe. Du willst mich nur, weil du mich nicht haben kannst. Das ist alles, Stone. Du bist bereit, mich dafür zu bezahlen, dass ich nicht mehr hier arbeite, damit du mich ganz für dich allein haben kannst. Aber ich will nicht, dass mich jemand finanziell unterstützt. Ich will Sex nicht gegen Geld eintauschen."

„Jessa, du weißt, dass ich nicht so bin …", versuchte ich zu erklären.

Aber sie unterbrach mich erneut: „Doch, das bist du. Du willst mich bezahlen, damit ich diesen Job nicht machen muss. Somit hätte ich nachts frei. Du würdest erwarten, dass ich diese freie Zeit mit dir verbringe, da du mir so großzügig Geld gegeben hast, um meine Rechnungen zu bezahlen. Tu nicht so, als würdest du mir Geld oder sogar einen Job geben, ohne zu erwarten, dass ich den größten Teil meiner Zeit mit dir verbringe."

Daran hatte ich nicht einmal gedacht. „Jessa, das habe ich nicht vor."

„Doch das hast du!", schrie sie, als sie aufstand und ihre Hände auf den Schreibtisch stemmte. „Vielleicht merkst du es gar nicht, weil reiche Leute meistens nicht einmal sehen können, wie sie andere manipulieren. Ich war von Anfang an ehrlich zu dir, aber du warst nicht ehrlich zu mir."

„Was meinst du?" Ich dachte nicht, dass ich etwas vor ihr verheimlicht hatte.

„Du hast mir nicht gesagt, dass du ein Resort besitzt."

„Meine Brüder und ich besitzen ein Resort und ein Spa. Hier, jetzt habe ich es dir gesagt. Ich habe es nicht geheim gehalten. Wir haben so wenig Zeit zusammen verbracht, dass wir nicht viel reden konnten." Ich mochte es nicht, beschuldigt zu werden, gelogen oder Dinge verheimlicht zu haben, wenn das überhaupt nicht stimmte.

„Der Artikel hat dich als einen Frauenhelden dargestellt. Was lässt dich denken, dass ich die nächste Eroberung von Stone Nash sein möchte?" Sie schnaubte und fuhr sich mit der Hand durch die Haare. „Und er hat dich als einen verwöhnten reichen Jungen dargestellt, der im Resort nichts tut, während deine Brüder die ganze Arbeit erledigen. Als einen typischen reichen Kerl. Und ehrlich gesagt bin ich nicht daran interessiert, mit so jemandem zusammen zu sein."

Bin ich verwöhnt geworden?

Ich schüttelte den Gedanken ab und musste mich verteidigen. „Ich hatte meine wahre Berufung noch nicht gefunden. Mir war klar, dass es etwas mit Kochen zu tun hat, aber ich wusste nicht, was. Aber jetzt – nun, jetzt habe ich vielleicht herausgefunden, was mich daran reizt."

„Letztendlich", sagte sie, als sie mir ernst in die Augen sah, „bist du ein Risiko. Ich könnte mich in dich verlieben und Sex mit dir haben, aber irgendwann würdest du die Nase voll von mir und meinem Mangel an Freizeit haben. Du bist, wer du bist – ein reicher Mann, der sich nichts hart erarbeiten musste und noch nie Probleme hatte, jede Frau zu bekommen, die er wollte. Was wäre, wenn ich mich in dich verliebe und du mich mit gebrochenem Herzen zurücklässt, weil du mich nicht mehr willst, sobald du mich gehabt hast?"

KAPITEL VIERZEHN

JESSA

„Weißt du, Jessa, das Leben ist nicht lebenswert, wenn du dich weigerst, Risiken einzugehen." Stone starrte mir trotzig in die Augen. „Und du liegst völlig falsch, was mich betrifft. Keine deiner Annahmen ist richtig."

„Ich glaube nicht, dass ich falschliege." Ich würde nicht wieder auf den Mann hereinfallen. „Kannst du mir ehrlich sagen, dass du nicht die gleichen Gedanken wie ich hattest? Was wäre, wenn du dich in mich verliebst und ich deine Liebe nicht erwidere?"

Achselzuckend sagte er mit großer Ehrlichkeit: „Das ist ein Risiko, das ich gerne eingehe."

„Nun, ich aber nicht." Ich wusste, was für ein Mann er war, auch wenn er sich weigerte, sich so zu sehen. „Menschen aus reichen Familien sind oft nicht zufrieden mit dem, was sie haben. Sie scheinen immer danach zu suchen, was sie als Nächstes bekommen können."

„Lass mich etwas klarstellen, Jessa Moxon. Ich wurde nicht reich geboren. Tatsächlich habe ich erst seit ein paar Jahren so viel Geld. Ich glaube nicht, dass du mich einen verwöhnten reichen Kerl nennen kannst, also mach es bitte nicht noch einmal."

„Deine Familie muss reich sein, sonst hättest du mit deinen

Brüdern kein Resort eröffnen können." Ich war nicht dumm. Das sollte er ruhig wissen.

„Unsere Cousins haben Geld geerbt und uns etwas davon gegeben, um das Resort zu eröffnen. Jetzt sind wir alle Partner und unsere Unternehmen sind miteinander vernetzt. Sie sind übrigens auch nicht wohlhabend aufgewachsen. Wir sind nur normale Leute, die Glück hatten, das ist alles." Er setzte sich auf den Stuhl auf der anderen Seite des Schreibtisches. „Was meinen Beitrag angeht, hast du allerdings recht. Ich habe noch nichts getan, um unser Unternehmen voranzubringen. Aber ich stehe kurz davor. Und ich habe dir eine Kostprobe mitgebracht. Aber ich glaube nicht, dass ich sie dir jetzt noch geben will."

Ich konnte mich nicht von ihm täuschen lassen. So sehr er auch glaubte, dass Reichtum keinen Einfluss auf die Persönlichkeit hatte – ich wusste, dass es anders war. „Hör zu, ich will einfach nicht verletzt werden. Ich will nicht, dass jemand versucht, die wenige Zeit zu beanspruchen, in der ich nicht mit meinem Nebenjob oder dem Praktikum beschäftigt bin. Ich kann dich nicht zwingen, das zu verstehen. Aber ich muss das Beste für mich tun. Du solltest einfach vergessen, dass wir uns jemals begegnet sind."

„Vielleicht hast du recht." Er sah zur Decke hinauf und holte tief Luft. Dann sah er mich an. „Die Sache ist, dass du etwas in mir geweckt hast und ich nicht möchte, dass es wieder einschläft. Ich bin anders, wenn ich bei dir bin. Und wenn ich an die kleinen Momente denke, die wir teilen konnten, habe ich das Gefühl, auf Wolken zu schweben. Ich will nicht, dass das endet."

Ich musste meinen Blick von seinen blauen Augen abwenden, die mich magisch anzogen. Natürlich wollte er nicht, dass das euphorische Gefühl aufhörte – wer würde das wollen? „Das ist nur der Nervenkitzel der Jagd. Sobald du mich eingefangen hast, wird er nachlassen."

„Warum hast du so eine schlechte Meinung über dich?", fragte er. „Und über mich? Du kennst mich nicht gut genug, um solche Annahmen zu treffen."

„Und du kennst mich nicht gut genug, um zu wissen, ob du dich wirklich zu mir hingezogen fühlst oder ob du dir nur beweisen willst, dass du mich haben kannst."

„Du hast Angst." Er nickte, als wüsste er alles. „Das verstehe ich.

Du hast Angst, dich in irgendjemanden zu verlieben – nicht nur in mich."

„Nein, das ist es nicht. Und ich möchte auch nicht wirklich darüber sprechen. Ich habe zu viel zu tun, um mich zurzeit mit jemandem einzulassen." Er musste nicht wissen, dass meine Mutter gestorben war und ich das Gefühl hatte, dass ich der Grund dafür war. Er musste nicht erfahren, dass ich nicht einmal sicher war, ob ich wusste, wie man einen Mann so liebte, wie man es sollte. Aber ich wollte ihm auch nicht die Gründe dafür verraten.

Er saß da und starrte auf das kleine schwarze Tablett, das er mitgebracht hatte. „Deine schlechten Essgewohnheiten haben mich inspiriert. Ich habe meine Meinung geändert. Du solltest probieren, was ich für dich gekocht habe. Tammy hat es probiert und war ganz begeistert."

Ich hatte keinen Appetit. Es war nicht so, dass es mir leichtfiel, ihn wegzustoßen. Ich war aufgebracht wegen seines Reichtums. Selbst wenn er nicht immer Geld gehabt hatte, hatte er es jetzt und ich wusste, dass er bereits so geworden war wie die meisten anderen Reichen.

Er wusste nicht, was ich über die Elite der Gesellschaft wusste. In der Nacht, als wir uns kennengelernt hatten, war er betrunken aus einem Nachtclub gekommen. Bestimmt hatte er dort mit jeder Menge schöner Frauen geflirtet und sein Geld mit vollen Händen ausgegeben.

„Nun, wenn Tammy begeistert war, dann hast du ihr Feedback und brauchst meines nicht. Wie du siehst, bin ich nicht in der besten Stimmung. Mein Feedback ist möglicherweise nicht fair und ich will dir nicht die Freude verderben. Ich kann sehen, dass ich das ganz einfach tun könnte." Er hatte keine Ahnung, wie es war, eine Leidenschaft für etwas zu haben. „Wenn du deine Berufung findest, brauchst du nicht die Bestätigung anderer Menschen. Du folgst ihr nicht nur, weil du es willst, sondern weil du das Gefühl hast, es tun zu müssen."

„Ich möchte noch einmal darauf zurückkommen, warum du gerade nicht gut gelaunt bist. Wenn es daran liegt, dass du mich für einen verwöhnten reichen Kerl gehalten hast, weißt du inzwischen, dass ich das nicht bin. Deine Stimmung sollte jetzt besser sein."

Es war unmöglich zu erklären, warum ich eine starke Abneigung gegen reiche Männer hatte, ohne ihm zu sagen, dass ich auch jede Menge Geld hatte. „Darum geht es nicht. Wie ich bereits erwähnt habe, gibt es noch weitere Dinge, mit denen ich mich nicht wohlfühle."

„Ja, du befürchtest auch, dass ich das Interesse an dir verliere", sagte er mit einem Grinsen. „Es wäre großartig, wenn du mit all diesen Was-wäre-wenn-Fragen aufhören könntest. Sie sind wirklich sinnlos."

„Ich denke, sie erfüllen ihren Zweck", argumentierte ich. „Ich bin einfach realistisch."

„Mal sehen, was du auf meine Was-wäre-wenn-Fragen antwortest. Sollen wir anfangen?"

Ich verschränkte die Arme vor der Brust. Stone konnte verdammt hartnäckig sein. „Im Gegensatz zu dir würde ich gerne versuchen, deine Fragen zu beantworten."

„Gut." Er lächelte noch breiter. „Was wäre, wenn unsere Begegnung Schicksal war und wir füreinander bestimmt sind?"

Ich glaubte nicht an solchen Unsinn. „Ich glaube, dass es viel Arbeit erfordert, das zu bekommen, was man will. Manche Leute glauben vielleicht an Schicksal, ich aber nicht."

Wenn ich daran glauben würde, würde es bedeuten, dass alles Schicksal war. Wenn Liebe Schicksal war, dann waren es auch Traurigkeit und sogar der Tod. Ich wollte nicht so denken.

„Lass mich diese Frage umformulieren", sagte er und seine Hartnäckigkeit kam wieder zum Vorschein. „Was wäre, wenn wir uns während der Erstellung meines Menüs unsterblich ineinander verlieben und unser Happy End finden?"

„Daran glaube ich auch nicht. Happy Ends gibt es nur in Geschichten und Filmen, nicht im wirkliches Leben." Ich wusste, wie weh es getan hatte, meine Mutter zu verlieren, ohne sie je gekannt zu haben.

„Was wäre, wenn ich dir sage, dass ich die Chance haben möchte, deine Meinung zu ändern?" Sein Grinsen sagte mir, dass er sich für schlau hielt. „Du hast einen Teil meiner Frage ignoriert. Den Teil darüber, mit mir zusammen ein Menü zu erstellen. Ich verstehe, dass du glaubst, dass man niemand anderen braucht, wenn man Leidenschaft für etwas hat. Aber das ist nicht fair. Deine Leidenschaft gilt der Medizin. Was wäre, wenn es plötzlich keine kranken Menschen mehr gibt, denen du helfen kannst? Würdest du das, was du empfindest, dann immer noch als Leidenschaft bezeichnen?"

„Es wird immer kranke Menschen geben", konterte ich.

Nickend sagte er: „Und es wird immer hungrige Menschen geben."

Ich zog das Tablett zu mir und nahm die Abdeckung herunter, da ich wusste, dass er nicht so schnell aufgeben würde. „Ich hatte keine Ahnung, wie stur du sein kannst, Stone."

„Es gibt viele Dinge, die du noch nicht über mich weißt. Mit der Zeit wirst du mich besser kennenlernen. Also, was ist dein erster Eindruck von diesem Gericht?"

„Es ist ziemlich farbenfroh. Ich weiß aus den Ernährungskursen, an denen ich teilgenommen habe, dass farbenfrohes Essen gesund ist."

„Ah, du weißt also ein oder zwei Dinge über Ernährung. Du isst aber trotzdem nicht gesund." Er tippte mit den Fingern auf den Schreibtisch. „Liegt das daran, dass dir keine gesunden, wohlschmeckenden Optionen zur Verfügung stehen, wenn du hier oder im Krankenhaus arbeitest?"

„Ja." Ich zog eine Plastikgabel aus der Schreibtischschublade. „Ich werde es probieren. Es sieht auf jeden Fall appetitlich aus. Aber letztendlich zählt der Geschmack. Nur weil etwas gut aussieht, heißt das nicht, dass es gut ist. Nach meiner Erfahrung haben gesunde Lebensmittel nicht viel Geschmack. Und wenn doch, schmecken sie sauer oder bitter. Ich hasse Brokkoli und Blumenkohl, weil sie bitter schmecken."

„Verstanden", sagte er, als er sich aufsetzte und mich mit Adleraugen beobachtete. „Sei bitte ehrlich mit deiner Kritik."

„Soll das bei Raumtemperatur serviert werden?" Ich sah zu der Mikrowelle auf dem kleinen Tisch. „Muss ich es aufwärmen?"

„Wage es nicht", sagte er kopfschüttelnd. „Es ist gut bei Raumtemperatur, das verspreche ich dir."

„Alles klar." Ich probierte zuerst einen Bissen von der gelben Paprika und stellte sicher, dass etwas von der Füllung dabei war. „Sind das Kichererbsen?"

Seine Augen funkelten. „Ja."

„Oh." Kichererbsen hatte ich nie gemocht. Die Paprika hatte einen leicht süßlichen Geschmack und das Hühnchen passte gut zu den anderen Zutaten. „Die Paprika ist schön knackig. Das gefällt mir. Sie ist überhaupt nicht matschig. Du hast einige Gewürze verwendet, die ich nicht kenne. Aber ich mag sie. Und man kann die Kichererbsen nicht herausschmecken, was gut ist, weil ich sie nicht mag."

„Würdest du für dieses Gericht Geld ausgeben?", fragte er mit großen Augen, als ich noch einen Bissen aß.

Ich kaute, während ich über die Frage nachdachte, und versuchte, ehrlich und objektiv zu sein. „Wie viel Geld würde es kosten? Nicht nur die Zutaten. Wie viel würde ein Restaurant dafür verlangen?"

„Die Kosten für die Zutaten haben fünfzehn Dollar betragen. Ich habe sechs Portionen gekocht, das sind also zwei Dollar fünfzig Cent pro Portion. Die Zubereitung dauerte ungefähr eine Stunde. Die meisten Restaurants würden dafür wahrscheinlich zwischen zehn und fünfzehn Dollar verlangen, je nach ihren Betriebskosten", sagte er.

„Ich bekomme hier bei Burger Hut eine kostenlose Mahlzeit. Im Krankenhaus habe ich ein Budget von zehn Dollar pro Tag für Snacks und das Mittagessen. Dieses Gericht könnte ich mir nicht leisten. Wenn es in meinem Budget wäre, würde ich es aber bestellen. Es ist wirklich lecker und anhand der Zutaten kann ich sehen, dass es für meinen Magen viel besser verdaulich ist als das, was ich sonst esse. Und die Tatsache, dass man es bei Raumtemperatur essen kann und es immer noch gut schmeckt, ist ebenfalls ein Pluspunkt."

„Danke", sagte er und stand auf. „Dann überlasse ich dich wieder deiner Arbeit." Er wollte gehen, blieb dann aber stehen und drehte sich wieder zu mir um. „Ich war noch nie lange genug mit einer Frau zusammen, um mit ihr zu streiten. Die Tatsache, dass ich mit dir über mein Menü sprechen wollte, bedeutet, dass mir deine Meinung wichtig ist. Ich wollte nur, dass du das weißt. Ich verschwinde nicht einfach, wenn es schwierig wird. Wir sehen uns morgen bei einem anderen Gericht. Wieder gegen zehn Uhr?"

Ich nickte. Er hatte mich sprachlos gemacht. Aber dann fand ich meine Stimme wieder. „Nur damit du es weißt, ich habe mich noch nie mit einem der Männer gestritten, mit denen ich zusammen war. Sie waren mir nie wichtig genug gewesen, um sie wissen zu lassen, was mich störte. Wir sind einfach auseinandergedriftet. Du scheinst niemand zu sein, der einfach aufgibt." Ein Lächeln umspielte meine Lippen. „Das ist irgendwie cool."

Mit einem Augenzwinkern fragte er: „Was wäre, wenn alles gut wird und du am Ende an Dinge glaubst, die du nie für möglich gehalten hättest?"

KAPITEL FÜNFZEHN

STONE

Endlich hatte ich ein Gericht für mein Menü und das Gefühl, etwas erreicht zu haben. Es würde jedoch nicht ausreichen. Ich brauchte mehr. Also erstellte ich eine Liste gesunder Lebensmittel voller Nährstoffe, die Menschen für ihr Wohlbefinden brauchten.

Nüsse, Beeren, Vollkornprodukte, Gemüse, Hülsenfrüchte, Joghurt, Olivenöl und Fisch waren auf der Liste. Aber diese Lebensmittel allein waren nicht genug für die Gerichte, die ich servieren wollte. Sie mussten genauso schmackhaft wie gesund sein und dabei auch noch gut aussehen.

Ich erinnerte mich an das Mittagessen mit Patton und dachte über die Idee mit den Frühlingsrollen und den Burritos nach. Man konnte sie unterwegs essen und ich würde sie nur mit den besten Zutaten servieren. Mit Nüssen, getrockneten Beeren, dunklen Schokoladenstückchen und Kokosflocken gefüllte Snackpakete wären ein kostengünstiger Energieschub.

Ich hatte immer mehr Ideen und notierte sie, während ich im Internet nach weiteren Informationen über die Lebensmittel suchte, die ich anbieten würde. Mein Blick fiel auf die Zeitanzeige auf meinem Laptop-Bildschirm und mir wurde klar, dass es sechs Uhr morgens war.

„Verdammt, ich muss mir etwas für Jessa einfallen lassen und es bis um zehn Uhr zu ihr bringen." Ich hatte nur noch vier Stunden Zeit, um eine Idee zu entwickeln, die Zutaten zu kaufen und alles zuzubereiten. Ich musste mich beeilen.

Erstaunlicherweise war ich hellwach und startklar, obwohl ich nachts nur sehr wenig geschlafen hatte. Der normalerweise volle Parkplatz des Supermarkts, der die ganze Nacht geöffnet hatte, war zu dieser frühen Stunde fast leer. Als ich hineinging und mir einen Einkaufswagen holte, hatte ich das Gefühl, den Laden ganz für mich allein zu haben.

„Hi", sagte die Stimme einer Frau aus dem Nichts. „Sie sind früh auf."

Ich drehte mich um und sah, wie sie aus einer Seitentür in der Nähe des Eingangs kam. „Oh, da sind Sie. Hi. Ja, ich bin heute Morgen anscheinend den anderen Kunden zuvorgekommen."

„Genießen Sie Ihren Einkauf."

Genau das hatte ich vor. Ich ging zuerst in die Gemüseabteilung und fand eine reife Avocado, Koriander, eine Roma-Tomate, frischen Knoblauch und eine kleine, süße Zwiebel. Ich fand auch ein Regal mit Teig für Frühlingsrollen – zum Glück war die Kokosnussversion auf Lager und ich griff danach.

Meine Gedanken überschlugen sich, als ich den Rest der Zutaten für mein Frühlingsrollenrezept suchte. Ich wusste, dass Jessa es lieben würde. Plötzlich hatte ich eine geniale Idee für eine Soße. Ich schnappte mir eine Serrano-Chilischote und eine Limette, bevor ich für ein mageres Steak in die Fleischabteilung ging.

Als ich dort ankam, entdeckte ich eine alte Dame, die gemächlich hin und her wanderte. Bei den Steaks blieb sie eine Weile stehen.

„Haben Sie Probleme, ein gutes Stück zu finden?", fragte ich, als ich mir die Auswahl ansah.

„Nun, ich habe ein Gebiss, daher ist es schwierig, Steak zu essen. Aber ich liebe es." Sie schien von der Auswahl überwältigt zu sein. „Ich bin mir einfach nicht sicher, welches Steak für mich am besten wäre."

„Das hier ist etwas teurer als die anderen, aber so zart, dass es das Geld wert ist." Ich zog ein Filet Mignon aus dem obersten Regal und zeigte es ihr.

„Dreizehn Dollar für ein winziges Stück Fleisch?" Sie schüttelte den Kopf. „So viel bezahle ich nicht."

„Dafür würden Sie in einem Steakhouse bis zu fünfzig Dollar bezahlen", informierte ich sie. „Es ist kein schlechter Preis für diese Qualität."

„Und wenn ich es zu lange oder falsch anbrate, ist es ruiniert", argumentierte sie.

„Das dürfte Ihnen schwerfallen. Sie können es fast roh oder gut durch essen. Es wird fantastisch schmecken." Ich zog meinen kleinen Block aus der Tasche, in den ich meine Notizen für Jessas Essen geschrieben hatte. Ich notierte die Kochanweisungen für die alte Frau, zog einen Zwanzig-Dollar-Schein aus meinem Portemonnaie und reichte ihn ihr. „Ich bezahle dafür. Und Sie bereiten es genau so zu. Ich habe die Bratzeiten für fast roh, medium und gut durch aufgeschrieben, damit Sie entscheiden können, was Ihnen am besten schmeckt. Versuchen Sie es einfach."

Sie nahm das Geld und den Zettel, während sie mich mit Neugier in ihren blassgrünen Augen ansah. „Wer sind Sie?"

„Mein Name ist Stone Nash. Ich bin Koch." Der Stolz, der mich erfüllte, war verrückt. „Ich wünsche Ihnen einen schönen Tag. Genießen Sie das Steak."

„Das werde ich. Danke." Als sie glücklich summend wegging, lächelte ich.

Ich griff nach einem dünn geschnittenen Lendenstück und hatte fast alles, was ich für die Frühlingsrollen brauchte. Mexikanische Crema und Kokosöl waren die einzigen Dinge, die ich noch benötigte, um Jessas Essen zuzubereiten.

Ich besorgte auch die Zutaten für die kleinen Snackpakete und stellte sicher, dass sie in die Taschen ihres Arztkittels passen würden. Sie würde den ganzen Tag über nichts Ungesundes essen müssen.

Die Kassiererin gähnte, als sie meinen Einkauf einscannte. „War alles zu Ihrer Zufriedenheit, Sir?"

„Ja." Ich konnte nicht anders, als ihre dunklen Augenringe zu bemerken. Sie war offenbar erschöpft. Es musste Lebensmittel geben, die gut für jemanden in ihrer Situation waren und ihr dabei halfen, wach zu werden und sich besser zu fühlen. Ich sah mir die verschiedenen Produkte neben der Kasse an und fand eine Tüte Blaubeeren, die in dunkle Schokolade getaucht waren.

Ich reichte sie ihr und sie scannte sie ein. „Soll ich sie einpacken oder wollen Sie sie jetzt gleich essen?", fragte sie.

„Ich habe sie für Sie gekauft. Sie werden Sie mit Energie versorgen und Ihnen helfen, wach zu werden." Ich ergriff die Tüten, die sie bereits mit dem Rest meiner Sachen gefüllt hatte. „Wenn ich das nächste Mal vorbeikomme, was wahrscheinlich morgen früh sein wird, werde ich Sie fragen, ob sie Ihnen geholfen haben oder nicht. Okay?"

Sie sah mich an, als wäre ich verrückt. „Ist das Ihr Ernst?"

„Ja. Wenn es funktioniert, erstelle ich meine eigene Version für das Restaurant, das ich bald eröffne." Ich dachte über den Begriff Restaurant nach – ich war mir nicht sicher, ob es das sein würde. „Oder ein Café oder ein Laden. Ich habe noch keine genaue Vorstellung davon. Aber das Essen wird lecker und gesund sein. Ich werde nur die besten Zutaten verwenden."

Sie öffnete die Tüte und steckte sich eine Blaubeere in den Mund. „Mein Bruder schwört auf sogenannte Hanfherzen. Ich glaube, das sind geschälte Hanfsamen. Er kauft sie hier. Sie stehen in dem Regal, wo sich Mehl und Zucker und solche Sachen befinden. Laut meinem Bruder schmecken sie gut, irgendwie nussig, aber nicht zu sehr. Er verwendet sie mit allem und sagt, dass sie jedes Essen aufwerten. Sie sollten auch welche kaufe."

„Ich werde sie mir genauer ansehen. Hanfherzen, richtig?" Mit anderen Menschen über meine Pläne zu sprechen, würde mir helfen, schneller erfolgreich zu sein.

„Ja, ich bin mir ziemlich sicher, dass sie so heißen." Sie steckte sich eine weitere Blaubeere mit Schokoladenüberzug in den Mund. „Ich wette, wenn Sie das hier selbst machen, schmeckt es noch besser. Je frischer die Blaubeeren, desto besser."

„Und vielleicht würden sie mit Hanfherzen bestreut nicht nur interessanter schmecken, sondern auch gesünder sein." Ich liebte diese Idee. „Danke", ich sah auf ihr Namensschild, „Macie. Ich bin Stone. Und ich bin sicher, dass wir uns noch öfter sehen."

„Großartig." Sie aß weiter und sah schon viel wacher aus. „Bis morgen."

Als ich gegen acht Uhr nach Hause kam, musste ich mich an die Arbeit machen. Gerade als ich meine Schürze überzog, rief mein Bruder Baldwyn an. Ich begrüßte ihn fröhlich: „Hey, großer Bruder. Was ist los?"

„Sloan möchte heute etwas mit dir ausprobieren. Griechische Küche. Bist du dabei?"

„Natürlich." Die Erwähnung griechischer Küche brachte mich auf die Idee, Weinblätter zu verwenden, um das Essen darin einzuwickeln. „Wie wäre es um ein Uhr?"

„Sie nickt. Sie wird ein Restaurant auswählen und dir die Adresse schicken, damit ihr euch dort treffen könnt."

Mein Herz schwoll an, als ich all die Liebe fühlte, die meine Familie für mich empfand. „Sag ihr, ich kann es kaum erwarten, und danke für eure Unterstützung. Ich liebe euch. Und ich glaube, ich habe etwas gefunden, das mich begeistert. Ich werde mit ihr darüber reden, wenn ich sie sehe."

„Was ist mit mir?", fragte er eifersüchtig.

„Wenn wir das nächste Mal essen gehen, werde ich mit dir darüber sprechen. Ich würde gerne dein Gesicht sehen, wenn du meine Idee hörst. Ich muss aber zuerst noch Lebensmittel aus der ganzen Welt probieren und überlegen, wie ich sie integrieren kann. Ich glaube, es wird eine ganz neue Kategorie. Vielleicht könnte ich es texanische Fusionsküche nennen." Ich wollte aber nicht die asiatische Fusionsküche kopieren, die überall vertreten war, und fügte schnell hinzu: „Nein. Besser nicht."

„Ich bin sicher, dass du dir etwas Großartiges einfallen lässt. Ich bin verdammt stolz auf dich, kleiner Bruder."

Wenn ich jemanden sagen hörte, dass er stolz auf mich war, machte das großartige Dinge mit meinem Herzen. „Oh, danke, Baldwyn. Bis später. Und sag Sloan, dass ich mich freue."

„Das tut sie auch. Sie möchte unbedingt deine Ideen hören. Bye."

„Bye." Ich beendete den Anruf und machte mich daran, Jessas Essen zuzubereiten.

Es fiel mir schwer, zu verstehen, was ich getan hatte, bevor ich meine Berufung gefunden hatte. Ich konnte mich nicht einmal daran erinnern. Ich musste geschlafen haben oder so.

Jetzt, da ich hellwach war und wusste, was ich mit meinem Leben anfangen wollte, stand ich in Flammen. Ich bereitete die Frühlingsrollen vor und legte sie in den Kühlschrank, um sie erst kurz bevor ich sie zu Jessa ging fertigzustellen.

Ich hatte ungefähr eine Stunde Zeit, bis ich aufbrechen musste, also machte ich ein kleines Nickerchen. Noch nie in meinem Leben waren mir so viele Gedanken gleichzeitig durch den Kopf gegangen.

Aber der Schlafmangel überwältigte mich und ich fiel in einen traumlosen Schlaf, bis ich aufwachte, als mein Wecker klingelte. „Also los."

KAPITEL SECHZEHN

JESSA

Während des Rests der Nacht machte ich mir Vorwürfe, weil ich Stone wegen seines Reichtums so schnell verurteilt hatte. Ich wollte nicht verurteilt werden, deshalb sprach ich nie darüber, wie viel Geld ich hatte, sondern finanzierte mir mein Studium durch Arbeit. Ich versteckte die Tatsache, dass ich aus einer wohlhabenden Familie stammte, während Stone einfach nicht dazu gekommen war, es mir zu erzählen.

Stone hatte mir gesagt, dass ich Angst hatte – Angst, mich in jemanden zu verlieben. Die Vorstellung, vor irgendetwas Angst zu haben, gefiel mir nicht. Ich konnte akzeptieren, dass ich vielleicht nicht wusste, wie man einen Mann liebte, aber *Angst* davor zu haben?

Ich war mir nicht sicher, wie ich mit diesem unangenehmen Gefühl umgehen sollte, aber ich wusste, dass ich Stone nicht wegstoßen oder versuchen durfte, Fehler bei ihm zu finden, als Rechtfertigung dafür, warum ich nicht mit ihm ausgehen wollte.

Es gab immer noch das Problem, dass ich wenig Zeit hatte, aber so war es eben. Wenn er mich wirklich mochte, würde er mich weiterhin bei der Arbeit besuchen. Wenn nicht, müsste ich zumindest nicht *mir* die Schuld daran geben, dass es nicht funktionierte.

Schlaf war etwas, ohne das ich nicht leben konnte. Die Aufregung über Stone hatte jedoch ihren Tribut gefordert. Ich hatte nur ein paar

Stunden Ruhe gefunden, weil ich oft aufgewacht und mir gewünscht hatte, ich hätte nicht all diese Dinge zu ihm gesagt. Hätte ich sie zurücknehmen können, hätte ich es getan.

Meine Augenlider waren schwer, als ich für meine dreißigminütige Pause in die Cafeteria des Krankenhauses ging. Angesichts dessen, wie die letzte Nacht verlaufen war, hatte ich meine Zweifel, dass Stone tatsächlich kommen würde. Mein Herz war so schwer in meiner Brust, dass ich den Kopf nicht heben konnte, um nachzusehen, ob er gekommen war oder nicht.

Wenn er nicht hier ist, muss ich weinen.

„Guten Morgen", sagte eine vertraute Stimme.

Ich hob meinen Kopf und schaute nach rechts. Da saß er und wartete an einem kleinen Tisch für zwei auf mich. Ein schwarzes Tablett stand vor ihm. „Hi!" Mein Herz machte vor Aufregung einen Sprung und ich hoffte, dass die Dinge zwischen uns wieder normal werden würden. „Hast du mir etwas mitgebracht?"

„Das habe ich doch versprochen." Er lehnte sich auf seinem Stuhl zurück und streckte seine langen Beine aus. „Ich habe mir ein Rezept ausgedacht, bin früh aufgestanden, habe die Zutaten besorgt und bin dann nach Hause gefahren, um zu kochen. Ich habe nur ein kurzes Nickerchen gemacht, bevor ich hierhergekommen bin, aber ich fühle mich ausgeruht. Ich finde es seltsam, dass ich nicht erschöpft bin. Die Erleichterung darüber, endlich ein Projekt zu haben, muss mir grenzenlose Energie verschafft haben."

Ich setzte mich auf den freien Platz ihm gegenüber und fühlte mich etwas verlegen bei der Erinnerung an die letzte Nacht. Ich musste mich entschuldigen, bevor ich sein Essen probierte. „Stone, was ich letzte Nacht gesagt habe, tut mir wirklich leid."

„Ich nehme deine Entschuldigung an. Lass uns nicht mehr darüber reden. Sieh nach, was ich für dich gekocht habe." Er stützte sich auf seine Ellbogen und wartete auf meine Reaktion.

Ich entfernte die Abdeckung und fand drei perfekte goldene Frühlingsrollen. Eine hellgrüne Soße befand sich in einem kleinen Behälter und in einem Seitenfach war eine kleine Tüte mit verschiedenen Nüssen, Beeren und anderen Dingen. „Also gibt es Frühlingsrollen als Hauptgericht?", fragte ich, da sie normalerweise Beilagen waren.

„Ja, die Frühlingsrollen sind das Hauptgericht. Ich nenne sie Tex-

Mex-Frühlingsrollen und dazu gibt es eine Serrano-Chili-Limetten-Soße. Die kleine Tüte ist voller proteinreicher Nüsse und antioxidativer Beeren. Die dunklen Schokoladenstückchen sind gut für dein Herz. Aber das wahre Highlight sind die Kokosflocken." Er verstummte, um Luft zu holen. Er war eindeutig aufgeregt.

„Warum sind die Kokosflocken das wahre Highlight?" Ich konnte nicht aufhören zu lächeln, weil er so begeistert war über das Essen, das er zubereitet hatte.

„Sie sind auch Antioxidantien, aber das ist noch nicht alles." Er rieb seine Hände aneinander und wirkte wie ein Wissenschaftler, der etwas erklärte, das er äußerst interessant fand.

Ich liebte es. „Sprich weiter, Stone. Verrate mir das Geheimnis."

„Es ist kein Geheimnis. Es ist gut dokumentiert und wurde eingehend untersucht. Kokosnuss enthält Mangan. Es hilft deinem Körper, Kohlenhydrate, Proteine und Cholesterin leichter zu verarbeiten. Wenn du nach jeder Mahlzeit ein bisschen Kokosnuss isst, funktioniert dein Stoffwechsel besser. Außerdem ist das Mangan gut für deine Knochen."

Er hatte sehr gut recherchiert. „Stone, ich muss sagen, dass du auf dem besten Weg bist, nicht nur ein großartiger Koch, sondern auch ein exzellenter Ernährungsberater zu werden." Ich nahm eine der Frühlingsrollen und biss hinein. Sie war würzig und voller Aromen, die in meinem Mund zum Leben erwachten. „Wow!"

Seine blauen Augen leuchteten auf. „Schmeckt sie dir?"

„Sie ist großartig." Es gab so viele wundervolle Aromen, dass es mir den Atem verschlug. „Avocado?", musste ich fragen. „In einer Frühlingsrolle?"

„Es funktioniert, oder?", fragte er.

„Sie ist so cremig." Ich konnte nicht genug davon bekommen und probierte einen weiteren Bissen. „Der Teig schmeckt anders, als ich es gewohnt bin. Aber ich mag es. Irgendwie schmeckt er nach …" Ich konnte es nicht genau bestimmen.

„Kokosnuss", sagte er. „Der Teig besteht aus Kokosmehl. Dadurch ist er viel gesünder. Und die Frühlingsrollen wurden in Kokosöl frittiert. Es mag wie ein dekadenter Genuss erscheinen, das ist es aber nicht. Es ist in vielerlei Hinsicht gesund."

Ich tauchte die Frühlingsrolle in die Soße, biss hinein und stöhnte bei dem herrlichen Geschmack. „Mmmh!"

„Ich habe mexikanische Crema aus dem Supermarkt verwendet, aber ich habe ein Rezept dafür gefunden, also werde ich anfangen, sie selbst zu machen. Es ist lustig, weil ich immer meine eigene Crème fraîche gemacht habe. Das gibt es in keinem normalen Lebensmittelgeschäft – ich habe in meiner Ausbildung gelernt, wie man es macht. Um daraus mexikanische Crema zuzubereiten, muss man nur noch den Saft einer Limette und etwas koscheres Salz hinzugeben."

„Du kannst das selbst machen?" Ich war beeindruckt. „Stone, das ist unglaublich. Ich dachte, es wäre wie bei Käse. Du weißt schon. Dass man zur Herstellung spezielle Ausrüstung braucht oder so."

„Nein. Man kann es zu Hause aus Schlagsahne und Buttermilch zubereiten. Es ist wirklich ein Kinderspiel." Das Lächeln wollte sein hübsches Gesicht nicht verlassen. „Du kannst auch deinen eigenen Käse zu Hause herstellen, aber je nach Sorte brauchst du tatsächlich spezielle Ausrüstung. Weichkäsesorten lassen sich viel einfacher selbst herstellen."

Als ich ihn so glücklich sah, fühlte ich mich noch schlechter, weil ich ihn in der Nacht zuvor unfair behandelt hatte. „Stone, ich fühle mich wirklich schrecklich wegen der Dinge, die ich gestern gesagt habe."

„Du hast dich schon entschuldigt. Alles okay, Jessa." Er tat so, als hätte es gar nicht stattgefunden. „Ich bin einfach so aufgeregt wegen dem Menü, dass ich an nichts anderes denken kann. Sogar jetzt gehen mir Rezepte durch den Kopf. Ich habe Ideen zur Größe des Ladens, den ich eröffnen werde. Aber ich weiß noch nicht, wie ich ihn nennen soll. Ein Restaurant ist zu groß für das, was ich will."

„Was willst du?" Ich war mir nicht sicher, ob ich verstand, was er vorhatte.

„Ich will in der Lage sein, sehr schnell Gerichte zuzubereiten. Ich will, dass alles frisch ist. Und ich will, dass sich die Menschen hinsetzen können. Aber ich will keine Zeit mit Kellnern verschwenden. Die Kunden sollen selbst zur Theke kommen und sich dort das Menü ansehen. Vielleicht können wir die Angebote des Tages mit Kreide auf eine Tafel neben der Tür oder an der Kasse schreiben."

„Ich denke, du meinst eine Art Bistro." Ich war schon in hunderten Bistros gewesen. „Mir gefällt die Atmosphäre und die leise Musik im Hintergrund, die alle glücklich macht. Ich liebe

Instrumentalmusik beim Essen. Die Beleuchtung sollte nicht zu hell sein, aber auch nicht zu dunkel."

„Ja." Er nahm meine Hände in seine. „Hilf mir, Jessa. Sag mir, was gut ist und was nicht. Ich brauche Ideen, um das Bistro zu einem Ort zu machen, an dem viele Menschen gerne essen. Ich weiß, dass du mein Geld nicht willst, aber ich würde dich gerne dafür bezahlen, dass du mich berätst."

Ich konnte sein Geld auf keinen Fall annehmen. „Stone, du musst mich nicht bezahlen, wenn du mich bereits durchfütterst. Ich denke, wir sind quitt. Du gibst mir kostenloses Essen – ich gebe dir meine ehrliche Meinung."

Er legte den Kopf schief und schien darüber nachzudenken. „Vorerst."

„Sicher, vorerst." Nur solange er meine Kritik an seinem Essen brauchte. Aber es gab keinen Grund, darüber zu streiten. Ich war es leid, dagegen anzukämpfen, was auch immer zwischen uns war. Ich schaute auf das Tablett und stellte fest, dass ich das Essen verschlungen hatte. Alles außer dem kleinen Päckchen. „Wow, ich bin fertig." Ich griff nach dem Snack. „Ich stecke das in meine Tasche, um es später zu essen."

„Genau dafür ist es gedacht." Er lächelte. „Ich werde nach Behältern suchen, die ich immer wieder verwenden kann. Das Bistro soll so umweltfreundlich wie möglich werden."

„Du machst hier etwas Wunderbares." Das Gefühl, etwas Großartigem beizuwohnen, überkam mich. „Irgendwie bin ich froh, dass du genug Geld hast, um deine Pläne zu verwirklichen, Stone." Wenn er nichts gehabt hätte, hätte ich definitiv in seine Idee investiert.

Er zuckte bescheiden mit den Schultern. „Ich hoffe nur, dass ich mir nicht zu viel vorgenommen habe."

„Ganz bestimmt nicht. Selbst wenn du nur einen Teil deines Traums umsetzen kannst, wird mit der Zeit immer mehr daraus werden." Ich hatte weise Worte für ihn, dieselben Worte, die einer meiner ersten Lehrer an der medizinischen Fakultät unserer Klasse gesagt hatte. „Rom wurde nicht an einem Tag erbaut. Das heißt aber nicht, dass Rom während der Bauzeit nicht bewohnbar war. Die Menschen lebten dort, während der Bau im Gange war. Dein Bistro kann seine Pforten öffnen, bevor du jedes letzte Detail geplant hast."

„Du sagst also, dass ich klein anfangen und mich nicht mit Details aufhalten soll, oder?"

„Ganz genau." Ich musste weiterarbeiten und heute freute ich mich sogar darauf, die Babys auf der Säuglingsstation zu sehen. Zumindest die Kleine, die nur mich zu mögen schien. „Ich muss los. Heute Nacht habe ich frei, also werden wir uns nicht sehen. Aber morgen bin ich wieder hier, wenn du mich besuchen möchtest. Du musst mir auch nicht immer Essen mitbringen."

„Ich weiß." Er stand auf und nahm das Tablett. „Ich *will* dir aber etwas mitbringen." Er schlang einen Arm um meine Schultern und zog mich an seine Seite, bevor er seine Lippen gegen meine Schläfe presste. „Ich mag die Vorstellung, dass du dich gesund ernährst."

„Nun, dann freue ich mich darauf, das zu essen, was du dir ausdenkst. Das Essen heute war köstlich. Und ich fühle mich nicht so wie sonst, wenn ich die Cafeteria verlasse oder wenn ich bei Hamburger Hut gegessen habe. Ich fühle mich großartig und habe überhaupt keinen Hunger mehr."

„Ich muss nur noch herausfinden, wie ich diese Gerichte zu einem erschwinglichen Preis zubereiten kann. Das wird der schwierigste Teil sein." Trotzdem lächelte er mich an.

Als wir den Flur erreichten, wo wir uns trennen mussten, küsste ich ihn auf die Wange. „Bis morgen, Meisterkoch."

Lachend ließ er mich los. „Bis morgen, zukünftige Ärztin."

Ich blieb einen Moment lang stehen und sah ihm nach, als er von mir wegging. *Er hat einen verdammt schönen Hintern. Warum habe ich das noch nie bemerkt?*

KAPITEL SIEBZEHN

STONE

„Das ist Sauerteig", sagte ich zu Jessa, als ich ihr die braune Papiertüte reichte, die ich Brown Bag Special nannte.

„Das ist anders als das, was du mir letzte Woche gebracht hast." Sie setzte sich, öffnete die Tüte und holte das Sandwich, die Pommes frites, die fermentierten Gurken und den Snack heraus. Sie hielt das Sandwich hoch. „Ich dachte, Brot ist nicht gut für den Körper?"

„Ich habe herausgefunden, dass Sauerteig besser ist als andere Brotsorten. Er ist voller Präbiotika, die deinem Magen bei der Verdauung helfen. Außerdem lässt er bei den meisten Menschen den Blutzuckerspiegel nicht ansteigen. Also bin ich zu einem Feinkostgeschäft gefahren und habe dort Roastbeef und Käse gekauft. Dazu gibt es selbst gemachte Süßkartoffelchips, die in Kokosöl gebraten und nur leicht gesalzen sind, und selbst fermentierte Gurken, um den Geschmack aufzupeppen und die Verdauung zu fördern. Der Snack besteht aus günstigeren, aber gesunden Dingen – Kokosflocken, dunkle Schokolade, Erdnüsse und ein paar Pekannüsse und Cashewnüsse. Mit dem Brown Bag Special bekommt man reichlich Energie für wenig Geld."

„Du hast dich nicht hingesetzt", bemerkte sie.

Ich wollte sie nicht enttäuschen, aber meine Ideen hielten mich

1063

ziemlich beschäftigt. „Ich muss ins Resort und mich mit meinem Bruder Cohen treffen. Er hat Informationen darüber gefunden, wie ich Zuschüsse erhalten kann."

Sie hielt einen Finger hoch und schluckte einen Bissen von dem Sandwich herunter. „Das ist das beste Sandwich, das ich je probiert habe. Als meine Lippen das Brot berührt haben, habe ich kein warmes Roastbeef und keinen geschmolzenen Käse erwartet."

„Ich habe das Roastbeef und den Käse getrennt erhitzt, bis der Käse etwas geschmolzen war. Ich wollte nicht das gesamte Sandwich erhitzen, damit das Brot weich bleibt und die Mayonnaise nicht warm wird. Außerdem kann man dann frischen Salat hinzufügen, ohne dass er verwelkt." Ich wusste, dass diese Techniken mein Essen zu etwas Besonderem machten.

„Das ist Mayonnaise?" Sie sah mich mit zusammengekniffenen, ungläubigen Augen an.

„Ich habe sie selbst gemacht." Ich hatte erkannt, dass es oft günstiger war, etwas selbst herzustellen, als es in großen Mengen zu kaufen. Außerdem schmeckte es besser. „Es ist nicht dasselbe wie die Premium-Mayonnaise, die ich für andere Gerichte verwende. In diesem Fall mische ich ein billiges Olivenöl mit Eiweiß. Da es im Feinkostgeschäft günstiges Roastbeef gab, habe ich Balsamico-Essig als Säure verwendet, um den Geschmack zu verbessern. Schmeckt es dir?"

„Ich liebe es. Ich könnte diese Mayonnaise auch allein essen." Sie biss wieder in das Sandwich und ein Tropfen der cremeweißen Mayonnaise fiel auf ihr Kinn.

Ich schnappte mir eine Serviette und wischte ihn schnell weg.

Ihre Wangen röteten sich, als sie den Kopf senkte. „Danke. Du hast genug eigenes Geld. Warum versuchst du, Zuschüsse zu erhalten?"

„Nun, ich habe eine Idee, die vielen Menschen zugutekommen würde, wenn ich Zuschüsse hätte. Meine Brüder haben mir beigebracht, dass man nicht immer nur geben kann. Man muss auch den Profit im Auge behalten. Also versuche ich, einen Weg zu finden, etwas zu geben, während ich gleichzeitig das Beste für mein Bistro heraushole."

„Ah, du hast also beschlossen, es Bistro zu nennen?", fragte sie mit einem schlauen Lächeln.

„Kann sein. Ich bin immer noch unsicher. Aber ich mag, wie du das Wort aussprichst. Es hat sich irgendwie in meinem Kopf festgesetzt."

„Ich bin froh, dass ich einen bleibenden Eindruck bei dir hinterlassen habe." Sie nahm eine Gurke in die Hand und sah sie widerwillig an. „Du hast das fermentierte Gurke genannt, oder?"

„Das bedeutet nur, dass ich die Gurken in Salzwasser anstelle von Essig eingelegt habe. Sie müssen im Kühlschrank gelagert werden, nachdem der Fermentationsprozess einige Tage vorangeschritten ist. Im Kühlschrank gären die Gurken weiter, aber viel langsamer." Ich wusste, dass ich gehen musste, aber ich hasste es, sie zu verlassen. Wir hatten ohnehin wenig Zeit zusammen und jetzt, da ich auch immer mehr zu tun hatte, machte ich mir Sorgen über unsere Zukunft. „Das ist viel besser für den Magen als jede andere Gurke." Ich beugte mich vor und küsste sie auf die Wange. „Baby, ich muss los. Ich habe eine Million Dinge zu erledigen. Wenn wir uns eine Weile nicht sehen, liegt es nicht an dir, sondern an der Arbeit. Aber schreibe mir ab und zu eine Textnachricht und ich antworte dir, sobald ich die Gelegenheit dazu bekomme."

Ihre gerunzelte Stirn beunruhigte mich ein wenig, bis sie sagte: „Ich mag es, dich so ehrgeizig zu sehen, Stone – das tue ich wirklich. Folge dieser Leidenschaft und du wirst etwas Spektakuläres daraus machen. Du weißt, wo ich bin. Ich gehe nirgendwohin. Aber heißt das, dass ich auf dein herrliches Essen verzichten muss?"

Ich fühlte mich schrecklich. „Ja, eine Weile. Ich muss die Sache mit dem Bistro in Gang setzen. Irgendwie ist nie genug Zeit."

„Ich weiß." Sie streckte die Hand aus, zog mich zu sich und küsste meine Wange. „Ich werde dir eine Textnachricht schicken, damit du weißt, dass ich dich nicht vergessen habe."

„Und ich werde das Gleiche tun."

Als ich loslief, um mich mit Cohen zu treffen, fühlte ich mich zum ersten Mal, als hätte mein Leben einen Sinn.

Er saß an seinem Schreibtisch, als ich sein Büro betrat. „Ich bin spät dran, ich weiß. Ich musste im Krankenhaus vorbeischauen, um Jessa etwas zu geben. Aber ich habe ihr gesagt, dass ich von nun an keine Zeit mehr dafür haben werde. Lass mich sehen, was du herausgefunden hast."

„Weißt du, ich bin froh, dass du das Unternehmen zu deiner Priorität machst, Stone. Aber vernachlässige Jessa nicht, sonst wirst du sie verlieren." Er rief auf seinem Computer eine Website auf. „Okay, hier sind Informationen zu den Zuschüssen. Es gibt verschiedene Arten, um verschiedenen Personengruppen zu einer besseren Ernährung zu verhelfen. Hauptsächlich Studenten."

„Können Praktikanten nicht als Studenten bezeichnet werden?" Ich fand, dass sie das im Wesentlichen waren. „Sie werden verdammt schlecht bezahlt. Zumindest vermute ich das."

„Willst du damit sagen, dass du mit einer Praktikantin zusammen bist und sie nie gefragt hast, wie viel Geld sie bekommt?" Er schüttelte den Kopf. „Nun, dank mir musst du sie nicht fragen. Praktikanten, die in Krankenhäusern arbeiten, werden vom Gesundheitsministerium bezahlt. Sie bekommen so wenig, dass sie bei einigen der Stipendien, die ich gefunden habe, berücksichtigt werden."

Ich gab ihm einen Klaps auf den Rücken und mir wurde heiß vor Aufregung. „Fantastisch! Wir werden das schaffen!"

„Ja. Das Einzige, was dir derzeit im Weg steht, ist der Umstand, dass du kein etabliertes Restaurant, Café oder dergleichen hast. Es wird höchste Zeit, dass du Entscheidungen über das Menü, den Standort und viele weitere Dinge triffst, kleiner Bruder."

Mist, das ist verdammt viel Arbeit.

„Wie lange muss ich geöffnet haben, um als etabliert zu gelten?" Ich hatte das Gefühl, dass mir die Zeit wie Sand durch die Finger rann. Und es machte überhaupt keinen Spaß.

„Sechs Monate. Danach kannst du die Zuschüsse beantragen, aber bis sie bewilligt werden, wird es noch länger dauern. In der Zwischenzeit habe ich eine großartige Idee."

„Erzähle mir mehr." Es musste etwas geben, das wir tun konnten, um alles zu beschleunigen.

„Wenn du unsere Brüder und unsere Cousins, die Gentrys, dazu bringen kannst, einzuwilligen, können wir dir einen Zuschuss geben, der deine Kosten deckt, bis du Geld von der Regierung bekommst."

Ich konnte mich nicht beherrschen. Ich umfasste sein Gesicht und küsste ihn auf die Lippen. „Danke!" Ich drehte mich um und rannte los, weil ich genau wusste, wo ich mein erstes Bistro eröffnen wollte. „Du bist der klügste Mann aller Zeiten! Ich werde das schaffen und unsere Familie stolz machen." Ich sprang begeistert in die Luft. „Yippie!"

„Yeah!", rief Cohen. „Wir glauben an dich, Bruder."

Die Erkenntnis traf mich wie ein Blitz. Ich wusste, dass ich auf dem richtigen Weg war. Ich kehrte ins Krankenhaus zurück, in dem Jessa ihr Praktikum machte, und ging zu der Frau an der Anmeldung. „Wie kann ich Ihnen helfen, Sir?"

„Mit wem muss ich über die Eröffnung eines kleinen Bistros in diesem Krankenhaus sprechen?"

„Mit Evelyn Dowdy. Sie leitet die gastronomische Abteilung." Sie reichte mir eine Visitenkarte. „Sie können sie unter dieser Nummer erreichen."

Ich wusste, dass sie mich heute wahrscheinlich nicht mehr empfangen würde, aber ich ging zu einem nahegelegenen leeren Wartezimmer und rief sie an.

Sie nahm beim ersten Klingeln ab. „Evelyn Dowdy."

„Hallo, Miss Dowdy. Mein Name ist Stone Nash. Ich würde Sie gerne treffen und mit Ihnen über ein Bistro sprechen, das ich in Ihrem Krankenhaus eröffnen möchte."

„Ich bin gerade in meinem Büro. Ich bin noch eine Stunde hier, dann habe ich zwei Wochen Urlaub. Können Sie schnell herkommen?"

Ich ging auf die Aufzüge zu. „Ich bin schon fast da. Wo genau sind Sie?"

„Im obersten Stock. Raum 801."

„Bis gleich." Ich stieg in den Aufzug und war nervös, weil ich heute herausfinden würde, ob mein neues Projekt hier im Krankenhaus bald beginnen würde.

Ich klopfte an die leicht angelehnte Bürotür und hörte eine angenehme Frauenstimme: „Kommen Sie rein, Stone Nash."

„Danke, dass Sie mich so kurzfristig empfangen." Ich nahm vor ihrem Schreibtisch Platz.

„Sie möchten hier also ein Bistro eröffnen?"

„Es wird ein bisschen mehr sein. Ich werde Zuschüsse beantragen, um die Praktikanten kostenlos mit gesundem Essen zu versorgen. Alle anderen Kunden müssen bezahlen, aber die Praktikanten erhalten jeden Tag eine kostenlose Mahlzeit."

„Das klingt großartig, aber ich weiß, dass Zuschüsse nicht über

Nacht bewilligt werden." Sie drehte den Laptop, den sie vor sich hatte, und zeigte mir, dass sie meinen Namen in eine Suchmaschine eingegeben hatte. „Ich sehe, dass es Ihnen nicht an Geld mangelt. Aber ich muss mich fragen, warum Sie hier etwas eröffnen möchten, anstatt in dem fantastischen Resort, das Sie und Ihre Brüder besitzen."

„Ich habe gesehen, wo das, worauf ich mich spezialisiert habe, am dringendsten gebraucht wird – in Krankenhäusern. Irgendwann werde ich in jedem Krankenhaus, das mir die Erlaubnis dazu erteilt, ein Bistro eröffnen. Aber ich möchte hier anfangen."

„Wir können Ihnen Räumlichkeiten zur Verfügung stellen. Aber zuerst brauchen wir mehr Informationen." Sie holte einen Stift und ein Blatt Papier aus ihrer Schreibtischschublade. „Ich werde es für Sie aufschreiben. Wir benötigen das Menü, das Sie anbieten möchten, und die Preise, die Sie verlangen. Die Anzahl der Mitarbeiter auch. Und Sie sollten wissen, dass jeder, der hier arbeitet, eine Hintergrundprüfung bestehen muss."

„Das verstehe ich." Es klang, als ob viel Arbeit vor mir lag, aber ich war bereit dafür.

„Wir brauchen auch einen strategischen Geschäftsplan. Ich kann Ihnen die Pachtkosten erst mitteilen, wenn wir der Meinung sind, dass Ihr Geschäftsmodell akzeptabel ist. Aber ich kann Ihnen sagen, dass es nicht billig ist. Sind Sie immer noch interessiert?"

„Ja." Ein Gedanke tauchte in meinem Kopf auf. „Glauben Sie, es wäre möglich, hier Kostproben meiner Gerichte zu verteilen, damit ich Feedback bekomme?"

„Auf den Schwesternstationen wird kostenloses Essen immer geschätzt. Und die Ärztelounge bietet sich auch dafür an." Sie zog ein weiteres Blatt Papier heraus und kritzelte etwas darauf, bevor sie es zu mir schob. „Geben Sie das der Mitarbeiterin an der Anmeldung. Achten Sie darauf, dass sie alles in den Computer eingibt. Dann warten Sie, bis sie Ihnen einen Dienstausweis ausstellt – damit können Sie das Gebäude rund um die Uhr betreten."

„Wow." Diese junge Dame hatte mir wirklich geholfen. „Ich kann Ihnen nicht genug danken."

„Hey", sagte sie, als sie mich mit freundlichen Augen ansah. „Ich finde das, was Sie vorhaben, großartig. Ich wünsche Ihnen viel Erfolg, Stone Nash. Und ich werde alles tun, um Ihnen dabei zu helfen, dass es funktioniert. Aber in den nächsten zwei Wochen bin ich nicht im Büro und auch nicht in der Stadt. Mein Freund und ich machen Urlaub in Cancún. Aber bitte kommen Sie zu mir, sobald ich zurück bin. Ich möchte unbedingt wissen, was Sie in der Zwischenzeit erreicht haben."

Mein Traum wird wahr!

KAPITEL ACHTZEHN

JESSA

- Ich wollte nur Hallo sagen. Ich verstehe jetzt, was du darüber gesagt hast, dass etwas, für das man Leidenschaft empfindet, fast die gesamte Zeit in Anspruch nehmen kann. Ich habe nur Zeit für ein paar Stunden Schlaf, aber jede Menge Ideen. Ich vermisse dich und ich denke an dich. Stone –

Es war kurz nach Mitternacht und ich schrieb einen Finanzbericht in meinem Büro bei Hamburger Hut. Es war drei Tage her, dass ich Stone das letzte Mal gesehen hatte. Damals hatte er mir das Brown Bag Special gebracht, das anders gewesen war als alles, was ich jemals gegessen hatte.

- Ich vermisse dich auch. Aber ich bin stolz auf dich. Eines Tages wirst du in der Lage sein, etwas langsamer zu machen und zu Atem zu kommen. Wenn du das tust, werde ich mich hoffentlich auch in einer langsamen Lebensphase befinden. Wenn man sich nicht oft sehen kann, wächst die Sehnsucht, habe ich einmal jemanden sagen gehört. Das ist wahr. Ich mag dich sehr, Stone. Gute Nacht. –

Es war nicht einfach, Stone aus dem Kopf zu bekommen, während ich Zahlen für den Bericht addierte und subtrahierte. Nach meiner Schicht ging ich nach Hause und fühlte mich ein wenig einsam. Ich hatte nicht einmal bemerkt, dass ich mich an Stones

Gesellschaft gewöhnt hatte, auch wenn es nicht mehr als ein paar gestohlene Minuten hier und da gewesen waren. Ich vermisste es, sein Gesicht zu sehen und seine Stimme zu hören.

Er musste wirklich sehr beschäftigt sein, wenn er in den letzten drei Tagen keine Zeit gehabt hatte, mich anzurufen. Obwohl ein Bistro viel kleiner war als ein Restaurant, musste die Eröffnung zeitaufwändig und harte Arbeit sein.

Am nächsten Morgen packte ich mir ein Truthahnsandwich und eine Tüte Kartoffelchips zum Mittagessen ein und machte mich auf den Weg. Als ich das Krankenhaus erreichte, versteckte ich alles im hintersten Teil des Kühlschranks und hoffte, dass niemand es finden würde. Ich hatte auch meinen Namen darauf geschrieben, aber das wäre einer hungrigen Krankenschwester, einem Praktikanten oder sogar einem Arzt egal.

Als ich an der Schwesternstation der Notaufnahme vorbeiging, roch ich Zimt. Ich sah mich um und fand ein Tablett mit kleinen goldenen Würfeln. „Ist das für irgendjemanden?", fragte ich eine Krankenschwester.

„Ja. Sie müssen eine Karte nehmen, sie ausfüllen und dann in diese kleine Schachtel stecken. Oder Sie können es online machen." Sie wies darauf und ich ergriff eine Karte, bevor ich mir eine Kostprobe nahm.

Die Krankenschwester tat es mir gleich. „Das ist schon meine dritte, aber ich kann nicht aufhören. Dieses Zeug ist so gut."

Ich biss hinein und war mir nicht sicher, was ich aß – es schmeckte nach Ei, Schinken, etwas Nussigem und Käse. „Wow, wie ein komplettes Frühstück in einem Bissen."

„Ja, Frühstücksbissen", sagte sie. Sie zog eine Karte aus ihrer Tasche und schrieb etwas darauf. „Eine der Fragen betrifft Produktnamen. Ich denke, *Frühstücksbissen* wäre perfekt."

„Das finde ich auch." Ich steckte den Rest davon in meinen Mund, während ich die Karte anschaute. Die Zutaten standen zusammen mit den Nährwerten auf der Rückseite der Karte. Auf der Vorderseite waren ein paar Fragen. Eine davon lautete, wie man das Gericht nennen würde. Bei einer anderen ging es um das Aussehen. Und dann sollte man den Geschmack auf einer Skala von eins bis zehn bewerten. „Ich würde eine Acht geben."

„Ich gebe eine Zehn", erwiderte die Krankenschwester. „Man hat alles in einem Bissen. Fünf oder sechs davon sind wie eine ganze Mahlzeit."

Die Webadresse war ziemlich vage. Sie lautete *answerfoodquestionshere.com*.

„Wissen Sie, wer das hergebracht hat?" Ich musste mich fragen, ob Stone etwas damit zu tun hatte. Das Essen war großartig. Die Nährwerttabelle ließ mich auch an ihn denken.

„Keine Ahnung. Wahrscheinlich ein Lebensmittelhersteller, der herausfinden will, ob dieses Zeug gut genug für den Verkauf ist." Sie sah sich um, als sich die Tür zur Notaufnahme öffnete. „Die Pflicht ruft."

„Bye." Ich ging den Flur entlang und bog dann links ab, um zu sehen, ob ich meinen Tag damit beginnen konnte, einen Arzt bei der Visite zu begleiten. Niemand war dort, also ging ich zur Intensivstation und fand dort auch etwas zu essen. „Hey", sagte ich zu einem Praktikanten, der sich bereits bediente. „Was haben Sie da?"

„Das sind Schinkenröllchen mit einer Füllung aus Käse und Eiern. Paprika ist auch darin. Eins davon hätte gereicht, um meinen Hunger zu stillen, aber sie schmecken so gut, dass ich schon bei meinem zweiten bin."

Weitere kleine Karten lagen neben dem Tablett. Ich nahm eine Karte und ein Schinkenröllchen und las mir die Zutaten durch. „Dort steht, dass Hanfherzen darin sind." Ich hatte keine Ahnung, was das war. „Geht es Ihnen gut, nachdem Sie zwei davon gegessen haben?"

„Ist das Ihr Ernst?" Er lachte. „Davon wird man nicht süchtig. Nicht einmal ein bisschen. Wissen Sie irgendetwas über Marihuana, Miss Moxon?"

„Nein, nicht wirklich." So etwas lernte man nicht an der medizinischen Fakultät. Ich probierte einen Bissen und fand das Schinkenröllchen gut, obwohl es Raumtemperatur hatte. „Mmmh."

Ich holte meinen Stift heraus und schrieb *Frühstücksrollen* als Namensvorschlag darauf. Ich wusste, dass es so ähnlich wie Frühstücksbissen klang, aber das war mir egal.

Eine weitere Praktikantin kam mit etwas in der Hand auf uns zu. „Hey, ich habe das hier auf der Entbindungsstation gefunden. Sehen Sie sich das an." Sie öffnete den Deckel eines Styroporbehälters. „Das ist ein Monte Cristo Sandwich. Nur, dass es noch viel mehr enthält.

Rote, gelbe und grüne Paprika sind in das Rührei gemischt worden. Und es schmeckt, als wäre Käse darin, aber tatsächlich ist es Nährhefe." Sie hielt mir eine der kleinen Karten hin. „Hier sind die Zutaten aufgelistet."

„Sauerteigbrot." Ich hielt inne und sah auf, als ich mich daran erinnerte, dass Stone für das letzte Gericht, das er mir vorbeigebracht hatte, Sauerteigbrot verwendet hatte. „Interessant. Geräucherter Schinken und Eier, gemischt mit bunten Paprikaschoten und Nährhefe als Ersatz für Käse." Mir fiel auf, dass auch koscheres Salz auf der Liste stand. Ich wusste, dass Stone es grundsätzlich anstelle von normalem Salz verwendete. „Hat einer von Ihnen gesehen, wer diese Kostproben geliefert hat?"

Beide schüttelten den Kopf. Ich steckte mir den Rest der Frühstücksrolle in den Mund, bevor ich mich auf den Weg machte, um die Schwesternstationen der einzelnen Abteilungen auf weitere Kostproben abzusuchen.

Die meisten Tabletts waren schon leer, als ich sie erreichte. Und niemand hatte gesehen, wer sie hergebracht hatte. Da ich in dieser Nacht bei Hamburger Hut frei hatte, setzte ich mich an den Computer, sobald ich nach Hause kam.

Ich zog die Karte aus meiner Tasche und tippte die Webadresse ein. Ich war mir sicher, dass sie mir mehr Einblick geben würde, wer dahintersteckte. Aber ich irrte mich. Die Seite war in Schwarzweiß gehalten und enthielt keine Informationen darüber, wer hinter dem kostenlosen Essen steckte.

Ich füllte den Fragebogen trotzdem aus und hinterließ ehrliche Bewertungen für die Gerichte, die ich probieren konnte. Kurz bevor ich auf die Schaltfläche *Senden* drückte, hatte ich das seltsame Gefühl, dass ich damit vielleicht einem Rivalen von Stone helfen könnte. Also löschte ich alles.

Ich konnte niemandem, der Stones Konkurrent war, so gutes Feedback geben. Er war begeistert von diesem Projekt und verbrachte jeden wachen Moment damit. Ich durfte ihn nicht hintergehen und jemand anderen loben. Ich war seine Cheerleaderin und würde keine anderen Teams anfeuern.

Als ich nachsah, was für mein Studium zu tun war, gab es eine angenehme Überraschung. Ich musste nur drei Textfragen für einen Kurs und vier Multiple-Choice-Tests für einen anderen bearbeiten.

Für den letzten Kurs sollte ich etwas lesen und ich wusste, dass ich das tun konnte, während ich nachts arbeitete.

Ich hatte Zeit für eine richtige Dusche. Ich hatte auch Zeit, etwas zu essen, und dachte daran, bei einem Lieferservice zu bestellen. Nach einer schönen langen Dusche zog ich mir ein bequemes Sweatshirt an und ging dann die vielen Prospekte von Lieferdiensten durch, die sich bei mir angesammelt hatten.

Nichts sah so gut aus wie das, was Stone für mich gekocht hatte. Und nichts schien allzu gesund zu sein. Salat war die einzige gesunde Option. Aber ich wollte nicht nur einen Salat. Ich wollte etwas Nahrhaftes. Ich wollte etwas, bei dem ich mich großartig fühlen würde – so großartig wie bei Stones Gerichten.

Ich starrte auf mein Handy auf dem Couchtisch und überlegte, ob ich Stone anrufen könnte. Er war wahrscheinlich sehr beschäftigt. Trotzdem fragte ich mich, woran er wohl gerade arbeitete.

Was ich heute Abend für mein Studium erledigen musste, würde nicht besonders anstrengend sein. Ich könnte dabei mit ihm reden. Ich vermisste die Gespräche mit ihm. Ich vermisst ihn. Genauso wie seine sanften Küsse auf meine Wange.

Ich schloss die Augen und zog meine Füße unter mich, als ich mich auf dem Sofa niederließ. Ich stellte mir sein Gesicht vor, seinen muskulösen Körper, seine Lippen, die voll und wie aus Marmor gemeißelt waren. Und dann waren da noch seine Augen, so blau wie der Pazifik und mit einem verspielten Funkeln darin, wenn er sprach.

Stones spielerische Art wurde nur von seiner Leidenschaft übertroffen. Und wenn er so leidenschaftlich daran arbeitete, ein Bistro zu eröffnen, wäre er ebenso leidenschaftlich in der Liebe.

Mir wurde warm. Ich legte meinen Kopf zurück auf das Sofa und stöhnte, als ich mir vorstellte, wie seine Lippen sich gegen meine drückten. Wie seine Hände meine Haut streichelten, wenn er jeden Zentimeter von mir erkundete. Wie sein Körper sich auf mich legte und ich sein Gewicht spürte. Ihn so zu spüren wäre eine Erfahrung, die ich nie vergessen würde.

Ich öffnete meine Augen und wusste, dass das ein Wunschtraum war. Zumindest vorerst.

Vielleicht haben wir beide eines Tages mehr Zeit, um zu sehen, wohin die Dinge zwischen uns führen könnten.

KAPITEL NEUNZEHN

STONE

„Hallo, Ember. Ich habe die Tabletts für morgen fertiggestellt. Soll ich sie jetzt rüberschicken?" Ich hatte die Hilfe meiner Schwägerin und meiner Nichte Madison in Anspruch genommen, um die Kostproben ins Krankenhaus zu bringen. Nachdem ich die gesamte Rezeptentwicklung durchgeführt, eingekauft, gekocht und die Bewertungen im Auge behalten hatte, blieb mir wenig Zeit, um das Essen dorthin zu bringen, wo es sein musste.

„Ja, schicke sie zu uns. Wir sind zu Hause. Madison hilft liebend gern. Sie ist so glücklich, dass sie mitmachen darf", sagte Ember. „Du lachst vielleicht darüber, aber sie hat gesagt, sie würde es schon allein für das Essen tun. Sie liebt alles, was du bisher gekocht hast."

„Ich verlange nicht von euch, das alles kostenlos zu machen. Ich denke, ihr zwei solltet auf meiner Gehaltsliste stehen, weil ich mir sicher bin, dass ich eure Hilfe noch oft brauche, wenn ich das Bistro eröffne." Ich wollte nicht auf ihre großartige Unterstützung verzichten.

Bei Embers Lachen musste ich lächeln. „Wir sind eine Familie, Stone. Wir würden es auch umsonst tun. Aber ich muss sagen, dass es mir gefällt, dass Madison schon jetzt anfängt zu lernen, was es bedeutet, Geld zu verdienen, zu sparen und es mit Bedacht auszugeben. Ich weiß, dass es keinem von uns an Geld mangelt, aber es schadet nie, seinen Wert zu kennen."

„Das finde ich auch." Ich dachte darüber nach, wie wütend Jessa geworden war, als sie herausgefunden hatte, dass ich ihr meinen Reichtum verschwiegen hatte. „Wenn wir in reiche Familien hineingeboren worden wären, weiß ich nicht, ob wir genauso fleißig sein würden. Ich bin froh, dass ich Madison beibringen kann, Respekt für Geld und hart arbeitende Menschen zu haben."

„Ich bin auch froh, dass du ihr bei dieser Lektion helfen kannst, Stone. Lass uns morgen weiterreden. Bis dann."

„Bye, Ember. Grüße Cohen von mir." Ich beendete den Anruf und benutzte die App, um das Essen mit einem Taxi zu Ember liefern zu lassen.

Sobald ich mein Handy weglegen wollte, leuchtete der Bildschirm auf und ich fand eine Textnachricht von Jessa. Mein Herz setzte einen Schlag aus und ein Lächeln umspielte meine Lippen. „Ich frage mich, was sie heute Nacht macht." Ich war mir sicher, dass sie wie immer sehr beschäftigt war. Aber ich hoffte trotzdem auf eine Änderung ihres üblichen Zeitplans.

Ich strich über den Bildschirm und las ihre Textnachricht.

– Ich sitze zu Hause und denke an dich. Wie ist dein Abend? –

Ich wollte mir diese Chance, sie untätig zu erwischen, nicht entgehen lassen, also rief ich sie an. Sie nahm beim ersten Klingeln ab. „Hey."

„Du hast mich wohl vermisst", neckte ich sie.

„Ich glaube, ich habe geschrieben, dass ich an dich denke. Von *Vermissen* habe ich nichts gesagt", erwiderte sie leise lachend.

Der Klang ihrer Stimme traf mich mitten ins Herz. „Ich habe zwischen den Zeilen gelesen. Wie kann es sein, dass du heute Abend Zeit zum Herumsitzen hast?"

„Ich muss weniger für mein Studium lernen als sonst. Was hast du vor?"

„Wie viel Zeit hast du noch?" Hoffnung keimte in mir auf.

„Nun, ich habe noch ein wenig zu tun, aber es sollte nicht länger als zwei Stunden dauern. Dann habe ich den Rest der Nacht frei. Natürlich muss ich morgen trotzdem früh aufstehen und ins Krankenhaus gehen. Vielleicht können wir heute Abend noch ein bisschen telefonieren."

„Du könntest zu mir kommen und ich koche dir ein leckeres Abendessen." Ich wollte unsere gemeinsame Freizeit nicht mit Telefonieren verschwenden. „Ich rufe ein Taxi und lasse dich abholen. Du kannst deinen Laptop mitbringen und während der Fahrt weiterarbeiten. Später lasse ich dich von einem Taxi nach Hause bringen. Wie klingt das?"

Sie schwieg einen Moment. Dann sagte sie: „Okay."

Ich spürte, wie mein Herz in meiner Brust pochte. „Großartig. Unsere erste richtige Verabredung. Ich werde sie zu etwas Besonderem machen."

„Stone, mach dir meinetwegen keine Umstände. Ich will einfach nur eine Weile mit dir zusammen sein. Versprich mir, dass du es einfach hältst."

„Sicher, ich werde es einfach halten." Das stimmte nicht. Ich wollte ihr zeigen, wie großartig es sein konnte, wenn sie mir mehr von ihrer kostbaren Zeit schenkte. „Ich schicke dir eine Textnachricht, damit du weißt, wann das Taxi kommt. Ich kann es kaum erwarten, dich zu sehen."

„Ich auch. Bis gleich."

Ich machte den Computer aus, bevor ich versuchte, den kleinen Essbereich in eine möglichst romantische Umgebung zu verwandeln.

Im Kühlschrank befand sich Filet Mignon. Ich hatte es für eine spezielle Art von Frühlingsrolle aufgetaut, die ich am folgenden Nachmittag zubereiten wollte. Aber jetzt würde ich ein paar der Filets für uns verwenden.

Ich ging in die Küche, nahm die Filets aus dem Kühlschrank und legte sie auf das Schneidebrett, damit sie Raumtemperatur annahmen. Dann schnappte ich mir ein paar Kartoffeln und schaltete den Ofen ein, um ihn vorzuheizen, bevor ich sie in Folie einwickelte. Den Salat würde ich machen, kurz bevor wir uns zum Essen hinsetzten.

Ich genoss es, kleine intime Abendessen zu organisieren. Das hatte ich für alle meine Brüder und die Frauen getan, die sie schließlich geheiratet hatten. Und auch für viele meiner Freunde. Heute war das erste Mal, dass ich es für mich selbst tat.

Aber da es die erste richtige Verabredung von Jessa und mir war, wurde ich nervös und verlor den Überblick.

Mitten in meiner Küche blieb ich stehen und rief: „Ich habe vergessen, ihr ein Taxi zu rufen!"

Ich griff in meine Gesäßtasche, fand mein Handy dort nicht und verspürte Panik. Als ich mich umsah, entdeckte ich es auf der Arbeitsplatte.

Ich holte tief Luft, um den Stress abzubauen, und erstarrte, als mir klar wurde, dass ich nicht einmal nach Jessas Adresse gefragt hatte. Mein Finger schwebte über meiner Kontaktliste, um sie anzurufen und es nachzuholen, als sie mir eine Textnachricht mit ihrer Anschrift schickte. Ich seufzte erleichtert. „Verdammt, ich verliere noch den Verstand."

Nachdem ich ein Taxi zu Jessa geschickt hatte, das danach die vorbereiteten Tüten mit Lebensmitteln zu Ember bringen würde, machte ich mich wieder im Esszimmer an die Arbeit. Ich brachte funkelnde weiße Lichterketten an einer Seite des Raumes an, sodass es wirkte wie eine sternenklare Nacht. Eine weiße Leinentischdecke und eine Glasvase, die mit polierten Flusssteinen und einer dicken weißen Kerze dekoriert war, ließen den Tisch so elegant aussehen, als wäre er im Restaurant eines Fünf-Sterne-Hotels.

Als ich zurücktrat, bewunderte ich meine Kreation, bevor ich mit meinem Handy eine Verbindung zu den versteckten Bluetooth-Lautsprechern herstellte und leise Instrumentalmusik spielte. Ich erinnerte mich, wie Jessa gesagt hatte, dass sie diese Art von Musik gerne beim Essen hörte.

Durch mein Missgeschick, das Taxi für Jessa vergessen zu haben, hatte ich noch ungefähr zwanzig Minuten Zeit, bis sie hier ankommen würde, also nahm ich all das frische Gemüse, das ich hatte, und fing an, den Salat zuzubereiten. Ich war immer noch ziemlich nervös und entschied mich, zwei Flaschen Rotwein aus dem Keller zu holen.

Um mich zu beruhigen, holte ich auch eine Flasche Jack Daniels und schenkte mir ein Glas ein. Als ich den Whisky herunterkippte, brannte er in meiner Kehle. „Verdammt, das ist gut."

Während ich die Zutaten für den Salat in mundgerechte Stücke schnitt, fragte ich mich, ob es Jessa genauso ging wie mir. Wir waren noch nie allein gewesen. Wir hatten immer andere um uns gehabt und waren in der Öffentlichkeit gewesen. Das hier war neu und ungewohnt für uns beide. Ich hoffte nur, dass unsere Nervosität nicht zu einem unangenehmen Abend führen würde.

Ich schenkte mir nach, bevor ich die Whiskyflasche wieder in den

Schrank stellte. Bald würde ich ruhiger werden und könnte der Mann sein, der ich wirklich war, nicht dieses Nervenbündel, das ich noch nie in meinem Leben gewesen war.

Als ich mich wieder dem Kochen widmete, wurde mir klar, warum ich überhaupt aufgeregt war. Ich war unsicher, wie ich mich verhalten sollte.

Ich konnte nicht der Mann sein, der ich bei jeder anderen Frau war. Ich konnte nicht flirten und das übliche Ziel – sie ins Bett zu bekommen – verfolgen. Ich musste besser sein ... irgendwie.

Wir hatten nicht viel Zeit zusammen verbracht, aber es fühlte sich an, als wäre ich länger bei ihr gewesen als bei jeder anderen Frau. Vielleicht lag es daran, dass wir miteinander redeten, anstatt gleich zur Sache zu kommen.

Die flüchtigen Küsse auf die Wange waren die einzige Intimität, die wir ausgetauscht hatten. Aber das Besondere an diesen Küssen war, dass ich mich an jeden einzelnen davon erinnerte. Ich erinnerte mich, wie warm ihre Haut gewesen war, als ich sie zum ersten Mal geküsst hatte. Und sie hatte aus irgendeinem Grund nach Citrus-Bodenreiniger gerochen. Aber es hatte mir gefallen.

Als ihre Lippen das erste Mal meine Wange berührt hatten, war ich tatsächlich rot geworden. Und meine Beine hatten für den Bruchteil einer Sekunde beinahe unter mir nachgegeben.

Jessa war nicht irgendein Mädchen. Nach allem, was ich wusste, könnte sie die Richtige für mich sein. Auf keinen Fall würde ich versuchen, mit ihr jetzt darüber zu diskutieren. Wir hatten beide eine Menge Ziele, die wir erreichen wollten, bevor wir uns auf etwas Konkretes einlassen konnten.

Schon allein das Wissen, dass diese flüchtigen Küsse mir mehr bedeuteten als jeder andere Kuss, den ich jemals bekommen oder gegeben hatte, war genug, um mir zu sagen, dass Jessa Moxon etwas Besonderes war. Ich musste sie auch so behandeln.

Als ich den Salat anrichtete, wollte ich, dass er für sie perfekt war. Alles sollte bei unserer ersten Verabredung perfekt sein. Sie hätte mir vielleicht nicht zugestimmt, aber ich hielt sie für eine perfekte Frau.

Jessa wusste, was sie wollte, und ließ sich nicht davon abhalten, Ärztin zu werden. Ich hatte keine Ahnung, wie viel Geld ihre Eltern hatten, aber sie hatten offensichtlich nicht genug, um ihrer Tochter zu helfen, indem sie ihr Studium finanzierten. Das machte sie allein.

Sie hatte dafür Respekt verdient, den ihr niemand jemals wegnehmen konnte. Sie arbeitete verdammt hart für das, was sie wollte. Und das Erstaunliche daran war, dass sie anderen Menschen half. Sie wollte, dass sich die Menschen besser fühlten. Und sie war bereit, dafür auf ihre Freizeit zu verzichten und einen miesen Nebenjob anzunehmen.

Ich stellte die Salatteller in den Kühlschrank, lehnte mich gegen die Edelstahltüren und schloss die Augen. Mir kam der Gedanke, dass ich Angst hatte, nicht gut genug für sie zu sein. Sie hatte einen richtigen Mann verdient. Sie hatte es verdient, jemanden zu haben, zu dem sie nach Hause kommen konnte. Jemanden, der all die Strapazen ihrer stressigen und wahrscheinlich emotional anstrengenden Tage mit einem Kuss, einer Umarmung und jeder Menge Liebe erträglich machen konnte.

Ich zitterte, als das Blut in meinen Adern vor Angst zu Eis gefror. Meine Eltern waren gestorben, als ich acht Jahre alt gewesen war. Es war ein Problem, sie nicht als Vorbilder für eine gute Ehe zu haben. Ich war mir nicht sicher, wie ich eine Frau behandeln sollte, die ich respektierte, mit der ich aber auch Sex haben wollte.

Ich darf das nicht ruinieren.

KAPITEL ZWANZIG

JESSA

Das Taxi fuhr durch die offenen Tore und bewegte sich langsam die lange Einfahrt hinauf. Stones Villa war ein prächtiges dreistöckiges Gebäude, aber durch die umliegenden Hügel wirkte sie idyllisch. Laternen beleuchteten die Büsche und Bäume an der Vorderseite des Hauses. Eine riesige Tür aus Holz öffnete sich und Stone stand barfuß vor mir. Er trug eine Jeans und ein weißes Hemd, das nicht zugeknöpft war. Er sah entspannt und glücklich aus, mich zu sehen.

Mir wurde warm ums Herz, als ich beobachtete, wie er herauskam, um mich zu begrüßen. Er öffnete die Autotür für mich und erst dann sah ich die große schwarze Tasche in seiner Hand. „Hi."

Seine Augen funkelten. „Hi." Er stellte die Tasche auf den Rücksitz, den ich gerade verlassen hatte. „Hier, bitte. Sie haben die Adresse und die Nummer für die Textnachricht, sobald Sie dort angekommen sind. Jemand wird herauskommen und die Lieferung entgegennehmen. Danke."

„Sicher, Mr. Nash."

Stone legte seinen Arm um meine Taille und zog mich an sich. „Freut mich, dich zu sehen."

„Gleichfalls." Ich schaute auf das Haus, das nicht annähernd so streng wirkte wie die mehr als einhundert Jahre alte Villa, in der ich aufgewachsen war. „Es ist schön hier."

„Das ist mein Zuhause. Lass dich nicht von seiner Größe täuschen. Es ist groß und voller schöner Dinge, aber es ist kein Museum. Ich möchte, dass du dich dort auch heimisch fühlst."

Als ich in das Foyer ging, sah ich auf und bemerkte die hohe Decke, die bis in den dritten Stock reichte. „Wow."

„Danke." Er machte die Tür hinter uns zu und tippte auf eine Tastatur an der Wand. „Ich muss hinter dem Taxi die Tore schließen. Sonst kommen die Hunde des Nachbarn und kacken in meinen Garten."

„Nett." Ich lachte.

Seine Hand glitt in meine, als er mich durch einen großen Wohnbereich mit einem wunderschönen Kamin führte und die Flammen einladend tanzten. „Das ist das Wohnzimmer. Ich verbringe selten Zeit hier. Es ist einfach zu groß, um mich darin allein wohlzufühlen. Ich wollte aber, dass du den Kamin siehst. Er ist einer meiner liebsten Orte in diesem Haus."

„Er ist herrlich. Ich kann mir vorstellen, auf dem Teppich davor einzuschlafen." Romantik lag in der Luft und ausnahmsweise versuchte ich nicht, ihr zu entfliehen.

Sein tiefes Lachen berührte mich auf eine Weise, die ich sehr angenehm fand. „Vielleicht später, Süße."

Er führte mich durch einen kurzen Flur und dann waren wir in der Küche. „Hier fühle ich mich am wohlsten." Er legte seine Hände um meine Taille und hob mich hoch, um mich auf einen hohen Barhocker zu setzen. „Hast du deinen Laptop dabei? Du kannst lernen, während ich unsere Steaks zubereite."

„Steaks?" Das klang gut. „Und was hast du sonst noch für das heutige Abendessen geplant?" Ich holte den Laptop aus meiner Schultertasche und stellte ihn auf die Theke, ohne ihn zu öffnen.

„Du hast gesagt, ich soll es einfach halten, also habe ich das getan." Er holte etwas aus dem Ofen. „Es gibt Ofenkartoffeln und Salat. Und Rotwein." Er füllte eines der beiden Gläser, die neben einem Eiskübel mit zwei entkorkten Weinflaschen standen. „Bitte schön. Das wird dir helfen, dich zu entspannen."

Während ich an meinem Glas nippte, füllte er auch ein Glas für sich. „Das ist herrlich, Stone."

Er stellte eine eiserne Pfanne auf das Kochfeld und zog ein

Schneidebrett mit den beiden Steaks zu sich. „Filet Mignon. Klingt das für dich in Ordnung, Baby?"

„Das klingt perfekt." Eines musste ich dem Mann lassen. Er wusste, wie man eine Frau behandelte. „Du verwöhnst mich."

„Ich denke nicht, dass eine Frau, die so wunderbar ist wie du, zu sehr verwöhnt werden kann." Er goss Öl in die Pfanne.

„Was für ein Öl ist das?" Ich ignorierte meinen Laptop und beobachtete fasziniert Stone, der sich beim Kochen mit solcher Anmut bewegte.

„Traubenkernöl. Ich benutze es, wenn ich Steaks oder Hühnchen zubereite. Es hat einen höheren Siedepunkt als Olivenöl, sodass man Fleisch besser anbraten kann. Dadurch bleibt es schön saftig."

Zahlreiche Gewürze standen auf der Arbeitsplatte. „Ich sehe, dass du gut vorbereitet bist."

„Natürlich." Er nahm mit den Fingern etwas Salz aus einem Behälter und hielt dann seine Hand hoch, um es über die beiden Fleischstücke zu streuen.

„Ist das koscheres Salz?"

„Ich verwende nichts anderes."

Die Tasche, die er dem Taxifahrer mitgegeben hatte, kam mir plötzlich wieder in den Sinn und ich erinnerte mich an die Kostproben, die ich im Krankenhaus gegessen hatte. „Stone, wohin hast du den Taxifahrer mit der Tasche geschickt? Und was war darin?"

Seine Lippen verzogen sich zu einem schiefen Lächeln, als er eine Augenbraue hob. „Ich habe aufregende Neuigkeiten. Ich werde mein erstes Bistro in dem Krankenhaus eröffnen, wo du dein Praktikum machst."

„In der Tasche waren Tabletts mit Essen, nicht wahr?" Ich wusste es einfach.

„Ja. Ich habe sie zum Haus meines Bruders Cohen geschickt. Seine Frau Ember und ihre Tochter Madison bringen sie jeden Morgen ins Krankenhaus, um sie auf den Schwesternstationen und in der Ärztelounge zu verteilen. Ich habe schon viel Feedback erhalten und bisher war es sehr gut. Mein Menü ist fast vollständig."

„Ich hatte mir schon gedacht, dass es dein Essen war." Ich konnte nicht aufhören zu lächeln. „Ich wollte eine Bewertung auf der Website hinterlassen, aber ich habe mir Sorgen gemacht, dass es nicht von dir sein könnte und ich aus Versehen deine Konkurrenz mit Lob überhäufen würde."

„Doch, es war von mir. Ich habe Tag und Nacht an Rezepten gearbeitet und ich habe mich über die Namensvorschläge der Testesser gefreut. Du musst nicht auf die Website gehen. Sag mir einfach, was du denkst." Er beugte sich über die Theke und strich mit seinen Fingern über meinen Handrücken. „Ich finde es cool, dass du mein Essen beim Probieren erkannt hast. Wir haben eine ziemlich gute Verbindung, du und ich."

Ich senkte den Kopf und lächelte schüchtern. „Findest du?"

„Ja." Er legte die Filets in die heiße Pfanne, sodass sie laut brutzelten. „Zwei Minuten auf jeder Seite, dann werde ich sie zehn Minuten lang in den Ofen schieben. Es sei denn, du willst, dass dein Filet gut durch ist."

„Ich nehme es so, wie du es gerne kochst. Ich vertraue deinem Urteil." Ich begann, ihm mehr zu vertrauen, als ich jemals jemandem vertraut hatte. „Ich habe schon gesagt, dass es mir leidtut, was ich zu dir gesagt habe, aber es ist wirklich so. Ich meine, ich habe dich als einen verwöhnten, reichen Kerl bezeichnet und das war falsch von mir. Du bist überhaupt nicht verwöhnt. Ich mache mir immer noch Vorwürfe, weil ich das gedacht und auch noch laut ausgesprochen habe."

„Hör auf. Ich komme damit zurecht. Ich bin es nicht gewohnt, dass die Menschen nicht automatisch wissen, dass ich jetzt Geld habe. Seit wir aus Houston, wo wir aufgewachsen sind, nach Austin gezogen sind, kennen uns alle in dieser Stadt als die reichen Brüder, die ein Resort gebaut haben. Ich habe angenommen, dass du auch wusstest, wer ich bin, als ich dir meinen Namen gesagt habe. Oder dass du mich im Internet suchen und es so erfahren würdest. Das tun die Leute normalerweise, wenn sie jemanden kennenlernen."

„Ich schätze, ich war zu beschäftigt dafür. Zumindest bis mir einer der Ärzte im Krankenhaus erzählt hat, dass du Milliardär bist und schon auf dem Cover von Texas Monthly warst." Ich schämte mich immer noch dafür, dass ich Stone so gnadenlos verurteilt hatte. „Wenn ich meine Worte zurücknehmen könnte, würde ich es tun."

„Ich weiß." Er goss mehr Wein in mein Glas. „Du kannst so viel trinken, wie du willst. Ich lasse dich von einem Taxi nach Hause bringen."

Ich nippte an dem Wein und fühlte mich gut aufgehoben. Wenn ich in der Vergangenheit begonnen hatte, mich bei einem Mann so zu fühlen, war ich auf Abstand gegangen. Ich wollte nicht, dass sich jemand um mich kümmerte. Aber die Art und Weise, wie Stone es tat, störte mich überhaupt nicht. „Danke. Ich will den Abend mit dir genießen."

Er warf einen Blick auf meinen ungeöffneten Laptop. „Wie lange musst du noch lernen?"

„Ich habe noch ungefähr eine Stunde vor mir." Ich wollte überhaupt nicht lernen. Ich wollte dort sitzen, mit Stone sprechen, Wein trinken und mich wie jemand fühlen, der nicht achtzig Stunden in der Woche arbeiten musste. „Ich werde es tun, nachdem wir gegessen haben. Ich liebe es, dir beim Kochen zuzusehen."

„Dann sieh mir bitte weiter zu." Er benutzte die Zange fachmännisch, um das Fleisch zu drehen, bis beide Stücke gleichmäßig angebraten waren. „Wunderschön, nicht wahr?"

Er sprach über die Farbe der Filets, aber ich sprach über ihn. „Ja, wunderschön." Ich trank einen weiteren Schluck und leckte meine leicht salzigen Lippen. „Ich bin froh, dass ich Zeit zum Duschen hatte, bevor ich zu dir gekommen bin. Es ist eine Weile her, dass ich mir Zeit für mich genommen und mich hübsch gemacht habe. Aber ich bin froh, es heute Abend getan zu haben."

„Du siehst bezaubernd aus. Aber in meinen Augen bist du immer hübsch." Er nahm die Pfanne vom Herd und stellte sie in den Ofen, der in die Wand eingebaut war. „Kann ich dir etwas sagen?" Er lehnte sich an die Theke und verschränkte seine Finger, als er mir in die Augen sah.

„Ich denke schon." Mir war flau im Magen und ich befürchtete, dass er etwas über mich fragen würde – zum Beispiel darüber, aus was für einer Familie ich stammte. Ich wollte ihm überhaupt nichts darüber erzählen.

„Ich erinnere mich an jeden der Küsse auf die Wange, die wir einander gegeben haben. Ich erinnere mich daran, wie sich deine Haut auf meinen Lippen angefühlt hat. Ich erinnere mich daran, wie du gerochen hast."

„Oh nein." Ich wurde rot. „Meine Güte, Stone, ich muss die ganze Zeit schrecklich gerochen haben. Wenn es kein Hamburgerfett war, war es wahrscheinlich Bodenreiniger. Im Krankenhaus stinkt es immer danach." Ich war froh, dass ich mich heute mit einem süß duftenden Körperspray eingesprüht hatte. Zumindest würde mich seine Erinnerung an meinen Geruch bei unserer ersten Verabredung später nicht mit Entsetzen erfüllen.

„Du hast nach Zitrone geduftet und ich habe es geliebt."

„Es war nur Bodenreiniger", murmelte ich und trank noch einen Schluck. „Du riechst immer fantastisch. Jedes Mal."

„Danke, Baby." Er drehte sich um und ging zum Kühlschrank, bevor er mit Butter zurückkam. „Für die Filets. Sobald sie fertig sind, lege ich Butter darauf. Es macht sie noch saftiger und wenn man in das Fleisch schneidet und die Säfte freisetzt, mischen sie sich mit der Butter und ergeben eine perfekte Soße. Ich hasse fertige Steaksoßen. So etwas werde ich bestimmt nicht servieren."

„Das liegt daran, dass du ein wahrer Meisterkoch bist. Und ich bin stolz darauf, dich zu kennen, Stone Nash." Ich hielt mein Weinglas hoch. „Auf dich."

„Nein." Er winkte ab, als hätte ich ihn in Verlegenheit gebracht. „Ich habe es nie gemocht, als Meisterkoch bezeichnet zu werden. Es klingt anmaßend."

„Es ist eine Ehre, so genannt zu werden, Stone. Du bist wunderbar in dem, was du tust. Akzeptiere den Titel, den du dir verdient hast." Ich hielt mein Glas wieder hoch. „Auf Stone Nash, den besten Koch der Welt."

„Du bist voreingenommen, weil ich dich kostenlos durchgefüttert habe." Er lachte, als er sich von mir abwandte, um die Filets aus dem Ofen zu holen.

Er hatte recht. Ich war voreingenommen. Aber nicht, weil er mich kostenlos durchgefüttert hatte. Ich dachte, dass es mehr damit zu tun hatte, dass ich ihn immer mehr mochte.

Wer bin ich?

KAPITEL EINUNDZWANZIG

STONE

Nach dem Abendessen räumte ich die Küche auf, während Jessa lernte. Die Musik spielte leise, als wir unsere letzten Aufgaben für diesen Tag erledigten. Gerade als ich den Geschirrspüler anmachte, klappte sie ihren Laptop zu. „Fertig."

Ich hatte noch nie in meinem Leben ein schöneres Wort gehört.

„Ich auch."

Ich ging auf sie zu und sie lächelte, als ich den Barhocker, auf dem sie saß, drehte, bis sie mich ansah. Ihre Hände bewegten sich über meine Wangen, während sie in meine Augen blickte. „Ich denke, ich sollte den Koch zum Dank für das köstliche Essen und den romantischen Abend küssen. Was denkst du?"

„Ich denke, das ist die beste Idee, die ich jemals gehört habe." Es fühlte sich an, als hätte ich eine Ewigkeit auf diesen Moment gewartet.

Sie zog mich zu sich und als unsere Lippen sich berührten, bekam ich am ganzen Körper Gänsehaut. Ich konnte mich nicht beherrschen und nahm sie in meine Arme, als der Kuss leidenschaftlicher wurde.

Ihr Daumen streichelte mein Gesicht, während sie sich mit der anderen Hand an meinem Hals festhielt. Ich trug sie zum Sofa im

Nebenzimmer, setzte mich und legte sie auf meinen Schoß. Das Gewicht ihres Körpers auf meinem war berauschend.

Bevor ich mich versah, lag sie auf dem Rücken und ich war auf ihr. Wir berührten und erkundeten einander fieberhaft, obwohl wir immer noch unsere Kleidung trugen. Es mochte überstürzt sein, aber ich konnte nichts dagegen tun.

Ich umarmte sie fester, rollte mich vom Sofa und landete rücklings auf dem Teppich. Jessa drehte sich um, bis sie wieder unter mir war. Unsere Lippen verließen einander keine Sekunde und der Kuss wollte nicht enden. Meine Hände entwickelten ein Eigenleben, als sie anfingen, Jessas Kleidung von ihrem Körper zu ziehen, und begierig darauf waren, nackte Haut statt Stoff zu berühren.

Ihre Hände knöpften mein Hemd auf und zogen es mir dann aus. Stöhnend streichelte sie meinen Rücken und wölbte ihre Hüften, damit ich sie von ihrer Hose befreien konnte, bevor ich meine Hose auszog. Irgendwie schafften wir es, uns dabei die ganze Zeit zu küssen.

Es war überwältigend, wie sich meine Haut an ihrer Haut anfühlte. Jessas Haut war weicher als die edelste Seide und ich wollte alles von ihr spüren. Ich musste sie spüren und hatte noch nie jemanden so sehr gebraucht. Ich hätte alles gegeben, nur um jeden Zentimeter von ihr berühren zu können.

Sie schob eine Hand nach unten und umfasste meinen Schwanz. Der Laut, den ich ausstieß, war eher animalisch als menschlich, und der Kuss wurde noch wilder. Sie streichelte mich in einem perfekten Rhythmus und machte meine Erektion härter als je zuvor. Dann spreizte sie ihre Beine und führte mich dorthin, wo sie mich haben wollte.

Mit gebeugten Knien wölbte sie sich mir entgegen und nahm mich in sich auf, als unser Kuss sanfter und süßer wurde. Ich legte meine Hände auf ihre Schultern, als ich in sie eindrang, und genoss die feuchte Hitze.

Ich könnte für immer in ihr sein.

Wir bewegten uns zusammen, als hätten wir es schon tausendmal getan und wüssten genau, wie wir aufeinander reagieren würden. Ich löste meine Lippen von ihren, damit ich in ihre Augen schauen konnte. Was ich dort fand, traf mich mitten ins Herz. „Ich habe noch nie Liebe in den Augen von jemandem gesehen. Aber ich sehe sie jetzt in deinen Augen."

Sie schluckte, als eine Träne über ihre Wange lief. „Macht dir das Angst?"

„Nicht einmal ein bisschen." Ich küsste ihre Nasenspitze, als unsere Körper sich zu Musik wiegten, die nur wir hören konnten. Ich zog mich zurück und begegnete wieder ihrem Blick. „Was siehst du in meinen Augen?"

Sie schloss ihre Augen und lächelte, bevor sie sie wieder öffnete. „Es ist immer noch da. Ich war mir nicht sicher, ob das, was ich gesehen habe, echt war oder nicht. Aber es ist immer noch da. Du bist in mich verknallt, oder?", scherzte sie.

„Das könnte sein." Ich strich mit den Fingern über ihren Arm, hob ihn an und zog eine Spur von Küssen darüber. „Du sollst nur wissen, dass ich nicht einmal daran gedacht habe, dass unser Abend so enden würde."

„Du hast also nicht versucht, mich mit deinem leckeren Essen, dem romantischen Ambiente und dem Wein zu verführen?" Ihre Nägel kratzten sanft über meinen Rücken.

„Überhaupt nicht." Ich hatte vorgehabt, einen romantischen Abend mit ihr zu verbringen, aber Sex war nicht Teil des Plans gewesen. „Aber wenn es nötig ist für das, was wir gerade erlebt haben, dann mache ich es jeden verdammten Abend."

„Glaubst du nicht, dass du mich irgendwann satt hast?"

Ich schüttelte den Kopf, beugte mich vor und küsste ihren Hals. Ich liebte den Laut, der dabei von ihren Lippen kam. „Wie könnte ich das jemals satt haben? Auf keinen Fall."

Meine Hände streichelten ihre Arme, zogen sie über ihren Kopf und drückten sie auf den Boden, als ich mich über sie erhob. Ihre Augen waren auf meinen Oberkörper gerichtet und sie leckte sich die Lippen. „Dein Körper sieht so aus, als wäre er von einem extrem talentierten Bildhauer geschaffen worden."

Ich betrachtete ihre festen, prallen Büste. „Sieht so aus, als wäre Mutter Natur verdammt großzügig zu dir gewesen, Baby."

Ihr Lachen erfüllte die Luft. Ich drehte mich um und zog sie mit mir, sodass sie auf mir saß. Während ihre Hände jeden Zentimeter meines Oberkörpers erkundeten, wiegte sie ihren Körper. „Ich habe das gebraucht. Du hast keine Ahnung, wie dringend ich das gebraucht habe."

„Ich habe eine Idee." Ich strich mit meinen Händen über ihre Arme und konnte zum ersten Mal völlige Entspannung auf ihrem Gesicht sehen.

Sie errötete ein wenig und schlug dann leicht gegen meine Brust. „Ich meine, ich hatte einen anstrengenden Tag im Krankenhaus. Letzte Woche wurde ein Baby geboren, das süchtig nach Meth ist. Das Jugendamt hat der Mutter das Sorgerecht entzogen, nachdem der Drogentest positiv ausgefallen war. Wir kümmern uns um das kleine Mädchen, seit es erst ein paar Stunden alt war."

„Das klingt verdammt traurig." Mein Herz schmerzte für das arme Baby. „Wie kann eine Frau ihrem ungeborenen Kind so etwas antun?" Ich verstand es einfach nicht.

„Es passiert öfter, als es sollte, soviel ist sicher." Eine Träne rollte über ihre Wange und ich wischte sie weg. Sie nahm meine Hand und küsste die Handfläche. „Dieses Baby ist das erste und einzige, das mich wirklich mag. Die Kleine mag mich lieber als alle anderen. Und um ehrlich zu sein, habe ich darüber nachgedacht, ob ich sie adoptieren könnte."

„Wäre es nicht unglaublich schwierig, sich um ein Kind mit solchen Problemen zu kümmern?" Ich hatte keine Ahnung, wie es sich auf ein Baby auswirkte, mit einer Sucht geboren worden zu sein. Aber ich kannte süchtige Menschen, die durch die Hölle gegangen waren.

„Ja, das wäre es. Die Kleine könnte für den Rest ihres Lebens Probleme haben. Trotzdem habe ich eine Weile überlegt, sie zu meiner Tochter zu machen." Sie wischte eine weitere Träne weg. „Aber als ich sie heute Morgen in den Arm nehmen und füttern wollte, war schon eine andere Frau da. Sie war vom Jugendamt geschickt worden."

„Hat sie das Baby mitgenommen?" Ich wusste, dass sie es getan hatte. Ich konnte die Trauer auf Jessas Gesicht sehen.

Sie nickte und wischte weitere Tränen weg. „Ich freue mich für das Baby. Wirklich. Diese Frau und ihr Ehemann haben schon zwei weitere Babys, die mit derselben Sucht geboren wurden, bei sich aufgenommen. Sie hat fast zehn Jahre Erfahrung mit ihnen. Sie ist das Beste, was diesem armen Mädchen passieren kann, und das weiß ich auch. Aber dadurch tut es nicht weniger weh."

Ich zog sie zu mir, umarmte sie und küsste die Seite ihres Kopfes. „Süße, das tut mir so leid. Ich bin sicher, dass es wehtut. Aber du weißt, dass du keine Zeit hast, das zu sein, was das Baby braucht. Du hast ein gutes Herz – ein sehr gutes Herz –, aber du hast auch ein großes Ziel zu erreichen. Wenn du einmal Ärztin bist, kannst du Tausenden, vielleicht sogar Millionen von Menschen mit allen möglichen Problemen helfen."

„Ich weiß", sagte sie wimmernd. „Aber sie mag mich. Keines der anderen Babys, die ich zu trösten versucht habe, hat das jemals getan."

„Vielleicht werden sie dich jetzt mögen. Vielleicht hast du jetzt eine andere Ausstrahlung. Und vielleicht liegt das daran, dass wir uns kennengelernt haben und du jetzt eine Ruhe an dir hast, die du vorher nicht hattest." Ich runzelte die Stirn, als ich erkannte, dass ich so klang, als wäre das mein Verdienst. „Aber das hättest du auch allein geschafft, Baby. Ohne mich."

„Nein, das stimmt nicht. Ich denke, du hast vielleicht recht. Ich war so verschlossen. Bis du gekommen bist und angefangen hast, mich zu stalken, hatte ich gar niemanden."

„Dich zu stalken?" Mir gefiel nicht, wie sie es formuliert hatte.

Ihre Augenbrauen hoben sich, als sie mich fragend ansah und eine sitzende Position einnahm. „Wie würdest du es nennen?"

Ich hielt sie fest und überlegte, wie man das, was ich getan hatte, nennen könnte. „Ist es Stalking, wenn man denkt, dass man jemanden mag und immer wieder an den Ort zurückkehrt, an dem man ihn kennengelernt hat, weil man hofft, ihn wiederzutreffen?"

„Ich denke, das ist die genaue Definition von Stalking, Stone." Sie lächelte und wölbte ihren Rücken, während sie sich mit den Händen durch die Haare fuhr. „Aber ich bin froh, dass du es getan hast."

„Nun, wir sollten es nicht Stalking nennen. Wir können es als Beharrlichkeit bezeichnen. Ich mag, wie das klingt." Das gefiel mir viel besser. „Wenn dich jemand fragt, wie wir zusammengekommen sind, kannst du sagen, dass ich beharrlich versucht habe, dich zu erobern."

„Das hast du wirklich getan." Sie beugte sich vor und küsste meinen Hals. „Jetzt bin ich an der Reihe damit, beharrlich zu sein. Ich werde dich beharrlich verwöhnen, mein schöner Liebhaber."

Ich wollte so viel mehr sein als nur ihr Liebhaber. Ich wollte ihre einzige wahre Liebe sein, so wie sie meine war. Nicht, dass ich ihr so etwas bei unserer ersten Verabredung und unserem ersten Sex erzählen wollte. Das wäre einfach nur dumm, obwohl wir ziemlich deutlich darüber gesprochen hatten, Liebe in den Augen des jeweils anderen zu sehen. Trotzdem war es noch zu früh, um *Ich liebe dich* zu sagen. Es wäre aber schön gewesen, es zu hören – zumindest für mich.

Frauen hatten mir schon oft gesagt, dass sie mich liebten, aber die meisten von ihnen waren betrunken gewesen, und viele hatten nur versucht, mein Herz für sich zu gewinnen. Jessa schien das nicht einmal zu versuchen, aber sie hatte es dennoch geschafft.

Sie hatte nicht gescherzt, als sie darüber gesprochen hatte, mich zu verwöhnen, weil sie an meinem Hals saugte, bis ich so erregt war, dass ich mich umdrehte und sie unter mich zog. „Mach dich bereit, dem Himmel näher zu kommen, als jemals zuvor, Baby."

Wir liebten uns leidenschaftlich und als ich über den Rand der Ekstase stürzte, fühlte ich, wie etwas Ungewöhnliches über mich kam. Eine Weile konnte ich nicht einmal sehen. Aber als die Schwärze nachließ, war Jessas hübsches Gesicht vor mir und gerötet von der Hitze, die unsere Körper erzeugt hatten. „Wow", sagte sie und lächelte. „Das war fantastisch, Stone."

„Ja?" Ich war froh, dass sie es auch genossen hatte. „Ich fand es selbst auch ziemlich großartig. Ich bin froh, dass die Schwärze verschwunden ist. Ich dachte kurz, ich wäre blind geworden."

„Du hast wirklich alles gegeben." Sie zog mich zu sich hinunter und küsste mich sanft, bevor sie fragte: „Was wäre, wenn du und ich feststellen, dass wir das öfter machen wollen?"

„Ich kann dir versichern, dass ich das so oft tun will, wie du mich lässt."

Am liebsten jede Nacht.

KAPITEL ZWEIUNDZWANZIG

JESSA

Drei Wochen waren seit unserer gemeinsamen Nacht vergangen. Es war nicht so, dass ich nicht mehr Nächte mit Stone verbringen wollte. Der Zeitpunkt war für keinen von uns richtig. Er war damit beschäftigt, alles zu organisieren, um das Bistro im Krankenhaus zu eröffnen, und ich hatte meinen üblichen höllischen Terminplan. Und wenn ich meine Zwischenprüfung bestehen wollte, musste ich jede verfügbare Minute mit Lernen verbringen.

In einer seltenen Pause sah ich, wie Stone in die Cafeteria kam, als ich gerade einen der italienischen Burritos gegessen hatte, die er an diesem Nachmittag als Kostprobe geschickt hatte. Ich war nur in die Cafeteria gekommen, um mir eine Flasche Wasser zu holen, aber ich konnte an seiner gerunzelten Stirn erkennen, dass er dachte, ich hätte etwas von dort gegessen. „Was machst du hier, junge Dame?"

Ich hielt die leere Papierhülle hoch, in der sich der Burrito befunden hatte, und lächelte. „Nicht das, was du denkst."

Die Falten auf seiner Stirn verschwanden, als er begriff, dass ich sein Essen nicht verschmäht hatte. „Gut."

Ich warf das Papier in den Mülleimer und spürte, wie Stone seine Arme um mich schlang, bevor er seine Lippen auf meinen Mund presste. Sein Kuss raubte mir den Atem und ich schmolz in seinen Armen dahin. „Ich habe dich vermisst."

„Ich dich auch, Baby." Er konnte mich anscheinend nicht loslassen. „Wir müssen uns Zeit füreinander nehmen. Ich weiß, dass du bald Prüfungen hast. Aber wann bist du damit fertig?"

„Die letzte Prüfung ist am Freitag. Und sobald ich sie hinter mir habe, muss ich mich bei Hamburger Hut wieder an die Arbeit machen. Die Tagesmanagerin übernimmt einen Teil meiner Schicht und bleibt so lange, bis ich kommen kann."

„Bist du am Samstagmorgen hier im Krankenhaus?"

„Ja." Ich wusste, dass der Zeitmangel ein Problem war. „Ich habe dir gesagt, dass es nicht leicht werden würde."

„Nichts Leichtes ist jemals viel wert." Er wiegte mich in seinen Armen. „Was ist mit Sonntag?"

„Nun, da ich am Freitagabend das Personal einteile, werde ich mir sicher am Sonntagabend freinehmen. Und die neuen Kurse beginnen erst eine Woche nach dem Ende der Prüfungen."

Aufregung erfüllte seine tiefe Stimme. „Du hast also eine Woche frei?"

„Nicht ganz, nein. Aber ich habe mehr Freizeit als normalerweise. Ich habe zwei freie Nächte, in denen ich nicht zu Hamburger Hut muss." Ich hielt den Atem an und wartete darauf, was er dazu sagen würde.

„Du verbringst diese beiden Nächte mit mir. Sobald du weißt, wann du frei hast, sagst du mir Bescheid, damit ich mir auch freinehmen kann. Wenn du hier im Krankenhaus fertig bist, kannst du direkt zu mir fahren. Ich werde dir die Codes für das Tor und die Haustür schicken."

„Wow, das ist so, als würde ich einen Schlüssel für dein Haus bekommen. Bist du sicher, dass du bereit dazu bist?" Wir hatten nicht darüber gesprochen, eine exklusive Beziehung zu haben. Aber natürlich wusste er, dass er der Einzige für mich war, weil ich kaum Zeit für ihn finden konnte, geschweige denn für irgendjemand anderen. „Was wäre, wenn ich eines Nachts spät und unangekündigt auftauche, um ein paar Stunden mit dir zu kuscheln, nur um eine andere Frau in deinem Bett zu finden?"

Er schüttelte den Kopf und sagte: „Das wird nicht passieren."

„Bist du sicher?" Ich wusste, dass er mit mir nicht so viel Sex hatte, wie er es gewohnt war. „Ein Mann hat Bedürfnisse, aber ich tue nicht viel, um sie zu befriedigen."

„Mach dir darüber keine Sorgen." Er küsste mich sanft. „Ich bin mehr als zufrieden."

Ich wollte nicht lügen. Ich wollte mehr von dem, was er zu bieten hatte. „Ich muss weiterarbeiten. Wenn ich es nicht müsste, würde ich gerne einfach hier stehenbleiben und mich von deinen starken Armen festhalten lassen." Ich legte meine Hände auf seinen muskulösen Bizeps und erinnerte mich daran, wie sich die Muskeln angespannt hatten, als er sich im Bett über mir bewegt hatte. Wärme und Erregung breiteten sich in mir aus, aber dafür hatte ich keine Zeit.

Er beugte sich vor und sein warmer Atem streifte mein Ohr. „Wie wäre es mit einem Quickie in einem leeren Krankenzimmer?"

„Wenn ich könnte, würde ich es tun. Irgendwie glaube ich aber nicht, dass einer von uns nach einem Quickie aufhören würde."

„Ja, da hast du recht. Ich kann auf die zwei Nächte warten, die du bald mit mir verbringst." Er grinste, als seine Augen aufleuchteten. „Ich plane schon das Abendessen."

„Es muss nichts Besonderes sein", sagte ich und lachte. Ich wusste genau, dass der Mann keine andere Art kannte, eine Mahlzeit zuzubereiten – zumindest, wenn er für mich kochte.

„Vergiss es." Mit einem Seufzer küsste er meine Wange und ließ mich dann los. „Mach dich wieder an die Arbeit, bevor ich dich über meine Schulter werfe und entführe."

„Als ob du so etwas tun würdest." Ich trat widerwillig ein paar Schritte zurück und vergrößerte den Abstand zwischen uns. „Ich werde dir später eine Textnachricht schreiben."

„Ich freue mich darauf." Er blieb stehen, als ich wegging.

Ich war auf halbem Weg zu dem Operationssaal, wo einer der Ärzte einen Blinddarm entfernen wollte, als mir klar wurde, dass ich Stone nicht gefragt hatte, warum er ins Krankenhaus gekommen war. Ich wusste, dass seine Schwägerin und seine Nichte die Kostproben herbrachten. Darüber hinaus hatte er im Krankenhaus nichts zu tun.

Eine der anderen Praktikantinnen namens Miss Callahan trat neben mich. „Sie haben nicht zufällig etwas gegen Krämpfe, oder?"

„Wie Midol?"

„Ja. Irgendetwas. Ich habe schreckliche Krämpfe. Meine Periode ist früher gekommen als erwartet, sonst hätte ich selbst etwas dabei."

Ich hatte ein kleines Päckchen mit zwei Tabletten in der Tasche, weil meine Periode schon vor ein paar Tagen hätte kommen sollen. „Sie können diese hier haben. Ich spüre keine Anzeichen dafür, dass ich sie heute brauche." Ich fand es amüsant, dass die meisten Frauen, die eng zusammenarbeiteten, ihre Periode etwas zeitgleich bekamen.

„Großartig. Alle anderen, die ich gefragt habe, hatten ihre Tabletten schon selbst genommen. Wir sind hier anscheinend alle gut aufeinander abgestimmt. Ich habe Glück, dass Sie zu spät dran sind." Sie nahm die Tabletten aus der Packung und spülte sie mit einem Schluck aus der Wasserflasche, die sie herumtrug, herunter. „Ich werde morgen Ersatz mitbringen, damit Sie Ihren Vorrat wiederbekommen. Sie werden sie noch brauchen."

„Vielleicht sind Sie zu früh und ich zu spät dran wegen der neuen Krankenschwester, die letzten Monat hier angefangen hat. Wir durchlaufen wahrscheinlich alle einen Synchronisierungsprozess. Manchmal hasse ich Mutter Natur."

„Ich auch." Wir gingen in den Umkleideraum und stellten fest, dass einige andere Praktikanten vor uns dort angekommen waren.

Ich zählte die anderen, von denen bereits zehn ihre OP-Kittel trugen. „Mist. Wir kommen zu spät."

Sie sah überhaupt nicht verärgert aus. „Gut. Das heißt, dass ich nicht ewig lange im Operationssaal herumstehen muss. Ich schätze, ich gehe in die Notaufnahme." Miss Callahan machte sich auf den Weg und ich verließ den Umkleideraum hinter ihr.

„Ich denke, ich sehe nach den Babys." Ich war nicht mehr in der Säuglingsabteilung gewesen, seit das kleine Mädchen weggebracht worden war. Ich wollte nicht den gleichen Schmerz fühlen wie an dem Tag, als diese Frau mit der Kleinen verschwunden war. Aber ich wusste, dass ich irgendwann wieder den Raum betreten musste, in dem ich sie Tag für Tag im Arm gehalten hatte, damit sie das Gefühl hatte, dass alles wieder gut wurde. Ich hatte sogar versucht, ihr meine Liebe zu schenken.

Ich war mir nicht sicher, ob Stone oder dieses arme Mädchen meinem Herzen beigebracht hatten, wie man Liebe zeigte. Es war egal. Das Einzige, was zählte, war, dass ich gelernt hatte, mein Herz zu öffnen und dass Stone bereitwillig hineingekommen war.

Unsere Geduld miteinander erstaunte mich. Ich hätte nicht gedacht, dass jemand so geduldig sein könnte. Als ich zum Aufzug ging, um in den dritten Stock zu gelangen, hörte ich Stones Stimme: „Also sehen wir uns morgen?"

„Ja, morgen", sagte eine Frau.

Ich blieb stehen und spähte um die Ecke, weil ich nicht wollte, dass er mich sah, während ich ihre Unterhaltung belauschte. *Wer ist sie?*

Die Frau sah in meine Richtung, während Stones Rücken mir zugewandt war. Sie schien Ende zwanzig zu sein und hatte wundervoll gebräunte Haut, lange blonde Haare und grüne Augen. Außerdem war sie schlank und ich musste zugeben, dass sie schön war. Ich musste auch zugeben, dass Eifersucht in mir aufflammte.

„Ich kann es kaum erwarten!", sagte Stone.

„Ich auch nicht!", sagte sie begeistert.

Plötzlich schlang sie ihre Arme um ihn und sie standen zusammen in der Lobby und umarmten einander.

Was soll das?

Ich lehnte mich gegen die Wand zurück und mein Herz pochte wild, als ich um Atem rang. Ich war mir nicht sicher, was ich gerade gesehen hatte. Mein Stone in den Armen einer anderen Frau?

Aus den Augenwinkeln sah ich, wie Stone zum Ausgang ging. Er reckte die Faust in die Luft, als hätte er gerade eine enorme Leistung erbracht.

Was wäre, wenn er heimlich versucht hat, diese Frau dazu zu bringen, mit ihm auszugehen, und es ihm endlich gelungen ist? Was wäre, wenn er von mir bekommen hat, was er wollte, und er jetzt wissen will, ob er diese andere Frau auch erobern kann?

Mein Magen drehte sich um und ich rannte zur Toilette und erbrach alles, was ich gerade gegessen hatte. Ich umklammerte meinen Bauch und fragte mich, ob ich überreagierte. Die Art, wie Stone mich angesehen hatte, sagte mir, dass ich ihm wirklich etwas bedeutete.

Wir hatten sogar über Liebe gesprochen – darüber, Liebe in den Augen des jeweils anderen zu sehen. Wenn das wirklich so war, warum sollte er sich dann eine andere Frau suchen?

Einmal ein Playboy – immer ein Playboy.

Aber er wollte meine freien Nächte mit mir verbringen – in seinem Bett. Welcher Mann würde das wollen, wenn er vorhatte, mit einer anderen Frau zu schlafen?

Ein Bad Boy. Ich habe mich in einen Bad Boy verliebt.

Er hatte gesagt, er würde mir die Codes für das Tor und das Haus schicken, aber das bedeutete nicht, dass er sie nach unseren zwei gemeinsamen Nächten nicht wieder ändern würde. Er hatte sich offensichtlich gerade erst mit dieser Frau verabredet, also würde er sie noch nicht zu sich nach Hause einladen. Zumindest hoffte ich das.

Was denke ich da? Ich kann ihn nicht weiter treffen, wenn er aktiv nach anderen Frauen sucht! Und diese hier arbeitet auch noch im selben Krankenhaus wie ich. Warum tut er das?

Offenbar wollte sein Unterbewusstsein, dass ich ihn auf frischer Tat ertappte. Auf diese Weise musste er sich nicht trennen, weil ich definitiv diejenige sein würde, die es tat.

Als ich mich im Spiegel betrachtete, sah ich Angst. Und ich hasste es, Angst zu sehen oder zu fühlen. Meine Periode hatte sich verspätet und mein Mann traf sich mit einer anderen Frau.

Es könnte sein, dass ich in großen Schwierigkeiten steckte. Aber ich musste erst herausfinden, ob das wirklich so war. Also verließ ich das Krankenhaus und ging über die Straße zur Apotheke, um etwas zu besorgen, von dem ich nie gedacht hätte, dass ich es einmal kaufen würde.

Nachdem ich bezahlt hatte, betrat ich die Toilette im hinteren Teil der Apotheke und machte den Test. Je früher ich es wusste, desto eher konnte ich anfangen, eine Lösung zu finden.

Auf keinen Fall würde ich zulassen, dass Stone Nash mich vor dem gesamten Krankenhauspersonal lächerlich machte. Alle hatten uns zusammen gesehen. Obwohl ich niemandem von unserer Beziehung erzählt hatte, hatten alle gesehen, dass wir zusammen waren.

Was auch passiert, ich muss mich von ihm trennen.

Der Timer meines Handys klingelte und ich sah zu dem Schwangerschaftstest hinüber, der auf dem Toilettenpapierspender lag. *Verdammt.*

KAPITEL DREIUNDZWANZIG

STONE

Ich hatte den Rest des Tages das Gefühl, auf Wolke sieben zu schweben. Es gab so viel zu erledigen, dass ich nichts anderes getan hatte, als von einem Ort zum anderen zu rennen, um alle rechtlichen Dokumente für den nächsten Tag vorzubereiten.

Ich hatte Jessa ein paar Textnachrichten geschrieben, um ihr meine großartigen Neuigkeiten mitzuteilen, aber sie hatte nicht reagiert. Mein Plan war, nach Hause zu gehen, zu duschen und mich umzuziehen und sie dann bei Hamburger Hut zu besuchen, um ihr die Neuigkeiten persönlich zu erzählen.

Gerade als ich durch meine Tür ging, klingelte mein Handy und ich sah, dass es Baldwyn war. „Hey, großer Bruder. Was ist los?"

„Ich habe unsere Cousins hier bei mir. Komm vorbei und überzeuge sie von deiner Idee mit den Zuschüssen. Sie haben Steaks mitgebracht und wir werden alle zusammen als Familie grillen."

„Großartig!" Plötzlich lief alles besser, als ich es mir hätte vorstellen können. „Ich werde duschen und mich umziehen, dann komme ich zu euch."

„Bereite dich darauf vor, heute Nacht hierzubleiben, denn wir werden viel trinken. Cash hat Kostproben seines selbst gebrannten Whiskys mitgebracht. Bis gleich."

„Oh, verdammt ja!" Der Abend war gerade noch besser geworden.

Sicher, ich würde erst am nächsten Tag mit Jessa sprechen können, aber das war okay. Ich konnte sie in einer ihrer Pausen im Krankenhaus besuchen und ihr dann alles erzählen. Ich würde sowieso dort sein und die Verträge unterschreiben.

Eine Stunde später betrat ich mit einem breiten Lächeln Baldwyns Haus. „Hallo, Familie!"

Das Wohnzimmer war riesig, aber es waren so viele Leute darin, dass es sich kleiner anfühlte. Alle hatten ihre eigenen Familien zu dem Barbecue mitgebracht.

Ich ging durch den Raum und begrüßte jeden von ihnen persönlich, bevor wir alle in das Esszimmer gerufen wurden, um die Steaks zu genießen, die unsere Cousins extra eingeflogen hatten.

Baldwyn saß mit seiner Frau Sloan zu seiner Rechten am Kopfende des Tisches. Er nahm ihre Hand in seine. „Da es so selten ist, dass wir alle zusammen sind, wäre es schön, vor dem Abendessen zusammen zu beten. Können wir uns alle die Hände reichen?"

Ich saß am anderen Ende des Tisches und nahm die Hand meiner Nichte Madison, die rechts neben mir war. Zu meiner Linken saß meine Schwägerin Orla, die meine andere Hand hielt. „Ich kann nicht glauben, dass ihr den ganzen Weg aus Irland gekommen seid, um hier zu sein, Orla. Aber ich bin froh, dass ihr es getan habt."

„Ich auch, Stone. Das hier ist wundervoll. Ich liebe große Familientreffen." Ihr Lächeln war strahlend und ich konnte verstehen, warum mein Bruder Warner ihr bis nach Irland gefolgt war, um sie zu seiner Frau zu machen.

„Allmächtiger Gott, wir möchten uns bei dir für dieses Festmahl bedanken", begann Baldwyn. „Mit der Familie zu essen ist ein Geschenk, für das wir alle dankbar sind. Unsere Cousins haben das beste Fleisch, den besten Whisky und die beste Gesellschaft in ganz Texas mitgebracht. Dafür sind wir dankbar. Herr, wir bitten dich, dieses Essen zu segnen, damit es unsere Körper und unsere Seelen nährt. Amen."

„Amen", sagte ich und war bereit, mich dem Essen zuzuwenden. „Das riecht so gut."

Tyrell sagte: „Stone, warum erzählst du uns nicht alles über das Restaurant, das du eröffnen willst. Was können wir tun, um dir zu helfen?"

„Jetzt sofort?" Wir sprachen normalerweise nicht über geschäftliche Dinge, es sei denn, wir waren alleine.

„Ja, jetzt. Nach allem, was ich gehört habe, hast du ziemlich erstaunliche Ideen, und wir würden alle gerne davon hören", sagte er.

„Wow. Na gut." Ich war es nicht gewohnt, derjenige mit den erstaunlichen Ideen zu sein, aber dieses Mal stand ich im Rampenlicht. „Also, ich bin mit einer Frau zusammen – sie ist Praktikantin in einem örtlichen Krankenhaus. Sie will Ärztin werden."

„Ärztin?", fragte Orla und nickte, während sie ihr Steak schnitt. „Das klingt gut, Stone."

„Ich weiß." Ich konnte nicht aufhören zu grinsen. „Also, diese Frau – ihr Name ist Jessa – arbeitet auch als Nachtmanagerin in einem Fast-Food-Restaurant. Dort haben wir uns kennengelernt."

Cohen kicherte, als er nach der Barbecue-Soße griff. „Ausnahmsweise hat sich Stones nächtliches Partyleben einmal ausgezahlt."

„Denk an die Kinder, Bruder!" Ich wollte nicht, dass die kleinen Kinder in unserer Familie mich für eine Art Partytier hielten. „Aber ja, mein nicht ganz vorbildhafter Lebenswandel hat sich endlich für mich ausgezahlt. Und nur damit das klar ist – ich habe nicht mehr gefeiert, seit ich sie kennengelernt habe. Sie hat anscheinend einen guten Einfluss auf mich."

„Das denke ich auch", sagte Warner, bevor er in sein Steak biss. „Mmmh!"

„Dieses Essen ist wirklich großartig, Leute. Die Whisper Ranch produziert erstklassiges Rindfleisch", sagte Ember und schnitt in ihr Steak.

„Wir versuchen es", sagte Jasper stolz. „Also, erzähle uns mehr über die Idee hinter deinem Restaurant, Stone."

„Die Idee hinter dem Bistro – ich nenne es nicht Restaurant, weil es nicht so groß sein wird – ist, dass ich nur gesunde Lebensmittel serviere, aber nicht die gleichen langweiligen Gerichte, die niemand mehr essen will. Ich habe viel über Ernährung nachgeforscht und mir großartige Rezepte ausgedacht. Ich werde Frühlingrollen mit allerlei gesunden Zutaten füllen und sie in Kokosöl anbraten. Sie schmecken köstlich und sind gut für den Körper. Man fühlt sich nach dem Essen nicht aufgebläht oder schwer, aber man ist trotzdem satt und hat nicht gleich wieder Hunger."

„Wie viele Gerichte sind auf deiner Speisekarte?", fragte Cash.

„Die Kombinationsmöglichkeiten der Zutaten sind nahezu grenzenlos. Wie in einem Sandwichladen im Stil von Subway. Dort kann sich der Kunde zwischen jeder Menge Zutaten entscheiden. So ähnlich wird es in meinem Bistro auch sein. Man hat die Wahl zwischen einer Frühlingsrolle und einem Burrito und kann sich dann die Füllung aussuchen. Das Personal stellt die gewünschte Kombination zusammen und danach kommt alles für fünf Minuten in die Fritteuse. Währenddessen wählt der Kunde aus einer Vielzahl von Dip-Soßen seine Favoriten aus. Auf der Speisekarte stehen außerdem meine Empfehlungen für diejenigen Kunden, die sich nicht entscheiden können."

Sloan fragte: „Warum eröffnest du das nicht zuerst im Resort? Warum im Krankenhaus?"

„Die Praktikanten, Krankenschwestern und Ärzte, die dort arbeiten, haben keinen Zugang zu guten Lebensmitteln. Die Cafeteria ist nicht gerade auf gesunde Ernährung ausgerichtet. Und ich habe die Cafeterien in allen örtlichen Krankenhäusern hier in Austin besucht und festgestellt, dass die einzigen gesunden Optionen das Übliche sind – Salat, rohes Gemüse, solche Dinge. Die Leute haben genug von diesem geschmacklosen Zeug. Also entscheiden sie sich für die schmackhafteren Dinge, die ihnen zur Verfügung stehen. Leider ist das Essen in den Cafeterien umso schlechter für einen, je schmackhafter es ist."

„Also bekommt man bei dir nur Frühlingsrollen oder Burritos?", fragte meine Schwägerin Alexis.

„Nein. Ich habe auch andere Angebote, die täglich frisch zubereitet werden und bereits verpackt und essfertig sind. Es gibt außerdem täglich wechselnde Sandwich-Specials, bei denen nur Sauerteigbrot verwendet wird. Diese Sandwiches sind auch schon fertig, aber frisches Gemüse kann ohne Aufpreis hinzugefügt werden. Außerdem werden sie mit hausgemachten Süßkartoffelchips verkauft." Alle nickten zustimmend. „Morgens gibt es Frühstück und ab zehn Uhr gibt es die anderen Gerichte. Wir haben von sechs Uhr morgens bis sieben Uhr abends geöffnet. In den Krankenhäusern enden die Besuchszeiten um neun Uhr und ich möchte, dass das Bistro bis dahin aufgeräumt und geschlossen ist."

„Klingt so, als hättest du in den letzten Wochen hart gearbeitet", sagte Tyrell. „Ich freue mich, das leidenschaftliche Funkeln in deinen

Augen zu sehen, Stone. Cohen hat uns erzählt, dass er Zuschüsse für dich beantragen wird, sobald du dein Bistro zum Laufen gebracht hast. Er sagte, du würdest gerne mit uns über eine alternative Finanzierung sprechen, bis diese Zuschüsse bewilligt werden. Also, wofür brauchst du Geld?"

„Für die gesunde Ernährung der Praktikanten und Assistenzärzte, die Zwölf-Stunden-Schichten absolvieren. Manchmal arbeiten sie sogar noch länger. Aber sie werden nicht stundenweise bezahlt. Die Praktikanten verdienen rund dreißigtausend Dollar pro Jahr und die Assistenzärzte ungefähr fünfzigtausend. In jeder anderen Branche würde man bei so vielen Arbeitsstunden mehr bekommen. Viele von ihnen sind pleite. Und pleite zu sein bedeutet, dass sie billige Lebensmittel kaufen, die oft nicht besonders nährstoffreich sind."

Jasper fragte: „Die Zuschüsse sollen also die Kosten für das Essen decken, das du anbieten wirst?"

„Nein." Ich wusste, dass ich nicht gut darin war, Dinge zu erklären. „Die Zuschüsse sollen die kostenlosen Mahlzeiten finanzieren, die wir an die Praktikanten und Assistenzärzte ausgeben. Alle anderen zahlen den vollen Preis. Aber ich tue mein Bestes, um die Kosten so niedrig wie möglich zu halten und gleichzeitig einen ordentlichen Gewinn zu erzielen."

Jasper hatte eine Idee: „Du könntest unser frisches Gemüse aus biologischem Anbau zum Selbstkostenpreis haben."

„Wow!" Das wäre wundervoll. „Bist du dir da sicher, Jasper?"

„Ganz sicher. Ich bitte dich nur, ein Schild mit unserem Logo und unserer Webadresse anzubringen, damit die Leute uns online finden und unsere Produkte kaufen können. In Krankenhäusern sind immer viele Leute unterwegs. Und du klingst so, als würdest du diese kleinen Bistros in so vielen Krankenhäusern wie möglich betreiben wollen."

„Das stimmt."

Tyrell hielt einen Finger hoch. „Von uns kannst du Fleisch zum Selbstkostenpreis haben, Cousin. Mach dasselbe für das Fleisch wie für das Gemüse, und wir haben einen Deal."

„Heilige Scheiße!" Ich wusste, dass meine Cousins großzügig waren, aber ich hatte keine Ahnung gehabt, wie großzügig sie wirklich waren. „Danke, Jungs. Das wäre ein Segen."

Cash nickte. „Wir sind alle gesegnet, Stone. Diese ganze Sache kam für uns aus dem Nichts. Und was du vorhast, ist gut. Es ist gut für die Menschen und hilft auch dem medizinischen Personal. Wer so viel aufgibt, nur um zu lernen, wie man sich um Kranke und Verletzte kümmert, hat unsere Unterstützung verdient. Ich bin ganz deiner Meinung. Jetzt müssen wir nur noch den Whisky unterbringen. Aber ich wette, so etwas kannst du dort nicht verkaufen."

„Wahrscheinlich nicht. Aber auch dafür kann ich ein Schild anbringen." Endlich konnte auch ich etwas zurückgeben und das machte mich glücklicher als je zuvor.

Ich musste Jessa all diese fantastischen Neuigkeiten erzählen. Sobald das Abendessen vorbei war und ich alle dazu gebracht hatte, meinem Finanzierungsvorschlag zuzustimmen, fand ich einen ruhigen Ort, um sie anzurufen.

Der Anruf ging direkt an die Mailbox und ich hatte den Eindruck, dass sie aus irgendeinem verdammten Grund ihr Handy ausgeschaltet hatte. Aber sie arbeitete bei Hamburger Hut, also wählte ich die Nummer des Fast-Food-Restaurants. In der Ecke des Zimmers lief der Fernseher. Die Kinder mussten sich eine Sendung angesehen haben, bevor sie zum Abendessen gerufen worden waren. Also holte ich die Fernbedienung, um ihn auszuschalten.

Der Ton war leise, aber was ich auf dem Bildschirm sah, erregte sofort meine Aufmerksamkeit. *Raymond Joseph Moxon* stand unter dem Foto eines gut gekleideten älteren Mannes. Ich erhöhte die Lautstärke und hörte den Reporter sagen: „Heute ist ein trauriger Tag für North Carolina. Der Erbe eines Textilunternehmens und Multimilliardär Raymond Joseph Moxon ist unerwartet an einem Herzinfarkt gestorben. Sein gesamtes Vermögen geht an seine Töchter Carolina Lily Moxon aus Durham, North Carolina, wo sich das Anwesen der Familie befindet, und Carolina Jessamine Moxon, die derzeit in Austin, Texas lebt und die Dell Medical School besucht.
"

Ich sank auf die Knie und flüsterte atemlos: „Sie ist reich!"

KAPITEL VIERUNDZWANZIG

JESSA

Es klopfte an der Tür meines Büros, dann kam Tammy herein. „Hey, du hast einen Anruf von einer weinenden Frau. Sie sagt, sie hat versucht, dich auf dem Handy anzurufen, aber es scheint ausgeschaltet zu sein."

„Wer würde mich nachts um zehn anrufen?" Ich nahm den Hörer des Telefons auf dem Schreibtisch ab und drückte die beleuchtete Taste Nummer eins. „Alter Schrott. Hier spricht Jessa Moxon."

„Jessa", erklang die tränenreiche Stimme meiner Schwester. „Gott sei Dank habe ich dich erreicht. Ich habe den Medien mitgeteilt, dass ich dich bereits kontaktiert habe. Es war eine Lüge, ich weiß. Ich dachte ehrlich, ich würde dich erwischen, bevor die Zehn-Uhr-Nachrichten ausgestrahlt werden. Aber sie haben die Schlagzeilen bereits veröffentlicht. Hast du es gesehen?"

„Was denn?" Am Klang ihrer Stimme erkannte ich, dass es nichts Gutes sein konnte. Mir wurde flau im Magen und ich legte instinktiv meine Hand auf meinen Bauch, um das Baby darin zu beschützen. Nach drei Wochen galt es noch nicht einmal als Fötus – es war immer noch ein Embryo. Und es hatte die Größe einer winzigen Vanilleschote. Aber in meinen Gedanken bezeichnete ich es bereits als Baby.

„Unser Vater", sagte sie und schnappte nach Luft. „Ich kann es immer noch nicht glauben."

„Was kannst du nicht glauben?" Ich hasste, wie dramatisch Lily sein konnte. „Komm schon, Lily, sag mir einfach, was passiert ist."

„Er ist tot!", schluchzte sie so laut, dass ich den Hörer von meinem Ohr weghalten musste.

Nein, ich muss mich verhört haben. „Lily, beruhige dich und sag das noch einmal."

„Er ist tot, Jessa. Es war ein Herzinfarkt. Der Jet ist auf dem Weg, um dich abzuholen. Du musst zum Flughafen fahren. Ich brauche dich, Schwester. Ich schaffe das nicht allein. Du musst sofort kommen."

„Dad ist tot?" Der Schock hatte mich ganz benommen gemacht. „Nein. Das kann nicht sein. Er war gesund." Meine Gedanken rasten zurück zu dem letzten Mal, als ich ihn gesehen hatte. Er hatte zugenommen gehabt. „Warum konntest du nicht dafür sorgen, dass er sich gesund ernährt, Lily?"

„Du kannst mir keine Vorwürfe machen, Jessa Moxon! Du bist auch seine Tochter. Du hättest dir mehr Zeit für ihn nehmen sollen – für uns. Komm nach Hause, Jessa. Lass mich nicht betteln."

„Natürlich komme ich nach Hause." Ich konnte nicht glauben, dass sie dachte, ich würde nicht zur Beerdigung meines eigenen Vaters zurückkehren. „Ich fahre jetzt zum Flughafen. Bis bald."

Ich schnappte mir meine Sachen und eilte aus dem Büro. „Tammy, du musst einen der anderen Manager anrufen. Mein Vater ist gestorben. Ich muss nach North Carolina. Ich weiß nicht, wann ich zurückkomme." Ich wusste nicht, ob ich überhaupt zurückkommen würde. Mein Vater hatte viele Pflichten gehabt und jetzt würden sie alle Lily und mir zufallen. Ich wusste, dass Lily nicht damit umgehen konnte.

Mit schmerzendem Herzen fuhr ich wie eine Wahnsinnige zum Flughafen und machte mir nicht einmal die Mühe, in meiner Wohnung vorbeizuschauen, um irgendetwas zu holen. Ich hatte jede Menge Sachen in meinem Elternhaus. Ich musste nach Hause. Ich musste meinen Vater ein letztes Mal sehen, bevor er begraben wurde.

Warum habe ich ihn nicht öfter angerufen?

Schuldgefühle quälten mein Herz, als ich mein Auto auf dem

Parkplatz abstellte und dann so schnell ich konnte losrannte, weil ich spürte, dass der Jet bereits auf mich wartete.

Ich hatte recht. Der Pilot saß bereits auf einem Stuhl am Gate. „Miss Jessa, ich habe Sie auf Ihrem Handy angerufen, um Ihnen mitzuteilen, dass ich hier bin. Mein Beileid. Ihr Vater war ein guter Mann." Er machte Anstalten, mich zu umarmen, aber ich wusste, dass das nur dazu führen würde, dass ich in hysterische Tränen ausbrach.

„Tut mir leid, Mr. Peterson. Keine Umarmungen. Ich bin noch nicht bereit dafür." Ich ging an ihm vorbei, um in den Familienjet zu steigen. Den Jet, in dem ich oft mit meinem Vater geflogen war, wenn er mich abgeholt hatte.

„Das verstehe ich." Er folgte mir leise, während ich die Treppe hinauf eilte. Ich erstarrte, als ich den Jet betrat.

Dads Sitz war leer und ich hatte einen Kloß im Hals. Er würde nie wieder dort sitzen und darauf warten, dass ich an Bord kam und mit ihm nach Hause flog. „Es tut mir leid." Ich wischte meine Augen ab, als ich den Sitz neben seinem nahm.

Der Pilot hatte schon für uns gearbeitet, bevor ich geboren worden war. Er kannte unsere Familie gut. „Er hat Sie geliebt, wissen Sie? Und er war auch verdammt stolz auf Sie, Miss Jessa. Er hat allen erzählt, dass Sie bald als richtige Ärztin nach Hause kommen würden."

Eine Träne lief mir über das Gesicht und es folgten immer mehr, bis ich nicht mehr zurückhalten konnte, was sich in mir aufgestaut hatte. „Ich habe ihn auch geliebt." Ich versuchte, mich zusammenzureißen und so stark zu sein, wie ich immer gewesen war. „Es tut mir so leid."

Er beugte sich vor, legte etwas in meine Hand und umarmte mich dann. „Hier sind ein paar Taschentücher. Ich werde Sie jetzt in Ruhe lassen und nach Hause bringen, Miss Jessa. Weinen Sie, soviel Sie wollen. Es ist ganz natürlich, in einer Zeit wie dieser zu weinen."

Ich schluchzte, als die Trauer über mich hereinbrach, und legte meine Hand wieder auf meinen Bauch. „Es tut mir alles so leid", sagte ich zu meiner kleinen Vanilleschote. „Es tut mir leid, dass ich dich in eine Welt gebracht habe, für die du vielleicht nicht bereit bist. Es tut mir leid, dass ich nicht darüber nachgedacht habe, was passieren würde, wenn ich ein Kind in dieses Chaos hineinziehe. Es tut mir leid, dass ich dir das angetan habe. Aber ich schwöre dir, dass ich mein Bestes geben werde, um das zu tun, was für dich richtig ist. Ich muss mich vorerst zurücknehmen und dich in den Vordergrund stellen. Das kann ich schaffen."

Der Stress, meinen Vater zu verlieren, konnte nicht gut für das Baby sein. Aber ich konnte verdammt noch mal nichts dagegen tun. Ich sah auf und wünschte, ich könnte direkt durch den Jet und die Nacht bis in den Himmel sehen. Dad war wieder bei seiner Frau, unserer Mutter. Er hatte so lange ohne sie gelebt.

Ich wusste, dass sie glücklich waren, auch wenn sie zwei Töchter zurückgelassen hatten, die sie liebten. Lily und ich hatten Dad lange genug für uns alleine gehabt. Es war Zeit, dass unsere Mutter ihn hatte.

Es war nicht nur so, dass ich meinen Vater verloren hatte. Es war viel mehr als das. Es würde so viel zu tun geben und es würde nicht aufhören, nachdem die Beerdigung vorbei war. Mein Leben, wie ich es gekannt hatte, war vorbei. Es sei denn, meine Schwester würde Verantwortung übernehmen und sich um alles kümmern.

Das würde aber nicht passieren. Lily war verwöhnt und hatte nie lernen wollen. Aber sie war aufs College gegangen und hatte einen Bachelor-Abschluss in BWL. Dad hatte dafür gesorgt, dass sie zumindest das College abschloss. Er hatte seinen Kindern eine gute Ausbildung ermöglichen wollen. Es war nicht so, als wäre meine ältere Schwester dumm. Sie konnte lernen. Sie wollte einfach nichts anderes tun, als einzukaufen und ihre Freunde zu treffen. Und unser Vater hatte es nie für angebracht gehalten, eine von uns dazu zu zwingen, mehr zu tun, als nur das College zu absolvieren.

In gewisser Weise hatte er meine Schwester so zurückgelassen, dass ich die Last tragen musste, das Geld, das wir geerbt hatten, zu verwalten und zu vermehren. Ich konnte mein Studium und mein Praktikum nicht fortführen, wenn ich alles beaufsichtigen würde, so wie er es getan hatte. Mein Leben und mein Traum waren vorbei.

Im Moment waren meine Tränen getrocknet, meine Augen geschwollen und mein Herz gebrochen. In den kommenden Tagen würde es so viel zu tun geben, dass ich wusste, dass jetzt meine letzte Chance war, mit Stone zu sprechen, und genau das würde ich tun.

Ich wollte nicht erwähnen, was ich beobachtet hatte. Es war jetzt sowieso egal. Er hatte das Recht, mit jeder Frau zusammen zu sein, die er wollte. Ich würde ohnehin nicht mehr da sein.

Ich konnte nicht erwarten, dass er mir nach North Carolina folgte. Er hatte gerade seine Leidenschaft gefunden und sein Lebensmittelpunkt war in Austin. Er hatte hart gearbeitet und war in kurzer Zeit so weit gekommen.

Er würde weitermachen müssen und ich auch. Bei dem Gedanken daran schmerzte mein gebrochenes Herz noch mehr.

Es war spät, aber ich rief ihn trotzdem an. Ich musste mein Handy wieder einschalten und war wütend auf mich selbst, weil ich es überhaupt erst ausgeschaltet hatte. Ich hatte mich unreif verhalten. Das sah mir gar nicht ähnlich.

Vielleicht waren es die Eifersucht oder die Schwangerschaftshormone gewesen, die mich so kindisch handeln ließen. Was auch immer es war, es spielte keine Rolle mehr.

„Jessa", sagte er, als er meinen Anruf annahm. „Wo bist du? Ich war bei Hamburger Hut und Tammy sagte, du wärst gegangen. Ich weiß von deinem Vater. Es tut mir so leid, Baby."

„Danke." Es fühlte sich gut an, einfach nur seine Stimme zu hören. „Ich bin jetzt auf dem Heimweg." Die Tatsache, dass er über meinen Vater Bescheid wusste, bedeutete, dass ihm jetzt klar war, dass ich reich war und aus einer sehr wohlhabenden Familie stammte. „Hasst du mich dafür, dass ich dir Vorwürfe gemacht habe, nachdem ich herausgefunden hatte, dass du Geld hast?"

„Ich könnte dich niemals hassen, Jessa. Ich verstehe nicht, warum du das vor mir verheimlicht hast. Und ich kann wirklich nicht verstehen, warum du diesen miesen Job angenommen hast, um dein Studium zu finanzieren", seufzte er. „Aber du musst jetzt nichts erklären. Hier geht es um dich und deinen Verlust. Ich will bei dir sein. Ich weiß, dass du mich brauchst."

Ich brauchte ihn. Aber ich wollte ihn nicht brauchen. „Ich muss das allein schaffen. Und es geht nicht nur um die Beerdigung, Stone. Mein Leben wird sich jetzt drastisch verändern. Meine Schwester wird nicht in der Lage sein, das zu tun, was mein Vater getan hat. Es liegt an mir, das zu übernehmen. Und ich bin mir ziemlich sicher, dass es immer so sein wird. In absehbarer Zeit werde ich North Carolina nicht wieder verlassen können."

„Ich will trotzdem für dich da sein, Baby. Wir werden eine

Lösung finden." Er räusperte sich und klang, als würde er selbst auch Tränen zurückhalten. „Jessa, ich will dich nicht verlieren."

Plötzlich konnte ich nicht mehr darüber schweigen, was ich früher an diesem Tag beobachtet hatte. „Stone, ich habe dich heute mit dieser Frau gesehen."

„Ah, jetzt verstehe ich es. Du hast dein Handy ausgeschaltet, weil du wütend auf mich warst. Ich hätte es wissen sollen. Ich dachte, du würdest wissen, wer sie ist. Aber anscheinend hast du das nicht getan."

„Wer ist sie? Und warum sollte das überhaupt wichtig sein? Du hast eine andere Frau umarmt und ihr wart beide überglücklich über eure Verabredung morgen." Ich biss mir auf die Unterlippe und versuchte, nicht wieder zu weinen.

„Das ist keine Verabredung, sondern ein Termin, um die Verträge für das Bistro im Krankenhaus zu unterzeichnen. Sie leitet die gastronomische Abteilung und hat mir dabei geholfen, meine Idee umzusetzen. Die Umarmung, die sie mir gegeben hat, kam aus dem Nichts. Ich denke, sie hat sich einfach nur für mich gefreut. Es tut mir leid, dass du es falsch verstanden hast, Baby. Ich fühle mich schrecklich deswegen."

Ich fühlte mich auch ziemlich schrecklich. „Es tut mir leid, dass ich mich so benommen habe. Ich hätte mich wie eine Erwachsene verhalten sollen. Anstatt mich zu verstecken und zu lauschen, hätte ich mich euch anschließen sollen."

„Nichts davon ist jetzt wichtig. Denke nicht einmal mehr darüber nach."

„Das werde ich nicht. Aber es ist schön zu wissen, dass du mich nicht betrogen hast."

„Das würde ich niemals tun, Jessa. Auf keinen Fall. Du hältst mein Herz in deiner Hand."

„Stone, ich möchte nicht, dass du das falsch verstehst, aber ich muss einige Dinge für eine Weile in den Hintergrund stellen. Ich weiß noch nicht einmal, für wie lange. Dazu gehören auch wir beide. Ich muss zuerst über andere Dinge nachdenken. Bitte sag mir, dass du es verstehst. Es wird vielleicht nie wieder so sein, wie es war."

Ich wünschte, das könnte es sein.

KAPITEL FÜNFUNDZWANZIG

STONE

Trauer kann Menschen dazu bringen, sich wie jemand zu verhalten, der sie nicht sind. Das war bei Jessa der Fall. All ihre Energie schien mit dem Tod ihres Vaters verschwunden zu sein. Ich hatte eine Ahnung davon, wie es war, seine Eltern zu verlieren. Natürlich war ich noch ein kleines Kind gewesen, als meine Eltern gestorben waren, aber ich war mir sicher, dass Jessa sich sehr ähnlich fühlte wie ich damals. Ich hatte mich sehr allein auf der Welt gefühlt. Ich hatte aber meine Brüder gehabt und Jessa hatte eine ältere Schwester. Das Wissen, dass es hier auf der Erde jemanden gab, der das eigene Fleisch und Blut war, machte einen verdammt großen Unterschied. Aber es brauchte Zeit, um zu dieser Erkenntnis zu gelangen.

Ich hatte die ganze Nacht über kaum geschlafen und sobald die Sonne aufging, stand ich auf und zog mich an, um mit meinem ältesten Bruder Baldwyn unten im Frühstücksraum Kaffee zu trinken. „Hey, Baldwyn. Danke, dass du letzte Nacht diese großartige Party veranstaltet hast. Tut mir leid, dass ich plötzlich verschwunden bin. Ich habe gestern Abend einen Anruf von Jessa bekommen und hatte danach keine Lust mehr zu reden."

„Du hast gesagt, dass ihr Vater gestorben ist. Sie war bestimmt sehr aufgebracht deswegen. Wer wäre das nicht?" Er blies auf seinen

Kaffee, sodass der Dampf wie ein Mini-Tornado über die Oberfläche wirbelte.

So fühlte ich mich auch – als würde ein Tornado durch meinen Körper und meine Seele wirbeln und so ziemlich alles in seiner Reichweite zerstören. „Ich habe ihr angeboten, zu ihr zu kommen, aber das will sie nicht. Sie sagte, dass ich hierbleiben und mich auf das konzentrieren soll, was ich gerade mache. Aber mein Herz ist bei ihr und ich kann keinen klaren Gedanken fassen. Sie wird viel zu erledigen haben. Ich weiß, dass sie mich jetzt braucht."

„Du musst sie alles so machen lassen, wie sie will, Stone. Du hast erzählt, dass sie als Nachtmanagerin in einem Fast-Food-Restaurant arbeitet, um ihr Studium an der medizinischen Fakultät selbst zu bezahlen. Jemand, der so weit geht, um niemandem sagen zu müssen, dass er eine Menge Geld hat, muss einen guten Grund dafür haben. Wenn sie nicht will, dass du bei ihr bist, hat sie bestimmt ihre Gründe."

„Ich bin sicher, dass es so ist. Aber mir ist keiner davon wichtig. Ich weiß, dass sie mich jetzt braucht und dass sie einfach nur stur ist. Sie hat das Gefühl, der stärkste Mensch der Welt sein zu müssen. Ihre Selbstdisziplin ist unvergleichlich. Und sie hat gesagt, dass sie uns vorerst in den Hintergrund rücken muss. Wer weiß, wie lange. Das kann ich nicht ertragen."

Baldwyn schüttelte den Kopf, als sein Gesicht grimmig wurde. „Hör zu, du musst akzeptieren, was sie gesagt hat. Und du hast auch verdammt viel zu tun. Heute musst du dich mit dem Krankenhaus-vorstand treffen, um die Details deines Pachtvertrags zu klären. Und du musst dabei hochkonzentriert sein, sonst können sie dir immer noch eine Absage erteilen."

Ich durfte meine Pflichten nicht vernachlässigen. Mein Bruder hatte recht. „Wie verdränge ich dieses schreckliche Gefühl, damit ich mit den Dingen umgehen kann, die heute auf meinem Plan stehen?"

„Die Sache mit dem Bistro ist dir wichtig, nicht wahr?"

„Ja, sehr." Aber Jessa auch. „Was ist mit Jessa?"

„Sie ist bei ihrer Familie und ihren Freunden. Ihr geht es so gut, wie es im Moment möglich ist. Du weißt, wie solche Dinge funktio-nieren. Es braucht Zeit, um wieder der Mensch zu werden, der man war, bevor die Eltern gestorben sind. Selbst wenn du jede Minute des Tages und der Nacht an ihrer Seite wärst, würde es ihr den

Schmerz nicht nehmen. Du würdest dich bestimmt besser fühlen, aber du weißt, dass du auch ständig daran denken würdest, was du hier aufgibst."

„Ich könnte das Treffen verschieben." Das war eine Option.

Seine Brust hob und senkte sich bei einem schweren Seufzer. „Hör zu, ich möchte, dass du Erfolg hast. Es spielt keine Rolle, wann das passiert, aber ich weiß, dass du es schaffen kannst, und ich möchte, dass du es zu deiner Priorität machst. Ich weiß, dass es so gut wie unmöglich ist, das Gefühl, wenn einem eine Frau unter die Haut geht, zu ignorieren. Das verstehe ich. Diese Situation ist jedoch anders. Jessa hat ihren Vater verloren, was bedeutet, dass sie für das nächste Jahr oder so nicht mehr derselbe Mensch sein wird. So funktioniert Trauer. Und du solltest nicht dein eigenes Leben vernachlässigen, indem du darauf wartest, wann oder ob sie wieder das Mädchen wird, das du gekannt und geliebt hast."

„Baldwyn, ich liebe sie wirklich", gab ich zu. „Ich habe noch nie jemanden wie sie getroffen. Ich habe mich noch nie so vollständig mit jemandem verbunden gefühlt wie mit ihr. Und dass sie mich nicht bei sich haben will, nur damit ich nicht die Gelegenheit verpasse, ein Unternehmen zu gründen, das ich jederzeit gründen könnte, zeigt mir, wie selbstlos sie ist. Sie ist die Richtige für mich, Bruder. Das weiß ich ohne den geringsten Zweifel."

„Du klingst ziemlich überzeugt. Und ich sage nicht, dass du dich irrst. Aber hast du darüber nachgedacht, dass sie möglicherweise eine Weile bei ihrer Schwester bleiben muss? Woher stammt sie noch einmal?"

„Aus North Carolina. Ich habe Nachforschungen angestellt und herausgefunden, dass sich das Anwesen der Moxons in Durham befindet. Das Datum der Beerdigung wurde noch nicht festgelegt." Mein Bruder hatte recht, aber ich musste es erst noch begreifen. „Sie hat gesagt, dass sie dort bleiben muss, und sie hatte keine Ahnung, wie lange das dauern würde. Sie sagte auch, dass die Dinge niemals wieder wie vorher sein könnten."

„Nun, da hast du deine Antwort. Du solltest nicht erwarten, dass sie wieder zu dem Leben zurückkehren kann, wie ihr es gekannt habt. Du kannst dir etwas einfallen lassen oder versuchen zu verstehen, dass es das Ende für euch beide ist, zumindest für das nächste Jahr."

Er war verrückt, wenn er dachte, ich könnte das einfach so akzeptieren. „Baldwyn, ich werde das nicht zulassen. Ich werde sie nicht an ihre familiären Verpflichtungen verlieren. Es gibt Dinge, die ich tun kann. Ich kann mit den Plänen für das Bistro weitermachen. Und ich kann sie einmal in der Woche besuchen. Es ist nicht so, dass wir keinen eigenen Jet haben."

Nickend stimmte er mir zu: „Das kannst du machen."

„Verdammt, wir sind inzwischen seit ungefähr sechs Wochen zusammen und in all dieser Zeit hatten wir nur eine richtige Verabredung und sie hat nur einmal bei mir übernachtet." Ich dachte, das zeigte, dass wir eine besondere Beziehung hatten, die nicht auf Sex basierte.

„Warte." Er sah mich ungläubig an. „Soll das heißen, dass ihr in den letzten sechs Wochen nur einmal Sex hattet?"

„Ich sagte, dass sie einmal bei mir übernachtet hat. Wir hatten in dieser Nacht mehrmals Sex. Und wir wollten in der kommenden Woche auch zwei Nächte zusammen verbringen. Darauf hatte ich mich gefreut." Und jetzt würde es für eine Weile gar keinen Sex mehr geben. Aber das war in Ordnung für mich. Ich verstand, dass sie kein Interesse daran haben würde, wenn ihr Vater so unerwartet gestorben war.

„Du nimmst die Beziehung mit diesem Mädchen sehr ernst. Das muss ich dir lassen." Er tippte mit den Fingern auf den Tisch und schien nachzudenken.

„Baldwyn, ich kann zu diesem Treffen gehen und mich von meiner besten Seite zeigen. Aber nachdem das vorbei ist, werde ich noch heute oder morgen nach North Carolina reisen. Ich werde meine Geschäftsplane vielleicht etwas später umsetzen, aber ich *werde* es tun. Zuerst muss ich aber zu ihr."

Mit einer hochgezogenen Augenbraue fragte er: „Und wenn sie sich weigert, dich zu empfangen?"

„Ich muss hoffen, dass sie mich irgendwann bei sich haben will und zumindest für eine Weile aufhört, so selbstlos zu sein, damit ich für sie da sein und ihr eine Stütze sein kann."

„Es könnte tatsächlich eine gute Idee für dich sein, zu ihr zu gehen. Ich bin sicher, ihr Vater hatte vertrauenswürdige Berater oder mindestens eine Person, die ihn bei all seinen Projekten unterstützt hat. Vielleicht kann Jessa im Moment nicht klar genug denken, um sie um Hilfe zu bitten. Möglicherweise fallen dir Dinge auf, die sie übersieht. Aber du kannst nicht dort auftauchen, ohne dass sie dich eingeladen hat. Das wäre sehr unhöflich."

Ich nickte und vermutete, dass er recht hatte. „Ich muss nach Hause fahren und mich auf das Treffen vorbereiten. Ich werde dich wissen lassen, wie es gelaufen ist. Und danke für den Rat."

„Kein Problem. Ich bin nur einen Anruf entfernt, wenn du etwas brauchst."

„Danke."

Ich verließ sein Haus, um zu meinem zu fahren, und sah, dass es inzwischen neun Uhr morgens war. Ich wusste, dass es in North Carolina bereits zehn Uhr war, also rief ich Jessas Handy an, um zu sehen, ob sie antworten würde. „Komm schon, Baby, rede mit mir."

„Stone?", fragte sie mit tränenerstickter Stimme.

„Ich bin es, Baby."

„Oh, Stone", schluchzte sie.

„Baby, alles wird wieder gut. Ich komme bald zu dir", versuchte ich, sie zu trösten.

„Nein!", rief sie. „Das kannst du nicht tun. Du musst das Bistro eröffnen. Ich habe jetzt sowieso jede Menge zu tun. Und meine Schwester", schluchzte sie, „meine Schwester scheint nicht einmal in der Lage zu sein, mit den einfachsten Dingen umzugehen. Sie wollte nicht mit mir zu dem Bestattungsunternehmen gehen, um einen Sarg auszusuchen und alle Vorbereitungen zu treffen. Ich musste es allein tun. Sie haben Dad in einen Gefrierschrank gesteckt, Stone. Einen gottverdammten Gefrierschrank. Sie sagten, sie wüssten nicht, wie lange wir mit der Beerdigung warten wollen. Anscheinend warten Angehörige oft eine Woche, damit die Trauergäste zur Beerdigung anreisen können."

„Jessa, dein Vater spürt nichts mehr. Er ist nicht mehr in diesem Körper, und das weißt du auch." Mein Herz schmerzte für sie. Ich wollte nur bei ihr sein und sie im Arm halten. „Baby, lass mich kommen und dir bei allem helfen."

„Das geht nicht. Ich werde nicht zulassen, dass du deinen Traum wegen des Todes meines Vaters aufgibst. Ich könnte mir niemals verzeihen, wenn mein Leid deinem Traum schaden würde. Stone, du hast eine großartige Idee, die vielen Menschen helfen wird. Dich an meiner Seite zu haben, wird niemandem außer mir helfen."

„*Du* bist das Einzige, was mich gerade interessiert. Lass mich entscheiden, was ich für dich zu opfern bereit bin, Jessa", bat ich sie.

„Ich werde nicht zulassen, dass du irgendetwas für mich opferst, Stone Nash. Das mache ich nicht!"

„Hör mir zu. Ich gehe heute zu dem Treffen und pachte die Räumlichkeiten. Sobald das erledigt ist, kann ich mir ein paar Tage freinehmen, um bei dir zu sein. Dann fliege ich zurück und mache mich an die Arbeit. Wir können das schaffen, Baby."

„Stone, ich bin im Moment nicht ich selbst."

„Das weiß ich. Ich verstehe das. Ich habe dir noch nichts darüber erzählt, aber meine Eltern sind gestorben, als ich ein Kind war. Ich weiß, was du gerade durchmachst."

„Oh Gott, Stone. Warum hast du mir das nicht gesagt?" Sie klang irgendwie noch aufgebrachter.

„Wir hatten bisher wenig Zeit, um uns zu unterhalten. Und es ist nichts, was ich spontan erwähnen wollte." Ich wusste, dass es viel gab, worüber wir reden mussten. Wir wussten kaum etwas voneinander. „Aber uns bleibt noch genug Zeit, um alles übereinander zu erfahren."

„Du weißt, dass die Zeit immer gegen uns war, Stone. Und ich fürchte, das wird sich nie ändern. Deshalb habe ich eine äußerst schwere Entscheidung getroffen."

„Du solltest jetzt gar keine Entscheidungen treffen, Jessa." Ich biss die Zähne zusammen, weil ich spürte, dass etwas Wichtiges passieren würde.

„Stone, mein Leben gehört mir nicht mehr. Ich werde mein Studium nicht beenden können. Ich werde meinen Traum, Ärztin zu werden, nicht verwirklichen können. Ich muss dort weitermachen, wo mein Vater aufgehört hat. Ich kann dich nicht von deiner Familie und deinem Traum weglocken. Also war es das, Stone. Das ist das letzte Mal, dass wir miteinander sprechen. Ich werde deine Nummer sperren, sobald ich auflege."

„Jessa, nicht!" Ich hielt am Straßenrand, während mein Herz in meiner Brust raste. „Tu das nicht. Ich muss mit dir reden können."

„Es ist besser so, Stone. Es gibt keinen Grund, es hinauszuzögern und dich mit mir ins Verderben zu ziehen. Aber ich möchte nicht, dass du auch nur eine Sekunde lang denkst, dass ich dich nicht liebe, weil ich dich mehr liebe, als ich jemals für möglich gehalten hätte.

Und wegen dieser Liebe schenke ich dir die Freiheit, anstatt dich hier bei mir gefangen zu halten."

Tränen füllten meine Augen und ich war mir sicher, dass sie sie in meiner Stimme hörte, als ich flehte: „Jessa, bitte tu das nicht. Ich liebe dich auch. Ich brauche dich, Baby. Bitte hör auf, so zu denken."

„Es tut mir leid. Ich kann dein Leben nicht zerstören. Leb wohl."

„Nein!"

Sie beendete den Anruf und ich rief sie sofort zurück, nur um festzustellen, dass sie meine Nummer tatsächlich gesperrt hatte.

Heilige Mutter Gottes, ich glaube, ich sterbe!

KAPITEL SECHSUNDZWANZIG

JESSA

Der Anruf hatte mich völlig aus der Fassung gebracht und ich konnte mich nicht zusammenreißen, als ich mit dem Gesicht nach unten in meinem Bett lag und mir die Augen ausweinte. Meine egoistische Seite wollte Stone sagen, dass er so schnell wie möglich zu mir kommen sollte. Ich war überfordert – das wusste ich ohne Zweifel. Aber der andere Teil von mir war stärker und würde meiner schwächeren Seite nicht erlauben, den Mann, den ich liebte, mit mir leiden zu lassen.

Wenn ich nur Lily dazu bringen könnte, das Bett zu verlassen und mir zu helfen, wäre alles nicht so schwer.

Ich drehte mich um, wischte mir mit den Handballen über die Augen und ging dann durch den Flur zur Suite meiner Schwester. Als ich die Tür öffnete, saß sie zusammengesunken auf einem Stuhl. Ihr blondes Haar war zu einem unordentlichen Knoten hochgesteckt und sie starrte mit ausdruckslosem Gesicht aus dem Fenster, während der blassgelbe Vorhang in der sanften Brise wehte. Der Anblick fesselte mich. „Heute ist ein schöner Tag."

„Woher soll ich das wissen?"

„Lily, du schaust aus dem Fenster. Natürlich weißt du, dass heute ein wunderschöner Tag ist. Wir sollten draußen sein, den Sonnenschein genießen und mit den Leuten reden, die gekommen sind, um

Dad die letzte Ehre zu erweisen. Das Personal und Dads enge Freunde haben sich um alles gekümmert, was eigentlich unsere Aufgabe wäre."

„Ich kann es nicht tun", stöhnte sie, als ihre Augen zu meinen schweiften. „Jessa, ich sollte so etwas nicht durchmachen müssen."

„Du bist jünger als unser Vater, also hättest du es eines Tages mit Sicherheit durchmachen müssen." Ich hasste, wie schwach sie war. „Lily, du bist das älteste Kind. Du solltest diejenige sein, die versucht, mich zu trösten, nicht umgekehrt. Es gibt viel zu tun und ich brauche deine Hilfe."

„Ich habe dir bereits gesagt, dass ich nichts tun kann. Verlasse dich nicht auf mich, sonst wirst du zutiefst enttäuscht sein." Ihre Unterlippe begann zu zittern. „Ich kann immer noch nicht glauben, dass er mir das angetan hat. Dass er mich allein hier zurückgelassen hat."

„Er hat es nicht absichtlich getan." Ich setzte mich auf das kleine Sofa in ihrem Schlafzimmer.

„Das ist egal", sagte sie wimmernd. „Ich weiß nicht, was ich tun soll. Wie könnte ich dir helfen?"

„Du kannst es lernen", sagte ich. „Du kannst es versuchen."

„Ich kann nicht. Ich habe keine Kraft, es zu versuchen. Ich fühle mich so allein, Jessa. Du hast ja keine Ahnung."

Doch, das hatte ich. „Glaubst du, ich fühle mich nicht allein? Lily, du tröstest mich überhaupt nicht. Tatsächlich bist du nur eine weitere Last, die ich auch noch tragen muss. Kannst du dich nicht einmal zusammenreißen und mir helfen?"

„Als ob ich überhaupt wüsste, wie man das macht." Sie legte ihre Hände auf ihr Gesicht. „So will ich nicht gesehen werden. Meine Augen sind rot und geschwollen von all dem Weinen. Ich fühle mich aufgebläht, als ob ich zu allem Überfluss auch noch meine Tage bekomme."

„Die arme, kleine Carolina Lily bekommt vielleicht ihre Periode. Oh nein. Dann erlaube mir bitte, alles allein zu tun!" Ich hatte keiner Menschenseele erzählt, was ich herausgefunden hatte, aber ich dachte, meine Schwester sollte es wissen. „Lily, ich bin schwanger."

Ihre Hände fielen langsam von ihrem Gesicht und enthüllten hochgezogene Brauen und große blaue Augen. „Das bist du nicht. Du sagst das nur, damit ich das Gefühl habe, dass ich dir helfen muss.

Aber du verstehst nicht, dass ich keine Ahnung habe, wie ich das tun soll, was Daddy getan hat."

„Ich habe es erst gestern herausgefunden. Ich bin in der dritten Woche schwanger mit meiner kleinen Vanilleschote. So groß ist der Embryo gerade." Ich strich mit der Hand über meinen flachen Bauch. „Und mir ist klar, dass du nicht weißt, wie wir das tun sollen, was unser Vater getan hat. Aber ich habe auch keine Ahnung, wie ich das schaffen soll. Ich habe an der medizinischen Fakultät gelernt, wie man Ärztin wird, nicht wie man ein Vermögen von mehreren Milliarden Dollar verwaltet."

Sie sah meinen Bauch an. „In der dritten Woche? Wie kannst du das sicher wissen?"

„Ich hatte nur einmal Sex und das war vor drei Wochen."

„Einmal?" Sie starrte immer noch meinen Bauch an. „Mit wem?"

„Mit einem sehr gutaussehenden Mann. Einem wunderbaren, talentierten Mann. Er ist Koch und steht kurz vor einem großen Erfolg. Deshalb werde ich ihm nichts von unserem Baby erzählen. Er soll sich nicht von mir oder der Schwangerschaft zu einem Leben verdammen lassen, das niemals seinem Traum gerecht werden wird." Mein Herz hämmerte wild in meiner Brust. Es war nicht glücklich mit mir oder meinen Entscheidungen.

„Sein Name, Jessamine", sagte sie. „Sag mir seinen Namen."

„Es ist nicht so, dass du ihn kennst, Lily. Aber er heißt Stone Nash. Er ist nicht nur der beste Koch der Welt, sondern besitzt auch zusammen mit seinen vier Brüdern ein Resort in Austin. Sie wurden sogar in einer Zeitschrift vorgestellt. Ob du es glaubst oder nicht, ich habe mich in einen Milliardär verliebt."

„Du?", spottete sie. „Du hasst Männer mit Geld."

„Früher schon. Aber diesen Mann liebe ich. Und deshalb habe ich ihn heute Morgen gehen lassen, gleich nachdem ich von dem Bestattungsunternehmen zurückgekommen bin, zu dem du mich hättest begleiten sollen, um alle Vorkehrungen zu treffen. Ich hatte keine Ahnung, dass die Leute von so weit her kommen würden, um an Dads Beerdigung teilzunehmen. Unser Vater liegt in einem Gefrierschrank, weil der Bestatter davon ausgegangen ist, dass wir eine Woche mit der Beisetzung warten, damit alle Trauergäste anreisen können."

„Natürlich, das machen Menschen mit unserem sozialen Status

so. Ich hoffe, du hast dem Bestatter gesagt, dass er fortfahren soll." Sie tupfte sich die Augenwinkel ab.

„Nein. Ich habe ihm gesagt, dass er Dad aus dem Gefrierschrank holen und möglichst bald mit dem Einbalsamierungsprozess beginnen soll. Ich lasse ihn nicht da drin. Und ich habe entschieden, dass die Beerdigung in drei Tagen stattfinden soll."

Sie sah entsetzt aus, als sie sich auf ihrem Stuhl aufrichtete. „Jessa, was hast du getan? Niemand wird diese Eile verstehen. Und ich werde in drei Tagen nicht einmal halbwegs anständig aussehen. Eine Woche hätte meinen Augen Zeit gegeben, wieder normal zu werden. Du hast alles ruiniert!"

„Verstehst du jetzt, warum du mit mir kommen solltest?" Ich würde mich bestimmt nicht bei ihr entschuldigen. „Und du wirst auch keine drei Tage Zeit haben, bevor du in die Öffentlichkeit gehst. Die Totenfeier ist in zwei Tagen und du wirst daran teilnehmen."

„Zwei Tage?" Ich hatte den entsetzten Gesichtsausdruck meiner Schwester schon mehr als einmal gesehen, da sie so sehr zu Dramatik neigte. „Das kann ich unmöglich machen. Ich rufe das Bestattungsunternehmen an und ändere den Zeitplan."

„Nein, das wirst du nicht." Ich würde nicht zulassen, dass sie erst nichts tat, nur um dann meine Entscheidungen rückgängig zu machen. „Du hattest genug Zeit, dich darauf vorzubereiten, heute Morgen mit mir zu kommen. Du hast deine Wahl getroffen und jetzt ist es, wie es ist. Wenn du mitentscheiden willst, schlage ich vor, dass du dich duschst und anziehst und nach unten kommst, wo ich diese Entscheidungen mithilfe der geschätzten Mitarbeiter unseres Vaters treffen werde."

„Du hörst mir anscheinend nicht zu. Ich kann jetzt niemandem gegenübertreten. Du hast vielleicht keinen guten Ruf mehr zu verlieren, ich aber schon. Niemand soll mich so sehen."

„Jeder da unten hat die gleichen roten, geschwollenen Augen, Schwester. Du wirst in guter Gesellschaft sein, das versichere ich dir." Sie war so eine Diva. „Trage eine Sonnenbrille, wenn du willst. Es ist nicht so, als würde dich jemand deswegen kritisieren."

„Nein." Sie sackte auf ihrem Stuhl zusammen. „Ich habe keine andere Wahl, als dir zu erlauben, dass du dich um alles kümmerst. Wenn die Leute dann fragen, warum alles schiefgeht, werde ich einfach dir die Schuld daran geben."

„Du bist eine beschissene ältere Schwester. Ich hoffe, das ist dir klar." Ich konnte die Wut, die in mir tobte, kaum noch zurückhalten. Ich war es leid zu versuchen, sie dazu zu bringen, etwas zu tun, das sie eindeutig nicht tun wollte. „Ich trage die Last der Welt auf meinen Schultern und dir ist es egal. Ich bekomme ein Baby, das ohne Vater aufwachsen wird. Ich werde keinen Mann an meiner Seite haben. Aber ich werde es trotzdem irgendwie schaffen. Und du … nun, du kannst dich nicht einmal genug zusammenreißen, um nach unten zu gehen, damit die Menschen, die seit unserer Geburt in unserem Leben sind, ihre Trauer mit uns teilen und ihr Beileid aussprechen können. Du hältst dich für ein hochrangiges Mitglied der High Society, aber im Moment bist du das Mitglied von nichts – meiner Meinung nach bist du nicht einmal ein Mensch."

„Wie kannst du es wagen, so mit mir zu sprechen, Carolina Jessamine Moxon? Du hast keine Ahnung, womit ich zu kämpfen habe. Mir ist völlig klar, dass ich dir immer nur eine Last sein werde. Und nur damit du es weißt … ich habe kürzlich festgestellt, dass ich auch meinem Vater eine Last war."

„*Unserem* Vater, und ja, das warst du." Ich sah keinen Grund, sie vom Gegenteil zu überzeugen. „Es ist höchste Zeit, dass du erwachsen wirst. Er hat dir vielleicht nicht beigebracht, wie man irgendetwas macht, aber ich werde es tun. Oder ich werde einfach aufhören zu versuchen, seinen Nachlass zu verwalten. So einfach ist das."

Sie legte ihre Hand auf ihre Brust und wirkte verblüfft. „Du würdest unser ganzes Geld verschwinden lassen, anstatt dich um alles zu kümmern, wie Daddy es getan hat?"

„Wenn du nicht endlich deinen Teil der Verantwortung übernimmst, habe ich keine Wahl. Ich muss an mein Kind denken. Ich werde nicht meine Gesundheit ruinieren, nur um ständig auf dich aufzupassen. Ich lebe für mein Baby und ich will es zu einem glücklichen Menschen heranziehen. Niemand wird mich daran hindern, dieses Ziel zu erreichen, auch wenn ich nicht mehr Ärztin werden kann." Ich konnte es nicht mehr ertragen. Ich rannte zurück in mein Schlafzimmer, um den Tränen, die in meinen Augen brannten, freien Lauf zu lassen.

Verdammt, Daddy, du hast deine älteste Tochter viel zu sehr verwöhnt – sie ist völlig verdorben!

KAPITEL SIEBENUNDZWANZIG

STONE

Drei Tage waren vergangen, seit Jessa mit mir Schluss gemacht und meine Nummer gesperrt hatte. Ich hatte in diesen drei Tagen mehr erreicht, als ich für möglich gehalten hätte. Ich hatte den Pachtvertrag im Krankenhaus unterschrieben und meine Schwägerin Sloan beauftragt, Handwerker anzuheuern und zu beaufsichtigen, während sie das Bistro einrichteten. Und jetzt war ich mit unserem Firmenjet auf dem Weg nach Durham, North Carolina.

Dank des Internets hatte ich die Adresse des Anwesens der Moxons gefunden. Ich konnte unmöglich wissen, wie Jessa auf meine Ankunft reagieren würde, aber ich war bereit, darauf zu wetten, dass sie sich freuen würde, mich zu sehen. Sie hatte mir gesagt, dass sie mich liebte – das musste bedeuten, dass sie immer noch tiefe Gefühle für mich hatte. Sie konnten bestimmt nicht so schnell verschwunden sein.

Sobald der Jet gelandet war, mietete ich ein Auto und gab die Adresse in das Navigationssystem ein. An der ersten Ampel, an der ich links abbiegen sollte, sah ich einen Polizisten auf einem Motorrad, der den Verkehr stoppte, um eine Reihe von Autos über die Kreuzung fahren zu lassen. „Großartig, eine Trauerprozession auf derselben Straße, die ich nehmen muss."

Nach zehn Minuten endete die Trauerprozession und der Polizist folgte ihr auf seinem Motorrad. Ich bog ab und fuhr langsam die Straße hinunter. Das Navigationssystem zeigte an, dass ich in nur einer Meile rechts abbiegen würde, also versuchte ich mein Bestes, um geduldig zu sein, da ich wusste, dass die vielen Autos der Trauerprozession nicht diesen Weg einschlagen würden. Es war eine Privatstraße, die zum Anwesen der Moxons führte.

Aber als ich mich dieser Stelle näherte, fuhren die Autos die Privatstraße hinunter. Es musste die Beerdigung von Jessas Vater sein. Und die Tatsache, dass die Autos zum Anwesen der Familie fuhren, sagte mir, dass er auf seinem eigenen Land begraben werden würde. Ein Schauer durchlief mich, als ich darüber nachdachte, wie traurig es für Jessa sein würde, den Grabstein ihres Vaters jedes Mal zu sehen, wenn sie aus einem Fenster des Hauses schaute.

Die Erkenntnis, dass Jessa ohne mich an der Beerdigung teilnahm, gab mir das Gefühl, ich hätte zu lange damit gewartet, zu ihr zu kommen. Aber ich konnte nicht ändern, was ich verpasst hatte. Ich konnte ihr nur von jetzt an helfen.

Ich stellte meinen Mietwagen bei den anderen Autos ab, als Männer in schwarzen Anzügen uns Parkplätze zuwiesen. Als ich ausstieg, nahm ich mir einen Moment Zeit, um mir die große alte Villa anzusehen. Sie sah aus wie ein Bild aus einer Zeitschrift. Auf den weißen Säulen entlang der Vorderseite der Villa befand sich ein Balkon, der von einer Seite des riesigen Gebäudes zur anderen führte. Moos wucherte an gewaltigen Eichen und das perfekt geschnittene Gras hatte den perfektesten Grünton, den ich je gesehen hatte.

Obwohl es schön war, konnte ich verstehen, warum Jessa sich an einem Ort wie diesem nicht zu Hause gefühlt hatte. Es sah eher aus wie ein Museum als ein Heim, in dem Menschen ihre Kinder großzogen.

Ich wandte meine Aufmerksamkeit von der historischen Villa ab und folgte den Menschen, die um die Seite des Hauses herumgingen. Dann hörte ich das Weinen einer Frau. Als ich mich umsah, entdeckte ich sie zusammengekauert auf einer Steintreppe, die zu einer Tür führte. Ihre Hände bedeckten ihr Gesicht, aber sie hatte lange blonde Haare, die um ihre Schultern fielen. Ein schwarzes Kleid reichte bis zu ihren Füßen und spitze schwarze Schuhe ragten darunter hervor.

Ich hatte keine Ahnung, wer sie war, aber ihr Schluchzen war so erbärmlich, dass ich mich nicht davon abhalten konnte, zu ihr zu gehen. Ich legte meine Hand sanft auf ihre Schulter. „Es wird alles wieder gut."

Ihre Hände bewegten sich langsam von ihrem Gesicht weg und sie sah mich mit roten, geschwollenen Augen an. „Woher wollen Sie das wissen?"

„Ich habe schon durchgemacht, was Sie gerade durchmachen. Es ist allerdings schon viele Jahre her. Als Kind habe ich meine Eltern verloren. Sie werden es überleben. Und es wird Sie stärker machen."

Sie musterte mich misstrauisch und fragte: „Und wer sind Sie?"

„Mein Name ist Stone Nash und ich bin hier, um Jessa Moxon zu finden."

Sie sprang blitzschnell auf und schlang ihre Arme um mich. „Gott sei Dank! Du bist gekommen!" Sie ließ mich los und starrte mich mit großen Augen an. „Sie braucht dich mehr, als du jemals wissen wirst. Das ist alles zu viel für sie – für uns. Sie ist völlig überfordert. Das sind wir beide. Der Unterschied ist, dass ich weiß, dass es so ist, während sie so tut, als wäre nichts."

„Das ist meine Jessa." Ich lächelte und hoffte höllisch, dass Jessa sich freuen würde, mich zu sehen. „Kann ich davon ausgehen, dass du ihre Schwester Lily bist?"

„Oh, ich habe vergessen, mich vorzustellen. Wie dumm von mir." Sie streckte ihre Hand aus, als würde sie erwarten, dass ich sie nahm und küsste. Ich vermutete, dass das eine Südstaaten-Tradition in North Carolina war. „Ich bin Carolina Lily Moxon, Stone Nash. Es ist mir eine Freude, dich kennenzulernen."

Ich nahm ihre Hand und küsste sie. „Ich glaube, ich sollte sagen, dass das Vergnügen ganz meinerseits ist. Richtig?"

„Ja, richtig", sagte sie und lachte leise. „Das ist das erste Mal seit …" Sie presste ihre Lippen zusammen.

„Es ist okay zu lachen. Dein Vater würde sich freuen, das Lachen seiner Tochter zu hören. Ich bin mir sicher, dass er es tun würde. Eltern hören ihre Kinder nicht gern weinen. Sie hören viel lieber ihr Lachen. So geht es jedenfalls meinen Brüdern mit ihren Kindern. Ich selbst habe keine Kinder, also habe ich keine persönliche Erfahrung damit."

Einen Moment lang starrte sie mich nur an, ohne ein Wort zu

sagen. Dann sah sie sich um, als wollte sie sicherstellen, dass niemand hören konnte, was sie zu sagen hatte. Sie nahm meine Hand und zog mich näher zu sich. „Es ist schwer zu wissen, ob meine Schwester dir davon erzählen wird. Sie hat mir gesagt, dass sie dich gehen lassen hat, damit du nicht mit ihr in diese Sache hineingezogen wirst. Aber du solltest es wissen. Unbedingt."

„Was sollte ich wissen?" Ich war etwas verwirrt. „Dass sie mich liebt? Das weiß ich schon und sie weiß, dass ich sie auch liebe. Jessa ist zu selbstlos. Ich bin hier, um ihr zu zeigen, dass sie Unterstützung annehmen kann. Es macht sie nicht schwach."

„Nicht das." Sie sah sich nervös um. „Oh Gott, sie bringt mich vielleicht um, wenn ich es dir verrate. Aber in ihrem gegenwärtigen Geisteszustand wird sie es dir nicht sagen. Sie muss immer die Starke sein und nimmt keine Hilfe an. Sie schreit mich ständig an, dass ich ihr helfen soll, aber ich weiß, dass sie mich nichts tun lassen wird. Es ist ohnehin nicht so, als würde ich mehr wissen als sie. Sie ist definitiv die Klügere von uns beiden. Aber sie braucht deine Hilfe, Stone. Das tut sie wirklich. Lass dir nichts anderes von ihr einreden. Du musst ein verdammt guter Mann sein, damit sie dir erlaubt, für sie da zu sein. Aber ich denke, du kannst es schaffen. Vor allem, wenn ihr beide etwas so Wichtiges teilt."

Wieder war ich verwirrt. „Wenn du Angst hast, mir etwas zu verraten, das deine Schwester dir anvertraut hat, und es sie wütend machen würde, will ich nicht zwischen euch kommen." Das Letzte, was ich wollte, war, gleich nach meiner Ankunft in einen Konflikt zwischen Jessa und ihrer Schwester zu geraten.

„Sie hat mir nicht ausdrücklich gesagt, dass ich es dir nicht verraten soll. Sie hat nur gesagt, dass *sie* es dir nicht verraten wird, weil du dich sonst verpflichtet fühlen würdest, in ihrem Leben zu bleiben, und es kein gutes Leben wäre. Oder so ähnlich. Ich erinnere mich nicht an ihre genauen Worte. Aber sie hat große Angst, dich von etwas wegzulocken. Ich glaube, sie hat gesagt, dass du Koch bist und große Pläne hast. Keine Ahnung. Ich habe so viel geweint, dass ich kaum klar denken konnte."

„Lily, ich möchte nicht, dass du mir etwas erzählst, das Streit zwischen euch beiden verursacht. Im Moment ist es wichtiger denn je, dass ihr zusammenhaltet. Sie ist jetzt alles, was du auf der Welt hast, und du bist alles, was sie hat."

Ich vertraute darauf, dass Jessa mir alles erzählen würde, was ich wirklich wissen musste. Außerdem vermutete ich, dass Lily jetzt, da ihr Vater weg war, verzweifelt hoffte, dass jemand anderer einsprang und die Führung übernahm. Aber ich wusste, dass Jessa das nicht wollte. Ich hätte verdammt viel Glück, wenn sie mich überhaupt helfen lassen würde. Aber sie würde mir nicht das Kommando überlassen. Nicht, dass ich es überhaupt wollen würde. Ich hatte mir geschworen, meiner Leidenschaft zu folgen und alle Pläne, die ich für das Bistro gemacht hatte, weiter voranzutreiben.

Sie nickte und sah zu, wie die Leute allmählich weniger wurden, als alle hinter das Haus gingen. „Wir sollten ihnen folgen, sonst verpassen wir die Beisetzung. Du wirst mich begleiten."

Sie streckte ihre Hand aus, und ich nahm sie und legte sie auf meinen Arm. „Natürlich." Ich dachte, ich könnte genauso gut lernen, mich wie ein Südstaaten-Gentleman zu verhalten. „Ihr seid hier sehr förmlich, nicht wahr?"

„Ja, hier in North Carolina legen wir Wert auf gutes Benehmen." Sie lächelte mich an, als wir um das Haus herumgingen. „Ich weiß, dass meine Schwester und ich völlig verschieden sind."

Ich sah ein großes Bauwerk mitten in einem Garten. „Ist das ein Grab?"

„Das ist ein Mausoleum. Dads letzte Ruhestätte." Sie tupfte sich die Augenwinkel ab. „So wollte er es. Unsere Mutter ist auch da drin. Dad hat einen Garten um das Mausoleum, das er für Mom und sich gebaut hat, angelegt. Deshalb ist es so groß. Dort ist Platz für sechs weitere Leichen. Ich habe immer gedacht, ich würde einmal zwischen diesen Marmorwänden ruhen. Und du solltest wissen, dass Jessamine auch dort zur Ruhe gelegt werden will. Sie möchte den Platz neben unserer Mutter, weil sie in ihrem Leben nie mit ihr zusammen sein durfte. Sie will im Jenseits bei ihr sein."

„Was meinst du?" Ich war wieder einmal verwirrt.

„Unsere Mutter starb bei der Geburt meiner kleinen Schwester."

„Oh, wow." Mein Herz fühlte sich an, als hätte es aufgehört zu schlagen. „Das ist schrecklich."

„Ja, das ist es." Sie tupfte sich wieder die Augen ab. „Ich bekomme den Platz auf der anderen Seite unseres Vaters, weil er und Mom die beiden mittleren Positionen einnehmen. Und die Stelle auf der anderen Seite von Jessamine wird wohl an ihr Kind gehen." Sie sah mich mit geweiteten Augen an. „Oje. Ich schätze, jetzt ist die Katze aus dem Sack."

Ich verstand immer noch nicht, wovon sie sprach. „Welche Katze?"

„Oh, Stone, du bist genauso ahnungslos wie gutaussehend. Meine Schwester erwartet ein Baby von dir. Sie hat es am selben Tag herausgefunden, als unser Vater starb. Es war keine Zeit, dir davon zu erzählen."

Ich spürte, wie jemand auf meiner anderen Seite auftauchte, während meine Gedanken sich überschlugen. „Wie kommt es, dass du die letzten beiden Male, als ich dich gesehen habe, immer eine andere Frau am Arm hattest, Stone Nash?"

Warum hast du mir nicht gesagt, dass ich Vater werde?

KAPITEL ACHTUNDZWANZIG

JESSA

Seine Lippen waren leicht geöffnet und seine blauen Augen wanderten hin und her, als er meinen Bauch betrachtete. „Erwartest du wirklich mein Baby?"

Ich starrte Lily an. „Du hast es ihm gesagt?"

Sie nickte. „Ja. Aber sei mir nicht böse. Er musste es wissen. Es wäre nicht richtig, es ihm zu verschweigen. Und ich wusste, dass du es ihm nicht sagen wolltest."

Stone umfasste meine Schultern. „Hey, sei nicht böse auf sie. Ich bin irgendwie froh darüber. Ich weiß es erst seit einer Minute, aber die Vorstellung, dass wir ein Baby bekommen, gefällt mir immer besser."

Er ließ seine Hände über meine Arme gleiten und nahm meine Hand in seine. Ich wusste nicht, was zum Teufel ich erwidern sollte, also sagte ich: „Oh. Ich schätze, das ist gut." Ich fühlte mich sehr erleichtert, weil er es jetzt wusste.

Er küsste mich auf die Stirn. „Alles wird gut, Baby."

Ich nickte, aber ich war mir immer noch nicht sicher. Lily kam an meine andere Seite und ergriff meine Hand. „Komm, lass uns nach vorne gehen, wo wir hingehören."

Ich ließ Stones Hand nicht los. „Du kommst mit mir, wenn du schon einmal hier bist."

„Natürlich." Er hielt meine Hand, als Lily uns durch die Menge führte.

Sobald wir vorne ankamen und vor dem großen Mausoleum standen, in dem unser Vater beigesetzt werden sollte, begannen meine Beine zu zittern. Stone trat näher, damit ich mich an ihn lehnen konnte.

Der Priester sprach ein Gebet, das ich kaum hörte, während ich auf den Moment wartete, in dem ich endlich zum ersten Mal den Sarg meiner Mutter sehen würde. Unser Vater hatte uns niemals die Türen öffnen lassen, um ihre ewige Ruhe nicht zu stören.

Die Sargträger zogen den Sarg, in dem mein Vater lag, aus dem schwarzen SUV, der ihn zu seiner letzten Ruhestätte gebracht hatte. Zwei Männer von dem Bestattungsunternehmen schlossen die Türen des Mausoleums auf und öffneten sie.

Ich konnte meine Augen nicht von dem abwenden, was sich darin befand. Der Innenraum war groß genug, um darin herumlaufen zu können. Es gab sechs Tische aus massivem Marmor für die Särge. Nur der mittlere Tisch, der sich direkt vor uns befand, war besetzt. Darauf stand ein silberner Sarg und daneben lagen die Reste getrockneter Blumen auf dem Marmorboden. Ganz am Ende des Sarges sah ich einen einfachen goldenen Ring an einer Goldkette, die an einen der vielen Griffe gehängt worden war.

Ich hatte einen Kloß im Hals, aber ich wollte nicht weinen. Ich wollte alles in mich aufnehmen und es mir genau ansehen. Lily weinte an meiner Seite und lehnte sich an mich, während sie ein Taschentuch an ihre Augen presste.

Ich sah zu Stone auf, der mich tröstend anlächelte. „Da drin ist meine Mutter."

Er nickte. „Lily hat es mir erzählt."

Ich nickte ebenfalls. „Ich habe ihren Sarg noch nie gesehen. Das ist das erste Mal."

Er ließ meine Hand los, schlang seinen Arm um meine Schulter und zog mich noch näher an sich, bevor er meinen Kopf küsste. „Präge dir alles ein, Schatz. Diese Erinnerung wird dir ein Leben lang erhalten bleiben."

Der Priester sagte noch einige Dinge, die ich bei all den Gedanken, die mir durch den Kopf gingen, nicht hören konnte. Dann sah ich zu, wie sechs Männer den Sarg meines Vaters in das Mausoleum trugen und ihn neben meine Mutter stellten. Am Ende seines Sarges hing an einer Goldkette ein goldener Ring, genau wie bei meiner Mutter. „Das sind ihre Eheringe", sagte ich zu Stone.

Lily schluchzte laut. „Sie sind jetzt zusammen und niemand kann sie jemals wieder trennen."

Es fühlte sich an, als wäre ein Messer in mein Herz gerammt worden, weil ich wusste, dass ich diejenige gewesen war, die sie getrennt hatte. „Es tut mir leid."

Stone umarmte mich noch fester. „Mach dir keine Vorwürfe, Baby."

Es war allein meine Schuld. Tränen stiegen in meine Augen. Ich hörte Lily heftig weinen, dann verließ ihre Hand meine und ich sah die Schwester unserer Mutter, Tante Lucy, die sie in ihre Arme zog und versuchte, sie zu trösten.

Ich vergrub mein Gesicht in Stones Brust und schluchzte unkontrolliert, als die Türen zugemacht und wieder abgeschlossen wurden. „Ich kann das nicht ertragen."

Stone wiegte mich sanft. „Bald ist es vorbei. Alles wird wieder gut. Versuche einfach, zu atmen."

Ich fühlte nicht einmal, dass ich mich bewegte, aber als ich mich endlich genug zusammengerissen hatte, um meinen Kopf von Stones Brust zu ziehen, waren wir in dem alten Büro meiner Mutter. Dad hatte nichts daran verändert.

Als ich mich von ihm entfernte, hielt Stone mir ein kleines Päckchen Taschentücher hin. „Jemand hat das in meine Hand geschoben, als ich dich von dort weggebracht habe."

Ich nahm sie. „Oh Gott, ich bin völlig verweint."

„Du siehst unglaublich schön aus." Sein Lächeln, das mein Herz höherschlagen lassen sollte, tat es zumindest ein wenig.

Ich sah mich im Raum nach den Dingen um, die meine Mutter benutzt hatte. „Du hast mich in das Büro meiner Mutter gebracht."

„Wirklich?" Er sah sich um. „Ich bin einfach durch die erste Tür gegangen, die ich finden konnte, um dich von all dem da draußen wegzubringen. Das ist das erste Zimmer, das ich entdeckt habe. Seltsam, nicht wahr?"

„Ich denke, es ist ein Zeichen. Und ich glaube nicht einmal an solche Dinge." Ich putzte mir die Nase. „Oder zumindest habe ich früher nicht an Zeichen und das Schicksal geglaubt. Jetzt bin ich mir nicht mehr so sicher, was ich glauben soll."

Stone nahm ein medizinisches Fachbuch vom Schreibtisch meiner Mutter. „War sie auch Ärztin?"

„Sie war Krankenschwester." Ich ging durch das Zimmer, in das mein Vater mich sehr selten gelassen hatte. „Nun, Dad wusste es nicht, aber ich hatte einen Ersatzschlüssel für dieses Zimmer, das er stets abgeschlossen hat. Wann immer ich ihn bat, es betreten zu dürfen, sagte er, dass er nicht wollte, dass ich an ihren Sachen herumspielte. Nachdem ich eine Weile in seinem Schlafzimmer herumgeschnüffelt hatte, fand ich einen Ersatzschlüssel in einer seiner Schubladen. Ich nahm diesen Schlüssel und bewahrte ihn in meiner Schmuckschatulle auf. Danach kam ich oft hierher, manchmal zwei- oder dreimal pro Woche. Ich habe die medizinischen Fachzeitschriften gelesen." Ich zeigte auf das Bücherregal. „Ich habe jedes Buch gelesen, das sich in diesem Raum befindet."

„Daher kommt also deine Leidenschaft für Medizin. Du hast deine Mutter nicht persönlich kennengelernt, aber du hast definitiv ihre Leidenschaft kennengelernt und sie sogar geerbt."

„Lily hat dir in der kurzen Zeit, die ihr zwei zusammen hattet, ziemlich viel erzählt." Ich fühlte einen Anflug von Eifersucht. „Ich schätze, ich muss die Zeit, die ich mit dir habe, genauso gut nutzen. Wir müssen reden, Stone Nash, damit wir mehr voneinander erfahren und keine Informationen von anderen mehr brauchen."

„Das denke ich auch." Er zog ein Buch aus dem Regal. „Schon allein die Vorstellung, dass sich die Finger deiner Mutter über diese Seiten bewegt haben und sie dieses Buch in ihren Händen gehalten hat, ist faszinierend für mich. Und Jahre später bist du hierhergekommen, um von ihr zu lernen, indem du dieselben Bücher gelesen hast. Es ist erstaunlich, wie das Leben spielt, oder?"

Als ich ihn ansah, während er ein Buch durchblätterte, das ich öfter gelesen hatte, als ich zählen konnte, wusste ich, dass er etwas Besonderes war. „Du bist zu mir gekommen, obwohl ich dir gesagt habe, dass du es nicht tun sollst. Es braucht einen ziemlich entschlossenen Mann, um so etwas Mutiges zu tun."

„Ich bin *absolut* entschlossen, bei dir zu sein," sagte er und nickte. „Aber ich habe meinen Traum nicht aufgegeben, um hierherzukommen, meine Liebe. Ich habe den Pachtvertrag im Krankenhaus unterschrieben und meine Schwägerin, die Architektin ist, damit beauftragt, das Bistro einzurichten und betriebsbereit zu machen. Meine andere Schwägerin, Ember, wird das Bistro für mich leiten. Sie sucht bereits nach geeigneten Mitarbeitern und wird sicherstellen, dass sie einen makellosen Hintergrund haben. Ich habe mir von allen Seite Hilfe für dieses Projekt geholt."

„Ich könnte nicht glücklicher darüber sein." Ich wusste, dass er es schaffen würde.

„Das Beste weißt du noch gar nicht."

„Was ist das Beste?", fragte ich, als ich mich auf den alten Schreibtischstuhl meiner Mutter setzte, der unter meinem Gewicht quietschte.

„Das Beste daran ist, dass ich von meinen Brüdern und Cousins einen Zuschuss erhalten habe, sodass ich allen Praktikanten und Assistenzärzten des Krankenhauses täglich eine kostenlose Mahlzeit servieren kann."

„Sie haben eingewilligt?" Ich war wirklich überrascht. „Das ist verrückt. Aber wie lange werden sie das finanzieren?"

„Bis die staatlichen Zuschüsse bewilligt werden. Ich werde mit deinem Krankenhaus beginnen und nicht aufhören, bis alle Krankenhäuser in Austin versorgt sind. Aber das ist noch lange nicht das Ende. Irgendwann wird es in jedem Krankenhaus in Amerika, das mit mir zusammenarbeiten will, Healthy Hut Bistros geben."

„Healthy Hut?" Ich musste lachen „Im Ernst, Stone?"

„Ja." Er zuckte mit den Schultern und fügte hinzu: „Der Name gefällt mir irgendwie. Und nachdem ich bei deinem Nebenjob ständig alle sagen hörte *Willkommen bei Hamburger Hut, wo die Kunden die Nummer eins sind, genauso wie die Burger* oder so ähnlich, wusste ich, dass ich auch einen eingängigen Begrüßungssatz brauchte. Willst du ihn hören?"

Der Mann war unglaublich. „Unbedingt."

„Willkommen bei Healthy Hut, wo Ihre Verdauung die Nummer eins ist, genauso wie unser Essen." Er konnte nicht aufhören zu grinsen.

„Du wirst das Personal nicht zwingen, das jedes Mal zu sagen, wenn ein Kunde kommt, oder?"

„Nein." Er winkte ab, als wäre die Vorstellung albern. „Aber es wird auf einen Pin gedruckt, den jeder an seinem Hemd tragen muss, direkt unter seinem Namensschild. Ich habe noch eine Schwägerin, Orla, die sich Uniformen ausdenkt. Sie und mein Bruder Warner leben in Irland, aber das kann sie auch von dort aus tun. Ich lerne, wie klein diese Welt tatsächlich ist und dass man überall Hilfe finden kann."

Ich warf einen Blick auf den kleinen Spiegel, der gegenüber dem Schreibtisch an der Wand hing, und stellte fest, dass meine Augen schrecklich geschwollen waren. „Oh Gott!" Ich legte meine Hände über meine Augen. „Ich muss sie mit Eis kühlen. Ich sehe fürchterlich aus."

„Du siehst gut aus", sagte er, als er zu mir kam. Er zog mich in seine Arme und drückte seine Lippen auf meine. „Du siehst aus wie eine Frau, die sich gerade von ihrem Vater und ihrer Mutter verabschiedet hat. Du siehst genauso aus, wie du sollst."

„Du bist zu süß." Ich holte tief Luft, als er seine Hand auf meinen unteren Rücken legte. „Und zu sexy."

„Ich kann das alles nicht glauben. Es ist irgendwie verrückt, wie großartig ich mich fühle. Ich meine, ich liebe dich, aber ein Baby zu haben war nichts, womit ich gerechnet habe. Ich dachte, du würdest verhüten. Ich hätte nie gedacht, dass es überhaupt möglich wäre. Aber ich fühle mich mit jedem Moment, der vergeht, mehr und mehr … aufgeregt. Wir bekommen ein Baby!"

Ich nahm eine seiner Hände und legte sie auf meinen Bauch. „Also, lass mich dich auf den neuesten Stand bringen. Ich bin in der dritten Woche schwanger und unser Baby befindet sich noch im Embryo-Stadium. Es ist ungefähr so groß wie eine Vanilleschote. Ich nenne es meine kleine Vanilleschote. Aber schon bald wird es ein Fötus und ich bin sicher, dass ich ihm dann einen anderen Namen geben werde."

Er beugte sich vor und brachte seinen Mund nahe an meinen Bauch. „Hey, kleine Vanilleschote, hier ist dein Daddy. Sei nett zu deiner Mama, während du da drin bist, okay?"

Ich lachte und schüttelte meinen Kopf. „Das wird etwas gewöhnungsbedürftig sein."

Aber ich könnte mich bestimmt daran gewöhnen, mit Stone zusammen zu sein, soviel ist sicher.

KAPITEL NEUNUNDZWANZIG

STONE

Ich stand auf und sah mich in dem alten Büro ihrer Mutter um. „Wie haben sich deine Eltern überhaupt kennengelernt? Ich meine, dein Vater war ein reicher Mann und deine Mutter war Krankenschwester. Ich kann mir nicht vorstellen, wie sich ihre Wege gekreuzt haben."

„Dad war in einem Polo-Club. Du weißt schon, wo die Männer Pferde reiten, die sie Poloponys nennen, weil sie nicht so groß sind wie die meisten Pferde. Wie auch immer, er stürzte von seinem Pony und landete in dem Krankenhaus, in dem meine Mom arbeitete. Sie haben sich sofort ineinander verliebt."

„Wie lange waren sie zusammen, bevor sie geheiratet haben?" Ich wollte mehr über die Mutter meines Kindes erfahren.

„Nicht lange. Sechs Monate nach ihrer ersten Begegnung haben sie geheiratet. Neun Monate später wurde Lily geboren und drei Jahre später ich." Sie senkte den Kopf. „Und ich habe alles ruiniert."

Ich umfasste ihr Kinn und hob ihren Kopf an, damit sie mich ansah. „Gott macht keine Fehler. Meine Eltern starben, als ich acht Jahre alt war. Es gab einen Hausbrand und sie haben es nicht nach draußen geschafft. Lange Zeit hatte ich das Gefühl, dieses Feuer irgendwie verursacht zu haben. Dass ich vielleicht den Herd angelassen hatte oder so. Ich habe damals noch nicht einmal den Herd benutzt, aber ich hatte all diese Fragen im Kopf. Baldwyn erzählte mir schließlich, dass niemand schuld daran war, was mit ihnen passiert ist, selbst wenn einer von uns einen Fehler gemacht hätte, bevor wir an jenem Morgen zur Schule gegangen waren. Gott hatte es geplant, lange bevor wir überhaupt geboren wurden. Also begann ich das als Tatsache zu akzeptieren. Und ich denke, das solltest du auch." Ich hasste es, den Schmerz zu sehen, den sie sich selbst zufügte, indem sie die Schuld für den Tod ihrer Mutter auf sich nahm.

„Ich war schon bei vielen Therapeuten deswegen. Aber weißt du was? Vielleicht hast du recht. In meinem Studium habe ich gelernt, warum manche Frauen bei der Geburt sterben. Der Körper ist zerbrechlich und es braucht nicht viel, um ihm das Leben zu rauben. Wie du gesagt hast, muss Gott es die ganze Zeit so geplant haben." Sie nickte und schlang ihre Arme um mich. „Es ist nett von dir, dass du dich um mich kümmerst. Oder sollte ich einfach sagen, dass es schön ist, mich so umsorgt zu fühlen?"

„Von jetzt an werde ich mich noch viel besser um dich kümmern." Jetzt, da ich wusste, dass sie ein Baby erwartete, musste ich mich noch mehr anstrengen, als ich ursprünglich vorgehabt hatte. „Also, wie wäre es, wenn du mir erzählst, wer im Unternehmen die rechte Hand deines Vaters war?"

„William Langford. Er und mein Vater waren beide in Yale. Sie haben zusammengearbeitet, seit mein Vater das Unternehmen geerbt hatte. Und um die Wahrheit zu sagen, wäre ich verloren gewesen, wenn er mir nicht seinen Rat angeboten hätte. Ich wusste nichts darüber, wie ich die Beerdigung organisieren und die Lebensversicherungen finden sollte. Mr. Langford hat mich bei allem unterstützt."

„Dann ist er derjenige, den du damit beauftragen solltest, weiterhin das zu tun, was er mit deinem Vater gemacht hat. Auf diese Weise kannst du deine eigene Karriere fortsetzen und deiner Leidenschaft nachgehen." Ich rechnete damit, dass sie mir widersprechen würde.

„Meine Leidenschaft muss jetzt in den Hintergrund treten, Stone." Sie umarmte mich fest und atmete tief ein. „Schon allein das Wissen, dass du für mich da sein wirst, wann immer du kannst, ist genug."

„Ich bin jetzt für dich da. Und ich bin hergekommen, um dir zu sagen, dass dein Vater auf keinen Fall wollen würde, dass du deine Leidenschaft und deine Ziele aufgibst. Das war nie seine Absicht. Hätte er nicht viel zu früh diesen Herzinfarkt gehabt, hätte er Vorkehrungen getroffen, um seinen Nachlass zu regeln."

„Ich weiß nicht, Stone. Und was ist mit Lily?"

„Sie ist eine erwachsene Frau. Was soll mit ihr sein?" Ich dachte nicht, dass ihre ältere Schwester sie so sehr brauchte, wie Jessa dachte.

„Sie braucht Hilfe, Stone. Ich weiß, dass du sie nicht gut kennst, aber sie ist fürchterlich dramatisch und so hilflos wie ein kleines Lamm. Außerdem ist sie verwöhnt und eine unerträgliche Göre."

„Nun, das ist ihr Problem, nicht wahr?" Ich wollte nicht zulassen, dass sie ihr Leben an irgendjemanden verschwendete. „Du hast einen Traum. Einen guten Traum. Ich glaube, du hast es selbst schon einmal gesagt. Dein Traum wird Tausenden oder vielleicht sogar Millionen von Menschen helfen. Das ist der Weg, den du einschlagen musst, Jessa. Kündige endlich deinen Job bei Hamburger Hut und verwende dein Geld, um deine Ausbildung zu finanzieren. Und nur damit du es weißt – du wirst nicht in die winzige Wohnung zurückkehren, in der du gelebt hast. Du ziehst in mein Haus." Ich hielt einen Finger hoch. „Lass mich das richtig sagen. Du ziehst in *unser* Haus, wo wir *gemeinsam* unser Kind großziehen und glücklich sind."

Ihre goldenen Augen funkelten, als sie mich ansah. „Im Ernst?"

„Im Ernst. Und du wirst deine Pläne fortsetzen, dein Studium und dein Praktikum abschließen und danach Assistenzärztin werden. Eines Tages bist du dann eine richtige Ärztin. Deine Eltern würden das für dich wollen. Und ich werde nicht zulassen, dass du alles wegwirfst, wofür du so hart gearbeitet hast. Du wurdest geboren, um Ärztin zu sein, und bei Gott, genau das wirst du werden."

„Was auch passiert?", fragte sie.

„Was auch passiert, Baby." Ich küsste ihre Nasenspitze und sie lächelte. „Ich mag es, dieses Lächeln zu sehen. Lass uns rausgehen, damit du mich deiner Familie, deinen Freunden und diesem Mr. Langford vorstellen kannst, der dir und deiner Schwester helfen wird, alles zu regeln. Unser Kind wird verdammt wohlhabend sein, soviel ist sicher."

„Aber wir werden es nicht verwöhnen. Wir werden unserem

Kind beibringen, dass Arbeit wichtig ist und dass es nicht nur von dem Geld leben kann, das andere verdient haben." Mit entschlossenem Gesicht fuhr sie fort: „Versprich mir das, Stone."

„Ich verspreche, dass ich unser Kind nicht verwöhnen werde. Aber ich werde dieses Kind von ganzem Herzen lieben. Wenn ich also versehentlich doch anfange, es zu verwöhnen, musst du es mir sagen und ich höre auf."

„Einverstanden." Sie nahm meine Hand und führte mich zu den anderen Trauergästen. „Ich werde dich allen vorstellen müssen. Was soll ich darüber sagen, wer du bist?"

Ich lachte. „Sag ihnen die Wahrheit. Dass ich der Vater deines Babys bin."

Sie gab mir einen Klaps auf die Schulter und schnaubte. „Auf keinen Fall. Du bist mein Freund. Ich möchte noch niemandem sagen, dass ich schwanger bin, weil es Unglück bringen könnte. Das ist also vorerst unser kleines Geheimnis."

„Heißt das, du freust dich darauf, dieses Baby zu bekommen?" Ich hatte nicht gedacht, dass sie ein Baby wollen würde.

„Ich habe mich an die Vorstellung gewöhnt. Und ja, ich freue mich darauf. Und ich bin froh, dass du es auch tust. Alles wird gut. Zumindest hoffe ich das."

„Es wird viel besser als gut sein." Wir betraten einen riesigen Raum voller Menschen. Ich nahm erstaunliche Gerüche war. „Gibt es etwas zu essen?"

„Jede Menge. So gehen Südstaatler mit Trauer um. Die Menschen schicken alle möglichen Gerichte, um den Hinterbliebenen zu helfen. Das ist gut für mich, weil ich inzwischen auch Hunger habe."

Wir gingen durch die Menschenmenge und Jessa stellte mich vor. Ich hätte mir all die Namen unmöglich merken können, also lächelte ich nur, nickte und beschränkte mich auf die üblichen Floskeln.

Dann hörte ich sie sagen: „Mr. Langford, das ist mein Freund. Gestatten Sie mir, Ihnen Stone Nash aus Austin, Texas vorzustellen. Er und seine Brüder besitzen dort ein Resort."

Ich schenkte ihm ein strahlendes Lächeln, als ich meine Hand ausstreckte. „Es ist schön, Sie kennenzulernen, Mr. Langford. Jessa hat mir erzählt, wie wichtig Sie für ihren Vater waren und für den Rest der Familie immer noch sind."

„Freut mich, Sie kennenzulernen." Er schüttelte meine Hand. „Wie heißt Ihr Resort?"

„Whispers Resort und Spa."

„Ich war schon dort. Ich habe meine Frau vor ungefähr einem Jahr dorthin begleitet. Das ist ein verdammt schönes Resort, das muss ich Ihnen lassen." Er sah erfreut darüber aus, dass Jessa mit mir zusammen war. „Ray und ich haben vor einiger Zeit über etwas gesprochen."

„Ray war der Name meines Vaters", sagte Jessa zu mir.

Ich nickte und fragte Mr. Langford: „Worüber haben Sie gesprochen?"

„Nun, dieses Anwesen ist groß. Viel zu groß, als dass nur ein paar Leute darin wohnen könnten. Es gibt so viele leere Schlafzimmer und der Ballsaal wurde seit Jahren nicht mehr benutzt. Wir hatten die Idee, daraus entweder ein Resort oder ein Bed & Breakfast Hotel zu machen. Ich wette, dass viele Menschen hier gern Urlaub machen würden. Die Hausangestellten könnten ihre Jobs behalten und Miss Lily könnte genau dort bleiben, wo sie jetzt wohnt, … in ihrer Suite. Wenn sie das will. Es würde sich nicht viel ändern, außer dass mehr Leute hier wären. Aber ich denke, es wäre gut für diesen Ort."

Jessa sah mich mit großen Augen an. „Das ist keine schlechte Idee. Was denkst du?"

Ich war mir nicht sicher, was ich denken sollte. „Wenn du möchtest, können wir euer Anwesen in unser Unternehmen eingliedern. Es könnte Whispers of North Carolina oder so ähnlich heißen. Das würde dich und deine Schwester zu unseren Geschäftspartnern machen, wenn ihr das wollt. Natürlich müsste ich die Zustimmung unseres Vorstands einholen. Aber ich denke, ich könnte sie bekommen. Es hat jede Menge Vorteile, wenn ihr euch uns anschließt."

Jessa sah den vertrauenswürdigsten Berater ihres Vaters an. „Dann hätte die Villa einen neuen Verwendungszweck. Aber was ist mit den Geschäften meines Vaters? Wer würde sich darum kümmern?"

„Eine Anwaltskanzlei wickelt bereits jetzt die Investitionen ab, zahlt die Steuern und kümmert sich um die Bezahlung der Mitarbeiter. Ihr Vater hat vierteljährlich einen Scheck mit dem gesamten Profit direkt auf sein Konto erhalten. Sie und Ihre Schwester müssen der Kanzlei Ihre Bankdaten mitteilen, damit der Profit künftig zwischen Ihnen beiden aufgeteilt wird. Einmal im Jahr sollten Sie die Anwälte treffen, um auf dem Laufenden zu bleiben."

Jessas Kinnlade klappte herunter. „Moment. Soll das heißen, dass weder Lily noch ich die Pflichten unseres Vaters übernehmen müssen, um alles am Laufen zu halten und Geld zu verdienen?"

„Das hat er schon jahrelang nicht mehr getan. Ich meine, er hat sich mit Nebeninvestitionen in anderen Unternehmen die Zeit vertrieben. Aber das müssen Sie nicht tun. Das war ein Hobby für ihn. Sie oder Ihre Schwester sind nicht verpflichtet, damit weiterzumachen."

Jessa war immer noch unsicher. „Also muss ich die medizinische Fakultät nicht verlassen? Und ich kann nach Austin zurückkehren?"

„Natürlich können Sie das. Jessa, Ihr Vater war sehr stolz auf Sie. Er erzählte allen, dass Sie bald Ärztin sein würden. Er hätte Ihnen niemals etwas hinterlassen, das Ihnen dabei im Weg stehen würde, was Sie aus Ihrem Leben machen wollen."

Sie sah mich mit Tränen in den Augen an. „Stone, ich komme mit dir nach Hause!" Sie sah zurück zu Mr. Langford. „Wir bekommen ein Baby."

„Oh ... herzlichen Glückwunsch!"

Sieht so aus, als wäre unser kleines Geheimnis gelüftet!

――――――

JESSA

Ein Jahr später ...

Lily war zu unserer ersten Vorstandssitzung nach Austin gekommen, seit das Anwesen der Moxons in die Whispers Resorts eingegliedert worden war. Sie hielt unseren Sohn Liam im Arm und wiegte ihn sanft. „Er ist so süß. Ich bin froh, dass ich endlich Zeit hatte, eine Woche bei euch zu verbringen. Aber ehrlich gesagt war es für mich ein Segen, zu Hause im Resort zu arbeiten. Ich liebe es, mit den Gästen zu reden und Veranstaltungen zu planen. Und mein sozialer Status ist höher denn je. Soll ich dir etwas verraten?" Sie rieb ihre Nase an der Nase des Babys. „Kleiner Liam, deine Tante Lily hat gerade die beste Zeit ihres Lebens."

„Also wird Liam in naher Zukunft keine Cousins bekommen?",

fragte ich, als wir in dem Resort in Austin aus dem Aufzug stiegen, um an der ersten Sitzung teilzunehmen, zu der wir eingeladen worden waren.

„Auf keinen Fall. Ich bin nicht bereit, zu heiraten. Überhaupt nicht." Wir gingen in den Sitzungssaal und meine Schwester lächelte hingerissen. „Nun, sieh dir das an. Ich habe noch nie in meinem Leben so viele attraktive Männer gesehen."

Stone kam zu uns, küsste mich und gab dann Lily einen Kuss auf die Wange. „Immer die perfekte Südstaatenschönheit, nicht wahr?"

„Immer." Sie gab Stone das Baby. „Hier, Daddy. Dein Sohn hat deine schönen blauen Augen geerbt."

Stone nickte mir zu. „Und die blonden Haare seiner Mutter. Er hat Glück gehabt."

„Worüber werden wir hier bei dieser Sitzung sprechen?" Sie nahm Platz. Ich setzte mich neben sie und Stone nahm den Stuhl neben meinem. „Ein runder Tisch", sagte sie. „Genau wie bei den Rittern der Tafelrunde. Habe ich recht?"

Baldwyn nickte. „Wir wollten sicherstellen, dass bei unseren Treffen alle das Gefühl haben, einander ebenbürtig zu sein."

„Sehr schön", sagte Lily, als sie sich am Tisch umsah. „Es ist mir eine Ehre, hier bei euch allen zu sitzen."

„Wir freuen uns, dass du und Jessa zu uns gekommen seid", sagte Tyrell. „Euer Resort wurde erst vor sechs Monaten eröffnet und hat bereits hohe Gewinne erzielt. Wir könnten nicht zufriedener sein. Wir haben gehört, dass du eine exzellente Gastgeberin bist, Lily."

„Ich tue, was ich kann." Sie fächelte sich Luft zu. „Ah, es fühlt sich gut an, Teil von etwas zu sein."

Stone beugte sich vor und flüsterte: „Siehst du, sie hat alles gut überstanden."

Ich war froh zu sehen, dass auch Lily ihre Leidenschaft gefunden hatte. „Das hat sie wirklich."

Ich hatte in Bezug auf das Anwesen nichts tun müssen – sie hatte mit den Beratern zusammengearbeitet, die das Whispers Resort geschickt hatte, um es in einen traumhaften Ort zu verwandeln. Mein Zuhause hatte sich früher oft wie ein leeres Hotel angefühlt. Jetzt war es ein beliebtes Resort, das vielen Menschen Freude bereitete.

Dad hatte uns etwas Besonderes hinterlassen, nicht das albtraumhafte Erbe, mit dem ich gerechnet hatte. Und ich konnte weiter meinen Weg gehen. Mittlerweile war ich meinem Ziel, Ärztin zu werden, wieder ein Jahr nähergekommen.

Die Sitzung dauerte nicht lange. Danach wollte Tante Lily Baby Liam auf ihr Zimmer mitnehmen, damit sie noch etwas Zeit mit ihm verbringen konnte. Schließlich sahen sie sich ziemlich selten. Ich wusste nur, dass ich überglücklich war, Zeit allein mit meinem Mann verbringen zu können.

Ich überraschte Stone, der auf dem Bett lag und fernsah, indem ich splitterfasernackt aus dem Badezimmer kam. Er warf einen Blick auf mich, schaltete den Fernseher aus und warf die Fernbedienung auf den Boden, bevor er anfing, sich auszuziehen.

Durch das Baby hatten wir wieder einmal kaum Zeit für unser Sexleben gehabt. Also würde ich diese Nacht nicht verstreichen lassen, ohne alles mit meinem Mann nachzuholen, was wir verpasst hatten. „Ich hoffe, du bist fit genug, um das sexuelle Abenteuer zu überstehen, auf das ich dich mitnehmen werde, Darling."

Er nahm die Flasche Wasser vom Nachttisch und trank gierig daraus. „Ich bin bereit."

Lachend warf ich mich in seine offenen Arme und schlang meine Beine um seine Taille. „Das hier ist einer meiner Lieblingsorte. Direkt in deinen Armen."

„Ich liebe es, dich festzuhalten." Er küsste mich leidenschaftlich, trug mich zum Bett und legte mich darauf, bevor er seinen Körper über meinen schob und in mich eindrang. Mein Herz schlug schneller, als wir endlich wieder richtig miteinander verbunden waren.

Das Leben hätte nicht schöner sein können als zusammen mit ihm und unserem Sohn. Stone war ein fantastischer Mann, dessen Bistro so viele Kunden anzog, dass sie bereitwillig in langen Schlangen in den Fluren des Krankenhauses anstanden, um eine seiner vielen Kreationen zu probieren.

Stone hatte sich daran gewöhnt, Meisterkoch genannt zu werden, und war sogar ziemlich stolz darauf. Ich war stolz darauf, ein großer Teil seines Lebens zu sein. Aber ich wollte noch ein bisschen mehr.

Ich war mir jedoch nicht sicher, ob er das auch wollte. Als wir uns geliebt und zwischen den zerwühlten Bettlaken ausgeruht hatten, fasste ich Mut, um ihn etwas zu fragen, über das ich seit der Geburt unseres Sohnes nachgedacht hatte. Er war während allem, was mit der Schwangerschaft zu tun hatte, an meiner Seite gewesen. Er war der Mann, mit dem ich mein Leben verbringen wollte – das wusste ich jetzt ohne den geringsten Zweifel.

Mein Arm umschlang seinen Körper und ich küsste seine Brust, bevor ich zu ihm aufsah. „Stone, denkst du jemals daran, zu heiraten?"

„Wen?", neckte er mich.

Ich schlug auf seine Brust. „Mich, du Narr."

„Ist das ein Antrag?", fragte er.

„Wenn ja, was würdest du dazu sagen?" Ich biss mir auf die Unterlippe und war nicht ganz sicher, ob er schon bereit dafür war.

„Wenn du mich bittest, dich zu heiraten, dann sage ich Ja." Er streckte den Arm aus, nahm etwas aus dem Nachttisch und hielt eine kleine schwarze Schatulle hoch. „Anscheinend hatte ich die gleiche Idee wie du. Das habe ich heute Morgen beim Juwelier abgeholt."

Er öffnete die Schatulle und enthüllte einen funkelnden Verlobungsring. „Oh mein Gott!" Ich hielt ihm meine Hand hin und wackelte mit den Fingern.

Als er den Ring auf meinen Finger schob, fühlte ich, wie mein Herz schneller schlug. „Ich liebe dich so sehr."

„Ich liebe dich auch, Baby. Und bald werden wir als Mann und Frau für den Rest unseres gemeinsamen Lebens glücklich sein."

Ein Traum wird wahr.

———

STONE

Sechs Monate später ...

Unsere Hochzeit fand in dem Resort statt, das einst Jessas Zuhause gewesen war. Wir hatten alle, die wir kannten, eingeladen, dorthin zu kommen und so lange zu bleiben, wie sie wollten. Ich stand am Ende des Ganges im Ballsaal, als Jessa langsam auf mich zukam.

Die lange Schleppe ihres prächtigen weißen Brautkleids glitt mit solcher Eleganz über den dunklen Holzboden, dass ich weinen wollte. Aber sobald ich ihr wunderschönes Gesicht sah, konnte ich nur noch lächeln.

Sie reichte ihrer Schwester, die ihre Trauzeugin war, ihren Blumenstrauß und nahm meine Hände in ihre. „Du siehst fantastisch aus", sagte ich zu ihr.

„Du bist der attraktivste Mann im Raum." Sie sah sich um. „Und das will etwas heißen."

Sie wusste, wie sie mich zum Erröten bringen konnte.

Lily beugte sich vor. „Was ist mit mir? Wie sehe ich aus?"

Jessa warf ihr einen Blick zu, der sie aufforderte, sich zurückzuhalten. „Komm schon, das ist mein Tag, erinnerst du dich?"

„Tut mir leid." Sie trat zurück. „Macht weiter."

Wir wiederholten die Gelübde, die der Priester sprach, und ich meinte jedes Wort davon. Als er sagte, dass ich meine Braut jetzt küssen könnte, tat ich es voller Leidenschaft, bevor wir uns der jubelnden Menge zuwandten. „Yippie!", schrie ich.

Die Gäste teilten lautstark meine Begeisterung und meine Frau konnte nicht aufhören zu lächeln. Es war der zweitbeste Tag meines Lebens. Der Tag, an dem Liam geboren war, war unbestreitbar der allerbeste gewesen. Das Baby war ein echtes Wunder. Ich hatte es mit eigenen Augen gesehen.

Nachdem unser Tanz beendet war und meine Frau und ich die Tanzfläche verlassen durften, entdeckte ich einige unserer anderen Cousins aus Texas an der Bar.

„Wie geht es den Duran-Brüdern an diesem schönen Abend?", fragte ich, als ich mich an die Theke stellte. „Ich brauche ein Bier, STAT." Ich benutzte gerne medizinische Fachbegriffe, auch wenn ich nicht sicher war, wofür STAT eigentlich stand.

Cayce, der Älteste der vier Brüder, antwortete: „Verdammt gut, Cousin. Danke, dass du uns zu deiner Hochzeit eingeladen hast."

Chase war der zweitälteste Bruder. „Wir mussten für eine Weile aus Brownsville verschwinden. Wir haben als Ingenieure alles für unseren Boss gegeben, aber er will sich unsere Ideen nicht einmal anhören. Es hatte einfach keinen Sinn mehr."

„Ihr arbeitet alle zusammen?" Das hatte ich nicht gewusst.

Callan, der Drittälteste, antwortete: „Ja. Aber ich muss dir sagen, dass wir wegen der Ignoranz unseres Chefs inzwischen daran denken, die Branche zu wechseln. Ich meine, ich weiß, dass wir uns Dinge ausdenken sollen, die der Rüstungsindustrie nützlich sind, aber wie viele Waffen erwartet er noch von uns?"

Chance, der Jüngste in ihrer Familie, meldete sich zu Wort. „Tut mir leid, dass meine Brüder so genervt klingen. Sie haben unseren Chef einfach satt. Das ist eine großartige Hochzeit, Mann. Ich kann nicht glauben, was ihr hier erreicht habt. Es ist wunderbar."

„Danke." Ich trank einen langen Schluck von dem kalten Bier. „Also, was für Ideen habt ihr überhaupt?" Ich war neugierig, da diese Männer alle sehr gut ausgebildet waren. Als sie klein gewesen waren, hatten ihre Eltern sich getrennt und weil keiner der beiden daran interessiert gewesen war, sie zu behalten, waren sie in ein Kinderheim gebracht worden. Es war eine traurige Geschichte, aber letztendlich hatten sie dadurch kostenlos aufs College gehen können. Immerhin hatte sich ihre unglückliche Kindheit zumindest in dieser Hinsicht ausgezahlt. Aber es war ein hoher Preis gewesen.

Cayce strahlte mich an. „Okay, wir haben eine Idee für ein Gerät, das Meereswellen in Elektrizität umwandeln kann. Wir leben in der Nähe von South Padre am Golf von Mexiko, sodass wir experimentieren konnten, und wir haben es tatsächlich geschafft, kleine Mengen Strom zu erzeugen. Aber wir brauchen bessere Ausrüstung und hatten gehofft, dass unser unverschämt reicher Chef bei diesem Projekt dabei sein wollen würde."

„Aber das wollte er nicht", sagte ich und nickte, als mir selbst ein paar Ideen einfielen. „Wenn ihr einen guten Plan habt und eine schöne Präsentation zusammenstellt, kann ich ein Treffen mit meinen Brüdern und den Gentry-Brüdern arrangieren. Wir sind alle entschlossen, unseren Verwandten dabei zu helfen, das Beste aus sich zu machen. Wie lange würde es wohl dauern, bis ihr alles vorbereitet habt?"

Chase kratzte sich am Kopf und schob seinen schwarzen Cowboyhut zurück. „Weißt du was? Ich schätze, wir könnten es bis nächsten Monat schaffen. Denkst du, du könntest irgendwann im Mai ein Treffen arrangieren?"

„Kein Problem. Bei uns dreht sich alles um die Familie. Ihr werdet sehen. Und ich halte es für eine großartige Idee, aus Meereswellen Elektrizität zu erzeugen. Jetzt müsst ihr nur noch einen Namen für euer Unternehmen finden, der das Wort Whisper enthält. Glaubt ihr, dass ihr das könnt?"

Cayce sagte schnell: „Whispering Waves Technology".

Meine Augenbrauen hoben sich und ich dachte, dass es perfekt war. „Das ist keine schlechte Idee, Jungs. Die Zeit wird zeigen, ob sie sich bewährt. Wir sehen uns im Mai."

Wieder ein Happy End für unsere Familie. Ich hoffe, es folgen noch viele weitere.

Ende

FORTUNATE ACCIDENT ERWEITERTER EPILOG

Jessica F.

STONE

„Happy birthday to you", sang ich zusammen mit dem Rest unserer Familie und Freunde, die sich mit Jessa und mir versammelt hatten, um den ersten Geburtstag unseres Sohnes Liam zu feiern.

Jessa beugte sich vor, um unserem Sohn dabei zu helfen, die eine Kerze auszublasen, die mitten auf einem riesigen Kuchen stand. „Komm, Liam. Lass uns jetzt deine Kerze ausblasen."

Er saß mit übereinandergeschlagenen Beinen auf dem Tisch und hatte seinen Blick fest auf den Kuchen gerichtet. Plötzlich streckte er die Hand aus, griff nach einem Stück und stopfte es sich in den Mund. Der blaue Zuckerguss bedeckte sowohl seine Hand als auch sein Gesicht, nicht dass es ihn auch nur ein bisschen interessierte, als er sich sofort Nachschub holte.

„Ach, Liam", stöhnte Jessa. „So sollte das nicht werden, Kleiner."

Ich legte meinen Arm um Jessas Schultern und küsste sie auf die Wange. „Auch wenn es nicht das war, was du geplant hattest, sieht er verdammt niedlich aus. Das musst du zugeben."

Sie zog ihr Handy aus der Tasche und machte ein paar Fotos von unserem Sohn, der seinen Kuchen genoss. „Ja, du hast recht. Er sieht immer noch süß aus – auch wenn er mit blauem Zuckerguss bedeckt ist."

Ich war auf den Geburtstagsfeiern aller meiner Nichten und Neffen gewesen, also hatte ich gewusst, was mich heute erwartete. „Ich habe noch einen Kuchen für die Gäste in der Küche. Ich war darauf vorbereitet, dass so etwas passiert."

„Angeber." Ihr Lächeln raubte mir immer noch den Atem. „Ich bin froh, dass du daran gedacht hast."

Ich verließ sie mit einem sanften Kuss auf die Stirn, um den anderen Kuchen zu holen. Ein Geräusch erregte meine Aufmerksamkeit und ich sah, wie sich die Hintertür öffnete und ein Mann aus unserem Sicherheitsteam hereinkam. „Hey, Dave. Haben Sie Appetit auf Kuchen?"

Sein Gesichtsausdruck war nicht so gelassen wie üblich, stattdessen sah er etwas besorgt und sehr ernst aus. „Alle müssen in einem Raum zusammenkommen. Und zwar jetzt sofort. Wir haben hier eine Gefahrensituation."

„Eine Gefahrensituation?" Ich holte den Kuchen aus dem Kühlschrank. „Wie schlimm kann es sein? Ich habe hier praktisch eine Festung errichtet."

„Können Sie den Kuchen stehen lassen und mir dabei helfen, alle in einen Raum zu bringen?"

Ich stellte den Kuchen auf die Theke und führte ihn dorthin, wo die Party stattfand. „Alle sind hier drin."

„Ich muss mich vergewissern, dass alle anwesend sind. Sind Sie sicher, dass niemand fehlt?"

Ich ließ meinen Blick durch den Raum schweifen und überzeugte mich davon, dass alle Mitglieder meiner Familie da waren. Aber ich musste zugeben, dass ich mir bei all den Freunden, die wir eingeladen hatten, nicht sicher war. „Meine Familie ist hier. Aber vielleicht fehlen ein paar unserer Freunde."

„Jeder, der nicht zur Familie gehört, muss von hier verschwinden. Jetzt gleich", ließ er mich wissen. Dann übernahm Dave das Kommando über die Geburtstagsfeier und wandte sich an die Gäste. „Ich bitte um Ihre Aufmerksamkeit. Hier entwickelt sich gerade eine Gefahrensituation und alle, die nicht zu Familie Nash gehören, müssen das Anwesen sofort verlassen. Wir haben Grund zu der Annahme, dass sich die Drohung, die wir vor wenigen

Augenblicken erhalten haben, nur gegen die Familienmitglieder richtet."

„Eine Drohung?", fragte Jessa, als sie unseren Sohn hochhob. Er zappelte in ihren Armen und versuchte, zu seinem Kuchen zurückzukehren, aber sie hielt ihn fest. „Ich muss ihn sauber machen."

Dave schüttelte den Kopf. „Alle Mitglieder der Familie Nash müssen hier vor Ort bleiben. Tut mir leid."

Ich rannte zurück in die Küche und schnappte mir den Rucksack voller Windeln, Feuchttücher und Ersatzkleidung, den ich dort aufbewahrte, damit ich nicht jedes Mal ins Kinderzimmer musste, wenn Liam sich schmutzig machte. Als ich mit dem Rucksack zurückkam, sah ich Jessas erleichtertes Gesicht. „Gut."

Ich half ihr dabei, unseren Sohn auszuziehen, während die Gäste, die nicht mit uns verwandt waren, so schnell wie möglich gingen. „Ich weiß nicht, was los ist, aber es gefällt mir überhaupt nicht."

„Mir auch nicht." Sie begann, Liam mit den Feuchttüchern zu reinigen. „Ich finde es ein bisschen seltsam, weil ihr gerade erst vor ein paar Monaten ein Sicherheitsteam angeheuert habt, um uns alle zu beschützen. Davor hatten wir überhaupt keine Probleme."

Als die anderen Gäste weg waren, blieben nur meine Brüder und ihre Familien zurück. Ich sah mich um und erkannte, dass sie sich auf den Sofas in unserem Wohnzimmer verteilt hatten. Die Frauen sahen besorgt aus, während die Kinder die Situation fast nicht bemerkten, da sie alle mit ihren Handys spielten. Ausnahmsweise war ich froh, dass die Kinder etwas hatten, das sie von all der Anspannung im Raum ablenkte.

Die Haustür ging auf und Mark, ein weiteres Mitglied des Sicherheitsteams, kam herein. „Das Resort ist erfolgreich evakuiert worden", informierte er Dave.

Baldwyn sprang auf. „Wie bitte? Was zur Hölle ist hier los?"

Mark trat mit grimmiger Miene vor. „Vor einer Stunde ist an der Rezeption telefonisch eine Bombendrohung eingegangen. Die Resort-Security hat sich sofort an die Arbeit gemacht und das Gebäude evakuiert. Und sie hat uns angerufen, um uns zu warnen, dass es noch andere Drohungen gab. Jemand hat angekündigt, die Nash-Brüder und ihre Familien vernichten zu wollen."

Baldwyns Handy klingelte und er zog es aus seiner Tasche. „Es ist Tyrell Gentry."

„Nehmen Sie den Anruf entgegen", riet Dave ihm.

„Hi, Tyrell", sagte Baldwyn und machte den Lautsprecher an, damit wir alle hören konnten, was unser Cousin zu sagen hatte.

„Baldwyn, wir haben von der Bombendrohung gehört. Wir haben euch nichts darüber erzählt, was hier bei uns passiert ist, weil wir nicht dachten, dass es euch in irgendeiner Weise betreffen würde. Aber anscheinend tut es das doch."

„Was ist passiert?", fragte Baldwyn und runzelte die Stirn.

„Familie Stevens hat einen Anwalt engagiert, um an einen Teil unseres Erbes zu kommen. Ich dachte, sie hätte es nur auf uns abgesehen und ihr wärt nicht in Gefahr."

„Familie Stevens?", fragte Baldwyn. „Wer ist das?"

„Der Vater unseres Vaters, der uns sein Geld und die Ranch hinterlassen hat, hatte eine langjährige Affäre mit einer Frau namens Hilda Stevens. Er stellte ihr Häuser, Autos und auch Geld zur Verfügung. Sie ist vor einem Jahr gestorben und jetzt behaupten drei ihrer Brüder, dass ihnen ein Teil unseres Erbes zusteht, da die Hälfte des Nachlasses eigentlich ihrer Schwester hätte gehören sollen. Wir haben herausgefunden, dass Hilda auch ein Zimmer im Ranchhaus hatte. Obwohl sie nie offiziell hier gemeldet war, sagen ihre Brüder, dass Hilda und unser Großvater praktisch so gut wie verheiratet waren, da er sich jahrzehntelang um sie gekümmert hat. Und nach dem Tod unserer Großmutter hätte unser Großvater als Witwer jederzeit eine neue Ehe eingehen können. Unsere Anwälte streiten sich mit ihren Anwälten darüber. Aber meine Brüder und ich müssen uns fragen, ob diese Kerle hinter der Drohung gegen euch und euer Resort stecken."

Jessa flüsterte mir ins Ohr: „Ich muss unser Resort in North Carolina anrufen. Was ist, wenn es als nächstes ins Visier genommen wird?"

Ich winkte Dave zu mir und fragte: „Wissen Sie, ob eines unserer anderen Resorts bedroht wurde?"

„Zu diesem Zeitpunkt ist uns darüber nichts bekannt. Aber einer unserer Männer kontaktiert gerade die Sicherheitsteams in jedem Ihrer Resorts, um sie über die Situation zu informieren." Er sah Baldwyn an. „Was für Leute sind diese Stevens-Männer?"

Tyrell antwortete: „Überhaupt keine guten Leute. Sie sind sehr gewalttätig. Der einzige Grund, warum sie überhaupt genug Geld haben, um einen Anwalt zu engagieren, ist, dass sie das Haus, das unser Großvater Hilda geschenkt hatte, nach ihrem Tod verkauft haben. Ich würde diesen Männern alles zutrauen. Ihr solltet wissen, dass unsere Mutter auch eine Stevens war. Hilda war die Schwester ihres Vaters. Somit waren diese Männer ihre Onkel. Sie hat immer gesagt, dass ihre Familie kein Gewissen hat. Der Vater und die Brüder unserer Mutter haben sie eines Nachts entführt und zu Hildas Haus in Shreveport in Louisiana gebracht, wo Hilda sie angekettet und gefangen gehalten hat. Unser Vater hat sie gerettet und danach ist sie nie mehr zu ihrer Familie zurückgekehrt."

„Oh Gott", flüsterte Sloan. „Wenn diese Männer hinter der Drohung stecken, werden sie ihren Plan in die Tat umsetzen."

Dave nickte. „Wir brauchen ihre Namen und Adressen. Können Sie sie als Textnachricht an Baldwyns Handy schicken?"

„Natürlich. Ihr habt keine Ahnung, wie schuldig wir uns fühlen. Wir hätten es euch früher sagen sollen. Das tut uns sehr leid. Ich werde euch die Namen und Adressen sofort zukommen lassen und sobald wir mehr erfahren, melden wir uns. Gott sei mit euch."

Baldwyn beendete den Anruf und setzte sich wieder zu seiner Frau. „Uns wird nichts passieren. Diese Kerle klingen für mich nicht allzu gefährlich."

Stille erfüllte den Raum, bis Baldwyns Handy klingelte und er eine Textnachricht mit ihren Namen und Adressen erhielt. Er reichte sein Handy Mark, der alles notierte und uns dann mit Dave zurückließ.

Ich hatte das Bedürfnis, alle daran zu erinnern, wie sicher dieses Haus war, und stand auf. „Dank Sloan, die dieses Haus entworfen und ein Sicherheitssystem installiert hat, könnt ihr euch hier absolut sicher fühlen."

Sloan nickte. „Er hat recht. Da ich für den Bau all eurer Häuser hier in Austin verantwortlich war, kann ich euch sagen, dass sie so gut gesichert sind wie möglich. Das Resort ist auch sicher, aber nicht so wie unsere Häuser. Ich bin froh, dass alle Leute aus dem Resort evakuiert worden sind. Was auch immer passiert, niemand soll sein Leben verlieren."

Cohen seufzte, als er auf den Boden starrte. „Aber wir könnten einen Teil des Resorts verlieren ... oder vielleicht sogar alles, wofür wir so hart gearbeitet haben."

JESSICA F.

Warner schüttelte den Kopf. „Wir haben eine Versicherung. Wenn etwas passiert, können wir alles wieder aufbauen."

Pattons Frau Alexis erinnerte uns daran, was wirklich zählte. „Wir sind alle in Sicherheit. Das ist das Wichtigste. Ich vertraue darauf, dass alles gut wird."

Mark kam zurück und sah noch grimmiger aus als zuvor. „Wir haben herausgefunden, dass einer der Männer früher beim Militär war. Das ist nicht gut. Glaubt jemand von Ihnen, dass er sich in den Computer des Resorts hacken und nachsehen kann, wer in den letzten Tagen dort übernachtet hat?"

Cohen nickte. „Stone, bringe mir einen Laptop."

Ich legte Liam auf Jessas Schoß, ging in mein Arbeitszimmer und kam mit meinem Laptop zurück. „Bitte schön."

Cohen tippte auf der Tastatur herum und lächelte. „Okay, ich bin drin. Wonach soll ich suchen?"

„Nach jemandem mit dem Nachnamen Stevens, der eine Privatadresse in Carthage, Texas, hat", sagte Mark.

„Das ist einfach." Cohen tippte weiter. „Hm, in der letzten Woche war hier niemand mit dem Nachnamen Stevens. Ich werde jetzt überprüfen, ob letzte Woche jemand aus Carthage hier war." Sein Gesicht wurde blass. „Verdammt." Er drehte den Laptop um und zeigte es uns. „Robert Malone aus Carthage, Texas, war hier und am selben Tag ist noch jemand von dort gekommen. Ein Mann namens Samuel Goodwin." Er drehte den Laptop wieder zu sich und fand weitere Informationen, bevor er uns erneut den Bildschirm präsentierte. „Hier sind ihre Führerscheine komplett mit Fotos."

Mark klickte etwas auf seinem Handy an und zeigte es uns. „Das ist der Führerschein von Richard Stevens, dem ehemaligen Soldaten. Er sieht genauso aus wie der Mann auf Ihrem Foto." Er ging zu Cohen, damit er ihn sich genauer ansehen konnte. „Ja. Das ist die gleiche Adresse. Sie haben einfach ihre Namen auf ihren Führerscheinen geändert. Der andere Mann ist Anthony Stevens. Seine Adresse stimmt auch auf beiden Führerscheinen überein. Sie waren erst gestern im Resort. Wir müssen die Bombendrohung also sehr ernst nehmen." Er zeigte auf den Laptop. „Können Sie sich Zugriff auf das Überwachungssystem verschaffen, damit wir sehen können, was für Gepäck diese Männer dabeihatten?"

„Ich kann es versuchen", sagte Cohen.

Die Spannung stieg, als wir darauf warteten, was Cohen finden würde. Ich stand auf, da ich wusste, dass uns zu Hause nichts passieren würde. „Hören Sie, Mark, ich sehe keine Notwendigkeit, hier herumzusitzen. Ich werde anfangen, aufzuräumen. Überall steht Essen, das in den Kühlschrank muss."

Jessa nahm meine Hand und zog mich zu sich. „Das kann warten. Ich brauche dich hier an meiner Seite, wenn es dir nichts ausmacht. Mein Bauchgefühl sagt mir, dass wir auf unser Sicherheitsteam hören müssen."

„Sie hat recht, Stone", sagte Dave zustimmend.

Ich nahm Platz und fragte mich, was es bringen sollte, tatenlos abzuwarten. *Wir können nicht hier im Wohnzimmer leben, bis sie diese Kerle erwischt haben.*

———

JESSA

Ich reichte Stone das Baby und fing an, meiner Schwester Lily eine Textnachricht zu schreiben. Sie wohnte in dem Resort in North Carolina, das früher unser Elternhaus gewesen war. Ich wollte sie nicht in Gefahr bringen. Genauso wenig wie die Gäste dort.

Meine Textnachricht brachte sie dazu, mich anzurufen. „Jessamine, was ist los?"

Da die Aufmerksamkeit aller jetzt auf Cohen gerichtet war, der sich die Aufnahmen der Überwachungskameras ansah, versuchte ich möglichst leise, ihr die Situation zu erklären: „Gegen das Resort hier in Austin gibt es eine Bombendrohung. Deshalb habe ich dir geschrieben."

„Eine Bombe!" Ihre Stimme zitterte. „Nein!"

„Anscheinend wollen ein paar Männer etwas von dem abhaben, was die Cousins meines Mannes geerbt haben. Geld, das sie dazu verwendet haben, meinem Mann und seinen Brüdern bei der Gründung ihres Unternehmens zu helfen. Sie haben herausgefunden, dass zwei der Männer hier im Resort waren, allerdings unter falschen Namen. Ich mache mir Sorgen, dass so etwas auch bei euch in North Carolina passiert sein könnte oder noch passieren wird. Unser Sicherheitsteam glaubt nicht, dass sie schon so weit gekommen sind.

Trotzdem mache ich mir Sorgen. Hat dich niemand aus eurem Sicherheitsteam darüber informiert, was los ist?"

„Nein, niemand." Sie klang verärgert. „Ich werde nicht einfach hier sitzen und darauf warten, dass sie sich entscheiden, ob sie mich auch einweihen sollen oder nicht. Ich sehe selbst nach, was los ist und was sie unternehmen, damit wir alle hier in Sicherheit sind."

„Gut." Meine Schwester war früher unfähig gewesen, auch nur die geringste Verantwortung zu übernehmen. Aber das hatte sich geändert und ich war froh darüber. „Kümmere dich darum. Es ist äußerst wichtig, dass unsere Mitarbeiter nach diesen Männern Ausschau halten. Sag den Mitarbeitern an der Rezeption, dass sie die Führerscheine der Gäste sorgfältig überprüfen sollen. Sie sollen versuchen, sich die Identität derjenigen, die einchecken, auch anderweitig bestätigen zu lassen."

„Ich frage mich, ob wir die Informationen, die wir derzeit von Gästen bei der Reservierung abfragen, ergänzen sollen. Vielleicht könnten wir sie bitten, unsere Social-Media-Seiten zu besuchen, und dann schnell ihre Seiten überprüfen."

„Das ist ein Anfang. Aber wir brauchen mehr. Ich weiß, dass es nicht schwer ist, falsche Social-Media-Seiten zu erstellen. Du hast viele Freunde in hohen Positionen. Warum findest du nicht heraus, ob es ein System gibt, mit dem unsere Mitarbeiter an der Rezeption die Führerscheine einscannen können?"

„Oh, wir können den schwarzen Streifen auf der Rückseite der Führerscheine durch unseren Kreditkartenscanner ziehen. Dann müssten die echten Daten angezeigt werden und wir würden merken, wenn etwas faul ist."

„Ja. Sprich mit deinen Bekannten, um so schnell wie möglich damit anzufangen. Ich zähle auf dich, Lily. Das Leben der Menschen könnte von dir abhängen."

„Kein Druck", sagte sie sarkastisch. „Ich nehme es in Angriff und lasse dich wissen, was ich herausfinde."

„Danke. Und sei vorsichtig. Behalte deine Umgebung jederzeit im Blick. Diese Männer haben erfahren, dass die Gentry-Brüder den Nash-Brüdern geholfen haben. Wer weiß, was sie sonst noch wissen. Auf der Website des Whisper Resorts können sie sich ganz einfach über unsere anderen Resorts informieren. Ich weiß nicht, wie weit diese Männer gehen, um das zu bekommen, was sie wollen."

„Ich verstehe. Ich bin vorsichtig und mache mich sofort an die Arbeit. Bis bald."

Gerade als ich das Handy wieder in meine Tasche steckte, kam ein weiterer Mann durch die Haustür. „Die Polizei von Austin schickt einen Roboter in das Hotel, um zu überprüfen, ob dort Sprengstoff ist. Alle Gebäude im Umkreis von einer Meile um das Resort sind inzwischen evakuiert. Die Innenstadt ist praktisch abgeriegelt."

Baldwyns Handy klingelte und er hielt es hoch. „Es ist Tyrell."

Dave nickte. „Mach den Lautsprecher an."

„Tyrell, was hast du herausgefunden?"

„Nichts Gutes. Einer der Rancharbeiter hat am Eingangstor einen Zettel entdeckt. Darauf steht, dass wir vierundzwanzig Stunden Zeit haben, um das zu tun, was die Stevens-Männer verlangen, oder sie sehen sich gezwungen, weitere Maßnahmen zu ergreifen. Es ist keine Drohung gegen euch, aber für mich klingt es trotzdem verdammt gefährlich."

Ich beobachtete Daves Reaktion. Er runzelte grimmig die Stirn. „Sie sind nicht so dumm, wie ich dachte. Wir haben aber genügend Beweise, um die Polizei dazu zu bringen, mit ihnen zu sprechen. Wenn sie die Nash-Brüder direkt bedrohen würden, würde das ein Sondereinsatzkommando und vielleicht sogar die Hilfe der Texas Rangers rechtfertigen. Glauben Sie, Sie können sie kontaktieren und den Anruf aufzeichnen? Sie müssen allerdings sicherstellen, dass sie wissen, dass der Anruf aufgezeichnet wird, sonst ist er vor Gericht nicht zulässig. Versuchen Sie, sie dazu zu bringen, Ihnen irgendetwas zu erzählen, das mit dem Whisper Resort oder den Nash-Brüdern zu tun hat."

„Das kann ich versuchen", sagte Tyrell. „Es tut mir leid, dass wir euch in diese Sache hineingezogen haben. Es ist dumm, ich weiß. Vielleicht hätten wir nicht mit ihnen über das Geld streiten sollen. Vielleicht sollten wir ihnen einfach geben, was sie wollen."

Die Art, wie Mark den Kopf schüttelte, sagte mir, dass er nicht so dachte. „Geben Sie ihren Forderungen auf keinen Fall nach. Wenn Sie einmal nachgeben, werden sie immer weitermachen und keine Ruhe geben, bis sie Ihnen alles weggenommen haben, was Sie besitzen. Lassen Sie sich niemals von irgendjemandem erpressen. Es hört nie auf. Außerdem wollen wir, dass diese Männer für das, was sie getan haben, ins Gefängnis kommen. Sie haben das Leben zahlloser Menschen in Gefahr gebracht. Damit dürfen wir sie nicht davonkommen lassen."

„Ich verstehe. Und ich stimme Ihnen zu. Ich wünschte nur, sie würden nur uns bedrohen und nicht unsere Angehörigen. Sie spielen wirklich ein schmutziges Spiel. Und das Schlimmste ist, dass wir tatsächlich mit ihnen blutsverwandt sind. Es ist schwer zu verkraften, dass diese Männer unsere Großonkel sind."

Ich hatte Mitleid mit den Cousins meines Mannes. Wenn sich das eigene Fleisch und Blut gegen einen stellte, fühlte es sich noch schlimmer an als bei einem Fremden oder einem Feind.

Liam war in Stones Armen eingeschlafen. Er legte ihn auf das Sofa hinter sich, trat dicht an mich heran und legte seinen Arm um meine Schultern. „Das alles tut mir sehr leid, Liebling. Der erste Geburtstag unseres Sohnes ist ruiniert."

„Das ist nicht deine Schuld, Stone. Entschuldige dich nicht. Ich bin froh, dass du und deine Brüder entschieden habt, ein Sicherheitsteam für uns anzuheuern. Das war eine gute Idee, die ihr genau zum richtigen Zeitpunkt umgesetzt habt."

Er küsste meinen Hals und sein warmer Atem strich über meine Haut, als er flüsterte: „Eigentlich hatte ich heute Abend etwas ganz anderes für dich und mich geplant."

„Was denn?" Ich konnte nicht anders als zu lächeln, als mir bei seinen Worten heiß wurde.

„Heute vor genau einem Jahr hast du mir das beste Geschenk gemacht, das ich je bekommen habe. Deshalb wollte ich dieses Jahr etwas Besonderes für dich tun. Wie etwa eine Ganzkörpermassage mit einem atemberaubenden Happy End."

Ich holte zitternd Luft und meine Wangen röteten sich. „Stone, du hast keine Ahnung, welche Wirkung du auf mich hast, oder?"

„Oh doch, Mrs. Nash." Er knabberte an meinem Hals. „Und ich liebe deine Reaktion."

„Als ob ich etwas dagegen tun könnte." Es wäre schön gewesen, wenn alles so gelaufen wäre, wie er es geplant hatte. Meine größte Hoffnung war, dass es nicht noch schlimmer wurde, als es ohnehin schon war.

Zumindest waren wir vorerst in Sicherheit und das Resort war evakuiert worden, sodass die Pläne dieser Männer keine Menschenleben gefährdeten.

Als ich unseren schlafenden einjährigen Sohn ansah, fragte ich mich, ob sein Leben von nun an immer so sein würde. Würde er immer Security um sich haben?

Da meine Schwester und ich aus einer wohlhabenden Familie stammten, waren wir auch mit Security aufgewachsen. Nur war es nicht so offensichtlich gewesen. Zuerst war Ray bei uns gewesen. Groß, schlank und immer schweigsam im Hintergrund. Dann hatte Lloyd ihn ersetzt, als Ray zu alt geworden war, um den Job noch länger zu machen. Lloyd war nicht so ruhig wie Ray gewesen. Und er war auch ein bisschen näher an uns herangekommen. Ich hatte seine Anwesenheit viel stärker gespürt als bei seinem Vorgänger. Und manchmal hatte es mich gestört. Ich hatte das Gefühl gehabt, dass ich dadurch aus der Masse herausstach. Jetzt fragte ich mich, wie unser Sohn sich fühlen würde, wenn er ständig jemanden in der Nähe hatte, während er ausging.

Als ich mich im Zimmer umsah und die Verwandten meines Mannes betrachtete, wusste ich, dass ich die Einzige war, die aus einem wohlhabenden Elternhaus kam. Nur ich kannte die Probleme, die mit solchem Reichtum einhergingen. Die meisten Aspekte eines privilegierten Lebens waren positiver Natur. Aber die negativen Aspekte waren mehr als erschreckend.

Unser Vater hatte uns oft an die Entführung von Charles Lindberghs Baby Anfang der dreißiger Jahre erinnert. Der kleine Junge war fast zwei Jahre alt gewesen, als jemand durch das Fenster des Kinderzimmers gestiegen war und ihn mitgenommen hatte. Der Entführer hatte eine Lösegeldforderung hinterlassen und Geld verlangt, wenn die Eltern ihr Baby lebend wiedersehen wollten.

Das Schrecklichste daran war, dass die Lindberghs einen großzügigen Geldbetrag für die Rückgabe ihres Babys gezahlt hatten. Aber einen Monat, nachdem das Geld dem Entführer übergeben worden war, hatte man die stark verweste Leiche des armen Jungen gefunden. Der Gerichtsmediziner war zu dem Schluss gekommen, dass das Kind an einem Schädeltrauma gestorben war. Die Verletzung musste sich ungefähr zum Zeitpunkt der Entführung ereignet haben.

Das Kind war höchstwahrscheinlich sofort getötet worden. Die

Lindberghs hatten nie eine Chance gehabt, ihr Baby lebend zurückzubekommen, egal wie viel Geld sie dem Entführer gaben.

Während unser Vater die Lindbergh-Entführung dazu benutzt
hatte, uns daran zu hindern, unbewacht aus dem Haus zu schleichen,
hatte Lloyd uns gern von einer anderen Entführung erzählt, die gut
für das Opfer ausgegangen war. Er hatte uns zeigen wollen, dass wir
durchaus eine Chance hatten, lebend und unversehrt nach Hause
zurückzukehren, falls wir jemals entführt und gegen Lösegeld festgehalten werden würden.

Eddie Cudahy war sechzehn gewesen, als er entführt worden
war. Sein Vater war ein wohlhabender Mann gewesen und hatte eine
Verpackungsfirma in Omaha, Nebraska, besessen. Nachdem das
Lösegeld bezahlt worden war, war der Junge freigelassen worden
und zurück nach Hause gekommen.

Aber der Fall Cudahy war viel seltener als Fälle wie der des
armen Lindbergh-Babys. Angesichts der Bombendrohung im Resort
und der Drohung gegen unsere Familie musste ich mich fragen, wie
weit diese Männer gehen würden, um an das Geld zu kommen, das
sie als ihr Eigentum betrachteten.

Menschen gingen extrem weit, um Geld in die Hände zu bekommen, das ihnen weder zustand noch in irgendeiner Weise gehörte.
Ich befürchtete, dass diese Männer wild entschlossen waren, alles zu
tun, was nötig war, um an ihr Ziel zu gelangen.

Da ihre Schwester und der Großvater der Gentry-Brüder so
lange zusammen gewesen waren, könnte ihre Beziehung als genauso
legitim wie eine Ehe angesehen werden. Texas zählte zu den Bundesstaaten mit ehelichen Gütergemeinschaften. Wenn zwei Menschen
entweder richtig verheiratet waren oder lange Zeit wie ein Ehepaar
zusammenlebten, galt alles, was sie hatten, als gemeinsamer Besitz.
In gewisser Weise hatten die Männer recht damit, das zu verlangen,
was ihnen ihrer Meinung nach zustand. Aber das war nicht der richtige Weg.

Stone hielt meine Hand und drückte sie sanft. „Es wird dunkel",
sagte er und zog die Aufmerksamkeit des Sicherheitsteams auf sich.
„Ich denke, wir können uns in der Dunkelheit bewegen. Wenn da
draußen irgendwelche Leute oder Scharfschützen sind, werden sie
uns nicht sehen. Wir sollten jetzt alle ins Bett gehen. Kein Grund, die
ganze Nacht wach zu bleiben und hier im Wohnzimmer zu sitzen."

Ich hatte nicht einmal daran gedacht, dass draußen Scharfschützen darauf warten könnten, dass jemand von uns an einem
Fenster vorbeikam. „Glaubst du wirklich, dass sie so etwas tun
würden?"

Mark antwortete: „Wenn ehemalige Soldaten involviert sind,
muss man auf alles vorbereitet sein."

Das ist noch schlimmer, als ich dachte.

STONE

Baldwyn sah müde aus und als er aufstand und seine Frau mit sich
zog, war ich nicht überrascht über das, was er sagte: „Hören Sie zu,
das ist verrückt. Wir können alle nach Hause gehen und es uns dort
gemütlich machen. In unseren Häusern sind Sicherheitssysteme
installiert, also werden wir dort genauso sicher sein wie hier. Und
ich schlafe lieber in meinem eigenen Bett. Das Sicherheitsteam ist
groß genug, um jeweils ein Mitglied mit uns nach Hause zu
schicken."

„Ich glaube nicht …", begann Mark.

Aber Baldwyn brachte ihn zum Schweigen. „Sie scheinen es nicht
zu verstehen. Stellen Sie einen Mann für jede unserer Familien
bereit. Wir gehen jetzt. Die wahre Bedrohung liegt im Resort, nicht
in unseren Häusern."

„Das denke ich auch", stimmte ich meinem ältesten Bruder
schnell zu. „Ich würde gerne wieder zu unserem normalen Alltag
zurückkehren. Sie haben mehr als genug Informationen, um die
Männer, die hinter all dem stecken, ausfindig zu machen. Ich schlage
vor, Sie machen sich an die Arbeit."

„Dazu sind wir nicht befugt", informierte mich Mark. „Alles, was
wir tun können, ist, Informationen an die Polizei weiterzugeben
und Sie zu beschützen. Es ist Aufgabe der Behörden, denjenigen, die
die Drohungen ausgesprochen haben, das Handwerk zu legen. Und
als Ihre Beschützer denken wir, dass es am besten ist, wenn Sie alle
an einem Ort bleiben. Sie haben allerdings die Wahl, wo dieser Ort
ist."

Ich sah Baldwyn an. Ich wusste, dass er von niemandem Befehle entgegennehmen würde. Also war ich nicht überrascht, als er sagte: „Kommt schon. Wir gehen."

Dave folgte Baldwyn und seiner Familie. „Ich bleibe bei ihnen."

Mark fuhr sich mit der Hand über das Gesicht. Seine Stimme klang gereizt. „Sie haben uns angeheuert, um unseren Job zu machen, und genau das versuchen wir, Baldwyn."

Mein Bruder blieb wie angewurzelt stehen. Dann drehte er sich um und starrte Mark mit einem Blick an, den ich noch nie zuvor bei ihm gesehen hatte. „Sie wurden angeheuert, um uns zu beschützen. Wo auch immer wir sind. Und wir gehen jetzt nach Hause." Er sah mich und unsere anderen Brüder an. „Ich schlage vor, ihr macht das Gleiche mit euren Familien. Die Kinder sollen sich wohlfühlen. Wir dürfen uns von niemandem daran hindern lassen, so normal wie möglich weiterzuleben, solange wir uns in Sicherheit befinden."

Marks Gesichtsausdruck wurde noch frustrierter, als alle anderen aufstanden und in die Garage gingen, um in ihre Autos zu steigen. „Ich hoffe, dass alles gut geht."

Niemand sagte ein Wort. Mark sah mich an. „Ich bleibe hier bei Ihnen."

Ich war mir nicht sicher, ob ich darüber glücklich sein sollte. Mark hatte eine herrische Art, die mir nicht gefiel. „Okay. Aber wir gehen jetzt ins Bett. Wir werden nicht im Wohnzimmer herumsitzen, damit Sie uns im Auge behalten können."

„Ich verstehe. Sie halten sich alle für Superhelden oder dergleichen. Ich bin hier unten, wenn Sie mich brauchen."

Jessa stand auf und ich hob Liam hoch und trug ihn, als wir uns auf den Weg machten. Sie sah mich über ihre Schulter an. „Bring ihn in unser Schlafzimmer."

„Genau das hatte ich vor." Ich würde unseren kleinen Jungen bestimmt nicht in seinem Kinderzimmer zurücklassen, während ein paar Wahnsinnige uns schaden wollten. „Auch wenn ich fast davon überzeugt bin, dass niemand unser Sicherheitssystem überlisten kann, sehe ich keinen Grund, Risiken einzugehen."

Jessa öffnete die Tür zu unserem Schlafzimmer und blieb einen Moment stehen, während sie ihre Augen durch den Raum schweifen ließ. „Ich will nur sichergehen, dass nichts fehl am Platz wirkt. Man kann nie wissen."

Ich tat es ihr gleich und überprüfte jede Ecke des Raumes. „Mir gefällt überhaupt nicht, wie ich mich gerade fühle. Einerseits habe ich das Gefühl, dass wir hier sicher sind, aber andererseits auch wieder nicht."

„Ich weiß, was du meinst." Sie lief ins Badezimmer. Das Licht ging an, als sie eintrat. „Oh Gott!"

Ich hatte Liam gerade auf unser Bett gelegt und fuhr herum, als sie schrie. „Was ist los?" Ich rannte zu ihr und fand sie mit einem Badetuch in der Hand und einem Stirnrunzeln im Gesicht vor.

„Du hast das hier am Haken hängen lassen und es hat mich fast zu Tode erschreckt." Sie warf es zu mir. „Das gehört in den Wäschekorb, Mister."

Grinsend stopfte ich das Badetuch in den Wäschekorb. „Tut mir leid, dass ich dich erschreckt habe."

Ich spürte ihre Hand auf meiner Schulter und drehte mich um, als sie näher zu mir kam und ihre Arme um mich schlang. „Das bringt so viele Ängste zurück, an die ich nicht mehr gedacht hatte, seit ich von zu Hause weggegangen war. Niemand in Texas wusste etwas über mich oder den Reichtum meiner Familie, also war ich hier absolut sicher. Wenn ich Security mitgebracht hätte, wäre meine Tarnung aufgeflogen, und das wollte ich nicht. Früher habe ich mich immer mit meinem Vater gestritten, weil er mich nicht ohne Leibwächter aus dem Haus ließ. Anscheinend sind die Tage der Freiheit jetzt endgültig vorbei."

„Da ich zum ersten Mal Security habe, bin ich noch nicht daran gewöhnt, das ständig jemand in meiner Nähe ist. Und gesagt zu bekommen, was wir zu tun haben, ist für uns alle ziemlich schwer zu ertragen. Du hast allerdings nicht so aufgebracht darüber ausgesehen wie die anderen."

Sie lehnte ihren Kopf an meine Brust und seufzte. „Mir wurde als Kind immer gesagt, dass ich den Anweisungen unserer Leibwächter gehorchen sollte, egal wie seltsam sie klangen. Einmal hat Ray meiner Schwester und mir befohlen, uns in einem Schrank zu verstecken, während sich mein Vater mit einem anderen Mann stritt. Die Atmosphäre war angespannt, aber meiner Schwester und mir war das nicht bewusst gewesen, als wir in Dads Büro gegangen waren. Als uns der Mann, mit dem er so laut sprach, anstarrte, bekam ich Gänsehaut. Er zeigte auf uns und sagte etwas, das ich nicht ganz verstand. Ray, der sonst so weit im Hintergrund blieb, dass wir ihn kaum bemerkten, nahm plötzlich unsere Hände und führte uns aus dem Zimmer. Er öffnete einen nahegelegenen Schrank und sagte uns, dass wir darin bleiben sollten, ohne ein Geräusch zu machen, bis er zurückkam, um uns zu holen."

Das hätte mir als Kind Angst gemacht. „Was ist danach passiert?"

„Es gab einen Aufruhr und seltsame Geräusche. Der Mann schrie etwas und es war ziemlich offensichtlich, dass Ray ihn gepackt hatte und zur Tür zerrte." Sie umarmte mich fest. „Wir waren völlig verängstigt. Als Ray wiederkam, um uns aus dem Schrank zu lassen, rannten wir zu unserem Vater und hielten ihn lange fest. Ich hatte nie Angst um mich selbst, aber ich hatte schreckliche Angst um ihn."

Ich wusste, wie sie sich gefühlt hatte. Nachdem ich ihren Kopf geküsst hatte, sagte ich: „Ich weiß, was du meinst. Seit du in mein Leben getreten bist und unseren Sohn auf die Welt gebracht hast, fürchte ich mich viel mehr als damals, als ich allein war."

„Tut mir leid", flüsterte sie.

„Das muss es nicht. Ich bin vielleicht ängstlicher als zuvor, aber ich fühle mich viel glücklicher und zufriedener mit dem Leben im Allgemeinen. Und das hast du möglich gemacht." Ich würde das Schlechte mit dem Guten nehmen – überhaupt kein Problem.

Sie sah mir in die Augen und streichelte sanft meine Wange. „Heute vor einem Jahr ist unser erstes Kind auf die Welt gekommen. Ich dachte damals, dass ich nach Liams Geburt nie wieder dieselbe Frau sein würde. Aber hier bin ich."

„Ich wusste, dass du dich erholen würdest, Liebling. Und nur damit du es weißt, du warst immer schön für mich. Sogar als du in den Wehen lagst, hast du geglänzt."

„Ich glaube, das war der Schweiß", sagte sie grinsend.

Ich küsste ihre süßen Lippen und strich mit meinen Händen über ihren Rücken. Dann packte ich den Saum ihres Shirts und zog es ihr aus. „Wir brauchen eine Dusche."

„Glaubst du, dass Liam durchschlafen wird?"

„Bestimmt." Zum Glück schlief der Junge in den meisten Nächten tief und fest.

Sie knöpfte mein Hemd auf und seufzte. „Sollten wir das in dieser Situation wirklich tun?"

Ich umfasste ihre Handgelenke, zog ihre Hände an meine Lippen und küsste sie. „Wir sind hier in Sicherheit, Jessa."

Nickend seufzte sie wieder. „Ich weiß. Ich fühle mich einfach unwohl, das ist alles."

„Lass mich dich eine Weile auf andere Gedanken bringen."

Wir rissen einander die Kleidung vom Leib und bevor ich mich versah, standen wir unter dem warmen Wasser der Dusche – unsere Körper wurden eins und es gab nur noch uns beide.

Jessas Terminkalender war immer noch prall gefüllt, obwohl sie nicht mehr den Nachtmanager-Job bei *Hamburger Hut* hatte. Aber ihr Praktikum und ihr Medizinstudium kosteten sie viel Zeit und wann immer sie freihatte, war sie bei Liam.

Mein Terminplan war auch eine Herausforderung. Wir wollten nicht, dass unser Sohn von einem Kindermädchen großgezogen wurde. Wenn Jessa beschäftigt war, kümmerte ich mich um ihn. Und wenn sie nicht beschäftigt war, ging ich zur Arbeit und sie war für ihn da.

So blieb wenig Zeit für Dinge wie Sex. Aber wenn wir Zeit dafür fanden, machten wir das Beste daraus und genossen den Moment der Zweisamkeit.

Das Wasser benetzte ihre Haut und machte es mir leicht, meine Hände über ihre Kurven gleiten zu lassen. Die Schwangerschaft hatte erstaunliche Dinge mit ihrem Körper getan und Kurven geschaffen, die es vorher nicht gegeben hatte. Sie war nicht nur wunderschön, sondern fühlte sich auch so an.

Genauso wie wir es in unserem Alltag taten, bewegten wir uns auf eine Art und Weise miteinander, die wie ein zarter Tanz wirkte. Während sich einer von uns um eine Sache kümmerte, kümmerte sich der andere um etwas anderes. Und am Ende zahlte sich unsere Liebe zum Detail für uns beide aus und ließ uns schwer atmend zurück, während ich ihren Körper, der an die gefliese Duschwand gedrückt war, in meinen Armen hielt.

Es war nie leicht, mich von ihr zu lösen, und diese Nacht war keine Ausnahme. „Himmel, ich liebe dich. Ich hoffe, du kannst es spüren, Carolina Jessamine Nash."

„Es wäre schwer, das nicht zu fühlen." Ihre Augenlider flatterten auf. Ihre Wangen waren hellrosa und ihre Lippen waren geschwollen von meinen Küssen. „Du bist wundervoll."

„Du auch." Das Leben mit Jessa war unglaublich. „Ich bin froh, dass ich dich gefunden habe."

„Das geht mir genauso." Ihre Hände streichelten meine Brust. „Mein Job damals war fürchterlich, aber als du in jener schicksalhaften Nacht eine Kakerlake in deinem Cheeseburger gefunden hast, war es all die schlaflosen Nächte wert."

„Ah, wie romantisch." Ich grinste sie an. Auch wenn ich nicht wollte, dass dieser Moment endete, wusste ich, dass es so sein musste. Meine Frau brauchte ihren Schlaf. „Du musst morgen früh ins Krankenhaus. Wir gehen jetzt besser ins Bett."

Ihre Nägel strichen über meinen Arm. „Ich müsste ständig jemanden vom Sicherheitsteams bei mir haben. Das wäre viel zu auffällig. Und ich könnte mich auf nichts konzentrieren, weil ich mir Sorgen um dich und Liam machen würde. Ich verlasse euch nicht, bis ich weiß, dass alles vorbei ist."

Als ihr Vater damals gestorben war, hatte sie alles hinter sich gelassen und herausgefunden, dass Arbeitszeit und Seminare nachgeholt werden konnten. Es bedeutete, dass es etwas länger dauern würde, bis sie eine richtige Ärztin wurde, aber sich Zeit für wichtige Dinge zu nehmen, hatte für sie eine noch höhere Priorität als ihr Medizinstudium.

Jessa stellte jetzt die Familie an die erste Stelle und ich konnte sehen, dass sie dadurch ein viel glücklicherer Mensch war.

Nach einem Kuss auf ihre Nasenspitze ließ ich sie wissen, was ich davon hielt: „Ich freue mich, dass du hier bei uns bleibst. Ich würde mir auch Sorgen um dich machen. Jetzt gehen wir ins Bett und schlafen. Der morgige Tag wird vielleicht anstrengend."

Ich bin sicher, dass er das sein wird.

———

JESSA

Ich lag im Bett und hatte eine Hand auf Liams Rücken, als er zwischen seinem Vater und mir schlief. Mit geschlossenen Augen versuchte ich, mich an die Nacht zu erinnern, in der Stone und ich uns zum ersten Mal geliebt hatten. Damals hatten wir unseren Sohn gezeugt …

Musik spielte leise, als ich mit dem Online-Kurs auf meinem Laptop fertig wurde. Stone räumte die Küche auf, nachdem er das beste Abendessen gekocht hatte, das ich je gegessen hatte.

Ich klickte auf ‚Senden' und gab den Test ab, bei dem ich bestimmt gut abgeschnitten hatte. Dann klappte ich den Laptop zu, um meine ganze Aufmerksamkeit auf Stone Nash zu richten. „Fertig."

Er lächelte sexy, als er die Bar umrundete und sich mit der Anmut eines Panthers auf mich zubewegte. „Ich auch."

Er drehte den Barhocker, auf dem ich saß, bis wir uns von Angesicht zu Angesicht befanden. Ich legte meine Hände auf seine Wangen und streichelte sein attraktives Gesicht, während ich in seine wunderschönen blauen Augen blickte. „Ich denke, ich sollte den Koch zum Dank für das herrliche Essen und die romantische Atmosphäre, die er geschaffen hat, küssen. Was denkst du?" Wir hatten uns bislang nur auf die Wangen geküsst. Das wäre unser erster richtiger Kuss. Mein Herz schlug schneller, während ich auf seine Antwort wartete und im Stillen betete, dass er das Gleiche wollte wie ich – eine echte Liebesbeziehung.

„Ich denke, das ist die beste Idee, die ich in meinem ganzen Leben gehört habe", sagte er und machte mich glücklicher, als er ahnen konnte.

Ohne Zeit zu verschwenden – da Zeit ein Gut war, von dem ich immer zu wenig hatte –, zog ich ihn an mich und ließ meine Lippen über seine gleiten. Wie in einem Film ging in meinem Kopf ein Feuerwerk los und ich spürte die Auswirkungen der Explosionen an meinem ganzen Körper.

Es fühlte sich so richtig an, dass es nicht falsch sein konnte.

Er hob mich vom Barhocker hoch und hielt mich wie eine Braut, während ich meine Arme um seinen Hals schlang, ohne meine Lippen von seinen zu lösen. Sein schönes Gesicht flehte mich förmlich an, mit den Fingern darüber zu streichen und mir genau einzuprägen, wie es sich anfühlte.

Er trug mich davon und dann spürte ich, wie er sich setzte und mich auf seinen warmen Schoß hinunterließ. Die harte Wölbung unter meinem Hintern sagte mir, dass unser Kuss ihn genauso erregt hatte wie mich.

Der Kuss wurde wilder, unsere Zungen kämpften um die Kontrolle und dann lag ich auf meinem Rücken und sein Körper bedeckte meinen. Obwohl wir beide noch vollständig bekleidet waren, wiegte er sich gegen meine Hüften und entzündete etwas in mir, das noch nie zuvor aufgeflammt war.

Ich klammerte mich an ihn, als er sich immer weiter bewegte, und sehnte mich danach, ihn in mir zu spüren. Er schlang seine Arme fest um mich, rollte sich vom Sofa und landete mit dem Rücken auf dem Teppich.

Einen Moment lang war ich auf ihm, aber dann drehte er sich wieder, sodass ich unter ihm war und rücklings auf dem Boden lag.

Ich spürte kaum, wie er mich auszog. Wo Stoff an Stoff gewesen war, war jetzt Haut an Stoff. Das Gefühl raubte mir den Atem.

Ich wollte mehr von ihm spüren und begann, sein Hemd aufzuknöpfen und es ihm auszuziehen. Stöhnend vor Verlangen fuhr ich mit meinen Händen über seinen muskulösen Rücken und wölbte mich ihm entgegen, damit er mir meine Hose ausziehen konnte. Als er sich wieder zwischen meine Beine legte, stellte ich mit Freude fest, dass auch seine Hose verschwunden war.

Er erregte mich, ohne wirklich in mich einzudringen, und ich wusste, dass er darauf wartete, dass ich entschied, wie es weitergehen würde. Also legte ich eine Hand auf seinen riesigen Schwanz und streichelte ihn, während mein Körper vor Lust bebte.

Der Laut, den er ausstieß, als meine Hand seine Männlichkeit umfasste, war eher animalisch als menschlich und unser Kuss wurde noch intensiver. Während ich ihn rhythmisch streichelte, spürte ich, wie seine Erektion immer härter wurde.

Mein Körper erlaubte mir nicht länger, mich zurückzuhalten, und ich zeigte ihm, wo ich ihn brauchte. Ich führte die Spitze seines Schwanzes zwischen meine Schenkel, beugte meine Knie und wölbte mich ihm entgegen, um ihn in mir aufzunehmen.

Ich wollte nicht, dass es nur Sex war. Er sollte wissen, dass es für mich etwas Besonderes war und ich mich ihm tief verbunden fühlte. Also öffnete ich meinen Mund und versuchte, die Leidenschaft in meinen Küssen durch Zärtlichkeit zu ersetzen, um die richtige Stimmung für unsere erste Liebesnacht zu erzeugen.

Er streichelte meine Schultern, als er in mich eindrang. Es war so lange her und er war so groß, dass es brannte – zuerst. Aber dann passte ich mich ihm an und der anfängliche Schmerz verwandelte sich in etwas Herrliches.

Wir bewegten uns zusammen wie die Wellen im Ozean seit Anbeginn der Zeit. Es war magisch und ich hatte mich noch nie in meinem Leben so gefühlt. Ich war mit ganzem Herzen bei der Sache, das wusste ich mit Sicherheit. Mein Herz gehörte ihm. Und ich betete, dass er mir im Gegenzug sein Herz schenken würde.

Er löste seinen Mund von meinem und wir sahen einander in die Augen. Ich konnte mich nicht mehr beherrschen. Meine Gefühle standen mir ins Gesicht geschrieben und das wusste ich auch. Es schien, als könnte er in meinen Augen Dinge sehen, die mein Mund nicht zu sagen gewagt hatte. „Ich habe noch nie Liebe in den Augen von jemandem gesehen. Aber ich sehe sie jetzt in deinen Augen."

Ich war mir nicht sicher, ob er bereit für die Liebe war, und fühlte mich dadurch verwundbar. Meine Augen begannen zu brennen, als mich die Befürchtung erfüllte, dass er meine Zuneigung vielleicht nicht erwiderte. Ich spürte, wie eine Träne über meine Wange rollte. „Macht dir das Angst?"

„Nicht einmal ein bisschen." Er beugte sich vor und küsste meine Nasenspitze. Sofort war ich mir seiner Gefühle für mich viel sicherer. Bei diesem zarten Kuss empfand ich etwas, das mir bei unseren leidenschaftlichen Küssen verwehrt geblieben war. Es gab mir das Gefühl, geliebt zu werden. Er zog sich zurück und sah mich an. „Was siehst du in meinen Augen?"

Ich wollte nichts überstürzen und etwas sagen, das nicht wahr war. Aber ich hätte schwören können, dass ich in Stones Augen etwas sah, das noch nie dort gewesen war. Ich glaubte, ich hätte darin Liebe gesehen. Verwirrt schloss ich meine Augen. Ich wollte mir ganz sicher sein, bevor ich so ernste Worte laut aussprach. Als ich meine Augen wieder öffnete, blickten mich seine blauen Augen unverwandt an – sie funkelten, als ob Diamanten die Iris füllten. „Es ist immer noch da. Ich war mir nicht sicher, ob das, was ich gesehen habe, echt war oder nicht. Aber es ist immer noch da. Du bist in mich verknallt, oder?", neckte ich ihn, um die Stimmung aufzuhellen.

„Könnte sein." Er strich mit seinen Fingern über meinen Arm. Dann ergriff er ihn und zog eine Spur von Küssen darüber, bis ich erschauderte. „Du sollst nur wissen, dass ich nicht einmal daran gedacht habe, dass unser Abend so enden würde."

„Du hast also nicht versucht, mich mit dem köstlichen Essen, dem romantischen Ambiente und dem Wein zu verführen?" Ich strich sanft mit meinen Fingernägeln über seinen Rücken und erkundete die Muskeln dort.

„Überhaupt nicht." Er schüttelte den Kopf. „Aber wenn es nötig ist für das, was wir gerade erlebt haben, dann mache ich es jeden verdammten Abend."

Ich neckte ihn wieder. „Glaubst du nicht, dass du mich irgendwann satt hast?" Mit einem Kopfschütteln beugte er sich vor und küsste meinen Hals. Ich quietschte und bekam überall Gänsehaut.

Er lachte leise. „Wie könnte ich das jemals satt haben? Auf keinen Fall."

Er zog meine Hände über meinen Kopf und drückte sie auf den Boden, bevor er sich erhob. Beim Anblick seines muskulösen Körpers lief mir das Wasser im Mund zusammen. Ich leckte mir über die Lippen. „Dein Körper sieht so aus, als wäre er von einem extrem talentierten Bildhauer geschaffen worden."

Seine Augen wanderten zu meinen Brüsten. „Sieht so aus, als wäre Mutter Natur verdammt großzügig zu dir gewesen, Baby."

Ich lachte ein wenig verlegen, aber es fühlte sich unglaublich gut an. Er rollte sich auf den Rücken und zog mich auf sich. Ich ließ meine Hände über seinen Oberkörper gleiten. Die Muskeln, die sich unter meinen Handflächen anspannten, machten Dinge mit mir, die ich nicht einmal für möglich gehalten hätte. „Das habe ich gebraucht. Du hast keine Ahnung, wie dringend ich das gebraucht habe."

„Ich kann es mir vorstellen."

Liam regte sich und riss mich aus meinen Gedanken. Ich klopfte sanft auf seinen Rücken, während ich Stone ansah, der bereits tief und fest schlief.

Sobald ich Liams leises Schnarchen hörte, kehrte ich zu meinen Erinnerungen zurück ...

Stone und ich waren sowohl körperlich als auch geistig miteinander verbunden, als wir uns liebten, und ich gab mich ihm ganz hin. Irgendwann standen wir kurz vor der Ziellinie. „Mach dich bereit, dem Himmel näher zu kommen als jemals zuvor, Baby."

Er bewegte sich mit einer so kraftvollen Intensität, dass er mich mitriss, als wären wir plötzlich ein reißender Fluss, anstatt Wellen im Ozean, die sich zusammen bewegten.

Dieser Ritt war wild, heiß und völlig unerwartet. Mein Körper spannte sich an, dann explodierte er und ich sah Sterne, während ich ungezügelte Lust empfand. Es war besser als alles, was ich je zuvor erlebt hatte.

Es war sogar so gut, dass ich noch einmal zum Höhepunkt kam, als Stone seinen Orgasmus hatte und die Hitze seines Samens mich durchströmte, sodass mein ganzer Körper von Kopf bis Fuß erbebte.

Ich konnte nicht glauben, was passiert war. Ich hatte schon früher Orgasmen gehabt, aber nichts dergleichen. Ich konnte nicht aufhören zu lächeln. „Wow. Das war fantastisch, Stone."

„Ja?" Er grinste mich an und war offensichtlich stolz auf das, was er erreicht hatte. „Ich fand es selbst auch ziemlich großartig. Ich bin froh, dass die Schwärze verschwunden ist. Ich dachte kurz, ich wäre blind geworden."

„Du hast wirklich alles gegeben." Ich zog ihn an mich und wollte ihn nie wieder loslassen, als ich ihn sanft und süß küsste. Ich war mir nicht sicher,

wie es von hier aus weitergehen sollte, und musste fragen: „Was wäre, wenn du und ich feststellen, dass wir das öfter machen wollen?"

„Ich kann dir versichern, dass ich das so oft tun will, wie du mich lässt."

Ich hatte gewusst, dass ich dasselbe wollte. Ich hatte damals recht gehabt und er auch. Egal wie voll unser Terminkalender war – einer von uns fand Zeit für die Liebe. Manchmal war ich es, die sich Zeit nahm, und manchmal war es Stone, aber wir wollten in Verbindung bleiben, also bemühten wir uns umeinander.

Ich sah unseren kleinen Jungen an und wusste, dass ich ihm eines Tages eine kleine Schwester oder einen kleinen Bruder schenken wollte. Obwohl es nicht einfach war, liebte ich es, Liams Mutter zu sein. Ich wusste, dass Stone es auch liebte, sein Daddy zu sein. Er hatte unendlich viel Geduld mit unserem Sohn und ich war froh, einen Partner wie ihn zu haben.

Es fiel mir schwer, daran zu denken, wie ich nach dem Tod meines Vaters Austin verlassen hatte und nach Hause zurückgekehrt war. Ich hatte damals geglaubt, ich könnte niemals das Leben haben, das ich jetzt hatte. Ich hatte geglaubt, ich würde alles verlieren, wofür ich so hart gearbeitet hatte.

Weil Stone zu mir gekommen und in jeder Hinsicht für mich da gewesen war, hatte ich den Weg zurück ins Leben finden können. Ich war ihm sehr dankbar dafür.

Auf sehr reale Weise hatte Stone Nash mir das Leben gerettet. Er würde auch Liam das Leben retten. Dieser kleine Junge liebte uns beide genauso sehr wie wir ihn. Er verdiente es, seinen Vater in seinem Leben zu haben. Und Stone verdiente es, im Leben seines Sohnes zu sein.

Ich konnte nicht glauben, wie nah ich dem größten Fehler in meinem Leben und dem unseres Sohnes gekommen war. Aber zumindest sein Vater hatte gewusst, was richtig war, und seinen Stolz beiseitegeschoben, um zu mir zu kommen, als ich keinen klaren Gedanken fassen konnte.

Als ich Stone und Liam betrachtete, wusste ich, was Liebe war.

Ich danke Gott für meine Jungs. Jetzt und für immer.

———

STONE

Ich starrte ungläubig auf den Fernseher und beobachtete, wie Rauch über der Skyline der Innenstadt von Austin aufstieg. Unser Resort stand in Flammen. Die Bomben waren in den frühen Morgenstunden hochgegangen. Ich hatte Jessa nicht geweckt. Sie hatte so fest geschlafen, dass ich keinen Grund gesehen hatte, sie aufzuwecken, nur um sie aufzuregen.

Ich war mit Liam in die Küche gegangen, wo ich uns Frühstück gemacht hatte. Er spielte immer noch mit seinen Cheerios, während ich den Fernseher im Blick behielt. „Sieht so aus, als wäre das Resort eine Weile geschlossen, Kleiner."

Mein Handy klingelte und ich sah Baldwyns Namen auf dem Bildschirm. „Kannst du glauben, dass das passiert ist, Stone?"

„Nein." Ich hatte keine Ahnung, was wir tun sollten. „Wir können sie nicht damit davonkommen lassen."

„Darauf kannst du deinen Hintern verwetten." Wütend fuhr er fort: „Ich habe erst vor ein paar Minuten mit Tyrell gesprochen. Er hat erzählt, dass die Cops zu den Häusern der Stevens-Brüder gefahren sind, aber dort niemand war. Das sagt mir, dass sie hier sind, in Austin."

„Vielleicht ist das gut so. Vielleicht werden sie hier erwischt. Die Polizei in Carthage ist bestimmt nicht so gut ausgerüstet wie die Polizei hier."

„Wenn diese Kerle tatsächlich die Bomben gezündet haben, bedeutet das, dass sie dazu fähig sind, ihre Drohungen gegen uns und unsere Familien wahr zu machen."

Ich bekam Gänsehaut, stand auf und stellte mich neben Liam, der nach wie vor mit seinen Cheerios spielte. „Wir müssen sie aufhalten, Baldwyn."

„Das denke ich auch. Untätig herumzusitzen wird nicht funktionieren. Wir müssen sie aus ihrem Versteck locken."

„Baldwyn, ich weiß, dass du glaubst, mit diesen Männern fertig werden zu können. Ich kenne dich, Bruder. Aber einer von ihnen war beim Militär und hat vielleicht ehemalige Kameraden, die mit ihnen zusammenarbeiten. Wir dürfen unser Leben nicht aufs Spiel setzen."

Mark kam in die Küche und sah genauso grimmig aus wie immer. „Ich vermute, Sie haben die Nachrichten gesehen."

Ich nickte und war vorsichtig damit, was ich zu meinem Bruder sagte, während er zuhörte. „Ich werde mit Mark über alles reden. Lehne dich zurück und warte ab, Bruder."

„Stone, wir können nicht noch länger warten."

„Bitte, Baldwyn. Hab Geduld." Mein Bruder spielte gern den Helden. Aber jetzt war nicht der richtige Zeitpunkt dafür. „Ich rufe dich später zurück."

„Tu das."

Mark rieb sich die Stirn. „Lassen Sie mich raten – Sie und Ihre Brüder wollen sich diese Kerle eigenhändig holen, und zwar sofort."

„Natürlich wollen wir das." Aber ich wusste, dass es nicht realistisch war. „Was ist Ihr Plan?"

„Ich habe keinen. Unsere Aufgabe ist, Sie zu beschützen. Das habe ich Ihnen schon einmal gesagt." Er zuckte zusammen, als ein Knall vor der Tür, die von der Küche in den Garten führte, ertönte. „Nehmen Sie das Baby und gehen Sie sofort in Ihr Schlafzimmer!"

Ich packte Liam, rannte ins Schlafzimmer und weckte Jessa, als ich die Tür hinter mir zuschlug und verriegelte. „Zieh dich an, Liebling."

Sie rieb sich schlaftrunken die Augen und murmelte: „Was ist los?"

„Ich bin mir nicht sicher." Ich legte Liam neben sie auf das Bett, spähte vorsichtig aus dem Fenster und schob den Vorhang dabei nur ein wenig zurück. „Scheiße." Ich traute meinen Augen kaum. „Da ist ein Mann in unserem Garten. Unser Sicherheitssystem wurde deaktiviert, wenn er dorthin gelangen konnte, ohne dass der Alarm losgegangen ist."

Jessa griff nach ihrem Handy. „Ich rufe die Polizei."

Mein Handy klingelte und ich sah, dass es Baldwyn war. „Hey, wir haben hier Ärger", sagte ich, als ich den Anruf entgegennahm.

„Wir auch. Jemand hat das Tor aufgebrochen. Das Gleiche ist auch bei unseren Brüdern passiert."

„Ich werde diese Kerle nicht in unser Haus lassen." Ich ging zum Schrank. „Wenn der Mann in meinem Garten es in dieses Haus schafft, ist er tot." Ich zog den kleinen Waffenkoffer aus dem obersten Regal.

Jessa bemerkte, was ich in der Hand hatte, und starrte mich fassungslos an. „Du gehst nicht nahe genug an diesen Mann heran, um ihn zu erschießen!"

„Oh doch, genau das habe ich vor." Ich würde mein Zuhause und meine Familie um jeden Preis verteidigen. „Viel Glück, Bruder. Pass auf dich und deine Familie auf. Ich rufe dich später wieder an."

„Sei vorsichtig, Stone. Ich meine es ernst."

„Ich werde mein Bestes geben." Ich würde diese Kerle nicht glauben lassen, dass sie mit ihren Plänen durchkamen. Sie hatten bereits unser Resort bombardiert. Ich wollte verdammt sein, wenn sie sich Zugang zu meinem Zuhause verschafften und mir und meiner Familie etwas antaten.

„Stone, die Cops sind unterwegs", sagte Jessa und zog sich schnell etwas an. „Überlasse das ihnen."

„Das werde ich. Aber sie sind noch nicht hier." Ich spähte wieder aus dem Fenster, aber diesmal sah ich niemanden da draußen. Plötzlich krachte etwas gegen das Fenster. „Scheiße!"

„Was war das?" Jessa umklammerte Liam und rannte auf die andere Seite des Raumes.

Der Mann hielt einen Zettel an die Fensterscheibe. „Er will, dass ich unsere Cousins anrufe und ihnen sage, dass sie Familie Stevens die Hälfte ihres Erbes geben sollen. Dann wird all das aufhören."

„Tu es!", schrie Jessa. „Es ist nur Geld. Tu es!"

Aus dem Augenwinkel sah ich, wie sich die Tür zur Küche öffnete. Ich nahm an, dass der Mann Mark den Rücken gekehrt hatte, der jetzt zum Zug kommen wollte.

Ich ließ mich auf den Boden fallen und sah Jessa an, um sie wissen zu lassen, dass sie das Gleiche tun sollte. Sie hielt Liam fest, ging auf die Knie und kroch zum Schrank. Ich folgte ihr, blieb aber stehen, als ich Schüsse hörte. „Verdammt!"

Marks Waffe war keine Automatikpistole und als ich schnell aufeinanderfolgende Schüsse hörte, wusste ich, dass es die Waffe des Eindringlings sein musste. Ich wusste auch, dass Mark gegen den Kerl keine Chance hatte.

Ich musste zugeben, dass wir vielleicht einen Fehler gemacht hatten, als alle nach Hause gegangen waren und wir unser Sicherheitsteam aufgespaltet hatten. Es waren sieben Männer im Team. Alle fünf von uns Brüdern hatten bei sich zu Hause jeweils einen

Sicherheitsbeamten und die anderen beiden patrouillierten in unserer Nachbarschaft. Wenn bei jedem von uns Eindringlinge waren, würde es niemanden geben, der den anderen helfen könnte.

Ich hörte, wie Jessa telefonierte: „Sie haben automatische Waffen." Sie sah mich an, während sie in den Schrank kroch. „Ich sage der Frau in der Telefonzentrale der Polizei, womit wir es hier zu tun haben."

„Frage, ob sie weiß, wie weit die Cops noch entfernt sind."

„Das spielt keine Rolle. Wir verstecken uns, bis sie hier sind. Du wirst dich nicht diesem Kerl entgegenstellen. Du hast nicht die gleiche Waffe wie er. Er wird dich umbringen." Sie legte das Handy weg, packte meinen Arm und versuchte, mich in den Schrank zu ziehen. „Komm schon, Stone. Komm hier rein und ruf einen deiner Cousins an."

„Wir dürfen uns diesen Kerlen nicht geschlagen geben. Ich werde meine Cousins nicht anrufen und bitten, das aufzugeben, was ihnen rechtmäßig zusteht. Und du musst verstehen, dass ich meine Familie vor Eindringlingen schützen werde, wenn es darauf ankommt."

„Sei nicht dumm." Sie zerrte an meinem Arm. „Bitte, komm einfach hier rein und verstecke dich mit uns."

Wir wurden beide blass, als wir hörten, wie eine Tür zuschlug. Ich würde nicht darauf warten, gefunden zu werden. Ich duckte mich, rannte zum Fenster und spähte hinaus. Als ich Mark mit dem Gesicht nach unten direkt vor der Küchentür liegen sah, wusste ich, dass nicht er die Tür zugeschlagen hatte.

„Rufst du jetzt endlich an?", hörte ich einen Mann schreien. „Ich gehe nirgendwohin, bis du angerufen und deine verdammten Cousins dazu überredet hast, uns das zu geben, was uns gehört."

Jessa war ganz nach hinten im Schrank gekrochen und Liam gefiel das überhaupt nicht. Er wollte, dass sie ihn losließ, und wand sich in ihren Armen. Sie sah mich mit einem so hilflosen Ausdruck in ihren Augen an, dass es mir das Herz brach.

So schnell ich konnte, packte ich unseren Sohn, nahm ihre Hand, um sie hochzuziehen, und führte sie ins Badezimmer. „Ihr beide steigt in die Wanne. Sie ist aus Porzellan und sollte kugelsicher sein. Ich werde die Matratze von unserem Bett davor legen."

„Du bleibst bei uns, oder?", fragte sie, als sie hineinstieg und Liam von mir entgegennahm.

„Liebling, ich werde euch beschützen. Mit meinem Leben, wenn es nötig ist. Du machst das Gleiche für unseren Sohn. Wenn mir etwas passiert, musst du wissen, dass ich euch beide mehr liebe als alles andere auf dieser Welt." Ich küsste Liam auf den Kopf. „Ich werde so vorsichtig wie möglich sein. Bleibt hier drinnen und geht in Deckung. Ich bin gleich mit der Matratze zurück."

„Oh Gott, Stone. Ich liebe dich auch. Tu nichts Leichtsinniges. Versprich mir das."

Nickend rannte ich los, um die Matratze zu holen. Als ich zurückkam, legte ich sie vor die Wanne. Meine Frau und mein Sohn waren so gut geschützt, wie es unter diesen Umständen möglich war. Ich wollte mir selbst in den Hintern treten, weil ich nie gedacht hatte, dass wir einmal ein kugelsicheres Zimmer brauchen würden, um uns zu verbarrikadieren.

Wir hatten alle gedacht, dass unsere Sicherheitssysteme so gut waren, dass niemand unentdeckt bei uns eindringen könnte. Offenbar hatten wir uns geirrt.

„Ich liebe dich, Jessa."

„Stone, nicht."

Ich schloss die Tür und ging los, um meine Waffe von dem Nachttisch aufzuheben, wo ich sie hingelegt hatte. Ich wusste, dass ich mein Zuhause in- und auswendig kannte. Der Mann, der darin herumstreifte, kannte es kaum.

In meinem begehbaren Kleiderschrank gab es in der Decke einen Zugang zum Dachboden. Also kletterte ich hinauf und bewegte mich lautlos über den Boden. Als ich die Klimaanlage erreichte, versuchte ich, durch die Lüftungsschlitze nach unten zu sehen.

Ich konnte nichts erkennen, als ich von einem Schlitz zum anderen kroch. Dann fing der Mann wieder an zu schreien: „Hör zu, keiner von uns will irgendjemanden von euch töten. Alles, was wir wollen, ist unser Geld. Und ihr sollt wissen, dass die Cops dieses Haus vorerst ganz bestimmt nicht stürmen. Sie werden draußen ein SWAT-Team aufstellen und jemand mit einem Megaphon wird versuchen, mich dazu zu überreden, herauszukommen und aufzugeben. Was ich tun werde, wenn du einen deiner Cousins dazu bringen kannst, unsere Forderungen zu erfüllen."

Es klang nicht so, als würden die Männer uns jagen, um uns zu töten. Immerhin. Aber ich wollte nicht anfangen, mit diesem Kerl zu diskutieren.

Sirenengeheul ertönte in unserer Auffahrt. Ich ging auf die Stelle zu, an der ich die Stimme des Mannes gehört hatte. Als ich durch die Lüftungsschlitze hinunter ins Wohnzimmer blickte, sah ich, wie er mit dem Rücken zur Wand stand. Er hatte sich ein Sturmgewehr umgeschnallt und spähte aus dem Fenster neben der Haustür.

Genau wie er behauptet hatte, hörte ich, wie draußen ein Mann in ein Megaphon sagte: „Kommen Sie raus. Wir haben Sie umzingelt."

Ich beobachtete, wie der Eindringling die Wand hinunterrutschte, bis er auf dem Boden saß. Er schüttelte den Kopf, als wäre er unsicher. Dann rief er: „Du lässt mir keine Wahl. Wenn du nicht tust, worum ich dich gebeten habe, bringe ich dich, deine Familie und dann mich selbst um." Er hob die Waffe und schoss damit in die Luft, sodass die Kugeln die Decke trafen.

Endlich kam ich zum Zug. Bei all dem Lärm hörte er mich nicht einmal. Es brauchte nur eine Kugel in die Stirn und das Gewehrfeuer verstummte, als er zusammensackte.

Etwas mehr als eine Stunde später waren meine Brüder und ich auf dem Polizeirevier wiedervereint. Baldwyn unterschrieb gerade das letzte Formular, das wir alle unterschreiben mussten, da jeder von uns die Männer getötet hatte, die in unsere Häuser eingedrungen waren. „Obwohl keiner von uns glücklich darüber ist, dass es so ausgegangen ist, sind wir froh, dass unsere Familien nicht länger bedroht werden."

Einer der Polizisten sagte: „Jetzt wissen es alle. Wer sich mit den Nash-Brüdern anlegt, endet mit Sicherheit einen Meter unter der Erde."

„Ganz genau", sagte ich, als ich meine Brüder betrachtete. Wir sahen alle mitgenommen aus. Aber wir hatten gesiegt. Und irgendwie wusste ich, dass wir unser Happy End immer erfolgreich verteidigen und noch viele Jahre in Frieden leben würden.

Ende

Erstellt mit Vellum

Lightning Source UK Ltd.
Milton Keynes UK
UKHW050855080322
399687UK00014B/893